MARTINA ANDRE

DIE PROPHEZEIUNG DER TEMPLER

aufbau taschenbuch

MARTINA ANDRÉ wurde 1961 in Bonn geboren. Der französisch klingende Nachname ist ein Pseudonym und stammt von ihrer Urgroßmutter, die hugenottische Wurzeln in die Familiengeschichte miteinbrachte. Martina André lebt heute mit ihrer Familie in der Nähe von Koblenz sowie in Edinburgh / Schottland, das ihr zur zweiten Heimat geworden ist.
Im Aufbau Taschenbuch sind die Romane um Gero von Breydenbach »Das Rätsel der Templer«, »Die Rückkehr der Templer«, »Das Geheimnis des Templers«, »Das Schicksal der Templer« und »Das Erbe der Templer« lieferbar.
Außerdem sind lieferbar »Die Gegenpäpstin«, »Schamanenfeuer. Das Geheimnis von Tunguska«, »Die Teufelshure« und »Totentanz«.
Mehr Informationen zur Autorin unter www.martinaandre.com und https://www.facebook.com/Autorin.Martina.Andre/

Als Gero zum Grafen von Lichtenberg zu Waldenstein ernannt wird, will er zur Feier ein glanzvolles Turnier mit zahlreichen Gästen ausrichten. Auch seine Frau Hannah ist glücklich über die jüngsten Entwicklungen, und ihre gemeinsame Tochter Sophia kann behütet aufwachsen. Wäre da nicht die ständige Sorge, dass Gero und seinen Templern erneut ein Krieg bevorsteht. Als während des Turniers eine rätselhafte Frau auf der Burg eintrifft und sich als Händlerin ausgibt, ahnt niemand, dass es sich um eine Falle handelt – und dass Gero und seine Familie in Lebensgefahr sind.

MARTINA ANDRÉ

DIE PROPHEZEIUNG DER TEMPLER

ROMAN

atb aufbau taschenbuch

MIX
Papier | Fördert
gute Waldnutzung
FSC® C083411

ISBN 978-3-7466-3824-9

Aufbau Taschenbuch ist eine Marke
der Aufbau Verlage GmbH & Co. KG

1. Auflage 2022

Umschlaggestaltung und Motiv www.buerosued.de, München
Satz Greiner & Reichel, Köln
Druck und Binden CPI books GmbH, Leck, Germany
Printed in Germany

www.aufbau-verlage.de

INHALTSVERZEICHNIS

Für meinen Mann,
er war und ist mir eine unentbehrliche Inspirationsquelle
für meine Templer-Romane.

»Tue jetzt, was du wünschen wirst,
getan zu haben,
wenn du stirbst.«

GÉRARD DE SÈDE:
»Die Templer sind unter uns –
oder ›Das Rätsel von Gisors‹«

PROLOG

OKTOBER 1156
VIZEGRAFSCHAFT RAZÈS / TEMPLERBURG
CAMPAGNE-SUR-AUDE / PECH DE BUGARACH

Deutsche Bergleute

Eben hatte die tief stehende Nachmittagssonne das beschauliche Templerkastell von Campagne-sur-Aude in ein goldenes Licht getaucht, als unvermittelt ein Sturm aufkam, der Berge von schwarzen Wolken über den Himmel jagte. Im Nu braute sich ein Unwetter zusammen, das biblische Ausmaße befürchten ließ.

Davon unbeirrt kniete Bertrand de Blanchefort vor dem Altar der Ordenskapelle von Saint Marie und faltete die Hände.

Im sanften Kerzenschein schaute er zu einer lebensgroßen, bunt bemalten Statue der Muttergottes auf, die – an Seilen befestigt und ohne den kleinen Jesus in ihren Armen – hoch über ihm auf einer Mondsichel schwebte.

Ihr huldvolles Lächeln berührte seine Seele wie eine mildtätige Gabe und erfüllte ihn mit einer tiefen Liebe, die er nicht erst seit seiner Aufnahme in den Templerorden für die reinste aller Frauen empfand.

»Heilige Maria«, flehte er inbrünstig, »bitte für mich beim Vater im Himmel. Falls die deutschen Bergleute am Pech de Bugarach auf ein göttliches Geheimnis stoßen, das nicht für die Augen der Menschheit bestimmt ist, möge der Allmächtige *uns* und nicht diese Männer für die Kühnheit unseres Vorgehens bestrafen. Dafür verspreche ich, sechster Großmeister der Templer, alles in meiner Macht Stehende zu tun, um eine solche Entdeckung vor dem Zugriff unserer Feinde zu bewahren.«

Kaum hatte er den Satz beendet, zuckte ein Blitz, dessen greller Schein durch das achteckige Fenster direkt auf die Heilige Jungfrau fiel und ihr feines Gesicht taghell erleuchtete. Nur einen Augenblick später folgte ein Donnerschlag, der das gesamte Gebäude erzittern ließ.

Was Bertrand nicht nur daran erinnerte, welche Macht sich hinter einem solch lieblichen Antlitz verbergen konnte, sondern auch, dass das Haupt einer

Frau der Grund dafür war, warum er an diesem Ort himmlischen Beistand erflehte.

Übergangslos wanderten seine Gedanken zu seinem Vorgänger André de Montbard, fünfter Großmeister der Templer und Bewahrer des CAPUT LVIII, einem Mysterium, das die Geschicke des Ordens bestimmt hatte wie kaum ein anderer Gegenstand seit seiner Gründung vor knapp vierzig Jahren.

»Wenn ich nicht mehr bin, musst du das Haupt behüten, wie die Reinheit deiner eigenen Seele«, waren Bruder Andrés mahnende Worte gewesen, als er Bertrand unter vier Augen auf seine zukünftigen Pflichten als nächsten Großmeister der Templer vorbereitet hatte. »Der Teufel in Gestalt gieriger Machthaber darf keinesfalls in den Besitz der Geheimnisse des Ordens gelangen«, hatte er ihn eindringlich beschworen. »Ansonsten könnte das nicht nur die Vernichtung der Templer bedeuten, sondern der gesamten Menschheit.«

Danach hatte Bruder André ihn mit einem unscheinbaren Kasten aus Metall konfrontiert, kaum größer als eine Bibel und sogleich einen gregorianischen Choral angestimmt. Woraufhin sich der flache Deckel des Kastens wie von Zauberhand öffnete und eine spiegelglatte Oberfläche zum Vorschein brachte.

Bertrand erinnerte sich noch gut an den Schrecken, der ihm in die Glieder gefahren war, als sich daraus ein leuchtend blaugrüner Nebel erhob, der sich zusehends in das Haupt einer wunderschönen schwarzhaarigen Frau verwandelte. Kaum war dieser Vorgang beendet, fixierte sie jede seiner Bewegungen mit den schräg stehenden Augen einer ägyptischen Katze. Hinzu kam, dass sie offenbar die Kontrolle über seine innere Stimme übernommen hatte und ihm lautlos die Hintergründe ihres Auftritts erklärte, wobei er jedes ihrer Worte verstand.

»Der CAPUT LVIII, wie seine Schöpfer dieses Wunderwerk nennen, vermittelt uns zukünftiges Wissen, das uns beim Aufbau unseres Ordens behilflich sein wird«, erklärte ihm Bruder André in einem Ton, als ob dieses einzigartige Objekt die reinste Selbstverständlichkeit wäre.

»Darüber hinaus vertraue ich dir ein weiteres Geheimnis an, das noch bedeutender ist, weil es den Ursprung des CAPUT begründet«, fuhr er mit der gleichen Leichtigkeit fort, die Bertrand beinahe noch mehr erstaunte als der leuchtende Kopf.

»Es handelt sich um ein einzigartiges Gestein, dem eine unvergleichliche göttliche Macht innewohnt. Die Steintafeln, die wir im Jahre des Herrn 1118 mit Hugues de Payens, Godefroy Bisol und den anderen Begründern des Ordens unter dem Tempelberg in Jerusalem in der Bundeslade gefunden haben, offenbarten uns ein unermessliches Mysterium, das sich in gewisser Weise auch hinter den Fähigkeiten dieses magischen Hauptes verbirgt. Das Material der Tafeln stammt vom Berg Horeb und hat Moses einst in die Lage versetzt, allein kraft seines Glaubens das Meer zu teilen und die nachfolgenden Ägypter zu vernichten«, fügte Bruder André mit bedeutungsvoller Miene hinzu. »Wie uns die Schöpfer des CAPUT verraten haben, liegt sein Ursprung in den unendlich weiten Himmelssphären. Vor unfassbar langer Zeit, als die Welt noch jung war, ist ein riesiger Felsbrocken auf die Erde gestürzt und hat nicht nur den Berg Horeb geschaffen, sondern weitere Bergeshöhen, denen allen ein ähnliches Aussehen gemein ist. Tief im Innern dieser Berge verbirgt sich der sogenannte ›Lapis ex celis‹, der ›Stein, der vom Himmel gefallen ist‹. Mithilfe dieses Gesteins erlangt der Mensch die Fähigkeit nicht nur die eigene Realität auf unnatürliche Weise zu verändern, sondern auch die seiner Mitmenschen und darüber hinaus. Eine Eigenschaft, die den Stein trotz seiner unzweifelhaften Möglichkeiten höchst gefährlich macht. Du musst es dir so vorstellen Bertrand: Von diesem ›Lapis ex celis‹ geht eine unsichtbare Strahlkraft aus, wie von einem Heiligenschein, die sich bei einer gewissen Annäherung mit deinem geistigen Auge verbindet. Alles was du dort siehst, überträgt sich unter dem Einfluss des Steins in deine äußere Wirklichkeit. Damit kannst du Großes erschaffen, wenn du deinen Geist eisern beherrscht. Aber das erreichen die wenigstens. In deinem Innern kreisen unzählige Gedanken, gute und böse, die dir womöglich nicht bewusst sind und sich ebenfalls mit der Kraft des Gesteins verbinden. Je nachdem wie abstrus deine verdrängten Vorstellungen sind, sorgen sie im Innern wie im Außen für ein unermessliches Chaos das der Beschreibung der Hölle gleichkommt. Deshalb ist es auch nur Eingeweihten des Ordens erlaubt die Höhle im Berg Horeb zu betreten. Weil der Abstand zum Stein und die Menge den Einfluss seiner Macht bestimmt. Was naturgemäß eine gewisse Erfahrung voraussetzt, wie weit man sich ihm nähern darf oder eben nicht. Es wird unter anderen deine Aufgabe sein, diese Gesetzmäßigkeiten möglichst rasch zu studieren.«

Bertrand hatte den Ausführungen seines Vorgängers bis hierher voller Spannung gelauscht. Wobei er nicht sicher war, ob er einer solchen Herausforderung gewachsen sein würde.

»Wenn du erst Großmeister bist, Bruder Bertrand, wirst du nicht nur Hüter dieser Geheimnisse sein, sondern – so Gott der Herr es erlaubt – weitere ergründen«, ermutigte ihn Bruder André, der offenbar seine Gedanken erraten hatte. »Deshalb wird deine erste Mission darin bestehen, im Auftrag des Hohen Rates diese magischen Orte, von denen ich sprach, zu suchen, zu finden und dafür zu sorgen, dass sie, wie die bereits entdeckten Mysterien, vor dem Zugriff unserer Feinde gesichert sind.«

»Und was fange ich mit dem Wunderstein an, wenn wir tatsächlich ein neues Vorkommen des ›Lapis ex celis‹ finden?«, wollte Bertrand wissen, weil er sich mehr von einer solchen Entdeckung erhoffte, als nur ihr Hüter zu sein. »Wenn

Moses damit die Ägypter in die Flucht geschlagen hat, können wir dann nicht auch unsere Feinde mit diesem göttlichen Werkzeug besiegen?«

»Von einem solchen Vorhaben kann ich zurzeit nur dringend abraten«, hatte Montbard ihn gewarnt. »Bisher ist niemand von uns in der Lage, das Mysterium so perfekt zu beherrschen, wie es einst Moses gelungen ist. Mit den Tafeln, die wir in der Bundeslade gefunden haben, könnte man mühelos ganze Reiche auslöschen, wenn man es richtig anstellt. Um die unermesslichen Kräfte des Gesteins gefahrlos in sinnvolle Bahnen zu lenken, muss man unbedingt reinen Herzens und reinen Geistes ist. Aber so weit sind wir noch nicht. Bevor wir den Stein und seine Macht vollends für unsere Zwecke nutzen können, benötigen wir einiges mehr an Wissen über dessen genaue Wirkungsweise. Schon allein deshalb ist bei jeder weiteren Grabung höchste Vorsicht geboten. Andererseits ist dieses Werkzeug göttlicher Macht zu einflussreich, um es jedem dahergelaufenen Tölpel zu überlassen, der es zufällig findet, geschweige denn unseren mächtigen Feinden. Wann wir uns weiter vorwagen, wird zukünftig auch in deiner Hand liegen. Wobei ich noch eine weitere Warnung aussprechen muss: Es gibt da eine Prophezeiung des Hauptes, die einer fernen Zukunft entstammt. Sie besagt, dass jeder, der sich der Macht der Steine bedient, früher oder später den eigenen Untergang zu befürchten hat, wenn er anmaßend wird und die universellen Kräfte des ›Lapis ex celis‹ in die falschen Bahnen lenkt. Auch auf uns und unseren Orden könnte das zutreffen. Deshalb bitte ich dich, sei vorsichtig, bei allem was du entscheidest. Obwohl ich weiß, dass du diese Aufgabe besonnen angehen wirst. Das ist einer der Gründe, warum wir dich als meinen Nachfolger ausgewählt haben und niemand anderen.«

Vor fast fünf Monaten war Bruder André verstorben und – so hoffte Bertrand – in den Himmel aufgefahren. Obwohl der Orden ihn schmerzlich vermisste, hatte die Macht der Steine sein viel zu frühes Ableben nicht verhindern können. Eine Tatsache, die Bertrand irritierte. Denn offenbar hatte Bruder André durch das magische Haupt von seinem bevorstehenden Tod gewusst, aber nichts unternommen, um sein Leben mithilfe des Mysteriums zu verlängern.

Nach dem Begräbnis seines Vorgängers war Bertrand unverzüglich im Heiligen Land aufgebrochen und wenig später mit dem Schiff in Marseille angelandet. Nach einem kurzen Aufenthalt in der dortigen Kommandantur war er in Richtung Paris geritten, um sich beim Generalkapitel des Ordens zum neuen Großmeister ernennen zu lassen.

Bereits zuvor hatte er südlich von Carcassonne im Namen der Templer ein großes Stück Land erworben. Ein Gebiet, das auf Bruder Andrés überaus präzisen Karten verzeichnet war und zu den weiteren möglichen Fundorten des mysteriösen ›Lapis ex celis‹ zählte. Bei dem Gelände handelte es sich um eine felsige Ödnis, die kaum landwirtschaftlichen Gewinn versprach, und auch von möglichen Bodenschätzen war nichts bekannt. Bertrand empfand es als einen Wink des Himmels, dass er den Besitzer dieser rauen Gegend durch familiäre Verbindungen persönlich kannte. Somit waren er und der vorherige Eigentümer rasch handelseinig geworden. Das Terrain in den so genannten *Corbièras*, einer Bergkette südlich von Carcassonne, war von mehreren herausragenden Erhebungen gekennzeichnet. Die höchste, der Pech de Bugarach, sah dem Berg Horeb zum Verwechseln ähnlich. Was möglicherweise ein Hinweis darauf war, dass er die gleichen Besonderheiten aufwies wie sein Zwilling im Land der Ägypter.

Bis dahin war alles nach Bruder Andrés Plan verlaufen. Allein die Frage, ob ihm genug Zeit blieb, dessen Auftrag ordnungsmäßig auszuführen, beschäftigte Bertrand beinahe täglich. Seine ahnungslosen Mitbrüder im Heiligen Land drängten auf seine baldige Rückkehr, weil die dortigen Aufgaben ebenfalls keinerlei Aufschub duldeten. Von der Dringlichkeit seiner Mission in der *Occitanie* wussten dagegen nur Bertrand selbst und der Hohe Rat der Templer, eine kleine eingeschworene Gemeinschaft, die zur Elite des Ordens gehörte und dafür sorgte, dass ihm die notwendigen Gelder zur Erschließung des Geländes bewilligt wurden.

Offiziell hatte Bertrand verlauten lassen, dass er rund um den Pech de Bugarach nach Eisen und Silber schürfen ließ. Ein Ansinnen, das ihn wegen der schlechten Erfolgsaussichten nicht nur bei König und Klerus als Glücksritter brandmarkte. Was ihn aber nicht besonders störte. Besser man hielt ihn und seine Mitbrüder für verrückt, als dass man ihnen ein dunkles Geheimnis unterstellte.

Fürs Erste hatte Bertrand sein Lager im unbedeutenden Templerkastell von Campagne-sur-Aude aufgeschlagen, nur eine knappe Stunde Ritt vom Grabungsort entfernt. Es bot ihm die notwendige Abgeschiedenheit, um Tag und Nacht seine Pläne zu schmieden, mit denen er seine Mission möglichst schnell zum Erfolg führen wollte.

Dass er in Wahrheit das Tor zur Hölle suchte, hatte er nicht einmal jenen verraten, die er eigens für diesen Auftrag eingestellt hatte.

Inzwischen waren die angeheuerten Bergleute aus den deutschen Landen eingetroffen und schon seit mehr als einem Monat damit beschäftigt, einen ersten Stollen in den Felsen zu treiben, dessen äußere Struktur leider um einiges härter war als zunächst angenommen. Der im Inneren des Berges vermutete ›Lapis ex celis‹ war erfahrungsgemäß von weicherer Beschaffenheit. Aber ihn sollten die Hauer ohnehin nicht fördern, sondern nur den Weg dorthin freimachen. Zunächst sicherten sie den Stollen mit Eichenbalken und eisernen Streben, die extra vor Ort angefertigt wurden, damit der künstliche Hohlraum nicht unter der Last des Gebirges zusammenbrach.

Es würden wohl noch einige Wochen ins Land ziehen, bis Bertrand und seine Mitstreiter sicher sein konnten, ob sich der gesuchte Wunderstein tatsächlich unter dem Berg befand oder nicht.

Unvermittelt hüstelte jemand hinter ihm.

»Wer stört?« Ein wenig ungehalten wandte Bertrand seinen Blick vom Altar der Kapelle in die Richtung, aus der das Geräusch gekommen war.

»Ich bitte um Vergebung, Beau Seigneur.« Die von Ehrfurcht getragene Stimme eines blonden Jünglings wurde vom Rauschen des Gewitterregens übertönt, der dem Donner gefolgt war. »Es liegt mir fern, Beau Seigneur, Eure Gebete zu unterbrechen.«

Bertrand, der als Großmeister zugleich ranghöchster Befehlshaber der Templer war, entschuldigte sich im Geiste bei der Heiligen Jungfrau für die Unterbrechung und erhob sich mit einem leisen Seufzer aus seinem Betstuhl.

Der junge, hoch gewachsene Ordensbruder aus der Champagne, der mit gesenktem Blick auf ihn wartete, hatte erst vor Kurzem sein Gelübde als Tempelritter bei ihm abgelegt. Aus dem strohblonden, geschorenen Haupthaar perlte das Wasser und rann an der Schläfe entlang in den dichten, rotblonden Bart. Sein weißer Kapuzenumhang, die sogenannte Chlamys, die einem Regenguss üblicherweise mühelos standhielt, hing völlig durchnässt an ihm herab und bot ein Bild des Jammers. Das leuchtend rote Croix pattée der Templer auf der linken Schulter des Mantels war von der Nässe dunkel wie Blut. Trotz seines bedauernswerten Zustands glühten die hellen Augen des jungen Bruders vor Tatendrang.

Bertrand de Blanchefort war sich bewusst darüber, dass er für die meisten jungen Ritterbrüder nicht nur den machtvollen Großmeister verkörperte. In seinem fortgeschrittenen Alter von fast fünfzig Jahren ersetzte er ihnen nicht selten den Vater, den die allermeisten aufgrund von Siechtum und Krieg bereits in früher Jugend verloren hatten. Was bedeutete, sie riskierten ihr Leben nicht nur für ihren Glauben, sondern im Zweifel auch für ihn selbst.

Im Umkehrschluss empfand Bertrand eine große Verantwortung für die jüngeren Brüder im Orden, denen es in vielerlei Hinsicht an Erfahrung mangelte. Mit einem tadelnden Blick stemmte er die Hände in die Hüften und ging bedächtigen Schrittes auf den frisch initiierten Mönchskrieger zu.

»Sag, Bruder Aymon, was bringt dich dazu, so todesmutig durch diesen wütenden Sturm zu reiten und dabei deine Gesundheit aufs Spiel zu setzen? Der Blitz hätte dich und das Pferd treffen können.«

»Ich habe eine persönliche Eil-Botschaft von Kommandeur Wilhelm von Fliesteden an Euch zu überbringen. Ich komme geradewegs aus La Jacotte, Beau Seigneur«, antwortete der junge Ritter atemlos und ignorierte Bertrands Einwand. »Bruder Wilhelm wünscht, Euch unverzüglich im Dorf der deutschen Bergleute zu sehen. Wie es scheint, haben die Hauer gefunden, wonach Ihr sucht, Beau Seigneur. Heute Mittag ist im Hauptstollen der Durchbruch in eine bis dahin unbekannte Höhle gelungen. Nur … leider hat es dabei Tote und Verletzte gegeben. Bei den Deutschen herrscht aufgrund der jüngsten Geschehnisse helle Aufregung. Unsere Brüder haben die verletzten Männer in die Hütten gebracht und notdürftig versorgt. Die Toten wurden in der Kapelle des Lagers aufgebahrt. Seltsam, aber … die Haut der Leichen ist auf merkwürdige Weise verbrannt. Und bisher konnten nicht alle Vermissten gefunden werden, was daran liegt, dass niemand sich getraut, in die Höhle vorzudringen, um nach ihnen zu suchen. Das wird erst der Fall sein, wenn Ihr eine entsprechende Anordnung erteilt habt, Beau Seigneur. Bruder Wilhelm wartet deshalb dringend auf Eure Befehle, damit kein noch größeres Unheil geschieht, wie er sagte.«

Bertrand warf einen nachdenklichen Blick durch die offenstehende Spitzbogentür hinaus auf den Hof des Kastells, wo der Regen weiterhin in wahren Sturzbächen auf die quadratischen Pflastersteine prasselte. Dazu blitzte es hin und wieder, gefolgt von Donnerschlägen, bei denen jedes Mal die Fenster der Kapelle vibrierten.

»Danke, dass du so mutig warst und so rasch hierher geritten bist.« Bertrand nickte dem jungen Bruder anerkennend zu und murmelte, mehr zu sich selbst: »Ich hoffe nur, das Wetter ist kein schlechtes Omen oder gar ein Zeichen dafür, dass mit dem Vorstoß eine Macht entfesselt wurde, die sich am Ende nicht mehr beherrschen lässt.«

Sein durchnässtes Gegenüber warf ihm einen wissbegierigen Blick zu. »Was meint Ihr damit, Beau Seigneur?« Offenbar vergaß er, dass sein Großmeister ihm nicht die Erlaubnis zur Rede erteilt hatte.

»Vergiss es.« Bertrand zuckte mit seinen breiten Schultern. »Es war nicht für deine Ohren bestimmt.« Unvermittelt überkam ihn die Gewissheit, dass sein Vertrauter und Adjutant Wilhelm von Fliesteden, der das Unternehmen vor Ort überwachte, recht behielt und tatsächlich ein noch größeres Unglück geschah, wenn er den Fortgang der Geschehnisse zu lange sich selbst überließ. Wobei Bertrand hoffte, dass es nicht bereits zu spät war, um noch eingreifen zu können.

»Sag meinem Knappen, er soll mein schnellstes Pferd satteln. Und nein, er muss mich nicht begleiten – und du auch nicht. Lass dich in der Küche verpflegen. Meine Ordonnanz soll dir etwas Trockenes zum Anziehen bringen und dir ein Nachtlager zuweisen.«

»Aber Beau Seigneur«, protestierte der junge Bruder. »Ich habe den Auftrag, Euch zur Seite zu …«

»Schweig«, befahl Bertrand ihm barsch. »Ich reite allein.«

Den in der Ferne aufragenden Kamm des Pech de Bugarach fest im Blick, der ab und an von gleißenden Blitzen erhellt wurden, preschte Bertrand wenig später auf seinem schwarzen Araberhengst über die Hochebene von Corbièras. Auf seinem Ritt durch mehrere Bauerndörfer begegnete ihm keine Menschenseele – was bei diesem Wetter kein Wunder war. Das änderte sich auch nicht, als er nach einer guten halben Stunde im gestreckten Galopp das dicht bewaldete Tal von Bézu erreichte.

Der Regen hatte nachgelassen, aber das Wetterleuchten zuckte nach wie vor geisterhaft über dem eindrucksvollen Bergmassiv, als La Jacotte, das Dorf der Deutschen, hinter einem uralten Pinienwald auftauchte. Hin und wieder war das Rollen des Donners zu hören, der von den Felsen widerhallte wie eine Warnung vor unseligen Mächten.

Die Hütten aus Stein und Holz hatte Wilhelm von Fliesteden im Auftrag des Ordens eigens für die ausschließlich deutschen Arbeiter in Sichtweite des Berges erbauen lassen. Über Wochen hinweg hatte Bertrands deutscher Kampfgenosse und Bruder speziell für diese Aufgabe sechzig Bergleute unter dem Siegel absoluter Verschwiegenheit in der Nähe von Köln und im Osten der deutschen Lande rekrutiert. Offiziell sollten sie in drei Schichten nach Silber schürfen, wobei man sie über den Ort und den wahren Charakter ihres Auftrags bewusst im Unklaren gelassen hatte. Wenige Tage nach ihrer Ankunft hatten sie unter der strengen Aufsicht von Bruder Wilhelm am Fuß des Pech de Bugarach damit begonnen, einen ersten Stollen in den felsigen Untergrund zu treiben. Inzwischen waren sie einige hundert Fuß weit in den zunächst unverdächtigen Kalkstein vorgedrungen.

Bertrand hatte ihnen zuvor eine beachtliche Anzahlung auf den versprochenen Lohn zukommen lassen, der weitaus höher ausfiel als üblich. Was beides zugleich als Schweigegeld zu verstehen war. Selbst die Familien der Bergleute hatten nicht die leiseste Ahnung, wohin die Reise ihrer Väter, Söhne und Ehemänner gegangen war.

Die Deutschen hatte es nicht gestört, dass ihnen bei Strafe verboten war, mit den Einheimischen in der Umgegend des Berges zu reden, was naturgemäß schon an der unterschiedlichen Muttersprache gescheitert wäre. Doch Bertrand de Blanchefort und seine Vertrauten wollten kein Risiko eingehen, wenn es darum ging, geheim zu halten, was womöglich in den Tiefen des Pech de Bugarach auf sie lauerte. Zugleich herrschte ein Verbot für die Bewohner der Umgebung, das Dorf der Deutschen zu betreten.

Gemeinsam mit dem Herrn von Albedun, dessen Festung in Sichtweite stand, hatte Bertrand Wachmannschaften aufstellen lassen. Mit der nachvollziehbaren Begründung, dass der Orden bei seiner Suche nach edlen Metallen Räuber und Gesindel fernhalten wollte. Die gut einhundert Söldner, die Tag und Nacht rund um den Berg patrouillierten, unterstanden dem Befehl von Albeduns Bruder, der sie als Kommandeur die Templer der benachbarten Festung von Le Bézu befehligte.

Von den Einheimischen verirrte sich ohnehin kaum jemand in diese einsame Gegend, weil es schon vor dem Erwerb dieses Landstrichs durch die Templer Gerüchte gegeben hatte, der Berg und dessen unmittelbare Umgebung seien verflucht.

Bauern und Schäfer hatten immer wieder berichtet, sie hätten am Gipfel des Berges seltsam blaugrüne Lichter gesehen. Ihre Tiere, die dort geweidet hatten, waren angeblich elendig zugrunde gegangen. Kühe hatten keine Milch mehr gegeben. Ziegen und Schafe, die dem Berg zu nahegekommen waren, hatten Junge mit zwei Köpfen oder nur drei Beinen geboren. Etliche Hirten hatten über Schwindel und Unwohlsein geklagt und darüber, dass ihre Frauen nicht mehr schwanger wurden.

Diese Unkenrufe waren unter anderem der Grund, warum für Bertrand nur ausländische Arbeiter infrage gekommen waren, denen man tunlichst verschwiegen hatte, welch gruselige Legenden in der Umgegend ihres Einsatzgebietes kursierten.

Bertrand selbst hatte zumindest eine Ahnung, was der Grund für diese seltsamen Erscheinungen war. Augenscheinlich entsprachen Bruder Andrés Vermutungen der Wahrheit, was den Ort und seine Bedeutung betraf.

Als er das Dorf der Deutschen erreichte, übergab er seinen schweißnassen Hengst einem herbeieilenden Knappen, der zu einem benachbarten Kastell gehörte. Es beherbergte ein Pionier-Bataillon der Templer, dessen Brüder die vorübergehenden Behausungen für die deutschen Hauer und die dort stationierten Wachen errichtet hatten. Darüber hinaus waren sie für den Abtransport von Geröll und Abraum zuständig und halfen bei der Herstellung von Streben und Stützen.

Schon von Weitem sah Bertrand zahllose Menschen mit Fackeln, die aufgebracht und wild gestikulierend durcheinanderliefen. Beim Anblick der verzweifelten Männer, die sich auf dem Platz in der Dorfmitte versammelt hatten, überlegte er fieberhaft, wie er ihnen das Unglück erklären sollte. Er konnte ihnen ja schlecht die von ihm vermutete Wahrheit sagen.

Anstatt sich beim Erscheinen des Großmeisters zu beruhigen, wurde die Meute immer wütender und fuchtelte nun wie von Sinnen mit erhobenen Schaufeln und brennenden Fackeln herum. In ihren verschmutzten Gesichtern konnte Bertrand mühelos die nackte Angst erkennen, die sich zudem in ihre panisch dreinblickenden Augen eingebrannt hatte.

»Was ist geschehen, Bruder?«, rief er Wilhelm von Fliesteden entgegen, der im Laufschritt auf ihn zuhielt, umringt von einem Pulk aufgebrachter Bergleute, die sein rasches Weiterkommen verhinderten. Vergebens versuchte Bertrand, sich in diesem Heer aus tanzenden Lichtern und lamentierenden Männern einen ersten Überblick zu verschaffen.

Fliesteden war ein großer, hagerer Mann mit schütteren blonden Haaren und steingrauen Augen. Mit seiner Größe von fast sieben Fuß überragte er die aufgebrachten Menschen wie ein Leuchtturm die stürmische See. Ursprünglich stammte er aus den deutschen Landen, genau genommen aus der Nähe von Köln. Seine Aufnahme als Templer war im Haupthaus des Ordens auf dem Tempelberg in Jerusalem erfolgt. Anschließend hatte er mit Bertrand Seite an Seite im Heiligen Land gekämpft. Spätestens seit dieser Zeit war bekannt, dass man sich blindlings auf den deutschen Ordensritter verlassen konnte.

Bruder Wilhelm versuchte, auf Bertrands Frage nach den Vorkommnissen zu antworten, doch wegen der zahllosen Rufe in deutscher Sprache drangen nur unverständliche Wortfetzen zu ihm durch.

»Ruhe!«, brüllte Bertrand mit seiner gewaltigen Stimme, die ihm nicht nur bei Feldzügen zum Vorteil gereichte. Augenblicklich kehrte Stille ein; nur noch gelegentliches Husten oder Räuspern waren zu vernehmen.

Einen Moment später hatte Wilhelm von Fliesteden sich aus der Menge geschält und schaffte es, sich zu ihm durchzuschlagen. Während sich das unstete Licht einer Fackel auf dem schmalen Gesicht des Deutschen abzeichnete, empfing Bertrand ihn stumm mit dem überkreuzten Handschlag der Templer.

»Im Stollen ist irgendetwas Entsetzliches geschehen, Bruder Bertrand«, berichtete Fliesteden atemlos. »Wir haben etliche Verletzte, die ungewöhnliche Verbrennungen aufweisen. Aber ich war selbst nicht vor Ort, als es geschah. Deshalb kann ich nur ahnen, was der Grund für diese Katastrophe ist. Ich habe die Arbeiter, ganz gleich ob tot oder lebendig, allesamt mit einem Wagen vom Eingang des Berges hierher transportieren und notdürftig versorgen lassen.«

»Gut gemacht«, lobte ihn Bertrand, dem auch nichts anderes eingefallen wäre. »Aber ich muss die Einzelheiten des Vorfalls aus dem Mund eines Betroffenen hören. Sonst hilft mir das alles nicht weiter.«

Bruder Wilhelm ließ umgehend einen Vorarbeiter zu Bertrand bringen, der das Unglück halbwegs unbeschadet überlebt hatte.

Der Mann war ein erfahrener Hauer, um einiges kleiner als Bertrand, aber stämmiger. Er trug sein graues, kurz geschorenes Haar wie ein Templer und vermittelte den Anschein, ein zuverlässiger, rechtschaffener Kerl zu sein.

Fliesteden bestätigte diesen Eindruck. Er habe in diesem Mann einen verlässlichen und mutigen Anführer gefunden, erklärte er, der seine Leute zusammenhielt und zur Arbeit anzutreiben verstehe, ohne ihnen gegenüber grob zu werden.

»Es … es ist meine Schuld«, stammelte der unbedarfte deutsche Hauer, als sie gemeinsam über schlammige Wege zum Versammlungshaus der Bergarbeiter marschierten, gefolgt von den anderen Arbeitern, die natürlich den Grund dieser Katastrophe wissen wollten. Dort hatte man die Verletzten untergebracht.

»Wie ist Euer Name?«, sprach Bertrand den Vorarbeiter auf Deutsch an.

»Rudo von Köln, Herr.«

»Also gut, Rudo.« Bertrand klopfte dem Mann beschwichtigend auf die Schulter. »Fasst Euch erst einmal. Niemand macht Euch einen Vorwurf.«

»Ihr habt gut reden.« Der Deutsche warf ihm einen aufgebrachten Blick zu. »Ihr habt ja nicht gesehen, was ich gesehen habe.«

»Was habt Ihr denn gesehen?«, fragte Bertrand zögernd, nicht sicher, ob er es wissen wollte.

»Ich habe in die Hölle geschaut, Beau Seigneur«, erklärte Rudo mit gebrochener Stimme.

»Habt Ihr den Teufel gesehen?«, kam ihm Bertrand zuvor und hob eine Braue.

»Das nicht, Herr, dem Heiland sei Dank«, entgegnete der Deutsche beklommen. »Aber es hätte nicht schlimmer sein können, wäre mir der Leibhaftige persönlich erschienen.«

Bertrand, der keine Ahnung hatte, worauf Rudo hinauswollte, atmete hörbar aus, als er mit dem Deutschen das einzige vollständig gemauerte Haus in der Mitte des Dorfes erreichte. Bevor er mit Rudo und Bruder Wilhelm das Gebäude betrat, um nach den Verletzten zu schauen, bat Bertrand die übrigen Bergleute, die ihnen gefolgt waren, draußen zu warten. Im Inneren des Hauses hatte man einige der Männer, die lebend, aber verletzt aus der Höhle entkommen waren, auf Strohmatten und weiche Filzdecken gebettet. Ihre Blicke waren allesamt starr nach oben gerichtet, wie eingefroren, und sie sprachen kein Wort.

»Wenn sie nicht atmen würden, könnte man denken, sie sind tot«, kommentierte Rudo zutiefst erschüttert den bedenklichen Zustand seiner Kameraden.

Andere hockten stumm am Boden und wippten immer wieder mit dem Oberkörper vor und zurück. Allen gemeinsam war der starre Blick, der Bertrand den Eindruck vermittelte, als hätten diese Männer, entgegen Rudos Beteuerungen, sehr wohl in die Fratze des Satans geschaut.

»Seht Euch dieses Elend an«, jammerte der Deutsche mit einer verzweifelten Geste. Zur Verdeutlichung seiner Worte riss er den Männern die Kleidung hoch und beleuchtete mit seiner Laterne deren nackte, stark gerötete Haut, um ihm die seltsamen Verbrennungen der Kameraden vorzuführen.

Bertrand hatte schon einige Menschen aus nächster Nähe auf einem Scheiterhaufen brennen sehen und eine ziemlich genaue Vorstellung davon, wie verbrannte Haut aussah. Doch das hier war anders.

Schweigend hockte er sich neben jeden Einzelnen, um dessen Wunden genauer in Augenschein zu nehmen. Irgendetwas hatte durch das Leinen hindurch die Haut der Unglücklichen versengt, aber nicht den darüberliegenden Stoff.

Bertrand erinnerte sich an Montbards Ausführungen über die Entdeckung der Bundeslade unter dem Tempelberg. Der Sklave, der die Kiste aus Neugier geöffnet hatte, war auf der Stelle gestorben, ohne einen Mucks von sich gegeben zu haben. Nachdem die Brüder ihn von der Lade weggezerrt und den Deckel in sicherem Abstand mit einer Lanze geschlossen hatten, war das Gesicht des Toten nicht mehr zu erkennen gewesen. Die Haut hatte ausgesehen wie geschmolzenes Wachs. Der Bedauernswerte war nicht an seinen Verbrennungen gestorben, sondern erstickt, weil Mund und Nase zu einer kompakten, hässlichen Masse verschmort waren, die es ihm unmöglich gemacht hatte, zu atmen oder auch nur einen Schrei von sich zu geben.

Bei den Deutschen hatte sich die Haut auf ähnliche Weise verändert, wie Bertrand bei genauem Hinsehen nun feststellen musste. Sie war rot und sah aus wie verschmort, wenn auch nicht so entsetzlich wie in Montbards Beschreibungen über den unseligen Sklaven. Vermutlich hatten diese Männer das Gestein nicht einmal berührt, sondern waren ihm nur zu nahegekommen.

»Ich verstehe das alles nicht!«, jammerte Rudo und bedachte Bertrand mit einem anklagenden Blick. »Als ich heute früh am Eingang zum Stollen die Schichten für den Tag eingeteilt habe, war noch alles in Ordnung. Dann wurden Rufe laut, einem meiner Leute sei der Durchbruch zu einem Hohlraum gelungen. Erst als ich die Schreie hörte, wusste ich, dass etwas Furchtbares geschehen sein musste. Ich bin den Männern gleich hinterher, aber ...« Dem Deutschen versagte die Stimme, und er schluckte schwer. »Ich war wie gelähmt«, fuhr er aufgewühlt fort, »und konnte nicht einschreiten, als ich sah, wie andere Kumpel tiefer in die Höhle vordrangen, um festzustellen, woher die Schreie kamen. Ich hatte Angst und habe gezögert, anstatt ihnen zu folgen. Ich habe meinen Leuten hinterhergebrüllt, sie sollten sofort umkehren, aber sie reagierten nicht. Sie erschienen mir wie besessen!« Tränen schimmerten in seinen Augen. »Ich hätte sie vor einem solchen Unglück bewahren müssen! Es ist meine Schuld, dass sie von diesem verteufelten Berg verschluckt wurden.«

»Es ist nicht Eure Schuld, so etwas konnte niemand ahnen«, versuchte Bertrand den Mann zu beruhigen, obwohl er selbst die Aufregung verspürte, die ein solches Erlebnis mit sich brachte.

»Als mir die ersten Unglücklichen aus dem Loch entgegentaumelten, war es bereits zu spät«, fuhr Rudo weinerlich fort. »Ihre Arme und Beine brannten wie Feuer, obwohl anfangs nichts zu sehen war, hatten sie vor lauter Schmerzen ihren Verstand verloren. Ich wollte in die Höhle zurück, um den anderen zu helfen, doch ein stetiges Hämmern und ein blaugrünes Leuchten jagten mir eine höllische Angst ein. Trotzdem kletterte ich in den Durchbruch hinein. Ich sah einige Kameraden, die sich wie Schlafwandler in einem grünblauen Nebel bewegten. Ich rief ihre Namen, doch sie hörten mich nicht, weil das Hämmern aus dem Innern der Höhle immer lauter wurde. Dort konnte ich erkennen, dass die Wände mit grünlich funkelnden Kristallen bedeckt waren, von denen eine unerträgliche Hitze ausging, die bis zu mir drang, sobald ich mich ihnen näherte. Ich sah, wie sich der farbige Nebel immer rascher verdichtete und einen rasenden Wirbel bildete wie bei einer Windhose oder einem Orkan.«

Er stockte, ehe er fortfuhr: »Dann tat sich in der Mitte ein Fenster auf, in dem ich Gestalten sah ... längst Verstorbene, aber auch bekannte Gesichter von noch Lebenden.« Tränen liefen ihm über die Wangen. »Da waren meine Frau und meine Kinder. Sie riefen mir zu, ich solle endlich nach Hause kommen. Ich wollte zu ihnen, aber je näher ich ihnen kam, umso stärker wurde das Hämmern und die Hitze. Dann erschienen eine Reihe bereits verstorbener Menschen, wie die Geister meiner Ahnen, und ich sah riesige Gebäude, größer als die größten Kathedralen. Und immer wieder gleißende grünblaue Lichter, die vor meinen Augen tanzten und auf meiner Haut brannten wie Feuer. Meine Arbeiter gingen währenddessen stumpfsinnig weiter, wie Motten, die vom Licht einer Fackel angezogen werden und darin verbrennen. Spätestens in diesem Augenblick wusste ich, bei dieser Sache kann nur der Leibhaftige seine Finger im Spiel haben und dass ich mich selbst retten musste, bevor ich die anderen rette. Ich habe mich unter Aufbringung meiner letzten Kräfte abgewandt, um nicht tiefer in diesen Sog zu geraten, und bin gelaufen, so schnell ich konnte. Einige wenige vermochte ich zu überzeugen, mir zu folgen. Als wir dann glücklich den Durchbruch erreichten und hinausklettern konnten, nahmen unsere Kameraden uns draußen in Empfang. Dort war es fast Abend! Dabei war es früher Morgen, als das alles begann! Wir müssen den ganzen Tag im Berg gewesen sein und haben es nicht einmal bemerkt.« Er bekreuzigte sich und deutete mit wutverzerrtem Gesicht zum Pech de Bugarach. »Seid gewiss, Herr, in diesem Monstrum haust der Teufel mit seinen Gesellen. Ich werde keinen meiner Männer jemals mehr dort hineinschicken, ganz gleich, was Ihr uns bietet. Wir vermissen acht Kameraden, und diese armen Seelen dort drüben sind so gut wie erledigt!«, rief er und deutete mit abgrundtiefer Verzweiflung im Blick auf seine versteinert wirkenden Gefährten.

»Danke für Euren Bericht, Rudo«, entgegnete Bertrand nüchtern. »Ich gebe zu, ein solches Desaster konnte keiner von uns vorausahnen«, log er und wich tunlichst dem gehetzten Blick des Bergmanns aus. »Niemand wird von Euch verlangen, den Stollen noch einmal zu betreten. Ich werde unverzüglich nach einem Medikus schicken lassen, der Euren verletzten Kameraden hilft. Ihr und eure Leute seid umgehend von allen vertraglichen Verpflichtungen gegenüber dem Templerorden befreit. Wir werden Euch im Gegenzug für das Erlittene fürstlich entschädigen. Die Familien der Vermissten erhalten für ihre Verluste einen angemessenen Ausgleich. Auch werden wir Eure Entlohnung und die der Verstorbenen und Verletzten doppelt so hoch ansetzen wie abgemacht. Die Auszahlung erfolgt sofort und wie vereinbart in purem Silber.

Selbstverständlich dürft Ihr so rasch wie möglich in die deutschen Lande zurückkehren. Das Einzige, was ich von Euch verlange, ist absolutes Stillschweigen über alles, was hier geschehen ist und was Ihr gesehen habt. Wir werden das Tor zu Hölle, wie Ihr es nennt, unverzüglich verschließen, indem wir es wieder zuschütten und dafür sorgen, dass es für alle Zeiten verschlossen bleibt. Ihr habt mein Wort.«

»Das ist das Mindeste, was ich erwarte«, erwiderte Rudo mit einem waidwunden Blick auf die Opfer, bei denen zum Teil noch nicht sicher war, ob sie ihre Begegnung mit dem Mysterium der Templer überlebten. Falls doch, stand für Bertrand jetzt schon fest, dass die Männer dieses Ereignis niemals würden vergessen können.

Bevor Bertrand die Hütte verließ, erteilte er Fliestedens Knappen die Anweisung, einen Boten zur Templerfestung von Bézu zu entsenden, die sich einen eigenen Medikus leisteten, der seine Ausbildung im Morgenland absolviert hatte. »Bittet bei den dortigen Brüdern um heilkundigen Beistand«, befahl er dem Boten. »Sagt ihnen, es ist dringend.«

»Wie beurteilst du die Lage, Bruder?«, raunte Fliesteden ihm zu, als Bertrand ihn bat, ihm zu folgen, um abseits der Hütten ein Gespräch unter vier Augen zu führen.

»Wir haben gefunden, Wilhelm, wonach wir gesucht haben«, stellte Bertrand sachlich fest. »Alles ist genauso gekommen, wie Bruder André es damals beschrieben hat«, fügte er leise hinzu. »Im Augenblick heißt es deshalb, Ruhe zu bewahren. Womöglich bleibt uns in Zukunft nichts anderes übrig, als einen sogenannten Pakt mit dem Teufel einzugehen, um die Kräfte im Innern des Berges zu zähmen.«

Er behielt den Pech de Bugarach entschlossen im Blick, als er nach einem Moment des Schweigens von Neuem anhob: »Bring die Deutschen heim zu ihren Familien, Wilhelm, und sorge dafür, dass sie ein striktes Schweigegebot einhalten, nachdem sie in die deutschen Lande zurückgekehrt sind. Ich lasse das vermeintliche Tor zur Hölle heute Nacht vorerst verschließen und stelle, bis wir mit den übrigen Brüdern des Hohen Rates zu einem Ergebnis gekommen sind, wie wir weiter verfahren, doppelte Wachen auf.«

»Und dann?« Fliesteden warf ihm einen zweifelnden Blick zu. »Was ist, wenn wir tatsächlich finstere Mächte auf den Plan gerufen haben? Du hast mir doch selbst erzählt, was Bruder André über diese Prophezeiung berichtet hat.«

»Rede keinen Unsinn Wilhelm. Spätestens seit ich mich mit den CAPUT LVIII beschäftige, weiß ich, dass alles, was um uns herum geschieht, eine nachvollziehbare Ursache hat und man somit Einfluss auf negative Entwicklungen nehmen kann, wenn man früh genug darum weiß.« Bertrand schaute ihm verschwörerisch in die Augen. »Wir werden gemeinsam herausfinden, was genau es mit diesem neuen Vorkommen des ›Lapis ex celis‹ auf sich hat und ob wir den Stein nicht doch für unsere Zwecke nutzen können. Oder glaubst du ernsthaft, ich lasse mich wegen André de Montbards düsterer Prophezeiung von weiteren Untersuchungen abhalten?«

KAPITEL 1

JANUAR 1316
PARIS / FESTUNG BOIS DE VINCENNES

Im Auftrag des Königs

Die Pflastersteine waren mit Eis überzogen und so glatt, dass nicht einmal die Kaltblüter mit ihren speziellen Hufeisen Halt darauf fanden, als der Wagen der Gens du Roi in den Innenhof der Festung Bois de Vincennes einbog. Kaum, dass sie die Zufahrt passiert hatten, glitt eines der Tiere aus und ging in die Knie. Dabei rutschte das hölzerne Gefährt auf dem glatten Eis mit Wucht zur Seite und schmetterte Rufus de la Motte im Innern des Wagens von seinem provisorischen Lager gegen die Wand aus massiven Eichenbrettern. Er schrie heiser auf, als ein Schmerz durch ihn hindurch raste, den er wie glühendes Eisen empfand, das man ihm durch Hüfte und Oberschenkel rammte. Er hatte alle Mühe, sich nicht zu übergeben, während sein Atem so schnell ging, dass sich in der Kälte helle Wölkchen vor seinen Lippen bildeten, die sich in der frostigen Luft sofort wieder auflösten.

Unvermittelt riss von außen jemand die Tür auf. Es war der Wagenlenker, der auf einem der beiden Zugpferde gesessen hatte. Man sah ihm nicht an, ob er auch verletzt war, doch er schien zu ahnen, welche Qualen de la Motte wegen seiner ungeschickten Fahrweise erleiden musste.

»Verzeiht mir, edler Herr«, nuschelte er, weil ihm vorne sämtliche Zähne fehlten. Er setzte zu einer unterwürfigen Verbeugung an. »Ihr könnt nun aussteigen.«

»Ach ja? Und wie soll ich das anstellen, du Tollpatsch?«, polterte de la Motte. »Ich kann mich kaum bewegen! Man sollte dich häuten und bei lebendigem Leib den Schweinen zum Fraß vorwerfen.«

Der Kopf des Mannes zog sich abrupt aus der Tür zurück und wich dem schmalen Gesicht von Baptiste de Neuville. Der heldenhafte Agent der Gens du Roi hatte ihm durch seinen furchtlosen Einsatz das Leben gerettet. Er gehörte zu den wenigen Offizieren, die das Massaker von Waldenstein unverletzt überlebt hatten.

»König Louis erwartet dich schon ungeduldig«, stieß er aufgeregt hervor »Du sollst ihm umgehend Meldung machen, was in den deutschen Landen geschehen ist.«

»Der König kann mich mal«, zischte de la Motte, der nach tagelanger Reise in eisiger Kälte dem Tod näher war als dem Leben. Louis X. war der Letzte, dem er in diesem Zustand Bericht erstatten wollte. Und das nicht nur, weil er den Sohn Philipps IV. von Franzien für einen eingebildeten, launischen Gecken hielt.

Äußerlich kam der junge Thronerbe ganz nach seinem Vater. Ein blonder Schönling, der keinerlei Rücksicht auf das Wohlergehen seiner Untertanen nahm, wenn es für ihn darum ging, einen Sieg zu erringen. Im Unterschied zu seinem Sohn war König Philipp auch bei schlechten Nachrichten beherrscht geblieben. Sein ältester Sprössling dagegen war ein über die Landesgrenzen hinaus bekannter Choleriker, der keine kriegerische Auseinandersetzung scheute, was Louis X. schon vor seiner Thronbesteigung den Beinamen »der Zänker« eingebracht hatte.

Entsprechend vorgewarnt, ließ sich de la Motte nur ungern von den herbeieilenden Pagen auf eine Trage betten und in die königlichen Gemächer bringen. Laufen konnte er mit seiner verletzten Hüfte und dem aufgeschlitzten Oberschenkel beim besten Willen nicht mehr.

»Was soll das? Könnt Ihr nicht aufrecht stehen und Euch vor Eurem König verbeugen, wie es sich geziemt?«, krakeelte Louis X. mit rotem Kopf, als er de la Motte auf der Trage liegend erblickte. Die Diener hatten ihn hastig und ohne ein Wort der Erklärung vor dem lodernden Kaminfeuer abgesetzt und sich mit unterwürfigen Verbeugungen wohlweislich aus dem Staub gemacht.

»Bei Gott, schaut Euch nur an!«, lamentierte der junge König weiter. »Konntet Ihr Euch nicht wenigstens waschen, bevor ihr vor Eurem Herrscher erscheint? Ihr stinkt wie ein Ziegenbock, und Euer Bart sieht aus wie das Nest einer Amsel. Lasst Euch dieses hässliche Gestrüpp noch heute von einem Diener abnehmen! Nicht nur, weil es mich an die Templer erinnert, auch wegen der Läuse, die sich darin tummeln.«

De la Motte schloss gequält die Augen und gab sich seinen gewalttätigen Phantasien hin, in denen er aufsprang und den König mitsamt seinen üppigen Gewändern ins Kaminfeuer stieß. Während der Monarch in seiner morbiden Vorstellung lichterloh brannte, versuchte er für einen Moment zu verdrängen, warum er überhaupt hier war.

Doch der König, der an seinem Bericht interessiert war, dachte nicht einmal daran, ihn einfach ziehen zu lassen.

Als de la Motte den Fehler beging, seine verquollenen Lider wieder zu öffnen, sah er, dass Louis X. sich ihm mit dem lauernden Blick eines Reptils genähert hatte, das sichergehen will, ob sein Opfer auch stillhält, während es bei lebendigem Leib gefressen wird.

»Was ist geschehen? Und wo ist Inquisitor Eugene Lacroix mitsamt den Soldaten der Gens du Roi, die ihm bei der Erfüllung seines Auftrages zur Seite stehen sollten?«, raunte der König gefährlich leise und verengte die Lider wie eine Raubkatze kurz vor dem Sprung. »Wie kann es sein, dass nur ein kleiner Teil der Leute zurückgekehrt ist, die wir, wie von Lacroix verlangt, nachträglich zur Unterstützung in die Grafschaft Luxemburg entsandt haben. Und warum, bei allen Heiligen, seht Ihr aus wie der leibhaftige Tod. Gab es auf Eurer Reise denn nichts zu essen? Und wer hat Euch diese grauenhafte Verletzung beigebracht? Wenn mich nicht alles täuscht, wütet bereits der Wundbrand darin. Ihr bietet ein Bild des Jammers, das einem Marschall der königlichen Geheimpolizei nicht würdig ist. Ich sollte Euch auf der Stelle gegen einen anderen Offizier austauschen lassen. Aber ich will mich gnädig erweisen und gebe euch eine letzte Gelegenheit, Euren Fehler wieder gut zu machen. Also berichtet.«

»Es ist eine längere Geschichte, Sire«, versuchte de la Motte sein Glück, wohl wissend, dass er bereits zum Scheitern verurteilt war.

»Dann fasst Euch kurz«, schnappte der König ungehalten. »Damit Ihr fertig werdet, noch bevor Ihr zur Hölle fahrt«, fügte er unfein hinzu.

»Wir haben die Templer, die in Chinon entkommen sind, in den deutschen Landen gestellt«, stieß de la Motte unter heftigen Schmerzen hervor. »Und wir konnten ihren ehemaligen Kommandeur-Leutnant auf der Festung von Vianden festsetzen. Doch er ist uns durch einen Zauber entkommen. Als wir ihn und seine Männer schließlich auf einer Burg in Lothringen gefangen nehmen wollten, kam es zum Kampf. Unsere Feinde verfügten über eine unerwartet schlagkräftige Verstärkung, mit der keiner von uns gerechnet hatte. Wenn Ihr mich fragt, waren es allesamt ehemalige Templer, denen nach dem Prozess in Paris die Flucht gelungen ist. Inquisitor Eugene Lacroix und unseren tapferen Hauptmann Michelle de Thionville hat es dabei erwischt. Sie und auch noch andere von uns wurden von diesen Teufeln getötet. Ich selbst wurde von einer Übermacht der Feinde niedergerungen und mit dem Schwert zum Krüppel geschlagen. Nur weil ich mich totgestellt habe, bin ich noch am Leben. Hauptmann Baptiste de Neuville hat mir das Leben gerettet, indem er mich später halbtot vom Schlachtfeld aufgelesen hat. Es wäre zu gnädig, mein König, wenn Ihr mir Euren Medikus zur Verfügung stellen könntet, damit ich so rasch wie möglich wieder auf die Beine komme und eine neue Mannschaft aufstellen kann, um unsere Niederlage bitter zu rächen.«

»Wovon redet Ihr überhaupt?« Der König starrte ihn an wie eine unerwünschte Erscheinung. Offenbar hatte er irgendwo auf dem Weg zum Ende der Geschichte den Faden verloren.

»Äh …« De la Motte überlegte rasch, ob er trotz seines jämmerlichen Zustands von Neuem beginnen sollte, oder ob der König sich mit dem bisherigen Bericht womöglich zufriedengab.

Louis X. schaute ihn unterdessen lauernd an. »Was habt Ihr da von einem Zauber gefaselt? Könnt Ihr Euch nicht präziser ausdrücken? Was soll das sein?«

»Wir haben den CAPUT LVIII gefunden, jenes geheimnisvolle Haupt, das durch sämtliche Verhörprotokolle der Templer geistert und das Euer Vater zu Lebzeiten sehnlichst begehrte«, berichtete de la Motte mit schwacher Stimme. »Dieses merkwürdige sprechende Haupt hat ihm bis zu seinem allzu frühen Tod keine Ruhe gelassen, weil es seinem Besitzer angeblich sämtliche Wünsche erfüllt, wie die Legenden behaupten. Bisher dachten wir, Thionville und Lacroix wären nur einem Hirngespinst hinterhergejagt, aber nun steht fest, dieses Haupt existiert tatsächlich. Ich habe mit eigenen Augen gesehen, wie sich Gerard von Breydenbach, der ehemalige Kommandeur-Leutnant der Templer von Bar-sur-Aube im Kerker von Vianden mithilfe dieses magischen Hauptes vor unseren Augen in Nichts aufgelöst hat. Nur Stunden später stand er quicklebendig und voll aufgerüstet vor uns, als wir seine Burg in Lothringen angegriffen haben. Und das, obwohl Lacroix ihn zuvor in Vianden so sehr aufs Rad geflochten hat, dass ihm sämtliche Knochen gebrochen und Sehnen gerissen sind. Doch als Breydenbach uns dann später mit seiner Armee auf freiem Feld attackierte, fehlte ihm nicht das Geringste! Er konnte reiten wie der Teufel und erschien mir vollkommen gesund.«

»Ihr fiebert«, erklärte der König kalt. »Das kommt vom Wundbrand. Sobald wir hier fertig sind, werde ich sogleich meinen Medikus holen lassen.«

Obwohl ihm die Aussicht auf einen Medikus wie eine Erlösung erschien, hätte de la Motte fluchen können vor Wut. Anscheinend hatte der König ihm gar nicht zugehört, geschweige denn, ihm auch nur ein Wort geglaubt. »Mag ja sein, dass mein Gesicht glüht, weil ich zu nah am Feuer liege«, krächzte er mit ausgetrocknetem Mund, »aber ich habe kein Fieber und bin im Vollbesitz meiner geistigen Kräfte, Gott sei mein Zeuge.« Mit theatralischer Miene streckte er seine Rechte wie zum Schwur zur Decke, obwohl ihn die Schmerzen beinahe umbrachten. »Außerdem war ich nicht allein bei dieser Beobachtung«, stieß er keuchend hervor, »Baptiste de Neuville war auch dabei und kann es bezeugen. Euer Vater hatte recht: Der Orden war und ist mit dem Teufel im Bunde.«

Der unübersehbar verwirrte König wies seinen Diener mit einem ungehaltenen Fingerschnippen an, de la Motte von seinem Wein einzuflößen. »Und wo ist dieser CAPUT LVIII jetzt? Habt ihr diesen sprechenden Kopf wenigstens mitgebracht?«

»Nein. Er ist ebenso verschwunden wie Breydenbach und sein Begleiter, der mit ihm im Kerker war und sich mit dem Haupt auszukennen schien«, antwortete de la Motte kraftlos, nachdem er einen großen Schluck Weißwein aus dem dargebotenen Kelch getrunken hatte. »Aber seine Besitzer wissen ganz bestimmt, was genau es mit diesem Kopf auf sich hat und wo er sich befindet, da bin ich mir sicher. Wenn wir diesen Teufelsbrüdern endlich Herr werden und sie gefangen setzen, werden wir es erfahren.«

»Nicht gerade das, was wir uns erhofft hatten«, befand der König knapp und schien erneut über de la Mottes unglaubliche Aussagen nachzugrübeln. »Also gut. Ich werde Eure überlebenden Mitstreiter ebenso zu der Sache anhören und sehen, ob mich ihre Aussage zusätzlich zu überzeugen vermag. Wenn es stimmt, was Ihr sagt, und dieses Haupt solche Wunder vollbringen kann, muss ich es unbedingt haben. Danach sehen wir weiter, ob man sich tatsächlich mit dem Teufel verbünden muss, um seine Zauberkraft zu nutzen. Da ich den Kreis der Mitwisser klein halten möchte, werden wir mit einer neuen Mission zumindest so lange warten, bis Ihr genesen seid. Dann werdet Ihr Euch inkognito, nur in Begleitung einiger Agenten, zurück in die deutschen Lande begeben. Ich will diesen Kopf und das Geheimnis, das sich darum rankt, mit eigenen Augen sehen. Und natürlich auch deren Besitzer solltet ihr tunlichst verhaften und hierherschaffen. Also werdet Ihr einen Plan ausarbeiten, wie wir die Leute fassen und zum Reden bringen können. Und was die Einzelheiten betrifft, so erwarte ich schnellstmöglich einen ausführlichen Bericht, den ich umgehend an Bernardus Guidonis nach Toulouse überbringen lasse. Er wird künftig als oberster Inquisitor des Landes die Aufgaben von Eugene Lacroix übernehmen.«

Bevor de la Motte auch nur aufstöhnen konnte, fügte der König hinzu: »Ich werde Euch außer meinem Leibarzt zudem einen Schreiber, einen Diener und eine Leibeigene zur Verfügung stellen, die für die Befriedigung Eurer … Bedürfnisse sorgen wird, damit es Euch möglichst bald besser geht.« Mit einem Grinsen wandte er sich ab und rief seinen Kammerdiener herbei, der die ganze Zeit wie eine Statue regungslos in einer Ecke des Raumes gestanden hatte. »Geh und hol Justine. Sie soll sich waschen und etwas Hübsches anziehen. Wenn sie nichts hat, gib ihr ein paar Kleider von der Zofe meiner Gemahlin.«

Der Diener eilte davon.

Kurz darauf erschien eine anmutige Frau mit rotblondem Haar, das zu dicken Zöpfen geflochten war, die ihr bis aufs Hinterteil reichten. Ihrem reifen Gesichtsausdruck nach zu urteilen war sie mindestens fünfundzwanzig, vielleicht sogar älter, was aufgrund ihrer aufreizenden Kleidung und ihrer drallen

Gestalt nicht zweifelsfrei zu ersehen war. Sie trug ein enges, bodenlanges Kleid aus hellblauer Seide, mit einer raffinierten Schnürung und einem tiefen Ausschnitt versehen, der ihre vollen Brüste erst so richtig zur Geltung brachte. Ihr Hintern war rund und prall, was nicht zu übersehen war, als sie sich anmutig vor dem König verbeugte.

Trotz seiner Pein konnte sich de la Motte beim Anblick ihrer vollen Lippen ohne weiteres vorstellen, wie es sein würde, wenn sie sich mit ihrer flinken Zunge seinem Allerheiligsten widmete. Prompt wurde er hart. Was er als gutes Zeichen wertete. Offenbar hatte der König instinktiv das richtige Weib ausgewählt, um seine Lebensgeister zu wecken und ihn damit so rasch wie möglich wieder auf die Beine zu bringen.

»Das ist Justine«, stellte der König sie mit hintergründigem Grinsen vor. »Sie verfügt über Begabungen, die sogar Totgeglaubte wieder ins Leben zurückholen können, wenn ihr wisst, was ich meine.« Er ließ seinen Blick auffällig zu de la Mottes Schritt wandern, der aller Pein zum Trotz auf Justines Auftritt gut sichtbar reagierte. »Deshalb bin ich guter Dinge, dass die Gesellschaft dieses Weibes Euch in jeder Hinsicht rasch wieder aufrichten und Eure Genesung schnell voranschreiten wird, so dass Ihr Euren Auftrag zu meiner Zufriedenheit zu Ende führen könnt.«

Mit einer affektierten Bewegung drehte Louis X. sich zu der jungen Frau um, die seine herablassende Vorstellung mit einem unterwürfigen Lächeln honorierte.

»Das, meine Liebe«, sagte er und deutete auf de la Motte, »ist der oberste Befehlshaber meiner Geheimpolizei, Marschall Rufus de la Motte. Ich will, dass du ihm jeden Wunsch von den Augen abliest und alles tust, was er verlangt, auf dass er bald wieder ganz der Alte ist. Es wäre jammerschade, würde er stattdessen das Zeitliche segnen. Denn für dich würde es bedeuten, dass ich dich bei lebendigem Leib mit ihm zusammen begraben lassen müsste.« Er machte eine kurze Pause, um das aufflackernde Entsetzen in Justines blauen Augen zu genießen. »Haben wir uns verstanden?«

»Sehr wohl, mein König«, flüsterte sie mit zitternden Lippen.

»Brav«, lobte Louis und erwiderte ihre Demut mit der Miene eines unschuldigen Lammes, in dessen glühenden Augen die Anwesenheit des Leibhaftigen loderte. »Dann kannst du jetzt gehen.«

Die schöne Rothaarige entschwand spürbar erleichtert zur Tür hinaus, nachdem der König sie mit einer wedelnden Handbewegung entlassen hatte.

Louis wandte sich daraufhin wieder seinem ungeliebten Patienten zu und schnippte erneut mit den Fingern in Richtung seines Dieners. »Sorge dafür, dass man dem Marschall ein angemessenes Quartier im Westflügel gleich neben meinen Gemächern zur Verfügung stellt. Außerdem soll sich mein Leibarzt um seine Wunden kümmern.«

Der Diener nickte und machte sich augenblicklich davon, während der König einen Schritt auf de la Motte zuging und ihm verbindlich in die Augen sah.

»Und nun zu Euch, mein Lieber. Dies alles geschieht nur, damit Ihr das unfassbare Geheimnis der Templer lüftet, verstanden? Ich brauche wohl nicht zu betonen, dass Euer Leben nach der schmachvollen Niederlage in den deutschen Landen keinen Pfifferling mehr wert ist. Aber ich gebe Euch eine allerletzte Chance. Denkt ja nicht, ich belohne Euch am Ende noch für Eure Unfähigkeit!«

»Gewiss nicht, Sire«, antwortete de la Motte gepresst und senkte unterwürfig den Blick, obwohl Zorn in ihm aufloderte. Er hätte sich denken können, dass dieser Idiot seine Tapferkeit nicht zu schätzen wusste.

»Sobald Ihr halbwegs wieder laufen könnt, werdet Ihr eine neue Truppe zusammenstellen und mir das Mysterium der Templer so rasch wie möglich überbringen. Allerdings nicht, indem Ihr wie letztes Mal mit der Tür ins Haus fallt und dabei fast die gesamte Truppe verliert. Diesmal werdet Ihr Euch zusammen mit Euren Männern auf die natürlichen Qualitäten eines Geheimagenten besinnen und eine List anwenden. Lasst Euch etwas einfallen, wie Ihr die Ordensbrüder dorthin bringt, wo wir sie haben wollen. Zeit genug habt Ihr.«

»Zu Euren Diensten, mein König«, stieß de la Motte unterwürfig hervor, obwohl er diesen Dämon in Menschengestalt am liebsten gevierteilt hätte.

Er hatte nicht die geringste Ahnung, wie er eine neuerliche Mission zum Erfolg führen sollte, schon gar nicht in seinem Zustand, aber das würde er gegenüber Louis X. nicht zum Besten geben. »Ich schwöre Euch bei meinem Leben, Sire«, sagte er fest und versuchte trotz seiner Schwäche, seiner Aussage mehr Überzeugungskraft zu verleihen, indem er seine Stimme hob. »Diesmal werden wir Euch liefern, was Ihr begehrt. Und die Hüter des Mysteriums gleich mit dazu.«

KAPITEL 2

APRIL 1316
– DREI MONATE SPÄTER –
HERZOGTUM LOTHRINGEN / BURG WALDENSTEIN

Schuldgefühle

Der Morgen dämmerte bereits über Burg Waldenstein, als Amelie erwachte. Draußen war es kalt und neblig. In der Nacht hatte es geregnet, was sie an den Tropfen erkennen konnte, die an dem kleinen Burgfenster herunterperlten.

Noch immer müde, streckte sie sich unter ihrer gemütlichen Daunendecke und gähnte. Struan hatte ihr gemeinsames Baldachinbett bereits verlassen und stieg vor ihren Augen – nackt wie er war – in seine Unterkleider. Zuvor hatte er Holz nachgelegt. Im offenen Kamin prasselte ein munteres Feuer, das die kleine Kammer zunehmend wärmte und in der Dämmerung neben den Stundenkerzen für heimeliges Licht sorgte.

Während Struan sich über die Schüssel auf der Kommode beugte und das Gesicht wusch und die Zähne putzte, suchte Amelie nach einer passenden Gelegenheit, ihn anzusprechen. Sie hatte schon wieder von ihrem Vater geträumt. So war es schon, seit ihre Schwangerschaft sichtbar voranschritt. Meistens lächelte der alte Bratac milde und empfing sie herzlich und mit offenen Armen. Amelie weinte dagegen oft im Traum und versuchte ihm zu erklären, warum sie ihn vor Jahren ohne ein Lebenszeichen zurückgelassen hatte. Doch bevor sie ihm versichern konnte, wie sehr sie ihn vermisste und dass er schon bald Großvater sein würde, verblasste sein Bild, und der Traum verflüchtigte sich.

Struan, der von alledem nichts ahnte, kämmte seine störrischen schwarzen Locken und den kurz geschorenen Bart, bevor er sich zu ihr umwandte und ihr mit einem Lächeln und einem Augenzwinkern seine Liebe gestand.

Vielleicht war das der Grund, warum Amelie sich ermutigt fühlte, nicht länger zu warten und ihm zu beichten, was ihr seit Monaten auf dem Herzen brannte. »Ich möchte nach Franzien reisen, um herauszufinden, ob mein Vater noch lebt«, erklärte sie schlicht. »Falls es so ist, soll er wissen, dass ich ein Kind erwarte, und dass er noch zu Lebzeiten einen Enkel haben wird.«

Struans freundlicher Gesichtsausdruck erstarrte augenblicklich zu Eis.

»Wir können nicht zurück nach Franzien«, beschied er ihr schroff, nur um gleich um einiges sanfter hinterher zu schieben: »Verstehst du das denn nicht?«

Vom flackernden Kaminfeuer geisterhaft beleuchtet, funkelte er Amelie mit seinen schwarzen Augen so durchdringend an, dass ihr Angst und bange wurde. Sie hatte großen Respekt vor ihrem Ehemann – und das nicht nur, weil er zwei Köpfe größer war als sie und seiner unglaublichen Kraft wegen mit ihr tun und lassen konnte, was ihm beliebte. Doch er hatte sie noch nie gezüchtigt, obwohl er als ihr Ehemann und Gebieter jederzeit das Recht dazu gehabt hätte. Nein, es war die eisige Kälte, die sich so gnadenlos in seinem sonst so liebevollen Blick spiegelte, die Amelie frösteln ließ. So kannte sie ihn gar nicht. Bisher hatte er ihr jeden Wunsch von den Augen abgelesen. Aber nun erschien ihr der Ausdruck seines kantigen Gesichts unerbittlich.

»Aber …« Sie versuchte es noch einmal. Diesmal mit einem waidwunden Blick, dem er gewöhnlich nicht widerstehen konnte.

»Nichts aber«, widersprach er ihr streng. »Und ich will auch nichts mehr davon hören! Ich will, dass du mir gehorchst, so wie es sich für eine Ehefrau geziemt. Hast du verstanden?«

Amelie nickte gehorsam, obwohl sie ihm am liebsten widersprochen hätte. Doch wie es aussah, hatte er augenblicklich kein Ohr für ihre Sorgen.

Als erster Offizier der Truppen von Waldenstein war Struan seinem besten Freund Gero zu Diensten, der erst vor Kurzem zum Grafen von Lichtenberg zu Waldenstein ernannt worden war. Nun sollte Struan ihm helfen, ein Turnier auszurichten, das in knapp zwei Wochen zu Ehren von Geros Verwandtschaft stattfinden würde. Die Vorbereitungen waren in vollem Gange, und es blieb nur noch wenig Zeit, den Turnierplatz und die Zuschauertribünen mit den Ehrenlogen zu erneuern. Neben Johann II., dem jungen Landgrafen von Lichtenberg und dessen Oheim Landgraf Johann I. hatte Geros Tante mehr als fünfzig Rittergeschlechter mit deren Gefolge geladen.

»Wir dürfen uns keinesfalls vor all diesen Leuten blamieren«, hatte Gräfin Margaretha ihre Helfer erst kürzlich beim Frühessen ermahnt.

Vermutlich war es der falsche Zeitpunkt gewesen, dachte Amelie, Struan mit ihrem persönlichen Anliegen zu bedrängen.

Den Tränen nahe verzichtete sie darauf, ihn weiter zu behelligen. Sie kannte ihn lange genug, um zu wissen, dass es sinnlos war, ihn um etwas zu bitten, wenn er sein abweisendes Gesicht aufsetzte. Er war Schotte und seine Dickköpfigkeit geradezu sprichwörtlich, wenn ihm etwas gegen den Strich ging.

»Es war dumm von mir«, sagte sie schmallippig, was Struan nicht entgehen konnte. »Ich hätte dich gar nicht erst mit einer solchen Frage belästigen dürfen. Ich weiß auch nicht, was in mich gefahren ist.«

»Amelie …« Er schaute sie beschwörend an, während er in seine abgetragene Lederhose stieg, die er üblicherweise bei Übungskämpfen zu Pferd trug. »Ich weiß, dass dir nichts wichtiger ist, als das Schicksal deines Vaters zu ergründen. Aber es wäre ein großer Fehler, in Zeiten wie diesen nach Franzien zu reisen. Nach unserem letzten Kampf gegen die Gens du Roi sind etliche franzische Söldner entkommen. Gero hat vergeblich die gesamte Umgegend der Burg absuchen lassen. Selbst von Rufus de la Motte, den er während des Kampfes aus dem Sattel geworfen und mit dem Schwert aufgeschlitzt hat, gab es nicht die geringste Spur. Dabei war der Mann so gut wie tot! Wahrscheinlich sind de la Motte und seine engsten Spießgesellen trotz ihrer schweren Verletzungen nach Franzien entkommen und haben dem franzischen König von ihrer Niederlage berichtet. Er und diese Höllenhunde der Gens du Roi werden garantiert auf Rache sinnen. Zudem weiß de la Motte nun endgültig um unser Geheimnis. Er hat mit eigenen Augen gesehen, wie Gero zusammen mit Tom aus dem Kerker verschwunden ist, als wäre er ein Spuk. Schon deshalb müssen wir dringend Verbündete suchen, die uns beistehen, falls die Gens du Roi erneut angreifen.« Ungehalten schüttelte er den Kopf. »Und da kommst du und willst, dass wir ausgerechnet jetzt nach Franzien reisen, um nach deinem Vater zu suchen.«

»Wir könnten ihm einen Boten schicken, der ihm eine Nachricht überbringt, dass er zu uns kommen soll.«

»Damit die Gens du Roi den Brief abfängt und deinen Vater in den Kerker steckt, um uns zu erpressen? Er hat nicht die geringste Ahnung, dass du mit einem Templer in die deutschen Lande geflüchtet bist und schon gar nicht davon, was uns seitdem alles widerfahren ist. Falls er noch lebt, bringst du ihn mit deiner Unbedachtheit nur in höchste Gefahr. Willst du das?«

Amelie schwieg. Sie hatte kein Argument, um Struans Befürchtungen vom Tisch zu wischen. Fast vier Monate waren sie seit ihrer Rückkehr aus der Zukunft nunmehr auf Burg Waldenstein, und ihre Schwangerschaft machte sichtbare Fortschritte. In spätestens drei Monaten würde ihr Kind das Licht der Welt erblicken. Danach würde sie erst recht keine Möglichkeit mehr haben, ihren Vater zu besuchen. Falls er noch lebte, was sie inbrünstig hoffte. Schließlich waren mehr als acht Jahre vergangen, seit sie mit Struan aus Bar-sur-Aube in die deutschen Lande entkommen war, ohne ihrem damals fast fünfzigjährigen Vater einen Hinweis auf ihren zukünftigen Verbleib zu hinterlassen, geschweige denn, ihm den Grund dafür zu nennen.

Struan zog sich wortlos das wattierte Unterwams über und legte mit einer routinierten Bewegung sein Kettenhemd an, das er immer trug, sobald er den Burghof verließ. Anschließend streifte er den Wappenrock derer von Lichtenberg zu Waldenstein über, den er mit dem gleichen Stolz trug wie zuvor seine Templerchlamys.

»Warum bleibt mir der Eindruck, dass du mit meiner Entscheidung nicht einverstanden bist?« Struan hob eine seiner scharf geschnittenen schwarzen Brauen und schaute Amelie misstrauisch an. »Verstehst du denn nicht, wie gefährlich dein Wunsch ist? Dein Vater würde Fragen stellen, die du ihm nicht beantworten kannst. Du könntest ihm unmöglich die Wahrheit erzählen. Wie wolltest du ihm erklären, wo du die letzten Jahre gewesen bist und was du erlebt hast?«

Amelie warf ihm einen ungläubigen Blick zu. »Ich will doch nur, dass er von seinem Enkel erfährt. Oder denkst du etwa, ich würde ihm von unseren Reisen durch die Zeit berichten?«

Er bedachte sie mit einem zweifelnden Blick und stieg in seine riesigen Stiefel. »Ich habe nicht die leiseste Ahnung, wie sehr du dich deinem Vater verpflichtet fühlst. Wir haben seit jenem Tag, als wir den Häschern Philipp IV. entkommen sind, nicht mehr über ihn geredet. Aber ich bin sicher, es würde dir schwerfallen, ihn zu belügen.«

Amelie kräuselte verärgert die Stirn. »Nicht einmal die Gräfin oder Geros Mutter wissen, was uns in Wahrheit widerfahren ist. Warum sollte ausgerechnet ich meinen Vater in ein solches Mysterium einweihen?«

»Damit du erst gar nicht in Versuchung gerätst und dein Vater weiter ein beschauliches Leben führen kann, werden wir ihn unbehelligt lassen«, bestimmte Struan abschließend mit seiner tiefen Reibeisenstimme, die für ihn charakteristisch war und ließ mit seinem entschlossenen Blick keinen Zweifel aufkommen, dass er es auch so meinte. Zum Schluss schnappte er sich sein riesiges Claymore-Schwert, das bei Nacht stets griffbereit unter dem Bett lag. Den Gurt würde er draußen auf dem Hof anlegen, weil die furchteinflößende Waffe zu lang und zu sperrig war, um damit durch eine Tür zu passen, wenn man sie auf dem Rücken trug, schon gar nicht bei seiner Größe von fast sieben Fuß.

»Wann kommst du zurück?« Amelie versuchte sich an einem arglosen Blick, um das Thema zu wechseln, obwohl sie Struan am liebsten zum Teufel gewünscht hätte.

»Zum Frühessen«, versprach er ihr. »Dann treffen wir uns unten in der Halle. Falls du mir nicht mehr grollst«, fügte er mit einem entschuldigenden Augenzwinkern hinzu. Während er sich zu ihr hinunterbeugte und sie mit seinen weichen Lippen zum Abschied küsste, fielen die schwarzen, kinnlangen Locken in sein kantiges Gesicht. Seine große Nase berührte sanft die ihre, und sein kurzer, rabenschwarzer Bart kratzte ein wenig, als sein Kuss leidenschaftlicher wurde und er seine starken Finger besitzergreifend in ihrer blonden Mähne vergrub. Sie hatte zurückweichen wollen, doch er ließ sie nicht los, sondern hielt ihren Kopf fest, während seine Zunge mit ihrer spielte. Es war seine Art, sich bei ihr zu entschuldigen. Er ließ das Schwert auf den Boden gleiten und setzte sich zu ihr aufs Bett.

Amelie spürte, wie ihr Herz heftiger schlug und seine Liebkosungen sie so sehr erregten, dass sie sich ihm verlangend entgegenstreckte. Eher unbeabsichtigt weitete sich der Ausschnitt ihres dünnen Nachthemds, und seine schwielige Rechte wanderte zu ihren vollen Brüsten und knetete sie sanft. Ihr leises Stöhnen entging ihm nicht, und seine Lippen suchten sich einen Weg zu ihrem schlanken Hals.

»Ich will dich«, flüsterte sie mit bebenden Lippen und war versucht, ihn noch näher zu sich aufs Bett zu ziehen.

»Nicht jetzt, mein Herz«, raunte er und streichelte über ihren gewölbten Leib. »Das heben wir uns für später auf, wenn ich zurück bin und wir uns gemeinsam zur Nacht begeben. Sag deiner Dienerin, sie soll Wein und Gebäck bringen, dann werden wir uns einen lustvollen Abend bereiten.« Mit einem verliebten Blick stand er auf, nahm sein Schwert und wandte sich zur Tür. Dann verschwand er ohne einen weiteren Abschied hinaus auf den Flur.

Amelie wusste, dass sie ihm mit Haut und Haaren verfallen war. Seit dem Tag, an dem sie ihn zum ersten Mal in Bar-sur-Aube gesehen hatte. Keiner der dortigen Templer war stattlicher gewesen. Keiner wirkte geheimnisvoller – und keiner hatte sich weniger für sie interessiert. Erst nachdem sie allen Mut zusammengenommen und ihn heimlich um ein Treffen gebeten hatte, war ihr klar geworden, wie sehr auch er sie begehrte. Struan war der loyalste und liebevollste Mann, den man sich vorstellen konnte. Aber auch der störrischste. In ihrer Ehe lief alles nach seinen Vorstellungen. Ein Preis, den Amelie bereit gewesen war zu zahlen, als sie ihm in die deutschen Lande folgte.

Obwohl sie im Herzen immer eine Rebellin gewesen war, die von ihrem Vater stets bekam, was sie begehrte, hatte sie sich an Struans Seite vollkommen verändert. Sie war zaghaft, ja ängstlich geworden, was gewiss an all den schrecklichen Ereignissen lag, die sie zusammen mit ihm durchgestanden hatte. Spätestens seit dieser Zeit wusste sie, dass nur er sie vor weiteren Gefahren beschützen konnte. Er war so viel mutiger und stärker als sie. Und auf eine eigentümliche Weise genoss sie es, ihm gehorsam zu sein. Bei ihm fand sie jene Geborgenheit, die sie als Kind bei ihrem Vater verspürt hatte und die sie seit ihrer Flucht aus Bar-sur-Aube so sehr vermisste. Doch nun brach erneut die

Rebellin aus ihr hervor. Sie würde nichts unversucht lassen, um endlich herauszufinden, ob ihr Vater noch lebte und ihre Abbitte akzeptieren würde, obwohl sie ihn vor Jahren so schmählich im Stich gelassen hatte. Darüber hinaus *musste* der inzwischen alte Mann erfahren, dass er Großvater wurde, notfalls auch ohne Struans Zustimmung. Dann konnte ihr Vater selbst entscheiden, wie er mit dieser Neuigkeit umgehen wollte. Andernfalls würde sie ewig mit sich hadern, wenn sie es nicht einmal versucht hatte, ihn wiederzusehen.

KAPITEL 3

APRIL 1316
PARIS / FESTUNG BOIS DE VINCENNES

Die Rache des Inquisitors

Auf dem flachen Gelände rund um die Festung dämmerte bereits der Morgen, als Rufus de la Motte sich mit einem gequälten Laut auf seiner durchaus bequemen Matratze herumdrehte. Wenngleich er die Annehmlichkeiten seines fürstlichen Apartments genoss und der Medikus des Königs sich regelmäßig um seine gesundheitlichen Belange kümmerte, war er ganz und gar nicht zufrieden mit dem Fortgang seiner Genesung.

Zu allem Übel machte ihm das Wetter einen Strich durch seine hochtrabenden Pläne. Trotz des beginnenden Frühlings hatte es wieder zu schneien begonnen. Bereits der Winter war in diesem Jahr ausgesprochen eisig gewesen, und der lang andauernde Schneefall mit den unpassierbaren Straßen hatte dem Land eine verheerende Hungersnot mit vielen Toten beschert.

Am Königshof hatten sie von dieser unseligen Entwicklung nur wenig mitbekommen. Wenn es aber darum ging, eine passende Truppe zusammenzustellen, mit der er möglichst rasch und unerkannt in die deutschen Lande reisen konnten, war er nicht nur auf ein gesundes Bein, sondern auch auf halbwegs trockene Witterung angewiesen.

Zu allem Übel erkundigte sich Bruno, der junge Kammerdiener, den Louis X. ihm neben Justine Rosmand an die Seite gestellt hatte, beinahe täglich im Auftrag seiner Majestät nach seinem werten Befinden.

»Der König schickt mich, Herr«, verkündete der schlaksige Kerl mit dem Charme eines dahergelaufenen Straßenköters wie jeden Morgen, wenn er zur Organisation der Tagesgeschäfte erschien. Wobei er de la Motte mit der immer gleichen näselnden Stimme, nach all den Wochen des Zuwartens schier in den Wahnsinn trieb. »Ich soll fragen, ob Ihr Euch besser fühlt«, fügte er scheinheilig hinzu.

»Nein, verdammt nochmal. Es geht mir beschissen, das siehst du doch«, fauchte de la Motte ihn an. Er war sicher, dass es sich bei Bruno um einen durchtriebenen Tagedieb handelte, der sich zweifellos in ein Heer unzuverlässiger Dienstboten einreihte, die zu Klatsch und Bestechlichkeit neigten. Außerdem war de la Motte sicher, dass der Kerl ihn im Auftrag des Königs ausspionierte, um herauszufinden, ob es Sinn machte, auf seine Heilung zu warten, bevor man ihn endgültig auf die Straße setzte.

Zu seinem Bedauern entschied allein der Grad seiner Genesung darüber, ob er vom König eine zweite Chance erhielt, sich an den Templern zu rächen und endlich in den Besitz ihres Geheimnisses zu gelangen. Meilenweit davon entfernt, sich genauso sicher und elegant bewegen zu können wie vor seiner Verwundung, litt er nach wie vor unter hartnäckigen Schmerzen in der linken Hüfte, wenn er sich auf seiner Matratze herumdrehte.

An einen Schwertkampf war ohnehin nicht zu denken, und zu Fuß bewegte er sich wie ein altersschwacher Greis, wobei er meist schon aus reiner Eitelkeit auf einen Stock verzichtete. Nichts war wie zuvor, obwohl der Kampf mit den Templern inzwischen mehr als drei Monate zurücklag. Eine Tatsache, die den König langsam ungeduldig werden ließ und de la Mottes Hass auf Gero von Breydenbach und dessen Teufelsbrüder umso glühender machte.

»Soll ich Eure Narben mit der Arnikasalbe einreiben, die der Medikus für Euch angerührt hat?«, erkundigte sich der junge Diener nun von Neuem, doch diesmal mit einem unterwürfigen Beiklang in der Stimme und so leise, dass man es kaum verstand.

»Nein, verflucht«, fuhr de la Motte ihn voller Ungeduld an. »Würde das etwas nützen, hätte es längst geholfen. Schenk mir lieber von dem Wein nach und gib etwas von dem Schmerzmittel hinein. Und dann hol Justine. Du bist mir zu tölpelhaft. Sie hat nicht nur die zarteren Hände, sondern auch den hübscheren Hintern. Sie soll mir zu Willen sein, um mich in eine bessere Laune zu versetzen.«

Während der Diener ohne ein Wort roten Wein aus einer Kanne in einen silbernen Becher kippte, dachte de la Motte in stiller Vorfreude an seine kleine, persönliche Hure, die ihn für einige Zeit vergessen lassen würde, wie miserabel es ihm ging. Beiläufig beobachtete er, wie der Diener einen Löffel Theriak-Tonikum zum Wein hinzugab, eine Mischung aus orientalischem Schlafmohn und Bilsenkraut, was ihm nicht nur die Schmerzen erträglicher machte, sondern ihn vorübergehend in einen angenehmen Zustand der Entspannung versetzte.

Justine war im wahrsten Sinne des Wortes eine Leibeigene, da nicht sie selbst, sondern er, de la Motte, über ihren Körper verfügte, wann immer es ihm beliebte. Dabei war sie so sündhaft wie der Leibhaftige selbst und zog einem Mann nicht nur auf Verlangen die Schuhe aus, sondern die Hosen gleich mit dazu. In ihrer kurzen Karriere als Wäscherin war Justine Rosmand sogar vorübergehend zur Hure des Königs aufgestiegen, aber der hatte sie im letzten Jahr nach seiner neuerlichen Heirat mit der Tochter des Königs von Ungarn abgelegt wie einen abgetragenen Mantel. Was nicht nur an der eifersüchtigen jungen Königin gelegen haben mochte, sondern der Tatsache geschuldet war, dass zusammen mit der neuen Herrin ein deutlicher Nachschub an jungen willigen Mägden auf die Festung gekommen war, die um die Gunst des Königs buhlten, weil er ihre speziellen Dienste wie üblich mit gewissen Vergünstigungen, wie zum Beispiel besserer Verpflegung, bezahlte.

Für einen alternden Offizier der Gens du Roi sei Justine allemal gut genug, hatte der König ihm gnadenlos mitgeteilt. Schließlich war sie auch nicht mehr die Jüngste und würde ihn sicher nicht allzu sehr fordern. Obwohl schon Ende zwanzig, war sie noch immer wohlgeformt und verstand etwas davon, wie man einem vom Kampf gezeichneten Mann die notwendige Erleichterung verschaffte, ohne ihm die zur Genesung nötige Lebenskraft zu rauben. Wie auch immer hatte sie ziemlich rasch begriffen, was ihr neuer Besitzer von ruchlosen Weibern wie ihr verlangte.

»Vergiss nicht, das Feuer neu einzuheizen, bevor du gehst«, befahl de la Motte dem jungen Diener mit einer unwirschen Geste.

Denn wer lag schon gern nackt im Bett mit einer Hure und fror zugleich wie ein Schneider. Woraufhin der gewissenlose Bastard sogleich neues Holz im Kamin auflegte, das allerdings noch nicht ganz trocken war, um sodann darin herumzustochern, bis der aufsteigende Qualm die gesamte Kammer erfüllte.

»Nimm gefälligst das feuchte Holz aus dem Kamin!«, brüllte de la Motte ihn ungehalten an. »Dann öffne die Fenster und leg trockenes auf, sonst stecke ich deinen Arsch höchstpersönlich in die Glut!« Es dauerte eine ganze Weile, bis die Flammen von Neuem aufloderten und der Rauch sich verzogen hatte. Dafür war es nun um einiges kälter im Zimmer, als noch zuvor. »So, und nun verschwinde«, befahl er dem Trottel, den er am liebsten für sämtliche Dienste durch Justine ersetzt hätte.

Der junge Bursche stieß ein kaum vernehmbares Stöhnen aus und entfernte sich rückwärts mit einer tiefen Verbeugung, wobei er die Tür so leise ins Schloss fallen ließ, dass de la Motte es nicht hatte hören können.

Während er ungeduldig auf Justines Erscheinen wartete, warf er einen Blick aus den verglasten Fenstern, die Bruno, bevor er nach draußen gegangen war, wieder geschlossen hatte und die am Hofe des franzischen Königs genauso zur baulichen Ausstattung gehörten wie der eigene Abort, der in einer kleinen angrenzenden Kammer untergebracht war.

Draußen war der Schnee inzwischen in einen stürmischen Regen übergegangen. Wenigstens saß er im Warmen, dachte de la Motte. Auch sonst fehlte es ihm in seiner exquisiten Behausung an nichts, was seiner Genesung förderlich war. Besonders das hochherrschaftliche Bett, in dem er nun schon eine ganze Weile zugebracht hatte, war bestens geeignet, um sich von Justine Rosmand nach allen Regeln der Kunst verwöhnen zu lassen, aber sicher nicht, um den Rest seines Lebens darin zu verbringen. Abgesehen davon wurde der König allmählich ungeduldig. Lange würde er ihm den Posten des obersten Befehlshabers der Gens du Roi nicht mehr freihalten und sich nach jemand anderem umsehen, der ihm möglichst bald das Geheimnis mitsamt den entkommenen Templern lieferte.

Der Umstand, dass Gero von Breydenbach und seine Bruderschaft zweifellos mit dem Teufel im Bunde standen, schien den König mindestens so sehr zu faszinieren, wie zu ängstigen. »Ich will, dass Ihr diese Kerle mitsamt ihrem Geheimnis der Inquisition übergebt«, hatte er mit überheblicher Miene gefordert. »Damit sie uns unter der härtesten Folter endlich die Hintergründe ihrer satanischen Verbindungen preisgeben.«

In weiser Voraussicht hatte der König bereits einen Boten nach Toulouse entsandt und sich mit Bernardus Guidonis, dem erfolgreichsten Inquisitor aller Zeiten und seinen berüchtigten Folterknechten, die entsprechende Unterstützung gesichert.

Dafür allerdings musste de la Motte diese Templerbrut erst einmal aus ihrem Bau herauslocken. Solange sie in Lothringen in ihrer gewaltigen Festung lauerten wie Taranteln in einer Erdhöhle, umgeben von Hunderten von Soldaten, würde es so gut wie unmöglich sein, sie festzusetzen und nach Franzien zu bringen.

Mit Blick auf den kleinen Hausaltar, der sein komfortables Zimmer komplettierte, schickte er ein Gebet zum Allmächtigen, damit ER ihm ein himmlisches Wunder bescherte, das diese Teufel schnellstmöglich von ganz alleine in seine Netze trieb. Dann würden Gero von Breydenbach und seine teuflischen Gefährten möglichst noch vor dem Sommer in der Hölle schmoren.

Eigentlich sollte der Allmächtige selbst ein Interesse daran haben, dass er diese Abtrünnigen endlich zu fassen bekam. Schließlich handelte de la Motte nicht nur im Auftrag des Königs, sondern nun auch im Interesse der Mutter Kirche. Wenn er die gefangenen Templer erst in den Folterkammern der Inquisition abgeliefert hatte, würde man dort bestimmt nicht so zögerlich vorgehen wie in Vianden, wo Eugene Lacroix sich von Gero von Breydenbach hatte hinters Licht führen lassen.

Ein zaghaftes Klopfen unterbrach de la Mottes blutrünstige Pläne, weil es das Erscheinen von Justine Rosmand ankündigte, die ihn zuverlässig ins Paradies zu führen wusste, wenn es schon sonst keiner tat.

Justine war sicher nicht die Schönste unter den Schönen, doch ihre dralle Figur und die geschickten Hände hoben augenblicklich de la Mottes verdrießliche

Laune, als sie in ihren freizügig geschneiderten Gewändern hüftschwingend in sein Zimmer tänzelte. Ihr rotblonder Zopf wippte bis auf den runden Hintern, und der volle rote Mund in ihrem hübschen Gesicht voller Sommersprossen tat sein Übriges, um seine schmutzigste Phantasien zu entfachen. Ihre großen blauen Augen waren zu Boden gerichtet, wie es sich für eine gehorsame Magd gehörte, die vor das Angesicht ihres Herrn trat.

»Guten Morgen, Seigneur, wie kann ich Euch dienen?«, fragte sie artig und knickste kokett, bevor sie ihn von unten herauf betont unschuldig anschaute.

»Frag nicht so dumm, Justine«, erwiderte er mit einem durchtriebenen Grinsen. »Als ob du nicht wüsstest, was ich von dir erwarte. Ein Bad zum Tagesanfang und eine genussvolle Entspannung, bevor ich eine Audienz beim König habe.«

»Sehr wohl, mein Herr«, erwiderte sie und ging mit geschäftsmäßiger Selbstverständlichkeit ans Werk, indem sie dem Wasser, das der Diener zuvor in einem Kessel über die prasselnden Flammen gehängt hatte, etwas von der syrischen Seife hinzugab. Das trübe Gebräu schäumte sogleich auf, was sich noch verstärkte, als sie mit einem kleinen Reisigbesen kräftig darin herumrührte.

De la Motte verfolgte jede ihrer grazilen Bewegungen, wobei sich sein Blick hauptsächlich an ihren wackelnden Hintern heftete, der sich unter dem fadenscheinigen Leinenkleid einladend hin und her bewegte, sobald sie sich nach vorn beugte und von Neuem zu rühren begann. Ohne Scham gab er sich der Vorstellung hin, wie er aufstand, an sie herantrat und den losen Stoff ihres Gewands nach oben schob, so dass er sie schamlos wie eine willige Stute von hinten bespringen konnte. Was in seinem gesundheitlichen Zustand natürlich nicht ohne höllische Schmerzen möglich gewesen wäre, wie er sich zerknirscht eingestehen musste. Also verwarf er den Gedanken rasch wieder, lehnte sich brav in die Kissen zurück und stieß einen frustrierten Seufzer aus.

Kurz darauf nahm Justine den Kessel vom Feuer und goss den schwach nach Moschus und Sandelholz duftenden Inhalt in einen bereitstehenden Bottich. Anschließend fügte sie einen Eimer kaltes Wasser hinzu und rührte noch einmal darin herum, ehe sie das Ganze so nah wie möglich an de la Mottes breites Lager heranrückte.

»Euer Bad ist bereit«, säuselte sie und half ihm wie jeden Morgen aus dem Nachtgewand, bevor sie mit ihren Waschungen begann, während er im Bett liegen blieb. Stumm beobachtete er, wie sie den Schwamm in die trübe Brühe tunkte und ihn danach von Kopf bis Fuß mit duftender Seife einschäumte wie einen Hund, der in einen Misthaufen gefallen war. Nachdem sie ihm Arme und Beine mit einem Leinenlappen getrocknet hatte, bat sie ihn schließlich mit einem gekonnt unschuldigen Blick um Erlaubnis, seine intimsten Stellen berühren zu dürfen.

»Nur zu, du kleines Luder, tu dir keinen Zwang an«, forderte er sie heiser und in stiller Vorfreude auf.

De la Motte stieß ein zufriedenes Grunzen aus, als sie sich wie gewohnt mit zarter Hand eingehend seinem Allerheiligsten widmete, so wie er es mochte. »Du bist wundervoll, Justine«, raunte er mit halb geschlossenen Lidern, während sein bestes Stück unter ihren stetigen Bemühungen zu voller Größe anschwoll.

»Heilige Jungfrau, welch eine Pracht. Ihr seid wahrlich auf dem Weg der Besserung«, befeuerte Justine derweil seine männliche Eitelkeit.

Die Art, wie sie ihn anschließend mit dem rauen Leinen und ihren flinken Fingern reizte, hatte längst etwas Professionelles, dachte de la Motte, *dass man gewöhnlich nur bei geübten Huren fand, die etwas von ihrem Geschäft verstanden.*

Wobei ihn mit einem Mal interessierte, womit Justine ihr tägliches Brot verdient hatte, bevor sie an den Hof des Königs gekommen war.

»Wie kann es sein, dass du dich so gut auf die Pflege von Kranken verstehst?«, fragte er scheinheilig, während sie ihn vorsichtig abtrocknete und danach seinen gesamten Körper mit einem nach Minze und Arnika duftenden Öl massierte, das ihr der Medikus des Königs eigens zum diesem Zweck überlassen hatte.

»Ich habe jahrelang meinen alten Vater gepflegt, nachdem ihn der Schlag getroffen hat«, erklärte sie ihm, offenbar nicht erstaunt über seine Neugier. »Ich habe ihm das Haus bestellt und das Essen gekocht«, fuhr sie fort, ehe sie sich daranmachte, mit aller gebotenen Umsicht die verheilten Narben auf de la Mottes Bein und Hüfte zu massieren, die von seinen Verletzungen verblieben waren. »Außerdem habe ich ihm die Windeln gewechselt«, vermeldete sie mit einem resignierten Blick, der ihn auf der Stelle ernüchterte. »Und ihm täglich seine Medizin verabreicht. Bis wir unser Anwesen mit allem, was darin war, verloren haben und in die Leibeigenschaft verkauft wurden, um unsere Schulden zu bezahlen. Daraufhin ist er aus Gram gestorben.«

»Das heißt, du warst nicht immer eine Leibeigene«, erkundigte sich de la Motte und stieß ein verhaltenes Zischen aus, als sie ihn ein wenig zu heftig bearbeitete.

»Oh, verzeiht, habe ich Euch wehgetan?« Justine blickte alarmiert auf und hielt inne.

Er schüttelte den Kopf und nahm einen hastigen Schluck Wein, indem sich das Theriak-Tonikum befand, dessen Einnahme er wegen ihres Anblicks beinahe vergessen hatte.

»Nein, ich wurde frei geboren, obwohl unsere Eltern nicht besonders vermögend waren.«

»Was geschah weiter?«, wollte er wissen, nachdem sie ihre Massage um einiges sanfter fortsetzte.

»Meine Geschwister landeten bei einem reichen Weinbauern und ich geriet als einzige in die Leibeigenschaft des Königs.«

»Wie schrecklich«, heuchelte er. »Das muss ja furchtbar für euch alle gewesen sein.«

Stirnrunzelnd betrachtete Justine seine schmerzerfüllte Miene, zweifelnd, ob sie sein Mitleid ernst nehmen sollte. Dabei wusste sie längst, dass ihr beklagenswerter Patient in Wahrheit ein unersättliches Raubtier war, vor dem sie sich tunlichst in Acht nehmen musste. Denn es konnte sie nur allzu schnell den Kopf kosten, wenn sie es sich mit einem Mann wie ihm verscherzte. Auch wenn er sich manchmal überraschend freundlich und mitfühlend gab, verfügte er als Marschall der Gens du Roi über immense Macht, und als oberster Heerführer der königlichen Geheimpolizei besaß er überdies einen unberechenbaren Einfluss bei Hofe. Schließlich verließ sich sogar der König auf sein Urteil. Und selbst der oberste Inquisitor des Landes folgte seinem Rat, hieß es, wenn es darum ging, wie man am besten einen Ketzer zur Strecke brachte. Deshalb war es klug, vorsichtig zu sein, mit dem was sie sagte und stets zu tun, was er von ihr verlangte. Auch wenn der Mann ihr wenig sympathisch erschien, würde er sie nach seiner vollkommenen Genesung möglicherweise zur Mätresse erwählen und ihr ein Leben in Luxus verschaffen, von dem sie bisher nur hatte träumen können. Mit dieser stillen Hoffnung im Herzen, fuhr sie umso entschlossener mit ihrer geschickten Massage fort.

Mit seinem graumelierten, kurz geschorenen Schädel, seinen strengen, von Disziplin und Askese geprägten Gesichtszügen, die kaum Gefühle verrieten und dem sehnigen Körper, den unzählige Narben zeichneten, war de la Motte in ihren Augen kein Mann, der ihr rein äußerlich gefiel. Dass er an ihr Gefallen gefunden hatte, war jedoch unschwer zu erkennen: Die Art, wie er seine Hände über ihren Körper gleiten ließ, wenn sie tat, was er verlangte, gaben ihr Hoffnung, dass er mehr für sie empfand, als er zuzugeben bereit war. Und obwohl er sie behandelte wie eine Hündin, die ihrem Herrn Gehorsam schuldete, hatte er sie bisher nicht geschlagen.

»Wer hat Euch das angetan?«, fragte sie ihn zum ersten Mal und deutete auf seine noch frischen Narben, die offensichtlich von einem Schwertstreich stammten. Bevor er zu einer Antwort ansetzte, nahm sie noch etwas von dem Öl aus einem irdenen Fläschchen, und verteilte es sorgsam im Umfeld der Narbe zwischen Hüfte und Oberschenkel.

Obwohl de la Motte die Frage gehört hatte, ließ er sich Zeit, ihr zu antworten. Während sie mit festem Griff von Neuem seine steifen Muskeln massierte, schloss er die Augen und seufzte genießerisch.

»Ein abtrünniger Templer«, beantwortete er die Frage schließlich gepresst, als sie innehielt, um abzuwarten, ob er mit ihrer Behandlung zufrieden war, oder Protest einlegte.

»Ein Templer?« Erstaunt schaute sie auf. »Hieß es nicht, der König habe sämtliche Templer verhaften lassen, und der Orden sei aufgelöst?«

»Ein paar von diesen Höllenhunden treiben sich immer noch in Freiheit herum«, antwortete er mit zusammengebissenen Zähnen, weil die Salbe auf seiner Haut eine zunehmende Hitze entfachte. »Nicht alle Landesherren halten es offenbar für nötig, diese flüchtigen Hundesöhne festzusetzen.«

»Nun ja«, fügte Justine hastig hinzu, um sich gar nicht erst dem Verdacht auszusetzen, mit den Templern zu sympathisieren. »Es ist gut, dass der König den Orden verboten hat. Diese Männer waren längst nicht so keusch, wie sie sich allgemein gegeben haben.«

»Wie meinst du das?« Angespannt beobachtete er, wie sie ein wenig von der Salbe, die sie nun einem Tiegel entnahm, auf ein Stück Stoff gab und dann eingeweichtes Lebermoos darauf verteilte, um die Kompresse sodann behutsam auf die wulstige Narbe zu drücken, die ihn auf ewig an diesen Teufel erinnern würde, der ihm das zugefügt hatte.

Justine zögerte mit einer Antwort und legte einen langen Streifen aus sauberem Leinen über die die Kompresse. Dann schlang sie die Enden zweimal fest um seinen Leib und seinen Oberschenkel, bevor sie den Verband sorgfältig verknotete.

De la Mottes forschender Blick war ihr dabei nicht entgangen.

»In meinem Heimatort gab es eine Templer-Commanderie«, erklärte sie beiläufig und räumte den Eimer mit dem alten Verbandszeug beiseite. »Ihr könnt Euch nun aufrichten«, fügte sie hinzu und schaute ihm flüchtig in die steingrauen Augen, um sicherzugehen, ob er mit dem Ergebnis ihrer Bemühungen einverstanden war.

Stöhnend setzte er sich in seinem Bett auf. Justine stopfte ihm danach mehrere Samtkissen hinter den Rücken, damit er Halt fand, um zu jenem Teil des morgendlichen Rituals überzugehen, das ihm am meisten behagte. Dabei wurde ihm klar, dass er seiner Leibeigenen zwar seinen Körper anvertraute, aber kaum etwas über sie wusste. »Und wo ist deine Heimat?«, fragte er übergangslos.

»Ich komme aus der Champagne, in der Nähe von Troyes«, erwiderte sie leise, ohne ihn anzuschauen.

»Eine ansprechende Gegend mit hervorragendem Wein und zudem die Wiege des Templerordens.« Besitzergreifend packte er ihr Handgelenk und zog sie zu sich heran. »Und nun zieh dein Kleid aus, Justine aus der Champagne, und setz dich mit deinem Honigtöpfchen auf meinen stattlichen Recken«, befahl er ihr heiser und schob mit einem wölfischen Blick hinterher: »Er wartet bereits sehnsüchtig auf deine morgendliche Zuwendung.«

Justine lächelte kokett, obwohl es ihr nicht behagte, de la Motte auf diese Weise zu Diensten zu sein. Aber inzwischen war sie es gewöhnt, von ihm benutzt zu werden wie eine Dirne in einem Freudenhaus. Im Gegensatz dazu versprach ihr Einsatz bei de la Motte kein Geld, sondern persönliche Vorteile. Jedenfalls redete sie sich das ein, wenn sie ihn regelmäßig bestieg wie einen brunftigen Bock, was bei Gott kein Vergnügen war. Wenigstens konnte sie seit Aubrys Geburt keine weiteren Bälger empfangen. Ansonsten hätte sie in den Jahren danach mindestens ein halbes Dutzend weitere Bastarde zur Welt gebracht, von denen sie nicht einmal genau gewusst hätte, wer deren Väter waren. Sie hütete sich, einen verdrossenen Seufzer auszustoßen, als sie sich widerwillig ihrer Kleider entledigte und sich mit der gebotenen Sorgfalt nackt, wie Gott sie geschaffen hatte, über de la Mottes schmale Hüften kniete. Ebenso behutsam ließ sie sich auf seinem aufragenden Recken nieder, wie er sein Glied genannt hatte, das sie zuvor reichlich eingeölt hatte. Nicht nur um ihm, sondern auch sich selbst jegliche Pein zu ersparen.

Seiner Manneskraft hatten die Verletzungen offenbar keinen Abbruch getan, und er selbst war mehr als bereit, als sie ihn bis zum Grund seines Schafts in sich aufnahm.

»Lass dein Haar herunter«, befahl er ihr heiser und umschloss mit seinem starken Fingern ihre üppigen Brüste. Deren geschwollene Spitzen reckten sich ihm ungeniert entgegen, als sie das Band im Nacken aufknotete, um den Zopf zu lösen und ihre hüftlangen rotblonden Locken herabzulassen, die ihre Blöße ein wenig versteckten.

De la Motte hielt sich nicht lange zurück und feuerte sie zu einem heftigen Auf und Ab ihres Schoßes an.

Entgegen ihrem inneren Widerstand ritt Justine ihn immer schneller und fester, damit die Qual, sich ihm hingeben zu müssen, ein möglichst rasches Ende fand.

»Sag mir, du kleine Hexe«, ächzte er voller Wonne, während ihm die schiere Wollust ins Gesicht geschrieben stand. »Aus welchem Ort genau kommst du? Sind dort alle Weiber wie du?«

»Ich weiß es nicht, Herr«, keuchte sie atemlos und beschleunigte ihren Ritt noch mehr, darauf bedacht, seine Narbe nicht mit ihrem Gewicht zu belasten.

»Du weißt nicht, wo du herkommst?«, fragte er heiser und zog sie an ihren weichen Brüsten näher zu sich heran. »Vielleicht hilft das ein bisschen, deinem Gedächtnis auf die Sprünge zu helfen«, fügte er zynisch hinzu und saugte abwechselnd und so fest an ihren Brustwarzen, dass es sie schmerzte.

»Bar-sur-Aube«, stieß sie keuchend hervor, in der Hoffnung, dass ihn ihre Antwort zufriedenstellte und ihre Qual ein rasches Ende fand.

»Bar-sur-Aube?«, wiederholte er nuschelnd und führte seine Folter munter fort, indem er ihre Fülle nun zu allem Übel mit Bissen traktierte. Dabei hielt er ihre Brüste mit beiden Händen so fest gepackt, als wollte er sie melken.

»Bitte, Herr, lasst von mir ab«, flehte sie. »Ihr tut mir weh.«

Einen Moment lang hielt er inne und blickte ihr tief in die Augen.

»Erst, wenn du mir alles über die dortigen Templer erzählst«, verlangte er düster. »Nun?«

Justine spürte, wie ihr Herz davongaloppierte, als ihr klar wurde, dass sie lieber geschwiegen hätte.

»Ja doch!«, jammerte sie und schluckte nervös, froh darüber, als er den Griff lockerte und zurück in die Kissen sank, wobei er sie noch immer herausfordernd musterte.

»Haben die Ordensritter dich auch gefickt?«, wollte er mit einem verächtlichen Blick wissen.

»N… nein«, stotterte sie, was nicht dazu beitrug, dass er ihr glaubte.

»Lüg mich nicht an!«, zischte er und packte ihre Brüste erneut, nun noch härter als zuvor. »Ich sehe an deinen flatternden Lidern, dass du mir etwas verschweigst.«

»Ich verschweige nichts«, antwortete sie zitternd. »Es ist nur, weil …, weil mich euer Liebesspiel so sehr erregt.«

»Wenn es so ist, bring es zu Ende«, befahl er ihr hart.

Justine versuchte das Zittern zu unterdrücken, das ihren Leib in Wellen durchlief, während sie die Bewegungen ihrer Hüften beschleunigte und ihn immer härter in sich hineinrammte in der Hoffnung, dass er sich endlich in sie ergoss und sie danach in Ruhe ließ. Doch anstatt von ihr abzulassen, krallte er seine Finger noch tiefer in ihr weiches Fleisch und knetet es grob.

Sie schluchzte schmerzerfüllt auf. »Was wollt Ihr denn noch?«, jammerte sie. »Ich habe Euch schon alles gesagt.«

»Es liegt in meiner Hand, ob ich dich auf sanfte Weise in den Himmel oder auf die harte Tour in die Hölle schicke«, raunte er gnadenlos. »Es kommt darauf an, wie ehrlich du zu mir bist.« Augenblicklich lockerte er seinen Griff, um ihr zu zeigen, dass er derjenige war, der nicht nur das Tempo bestimmte, sondern auch das Maß ihrer Pein.

»Dort, wo ich zu Hause war, gab es ein Ausbildungsbataillon der Templer«, wisperte sie atemlos. »Aber die Commanderie wurde in der Nacht zum Freitag, den 13. Oktober im Jahre des Herrn 1307 bis auf die Grundmauern niedergebrannt. Unser Haus, das sich in direkter Nachbarschaft befand, wurde ebenfalls ein Opfer der Flammen. Mein Vater, der nicht mehr laufen konnte, wäre dabei um Haaresbreite in seinem Bett verbrannt. Aber meine Schwestern und ich konnten ihn retten. Dabei hatten wir nichts weiter mit den Templern zu tun, als dass wir ihnen die Wäsche gewaschen oder bei der Ernte geholfen haben. Wir hatten nicht einmal Zutritt zu deren Hauptgebäude«, fügte sie gehetzt hinzu. »Ich war nur einmal in der Kapelle zur Armenspeisung, als uns im Winter die Vorräte ausgegangen waren.«

»Erzähl mir keine Märchen«, fuhr er sie an. »Du musst zumindest jemanden gekannt haben, der euch für den Orden zur Arbeit verpflichtet hat. Diese Verwaltungsleute gab es überall, wo es Commanderien gab und die Dorfbevölkerung für den Orden gearbeitet hat. Ihr habt euch in der Nachbarschaft und in euren Familien gewiss auch über die Ordensritter und deren Gewohnheiten unterhalten, nicht wahr? Wie sonst solltest du darauf kommen, dass sie es mit ihrem Keuschheitsgelübde nicht so ernst genommen haben?«

Justine fühlte sich ertappt. Hätte sie doch bloß den Mund gehalten!

»Eine Freundin hat sich dort vor Jahren mit einem Templer eingelassen«, gab sie zögernd zu. »Sie hat sich heimlich mit ihm in einer Schafshütte getroffen, obwohl ich ihr davon abgeraten hatte. Sie wurde von ihm schwanger. Als er und seine Brüder bei Nacht und Nebel verhaftet wurden, war auch sie plötzlich verschwunden. Seither habe ich sie nicht wiedergesehen. Ihrem armen Vater hat es das Herz gebrochen, dass er sie so unvermittelt verloren hatte.«

»Und du hast nie wieder von ihr gehört?«

»Nein.« Sie schüttelte den Kopf.

»Wie war ihr Name?«

»Amelie Bratac«, antwortete sie kaum hörbar.

Rufus de la Motte hob eine Braue. »Bratac?«

Justine biss sich auf die Zunge, nicht sicher, ob sie einen schweren Fehler begangen hatte, indem sie ihm den wahren Namen ihrer Freundin nannte. Trotzdem nickte sie. Schließlich hatte sie nichts zu verbergen. Sie wollte nur, dass ihr Peiniger seine Folter beendete und sie ziehen ließ.

De la Motte antwortete nicht, sondern grinste zufrieden. »Bring es zu Ende«, forderte er und bedeutete, dass sie ihren Ritt wieder aufnehmen durfte.

Widerwillig ließ Justine ihre Hüften kreisen, bis de la Motte sich unter ihr aufbäumte und sie seine klebrige Nässe an ihren Schenkeln spürte.

»Das war verdammt gut«, röchelte er, offenbar zutiefst befriedigt, beließ es aber nicht dabei. »Weißt du auch, wie der Templerhengst hieß, mit dem deine Freundin durchgebrannt ist?« Sein Atem ging immer noch schwer, und er schlug ihr mit der flachen Hand auf den Hintern – das übliche Zeichen, dass sie von ihm heruntersteigen sollte.

»Er hieß Struan«, antwortete sie kaum hörbar. »Ich weiß nur noch, dass er aus Schottland stammte und sein Nachname ein echter Zungenbrecher war, aber sagen könnte ich ihn nicht mehr.«

»Das ist ja eine hochinteressante Geschichte«, erklärte er nachdenklich und warf ihr einen bedeutungsvollen Blick zu.

»Habe ich etwas Falsches gesagt«, fragte sie bang.

»Nein, du warst hervorragend. Du kannst dich anziehen«, bestimmte er gnädig und ließ sich der Länge nach auf die Matratze gleiten.

»Habt Dank«, murmelte Justine und kroch erleichtert und zugleich beunruhigt zum Fußende des Lagers, um ihre Kleider aufzuraffen, die im Eifer des Gefechts auf dem Boden gelandet waren. Sie war froh, körperlichen Abstand zu ihrem Peiniger zu gewinnen, von dem sie gerne gewusst hätte, was genau ihn zu diesem seltsamen Verhör getrieben hatte.

Nachdem sie sich hastig gesäubert und angekleidet hatte, zitierte er sie mit einem fordernden Wink abermals zu sich heran. Zögernd näherte sie sich seinem Lager, erfüllt von der beklemmenden Frage, ob es ihr zum Vorteil gereichte, so ehrlich gewesen zu sein, oder ob es ihr Todesurteil bedeutete, eine solche Verbindung offengelegt zu haben.

»Deine Freundin hält sich in den deutschen Landen auf und lebt dort in Sünde mit diesem schottischen Templer«, erklärte er tonlos.

Justine riss verblüfft die Augen auf. »Woher wisst Ihr das?«, erkundigte sie sich fassungslos.

»Ich habe meine Spione, sonst wäre ich nicht der, der ich bin.«

»Dann hat sie ihn also bekommen«, sinnierte Justine unbedacht und auch ein bisschen neidisch, weil Amelie stets ihren Willen durchgesetzt und dabei auf nichts und niemanden Rücksicht genommen hatte, am allerwenigstens auf sich selbst.

»Wenn du es so nennen willst«, kommentierte de la Motte ihren Einwand trocken.

Justine erinnerte sich gut an den hünenhaften Kerl, mit dem Amelie nun offenbar ihr Glück gefunden hatte. Ein unglaublich gutaussehender schwarzhaariger Riese mit den glühenden Augen eines Sarazenen und einer Statur, die so atemberaubend war, dass so manches Mädchen in Bar-sur-Aube durch die Hölle gegangen wäre, um ihn in ihr Bett zu locken.

»Wenn der alte Bratac wüsste, dass sie ausgerechnet mit einem Templer aus Bar-sur-Aube in die deutschen Lande geflüchtet ist, würde ihn augenblicklich der Schlag treffen«, stellte Justine erschüttert fest.

»Also lebt ihr Vater noch?«, hakte de la Motte sofort nach und schaute sie aus schmalen Lidern an.

»Zumindest lebte er noch, als ich Bar-sur-Aube verlassen habe«, antwortete sie und versuchte, sich das graubärtige Gesicht des alten Bratac vorzustellen, aus dem jede Freude gewichen war, nachdem seine einzige Tochter ihm so unvermittelt den Rücken gekehrt hatte. »Aber inzwischen sind einige Jahre vergangen, und er war schon damals nicht mehr der Jüngste.«

»Hatte sie noch ihre Mutter? Oder andere Anverwandte?«

»Nein, nur ihren Vater. Die Mutter starb bei ihrer Geburt.«

»Da kommt mir eine Idee«, sagte er leise und starrte gedankenverloren durch sie hindurch.

»Was für eine Idee?«, fragte Justine unbedarft. Sie hatte keine Ahnung, worauf er hinauswollte.

»Was hältst du davon, wenn du dem alten Bratac, sofern er noch unter uns weilt, einen Besuch abstattest und ihn dazu bringst, einen Brief an seine Tochter zu schreiben? Aus diesem Brief wird hervorgehen, dass er ihr nicht länger gram ist und sich nichts Schöneres vorstellen könne, als sie nach Jahren der Abwesenheit wieder in die Arme zu schließen, möglichst noch bevor er das Zeitliche segnet. Anschließend wirst du in die deutschen Lande reisen und deiner Freundin diese Botschaft persönlich überbringen.« Einer Eingebung folgend, fügte er hinzu: »Ich werde dir eine Eskorte zur Seite stellen und dich gut entlohnen. Wenn du es schaffst, den Alten zu überzeugen, den Brief zu schreiben, soll es dein Schaden nicht sein. Du kannst doch Lesen und Schreiben?«

»Ich habe zusammen mit Amelie drei Jahre die örtliche Klosterschule besucht. Amelie war schon als Kind gut im Rechnen und Schreiben. Später hat sie bisweilen sogar die Geschäfte ihres Vaters geführt. Aber ich habe auch nichts verlernt.«

»Umso besser.«

»Aber wozu das alles? Und was, wenn der alte Bratac nicht mehr lebt?«, fragte sie hilflos.

»Ob der Alte noch lebt, werden meine Leute schnellstmöglich herausfinden. Und der Grund deiner Mission ist, deiner Freundin einen unschätzbaren Gefallen zu erweisen.«

»Einen Gefallen? Dass sie ihren Vater wiedersieht? Oder er noch einmal vor seinem Tod seine Tochter in die Arme schließen kann?« Justine schaute ihn mit ehrlichem Erstaunen an. Sie hatte mit allem gerechnet, aber nicht, dass ausgerechnet der Marschall der Gens du Roi an einer Familienzusammenführung der beiden interessiert war.

»Das erkläre ich dir später, wenn die Zeit dafür reif ist«, bestimmte er fest.

»Aber …«, widersprach sie vorsichtig, »wenn Alphonse Bratac noch unter uns weilt, muss ich ihm bestimmt erklären, wie ich in die deutschen Lande gekommen bin und warum ich ausgerechnet Amelie getroffen habe! Woher sonst sollte ich wissen, dass sie dort wohnt?« Justine warf de la Motte einen zweifelnden Blick zu, wild entschlossen, nicht in Ungnade zu fallen, aber doch voller Skepsis, ob die Mission von Erfolg gekrönt sein würde. »Außerdem sind die deutschen Lande mindestens zwei Tagesreisen entfernt. Und Amelie würde bestimmt erfahren wollen, woher ich weiß, wo sie lebt und wie und warum ich dorthin gekommen bin.«

»Da wird uns schon etwas einfallen«, beruhigte er sie. »Wir könnten den Brief auch selbst schreiben, ganz gleich, ob der Alte noch lebt oder nicht. Aber es ist glaubhafter und macht mehr Sinn, wenn er ihn persönlich unterzeichnet und siegelt. Ich bespreche das mit meinen Leuten. Wir werden einen Plan schmieden, wie wir am besten vorgehen können. Natürlich reist du nicht allein, das wäre viel zu gefährlich. Wenn es soweit ist, erhältst du genaue Anweisungen, wie zu verfahren ist, und meine Männer werden dich bei allem unterstützen, was du tust.«

De la Motte setzte ein harmloses Lächeln auf. Justine durfte auf keinen Fall Verdacht schöpfen, wie brutal seine Pläne in Wahrheit waren. »Ich sagte doch, wir werden alles für dich regeln. Du wirst uns doch helfen, oder etwa nicht?«, wollte er nun eine Spur strenger wissen.

»Gewiss. Ich bin eure Leibeigene«, versicherte sie ihm zaghaft. »Ich stehe zu Eurer Verfügung, wann immer es Euch beliebt.«

Er nickte jovial. »Wenn du diesen Auftrag zu meiner Zufriedenheit erledigst, erfülle ich dir einen Wunsch.«

»Einen Wunsch?« Sie sah ihn mit großen Augen an. »Was sollte das sein?«

»Alles, was du willst.« Er legte den Kopf schief, als ob er tatsächlich auf eine Antwort warten würde. »Ich könnte dir und deinen Geschwistern die Freiheit schenken und dich zu meiner Mätresse machen, mit allen Annehmlichkeiten einer angesehenen Frau. Was hältst du davon?«

Justine fühlte sich wie in einem Traum. Natürlich war sein Angebot mehr als verlockend. Doch es gab noch etwas anderes, das sie tausendmal lieber wollte.

»I... ich«, begann sie mit tauben Lippen und weichen Knien, die sie dazu brachten sich auf einen Stuhl neben dem Bett zu setzen, ohne de la Motte um Erlaubnis gefragt zu haben.

»Nur zu, meine Liebe«, ermunterte er sie mit einem Augenzwinkern und ergriff ihre Hand. »Hab keine Angst. Ich werde tun, was in meiner Macht steht, um dir zu geben, was du begehrst«, versprach er. »Sofern du nicht die nächste Königin werden willst, »scherzte er lahm, »denn so weit reicht mein Einfluss dann doch nicht.«

»Es ist so«, platzte sie ohne Vorwarnung heraus. »Ich habe einen Sohn namens Aubry. Er wird bald sieben. Sein Vater ist ein hochgestellter Mann am Hofe des Königs, in dessen Diensten ich war. Wie zu erwarten, wurde der Junge unfrei geboren. Sein Vater hat ihn mir wegnehmen lassen, kaum dass das Kind auf der Welt war, und ihn in ein Kloster verschenkt. Ich gäbe meine Seele her, um ihn wieder bei mir zu haben! Ich würde *alles* tun, ganz gleich, was Ihr verlangt, um meinen Jungen wieder in die Arme schließen zu dürfen.«

De la Motte sah sie sprachlos an. Er hatte mit allem gerechnet, aber nicht mit einer solchen Entwicklung. »Wer ist der Vater des Jungen, und in welchem Kloster befindet er sich?«, fragte er dumpf.

»Bischof Guillaume de Baufet«, antwortete sie leise.

»Der Medikus des Königs?« De la Motte riss entgeistert die Augen auf. »Jener Mann, der die Salben anmischt, mit denen du mich jeden Tag behandelst?«

«Er mischt sie nicht selbst«, erwiderte sie. »Er lässt sie von seinen Helfern anmischen.«

»Das tut doch jetzt nichts zur Sache«, antwortete de la Motte mit einem unwirschen Blick. »De Baufet war mehrmals bei mir und hat mich untersucht. Er muss doch wissen, dass du mir zu Diensten bist! Warum hat er nie was gesagt?«

»Ihm ist es egal, wer mich bespringt«, entgegnete sie und zuckte mit den Schultern. »Ich bin eine Leibeigene und gebe mich jedem gehorsam hin, der auf Geheiß des Königs über mich verfügen darf und es mir befiehlt.«

»Hast du noch andere Bälger von Männern, die Rang und Namen haben?«, fragte er misstrauisch.

»Nein, Aubry ist der Einzige. Seine Geburt war so schwer, dass ich danach nicht mehr empfangen konnte. Baufet hat ihn gleich nach der Niederkunft mit dem Einverständnis des Königs in den Jakobinerkonvent von Toulouse gesteckt«, schob sie trotzig hinterher. »Dort steht er unter der Aufsicht des höchsten Inquisitors von Franzien, Bernardus Guidonis.«

»Guidonis? Auch das noch.« De la Motte schien erneut in Gedanken versunken. »Dass der Balg von Baufet abstammt, macht die Sache nicht einfacher. Aber dass Guidonis sein Vormund ist, könnte ein noch größeres Problem darstellen. Nun, ich werde sehen, was ich tun kann.« Er hielt inne und blickte ihr dann direkt in die Augen. »Und jetzt geh. Warte, bis ich dich wieder rufen lasse. Bis dahin zu niemandem ein Wort!«

Justine nickte freudig erregt, obwohl sie nicht sicher war, ob de la Motte ihren Wunsch tatsächlich würde erfüllen können. Ihr war bewusst, dass sie mit ihrer Beichte nicht nur sich selbst in seine Hände gegeben hatte, sondern auch ihre Hoffnung, Aubry jemals wiederzusehen. Ein Gedanke, der sie beunruhigte, kaum dass sie in den düsteren Flur eingetaucht war. Das Herz schlug ihr bis zum

Hals, selbst dann noch, als ihr der blasse Bruno auf dem Weg zu ihrer Kammer begegnete, in der sie mit zehn anderen Mägden ein kärgliches Dasein fristete.

»Du siehst ganz schön mitgenommen aus, meine Liebe«, spöttelte der junge Kammerdiener des Königs. »Hat de la Motte es dir mal wieder ordentlich besorgt?«

»Allerdings. Besser, als du es je könntest, was vermutlich keine große Leistung ist.« Justine hob den Kopf und blickte ihm voller Verachtung in die mausbraunen Augen. Als de la Mottes zukünftige Mätresse und damit Verbündete der Gens du Roi würde sie sich von einem solchen Aufschneider nichts mehr gefallen lassen, ganz gleich, ob er ein Lakai des Königs war.

Entschlossen wollte sie sich an ihm vorbeidrängeln. Doch Bruno stand nicht nur im Rang über ihr. Obwohl fünf Jahre jünger, war er um einiges größer und stärker. Er schnappte nach ihren Handgelenken und zog sie mit sich, hin zu einer kleinen Kammer, die als Vorratsraum diente. Mit aller Kraft stieß er die Tür auf und zog Justine mit in die Dunkelheit. Im Innern sorgte nur das spärliche Licht einer Tranfunzel für eine trübe Beleuchtung.

Vergeblich versuchte Justine, sich ihm zu entwinden, doch er stieß sie mit dem Oberkörper voran grob auf ein hölzernes Weinfass. Schneller, als sie sich versehen hatte, war er hinter ihr und hielt sie nieder, indem er ihr brutal einen Arm auf den Rücken drehte. Die Schmerzen waren so heftig, dass Justine sich kaum bewegen konnte. So blieb ihr nichts anderes übrig, als ihn gewähren zu lassen. Hastig raffte er ihre Röcke in die Höhe, bis er ihre nackte Kehrseite zu fassen bekam. Mit seinem Knie spreizte er brutal ihre Schenkel und drang wenig später mit all seiner Manneskraft in ihr ungeschütztes Geschlecht ein, bevor sie auch nur nach Luft schnappen konnte.

»Der alte Bock hat dich gut geschmiert, das muss man ihm lassen«, grunzte Bruno und stieß wieder und wieder erbarmungslos in sie hinein. »Nur ist er bestimmt nicht so ausdauernd wie ich«, keuchte er abgehackt und rammelte sie so hart und schnell wie ein Karnickelbock. Ihr Kopf ruckte dabei im schnellen Rhythmus seiner Stöße nach vorne, so dass ihr ganz schwindlig wurde.

Mit einem Fluch auf den Lippen, den sie sich mühsam verkniff, tastete sie fieberhaft nach irgendetwas, womit sie Bruno abwehren konnte. Wie der Teufel es wollte, erwischte sie einen Eisenhammer, der zufällig auf einem Bänkchen neben ihr lag und zum Öffnen der Fässer genutzt wurde. Kaum hatte sie den hölzernen Stiel mit der rechten Hand umfasst, schlug sie mit Schwung um sich und traf Bruno an der Schläfe. Es gab ein knackendes Geräusch, und der junge Mann sackte lautlos in sich zusammen.

Abrupt von ihrem Peiniger befreit, blickte Justine entgeistert auf den am Boden liegenden Bruno und die Blutlache, die sich langsam, aber stetig unter seinem Kopf ausbreitete. Seine gebrochenen, wasserblauen Augen starrten sie mit einem beinahe lächerlichen Ausdruck der Verwunderung an, als hätte er ihren Widerstand weder erwartet noch begriffen.

»Ogottogott«, wisperte Justine. »Was habe ich getan!«

Unvermittelt ging die Tür auf, und de la Motte kam in die winzige Kammer. »Was geht hier vor sich?«, polterte er, wobei er zunächst Justine musterte, die hastig ihr Gewand ordnete. Danach wanderte sein entgeisterter Blick zur Leiche des Lakaien und wieder zurück. *»Du?«* Sein Augenmerk konzentrierte sich auf den blutigen Hammer, den Justine noch immer in ihrer Rechten hielt.

»Ja. Ich … ich habe ihn umgebracht«, stammelte sie, während ihr Blick, starr vor Entsetzen, auf den Leichnam gerichtet blieb.

»Du hast *was?*« De la Motte glotzte sie aufgebracht an, nachdem ihm klar wurde, dass nur sie für Brunos Tod verantwortlich sein konnte. »Warum?«

»Ich konnte nicht anders«, wisperte sie unter Tränen und ließ den Hammer fallen. »Er hat mir Gewalt angetan, obwohl ich doch ganz und gar Euch gehöre«, rechtfertigte sie sich. »Es stand ihm nicht zu, mich zu benutzen wie eine dahergelaufene Hure.«

De la Motte hob eine Braue. »Selbst wenn du recht hast, ist das kein Grund, ihn zu erschlagen. Wenn das herauskommt, landest du am Galgen.«

»Ich weiß«, flüsterte sie und ließ zutiefst unglücklich die Schultern sinken. »Man wird mich hängen, und ich werde meinen Sohn nie wiedersehen.« Mit einem Anflug von Trotz fügte sie hinzu: »Und Ihr müsst Euch eine andere Verbündete suchen.«

»Das kann ich nicht, und das will ich nicht«, erwiderte de la Motte entschieden. »In Anbetracht deiner bevorstehenden Mission können wir unmöglich auf dich verzichten. Was natürlich nur dann gilt, wenn du uns den gewünschten Erfolg bescherst. Hast du verstanden?«

»Ja«, wisperte sie hoffnungsvoll. »Ich werde Euch nicht enttäuschen, Ihr habt mein Wort.« Die Hände wie zum Gebet gefaltet, fiel sie vor de la Motte auf die Knie. »Ich tue alles, was Ihr verlangt, wenn Ihr mich nur vor dem Galgen bewahrt!«

De la Motte starrte verächtlich auf Brunos sterbliche Überreste. »Ich konnte diesen linkischen Kerl sowieso nicht leiden. Im Grunde hast du mir einen Gefallen getan.« Sein Blick wurde düster. »Und nun sieh zu, dass du fortkommst. Ich werde dafür sorgen, dass die Leiche verschwindet, damit kein Verdacht auf dich fällt.«

Wie eine geprügelte Katze schlich Justine hinaus auf den Hinterhof und schöpfte aus dem dortigen Brunnen einen Eimer mit eiskaltem Wasser, um sich mit den bloßen Händen Schuld und Schande vom Leib abzuwaschen. Nicht nur aus Reue, sondern weil sie sich – Gott bewahre! – nicht auch noch den neugierigen Fragen ihrer Mitstreiterinnen aussetzen wollte, die nicht nur eine feine Nase besaßen, sondern auch ein todsicheres Gespür für Verzweiflung.

Mit heftig klopfendem Herzen betrat sie einige Zeit später die Gemeinschaftskammer und stellte erleichtert fest, dass die übrigen Mägde bereits zu ihren täglichen Pflichten ausgerückt waren. Mit einem kaum vernehmbaren Seufzer legte sie sich für einen Moment auf ihren Strohsack. *Herr im Himmel*, betete sie lautlos, *was habe ich getan! Bitte steh mir bei und lass nicht zu, dass ich in die Hölle komme, selbst wenn ich mich in die Obhut des Teufels begeben habe.*

KAPITEL 4

APRIL 1316
HERZOGTUM LOTHRINGEN / BURG WALDENSTEIN

Familienpflichten

Das Fenster zum Hof stand einen winzigen Spalt auf, wie immer, wenn im Kamin ein Feuer brannte. Eine reine Vorsichtsmaßnahme, die Hannah eingeführt hatte, nachdem einige unbedachte Bewohner von Waldenstein in der Vergangenheit einen unerklärlichen Tod im Bett gefunden hatten. Tagsüber brannten überall Kerzen, die die Gefahr einer Kohlenmonoxydvergiftung angezeigt hätten und die Fenster in den einfacheren Unterkünften waren lediglich mit geöltem Pergament verhangen, so dass immer frische Luft zum Atmen vorhanden war. Aber des Nachts achtete in den luxuriöseren Kammern der Burg, die mit hellen, bleiverglasten Fenstern versehen waren, niemand darauf, ob genügend Sauerstoff vorhanden war.

Seit Hannah, Rona und Lyn auf Waldenstein eingezogen waren, wussten Gero und seine Kameraden um die Ursache dieser Gefahr. Zuvor hatte sie allenfalls eine Ahnung gehabt, woran die Leute gestorben waren.

Nicht nur die Fenster und das knisternde Kaminfeuer versicherten Hannah jeden Morgen aufs Neue, dass sie nicht träumte, sondern tatsächlich auf einer gewaltigen Burg im beginnenden 14. Jahrhundert lebte. Auch das stetige Schlagen eines Schmiedehammers, das Klappern der Hufeisen auf dem gepflasterten Hof und die abgehackten Rufe der Wachmannschaften von den Zinnen herunter, mit denen sich die Männer zum Wachwechsel verständigten, trugen dazu bei, dass sie sich in dieser Festung mit ihren vier Wehrtürmen und einem eindrucksvollen Palas wie zu Hause fühlte. Hinzu kam der ständige, leicht süßliche Geruch nach verbranntem Holz, und dem Dung der zahlreichen Tiere, die in den Stallungen mit ihren typischen Lauten geräuschvoll nach Futter verlangten.

Die Zeit kurz nach Sonnenaufgang, wenn das Leben auf Waldenstein zaghaft erwachte und mit ihm der Trubel, der bis zum Abend anhielt, war für Hannah die schönste des Tages. All das gab ihr das sichere Gefühl, bestens beschützt und niemals allein zu sein. Erst bei Einbruch der Dunkelheit wurde die Geräuschkulisse gedämpfter, um bei Nacht beinahe völlig zu verstummen. Wenn man vom Heulen der Wölfe und den Rufen der Käuzchen einmal absah, die sie nach wie vor erschauern ließen.

Dagegen erinnerte sie das leise Jammern aus der Wiege, die gleich neben ihrem hochherrschaftlichen Baldachinbett stand, dass neben ihrer Ehe mit Gero, einem waschechten Templer und Grafen aus dem 14. Jahrhundert, ein noch viel größerer Traum in Erfüllung gegangen war. Im Augenblick machte sich dieses Glück ganz real in ihren schmerzenden Brüsten bemerkbar, die vor lauter Spannung zu platzen drohten.

Mit einem seligen Lächeln schwang sie ihre Beine aus dem Bett und nahm sich mit ihrem vor Liebe überquellenden Herz dem kleinen warmen Bündel an, das bis dahin friedlich in einer Wiege aus kunstvoll geschnitztem Lindenholz geschlummert hatte. Sophia, inzwischen vier Monate alt, schlief bereits bis zum Morgen durch. Selbst als Gero noch vor Sonnenaufgang aufgestanden war und sich nach dem Ankleiden mit einem sachten Kuss bei Mutter und Tochter verabschiedet hatte, war die Kleine nicht aufgewacht.

»Komm her, Schätzchen«, flüsterte Hannah und drückte das kostbarste Geschenk ihres unsteten Schicksals zärtlich an ihre Brust. »Es gibt gleich was Gutes. Mama muss nur zurück mit dir unter die Daunendecke, dann machen wir es uns gemütlich und frühstücken erst mal, bevor wir uns unseren höfischen Pflichten widmen.«

Nicht nur Sophias ungeduldiges Quengeln, auch die eisigen Burgmauern, die trotz des ständig lodernden Kaminfeuers nie richtig warm wurden, sorgten dafür, dass Hannah mit dem Baby so rasch wie möglich zurück unter die warmen Daunendecken schlüpfte. Mit einem Gefühl unbeschreiblicher Liebe legte sie das kleine Köpfchen an ihre überlaufende Brust und half der Kleinen, die pralle Warze zu finden, auf der sich bereits ein Tropfen Milch gebildet hatte. Sophia wusste genau, was zu tun war, und umschloss die heiß ersehnte Quelle mit ihrem rosigen Mündchen so fest, dass Hannah ein kurzer spitzer Schmerz durchfuhr, als die Kleine kräftig zu saugen begann.

Begleitet von leisen, schmatzenden Geräuschen lehnte Hannah sich entspannt in die blauen Samtkissen zurück und ließ den Blick durch das fürstlich anmutende Burgzimmer schweifen. Im offenen Kamin hatte Gero noch einmal Holz nachgelegt, bevor er nach draußen gegangen war. Auf dem Fenstersims war die ehemals dicke Stundenkerze so gut wie heruntergebrannt. Das Weihwasserbecken neben dem kleinen Altar, vor dem Gero immer zur Nacht und am Morgen nach dem Aufstehen betete, verströmte einen unnachahmlichen

Duft nach Harz, vermischt mit französischem Rosenwasser, das die Gräfin von den Hausmägden in sämtlichen Räumen der Herrschaft versprühen ließ.

Nie hätte Hannah es für möglich gehalten, dass ein solcher Ort einmal ihr Zuhause sein würde, geschweige denn, dass sie ein Kind in einer so hochherrschaftlichen Burg aufziehen würde. Nicht selten erschien es ihr wie im Märchen, ausgerechnet auf Waldenstein gestrandet zu sein, das mit seinem vierstöckigen Palas und vier trutzigen Wehrtürmen eher einer fürstlichen Festung glich als einer gewöhnlichen Burg.

Wie um sich noch einmal zu versichern, dass alles um sie herum real war, atmete sie tief ein … und stutzte. Alarmiert schnupperte sie an der Windel ihrer Tochter. »Na, das ging ja wieder mal schnell.« Mit gekünsteltem Entsetzen runzelte sie die Stirn. »Dort, wo deine Mama herkommt, gibt es Einmalwindeln zum Wegwerfen, hier gibt es nur welche aus Wolle und Leinen, die wir beide zum Glück nicht selbst waschen müssen«, murmelte sie mit mahnender Stimme. »Deshalb wollen wir Lene und ihren Wäscherinnen so wenig Arbeit wie möglich machen. Sie haben schon ganz rote Hände vom vielen Schrubben. Wie wäre es, wenn wir deshalb mit dem Wickeln noch ein wenig warten, bis du mit deinem Frühessen fertig bist, und erst danach an dem Glöckchen ziehen, damit Hildegard uns eine Schüssel mit warmem Wasser und frische Windeln bringt?«

Sophia protestierte nicht. Dafür schmeckte es anscheinend zu gut.

»Das Kind wird mal ein guter Esser«, hatte Jutta von Breydenbach bereits gleich nach der Geburt behauptet. »Sie erinnert mich an Gero, als er ein Säugling war. Er hat so viel getrunken, dass wir eine zweite Amme aus dem Dorf holen mussten, weil die erste nicht genug Milch für ihn hatte. Ich frage mich immerzu, wie er bei den Templern mit den vielen Fastentagen zurechtgekommen ist.«

»Irgendwie muss es ihm gelungen sein, bei Kräften zu bleiben, trotz aller Beschwernisse, mit denen er im Orden kämpfen musste«, hatte Gräfin Margaretha von Lichtenberg zu Waldenstein hinzugefügt. Als Juttas ältere Schwester und Geros Patentante kannte die Herrin der Burg ihren Neffen besser als die meisten anderen. Beide Frauen waren dagegen gewesen, dass er bereits in jungen Jahren dem Orden der Templer beigetreten war. Doch sein Vater und das Schicksal hatten andere Pläne geschmiedet. Umso glücklicher waren sie nun, dass Gero mit Hannah und Sophia zu ihnen zurückgekehrt waren und er als Margarethas Adoptivsohn und künftiger Graf und Erbe die Zukunft von Waldenstein sicherte. Auch wenn beide rein gar nichts über die Umstände wussten, wie es zu dieser spontanen Rückkehr gekommen war.

»Du kannst dir nicht vorstellen, wie dankbar ich dem Allmächtigen bin, dass Gero seiner Adoption zugestimmt hat und bereit ist, meine Nachfolge anzutreten. Ansonsten wäre der gesamte Besitz an Gerhards Familie zurückgefallen«, hatte Margaretha erst kürzlich gesagt und daran erinnert, dass die weitläufige Verwandtschaft ihres verstorbenen Gemahls bereits auf ihr Erbe gelauert hatte.

»Mit Gero als meinen angenommenen Sohn habe ich den gierigen Lichtenbergern einen schönen Haken geschlagen.«

Während Hannah diese Unterhaltung in ihrer Erinnerung Revue passieren ließ, dachte sie amüsiert darüber nach, wie sehr die beiden Frauen jedes Mal ins Schwärmen gerieten, wenn sie auf Gero zu sprechen kamen. Nicht nur, weil er ein gestandener Ritter war, der seine familiären Pflichten ernst nahm und Mutter und Tante niemals im Stich lassen würde. Mit seinen mehr als sechs Fuß Körpergröße und seiner physischen Stärke war er als bestens ausgebildeter Kämpfer überdies ein Mann, der seine Gegner das Fürchten lehrte. Er verfügte über eine gesunde Durchsetzungskraft, gepaart mit einem natürlichen Talent für Diplomatie, das er garantiert von seiner Mutter geerbt hatte. Sein verstorbener Vater hingegen war reizbar und aufbrausend gewesen und hatte in seiner konsequent harten Einstellung gegenüber Untertanen und Familie mitunter despotisch Züge entwickelt. Auch dieser Charakterzug kam bei Gero bisweilen zum Vorschein, aber nur, wenn er wirklich wütend wurde, was er sich für seine Widersacher aufsparte. Dass er darüber hinaus mit seinen sandblondem Haar, den himmelblauen Augen und dem strahlenden Lachen auch rein äußerlich eine attraktive Erscheinung war und Männer wie Frauen gleichermaßen beeindruckte, war nicht immer von Vorteil. Denn auch für seine Feinde war sein Aussehen ein eindeutiges Erkennungsmerkmal.

Für Hannah war er vor allem ein verlässlicher Partner, besonders, wenn es darum ging, kulturelle Unterschiede zu überbrücken, die immer auftraten, wenn seine Mutter und seine Tante sich in schöner Regelmäßigkeit über ihre seltsamen Ansichten wunderten. Beide Frauen hatten nicht die geringste Ahnung, dass Geros Eheweib aus einer 700 Jahre entfernten Zukunft stammte und brachten kein Verständnis dafür auf, als Hannah ihr Kind nach der Geburt selbst stillen und nicht einer Amme überlassen wollte. Auch, weil die beiden bereits eine passende Frau aus dem Gesinde ins Auge gefasst hatten.

Doch Hannah hatte es strikt abgelehnt, ihr Kind von einer Fremden stillen zu lassen. Schließlich konnte die Frau krank sein, ohne es zu wissen. Von mangelnder Hygiene ganz zu schweigen. Aber wie in aller Welt hätte man Margaretha und Jutta erklären sollen, was Viren und Bakterien sind?

»Wie sollst du rasch wieder schwanger werden, wenn du dein Kind selber stillst?«, hatte Jutta wenig taktvoll argumentiert. »Eine Frau sollte mindestens drei Kinder haben, damit wenigstens eins überlebt. Besser sind neun, zwölf oder fünfzehn. Abgesehen davon ist es für den Vater kein schöner Anblick, wenn diese vielen Kinder die Brüste der Mutter ruinieren.«

»Ich liebe meine Frau auch mit ruinierten Brüsten«, hatte Gero seiner Mutter mit einem belustigten Schmunzeln zu verstehen gegeben. »Und ich bin überzeugt, dass Hannahs Leib sich auch ohne eure wohlgemeinten Ratschläge schon bald wieder runden wird«, versicherte er ihr mit einem Augenzwinkern. »Wir wissen ja nun, wie es geht.«

Mit zwei Großmüttern an ihrer Seite, die einem zeitlich völlig anderen Kulturkreis entstammten, würde es nicht leicht werden, »Engelchen«, wie Gero seine Tochter liebevoll nannte, zu einer selbstbewussten jungen Frau zu erziehen.

Sacht streichelte Hannah mit dem Fingerknöchel über Sophias pausbäckige Wangen, wobei ihr die Ähnlichkeiten zu Gero und dessen Familie einmal mehr ins Auge fielen. »Du hast die energische Stirn deiner Großtante geerbt«, murmelte sie, »kein leichtes Erbe, das glücklicherweise vom sanftmütigen Ausdruck ihrer Schwester abgemildert wird. Auf jeden Fall bekommst du Margarethas rotblondes Haar, ob du willst oder nicht. Ich hoffe nur, du behältst die himmelblauen Augen deines Vaters, der sich in ein paar Jahren wahrscheinlich mit seinem Anderthalbhänder ans Burgtor stellen muss, um deine zahlreichen Verehrer abzuwehren.«

Während sie an Gero dachte und daran, wie selig er jedes Mal lächelte, wenn er seine winzige Tochter in seinen großen kräftigen Händen hielt, schaute sie gedankenverloren auf die verlassene Seite des Bettes. Viel zu häufig war es in den letzten Tagen leer gewesen, und es war fraglich, wie oft die Kleine zukünftig auf ihn verzichten musste. Schließlich war er nicht nur Ehemann und Vater. Als zukünftiger Graf war Gero in erster Linie Soldat, dessen Leben von Kampf und Verteidigung bestimmt sein würde. Für Hannah und den Rest der Familie war damit die ständige Sorge verbunden, ob er aus den Schlachten, in die er für ihren Lehnsgeber, den Herzog von Lothringen, ziehen musste, unversehrt und vor allem lebend nach Hause zurückkehrte. Und da half es auch nicht, dass er ihr vage versprochen hatte, sich in so wenig Konflikte wie möglich hineinziehen zu lassen, wenigstens bis Sophia ein bisschen größer geworden war.

Jemand klopfte an der Tür, und Hannah hob neugierig den Kopf.

»Herein?« Es war Freya, die als zuverlässige Freundin und Hebamme regelmäßig nach dem Rechten schaute.

Das strahlende Lächeln der rothaarigen Begine holte Hannah augenblicklich aus ihren sorgenvollen Gedanken zurück in die Gegenwart.

»Guten Morgen, ihr beiden! Alles gut? Ich habe einen Eimer mit warmem Wasser mitgebracht und frische Windeln.« Freya hob den kleinen Holzeimer und einen Weidenkorb mit Wechselwäsche in die Höhe.

»Kannst du hellsehen?«, rief Hannah erleichtert, weil Sophia langsam quengelig wurde.

»Ich kenne meine Kundschaft nun mal.« Freya nahm Hannah das Kind ab und legte es auf eine Wolldecke, die sie auf einem orientalischen Teppich nahe dem wärmenden Kamin ausgebreitet hatte. Auf Knien befreite sie die Kleine unter gurrenden Lauten aus dem eng gewickelten Leinenkorsett, das dem Säugling die Geborgenheit des Mutterleibes ersetzen sollte. Schließlich lag Sophia wie ein kleiner Puttenengel vollkommen nackt vor ihr und strampelte befreit vor sich hin. Freya packte die Kleine bei den winzigen Füßchen und entfernte mit dem durchnässten Stoff behutsam das gröbste Malheur. Sophia, die zunächst noch gequengelt hatte, beruhigte sich schnell und beobachtete interessiert, was ihre Patentante mit ihr anstellte.

Freya hatte nicht nur viel Erfahrung mit werdenden Müttern, auch in der Säuglingspflege wusste sie eine ganze Menge über pflanzliche Aufgüsse und die Zubereitung heilender Salben. Dabei war sie erst Anfang zwanzig, doch wie viele Frauen in jener Zeit besaß sie bereits in jungen Jahren eine Reife, die man in der Zukunft erst von einer Vierzigjährigen erwarten würde. Was vielleicht auch an ihrem turbulenten Lebenslauf lag. Ihr Vater war als Lehnsnehmer des Kölner Erzbischofs 1288 bei der Schlacht von Worringen gefallen; ihre Mutter hatte sich daraufhin das Leben genommen. Von ihren raffgierigen Verwandten als Kind zur Erziehung in ein Kloster gesteckt und später enterbt, war Freya als junge Frau ganz allein an die Grenze zur Champagne geflüchtet und einem Beginenorden beigetreten. Später hatte sie zusammen mit ihren Mitschwestern Gero und seinen Templerkameraden zur Flucht in die deutschen Lande verholfen. Dabei hatte sie sich in Geros Templerbruder Johan van Elk verliebt und war ihm später sogar in die Zukunft gefolgt, was ihr einiges an Anpassungsfähigkeit abverlangt hatte. Ein Grund, warum Hannah nicht viel Phantasie benötigte, um sich die rothaarige Schönheit in Jeans und T-Shirt vorzustellen. Freya hatte beides mit großem Vergnügen getragen. Mit ihrem unerwarteten Wechsel zurück ins beginnende 14. Jahrhundert war sie zu einem dunkelgrünen, bodenlangen Surcot mit einem hellgrünen Unterkleid zurückgekehrt. Ein Kleidungsstil, wie er bei den hiesigen Burgfrauen üblich war. Dazu trug sie dunkelblaue Schnabelschuhe, deren nach oben gebogenen Spitzen beim Gehen unter dem mit Goldlitze verzierten Saum des Kleides hervorlugten. Beides war ein Geschenk der Gräfin gewesen. Nach der Ankunft von Gero, seinen Freunden und deren Frauen auf Waldenstein im Herbst 1315 war sie mit der Vergabe von Gewändern und Schuhwerk recht großzügig verfahren. Auch das perlenbestickte Netz, dass Freyas wallende, rostrote Mähne zusammenhielt, stammte aus Margarethas Kleiderfundus, der schier unerschöpflich zu sein schien.

Während die ehemalige Begine sich mit einem liebevollen Lächeln über das strampelnde Baby beugte, um mit dessen Morgentoilette fortzufahren, bekam Sophia einen roten Kopf und begann von Neuem zu drücken.

»Ja, gut so, Schätzchen, du machst das richtig. Besser jetzt als später, wenn ich dir den Hintern gewaschen habe.« Freya strich belustigt über Sophias Köpfchen, das von hellrotem Flaum bedeckt war.

»Die Wäscherinnen werden dankbar sein, dass sie sich eine weitere Windel gespart haben«, gab Hannah weit weniger amüsiert zu bedenken.

»Die sind das gewohnt«, erinnerte Freya sie. »Was glaubst du, wie viele Kinder hier auf der Burg jedes Jahr zur Welt kommen? Und alle müssen mehrmals am Tag gewickelt werden. Da kommt einiges zusammen.«

»Wie viele Kinder sind es denn?« Hannah zog eine Braue hoch. »Weißt du es?«

Freya lächelte verhalten »Ich habe die Kräutermagd gefragt, nachdem wir hier angekommen sind. Letztes Jahr waren es 43. Also fast jede Woche eins.«

»So viele?« Hannah war ehrlich erstaunt über diese Erkenntnis. Zugleich wurde ihr klar, wie wenig sie über das Leben der Burgbewohner wusste.

Freya verdrehte amüsiert die Augen. »Die meisten Frauen auf Waldenstein, die im rechten Alter sind, erwarten jedes Jahr ein Kind, ob sie nun verheiratet sind oder nicht.«

»Oh.« Hannah war mehr als überrascht, weil ihr eine solche Entwicklung auf der Breidenburg gar nicht aufgefallen war, obwohl es auch dort unter den Bediensteten eine Menge Kinder gegeben hatte. »Müssten dann nicht viel mehr Jungen und Mädchen auf dem Burghof herumtoben?«

Für einen Moment entstand eine peinliche Stille. »Einige Säuglinge sterben bald nach der Geburt oder in sehr jungen Jahren am Fieber. Die Bedingungen hier sind nicht mit der medizinischen Versorgung in eurer Zeit zu vergleichen, obwohl die Gräfin alles daransetzt, erfahrene Kräuterfrauen und Hebammen auf Waldenstein zu beschäftigen, die der hohen Sterblichkeit entgegenwirken. Deshalb habe ich beschlossen, zusammen mit Rona und Lyn etwas gegen Kindersterblichkeit, Frühgeburten und auch gegen Kindbettfieber zu unternehmen und die Frauen in Schwangerschaft, Geburt und im Umgang mit ihren Kleinsten zu unterweisen, was Sauberkeit und Achtsamkeit beim Füttern betrifft. Kuh- und Ziegenmilch werden nunmehr abgekocht, bevor sie den Kindern zum Trinken gegeben werden, um eine Ansteckung mit Kuhpocken oder Tuberkulose zu verhindern. Außerdem wird mit Datum festgehalten, von welchem Tier die Milch stammt, um Erkrankungen früh genug erkennen zu können. Außerdem wollen wir versuchen, Medizin zuzubereiten, die gegen das Fieber hilft. Und Impfungen nicht zu vergessen. Ich habe viel gelernt, als wir in eurer Zeit waren. In knapp dreißig Jahren steht hier die Pest vor der Tür. Dagegen müssen wir zumindest die Bewohner dieser Burg schützen. Lyn meint, es könnte sein, dass alle, die aus der Zukunft stammen, nicht betroffen sind, weil eure Ahnen diese Krankheit überlebt haben. Sicher ist sie allerdings nicht. Sophia wird dann vielleicht selbst schon Kinder haben, so Gott will.« Sie machte eine Pause und schaute Hannah unsicher an. »Oder möchtest du eure Tochter lieber mithilfe von Tom zurück in die Zukunft bringen?«

»Nein«, antwortete Hannah im Brustton der Überzeugung. »Zumindest nicht jetzt. Das könnte ich Gero nicht antun, und auch seiner Mutter nicht. Sophia ist Juttas Ein und Alles, und auch die Gräfin ist ganz verrückt nach ihr. Außerdem hänge ich mit jeder Faser meines Herzens an euch allen, die uns treu und loyal bei diesem Abenteuer zur Seite stehen. Ihr seid Geros und meine Familie. Ich will mir gar nicht vorstellen, wie es wäre ohne euch zu leben. Du hast recht, wir müssen uns etwas einfallen lassen. Nicht nur für uns, sondern für alle, die zurzeit hier leben und darüber hinaus. Vielleicht können wir die Pest verhindern, indem wir Antibiotika produzieren und damit die Geschichte ändern. Wir sollten es zumindest versuchen.«

Sophia hatte offenbar genug von ihren ernsten Gesprächen und begann zu quengeln, zumal sie ihr zweites Geschäft bereits erledigt hatte.

Freya nahm einen sauberen Waschlappen und tauchte ihn in eine zweite Schüssel, in der sie nebenbei eine warme Seifenlauge zubereitet hatte. Damit wusch sie die Kleine gründlich ab, nachdem sie die schmutzige Windel zusammengerollt und in einen dafür vorgesehen Holzeimer mit Deckel entsorgt hatte.

Hannah schaute gedankenverloren zu, wie selbstverständlich Freya das Kind, das sich inzwischen wieder beruhigt hatte, in frische Tücher wickelte, und das mit einer Liebe, die ihr das Herz aufgehen ließ.

»Man könnte meinen, sie ist deine eigene Tochter«, sagte sie andächtig. »Es ist ein schönes Gefühl zu wissen, eine Patin wie dich für Sophia zu haben. Ein Grund mehr, weshalb ich niemals in die Zukunft zurückkehren möchte«, fügte sie mit einem zärtlichen Lächeln hinzu. »Nirgendwo habe ich so viel Hilfsbereitschaft und Zuneigung erfahren wie mit all meinen Freunden aus dieser Zeit.«

Freya schaute auf und lächelte sanft. »Danke für deine lieben Worte. Ich hatte schon befürchtet, dass du vielleicht lieber in deine Zeit zurückkehren willst, weil wir so einfältig und leidenschaftlich sind.«

»Leidenschaft ist etwas Wundervolles. Ich liebe es, dass die Menschen hier ihren Gefühlen viel näher sind als in ein paar hundert Jahren«, flüsterte Hannah mit einem Blick in eine imaginäre Zukunft, die nicht zwingend besser war und der sie erst vor vier Monaten unter spektakulären Umständen entkommen waren. »Und von Einfältigkeit kann schon gleich gar nicht die Rede sein. Versuch' mal in siebenhundert Jahren eine Verabredung an einem dir bis dahin unbekannten Ort zu treffen – ohne Mobiltelefon, ohne Uhr und ohne Navigationsgerät, und dabei noch pünktlich zu sein. Das wäre so gut wie unmöglich, sage ich dir. Gero und seine Brüder schaffen das in dieser Zeit sogar bei Nacht. Ob du es mir glaubst oder nicht – ich bewundere die Leute in dieser Zeit. Sie leben intensiver, sind dankbarer für alles, was sie besitzen und haben ein Gottvertrauen, um das man sie nur beneiden kann.«

»Und trotzdem hast du Sorge, mit deiner Tochter in dieser Zeit zu leben?«

Hannah nickte. »Der Gedanke an die nahe Zukunft und Geros Verpflichtungen, verunsichern mich.«

»Auch in eurer Zeit geschehen viele unerfreuliche Dinge und man weiß nie, was als nächstes passiert«, gab Freya zu bedenken.

»Ja, du hast recht. Geros Überlegungen, sich Pierre de Bolognes geheimer Rebellenorganisation anzuschließen, wäre auch in unserer Zeit eine gefährliche Entscheidung. Aber sie würde nicht zwingend mit dem Tod bestraft, falls man erwischt wird. Der Gedanke, dass Gero und die anderen Brüder sich erneut mit dem franzischen König und der Gens du Roi anlegen, bereitet mir heftige Alpträume. Immerhin haben diese Geisteskranken Eberhard auf brutale Weise ermordet und unsere Burg angegriffen. Nicht zu vergessen, dass es auch unter den Burgmannschaften etliche Tote gab.«

»Aber will Gero nicht bereits am kommenden Wochenende offiziell einen Treueeid auf seinen Cousin, den jungen Landgrafen von Lichtenberg ablegen, um einen starken Verbündeten an seiner Seite zu haben?« Freya schaute sie fragend an. »Dann wären wir in jedem Fall besser geschützt.«

»Wobei ich nicht die leiseste Ahnung habe, wie verlässlich ein solches Bündnis ist«, gab Hannah mit einem erheblichen Zweifel im Blick zu bedenken, »und ob man ›Hanemann‹ von Lichtenberg, wie alle ihn nennen, überhaupt vertrauen kann. Anselm hat mir ein paar seltsame Geschichten über den Kerl erzählt. Scheint ein streitlustiger, komischer Kauz zu sein. Ganz abgesehen davon stellt sich die Frage, ob die Lichtenberger überhaupt als Verbündete gegen die Gens du Roi geeignet sind. Sie würden bestimmt etwas über die Hintergründe dieser Auseinandersetzung wissen wollen. Gero kann ja schlecht alle Karten vor seinem Cousin auf den Tisch legen und den Lichtenbergern erklären: »Hört mal, ich werde als Ex-Templer von der franzischen Geheimpolizei gejagt, weil wir ein unfassbares Mysterium besitzen, an dem König Louis X. und seine Agenten brennend interessiert sind.« Hannah stieß einen fatalistischen Seufzer aus. »Andererseits weiß ich von Gräfin Margaretha, dass etliche Familienmitglieder der Herren von Lichtenberg in verwandtschaftliche und sonstige Fehden verstrickt sind. Was ist, wenn daraus ein Krieg mit wem auch immer entsteht? Dann muss Gero ebenfalls zu seinem Bündnis stehen. Anselm erzählte mir, dass es zu dieser Zeit zwei deutsche Könige gibt, Friedrich der Schöne und Ludwig von Bayern. Beide wurden nicht ordnungsgemäß inthronisiert und kämpfen seit Monaten um die Vorherrschaft über das Heilige römische Reich. In ein paar Jahren wird sich daraus die Schlacht bei Mühldorf ergeben. Auch der Herzog von Lothringen wird daran teilnehmen und zur Verliererseite gehören. Was, wenn Gero als dessen Lehnsnehmer mit ihm ins Feld ziehen muss?«

Freya kniff die Lippen zusammen und atmete danach geräuschvoll aus. »Ich fürchte, die Gefahr einer Auseinandersetzung mit Balduin von Trier oder den zukünftigen Herren von Luxemburg, die auch beide mit dem franzischen Königshaus paktieren, ist zurzeit bedrohlicher als die Frage wer König in den deutschen Landen wird oder ein damit verbundener Feldzug des Herzogs von Lothringen. Meistens geht es bei diesen Streitigkeiten um Land. Und Waldenstein liegt in unmittelbarer Nähe zur Grenze dieser beiden feindlichen Territorien. Deshalb benötigt Gero den jungen Lichtenberger unbedingt, damit er Waldenstein mit seinen Soldaten eine starke Rückendeckung gibt. So stark, dass niemand den Mut aufbringt, sich mit den Waldensteinern anzulegen. Nicht mal die Gens du Roi«, fügte sie zuversichtlich hinzu.

»Vielleicht haben wir ja Glück«, antwortete Hannah mit einem Seufzer. »Nach allem, was wir aus den historischen Quellen in der Zukunft wissen, wird es König Louis X. von Franzien im Juni 1316 mit dem Tennisspielen übertreiben und nach einem Hitzschlag tot umfallen. Bleibt zu hoffen, dass seine Erben es danach aufgeben, nach versprengten Templern zu suchen.«

»Ich fürchte, da muss ich dich enttäuschen«, orakelte Freya skeptisch. »Falls der jüngere Bruder des franzischen Königs die Regierungsgeschäfte nach Louis' Tod übernimmt, könnte es sogar noch gefährlicher werden als jetzt.« Sie blickte besorgt auf, während sie Sophia fest in ein weich gewalktes Tuch wickelte, bis sie aussah wie eine kleine Larve in einem Kokon. »Prinz Philipp V. ist nicht weniger gierig als Louis. Seit dem Tod seines Vaters lauert er darauf, das Amt des Königs von Franzien selbst zu übernehmen. Es ist nicht ausgeschlossen, dass er die Suche nach den verschollenen Mysterien der Templer fortsetzt und sogar stärker vorantreibt als jemals zuvor. Denn eins habe ich bei den Beginen gelernt: Auf einen Teufel folgt meist ein weiterer, ganz gleich, ob man den vorherigen aus dem Weg geräumt hat.« Mit angespannter Miene drückte Freya dem Kind einen Kuss auf die Stirn und gab es in die Obhut seiner Mutter zurück.

»Also werde ich meine Hoffnungen, dass wir zukünftig in Frieden leben können, womöglich schneller begraben dürfen als vermutet«, murmelte Hannah mehr zu sich selbst.

»Gero macht sicher nichts falsch, wenn er ein Bündnis mit seinen Verwandten eingeht«, überlegte Freya laut. »Auch wenn er und die anderen Brüder ständig versuchen, uns zu beruhigen, sehe ich dem Feind lieber ins Auge, als ihn zu ignorieren. Ganz gleich, ob und wann dieser vermaledeite König von Franzien stirbt.«

•

»Hier muss noch mehr Sand hin!«, rief Gero quer über den neu angelegten Turnierplatz von Waldenstein. Mit kritischer Miene beaufsichtigte er ein paar Knechte, die den restlichen Belag für den Platz mit Pferd und Wagen vom Moselufer hinauf zur Burg geschafft hatten und nun mit Schaufeln großzügig auf der einzigen noch unvollständig präparierten Fläche beim Eingang zum Turnierfeld verteilten. Mit einem Handzeichen gab er ihnen zu verstehen, wo genau der dämpfende Untergrund noch vervollständigt werden musste, bevor eine gleich große Ladung Sägespäne darüber gestreut wurde. Die Arbeit war mühsam, und das launische Wetter mit seinen grauen Nebelschwaden und heftigen Regengüssen bot nicht die besten Voraussetzungen, um für die gut fünfzig auswärtigen Ritter und deren Gefolge hochherrschaftliche Wettkampfbedingungen zu gewährleisten.

Derweil machten sich die Zimmerleute der Burg an den Tribünen für die Damen und Ehrengäste zu schaffen. Die Sitzbänke mussten erneuert und mit Wolle und dunklen Lederbezügen frisch aufgepolstert werden. Dazu sollten neue Schindeln aufs Dach, um vor allem die hochwohlgeborenen Zuschauerinnen vor Wind und Regen zu schützen. Nach der langen Winterpause war die Überdachung undicht geworden.

»Hast du was von Pierre de Bologne und seinen Leuten gehört?« Struan, der sich mit seinem jüngeren Bruder Malcolm und den übrigen Templerbrüdern zum Kampftraining auf dem noch provisorischen Sandplatz eingefunden hatte, schaute Gero fragend an.

»Nur die geheime Depesche, die er uns vor gut einem Monat von der Burg der Carmacs mit einem Boten übersandt hat. Darin schrieb er, ihm und seinen Leuten gehe es gut. Im Februar ist es ihnen gelungen, mehrere eingekerkerte Brüder in der Nähe von Reims zu befreien. Danach ist er mit seinen Gefährten ein paar Wochen in der Lombardei untergetaucht. Nun sind sie anscheinend wieder zurück in seiner zweiten Heimat unweit von Metz. Ich habe ihn und seine Leute nach Waldenstein eingeladen, um mit uns gemeinsam für das Turnier zu trainieren. Daraufhin schrieb er, dass sie dafür eigentlich keine Zeit hätten, aber sowieso vorbeikommen wollten, um sich von Anselm neue Dokumente anfertigen zu lassen. Falls sie beim Turnier mitmachen, dann unter lombardischer Fahne. Offiziell sind sie zurzeit als Söldner des Bischofs von Ravenna unterwegs. Was uns nur recht sein kann. Meine Tante legt im Übrigen Wert darauf, dass wir das Templerthema gar nicht erst anschneiden. Deshalb glaube ich auch nicht, dass sie den Lichtenbergern verraten hat, dass ich Templer war und immer noch bin, geschweige denn, dass meine Verbündeten Templer sind.«

Struan hob eine Braue und fixierte mit seinen kohlschwarzen Augen Geros bärtiges Gesicht. »Meinst du nicht, zumindest dein angeheirateter Oheim kann sich denken, dass du deinen Dienst im Orden geleistet hast und nach dessen Auflösung hierher zurückgekehrt bist? So etwas spricht sich doch herum.«

»Ich hatte nicht den Eindruck, dass die Herren von Lichtenberg sich jemals näher mit unserer Familiengeschichte beschäftigt haben. Erst recht nicht, nachdem mein Onkel Gerhard 1291 in Akko gefallen ist. Er war ein Cousin von Konrad I. von Lichtenberg, dem verstorbenen Vater des jungen Landgrafen, Johann II. ›Hanemann‹ von Lichtenberg, der mit seinem einundzwanzigsten Geburtstag das nächste Oberhaupt aller Lichtenberger werden wird. Wegen der familiären Verbindung hatte mein Onkel Gerhard ebenfalls Anspruch auf einen erblichen Grafentitel.«

»Und was spricht man über den jungen ›Hanemann‹?« Struan bedachte ihn mit einem hintergründigen Blick. »Ich meine, immerhin wird dein zukünftiges Schicksal und das deiner Leute von diesem Kerl abhängen.«

»›Hanemann‹ ist, wenn es nach den derzeitigen Urkunden geht, 15 Jahre jünger als ich«, antwortete Gero mit einem Schulterzucken. »Da er keine Zeitreise absolviert hat, steht er kurz vor seinem einundzwanzigsten Geburtstag. Ich habe keine Ahnung, ob er die nötige Reife besitzt, eine so große Familie zu führen. Sein Vormund, Landgraf Johann I., der einer jüngeren Linie der Familie entstammt, weicht Hanemann angeblich nicht von der Seite, damit er keine Dummheiten begeht. Der alte Landgraf hat seinerzeit für König Albrecht in der Schlacht bei Göllheim gegen Adolf von Nassau gekämpft, um ihn als König absetzen zu können. Was bedeutet, auch er strebt nach Macht, in dem er den Anschluss an die Mächtigen sucht. Er hat etliche Auszeichnungen für seine Tapferkeit erhalten. Bis es so weit ist, dass Hanemann den Vorsitz über die gesamte Familie übernimmt, muss Johann I. alle Entscheidungen im Namen der Lichtenberger mit seinem Siegel unterzeichnen.«

Struan kräuselte die Stirn, offenbar hatte er Mühe Geros Beschreibungen über die verworrenen Familienverhältnisse in dessen Sippschaft zu folgen. »Also gehört das Land auf dem Waldenstein steht den Lichtenbergern?«

»Nein«, antwortete Gero bedächtig. »Die Ländereien unterstehen sämtlich dem Herzog von Lothringen, der sie seinerzeit als erbfähiges Lehen samt Titel den Lichtenbergern zur Verwaltung übergeben hat. Landgraf Konrad hat damals bestimmt, dass mein Onkel Waldenstein als Lehen erhält, zum Dank für seinen Einsatz im Heiligen Land. Dass bedeutet, das Lehen an meinen Onkel wurde von den Lichtenbergern auf Lebzeiten abgetreten, mit der Option, dass es vererbbar ist. Aber das Land als solches verbleibt im Besitzt des Herzogs von Lothringen.«

»Weißt du mehr über Johann I.? Was ist er für ein Mensch?«

»Ich habe ihn erst einmal persönlich getroffen und weiß nur, dass er trotz seines fortgeschrittenen Alters eine imposante Erscheinung ist. Seine Gemahlin, Jutta von Hüneburg, ist wohl schon länger kränklich, wie meine Tante berichtete, und verlässt die gleichnamige Burg nur noch selten. Johann I. und seine Gemahlin haben einen Sohn, Ludwig III., sowie drei männliche Enkel, unter denen der Besitz des alten Landgrafen dereinst aufgeteilt werden muss. Deshalb wundert es mich ein wenig, dass er vor dem Herzog von Lothringen stellvertretend für die gesamte Familie der Lichtenberger meiner Adoption und meinem Anspruch als Erbe von Waldenstein ohne Zögern zugestimmt hat. Ansonsten wäre die Burg mitsamt den dazugehörigen Ländereien nach dem Tod meiner Tante zurück an Hanemann von Lichtenberg gefallen, oder an jemand anderen aus dessen Familie. Dass es anders gekommen ist, liegt vermutlich daran, dass meine Tante immer ein gutes Verhältnis zu Johann I. von Lichtenberg hatte. Höchstwahrscheinlich vertritt sie deshalb die Meinung, wir sollten unser Bündnis mit den Lichtenbergern festigen und die Einladung dazu nutzen, uns gegenseitige Loyalität zu versichern.«

»Und warum kommen die Lichtenberger hierher? Du hättest doch genauso gut dorthin reiten und neue Verträge schließen können. Ein Turnier ist teuer und allein die Vorbereitung machte eine Heidenarbeit, wie man sieht. Von eventuellen Streitigkeiten zwischen den Teilnehmern und den sich daraus ergebenden diplomatischen Verwicklungen mal ganz abgesehen.«

»Ich nehme an, meine Tante hatte ihre eigenen Gründe, die Verwandtschaft lieber nach Waldenstein einzuladen, als selbst ins Elsass zu reisen. Anscheinend will sie den Lichtenbergern zeigen, dass wir einen respektablen und verlässlichen Verbündeten abgeben. Und wie kann man das besser beweisen, als mit einem aufregenden Turnierkampf und den dazugehörigen Siegerehrungen, Banketten, Sängern, Gauklern und einem opulenten Jahrmarkt. Das gesamte

Paket.« Gero seufzte genervt, während er seine Aufmerksamkeit auf Anselm und Stephano richtete, die nun voll aufgerüstet mit hölzernen Übungslanzen aufeinander zu galoppierten. »Deshalb betreiben wir ja schließlich diesen ganzen Aufwand. Wir richten nicht nur das Turnier aus. Margaretha erwartet zudem, dass wir dabei eine gute Figur machen, um uns als exzellente Kämpfer zu präsentieren.«

»Wenn das mal gut geht.« Struan schaute mit einem prüfenden Blick über den weitläufigen Turnierplatz und konzentrierte sich auf die beiden Reiter, die wild entschlossen aufeinander zu galoppierten. Ob der Schotte mit seiner Bemerkung Anselms erneuten Tjost-Durchgang gegen dessen Templerbruder und Lebenspartner meinte oder Geros Zuversicht, dass die Lichtenberger ihn und seine Söldner als ebenbürtigen Streiter anerkannten, ließ er offen.

»Autsch«, murmelte Gero und setzte eine Miene auf, als hätte er in eine Zitrone gebissen, als Anselm im hohen Bogen aus dem Sattel flog und zu seinem Glück in einem der frisch aufgeschütteten Strohhaufen landete, die man eigens zum Schutz der Turnierteilnehmer vor der hölzernen Begrenzung des Platzes verteilt hatte. Doch der Mittelalterexperte aus der Zukunft stand sofort wieder auf, schüttelte sich, reichte Stephano die Hand und grinste schmerzlich, bevor ihm der Knappe den braunen Brabanter erneut zuführte und Anselm sich geschickt in den Rittersattel schwang, um gleich darauf eine Revanche von seinem Liebsten zu fordern.

»Ich kann mir schlecht vorstellen, dass deine Tante unsere Konflikte mit dem König von Franzien und auch den Tod deines Bruders vor deinem Oheim einfach unter den Tisch kehren kann«, kam Struan auf seine Befürchtung zurück. »Jeder auf der Burg weiß, dass du Kommandeur-Leutnant des Ordens warst. Das du erst vor Kurzem Ärger mit der Gens du Roi hattest, lässt sich ebenso wenig bestreiten. Schließlich sind einige deiner Burgwachen im Kampf gegen diese Teufel gestorben. Und selbst wenn deine Tante Stillschweigen bewahrt: Deine Knappen und Knechte tun es bestimmt nicht. Sie werden sich mit ihresgleichen im Gefolge der Lichtenberger austauschen, und sei es im Suff.«

»Das ist mir klar.« Gero blinzelte zweifelnd in die warme Morgensonne, die nun durch die Wolken brach und den baldigen Beginn des Frühlings ankündigte. »Aber wir können uns nicht ewig verstecken. Mit dem Widerstand gegen die Gens du Roi und damit gegen den König von Franzien und seine Vasallen haben wir uns entschlossen, all jene in die Schranken zu weisen, die uns nach der Vernichtung des Ordens am liebsten ans Kreuz genagelt sehen wollen. Wölfe kannst du nur verjagen, wenn du ihnen mit gefletschten Zähnen entgegentrittst und nicht, indem du den Schwanz einziehst und davonrennst. Außerdem haben wir Familien, die es zu beschützen gilt. Auch du, Struan, wirst bald Vater sein und um jeden Preis verhindern wollen, dass Amelie und dein Kind von diesen Bluthunden bedroht werden.« Gero machte eine Pause und blickte dem imposanten Schotten eindringlich in die nachtschwarzen Augen, bei denen man kaum einen Unterschied zwischen Pupille und Iris ausmachen konnte. »Glaub mir, Bruder«, fügte er beschwörend hinzu, »sobald du ein eigenes Kind hast, ändert sich alles. Während es uns nichts ausmacht, im Kampf zu fallen, ist es für jene, die du liebst, ein Unglück von unermesslichem Ausmaß. Weil sie mit dir fallen, ohne getötet worden zu sein. Damit sind ihre Qualen ungleich größer als deine. Wenn du Verantwortung für eine Familie hast, wirst du allein schon deshalb alles tun, um dein Leben zu schützen, vor allem für diejenigen, die dir am Herzen liegen.«

»Ich verstehe, was du meinst«, antwortete der Schotte dumpf. »Schließlich ist das der Grund, warum Ordensritter in ihren Regeln auf Frau und Kinder verzichten. Es ging in Wahrheit nie darum, in fleischliche Versuchung zu geraten. Es ging immer nur darum, frei zu sein, um ohne schlechtes Gewissen in einen Kampf ziehen zu können und zu sterben, so Gott es will.« Er zuckte mit seinen mächtigen Schultern, auf denen nun das Wappen des Grafen von Waldenstein prangte. Ein schwarzer Löwe auf rotem Grund, darunter die dunkelbraune Silhouette einer Festung auf schwarzem Felsen über einem blauen Fluss. Er trug diese Uniform inzwischen genauso mit Stolz, wie er zuvor den weißen Mantel eines Templers getragen hatte.

»Deshalb werden wir um Gottes Gnade bitten, Struan. Damit er uns die Kraft verleiht, dem Teufel mit all unserem Mut entgegen zu treten. So wie wir es immer getan haben, seit wir dem Orden angehören.«

Ein Horn erklang und beendete abrupt ihren düsteren Austausch.

»Los, komm Bruder, wir sollten uns ein wenig im Tjost üben. Das wird uns auf angenehmere Gedanken bringen«, schlug Gero dem Schotten vor und packte Atlas am Zügel. Das silbergraue Streitross war inzwischen in die Jahre gekommen und diente vornehmlich zur Zucht. Doch in dem Augenblick, als Gero anritt, weitete der aufmerksame Hengst die Augen und schnaubte kräftig, als ob er dem, was nun folgen sollte, regelrecht entgegenfieberte.

Während Struan auf der anderen Seite auf seinem englischen Great Horse Aufstellung nahm und seinen Topfhelm aufsetzte, senkte Gero, der seine Vorbereitungen bereits abgeschlossen hatte, die Lanze in die Waagerechte.

Es genügte ein kleiner Schenkeldruck, und Atlas preschte mit der Kraft einer entfesselten Naturgewalt dem Streitross des Schotten entgegen. Beide Tiere zeigten keinerlei Scheu, als sie mit donnernden Hufen, die Sand und Sägespäne hoch emporschleuderten, aufeinander zu rasten.

Ihre Reiter wichen im allerletzten Moment geschickt aus, so dass beide Übungslanzen ihr Ziel verfehlten.

Vom Rand des Platzes erscholl der Beifall der Kameraden.

Als Gero sich zu einem weiteren Durchgang mit seinem schottischen Bruder aufstellte, dachte er darüber nach, wie lange sie noch unausweichlichen Angriffen ins Auge sehen mussten, bevor der Kampf gegen ihre wahren Gegner endgültig vorüber war.

KAPITEL 5

APRIL 1316
KÖNIGREICH FRANZIEN / PARIS /
FESTUNG BOIS DE VINCENNES

Dämonentanz

Ob Gott der Herr Justines Gebete erhört hatte, blieb fraglich. Schon wenige Tage später erschien bei Sonnenaufgang ein bewaffneter Soldat in der schwarzbraunen Uniform der Gens du Roi in ihrer Kammer.

Er hatte nicht angeklopft und scherte sich auch nicht um die Furcht der übrigen jungen Frauen, die erschrocken zurückwichen, als er plötzlich zwischen ihren armseligen Strohmatratzen stand. Justine konnte sich auch ohne eine Erklärung denken, dass er im Auftrag de la Mottes unterwegs war, denn der hatte dessen Erscheinen bereits angekündigt. Der Uniformierte fixierte sie mit einer abschätzigen Miene, als ob er wusste, dass sie in Wahrheit die Hure seines obersten Befehlshabers war. »Justine Rosmand?«

»Ja, die bin ich«, wisperte sie, trotz ihrer Furcht erstaunt darüber, dass der furchteinflößende Mann sie auf Anhieb erkannt hatte.

Unter den angespannten Blicken ihrer verwunderten und zugleich verängstigten Mitstreiterinnen, warf er ihr ein kostbares bernsteinfarbenes Samtkleid vor die Füße. Dazu ein passendes Unterkleid und einen Umhang aus Wolle. Außerdem neue Stiefel aus dunklem Leder und braune Strümpfe aus feinem Filz. Es war zu vermuten, dass de la Motte Gewänder und Schuhwerk ausgesucht hatte. Er kannte Justine lange genug, um ihre Maße einschätzen zu können.

»Zieh das an«, befahl der Soldat ihr barsch. »Und dann meldest du dich in der Hauptkommandantur.«

Bevor sie ihn fragen konnte, wo genau sich das Hauptquartier der königlichen Geheimagenten befand, war der Mann schon wieder nach draußen verschwunden und warf die Tür mit einer solchen Wucht ins Schloss, dass sie erzitterte.

Justine spürte die fragenden Blicke der jungen Frauen auf sich, die sich für den Tag fertig machten und sich dabei aufführten wie aufgescheuchte Hühner, die den Fuchs gesehen hatten. Geschäftig räumten sie ihre ärmlichen Matratzenlager zur Seite und würdigten Justine keines Blickes. Sie hatten Angst. Zumal inzwischen der Tod Brunos ans Licht gekommen war. Obwohl auf Anhieb keine Verbindung zum derben Auftritt des Offiziers zu erkennen war, ahnten Justines Mitbewohnerinnen, dass die Sache vielleicht mit der Leiche zu tun haben konnte, die man vor einer Weile mit einer heftigen Kopfverletzung im Burggraben aufgefunden hatte. Er hatte ebenfalls ausschließlich für de la Motte gearbeitet und hinter vorgehaltener Hand seltsame Geschichten über seinen neuen Herrn verbreitet. Das er dem Teufel auf der Spur sei und für den König einen entsprechenden Auftrag übernommen hatte.

Während Justine sich zügig ankleidete, um ihre innere Aufregung zurückzudrängen, trat Calix an sie heran. Die braunhaarige Schönheit stammte aus dem Languedoc. Ihre sämtlichen Verwandten waren als Katharer auf dem Scheiterhaufen verbrannt worden. Ihrem verführerischen Aussehen und ihrer Jugend hatte sie es zu verdanken gehabt, dass man sie nach Paris verschleppt und in die Leibeigenschaft des Königs gezwungen hatte.

»Sei gewarnt«, orakelte sie mit finsterer Miene. »Es ist gefährlich, sich mit der Gens du Roi einzulassen. Wenn du nicht tust, was sie verlangen, oder dir auch nur der kleinste Fehler unterläuft, bist du im Handumdrehen tot.«

»Was du nicht sagst«, antwortete Justine und deutete mit einem verbitterten Lächeln auf ihre neuen Sachen. »Glaubst du etwa, ich verkleide mich freiwillig als Herzogin vom schönen Schein?«

Die schüchterne Sandrine, mit der Justine ebenfalls das Zimmer teilte, riss ängstlich ihre nussbraunen Augen auf. »Was haben die Agenten der Gens du Roi denn mit dir vor?«

»Wenn ich es verrate, töten sie nicht nur mich, sondern euch alle«, erwiderte Justine und schaute mit verschwörerischem Blick in die Runde. »Ihr wisst selbst nur zu gut, dass man als Leibeigene nicht aufbegehren darf, ganz gleich, was von einem verlangt wird.«

Ein schweigendes Nicken der jungen Frauen bezeugte, dass ihr anfänglicher Neid tiefem Bedauern gewichen war. Justine verzichtete indes darauf, die Vorteile zu erwähnen, die man ihr zugesichert hatte, wenn sie ihre Mission zur Zufriedenheit ihrer Auftraggeber erledigte.

Kaum hatte sie ihren ungewohnten Aufzug komplettiert und ihre rotblonden Locken geflochten und zu züchtigen Schnecken aufgesteckt, wandte sie sich an ihre ehemaligen Leidensgenossinnen und hob entschieden den Kopf. »Lebt wohl, meine Lieben. Ich weiß nicht, ob wir uns je wiedersehen, aber ich möchte euch alles Glück der Welt und Gottes Segen wünschen.«

Die Frauen waren zu verwirrt, um irgendetwas zu erwidern, und so wartete Justine nicht auf eine Antwort, sondern ließ das Gesindehaus hinter sich und rannte mit hämmerndem Herzen hinaus auf den Hof. Der war so nebelverhangenen, dass sie sich zunächst orientieren musste, wo der riesige Donjon stand, der mit seinen Zinnen die gesamte Festung Bois de Vincennes überragte. Bei näherer Betrachtung war nur das Erdgeschoss des Turms zu erkennen. Die oberen Stockwerke verschwanden in einer undurchsichtigen Wolke aus feuchtkalter Luft.

Während Justine tapfer auf die Eingangstür des Turms zuhielt, hoffte sie, nicht zufällig dem König über den Weg zu laufen. Louis X. verbrachte die meiste Zeit seines Müßiggangs in dieser ländlichen Idylle anstatt in Paris, wo man auf den Straßen in Exkrementen und Unrat versank und der Gestank unerträglich war.

»Für mich ist dieses Jagdschloss vor den Toren der Stadt das reinste Paradies«, hatte er einmal einem Besucher gegenüber geschwärmt, als er an Justine vorübergeschlendert war und ihr unerwartet zugezwinkert hatte.

Bald darauf hatte er sie als Waschmagd für sein Badehaus auserkoren. Dort war sie zunächst für seine Handtücher zuständig gewesen. Doch sobald sie mit ihm allein gewesen war, hatte er nicht lange gefackelt, und sie aufgefordert, sich auszuziehen und nackt, wie sie war, mit ihm den Bottich zu teilen. Dabei hatte er sich hemmungslos ihrer Vorzüge bedient und ihr in der Zeit danach regelmäßig Gewalt angetan. »Ich bin nicht nur hier, weil auf Vincennes die Luft besser ist als im Königspalast«, hatte er sie während seiner schändlichen Machenschaften wissen lassen. »Ich habe an diesem Ort gewisse Freiheiten, von denen die Königin nichts wissen muss.« Sein lüsternes Grinsen war Justine Beweis genug gewesen, dass er sein neues Weib genauso mit dem Gesinde betrog wie die anderen zuvor.

Aber spätestens seit er Klementine von Ungarn geheiratet hatte, war es gefährlich, sich zu den Huren des Königs zu zählen. Die Königin war krankhaft eifersüchtig und steckte ihre vermeintlichen Konkurrentinnen gerne mal in den Hungerturm oder ließ sie aus dem Fenster werfen, sobald sie von ihren Spionen einen entsprechenden Hinweis erhalten hatte. Was für die betroffenen Frauen nicht selten den Tod bedeutete, den König jedoch nicht sonderlich zu interessieren schien.

Sicher ein Grund mehr, warum Frédol Goudier, der Burgvogt von Vincennes, ein strenges Regiment über die Leibeigenen des Hauses führte. Im Vorbeigehen raunzte er Justine unflätig an, was sie hier draußen auf dem Hof zu suchen habe, erst recht in einem solchen Aufzug.

»Ich wurde zur Kommandantur der Gens du Roi befohlen«, antwortete sie wahrheitsgemäß und hob triumphierend den Blick, nachdem sie Goudiers ungläubige Miene gewahrte.

Für einen Moment schien er ihre Aussage anzuzweifeln, kam dann aber wohl zu dem Schluss, dass es besser sei, sich nicht mit de la Motte und seinen Leuten anzulegen, und warf Justine einen argwöhnischen Blick zu. »Wenn du zur Kommandantur willst, musst du hinauf in den Donjon«, erklärte er ihr. »De la Mottes Adjutant hat seinen Dienstsitz im dritten Geschoss.« Goudier beäugte sie interessiert. Obwohl es kein Geheimnis war, dass sie dem Marschall der Gens du Roi zu Diensten war, hätte er sicher gerne gewusst, was der mit ihr vorhatte.

»Danke«, sagte Justine knapp und senkte den Blick. Sie hatte keinerlei Interesse, Goudier zu erklären, warum sie hier war. Zumal sie es selbst nicht genau wusste. Der Burgvogt wiederum stellte keine weiteren Fragen, und so setzte sie ihren Weg über das schlüpfrige Pflaster unbehelligt fort.

Die meisten Menschen waren froh, wenn sie mit den Agenten der königlichen Geheimpolizei möglichst nichts zu tun hatten. Eine Einstellung, die Justine nur zu gut nachvollziehen konnte. Die Gens du Roi, wie die ›Leute des Königs‹ allgemein genannt wurden, waren nicht nur dem direkten Einfluss der franzischen Krone unterworfen, sie standen auch unter dem Befehl des obersten Inquisitors von Franzien.

Allein schon der Umstand, dass de la Motte auf sie aufmerksam geworden war und sie allem Anschein nach für seine politischen Zwecke benutzte, flößte Justine einen höllischen Respekt ein. Ganz gleich, was er von ihr verlangte, sie musste ihn zufriedenstellen. Der Gedanke, bei allem, was sie tat, auch unter Beobachtung eines Ungeheuers wie Bernardus Guidonis zu stehen, beunruhigte sie jedoch weitaus mehr. Nicht nur, weil er ihren Sohn in seinen Fängen hielt. Justine hatte schon zu viele Menschen auf Scheiterhaufen brennen sehen, die Guidonis der Ketzerei bezichtigt hatte. Am liebsten wäre sie davongelaufen. Doch ganz abgesehen davon, dass sie keine Ahnung hatte, wo sie einen sicheren Unterschlupf finden konnte, spürten die Gens du Roi den größten Teil der Geflüchteten binnen eines Tages wieder auf. Die Strafen, die einen nach einer solchen Flucht erwarteten, waren so grausam, dass Justine lieber gar nicht erst darüber nachdenken wollte. Nicht einmal den legendären Templern war es geglückt, der Verfolgung der Gens du Roi zu entkommen. Sonst wären nicht so viele in den Verliesen von Vincennes und anderswo eingekerkert worden. Dass einige durch dieses Netz hindurch geschlüpft sein mussten, sah man an Amelie und ihrem Schotten. Plötzlich überkam sie ein ungutes Gefühl bei der Frage, warum genau de la Motte wollte, dass Amelie zu ihrem Vater zurückkehren sollte, um ihn zu besuchen.

Schweren Herzens betrat Justine das turmhohe Gebäude und schickte sich an, die steilen Stufen hinauf zu hasten. Unvermittelt wurde sie im Eingang von einem uniformierten, dunkelblonden Mann mit graublauen Augen aufgehalten.

»Bist du Justine?«, fragte er forsch, als ob er bereits auf sie gewartet hätte.

»Ja«, sagte sie atemlos und begegnete mutig seinem stechenden Blick. »Ich soll mich in der Kommandantur melden.«

»Ich bin Hauptmann Baptiste de Neuville«, stellte er sich hastig vor. »Adjutant von Marschall de la Motte.«

Obwohl de Neuville ein gutaussehender Kerl war, hatte er einen brutalen Zug um den Mund, der Justine zur Vorsicht mahnte.

»Warte hier und setz dich so lange in die warme Stube, bis ich zurück bin.« Mit einem Nicken deutete er auf eine offenstehende Kammer im Erdgeschoss, in deren Kamin ein wärmendes Feuer brannte. Bevor sie sich bedanken konnte, verschwand der Hauptmann auf dem nebelverhüllten Hof.

Justine zögerte, der Aufforderung des Mannes nachzukommen. Sie war viel zu aufgewühlt, um still zu verharren. Stattdessen wanderte sie unstet umher und warf immer wieder Blicke aus dem Fenster. Sie sah, wie ein paar Stallknechte mehrere große Zugpferde in den Hof führten, die kein Brandzeichen des Königs trugen, und sie an drei geschlossene Reisewagen einspannten. Die Schabracken der Pferde gaben keinerlei Hinweise darauf, wem die Tiere gehörten. Ein paar Uniformierte gesellten sich hinzu und palaverten mit dem Dunkelblonden, der Justine angewiesen hatte, in der warmen Stube zu warten. De la Motte kam über den Hof gehumpelt und erteilte den Männern Anweisungen. Er nutzte ausnahmsweise seinen Stock und fuchtelte damit in der Luft herum wie um verschiedene Richtungen anzudeuten. Was ging da vor? Doch ehe Justine ihre Neugier befriedigen konnte, kehrte der Uniformierte zurück.

»Los, komm mit nach oben ins Dienstzimmer des ersten Offiziers. Er erwartet dich.«

Mit einer knappen Geste geleitete er sie drei Etagen höher in ein kahles, schmuckloses Zimmer. Dort saß ein rotblonder Mann mit stechend grünen Augen an einem Kartentisch und blätterte in einem Packen verschiedener Papiere. Sein gehetzter Blick erinnerte Justine an den Wolf, der ihr vor Monaten am Waschteich begegnet war.

Justine hätte den etwa vierzigjährigen Mann als gutaussehend bezeichnet, wäre da nicht die wulstige Narbe auf der rechten Wange gewesen, die sein glatt rasiertes Gesicht unschön entstellte. Gut möglich, dass sie von einem Schwertstreich stammte. Wenn er zu den Agenten der Gens du Roi gehörte, war er Soldat, was sie allein an seiner muskulösen Gestalt zu erkennen glaubte, obwohl er keine Uniform trug, sondern das pelzbesetzte Gewand eines vermögenden Kaufmanns.

»Du also bist die Geheimwaffe, in die Marschall de la Motte seine ganze Hoffnung setzt«, begann er mit einem süffisanten Ton in der Stimme und starrte ungeniert auf ihre Rundungen, die sich unter ihrem Gewand abzeichneten. »Nun begreife ich, warum unser Marschall ausgerechnet eine Frau mit dieser gefährlichen Mission beauftragen will«, fügte er mit einem schmutzigen Grinsen hinzu.

»Was … was meint Ihr mit *gefährlich*?«, fragte Justine stockend.

»Kein Grund zur Sorge«, klärte er sie gönnerhaft auf. »Ich, Hauptmann Helias Baillie, werde bei dir sein, wenn wir diese Teufel ausräuchern«, stellte er sich mit ernster Miene vor und bedeutete ihr, sich auf den einzigen Stuhl in der Kammer zu setzen. Zugleich nickte er dem Mann zu, der sie hinaufgebracht hatte. »Alles bestens Baptiste. Richte dem Marschall aus, wir sind gleich soweit.« Der Mann salutierte schneidig und war einen Augenblick später verschwunden.

»Ich bin Marschall de la Mottes ausführende Hand und Kommandeur dieser Mission«, erklärte der Hauptmann Justine mit erhabenem Blick. »Ich werde die ganze Angelegenheit aus dem Hintergrund befehligen. Marschall de la Motte sagte mir, er wolle dich als Vertrauensperson einsetzen. Du sollst deine Freundin Amelie davon überzeugen, dass es besser ist, nach Franzien zurückzukehren, anstatt in ketzerischer Ehe mit einem teuflischen Templer zu leben. Allerdings musst du die Sache so geschickt wie möglich anstellen, damit Amelie keinen Verdacht schöpft und ihr Ehemann nichts von deiner Annäherung erfährt. Sonst könnte es sein, dass wir unseren kleinen Ausflug nicht überleben.«

»Ich … ich habe da noch eine Frage«, stammelte Justine so leise, dass ihr Gegenüber näher rückte, um sie verstehen zu können. »Warum soll Amelie Bratac nach Franzien kommen? Ihr Vater könnte doch genauso gut an den Ort reisen, an dem sie nun lebt, und sie bitten, mit ihm zurückzukehren.«

Baillie schien die Frage nicht verstanden zu haben; doch dann verzog sich sein markanter Mund zu einer herablassenden Grimasse.

»Weil die Templer verfluchte Häretiker sind, die mit dem Leibhaftigen im Bunde stehen und niemals zulassen würden, dass deine Freundin zu ihrem Vater zurückkehrt«, herrschte er sie an. »Genauso wenig werden sie erlauben, dass der alte Mann sie in ihrem höllischen Domizil besucht. Willst du das arme Mädchen am Ende diesen Dämonen überlassen und ihren alten, ahnungslosen Vater zusätzlich ins Verderben stürzen? Wir sind sicher, dass Amelie Bratac nicht freiwillig mit diesen Templern mitgegangen ist, sondern vielmehr von ihnen verhext und entführt wurde. Diese Ritter des Teufels besitzen einen abscheulichen Zauber, mit dem sie einem Menschen den Willen rauben und alle um sie her glauben machen können, dass sie freundliche Gefährten sind.« Baillie redete sich regelrecht in Rage und starrte Justine mit seinen hellgrünen

Raubtieraugen durchdringend an. »Sie geben sich als Unschuldslämmer, aber in Wahrheit opfern sie die neugeborenen Säuglinge ihrer Weiber einem Götzen mit drei Gesichtern, der diese Kinder verschlingt und den Templern dafür zum Dank magische Kräfte verleiht. Deine Freundin ist von einem dieser Männer geschwängert worden. Sobald sie niedergekommen ist, werden diese Satansjünger ihr das Kind wegnehmen und es ihrem sogenannten Baphomet opfern, der in Wahrheit der Leibhaftige ist.«

»*Mon Dieu!* Eine solche Grausamkeit müsste meine Freundin doch bemerken, oder etwa nicht?«, protestierte Justine mit einem irritierten Blick und erinnerte sich, wie sie selbst geschrien und getobt hatte, als man ihr Aubry aus den Armen gerissen hatte.

»Deine Freundin weiß nichts von den Machenschaften ihres Gemahls. Das arme Geschöpf ist vollkommen ahnungslos. Die Templer werden ihr vorlügen, dass ihr Neugeborenes eine Missgeburt gewesen sei, so dass man es ihr lieber nicht mehr zeigen wolle. Nun, damit es nicht so weit kommt, wirst du Amelie und das Kind retten, indem du sie dazu bringst, mit dir nach Franzien zurückzukehren, noch bevor diese abscheuliche Tat verübt werden kann. Aber du musst es geschickt anstellen. Deine Freundin wird dir nicht glauben, selbst wenn du ihr die Wahrheit erzählst. Sie wird sagen, dass *wir* die Scheusale sind, die ihren Gemahl und dessen Spießgesellen ohne jeglichen Grund verfolgen. Aber glaub mir, Justine, Satan treibt sein Unwesen, indem er sich in den Köpfen der Templer festsetzt und sie in willfährige Vasallen verwandelt. Er setzt alles daran, dass deren Eheweiber ihnen hörig werden, indem er ihnen eine besonders ausgeprägte Manneskraft verleiht. Die Weiber sind ganz verrückt nach diesen Besessenen und gebären ihnen jedes Jahr einen neuen Balg. Um deine Freundin vor diesem Schicksal zu bewahren, musst du sie davon überzeugen, dass ihr Vater sie vor seinem Tod unbedingt noch einmal zu sehen wünscht. Es ist das einzige Mittel, um Amelie Bratac aus dieser Brutstätte des Bösen wegzulocken.«

Justine schluckte angespannt. »Und was macht Euch so sicher, dass diese Templer mich am Ende nicht auch verhexen werden?«, wandte sie zaghaft ein.

»Solange du nicht den Fehler begehst, deiner Freundin oder sonst wem zu verraten, dass der König und die Inquisition von Franzien hinter deinem Auftrag stehen, werden sie es nicht bemerken. Denk immer daran – du willst nicht nur deine Freundin und deren Kind retten, du willst auch deine eigenen Geschwister aus der Leibeigenschaft führen und deinen Sohn wieder in die Arme schließen. Hast du eine Ahnung, wie stolz dein Aubry sein wird, wenn seine Mutter den letzten, alles vernichtenden Schlag gegen die teuflischen Machenschaften des Templerordens führt?«

»Indem ich Amelie Bratac und ihr ungeborenes Kind rette?« Justine schaute ihn ungläubig an. »Wäre es nicht besser, die Templer selbst zu beseitigen, bevor sie weitere Frauen entführen und sie für ihre teuflischen Zwecke benutzen?«

»So einfach ist das nicht«, murmelte Baillie verschwörerisch. »Wie ich schon sagte: Diese Hunde stehen mit Luzifer im Bunde. Sie verfügen über satanische Kräfte, die es zunächst zu brechen gilt. Wenn ihr Götze keine selbst gezeugten Säuglinge mehr zu fressen bekommt, schwindet seine Macht – und mit ihr sein Einfluss auf die Ordensbrüder. Deine Mission ist nur ein Anfang. Den Rest kannst du getrost uns überlassen. Deshalb ist es so wichtig, dass wir deine Freundin aus den Klauen dieser Dämonenbrut befreien, bevor sie niederkommt. Alles andere werden ich und meine Männer erledigen. Hast du verstanden?«

»Ja.« Justine wurden vor lauter Aufregung die Knie weich, und ihr Herzschlag galoppierte davon. Einerseits erschien es ihr nützlich, für eine solche Mission auserkoren zu sein. Anderseits hatte sie Angst, den Teufel und seine Diener zukünftig zu ihren Gegnern zu zählen.

»Was ist, wenn diese dämonischen Templer herausfinden, wer ich bin und was ich mit Amelie vorhabe?«

»Das werden sie nicht, solange du unser Geheimnis für dich behältst. Deshalb zu niemandem ein Wort über unsere wahren Absichten, auch nicht zum alten Bratac, bis du mit deiner Freundin wohlbehalten nach Franzien zurückgekehrt bist.« Er schaute ihr eindringlich in die Augen. »Falls du Zweifel verspürst, denk immer an deinen Sohn und deine Schwestern, denen du zur Freiheit verhilfst und mit denen du schon bald wieder vereint sein wirst.«

»Zu … Befehl«, murmelte Justine erstickt. »Ich bin mir meiner Verantwortung bewusst.«

»Das hört man gern«, gab Baillie mit einem süßlichen Lächeln zurück. »Und der Allmächtige wird es dir und Deinen danken«, sagte er und bestärkte damit ihre Hoffnungen, die sie mit der Erfüllung ihrer Mission verband. »So, und nun haben wir hier noch einige Anweisungen, wie du mit dem alten Bratac umzugehen hast.« Er legte ihr mehrere Pergamente vor, die sie auf dem Weg nach Bar-sur-Aube, wo Bratac einem Spitzel zufolge noch immer wohnte, gründlich durchlesen sollte.

»Du kannst doch lesen?«, fragte er sie und kräuselte die Stirn.

»Ja«, antwortete sie knapp und erwiderte seinen fragenden Blick. »Ich war zusammen mit Amelie auf einer Klosterschule, die …« Sie brach ab, weil sie beinahe »die von den Templern unterhalten wurde« hinzugefügt hätte. Stattdessen biss sie sich auf die Zunge.

»Na, dann ist ja alles bestens. Du musst nur noch hier unterschreiben, dass du die Pergamente erhalten hast.«

Er reichte ihr eine frisch angespitzte Feder, die er zuvor in Eichengalle getaucht hatte. Mit zitternden Fingern kritzelte Justine ihren Namen auf das Papier und gab es an Baillie zurück.

Anschließend führte er sie hinaus auf den Hof, wo seine anderen beiden Kameraden auf sie warteten. Sie hatten sich ebenfalls umgezogen und trugen nun auch die Gewänder eines Kaufmanns.

»Das ist Raimond Nangis«, stellte er den dunkelblonden Agenten der Gens du Roi vor, dessen bartloses, kantiges Gesicht Justine bereits gesehen hatte. »Und das ist Maurice Pecuree«, fuhr er fort und deutete auf einen zweiten Mann, der schon älter war, was sie an seinem borstigen grauen Schopf erkannte. Aber auch er besaß eine soldatische Haltung, obwohl er ebenfalls vornehme Kleidung trug. Justine warf ihm einen flüchtigen Blick zu. Im Gegensatz zu seinen beiden Kameraden reagierte er auf ihr Erscheinen mit einem gelangweilten Gesichtsausdruck. Entweder hatte er kein Interesse an Frauen oder ein Eheweib, dem er eisern die Treue hielt.

»Wir werden alle gemeinsam als Handelsreisende nach Lothringen ziehen«, fuhr Baillie in seinen Erklärungen fort, »damit niemand Argwohn schöpft. Aber zunächst geht es wie verabredet zu Alphonse Bratac nach Bar-sur-Aube, dem du einen Besuch abstatten wirst.«

Er führte Justine zu einem geschlossenen Wagen, der einer Königin würdig war, und bat sie mit einem Nicken, in das mit allem Luxus ausgestattete Gefährt zu steigen.

»Nur zu«, ermutigte er sie, als sie zögerte und die beiden prachtvollen schwarzen Friesen begutachtete, die den Wagen zogen.

Ein wenig unentschlossen erklomm sie die Stufen zu diesem luxuriösen Häuschen auf Rädern, dem es wahrhaftig an nichts fehlte. Gewöhnlich wurden damit adlige Damen über lange Strecken chauffiert. Das Innere war mit edlen Stoffen verkleidet und besaß eine gezimmerte Bettstatt, auf der frisch gefüllte Matratzen aus Daunen und Stroh lagen, mit dunkelrotem Samt bezogen, sowie mehrere Daunenkissen mit einer Umhüllung aus blauem Wollstoff. Dazu gab es eine weiche Wolldecke, die mit warmem Kaninchenpelz gefüttert war. In einer Truhe, deren Deckel Baillie für sie anhob, warteten weitere edle Kleider und sorgfältig gearbeitete Stiefel in ihrer Größe.

»Ist das alles für mich?«, fragte Justine staunend und schaute ihn ungläubig an.

Baillie nickte. »Als vermögende Kaufmannsfrau kannst du nicht in Lumpen herumlaufen.«

Bevor er sie über den zeitlichen Ablauf ihrer Mission aufklärte und weshalb man sie derart üppig ausstattete, schaute Rufus de la Motte unvermittelt zur Tür herein.

»Ist alles zu deiner Zufriedenheit, meine Liebe?«, wollte er wissen. »Ich möchte nur sichergehen, dass du alles verstanden hast, was Helias Baillie dir erklärt hat.«

Justine nickte stumm und warf Baillie, der die Szene aus dem Hintergrund verfolgt hatte, einen raschen Blick zu. »Ich soll Alphonse Bratac dazu bringen, eine Einladung für seine Tochter zu schreiben«, erklärte sie zögernd, »und ihr diese Nachricht überbringen, ohne dass ihr Gemahl etwas davon erfährt.«

»Ganz richtig«, bestätigte de la Motte ihre Antwort mit einem zufriedenen Lächeln.

»Und wie soll ich das anstellen? Ich meine, ich kann ja bei Amelie schlecht mit der Tür ins Haus fallen, vor allem wenn ihr Gemahl nichts davon bemerken soll …«

»Das musst du auch nicht«, antwortete er ihr mit einer ungehaltenen Geste. »Zumal man deine Freundin auf einer riesigen Burg gefangen hält, die nicht einmal wir mit unseren Heeren einfach erobern könnten. Aber wie mir meine Spitzel vor ein paar Tagen verraten haben, wird dort in der nächsten Woche ein Turnier stattfinden, zu Ehren des jungen Landgrafen von Lichtenberg und seines Oheims und Vormunds. Die Besucher des Turniers ahnen genauso wenig wie die meisten anderen, mit welchen Ausgeburten der Hölle sie paktieren.« Er nickte ihr vertrauensvoll zu. »Mach dir keine Gedanken, Justine. Helias Baillie und seine Männer werden dir genaueste Anweisungen erteilen, wie du zu verfahren hast. Und sie werden dafür sorgen, dass du sicher und unversehrt hierher zurückkehrst.«

Beiläufig wandte er sich an Baillie und seine beiden Kameraden und schaute sie ernst an. »Niemand von euch rührt sie an – und auch ihre Freundin nicht«, raunte er ihnen leise zu, doch laut genug, dass Justine es mitbekam. »Sollten irgendwelche Klagen von den beiden Frauen kommen, oder sollten sie nicht unversehrt hierher zurückgelangen«, fügte er so laut hinzu, dass es nicht zu überhören war, »werde ich jeden von euch zur Rechenschaft ziehen. Ist das klar?«

»Jawohl, Seigneur«, antworteten alle drei wie im Chor.

Justine war nicht sicher, ob dieser Befehl sie beruhigen sollte, als ihr Wagen wenig später über die gepflasterte Straße Richtung Troyes holperte, gefüllt mit Vorräten, Decken und Kleidern. Zumal ihr Wagen und die beiden anderen Fahrzeuge von einer Truppe Söldner begleitet wurden, die bis zur Grenze von Lothringen ihren Schutz übernahmen.

Wie eine Schar unruhiger Geister huschten die frühmorgendlichen Nebelschwaden über Bäche und Teiche hinweg, bis die aufgehende Sonne mit ihrer Wärme dafür sorgte, dass sie sich gänzlich auflösten.

Krähen flogen auf. Mit ihrem lauten »Krah Krah Krah« war es Justine, als ob sie ein drohendes Unheil verkündeten.

Am frühen Nachmittag erreichten sie den Forêt d'Orient, dessen Waldbestand einst den Templern gehört hatte und nun von den Hospitalitern bewirtschaftet wurde.

»Wir warten hier bis kurz vor Sonnenuntergang«, beschied Baillie, ohne Justine den Grund für diesen Entschluss zu nennen. »Dann reisen wir weiter nach Bar-sur-Aube.«

Justine hielt dies für keine gute Idee, weil sie die merkwürdig ineinander verschlungenen Eichen ängstigten. Als sie noch ein Kind gewesen war, hatte es geheißen, der Wald sei verflucht. Starr vor Angst lauschte sie auf jedes Knacken, jedes noch so winzige Huschen. Obwohl sie von kräftigen Männern beschützt wurden, galten ihre Gedanken einzig dem Teufel, der bekanntlich überall sein Unwesen trieb und selbst vor den tapferen Templern nicht zurückgeschreckt war.

Um sich abzulenken, ging sie noch einmal den Text durch, den sie Amelies Vater aufsagen sollte. Falls er überhaupt daheim war. Dabei dachte sie an die Aussage Baillies, die er über die ehemaligen Besitzer dieses Waldes hatte verlauten lassen.

Die Templer opfern die neugeborenen Säuglinge ihrer Weiber einem Götzen, hallte es ihr wider, *der sie bei lebendigem Leibe frisst.* Allein dieser Satz ließ sie frösteln, obwohl sie sich längst ein paar wärmende Decken übergeworfen und einen kleinen, transportablen Ofen aus Eisen befeuert hatte, der neben der Wagentür mit eisernen Nieten am Holzboden befestigt worden war.

Ihre Gedanken wanderten zurück zu den kampferprobten Ordensrittern, die vor zehn Jahren die Templerfestung in Bar-sur-Aube bewohnt hatten. Entgegen ihrer Aussage gegenüber de la Motte waren die meisten dieser Männer Justine noch in bester Erinnerung. Sie waren ausnahmslos stattliche Kerle gewesen, die sämtlichen Mädchen in der Stadt die Köpfe verdreht hatten. Und nicht nur Amelie hatte den jungen Templern hinterher geschmachtet, wenn sie auf ihren edlen Rössern die Bleichwiesen an der Dhuys entlang geritten waren. Nicht selten hatten die Ritterbrüder auf ihre Zurufe mit einem verhaltenen Lachen oder einem anerkennenden Pfiff reagiert. Was bei den Mädchen die Hoffnung befeuert hatte, einen dieser edlen Ritter für sich zu gewinnen. Ein Traum, der gewöhnlich nicht in Erfüllung gegangen war.

Keiner der weiß gewandeten Ordensbrüder hatte ihnen je nachgestellt oder eine Verabredung mit ihnen getroffen. Wenn man von Amelie und ihrem Schotten einmal absah. Viele Familien hatten für den Orden gearbeitet und wussten nur Gutes über die Templer zu berichten. Ihr Komtur trug stets dafür Sorge, dass die Armen einmal am Tag eine Speisung erhielten. Und auch den Leibeigenen und Bauern hatte der Orden immer einen gerechten Anteil an der Ernte überlassen.

Wie war es nur möglich, dass die frommen Kriegermönche zu Opfern des Teufels geworden waren und einen Götzen anbeteten, der sie bis heute beherrschte?

Ein Gedanke, der Justine mit Furcht erfüllte. Zugleich würde sie dazu beitragen, ihre Freundin aus den Fängen dieser verlorenen Seelen zu befreien und damit Teil von etwas Großem und Edlem sein. Mit dieser Heldentat sühnte sie nicht nur den Tod des unglücklichen Bruno, sie entriss ihre Schwestern einem Leben in Armut und Leibeigenschaft. Aber das Wichtigste war Aubry, den sie davor bewahrte, in der menschlichen Kälte eines Jakobinerklosters aufzuwachsen, ohne Mutter und unter der erbarmungslosen Führung eines gefürchteten Inquisitors. Im Grunde hätte sie stolz und glücklich sein müssen, denn Gott hatte in seiner unendlichen Gnade ihre Gebete erhört und ihr eine zweite Chance gegeben, ihr Leben wieder in die richtigen Bahnen zu lenken. Aber sie war es nicht.

KAPITEL 6

APRIL 1316
HERZOGTUM LOTHRINGEN / BURG WALDENSTEIN

Minnesang

In der großen Halle von Burg Waldenstein herrschte hektisches Treiben, als Hannah am nächsten Morgen den Rittersaal betrat. Gemeinsam mit Freya und Amelie versuchte sie sich einen Überblick über die zahlreichen Tische und Bänke zu verschaffen, an denen sich Bedienstete und Gäste der Gräfin das Frühessen schmecken ließen. Nicht nur auf Waldenstein war es Tradition, dass man sich am späten Vormittag zur ersten Mahlzeit zusammensetzte, dann erst wieder am Abend. Zwischendurch versorgte man sich in der Küche mit Suppe, Brot, getrockneten Nüssen und Früchten, die man sich für unterwegs in die Taschen stopfte. So konnte man, solange es hell war, die Zeit zwischen den Mahlzeiten besser zur Arbeit nutzen.

»Während des Fastens müssen sich die Köche der Gräfin bei der Zubereitung der Mahlzeiten nicht besonders anstrengen«, stellte Amelie beiläufig fest und rümpfte ihr puppenhaftes Näschen. »Nun ja, das wird sich spätestens ändern, wenn in Kürze das Turnier zum Wohlgefallen unserer beiden Ehrengäste beginnt. Ihnen und den anderen hochwohlgeborenen Herrschaften kann man gewiss nicht jeden Tag Salm und Haferbrei vorsetzen.«

»Soll mir recht sein«, stimmte Hannah ihr zu. »Nach der langen Fastenzeit kann ich keinen Fisch mehr sehen. Und gesalzene Gerstensuppe gehört auch nicht gerade zu meinen Lieblingsspeisen. Aber irgendwas muss ich ja essen, sonst ist nicht genug Milch für die Kleine da.«

»Herrgott, sind das viele Leute.« Amelie rollte mit den Augen, während sie ihren prüfenden Blick über die zahlreichen Unbekannten schweifen ließ, die bereits im Vorfeld des Turniers angereist waren.

»Die meisten, die du hier siehst, sind nur Bedienstete«, erklärte Hannah ihr, »die zusätzlich eingestellt wurden, um die vielen Gäste zu versorgen. Hinzu kommen die Ehrengäste und diejenigen, die sich mit Gefolge zum Turnier angemeldet haben. Die ersten Teilnehmer und deren Knappen werden bereits heute Nachmittag erwartet.«

»Das sind eine Menge mehr Menschen, als ich vermutet hatte«, sagte Freya. »Johan erzählte mir, dass Burg Waldenstein anlässlich der Feierlichkeiten zu Geros offizieller Ernennung zum Grafen von Lichtenberg an die fünfzig Ritter und deren Gefolge geladen hat.«

»Wenn noch mehr kommen, platzt die Festung aus allen Nähten«, unkte Hannah und versuchte sich an einer Gruppe Wartender vorbeizudrängeln, die am Eingang zur Halle Schlange standen. »Das ist ja wie in einer Großkantine«, sagte sie mehr zu sich selbst. »Wie will die Gräfin bloß diesen Ansturm bewältigen? Zumal man bei einem solchen Gedränge weder Freund noch Feind unterscheiden kann.«

»Johan meinte, sie haben oben auf dem Plateau neben dem Turnierplatz zusätzlich mehrere große Zelte aufgestellt, die zur Verköstigung der Tagesgäste und der Unterbringung des Gesindes dienen«, entkräftete Freya ihre Befürchtungen. »Spätestens dann werden in der großen Ritterhalle nur noch Ehrengäste zugelassen. Und das sind nicht mehr als hundert Personen.«

»Wenn Margaretha sich etwas in den Kopf gesetzt hat, lässt sie sich kaum mehr davon abbringen«, gab Hannah mit einem leisen Seufzer zurück und näherte sich entschlossen einem Pulk Wartender, die den Zugang zu den Tischen verstellten. »Lasst uns bitte durch!«, rief sie und versuchte sich mit Sophia auf dem Arm, so dünn wie möglich zu machen, um sich an den Leuten vorbeizudrängeln.

»Stell dich hinten an, Weib«, fuhr sie einer der Handwerker an, die Gero zusätzlich hatte anheuern lassen, um den Turnierplatz auf Vordermann zu bringen. Er war ein grober Kerl, der – ohne hinzusehen – Hannah einen derben Stoß an die Schulter verpasste, worauf sie ins Straucheln geriet und sich gerade noch fangen konnte, bevor sie beinahe mit der Kleinen zu Boden gestürzt wäre. Sophia, die bisher nur neugierig die Umgebung beäugt hatte, verzog ihr rosiges Mündchen zu einer empörten Schnute und begann lauthals zu weinen.

»Das ist die Gemahlin des Grafen, du elender Schwachkopf!«, fuhr Berthold den Mann an. Der junge Soldat mit dem blonden, kurz geschorenen Bart gehörte zu den Wachmannschaften von Waldenstein, die Roland von Briey zum inneren Schutz der Burg abgestellt hatte. Berthold war trotz seiner Jugend eine imposante Erscheinung und ein glühender Bewunderer von Gero und dessen Kameraden. »Außerdem hat sie ihr Kind auf dem Arm, du Nichtsnutz«, belehrte er den Mann.

»Woher soll ich wissen, dass sie die junge Gräfin ist?«, keifte der andere zurück. »Abgesehen davon, dass sie ausgenommen hübsch ist, sieht sie aus wie jedes andere Weibsbild.«

»Da du offenbar nicht weißt, wie man sich Frauen gegenüber benimmt, ungeachtet ihres Aussehens«, wetterte Berthold zurück und packte den Handwerker am Arm, »wirst du heute bei den Schweinen fressen!«

Hannah musste nicht lange nachdenken, warum Roland ausgerechnet Wachleute wie Berthold ausgesucht hatte, um eine ähnliche Katastrophe wie kurz vor Weihnachten zu vermeiden. Damals waren getarnte Söldner der Gens du Roi in die Burg eingedrungen und hatten mehrere Menschen getötet, bevor Gero und seine Brüder ein noch größeres Gemetzel verhindern konnten. »Und jetzt raus mit dir, du respektloser Hund.« Berthold runzelte die Stirn und schickte sich an, den Mann rauszuwerfen.

»Lass gut sein, Berthold«, wandte Hannah beschwichtigend ein und warf dem dunkelhaarigen Kerl, der sie gestoßen hatte, einen tadelnden Blick zu. »Ich nehme an, er hat es nicht so gemeint. Habe ich recht?«

Der Handwerker verbeugte sich mit hochrotem Kopf und schaute sie von unten herauf unterwürfig an. »Verzeiht, Madame, ich habe nicht gesehen, wer Ihr seid.«

»Es tut nichts zur Sache, wer ich bin«, belehrte sie ihn. »Bei uns am Hofe herrschen gewisse Umgangsformen, was gegenseitige Rücksichtnahme und Respekt gegenüber allen Bewohnern betrifft. Ganz gleich, ob es sich dabei um Männer, Frauen oder Kinder handelt. Ich würde mich freuen, wenn sich auch unsere Aushilfskräfte danach richten.«

Ohne eine Antwort des Mannes abzuwarten, schlüpfte sie mit Sophia und den beiden Freundinnen an den Wartenden vorbei und eilte zum Ende des Saals, wo sich der Tisch der Herrschaft befand.

Während Hannah auf Gräfin Margaretha und deren Schwester Jutta zusteuerte, spürte sie die Blicke aller übrigen Anwesenden in ihrem Rücken. Dass die Belegschaft im Allgemeinen und die Neuankömmlinge im Besonderen am Treiben des jungen Grafen und seiner Familie interessiert waren, stand außer Zweifel. Schließlich gab es hier keine Klatschzeitschriften, die diese Neugier hätten befriedigen können.

Geros Tante, Margaretha von Lichtenberg zu Waldenstein, war eine schillernde Persönlichkeit, die mit ihren zahlreichen Veranstaltungen auf Burg Waldenstein und der Wohltätigkeit gegenüber ihren Untergebenen landesweit von sich reden machte. Ganz abgesehen davon, dass sie mit ihren hüftlangen rotblonden Haaren und der mädchenhaften Figur eine auffällig elegante Erscheinung war. Sie wirkte alles andere als verschroben, obwohl sie die Sechzig bereits überschritten hatte. Nicht wenige ihrer Untertanen zerrissen sich die Mäuler, weil Margaretha mit ihrem stattlichen Burgvogt, der fünfzehn Jahre jünger war als sie selbst, in Sünde lebte, wie jeder wusste. Groß wie ein Bär und sanft wie ein Lamm, war Roland von Briey das genaue Gegenteil der Gräfin, was ihrer Liebe anscheinend keinen Abbruch tat.

Gräfin Margarethas kritisch dreinblickende blaugrüne Augen hatten ihr Urteil über den unfreundlichen Handwerker längst gefällt, zumal sie selbst das Amt einer Richterin bekleidete. Ihrem Blick war mühelos anzusehen, wie sehr es in ihr kochte, dass der Mann der jungen Gräfin und ihrer niedlichen Nachkommenschaft so wenig Respekt entgegengebracht hatte.

»Man sollte den Bastard auspeitschen lassen«, zischte sie unfein und gab Berthold ein entsprechendes Zeichen. Dann sorgte sie mit einem energischen Wink dafür, dass Hannah und ihre Freundinnen an ihren Tisch geführt wurden und die Dienerschaft volle Schüsseln und Krüge herbeischafften.

»Ich habe dem Mann längst vergeben«, erklärte Hannah mit einer abwehrenden Geste.

»Die Leibeigenen heutzutage haben kein Benehmen«, beschwerte sich Jutta und setzte damit noch einen drauf, obwohl sie ansonsten weicher und mütterlicher mit den Untertanen umging als ihre Schwester. »Stellt euch vor, der Kerl hätte einen Dolch gezogen!«

»Das fehlte noch«, ereiferte sich Margaretha. »Ich habe verfügt, dass Roland sämtliche Neuankömmlinge am Burgtor auf Waffen durchsuchen lässt, bevor sie die Festung auch nur betreten«, erklärte sie mit einem energischen Ton. »Armbrüste, Schwerter, Dolche und Schleudern werden grundsätzlich eingezogen. Die Leute bekommen ihre Waffen erst wieder zurück, wenn sie die Festung verlassen. Deshalb ist es unmöglich, dass einer der hier Anwesenden im Besitz einer Hieb- oder Stichwaffe ist. Allenfalls unser Koch hat, was das betrifft, gewisse Freiheiten. Aber dem vertraue ich blind, weil er der Sohn meiner Leibdienerin ist. Seit der Sache mit den Franzmännern vor Weihnachten bin ich vorsichtiger geworden und lasse niemanden mehr in meine Privatgemächer, den ich nicht schon mindestens zehn Jahre kenne«, gab sie den Anwesenden mit gefurchter Stirn zu verstehen und wechselte zu einem versöhnlichen Tonfall, als sie den Blick auf Hannah und deren Begleiterinnen richtete. »Wenn man von der bezaubernden Gemahlin meines Neffen und deren Freunde und Freundinnen einmal absieht.« Mit einem honigsüßen Lächeln, das dem Thema nicht gerecht wurde, nahm sie Hannah die kleine Sophia ab, die in den Armen ihrer Großtante erwartungsfroh zu strampeln begann und ihr Mündchen zu einem hinreißenden Lächeln verzog. »Und kleinen Geschöpfen wie diesem natürlich, das mit seiner von Gott gegebenen Unschuld niemandem etwas zuleide tut. Komm her, mein Engelchen«, säuselte sie und schäkerte mit ihrer Großnichte, die offenkundig Spaß daran hatte, dass ihre hochwohlgeborene Tante, der sie auf verblüffende Weise ähnlichsah, ihr komische Grimassen schnitt.

»Ach wie goldig.« Auch Jutta von Breydenbach bekam vor Begeisterung ganz rote Wangen, wobei sie es kaum erwarten konnte, ihre Enkelin endlich auch auf den Schoß nehmen zu dürfen.

Während die beiden Frauen in aller Öffentlichkeit um die Zuneigung der jüngsten Gräfin von Waldenstein buhlten, wandte sich Hannah ihren beiden Freundinnen aus der Zukunft auf der anderen Seite des Eichenholztisches zu. Rona und Lyn erregten mit ihrem asiatischen Aussehen weit mehr Aufmerksamkeit beim neu eingetroffenen Gesinde, als jeder andere in der Halle. Sie stachen aber nicht nur mit ihrer fremdländischen Schönheit aus der Masse heraus, sie waren auch um einiges größer als die meisten Frauen dieser Epoche.

Niemand, der nicht zu Geros engsten Freunden gehörte, wusste, dass die beiden aus einer achthundert Jahre entfernten Zukunft stammten. Selbst die Gräfin und Geros Mutter hatten keine Ahnung, woher Rona und Lyn tatsächlich stammten. Geschweige denn, dass die beiden Frauen in Wahrheit die Verfolgung der Templer in gewisser Weise mitzuverantworten hatten.

Lediglich Roland von Briey, der neben seiner Beschäftigung als Burgvogt Geros Waffenmeister und enger Vertrauter war, wusste inzwischen um die vorangegangenen Ereignisse. Der alte Fuchs hatte schon nach kürzester Zeit gewittert, dass es beim unerwarteten Erscheinen von Gero und seinen Gefährten, gleichsam aus dem Nichts, unmöglich mit rechten Dingen zugegangen sein konnte.

»Wo sind eure Männer?«, wollte die Gräfin von Hannah wissen und schaute sich suchend nach Gero und dessen Brüdern um. »Sie müssen von der vielen Arbeit auf dem Turnierplatz längst hungrig sein.«

Hannah stieß einen Seufzer aus, der alles Mögliche bedeuten konnte. »Ich fürchte, da kennst du deinen Neffen schlecht. Wenn der sich erst an etwas festgebissen hat, denkt er nicht mehr ans Essen.«

»Und was ist mit seinen schottischen Kameraden?«, erkundigte sich die Gräfin bei Amelie. »Soweit ich es beurteilen darf, besitzen Euer Gemahl und sein Bruder einen gesegneten Appetit. Es wundert mich, wenn nicht einmal die beiden zum Frühessen erscheinen.«

»Ich habe unserem Leibdiener den Auftrag erteilt, die Männer oben auf dem Turnierfeld mit Brot und Fisch zu versorgen, so wie Jesus bei der Speisung der Fünftausend«, erwiderte Amelie mit einem zurückhaltenden Lächeln. »Struan ist Gero ziemlich ähnlich, wenn es darum geht, an einer Sache dran zu bleiben, bis sie erledigt ist. Nachdem ich mir den Platz gestern angesehen habe, fürchte ich, dass wir heute noch einiges an Proviant hinaufschicken werden, obwohl sie zusammen mit den Handwerkern gut vorangekommen und mit den Aufbauten fast fertig sind.« Amelie wartete nicht auf eine Antwort der Gräfin, sondern schlug devot die Augen nieder. Dann widmete sie sich ihrer heißen Milch, die ihr eine Magd auf Anweisung der Gräfin direkt vor die Nase gestellt hatte.

Hannah warf Gräfin Margaretha in Anbetracht des zusätzlichen Personals und der zu erwartenden Flut der Turniergäste einen fragenden Blick zu. »Nimm es mir nicht übel, Tante Margaretha, aber wo in Gottes Namen sollen wir die ganzen Leute unterbringen?«

»Wir haben Zelte aufstellen lassen, die allen Platz bieten«, erklärte Margaretha im Brustton der Überzeugung. »Schließlich ist es nicht das erste Turnier, das wir auf Waldenstein veranstalten.«

»Aber ist es zu dieser Jahreszeit für Zelte nicht zu kalt?«, wandte Hannah vorsichtig ein. »Ich meine, es ist Mitte April, und wer will da schon draußen im Freien schlafen? Selbst wenn er in einem Zelt liegt.«

»Ach du liebe Zeit, mein Schätzchen. Unsere Gäste sind Ritter aus allen Teilen des Landes. Die sind es gewohnt, auf ihren Reisen bei jedem Wetter im Freien zu kampieren, und ihre Knappen erst recht.«

»Und was ist mit ihren Damen?«, schob Hannah ungläubig hinterher. »Schlafen die auch im Zelt?«

»Es wurden kaum Damen angemeldet. Falls welche kommen, bringe ich sie im Gästehaus unter, denn in diesem Fall gebe ich dir recht: Zu dieser Jahreszeit haben die wenigsten hochwohlgeborenen Frauen das Verlangen, in einem Reisewagen zu nächtigen. Den Männern jedoch geht es in erster Linie darum, stattliche Preisgelder zu erringen. Sie nehmen fast alle Unbilden in Kauf, um an einem solch hoch dotierten Turnier teilnehmen zu können. Lediglich der Cousin meines verstorbenen Gemahls, Landgraf Johann I., sowie sein Neffe, Hanemann von Lichtenberg, werden separate Zimmer im Palas erhalten. Es ist unsere Pflicht, die beiden gebührend unterzubringen. Außerdem müssen wir ihnen ein wenig Unterhaltung bieten. Roland hat Spielleute und Tänzerinnen engagieren lassen und eine Truppe von Troubadouren aus dem Languedoc, die uns die langen Abende mit ihren Vorträgen versüßen werden. Außerdem haben wir für die Zuschauer, die tagsüber aus der Umgebung kommen, etliche Händler und Kaufleute eingeladen, die ihre Waren auf einem eigens abgezäunten Jahrmarkt feilbieten werden. Dafür zahle ich jedem unserer Untertanen vor dem Fest einen Silberpfennig für treue Dienste aus, damit sie sich an den Ständen etwas kaufen können.« Die Gräfin nahm einen vorsichtigen Schluck von dem dampfenden Wein und setzte eine selbstzufriedene Miene auf.

Aller Widrigkeiten zum Trotz, schien es ihr wichtig zu sein, Frieden und Wohlstand zu demonstrieren, um ihre vornehme Verwandtschaft zu beeindrucken.

»Und wie willst du sicherstellen, dass sich keine schwarzen Schafe unter den Händlern befinden, wie beim letzten Mal?« Hannah hatte bewusst darauf verzichtet, die eigentliche Katastrophe beim Namen zu nennen, aber sie war durchaus interessiert, ob die Gräfin auch wirklich alles bedacht hatte und schaute sie zweifelnd an, während sie an ihrem warmen Bier nippte.

»Roland hat zusammen mit Gero und Struan einen Plan entworfen und unseren Wachmannschaften den Befehl erteilt, dass sämtliche Händler, die zum Jahrmarkt anreisen, keinerlei Zugang zum Burghof haben und ausnahmslos überprüft werden, sobald sie das Gelände verlassen.«

Margaretha prostete Hannah mit einem undurchsichtigen Lächeln zu. »Und nun lasst uns unser Frühessen genießen«, bestimmte sie, wie um Hannahs Verdacht zu bestätigen, dass sie von ihrer Fragerei genug hatte. »Es ist nicht gut, wenn man sich während des Mahls über hässliche Dinge unterhält.«

Rona hob eine Braue und warf Hannah einen durchdringenden Blick zu. Anscheinend ging auch ihr die Vorsicht der Gräfin nicht weit genug.

Wenig später, nachdem die Tafel aufgehoben und die Gräfin wohin auch immer entschwunden war, gab Hannah den beiden Schwestern aus der Zukunft ein Zeichen. »Wir müssen reden.«

Lyn nickte interessiert. »In der Bibliothek?«

»Ja«, antwortete Hannah und wandte sich Freya und Amelie zu. »Wollt ihr mitkommen?«

Mit Blick auf Amelie schüttelte Freya ihre rote Mähne. »Ich habe Amelie versprochen, sie nach dem Frühessen zu untersuchen.« Einmal in der Woche verfolgte sie den Fortgang von Amelies Schwangerschaft. Und das am liebsten, wenn Struan nicht da war, weil sie seine ständigen Fragen nicht ertrug.

»Gut, dann sehen wir uns nachher«, gab Hannah zurück und warf einen Blick auf Sophia, die in den Armen ihrer Großmutter eingeschlafen war.

»Kannst du für eine Weile auf die Kleine aufpassen, Jutta?« Hannah schaute ihre Schwiegermutter bittend an. »Ich muss kurz nach oben, es dauert nicht lange.«

»Lass dir ruhig Zeit.« Jutta lächelte milde, ganz angetan von der Aussicht, ihre Enkelin eine Weile für sich ganz allein zu haben. »Ich kann auch länger auf sie aufpassen, falls du zu Gero auf den Turnierplatz möchtest, um ihm einen Korb mit Speisen zu bringen.«

»Danke, aber Sophia wird gleich wieder Hunger haben, und das Geschrei möchte ich dir nicht zumuten.«

»Ach, das ist doch keine große Sache«, widersprach ihr Geros Mutter. »Es gibt etliche Ammen auf der Burg, die sie anlegen könnten. Es ist sowieso nicht gut, wenn du sie selbst stillst. Ich könnte …«

»Nein«, widersprach Hannah energisch. »Keine Ammen. Ich erledige das selbst und habe meine Gründe dafür. Darüber haben wir uns ausführlich unterhalten.«

Jutta zuckte ein wenig pikiert mit den Schultern. »Wie du wünschst.«

»Habt ihr eine Ahnung, wie dieser Besuch des Hanemann von Lichtenberg ausgehen wird?«, fragte Hannah ziemlich direkt, nachdem sie mit Rona und Lyn in der Bibliothek eingetroffen war. »Ich habe auch schon bei Anselm vorgetastet, der als Historiker ja meistens im Bilde ist, was übers Jahr so passiert.« Sie verschloss die Tür hinter sich, nachdem die beiden am Versammlungstisch Platz genommen hatten.

Rona hob eine Braue. »Du meinst, ob ich die kommenden historischen Ereignisse im Server sehen kann?«

»Ja, so in der Art«, beantwortete Hannah ihre Frage.

»Nein.« Rona kniff bedauernd die Lippen zusammen. »Leider nicht.«

»Aber ihr könnt doch Kontakt zu Tom aufnehmen. Wieso sollte man da nicht auch einen Blick in die Zukunft werfen können, um zu erfahren, was passieren wird?«

»Der Timeserver ist kein automatischer Zukunftsdeuter. Es liegt daran, dass wir mit dem Gerät nicht über unseren eigenen Ereignishorizont hinausschauen können, ganz gleich, wo wir uns befinden. Und auch Toms Möglichkeiten sind über die freie Suche eingeschränkt. Er benötigt das genetische Profil einer Person, um herauszufinden, wo sie sich sechs Stunden zuvor in der Vergangenheit aufgehalten hat. Eine genaue Datierung, ist nur möglich, wenn die gesuchte Person ebenfalls einen Timeserver vor Ort hat, mit dem er sich direkt verbinden kann.

»O Gott, ist das kompliziert«, stöhnte Hannah und starrte ratlos in den kalten Kamin, bei dem sich niemand die Mühe gemacht hatte, ihn einzuheizen.

»Zugegeben«, murmelte Rona. »Zumal das meiste davon nur theoretisch erklärt werden kann – der Rest ist leider pure Spekulation und beruht auf Erfahrungswerten.«

»Weißt du, es gibt da zwei Fragen, die mich seit dem Angriff der Gens du Roi kurz vor Weihnachten beschäftigen.« Hannah hatte Mühe, ihr aufgewühltes Inneres unter Kontrolle zu halten. »Erstens, ob der König von Frankreich uns noch einmal angreifen wird, indem er uns ein weiteres Mal die Gens du Roi auf den Hals hetzt.« Sie räusperte sich nervös und holte von Neuem aus. »Immerhin haben Gero und seine Leute einen Inquisitor des Königs getötet und einen seiner Offiziere ins Jenseits befördert. Ich werde das Gefühl nicht los, dass die Gens du Roi sich rächen werden, zumal einige Söldner entkommen konnten, die Dinge gesehen haben, die sie nicht sehen sollten.« Sie schaute Rona an. »Und damit komme ich zu Frage zwei: Willst du tatsächlich noch einmal mit Gero und seinen Brüdern nach Franzien, um dem Ursprung der Legenden über diesen rätselhaften Berg nachzugehen?«

»Warum fragst du das ausgerechnet jetzt?« Rona sah sie mit ihren beeindruckenden Katzenaugen prüfend an.

»Weil mich allein der Gedanke daran vollkommen verrückt macht«, erwiderte Hannah aufgebracht. »Einerseits müssen wir tausend Kompromisse eingehen, um uns zum Schutz vor unseren Feinden die notwendigen Verbündeten an Land zu ziehen. Andererseits willst du weiterhin nach dem Mysterium der Templer forschen. Anstatt dich mit den bereits gewonnenen Erkenntnissen zufrieden zu geben, zieht es dich ausgerechnet in eine Gegend, wo an jeder Ecke ein Inquisitor lauert.« Hannah stieß einen entnervten Seufzer aus, während sie mehr zufällig ihr bleiches Gesicht in einem kostbaren Silberspiegel entdeckte, der seitlich neben dem Ausgang hing. »Ich mache mir Tag und Nacht Gedanken um Gero, seine Brüder und unsere Zukunft auf Waldenstein. Hinzu kommen die schlaflosen Nächte wegen Sophia, die ich alle zwei Stunden stillen muss, weil sie sich offenbar in einem Wachstumsschub befindet. Sorry«, erklärte sie in Richtung der beiden Schwestern, als sie keine Antwort erhielt. »Ich bin mit den Nerven runter. Ihr entwerft hochtrabende Pläne, wie gefährlich sie auch sein mögen, die Gräfin will ein glanzvolles Fest, um Geros Vergangenheit als Templer und die sich daraus ergebenden Gefahren möglichst elegant vom Tisch zu wischen, und mein Mann verliert kein Wort darüber, was er von alledem hält und macht gute Miene zum waghalsigen Spiel. Aber wir haben jetzt eine Tochter, für die wir beide verantwortlich sind. Und es gab gute Gründe, weshalb ich nicht mit Tom zurück in die Zukunft gegangen bin. Ich wollte in Ruhe und Frieden auf dieser Burg leben und Sophia fröhlich und munter aufwachsen sehen. Und ich will nun wissen, ob ich aufs richtige Pferd gesetzt habe.«

»Wir werden darüber reden, falls es so weit kommt«, lenkte Rona ein. »Ich bin sicher, Gero wird nichts ohne deine Zustimmung unternehmen.«

»Und um dich zu beruhigen, können wir zumindest versuchen, die Bewegungsdaten möglicher Überlebender der Gens du Roi in den letzten drei Monaten zu ermitteln. Dann wüssten wir wenigstens, wo sie sich derzeit herumtreiben«, warf Lyn hilfreich ein. »Voraussetzung ist allerdings, dass wir die DNA dieser Leute haben.«

»Wie darf ich das verstehen?« Hannah warf ihr einen angespannten Blick zu.

»Wenn wir die DNA einer Person, die im Server gespeichert ist in den Suchlauf eingeben«, beantwortete Rona ihr die Frage, »können wir ermitteln, wo diese Person sich sechs Stunden zuvor aufgehalten hat.«

Hannah kräuselte die Stirn. »Was sollte das bringen? Dann wissen wir zwar, wo sie vor sechs Stunden war, aber nicht, wo sie sich *jetzt* aufhält.«

»Es wäre zumindest ein Anhaltspunkt. Ich könnte das DNA-Profil von Rufus de la Motte eingeben und sehen, was passiert«, sinnierte Rona und legte die Ledertasche auf den Tisch, die sie mit in die Bibliothek gebracht hatte.

Hannah, die wusste, dass sich der Server in dieser Ledertasche befand, stand auf, verriegelte die Tür und kehrte mit verwirrter Miene zum Tisch zurück. »Und wie willst du an de la Mottes DNA kommen?«

Mittlerweile hatte Rona den Timeserver zum Vorschein gebracht. Ein schwarzes, unscheinbares Tablet, dessen glatte Oberfläche in der Lage war, ein holographisches Bild zu erzeugen. »Ich habe entsprechende Proben von de la Motte gesichert«, erklärte sie zu Hannahs Überraschung. »Nachdem wir auf dem Schlachtfeld sein blutverschmiertes Wappenbuch gefunden hatten, das er offenbar beim Kampf mit Gero verloren hatte, konnte ich seine DNA analysieren und in den Server einspeichern.«

»Gut, dass Gero nach dessen Verschwinden anderweitig beschäftigt war«, bemerkte Hannah trocken. »Wenn ich Sophia nicht am gleichen Tag zur Welt gebracht hätte, wäre er ihm womöglich gefolgt.« Sie biss sich nervös auf die Lippen, während sich der plastisch anmutende Frauenkopf aus einem aufsteigenden Nebel irisierender blauer Funken bildete und Rona kraft ihrer Gedanken die komplexe Programmierung kontrollierte.

Ein im Server installierter Kristall stellte die Verbindung zur universellen Energie her, die anschließend über einen futuristischen Quantenprozessor gesteuert wurde.

»Rufus de la Motte«, murmelte Rona und kniff ihre schmalen Lider zusammen. »Wo bist du?« Sie konzentrierte sich auf einen genetischen Code, der das holographische Bild eines grau gelockten Mannes mit einer zeitlich und räumlich codierten Ziffer in Verbindung brachte, die unter dem lebensechten Abbild aufleuchtete. »Sieh einer an, da haben wir ihn ja, den verschollenen Anführer der Gens du Roi, von dem Gero geglaubt hatte, ihn getötet zu haben.«

»Hast du ihn gefunden?«, stieß Hannah aufgeregt hervor.

»Zumindest bis gestern befand er sich in der Nähe von Paris, in Bois de Vincennes.«

»Bois de Vincennes?«, fragte Hannah verstört.

Lyn blickte kurz von einem Buch auf, in dem sie fasziniert zu lesen begonnen hatte. »Das ist der momentane Hauptwohnsitz von König Louis X.«

»Das bedeutet also nicht nur, dass der totgeglaubte Anführer der Gens du Roi noch lebt«, folgerte Hannah logisch. »Es bedeutet auch, dass er in der Gunst des Königs steht, sonst würde er sich nicht in dessen persönlicher Residenz aufhalten. Also sind meine Befürchtungen, dass de la Motte dem König von seinen Erlebnissen auf Vianden berichtet hat, durchaus begründet.«

»Ja. Er könnte ein Risiko darstellen.« Rona teilte offenbar Hannahs Besorgnis.

»Warum kann man de la Motte nicht einfach hierher beamen, und wir werfen ihn in den Kerker, damit er kein Unheil mehr anrichten kann?«, murmelte Hannah. »Vielleicht können wir Tom einschalten, damit er uns hilft, diese Bestie auf nimmer Wiedersehen zu beseitigen.«

»Wenn das möglich wäre, ginge vieles leichter«, sagte Lyn.

»Oder auch nicht«, gab Rona zu bedenken. »Um einen Transfer durchzuführen, muss das Zielobjekt vorher komplett physisch in der Timeserver eingescannt worden sein. Und das ist auch gut so. Man stelle sich vor, man könnte jedes Objekt und jedes Lebewesen jederzeit von jedem Ort verschwinden und wiederauftauchen lassen, gerade so, wie es einem beliebt, und auch gegen den Willen des Betreffenden. Man wäre vor niemandem mehr sicher, der sich in der Zukunft befindet und einen Server besitzt.« Sie hielt kurz inne, fuhr dann fort: »Deshalb ist die Frage interessant, warum solche Sicherheitssysteme geschaffen wurden und vor allem, von wem. Umso wichtiger wäre es, mehr über die Ursprünge des Kristallgesteins herauszufinden, und wie genau es gelingt, damit die Verbindung zwischen Server und der universellen Energie herzustellen, aber vor allem, wie man diese Mechanismen präziser lenken kann. Und weil es ein ziemliches Risiko darstellt, noch mal ins 12. Jahrhundert zu reisen, um diese Zusammenhänge direkt am Berg Horeb zu erforschen, wäre eine Expedition zum Pech de Bugarach in unserer jetzigen Zeit bestimmt hilfreich.«

»Du glaubst also, du wirst die Antwort finden, wenn du an den Ort reist, an dem Blanchefort seinerzeit hat graben lassen?«, fragte Hannah verblüfft.

»Ja«, antwortete Rona und schaute ihr fest in die Augen. »Ich weiß, das gefällt dir nicht«, gab sie unumwunden zu. »Aber ich verspreche mir einiges von einer Untersuchung der Stollen, die Blanchefort dort hat anlegen lassen. Dass sie noch existieren, hat Pierre de Bologne uns bereits bestätigt. Und er hat angedeutet, dass er in den unterirdischen Katakomben des Pech de Bugarach Leute versteckt hatte, die vor der Gens du Roi und der Inquisition geflohen waren. Außerdem hat er von nicht näher beschriebenen Vorkommnissen erzählt. Bisher konnte ich ihn nicht dazu bringen konkreter zu werden. Aber ich werde schon noch herausfinden, was genau er damit meint.«

»Ich weiß«, konterte Hannah eine Spur zu hart. »Und ich habe auch gehört, wie er andeutete, dass einige dieser Leute nachdem er sie in die Höhle gebracht hat, nicht wiederaufgetaucht sind. Glaubst du vielleicht, ein solches Schicksal wünsche ich mir für meinen Mann und seine Brüder? Als ob wir nicht Probleme genug hätten. Denn nun kommst du zu allem Übel mit einem offenbar quicklebendigen Rufus de la Motte daher! Diese Kerle haben Geros Bruder auf dem Gewissen«, erinnerte sie die beiden Schwestern mit einem bitteren Zug um den Mund. »Man konnte von Eberhard halten, was man will, aber niemand hat es verdient, angekettet an eine Staubsäule die Kehle durchgeschnitten zu bekommen. Und was willst du machen, wenn die Gens du Roi eure Spur aufnimmt und euch auf dem Weg ins Languedoc verfolgt? Das hier ist kein Experimentierlabor, sondern blutiger Ernst!« Hannah schüttelte verzweifelt den Kopf, weil sie die Vorstellung, Gero könne sich erneut einem solchen Risiko aussetzen, beinahe um den Verstand brachte.

»Daran musst du uns nicht erinnern. Wir wissen alle um die Gefahren der Steine und was passieren kann, wenn man sich unvorbereitet ihrem Einfluss aussetzt«, versuchte Rona sie zu beruhigen. »Gero muss uns nicht begleiten. Arnaud und Khaled reichen uns als männliche Unterstützung vollkommen aus. Vielleicht ist es sogar besser, wenn wir bei einer solchen Mission nicht so viele sind«, fügte sie mit einer beschwichtigenden Geste hinzu. »Wir könnten euch sogar den Server überlassen. Er wäre auf Waldenstein sicherer vor dem Zugriff Unbefugter. Außerdem könnte ich dir eines unserer Armbänder geben, damit ihr unsere Route überwacht und wir im Kontakt bleiben.«

»Ich hoffe nur«, murmelte Hannah, »Gero ist der gleichen Meinung und vergisst bei dieser Sache seinen verdammten Treueeid auf den Orden und seine Mitstreiter. Manchmal denke ich, seine Verpflichtungen gegenüber den Templern sind ihm mehr wert als seine Familie.«

»Wie ich schon sagte: Wir benötigen keinen Geleitschutz«, erklärte Rona gefasst. »Wenn Pierre de Bologne uns beim Auffinden der richtigen Koordinaten unterstützt, haben wir Hilfe genug.«

»Hat Tom sich eigentlich zwischenzeitlich gemeldet?« Hannah warf Rona einen fragenden Blick zu. »Ich hatte gehofft, wir erfahren irgendwann, wie es Mabel und Jacob in der Zukunft geht.«

»Ich habe den Server für einen Kontakt zu Tom vorübergehend deaktiviert, weil ich nicht plötzlich Lion in der Leitung haben oder riskieren will, dass er mich unvermittelt in seine Zeit transferiert«, erwiderte Rona. »Obwohl die Verbindung zu unserem Meister abgebrochen ist, mache ich mir Sorgen, dass er eines Tages wie aus dem Nichts hier auftaucht und uns zusätzliche Probleme bereitet. Wenn wir Kontakt zu Tom haben wollen, muss die Initiative von uns ausgehen, nicht umgekehrt. Ich habe ihn darüber informiert, und er war einverstanden.«

»Verstehe«, sagte Hannah knapp, obwohl sie über Lion Ho Chang, Ronas Boss in der Zukunft, nur so viel wusste, dass er mit dem Wissen um eine verschollene Zeitreisetechnik im Jahr 2151 eine Rebellenorganisation gegründet hatte. Eine Truppe aus ehemaligen, im Reagenzglas gezeugten Elitesoldaten, zu denen auch Rona und Lyn gehörten.

»Seit ich Lion in unserer Zukunftsvision in der Höhle des Berges Horeb als machthungrigen Diktator gesehen habe, der grausamer regiert als die von ihm bekämpften asiatischen Kartelle im 22. Jahrhundert, bin ich mit der Weitergabe von Informationen an ihn vorsichtig geworden«, erklärte Rona. »Bevor ich den nächsten Kontakt zu ihm wagen kann, muss ich erst alles über die Steine wissen. Wir können dieses kostbare Geheimnis nicht einfach sich selbst, und schon gar nicht Leuten wie Lion überlassen. Aber wir werden es auch ohne Unterstützung einer halben Armee schaffen, endlich Licht ins Dunkel zu bringen. Je weniger Leute davon wissen, desto besser.«

»Dann werdet ihr mit Gero und den anderen reden und ihnen sagen, dass sie euch nicht nach Südfrankreich begleiten müssen?«, versicherte sich Hannah noch einmal. »Bleibt nur zu hoffen, dass Gero eine solche Entscheidung akzeptiert. Um es klar zu sagen, mir ist es nämlich Risiko genug, wenn er als neuer Graf mit seinen Soldaten jederzeit zur Unterstützung seiner Lichtenberger Verwandtschaft oder des Herzogs von Lothringen zu den Waffen gerufen werden kann.«

»Mach dir nicht zu viele Sorgen«, versuchte Rona sie zu beruhigen. »Ich bin sicher, Gero wird nichts tun, was euren Schutz und den Frieden der Burg gefährdet.«

Hannah biss unwillkürlich die Zähne zusammen und atmete tief durch. »Es wäre schön, wenn dieses Gespräch unter uns bleiben würde.« Sie schaute nicht nur Rona prüfend an, sondern auch Lyn, die ihre Bemerkung mit einem kaum merklichen Nicken bestätigte. »Gero soll nicht denken, ich bestimme über sein Leben, indem ich mit euch beiden über sein weiteres Vorgehen verhandle. Ich will nur, dass wir endlich ein normales Leben führen können, möglichst ohne blutige Auseinandersetzungen. Beim letzten Angriff der Gens du Roi auf Waldenstein und die Breidenburg gab es schon zu viele Tote und Verletzte unter den Soldaten der Waldensteiner. Es hat mir das Herz gebrochen, die Frauen und Kinder bei deren Beisetzung weinen zu sehen. Ich will keine Witwen und Waisen mehr, deren Männer und Väter wegen eines Geheimnisses sterben müssen, von dem sie nicht die geringste Ahnung haben. Und ich will auch nicht selbst zur Witwe werden und mein Kind ohne Vater aufwachsen sehen. Ich weiß, dass Gero und seine Kameraden das alles pragmatischer angehen und zuallererst an ihre Pflichten gegenüber dem Templerorden und den noch lebenden Brüdern denken. Aber das Leben hier auf der Burg zu beschützen, ist auch eine Pflicht. Sagt ihm das bitte, falls er denkt, euch unbedingt beistehen zu müssen.«

Rona bedachte sie mit einem verständnisvollen Blick. »Nur du allein kannst mit Gero reden und ihm sagen, was du von ihm erwartest. Niemand sonst.«

Am Abend verwandelte sich die Ritterhalle in einen regelrechten Hexenkessel. Roland hatte für die Bediensteten, die wegen des bevorstehenden Turniers um einiges mehr zu tun hatten, ein Schwein am Spieß rösten lassen, dessen Bratenduft über den Hof wehte. Dazu gab es frisches Brot und Bier. Die Tische waren beinahe noch voller als am Morgen beim Frühessen.

»Denkst du nicht, du kannst Sophia mal für ein oder zwei Stunden in der Obhut meiner Mutter lassen?«, schlug Gero vor, als er bei Einbruch der Dunkelheit in ihrer gemeinsamen Kammer auftauchte und von Parzival schwanzwedelnd begrüßt wurde. Nachdem er Hannah und seiner Tochter abwechselnd einen sanften Kuss auf die Wange gedrückt hatte, widmete er sich kurz dem quirligen Pudelmischling, der unerlaubt auf das fürstliche Baldachinbett zu Hannah und dem Kind gesprungen war und sich nun von Gero, der danebenstand, genüsslich das weißgelockte Köpfchen kraulen ließ.

»Wie war's auf dem Turnierplatz?«, fragte Hannah betont arglos. Bei Geros erschöpftem Anblick plagte sie ein schlechtes Gewissen, weil sie mit Rona und Lyn über seine Zukunftspläne beraten hatte, ohne ihn daran zu beteiligen. Am liebsten hätte sie ihn sofort darauf angesprochen, aber der Moment erschien ihr nicht günstig, um heikle Themen anzuschneiden. Zudem war seine Kleidung schmutzig und durchnässt, und der ganze Mann benötigte dringend ein heißes Bad.

»Wie du siehst, war es ziemlich ungemütlich«, erklärte er und schaute wenig amüsiert an sich herab. »Was uns aber nicht davon abgehalten hat, am Ende des Tages auf dem neuen Sandplatz zu trainieren und auf unseren Rössern gegeneinander anzutreten. Struan hat mich zweimal aus dem Sattel gehoben.« Er zog sich den Wappenrock und das Kettenhemd über den Kopf und warf beides achtlos auf die gewachsten Eichendielen. Dann streifte er sein verschwitztes Wams ab.

Hannah stieß einen erstickten Schrei aus. »Um Gottes willen, deine Schulter ist ja ganz blau! Habt ihr den Verstand verloren, so rücksichtslos aufeinander loszugehen?«

»Ach was, wir hatten unseren Spaß. Struan hatte nicht vor, mich mit der Übungslanze zu treffen. Ich war selbst schuld. Beim Anreiten habe ich den Schild zu tief gehalten. Außerdem hat es geregnet, und seine Lanzenspitze ist abgerutscht. So was kommt vor. In zwei Tagen ist das wieder weg.«

»Das kann ja heiter werden, wenn ihr erst im Turnier gegeneinander antretet«, schimpfte Hannah. »Ich werde nie verstehen, wie man sich in einer Welt ohne Krankenwagen und Intensivstation, Antibiotika und moderner Operationstechniken der Gefahr eines solchen Wettkampfs aussetzen kann. Noch dazu mit tödlichen Waffen.« Wieder schüttelte sie den Kopf und widmete sich Sophia.

Die Kleine trug einen rosafarbenen Strampelanzug, der mit kleinen Gänseblümchen bestickt war. Hannah hatte ihn nach ihren eigenen Vorstellungen von Margarethas Scheiderinnen anfertigen lassen. Als ob sie wüsste, wie süß sie darin aussah, zappelte Sophia heftig mit Ärmchen und Beinchen auf dem Bett ihrer Eltern. Dabei strahlte sie ihren Vater mit glänzenden Augen an, als wäre er der liebe Gott.

»Ich komme gleich zu dir und deiner Mutter, mein Engelchen«, vertröstete Gero sie mit einem entschuldigenden Lächeln. »Aber erst werde ich ein Bad nehmen müssen. Ich stinke wie ein Eber.«

Bevor Hannah ihn fragen konnte, ob er in den Waschräumen der Burg badete, klopfte es an der Tür. Nachdem Gero »herein« gerufen hatte, mühten sich zwei Leibdiener ins Zimmer, die einen länglichen hölzernen Badebottich trugen und direkt vor das Kaminfeuer stellten.

Hannah beobachtete erstaunt, wie vier weitere Knechte fünf Eimer heißes und drei Eimer kaltes Wasser herbeischafften und in den Zuber kippten, bis er zwei Drittel voll war.

»Danke«, sagte Gero und nickte seinen Bediensteten zufrieden zu. »Ich lasse euch rufen, wenn ich fertig bin und ihr das Ding wieder abholen könnt. Und …«, er machte eine kurze Pause und wandte sich an einen der Knechte. »Nehmt bitte den Hund mit nach unten und bringt ihn zu meiner Mutter.«

Obwohl Parzival von dieser Entscheidung wenig begeistert schien, leistet er keinen Widerstand, als der Knecht ihn auf den Arm nahm und zur Tür hinaus bugsierte.

Frohgelaunt entledigte sich Gero seiner restlichen Kleidung, nachdem er die Tür verriegelt hatte, und grinste Hannah erwartungsfroh an.

»Denkst du, Sophia würde es Spaß machen, mit mir zu baden, wenn das Wasser nicht zu heiß ist?«

»Das wird sie dir schon sagen. Wenn es ihr nicht gefällt, schreit sie wie am Spieß«, erklärte Hannah mit einem Lächeln. »Ich bade sie immer in einer großen Schüssel, was ihr zu gefallen scheint. Aber ja, warum soll sie es nicht mal in einem großen Bottich versuchen. Solange du sie hältst hat sie bestimmt nichts dagegen.«

Hannah beobachtete sehnsuchtsvoll, wie Gero nackt in den Badebottich stieg. Es erinnerte sie an all die wundervollen Abende, die sie auf der Breidenburg gemeinsam in einem Bottich mit warmem Wasser verbracht hatten. Dazu hatten sie frischen Moselwein getrunken und diverse Köstlichkeiten aus der Burgküche genascht.

»Seit wir hierher zurückgekehrt sind, haben wir noch kein einziges Mal zusammen gebadet«, bemerkte sie wehmütig. »Leider gibt es bei all dem Luxus auf dieser Festung kein Waschhaus, in dem man mal ungestört sein könnte.«

»Genau daran habe ich auch gedacht, als ich meinen Leibdienern befohlen habe, dieses unförmige Ding hier herauf zu schaffen«, sagte er und zwinkerte ihr zweideutig zu.

»Aber mit Sophia auf dem Arm wird das Bad sicher nicht mehr so entspannt ablaufen wie früher«, neckte sie ihn und richtete sich halb aus dem Bett auf, um einschätzen zu können, ob sie alle gemeinsam in den Bottich passten.

Mit einem lang gezogenen »Aaah …« ließ Gero sich im Wasser nieder, das ihm im Sitzen bis zur Brust reichte, und lehnte sich entspannt zurück. Hannah stand auf und nahm Sophia auf den Arm, die ihren Vater mit ihren großen blauen Augen intensiv beobachtete, während er mit den Fingern fröhlich im Wasser plantschte. »Na, mein Engelchen, hast du Lust auf ein Bad?«

»Aber erst sollte Papa sich die Sägespäne aus seinen Haaren und dem Bart waschen.« Hannah reichte ihm demonstrativ ein Stück Aleppo-Seife, damit er sich Gesicht und Hals reinigen konnte, bevor er sich mit seiner Tochter beschäftigte.

Im Nu war der ganze Raum vom Duft nach orientalischen Gewürzen und Sandelholz erfüllt. Hannah liebte diese Seife, die Margaretha regelmäßig bei einem Händler aus Frankfurt kaufte, der Kontakte nach Genua pflegte, wo man die Ware direkt aus Syrien bezog.

Hannah hatte die Kleine inzwischen von ihrem Strampelanzug und der dicken Stoffwindel befreit, was ihr sehr zu gefallen schien.

Während Gero sich gründlich einschäumte, konnte Sophia es offenbar kaum erwarten, in die Arme ihres Vaters zu gelangen. Sie strampelte wild und gab glucksende Geräusche von sich.

Gero lachte befreit und schöpfte sich mit seinen großen Händen Wasser über das sandblonde Haar, das ihm inzwischen schon wieder bis zu den Schultern reichte. Hannah gab ihm ein Leinentuch, mit dem er sich die Haare, das Gesicht und den kurz geschnittenen, hellblonden Bart trocknete. Bevor er die Arme ausstreckte, um seine ungeduldige Tochter in Empfang zu nehmen, kämmte er mit den Fingern seine feuchte Mähne zurück.

Sophia strahlte mit roten Bäckchen übers ganze Gesicht, als sie in den großen Händen ihres Vaters landete und er sie mit einem stolzen Lächeln in die Höhe hielt. Noch bevor er sie vorsichtig ins Wasser setzten konnte, traf unvermittelt ein heller Urinstrahl seine Brust.

Gero machte ein überraschtes Gesicht. »Oh«, sagte er nur, während Hannah in schallendes Gelächter ausbrach. Doch dann lachte auch er und bedachte seine Tochter anschließend mit einem leicht vorwurfsvollen Blick. »Findest du das fair, kleine Lady, deinen Vater noch vor dem ersten gemeinsamen Bad anzupinkeln?«

Sophia kräuselte schuldbewusst die Stirn. Bevor sie auf die Idee kommen konnte, in Tränen auszubrechen, zog Gero sie mit einem verliebten Lächeln an seine breite Brust und benetzte sich selbst und das Kind mit dem warmen Wasser. Nach anfänglicher Skepsis gab die Kleine einen Laut der Verzückung von sich, erst recht, als er ihre molligen Beinchen tiefer ins Wasser tauchte. Ihre fröhlichen Gurrlaute animierten Gero dazu, sie ein bisschen hin und her zu schwenken, was sie mit einem seligen Lächeln quittierte.

Hannah beobachtete entzückt, wie sich Vater und Tochter mit gegenseitiger Freude betrachteten. Sie hätte nicht sagen können, ob sie je einen glücklicheren Moment erlebt hatte als diesen.

Gero schaute unvermittelt auf und bemerkte Hannahs sanften Ausdruck in den Augen. »Was ist? Worüber denkst du nach?«

»Nach allem, was wir durchgemacht haben, hätte ich nie gedacht, dass ich etwas so Wundervolles erleben darf«, flüsterte sie andächtig.

»Dann warte nicht und setz dich zu uns«, forderte er sie lachend auf. »Wir machen dir Platz, und dann planschen wir gemeinsam.«

Sie hatte zwar keine Ahnung, wie er das mit dem Platz im Zuber hinbekommen wollte, aber dann zog sie sich entschlossen das Unterkleid über den Kopf und war schon mit einem Fuß im Wasser.

Gero schaute bewundernd zu ihr auf. »Seit du mir eine Tochter geschenkt hast, bist du noch viel schöner als ohnehin schon«, schwärmte er mit Blick auf ihre runden Brüste, die nach der Geburt des Kindes beinahe doppelt so groß waren wie zuvor.

»Und ich dachte immer, in deiner Zeit stehen die Kerle auf möglichst wenig Oberweite«, neckte Hannah ihn und ließ sich vorsichtig auf der anderen Seite des Badezubers nieder, während Sophia jede ihrer Bewegungen mit wachen Blicken verfolgte.

»Wie kommst du denn auf so einen Unsinn«, erwiderte er schmunzelnd. »Ich liebe dich so, wie du bist, ganz gleich, wie groß deine Brüste sind. Für mich bist du die zweitschönste Frau der Welt.«

Hannah stutzte. »Nur die Zweitschönste?«

»Die Schönste liegt gerade in meinen Armen«, erklärte er mit einem verliebten Blick auf Sophia, die ihm wie auf Kommando ein süßes Lächeln spendierte.

Unvermittelt stimmte er ein leises Lied an:

Ich zog mir einen Falken, mehr als ein ganzes Jahr.
Und als ich ihn gezämet wie ich ihn wollte han,
hob er sich in die Lüfte und flog in andere Land.
Da sah ich meinen Falken schöne fliegen bald,
am Fuße seidne Riemen, das Gefieder gold.
So floget er zu mir und ist mir wieder hold,
Gott sendet die zesammen, die sich lieben sollt!

Sophia hatte seiner tiefen, melodischen Stimme gelauscht und klammerte sich an seine Brust, während ihr Blick beinahe andächtig an seinen Lippen hing.

Hannah spürte, wie er im Wasser ihre Hand suchte und fand. Sie erwiderte den sanften Druck seiner Finger und sah den Kuss, den er ihr zu hauchte. »Ich hoffe, mein Minnesang hat den Damen gefallen«, flüsterte er. »Ich verehre beide gleichermaßen und kann mich nicht entscheiden, welche von beiden mir die Liebste ist.«

»Das musst du auch gar nicht«, gab Hannah leise zurück. »Wir sind beide deiner Minne treu ergeben, wie du siehst, und das für immer und ewig.«

Sie beugte sich über Sophia hinweg und küsste ihn zart auf den Mund. Als die Kleine zu quengeln begann, zog sie sich zurück und lachte, als Sophia verstummte.

»Ich fürchte, sie will dich nicht mit mir teilen«, meinte Gero und lächelte sanft.

»Eher dich nicht mit *mir*«, amüsierte sich Hannah. »Außerdem hat sie schon wieder Hunger, fürchte ich. Sie bekommt noch ihr Abendessen, und dann ab in die Wiege.«

»Dann ist ja damit zu rechnen, dass sie bald einschläft und ihr Vater sich noch ein bisschen um ihre Mutter kümmern darf«, scherzte er, während in seinen Augen ein verräterisches Verlangen schimmerte.

»Und ich dachte, du wolltest runter zu den Spielleuten, die Roland zu einer Kostprobe ihrer Künste eingeladen hat.«

»Ich habe Besseres vor«, murmelte er und reichte Hannah das Kind, nachdem sie ein wenig umständlich aus dem Zuber gestiegen war und sich rasch abgetrocknet hatte. »Wir sollten es uns heute Abend in unserem Bett gemütlich machen und an der Vergrößerung unserer Familie arbeiten, was meinst du? Ich lasse uns ein paar Speisen aus der Küche und einen Krug mit dem besten Wein kommen.«

»Klingt phantastisch«, gab sie mit einem koketten Augenaufschlag zurück und zog sich lasziv ihr seidenes Nachthemd über. Dabei hoffte sie, dass sein Bestreben, ihr möglichst rasch weitere Nachkommen zu zeugen, dazu führte, dass er sein Bedürfnis, den Orden zu retten und immer noch inhaftierte Brüder aus diversen Kerkern zu befreien, endgültig verwarf.

Während sie zurück unter die gesteppte Daunendecke schlüpfte und Sophia anlegte, damit die Kleine zu greinen aufhörte, war Gero aus dem Wasser gestiegen und trocknete sich ab. Beiläufig stapelte er noch ein paar Holzscheite aufs Feuer.

Mit einem warmen Lächeln schaute er schließlich zu, wie seine Tochter schmatzend an der vollen Brust ihrer Mutter nuckelte.

»Darf ich mich für einen Augenblick zu euch legen?«, fragte er höflich, wartete Hannahs Zustimmung aber nicht ab, sondern schlüpfte mit einem erwartungsfrohen Grinsen zu ihr und Sophia unter die Decke.

»Aber denk ja nicht, du bekommst etwas ab«, neckte ihn Hannah und rückte zur Seite.

»Keine Sorge, ein Becher Bier wäre mir ohnehin lieber«, raunte er mit geschlossenen Augen und lehnte den Kopf mit einem genießerischen Seufzer an ihre Schulter. »Ich will nur ein bisschen ausruhen. Danach lasse ich unser Mahl und den Wein bringen, damit wir gestärkt sind, wenn die Kleine schläft und ich dir meine Manneskraft unter Beweis stellen darf.«

»Wenn das kein Angebot ist.« Hannah lächelte breit und widmete sich wieder ihrer Tochter.

Als Sophia wenig später an ihrer Brust eingeschlummert war, warf Hannah einen leicht resignierten Blick auf Gero, der an ihrer anderen Seite leise zu Schnarchen begonnen hatte. Er sah zu entspannt aus, um ihn zu wecken. Somit würde aus ihrer romantischen Verabredung wohl nichts mehr werden.

Behutsam stand sie auf, um Vater und Kind schlafen zu lassen. Danach wusch sie sich und putzte ihre Zähne, so leise sie konnte. Nachdem sie noch einen Schluck abgekochtes Wasser getrunken hatte, das in einer Karaffe zusammen mit einem Becher auf einer Kommode stand, kehrte sie zu den beiden zurück und blieb vor dem Bett stehen, um den friedlichen Anblick von Vater und Tochter noch eine Weile zu genießen. Erst als das Feuer zuverlässig brannte und sie eine neue Stundenkerze für die Nacht entzündet hatte, kroch sie zurück unter die dicke Daunendecke, aber von der anderen Seite, damit sie die beiden nicht weckte. Mit einem leisen Seufzer schmiegte sie sich in die Kissen und beobachtete Vater und Tochter im sanften Schein des Feuers beim Schlafen. Zugleich war sie sich dieses besonderen Moments und der unbeschreiblichen Liebe bewusst, die sie für die beiden wichtigsten Menschen in ihrem Leben empfand. Das Knistern des Feuers lullte sie in den Schlaf, mit der Hoffnung verbunden, sich bis zum Morgen ihren Träumen von einem friedvollen und sorgenfreien Leben hingeben zu dürfen.

KAPITEL 7

APRIL 1316
GRAFSCHAFT CHAMPAGNE / BAR-SUR-AUBE

Verlorener Vater

Alphonse Bratac war nur noch ein Schatten seiner selbst, der seinen Körper längst verlassen hatte. Jedenfalls fühlte er sich so, seit er das Liebste verloren hatte, das ihm von seinem entbehrungsreichen Leben geblieben war. Von seiner ansehnlichen Gestalt war nicht mehr viel übrig, und es gab Tage, da sehnte er vor Einsamkeit sogar den Tod herbei, obwohl es eine schwere Sünde war. Vor Gram gebeugt hatte er sich von allem zurückgezogen, was ihm einst wichtig gewesen war. Mit den Nachbarn sprach er nur noch selten. Seit der Vertreibung der Templer waren viele seiner alten Freunde, die in den Diensten der hiesigen Commanderie gestanden hatten, spurlos verschwunden und nicht wieder nach Bar-sur-Aube zurückgekehrt.

Er selbst war wie durch ein Wunder vor der Verfolgung durch die königliche Geheimpolizei verschont geblieben, obwohl er den Orden regelmäßig mit Wein und Geschirr beliefert hatte. Doch an jenem Abend, an dem die Ordensritter verhaftet worden waren, hatte er sich auf der Rückreise von Brügge befunden, wo er Leinen und Spitze eingekauft hatte. Auch deshalb hatte er sich an den Löscharbeiten nicht beteiligen können, als das Feuer von der Komturei auf die umliegenden Häuser übersprang. Gut möglich, dass er deshalb nicht in den Kerkern der Gens du Roi gelandet war, wie viele andere Bewohner von Bar-sur-Aube, die man nach der Verhaftung der Ordensbrüder wochenlangen Verhören unterzogen hatte, bevor sie wieder nach Hause zurückkehren durften.

Hinzu kam, dass seine Geschäfte nach der Vernichtung des Ordens ins Stocken geraten waren, und zu seiner Einsamkeit hatte sich eine schleichende Hoffnungslosigkeit gesellt, weil die guten alten Zeiten unwiederbringlich verloren schienen. Inzwischen belieferte er ab und an die Hospitaliter, die in Bar-sur-Aube die Ländereien der Templer übernommen hatten. Doch sie waren längst nicht so gute Kunden wie ihre Vorgänger, was nicht nur Auswirkungen auf seine Geschäfte hatte. Die Hospitaliter bestellten ihr Land bei weitem nicht so ertragreich wie es die Templer getan hatten und spendeten kaum Nahrung für die Armen. Selbst das Wetter war eine einzige Katastrophe, und die Menschen hungerten inzwischen überall auf dem Land und viele hatten keine Mittel, um etwas zu kaufen.

Während Alphonse Bratac, von finsteren Gedanken geplagt, in einem Lehnstuhl vor dem flackernden Kaminfeuer saß und vor sich hindämmerte, klopfte es an der Tür.

Vilain, sein frecher Dachshund, der zu seinen Füßen gedöst hatte und mit seinem ausufernden Temperament seinem Leben ein wenig Abwechslung gab, schlug sofort an und sauste mit gefletschten Zähnen zur Tür. Kein gutes Zeichen. Nach kurzem Zögern griff Alphonse nach der Axt, die er für alle Fälle im Flur des Hauses hinter einer Truhe verborgen hielt. Er bekam selten Besuch, und draußen war es fast schon dunkel. Nur das flackernde Feuer des Kamins und eine spärlich leuchtende Öllampe erhellten die Stube.

Umso größer war seine Verwunderung, als er die Tür einen Spalt öffnete und das Gesicht einer jungen Frau erblickte, die er auf Anhieb erkannte, obwohl sie eine Kapuze trug und viel Zeit vergangen war, seit er sie das letzte Mal gesehen hatte.

»Justine?«, murmelte er wie erstarrt. Entgegen der vorherigen Aufregung wedelte Vilain nun mit seinem Schwänzchen und sprang hechelnd an der unerwarteten Besucherin hoch.

»Du bist ja süß«, säuselte sie und kraulte dem Hund den Kopf. »Darf ich reinkommen?« Verunsichert blickte sie zu Alphonse hoch, der früher sehr viel größer gewesen war, sie jetzt aber nur noch um einen halben Kopf überragte.

Offenbar war ihr kalt, obwohl sie einen wärmenden, teuren Umhang trug, wie Alphonse bei näherem Hinsehen bemerkte. Er konnte solche Dinge beurteilen, weil er jahrelang mit Stoffen gehandelt hatte.

»Gewiss«, murmelte er verdattert, weil er mit allen gerechnet hatte, aber nicht mit diesem Mädchen – oder sollte er lieber sagen, mit dieser jungen Frau, die er schon seit ihrer Geburt kannte. Vorsichtig linste er über ihren rotblonden Schopf hinaus, ob sie noch jemanden mitbrachte.

»Ich bin allein«, kam sie seiner Frage zuvor.

Ein wenig verlegen ließ er die Axt hinter der Truhe verschwinden und bat sie ins Haus.

»So leg doch ab und setz dich, du siehst ja ganz durchgefroren aus.« Fürsorglich bot er ihr einen Platz am Esstisch an, der in der Nähe des Feuers stand.

Während sie seiner Aufforderung zögernd nachkam, schob sie die Kapuze herunter und löste die Fibel am Kragen des Mantels, bevor sie sich auf einen stabilen Scherenstuhl setzte, der für Besucher gedacht war, auch wenn sich nur noch selten jemand in Alphonses Haus verirrte.

»Möchtest du etwas essen?«, fragte er verunsichert, um überhaupt etwas zu sagen. »Ich habe noch ein wenig Gemüsesuppe mit Speckeinlage und einen guten Roten.«

Sie nickte verhalten. »Ja, das wäre wunderbar«, hauchte sie und rieb sich die kalt gefrorenen Hände.

Er nahm einen getöpferten Napf von einen Wandregal und fuhr mit einer hölzernen Kelle in den gusseisernen Topf, der dampfend auf der gemauerten Herdstelle stand. Alphonse schöpfte eine ordentliche Portion von der Suppe in den sauber gespülten Napf. Wobei er sich die Frage stellte, während Justine das Ganze schweigend verfolgte, warum sie überhaupt bei ihm geklopft hatte und was ihr Begehr war. Schließlich hatte er sie nicht mehr gesehen, seit Amelie ohne Abschied verschwunden war. Auch Justines Familie gehörte zu jenen Leuten im Dorf, die angeblich in jener schicksalhaften Nacht, in der man die Templer verhaftet hatte, abtransportiert worden waren. Ihr Haus, das in der Nähe der Templer-Komturei gestanden hatte, war wie die Festung selbst vollkommen niedergebrannt. Noch ganz in Gedanken, stellte Alphonse den Napf auf den Tisch und legte einen hölzernen Löffel dazu.

»Danke«, murmelte Justine kaum hörbar und schaute ihn nicht an, während ihr Blick auf der Suppe verharrte.

»Der Wein ist noch heiß. Oder möchtest du lieber kalten?« Er hatte den Kessel schon in der Hand und goss den dampfenden Sud, der nach verschiedenen Gewürzen duftete, in einen irdenen Becher, ehe sie ihm antworten konnte.

»Warm, wenn es geht«, erwiderte sie und lächelte dankbar, während sie sich bekreuzigte und ein rasches Gebet sprach, bevor sie den Löffel in die Hand nahm.

Mit einem Mal war Alphonse guter Dinge, beinahe euphorisch, obwohl er wahrlich keinen Grund dazu hatte. Aber vielleicht war es ja ein hoffnungsvolles Zeichen, dass Justine so unverhofft bei ihm aufgetaucht war. Sie war Amelie eine gute Freundin gewesen, obwohl die beiden Mädchen charakterlich wenig gemeinsam gehabt hatten. Justine war immer die Vernünftigere von beiden gewesen. Amelie hatte sie stets zu allerlei Unsinn angestiftet, den Justine bisweilen mitgemacht hatte, aber nicht immer. So manches Mal hatte sie Amelie vor harten Bußen bewahrt. Besonders als die Freundinnen älter geworden waren und die jungen Burschen sich für sie zu interessieren begannen. Justine war es gewesen, die Amelie vor einer Liebschaft mit einem Leibeigenen gewarnt hatte, der sämtlichen Mädchen im Ort schöne Augen gemacht hatte und schließlich nach Paris verkauft worden war, nachdem sich mehrere Väter bei seinem Besitzer über das unverschämte Verhalten des jungen Mannes beschwert hatten.

Während Alphonse den Wein auf dem Eichenholztisch abstellte, der seit einer halben Ewigkeit in der Küche stand, erinnerte er sich, wie oft Amelie ihre beste Freundin zum Essen mitgebracht hatte. Justine war nicht so verwöhnt gewesen wie Amelie. Ihre Familie hatte mehrere Kinder gehabt, die früh mit anpacken mussten, damit alle satt wurden. Im Nachhinein tat es Alphonse leid, dass er sich nicht nach ihnen erkundigt, geschweige denn sie gesucht hatte, als sie nach den Verhören nicht mehr zurückgekehrt waren. Aber wie alle hier im Ort hatte er furchtbare Angst gehabt, selbst in die Mühlen der königlichen Justiz zu geraten. Und nun plagte ihn das schlechte Gewissen.

»Lass es dir schmecken«, forderte er Justine auf und setzte sich ihr gegenüber, nachdem er auch sich selbst noch einen Krug mit dem dampfenden Wein eingeschenkt hatte.

Obwohl ihm tausend Fragen auf der Zunge brannten, wollte er abwarten, bis Justine fertig gegessen hatte und von allein zu erzählen begann.

Es musste einen Grund geben, warum sie in seiner Stube saß – und das zu einer Zeit, in der anständige Frauen nicht mehr auf die Straße gehörten.

Er betrachtete sie eingehend, während sie kaute und schluckte und stellte fest, dass sie zwar älter, aber keineswegs unansehnlicher geworden war. Sie musste achtundzwanzig sein, genauso alt wie seine Amelie. Ihre rotblonden Haare hatte sie zu ordentlichen Zöpfen geflochten und über den Ohren zu dicken Schnecken gedreht. Was bedeutete, dass sie unverheiratet war, da sie keine Haube trug. Zusammen mit dem hochgeschlossenen Kleid, das ihr ein sittsames Aussehen verlieh, macht sie einen adretten Eindruck. Auch ihre Hände erschienen gepflegt, und ihre vornehme Kleidung verströmte einen Hauch von Rosenduft. Wo auch immer sie sich in den letzten Jahren herumgetrieben hatte, augenscheinlich war sie nicht in der Gosse gelandet.

Um das Schweigen zu überbrücken, aber auch um sein Inneres zu beruhigen, trank Alphonse bedächtig einen Schluck nach dem anderen.

Justine hätte am liebsten immer weiter gegessen. Nicht, weil sie so hungrig war, sondern weil sie keine Ahnung hatte, wie sie den alten Bratac dazu bringen sollte, diesen verflixten Brief zu schreiben, der Amelie davon überzeugen musste, trotz aller Vorbehalte an diesen vermaledeiten Ort zurückzukehren. Der Alte durfte keinesfalls Verdacht schöpfen. Allein deshalb musste sie ihre Geschichte so glaubhaft wie möglich vortragen. Zum Glück schien Bratac ebenso wie sie selbst daran interessiert zu sein, ein Gespräch in Gang zu bringen, als sie den Löffel zur Seite gelegt hatte.

»Und nun erzähl, was führt dich zu mir?«, fragte er. »Wie geht es deiner Familie? Seit eurem Weggang habe ich nichts mehr von deinem Vater und deinen Geschwistern gehört, geschweige denn von dir. Was treibst du so? Du siehst aus, als wäre es dir nicht schlecht ergangen.«

»Ich …« Sie stockte und holte tief Luft, nachdem sie noch einen großen Schluck Wein genommen hatte, um sich Mut anzutrinken. »Unsere Familie ist nach der Vernichtung des Ordens in Paris gelandet«, fuhr sie fort. »Dort wurden wir vom König für unsere Unannehmlichkeiten nach der Verhaftung der Templer entschädigt und bekamen ein kleines Stück Land in der Nähe der Stadt«, log sie. »Mein Vater ist vor zwei Jahren gestorben, aber sonst geht es allen gut.«

»Das mit deinem Vater tut mir leid«, murmelte Bratac und legte den Kopf schief. »Aber es ist schön zu hören, dass die restliche Familie es offenbar geschafft hat.« Während er immer noch rätselte, warum sie jetzt und hier in seiner Stube hockte, entschloss er sich zur Flucht nach vorn. »Kann ich dir irgendwie helfen? Ich meine, es ist sicher kein Zufall, dass du nach all den Jahren der Abwesenheit an meiner Tür klopfst, und das zu so später Stunde.«

»Ich weiß, wo Amelie lebt«, stieß sie ohne jegliche Vorwarnung hervor.

Sie sah, wie er bleich wurde und beinahe die Beherrschung verlor, weil er sich mit beiden Händen an die Tischkante klammerte, um sein Gleichgewicht nicht zu verlieren, obwohl er saß. Ihre Aussage schien ihn bis ins Mark getroffen zu haben. Nur mühsam hielt er die Tränen zurück.

»Wo?«, fragte er atemlos.

»Sie wohnt in Lothringen, auf einer riesigen Burg, die einem der Grafen von Lichtenberg gehört.«

Alphonse hatte immer noch Mühe, die Fassung zu wahren, und schnappte nach Luft. Vor Aufregung musste er husten. »Was tut sie dort?«, fragte er hektisch nachdem er sich wieder gefangen hatte, und riss im nächsten Moment seine müden Augen auf, als ob er nach einer Erkenntnis suchte. »Wurde sie dorthin verschleppt und schuftet als Leibeigene?«

»Nein«, klärte Justine ihn mehr oder weniger ehrlich auf, wobei sie nicht allzu sehr in die Einzelheiten ging. »Sie hat einen schottischen Adligen geheiratet, der als Offizier in Diensten des Grafen steht.«

»Sie hat *was?*« Bratac kam aus dem Staunen nicht mehr heraus. »Warum hat sie mir kein Wort davon erzählt? Ich meine, das ist doch nichts, womit man hinter dem Berg halten müsste. Sie hätte es mir wenigstens schreiben können. Oder stimmt was nicht mit diesem Mann? Wurde er exkommuniziert?«

»Nein, alles ist in bester Ordnung«, versuchte Justine ihn zu beruhigen. »Amelie hat mir erzählt, sie wurde von flüchtenden Templern als Geisel genommen und in die deutschen Lande entführt. Dort wurde sie von einem Ritter errettet, der von ihrer Schönheit beeindruckt war und sie auf der Stelle zur Frau genommen hat. Und da sie wegen eines Schlags auf den Kopf, den sie bei ihrer Entführung davontrug, jahrelang ihr Gedächtnis verloren hatte und sich nicht einmal zu erinnern vermochte, wer sie war, konnte sie sich nicht bei Euch melden. Als wir uns auf einem Jahrmarkt zufällig begegnet sind, habe ich sie erkannt und angesprochen. Das muss irgendetwas in ihrem Innern gelöst haben, denn mit einem Mal war alles wieder da, was sie vergessen hatte, und sie ist mir überglücklich um den Hals gefallen. Sie würde nichts lieber tun, als Euch wiederzusehen, zumal sie nun guter Hoffnung ist, fragt sich aber, ob Ihr vielleicht böse auf sie seid, weil sie so lange nichts von sich hören ließ. Ich habe ihr gesagt, dass ich bald nach Bar-sur-Aube reisen und nach Euch suchen werde. Und wenn ich Euch finde, versprach ich ihr, würde ich Euch fragen, ob Ihr einen Brief schreiben könntet, der ihr zusichert, dass sie willkommen ist. Ich werde in den nächsten Tagen zurück nach Lothringen fahren und könnte ihr das Schreiben persönlich übergeben.«

Bratac starrte sie ungläubig an. »Wie bist du überhaupt nach Lothringen gekommen? Ich meine, das ist ja nicht gerade nebenan.«

»Da ich unverheiratet und kinderlos geblieben bin, wollte ich nicht auf Kosten meiner Familie leben und habe mich einer Truppe von Händlern angeschlossen – zuverlässige und ehrenhafte Leute. Ich verkaufe edle Stoffe, wohlriechendes Duftwasser und haltbare Speisen auf Jahrmärkten und verdiene dabei nicht schlecht. Das ist der Grund, warum ich ziemlich weit herumkomme. Aber das müsstet Ihr ja noch aus Eurer eigenen Zeit als Kaufmann wissen.«

»Hat Amelie noch weitere Kinder?«, fragte er unvermittelt und offenbar noch immer wie betäubt von der Tatsache, dass seine Tochter noch lebte und es ihr anscheinend mehr als nur gut ging.

»Nein, es ist ihr erstes Kind.« Justine lächelte milde. »Aber es ist noch eine Weile hin bis zur Niederkunft«, fügte sie eifrig nickend hinzu. »Ich bin sicher, das ist der Hauptgrund, warum sie Euch möglichst noch vor der Entbindung sehen möchte.«

»Wenn du mir sagst, wo genau sie wohnt, werde ich gleich morgen früh anspannen und selbst dorthin fahren«, beschied Bratac, zu allem entschlossen. Obwohl er nicht bei bester Gesundheit war, so dass ihm im Grunde vor einer solchen Reise graute, wurde er von einer unvermittelten Euphorie erfasst, die ihn alle Bedenken vergessen ließ. Er versuchte sich vorzustellen, wie es wäre, Amelie in seine Arme zu schließen, während sein Herzschlag einen ungesund raschen Rhythmus aufnahm.

»Das geht leider nicht, aber für den Fall, dass Ihr bereit seid, sie zu empfangen, möchte sie zunächst allein hierherreisen, um sich mit Euch auszusprechen«, erklärte Justine. »Schließlich hat sie ihren Gemahl über all die Jahre in dem Glauben gelassen, ebenfalls hochwohlgeborener Herkunft zu sein, weil sie es nicht besser wusste. Sie hat keine Ahnung, wie er auf die Nachricht reagieren wird, dass sie eine Kaufmannstochter ist und ihr Vater noch lebt. Deshalb möchte sie sicherstellen, dass Ihr, Monsieur Bratac, ihr nicht gram seid und ihre Entscheidung billigt, diesen Mann geheiratet zu haben.«

»Was gibt es da zu billigen«, ereiferte sich Bratac mit einem ungläubigen Lächeln. »Solange der Kerl kein Raubritter ist, wüsste ich nicht, was ich dagegen einzuwenden hätte.«

»Ein Raubritter?«, beeilte sich Justine zu sagen. »Nein, das ist er ganz sicher nicht.«

»Ist es denn nicht viel zu gefährlich, wenn sie sich schwanger auf die Reise nach Franzien begibt?« Bratac zog seine buschigen Brauen zusammen. »Ich meine, als Frau ganz allein eine solche Strecke zu bewältigen ist keine Kleinigkeit. Und was wird ihr Gemahl dazu sagen?«

»Er befindet sich zurzeit auf einem Feldzug, der sich über Monate hinziehen kann«, log Justine munter weiter und verdrängte dabei das Gefühl, dem Teufel persönlich zu dienen. »Sie fühlt sich ohnehin ein wenig einsam. Ich könnte ihr auf dem Weg nach Franzien und auch zurück in die deutschen Lande Gesellschaft leisten. Hinzu kommt, dass Amelies Gemahl ihr für die Zeit seiner Abwesenheit eine eigene Schutztruppe zur Verfügung gestellt hat, die sie ebenfalls begleiten könnte. Ich hatte die gleichen Bedenken wie Ihr, konnte sie aber zu meiner Zufriedenheit ausräumen. Amelie und ich hatten uns bereits ausgemalt, wie es wäre, Euch zu treffen. Und sie hat große Pläne, und fragte sich, ob Ihr sie nicht nach Eurem Wiedersehen zurück in die deutschen Lande begleiten wollt, um mit ihr und ihrer Familie auf der Burg ihres Lehnsherrn zu leben. Ihr fehlt nur noch die Bestätigung, dass Ihr gesund, munter und bereit seid, Eure verlorene Tochter in Eure Arme zu schließen.«

»Nichts lieber als das!«, frohlockte Alphonse, obwohl ihm die ganze Geschichte ein wenig merkwürdig erschien. Doch bevor seine Zweifel die Oberhand erringen konnten, dankte er im Stillen Gott dem Herrn, ein solches Wunder überhaupt noch erleben zu dürfen. »Was soll ich tun?«, fragte er eifrig.

»Schreibt mir einen Brief an Amelie, den ich mitnehmen und ihr persönlich überreichen kann. Dann wird sie schon bald in Eurer Stube stehen, und Ihr könnt Euer Wiedersehen feiern.«

»Ich weiß gar nicht, wie ich dir danken soll«, stammelte Alphonse, zu Tränen gerührt. Mit allem hatte er gerechnet, nicht aber mit einer solch frohen Botschaft. »Du bist ein leibhaftiger Engel, Justine.« Er lächelte sanft, wobei ihm eine dicke Träne aus dem linken Augenwinkel in den grauen Vollbart kullerte. »Ich weiß gar nicht, wie ich dir das je wiedergutmachen soll.«

»Bedankt Euch nicht bei mir«, gab Justine bescheiden zurück und schlug die Augen nieder, wobei sie Mühe hatte, nicht vor Scham rot anzulaufen. »Es ist Gott der Herr selbst und die Gnade der Heiligen Jungfrau, die Euch und Amelie aufs Neue zusammenführen werden.«

Bratac erhob sich mit erstaunlicher Leichtigkeit aus seinem Sessel und humpelte zu einer Truhe, in der er Papier und Feder aufbewahrte.

»Die Hüfte«, entschuldigte er sich und bückte sich umständlich, um die Schreibutensilien herauszunehmen, nachdem er die schwere Klappe geöffnet hatte. Dann humpelte er zum Tisch zurück. »Du bist ein gutes Kind«, lobte er Justine, während er das kostbare Blatt Papier auf den Tisch legte. »Das warst du schon immer.« Mit einem scharfen Schälmesser schnitzte er sich gekonnt die Feder zurecht und tunkte sie in ein irdenes Töpfchen, dass er zuvor entkorkt hatte. Als Kaufmann verfügte er selbstverständlich über das nötige Material, um Rechnungen, Urkunden und auch Briefe zu verfassen. Früher hatte Amelie das immer für ihn erledigt. Sie war ein kluges Mädchen gewesen, das schon früh Lesen, Schreiben und Rechnen gelernt hatte. Stolz und Sorge durchfluteten den alten Bratac. Hätte er sich nicht vielleicht doch auf die Suche nach ihr machen sollen, anstatt untätig in seiner Trauer zu verharren?

Bevor er die Feder aufs Papier setzte, schaute er noch einmal auf und furchte die Stirn, als ihm ein seltsamer Gedanke kam.

»Warum ist sie erst jetzt guter Hoffnung?«, fragte er und blickte Justine nachdenklich an. »Ihre Entführung ist doch mindestens schon neun Jahre her.«

Justine schluckte. De la Motte hatte ihr nur von dieser einen Schwangerschaft erzählt. Von weiteren wusste sie nichts. »Sie hatte mehrere Fehlgeburten«, improvisierte sie hastig und setzte eine bedauernde Miene auf. Angespannt und voller Schuldgefühle beobachtete sie, wie der Alte mehrmals zu einer Erwiderung ansetzte, bevor er offenbar die richtigen Worte fand.

»Oh«, sagte er nur und machte ein bedrücktes Gesicht. »Dann hat sie ja einiges mitgemacht. Ihre Mutter hatte es auch nicht leicht, schwanger zu werden.«

Dann machte er sich daran, den Brief zu schreiben. *Liebste Amelie*, begann er mit kratziger Feder und rief sich in Erinnerung, wie blühend und unschuldig sie in jenem sonnigen Oktober 1307 ausgesehen hatte, als er sie das letzte Mal in den Armen hielt, um sich am Morgen dieses unseligen Tages von ihr zu verabschieden. Er dachte an ihre hellblonden, hüftlangen Locken, die ihn so sehr an ihre verstorbene Mutter erinnert hatten. Und an ihre wunderschönen braunen Augen, die das gleiche Leuchten besaßen, wenn sie sich freute. Sie war immer so fröhlich gewesen, obwohl es gar keinen Grund dafür gegeben hatte. Ihre Mutter war bei der Geburt gestorben, und er selbst hatte nicht daran gedacht, noch einmal zu heiraten. Amelie war mit verschiedenen Mägden aufgewachsen, die sich ihrer Erziehung angenommen hatten; Alphonse selbst war viel zu selten daheim gewesen, um ihr die Aufmerksamkeit zu schenken, die sie benötigt hätte. Schon früh hatte Amelie mit Interesse in seinem Geschäft ausgeholfen, und er hatte sich später nur schwer mit der Vorstellung anfreunden können, eines Tages womöglich auf sie verzichten zu müssen, falls sie einen Mann heiratete, der sie heimführen wollte. Um einer solchen Entwicklung vorzubeugen, hatte Alphonse ihr einen Gatten ausgesucht, der sich bereit erklärt hatte, sein Geschäft zu übernehmen, wenn er selbst zu alt und zu schwach geworden war, es weiterzuführen. Alphonse konnte sich noch genau daran erinnern, wie unglücklich Amelie über diese Entscheidung gewesen war. Trotzdem war sie bei seiner Abreise nach Brügge ausgenommen gut gelaunt gewesen. Es erfüllte ihn mit Scham, dass er ihr unterstellt hatte, froh darüber zu sein, während seiner Abwesenheit tun und lassen zu können, was ihr beliebte. Dabei hatte er sie im Grunde schutzlos ihrem Schicksal ausgeliefert.

»Ich weiß nicht, was ich schreiben soll«, flüsterte er voller Zweifel. »Wir haben uns heftig gestritten, als ich sie zuletzt gesehen habe. Ich bin nicht sicher, ob sie dir davon erzählt hat. Ich wollte sie an einen wohlhabenden Weinhändler aus Thors verheiraten, aber das war ihr nicht recht. Der Mann war schon älter und Witwer, dazu hatte er zwei kleine Kinder, die dringend eine Mutter brauchten. Amelie hat mich beschimpft, ich würde ihr Leben zerstören und hätte kein Herz. Sie hatte schon immer einen Dickkopf, wie du sicher weißt. Als sie dann so unvermutet verschwunden war, glaubte ich zunächst, sie sei davongelaufen. Aber dann habe ich mir große Sorgen gemacht, weil in der Nacht ihres Verschwindens königliche Soldaten durch die Stadt gestreift sind, um die Templer zu verhaften, und du mit deiner Familie ebenso spurlos verschwunden warst. Ich habe an verschiedene Obrigkeiten der Umgebung geschrieben, ob Amelie vielleicht verhaftet wurde und man sie in einen Kerker gesteckt hat. Doch ich erhielt keine Antwort. Nie hätte ich gedacht, dass ausgerechnet die bis dahin ehrbaren Templer hinter ihrem Verschwinden steckten. Zumal ich deren Komtur als zuverlässigen Mann kennengelernt habe. Es hieß, sie seien alle in den Kerkern des Königs gelandet.« Verstört schaute er Justine in die klaren Augen.

»Amelie hat mir nichts Näheres über ihre Entführung berichtet«, erwiderte Justine mit festem Blick. »Vielleicht wollte sie nicht mehr darüber reden, oder sie hat es vergessen. Aber nun ist es ja vorbei. Ich denke, es reicht völlig, wenn Ihr schreibt, dass Ihr Euch freut, sie wiederzusehen.«

Alphonse nickte ergeben.

Liebste Amelie, las er im Stillen und setzte dann von Neuem die Feder an. *Ich würde mich glücklich schätzen, Dich so bald wie möglich in die Arme schließen zu dürfen. Ich kann es kaum erwarten, Dich an mein Herz zu drücken, das gebrochen ist, seit Du von mir gegangen bist, und nun innig auf Heilung hofft. Behalte Dich wohl und pass gut auf Dich auf. Bis hoffentlich bald …*

Von Herzen, Dein Dich über alles liebender Vater.

Alphonse Bratac wartete bis die Tinte getrocknet war. Dann faltete er den Brief sorgfältig, tropfte heißes Wachs auf die überlappende Stelle und siegelte sie mit seinem Handelsstempel, den er immer noch auf einem Ring am linken Mittelfinger trug und den er nun eine Weile auf das rote weiche Wachs gedrückt hielt. Damit hinterließ er ein ineinander verschlungenes A und ein B, das mit einer Weinrebe verbunden war.

Justine triumphierte innerlich. Sie hatte Bratac genau dort, wo de la Motte ihn haben wollte. Und das ohne jegliche Gewalt.

Der Alte zögerte noch und kratzte sich seinen zotteligen grauen Bart, bevor der die Depesche an Justine übergab.

Sie riss ihm das Papier aus der Hand und erhob sich hastig. Ohne seine Hilfe abzuwarten, schlüpfte sie in ihren Umhang und verabschiedete sich. »Danke«, sagte sie nur und drehte sich halbherzig zu ihm um, bevor sie zur Tür eilte, als wollte sie die Flucht ergreifen. »Habt Dank für das gute Essen und den Wein. Aber ich muss nun wirklich los. Amelie wartet bestimmt schon sehnsüchtig auf mich.«

Vilain war aufgesprungen und rannte Justine kläffend hinterher. Er schien genauso wenig wie Alphonse zu verstehen, was denn in sie gefahren war, dass sie regelrecht die Flucht ergriff.

»So warte doch. Es ist stockfinster draußen«, rief Alphonse ihr hinterher und sprang alarmiert auf. »Weißt du denn schon, wo du übernachtest? Du könntest in Amelies Zimmer schlafen. Ich habe nichts verändert, seit sie fort ist.«

»Macht Euch keine Sorgen, meine Gefährten warten in einer Herberge vor der Stadtmauer auf mich«, versicherte Justine ihm mit einem flüchtigen Blick. »Es ist schon spät, und ich muss zu ihnen zurück, bevor die Glocke von Saint-Maclou zur Nachtruhe schlägt und der Nachtwächter mich nicht mehr aus der Stadt herauslässt.«

»Und wann höre ich wieder von dir?«

»Ich melde mich rechtzeitig bei Euch und schicke einen Boten, bevor ich hoffentlich bald mit Amelie vor Eurer Tür stehe.«

Er schaute ihr verdutzt hinterher, während sie hinaus auf den Hof stürmte, als würde sie vom Leibhaftigen verfolgt.

»Das alles ist ein bisschen merkwürdig, nicht wahr, Vilain?«, murmelte Alphonse und bedachte den hechelnden Hund mit einem ratlosen Blick. »Findest du nicht auch?«

Doch der Hund machte nur »Wuff« und verschwand auf seinen angestammten Platz unter dem Tisch.

Alphonse Bratac ließ der Vorfall keine Ruhe. Er stand auf, zündete eine Laterne an und leuchtete hinaus in die kalte Nacht, weil er sichergehen wollte, dass Justine tatsächlich keiner schützenden Begleitung bedurfte. Dabei wies er Vilain in die Schranken, der wie üblich aus der Küche geschossen kam, wenn sich vor der Tür etwas bewegte, das er nicht kannte und wie verrückt kläffte. »Still! Mit deinem Gebell weckst du noch die halbe Nachbarschaft«, schimpfte er. Doch der Hund ließ sich nicht beirren. Irgendetwas war da draußen, das ihn aus der gewohnten Ruhe brachte.

»Bist du still!«, fuhr Alphonse den Hund nochmals an und sperrte ihn in die Küche. Nachdem er zur Tür zurückgeschlurft war, um noch einmal hinaus auf die Gasse zu schauen, war Justine wie vom Erdboden verschluckt.

»Seltsam«, murmelte er, nicht sicher, ob er sich freuen durfte, oder ob alles nur Einbildung gewesen war, weil er mal wieder zu tief in seinen Krug geschaut hatte.

Kaum, dass er zurück in der Küche war und das schmutzige Geschirr eindeutig belegte, dass er nicht geträumt hatte, klopfte es noch einmal an der Haustür, allerdings lauter und fordernder als zuvor. Vilain sprang erneut auf und sauste zurück in den Flur. Diesmal knurrte er böse und beinahe ängstlich, als ob ein Heer von Dämonen Einlass verlangte.

In der irrigen Hoffnung, dass Justine es sich vielleicht noch einmal überlegt hatte und die Nacht nun doch in seinem Haus verbringen wollte, öffnete Bratac die schwere Eichentür.

Vilain stürmte nach draußen und verbiss sich in irgendetwas, weil er hörbar röchelte und knurrte. Bevor Alphonse ihn zurückpfeifen konnte, war nur noch ein jämmerliches Jaulen zu hören.

Alphonse hob die Fackel und fuhr erschrocken zusammen, als er im Lichtkegel zu Boden blickte und den Hund entdeckte, der leblos und blutverschmiert auf dem gepflasterten Weg lag, der zum Haus führte.

Einem Instinkt folgend, machte Alphonse einen Schritt zurück, um sich selbst zu schützen. Bevor es ihm gelang, die Tür zu schließen, packte ihn eine Hand mit eiserner Kraft und zwang ihn schmerzhaft in die Knie.

Fassungslos schaute Alphonse auf und starrte in das Gesicht eines jungen Soldaten, der ihm mit zischender Stimme riet, sich ja nicht zu bewegen, sonst sei er so tot wie der Hund. Bevor Alphonse sich einen Reim darauf machen konnte, was hier vor sich ging, wurde sein anderer Arm von einem zweiten Mann gepackt, der ihm die brennende Fackel so dicht vor die Nase hielt, dass er deren Hitze unvermittelt auf seinen bärtigen Wangen spürte.

»Was … was wollt Ihr von mir?«, stammelte er, während ihm das Herz bis zum Hals schlug. Der Fremde trug einen schwarzbraunen Wappenrock mit dem aufgestickten Symbol der franzischen Krone. Er besaß eine stattliche Gestalt und ein paar forschende helle Augen. Sein kurz geschnittenes, dunkelblondes Haar lugte unter einer braunen Filzkappe hervor, auf der die goldene Lilie des Königs aufgestickt war.

»Gens du Roi«, stellte er sich und seine Absichten mit düsterem Blick vor. »Ihr werdet uns nach Paris begleiten, dann sehen wir weiter.«

»Was?« Alphonse Bratac brach in Panik aus und ließ vor Schreck die Laterne fallen. Im Nu entzündete sich das Stroh, das vor der Tür lag, um sich die Schuhe damit zu säubern, bevor man die gute Stube betrat. Anstatt die Flammen auszutreten, wie zu erwarten gewesen wäre, ließen die beiden Uniformierten sie brennen.

In seiner Verzweiflung versuchte Alphonse, sich seinen Peinigern zu entwinden, die ihn immer noch eisern am Boden hielten. Als seine Kräfte erlahmten, zerrten sie ihn fort. Hilflos musste er mit ansehen, wie die Flammen auf das Holz übergriffen, das er in einem Unterstand neben der Tür zum Anzünden des Kaminfeuers gestapelt hatte. Im Nu loderte die ganze Wand, und die Schindeln des Dachüberstands fingen Feuer.

»Heilige Jungfrau Maria«, betete Alphonse verzweifelt, »hilf mir zu verstehen, warum das Schicksal so grausam zu mir ist …« Nachdem ihm die Hände straff auf den Rücken gefesselt wurden, brachten seine Peiniger ihn zu einem Gefangenenwagen und stießen ihn hinein. Vergeblich versuchte er auf dem verrotteten Stroh, das den Boden des Wagens bedeckte, eine halbwegs erträgliche Position einzunehmen. Schließlich war er nicht mehr der Jüngste, und die harte Arbeit in all den Jahren hatte seinen Rücken anfällig für Schmerzen aller Art gemacht. Nun schienen sich die alten Qualen mit den neu hinzugekommenen gegen ihn zu verschwören, und schickten ihn wie Vorboten einer noch viel unerträglicheren Folter sehenden Auges in die Hölle.

Hinzu kam die Ungewissheit, was nach seinem Abtransport geschehen würde und wohin man ihn brachte. Zu allem Übel quälte ihn die Frage, ob der Besuch von Amelies Freundin und der Brief an seine Tochter etwas mit dieser Sache zu tun hatten. Und falls ja, welch unselige Rolle hatte Justine Rosmand in diesem erbärmlichen Schauspiel übernommen? Dass sie die Vorbotin der nachfolgenden Dämonen gewesen sein musste, stand für Alphonse außer Frage – ebenso, dass sie mit ihnen zusammenarbeitete. Nur was, um Himmels willen, hatte Justine mit den Gens du Roi zu tun? Und was hatte er ihr angetan, dass sie ihn so tief ins Verderben stürzte? Er hätte es zu gerne erfahren, aber das war nun nicht mehr möglich.

Während er in dem schmucklosen Wagen durch die schneekalte Nacht ratterte, einer ungewissen Zukunft entgegen, versuchte er vergeblich, einen Blick durch das vergitterte Fenster zu erhaschen. Schließlich gab er es auf. Es war so oder so stockfinster, tröstete er sich. Und hätte es seine Lage verbessert, zu wissen, wohin ihn die Schergen der Gens du Roi brachten?

Seine innere Stimme versicherte ihm, dass sich der Grund seiner Verhaftung noch herausstellen würde. Spätestens, wenn er an seinem unbekannten Ziel angelangt war. Schließlich machte sich die Gens du Roi nicht die Mühe, einen alten, unnützen Kerl wie ihn bei Nacht und Nebel aus dem Haus zu treiben und in Ketten zu legen, wenn nichts dahintersteckte.

Abrupt befiel ihn die eiskalte Angst, dass Amelie gar nicht in den deutschen Landen wohnte, sondern ebenfalls in einen Kerker gesteckt worden war, und dass man sie benutzte, um ihn, Alphonse Bratac, unter Druck zu setzen. Doch warum hatte er ihr dann einen solchen Brief schreiben müssen? Es machte keinen Sinn, ja, es wurde umso absurder, je mehr er sich einen Reim darauf zu machen versuchte.

Neben der Sache mit Amelie bedrückte ihn der sinnlose Tod von Vilain, und dass sein Haus in Flammen aufgegangen war. Nun hatte er nichts mehr, wohin er zurückkehren konnte. Aber das war nun sowieso ohne Bedeutung. Vielleicht war es die Strafe des Schöpfers, weil er in seiner quälenden Einsamkeit mehrmals mit dem Gedanken gespielt hatte, sich selbst mithilfe eines Mühlsteins in der Aube zu ersäufen. Nun waren ihm die ›Leute des Königs‹ zuvorgekommen, und befriedigten seine Sehnsucht nach dem Jenseits, auch ohne, dass er selbst eine Todsünde beging. Aber nur der Teufel wusste, warum das so war.

KAPITEL 8

APRIL 1316
HERZOGTUM LOTHRINGEN / BURG WALDENSTEIN

Blutsverwandte

Hannah war ohne die Hilfe einer Magd in ihr blau schimmerndes Festtagsgewand geschlüpft und zog gerade Strümpfe und Stiefel über, als sie erschrocken hochfuhr, weil jemand draußen auf den Zinnen der Burg mit vollem Einsatz in die Fanfaren blies. Nicht nur einmal, sondern mehrmals und so laut, dass ihre Ohren rebellierten.

»Sind sie etwa schon da?« Ihr fragender Blick galt Gero, der in seiner besten Festtagsuniform vor dem relativ großen Spiegel stand, den ein flandrischer Glaser nach Ronas Anweisungen gefertigt hatte.

»Noch nicht ganz«, antwortete er. »Die erste Fanfare erklingt immer, wenn die Gäste durch einen Boten angekündigt werden, um die Wachen an der Zugbrücke an ihre Pflichten zu erinnern und die Knappen in Bereitschaft zu bringen. Bis es ernst wird, haben wir noch ein bisschen Zeit.« Er schnippte sich hier und da ein Stäubchen von seinem schwarzen Überrock, peinlich darauf bedacht, dass der Stoff mit dem in Seide gestickten Wappen derer von Lichtenberg zu Waldenstein, keinerlei Makel zeigte. Die Glieder des darunter befindlichen Kettenhemds glänzten, als wären sie eben erst aus der Waffenschmiede gekommen. Das dunkelblaue Unterwams war aus weicher Schurwolle gewebt und so dick, dass er ohne Jacke hinausgehen konnte, selbst wenn es kalt war und regnete. Was zu dieser Jahreszeit zu erwarten war, weil sich Regen, Schnee und Sonne ständig abwechselten.

Hannah warf einen anerkennenden Blick auf Geros muskulöse Oberschenkel, die in einer sündhaft teuren, schwarz gefärbten Hirschlederhose steckten, die eng ans Bein geschneidert war und aufreizend unter dem kurzen Wappenrock hervorschaute. Darüber trug er kniehohe Stiefel aus gebürstetem schwarzem Ziegenleder, die ihm die Gräfin extra zu diesem Anlass hatte anfertigen lassen. Der lombardische Schuster, den sie aus Metz hatte kommen lassen, um

Maß zu nehmen, hatte die Spitzen am Fußteil nur ein wenig nach oben gezogen. Gero, der keinen besonderen Wert auf modische Details legte, hatte es abgelehnt, einen klassischen Schnabelschuh zu tragen, dessen Spitzen länger und um einiges mehr in die Höhe gebogen waren.

Nachdem er Hannahs Blicken gefolgt war, lächelte er gequält. »Ich bin froh, dass ich mich wenigstens beim Schuhwerk durchsetzen konnte. Wenn es nach meiner Tante ginge, würde ich rumlaufen wie ein Geck.«

»Zum Glück kann sie sich nicht überall einmischen.« Hannah grinste vielsagend.

Gero warf einen Blick auf die Stundenkerze, die ihm als Zeitmesser diente, obwohl Hannah sich eine altmodische Uhr zum Aufziehen aus der Zukunft mitgebracht hatte. Gero hatte die Kerze zu Beginn der Morgendämmerung angezündet; nun zeigte sie ihm, dass es auf Mittag zuging. Doch irgendwie wollte es heute nicht recht hell werden. Die tiefhängenden Wolken wurden von einer feuchten Kälte begleitet, die einem selbst im Innern der Festung in sämtliche Glieder kroch. Lediglich die vielen offenen Feuerstellen verhinderten, dass man zu einem Eiszapfen gefror. Kein idealer Tag, um hochwohlgeborene Gäste zu empfangen und auch nicht, um seine erst kürzlich erlangte Grafenwürde mit der entsprechenden Unbekümmertheit und Ausgelassenheit feiern zu können, wie seine Tante es eigentlich vorgesehen hatte.

Hannah steckte sich mithilfe des Spiegels ihre langen kastanienbraunen Locken auf und schob sie sorgfältig unter eine sittsame Haube aus blauem, fest gewalktem Filz im Format eines kleinen henkellosen Kochtopfs. Ein wenig umständlich versuchte sie danach, ein weißes Gebende darum zu schlingen. »Ich hasse diese Dinger. Sie sehen aus, als hätte man einen Unfall gehabt und sich den Schädel eingeschlagen. Das einzig Praktische ist, dass die breiten Bänder jedes noch so hartnäckige Doppelkinn verschwinden lassen.« Unzufrieden musterte sie sich im Spiegel.

»Du hast gar kein Doppelkinn!«, widersprach Gero ihr mit sanftem Blick. »Warum trägst du keinen Reif und einen zarten Schleier, so wie Margaretha? Sie macht sich auch nichts aus ihrem Alter und ihrem Stand und zieht an, was ihr gefällt.«

»Damit mich dein entfernter Cousin am Ende für eine begehrenswerte Partie hält, weil er nicht erkennen kann, dass ich mit dir verheiratet bin?« Hannah schaute belustigt zu ihm auf. »Das jedenfalls befürchtet deine Mutter, wenn eine Ehefrau auf ihr Gebende verzichtet.«

»Nun ja, ich werde gewiss nicht darauf verzichten, dich als meine Gemahlin vorzustellen. Deshalb kannst du die gewünschte Kopfbedeckung getrost weglassen.«

»Danke für deine Toleranz, die ich sehr an dir schätze. Neben einer ganzen Menge anderer Dinge«, erwiderte Hannah mit einem Lächeln und stellte sich auf die Zehenspitzen, um ihn zu küssen. »Aber erstens will ich deine Mutter nicht verärgern, und zweitens fange ich jetzt nicht mehr von vorn an. Wir müssen nur noch auf Gesa warten, damit sie Sophia übernimmt, dann können wir los. Eigentlich müsste das Mädchen längst hier sein.« Sie hob Sophia, die einen Rosen bestickten rosafarbenen Strampelanzug aus weichem Wollstoff trug, aus der Wiege. »Na, wie findest du deinen Papa? Sieht er nicht umwerfend aus?« Sophia ruderte fröhlich mit ihren molligen Ärmchen und Beinchen, während sie ihren Vater mit ehrlicher Begeisterung beäugte und krähende Geräusche von sich gab.

»Wäre ja auch noch schöner, wenn du deinen eigenen Vater nicht bewunderst.« Gero nahm seine Tochter mit einem seligen Lächeln entgegen. »Ich hoffe sehr, dass dein zukünftiger Bräutigam mir wenigstens ein bisschen ähnlich sieht.«

»Pass auf, dass sie dir nicht versehentlich auf den Wappenrock spuckt«, mahnte Hannah ihn vorsorglich und wandte sich mit einem verliebten Lächeln an ihre Tochter.

Sophia lächelte selig zurück und begann laut und fröhlich zu krähen, wobei sie ihre kleinen Händchen verlangend nach Gero ausstreckte, um sie dann in seinem kurzen blonden Bart zu vergraben und daran zu ziehen.

»Autsch!«, rief Gero mit gespielter Empörung, worauf Sophia ihr kleines Mündchen zu einem zahnlosen Lächeln verzog, während ihre blauen Augen die hochgezogenen Mundwinkel ihres Vaters fixierten.

»Sie hat schon jetzt die gleiche atemberaubende Ausstrahlung wie du.« Hannah streichelte zärtlich über Geros hellblonden Vollbart.

»Obwohl sie noch keinen einzigen Zahn besitzt?«, witzelte er und hob eine Braue. »Vielleicht habe ich ja Glück, und diese Ausstrahlung hält sich bei mir bis ins Greisenalter.«

Nun brach Hannah in Gelächter aus. »Du weißt genau, was ich meine«, flüsterte sie und küsste seine bärtige Wange.

Sophia fing prompt an zu quengeln.

»Sie ist eifersüchtig«, scherzte Gero und rieb seine Nasenspitze vorsichtig an der kleinen Stupsnase seiner Tochter. Was ihr auch nicht gefiel, weil sie nun Geros Barthaare piekten. Prompt begann sie zu weinen. »Nicht doch«, versuchte Gero sie zu trösten und streichelte mit seinen großen Händen über ihr rotblondes Köpfchen. »Ich mag es nicht, wenn Frauen in Tränen ausbrechen, dann komme ich mir immer schrecklich hilflos vor.«

»Ich wette, du kannst sie beruhigen. Du musst sie nur ein bisschen schaukeln und ihr etwas vorsingen. Du wirst sehen, dann lächelt sie wieder.«

Geros Blick zeigte einen Anflug von Verzweiflung, als Sophias Unmut wuchs und sie lauthals zu brüllen begann. Trotzdem tat er tapfer, was Hannah ihm empfohlen hatte. Er wippte sie ein bisschen und sang mit seinem tiefen sanften Bariton die ersten Takte eines gregorianischen Chorals. Sofort trat Ruhe ein, und die Kleine hing mit ihren großen, andächtigen Augen regelrecht an seinen Lippen.

»Siehst du?« Hannah lächelte ihn aufmunternd an. »Du bist ihr Vater. Sie kennt deine Stimme. Deshalb lässt sie sich gerne von dir beruhigen.«

»Gut zu wissen.« Er drückte Sophia mit einem gerührten Blick an sich und küsste ihr Köpfchen, dessen zarter Flaum seine Lippen kitzelte.

Eine weitere Fanfare riss sie aus ihrer trauten Zweisamkeit. Sophia fuhr zusammen und begann prompt von Neuem zu schreien.

»Unser Besuch hat die Zugbrücke passiert«, verkündete Gero mit lakonischer Miene. »Nun müssen wir aber wirklich los.«

Hannah nahm ihm das weinende Kind ab, das diesmal keine Anstalten machte, sich so rasch beruhigen zu lassen.

»Geh schon mal vor«, riet sie ihm, »ich warte allein auf Gesa, sie müsste jeden Moment hier sein.«

Während Gero sich seinen wollenen Umhang schnappte und in vollem Ornat zur Tür hinausmarschierte, um auf dem Burghof an der Spitze sämtlicher Bewohner, Hanemann von Lichtenberg und seinen hochdekorierten Oheim zu empfangen, hielt Hannah zusammen mit Sophia nach Gesa Ausschau.

Das knapp vierzehnjährige Mädchen, dessen verstorbene Mutter einst Juttas Leibmagd auf der Breidenburg gewesen war, wusste mehr über Hannahs Herkunft und die Ursache ihres Hierseins als die meisten anderen in ihrem Umfeld. Sie war nicht nur die Freundin von Geros Knappe, sie war zudem mehrmals, wenn auch nicht beabsichtigt, mit ihnen durch die Zeiten gereist. Und auch wenn sie nicht verstand, was genau mit ihnen geschehen war, vertraute sie Gero. Und er wiederum vertraute darauf, dass Gesa alles, was ihr an seltsamen Erlebnissen widerfahren war, für sich behielt.

Kurze Zeit später klopfte es an der Tür, und das hübsche Mädchen mit den hüftlangen, brünetten Haaren schlüpfte mit schuldbewusster Miene ins Zimmer. »Tut mir leid«, nuschelte sie kaum verständlich, »ich musste Helga noch beim Tischdecken helfen, obwohl ich ihr gesagt habe, dass die Herrin auf mich wartet. Wir sind gerade erst fertig geworden.«

»Macht nichts«, beruhigte Hannah sie und übergab ihr das greinende Kind. »Das Engelchen ist heute etwas weinerlich, obwohl sie eigentlich satt und müde sein müsste. Ich fürchte, sie bekommt ihren ersten Zahn.«

»Was mache ich, wenn sie Hunger hat?«, fragte Gesa, nachdem sie die Kleine mit einem Lächeln in Empfang genommen hatte und lustige Grimassen schnitt, um sie aufzuheitern. »Soll ich eine unserer Ammen rufen?«

»Auf keinen Fall. Ich habe sie ausreichend gestillt«, erklärte Hannah ihr. »Bevor sie das nächste Mal nach ihrer Milch verlangt, bin ich zurück.«

Hannah hoffte inständig, damit recht zu haben. Sie hatte nicht die geringste Ahnung, wie der Empfang der beiden Lichtenberger ablaufen sollte, welche Ehrungen man den hochwohlgeborenen Besuchern entgegenbrachte und auf welche Etikette zu achten war. Dieses Wissen hätte sie sich natürlich längst aneignen können, hatte sich aber zu wenig Zeit dafür genommen. Somit blieb ihr nur ihre gute Beobachtungsgabe und die Hoffnung, in nicht allzu viele Fettnäpfchen zu treten.

Sie zog rasch ihren Umhang über und fragte sich bei einem Blick in den Spiegel zweifelnd, ob sie sich nicht doch besser für Goldreif und Schleier hätte entscheiden sollen. Aber nachdem der Empfang beendet war, würde sie das Gebende ohnehin in die Ecke pfeffern.

»Du weißt, wo du mich findest«, sagte sie abschließend zu Gesa und ordnete ihr langes Kleid, damit es so elegant wie möglich fiel. »Wenn die Kleine sich nicht beruhigt, schick eine Dienerin nach mir.«

Gesa nickte ergeben, während Klein Sophia sich erfreulicherweise gefasst hatte und zu brabbeln begann. Hannah drückte dem Kind einen Kuss auf die Stirn und machte sich auf den Weg nach unten.

Gero hatte unterdessen seine Kameraden begrüßt, die ähnlich edel gewandet in den Uniformen der Waldensteiner in der großen Halle auf ihren Ausmarsch warteten.

»Hier entlang«, rief Roland ihnen zu, der als Burgvogt von Waldenstein für die exakte Formation der Söldner zuständig war, die sich in Reih und Glied auf dem gepflasterten Hof aufstellten, um dem jungen Landgrafen und seinem Gefolge Ehre zu erweisen. An die 120 Wachsoldaten standen Spalier für die hohen Gäste, die vor dem Burgtor auf Einlass warteten.

Die meisten der Söldner waren im mittleren Alter und trugen einen schwarzen Wollumhang mit dem Wappen der Waldensteiner, der perfekt zu den akkurat geschneiderten Uniformen passte. Aus deren Faltenwurf schaute der Knauf der hochwertigen Schwerter hervor, für deren Neubeschaffung Gero keine Kosten und Mühen gescheut hatte.

»Hoffentlich haben wir den Rest der Woche beständigeres Wetter«, meinte Geros Mutter mit einem zweifelnden Blick in den wolkenverhangenen Himmel. Im Unterschied zu Hannah war sie adlige Familienbesuche längst gewöhnt und interessiert sich allem Anschein nach mehr fürs Wetter als für den Aufwand, der bei solchen Ereignissen üblich war. In weiser Voraussicht zog sie ihren blauschwarzen Umhang, der innen ganz mit schwarzem Nerz gefüttert war, enger um die Schultern. Obwohl sie sich im Gegensatz zu ihrer älteren Schwester, die in leuchtendem Grün nicht zu übersehen war, noch immer in Trauer befand, war sie nicht weniger aufwändig gekleidet.

Während Margaretha von Lichtenberg zu Waldenstein an der Spitze des Empfangs auf ihre Gäste wartete, war Jutta an Hannah herangetreten. Mit mütterlichem Selbstverständnis zupfte sie an Hannahs rostrotem Wollumhang, der mit schimmerndem Eichhörnchenpelz verbrämt war, um ein paar Fusseln zu entfernen. »Du solltest dich zu dieser Jahreszeit wärmer anziehen, meine Liebe«, riet sie ihr mit einem strengen Blick, als hätte sie ein Kind vor sich. »Der April ist dieses Jahr besonders launisch. Meine Leibdienerin erzählte mir, es habe über Nacht sogar gefroren.«

»Keine guten Voraussetzungen, um die halbe Woche als Zuschauerin auf einer zugigen Tribüne zu verbringen«, orakelte Hannah düster.

»Das meine ich ja«, bestätigte Jutta ihre Anmerkung mit einem warnenden Blick. »Meine Schwester will, dass wir alle Siegerkränze persönlich überreichen. Das bedeutet, stundenlang bei Wind und Wetter auf der Ehrenloge auszuharren. Wenn man sich da nicht den Tod holen will, muss man sich unbedingt wärmer einpacken.«

Allein der Gedanke, als zukünftige Gräfin von Waldenstein mindestens zwanzig Siegerkränze in den verschiedenen Disziplinen an die Teilnehmer überreichen zu müssen, und das bei den ungemütlichen Temperaturen die zurzeit herrschten, ließ Hannah frösteln. Kein Wunder, dass in den Mänteln der meisten Adligen so viel Pelz verarbeitet wurde. Wobei die Sache mit den Eichhörnchen für Hannah schon ein maximales Zugeständnis war. In der Zukunft wäre sie nicht im Traum auf die Idee gekommen, einen Pelzmantel zu tragen.

»Tut mir leid, ich fürchte, ich werde bei den Siegerehrungen nicht jedes Mal dabei sein können«, argumentierte sie gegenüber ihrer Schwiegermutter stur. »Ich muss mich um Sophia kümmern. Die Kleine hat Hunger und nimmt keine Rücksicht auf die Verteilung von Siegerkränzen.«

»Ich sagte es doch schon, Kind, nimm dir eine Amme«, gab Jutta von Breydenbach nicht weniger stur zurück. »Als Gräfin und zukünftige Burgherrin hast du diverse Verpflichtungen.«

»Die da wären?« Hannah konnte sich bereits denken, was nun kam, weil sie diese Diskussion nicht zum ersten Mal führten.

»Deine oberste Verpflichtung ist es, für ausreichend Nachkommen zu sorgen, damit die Erbfolge gesichert ist, die zweite ist, deinen Mann und dessen Gefolge bei öffentlichen Anlässen entsprechend zu repräsentieren.«

»Ich schätze mal, die Gräfin wird hundert Jahre alt und behält ihr Amt noch sehr, sehr lange.«

Jutta zog wie immer den Kopf ein und hüstelte lediglich pikiert.

Margaretha von Lichtenberg zu Waldenstein, die an der Spitze ihres Gefolges stand, ließ in ihrem lindgrünen Brokatumhang aus Brügge, den man mit Luchspelz gefüttert hatte und der mit funkelnden Edelsteinen bestickt war, keinen Zweifel daran aufkommen, dass sie schon rein optisch zurzeit keine Konkurrentinnen neben sich duldete.

Wie immer hatte sie ihr hellrotes Haar nur lässig aufgesteckt und mit einem weißen Rosenzweig geschmückt, der aus kostbarem Seidengarn gefertigt war. Hannah war überzeugt, dass Margarethas jugendlicher Auftritt ihren früheren Verehrer, Johann I. von Lichtenberg, an glorreichere Zeiten erinnern sollte.

»Die Gräfin sieht aus wie eine Feenkönigin«, flüsterte Amelie fasziniert, die direkt hinter Hannah stand und wie gebannt die Neuankömmlinge im Blick behielt.

»Ich weiß nicht, ob sie sich damit einen Gefallen tut«, erwiderte Hannah leise, die aufgrund ihres Insiderwissens versuchte, den begeisterten Blick des alten Landgrafen zu deuten, der – nachdem er und sein Neffe von ihren prunkvoll geschmückten Hengsten abgestiegen waren – die Gräfin mit seinen brennenden Blicken regelrecht verschlang. Johann I. war fast so groß wie Gero, wenn auch nicht ganz so muskulös gebaut. Obwohl er schon über sechzig sein musste, wirkte er mit seinem silbergrauen Haar, das ihm bis knapp auf die Schulter reichte, wie ein junger Mann. Er trug einen modischen dunkelgrünen Filzhut mit einer schmalen Krempe und einer Fasanenfeder, die sich zum Himmel streckte und Hannah irgendwie an Robin Hood erinnerte.

Sein blond gelockter, viel jüngerer Neffe war nicht weniger aufwendig gewandet. Beide Männer trugen kostbare Schwertgehenke um die Hüften, die ein Vermögen gekostet haben mussten, und ihre prunkvoll ausgestatteten Streitrösser entstammten zweifellos einem edlen Gestüt.

»Mein lieber Johann«, säuselte Geros Tante und lief dem älteren der beiden Neuankömmlinge mit offenen Armen entgegen. Beide Männer besaßen den gleichen Vornamen, was leicht zu Missverständnissen führen konnte. Vielleicht hatte der jüngere Lichtenberger aus diesem Grund von der Familie den Beinamen ›Hanemann‹ erhalten.

Bei den beiden Landgrafen von Lichtenberg angekommen, ergriff Margaretha zunächst voller Enthusiasmus die Hände des Älteren, die in hellgrauen Lederhandschuhen steckten, und bedachte ihn mit einem strahlenden Lächeln.

Auf dem graubärtigen Gesicht des alten Landgrafen spiegelte sich bei Margarethas Anblick eine selige Mischung aus langjähriger Bewunderung und echter

Freude. Von Margarethas herzlichem Empfang ermutigt, beließ er es nicht dabei und zog sie fest in seine Arme. Dabei nutzte er das leicht irritierende Angebot, sie ausgiebig auf den Mund küssen zu können. Die Gräfin war vorausschauend genug, den Kopf rechtzeitig zur Seite zu drehen, als der Mund ihres angeheirateten Cousins ohne Scheu ihre Lippen ansteuerte. Er verfehlte sie knapp; stattdessen landete sein Kuss auf ihrer hohen Stirn. In Anbetracht der Tatsache, dass Roland ganz in der Nähe stand und die beiden kritisch beäugte, eine schicksalhafte Fügung. Die in Hannah ein ungutes Gefühl auslöste, dass die klar erkennbare Begeisterung der beiden füreinander noch zu gehörigem Ärger führen konnte.

»Meine liebste Margaretha«, rief der Alte und überspielte damit den peinlichen Moment, »es ist wunderbar, dich bei bester Gesundheit anzutreffen. Du siehst immer noch aus wie ein blühendes Apfelbäumchen unter der aufgehenden Sonne.«

»Schmeichler«, tadelte Margaretha ihn leise und zwinkerte ihm verschwörerisch zu.

Hannah beobachtete, wie Geros Mutter verlegen in ihr Spitzentaschentuch schnäuzte. Anscheinend missbilligte sie das ungezügelte Begrüßungsritual des älteren Lichtenbergers, der erstaunlich agil wirkte. Dass er kein Kerl von Traurigkeit war, sah man an den funkelnden nachtblauen Augen, deren Blicke beiläufig jedes hübsche weibliche Wesen streiften, das zur Begrüßung der Ehrengäste auf dem Burghof angetreten war. Er stutzte, als er Rona und Lyn unter dem Empfangskomitee bemerkte – und damit ihre eindeutig fremde Herkunft. Dann aber wandte er sich rasch wieder der Gräfin zu, um sie mit unzähligen Einzelheiten über ihre beschwerliche Anreise zu langweilen.

»Ist er nicht verheiratet und hat vier Kinder?«, murmelte Freya in Hannahs Richtung.

»Gero erwähnte so etwas«, raunte Hannah zurück.

»Roland scheint seine Begeisterung für die Gräfin nicht zu gefallen«, bemerkte Freya leise, die eine aufmerksame Beobachterin war.

»Ich wüsste zu gerne, was Margaretha und den alten Landgrafen tatsächlich verbindet«, wisperte Hannah mit Blick auf die Gräfin und deren offensichtlichen Verehrer, der sie anstrahlte wie einen Hauptgewinn.

Geros Waffenmeister verfolgte die gesamte Szenerie mit steifer Geschäftigkeit, während Johann I. zu allem Übel seine Finger nicht bei sich behalten konnte und die Hand immer wieder auf Margarethas schmalen Rücken legte, obwohl sie sich längst von ihm gelöst hatte.

Hannah, die das Begrüßungsritual mit Argusaugen verfolgte, bemerkte die unverkennbare Eifersucht in Rolands braunen Augen, die normalerweise meist gütig und zugewandt schimmerten.

»Ich habe das dumpfe Gefühl, das Verhalten des alten Landgrafen könnte uns noch einiges an Aufregung bescheren«, murmelte Freya mit unheilschwangerer Stimme, der Rolands abschätzige Blicke ebenfalls nicht entgangen waren. »Bleibt zu hoffen, dass Johann I. nicht weiter geht, als die hier herrschende Moral es erlaubt.«

»Johann II. scheint in seinem Auftreten nicht sehr viel anders geartet zu sein als der Alte«, raunte Hannah ihr zu, deren kritisches Augenmerk sich nun auf den jüngeren Lichtenberger konzentrierte.

Hanemann von Lichtenberg unterschied sich rein äußerlich kaum von seinem Vormund. Nur dass er knapp vierzig Jahre jünger war und blondes Haar hatte anstatt graues. Ansonsten wirkte er genauso aalglatt wie die meisten jungen Adligen, die sich einen italienischen Barbier und einen franzischen Couturier leisten konnten, der ihnen die neuste Mode aus Paris auf den sportlich gestählten Leib schneiderte.

Ganz im Gegensatz zu den gottesfürchtigen Ordensrittern, die Hannah bisher kennengelernt hatte. Bei ihnen musste die Kleidung in erster Linie praktisch und von guter Qualität sein.

»Mein lieber Hanemann«, begrüßte Margaretha ihren angeheirateten Neffen und zukünftiges Oberhaupt des Stammhauses von Lichtenberg mit übertriebener Herzlichkeit. »Ich freue mich, dich und deinen Oheim als unsere Gäste empfangen zu dürfen.«

»Meine liebe Tante Margaretha, wir haben uns ja ewig nicht gesehen«, begann Hanemann eine Spur zu enthusiastisch, um glaubwürdig zu wirken. »Es ist schön, Euch nach so langer Zeit wieder gegenüberzustehen.«

»Als wir uns das letzte Mal begegnet sind, warst du noch ein Kind«, erinnerte ihn die Gräfin.«Ich bin geschmeichelt, dass du überhaupt noch weißt, wer ich bin.«

»Ihr seht keinen Tag älter aus, liebe Tante, als ich Euch in Erinnerung habe«, plapperte Hanemann die Floskeln seines Vormundes nach. »Wenn es nicht unschicklich wäre, würde ich sogleich um Eure Hand anhalten«, schwärmte er mit überhöhter Stimmlage, die in einer überzogenen Begeisterung gipfelte, woraufhin die Gräfin rot anlief wie ein kleines Mädchen.

Hannah hob eine Braue und stellte sich die Frage, was das Süßholzraspeln zwischen den beiden bezwecken sollte. Hanemann hingegen schien sich, seinem selbstgefälligen Grinsen nach zu urteilen, nach diesem Auftritt für einen begnadeten Kavalier zu halten. Nachdem er Gero eher kühl begrüßt hatte, zwinkerte er Hannah mit seinen wasserblauen Augen ungeniert zu, während Margaretha sie ihm als Geros Eheweib und damit als zukünftige Gräfin von Waldenstein vorstellte. Wobei Margaretha nicht ausließ, dass Hannah dem

Hause Waldenstein bereits eine Tochter geboren und damit sichergestellt hatte, dass mit weiteren Erben zu rechnen war.

»Es ist mir eine Ehre, Euch kennenzulernen, werte Cousine«, säuselte Hanemann und küsste ungeniert ihre Hand, obwohl Gero die Szene nur einen Steinwurf weit entfernt mit schmalen Lidern beobachtete.

»Ganz meinerseits«, presste Hannah mit zusammengebissenen Zähnen hervor und vermied es, Hanemanns feurigen Blick zu erwidern.

»Sie ist eine wahre Augenweide«, bekräftigte er seinen Enthusiasmus und warf seinem Oheim einen bestätigungsheischenden Blick zu. »Ich beneide meinen Cousin um sein schönes Eheweib«, schob er mit einem listigen Seitenblick auf Gero hinterher und wandte sich wieder Hannah zu, »und darum, dass er heute Nacht das Lager mit Euch teilen darf. Bleibt zu hoffen, dass Ihr ihm möglichst bald einen männlichen Nachkommen schenkt. Denn nur dann bleiben die Burg und die dazugehörigen Ländereien auch zukünftig im Besitz Eurer Familie«, klärte er sie schonungslos auf. Mit einem schrägen Grinsen beugte er sich zu ihr hinunter und flüsterte ihr hinter vorgehaltener Hand ins Ohr: »Sollte es ihm nicht gelingen, Euch einen Sohn zu zeugen, helfe ich gerne nach.«

Hannah blieb vor Empörung der Mund offenstehen. Wobei sie inbrünstig hoffte, dass Gero dieser kleine Zusatz entgangen war.

»Tut mir leid, Euch enttäuschen zu müssen«, gab sie ebenso leise zurück. »Ich habe kein Faible für Burschen, die noch grün hinter den Ohren sind und zu allem Übel nichts über die Gesetzgebung ihres Reiches wissen. Denn sonst wäre Euch bekannt, dass König Rudolf von Habsburg bereits im Jahre des Herren 1289 die alleinige Erbschaft zugunsten männlicher Nachkommen abgeschafft hat.« Zufrieden registrierte sie, wie dem jungen Landgrafen die Kinnlade herunterfiel, während er allem Anschein nach vergeblich nach einer passenden Antwort suchte. Aber er hatte es nicht besser verdient.

Gero konnte ihn nicht leiden, das wusste Hannah auch ohne seinen abschätzigen Blick zu deuten, den er Hanemann zuwarf und der keinen Zweifel daran ließ, was er von seinem vorlauten Cousin hielt. Auch Geros Mutter schnappte nach Luft und funkelte den jungen Lichtenberger mit einem bitterbösen Blick an.

Die Gräfin hingegen überging seine anzügliche Haltung und fuhr in ihrer Vorstellungsrunde ungerührt fort, um ihrer hochwohlgeborenen Verwandtschaft einige andere, nicht weniger hochrangige Gäste zu präsentieren, die dem Hause Waldenstein eng verbunden waren. Darunter die Burgherren von Sierck und die Grafen von Sponheim. Beide hatten ein Bündnis gegen den Kurfürsten von Trier geschmiedet und waren damit potenzielle Verbündete der Lichtenberger. Margaretha schien es zu genießen, gegenüber ihrem Lehnsherrn ihre

Macht und ihren Einfluss zu demonstrieren, während Johann I. dicht an ihrer Seite blieb.

Gero, der die alten Geschichten über die Lichtenberger und deren Intrigen und Ränke nur am Rande kannte, erhielt von Roland einen unbemerkten Stoß in die Seite. Roland deutete mit einem Nicken auf den alten Landgrafen.

»Wenn dieser lüsterne Bock seine Finger nicht bei sich behalten kann, wird er das Turnier nicht überleben«, raunte er Gero grimmig zu. »Ganz gleich, ob es sich um unseren wichtigsten Verbündeten handelt, oder ob der Teufel persönlich in ihm steckt. Ich lasse mir diese Anzüglichkeiten gegenüber Margaretha nicht länger gefallen.«

»Denkst du, er ist wirklich so viel Aufmerksamkeit wert?« Gero betrachtete Johann I. und dessen Neffen mit einer Mischung aus wachsamem Interesse und zunehmendem Unbehagen.

»Ich denke es nicht nur, ich weiß es«, raunte Roland ihm zu und umschloss mit einer Hand das T-Heft seines Schwertes. »Er hatte es schon immer auf Margaretha und ihre Gunst abgesehen und hat ihr lange vor Gerhard den Hof gemacht. Aber dann hat sein Vater bestimmt, dass er Jutta von Hüneburg zur Frau nehmen muss, um mit dem Erbe ihres Vaters den Machtbereich der Lichtenberger zu vergrößern. Margaretha hat sich daraufhin für deinen Oheim Gerhard entschieden. Was Johann I. aber nicht davon abgehalten hat, sich nach Gerhards Tod erneut an sie heranzumachen, obwohl er seiner Jutta vor Gott ewige Treue geschworen hat. Die Möglichkeit, Margaretha zu beerben, ist mit deinem Erscheinen zwar vertan, das heißt aber noch lange nicht, dass Johann seine gierigen Pfoten von ihr lässt. Und sie fühlt sich natürlich geschmeichelt«, fügte er zähneknirschend hinzu. »Ich wünschte, sie würde diesem Hanswurst endlich Einhalt gebieten.«

»Ja, er pflegt recht offene Umgangsformen«, murmelte Gero verhalten. »Kein Wunder, dass Tante Margaretha so begeistert von ihm ist.«

»Sie ist nicht begeistert«, murrte Roland verärgert. »Sie ist berechnend. Würde mich nicht wundern, wenn sie den Alten heute Nacht in ihr Bett holt, um ihm den ein oder anderen Handel abzuschwatzen.«

»Glaubst du wirklich, sie würde sich irgendwelcher Vorteile wegen zu seiner Hure machen?« Gero warf Roland einen ungläubigen Blick zu.

»Du hast wirklich keine Ahnung, mein Junge«, gab Roland mürrisch zurück. »Auch wenn ich mich ansonsten auf ihre Treue verlassen kann. Wenn es um ihre Vorteile geht, oder in diesem Fall um deine, ist sie zu allem bereit.«

Gero konnte es nicht fassen. »Welche Vorteile?«

»Sie weiß, wenn sie Johann I. auf ihrer Seite hat, kann der junge Hanemann nicht tun, was ihm beliebt. Der Alte hegt Sympathien für Margaretha und hat bisher erfolgreich verhindert, dass Hanemanns Familie dir das Erbe streitig macht.«

Gero runzelte verblüfft die Stirn. »Sag ihr, ich will nicht, dass sie sich diesem Kerl hingibt, nur damit ich einen Vorteil habe.«

Roland gab ein merkwürdiges Geräusch von sich, eine Mischung aus Seufzen, Schnauben und einem leicht irren Lachen. »Wie sollte ich? Dann wüsste sie gleich, dass ich dir davon erzählt habe, und ich wäre nicht nur meinen Posten los, sondern sie gleich mit.« Mit einem grimmigen Blick schaute er in den wolkenverhangenen Himmel, bevor sein Augenmerk zu Gero zurückkehrte. »Nein, mein Junge, ich musste schon immer gute Miene zum bösen Spiel machen.« Frustriert fügte er hinzu: »Im Grunde beschränken sich meine Kompetenzen auf den Erhalt und die Verteidigung der Festung und auf das Amüsement ihrer Herrin, die grundsätzlich selbst bestimmt, was sie für richtig hält.«

Gero machte ein betretenes Gesicht. Er hatte die Beziehung zwischen seiner Tante und ihrem Burgvogt stets für einen Quell inniger Liebe gehalten. Dass Margaretha berechnend sein konnte, hatte er zwar geahnt, aber dass sie so weit ging, Roland sehenden Auges zu betrügen, erschütterte ihn.

»Um deine Verwandtschaft bist du wirklich nicht zu beneiden«, raunte Arnaud ihm wenig später zu, der mit Khaled abseits unter einem Vordach des Burghofs gestanden und die gesamte Szenerie beobachtet hatte. Als die Gräfin dazu überging, Rona und Lyn als Gefährtinnen ihres Neffen und seiner Gemahlin vorzustellen, bekam Hanemann den Mund nicht mehr zu. Erkennbar verwirrt und begeistert zugleich stierte er die beiden exotisch anmutenden Frauen an, als hätte er noch nie ein weibliches Wesen gesehen.

»Ich muss schon sagen, Margaretha«, warf Johann I. unvermittelt ein, der bereits vor seinem Neffen auf Rona und Lyn aufmerksam geworden war, »die Auswahl deiner Hofdamen ist wahrhaftig exquisit. Ich habe selten so viele schöne Weiber vereint auf einem Burghof gesehen. Sind diese beiden Sklavinnen aus dem Orient oder Leibeigene, die dem Amüsement deiner Gäste dienen?«

»Ich fürchte, ich muss dich enttäuschen, mein Lieber«, stellte Margaretha mit einem peinlich berührten Hüsteln richtig. »Weder das eine, noch das andere. Sie sind die Ehefrauen der besten Ritter, die das Heer der Waldensteiner zu bieten hat. Und ja, sie sind so schön, wie ihre Männer kühn sind«, hob sie mit gewichtiger Miene hervor. »Sie kommen aus fernen Gegenden des Erdkreises und haben weite Reisen unternommen, um Waldenstein zu dienen. Ich bin stolz darauf, dass ich sie für unser Gefolge gewinnen konnte.«

Hannah hatte nicht die geringste Ahnung, was Margaretha damit andeuten wollte, aber – gepaart mit einem schlangenhaften Lächeln der Gräfin – klang es ein bisschen danach, als ob sie Johann sagen wollte: »*Halte lieber Abstand, Cousin, bevor du es bereuen könntest.*«

Johann der Ältere schien diese Botschaft verstanden zu haben, denn er wandte sich nun Gero zu, der sich bereits zu fragen schien, warum der alte Lichtenberger ihm bisher kaum Beachtung geschenkt hatte, obwohl er gleich nach der Gräfin die zweithöchste Position auf dieser Burg bekleidete.

»Mein lieber Junge«, begann Johann und klopfte Gero väterlich auf die Schulter, »ich freue mich für Margaretha, dass sie in dir einen so würdigen Nachfolger gefunden hat. Ich kann es kaum erwarten, mehr von deinen Abenteuern zu erfahren. Zum Beispiel, wo du die ganzen Jahre gewesen bist und wie du deine schöne Frau kennengelernt hast. Aber vor allem, wo du diese beeindruckende Mannschaft rekrutiert hast. Ich bin sicher, du und deine Recken werden uns eine würdige Unterstützung im Kampf gegen unsere Widersacher sein. Mit einem solchen Verbündeten wird uns so schnell niemand das Wasser abgraben können.« Wieder klopfte er ihm auf die Schulter und lachte ein tiefes Lachen, das in einem grollenden Husten endete, der in dieser Zeit nichts Gutes verhieß.

»Lungentuberkulose«, formten Ronas Lippen lautlos, doch für Hannah deutlich erkennbar, während sie den alten Landgrafen nicht aus den Augen ließ.

»Aber er sieht noch fabelhaft aus für sein Alter«, wandte Hannah ungläubig ein.

»Die Krankheit ist nicht offen ausgebrochen«, fügte Rona flüsternd hinzu und zuckte mit den Schultern. »Noch nicht.«

O Gott, dachte Hannah. Dieser Mann würde eine ganze Woche auf der Burg verbringen und womöglich Margaretha den Hof machen. Dass er dabei zwangsläufig auch Sophia näherkam, war zu erwarten. Margaretha würde es sich bestimmt nicht nehmen lassen, ihm die jüngste Erbin von Waldenstein höchstpersönlich zu präsentieren.

Auch Gero hatte Ronas Hinweis verstanden und vermied es, Johann I. die Hand zu reichen, geschweige denn, ihn zu küssen. Gleiches galt für Anselm, Struan und die restlichen Brüder, die wie eine Wand aus breitschultrigen Hünen in Uniform in Habachtstellung hinter ihm standen.

»Deine Krieger sind wirklich imponierend«, stellte der alte Landgraf mit einem anerkennenden Nicken fest. »Darf ich wissen, wo ihr gedient habt?«, fragte er ausgerechnet Malcolm MacDhughaill, der einen ganzen Kopf größer war als er selbst und mit seinen tiefbraunen, schulterlangen Locken und dem struppigen Bart eher wie ein Raubritter aussah und nicht wie ein braver Soldat. Zumal er unter seinem Kettenhemd und dem Wappenrock anstatt einer Hirschlederhose seinen traditionellen schottischen ›Belted Plaid‹ trug, einen abenteuerlich gewickelten Rock aus dicht gewebtem Wollstoff, der ihm sowohl als Beinkleid wie auch als Umhang diente.

»Ich nehme an, er ist ein Schotte. Habe ich recht??« Hanemann, der seinem grauhaarigen Oheim auf Schritt und Tritt folgte warf dem Angesprochenen einen spöttischen Blick zu.

Malcolm, der offenbar nicht daran dachte zu antworten, stand erhobenen Hauptes da, massig, breitschultrig und reglos wie eine Statue, ohne die beiden hohen Gäste eines Blickes zu würdigen.

Während Johann I. sein Verhalten ignorierte und einfach weiterging, blieb sein Neffe vor Malcolm stehen und unterzog ihn einer eingehenderen Betrachtung, als hätte er ein außergewöhnliches wildes Tier vor sich. Dabei galt sein Hauptaugenmerk dem riesigen Claymore-Schwert, dass der junge Schotte wie üblich quer über dem Rücken trug.

»Eine solche Waffe habe ich schon einmal gesehen«, verkündete Hanemann mit arrogantem Blick. »Vor ein paar Jahren, am Hofe König Philipps IV., als mein Oheim mich nach Paris mitgenommen hat. Dort war gerade Prinzessin Isabella zu Besuch, die bekanntermaßen mit Edward II. von England verheiratet ist. Ihr Gemahl hatte ihr eine schottische Leibwache für die Reise nach Franzien an die Seite gestellt. Diese Kerle sahen allesamt aus wie Barbaren vom anderen Ende der Welt.«

Die meisten in seiner Umgebung hatten den Seitenhieb auf Malcolms Erscheinung mitbekommen, aber keiner sagte ein Wort. Hannah hoffte inbrünstig, dass auch weiterhin niemand eine solche Bemerkung kommentierte. Nicht nur wegen der herablassenden Beurteilung von Malcolms Kleidung, auch wegen Hanemanns angeberischen Wichtigtuerei, eine Einladung von Philipp IV. erhalten zu haben, hatte es doch zuvor geheißen, die Lichtenberger würden keine Kontakte zum franzischen Königshaus pflegen. Was allem Anschein nach nicht der Wahrheit entsprach und somit zu einem Problem werden konnte.

Malcolms versteinerte Gesichtszüge ließen nicht erkennen, ob er die Bemerkung des jungen Edelmannes als Kompliment oder Zumutung auffasste. Und auch Struan verkniff sich jeglichen Kommentar.

Nur Amelie, die in unmittelbarer Nähe stand, konnte nicht an sich halten. »Was glaubt dieser Tollkopf eigentlich, wer er ist«, zischte sie Hannah gut verständlich zu. »Die Art, wie er Malcolm begafft, als wäre er ein Tanzbär, den man kaufen kann, ist unerhört und anmaßend.«

Dem jungen Landgrafen waren ihre Worte nicht entgangen. Er wandte sich unvermittelt um, Amelie fest im Blick.

»Wen haben wir denn hier?«, säuselte er in einem übertrieben hohen Ton und marschierte ohne Scheu auf sie zu. »Sie sieht aus wie ein Engel«, fügte er mit einem süßlichen Lächeln hinzu und blieb direkt vor ihr stehen. »Sagt, holde Maid, seid Ihr noch zu haben, oder gehört Ihr irgendwem? Ich suche noch eine passende Gefährtin. Ein Weib von Eurer Schönheit und dazu noch mit scharfer Zunge käme mir gerade recht.«

Gero war kurz davor, seinen Cousin zur Rede zu stellen. Noch bevor er die Gelegenheit dazu ergreifen konnte, stand Malcolm neben Amelie und übernahm ihre Verteidigung. »Sie ist das Weib meines Bruders«, presste er im besten Franzisch hervor. »Und ich denke nicht, dass es an Euch ist, sie einfach anzusprechen. Zumal sie verheiratet und hochschwanger ist, wie man sieht.«

Nun war auch Struan hinzugekommen und baute sich neben seinem Bruder vor Amelie auf wie ein Berg, der für niemanden zu überwinden war. Der finstere Blick seiner kohlschwarzen Augen tat ein Übriges, um seinem Gegenüber seine geballte Abwehr zu demonstrieren.

Hanemann blickte abwechselnd in die beiden schwarzbärtigen Gesichter, die grimmig auf ihn herabschauten und keinen Zweifel daran ließen, was die beiden Schotten zu tun gedachten, wenn er nicht unverzüglich den Rückzug antrat.

Während es auf dem Burghof plötzlich so still war, dass man das Fallen einer Stecknadel hätte hören können, ging Gero entschlossen dazwischen. Er wusste, dass die Schotten nur friedlich blieben, solange niemand ihre Freunde und Familie behelligte. In diesem Fall aber war Hanemann von Lichtenberg eindeutig zu weit gegangen.

»Mein lieber Cousin hat es sicher nicht so gemeint«, gab Gero seinen schottischen Brüdern mit einem gequälten Lächeln zu verstehen. Zugleich warf er dem jungen Lichtenberger einen warnenden Blick zu. Als Hanemann sich nicht sogleich bewegte, packte Gero ihn bei der Schulter und schob ihn mit Nachdruck aus der Gefahrenzone. Mehr oder weniger überrumpelt, ließ er es geschehen, dass Gero ihn regelrecht abführte.

»Was fällt diesen Wilden ein, mich so herablassend zu behandeln?«, protestierte Hanemann. »Und dass nur, weil ich die Frau ein wenig eingehender betrachtet habe. Diese ungehobelten Klötze sollen sich glücklich schätzen, dass ich mich überhaupt für das Weib interessiere.«

»Mit den beiden ist nicht zu spaßen«, raunte Gero seinem verdutzten Gast beinahe verschwörerisch zu. »Sie gehören zu unseren besten Soldaten und dulden es nicht, wenn man ihre Frauen anspricht.«

»Wissen sie nicht, wer ich bin?«, wehrte er Geros Einwand mit hochnäsiger Miene ab.

»Natürlich wissen sie es«, erklärte Gero ihm, während er ihn konsequent mit sich fortzerrte. »Sonst würden sie nicht am Empfang teilnehmen«, fügte er mit Nachdruck hinzu und führte den jungen Edelmann wie einen widerspenstigen Gaul zum Eingang des Palas, wo Margaretha und Johann I. auf sie warteten.

»Und nun kommt herein«, rief die Gräfin erleichtert. Sie hatte das peinliche Schauspiel mit Sorge verfolgt und war Gero offenkundig dankbar für seinen diplomatischen Dienst, den er ihr unzweifelhaft erwiesen hatte. Mit einem strahlenden Lächeln wandte sie sich wieder Johann I. zu und überspielte galant dessen verdutzten Blick. »Ihr beide müsst ja ganz durchgefroren sein! Und Hunger habt ihr bestimmt auch.«

»Ich will ja nichts sagen«, raunte Arnaud Gero ins Ohr, während er ihm, zusammen mit den übrigen Brüdern, in die große Halle folgte, »aber bist du sicher, dass du mit diesen beiden Spaßvögeln zuverlässige Verbündete an deiner Seite hast? Philipp IV.? König Eduard II.? Franzischer Königshof? Und überhaupt, was sagst du ihnen, wenn sie nach deiner Vergangenheit fragen und wissen wollen, was du all die Jahre getrieben hast?«

»Meine Tante wird ihnen erklären, dass wir auf einer Pilgerfahrt nach Jerusalem gewesen sind. Das ist zum einen nicht gelogen, und zum anderen kennen wir uns dort bestens aus. Falls die beiden irgendwelche Einzelheiten wissen wollen, wie es dort zugegangen ist, kann ich ihnen Rede und Antwort stehen.«

»Dann solltest du das schleunigst auch den anderen mitteilen, damit sich niemand verquatscht«, riet Arnaud ihm mit einem Augenzwinkern.

»Vielleicht solltest du das erledigen«, forderte Gero ihn mit einem säuerlichen Lächeln auf. »Ich muss mich um die beiden Spaßvögel kümmern, wie du sie nennst.«

Während Arnaud sich davonmachte, um die übrigen Brüder und die Frauen über das Gebot der Stunde aufzuklären, setzte Gero sich an der großen Tafel in der Ritterhalle auf Wunsch seiner Tante neben Johann I., während dessen ungehobelter Neffe zwischen Margaretha und Hannah Platz nahm. Zu Geros Verdruss ließ der junge Tölpel Hannah nicht aus den Augen.

Derweil servierten die Mägde weißes Brot und hausgemachte Würste mit Senf und eine schmackhafte Sülze aus gelierter Kalbsbrühe, dazu gekochte Ochsenbrust in Form eines Schweins. Ein paar junge Pagen schleppten größere Platten mit gebratenen Rebhühnern, Tauben und gespickten Fasanen herein. Hinzu kamen Platten mit verschiedenen Hartkäsesorten und einer Art Camembert aus Burgund, der wie ein Rosenkuchen geformt war. Als Appetithäppchen wurden kandierte Kirschen und Aprikosen gereicht, die Margaretha neben etlichen anderen Spezialitäten in Metz hatte einkaufen lassen. Da die Fastenzeit inzwischen vorüber war, eröffnete die Gräfin das üppige Willkommensmahl mit einem jovialen Lächeln. »Greift zu, meine Lieben. Nach Wochen der Entbehrung sollten wir es uns gut gehen lassen«, forderte sie ihre Gäste auf. »Das ist nur der erste Gang, es werden noch weitere folgen.«

Die Diener servierten Wein und Bier in Literkrügen, wie es auf Waldenstein zu jeder Mahlzeit üblich war, und schenkten jedem großzügig ein, der nach Nachschub verlangte.

»Auf unser Bündnis!« rief Johann I. und prostete Margaretha munter zu. Gero blieb nichts anderes übrig, als es ihm nachzutun. Er erhob sein gewärmtes Würzbier mit einem schmalen Lächeln, von dem er hoffte, dass es nicht allzu aufgesetzt wirkte.

»Sag, Junge«, begann Johann I. nachdem er sich ein großes Stück Blutwurst aus der Schüssel geangelt hatte, »was hast du die ganze Zeit getrieben? Als ich dich das letzte Mal in Begleitung deines Vaters in Metz gesehen habe, sind viele Jahre vergangen.«

Gero entging nicht, wie seiner Mutter, die schräg gegenüber am Tisch saß, die Farbe aus dem Gesicht wich und sie sich Luft zu wedelte.

»Ich war mit meiner Frau und einigen meiner Getreuen auf einer Pilgerfahrt ins Heilige Land«, antwortete Gero genauso, wie er es mit der Gräfin abgesprochen hatte, und gewann damit nicht nur die ungeteilte Aufmerksamkeit des Landgrafen, sondern auch die der meisten auswärtigen Gäste, die zum Empfang geladen waren und in nächster Nähe saßen.

»Oh, das ist ja interessant«, bemerkte Hanemann, den Geros überraschende Bekenntnisse nicht minder faszinierten. »Und wo wart ihr genau, wenn ich fragen darf?«

»Wir sind viel herumgekommen, waren in Jerusalem und haben an verschiedenen heiligen Stätten für unser Seelenheil und das unserer Familie gebetet«, antwortete Gero, als wäre eine solche Reise die selbstverständlichste Sache der Welt. »Es war wundervoll, im wahrsten Sinne des Wortes. Nicht wahr, mein Augenstern?«, schob er bedächtig hinterher und zwinkerte Hannah zu, die ahnte, auf welch dünnem Eis er sich bei dieser Unterhaltung bewegte.

»Ich finde es äußerst mutig, wenn man sich mit einer Frau auf eine so weite Reise begibt, dazu noch ins Hoheitsgebiet der Mameluken«, gab Hanemann mit spitzer Zunge zurück. »Hattet Ihr denn gar keine Angst?«, wollte er von Hannah wissen.

»Nein«, erwiderte sie knapp. »Ich hatte meinen Gemahl an meiner Seite. Was sollte mir da schon Böses geschehen?«

Der alte Landgraf brach in schallendes Gelächter aus, gefolgt von dem grollenden Husten, von dem Hannah inbrünstig hoffte, dass er noch nicht ansteckend war.

»So kenne ich die Breydenbacher und auch die Waldensteiner. Beide sind dafür bekannt, dass sie keinen noch so aussichtslosen Kampf scheuen«, erläuterte der Alte seine unvermittelte Heiterkeit und wandte sich nun direkt an Gero. »Ich war in Akko dabei, als diese verteufelten Mameluken deinen Oheim getötet und kurz danach deinem Vater die Hand abgeschlagen haben. Trotzdem hat Richard weitergekämpft wie ein Berserker und sogar noch diese kleine Jüdin gerettet. Wie hieß sie noch gleich?«

Anstatt ihm zu antworten, warf Gero seiner Mutter, die bei den Worten des alten Lichtenbergers erstarrt war, einen raschen Blick zu. Wie auch seine Tante, der das Thema nicht minder zuzusetzen schien. Angesichts der schrecklichen Erinnerungen, die damit einhergingen, waren beide Frauen verstummt und noch bleicher geworden. Auch Gero verspürte einen unerwarteten Kloß in der Kehle, weil er diese Geschichte allein schon wegen Lissy und ihrem viel zu frühen Tod nicht bei Tisch hören wollte.

Einen Moment herrschte peinliche Stille. Johann der Ältere schien zu begreifen, dass er nicht nur bei den Frauen mit seinen Anekdoten aus dem letzten Kreuzzug wenig bis keine Begeisterung weckte. Unvermittelt musste er sich Geros schrägen Blick gefallen lassen. »Bei deinen Ausführungen, Oheim«, ging er den alten Landgrafen überraschend kaltschnäuzig an, »stellt sich mir die Frage, warum du Onkel Gerhard und meinem Vater nicht zur Hilfe geeilt bist und sie vor den Schwertstreichen der Mameluken bewahrt hast. Außerdem kann ich mich nicht erinnern, dass mein Vater je deine Anwesenheit bei dem Gefecht erwähnt hätte.«

Nach einer kurzen Pause eisigen Schweigens, in der Johann I. nach einer schlüssigen Antwort zu suchen schien, ergriff Gero erneut das Wort. »Wegen des schicksalhaften Kampfes um Akko bin ich Jahre später ins Heilige Land gereist«, erklärte er abschließend. »Ich wollte für meinen Vater und meinen Onkel an jenem Ort beten, an dem sie für unseren Glauben gelitten haben. Und auch, um die Dämonen der Trauer zu besiegen, die unsere Familie seit dieser Zeit immer wieder heimgesucht haben. Mit Gottes Hilfe habe ich auf der Wallfahrt meine Gefährten getroffen, die mir heute so tapfer zur Seite stehen. Also hat Gott der Allmächtige für einen Ausgleich gesorgt, für all das, was unsere Familie in dieser finsteren Zeit an Schrecklichem widerfahren ist. Zum Trost hat er uns mit treuen Freunden gesegnet, die mir wie eine Familie sind.«

Der Landgraf ließ den Blick in die Runde schweifen und bedachte Geros Brüder mit einem anerkennenden Nicken. »Vielleicht sollten wir mal gemeinsam auf eine Wallfahrt gehen. Um es offen zu sagen, beim Anblick deiner Männer fühle ich mich an Parzivals Tafelrunde erinnert. Fehlt nur noch der Heilige

Gral«, fügte er augenzwinkernd hinzu und bedachte Margaretha mit einem anerkennenden Lächeln.

Zum Glück hatte die Gräfin nicht die geringste Ahnung, wie nah ihr hoher Gast an der Wahrheit vorbeischrammte. Im Gegensatz zu Roland, der am Ende des Tisches saß und sich beinahe an einem Stück Wurst verschluckt hätte. Jedenfalls hustete er so heftig, dass ein Diener ihm zu Hilfe eilen musste und seinen Rücken mit Faustschlägen traktierte, damit er nicht erstickte.

Hannah wippte derweil nervös mit den Füßen. Sie war froh, dass der Geräuschpegel in der Halle hoch genug war, um ihrer Unterhaltung an weiter entfernten Tischen nicht folgen zu können.

Gero versuchte so gelassen wie möglich zu bleiben und spießte mit seinem Parierdolch von einer silbernen Platte ein Stück Fasanenbrust auf, dass er sich anschließend schwungvoll in den Mund steckte.

»Ja, der Gral«, entfuhr es ihm mit einem beiläufigen Seufzer, nachdem er gekaut und geschluckt hatte. »Leider handelt es sich bei ›Parzival‹ um eine erfundene Geschichte, wenn auch eine sehr verwunderliche.«

Mit einem erzwungenen Lächeln wandte er sich erneut an den Alten, bestrebt, das Thema zu wechseln. »Liest du auch so gerne wie meine Tante?«, fragte er den alten Lichtenberger und spielte damit auf die beachtliche Büchersammlung an, die Waldenstein zu bieten hatte. »Dann sollte ich dir im Anschluss an unser vorzügliches Mahl unbedingt die Bibliothek zeigen, falls Tante Margaretha nichts dagegen hat.« Er schenkte der Gräfin, die seine Konversation mit Johann I. angespannt verfolgte, einen charmanten Seitenblick.

»Ganz im Gegenteil, mein Junge«, erklärte sie sich einverstanden, ohne die Antwort des alten Landgrafen abzuwarten. »Ich habe in den letzten Jahren eine Menge neuer Werke angeschafft, die für unsere Gäste durchaus erbaulich sein könnten.«

Hannah stieß einen Seufzer der Erleichterung aus, als Margaretha die Tafel aufhob und zusammen mit Gero und den hochwohlgeborenen Gästen zu einem Rundgang durch die Burg aufbrach.

»Willst du nicht mitkommen?«, fragte er erstaunt, als Hannah keine Anstalten machte, ihn zu begleiten.

»Nein. Ich hoffe, deine Tante nimmt es mir nicht übel, aber ich muss mich um Sophia kümmern. Sie hat um diese Zeit Hunger.«

»Dann sehen wir uns später«, meinte Gero leichthin und gab ihr einen Kuss auf den Mund.

»Du hast wahrhaftig ein anmutiges Weib«, raunte Johann der Jüngere aus dem Hintergrund. »Hat sie vielleicht eine Schwester, die mir während meines Aufenthalts die einsamen Stunden versüßen könnte?«

»Tut mir leid, Hanemann«, erwiderte Gero, schlagartig davon überzeugt, dass er diesen Widerling ganz sicher nicht mit einer höhergestellten Anrede adeln würde. »Und ich wüsste auch keine Frau auf dieser Burg, der ich deine Gesellschaft empfehlen könnte.«

Hannah, die Geros Retourkutsche im Weggehen mit angehört hatte, hielt die Luft an, um nicht laut loslachen zu müssen. Gerne hätte sie das Gesicht des jungen Lichtenbergers gesehen, aber es wäre zu auffällig gewesen, wenn sie sich noch einmal zu ihm umgedreht hätte. Stattdessen beeilte sie sich, noch vor Gero und den Gästen den Saal zu verlassen und in ihre Kammer zu gelangen. Sie beneidete Gero weiß Gott nicht darum, dass er die nächsten Tage weiterhin gute Miene zum bösen Spiel machen musste, um seine fragwürdigen Verwandten als Verbündete zu gewinnen. Wahrscheinlich musste er sich rund um die Uhr um die beiden kümmern, und es blieb fraglich, ob er mit seiner erzwungenen Diplomatie Erfolg haben würde.

KAPITEL 9

APRIL 1316
CHAMPAGNE /
EHEMALIGE TEMPLERBURG VON TROYES

Jean de Paris

»Heilige Mutter Gottes«, flehte Alphonse Bratac noch einmal, nachdem der Wagen eine gefühlte Ewigkeit durch die Nacht gerattert war, »sag mir wenigstens, bevor ich sterben muss, warum ich beim König in Ungnade gefallen bin. Ich bin immer rechtschaffen gewesen und habe pünktlich meine Abgaben gezahlt.«

Wie auf Kommando stoppte der Tross vor einem dunklen Gemäuer. Während draußen vor dem Fenster mehrere Fackeln aufloderten, brüllte der Anführer der Begleitmannschaften ein paar raue Befehle in die eiskalte Nacht und verfiel danach in ein ungesundes Husten.

Irgendwer riss die Tür zum Wagen auf, und zwei Männer stürzten herein und zerrten Bratac im hellen Schein eines lichterloh brennenden Steckens nach draußen. Im ersten Moment kniff er die Lider zusammen, weil seine alten Augen sich erst an das grelle Licht gewöhnen mussten. Doch dann sah er, dass sie vor der ehemaligen Templerburg von Troyes standen, etwa drei Stunden Fahrt von Bar-sur-Aube entfernt.

Die beiden kräftigen Kerle schleiften ihn über eine Zugbrücke ins Innere des massiven Gemäuers. Sie überlegten nicht lange, wo es als Nächstes hingehen sollte. Bevor der alte Mann auch nur ahnen konnte, wie ihm geschah, stießen die Schergen ihn eine Kellertreppe hinab, bei der kein Zweifel aufkam, wohin sie führte. Die spärlich brennenden Fackeln, die man in die dafür vorgesehenen Wandhalterungen gesteckt hatte, illuminierten einen finsteren, nach Moder und Fäkalien stinkenden Kerker, der sich in etliche Gänge verzweigte.

Bevor Alphonse Bratac auch nur aufmucken, geschweige denn eine Frage stellen konnte, hatte ihm jemand die Fesseln gelöst, und er wurde mit einem groben Stoß in eine vergitterte Zelle befördert.

»W… was soll das?«, setzte er an, in der Hoffnung, wenigstens einen leisen Protest anbringen zu können.

»Halts Maul«, giftete sein Peiniger und schloss mit einem rostigen Knirschen die Tür, bevor er das eiserne Schloss mit einem rasselnden Schlüsselbund sicherte.

Völlig verwirrt und von einem leichten Schwindel ergriffen, schaute Alphonse sich um. Aber für seine alten Augen war es zu dunkel, um sehen zu können, wie groß die Zelle tatsächlich war, geschweige denn, sich darin zu orientieren.

Ein unerwartetes Räuspern ließ ihn zusammenfahren. »Wer da?« stammelte er ängstlich. Ein darauffolgendes, verhaltenes Husten verriet ihm, dass es sich um ein menschliches Wesen handeln musste, das ihm offenbar in dieser Hölle Gesellschaft leistete.

»Verdammt, wer bist *du* denn?« Die brüchige Stimme des Fragenden gehörte unverkennbar einem jüngeren Mann.

»Bratac, Alphonse Bratac«, wisperte er in die nachtschwarze Stille und schluckte aufgeregt, was den Kloß in seiner Kehle nicht kleiner machte. »Und wie ist dein Name?«

»Jean de Paris.«

»Was hast du verbrochen, dass man dich hier eingesperrt hat?«, wollte Alphonse wissen, auch um sein eigenes Schicksal besser einschätzen zu können.

»Nichts, was es wert wäre, hier drin zu verrotten«, raunte der andere und hustete gleich darauf schon wieder.

»In Gottes Namen, wie lange sitzt du denn schon hier?«

»Um ehrlich zu sein, ich weiß es nicht. Welches Datum haben wir heute?«

»Heute ist der Tag des Heiligen Lazarus und der Auferstehung der Toten«, gab Alphonse mehr als verwundert Auskunft.

»Wenn das kein Zufall ist«, erwiderte Jean voller Ironie. »Aber ich meinte nicht den Tag, ich meinte das Jahr.«

»Das Jahr?« Alphonse war nun völlig verwirrt und musste selbst nachgrübeln. »1316«, antwortete er knapp, als die Zahl endlich vor seinem geistigen Auge erschien, wobei er vergaß, »nach der Auferstehung des Herrn«, hinzuzufügen.

»Oh«, sagte sein bedauernswerter Mitbewohner nur. »Dann sitze ich schon vier Jahre in diesem Loch, ohne bemerkt zu haben, wie rasch die Zeit vergangen ist.«

»*Vier* Jahre! Das ist nicht dein Ernst?« Alphonse spürte, wie ihm bei der Vorstellung, unter diesen Umständen über Jahre hinweg in Finsternis und Gestank gefangen zu sein, die Beine versagten. Er knickte ein und fand sich unvermittelt mit seinem mageren Hintern auf dem muffig riechenden Stroh wieder. »Sie haben dich schon *vier Jahre* hier eingesperrt? Ohne Licht und ohne Aussicht, jemals hier rauszukommen?«

»Scheint so«, antwortete der andere stoisch.

»Wie alt bist du, wenn ich fragen darf?«

»Neununddreißig«, brummte Jean kaum verständlich. »Ein alter Mann, der sein Leben vertan hat.«

»Herrgott, was soll ich denn sagen«, hielt Alphonse ihm entgegen. »Ich bin schon über Fünfzig und stehe vor dem Nichts. Mein Haus ist abgebrannt, meine Tochter verschwunden, und nun sitze ich hier zusammen mit einem Fremden, von dem ich nur ahne, wie er aussieht, und weiß noch nicht einmal den Grund für das alles.«

»Warte ab, bis es Morgen wird. Dann fällt ein Lichtstrahl durch einen Schacht an der Decke, wobei ich mir nicht sicher bin, ob dir mein Anblick nicht noch mehr Furcht einjagt.«

»Hast du vielleicht eine Ahnung, warum die Gens du Roi mich bei Nacht und Nebel verhaftet haben?«, fragte Alphonse zaghaft. »Ich bin nur ein einfacher Kaufmann aus Bar-sur-Aube und wüsste nicht, was ich denen getan habe, geschweige denn, wie ich ihnen nützlich sein könnte.«

»Bar-sur-Aube, hast du gesagt?« Jean de Paris klang, als wäre er hellhörig geworden. »Hattest du mit den dortigen Templern zu tun?«

»Eigentlich nicht«, wich Alphonse vorsichtshalber aus, weil er nicht wusste, worauf diese Frage hinauslief.

»Was heißt *eigentlich?*«

»Ich habe die Templer mit Wein und Geschirr beliefert, wie einige andere Komtureien und Ordensburgen in der Umgebung auch«, erklärte Alphonse. »Ich wüsste nicht, was daran verkehrt sein soll. Schließlich habe ich die Hospitaliter auch beliefert, nachdem sie die Häuser der Templer übernommen haben.«

»Hat dir denn niemand gesagt, warum du verhaftet wurdest?«

»Nein.«

»Sie sind einfach in dein Haus eingedrungen und haben dich festgenommen?«

»Naja, da war diese junge Frau, die vorher an meiner Tür geklopft hat. Justine, sie war früher mit meiner Amelie befreundet und meinte, ich solle ihr einen Brief schreiben, den sie meiner Tochter übergeben würde.«

»Hast du nicht gesagt, deine Tochter sei verschwunden?«, wollte Jean wissen.

»Ja, aber Justine sagte mir, meine Amelie wurde in jener Nacht, als man die Komturei mit königlichen Truppen angegriffen hat, von flüchtenden Templern in die deutschen Lande entführt und später von einem schottischen Ritter befreit, mit dem sie nun verheiratet ist.«

»Hat diese Justine gesagt, wie der Ritter heißt?«

»Nein, dazu ist es gar nicht gekommen.« Alphonse stieß ein verdrossenes Schnauben aus.

»Es gibt da ein paar Geschichten, die sich um die Templer von Bar-sur-Aube ranken«, sagte der andere mit bedeutungsschwangerer Stimme.

»Ach, wirklich?« Alphonse horchte auf. »Ich habe Henri d'Our, den letzten Kommandeur des Hauses, persönlich gekannt. Er war ein feiner Mann, von dem ich nie gedacht hätte, dass er etwas Böses im Schilde führt. Und auch seine Ordensritter schienen mir anständige Männer zu sein, bis auf einen hochnäsigen Engländer, der es nicht mal für nötig hielt, zu grüßen.«

»Von Henri d'Our erzählt man sich, dass ihm und einigen seiner Leute die Flucht aus den Kerkern von Chinon gelungen ist. Das bedeutet, man muss sie geschnappt haben, nachdem die Komturei überfallen wurde. Wie sollen sie da deine Tochter entführt haben?«

»Was weiß ich?«, krächzte Alphonse hörbar erschöpft. »Schließlich hat Justine erzählt, dass Amelie von diesem Ritter befreit worden ist, der sie dann geheiratet hat. Vielleicht hat er die Templer festgesetzt und den Leuten des Königs übergeben.«

»Hatte diese Justine etwas mit den Soldaten zu tun, die dich abgeführt haben?«

»Das kann ich mir nicht vorstellen«, brummte Alphonse. »Sie war vor diesen Männern in meinem Haus und sagte, sie käme allein. Irgendwie ergibt das alles keinen Sinn. Ich meine, wenn die Gens du Roi freien Zugang zu meiner Tochter hat, wieso sollte ich einen Brief schreiben, in dem ich sie bitte, nach Hause zu kommen?«

»Hat diese Justine gesagt, wo deine Tochter sich aufhält?«

»Sie sagte, sie lebt auf einer Burg in Lothringen.«

»Lothringen? Das gehört nicht zu Franzien. Da hat Louis X. keine Macht. Kann es sein, dass deine Amelie ein Verhältnis mit einem Templer hatte, bevor sie verschwunden ist?«

»Was maßt du dir an!«, schimpfte Alphonse, dem die Fragerei langsam zu bunt wurde. »Sie ist keine Hure und hat auch nichts getan, was gegen die Regeln der Mutter Kirche verstößt.«

»Die Liebe hält sich gewöhnlich nicht an irgendwelche Regeln«, sinnierte Jean süffisant. »Sie wäre nicht die Erste, die einem Templerbruder den Kopf verdreht.«

»Woher willst du das alles wissen?« Alphonse wurde langsam ärgerlich.

»Ich bin ein Templer, der sich geweigert hat, die Schuld des Ordens einzugestehen«, klärte Jean ihn kurzerhand auf. »Ich habe eine Ahnung, was hinter deinem Unglück stecken könnte.«

»Ich … ich wusste gar nicht, dass man immer noch Templer gefangen hält«, stammelte Alphonse überrascht. »Ich dachte, man hätte euch inzwischen alle in die Freiheit entlassen?«

»Die Wenigsten draußen wissen, was man den Brüdern angetan hat, die vor den päpstlichen Kommissionen auf »Nichtschuldig« bestanden haben«, gab die Stimme aus der Finsternis ernüchternd zurück. »Ich bin bestimmt nicht der Einzige, den sie noch festhalten.«

»Aber das hat gewiss nichts mit meiner Tochter zu tun!«

»Ist sie schön?«

»Natürlich ist sie schön«, gab Alphonse entrüstet zurück. »Sie ist die schönste Frau der Champagne, wenn nicht von ganz Franzien. Sie sieht aus wie ein Engel. Sie hat goldene, hüftlange Locken und eine Gestalt, die an Lieblichkeit kaum zu überbieten ist.«

»Und da wunderst du dich, dass sie verschwunden ist? Welcher flüchtige Templer würde sie zurücklassen, wenn er sie liebt und sich aus dem Staub machen muss?«

»So kann es auf gar keinen Fall gewesen sein!«, ereiferte sich Alphonse. »Für die Tugend meiner Tochter lege ich meine rechte Hand ins Feuer und die Linke dazu! Ich kann mir beim besten Willen nicht vorstellen, dass sie freiwillig einem Fremden gefolgt ist, schon gar keinem Templer.«

»Vielleicht war er kein Fremder für sie«, argumentierte sein Gegenüber logisch. »Sollte deine Tochter einem geflohenen Templer gefolgt und nun mit ihm verheiratet sein, und dieser Templer weiß um die Geheimnisse des Ordens, wird man alles versuchen, ihn nach Franzien zu locken, um seiner habhaft zu werden. Wie könnte das besser geschehen, als seine Frau zu entführen und darauf zu vertrauen, dass er sie retten wird? Wenn er ein echter Templer ist, wird er nicht zulassen, dass man ihr ein Leid zufügt. Und wo ein Ordensbruder ist, sind seine Kameraden nicht weit, die ihn auf gar keinen Fall allein ziehen lassen und ihm beistehen werden, seine Liebste aus den Händen der Feinde zu befreien.«

»Aber Justine hat kein Wort davon gesagt, dass meine Amelie mit einem Templer verheiratet ist. Sie sagte, ihr Gemahl sei ein schottischer Edelmann, der im Dienst des Grafen von Lichtenberg zu Waldenstein steht.«

»Ein Schotte?« Jean de Paris horchte auf. »Und sie hat wirklich keinen Namen genannt?«

»Nein, hat sie nicht. Und ich habe auch nicht danach gefragt, was ich nun sehr bedaure.«

»Ich fürchte, dass die ›Leute des Königs‹ einen Plan verfolgen«, murmelte Jean hörbar beunruhigt.

»Und was wird, wenn der Ehemann meiner Amelie nicht will, dass sie mich besucht? Was machen die Gens du Roi dann?«

»Wenn er ihr untersagt, nach Franzien zu reisen, wird Justine ihr die Nachricht überbringen, dass du im Sterben liegst. Wenn deine Tochter dich liebt, wird sie auch ohne die Erlaubnis ihres Ehemannes versuchen, dich noch einmal zu sehen. Frauen sind von Natur aus erfinderisch, wenn es darum geht, ihren Willen durchzusetzen. Und ihr Gemahl wird nach ihr suchen, wenn er ihr Verschwinden bemerkt. Zur Not wird er ihr bis nach Franzien folgen. Das würde bedeuten, die Gens du Roi hat ihr Ziel erreicht und kann ihn ohne eigenes Risiko festnehmen.«

»O Heilige Jungfrau, was habe ich getan?« Alphonse war verzweifelt. »Was soll ich nur tun, wenn du recht hast? Wie soll ich sie warnen, wenn ich in diesem stinkenden Kerker festsitze?«

»Gar nicht. Im Zweifel werden ihre Beschützer auf sie aufpassen. Du kannst nichts tun, was deine Lage verbessern würde, oder die deiner Tochter. Es liegt allein in Gottes Hand, wie die Sache ausgeht.«

KAPITEL 10

APRIL 1316
HERZOGTUM LOTHRINGEN /
BURG WALDENSTEIN

Treueschwur

Hannah hatte den ganzen Nachmittag damit verbracht, auf Gero zu warten, als er am späten Abend endlich in ihrer gemeinsamen Kammer auftauchte, um sich für das offizielle Bankett in der Halle umzuziehen. Er küsste sie nur flüchtig und hatte keinerlei Augen für Sophia und erst recht nicht für Parzival, der schwanzwedelnd an ihm hochsprang.

»Ich bin ziemlich geschafft«, gab er mit einem beiläufigen Seufzer zu und entledigte sich seiner Waffen und seines Kettenhemds, wobei er beides achtlos auf einem der Scherenstühle ablegte. »Parzival, jetzt gib Ruhe!«, befahl er dem Hund leicht genervt und kraulte ihm ungeduldig den Kopf.

Der weiße Pudelmischling hatte Hannah und Sophia den Nachmittag über mit seinen lustigen Kapriolen amüsiert. Nun bettelte er mit einem unmissverständlichen »Wuff« um die Aufmerksamkeit seines Herrn.

Statt sich mit dem Hund zu beschäftigen, wusch sich Gero die Hände mit Wasser und Seife in einer Schüssel, die auf der großen Kommode stand, und trocknete sie gründlich mit einem Leinentuch ab, bevor er sich mit einem erschöpften Lächeln seiner kleinen Tochter widmete. Sie lag brabbelnd in ihrer Wiege und himmelte ihn mit ihren großen blauen Augen regelrecht an. Er nahm sie hoch und schaukelte sie ein wenig hin und her, was ihr zu gefallen schien. »Ich habe dich so vermisst, mein Täubchen«, flüsterte er und küsste ihre rosigen Wangen. Und obwohl sie ihn mit ihren merkwürdigen Gurrlauten zum Lachen brachte, runzelte er die Stirn, als sein Blick auf Hannah fiel. »Du bist ja noch gar nicht umgezogen«, bemerkte er mit Blick auf ihre bequeme Alltagskleidung, in die sie nach dem Frühessen geschlüpft war. »Die Gäste werden bald eintreffen. Und auch die Musikanten und Gaukler sind schon in der Ritterhalle und bauen ihre Instrumente auf.«

Mit einem Blick nach draußen vergewisserte er sich, dass es bereits dämmerte. »Sobald es dunkel ist, will die Gräfin das Bankett eröffnen. Also zieh dich rasch um und mach dich ausgehfein.« Er zwinkerte ihr lächelnd zu und gab ihr im Vorbeigehen einen Kuss auf die Wange. Dann stapfte er zur Tür, das Kind auf dem Arm, und machte Anstalten, mit Sophia nach draußen zu gehen.

»Wo willst du hin?«, fragte Hannah alarmiert.

»Ich will die Kleine unseren hochwohlgeborenen Gästen vorstellen. Auf dem Rückweg sage ich Gesa Bescheid, dass ihr Einsatz gefragt ist.«

Hannah rollte mit den Augen, nickte aber mehr oder weniger zustimmend. »Wenn du zu den Lichtenbergern gehst, bleibe bitte auf Abstand. Rona meint, dein Oheim sei krank. Vielleicht etwas Ansteckendes. Ich will nicht, dass die Kleine ihm zu nahekommt.«

»Mach dir keine Sorgen. Die beiden Lichtenberger interessieren sich hauptsächlich für Weiber«, antwortete er mit einem halbherzigen Lachen. »Kinder, zumal nicht ihre eigenen, sind ihnen ziemlich egal. Aber Margaretha ist es wichtig, ihren Ehrengästen die erste Nachkommenschaft des Hauses Waldenstein vorzuführen.«

Als er wenig später ohne Sophia zu Hannah zurückkehrte, war sie in ein rostrotes Festtagskleid geschlüpft. Es war nicht allzu aufreizend gearbeitet, betonte aber dennoch ihre anmutige Figur. Ihre langen, kastanienroten Locken hatte sie mit einem gleichfarbigen Netz gebändigt und nur ein zartes Make-up aufgelegt. »Und wo hast du die Kleine gelassen?«, fragte sie stirnrunzelnd, während sie sich vor dem Silberspiegel hastig ein paar Nadeln ins Haar steckte, die mit Edelsteinen besetzt waren. »Doch nicht etwa bei deiner Tante?«

»Mach dir keine Sorgen, sie ist bei meiner Mutter. Gesa kommt erst später mit Sophia herauf, damit wir uns in Ruhe ankleiden können.«

»Und was haben dein Oheim und dein Cousin zu unserer Tochter gesagt?«

»Johann I. hat bedauert, dass sie kein Junge ist, und Hanemann hat sich gleich Gedanken gemacht, mit wem aus seiner nimmersatten Familie er Sophia so früh wie möglich verheiraten könnte, damit ihre Mitgift nicht in fremde Hände fällt.«

»Sophia ist noch ein Baby«, entrüstete sich Hannah. »Außerdem soll sie sich ihren Mann später selbst aussuchen können, so wie ich es getan habe.«

»Da ist Hanemann aber anderer Meinung. Er hat mir bereits etliche acht- und neunjährige Kandidaten aus seiner weitläufigen Verwandtschaft aufgezählt, die für Sophia als Gemahl infrage kämen.«

»Ich fass es nicht«, stöhnte Hannah und puderte sich abschließend die Nase mit einem Daunenquast und einer Mischung aus farblich fein abgestimmten

Alabasterpuder, den die Gräfin in kunstvoll geschnitzten Dosen bei einem Händler in Trier bezog.

»Du siehst wunderschön aus«, bemerkte Gero andächtig und fügte schmunzelnd hinzu: »Und du bist hoffentlich besser gelaunt als heute Morgen beim Empfang.«

»Solange ich deinen Oheim und seinen Neffen mit meinem Aussehen nicht aus dem Häuschen bringe, ist alles gut. Aber sag mir nicht, ich hätte dich nicht gewarnt, wenn sie sich zu unverschämten Avancen hinreißen lassen«, mahnte sie ihn.

»Das werden sie nicht noch einmal wagen«, versprach Gero ihr. »Für heute haben sie weiß Gott genug Unruhe gestiftet. Ich denke, das hat auch mein Oheim inzwischen verstanden.«

Gero machte sich daran, festliche Kleidung anzulegen, indem er in ein frisches weißes Hemd schlüpfte und einen kurzen, dunkelblauen Wappenrock darüber anzog. Auf ein Kettenhemd und seinen Schwertgurt verzichtete er.

Am Abend, wenn das Burgtor heruntergelassen war, sahen die männlichen Vertreter von Waldenstein grundsätzlich davon ab, sich bei Tisch aufzurüsten, als ob sie in den Krieg ziehen würden.

Nachdem er seine neue Hirschlederhose angezogen hatte und in seine guten Stiefel gestiegen war, trat er hinter Hannah, die vor dem Spiegel stand, und küsste ihren bloßen Nacken.

»Von mir aus können die Lichtenberger dir huldigen, solange sie wollen, nur anfassen dürfen sie dich nicht«, raunte er mit einem wölfischen Blick.

Hannah tupfte sich einen Hauch Jasminduft hinters Ohr und aufs Dekolleteé. »Und was, wenn sie nicht an sich halten können? Willst du sie entmannen? Das würde ich nämlich tun, wenn sie zu weit gehen.«

»Das hätte ich mir beinahe denken können«, sagte er lachend und nahm sie fest in den Arm, um sie lange und genüsslich zu küssen. »Schließlich habe ich nicht umsonst eine Frau geheiratet, die sich nichts gefallen lässt.«

Mit einem Klaps auf den Po beförderte er sie nach draußen, wo der Duft nach gebratenem Ochsen über mehrere Etagen der Burg waberte.

Unten angekommen, hob ein zehnköpfiges Ensemble von Lautenspielern, Flötisten, Trommlern sowie ein paar Tambourin schwingende Tänzerinnen zu einem orientalisch anmutenden Empfang an, genau in dem Augenblick, als Hannah mit Gero die große Halle betrat.

Das Zusammenspiel von Trommeln, Schalmeien und maurischen Gitarren, die mit ihrer unglaublichen Bandbreite an Tönen alles übertrafen, was zurzeit an Musikinstrumenten zur Verfügung stand, hallte von den hohen Deckenbalken wider, die eine phantastische Akustik lieferten, beinahe so, als würde die Musik von Lautsprechern verstärkt.

Die Stimme der dunkelhaarigen Sängerin war kristallklar und so kraftvoll, als ob sie nicht von dieser Welt zu sein schien.

Als Gero und Hannah die Halle betraten, erhob sich die Gräfin, und mit ihr die Gäste. Die Musikanten verstummten. Eine Fanfare setzte ein, um den Einmarsch des zukünftigen Hausherrn anzukündigen.

Ein wenig verlegen ob der unvermittelten Aufmerksamkeit flanierte Hannah zusammen mit Gero durch die Reihen bis zum Tisch der Herrschaft. Dort hatte man zur rechten Seite der Gräfin zwei Plätze für sie reserviert.

An dieser Stelle hatte man den besten Überblick über die Halle und alle Anwesenden. Die beiden Lichtenberger saßen gleich nebenan auf der linken Seite der Gräfin. Roland von Briey hatte sich in gebührendem Abstand zu seinem vermeintlichen Konkurrenten am Ende des Tisches neben Geros Mutter niedergelassen. Ein guter Schachzug, damit er Johann I. nicht ins Gehege kam.

Auch Geros Brüder und ihre Frauen waren schon da. Die Gräfin hatte sie links und rechts vom Haupttisch an langen Tafeln platziert. Der Rest der Tische und Bänke war mit honorigen Gästen besetzt, die aus dem Umland stammten oder am Turnier teilnahmen.

»Auf den neuen Grafen und zukünftigen Erben von Waldenstein und seine Gemahlin«, rief die Gräfin und erhob ihren bunten Kelch aus syrischem Glas – eine Aufforderung an die Gäste, es ihr nachzutun.

Nun erhoben sich auch alle anderen, und ein gemeinschaftliches »Sie leben hoch, hoch, hoch« erscholl zugleich aus mehr als hundertfünfzig Kehlen.

Die prachtvolle Ausstattung des Festsaales wurde von unzähligen verschiedenfarbigen Glasampeln illuminiert, in denen dicke Bienenwachskerzen brannten, die einen süßlichen Duft verströmten. Hinzu kam ein großer runder Kronleuchter aus massivem Eisen, der mit mindestens sechzig brennenden Kerzen bestückt war und ein angenehm weiches Licht im ganzen Raum verbreitete. In den beiden mannshohen offenen Kaminen schmeichelte jeweils ein loderndes Feuer dem meist blassen Teint der anwesenden Damen.

Hannah verschlug die unerwartet festliche Atmosphäre für einen Moment die Sprache. Gero lächelte zufrieden auf sie herab. »Na, was sagst du?«, formten seine Lippen lautlos.

Sie war nicht imstande, etwas darauf zu antworten, so überwältigt war sie von der Musik, dem Lichterglanz und den vielen kostbar gewandeten Menschen, die sich erst wieder auf ihren Bänken niederließen, als der zukünftige Erbe von Waldenstein und seine Gemahlin ihre Plätze eingenommen hatten.

Anselm, der seit ihrem vorletzten Einsatz nicht nur zu Geros Templerbrüdern gehörte, sondern auch ein verlässlicher Freund aus ihrer eigenen Zeit war, saß nur einen Steinwurf von ihnen entfernt und zwinkerte Hannah bestätigend zu. Ganz so, als wollte er ihnen zu ihrem unverhofften Aufstieg gratulieren.

Er selbst betrachtete die gesamte Szenerie mit glänzenden Augen. Hier zu sein, als Gefolgsmann und Ritter eines leibhaftigen Grafen und Burgbesitzers im Mittelalter war wohl das, was er sich in der Zukunft immer erträumt hatte. Offiziell hatte man ihn der Gräfin und den anderen Anverwandten als Hannahs Bruder vorgestellt, was nicht der Fall war. Dafür traf zumindest die Geschichte zu, dass der Mittelalterexperte als vermögender Kaufmann ganz in der Nähe der Burg gelebt und gearbeitet hatte. Allerdings 700 Jahre später, bevor er in die Vergangenheit gereist und zu Geros Gefolge gestoßen war. Doch davon ahnten die meisten nicht einmal etwas. Nur Gero, seine Getreuen und Roland kannten Anselms wahre Herkunft.

Anselm war Ritter aus Leidenschaft gewesen, bevor er zusammen mit Hannah unvermittelt im beginnenden 14. Jahrhundert gestrandet war und hatte selbst Mittelalterfeste organisiert. Doch seine Veranstaltungen im einundzwanzigsten Jahrhundert waren nur ein schwacher Abglanz von dem gewesen, was nun in dieser Halle vonstattenging.

Als Hannah und Gero endlich auf ihren Stühlen saßen, gab die Gräfin einen Wink in Richtung der Musikanten. Nachdem erneut eine Fanfare erklungen war, trug eine Reihe junger Pagen in festlichen Uniformen und hübschen Schnabelschuhen, zunächst verschiedene Vorspeisen auf ovalen Platten in die Halle. Dort angekommen, verteilten sie die Speisen gleichmäßig auf die Tische, auf denen man in regelmäßigen Abständen silberne Kerzenhalter mit brennenden Bienenwachskerzen aufgestellt hatte.

»Sag mir jetzt nicht, dass es ist, wonach es aussieht«, raunte Hannah Gero zu, als mehrere Diener unmittelbar vor ihnen einen riesenhaft anmutenden sitzenden Schwan abstellten. Die Federn hatte man nach der Zubereitung so geschickt in das Gebilde hineingesteckt, dass es beinahe lebendig wirkte. Die Gräfin bedeutete Gero mit einer Geste, das Tier vorsichtig mit seinem Dolch zu öffnen.

Hannah beobachtete angespannt, wie Gero lediglich die äußere Hülle anritzte und den damit herausgearbeiteten Deckel behutsam öffnete. Sie zuckte jäh zurück, als sich unter einem Trommelwirbel vier weiße Tauben ihren Weg in die Freiheit suchten und aufgeschreckt zur Hallendecke emporflatterten.

Während die Musik weiterspielte, brandeten Jubel und Beifall unter den Gästen auf.

Hannah stellte zu ihrer Beruhigung fest, dass es sich bei dem Schwan nicht um einen echten Vogel handelte, sondern um eine mit Gänsefedern gespickte Pastete, die um eine kleine Kiste herum, in der die Tauben Platz gefunden hatten, lediglich wie ein Schwan geformt war.

Johann I. erhob angesichts der Tatsache, dass die Gräfin offenbar keine Kosten und Mühen gescheut hatte, ihm und Hanemann durch dieses Festmahl zu huldigen, mit feierlicher Miene sein Glas und bedankte sich bei Gero und seiner Tante für das eindeutige Zeichen des Friedens. Die Gräfin lächelte angetan, als der alte Landgraf schließlich, animiert durch den allgemeinen Beifall, aufstand und sich auch im Namen seines Neffen bei ihr und Gero für die Einladung bedankte.

Nachdem er wieder Platz genommen hatte, schnippte Margaretha mit ihren schlanken Fingern und gab damit das Zeichen, den nächsten Gang aufzutragen.

»Du wusstest, dass der Schwan nicht echt war, habe ich recht?« Hannah blickte Gero fragend an, nachdem er wieder Platz genommen hatte.

»Ich konnte es mir denken«, antwortete er. »Es ist ja nicht das erste Fest, das ich auf Waldenstein erlebe.«

»Was hast du sonst noch hier gefeiert?«

»Das Ende meiner Knappenausbildung, Weihnachten, Neujahr, meine Hochzeit mit Lissy und während meiner Lehrjahre bei Roland diverse Friedensverträge mit benachbarten Rittergeschlechtern.«

Lissy. Da war es wieder, das Reizwort, das Gero selten in den Mund nahm. Gerne hätte Hannah mehr über seine erste Frau erfahren, mit der er bis zu deren allzu frühen Tod eine kurze Zeit auf Waldenstein gelebt hatte, aber er erwähnte sie nur, wenn es einen berechtigten Anlass dafür gab. Auch dieses Mal beließ er es dabei.

Hannah war versucht, nachzuhaken, schwieg dann aber. Stattdessen beobachtete sie atemlos, wie weitere exotisch anmutende Gänge aufgetragen wurden. Angefangen von phantasievoll mit Nüssen und getrockneten Früchten dekorierten Mandelkuchen über gebratene Seefische, deren Schuppenkleid man in mühselig anmutender Kleinarbeit mit Teig nachgearbeitet und dann gebacken hatte, bis hin zu besagtem Ochsen, der an Größe alles übertraf, was Hannah bisher gesehen hatte. Man hatte dem Tier komplett das Fell abgezogen und es über offenem Feuer stundenlang geröstet. Danach wurde es – mit Kopf und Schwanz – gut durchgegart auf einem Eisengestell in die Halle gefahren.

»Meine Güte«, flüsterte sie Gero zu. »Ist das der Auerochse, den ihr mit Roland und den anderen auf der Jagd erlegt habt?«

»Jetzt weißt du, was wir in den letzten Tagen sonst noch getrieben haben«, versicherte er ihr mit einigem Stolz. »Denk bloß nicht, dieses Ungeheuer hätte es uns leicht gemacht. Er war längst nicht so friedlich, wie er nun am Spieß aussieht.«

»Und wie habt ihr ihn zur Strecke gebracht? Ich kann mir kaum vorstellen, dass man ein so riesiges Tier mit Pfeil und Bogen erlegt.«

»Obwohl unsere Langbögen eine beeindruckende Reichweite haben und dazu eine tödliche Kraft, haben Johan und Stephano den Burschen nicht sofort ins Herz getroffen. Das Tier hat sich nur geschüttelt und ist dann sogleich auf uns losgegangen. Wir konnten uns glücklich schätzen, dass wir scharfe Kriegslanzen dabeihatten, sonst hätten nicht wir ihn, sondern er uns aufgespießt.« Gero zuckte mit den Schultern, als ob er die Gefahr, auf der Jagd von einem Auerochsen angegriffen und getötet zu werden, eher gering einschätzte. Doch Hannah wusste nur zu gut um das Risiko. Von Anselm hatte sie erfahren, dass in dieser Zeit zahlreiche Menschen zertrampelt oder aufgespießt worden waren, weil sie die Klugheit, Aggressivität und unbändige Kraft dieser Tiere unterschätzt hatten.

»Jetzt wird mir klar, warum du mir nichts davon erzählt hast«, murmelte Hannah mit einem leicht entsetzten Blick. Ehe sie ihre stetigen Ermahnungen fortsetzen konnte, nicht nur beim Turnier, sondern auch im Alltag vorsichtiger zu sein, brachten die jungen Pagen Karaffen mit Wein und Kannen voller Bier an den Tisch.

Gero schenkte Hannah wohlweislich eins der schweren Klosterbiere in einen Krug ein. Er wusste, dass sie dem süßlich schmeckenden dunklen Gebräu nicht widerstehen konnte, und prostete ihr gut gelaunt zu. Nachdem sie den ersten Schluck genommen hatte, sorgte er dafür, dass Fleisch, verschiedene Käsesorten, Kuchen und exotisches Obst wie Orangen und Feigen auf ihrem Teller landeten.

Anstatt auf die gefährliche Jagd auf Auerochsen und Wildschweine zurückzukommen, blieb Hannah nichts anderes übrig, als sich endlich ihrer Mahlzeit zu widmen, bevor alles kalt wurde. Ein Page stellte eine Schüssel mit kandierten Trauben und Kirschen neben ihr auf den Tisch, dazu verschiedene Soßen in kleinen Schüsseln, die Hannah mit ihrer Mischung aus scharf, süß und sauer jedoch gewöhnungsbedürftig erschienen.

Während Hannah die vorwiegend adligen Gäste beobachtete, wurde ihr bewusst, was Gero und seine Männer, vor allem aber Margaretha, über die letzten Wochen hinweg an Planungsarbeit geleistet hatten. Hannah beschlich eine Ahnung, wie viel sie noch lernen musste, falls sie irgendwann als Hausherrin an die Stelle der Gräfin treten sollte.

Nachdem festlichen Mahl wurden die Tische auf die Seite geräumt und die Bänke neu arrangiert. Die Gräfin hielt zunächst eine Ansprache, in der sie Geros Nachfolge erwähnte, ehe sie das Wort an ihre honorigen Gäste übergab.

Johann I. hielt ebenfalls eine kurze Rede, in der er das gute Verhältnis der Lichtenberger zu den Waldensteinern hervorhob; dann übergab er das Wort an seinen jungen Neffen, der als Geros zukünftiger Waffenbruder mit über das Schicksal dieser Burg und ihrer Bewohner entscheiden konnte.

Der junge Lichtenberger warf sich in seiner Festtagsuniform ein wenig zu theatralisch in die Brust, nachdem er in der Mitte der Halle unweit der Musikanten Aufstellung genommen hatte. In würdevoller, übertrieben selbstbewusster Haltung forderte er Gero auf, hervorzutreten und vor ihm niederzuknien.

Nicht nur Hannah ahnte, dass es für Gero kein Vergnügen bedeutete, vor Hanemann auf die Knie zu gehen. Doch irgendwie gelang es ihm, der Aufforderung zu folgen, ohne sich anmerken zu lassen, wie sehr er diese Geste verabscheute.

»Mein lieber Cousin«, begann Hanemann näselnd. »Ich habe die Ehre und darf mich glücklich schätzen, dich und deine Mannen zukünftig an unserer Seite zu wissen. Unsere Ostflanke gegenüber Kurtrier auf der einen Seite und im Norden die Grenze zu den Grafen von Luxemburg hat mit unserem neuen Bündnis eine unverhoffte Unterstützung erhalten. Und auch der Herzog von Lothringen darf sich eurer willkommenen Verstärkung gegenüber Louis X. erfreuen. Nicht, dass wir dem franzischen König misstrauen, aber Vorsicht ist besser als Leichtsinn, und auch gegenüber unserem Lehnsherrn können wir mit einem gemeinsamen Bündnis stärker auftreten als bisher. Daher ist es mir eine besondere Freude, dir und deinen Nachkommen kraft meines Amtes und mit Gottes Segen unsere Glückwünsche zu deiner Ernennung zum Grafen von Lichtenberg zu Waldenstein zu überbringen.«

Von irgendwoher zückte er eine Urkunde und übergab sie Gero mit feierlicher Miene. Dann zog er seinen massiven Anderthalbhänder aus der Schwertschneide, in dessen Runde das Familienwappen der Lichtenberger eingraviert war. Ein aufrechtstehender schwarzer Löwe in einem nach unten spitz zulaufendem Schild, den er Gero stolz präsentierte, indem er die Spitze der kostbaren Waffe zu Boden senkte. »Hiermit und für immerdar sollen du und deine männlichen Nachkommen als Grafen von Lichtenberg zu Waldenstein treu an der Seite unseres Herzogs und auch an unserer Seite stehen, um gemeinsam den Fortbestand und den Schutz unserer Familien zu sichern. Im Gegenzug gewähren wir dir und den Deinen unsere Loyalität im Kampf gegen deine Widersacher, und ich fordere von dir den Heiligen Treueschwur auf die Herren von Lichtenberg und unser Bündnis, den auch schon dein Oheim Gerhard und deine Tante Margaretha abgelegt haben.«

Gero beugte sein Haupt und küsste das Wappen. »Ich versichere dir, als dem künftigen Oberhaupt unserer Familien, und deinen Nachfahren meine Treue und die meiner Familie«, verkündete er fest. »In der Not werde ich an der Seite des Hauses Lichtenberg stehen und dich und die Deinen gegen unsere Feinde verteidigen. Das schwöre ich bei allem, was mir heilig ist.« Er bekreuzigte sich und schaute mit festem Blick zu Hanemann von Lichtenberg auf, wobei er sich der uneingeschränkten Aufmerksamkeit aller Anwesenden sicher sein konnte.

»Steh auf, Cousin«, forderte Hanemann ihn auf und ließ sein Schwert in die reichlich geschmückte Schwertscheide zurückgleiten. Dann lenkte er seinen Blick erneut auf Gero, der sich inzwischen mit unverholener Erleichterung von dem harten Steinboden erhoben hatte, und schaute ihm geradewegs in die Augen. »Lass uns unser neues Band der Verbundenheit mit einem Bruderkuss besiegeln.«

»Auch das noch«, murmelte Hannah, während Gero einen Schritt nach vorn machte. In seiner stoischen Art, die er bei solchen Verpflichtungen an den Tag legte, ließ er sich ein wenig steif von seinem ungeliebten Cousin umarmen und widerstand der Versuchung, den Kopf zurückzuziehen, als der junge Lichtenberger seinen Mund auf Geros fest geschlossene Lippen drückte.

Erneut brandete Beifall auf und hallte von den gotischen Decken und massiv gemauerten Stützbögen wider.

Die Gräfin hob ihr Glas und stieß ein heiseres dreifaches Hoch auf die Herren von Lichtenberg aus, bevor sie zu einem erneuten Dreimalhoch auf die Waldensteiner ansetzte.

Die anwesenden Gäste taten es ihr gleich und grölten ein dreifaches Hoch auf beide Familien, wobei sie ihre Gläser und Krüge hoben und auf den neu geschlossenen Bund anstießen.

Hannah blieb die Frage, was das alles für ihre eigene Zukunft und die von Sophia zu bedeuten hatte. Zugleich beruhigte sie der Anblick von Rona und Lyn. Im Zweifel konnten die beiden einen Kontakt zu Tom herstellen und ihnen, falls die Forderungen ihrer neuen Verbündeten zu kriegerisch wurden, damit zurück in die Zukunft verhelfen.

»Und nun lasst uns das neue Familienbündnis ausgelassen feiern«, forderte die Gräfin lautstark. Sie gab den Musikanten, die das Geschehen aufmerksam verfolgt hatten, ein Zeichen und rief: »Spielt auf!«

Bevor Hannah weiter ins Grübeln kam, war Gero bereits zur Stelle und führte sie auf eine freie Fläche in der Mitte von Bänken und Tischen, die von fleißigen

Helfern mit glatt polierten Eichenbrettern zu einem Tanzboden umfunktioniert worden war.

Während Hannah in leichte Panik verfiel, spielten die Musikanten in einem wilden Takt zu Neidhart von Reuentals »Meie din lichter schien« auf. »Ich habe keine Ahnung, was ich machen soll«, flüsterte sie Gero atemlos zu.

»Nicht denken, tanzen«, empfahl er ihr und wirbelte sie so geschickt im Takt der Trommeln, Schellen und rasch gezupften Klängen der arabischen Oud herum, dass ihr keine Zeit blieb, sich zu blamieren. Zumal nun mehr und mehr andere Paare hinzukamen, deren Bewegungen sich zu einem Strudel hüpfender und klatschender Feiernder vermischten. Gero schien das alles einen Heidenspaß zu machen, denn er strahlte übers ganze Gesicht. Hannah spürte die Aufmerksamkeit der anderen auf sich ruhen, und im Vorbeitanzen bemerkte sie den wehmütigen Blick ihrer Schwiegermutter, deren Augen feucht glitzerten.

»Deine Mutter schwebt im siebten Himmel, dass du nun offiziell das Erbe von Margaretha angetreten hast«, bemerkte Hannah, während sie mit Gero eine weitere Drehung vollzog.

»Ja, fürwahr, sie ist glücklich, dass ich nun eine Familie und ein Auskommen habe und sie selbst Teil davon sein darf«, antwortete er ihr mit einem Lächeln. »Das hat sie sich immer für mich gewünscht. Nach Lissys Tod und meinem Eintritt in den Templerorden hat sie offenbar nicht damit gerechnet, mich je wieder lebend und glücklich wiederzusehen. Geschweige denn, dass ich heiraten, Kinder bekommen und Graf von Lichtenberg zu Waldenstein werden könnte. Aber nun, mit dir und Sophia, bekommt alles, was geschehen ist, einen tieferen Sinn. Gottes Wege sind wahrhaft unergründlich. Mich jedenfalls haben sie wider Erwarten ins Paradies geführt.« Er zwinkerte ihr zu und küsste sie sanft.

Während der alte Landgraf sich einen Tanz mit der Gräfin gesichert hatte, verbeugte sich Roland höfisch galant vor Lyn und bat sie zum Tanz, bevor es jemand anderes tun konnte. Mit einem freundlichen Lächeln nickte sie ihm zu und hatte keine Mühe, seinen erstaunlich gewandten Schritten zu folgen. Die beiden tanzten mit der Gräfin und Johann I. um die Wette, und Roland genoss sichtbar die neidischen Blicke seines Kontrahenten.

Struan, der keinerlei Hang zum Tanzen hatte, wurde von seinem Bruder gerettet, denn Malcolm war bei Amelie, bevor Hanemann sie auch nur erreichen konnte.

»Da hast du noch mal Glück gehabt, Schwägerin«, foppte er sie und führte sie mit einem befreiten Lachen zum Tanz, was ihr trotz der fortgeschrittenen Schwangerschaft erkennbar zu gefallen schien.

»Hast du auch nur die leiseste Ahnung, wie sehr mich die jungen Frauen auf Waldenstein um diesen Tanz beneiden?« Amüsiert genoss Amelie die missgünstigen Blicke einiger Mägde, die wohl vergeblich darauf gewartet hatten, dass Malcolm ihnen als Erste den Hof machte. »Du bist der begehrteste Junggeselle weit und breit«, neckte sie ihn und deutete mit einem Nicken auf seine Verehrerinnen. »Wenn du wolltest, könntest du sie alle haben.«

»Wer sagt dir, dass ich sie nicht schon alle hatte?«, antwortete er und zwinkerte ihr zu. »Möchtest du Einzelheiten wissen?«

»Angeber!« Amelie versetzte ihm einen Stoß gegen die breite Brust und lachte auf, bevor er von Neuem ihre Hand ergriff und sie in eine schwungvolle Drehung führte.

Brian of Locton, Ralph of Bulford und Thomas of Thoraldby überwanden nach einem Moment des Zögerns ihre Scheu und forderten einige Jungfern zum Tanz auf, was bei den jungen Damen eindeutige Begeisterung hervorrief.

Anselm stand mit Stephano de Sapin in unmittelbarer Nähe der Spielleute und wippte mit dem Fuß, wobei ihn das umfangreiche Repertoire der Musikanten und ihre exotisch anmutenden Instrumente erkennbar faszinierten.

Schließlich konnte auch Arnaud de Mirepaux seine Rona zu einem Tänzchen überreden. Der quirlige Südfranzose war ganz in seinem Element und sang allem Anschein die okzitanische Übersetzung des Liedes mit, während er um seine exotisch aussehende Frau herumhüpfte wie ein Derwisch.

Nur Johan van Elk und Freya von Bogenhausen standen ein wenig abseits des Trubels, in einen romantischen Flirt vertieft.

Während Gero Hannah weiter in Bewegung hielt, beobachtete sie, wie der rothaarige Templer mit dem unübersehbar vernarbten Gesicht seine wunderhübsche Frau zärtlich küsste, wobei seine große Hand sich zu ihrem flachen Bauch stahl. Freyas grüne Augen strahlten, als sie ihm etwas zuflüsterte.

Hannahs Herz machte einen Sprung. »Ist Freya guter Hoffnung?«, wollte sie unvermittelt von Gero wissen. Dessen erstaunter Blick schnellte zu den beiden Turteltäubchen herum. Just in diesem Augenblick fing er das stolze Lächeln seines flandrischen Bruders auf, das Bände sprach.

»Sieht ganz so aus, als ob sie schon bald zu dritt sind«, schloss er sich Hannahs Vermutung an und lächelte verhalten. »Ich freue mich von Herzen für sie«, flüsterte er ihr zu.

»Und ich erst«, murmelte Hannah. Dabei hätte sie hinzufügen können, *nicht nur wegen dem Kind*. Denn höchstwahrscheinlich würde Freya aus dem gleichen Grund der Teilnahme ihres Angetrauten an einer neuerlichen Templermission nach Franzien eine Absage erteilen.

»Wir sollten uns ebenfalls mit weiterem Nachwuchs beeilen, um nicht ins Hintertreffen zu geraten«, raunte Gero ihr ins Ohr und drückte sie fest an sich.

Bevor sie darauf antworten konnte, drehte er sie ein paar Mal im Kreis, bis sie beinahe das Gleichgewicht verlor. Er fing sie geschickt auf, küsste sie lange und innig und schleuderte sie danach um sich herum, bis ihr ganz schwindlig wurde. Ihm selbst machten die heftigen Drehungen nichts aus. Schwindelgefühle schienen ihm völlig fremd zu sein, wie Hannah schon des Öfteren beobachtet hatte. Sei es beim Reiten, oder wenn er die mehr als zehn Meter hohen Wallmauern der Festung emporkletterte, nur mit einem Seil gesichert.

Die anderen Tanzenden waren spontan stehen geblieben und klatschten nun im Takt der Musik, die kein Ende zu nehmen schien, wobei sie Gero anfeuerten, sich noch schneller mit Hannah zu drehen.

Als die Musikanten endlich Erbarmen hatten und das Lied ausklingen ließen, landete Hannah völlig außer Atem in seinen starken Armen, die sie zuverlässig auf den Füßen hielten und atmete mehrmals tief ein und aus, um ihr Gleichgewicht wiederzuerlangen.

An Gero schien dieses kleine Intermezzo spurlos vorüber gegangen zu sein. Er hatte keinen einzigen Schweißtropfen auf der Stirn, und sein Atem ging ruhig und regelmäßig. Er sah ihr tief in die Augen und umarmte sie so fest, dass sie kaum noch Luft bekam.

»Ich liebe dich«, flüsterte er ihr voller Inbrunst ins Ohr. »Und unser Kind«, fügte er strahlend hinzu. »Ich bin der glücklichste Mann auf der Welt, und das habe ich ganz allein dir zu verdanken.«

Hannah legte beide Hände auf sein bärtiges Gesicht und blickte ihm gerührt in die blauen Augen. »Und ich bin die glücklichste Frau im gesamten Universum«, gab sie atemlos zurück. »Ein Leben ohne dich und Sophia kann ich mir überhaupt nicht mehr vorstellen.« Verstohlen zwinkerte sie ein paar Tränen weg, die sich in ihren Augenwinkeln gesammelt hatten.

Obwohl die Musikanten weiterspielten, zog sie Gero zurück an den Tisch, um etwas zu trinken. Dort fanden sie die Gräfin und Johann I. in ein intimes Gespräch vertieft, das keinen Zweifel darüber ließ, wen Margaretha zurzeit bevorzugte. Roland, dem dies nicht entgangen sein konnte, hatte sich schon nach Ersatz umgeschaut und schäkerte mit einer der jungen Tänzerinnen, die ihr Tambourin für einen Augenblick zur Seite gelegt hatte.

»Auch wenn ich am liebsten den ganzen Abend mit dir hier unten tanzen würde«, gestand Hannah mit einem bedauernden Blick. »Ich muss gleich wieder rauf und Gesa bei Sophia ablösen. Ich hab's ihr versprochen. Außerdem bin ich es Mattes schuldig. Der sitzt da drüben ganz allein und wartet schon sehnsüchtig.« Mit einem Nicken deutete sie auf Geros blondgelockten Knappen, der trotz der fröhlichen Klänge mutterseelenallein auf einer Bank saß und ins Leere starrte, weil ihm offenbar die Freundin fehlte.

»Verstehe«, sagte Gero. »Komm, ich bringe dich nach oben.« Er legte ihr beim Hinaufgehen seine warme Hand in den Rücken, um ihr seine Nähe zu versichern.

Gesa machte ein überraschtes Gesicht, als der Hund anschlug und unvermittelt ihre Herrschaft in der Tür stand.

»Du bist erlöst«, überbrachte ihr Gero die frohe Kunde. »Geh schon.« Er deutete zur Tür. »Mattes sitzt unten und wartet auf dich.«

»Danke, dass du so tapfer ausgehalten hast«, fügte Hannah hinzu.

»Sophia war ganz brav und schläft immer noch«, versicherte Gesa ihr und klappte ein Buch zu, mit dem sie sich die Zeit verkürzt hatte. »Sie ist so süß. Sie zu hüten ist keine Bürde, sondern reine Freude.« Gesa verbeugte sich rasch vor Gero und Hannah mit einem treuen Blick, bevor sie nach draußen huschte und die Tür hinter sich zuzog.

Gero neigte sich über seine schlafende Tochter und verriegelte schließlich die Tür. Dann legte er noch ein wenig Holz nach, bevor er sich seiner Frau widmete und sie verliebt in die Arme schloss. »Was hältst du davon«, begann er mit einem hintergründigen Lächeln, »wenn wir uns um den nächsten Waldensteiner kümmern, während die Kleine schläft? Nachdem ich Johan und Freya beobachtet habe, wäre mir gerade danach. Was meinst du?« Seine Mundwinkel hoben sich zu einem verführerischen Lächeln, dem Hannah nicht widerstehen konnte, auch wenn sie eigentlich nicht vorhatte, gleich wieder schwanger zu werden.

»Ich bin sofort bei dir«, wisperte sie und löste mit einem lasziven Augenaufschlag die Schnüre ihres Gewands. »Mal sehen, wer schneller aus den Kleidern kommt, du oder ich.«

Im raschen Aus- und Anziehen hatte Gero aufgrund seiner Zeit als Templer reichlich Erfahrung, trotzdem räkelte sich Hannah noch vor ihm auf den weichen Matratzen ihres luxuriösen Baldachinbetts.

Mit einem seligen Lächeln schlüpfte Gero zu ihr unter die Daunendecke und kam mit einem genüsslichen Seufzer über sie. »Immer wenn ich dir so nahe bin, wähne ich mich im Paradies«, flüsterte er heiser und presste seinen harten Körper an ihre harmonischen Rundungen.

Hannah schlang ihre Arme um seinen breiten Hals und schmiegte ihren fülligen Busen an seine muskulöse Brust. Unter einem leidenschaftlichen Kehllaut öffnete sie ihre Schenkel für ihn und zog ihn näher zu sich heran. »Ich will dich so sehr, ich kann nicht warten«, wisperte sie erregt und keuchte auf, als Gero sanft in ihren Schoß eintauchte und in einen gemächlichen Rhythmus verfiel, der seine Wirkung bei ihr nicht verfehlte.

Gero grinste breit, als er spürte, wie unerwartet rasch er sie zum Höhepunkt trieb. Anstatt seine Mission vorschnell zu beenden, ließ er sie bewusst noch ein bisschen zappeln, bevor er sie mit seiner ganzen Kraft ins Paradies beförderte, bis sie leise stöhnend unter ihm erbebte.

»O Gott, war das gut«, hauchte sie ihm wenig später mit vor Erregung zittriger Stimme ins Ohr. Verträumt blickte sie ihn von der Seite her an, als er neben ihr lag und sie mit seinen himmelblauen Augen verliebt anlächelte. »Gottlob weiß keine von den Frauen dort unten«, fügte sie lächelnd hinzu, »welche Talente außer Tanzen, Singen und Laute spielen noch in dir schlummern. Es ist eine sündhafte Verschwendung, Männer wie dich in eine Mönchskutte zu stecken und ihnen dazu noch ein Keuschheitsgelübde abzuverlangen. Wenn ich an all die einsamen Frauen denke, mit denen deine Brüder eine glückliche Familie hätten gründen können, anstatt einen sinnlosen Tod zu sterben, wird mir das Herz ganz schwer.«

»Vielleicht hast du recht«, erwiderte er nachdenklich und küsste sie mit einem leisen Seufzer auf den Mund. »Und wie sieht es mit der ehelichen Treue aus? Ist das Ehegelübde auch eine sündhafte Verschwendung? Ich meine, wenn du unbedingt willst, könnte ich noch weitere Frauen beglücken …« Er grinste frech.

»Untersteh dich!« Hannah richtete sich in gespielter Empörung in ihren Kissen auf und blitzte ihn warnend an.

Gero bedeckte ihre Brüste mit genießerischen Küssen und schaute mit unschuldiger Miene zu ihr auf. »Ich schwöre dir ewige Treue«, erklärte er ihr in einem feierlichen Ton, »so wie ich es bei unserer Hochzeit geschworen habe. Für mich gibt es nur dich und das wird so bleiben bis Gott der Allmächtige mich zu sich holt und darüber hinaus.« Für einen Moment schaute er sie nachdenklich an. »Lissy«, begann er vorsichtig, »hat sich immer geängstigt, ich könnte ihr untreu werden, weil sie schwanger war und es Frauen gab, die mir angeblich schöne Augen gemacht haben. Ich war ihr nie untreu. Es sei denn, es ist Untreue, wenn man sich nach dem Tod seiner Frau in eine andere verliebt. Was denkst du?« Er schaute sie durchdringend an und sagte kein weiteres Wort. Ihre Meinung schien ihn aufrichtig zu interessieren.

»Natürlich kann man sich neu verlieben, wenn man Witwer geworden ist. Warum solltest du keinen Platz für Lissy in deinem Herzen haben, nur weil sie im Himmel ist und nicht hier bei uns? Ich möchte nicht, dass du Lissy und das Kind vergisst, das ihr verloren habt. Beide gehören genauso zu dir wie Sophia und ich.« Hannah zog seinen Kopf zu sich heran und küsste ihn zärtlich. Sie sah, wie sein Blick weich wurde und er eine Träne wegzwinkerte, bevor er ihren Kuss erwiderte und einen erlösten Seufzer von sich gab. »Bei Gott ich liebe dich so«, flüsterte er. »Ich frage mich, womit ich eine Frau wie dich verdient habe.«

»Wahrscheinlich aus dem gleichen Grund, wie ich einen Mann wie dich verdient habe«, wisperte sie und küsste ihn noch einmal auf den Mund.

Nach einem Augenblick der Stille räusperte sich Gero. »Ich weiß, es ist jetzt nicht passend«, erklärte er mit Bedauern im Blick, »aber mir ist eingefallen, ich muss noch mal runter.«

»Wieso? Ich dachte, wir machen es uns mit einem Glas Roten gemütlich und erzählen uns peinliche Geschichten aus unserer Jugend?« Hannah hob überrascht den Kopf und deutete auf den Krug mit dem Wein und die beiden Gläser, die auf der Kommode standen.

»Ich habe irgendwie ein ungutes Gefühl, wenn ich die Dinge dort unten sich selbst überlasse. Ich möchte noch einmal nach Roland sehen. Wenn er zu viel getrunken hat, kann er sich nur schwer beherrschen. Ich will nicht, dass er auf dumme Gedanken kommt.«

»Was meinst du mit dummen Gedanken?«

»Naja, er war schon ziemlich abgefüllt und hat heftig mit einer der Tänzerinnen geschäkert, als wir raufgegangen sind. Ich will nicht, dass es Ärger gibt und die Spielleute nachher behaupten, er hätte das Mädchen bedrängt.«

Hannah hob eine Braue. »Glaubst du ernsthaft, diese Frauen hätten keine Ahnung, wie man mit betrunkenen Kerlen umgeht? Wenn du mich fragst, sah sie eher so aus, als wären sie mit allen Wassern gewaschen. Um nicht zu sagen, sie war eine Professionelle und an Rolands Sold interessiert.«

»Vielleicht hast du recht. Trotzdem ist mir wohler, wenn ich die Stimmung vor Ort noch mal kontrolliere.«

»Na gut. Du kennst Roland und die Benimmregeln dieser Zeit weitaus besser als ich. Ich muss Sophia so oder so noch stillen, sonst haben wir keine ruhige Nacht. Aber mach nicht zu lange. Nicht, dass du auch noch in die Fänge dieser Tänzerinnen gerätst.« Sie lachte kurz auf, aber nicht allzu überzeugend.

»Keine Sorge.« Gero zwinkerte ihr vertraulich zu und stieg hastig in seine Kleider.

Bereits auf dem Weg ins Erdgeschoss vernahm er im ersten Stock eindeutige Geräusche vom Ende des Flurs. Sie kamen aus der Besenkammer, wie er bei näherem Hinhorchen ausmachen konnte. Mit vorsichtigen Schritten näherte er sich der Tür, die einen Spalt offenstand. Aber es war nicht Roland, den er dort vorfand, oder irgendjemanden von der Dienerschaft, als er mit der gebotenen Zurückhaltung durch den offenen Türspalt linste. Beim unvermittelten Anblick eines nackten Hinterns, der bei näherer Betrachtung Johann I. von Lichtenberg zuzuordnen war, hielt Gero den Atem an. Na gut, auch dieser Mann hatte ein Recht darauf, sich zu vergnügen. Was jedoch von der Tatsache getrübt wurde, dass er verheiratet war und seine Frau, wenn auch nicht besonders wohlgemut, noch unter den Lebenden weilte. Bevor Gero sich zurückzog, um die beiden Freienden sich selbst und ihrem Gewissen zu überlassen, fiel ihm ein Detail ins Auge, das er lieber nicht gesehen hätte. Rechts und links von den bloßen Hüften des alten Landgrafen ragten die fein gearbeiteten Stiefel von Gräfin Margaretha in die Höhe. Niemand sonst auf der Burg trug solche Schuhe. Sie bestanden aus gehämmertem Leder aus der Lombardei, das mit unzähligen Ornamenten versehen war. Sündhaft teuer und nur über einen speziellen Händler in Trier zu beziehen. Gero, der eigentlich wusste, dass es besser gewesen wäre, zu gehen, wagte einen zweiten Blick, um ganz sicher zu sein.

Margaretha lag rücklings auf einem Tisch, auf dem tagsüber die Wäsche geplättet wurde, und genoss voller Wollust, die sich in kleinen spitzen Schreien und weiteren Lauten untrüglicher Begeisterung äußerten, die Leidenschaft des untreuen Lüstlings.

»Auch das noch«, murmelte Gero leise und zog sich abrupt zurück. Konnten die beiden nicht mal die Tür hinter sich schließen? Ganz abgesehen von dem völlig unpassenden Ort, wenn man unentdeckt bleiben wollte.

Voller Sorge, dass Roland die beiden Turteltauben entdeckte und seinen Konkurrenten im Rausch einen Kopf kürzer machte, eilte Gero im Laufschritt die Treppen hinunter zur großen Halle. Auf halbem Weg zum Burghof traf er auf Anselm und Stephano, die zwei neue Bierfässer aus dem Lager geholt hatten.

»Habt ihr Roland gesehen?« fragte er die beiden im Vorbeigehen.

»Nein, aber deinen jungen Cousin. Ist sturzbesoffen, der Kerl, und streitet sich gerade mit Khaled um Lyn. Ich bin mir nicht sicher, wer dabei den Kürzeren zieht.« Anselm kniff die Lippen zusammen.

»Der Assassine eher nicht, wenn du mich fragst«, fügte Stephano mit einem Zwinkern hinzu.

Gero seufzte entnervt. »Beim Allmächtigen, warum seid ihr nicht gleich zu mir gekommen und habt mich gewarnt?«

»Ich hatte keine Ahnung, wo du warst und wollte dich um diese Zeit nicht in deiner Kammer behelligen«, erklärte Anselm mit treuem Blick.

»Ja, tut mir leid, ich hätte mich bei euch abmelden sollen.« Gero straffte die Schultern. »Ich gehe nachsehen, ob ich schlichten kann. Einen Verbündeten, dazu noch ein entferntes Mitglied der Familie mit aufgeschlitzter Kehle, kann ich mir beim besten Willen nicht leisten«, rief er den beiden im Weggehen zu.

Als er den spärlich beleuchteten Burghof erreichte, standen sich Khaled und Hanemann im Schein der Feuerkörbe gegenüber wie zwei Kampfhunde im falschen Revier. Anstatt gefletschter Zähne hielt jeder von ihnen ein geschärftes Schwert in der Hand. Einige männliche Gäste, die zum Pinkeln nach draußen auf den Hof getorkelt waren, grölten wild durcheinander, indem sie hauptsächlich den jungen Lichtenberger anfeuerten, der es dem Muselmanen mal so richtig zeigen sollte. Lyn beobachtete die Situation mit angespannter Wachsamkeit. Auch Rona war inzwischen hinzugekommen, ebenso Arnaud, der Mühe hatte, sich nicht einzumischen. Doch die beiden Frauen hielten ihn zurück.

Khaled indes wirkte erstaunlich gelassen. Gero konnte sich den Grund dafür denken. Es lag nicht nur daran, dass er als gläubiger Muslim keinen Tropfen Alkohol getrunken hatte. Im Gegensatz zum merklich angesäuselten Hanemann, der zudem über wenig Kampferfahrung verfügte, war der Assassine im Umgang mit seinem Krummsäbel um einiges geschickter, und seine Beinarbeit war mit nichts zu vergleichen, was Gero bisher bei christlichen Rittern gesehen hatte. Der junge Lichtenberger hingegen lallte nicht nur, er torkelte herum wie ein Hahn ohne Kopf. Was schon bald der Realität entsprechen konnte, wenn er den Assassinen noch weiter mit seinen unflätigen Beschimpfungen reizte und – was der Herrgott verhüten mochte – ihn mit erhobenem Schwert attackierte.

Lyn stand mit verwundertem Blick daneben, machte aber keinerlei Anstalten, einzugreifen, obwohl sie es aufgrund ihrer fast schon übernatürlichen Kräfte mühelos gekonnt hätte. Doch wie es aussah, wollte sie Khaled nicht vor allen anderen bloßstellen, indem sie für ihn in den Kampf zog.

»Schluss jetzt!«, brüllte Gero quer über nächtlichen Hof und marschierte zu allem entschlossen auf die beiden Kampfhähne zu. »Im Namen der Gräfin von Lichtenberg zu Waldenstein befehle ich euch, die Waffen wegzustecken und den hier herrschenden Burgfrieden einzuhalten! Anderenfalls verstoßt ihr gegen das Gastrecht, und ich muss euch vom Hof verbannen.«

Der hochgewachsene Assassine zog sich abrupt zurück, während der junge Lichtenberger seine Chance witterte und blindwütig nachsetzte.

Gero, der unbewaffnet war, zog das Schwert eines Wachsoldaten, der zögernd an einer Mauer gestanden und den beiden Streithähnen zugesehen hatte, ohne zu wissen, ob er eingreifen sollte. Zu allem entschlossen stellte Gero sich seinem Cousin in den Weg. Der ging mit einem hasserfüllten Blick auf ihn los und hatte keine Scheu, ihn frontal anzugreifen. Gero fing Hanemanns kraftvollen Schlag geschickt ab und verwies ihn damit erst einmal in die Schranken. »Lass es, verdammt!«, rief er, während Hanemann ins Stolpern geraten war, aber von Neuem auf ihn losging. Gero ging unvermittelt zum Gegenangriff über und schlug seinem lallenden Kontrahenten diesmal die Klinge aus der Hand. »Wollen wir das nicht auf morgen vertagen?«, bot er ihm gleichzeitig an. »Dann können wir mögliche Meinungsverschiedenheiten in einem fairen Wettkampf austragen.«

»Der Muselmann hat angefangen«, beschwerte sich Hanemann, der sturzbetrunken war, mit schwerer Zunge. »Soll ich mich etwa von einem Ungläubigen demütigen lassen?«

»Das klären wir, wenn wir alle wieder nüchtern sind«, bestimmte Gero hart und stellte sich seinem uneinsichtigen Cousin erneut in den Weg.

»Bei Allah, er hat Schuld«, schimpfte Khaled, der diese Beleidigung nicht auf sich sitzen lassen wollte, und blitzte seinen Widersacher aus schmalen Lidern an. »Er hat sich in unverschämter Weise meiner Gemahlin genähert und sie mit seinen unreinen Fingern berührt.«

Lyn hob eine ihrer schmalen Brauen und fasste Khaled sacht am Arm. »Lass gut sein, Liebster. Ich kann auf mich selbst aufpassen, das müsstest du inzwischen wissen.«

»Ich habe sie lediglich angesprochen und gefragt, wo ihre Heimat zu finden ist«, verteidigte sich Hanemann mit einer theatralischen Geste. »Dabei habe ich beiläufig ihren Arm gestreift, damit sie auf mich aufmerksam wird. Ist das etwa verboten? Was hast du denn für Freunde, lieber Cousin, die sich benehmen wie dahergelaufene Tagelöhner. Ich meine, was ist das für ein Bankett, bei dem man nicht mal eine schöne Frau ansprechen darf, geschweige denn, ihr die hohe Minne antragen kann?« Hanemanns enttäuschtes Gesicht hätte bei Gero um Haaresbreite einen Lachanfall ausgelöst. Aber Khaleds Blick war zu finster, um dessen Bedenken nicht ernst zu nehmen.

»Wir sollten uns beruhigen und die Angelegenheit überschlafen. Morgen sind wir ausgeruht und können in Ruhe über alles reden.« Gero bedachte beide Parteien mit einer wegweisenden Geste, mit der er den Gegnern die erwünschte Rückkehr zum Palas andeutete. Danach stellte er sicher, dass Hanemann ihm, wenn auch unter lallendem Protest, seine Waffe überließ.

Gero bedachte den Assassinen mit einem unmissverständlichen Blick. »Khaled, ich wäre dir dankbar, wenn auch du dein Schwert wegstecken würdest. Wenn es dir wichtig ist, bitte ich meinen Cousin morgen darum, sich bei dir und Lyn zu entschuldigen. Ich bin sicher, er hat es nicht so gemeint.«

Nachdem die Situation halbwegs bereinigt war, begleitete Gero den aufgeheizten Hanemann bis zu dessen Kammer, wo er in Ruhe seinen Rausch ausschlafen konnte. Auf dem Weg dorthin stellte sich der junge Landgraf mit trunkenem Grinsen, schleppender Stimme und wild gestikulierend mehreren Mägden in den Weg und versuchte sein Minneglück aufs Neue. Anstatt ihn zu erhören, kicherten die jungen Frauen nur haltlos.

»Dumme Gänse!« rief Hanemann herablassend und gab seine Bemühungen endlich auf. Was jedoch nicht dazu führte, dass er sich ohne Widerstand von Gero ins Bett verfrachten ließ. Nachdem Gero ihn nach vielem hin und her in dessen Kammer abgeliefert hatte und sicher sein konnte, dass er dortblieb, machte er sich auf die Suche nach Roland.

Auf dem Weg zurück kontrollierte er einige Putzkammern, die aber zu seiner Erleichterung alle verwaist waren.

Von einer unguten Ahnung getrieben, lief er über den Burghof zurück zu den Stallungen, die eigentlich in den Zuständigkeitsbereich der Burgwachen gehörten. Aber etliche der Männer hatten selbst zu tief ins Glas geschaut, um die Moral während des Fests außerhalb des Palas pflichtgemäß verteidigen zu können. Doch Gero wollte unbedingt verhindern, dass es zu weiteren Auseinandersetzungen kam, weil einige angeheiterte Gäste ihre Finger nicht bei sich behalten konnten.

Schließlich trug er nicht nur die Verantwortung für die Besucher, sondern auch für das weibliche Gesinde. Die Frauen sollten gefälligst selbst entscheiden, wem sie ihre Jungfernschaft opfern wollten und wem nicht.

Dass manche von ihnen mit dieser Frage recht großzügig umgingen, war zu vermuten, denn von überall her waren aufreizendes Gelächter und eindeutige Geräusche zu vernehmen. Als Gero an einem Ziegenstall vorbeimarschierte, sah er aus dem Augenwinkel im Lichtkegel einer Laterne zwei Gestalten in inniger Vereinigung, von denen er zumindest eine zu kennen glaubte.

»Als hätte ich's geahnt«, sagte er mehr zu sich selbst, als sich sein Verdacht bestätigte und er im Schein der Ölfunzel Roland von Briey ausmachte. Der stämmige Burgvogt lag rücklings mit heruntergelassener Hose in einer aufgeschütteten Heumiete. Auf seinen Hüften saß breitbeinig eine der schwarzhaarigen Tänzerinnen, die getrost seine Tochter hätte sein können, und hüpfte rittlings auf und ab. Sie kicherte unentwegt, während er in seinem betrunkenen Zustand offenbar Mühe hatte, sein zuvor gemachtes Versprechen einzulösen.

Gero schüttelte verständnislos den Kopf und beschloss, sich unbemerkt davon zu schleichen. Doch Roland hatte seine Anwesenheit offenbar bemerkt.

»He, du!«, lallte er schwer atmend und hob seinen hochroten Kopf aus dem Heu. »Spionierst du mir etwa nach?« Das Mädchen verharrte derweil stocksteif auf ihm und schlug ertappt die Augen nieder.

»Ich? Nein, wie kommst du darauf«, beeilte sich Gero zu erwidern. »Ich wollte lediglich nach dem Rechten sehen.«

»Und? Ist dir dabei auch deine Tante begegnet? Falls ja, kann dir nicht entgangen sein, dass sie sich nach allen Regeln der Kunst von ihrem alten Gönner vögeln lässt.«

»Ihr alle seid alt genug, um zu tun, was euch beliebt«, beschied Gero in einem strengen Ton und trat schleunigst den Rückzug an. »Ich wünsche euch eine gute Nacht und noch viel Spaß miteinander.«

»Ich bring ihn um!«, lallte Roland und übertönte damit sogar das aufgeregte Meckern der Ziegen, die sich offenbar in ihrer Nachtruhe gestört fühlten. »Ich werde ihn beim Turnier mit meiner Lanze aufspießen wie einen alten Gockel, der nicht schnell genug davonlaufen kann!«

»Na, das kann ja heiter werden«, seufzte Gero auf dem Weg zurück zum Palas. Zu einem äußeren Feind hatte sich nun auch noch ein innerer gesellt. Eifersucht war auf keinen Fall zu unterschätzen. Erst recht nicht, wenn es um die Herzen der eigenen Frauen ging. Nicht umsonst war es in der Minne unerwünscht und bisweilen sogar verboten, mit seiner Begeisterung für eine bereits vergebene Frau bis zum Äußersten zu gehen. Auch auf Waldenstein galt dieses ungeschriebene Gesetz. Mit dem kleinen, aber feinen Unterschied, dass weder die Gastgeberin noch diverse hochgestellte Gäste auf dieser Festung bereit waren, sich daran zu halten.

KAPITEL 11

APRIL 1316
HERZOGTUM LOTHRINGEN / BURG WALDENSTEIN

Fragwürdige Liebschaften

Je näher sie ihrem Ziel kamen, umso mehr zweifelte Justine an ihrer Fähigkeit, ihren Auftrag erfüllen zu können. Nicht nur, weil sie Sorge hatte, in die Fänge dieser berüchtigten Templer zu geraten, sondern auch, weil Helias Baillie nicht müde wurde, ihr einzubläuen, an was sie alles denken musste, wenn sie ihrer alten Freundin das erste Mal über den Weg lief. Umso mulmiger war ihr zumute, als sie und die drei Agenten der Gens du Roi mit ihren drei hölzernen Wagen die Einfahrt zum Jahrmarkt der Festung Waldenstein passierten. Anlässlich des bevorstehenden Turniers sollten sie dort auf einem weitläufigen Platz außerhalb der Burg zusammen mit anderen Händlern ihre Buden und Stände aufbauen.

Dass sie nicht die Einzigen waren, die zu diesem Anlass ihre Waren unweit der gewaltigen Festung feilboten, erkannte Justine an der langen Schlange von Pferden, Wagen und Karren, die sich vor der Zufahrt zu dem eingezäunten Gelände gebildet hatte. Bevor man seinen Laden auf dem Platz aufbauen durfte, musste man sich bei einem Quartiermeister anmelden und eine gewisse Summe zahlen, die als Vorschuss für die Nutzung des Platzes und als Abgabe auf die zu erwartenden Verkäufe verlangt wurde. Zudem wurden sie mit den Regeln rund um das Turnier vertraut gemacht.

»Es ist Euch bei Strafe verboten, die Festung zu betreten«, klärte der Quartiermeister sie auf. Als sie endlich an der Reihe waren. Er war ein unfreundlicher grauhaariger Kerl, der neben dem Einlass in einem halbrunden Zelt an einem Tisch saß und etliche Listen aus Pergament mit Namen und Herkunft der Handelsreisenden füllte. Rechts von ihm stand ein kleines Tintenfässchen mit einer Feder. Ab und an kritzelte er etwas auf ein beiliegendes Stück Papier. So wie es aussah, war er für die Vergabe der Plätze und die Einnahme der Abgaben zuständig. Ein jüngerer Mann mit bleichem Gesicht, der neben ihm saß, kassierte die Gebühren ein und verstaute die Münzen in einer eisernen Kiste.

»Auch müsst ihr euch wieder abmelden, bevor ihr das Gelände verlasst«, mahnte sie der Quartiermeister. Das Areal war mit einem mannshohen Lattenzaun vom übrigen Gelände abgeteilt. Davor patrouillierten Wachen, damit niemand herein und heraus kam, der nicht dort hingehörte. Eigentlich eine gute Sache, fand Justine, denn die Händler wurden damit vor Dieben geschützt. Aber warum gemeldet werden musste, wenn die Händler das Gelände verließen, wollte ihr nicht einleuchten.

Vom Eingang zum sogenannten Jahrmarkt war es nicht weit bis zum eigentlichen Turniergelände. Vom Zelt des Kassierers aus konnte Justine einen Blick auf den Wettkampfplatz erhaschen. Er lag auf einem benachbarten Plateau unterhalb des Platzes der Händler. Der Untergrund war komplett mit einer Mischung aus feinem Sand und Sägespänen ausgestreut. Zwei große Tribünen, nach Männern und Frauen getrennt, begrenzten die Arena, die zudem von alten Eichen und Buchen umgeben war, durch deren noch spärliches Grün Justine die Zinnen der dahinter liegenden gewaltigen Festung erkennen konnte.

»Wo kommt ihr her?«, wollte der griesgrämig dreinblickende Quartiermeister wissen, während sein Blick von Baillie zu dessen Adjutanten Raimond wechselte. Erst danach unterzog er Maurice einer eingehenden Betrachtung, der die ganze Reise über kaum ein Wort gesprochen hatte. Keinem der Männer war anzusehen, dass sie zur Geheimpolizei des franzischen Königs gehörten, und doch erweckte deren soldatische Haltung bei ihrem Gegenüber ein sichtbares Misstrauen. Erst zum Schluss ging der kontrollierende Blick des Alten zu Justine über, deren aufreizende Erscheinung jeglichen Verdacht von ihren drei Mitreisenden zu nehmen schien. Trotz der kühlen Witterung trug sie ein offenherziges Gewand, das ihre drallen Formen anmutig zur Geltung brachte. Baillie hatte ihr befohlen, sich reizvoll zu kleiden, weil er meinte, dass diverse Wachen sich dann mehr auf sie konzentrieren würden, anstatt ihm und seinen Männern verfängliche Fragen zu stellen. Und er schien damit recht zu behalten.

»Franzien«, antwortete Baillie wahrheitsgemäß, während der gierige Blick seines Gegenübers an Justines vollen Brüsten haftete.

»Wir dulden keine Hurerei auf dem Platz«, stellte der Alte klar, dessen sichtbares Interesse an ihr aber vermutlich das Gegenteil unter Beweis stellten.

Instinktiv zog Justine ihren Umhang enger über ihren Ausschnitt und straffte sich.

Baillie grinste anzüglich. »Gewiss doch«, antwortete er unterwürfig. »Wir sind anständige Leute.« Ihm konnte diese Ablenkung nur recht sein, während er dem Mann die gewünschten Pergamente präsentierte. Sein Gegenüber schaute gar nicht richtig hin, sondern murmelte nur etwas Unverständliches, setzte blindlings die richtigen Haken auf seinem Papier und erteilte Justine und ihren Begleitern die Erlaubnis zur Einfahrt. Damit war zumindest die erste Hürde genommen. Doch der Mann schien mit seinen Belehrungen noch nicht fertig zu sein. Baillie beantwortete geduldig weitere Fragen und gab sich offenbar größte Mühe, den Kerl nicht stutzig zu machen oder gar zu verärgern.

Sie hatten verabredetet, mit allen Äußerungen so nah wie möglich bei der Wahrheit zu bleiben, weil man ihre Herkunft spielend an ihrem franzischen Akzent erkennen konnte. Außerdem war beabsichtigt, Amelie Bratac später eine glaubhafte Geschichte zu servieren.

»Dürfen wir unsere Waren auch innerhalb der Festung feilbieten?«, wollte Baillie mit unschuldigem Blick wissen.

»Franzleute kommen nicht auf die Festung, das sagte ich doch«, gab ihnen der Amtmann barsch zu verstehen. »Außerdem untersteht ihr der ständigen Aufsicht der festungseigenen Wachmannschaften.«

»Warum ein solches Misstrauen, wenn ich fragen darf?«, hakte Baillie mit gespielter Freundlichkeit nach.

»Das geht Euch nichts an«, schnarrte der andere. »Entweder Ihr nehmt es, wie es ist, oder Ihr packt Eure Sachen und macht euch davon.«

Baillie nickte ergeben, obwohl Justine gerne gewusst hätte, was hinter diesem Verbot steckte. Doch im Grunde war es ihr einerlei. Sie hatte ohnehin nur noch Augen für einen riesenhaft anmutenden Kerl, der just an ihnen vorbeigegangen war. Mit seinen dunkelbraunen schulterlangen Locken, dem kurz gestutzten schwarzen Bart und den schönen, braunen Augen, konnte er Justine gar nicht entgehen. Selten hatte sie einen besser aussehenden Mann gesehen. Die breiten Schultern und das markante Gesicht mit dem sinnlichen Mund taten ihr Übriges, um ihr Interesse zu erregen. Der Quartiermeister, dessen Aufmerksamkeit er ebenso erregt hatte, wenn auch aus ganz anderen Gründen, rief ihn mit einem Wink zu sich heran.

»Malcolm, sag deinen Söldnern, sie sollen die Neuankömmlinge darüber aufklären, was sie hier zu tun und zu lassen haben. Das ist nicht unsere Aufgabe. Wir sind lediglich für die Registrierung und die Eintreibung der Abgaben zuständig.«

Der junge Offizier schaute den viel älteren Quartiermeister verwundert an, blieb aber dennoch stehen und nickte verständig.

»Ich habe gerade erst meinen Dienst angetreten und dachte meine Leute wären längst hier oben und hätten die Patrouillen bereits übernommen. Ich gehe gleich nachsehen, wo sie geblieben sind. Vielleicht kann ich einstweilen aushelfen«, sagte er mit einer angenehm tiefen Stimme, die für einen jungen Mann erstaunlich rau war.

»Dann kläre diese Herrschaften gleich über ihre Pflichten auf«, entgegnete der Quartiermeister und bedachte ihn mit einem ungeduldigen Blick.

Für Justines Verständnis erzählte der junge, blendend aussehende Offizier ihnen im Grunde das Gleiche, was zuvor der Quartiermeister schon gesagt hatte. Aber das war ihr einerlei, weil für sie ohnehin nur wichtig war, dass sie ihn noch ein wenig länger betrachten konnte. Er sprach fließend Franzisch mit einem eigentümlich harten Akzent, der Justine an die Tonlage der Männer tief im Süden von Franzien erinnerte, was ihn in ihren Augen noch attraktiver machte.

Mit einem verstohlenen Blick musterte Justine seine Kleidung, die ihr mindestens so beachtenswert erschien wie der ganze Mann. Über seinem dunklen Wams, das mit dem Wappen der Festung bestickt war, dessen eingearbeitete Silberfäden seinen Offiziersrang bestätigten, trug er ein fein gearbeitetes Kettenhemd. Es ließ seinem muskulösen Oberkörper noch imposanter erscheinen als ohnehin schon. Im Gegensatz zur Kleidung von gewöhnlichen Söldnern fand sich darunter jedoch keine robust gearbeitete Hirschlederhose, sondern ein wadenlanger Rock aus einem doppelt gefassten, dunkel karierten Wollstoff. In der Taille wurde der Stoff von einem breiten Gürtel gehalten, an dem mehrere verschieden große Messer steckten. Dazu kreuzten zwei handbreite Lederriemen die breite Brust des jungen Wachsoldaten und führten zu einer Schwertscheide auf dem Rücken, in der ein furchteinflößendes Langschwert steckte. Justine konnte sich dunkel erinnern, eine solche Bewaffnung schon einmal gesehen zu haben. Zusammen mit dem feurigen Ausdruck in seinen nussbraunen Augen und einer geschätzten Körpergröße von sechs Fuß fünf, vermittelte der bemerkenswerte Kerl Justine das Gefühl, einem leibhaftigen Nordmann gegenüberzustehen.

Sein wacher Blick pendelte zwischen Baillie und ihr hin und her. Wobei sie seine Aufmerksamkeit um einiges mehr zu wecken schien als ihre männlichen Begleiter.

Als sie bemerkte, dass ihm ihr Interesse an seiner Aufmachung nicht verborgen geblieben war, klappte sie rasch den Mund zu und senkte verlegen den Blick. Dabei wurde ihre Neugier erneut von seinem merkwürdigen Rock gefesselt, dessen Saum ihr freie Sicht auf seine bloßen Knie und die strammen Waden erlaubte, die in bestens gearbeiteten, dunklen Lederstiefeln steckten und in doppeltem Sinne offenbarten, auf welch großem Fuß er lebte.

Auch sie spürte seinen Blick auf sich ruhen und wagte es nicht, noch einmal zu ihm aufzuschauen. Schließlich tat sie es doch, weil sie sich der Anziehungskraft seiner tiefgründigen Augen nicht entziehen konnte. Ihre Blicke begegneten sich und Justine spürte sofort, wie sie errötete und ihr Herz zu flattern begann.

Die Art wie er sie musterte, abschätzend und verwegen zugleich, jagte ihr ein feines Prickeln über den Rücken. Er hob seine Mundwinkel zu einem angedeuteten Lächeln, das eine bis dahin nicht gekannte Hitze in ihrem Innerem entfachte. Sie wagte nicht zurückzulächeln, zumal Baillie direkt neben ihr stand und sie ebenfalls lauernd beobachtete. Und doch fiel es ihr schwer, sich von diesem eindrucksvollen Kerl abzuwenden, als er sich erneut Baillie widmete, der sich als Verantwortlicher für ihren Tross aus Wagen und Tieren zu erkennen gegeben hatte.

»Wie viele seid Ihr, und wo gedenkt Ihr Eure Wagen abzustellen?«, wollte der Hüne von ihm wissen, ohne sich selbst vorgestellt zu haben. Dabei blickte er mühelos über Baillie hinweg, um den Umfang ihres Auftritts einschätzen zu können.

»Wir haben einen Wagen mit Gemischtwaren und zwei Wohnwagen dabei und möchten uns gerne in die erste Reihe stellen«, erklärte Baillie ihm mit geradezu unterwürfiger Höflichkeit. Dabei deutete er auf die geschlossenen Holzkarossen, die alle mit einem geteerten Dach versehen waren und jeweils von zwei Pferden gezogen wurden. »Wir haben uns zu einem Bündnis aus vier Händlern zusammengeschlossen«, fügte Baillie hinzu, ohne rot zu werden. »Drei Männer und eine Frau.«

»Was habt ihr feilzubieten?« Die Neugier des Wachoffiziers war offenbar durch Justines Anwesenheit geweckt, weil er die Frage eigentlich an sie gestellt hatte.

»Eine ganze Menge«, erläuterte ihm Baillie stattdessen, während sein anzüglicher Blick zu Justine wanderte. »Unsere Gefährtin wird Euch unser Angebot sicher gerne vorführen.«

Justine schluckte, als sie den erwartungsvollen Blick des jungen Offiziers auf sich spürte.

Auch Baillie hatte längst bemerkt, dass der Mann sich mehr für sie erwärmte, als für ihn und seine Kameraden. *Und Baillie wäre kein Agent der Gens du Roi, wenn er eine solche Entwicklung nicht für sich auszunutzen wüsste*, dachte Justine mit einem unguten Gefühl in der Magengrube. Zudem kam ihm zugute, dass er bei einem Zwischenstopp in Metz zahllose Dinge eingekauft hatte, die sie als ernst zu nehmende Händler auswiesen, um in einer solchen Situation über jeden Zweifel erhaben zu sein.

»Edle Stoffe, mein Herr«, antwortete Justine erst jetzt auf die Frage des Wachhabenden und versuchte, dem interessierten Blick des Mannes auszuweichen, so gut es ging. »Außerdem dicke Stundenkerzen in schön gedrechselten Formen, bunte Tücher, Hüte mit steifer Krempe, Decken aus bester Schafwolle mit Litzen aus Seide, Kämme, Bürsten, Töpfe, Seife, Puder und Unmengen an Süßigkeiten und Backwaren. Ich kann euch gerne eine Kostprobe geben, wenn wir alles ausgepackt und auf den Ladentischen präsentiert haben. Vielleicht möchtet Ihr später noch einmal vorbeischauen.«

»Das Angebot nehme ich gerne an«, antwortete er und beglückte sie mit einem betörenden Lächeln, bei dem seine makellosen Zahnreihen zum Vorschein kamen. »Zumal ich es leider eilig habe, weil ich noch andere Aufgaben erledigen muss. Ich bin sicher, Ihr werdet ein gutes Geschäft machen«, versicherte er ihr. »Obwohl die Ernten dieses Jahr extrem schlecht ausgefallen sind und die Menschen landauf, landab wenig Geld in der Tasche haben, ist das Turnier auf Burg Waldenstein kein gewöhnliches Volksfest, sondern eine Zusammenkunft der besten Ritter der Region. Die meisten von ihnen sind vermögend genug, um sich all diese auserlesenen Dinge leisten zu können.« Sein Blick ruhte noch einen Herzschlag lang auf Justine, dann wandte er sich an Baillie und klärte ihn und seinen beiden Begleiter in einem wesentlich steiferen Vortrag über die auf dem Platz herrschenden Gesetze und Regeln auf.

»Zehn Prozent eurer Einnahmen gehen in die Kasse des Quartiermeisters«, fügte er streng hinzu. »Bei Zuwiderhandlung gegen die Auflagen droht eine Strafe, und Ihr werdet unverzüglich des Platzes verwiesen.«

Während Baillie ergeben nickte, musterte Justine den beeindruckenden jungen Wachoffizier aufs Neue, wobei sie sich die Frage stellte, ob er selbst ein Ritter war und über einen entsprechenden Besitz verfügte. Sein Gebaren und seine Art zu sprechen schienen darauf hinzudeuten.

»Habt Ihr die Regeln begriffen?«, wollte er von Baillie wissen und verengte seine Augenlider so sehr, dass Justine nur noch seine dichten, schwarzen Wimpern erkennen konnte. Zugleich sorgten seine dunklen Brauen, die sich zu einem Ausdruck finsterer Entschlossenheit zusammengezogen hatten, für eine einschüchternde Düsternis in seinem markanten Gesicht.

Baillie gab sich unbeeindruckt.

»Gewiss«, antwortete er gelassen. »Eure Anweisungen sind uns Befehl. Mit jemandem wie Euch möchte ich mich keineswegs anlegen.« Wieder grinste er linkisch und deutete auf das riesige Schwert seines Gegenübers.

Je länger Justine den jungen Festungsoffizier bei den Verhandlungen mit Baillie beobachtete, umso mehr beschlich sie der Eindruck, ihn schon mal irgendwo gesehen zu haben. Leider wollte ihr beim besten Willen nicht einfallen, woher sie ihn kannte. So sehr sie auch in ihrem Gedächtnis kramte, sie konnte ihm keinen Namen geben.

Nachdem er sich von Baillie und ihr verabschiedet hatte, und mit großen Schritten in Richtung Turnierplatz davonmarschiert war, starrte sie ihm noch eine ganze Weile hinterher, zumal er ihr beim Abschied anzüglich zugezwinkert hatte.

Während Baillie und seine beiden Kameraden sich daranmachten, ihre Wagen an die zugewiesenen Stellplätze zu bringen, um sie aufzubauen und zu entladen, wurde in Justine das Bedürfnis übermächtig, dem gutaussehenden Wachoffizier zu folgen. Sie musste herausfinden, warum er ihr so vertraut erschien.

»Ich will mich ein wenig auf dem Platz umschauen«, sagte sie zu Baillie, nachdem er die Pferde abgeschirrt hatte und seine Begleiter anwies, sie zu einer extra aufgestellten Tränke zu führen.

»Tu, was du nicht lassen kannst«, sagte er und gab ihr damit die Freigabe, nach ihren eigenen Vorstellungen herumzuspionieren. »Lass dich nur nicht von diesem riesenhaften Schotten erwischen«, warnte er sie mit einem hinterhältigen Grinsen.

»Schotte?« Sie blinzelte ihn fragend an.

»Jetzt sag bloß, du hast noch nie einen Schotten gesehen?« Baillie hob eine Braue. »Sie tragen karierte Überwürfe und sprechen, als ob man ihnen ein Reibeisen in den Hals gesteckt hätte. Diejenigen, die von den Nordmännern abstammen, sind obendrein wahre Riesen. König Edward I. von England rekrutierte solche Hünen bevorzugt für seine Leibwache.«

»Ich kann mich nicht erinnern, je einen Schotten gesehen zu haben«, erwiderte Justine und besann sich sogleich eines Besseren. Oder doch? Aber das verschwieg sie Baillie vorsichtshalber. Amelies Templer war, soweit sie sich erinnern konnte, ein Schotte gewesen, und auch wenn Justine ihm nie näher als hundert Fuß gekommen war, wusste sie von Amelie, dass er eine überaus raue Stimme gehabt hatte und beim Sprechen besonders das »r« betonte. Amelie war darüber stets ganz aus dem Häuschen gewesen. Und ja, wenn sie noch genauer darüber nachdachte, war ihr, als ob ihr soeben die jüngere Ausgabe dieses Traummannes begegnet war.

Natürlich! Unvermittelt ging ihr ein Licht auf. *Das* war also der Grund, warum er ihr so bekannt erschien. Mit einem Mal verspürte sie ein aufgeregtes Herzklopfen. Was, wenn dieser unglaubliche Kerl ein Verwandter von Amelies Gemahl war?

Ohne noch einmal auf Baillies Bemerkung einzugehen, schlenderte sie zur Einfahrt zurück, wo der Quartiermeister saß, der inzwischen mehr als genug mit der Abfertigung weiterer Händler zu tun hatte. Unbeobachtet gelangte sie zu einem hölzernen Zaun und überwand ihn, indem sie behände darüberstieg. In gebückter Haltung und von zahlreichen Sträuchern und Bäumen geschützt, gelangte sie zu einem kleinen Hügel. Von dort oben hatte sie eine freie Sicht auf den gesamten Turnierplatz. Etliche Ritter mit ihren Pferden bereiteten sich in einem kleinen Dorf aus neu aufgestellten Rundzelten auf ihren Einsatz vor. Justine war ganz ergriffen von diesem Schauspiel und hätte am liebsten auf der Tribüne der Damen Platz genommen, um sich die Vorentscheidungen des Turniers aus nächster Nähe ansehen zu können. Sie beneidete die adligen Frauen, die den Rittern am Ende des Turniers die Siegerkränze überreichen durften und stellte sich die Frage, ob Amelie auch unter ihnen sein würde.

Umso überraschter war sie, als sie unvermittelt den jungen schottischen Offizier neben der Tribüne der Damen entdeckte, wo er sich mit anderen Wachleuten besprach und immer wieder zum Marktplatz hinaufdeutete. Anscheinend gab er ihnen Befehle, wie sie die Händler und den Platz auf die Einhaltung der Regeln zu überprüfen hatten.

Dabei entdeckte Justine einen weiteren Mann, der sein Zwillingsbruder hätte sein können. Er war genauso groß und athletisch. Sein schwarz gelocktes Haar und der dichte Bart waren jedoch nicht ganz so wild, sondern akkurater und kürzer geschnitten. Im Gegensatz zu der offenbar jüngeren Ausgabe, trug der Ältere eine schwarze Hirschlederhose, dazu den gleichen Wappenrock und das gleiche monströse Schwert auf dem Rücken.

Bei näherer Betrachtung war Justine sicher, dass er jener Ordensritter sein musste, der Amelie in Bar-sur-Aube das Herz gestohlen hatte. Justine konnte sich gut an die Anfänge der verbotenen Liaison ihrer Freundin erinnern. Sie hatte im Vorfeld der Affäre immer wieder die Beichtmutter für Amelie gespielt. Daher wusste sie auch, dass ihre beste Freundin bereits beim ersten Rendezvous heimlich das Lager mit dem begehrenswerten Mönchskrieger geteilt hatte und schon bald von ihm schwanger geworden war. Dass Amelies Vater andere Pläne hatte und seine einzige Tochter mit einem schon älteren Weinhändler hatten vermählen wollen, hatte für Amelie keine Bedeutung gehabt. Erst nachdem feststand, dass der Templer sie geschwängert hatte und eine Ehe mit ihm unmöglich erschien, war sie unter Tränen zu dem Entschluss gelangt, den Weinhändler zum Mann zu nehmen und das Kind des Templers notfalls als dessen Nachwuchs auszugeben. Ein Umstand, der ihre Freundin in tiefe Verzweiflung gestürzt hatte. Aber dann waren die Templer allesamt verhaftet worden und Amelie war, wenn man de la Motte Glauben schenken konnte, vom tatsächlichen Erzeuger ihres Balgs hierher entführt worden. Wobei Justine sich kaum vorzustellen vermochte, dass Amelie diesem fabelhaft aussehenden Mann mit Widerwillen gefolgt war. Doch um die Wahrheit herauszufinden, musste sie jemanden fragen, der ihr vertrauenswürdig erschien. Irgendwen, der sich hier auskannte und nicht zu diesen angeblich teuflischen Templern gehörte.

»Was ist?«, fuhr Baillie sie von der Seite an, als sie zu ihrem Wagen zurückgekehrt war, wo er und seine Männer damit beschäftigt waren, die Waren auszuladen, um ihre Scheingeschäfte zu eröffnen. »Hast du bei deinem Rundgang irgendwas herausbekommen?«

»Nein, ich …« Justine senkte den Blick, um sich zu sammeln. Sie war nicht sicher, ob sie Baillie von ihren Vermutungen berichten sollte. »Nichts von Bedeutung. Außer vielleicht, dass ich von Weitem den jungen Schotten gesehen habe, wie er sich mit seinen Männern besprochen hat. Ich bin sicher, er weiß, ob sich Amelie Bratac auf der Festung aufhält. Aber ich habe nicht die leiseste Ahnung, wie ich sein Vertrauen erwecken und ihn aushorchen könnte.«

»Dann lass dir etwas einfallen. Ich habe gesehen, wie er dich angestarrt hat. Mach ihm schöne Augen und lass dich von ihm ficken, wenn es nicht anders geht. Du bist doch sonst nicht so zurückhaltend. Aber denk dran, was ich dir gesagt habe«, fügte Baillie mit düsterer Miene hinzu: »Ganz gleich, wie du vorgehst, es muss alles wie ein Zufall aussehen und nicht wie ein abgekartetes Spiel.«

Justine leckte sich rasch über die vollen Lippen. »Macht Euch keine Sorgen, mir wird schon etwas einfallen.«

»Sei vorsichtig bei allem, was du tust«, mahnte Baillie. »Vergiss nicht – bei dieser Geschichte hat der Herr der Finsternis seine Hände im Spiel.«

KAPITEL 12

APRIL 1316
HERZOGTUM LOTHRINGEN / BURG WALDENSTEIN

Einsame Helden

Am Morgen nach dem Bankett saß Hannah im Bett und stillte Sophia. »Sag, was war eigentlich gestern mit Roland los?«, fragte sie beiläufig, während sie mit einem liebevollen Blick ihre kleine Tochter beobachtete, die sich mit zufriedenem Schmatzen der ersten Mahlzeit des Tages hingab.

Gero, der irgendwann in der Nacht in die Kammer zurückgekehrt sein musste, als sie schon geschlafen hatte, schien ihre Frage nicht gehört zu haben und stieg unbeirrt in seine Hirschlederhose. Danach zog er sich ein besonders dick wattiertes Unterwams über, das er beim Zweikampf zu Pferd immer unter seinem Kettenhemd trug. »Ich habe gar nicht bemerkt, wie du ins Bett gekommen bist«, versuchte sie erneut ihr Glück, als er ihr immer noch eine Antwort schuldig blieb.

»Tut mir leid«, raunte er abwesend. »Ich wollte dich nicht wecken. Du und die Kleine, ihr habt so friedlich geschlafen. Und ich war alles andere als gut gelaunt, nachdem sich meine Befürchtungen bewahrheitet hatten.«

»Welche Befürchtungen? Hast du Roland gefunden? Und wenn ja, wo war er?«

»Das willst du nicht wissen«, erwiderte Gero und grinste matt, bevor er sich mit Schwung das frisch gereinigte Kettenhemd überzog.

»So warte doch«, rief Hannah ihm zu, als sie sah, wie er die Lederbänder an der Seite umständlich zuschnürte. »Ich helfe dir, sobald die Kleine fertig ist.«

»Das dauert mir zu lange«, erklärte er ungeduldig und brachte sein Werk auch ohne ihre Hilfe zu Ende. Nachdem er die Kettenbeinlinge über seine Hose gezogen und an einem extra dafür angefertigten Gürtel befestigt hatte, stieg er in seine schweren Reitstiefel, die er bereits bei den Templern getragen hatte. »Ich muss heute Morgen bei der Aufteilung der Turnier-Mannschaften dabei sein«, klärte er sie beiläufig auf. »Roland darf keinesfalls gegen einen der beiden Lichtenberger kämpfen. Das würde Mord und Totschlag bedeuten.«

Hannah bedachte ihn mit einem forschenden Blick. »Du hast mir immer noch nicht erzählt, was gestern Abend vorgefallen ist.«

»Du bist hartnäckiger als die Inquisition«, antwortete er mit einem gequälten Lächeln. »Nur dass deine Methoden um einiges subtiler sind.«

»Und du machst mich mit deiner Geheimnistuerei erst recht neugierig«, gab sie ungeduldig zurück.

»Ob du es glaubst oder nicht, ich wurde unfreiwillig Zeuge, wie sich die Gräfin mit Johann I. von Lichtenberg in einer Wäschekammer vergnügt hat, und Roland, dem das anscheinend auch nicht entgangen ist, hat es im Gegenzug mit einer der jungen Tänzerinnen im Ziegenstall getrieben.«

Hannah schaute ihn aus schmalen Lidern an. »Das ist nicht dein Ernst?«

»Leider doch. So wahr wie ich hier stehe.«

»Du willst mir einen Bären aufbinden, oder?«

»Keineswegs. Als ich Roland heute Morgen auf dem Weg zum Abort getroffen habe, war er ziemlich wütend. Wobei das noch eine harmlose Bezeichnung ist. Irgendwer hat ihm gesteckt, dass der alte Landgraf anschließend die Nacht in Margarethas Gemächern verbracht hat. Daraufhin hat Roland angekündigt, Johann I. beim Turnier zum Zweikampf herauszufordern, um ihn mit größtem Vergnügen einen Kopf kürzer machen zu können. Was ich keinesfalls zulassen kann, denn eine Leiche nützt uns naturgemäß nicht als Verbündeter. Von den diplomatischen Verwicklungen, die eine solche Tat mit sich bringen würde, mal ganz abgesehen. Deshalb habe ich die Gruppeneinteilung übernommen und werde dafür sorgen, dass die beiden nicht gegeneinander aufgestellt werden.«

»Und wie willst du einen Kampf verhindern? Ich meine, wenn Roland sich bereits auf den alten Lichtenberger eingeschossen hat, wird er sich wohl kaum davon abbringen lassen, oder?«

»Notfalls sperre ich ihn in den Kerker, solange Johann I. und Hanemann auf dieser Burg weilen.« Ohne aufzublicken, klinkte Gero seine mit Silberornamenten beschlagene Schwertscheide mit dem kostbaren Anderthalbhänder an den breiten Hüftgürtel. Die verräterische Runde mit dem Templerkreuz war inzwischen gegen das Wappen von Waldenstein ausgetauscht worden.

»Ich weiß nicht …« Hannah schaute besorgt auf, nachdem sie die Kleine von ihrer Brust genommen hatte, weil sie beim Nuckeln eingeschlafen war und nun schwer und satt in ihrem Armen lag. »Hast du nicht gesagt, ihr kämpft nur mit Übungswaffen?«

»Ja, aber das bedeutet nicht, dass die Teilnehmer außerhalb des Turniers keine scharfen Waffen tragen dürfen. Also heißt es, wachsam zu bleiben, damit

Roland nicht bei nächster Gelegenheit auf den alten Lichtenberger losgeht und ihn in Stücke haut.«

»Jesus Maria! Und die Gräfin?« Hannah konnte ihre Entrüstung über Margarethas Verhalten nur mit Mühe verbergen. »Warum demütigt sie Roland auf eine solche Weise? Ich dachte immer, die beiden sind ein Herz und eine Seele und wären sich schon über Jahre eng verbunden.«

»Das dachte ich auch«, schob Gero genervt hinterher. »Aber ich habe einen furchtbaren Verdacht. Vielleicht hat sie einfach ihre alte Liebschaft wiederbelebt, um mir zu helfen.«

Hannah schaute ihn begriffsstutzig an. »Indem sie mit deinem Oheim ins Bett hüpft?«

Gero lachte bitter. »Erstens ist er nur ein angeheirateter Oheim, und zweitens umschreibt ›ins Bett hüpfen‹ nur ungenügend, was unten in der Wäschekammer vor sich gegangen ist. Aber so wie es aussieht, hat Margaretha ihn anschließend tatsächlich mit in ihr Schlafgemach genommen. Wobei ich mir fast sicher bin, sie hat es nur getan, damit der gerissene Hund nicht auf die Idee kommt, ihr unliebsame Fragen zu stellen, die meine und deine Vergangenheit oder die Herkunft unserer Gefährten betreffen.«

»Du meinst, sie hat sich für deinen guten Ruf prostituiert?« Hannah konnte kaum glauben, was Gero ihr mit seinen Vermutungen andeuten wollte.

»Ja, ich fürchte, so könnte man es nennen. Gut möglich, dass die beiden Lichtenberger uns mit ihrer elenden Fragerei tatsächlich in Schwierigkeiten bringen.«

»Willst du mit Margaretha darüber sprechen?«

»Wenn überhaupt, nur unter vier Augen.« Er verabschiedete sich von Hannah mit einem zärtlichen Kuss und einem weiteren, den er Sophia auf die Stirn hauchte. »Würde es dir gefallen später zum Turnierplatz zu kommen und uns bei den Übungskämpfen zuzuschauen. Du könntest die Gräfin und meine Mutter mitbringen. Vielleicht besinnt sich Roland, wenn er euch drei dort oben sieht, und verwirft seinen Rachefeldzug.«

»Ich bin nicht sicher, ob diese Strategie aufgeht«, sinnierte Hannah zweifelnd. »Ich frage mich, ob deine Mutter weiß, was zwischen ihr und dem alten Lichtenberger gelaufen ist?«

»Ich kann es nicht beschwören, aber du kennst sie. Selbst wenn sie es wüsste, würde sie sich wahrscheinlich nicht in Margarethas Angelegenheiten mischen.«

Hannah stieß einen leisen Seufzer aus und warf einen raschen Blick zum Fenster. Draußen bahnten sich die ersten Sonnenstrahlen einen Weg durch die Wolken und ein frischer Wind zerrte an einer Fahne, die auf einem Türmchen wehte. »Wenigstens das Wetter ist heute Morgen nicht so übel wie die Tage zuvor. Mal sehen, ob ich Gesa begeistern kann, heute Vormittag auf Sophia aufzupassen. Danach werde ich deine Mutter und die anderen Frauen fragen, ob sie mit mir zusammen auf den Turnierplatz gehen möchten.«

»Sag ihnen, es wäre schön, wenn ihr uns mit eurer Anwesenheit unterstützt«, ermutigte Gero sie mit einem Lächeln. »Ohne den Reiz der holden Weiblichkeit machen die Kämpfe nur halb so viel Spaß.«

»Tatsächlich?«, gab sie zweifelnd zurück. »Und ich dachte immer, das wäre eine Erfindung romantischer Romanschreiber.«

»Es ist wie bei den Ballspielen. Je mehr Damen die Kontrahenten anfeuern, umso mehr fühlen sie sich herausgefordert, den Gegner in die Knie zu zwingen. Leider mussten wir früher im Orden immer auf weibliche Unterstützung verzichten. Obwohl wir bei unseren Übungskämpfen regelmäßig heimliche Zuschauerinnen hatten, die wohl meinten, wir würden ihre Anwesenheit hinter Büschen und Bäumen nicht bemerken.« Er grinste breit. »Aber das ist kein Vergleich zur eigenen Liebsten, die auf der Ehrentribüne sitzt und einem am Ende des Turniers den Siegerkranz überreicht.«

»Ich werde sehen, was sich machen lässt«, versprach sie und schenkte ihm ein verliebtes Lächeln. »Um ehrlich zu sein, bereiten mir eure todesmutigen Kämpfe eher ein mulmiges Gefühl in der Magengrube. Ich habe immer Sorgen, jemand könnte ernsthaft verletzt werden.«

»Mach dir keine unnötigen Gedanken«, lenkte er ein und legte sich seinen dunkelblauen Umhang an, den er mit einer silbernen Fibel verschloss. »Wir alle hatten eine exzellente Ausbildung, wie sie nur wenige Ritter vorweisen können, die nicht bei einem Orden gedient haben.« Er warf ihr einen treuen Blick zu. »Falls du nicht die Zeit findest, auf dem Platz vorbeizuschauen, ist es auch kein Weltuntergang. Hauptsache, du bist am Ende des Turniers bei der Siegerehrung dabei. Denk dran, du musst neben der Gräfin sitzen, wenn sie dem besten Ritter den silbernen Lorbeerkranz und das Turniergeld für den Gesamtsieg überreicht«, erinnerte er sie mit einem Augenzwinkern.

Hannah nickte. »Und bis dahin wird jeden Abend gezecht, getanzt und … na, den Rest will ich lieber gar nicht wissen«, wiederholte sie, obwohl sie längst wusste, was die drittwichtigste Beschäftigung der Ritter nach dem Kampf und den darauffolgenden Besäufnissen bei einem Turnier war.

Gero zuckte mit seinen mächtigen Schultern, die jedem Außenstehenden einen unzweifelhaften Eindruck vermittelten, wie gut er im Schwertkampf und im Einsatz der Lanze trainiert war. »Das gehört zu einem guten Turnier dazu, über das man noch Jahre redet. Gäste und Teilnehmer erwarten ein bisschen zusätzliche Unterhaltung. Für heute Abend hat Roland weitere Musikanten, Gaukler und Tänzerinnen engagiert«, fügte er beiläufig hinzu. »Dann haben auch die Bediensteten ein bisschen was davon. Nach dem langen Winter sind alle außer Rand und Band. Schließlich gibt es nicht nur freie Verköstigung für alle, sondern auch Bier und Wein bis zum Abwinken.«

Hannah verdrehte die Augen. »Ich möchte nicht wissen, wer bei einem solchen Turnier außer deiner Tante noch über die Stränge schlägt. Wahrscheinlich steht Waldenstein in neun Monaten ein wahrer Kindersegen bevor.«

»Um mich und meine Kameraden musst du dir dabei keine Gedanken machen«, erwiderte er grinsend. »Wir Templer sind für unsere Tugenden bekannt.«

Hannah lachte verhalten, um die Kleine nicht zu wecken. »Wie sagt Tom immer so nett: ›Drum hüte dich vor den Küssen der Templer.‹ Das Ergebnis liegt nun in meinen Armen.« Sie bedachte Sophia mit einem zärtlichen Lächeln. »Er hat recht, eure Küsse sind gefährlich.« Sie hauchte Gero einen amüsierten Kuss zu. Bevor er endgültig nach draußen verschwand, kehrte er an ihr Bett zurück und küsste sie demonstrativ auf den Mund. »Bis dann«, raunte er mit einem wölfischen Grinsen. »Ich würde mich freuen, dich später auf der Tribüne zu sehen.«

•

Amelie hatte den ganzen Morgen mit sich gehadert, ob sie Struan und seinem jüngeren Bruder bei den Vorkämpfen zuschauen oder lieber darauf verzichten sollte. Nicht nur, weil das Wetter so wechselhaft war, sondern auch, weil ihr Struans unerbittliche Haltung, was ein Wiedersehen mit ihrem Vater betraf, gründlich die Laune verdorben hatte. Je mehr sie über seine Sturheit und sein Unverständnis nachdachte, umso wütender wurde sie. Schließlich war sie ihm durch alle Widrigkeiten gefolgt, weil sie ihn liebte, und hatte dabei Unmenschliches erduldet, um ihr Leben und sein unfassbares Schicksal mit ihm zu teilen. Und nun machte er sich nicht einmal die Mühe, ihre Sorgen um ihren alten Vater zu verstehen, geschweige denn, ihren Wunsch, Nachforschungen zu betreiben, um ihn wiederzusehen – falls er noch lebte. Wenn Struan nicht nachgab, musste sie sich einen eigenen Weg ausdenken, wie sie ihren Vater finden und ihm eine Botschaft zukommen lassen konnte. Selbst wenn sie Struan dabei hintergehen musste. Ein schrecklicher Gedanke, den sie nie für möglich gehalten hätte. Und doch …

Vielleicht schreckte sie deshalb auf, als es abrupt an ihrer Tür klopfte. Nachdem sie »herein« gerufen hatte, stand Hannah unvermittelt vor ihr. Makellos gewandet in ein moosgrünes Reitkleid aus dicht gesponnener Wolle, war die junge Gräfin eine Augenweide. Dazu trug sie braune Stiefel aus robustem Leder, die Amelie durchaus geeignet erschienen, auch durch unebenes Gelände zu laufen. Ihr langes, dunkelrotes Haar hatte Hannah unter einem dicht gewebten Schleier verborgen, den sie mit bunten Bändern unter dem Kinn befestigt hatte.

»Du siehst umwerfend aus! Wer hat dir das prachtvolle Gewand genäht?«, wollte Amelie wissen und betrachtete ihre Freundin bewundernd von Kopf bis Fuß.

»Keine Ahnung. Es gehörte der Gräfin. Sie hat es mir vermacht«, antwortete Hannah. »Sie behandelt mich wie eine Puppe, der man ständig neue Kleider anzieht und legt dabei allergrößten Wert auf mein Aussehen. Gut, dass sie mich noch nicht in Hosen gesehen hat. Wahrscheinlich würde sie vor Entsetzen in Ohnmacht fallen.«

»Du hast es gut.« Amelie stieß einen Seufzer aus. »Ich würde sofort mit dir tauschen. Nicht nur, was die Gewänder der Gräfin betrifft.«

»Wirklich?« Hannah schien überrascht. »Wenn es dir an Kleidern mangelt, gebe ich die gern welche von mir ab.«

»Das ist es nicht. Gero hat mehr Verständnis für dich, als Struan je für mich haben könnte. Bei Gero und dir habe ich immer den Eindruck, ihr seid ein Herz und eine Seele, und dass er dir jeden Wunsch von den Augen abliest. Struan behandelt mich wie eine Leibeigene. Hauptsache, er kann mir seine Manneskraft unter Beweis stellen. Von der Minne scheint er nicht die leiseste Ahnung zu haben.«

»Ich fürchte, der Schein trügt«, entgegnete Hannah mit einem zweifelnden Lächeln. »Glaub mir, Gero und ich haben auch unsere Kämpfe. Das ist wie in jeder Ehe, da gibt es bestimmt nur ganz wenige Ausnahmen.«

»Ich habe euch beobachtet«, stellte Amelie mit einem wissenden Blick fest. »Du stammst aus der Zukunft und hast dich noch nie von ihm herumkommandieren lassen, obwohl du eine schwache Frau bist und er ein ehemaliger Templerkommandeur, der es gewohnt ist, Befehle zu erteilen.«

»Was hat das eine mit dem anderen zu tun?«, fragte Hannah verwundert. »Erstens bin ich keine schwache Frau, sondern *seine* Frau, und zweitens kein Soldat, den er im Zweifel herumkommandieren darf.«

»Na, mit Struan hättest du deine liebe Mühe. Er verlangt von seiner Frau genauso viel Gehorsam wie von den Soldaten, die ihm unterstehen.«

»Was verlangt Struan denn von dir, dass du ihm nicht zu gewähren bereit bist?«, wollte Hannah mit einem Anflug von plötzlicher Neugier wissen.

Amelie grübelte darüber nach, ob sie Hannah von ihrer Idee erzählen sollte, nach ihrem Vater zu forschen – und von Struans resoluter Ablehnung dieses Vorhabens. Aber dann verwarf sie den Gedanken. Hannah würde ihr Ansinnen, nach Franzien zu reisen, ebenso für verrückt erklären wie Struan. »Ach, nichts«, murmelte sie deshalb mit einer wegwerfenden Handbewegung. »Er empfindet einfach anders als ich.«

»Glaub mir, auch wenn es dir so vorkommt, mit diesem Gefühl stehst du als Ehefrau nicht alleine da. Männer verhalten sich von Natur aus anders als Frauen. Das hat nichts mit bösem Willen zu tun. Ich bin sicher, Struan liebt dich abgöttisch. Allein wie er dich ansieht, sagt schon alles. Er ist unglaublich stolz auf dich. Ich habe noch nie beobachtet, dass er sich für irgendeine andere Frau interessiert hat. Obwohl es einige Damen an diesem Hof gibt, die ihm regelmäßig hinterher schmachten, wenn er ihre Wege kreuzt.« Hannah zwinkerte ihr aufmunternd zu. »Ich wollte dich abholen, um gemeinsam mit dir und den anderen zum Turnierplatz zu gehen, damit wir unsere widerspenstigen Helden bei ihren Vorkämpfen anfeuern können. Ich konnte Gesa dazu bringen, auf Sophia aufzupassen. Mattes leistet seinen Dienst als Knappe auf dem Platz und reitet bei den Vorkämpfen nicht mit. Deshalb hatte Gesa keine Lust, uns zu begleiten.«

»Ich weiß nicht …« Amelie strich sich über ihren gut sichtbaren Babybauch.

Hannah musterte sie von oben bis unten. »Na los, mach dich ausgehfertig. Freya, Lyn und Rona warten am Treppenaufgang auf uns. Die Gräfin und Geros Mutter wollen uns ebenfalls begleiten.«

»Ist es kalt?« Amelie linste zögernd durch die kostbaren Glasscheiben nach draußen. »Ich weiß nicht, ob es klug ist, bei diesem Wetter nach draußen ins Freie zu gehen.«

»Es ist ziemlich frisch, aber die Sonne scheint. Zieh dir einfach einen warmen Kapuzenumhang an und komm mit«, lockte Hannah sie. »Außerdem habe ich gehört, dass schon etliche Händler und Gaukler auf dem Marktplatz eingetroffen sind und ihre Stände aufgebaut haben. Vielleicht kaufen wir uns einen heißen Pfannkuchen oder ein paar Süßigkeiten, die es sonst nirgendwo gibt. Was meinst du?«

»Ja, vielleicht.« Amelie gab zaudernd nach. Ein bisschen Abwechslung würde sie bestimmt auf andere Gedanken bringen. »Struan hat mir ein paar Silbermünzen hiergelassen, falls ich dieser Tage irgendetwas sehe, das mir gefällt.« Sie seufzte unentschlossen, während sie ihren Geldbeutel betrachtete.

»Na siehst du, dann ist ja alles bestens«, bestätigte Hannah ihre Überlegungen. »Auch wenn du dich manchmal über Struan aufregst, ist er wenigstens nicht geizig.« Sie lächelte zuversichtlich. »Ich will nach dieser neuen syrischen Seife Ausschau halten, die nach franzischem Lavendel duftet. Anselm hat mir davon vorgeschwärmt. Mal sehen, ob es auf dem Markt Händler gibt, die so etwas im Angebot haben.«

»Der Gedanke an wohlriechende Seife und vielleicht ein paar neue Duftwässerchen ist tatsächlich verlockend«, gab Amelie zu. »Ich muss mir nur rasch meine Stiefel überziehen und den Mantel, dann komme ich mit dir.«

Auf dem Weg hinunter zum Ausgang stießen sie in der großen Ritterhalle auf Rona und Lyn. Wenig später gesellte sich auch Freya hinzu, die einen Picknickkorb mit frisch gebackenen Pasteten, einem Schlauch Rotwein und ein paar Bechern unter dem Arm trug, den sie aus der Küche geholt hatte. »Ich dachte, ein kleines Mittagsmahl könnte nicht schaden«, klärte sie ihre Freundinnen über die gut gemeinte Überraschung auf.

»Das ist wirklich eine wunderbare Idee«, lobte Hannah sie. »Ich bin mir nämlich nicht sicher, was genau in den Buden verkauft wird. Offen gesagt, traue ich dem Inhalt der Pasteten aus unserer Küche eher über den Weg als denen, die auf dem Jahrmarkt angeboten werden.«

»Auf wen warten wir noch?« Freya schaute suchend in die Runde. Ihr konnte es offenbar nicht schnell genug gehen, ihren Johan bei seinem ersten Vorrundenkampf anzufeuern.

»Auf die Gräfin und meine Schwiegermutter«, klärte Hannah sie auf. »Sie wollen gemeinsam mit uns zum Platz gehen.«

»Ich bin gespannt, wie Khaled im Turnier abschneidet.« Lyns veilchenblaue Augen blitzten verliebt. »Beim Tjost ist er ein unglaublich geschickter Kämpfer. Ich bin sicher, er hat gute Chancen auf den Sieg.«

»Wartet ab, bis ihr Struan und Malcolm seht«, entfuhr es Amelie voller Stolz. »Die beiden strotzen nur so vor Kraft und Geschicklichkeit. Ich könnte mir gut vorstellen, dass sie im Schwertkampf nicht zu schlagen sind.«

»Oh, ich zweifle nicht an der Kampfkraft der beiden schottischen Brüder«, versicherte Rona ihr, »aber ich habe mir sagen lassen, es sind viele Teilnehmer dabei, die so stark sind wie Ochsen.«

Lyn zückte wie auf Kommando eine sorgsam gefaltete Liste aus geschöpftem Papier aus ihrer Gürteltasche, auf der einige Namen aufgelistet waren, die sich in der Gruppe von Arnaud und Khaled befanden. »Die Herren von Sierck, Rudolph von Breitscheid, Ottokar von Hattstein, Gunther von Geroldseck, Ludger von Schwarzenburg, Rudger von Sonneberg, Stephan von Sponheim und Walther von Heinzenburg«, zählte sie in rascher Abfolge auf und schaute ihre Begleiterinnen abwechselnd an, um deren Reaktion auf die Namen zu prüfen. »Ich kenne keinen Einzigen von diesen Kerlen, aber Gero zufolge hat die Gräfin keine Kosten und Mühen gescheut und nur die besten Ritter aus Lothringen eingeladen.«

»Walther von Heinzenburg?« Hannah blickte überrascht auf. »Anselm hat mich gestern Abend darüber aufgeklärt, dass seine Vorfahren im Codex

Manesse zu finden sind, einer weltbekannten Liederhandschrift des Mittelalters.«

»Du *befindest* dich im Mittelalter, schon vergessen?«, erinnerte Freya sie mit einem Augenzwinkern. »Allerdings habe ich selbst noch nie etwas von Walther von Heinzenburg gehört. Muss man ihn kennen?«

»Ich glaube schon«, erklang eine Frauenstimme aus dem Hintergrund, die unzweifelhaft Gräfin Margaretha gehörte, die mit ihrer Schwester im Anmarsch war. »Wenn Walther die Vorentscheidungen des Turniers heil übersteht, wird er heute Abend bei uns aufspielen. Er ist wie seine Vorfahren nicht nur ein Ritter von Ehre, sondern auch ein bekannter und allseits geschätzter Minnesänger«, wusste sie mit stolzgeschwellter Brust zu berichten, während sie sich zu den jungen Frauen gesellte. »Wir können uns glücklich schätzen, dass er uns die Ehre erweist.«

»Dann setzt du ihn heute Abend am bestem gleich an deine Seite«, bemerkte Jutta von Breydenbach spitz, die ihr gefolgt war und nun neben ihr stand. »Vielleicht lenkt dieser sagenhafte Minnesänger dich von anderen Versuchungen ab.«

Hannah bemühte sich um einen möglichst neutralen Gesichtsausdruck, obwohl es ihr schwerfiel und wandte sich ab, um Freya nicht in die Augen blicken zu müssen, deren Mundwinkel gefährlich zuckten. Selbstverständlich waren die Gerüchte über Margarethas Verfehlungen auch schon zu ihr vorgedrungen.

»Dein Humor in allen Ehren, liebe Schwester, nur fürchte ich, dass ihn außer dir selbst niemand versteht.« Margaretha überging Juttas Seitenhieb mit einem feinsinnigen Lächeln. »Kommt«, fügte sie hinzu und wies den anderen mit einer anmutigen Geste den Weg hinaus auf den Hof. »Wir sollten unsere wagemutigen Recken nicht warten lassen.«

KAPITEL 13

APRIL 1316
HERZOGTUM LOTHRINGEN /
BURG WALDENSTEIN

Teufelsbrut

Justine und ihre Begleiter hatten die Wagen mit der Ware in Windeseile aufgebaut. Aber so früh am Tag waren noch keine Besucher bei den Verkaufsständen. Nur ein paar schmutzige Jungs in zerrissener Kleidung, die anscheinend zum Gesinde der Burg gehörten, lungerten bei den Zelten und Buden herum.

Baillie ging mit erhobener Faust auf sie zu, als sie den Backwaren zu nahekamen und sehnsüchtig auf die Honigbrezeln starrten, die schön aufgestapelt in einem Korb auf die passende Kundschaft warteten. »Haut ab, verdammte Teufelsbrut«, rief er ihnen zu und zückte drohend sein Schwert, das im Verhältnis zu den beiden schmächtigen Burschen geradezu monströs wirkte.

Obwohl Baillie sich Justine gegenüber bisher höflich verhalten hatte, war er ihr unsympathisch. Dass er kein Erbarmen mit Kindern hatte, erkannte sie auch daran, wie er ihre Sehnsucht nach ihrem Sohn gnadenlos ausnutzte und sie – genau wie Rufus de la Motte – wie eine bedeutungslose Marionette ohne eigenen Willen behandelte, nur um an sein Ziel zu gelangen.

Nichtsdestotrotz richtete sie sich auf und zog ihren Umhang enger um die Schultern, weil sie sich noch einmal auf den Weg zu diesem Hügel machen wollte, um zu ergründen, wie sie unbemerkt zum Turnierplatz gelangen konnte. Falls einer der Wachen sie erwischte, würde sie einfach behaupten, sich verlaufen zu haben, und dem Mann schöne Augen machen. Notfalls würde sie ihm ihre gefälligen Dienste anbieten, damit er sie nicht verriet. Mit einem Blick über die Schulter umrundete sie die Wagen und stellte sicher, dass sie auf ihrem Weg zur Festung von niemandem beobachtet wurde. Im Vorbeigehen schnappte sie sich rasch zwei Brezeln aus einer Kiste und versteckte sie unter ihrem Umhang. Es war kalt, und der Wind hatte aufgefrischt, als sie zurück zum Zaun ging, den sie schon einmal überwunden hatte.

Auf dem Weg durch ein Eichenwäldchen stieß sie auf die beiden halbwüchsigen Burschen, die in der Nähe der Wagen herumgelungert hatten. Der eine war ein jüngeres Kerlchen mit hellblonden Haaren und unverkennbaren Sommersprossen im Gesicht, der andere ein älterer Junge mit dunklem Pagenkopf, der ein paar Schweine in einem Pferch zusammentrieb. Beide blieben stehen, als sie Justine bemerkten.

»Was tust du hier?«, rief der Jüngere mit einem frechen Ausdruck in seinen blauen Augen. »Ist es für die Händler nicht verboten, den Platz zu verlassen?« Auch der Ältere blickte nun auf und schien sich über Justines Erscheinen zu wundern. »Wir könnten dich bei den Wachleuten melden«, drohte er vorlaut. »Es sei denn, du zahlst uns etwas für unser Schweigen.«

»Na wunderbar!«, entgegnete Justine. »Noch grün hinter den Ohren, und schon übt ihr euch als erpresserisches Gesindel. Nur gut, dass ich vorgesorgt habe«, fügte sie mit einem spöttischen Blick hinzu und hielt die beiden Honigbrezeln hoch. »Kommt her, wenn ihr euch traut«, flüsterte sie mit einem listigen Schmunzeln. »Wenn ihr mich nicht verratet, sondern mir stattdessen etwas über die Festung und deren Bewohner erzählt, bekommt jeder von euch einen dieser Leckerbissen.«

Der kleine Blonde näherte sich mit einem linkischen Blick. »Was willst du denn wissen?«, fragte er argwöhnisch.

»Zuerst, wer ihr seid, und was ihr hier zu tun habt.«

»Wir sind abgestellt worden, um die Schweine zu hüten, die für das Fest auf dem Spieß gebraten werden. Wir füttern sie noch mal ordentlich und waschen sie anschließend im Bach, damit sie schön sauber sind.«

»Ihr gehört also zur Festung?«

Die beiden Jungs nickten einvernehmlich, wobei sie ihre verlangenden Blicke nicht auf Justine, sondern auf die Brezeln gerichtet hielten.

»Kennt ihr die Herrschaft persönlich?«

»Nur vom Ansehen«, erklärte der Ältere zögerlich. »Wir arbeiten nicht im Haus, sondern sind für das Vieh in den Ställen zuständig.«

»Meine Mutter arbeitet als Hausmagd für die Gräfin«, fügte der Jüngere vorlaut hinzu. »Und mein Vater ist der Schmied. Beide dienen Gräfin Margaretha und ihrem Gefolge. Und was ist mir dir? Warum interessiert dich das?«

»Ich suche nach einer alten Freundin«, erklärte Justine, »von der es heißt, sie habe einen Ritter geheiratet, der auf der Festung lebt. Vielleicht kennt ihr sie.«

»Warum fragst du nicht auf dem Burghof nach ihr?« Der Ältere beäugte sie misstrauisch.

»Weil ich eine Händlerin bin, schon vergessen? Mir ist es verboten die Festung zu betreten. Außerdem will ich mich nicht offiziell nach ihr erkundigen, bevor ich nicht sicher weiß, ob sie tatsächlich hier lebt.«

Das schien dem Älteren einzuleuchten. »Wie sieht sie denn aus?«

»Als wir noch jünger waren, sah sie aus wie ein Engel. Sie hatte hellblondes lockiges Haar, das ihr bis zu den Hüften reichte. Wunderschöne braune Augen, volle Lippen und Zähne, so weiß wie Schnee. Eine Schönheit, die nicht zu übersehen war. Wobei sie kleiner ist als ich und bis auf die Brüste recht schmal.« Justine zuckte mit den Schultern, während die beiden interessiert ihren Ausführungen folgten. »Aber ich habe sie schon fast acht Jahre nicht mehr gesehen. Vielleicht ist sie ein wenig älter und runzliger geworden.«

Der ältere der beiden grinste unvermittelt. »Ich weiß, wen Ihr meint.« Triumphierend starrte er auf die Brezeln. »Sie ist das Weib von Ritter Struan. Er ist Anführer der Wachmannschaften. Aber sie ist keineswegs alt und runzlig geworden. Sie ist die schönste Frau, die mein Vater je gesehen hat. Jedenfalls behauptet er das immer. Sehr zum Ärger meiner Mutter, die sie als eingebildete Ziege bezeichnet, weil sie die Bediensteten wie Luft behandelt und niemals grüßt. Dabei sieht sie kaum älter aus als meine älteste Schwester, und die ist erst fünfzehn.«

»Struans Frau?«, flüsterte Justine kaum hörbar. Der Name war ihr ein Begriff und hinterließ keinen Zweifel, dass es sich um jene Amelie handelte, mit der sie ihre halbe Kindheit verbracht hatte.

Die Jungen nickten. »Und was ist jetzt mit unserer Belohnung?«, fragte der Ältere.

Justine hielt ihren jungen Informanten die Brezeln entgegen. »Hier. Die habt ihr euch redlich verdient.«

»Sollen wir Eurer Freundin eine Nachricht überbringen?«, bot ihr der Ältere an. »Wir arbeiten manchmal als Boten … gegen Bezahlung, versteht sich.«

»Nein«, erwiderte Justine fest. »Sagt zu niemandem ein Wort, dass ich nach der Frau gefragt habe. Ich will sie überraschen.«

»Geht in Ordnung«, versprach der Ältere und biss herzhaft in seine Brezel.

»Ich habe noch eine Frage«, setzte Justine vorsichtig nach. »Hat meine Freundin Kinder? Ich möchte ihr ein paar Geschenke machen, wenn ich sie sehe.«

»Sie ist guter Hoffnung«, erklärte der ältere Junge kauend. »Aber meine Mutter hat gesagt, dass es ihr erstes Kind ist.«

»Gibt es viele schwangere Frauen auf der Festung?« Justine war nicht sicher, ob die Frage klug war oder ob sie die beiden nur unnötig verwirrte. Aber sie *musste* wissen, ob Baillie mit seinem Verdacht ins Schwarze traf, indem er behauptete, die Templer würden ihre neugeborenen Säuglinge dem Teufel opfern.

Verwirrung und Argwohn schlichen sich in die Blicke der Jungen. »Wie meint Ihr das?«

»Ich … ich meine, gibt es viele Neugeborene auf eurer Burg?«

»Keine Ahnung«, antwortete der Ältere mit einem verunsicherten Blick. »Ich weiß nur, dass meine Mutter immer darüber klagt, dass zu viele Bälger sterben, kaum dass sie geboren sind. Dabei hat die junge Gräfin erst kürzlich ein gesundes Balg zur Welt gebracht.«

»Das ist ja interessant«, murmelte Justine mehr zu sich selbst, wagte es aber nicht, weitere Fragen zu stellen.

»Wenn wir Euch sonst noch irgendwie helfen können, nur raus damit«, erklärte der Jüngere. »Für eine Brezel tun wir fast alles«, schob er im Brustton der Überzeugung hinterher.

»Nein, danke«, erwiderte Justine mit einem scheinheiligen Lächeln. »Aber ihr dürft euch jederzeit bei mir melden, falls es euch nach Nachschub verlangt.«

Sie ließ die beiden ohne Abschied stehen und marschierte zu dem kleinen Hügel, von dem aus sie vor Kurzem Amelies Gemahl und seinen erkennbaren Bruder beobachtet hatte. Um nicht entdeckt zu werden, ließ sie sich hinter einem immergrünen Gebüsch nieder. Von dort aus hatte sie freien Ausblick auf den Turnierplatz und inspizierte die inzwischen hinzugekommen Ritter mit ihren edlen Rössern und dem schimmernden Rüstzeug, die zusammen ein Vermögen gekostet haben mussten.

Ihr Versteck erinnerte sie unterdessen an ihre Zeit in Bar-sur-Aube, als sie zusammen mit Amelie heimlich den Übungen der Tempelritter zugeschaut hatte. Ein unbeschwertes Vergnügen, bei dem es nur darum gegangen war, ihren mädchenhaften Schwärmereien nachzuhängen. Damals hätte Justine es nie für möglich gehalten, welches Unglück sich daraus entwickeln sollte.

Umso erstaunter war sie, als einer der Reiter auf einem silberfarbenen Percheron in beeindruckendem Tempo über den Sandplatz preschte, der ihre Erinnerungen an damals um einiges befeuerte. Das mächtige Tier ließ bei jedem Hufschlag die Erde unter sich erbeben und galoppierte dabei so gezielt an die Hindernisse heran, dass der Ritter mühelos sämtliche Ringe mit seiner Lanze aufspießen konnte. Als der Mann schließlich seinen Topfhelm mit den schmalen Sehschlitzen abnahm, stockte Justine der Atem.

Das kann nicht sein!

Er schüttelte sein sandblondes Haar, das ihm bis auf die Schultern reichte, wie um sein bärtiges Gesicht davon zu befreien, und stieß ein triumphierendes »Ja!« aus. Dabei streckte er seine gepanzerte Faust siegessicher gegen den aufklarenden Himmel.

Justine erkannte nicht nur sein strahlendes Lachen, sondern auch sein markantes Gesicht mit den beeindruckenden Augen, deren intensives Blau bis zu ihr herauf leuchtete. Sie musste nicht lange nachdenken, bis ihr sein Name einfiel. Gero von Breydenbach. Er war bei den Wäscherinnen von Bar-sur-Aube der am meisten begehrte Mann unter den Mönchskriegern gewesen. Nicht wenige der jungen Frauen hätten dem schneidigen Kommandeur-Leutnant der Templer ohne Reue ihre Jungfernschaft geopfert. Nach seiner Versetzung in die Commanderie von Bar-sur-Aube hatte es nicht lange gedauert, bis die Mädchen seinen deutschen Namen herausgefunden hatten. Viel mehr hatten sie nicht über ihn erfahren können, weil Templer grundsätzlich keine privaten Unterhaltungen mit Frauen führten, schon gar nicht mit Wäscherinnen oder Küchenmägden. Was die Ordensritter aber nicht davon abgehalten hatte, ihnen im Vorbeireiten zuzuzwinkern oder hinterher zu pfeifen, wenn sie von einer Mission in die Ordensburg von Bar-sur-Aube zurückgekehrt und dabei an den Auen der Dhuys vorbeigeritten waren. Wobei der deutsche Templer sich als deren Anführer allenfalls zu einem angedeuteten Lächeln hatte hinreißen lassen. Ein Verhalten, mit dem er die Herzen der jungen Frauen erst recht in Aufruhr versetzt hatte.

Bei seinem Anblick fiel Justine auf, dass er kaum gealtert war. Auch die anderen Ordensbrüder, die ihr nach und nach ins Auge fielen, sahen noch genauso aus wie damals. Auch wenn sie es sich kaum vorzustellen vermochte, mussten diese Männer wahrhaftig einen Zauber besitzen, der ihnen die ewige Jugend bescherte. Das konnte nichts anderes bedeuten, als dass Baillie recht hatte: Diese Männer waren mit dem Teufel im Bunde!

Justine dankte der Gottesmutter Maria, weil sie vernünftig genug gewesen war, sich nie mit einem von ihnen eingelassen zu haben.

Unvermittelte spürte sie, wie Angst in ihr hochkroch. Was, wenn es ihr nicht gelang, Amelie davon zu überzeugen, schnellstmöglich mit ihr zusammen nach Franzien zu fliehen? Oder, wenn ihre Freundin sie stattdessen an ihren teuflischen Gemahl verriet?

Mit zitternden Knien erhob sich Justine und wankte in gebückter Haltung zurück zum Wagenplatz, um niemandem aufzufallen. Sie musste mit Baillie sprechen und ihm erzählen, was sie beobachtet hatte. Aber ganz gleich, wie sie es anging, ihr Einsatz war mehr als gefährlich. Wenn der Teufel so ansehnlich und charmant daherkam wie diese Ritter, hatte man als ahnungslose Frau kaum eine Chance, den gierigen Krallen des Leibhaftigen zu entkommen.

Während Justine vor Sorge um die Freundin das Blut in den Ohren rauschte, war sie auf dem Weg zurück zu ihrem Wagen offenbar vom Pfad abgekommen und hatte sich in dem kleinen Wäldchen verlaufen, in dem sie zuvor die jungen Schweinehirten getroffen hatte. Doch die beiden waren mitsamt den Tieren verschwunden. Während sie sich panisch nach allen Seiten umschaute und in die entgegengesetzte Richtung laufen wollte, wurde sie jäh von einem Hindernis gestoppt. Es war mehr als sechs Fuß groß und so breit wie eine Kleidertruhe. Als sie aufblickte, erstarrte sie vor Schreck. Es war ausgerechnet der junge schottische Wachoffizier. Der auffrischende Wind blies ihm das lockige schwarzbraune Haar ins Gesicht. Was jedoch nicht seinen unzweifelhaften Missmut verbarg, der ihn – gepaart mit seinem kurzen schwarzen Vollbart und dem finsteren Blick – wie einen Straßenräuber aussehen ließ, der die sofortige Herausgabe ihrer Tageseinnahmen verlangte.

»Was habt Ihr hier zu suchen?«, fuhr er sie mit seiner samtig rauen Stimme an, die ihr nur allzu gut in Erinnerung geblieben war. Das unvermittelte Misstrauen in seinen braunen Augen mahnte sie zur Vorsicht. Sie verwarf die flüchtige Idee, es mit einem unschuldigen Flirt zu versuchen, um ihn, wie Baillie ihr geraten hatte, um den Finger zu wickeln.

»Ihr befindet Euch ein gutes Stück außerhalb des erlaubten Areals«, erinnerte er sie mit einem Gesichtsausdruck, der zweifellos seine Enttäuschung über ihr Fehlverhalten ausdrücken sollte.

»Äh … ich …«, stotterte Justine verlegen, und trat einen Schritt zurück, der sie erneut ins Taumeln brachte. »Ich fürchte, ich habe mich verlaufen.«

»Habe ich mich nicht klar genug ausgedrückt?«, knurrte der Hüne und legte den Kopf schief. »Was habt Ihr dort oben auf dem Hügel zu suchen?«

»Es ist so …«, versuchte sie sich herauszureden. »Ich habe den Abort gesucht.«

»Da oben?« Unvermittelt brach er in Gelächter aus, wobei er auf den Hügel deutete und ihr dabei sein makelloses Gebiss präsentierte, dessen kräftige Eckzähne ein wenig denen eines Raubtiers ähnelten. »Seid Ihr von Sinnen?« Seine perfekten Brauen schnellten in die Höhe. »Oder zieht Ihr es vor, dass Euch Dutzende Kerle beim Pinkeln zuschauen?«

»Natürlich nicht!«, erwiderte sie verärgert und wich seinem amüsierten Blick aus. »Ich sagte doch, ich hatte mich verlaufen, als ich mir einen Überblick über die Gegend verschaffen wollte.«

»Ihr könntet genauso gut eine Spionin sein«, erwiderte er tonlos und blickte ihr forschend in die Augen. »Ich könnte Euch gefangen setzen und einem strengen Verhör unterziehen, weil Ihr Euch nicht an die Regeln gehalten habt. Ist Euch das klar?«

»Ich habe es nicht absichtlich getan!« Sie klang verzweifelt. Auch weil ihr bewusst war, dass der Kerl mit ihr tun und lassen konnte, was ihm beliebte. Sie war ein paar hundert Fuß von Baillie und seinen Männern entfernt, und im Zweifel hätten die Agenten der Gens du Roi ihr auch nicht helfen können. Deshalb blieb ihr nichts anderes übrig, als die Flucht nach vorn anzutreten.

»Anstatt mir den Weg zurück zum Marktplatz zu weisen«, fuhr sie ihn aufgebracht an, »zieht Ihr es vor, mich mit Euren unhaltbaren Verdächtigungen zu ängstigen. Und zu allem Übel amüsiert Ihr Euch über mein Unvermögen, zum Abort zu finden und wieder zurück. Bei unserer ersten Begegnung dachte ich noch, Ihr seid ein Ritter von Ehre, aber anscheinend habe ich mich getäuscht. Ihr wart bestimmt auf keiner Ritterschule, wo man lernt, wie man sich gegenüber einer Dame verhält, wie ich es bei Euresgleichen eigentlich erwarten würde.«

Anscheinend verblüfft über ihre Kühnheit, setzte er eine erstaunte Miene auf. »Merkt man das so deutlich?«, frotzelte er und grinste frech. »Aber Ihr habt recht. Ich war auf keiner Ritterschule«, fügte er ohne Reue hinzu und fasste sie beim Arm, um sie aus dem Wäldchen herauszuführen. »Ich bin in einer Burg in den schottischen Highlands aufgewachsen. Dort kennt man allenfalls Klosterschulen, und selbst die habe ich nicht besucht. Wir hatten einen Hauslehrer. Einen Mönch, der mir Mathematik, Franzisch und Latein beigebracht hat. Von Weibern und wie man mit ihnen umgeht, hatte er nicht die geringste Ahnung. Das habe ich mir mit den Jahren selbst beibringen müssen.« Wieder lachte er. Rau und kehlig, als ob ihm ihre seltsame Unterhaltung Vergnügen bereitete.

Justine nahm ihren ganzen Mut zusammen und entriss ihm ihren Ellbogen. »Ich wüsste nicht, dass ich Euch erlaubt hätte, mich anzufassen«, fauchte sie ihm empört ins Gesicht.

»Oho«, sagte er und rollte mit gespielter Entrüstung seine nussbraunen Augen. »Die Lady leistet Widerstand. Ich mag es, wenn Frauen ihren eigenen Kopf haben. Allerdings mag ich es gar nicht, wenn sie sich meinen Befehlen widersetzen.«

»Ach, tatsächlich?« Justine schnaubte rebellisch und kreuzte die Arme vor der Brust. Obwohl ihr der Mann allein mit seinem Aussehen einen gehörigen Respekt einflößte, erkannte sie eine unverhoffte Gelegenheit, ihr Streitgespräch in einen Flirt zu verwandeln und ihm damit näher zu kommen als gedacht.

»Ich würde Euch ja gerne beweisen, dass ich nichts Unrechtes im Sinn hatte und Eure Befehle gewiss respektiere«, säuselte sie und machte ihm schöne Augen, wobei sie bestrebt war, es nicht zu übertreiben, damit er keinen Verdacht schöpfte. Schließlich wusste sie, was auf dem Spiel stand und wohin dieser Austausch führen konnte, falls auch er zu diesen teuflischen Templern gehörte.

Auch wenn ihr Vorstoß mehr als gefährlich war, musste sie alles in die Waagschale werfen. Ihr nervöser Blick streifte seine großen, kräftigen Hände und das riesige Schwert, das er auf dem Rücken trug. Mit einem Anflug von Furcht fragte sie sich, ob er gegenüber einer Frau gewalttätig werden würde, wenn sie nicht tat, was er von ihr verlangte. Falls ja, bot es einen gewissen Trost, dass der

Kerl weder alt noch hässlich war. »Darf ich mich bei Euch für meinen Fehltritt entschuldigen«, fragte sie betont unschuldig, »und Euch in meinen Wagen auf einen guten franzischen Wein einladen und Euch dazu eine Honigbrezel aus Lothringen anbieten?«

»Honigbrezeln gehören nicht unbedingt zu meinen Lieblingsspeisen, aber franzischer Wein klingt verlockend«, erwiderte er mit einem amüsierten Augenzwinkern und ergriff zu ihrer Überraschung ihre eiskalten Finger. Er hauchte einen Kuss auf ihren Handrücken und sah sie von unten herauf mit einem wölfischen Lächeln an. »Ich habe mich noch gar nicht vorgestellt«, murmelte er mit einem anzüglichen Augenaufschlag. »Malcolm MacDhughaill. Zu Euren Diensten, Madame. Vergebt mir, wenn ich Euch mit meinem Auftritt erschreckt habe.«

»Obwohl Ihr auf keiner Ritterschule wart, scheint Ihr immerhin zu wissen, wie man bei einer Dame um Verzeihung bittet«, stellte sie mit spitzer Zunge fest. Sie wollte ihn weiterhin mit ihrer Widerspenstigkeit reizen, nur um gleich darauf mit sanfter Süße einzulenken. »Ich glaube, ich muss mich entschuldigen, weil ich Euch vollkommen verkannt habe.«

Sein Blick war verwirrt. Zufrieden stellte sie fest, dass ihre Taktik aufzugehen schien.

»Schön, Euch noch angenehm überraschen zu können«, sagte er und zog sie näher zu sich heran. Für einen endlos erscheinenden Moment schaute er ihr tief in die Augen. Zu tief, wie sie befand. Während sich sein schöner Mund ihren bebenden Lippen näherte, drehte sie den Kopf zur Seite und wich ihm aus. Entsprechend enttäuscht war sein Blick. Der Kerl war längst nicht so beherrscht, wie er vorgab zu sein.

Umso besser, dachte sie und führte ihn, als der Marktplatz in Sicht kam, mit argloser Miene zu ihrem Wagen. Ihre fahrbare Behausung konnte nicht nur mit Wein, Brezeln und franzischen Hartwürsten aufwarten, sondern auch mit einem luxuriösen Matratzenlager, das mit bunten Kissen, warmen Wolldecken und einem Federbett aus Daunen bestückt war. De la Motte und seine Leute hatten bei der Ausstattung des Wagens an alles gedacht.

Baillie machte ein überraschtes Gesicht, als er sie mit dem hünenhaften Recken an der Hand auf sich zukommen sah. Nachdem Justine einen kurzen, bedeutsamen Blick mit ihm gewechselt hatte, nickte er unmerklich und zog sich hinter seinen eigenen Wagen zurück. Wahrscheinlich stellte er sich die Frage, wie sie es so schnell angestellt hatte, diesen furchteinflößenden Krieger um den Finger zu wickeln.

Malcolm MacDhughaill folgte ihr ohne Argwohn in die kleine Wohnstube. Wobei er zuvor sein riesiges Schwert abnehmen und den Kopf senken musste, als er das Innere des Wagens betrat. Dieser Mann war so groß, dass er in ihrer kleinen Behausung nicht einmal aufrecht stehen konnte. Um eine peinliche Situation zu vermeiden, bot Justine ihm rasch den einzigen Stuhl an, den sie besaß, und lächelte fahrig, nachdem er sich vorsichtig darauf niedergelassen und seinen Schwertgurt samt der beeindruckenden Waffe auf den Boden gelegt hatte. Selbst im Sitzen war er größer als sie selbst. So, wie er aussah, musste er sich vor niemandem fürchten. Nicht vor Baillie, der im Verhältnis zu ihm eher schmächtig war, und schon gar nicht vor einer falschen Krämerin aus Franzien, die an nichts anderes denken konnte als an die bange Frage, ob er vielleicht, wie sein Bruder, mit dem Teufel im Bunde war.

Mit ein wenig getrocknetem Reisig heizte sie rasch den kleinen eisernen Ofen ein, der gleich neben dem Eingang stand. Nachdem sie weiteres Holz aufgelegt hatte, brachte sie aus einer Eichenholzkiste ein paar syrische Gläser zum Vorschein und stellte sie auf ein kleines Tischchen, das neben dem Stuhl stand. Dann goss sie aus einer bauchigen Flasche teuren Weißwein aus der Champagne ein, der leicht perlte, als wäre er frisch aus einer Quelle gezapft worden.

Während ihr Gast verhalten an seinem Wein nippte und anerkennend die Brauen hob, nahm sie selbst einen großen Schluck, wie um sich Mut anzutrinken.

»Justine«, sagte sie und prostete ihm zu. »Ihr könnt mich Justine nennen.«

»Malcolm«, wiederholte er seinen Vornamen und grinste. »Und in aller Ritterlichkeit schlage ich vor, dass wir zu einer ungezwungeneren Anrede wechseln. »Was meinst du?«

»Das ist eine wundervolle Idee, Malcolm.« Wieder hob sie das Glas und errötete leicht, während sie seinem verbindlichen Blick auswich.

»Schmeckt köstlich«, befand er mit einem erfreuten Nicken und schaute sich gründlich in ihrem Wagen um. »Seit wann bist du schon auf Reisen?«, wollte er wissen und brachte sie zum zweiten Mal seit ihrer Begegnung in Verlegenheit, weil sie sich mit ihren Auftraggebern zu dieser Frage nicht abgesprochen hatte.

»Seit ein paar Jahren«, log sie hastig und schaute ihm nun fest in die Augen, die im Schein des Feuers einen eigentümlich warmen Glanz entwickelten.

»Das Haus meiner Familie wurde von Soldaten des franzischen Königs niedergebrannt, als sie auf der Jagd nach den Templern waren«, begann sie vorsichtig und beobachtete, ob sich sein entspannter Gesichtsausdruck veränderte, was zunächst nicht der Fall zu sein schien. »Meine gesamte Familie wurde verhaftet, weil sie für den Orden gearbeitet hatte. Nur ich konnte fliehen und habe mir inzwischen mithilfe einiger Unterstützer einen fahrenden Laden aufgebaut. Um auf Reisen besser geschützt zu sein, habe ich mich drei anderen Kaufleuten angeschlossen, mit denen ich seitdem umherziehe. Wir unterstützen uns bei allem, was ansteht.«

»Franzien, sagst du?« Allem Anschein nach horchte er auf. »Wo genau kommst du her?«

»Aus einem kleinen Ort in der Champagne, den du bestimmt nicht kennst, weil er zu unbedeutend ist«, erklärte sie hastig, um weiteren Nachfragen zu entgehen, von denen sie nicht wusste, wie sie darauf reagieren sollte. Schon gar nicht würde sie ihm verraten, dass sie die Männer auf dem Turnierplatz erkannt hatte und auf der Suche nach Amelie Bratac war.

»Was für ein seltsamer Zufall«, murmelte er und nahm noch einen Schluck, während er sie ausgiebig betrachtete. »Die Frau meines Bruders stammt auch aus der Champagne. Vielleicht kennst du sie?«

»Kann ich mir kaum vorstellen. Die Grafschaft ist groß, und in meiner Jugend bin ich kaum aus unserem Dorf herausgekommen.« Justine zuckte nervös mit den Schultern. Es war noch zu früh, um die Karten auf den Tisch zu legen, doch er bestätigte ihre Vermutungen, Amelie betreffend, mit seiner überraschenden Aussage.

»Sei's drum«, meinte er nachdenklich und trank sein Glas in einem Zug leer. »Ich fürchte, ich muss gehen, die Pflicht ruft.«

»Möchtest du nicht noch einen Wein?« Sie überwand ihre Furcht, weil sie nicht wollte, dass er sich schon verabschiedete. Sie musste mehr über ihn und seinen Bruder erfahren. Um ihn zum Bleiben zu bewegen, setzte sie sich einfach auf seinen Schoß, damit er nicht aufstehen konnte. Beiläufig schenkte sie ihm nach und reichte ihm ein neues, volles Glas. Wobei sie ihm nahe genug war, um ihm erbarmungslos ihre Reize zu präsentieren. »Wie ich sagte, seit ich den Wagen habe, komme ich viel herum, aber selten ist mir ein so aufregender Mann wie du begegnet. Wahrscheinlich sind die Frauen auf der Festung alle verrückt nach dir.«

Treib's nicht zu weit, ermahnte sie sich, kaum dass sie zu Ende gesprochen hatte.

Er grinste verlegen. »Tja, also ... das hat mir noch keine gesagt.« Er schwieg und schaute sie mit treuen Augen an. Allem Anschein nach hatte sie ihn sprachlos gemacht. »Du bist aber auch nicht zu verachten«, raunte er schließlich und drehte eine rotblonde Locke, die sich aus ihrem Zopf gestohlen hatte, um seinen Zeigefinger. »Im Übrigen interessiert es mich nicht, wer verrückt nach mir ist«, fügte er selbstsicher hinzu. »Ich suche mir meine Liebschaften stets selbst aus.«

»Und welche Frauen bevorzugst du?« Justine nahm noch einem hastigen Schluck Wein, um sich ihre Verunsicherung nicht anmerken zu lassen.

»Ich sagte es doch schon«, antwortete er mit einem Augenzwinkern. »Ich mag widerspenstige Weiber, besonders, wenn sie so anziehend sind wie du.« Sein unverschämtes Grinsen versicherte ihr, dass er einem schnellen Vergnügen nicht abgeneigt war und nicht nein sagen würde, wenn sie sich willig zeigte.

Sie musste sich nicht lange überwinden, ihn zu küssen, zumal sie es aus freien Stücken tat. Auch wenn sie nicht sicher war, ob vielleicht jene teuflische Anziehungskraft dahintersteckte, von der de la Motte und Baillie geredet hatten. Und wie vermutet, hatte der Hüne ebenso wenig Scheu davor, von ihren dargebotenen Reizen zu kosten, was durchaus für teuflische Besessenheit sprechen konnte, allerdings von einer äußerst angenehmen Art. Seine flinke Zunge drang zwischen ihre leicht geöffneten Lippen und eroberte im Nu ihren Mund. Er zog sie mit einer Hand nahe zu sich heran und erforschte mit der anderen ihre Brüste, die er behutsam aus ihrem Ausschnitt hervorhob. Nachdem er genug von ihren Lippen gekostet hatte, konzentrierte er sich auf ihr Dekolletee und verwöhnte ihre vorwitzigen Brustwarzen mit weiteren Küssen. Justine stöhnte kehlig auf, als er ihr mit zärtlichen Bissen versicherte, wie sehr er sie begehrte.

»Du bist so schön, dass ich an nichts anderes denken kann, als dich mit Haut und Haaren zu besitzen«, flüsterte er heiser und ließ seine Hand unter ihren Rock und danach zwischen ihre bloßen Schenkel wandern.

»*Mon Dieu*«, wisperte sie und schnappte nach Luft, als er ihre empfindsame Scham berührte und sie hauchzart zu streicheln begann. »Sei ehrlich, du bist gar kein Schotte, sondern Franzose. Wie sonst könntest du so voller Leidenschaft sein?«

»Wer behauptet, dass Schotten nicht leidenschaftlich sind?« Er schaute ihr fordernd in die Augen und runzelte die Stirn. »Hast du schon mal mit einem Landsmann von mir das Lager geteilt?«

»Nein«, beeilte sie sich zu antworten. »Du bist der Erste.«

»Aber nicht der Erste, der dir beiwohnen darf, oder?«, fragte er amüsiert und unterbrach zu ihrer Enttäuschung sein Liebesspiel, in dem er seine Hand abrupt zurückzog. »Ich bin nämlich nicht darauf aus, einer unerfahrenen Frau die Jungfernschaft zu rauben«, erklärte er ihr beinahe feierlich.

»Wie beruhigend«, erwiderte sie irritiert und ordnete mit einer leicht säuerlichen Miene ihre Kleider. »Sag nur, ich sehe aus wie eine alte Jungfer.«

»Das wollte ich damit keinesfalls behaupten.« Er schüttelte den Kopf, und sein zuvor feuriger Blick war mit einem Mal unsicher.

Als er keine Anstalten machte, fortzufahren, stand Justine auf und setzte sich auf ihr Bett, um ein wenig Abstand zu gewinnen. Ihre Hände spielten nervös mit dem schwarzen Kaninchenfell, mit dem man die weiche Daunendecke abgefüttert hatte. Irgendwie hatte sich die Stimmung zwischen ihnen unvermittelt abgekühlt und Justine war nicht sicher, wie sie darauf reagieren sollte.

Er blieb derweil auf dem Stuhl sitzen. Mit seinem erhitzten Gemüt, den wilden Locken und dem leicht verstörten Ausdruck in den Augen erschien er ihr noch begehrenswerter als zuvor, und sie hoffte inbrünstig, dass er nicht ging, bevor er sein unausgesprochenes Versprechen eingelöst hatte.

»Falls ich dich gekränkt habe …«, begann er stockend. »Ich wollte nur einen Scherz machen. Ich bin sicher, dass du eine erfahrene Frau bist, die weiß, was sie will.«

Sie versuchte sich an einem Lächeln. »Schon gut. Ich werte es eher als Kompliment, weil du mich nicht für ein dummes naives Mädchen hältst.«

»Nun ja«, gab er lächelnd zurück. »Um es offen zu sagen, würde ich eine Frau in deinem Alter niemals als naives Mädchen bezeichnen.«

»In meinem Alter? Was soll das denn schon wieder heißen?«, fragte sie beinahe vorwurfsvoll.

»Nichts weiter. Nur, dass du wahrscheinlich um einiges älter bist als ich.«

»Na, na, so viele Jahre liegen nun auch nicht zwischen uns«, gab sie leicht schnippisch zurück.

»Wie alt bist du denn?«, fragte er belustigt.

»Achtundzwanzig.«

»Ich bin einundzwanzig. Du könntest glatt meine Mutter sein«, witzelte er und grinste breit.

»Jetzt übertreibst du aber«, empörte sie sich.

»Hast du einen Ehemann?«, fragte er und ignorierte ihre vorwurfsvolle Miene.

»Nein«, gab sie gereizt zurück. »Warum fragst du überhaupt? Einem Kerl wie dir kann das doch vollkommen gleichgültig sein.«

»Abgesehen davon, dass ich kein Freund vergeblicher Minne bin, werde ich nicht gerne von einem eifersüchtigen Liebhaber überrascht, wenn ich mich mit einer Frau vergnüge. Zumal bei einer, die ich gerne öfter als nur einmal freien möchte.« Er grinste unsicher. »So was ist mir nämlich schon mal passiert. Mitten in der Nacht ohne Kleider aus einem Haus getrieben zu werden und um sein Leben zu laufen, ist kein Spaß, musst du wissen.«

»Mach dir keine Sorgen, das wird dir bei mir nicht passieren. Ich habe keinen Ehemann, und meinen Handelspartnern ist es gleichgültig, mit wem ich das Lager teile. Aber denk bloß nicht, dass ich jeden Kerl, der mir über den Weg läuft, in meinen Wagen einlade. Genau genommen bist du der Erste.«

»Oh«, sagte er und schaute ihr tief in die Augen. »Dann darf ich weiterhin auf deine Gunst hoffen?«

»So könnte man es nennen«, gab sie mit einem raffinierten Lächeln zurück. »Und was ist mit dir? Hast du ein Weib und am Ende gar noch Kinder?

»Dann wäre ich nicht hier«, beteuerte er. »Wenn ich einer Frau die Ehe verspreche, schaue ich keine andere mehr an.«

Er war aufgestanden und setzte sich nun ungefragt neben sie auf die weich gefütterte Matratze. Ohne Zögern nahm er sie in seine starken Arme und küsste sie lange und ausdauernd, bevor er von Neuem begann, sie zu liebkosen.

»Ich meine«, nuschelte er hoffnungsvoll an ihre drallen Rundungen, »du bist immer noch jung genug, um zu heiraten und einem Mann wie mir einen Erben zu schenken. Aber allzu lange solltest du nicht mehr warten.«

»Was wird das?«, murmelte Justine alarmiert. »Ein Heiratsantrag?«

»Gut möglich«, antwortete er mit einem hörbaren Lächeln. »Aber zuvor sollten wir herausfinden, ob ich mein Versprechen einlösen kann, dich zur Mutter meiner Kinder zu machen. Was hältst du davon?«

Justine vergaß, was sie sagen wollte, weil seine direkte Art ihr die Sprache verschlug. Zudem quälte sie unvermittelt der Gedanke, dass er vielleicht nur ein williges Opfer suchte, um seinen teuflischen Brüdern einen weiteren Säugling zu beschaffen, den sie für ihre satanischen Machenschaften benutzen konnten.

Ungeachtet dessen wanderte seine Rechte zwischen ihre Schenkel, wo er sie nach allen Regeln der Kunst von neuem zu liebkosen begann. Justine war die Lust auf ein schnelles Abenteuer gründlich vergangen, doch der Kerl führte sie mit seinem Fingerspiel so rasch und zuverlässig ins Paradies, dass ihr gesamter Leib vor Verlangen vibrierte und sie nur noch eines im Sinn hatte: Sich ihm mit Haut und Haaren hinzugeben. »*Mon Dieu*«, entfuhr es ihr zum wiederholten Mal, von sich selbst überrascht, wie schnell sie bei diesem Mann die Kontrolle über ihre guten Vorsätze verlor. Bereitwillig legte sie sich rücklings auf das schmale Bett. Für ihn schien ihre bedingungslose Zustimmung keine Überraschung zu sein. Da er unter seinem Rock nichts trug als seine bloße Männlichkeit, dauerte es nicht lange, bis er ihr Kleid hochgeschoben hatte, über sie kam und sich hart und drängend in ihr bewegte.

Justine vergrub ihre Hände in seinen dichten, schwarzbraunen Locken und hob ihm ihre Hüften voller Enthusiasmus entgegen, um ihm jeden Zweifel zu nehmen, dass er das Richtige tat. Ihr war, als ob er mit jedem Stoß tief in ihrem Innern ein nie zuvor gekanntes Feuer entfachte. Mit einem hingebungsvollen Schluchzen trieb sie ihn an, es noch wilder, noch ungestümer angehen zu lassen. Anstatt zu gehorchen, zog er sich aus ihr zurück und brachte seine flinke Zunge zum Einsatz, was ihr ein wimmerndes Keuchen entlockte.

»Ist es gut so?«, nuschelte er geschäftig und hob seinen Kopf zwischen ihren zitternden Schenkeln, als sie die Luft anhielt, um nicht vor Lust einen Schrei auszustoßen, der am Ende Baillie alarmiert hätte. Mit glänzenden Augen schaute er sie forschend von unten herauf an, da er die Frage durchaus ernst gemeint hatte.

»Ja, ja, es ist phantastisch«, hauchte Justine wie in Trance. »Ich kann mich nicht erinnern, dass es je besser gewesen wäre.«

Seine Hände waren überall, und sein kundiger Mund wusste genau, was zu tun war, um sie in die höchsten Höhen der Lust zu katapultieren. Justine stieß nun doch kleine spitze Schreie aus, weil ihr war, als ob er sie von einem Gipfel zum nächsten führte, und ihr dabei keine Erholung gönnte. Ihr Herz raste, und ihr Schoß vibrierte wie die Saite einer orientalischen Oud. Erst als sie ihn anbettelte, er möge ihr einen Augenblick der Entspannung gönnen, hielt er kurz inne, befahl ihr dann aber, auf die Knie zu gehen, damit er sie zum krönenden Abschluss nehmen konnte wie ein Hengst eine Stute. Wobei er die Sache zunächst mit Bedacht anging, dann immer stürmischer wurde, je mehr sie ihm ihre Begeisterung offenbarte, bis er ihr Lager und damit den gesamten Wagen zum Schwanken brachte.

Justine drängte sich ihm keuchend entgegen, wie eine Marionette, ohne eigenen Willen, wobei jede seiner lustvollen Bewegungen sie bis ins Mark erbeben ließ. Als sie endlich gemeinsam zu einem überwältigenden, erlösenden Höhepunkt fanden, presste er ihr seine große Hand auf die Lippen, damit niemand ihre heiseren Schreie hörte.

Nachdem er sich aus ihr zurückgezogen hatte, streckte sie sich schwer atmend unter ihm aus, während sich ihr zitternder Leib und ihre aufgewühlte Seele nur langsam beruhigten. Nie zuvor hatte ein Mann sie so sehr besessen und sie zugleich zu einer solchen Erlösung geführt. Zum Abschluss plünderte er noch einmal ihren empfindlichen Mund, indem er sie intensiv küsste, wie um seinen unvermuteten Raubzug mit der gebotenen Leidenschaft zu besiegeln.

»Bist du zufrieden?«, fragte er beinahe bescheiden, jedoch mit einem herausfordernden Blick und rollte sich lachend zur Seite, als sie schwach nickte, offenbar nicht fähig, ihm zu antworten.

»Ja«, hauchte sie nur und hatte Mühe, ihre gewohnte Stimme wiederzufinden, als er sich unvermittelt erhob.

»Was ist?«, wisperte sie und schaute erstaunt zu ihm auf, als er seinen Rock glattstrich und das offene Hemd zuschnürte, als wäre nichts geschehen.

Justine war verunsichert, als er keine Anstalten machte, auf ihr Lager zurückzukehren. Stattdessen stützte er sie mit einer galanten Geste, als sie sich mit zitternden Knien erhob und leicht schwankte, bevor sie ihr derangiertes Gewand zu ordnen versuchte. Dabei senkte sie den Kopf, damit er ihre Verwirrung nicht bemerkte. Sie hatte diesen Mann gründlich unterschätzt. Er war kein gewissenloser Söldner, der nur zu einer Frau kam, um seine eigene rasche Befriedigung zu finden. Er hatte ihr etwas gegeben, das ihr noch kein anderer Mann gegeben hatte. Ein Gefühl ungeteilter Aufmerksamkeit, vollkommener Hingabe und eine Lust und Ekstase, auf die sie fortan nicht mehr verzichten wollte.

»Ich muss gehen«, sagte er mit Bedauern im Blick. »Meine Mannschaft muss für die Wache am Nachmittag eingeteilt werden. Außerdem warten meine Kameraden auf mich.«

»Also das war's dann zwischen uns beiden?« Sie schluckte hastig, um die Tränen der Enttäuschung zu unterdrücken, weil er entgegen ihren Erwartungen keinerlei Andeutungen machte, sie wiedersehen zu wollen. Und auch, weil sie ihm anscheinend nach nur einer Begegnung hoffnungslos verfallen war. Was von ihrer Seite weder klug noch geplant gewesen war. Es war überstürzt und gefährlich. Von der gebotenen Vorsicht, weil er vielleicht mit dem Teufel im Bunde stand, konnte schon gleich gar keine Rede sein.

»Wenn du willst, kannst du mir bei meinen Kämpfen zur Vorentscheidung des Turniers zuschauen«, schlug er überraschend vor. »Ich kann dafür sorgen, dass man dich zur Tribüne lässt.«

Sein Angebot vertrieb augenblicklich all ihre düsteren Gedanken. Hatte er doch etwas für sie übrig?

»Das ist sehr freundlich von dir«, gab sie erfreut zurück, besann sich aber sogleich, weil sie nicht riskieren wollte, unvorbereitet auf Amelie zu treffen. »Aber ich muss hier noch einiges für morgen vorbereiten und vor Ort sein, falls am Nachmittag die ersten Kunden erscheinen.«

»Zu schade«, sagte er und ließ sich nicht in die Karten schauen, was er über ihrem Rückzug dachte. »Aber ich könnte heute Abend noch mal vorbeischauen«, schlug er ihr zögernd vor. »Wenn es dir recht ist.«

»Und ob! Ich kann es kaum erwarten, dich wiederzusehen«, versicherte sie ihm hastig und hoffte inbrünstig, dass er sie nicht versetzte. Sie spürte noch immer das stetige Pochen zwischen den Schenkeln, zusammen mit einem unüberhörbaren Herzklopfen, das sie ohne Zweifel seiner Leidenschaft verdankte. »Wenn du willst, kannst du die ganze Nacht bei mir verbringen«, bot sie ihm mutig an.

»Und was kostet mich das?« Er schien überrascht, weil sie bereit war, ihn ein weiteres Mal mit offenen Armen in ihrem Bett zu empfangen. Sein Blick verriet jedoch nicht, wie er tatsächlich darüber dachte.

Sie wollte beleidigt reagieren, beherrschte sich aber. »Es kostet dich keinen Pfennig«, beteuerte sie. »Ich bin keine Hure, die es für Geld mit jedem dahergelaufenen Köter treibt. Auch ich suche mir meine Liebschaften selbst aus. Ein Mann, der mit mir das Lager teilt, muss mir gefallen.«

Er grinste breit und schnappte sich seinen Schwertgurt mit der furchteinflößenden Waffe. »Na, dann darf ich mich wohl geehrt fühlen, dass ich nicht als Köter durchgehe«, sagte er und verabschiedete sich mit einem gut gelaunten Wink nach draußen. »Bis heute Abend. Nach Einbruch der Dunkelheit werde ich da sein. Ich freue mich schon auf dich.«

Justine schaute ihm noch eine Weile versonnen hinterher, wie er mit kraftvollen Schritten davonmarschierte, nicht sicher, ob sie sich mit dieser Verabredung einen Gefallen getan hatte. Im Nachhinein erschien er ihr wie eine Heimsuchung, die wie eine Naturgewalt über sie gekommen war. Zugleich wollte sie nichts mehr, als dass er es immer wieder tat.

»Du bist ja kühner, als ich dachte«, bemerkte die hämische Stimme eines Mannes, der offenbar draußen vor dem Wagen stand und müde Beifall klatschte.

Justine schreckte auf, ordnete erneut ihr Kleid und schaute zur Tür hinaus, wo sich ihre Annahme bestätigte. Es war Baillie, dem das Wackeln des Wagens und auch Justines erstickte Laute nicht entgangen sein konnten.

»Hast du wenigstens etwas aus ihm herausbringen können, was wir nicht schon wissen, damit sich dein großzügiges Opfer gelohnt hat?«

Justine begegnete seinem berechnenden Blick mit gespielter Gleichgültigkeit. »Ich habe erfahren, dass er der Schwager meiner Freundin ist«, erklärte sie beherzt. »Sie ist mit seinem Bruder verheiratet.«

»Und der ist ein Templer, wie wir wissen.« Baillie verengte seine Lider und bedachte sie mit einem triumphierenden Blick. »Ist dein neuer Hengst auch ein ehemaliger Ordensbruder?«

»Ich weiß es nicht. Aber heute Nacht kommt er wieder, dann werde ich ihn fragen.«

»Du solltest vorsichtiger sein«, mahnte Baillie sie. »Wenn er zur Truppe der Gesuchten gehört, hat er den Teufel im Leib. Das lässt sich schon daran festmachen, wie rasch er dich verführen konnte. Und ich sehe an deinem verklärten Blick, wie sehr er dich beglückt hat. Nicht, dass du ihm am Ende mit Haut und Haaren verfällst und er dir auf die Schliche kommt.«

»Er kann unmöglich ein Templer sein«, rettete sich Justine in Vermutungen. »Er ist gerade mal Anfang zwanzig. Der Orden existiert seit Jahren nicht mehr.«

»Das hat nichts zu bedeuten. Denk daran, dass diese Kerle die satanischen Bräuche des Ordens fortführen. Sie besitzen irgendetwas, das sie nicht altern lässt. Dein Liebhaber könnte hundert Jahre alt sein, und du bemerkst es nicht. Vergiss nicht, sie beten einen mächtigen Götzen an und besitzen ein Serum aus dem Blut geopferter Säuglinge, das sie mit besonderen Kräften ausstattet.«

Justine fühlte sich in ihren Befürchtungen ertappt und kniff die Lippen zusammen. Sie nickte knapp und zog sich in ihren Wagen zurück. Einen Augenblick lang starrte sie auf das zerwühlte Lager und brachte es hastig in Ordnung. Der Gedanke, dass Malcolm tatsächlich vom Teufel beseelt war, erschien ihr angesichts seiner fürsorglichen Art als völlig absurd. Andererseits konnte es ein Beleg für seine teuflische Fähigkeiten sein, dass er sie ohne mit der Wimper zu zucken in eine ungewollte Abhängigkeit bringen konnte. Unvermittelt überlief sie ein Frösteln. Sie zog sich ihren wollenen Umhang enger um die Schultern und fluchte leise. Um nicht darüber nachdenken zu müssen, was alles geschehen konnte, wenn er tatsächlich zu ihr zurückkehrte und sie abermals willenlos machte, ging sie nach draußen und ließ ihren Blick über die zahlreichen Wagen der Kaufleute schweifen, die inzwischen auf dem Platz hinzugekommen waren.

Unter all den bunt bemalten Exemplaren fiel ihr einer auf, der besonders phantasievoll geschmückt war und dessen Besitzer keinerlei Waren feilbot. Das Dach war mit hellblauen, buschigen Federn geschmückt. Zudem hatte man die Stirnseite dunkelblau angemalt und in strahlendem Gelb mit den zwölf Sternzeichen versehen. Auf der Seitenwand stand in bunten Lettern auf Franzisch geschrieben:

Die schöne Venus sagt Euch die Zukunft voraus und kann Euch verraten, wer schon bald Euer Herz erobert!

Justine fragte sich, ob die schöne Venus auch wusste, wenn der Teufel um Einlass begehrte. Kurzentschlossen schnappte sie sich ihren Geldbeutel und schlenderte quer über den Platz zu dem auffälligen Karren, dessen Bewohner weit und breit nicht zu sehen waren. Wahrscheinlich saßen sie im Innern und lauerte auf Kundschaft.

Zaghaft klopfte Justine an die verschlossene Tür und schrak jäh zurück, als sie unvermittelt geöffnet wurde. »Die schöne Venus« erwies sich als uralte Vettel, das runzlige Gesicht von schlohweißen Haaren umrahmt wie ein Gespinst. Neugierig steckte sie den Kopf aus dem Gefährt.

»Wie kann ich dir helfen, mein Kind?«, krächzte die Alte und bedachte Justine mit einem zahnlosen Lächeln. »Hast du Liebeskummer? Oder interessiert dich ein Mann, von dem du nicht weißt, ob er der Richtige ist? Dann komm nur herein, ich werde dich von aller Ungewissheit befreien.« Ihre kleinen, stechend blauen Augen fixierten Justine mit unverhohlenem Interesse, während sie ihre potentielle Kundin mit einer rudernden Geste in den Wagen lockte.

»Sieht man mir das so deutlich an?«, fragte Justine vorsichtig und musterte die schöne Venus skeptisch.

Die Alte schien trotz ihres ausschweifenden blauen Gewands so dünn wie ein Stock zu sein und war um einiges kleiner als sie selbst. Von »schön« konnte bei dem Weib wahrhaftig nicht die Rede sein. Alles in allem nicht gerade das, was

Justine sich unter einer berühmten Seherin vorgestellt hatte. Und doch war sie irritiert, weil sie noch kein Wort mit der Frau gesprochen hatte und sie wusste bereits, was sie bewegte.

»Das werden wir gleich herausfinden«, krächzte die Alte und forderte sie auf, ihr in den Wagen zu folgen.

Zaghaft ging Justine durch die niedrige Tür und schaute sich im Innern des Wagens gründlich um. Die Alte bewohnte ein seltsames Reich, dessen Aufbau, ähnlich dem von Justines eigenem Gefährt, aus einem schmalen Kastenbett bestand, auf dem eine dicke Strohmatze lag, die mit bunten Decken und Kissen ausstaffiert war. Auf einem Regal aus Holz, das an einer bunt bemalten Wand angebracht war, hockte eine ausgestopfte schwarze Katze, deren Maul weit offenstand, wie zu einem Schrei. Daneben hing ein eiserner Käfig an einer Kette vom Dach des Wagens. Darin kauerte ein echter Rabe mit schwarz glänzendem Gefieder, der keckernde Geräusche von sich gab.

»Sprich gefälligst nur, wenn du gefragt wirst, Xerxes«, fuhr die Alte den Vogel unfreundlich an. »Mit deinem ständigen Geschrei vertreibst du mir noch die Kundschaft.«

Die Seherin bedeutete Justine, auf einem dreibeinigen Stuhl Platz zu nehmen, der vor einem kleinen Tischchen stand. Sie selbst setzte sich auf das Bett dahinter.

Im Wagen herrschte eine befremdliche Atmosphäre, die Justine mit der Frage zurückließ, ob sie das richtige tat. In jeder Ecke des Wagens hatte die Alte bunte Glasampeln aufgehängt, in denen jeweils eine Kerze brannte, deren Lichter durch die verschiedenen Farben eine schummrige Stimmung verbreiteten.

»Also dann, zeig mir deine Handflächen«, forderte die Alte sie mit einer energischen Geste auf.

Ohne ein weiteres Wort der Erklärung nahm sie Justines rechte Hand in die ihre und fuhr mit ihrem knochigen Zeigefinger an den Hügeln und Tälern der Innenfläche und an den dazwischen befindlichen Linien entlang. Dabei murmelte sie unentwegt verworrenes Zeug.

»Du hattest eine schöne Kindheit, aber eine schreckliche Jugend«, erklärte sie schließlich knapp. »Du wurdest von grausamen Menschen verschleppt, geschlagen und musstest gegen deinen Willen das Lager mit fremden Männern teilen«, fuhr sie tonlos und mit halb geschlossenen Lidern fort. »Aber nun hast du dich zu allem Übel auch noch mit dem Teufel eingelassen. Ich warne dich, Mädchen. Wenn du nicht achtgibst, wirst du teuer dafür bezahlen.«

Justine, die dieser Rede aufmerksam gefolgt war, entriss der Alten die Hand, als hätte sie sich verbrannt. »Wie sieht er aus?«, fragte sie die Seherin stockend. Sie musste Gewissheit erlangen, ob die Alte den richtigen Mann im Sinn hatte.

»Wer?« Die Seherin warf ihr einen irritierten Blick zu.

»Der Teufel. Hat er Hörner oder gar einen Pferdefuß?«

»Nichts von alledem«, krächzte die Alte mit einem wissenden Blick. »Er ist schön wie die Sünde und weiß dich mit Geschick zu verführen.« Sie lachte abgehackt, was sich beinahe wie das Keckern des Raben anhörte, der dieses Geräusch nun mehrmals wiederholte und damit eine peinliche Stille auslöste.

»Was heißt das, der Teufel ist schön?«, wollte Justine schließlich wissen. »Ist er groß, breitschultrig und hat schwarzbraunes Haar?«

Die Alte blickte neugierig auf, wobei ihr faltiges Gesicht im Schein der Kerze zu einer dämonischen Fratze erstarrte. »Ist das der Mann, für den du dich interessierst?«

»Nein, er hat blondes Haar, ist nicht viel größer als ich und hat eine Narbe im Gesicht«, log Justine und dachte an Baillie, der sie nicht im Geringsten zu reizen vermochte, aber ebenso gut der Teufel sein konnte, wenn es nach seinen finsteren Plänen ging. »Ich hätte gerne Gewissheit, ob ich von nun an nur noch Bucklige und Zahnlose in meine Nähe lassen darf«, fügte sie mit einem gereizten Seufzer hinzu.

»Ganz gleich, wie der Kerl aussieht, der dir das Leben schwer macht«, redete sich die Alte heraus. »Du hast mit Männern kein Glück. Die meisten wollen nur deinen Körper. Deshalb rate ich dir, mein Kind, lauf! Lauf, wie du noch nie im Leben gelaufen bist, wenn einer von ihnen versucht, dein Vertrauen zu gewinnen. Sie taugen alle nichts.«

»Aber ich will diesen Mann um jeden Preis wiedersehen«, protestierte Justine und dachte an den Schotten und nicht an Baillie. »Wie kann ich erkennen, ob er vom Teufel besessen ist? Und falls es so sein sollte … was kann ich tun, damit dieser Teufel mir nichts anhaben kann?«

»Verstehe ich das richtig? Du willst dich mit einem Mann einlassen, obwohl er womöglich Satan im Leib trägt?«

»Sagen wir, ich muss es tun, um eine Freundin zu retten.«

Die Alte riss theatralisch die Augen auf. »Hat sie auch etwas mit ihm?«

»Nein, sie ist mit seinem Bruder verheiratet. Aber der ist *wahrhaftig* mit dem Teufel im Bunde.«

»Wenn du so viel Mut hast, dich sogar mit zwei vom Leibhaftigen besessenen Kerlen einzulassen«, erwiderte die Alte mit einem bedenklichen Blick, »solltest du wenigstens Vorsorge treffen, damit sie dich und deine unsterbliche Seele nicht mit Haut und Haaren verschlingen, wenn ihnen danach ist.«

»Verschlingen?« Justine machte ein entsetztes Gesicht. »Was hat das nun wieder zu bedeuten?«

»Sag nur, du weißt das nicht? Der Teufel ernährt sich vom Blut und den Seelen der Menschenkinder«, raunte die Alte mit verschwörerischer Miene. »Es ist für ihn wie ein Lebenselixier. Nur wenn er bekommt, was er will, gibt er Ruhe.«

»Menschenkinder?« Justine spürte, wie ihr Herzschlag davongaloppierte. Das musste es sein, was de la Motte und Baillie gemeint hatten. Vielleicht war das der Grund, warum die besessenen Templer dem Teufel angeblich Neugeborene opferten. Auch wenn es Justine ungeheuerlich erschien, hätte sie die Alte am liebsten über die Templer befragt, und ob sie etwas über den Orden und seine abtrünnigen Brüder wusste. Aber es erschien ihr zu gefährlich, die Frau in ihre Geheimnisse einzuweihen.

»Was genau muss ich tun, um mich vor dem Teufel zu schützen?«, gab Justine entschlossen zurück, um die Alte darüber hinwegzutäuschen, wie sehr sie das alles beunruhigte.

»Du musst täglich zwölf Ave-Maria beten. Und immer, wenn du dich einem Mann hingibst, der vom Pferdefüßigen besessen sein könnte, musst du einen Rosenkranz aus Malachit um den Hals tragen, dessen silbernes Kreuz während des Aktes zwischen deinen Brüsten baumelt«, krächzte die Alte. »Ganz nebenbei verhinderst du damit, dass die Saat des Teufels in deinem Leib aufgeht.«

Justine schaute sie verwundert an. »Irgendein Rosenkranz? Mehr nicht?«

»Nicht irgendeiner.« Die Alte schüttelte den Kopf. »Es muss ein besonderer sein, der nicht nur der Heiligen Jungfrau, sondern auch dem heiligen Georg geweiht wurde. Wenn der Teufel in einem Mann steckt, wird er sofort von dir ablassen, sobald er das Kreuz sieht, und das Weite suchen.«

Justine kräuselte zweifelnd die Stirn. »Und wo bekomme ich diesen doppelt geweihten Rosenkranz aus Malachit her?«

»Zufällig kannst du ihn bei mir kaufen, Schätzchen«, krächzte die Alte und öffnete, ohne Justines Antwort abzuwarten, den Deckel einer Holzkiste, die unter dem Tischchen stand.

Zu Justines Erstaunen breitete sie kurz darauf einen hübschen Rosenkranz vor ihr aus. Die zierlichen grünen Malachtsteine waren sorgfältig zu runden Perlen geschliffen, und in das kleine silberne Kreuz hatte jemand mit viel Geschick einen leidenden Jesus eingraviert.

Justine schaute die Alte mit einem erwartungsvollen Blick an. »Und was soll der kosten?«

»Fünf franzische Silbergroschen für den Rosenkranz und fünf Deniers für meine Beratung«, antwortete die Alte mit überlegter Miene und hielt demonstrativ die Hand auf.

»Fünf Silbergroschen für einen Rosenkranz!« Justine war versucht zu lachen, weil ihr die Summe so unverschämt hoch erschien. Doch sie beherrschte sich, denn sie brauchte das Ding. »Das ist viel zu teuer«, argumentierte sie stur, in der Hoffnung, dass die Alte sich wenigstens auf einen Handel einlassen würde. »Dafür kann ich mir gut und gerne drei neue Kleider anfertigen lassen.«

»Aber mit Kleidern kann man sich nicht den Teufel vom Leib halten, eher das Gegenteil«, gab die Alte unbeeindruckt zurück und starrte auf Justines gewagten Ausschnitt. »Im Übrigen besteht das Kreuz aus reinem Silber. Damit hält es Euch nicht nur den Teufel vom Leib, sondern auch seine sämtlichen Gehilfen. Ohrenbeißer, Zahnwürmer, Darmkneifer ... sogar Werwölfe und Seeungeheuer sollen sich damit abschrecken lassen. Also? Willst du ihn, oder willst du ihn nicht?«, fragte sie mit Nachdruck und ließ damit offen, ob sie den Rosenkranz meinte oder den Kerl.

Justine stand auf und schnaubte verbittert. »Was bleibt mir anderes übrig?«

»Genau. Was kann ich dafür, wenn du dich mit bösen Mächten einlässt? Ich will nur helfen, sie dir vom Leibe zu halten.«

Justine wollte keinen Streit und zählte der Alten die gewünschte Summe auf den Tisch, die eigentlich Baillie gehörte und als Wechselgeld für den Handel gedacht war. Danach schnappte sie sich den Rosenkranz, stand auf und drehte sich auf dem Absatz herum, um diese merkwürdige Stätte so schnell wie möglich zu verlassen. Ohne sich zu verabschieden oder gar zu bedanken, eilte sie nach draußen und lief schnurstracks zurück in ihr Unglück.

»Lieber Gott«, betete sie lautlos, während sie zu ihrem Wagen zurückkehrte: »Hilf mir wenigstens, herauszufinden, ob Malcolm auch zu diesen Teufelsanbetern gehört. Und wenn nicht, dass es mir gelingt, ihn und Amelie aus den Klauen des Teufels zu retten, wenn ich schon sonst zu nichts tauge.«

KAPITEL 14

APRIL 1316
HERZOGTUM LOTHRINGEN / BURG WALDENSTEIN

Tjost

Hannah verspürte ein Gefühl von Freiheit und Abenteuer, als sie gegen Mittag mit Amelie, Freya und den beiden Schwestern aus der Zukunft zum Burgtor hinausmarschierte. Ihr Ziel, der Turnierplatz von Waldenstein, lag nur knapp zehn Minuten Fußweg von der Festung entfernt.

Sie und ihre Freundinnen genossen die frische Luft und die ersten warmen Sonnenstrahlen, die durch Wolken brachen, zumal sie in den Wintermonaten selten außerhalb der Festung unterwegs gewesen waren.

Ihr Weg führte sie über einen gepflasterten Pfad, der nach dem langen Frost mit Schlaglöchern übersät war, in deren klaren Pfützen sich das Blau der frisch aufgebrochenen Wolkendecke spiegelte.

Hannahs Schwiegermutter und die Gräfin hatten es bei diesem Anblick vorgezogen, sich entgegen vorheriger Absprachen mit einem Wagen zum Turnierplatz bringen zu lassen, weil sie um den unversehrten Zustand ihrer neuen Stiefel fürchteten.

»Wer passt auf Sophia auf, solange du auf dem Turnierplatz bist?«, wollte Rona wissen, die sich wie ihre Schwester Lyn stets für das Befinden der Kleinen interessierte. In ihrer Zeit, ungefähr neuhundert Jahre später, würde es für Frauen nicht mehr selbstverständlich sein, Kinder auf natürliche Weise zur Welt zu bringen. Die breite Masse der Bevölkerung wurde kontrolliert unter künstlicher Befruchtung gezeugt und wuchs in einem biotechnologisch ausgefeilten Brüter heran.

»Gesa ist ganz verrückt nach Sophia«, erklärte Hannah den beiden Schwestern. »Und weil Mattes nicht am Turnier teilnimmt, sondern seine Dienste als Geros Knappe versieht, hat sie sich angeboten, auf sie aufzupassen.«

»Ich frage mich, was ich von einem solchen Turnier halten soll«, gestand Lyn unvermittelt, »in dem die Teilnehmer ihr Leben aufs Spiel setzen – nur zum

Spaß. Ich meine, auch in dieser Epoche sind die Leute nicht unsterblich. Und ohne Nanokapseln, die eine Wunde oder einen Knochenbruch in Sekundenschnelle heilen, hat man kaum gute Überlebenschancen, wenn man sich ernsthaft verletzt. Leider haben wir nicht mehr viele von den Kapseln und können sie nur in absoluten Notfällen einsetzen.«

»Was mit der Frage verbunden ist, wie man einen absoluten Notfall definiert«, wandte Hannah ein.

»Unsere Männer sind hart im Nehmen«, verkündete Amelie nicht ohne Stolz. »Das müsstet ihr eigentlich wissen. Ich habe als junge Frau in Bar-sur-Aube oft bei den Übungskämpfen der Templer zugesehen. Wenn auch heimlich«, gestand sie mit einem hintergründigen Lächeln. »Dabei ist so gut wie nie jemand verletzt worden«, fügte sie achselzuckend hinzu. »Ich fand es jedes Mal beeindruckend, wie geschickt die Ritterbrüder ihren Gegnern auszuweichen vermochten. Nein, meine lieben Freundinnen, wir müssen uns keine allzu großen Sorgen um die Kampfkraft und Geschicklichkeit unserer Männer machen.«

»Um die körperliche Fitness mache ich mir auch keine Sorgen«, erwiderte Hannah mit Blick auf Amelie, die trotz ihrer fortgeschrittenen Schwangerschaft erstaunlich flink voranschritt und ihr Tempo sogar noch einmal steigerte, als der Turnierplatz in Sichtweite kam. »Es ist schlicht eine Tatsache, dass derjenige, der ein Schwert führt, durch ein Schwert umkommen wird, wie es so einsichtig in der Bibel steht.«

»Und wer kein Schwert führen kann, kommt erst recht um, wenn er in einen Kampf gerät«, hielt Amelie ihr trotzig entgegen.

»Mir ist auch nicht wohl dabei, obwohl Johan ein exzellenter Schwertkämpfer ist«, hielt Freya ihre eigenen Bedenken Amelies Optimismus entgegen. »Ich fürchte, wir haben bisher nur Riesenglück gehabt, dass keinem von uns etwas Ernstes zugestoßen ist. Ohne die Nanokapseln hätten wir schon einige Tote in unseren eigenen Reihen zu beklagen. Und wie du eben gehört hast, haben wir nur noch wenige Kapseln in Reserve.«

»Aber ein Turnier ist nun mal die beste Gelegenheit, um sich als frisch ernannter Graf einen Namen zu machen«, entgegnete Amelie zum Erstaunen aller. Üblicherweise beteiligte sie sich nur selten an politischen Diskussionen, oder solchen, bei denen es um den gesellschaftlichen Aufstieg ging. »Wie du an den vielen Fahnen erkennen kannst, werden mehr als fünfzig Rittergeschlechter aus der Umgebung zu Gast sein, hinter denen eine Kampfkraft von mehreren tausend Söldnern steht. Wenn sie sehen, dass unsere Männer ernstzunehmende Ritter sind, werden sie ihnen nicht nur den nötigen Respekt zollen, sondern ihnen auch in Notzeiten gerne als Verstärkung zur Seite stehen.«

»Das bedeutet im Umkehrschluss«, gab Freya zu bedenken, »unsere Männer müssten ihnen ebenfalls beistehen, wenn einer dieser neuen Verbündeten nach Verstärkung ruft.«

Hannah, die dieser Gedanke schon eine ganze Weile beunruhigte, ließ ihren zweifelnden Blick über die vielen bunten Hoheitszeichen der teilnehmenden Rittergeschlechter wandern, die auf langen Masten aufgesteckt den Turnierplatz säumten. Jede einzelne Fahne bedeutete eine neue Verpflichtung für Waldenstein und seine Soldaten. Ihre eigene war an einem mächtigen Mast direkt am Hauptportal befestigt.

Der frische Wind zerrte ungestüm an dem dünnen Leinenstoff, auf dem ein schwarzer Löwe auf rotem Grund über der dunkelbraunen Silhouette der Festung thronte. Darunter war der schwarze Fels zu sehen, auf dem die Burg zum Ende des 12. Jahrhunderts hoch über der Mosel erbaut worden war, die als königsblauer Fluss die Basis des Wappens bildete. Das Ganze war umrahmt von Eichenblättern und Reben mit dunkelblauen Trauben, die den Reichtum der Waldensteiner Ländereien repräsentierten.

»Wenn ihr mich fragt«, hob Hannah unvermittelt an, »wäre es mir lieber, wenn niemand etwas von uns wüsste und wir in einer Burg lebten, die nur für Eingeweihte sichtbar wäre. Ich denke, das würde uns eine Menge Ärger ersparen.« Im Hinblick auf die neuen Verpflichtungen wurde sie schon seit Tagen von bösen Vorahnungen geplagt.

»Ich fürchte, das ist angesichts Geros' neuer Position als Graf kaum möglich«, wandte Rona ein, die keine Mühe damit hatte, die zurzeit herrschenden politischen Zusammenhänge zu verstehen und zu akzeptieren, auch wenn sie in einer fast tausend Jahre entfernten zukünftigen Realität aufgewachsen war. »Deshalb halte ich eine Flucht nach vorn tatsächlich für das Vernünftigste.«

»Wahrscheinlich hast du recht.« Mit einem Seufzer ließ Hannah ihren Blick über die ländliche Umgebung schweifen. »Ich sollte mir die Vorteile, hier zu leben, öfters ins Gedächtnis rufen.« Dass die Welt im beginnenden 14. Jahrhundert zumindest optisch eine stillere und idyllischere war als im einundzwanzigsten Jahrhundert, schien Hannah nicht der einzige Vorteil an der Geschichte zu sein.

Auf einer Wiese unterhalb des Platzes waren auswärtige Knappen dabei, die Zelte ihrer Herrschaft zu errichten, in denen sich die Turnierteilnehmer zwischen den einzelnen Durchgängen erholen und aufwärmen konnten. Deren Gesinde würde trotz der unwirtlichen Temperaturen in diesen schlecht beheizten Behausungen übernachten und Pferde und Material bewachen. Die Ritter selbst waren in einem Gästetrakt der Burg untergebracht und wurden mit allem versorgt, was die Waldensteiner an Komfort zu bieten hatten. Zudem hatte Gero mit Rona und Lyn eine Abmachung, dass sie bei schweren Verletzungen als Heilerinnen zum Einsatz kamen. Allerdings blieb abzuwarten, inwieweit sie helfen konnten, sobald Blut floss.

Von Weitem war der Hufschlag der schweren Schlachtrösser zu hören.

Das Wiehern und Schnauben der Tiere ließ vermuten, dass sie genauso nervös waren wie ihre Reiter, die unentwegt heisere Befehle über den Platz brüllten.

Auf halbem Weg zu den Tribünen kam ihnen Anselm entgegen und empfing sie mit sichtbarer Ungeduld. »Da seid ihr ja endlich. Ich habe schon auf euch gewartet.« Der Mittelalterexperte, mit dem sie zuletzt gemeinsam im Jahr 2015 in Nordnorwegen gelebt hatten und dann, bedroht von einer amerikanischen Spezialeinheit, zusammen in diese Epoche entkommen waren, trug wie alle Ritter von Waldenstein die Uniform der hiesigen Truppen. Eine Reithose aus dickem Hirschleder, ein dunkles wattiertes Wams, das wie ein gestepptes Sweatshirt aussah, und darüber ein perfekt geschmiedetes Kettenhemd mit einem ärmellosen schwarzen Rock, auf dessen linker Brust fleißige Hände das Wappen der Waldensteiner aufgestickt hatten.

»Gero hat mich beauftragt, euch auf halbem Weg abzufangen und zu den Tribünen zu geleiten«, rief Anselm ihnen mit erkennbarer Begeisterung entgegen, die seiner Zeit als ehemaliger Reeanactor geschuldet war, als er das Leben eines Ritters in seiner Freizeit lediglich nachgespielt hatte. An einem echten Turnier teilnehmen zu dürfen, war für ihn das Größte überhaupt. An seiner stolzen Haltung konnte Hannah mühelos ablesen, wie sehr er als mittelalterlicher Ritter und inzwischen initiierter Templer seinen großen Traum lebte – und das ohne jede Sehnsucht, jemals ins 21. Jahrhundert zurückkehren zu wollen.

»Gibt es einen Wettkampfplan?« Rona warf ihm einen fragenden Blick zu. »Ein Schriftstück, dem man entnehmen kann, wer wann und wo gegen wen antritt?«

»Am Eingang zum Turnierplatz hängt eine Starterliste aus Pergament.« Anselm fuhr sich mit einer Hand durch den kinnlangen, rotbraunen Schopf, um ein paar Strähnen aus den Augen zu streichen. »Allerdings gibt es keine festen Zeiten für die Kämpfe«, erklärte er Rona augenzwinkernd. »Du darfst nicht vergessen, wir richten uns hier nach dem Ergebnis, nicht nach der Zeit auf einer quantengesteuerten Fitnessuhr. Bei dem einen Kandidaten dauert es länger, bis sich erwiesen hat, ob er Sieger oder Verlierer ist, bei dem anderen fällt die Entscheidung schneller. Erst wenn von einem Ritter die vorgeschriebenen Übungen absolviert wurden, kommt der Nächste an die Reihe. Ganz gleich wie lange es dauert. Das macht es ja umso spannender. Lasst euch einfach überraschen«, empfahl er ihnen mit einem fröhlichen Grinsen. »Ein bisschen Sitzfleisch müsst ihr schon mitbringen. Zurzeit finden sowieso nur Probedurchläufe statt.«

Hannah riskierte einen Blick zum Himmel, bevor sie und die anderen den Eingang zum Turnierplatz passierten, der die Welt mit einem zwei Meter hohen Palisadenzaun in ein davor und ein dahinter teilte. Die beiden Wachhabenden, die den Zugang kontrollierten, nahmen Haltung an als sie die junge Gräfin mitsamt ihrem weiblichen Gefolge beim Einlass erkannten. Hannah dankte es ihnen mit einem freundlichen Nicken.

Mit einem Blick in den Himmel hoffte sie darauf, dass sich wenigstens das Wetter an Regeln hielt und die dunklen Wolken endlich der Sonne Platz machen würden.

Obwohl sie inzwischen wusste, was hinter dem mit bunten Wimpeln geschmückten Zaun geschah, war sie immer noch fasziniert, wenn sie mit den Tatsachen des sogenannten Mittelalters konfrontiert wurde und sich zugleich bewusst machte, dass diese Welt, die Menschen und Geschehnissen ihr genauso real erschienen wie ihr ursprüngliches Zuhause, das in diesem Moment siebenhundert Jahre in der Zukunft lag.

Dankbar, ein solches Wunder erleben zu dürfen, sog sie mit einem tiefen Atemzug die würzige Landluft ein, die ihre Lungen nicht nur mit Sauerstoff füllte. Darüber hinaus stieg ihr ein unvergleichliches Duftgemisch aus Pferdedung, dem süßlichen Rauch von verbranntem Eichenholz und frisch gewachstem Leder in die Nase, als einer der prachtvoll aufgezäumten Kaltbluthengste mitsamt seinem Reiter dicht an ihr vorbeitrabte.

Anselm präsentierte ihnen wenig später voller Stolz die neue Ehrentribüne der Damen, bei deren gepolsterten Sitzen und der geteerten Überdachung man keine Kosten und Mühen gescheut hatte, um Wind und Regen zu trotzen. Hannah setzte sich in die erste Reihe zu ihrer Schwiegermutter und der Gräfin, die ihre Plätze bereits eingenommen hatten. Ihre Freundinnen nahmen die Plätze rechts und links von ihnen ein.

Während Gero und Arnaud voll aufgerüstet mit ihren Streitrössern vor der Tribüne der Damen haltmachten, um deren Aufmerksamkeit für den anschließenden Wettkampf zu gewinnen, trabten andere Teilnehmer auf ihren Pferden an der Bande entlang, um sich und ihre Tiere für die nächsten Runden aufzuwärmen.

Gero streckte Hannah und den übrigen Frauen die gesenkte Übungslanze aus biegsamem Erlenholz entgegen, kaum dass sie es sich auf ihren Sitzen bequem gemacht hatten. Dann grüßte er Gräfin Margaretha und seine Mutter mit einer angedeuteten Verbeugung. Er lachte befreit, als sie seinen Auftritt beklatschten und Hannah ihm überraschend – als Symbol der Auferstehung und Keuschheit – einen Kranz aus geflochtenen Weidenkätzchen, den sie zuvor von der Gräfin erhalten hatte, über die Lanzenspitze legte.

»Ihr alle seht wirklich beeindruckend aus«, kommentierte sie Geros Auftritt und den seines Templerbruders. Sie stand auf und beugte sich über die hölzerne Brüstung um Atlas die weichen Nüstern zu tätscheln. Geros silbergrauer Percheron wirkte mit seiner Schabracke in den Farben der Waldensteiner, die mit Silber bestickt war und die er unter Zaumzeug und Sattel trug, noch riesiger, als er ohnehin schon war. Der aufmerksame Hengst war inzwischen fünfzehn Jahre alt und hatte mehrere Male mit Gero die Zeiten gewechselt, was beide glücklicherweise heil überstanden hatten. Der stolze Kaltblüter ahnte wohl, dass man über ihn redete, denn er senkte anmutig den Kopf, spitzte die Ohren und schnaubte leise. Gero tätschelte ihm den Hals und lächelte sanft.

»Man sieht dir an, wie sehr du es genießt, wieder mit Atlas arbeiten zu können«, bemerkte Hannah mit verklärtem Blick.

»Oh ja. Ich bin glücklich, in meinem alten Leben zurück zu sein«, gab Gero offen zu. »Mich mit ebenbürtigen Rittern messen zu dürfen gibt mir jenes Selbstvertrauen, das man im Kampf benötigt, wenn man irgendwann gegen einen unbekannten Gegner bestehen will.«

Hannah erwiderte nichts darauf, weil seine Bemerkung ihre Befürchtungen nur von Neuem schürte. Doch ihr Gesicht war wie ein Spiegel ihrer Seele. Deshalb versuchte sie sich an einem Lächeln. Auch wenn ihr nicht danach war.

Arnaud, der gleich neben Gero auf einem stämmigen Brabanter im Sattel saß, hatte die Wandlung in Hannahs Mimik offenbar bemerkt und zog ein paar komische Grimassen, mit denen er sie und die anderen Frauen zum Lachen brachte. Bis auf Rona, die seine Albernheiten mit dem üblichen Augenrollen quittierte. Sie liebte den temperamentvollen Tempelritter, der aus dem Languedoc stammte, teilte aber selten seinen mitunter derben Humor.

Als man Arnaud und Gero unvermittelt mit einem Fanfarenstoß zum nächsten Tjost aufrief, wurde Arnauds schmales Gesicht ernst und konzentriert. »Mesdames«, sagte er und verneigte sein Haupt zu einem abschließenden Gruß vor den Damen. Dann setzten er und Gero ihre kompakten Kübelhelme mit den schmalen Sehschlitzen auf, die aus Gründen der Unterscheidung mit je einem roten und einem blau gefärbten Federbusch geschmückt waren, und schnürten ihre Kinnriemen zu.

Hannah hauchte Gero einen angedeuteten Kuss zu, als er die Zügel aufnahm. Danach löste er seinen schweren Schild mit dem Wappen der Waldensteiner vom Sattel und dirigierte Atlas mit einem Schenkeldruck und leisem Schnalzen in die vorgegebene Ausgangsposition am Ende des Feldes. Arnaud bezog auf der gegenüberliegenden Seite Stellung. Mit der hölzernen Lanze in der einen und dem Schild in der anderen Hand, warteten die beiden Kontrahenten auf die Fanfare, die den Beginn des Kampfes signalisierte.

Während Anselm den Frauen bedeutete, sie sollten rasch in der obersten Reihe der Tribüne Platz nehmen, um besser sehen zu können, blieben die Gräfin und ihre Schwester auf den Ehrenplätzen in der Mitte der Tribüne sitzen.

Ein frischer Wind pfiff über den Platz, als die Männer auf das Signal von Roland warteten, der den Start für beide mit einem weiteren Stoß in ein Jagdhorn signalisierte.

Hannah versuchte vergeblich auszumachen, ob Margaretha irgendein Anzeichen von Reue zeigte, als sie ihre Aufmerksamkeit kurz auf ihren respekteinflößenden Burgvogt richtete.

Roland, der den Ablauf organisierte, gab zu seinem akustischen Signal ein Handzeichen, woraufhin die beiden Hengste nervös zu tänzeln begannen. Hannah war zu sehr mit Roland und seinem versteinerten Gesichtsausdruck beschäftigt, als dass sie bemerkt hätte, wie die beiden Reiter auf ihren Hengsten anritten und aufeinander zu galoppierten. Sie schrak jäh zurück, als die Tiere donnernd an ihr vorüberpreschten, gefolgt von einem lauten Krachen, das über den gesamten Turnierplatz hallte und sie vor Schreck zusammenfahren ließ. Panisch presste sie ihre Hand auf die Brust, um ihr wild pochendes Herz zu beruhigen. Am liebsten hätte sie gar nicht hingesehen, wie der Kampf ausgegangen war. Als sie einen zaghaften Blick in Geros Richtung wagte, stellte sie erleichtert fest, dass beide Reiter unversehrt im Sattel saßen und lediglich Arnauds Lanze aussah wie ein riesiger morscher Zahnstocher, dessen Ende zerfetzt und aufgesplittert war. Was dafür sprach, dass Gero die geballte Kraft des Aufpralls mit seinem Schild abgewehrt hatte. Trotz der wuchtigen Attacke saß er sicher im Sattel und lenkte seinen Hengst, als wäre nichts geschehen, zurück in die Ausgangsposition. Lediglich die Farbe an seinem Schild war ein wenig abgesplittert.

»Sag bloß, sie treten noch mal gegeneinander an?« Hannah warf Anselm einen verständnislosen Blick zu.

»Klar, was sonst?« Er grinste breit. »Arnaud will schließlich Revanche.«

Margaretha und Jutta applaudierten zusammen mit den anderen Zuschauern, die am Rande des Feldes standen und anscheinend zu den geladenen Gästen gehörten.

Hannah hingegen zitterte viel zu heftig, um applaudieren zu können.

»Mach dir keine Sorgen«, murmelte Anselm ihr zu. »Die Gräfin hat ausdrücklich nur ›Juste à plaisance‹ zugelassen – das Kämpfen mit stumpfen Waffen. Außerdem besteht die Lanze lediglich aus Holz und hat keine tödliche Spitze aus Metall. Das bricht beim ersten Widerstand. Ich denke nicht, dass es damit zu mehr als ein paar blauen Flecken kommt.«

Hannah, die sich an einen Bluterguss an Geros Schulter erinnerte, den er erst vor wenigen Tagen bei einem Übungskampf davongetragen hatte, runzelte zweifelnd die Stirn. »Ich halte es trotzdem für unvernünftig. Aber gut, wenn es Margaretha glücklich macht und der Diplomatie dient«, fügte sie tonlos hinzu. »Obwohl es nicht die einzige Sache ist, die mir Sorgen macht.«

Mattes, der für beide Templer die Rolle des Knappen übernommen hatte, reichte beiden Kontrahenten eine neue, bunt bemalte Holzlanze, bevor es in die zweite Runde ging.

Hannah biss sie sich auf die Lippen, als die beiden Ordensbrüder aufs Neue aufeinander zu donnerten und es zu einem harten Zusammenstoß kam, der ähnlich glimpflich verlief, aber eine weitere Lanze kostete, die diesmal Arnaud mit seinem Schild zerschmetterte.

Anselm schaute sie fragend von der Seite her an. »Was ist los? Irgendwas macht dir darüber hinaus Sorgen?«

Hannah neigte den Kopf in seine Richtung und verfiel in einen verschwörerischen Flüsterton. »Können sich die Kämpfer aussuchen, gegen wen sie antreten?«

»Während der Vorübungen schon. Morgen, in der ersten offiziellen Runde, wird das Los entscheiden«, klärte er sie auf. »Danach kommt weiter, wer den Durchgang gewinnt. Dann wiederum werden per Los weitere Paarungen zusammengestellt. Obwohl Roland einen gewissen Einfluss darauf hat wer gegen wen antritt. Er sorgt dafür, dass nur Ritter gegeneinander kämpfen, deren Leistungsniveau in etwa gleich ausfällt …«

»Das bedeutet, Roland manipuliert die Verteilung der Lose?« Hannah schaute überrascht auf. »Ist das nicht unfair? Ich meine, so kann er doch den Ausgang der Kämpfe beeinflussen.«

»Nicht nur den Ausgang«, raunte Anselm und grinste schräg. »Er kann auch verhindern, dass die falschen Parteien aufeinandertreffen und es danach womöglich zu einer Fehde zwischen den Kontrahenten kommt. Das Ergebnis einer solchen Auseinandersetzung ist nicht selten eine Frage der Ehre.«

»Weiß Gero davon? Oder die Gräfin?«

»Ich fürchte, dass Roland sogar dafür eingeteilt wurde.«

»Ach du liebe Güte …« Hannah stockte der Atem.

»Was willst du damit sagen?« Anselm warf ihr einen verdutzten Blick zu. »Stimmt was nicht?«

Hannah erzählte ihm verhalten, was am Abend zuvor geschehen war. Dabei hatte sie Margaretha fest im Blick, damit diese nichts davon mitbekam. Zufällig unterhielt sie sich gerade mit dem alten Landgrafen, dessen Neffe sich just auf den ersten Kampf vorbereitete. »Sie hat Roland sehenden Auges mit dem alten

Lichtenberger betrogen und ich bin mir sicher, das Roland das nicht auf sich sitzen lässt«, schloss sie ihren bedrückenden Vortrag leise.

»Oh, Shit!« Anselm konnte sein Erstaunen über Margarethas Verhalten kaum verbergen. »Hoffentlich behält unser gutmütiger Burgvogt die Nerven und kommt nicht auf seltsame Ideen.« Er schien Hannahs Besorgnis zu teilen, während er seinen Blick zwischen Johann I. und Roland hin und her wanderte.

»Siehst du, was ich meine?«, raunte Hannah ihm zu. »Was ist, wenn Roland seinen Konkurrenten aus dem Weg räumen will?«

»Gute Frage«, murmelte Anselm mit schmalen Lippen. »So wie ich Roland einschätze, ist das nicht auszuschließen. Wobei ich mir sicher bin, dass er seinen Gegner nicht heimtückisch umbringen wird, sondern offen und in einem fairen Kampf, falls überhaupt.«

»Er muss ihn ja nicht selbst erledigen«, sinnierte Hannah mit unheilschwangerer Stimme. »Was ist, wenn er einen der Lichtenberger gegen jemanden antreten lässt, der stärker ist, als die beiden? Ich meine, dabei könnte alles Mögliche passieren.«

»Mal den Teufel nicht an die Wand«, raunte Anselm. »Ich denke dabei hätte Gero auch noch ein Wörtchen mitzureden.«

»Aber nicht, ohne das Vorgehen von Roland öffentlich in Frage zu stellen«, gab Hanna ihm gereizt zu verstehen. »Was zu weiteren Missverständnissen führen könnte.«

Als Nächste waren Struan und Malcolm an der Reihe, was Amelie, die sich für nichts anderes interessierte, mit verständlicher Aufregung verfolgte.

»Die beiden schenken sich ebenso wenig wie Gero und Arnaud, obwohl sie Brüder sind«, erklärte Anselm mit einem säuerlichen Lächeln, während die beiden Schotten auf ihren imposanten Hengsten ungehemmt aufeinander zu preschten. Der Untergrund erzitterte unter den Hufen der Tiere, die unerschrocken und wild schnaubend Kurs hielten, als ob sie es auf einen ungebremsten Zusammenstoß anlegten.

»Auf ihren riesigen englischen Great Horses sehen die beiden mit Rüstung und Waffen aus wie in einem Hollywoodfilm«, murmelte Hannah und verfolgte ebenso angespannt, wie schon bei Gero und Arnaud, ob die Sache glimpflich ausging.

»Das hier ist besser als Hollywood, weil es real ist«, begeisterte sich Anselm und konnte sich kaum auf seiner Bank halten, als Struans Lanze krachend an Malcolms Schild zersplitterte. Aber auch er überstand den Tjost dank der harmloseren Version der Lanzen ohne Verletzung.

Vom Rand des Turnierfeldes brandete hörbarer Beifall auf. Dort hatten sich Dutzende bewaffnete Männer in Rüstung versammelt, die Hannah zuvor nicht bemerkt hatte. Nun drängten sie sich an die Balustrade und reckten interessiert ihre kurz geschorenen Köpfe. Mit ihren orangefarbenen Wappenröcken sahen sie aus wie Söldner eines fremden Heeres.

»Wer sind diese Leute?« murmelte Hannah mit einem Seitenblick auf Anselm.

Er stand auf, um sich einen besseren Überblick zu verschaffen. »Das sind Pierre de Bologne und seine Männer«, verkündete er freudig. »Wir hatten sie eigentlich erst morgen erwartet.«

Hannah wusste, wie sehr Anselm den ehemaligen Juristen des Ordens und seine Rebellentruppe bewunderte. Zumal Pierre und dessen Kameraden im Geheimen operierten wie Gero und seine Brüder. Allerdings wesentlich professioneller. Anders als Gero und seine verbündeten Ordensbrüder traten Pierre und die Seinen nicht unter ihren ursprünglichen Namen auf, sondern verwendeten Tarnnamen und verschiedene Identitäten, die sie je nach Anlass wechselten.

»Weiß irgendjemand außer uns, um wen es sich bei Pierre und seinen Leuten tatsächlich handelt?« Hannah hob fragend eine Braue. »Ich meine, werden die Lichtenberger nicht fragen, zu welchem Herrschaftshaus sie gehören?«

»Pierre und seine Gefolgschaft sind Profis, wenn es darum geht, ihre Herkunft zu verschleiern«, klärte Anselm sie beiläufig auf. »Offiziell geben sie sich derzeit als Söldner eines lombardischen Grafen aus, der mit Pierre tatsächlich verwandt ist, und verwenden italienische Namen.«

»Und damit kommen sie durch?« Hannah starrte ihn ungläubig an. »Ich meine, sie benötigen doch Reisedokumente für halb Europa, um von Italien hierher zu reiten und dabei Dutzende Zoll- und Grenzstationen zu passieren.«

Anselm grinste verschlagen. »Dreimal darfst du raten, wer ihnen die dafür notwendigen Papiere gefälscht hat.«

»Du?« Hannah schaute ihn fassungslos an. »Wann hast du das denn erledigt?«

»Schon vor zwei Monaten.«

»Und warum hat Gero mir nichts davon erzählt?«

»Weil es unter dem strengsten Siegel der Verschwiegenheit lief. Pierre hat einen Boten geschickt und mich mit der Erstellung der Pergamente beauftragt. Dieser Bote hat die Dokumente vor zwei Wochen termingerecht abgeholt und zu Pierres Frau nach Lothringen gebracht.« Ein selbstbewusstes Lächeln huschte über Anselms bärtiges Gesicht, das bezeugte, wie stolz er auf seine Leistung war.

»Ich möchte nicht wissen, was ihr sonst noch alles unter euch ausmacht«, murmelte Hannah und beäugte ihn misstrauisch. »Könnte es sein, dass Pierre und seine Leute nicht allein wegen des Turniers hier sind?«

»Wie meinst du das?« Anselm gab sich arglos, konnte sich aber denken, was Hannah in Wahrheit von ihm wissen wollte.

»Tu nicht so scheinheilig«, forderte sie ihn verärgert auf. »Du weißt genau, was ich meine. Hieß es nicht, ihr wollt euch Pierre und seinen Leuten anschließen, um noch in Haft sitzende Templer zu befreien?« Mit einem leisen Unverständnis im Blick wandte sie sich an Freya, die links neben ihr saß. »Hat Johan irgendein Wort darüber verloren, dass Pierre de Bologne mit einer neuen Tarnung zum Turnier kommen wird?«

»Äh … was?« Freya war mit ihren Gedanken offenbar woanders gewesen, während sie Johan van Elk und Thomas of Thoraldby beobachtete, die sich für die nächste Runde im Tjost vorbereiteten. Zwei Rotschöpfe auf zwei feuerroten Brabanter Hengsten, die gemeinsam die Aufmerksamkeit aller Zuschauer fesselten.

»Hat Johan irgendetwas über Pierre de Bologne und seine Leute erzählt?«, raunte Hannah ihr leicht ungeduldig zu.

»Nein«, erwiderte Freya irritiert. »Wir reden so gut wie nie über diesen Kerl, weil alles, was er tut, strikter Geheimhaltung unterliegt. Und wenn ich ehrlich bin, will ich es auch gar nicht wissen.«

Hannah schnaubte verdrossen. »Das beruhigt mich ungemein. Anscheinend gehöre ich nicht zu den einzigen Unwissenden.«

Freya legte ihre Hand auf Hannahs Unterarm und drückte ihn sacht, wie um sie zu besänftigen. »Manchmal denke ich, es ist nicht gut, alles über die Kontakte und Absichten unserer Männer zu erfahren. Es macht uns nur verrückt. Du musst ihnen vertrauen. Sie werden nichts tun, was uns schaden könnte. Jedenfalls hat Johan mir das in die Hand versprochen, und ich glaube ihm.«

»Ich hoffe, du hast recht«, murmelte Hannah, kniff die Lippen zusammen und widmete sich gemeinsam mit Freya wieder den Kämpfenden, die sich soeben in die Startposition bewegten.

Johan van Elk, dem Freya zum ersten Mal in einem Wald bei Saint-Mihiel auf seiner Flucht vor den Söldnern des franzischen Königs begegnet war, legte seine Lanze an. Dann lenkte er seinen Hengst nur mit den Schenkeln auf den ehemaligen walisischen Templerkommandanten von Garway zu, der seine Strafe für die Zugehörigkeit zum Templerorden offiziell als Latrinenreiniger in einem englischen Benediktinerkloster verbüßte. Inoffiziell war er zusammen mit Ralph of Bulford vor gut einem Jahr zu Geros Truppe gestoßen und mit ihnen einen Pakt eingegangen, die Geheimnisse des Templerordens zu wahren und vor dessen Feinden zu schützen.

Dass beide Männer bestens trainierte Kreuzritter waren, sah man an der Art, wie elegant und unerschrocken sie ihre schweren Ritterpferde aufeinander zu galoppieren ließen. Die Tatsache, wie souverän Johan die Lanze führte und Thomas »Totty« of Thoraldby den Angriff mit seinem Schild abwehrte, tat ein Übriges, um auch dem letzten Unwissenden zu versichern, dass hier exzellent ausgebildete Ritter am Werk waren.

Mit einem Mal wurde Hannah bewusst, wie wenig sich die gute Schule der Templer verheimlichen ließ. Das musste auch der Gräfin klar gewesen sein. Was ihr Vorgehen, den jungen Hanemann von Lichtenberg und seinen Vormund mit allen nur möglichen Finessen zu bestechen, nachvollziehbarer machte. Margaretha würde alles tun, damit Gero von den beiden als der akzeptiert wurde, der er offiziell war: Der neue Graf von Lichtenberg zu Waldenstein und nicht der verfolgte Templer, dem vonseiten der Inquisition ungeheuerliche Verbrechen zur Last gelegt wurden.

Hannah bemerkte, wie Amelie unruhig auf ihrem Platz hin und her rutschte. »Was ist los? Geht es dir nicht gut?«

»Ich kann nicht mehr sitzen«, jammerte sie und verzog ihren hübschen Mund zu einer genervten Grimasse.

»Wahrscheinlich liegt das Kind auf deinen Innereien und klemmt dir irgendwas ein«, versuchte Freya sich an einer Erklärung. Während ihres Aufenthalts in der Zukunft hatte sie Unmengen an medizinischem Wissen in sich aufgesogen. Amelie hatte im Gegenzug so gut wie alles gemieden, was ihr neu und anders erschienen war als in ihrer Zeit, weil sie es als beängstigend empfand.

»Und was kann ich dagegen tun?«, fragte Amelie kläglich. Sie war im sechsten Monat, und allmählich wölbte sich ihr Babybauch zu einer gut sichtbaren Rundung.

»Du solltest dich so viel wie möglich bewegen«, riet ihr Freya mit einem mitleidigen Lächeln. »Am besten gehst du ein bisschen spazieren.«

»Das wollte ich sowieso.« Amelie erhob sich mit einem lang gezogenen Seufzer.

»Soll ich mitkommen?« Hannah schaute sie fragend an.

»Nicht nötig.« Amelie machte eine abwehrende Handbewegung. »Ich gehe runter zum Platz und schlendere einen bisschen an der Bande entlang. Vielleicht treffe ich Struan oder Malcolm und finde heraus, wann sie das nächste Mal an der Reihe sind. Ich bin bald wieder zurück.«

KAPITEL 15

APRIL 1316
HERZOGTUM LOTHRINGEN / BURG WALDENSTEIN

Verhängnisvolle Freundschaften

Amelie zog sich das hellblaue Wolltuch enger um die Schultern und nahm einen Umweg zu den Unterkünften der Ritter in Kauf, nur um festzustellen, dass Malcolm und Struan keine Zeit für sie hatten. Sie standen bei den fremden Templern und fachsimpelten mit ihnen. So wie Männer es zu tun pflegten, wenn sie auf Gleichgesinnte trafen.

Struan begrüßte Amelie mit einem flüchtigen Lächeln. »Was machst du hier, Liebste?«, fragte er und dirigierte sie ohne Erklärung von den Debattierenden weg zum Rand des Turnierfelds, wie ein widerspenstiges Pferd, das aus seinem Stall ausgebrochen war.

»Ich dachte, ich sehe mal, was hier so passiert«, antwortete Amelie, die sein ungeduldiges Verhalten missbilligte. Einige der Männer, die Struan offenbar wichtiger waren als seine Frau, hatte sie erkannt. Diese Leute hatten Gero und seinen Brüdern Ende letzten Jahres im Kampf gegen die Gens du Roi beigestanden und waren kurz vor dem Weihnachtsfest zu ihren Familien zurückgekehrt. Amelie wusste, dass ihre wahre Identität geheim bleiben musste. Vielleicht war Struan besorgt, dass sie sich versehentlich verplapperte.

»Nichts von Bedeutung«, raunte er ihr zu. »Es ist nur gerade ungünstig.«

»Ich wollte mich bloß erkundigen, ob es Malcolm und dir gut geht, und wie eure Vorentscheidung ausgefallen ist«, rechtfertigte sie ihren Besuch und ärgerte sich zugleich darüber, dass er sie behandelte wie eine Aussätzige. »Schließlich hast du mir den Vorschlag gemacht, ich solle vorbeischauen.«

»Aber damit meinte ich, dass du auf der Tribüne der Frauen sitzt und nicht, dass du dich im Lager der Kämpfer herumtreibst«, erwiderte er und gab ihr einen Klaps auf den Po, als wäre sie ein kleines Mädchen. »Geh zurück zu deinen Freundinnen. Dies hier ist kein sicherer Ort für schwangere Frauen. Was wäre, wenn eines der Rösser austritt und dich verletzt?«

»Ja, gewiss, du hast recht«, murmelte sie und stellte sich auf die Zehenspitzen, um ihm einen Kuss abzufordern, den er ihr mehr oder weniger halbherzig gewährte.

Enttäuscht drehte sie sich um und stapfte in die entgegengesetzte Richtung davon. Anstatt den gleichen Weg zurückzunehmen, schlug sie einen Bogen um das Zeltlager der Ritter und gelangte auf einem Pfad, der zum eigens für dieses Turnier errichteten Jahrmarkt führte. Eine eigentümliche Duftmischung von frisch zubereiteten Honigbonbons, gebratenem Fleisch und gebackenen Fladen stieg ihr die Nase und erinnerte sie an ihre Kindheit, wenn in Bar-Sur-Aube die großen Messen abgehalten wurden und ihr Vater sie auf den Jahrmarkt mitgenommen hatte. Irgendwo hinter dem nahen Hügel musste es eine Schnellküche geben, die fertige Mahlzeiten zum Mitnehmen an die Knappen und Pferdeknechte verkaufte, die mit ihren Rittern hierhergekommen waren.

Obwohl Amelie anfangs noch zögerte, wurde sie von einer rebellischen Neugier ergriffen, die als Antwort auf Struans Desinteresse zu verstehen war. Wenn schon niemand Zeit für sie hatte und es nur langweilige Kämpfe zu sehen gab, wollte sie wenigsten einen Blick auf die Stände der Händler werfen, von denen inzwischen etliche ihre Verkaufstische aufgebaut hatten. Während sie weiter den steinigen Pfad hinaufstieg, spielte sie mit ihrem Geldbeutel, der unter ihrem Umhang an ihrem Taillengürtel baumelte. Schließlich war der Inhalt dafür gedacht, dass sie sich selbst eine Freude bereitete, wie Struan ihr versichert hatte.

Amelie straffte sich, als sie den mit Rheinkies präparierten Vorplatz des Jahrmarkts betrat. Dabei hatte sie die im Kreis aufgestellten Wagen mit ihren Verkaufsständen fest im Blick. Die dazugehörigen Pferde grasten friedlich auf einer benachbarten Weide. Die Besitzer der Tiere ließen sich nur hier und da blicken. Angesichts der spärlichen Kundschaft und der vorangeschrittenen Mittagszeit lag eine bleierne Trägheit über dem Markt; nur die dahinjagenden Wolken sorgten mit ihrem Spiel von Licht und Schatten für scheinbare Bewegung auf dem fast menschenleeren Gelände.

Inmitten der immer gleich aussehenden Aufbauten fiel ihr ein Wagen auf, der üppig bemalt und mit bunten Federn verziert war, die sich im wechselnden Wind in sämtlichen Himmelsrichtungen wiegten. *Die schöne Venus sagt Euch die Zukunft voraus und kann Euch verraten, wer schon bald Euer Herz erobert!* stand dort in bunten Lettern in Franzisch geschrieben.

Obwohl Amelies Herz längst erobert war, fühlte sie sich von der exotischen Aufmachung des seltsamen Gefährts magisch angezogen. Sie fasste allen Mut zusammen und warf einen prüfenden Blick über beide Schultern, bevor sie ihre Schritte beschleunigte und sich dem Eingang näherte. Die Bewohnerin war nirgends zu sehen. Lediglich eine grauweiß gescheckte Katze schlich um die Räder des Gefährts herum, offenbar auf der Jagd nach Ratten und Mäusen.

Gerade als Amelie die erste Stufe der steilen Holztreppe erklimmen wollte, vernahm sie hinter sich eine Frauenstimme.

»Tut es nicht, die Alte ist nicht bei Sinnen.«

Erstaunt fuhr sie herum, um festzustellen, wer sich erdreistete, ihr ungefragte Ratschläge zu erteilen. Als sie die Frau näher betrachtete, weiteten sich ihren Augen.

»Justine?«, flüsterte sie und beäugte ungläubig die fest geflochtenen rotblonden Zöpfe, die deren Besitzerin zu einem üppigen Kranz wie eine Krone um den Kopf gelegt hatte. Dazu trug sie ein blaugraues Gewand, das ihre dralle Figur harmonisch zur Geltung brachte und darüber hinwegtäuschte, dass sie kein Mädchen mehr war. »Meine Güte, du bist es wirklich! Ich habe so oft an dich gedacht! Wie ist so was möglich?«, rief Amelie außer sich vor Begeisterung.

Während sie aufeinander zueilten, schlug ihr vor Freude und Aufregung das Herz bis zum Hals.

»Amelie!« Justine beschleunigte ihre Schritte. »O mein Gott. Ich kann es nicht glauben!« Ungehemmt flogen sie sich in die Arme. »Und du siehst aus wie vor neun Jahren, als wir uns das letzte Mal gesehen haben! Keinen Tag älter!«

Nur widerwillig löste Amelie sich von ihrer Freundin, nachdem sie sich fest umarmt hatten. Wobei sie sich gar nicht erst die Mühe gab, die Tränen der Wiedersehensfreude zu unterdrücken, die ungehemmt über ihre Wangen liefen und in ein erlösendes Schluchzen mündeten.

»So beruhige dich doch, Amelie«, flüsterte Justine ihr beinahe mütterlich zu. Sie war schon immer die Vernünftigere von ihnen gewesen und hatte Amelie stets hilfreiche Ratschläge erteilt. »Alles ist gut, ich bin ja da.«

»Ja, du bist da, so wie früher«, bestätigte Amelie immer noch fassungslos und schnäuzte ihr Puppennäschen in ein parfümiertes Leinentüchlein, dass sie stets im Ärmel ihres Gewandes trug. »Dich hat die Jungfrau Maria geschickt!«, entfuhr es ihr mit einem tiefen Seufzer. »Du musst mir unbedingt erzählen, wie du hierhergekommen bist und was du hier tust.«

»Ich habe einen eigenen Kaufmannsladen«, verkündete Justine nicht ohne Stolz. »Wenn du magst, setzen wir uns in meine fahrbare Bleibe, und ich spendiere uns zur Feier des Tages einen Krug Apfelmost aus der Heimat. Dort drinnen sind wir ungestört und können über alles reden. Was hältst du davon?« Eher beiläufig beäugte Justine den Zustand der Freundin. »Du bist schwanger«, kommentierte sie das Offensichtliche und schenkte Amelie ein breites Lächeln. »Es wird bestimmt ein Junge.«

»Ja, es wird ein Junge«, gab Amelie ein wenig gedankenlos zurück.

Justine starrte sie verdutzt an. »Woher willst du das wissen? Du kannst doch nicht in deinen Leib hineinschauen.«

»Ich … äh, nein«, stammelte Amelie und dachte an das Bild, das ein Arzt aus der Zukunft angefertigt hatte und auf dem man ganz genau hatte erkennen können, dass in ihrem Innern ein Knabe heranwuchs. Aber diese unfassbare Geschichte konnte sie Justine unmöglich verraten.

»Ich war bei einer Wahrsagerin«, log Amelie kurzerhand und deutete auf den Wagen, dem sie noch kurz zuvor einen Besuch hatte abstatten wollen.

»Ach, die schöne Venus, die in Wahrheit so hässlich ist wie die Nacht«, unkte Justine und verzog ihr mit Sommersprossen überzogenes Gesicht zu einer abweisenden Miene. »Die lügt schon, wenn sie den Mund aufmacht. Der würde ich kein Vertrauen schenken. Sie redet nur Unsinn.« Justine fasste Amelie beim Arm und dirigierte sie ohne zu fragen zu einer Treppe, die hinauf in einen stabilen, hölzernen Wagen führte.

Auf dem Weg dorthin begegneten sie einem Mann, der aus dem Nachbarwagen gestiegen war und auf sie zu schlenderte.

»Darf ich vorstellen«, säuselte Justine und deutete auf den Mann, der vielleicht Anfang Dreißig und gut einen Kopf größer war als sie selbst. »Das ist Helias Baillie, mein Handelspartner und Mitstreiter. Mit ihm und zwei weiteren Männern reise ich unbehelligt von Jahrmarkt zu Jahrmarkt und von Turnier zu Turnier. Wir helfen uns gegenseitig, indem ich die Geschäfte beaufsichtige und die Männer mir im Gegenzug Schutz bieten, wenn wir über Land unterwegs sind.«

Der Fremde nickte Amelie beiläufig zu und sie tat das gleiche. Normalerweise war sie es gewohnt, dass Männer sie beim ersten Aufeinandertreffen anstarrten, doch dieser verhielt sich seltsam gleichgültig.

Eigentlich sah er aus wie ein ehrbarer Kaufmann, befand sie, während sie ihn flüchtig betrachtete. Trotzdem war er ihr auf Anhieb unsympathisch. Obwohl sie nicht sagen konnte, warum das so war.

Struan hatte sie immer wieder ermahnt, sich bei fremden Männern vorzusehen.

Er war der Meinung, dass sie bereits zu gutgläubig vorgegangen war, als sie sich mit ihm, ohne ihn wirklich zu kennen, in der Nähe von Bar-sur-Aube in einer abgeschiedenen Schäferhütte verabredet hatte. Und er hatte recht. Er hätte sie damals mühelos vergewaltigen können. Hatte er aber nicht. Erst hinterher, als sie mit Justine über dieses erste Zusammentreffen mit Struan gesprochen hatte, war ihr klar geworden, dass die Geschichte auch ein böses Ende hätte nehmen können.

Daher zog sie es vor, dem Fremden lieber nicht direkt in die Augen zu schauen. Mehr beiläufig bemerkte sie sein rötlich blondes, welliges Haar, das ihm bis auf die Schultern fiel. Darüber hinaus besaß er eine athletische Erscheinung, die bei Kaufleuten eher selten zu finden war. Sein dunkelblaues feines Wams mit dem gleichfarbigen wadenlangen Kapuzenumhang bezeugte zumindest einen gewissen Wohlstand. Die strammen Beine steckten in rot und blau gestreiften Strümpfen und seine nicht allzu großen Füße in blauen Schnabelschuhen, die einen gefälligen Kontrast zu seiner knielangen Hose aus weinrotem Wollstoff bildeten. Struan würde sagen, der Kerl sieht aus wie ein Geck. Tatsächlich wäre er mühelos als solcher durchgegangen, hätte er nicht diese verschlagenen grünen Augen und diese furchterregende Narbe im Gesicht gehabt, was ihn zusammengenommen mit den rötlichen Haaren aussehen ließ wie einen lauernden, in vielen Kämpfen gestählten Fuchs.

Er verbeugte sich höflich, wobei Amelie auffiel, dass auch er ihr aus irgendeinem Grund nicht in die Augen sah.

»Und das ist eine liebe Freundin aus Kindertagen«, stellte Justine sie so enthusiastisch vor, als wäre sie ein Hauptgewinn. »Ich habe sie seit Jahren nicht gesehen«, berichtete sie atemlos. »Und nun steht sie vor mir und sieht keinen Tag älter aus als damals. Ist das nicht wunderbar?«

»Ja, ein wahres Wunder, würde ich sagen«, erwiderte der Kerl mit der Narbe mit einem fragwürdigen Lächeln, dem Amelie nicht entnehmen konnte, ob er an Justines Worte zweifelte. Mit schmalen Lidern musterte er Amelies Erscheinung. Sie nickte knapp und war geneigt, sich ohne ein Wort von ihm abzuwenden. Warum auch immer, fühlte sie sich in Gegenwart dieses Mannes nicht wohl und war erleichtert, als Justine ihn einfach stehen ließ und sie in ihren Wagen führte.

Drinnen befand sich ein vergleichsweise aufwendiges Lager, das aus einem Kastenbett und mehreren Matratzen bestand, auf denen eine bunt bestickte, mit Kaninchenpelz gefütterte Daunendecke und ein paar dicke Samtkissen lagen. Davor standen ein kleiner Tisch und ein zusammenklappbarer Scherenstuhl aus hellem Holz.

»Setz dich doch«, sagte Justine und bot ihr mit einer einladenden Geste einen Platz auf dem weichen Bett an.

Während Amelie sich auf der Daunendecke niederließ, wandte Justine sich einem transportablen Ofen aus Eisen zu, in dem ein munteres Feuer brannte, das ihrer putzigen Behausung eine zuverlässige Wärme spendete. Der Ofen besaß an der Rückwand ein gehämmertes Rohr, das durch eine Öffnung in der Seitenwand des Wagens nach draußen geführt wurde und dafür sorgte, dass sich der Rauch, der beim Verbrennen der Holzspäne entstand, nicht in der guten Stube ausbreitete. Auf der Ofenplatte aus Gusseisen konnte man Töpfe und Pfannen abstellen, um etwas zu erwärmen, oder zu braten.

»Das nenne ich komfortabel«, lobte Amelie die luxuriöse Ausstattung des fahrenden Häuschens.

»Freut mich, dass es dir gefällt«, antwortete Justine mit einem hintergründigen Lächeln und stellte einen eisernen Topf auf das Feuer. Mit wenigen Handgriffen wärmte sie darin einen wohlriechenden Apfelmost, den sie aus einem Krug aus Steinzeug hineingegossen hatte und gab, während sie mit einem Holzlöffel in dem dampfenden Most rührte, noch ein paar exotische Gewürze wie sündhaft teuren Zucker und Zimt hinzu. Im Nu war das Wageninnere von einem aromatischen Duft erfüllt, der Amelie an ihre Zeit im Orient erinnerte. Dazu servierte Justine aus einem Korb, der mit einem Tuch bedeckt auf einer Kommode gestanden hatte, süße Honigbrezeln. Nachdem sie den dampfenden Most in zwei Becher gegossen und einen davon Amelie in die Hand gedrückt hatte, gesellte sie sich mit dem zweiten Becher zu ihr aufs Bett und stieß mit ihr an.

»Auf unser unverhofftes Wiedersehen«, sagte sie mit leuchtenden Augen.

»Auf dass uns die Heilige Jungfrau nach so vielen Jahren wieder zusammengeführt hat«, erwiderte Amelie mit vor Aufregung roten Wangen, die durch die Wärme des Ofens und die Wirkung des Mosts noch stärker erröteten, nachdem sie einen tiefen Schluck genommen hatte. Während sie tranken und sich die Brezeln mit der gleichen Albernheit schmecken ließen wie in Kindertagen, kamen all die glücklichen Erinnerungen hoch, die Amelie in den darauffolgenden Jahren tief in sich vergraben hatte.

»Weißt du noch, Amelie«, erinnerte Justine sie, »als dein Vater uns zum ersten Mal solche Brezeln von der Messe in Troyes mitgebracht hat? Ich glaubte, noch nie etwas Besseres gegessen zu haben. Zumal wir uns solches Backwerk zu Hause nie hätten leisten können. Dein Vater war immer so gut zu uns. Ich weiß noch, als er meinen Schwestern und mir einen dicken Ballen Stoff geschenkt hat und wir Mädchen uns alle neue Kleider nähen konnten. Vom Geschirr und dem Wein, den er meinem Vater regelmäßig umsonst überlassen hat, ganz zu schweigen.«

Amelie wurde schlagartig ernst. »Hast du vielleicht etwas von meinem Vater gehört?«, fragte sie bang.

Justine wurde ebenso ernst und schaute Amelie durchdringend an. Jegliche Heiterkeit war aus ihrem Gesicht gewichen. »Wie soll ich es sagen …«, begann sie mit bebender Stimme und verstummte.

»Was ist los, Justine? Du machst mir Angst.« Amelie war nicht imstande, ihr heftiges Herzklopfen zu unterdrücken, nachdem ihre Freundin nicht weitersprach. »Ist er … tot?«

»Nein, er ist nicht tot«, sagte sie und schüttelte den Kopf. Dann stand sie auf und ging zum hinteren Teil des Wagens. »Es ist merkwürdig …« Wieder verfiel sie in Schweigen.

»So rede doch!«, drängte Amelie und sprang gleichfalls auf. »Warum sagst du denn nichts?«

»Er hat mir einen Brief für dich mitgegeben«, verriet ihr Justine und machte die Verwirrung damit vollends komplett.

»Er hat *was?*« Amelie konnte es kaum fassen. »Woher wusste er, dass wir uns treffen?«

»Er wusste es nicht«, log Justine mit einem flüchtigen Lächeln. »Er hat mir die Nachricht bei einem meiner letzten Besuche in Bar-sur-Aube mitgegeben, für den Fall, dass ich bei meinen vielen Reisen einen Hinweis erhalte, ob du noch lebst und wenn ja, wo du wohnst. Er wusste, dass ich viel herumkomme und hoffte, ich würde dich zufällig irgendwo finden. Tief in seinem Innern hat er die Hoffnung nie aufgegeben, dich eines Tages wieder in seine Arme schließen zu können.«

Während Amelie abrupt den Halt verlor und mit dem Hintern unvermittelt wieder auf der Matratze landete, hielt Justine ihr den besagten Brief entgegen.

Als Amelie die Unterschrift ihres Vaters erkannte, brach sie in Tränen aus. Kaum fähig zu lesen, was er geschrieben hatte, konnte sie sich nur mit Mühe beruhigen. Justine setzte sich neben sie, versucht sie zu umarmen. Doch Amelie ließ nicht zu, dass sie ihr den Arm um die bebenden Schultern legte. Sie rutschte ein ganzes Stück zur Seite und starrte Justine ungläubig an. »Ist das wirklich wahr? Mein Vater hat dir diesen Brief mitgegeben?«, fragte sie ungläubig und mit bebender Stimme.

Justine räusperte sich und leckte sich hastig über die Lippen. »Glaubst du vielleicht, ich lüge?« Sie blickte ihr fest in die Augen und wusste selbst nicht, woher sie die Dreistigkeit nahm. »Warum sollte ich so etwas tun? Du musst doch seine Schrift erkennen! Und du weißt, ich habe dich und deinen Vater immer geliebt. Ihr wart wie meine Familie.« Sie hatte Mühe, Amelie in die Augen zu blicken und ihr einen möglichst gefassten Eindruck zu vermitteln. Hin und her gerissen zwischen schlechtem Gewissen und der Furcht, etwas Falsches zu sagen, schlug ihr das Herz bis zum Hals. »Das ist auch der Grund, warum ich ihn regelmäßig besuche, wenn ich hin und wieder nach Bar-sur-Aube komme. Er ist inzwischen alt und gebrechlich, und es hätte ihn beinahe umgebracht, als du damals in der Nacht, als die Commanderie niedergebrannt ist, spurlos verschwunden bist.« Justine macht eine Pause und blickte Amelie erwartungsvoll in die Augen, in der Hoffnung, dass sie ihr irgendetwas über die Gründe ihrer Flucht und ihr neues Leben verriet. »Um ehrlich zu sein, hatte ich wirklich nicht gedacht, dich so wohlauf in einer solch beeindruckenden Burg vorzufinden. Erst recht nicht, dass du verheiratet bist und ein Kind erwartest. Was glaubst du, wie dein Vater sich freuen wird, wenn er davon erfährt?«, schob Justine hinterher, während Amelie noch immer um Worte rang. Dabei versuchte sie sich an einem Lächeln, obwohl ihr – geplagt von Zweifeln, ob sie das Richtige tat – ganz elend zumute war.

»J… ja«, stotterte Amelie und blickte suchend an sich herab, als hätte sie vergessen, dass sie guter Hoffnung war. »Ob du es glaubst oder nicht, ich denke seit Tagen an nichts anderes, als einen Boten in meine alte Heimat zu schicken, der nach meinem Vater forscht und ihm wenigstens eine Nachricht von mir überbringt. Ich wollte ihn wissen lassen, dass er Großvater wird, bevor er zu Gott gerufen wird. Dich hier zu treffen ist für mich, als hätte der Herr meine Gebete erhört und dich zu mir geschickt. Es ist wie ein Wunder.« Amelie ließ ihre schlanken Hände, mit denen sie eben noch heftig gestikuliert hatte, in den Schoß sinken und mit ihnen das sorgsam beschriebene Papier, das sie mit ungläubigen Blicken betrachtete. »Ich bin unendlich glücklich, dich hier zu sehen, Justine. Und dann dieser Brief …«

Justine, die Amelies Nähe nicht mehr ertrug, weil de la Mottes Auftrag ihr keinesfalls wie eine göttliche Fügung erschien, stand auf und setzte sich auf den Stuhl, um Abstand zu Amelie zu gewinnen.

»Ich möchte nicht in dich dringen«, begann sie vorsichtig und schaute sie mitfühlend an. »Aber willst du mir nicht erzählen, wie du hierhergekommen bist und wer der Vater deines Kindes ist? Ich meine, schau dich an, du siehst aus wie eine Prinzessin. Warum hast du deinem Vater die frohe Kunde über deine Vermählung mit einem Edelmann nicht längst überbracht?«

»Weil es nicht so einfach ist, wie es aussieht«, erklärte Amelie schwach. »Du kennst meinen Gemahl. Es ist der Templer, mit dem ich damals in Bar-sur-Aube eine Liebschaft begonnen habe.« Sie machte eine Pause, holte tief Luft. »Als er in der Nacht der Verhaftungswelle vor den Schergen des franzischen Königs in die deutschen Lande geflüchtet ist, stand er unvermittelt vor meiner Tür und hat mich gefragt, ob ich mitkommen will. Ich war schwanger von ihm, mein Vater war auf einer Messe weit weg und ich befürchtete, Struan nie wiederzusehen, wenn ich ihm nicht gefolgt wäre. Was hätte ich also tun sollen?« Sie zuckte hilflos mit den Schultern.

»Warum hast du deinem Vater keinen Brief geschrieben und die Sache erklärt?«

»Ich habe ihm eine Notiz hinterlassen, dass er sich keine Sorgen machen soll. Aber ich konnte ihm unmöglich schreiben, wohin die Reise geht, zumal ich es selbst nicht wusste.«

»Und warum hast du ihm später nicht geschrieben? Die ganze Geschichte ist nun schon neun Jahre her.«

»Wir waren überall und nirgends unterwegs. Ich meine, wie hätte ich das Vater erklären sollen? Allein schon, um uns und ihn nicht in Gefahr zu bringen, habe ich den Mund gehalten.«

»Was ist dann geschehen?«

»Wir haben zusammen mit anderen Templern und einem Knappen auf dieser Burg eine Zuflucht gefunden und haben hier nun unser Auskommen. Trotzdem bleibt es gefährlich. Struan und seine Brüder werden noch immer von der franzischen Inquisition verfolgt. Deshalb können wir auch nicht einfach nach Franzien reisen und dort meinen Vater besuchen. Jedenfalls nicht offiziell«, fügte Amelie im Flüsterton hinzu.

»Das kann ich verstehen«, heuchelte Justine. »Meine Familie wurde wegen ihrer Verbindungen zu den Templern enteignet, obwohl wir vorher schon nicht viel besessen hatten. Mein Vater fristete fortan sein Leben als Tagelöhner, bis er vor ein paar Jahren unter jämmerlichen Umständen gestorben ist. Meine Schwestern und ich wurden als Leibeigene nach Paris verkauft, weil wir die Schulden unseres Vaters nicht bezahlen konnten. Ich hatte Glück, dass ich mir eine Existenz als Krämerin aufbauen konnte, nachdem ich jahrelang in Diensten eines reisenden Kaufmanns stand, der mir kurz vor seinem Tod die Freiheit und dazu seinen Wagen geschenkt hat, damit ich sein Erbe und seine Geschäfte weiterführe.«

»Was du mitgemacht hast, tut mir im Herzen weh.« Amelie schaute sie mit ehrlichem Bedauern an. »Umso mehr freue ich mich für dich, dass du es am Ende geschafft hast, diesem Elend zu entkommen.«

»Nun, das alles ist lange her, und heutzutage interessiert sich niemand mehr für meine Vergangenheit«, beteuerte Justine. »Aber sag, was war mit dem Kind, mit dem du damals schwanger warst? Es muss inzwischen so um die acht Jahre alt sein, nicht wahr?« Justine versuchte vergeblich, nicht allzu neugierig zu wirken. »Was ist es denn, ein Mädchen oder ein Junge? Und hast du noch weitere Kinder?«

»Ich habe das Kind auf der strapaziösen Reise noch vor der Geburt verloren«, erklärte Amelie, immer noch traurig. »Und weitere Schwangerschaften waren mir danach nicht vergönnt. Diese hier ist die Erste nach unserem großen Verlust. Deshalb wollte ich, dass mein Vater weiß, ich lebe und werde ihm einen Nachkommen schenken.«

Justine überlegte blitzschnell, was sie als Nächstes vorbringen konnte, um Amelie in die richtige Richtung zu lenken.

»Aber die Verfolgung der Templer ist längst vorbei«, argumentierte sie so gelassen, wie sie nur konnte. »König Philipp ist tot, und König Louis interessiert sich nur für seine Weibergeschichten, wie man allenthalben hört. Eine Reise nach Franzien ist sicher nicht mehr so gefährlich wie vor Jahren. Und mit neuen Papieren wird niemand ahnen, wer du in Wahrheit bist.«

»Und doch ist es unmöglich«, erwiderte Amelie betrübt. »Mein Gemahl würde einer solchen Reise niemals zustimmen. Ich habe ihn schon gefragt, und er hat es mir ein für alle Mal abgeschlagen. Eher müsste ich meinen Vater dazu bringen, hierher zu kommen.« Sie schaute die Freundin an. »Könntest du das nicht für mich erledigen? Ich würde dich gut dafür bezahlen.«

»Ich fürchte, das ist unmöglich.« Justine schüttelte bedauernd den Kopf. »Dein Vater ist sehr gebrechlich. Ich glaube nicht, dass er eine Reise hierher überstehen würde«, erklärte sie und hasste sich zugleich für ihre Dreistigkeit, mit der sie Amelie und auch dem alten Bratac jede Hoffnung auf eine einfache Lösung nahm. Dann aber dachte sie an Baillies Äußerungen über die Templer und dass es auf jeden Fall besser sei, wenn Amelie mit dem Ungeborenen nach Franzien zurückkehrte, wo sie und das Kind vor den grausamen Riten des Ordens in Sicherheit sein würden.

»Ich könnte dir helfen, deinen Vater zu besuchen«, lockte Justine sie stattdessen. »Unbemerkt von den Schergen des Königs, der heiligen Inquisition und deinem Ehemann, wenn du willst.«

»Du?« Amelie riss ungläubig die Augen auf. »Wie denn? Komm ja nicht auf die Idee, bei meinem Gemahl ein gutes Wort für mich einlegen zu wollen. Es hätte keinen Sinn. Er ist Schotte, wie du dich vielleicht erinnern kannst, und ziemlich stur, wenn er erst einmal eine Meinung zu einer Sache hat. Er würde mich eher hochschwanger in einen Kerker sperren, als mich nach Franzien reisen zu lassen.«

Justine erlangte immer mehr die Gewissheit, dass Baillie und de la Motte mit ihren finsteren Behauptungen über die verfolgten Templer richtig lagen. »Wo denkst du hin?« Sie machte eine abwehrende Handbewegung. »Wir planen alles im Geheimen«, versicherte sie Amelie und nickte ihr aufmunternd zu. »Du packst ein paar wenige Sachen, die dir wichtig sind. Dann kommst du her, und wir reisen mit meinem Wagen vorzeitig ab, zurück nach Franzien. Bevor jemand etwas bemerkt, sind wir längst in Bar-sur-Aube, das verspreche ich dir.«

»Und was ist mit den Männern, mit denen du reist? Werden sie keine Fragen stellen?«

»Helias Baillie ist ein guter Freund«, log Justine, ohne mit der Wimper zu zucken, »der uns bestimmt begleiten wird, wenn ich ihm die Dringlichkeit der Sache schildere. Er schuldet mir noch was.« Sie zwinkerte Amelie vertraulich zu. »Ich habe ihm mal aus der Klemme geholfen, als er in Geldnöten war. Er müsste es mir eigentlich zurückzahlen, aber ich werde ihm sagen, dass ich darauf verzichte, wenn er uns auf der Reise beschützt.«

»Das würdest du für mich tun?« Amelie schaute sie fassungslos an.

»Meine Liebste«, beschwor Justine ihr Gegenüber. »Wir sind die besten Freundinnen. Glaubst du wirklich, ich würde dich im Stich lassen? Wenn dein Vater dich sieht, wird er gewiss aufblühen wie ein Apfelbäumchen. Wenn es ihm besser geht, könnte ich euch beide sogar hierher zurückbringen, und er kann seine letzten Tage in deiner Gesellschaft und der seiner Enkel verleben. Was hältst du davon?«

»Das klingt phantastisch. Ich kann es gar nicht glauben.« Amelie nippte aufgewühlt an ihrem Apfelmost, der zu allem anderen eine tröstliche Wärme in ihrem Innern verbreitete. »Ich frage mich nur, was mein Gemahl dazu sagen wird. Ich fürchte, er wird fuchsteufelswild reagieren.« Zweifelnd blickte sie auf. »Was ist, wenn er uns folgt und mich zurück auf die Burg bringt?«

»Nimmt er an den Turnieren teil?«

»Er nimmt nicht nur teil, er gehört zu den Leuten, die für den Ablauf der Wettkämpfe zuständig sind. Außerdem ist er der oberste Befehlshaber der Wachmannschaften.«

Justine lächelte fein. »Dann hat er ja in diesen Tagen jede Menge zu tun. Wenn wir rechtzeitig zu Beginn des Turniers aufbrechen, hat er gar keine Zeit, etwas zu bemerken, geschweige denn, dir zu folgen«, versicherte sie Amelie voller Zuversicht. »Außerdem könntest du ihm einen Brief schreiben, am besten von unterwegs, und ihm mitteilen, dass du lediglich deinen kranken Vater besuchst, bald wieder zurück sein wirst und auf sein Verständnis hoffst. Dann wird er spätestens bei eurer Rückkehr allen Zorn vergessen haben.«

Amelie war trotzdem nicht überzeugt. »Und wenn wir in eine Zollkontrolle geraten? Ich besitze keinerlei Geleitpapiere, und die Gräfin oder einen von Struans Gefährten kann ich unmöglich fragen.«

»Mach dir deswegen keine Sorgen. Ich behaupte einfach, du bist meine Leibeigene und arbeitest für mich. Baillie hat bestimmt noch Urkunden von ehemaligen Leibeigenen, die für uns gearbeitet haben. Wir sagen den Zöllnern, du bist diese Person, die im Brief eingetragen ist. Dich kennt doch niemand, und es wird auch nicht nach dir gesucht. Das ist die beste Möglichkeit, unentdeckt nach Franzien zu kommen und wieder hinaus. Was meinst du?« Justines Brauen schnellten in die Höhe, und ihr begeistertes Lächeln reichte vollends, um Amelie zu überzeugen.

»Ich tu's«, sagte sie leise und nickte zaghaft.

»Wunderbar«, frohlockte Justine, die nicht gedacht hatte, dass die ganze Geschichte so problemlos ablaufen würde. »Morgen in aller Frühe reisen wir ab.

Sobald dein Gemahl auf dem Turnierplatz erschienen ist und die Wettkämpfe beginnen, brechen wir auf. Deinen Kammerfrauen sagst du einfach, du bist erschöpft und möchtest den Tag in deiner Kemenate verbringen. Dann packst du rasch ein paar Sachen, wenn alle auf den Platz gegangen sind, um die Eröffnungsfeierlichkeiten nicht zu verpassen, und kommst auf Umwegen hierher. Sobald du da bist, machen wir uns auf den Weg und können in wenigen Tagen schon in der Champagne sein. Je schneller wir dort sind, desto eher sind wir wieder zurück. Klingt das nicht gut?«

»Das klingt unglaublich«, murmelte Amelie. »Ich kann der Heiligen Jungfrau gar nicht genug danken für so viel Glück. Dann gehe ich jetzt wohl besser, um keinen Verdacht zu erregen«, fügte sie nachdenklich hinzu und stand auf.

Justine erhob sich ebenfalls und fiel ihr mit einem seligen Seufzer um den Hals. Nicht nur, weil sie kaum damit gerechnet hatte, dass es so einfach sein würde, Amelie von ihrer Idee zu überzeugen. Auch weil sie sicher war, dass sie ein gutes Werk getan hatte, indem sie ihre Freundin und deren Kind vor den teuflischen Machenschaften der Templer bewahrte.

Amelie küsste voller Inbrunst ihre Wange und hauchte: »Du bist ein wahrer Engel, Justine, weißt du das?«

»Du übertreibst, wie üblich«, erwiderte Justine mit einem verlegenen Lächeln. »Ich tue nichts, was du nicht auch für mich getan hättest.«

Sie drückte Amelie noch einmal an sich und sog den kostbaren Rosenduft ein, der sie umgab. Wobei sie ein wenig verwundert war. Hieß es nicht, der Duft von Rosen würde sämtliche Dämonen vertreiben? Aber bei den Templern war alles anders, und an die Rosendüfte hatten sich die Dämonen, von denen diese Satansanbeter beherrscht wurden, inzwischen bestimmt gewöhnt.

Kaum das Amelie vom Platz gegangen und hinter einem Hügel verschwunden war, trat Baillie hinzu und gratulierte Justine. »Gut gemacht, Teuerste«, sagte er und grinste triumphierend. »Dann können wir ja schon heute Abend zusammenpacken.«

»Woher wisst Ihr, was sie gesagt hat?« Justine hob eine Braue.

»Weil ich euch belauscht habe?« Es war keine Frage, sondern eine Feststellung, wie Justine sich hätte denken können. Er verzog sein vernarbtes Gesicht zu einer belustigten Grimasse. »Daher weiß ich nun auch, dass wir mit unseren Vermutungen absolut richtig lagen. Vermutlich wurde bereits ihr erstes Kind dem Götzen geopfert und ihr als Fehlgeburt verkauft. Du rettest ihr Leben und das des zweiten Kindes, wenn du mithilfst, sie nach Franzien zu schaffen. Sie wird dir dankbar sein, wenn sie am Ende die ganze Wahrheit erfährt. Aber bis dahin kein Wort zu niemandem, hast du verstanden?«

»Sie wird mich verfluchen, wenn sie erfährt, dass ich sie belogen habe«, erwiderte Justine leise.

»Erstens hast du sie nicht belogen. Zweitens wird sie sich freuen, wenn sie ihren Vater endlich wieder in die Arme schließen kann. Und drittens, denk an deinen eigenen Sohn, der ebenso darauf wartet, seine Mutter wieder umarmen zu dürfen.«

Justine kniff die Lippen zusammen und zog es vor zu schweigen. Sie dachte an Malcolm MacDhughaill, der am Morgen angekündigt hatte, ihr am Abend einen weiteren Besuch abstatten zu wollen.

Sollte sie Baillie daran erinnern, dass sie ihn hatte ausfragen wollen? Besser nicht, befand sie, weil es eigentlich nicht mehr nötig gewesen wäre. Aber sie wollte unbedingt noch herausfinden, ob Malcolm auch zu diesen Teufeln gehörte. Vielleicht wusste er gar nicht, was sein Bruder in Wahrheit trieb. Und schließlich hatte sie aus genau diesem Grund der alten Seherin den völlig überteuerten Malachit-Rosenkranz abgekauft. Und außerdem war sie selbst ganz verrückt danach, diesen Mann noch einmal zu treffen, selbst wenn es gefährlich war. Sollte Baillie davon halten, was er wollte.

KAPITEL 16

APRIL 1316
HERZOGTUM LOTHRINGEN / BURG WALDENSTEIN

Falsches Spiel

Hannah beobachtete voller Sorge, wie sich Hanemann von Lichtenberg ausgerechnet den Assassinen als Tjost-Partner aussuchte. Roland hatte versucht, diese Paarung zu verhindern, doch Johann I. hatte seinen Neffen in der Wahl des vermeintlichen Mameluken unterstützt. Und Khaled, der das Ganze hätte verhindern können, indem er die Aufforderung des Lichtenbergers einfach ausschlug, war allem Anschein nach zu stolz, um einen Kampf gegen den hochnäsigen Christen abzulehnen.

»Ich hoffe, Khaled weiß, wie viel auf dem Spiel steht. Allah verhüte, dass er auf die Idee kommt, den jungen Lichtenberger vor allen anderen zu blamieren«, murmelte Hannah und bedachte Anselm mit einem unsicheren Seitenblick.

»Der Junge hat mehr diplomatisches Geschick als wir alle zusammen«, versicherte ihr Anselm mit einem Optimismus, von dem Hannah nicht wusste, wo er ihn hernahm. »Ich habe ihn im Heiligen Land erlebt. Er sieht seinem Gegenüber auf dreihundert Fuß an, was es denkt. Wobei ich mir durchaus vorstellen könnte, dass er dem vorlauten Großmaul gerne beibringt, wo der Krummsäbel hängt.«

»Genau das beunruhigt mich«, flüsterte Hannah und beobachtete, wie die beiden Kontrahenten mit ihren Waffen ausgerüstet wurden. »Er weiß genau, dass Hanemann seine eigene Unsicherheit mit seiner vermeintlichen Macht überspielt. Und Khaled ist kein Mann, der auf solche Schwächen Rücksicht nimmt. Schon gar nicht, wenn er einen Franken vor sich weiß, der ihn hemmungslos unterschätzt.«

»Da könntest du richtig liegen«, pflichtete Lyn ihr bei, die links neben ihr saß und einen ebenso angespannten Eindruck vermittelte wie Hannah. Obwohl sie sonst die Ruhe selbst war, beobachtete sie mit nervösen Blicken, was dort unten auf dem Turnierplatz vor sich ging.

Der Zorn und das Misstrauen des jungen Landgrafen gegenüber dem heidnischen Assassinen und sein Ehrgeiz, den Widersacher aus dem Morgenland zu besiegen, waren nicht zu übersehen. Hanemanns Gesicht war rot angelaufen vor Eifer, als er endlich im Sattel saß und sich den typischen Topfhelm eines Kreuzritters aufsetzte, der mit zwei seitlich herausragenden Stierhörnern und einem blauen Federbusch geschmückt war.

Khaled dagegen bevorzugte einen schmucklosen Kübelhelm, wir er bei den Templern üblich gewesen war, mit zwei leicht schräg stehenden Sehschlitzen. Vollkommen entspannt saß er im Sattel auf seinem arabischen Warmblut und überprüfte lässig ein letztes Mal den Sitz seiner Handschuhe und Sattelgurte, bevor Mattes ihm die Übungslanze überreichte. Niemand von den umstehenden Kameraden kam auf die Idee, ihm letzte Ratschläge zu erteilen. Erstens benötigte er keine, und zweitens hätte es wie eine Absprache gegen den jungen Lichtenberger gewirkt.

Dann gab Roland das Zeichen zum Tjost, und die beiden Reiter preschten aufeinander zu. Hannah kniff die Lider zusammen, weil sie nicht sehen wollte, wie einer von beiden getroffen wurde und vom Pferd stürzte, öffnete sie aber abrupt, als sie einen Aufprall und das Splittern von Holz vernahm, zusammen mit dem entsetzten Aufschrei der Zuschauer.

»Verdammt«, entfuhr es ihr, als sie den jungen Lichtenberger wie einen unbeholfenen Käfer rücklings im Sand liegen sah und beobachtete, wie er sich den Helm vom Kopf riss und geräuschvoll in den Kies erbrach. Neben ihm lag sein zerbrochener Schild und die Lanze, die – wie er selbst – mehr als nur ein wenig lädiert war.

Khaled war unverletzt. Er saß aufrecht im Sattel und zog den Helm ab. Das markante Gesicht des Assassinen zeigte keinerlei Anzeichen von Erschöpfung und auch kein Mitleid mit seinem Gegner, wenn Hannah den arroganten Ausdruck darin richtig deutete. Mit einem kühlen, abschätzigen Blick stellte er sicher, dass der junge Lichtenberger fürs Erste genug hatte.

Hanemann versuchte unter höchster Anstrengung, auf die Füße zu kommen, und lehnte die Hilfe der herbeieilenden Knappen vehement ab. Als er wieder aufrecht stand, taumelte er kurz, spuckte Blut und ging erneut zu Boden, wo er reglos liegenblieb.

»Scheiße! Das ist gar nicht gut!« Nun hielt es auch Anselm nicht mehr auf den Zuschauerrängen. Er übersprang mit Schwung mehrere Sitzreihen und rannte die restlichen Stiegen im Laufschritt hinunter, um zu sehen, wie schwer der junge Lichtenberger verletzt und ob er bei Bewusstsein war. Noch bevor sich Anselm um den Verletzten kümmern konnte, kniete Rona neben ihm im Sand und kontrollierte Hanemanns Puls und Atmung. Allem Anschein nach war er kurze Zeit bewusstlos gewesen und rang nun mit weit aufgerissenen Augen nach Luft.

Rona kniff die Lippen zusammen und kramte hastig in einem Beutel, den sie am Gürtel ihres Gewandes trug.

Gero, der inzwischen hinzugekommen war und die Geschehnisse um den Verletzten aus nächster Nähe beobachtete, wurde gemeinsam mit Anselm Zeuge, wie Rona dem Schwerverletzten unbemerkt eine Nanokapsel zwischen die Zähne schob. Dann drückte sie Hanemanns Kiefer zusammen, damit ihm gar nichts anderes übrig blieb, als die Kapsel zu zerbeißen.

»Offenbar hat es ihn schlimmer getroffen, als gedacht«, flüsterte Hannah, die mit Lyn auf der Tribüne zurückgeblieben war. »Sieht aus, als hätte Rona den Notfall ausgerufen.«

»Khaled hat ihm versehentlich drei Rippen gebrochen«, murmelte Lyn in einem eher sachlichen Ton. »Eine davon hat die Lunge durchbohrt.«

»Wie kannst du das von hier aus wissen?«, wunderte sich Hannah, die mit einem raschen Blick Maß nahm und realisierte, dass sie mindestens zwanzig Meter von der Unglücksstelle entfernt saßen.

»Mein Scanner, der seinen Gesundheitszustand ermitteln kann, reicht bis dorthin«, begründete Lyn ihren vermeintlichen Röntgenblick, der sich aus einem eingebauten Chip in ihrem Hirn und einem filigranen Armband erklärte, die beide jeweils über einen winzigen quantentechnischen Prozessor verfügten.

Inzwischen hatte sich auch die Gräfin erhoben, die ein paar Reihen unterhalb von ihnen gesessen hatte, und eilte quer über den Platz zu dem Verletzten.

»Mist«, zischte Hannah. »Das hat uns gerade noch gefehlt. Was hätten wir gemacht, hätte Rona keine Kapsel mehr gehabt?«

»Ich frage mich viel mehr, was wir machen, wenn es einen von unseren Jungs erwischt«, gab Lyn ihr mit einem finsteren Blick zu verstehen. »Wir haben nur noch eine Handvoll dieser Kapseln, und solange Rona sich weigert, erneut Verbindung zu Lion aufzunehmen, werden wir auch keinen Nachschub an Nanoreparatureinheiten erhalten. Und selbst herstellen können wir sie nicht. Dafür würden wir ein Labor benötigen, das Quantentechnik nutzt. Selbst Tom kann uns da nicht helfen.« Sie stieß einen kaum hörbaren Seufzer aus. »Dieser Aufschneider von Hanemann hat Khaled unterschätzt.« Wispernd, damit es außer Hannah niemand hörte, fügte sie hinzu: »Als Assassine kennt er jede Menge Tricks, wie man einen Gegner ohne großen Kraftaufwand ins Jenseits befördert.«

»Bin gespannt, welche Auswirkungen dieses Ereignis auf das Turnier und unsere Besucher hat.« Hannah runzelte die Stirn. »Abgesehen davon, dass wir mit diesen Nanokapseln sparsam umgehen müssen, können wir sie ja nicht verteilen wie Bonbons. Was, wenn uns jemand auf die Schliche kommt?«

»Wer sollte uns auf die Schliche kommen?« Lyn warf ihr einen fragenden Blick zu. »Die Leute in dieser Zeit können unmöglich verstehen, was hier vor sich geht.«

Hannah räusperte sich, bevor sie antwortete. »Du darfst nicht vergessen, dass für die Menschen hier in allem, was rätselhaft wirkt, grundsätzlich der Teufel steckt. Gerade sonderbare Wunderheilungen machen uns verdächtig. Das können wir uns in der jetzigen Lage nicht leisten.«

Entgegen aller Unkenrufe stand Hanemann wenig später wieder aufrecht, als wäre nichts geschehen, und schaute sich ungläubig um. »Ich fühle mich wunderbar«, konstatierte er. »Wie neu geboren!«

Sein Onkel war mit panischer Miene hinzugeeilt und starrte nicht weniger ungläubig auf das frische rote Blut, das an den Lippen seines Neffen klebte.

Offenbar selbst überrascht über seine spontane Heilung, stolzierte Hanemann, wenn auch ein wenig wackelig, mit erhobenem Haupt zu seinem Gaul, und forderte lautstark von Khaled eine sofortige Revanche.

»Dieser Idiot«, zischte Hannah, als er mit hochrotem Kopf vor dem Assassinen haltmachte und ihm eine Reihe von Gehässigkeiten entgegenschleuderte.

Gero, der sich zuvor leise mit Khaled unterhalten hatte, suchte Hannahs Blick und nickte ihr zu, als wollte er sie beruhigen.

Khaled schien begriffen zu haben, dass sich so etwas nicht wiederholen durfte. Dumm nur, dass der Tjost so lange weiterlief, bis jemand aus dem Sattel flog. Wenn jemand fiel, hatte er selbst die Entscheidung in der Hand, ob er eine Revanche verlangte oder aufgeben wollte.

Khaled akzeptierte die Aufforderung seines Gegners ohne jede Regung in seinen braunen Augen und stellte sich mit seinem Hengst zum zweiten Durchgang auf.

Nachdem der Assassine auch diese Aufgabe mit Bravour erledigt hatte, wie nicht anders zu erwarten, und Johan ein weiteres Mal im Sand gelandet war, diesmal unverletzt, klatschte niemand Beifall. Anscheinend, weil die meisten der Zuschauer begriffen hatten, wie sehr der Ausgang des Kampfes Hanemann demütigte. Nicht nur, weil er die Revanche verloren und seine Ritterehre einen gehörigen Kratzer abbekommen hatte, sondern auch, weil ausgerechnet ein angeblicher Mameluke und damit ein Feind der Christen höchstselbst die Schuld daran trug.

Hannah beschlich ein ungutes Gefühl, als Hanemann vom Platz marschierte und dabei eine Miene aufsetzte, als wollte er bei nächster Gelegenheit jemanden umbringen. Als sein Oheim ihm entgegenkam und sich anschickte, mit einer tröstenden Geste auf seine Schulter zu klopfen, schlug er dessen Arm zur Seite und verzog sich wutentbrannt in sein Zelt.

»Ich hoffe inbrünstig«, murmelte Hannah, »dass sein nächster Gegner nicht aus den Reihen der Templer kommt, sonst droht ein Eklat.«

»Das sehe ich auch so«, stimmte Freya ihr zu, die näher herangerückt war und das Spektakel ebenso fassungslos beobachtet hatte. »Dann würde auch die besondere Gastfreundschaft der Gräfin nichts mehr nützen, fürchte ich.«

»Vielleicht war ein solches Turnier ohnehin nicht der beste Einfall, um sich neue Verbündete zu schaffen«, murmelte Hannah und beobachtete zweifelnd die Gräfin und den alten Landgrafen, die sich unter den neugierigen Blicken etlicher Ritter wild gestikulierend gegenüberstanden.

»Das müssen wir uns nicht bieten lassen!«, schimpfte Johann I. von Lichtenberg noch an der Bande, bevor er sich anschickte, mitsamt seinen Männern vom Platz zu marschieren. Offenbar empfand er die Schmach, zweimal von einem sogenannten Mameluken besiegt worden zu sein, genauso bitter wie sein Neffe. »Er ist ein Heide«, ereiferte er sich und starrte Gero aufgebracht an. »Einer von den Ungläubigen, die deinem Onkel den Kopf abgeschlagen haben und deinem Vater die Hand! Und zu allem Übel gehört ausgerechnet ein solcher Kerl nun zu deinem Gefolge. Man möchte meinen, du bist von allen guten Geistern verlassen!«

»Es tut mir leid, dass du so denkst, Oheim.« Gero versuchte vergeblich, seinen tobenden Onkel zu beruhigen. Trotzdem sah er sich in der Pflicht, Khaleds Vorgehen zu verteidigen. »Erstens ist mein geschätzter Kamerad kein Mameluke«, fuhr Gero stoisch fort, »auch wenn du noch so gerne einen aus ihm machen möchtest. Und zweitens sind so nun mal die Regeln. Mein Cousin wollte gegen Khaled antreten, obwohl Roland eine andere Partie vereinbart hatte. Ich konnte meinem Freund und Bruder schlecht raten, dass er Johann verschonen sollte, weil das gegen die Vorschriften verstößt. Deshalb kannst du auch niemanden von uns für den Ausgang der Partie verantwortlich machen. Schon gar nicht Khaled, der einen fairen Kampf abgeliefert hat.«

»Roland von Briey hätte wissen müssen, dass dieser Heide ein hinterlistiger Teufel ist«, ereifert sich der alte Landgraf. »Warum hat er nicht verhindert, dass die beiden aufeinandertreffen? Hanemann hätte sich das Genick brechen können.«

»Weil es der ausdrückliche Wunsch deines Neffen war, gegen diesen Gegner anzutreten, und Khaled es nicht abgelehnt hat«, erinnerte Gero ihn in gemäßigtem Ton. »Roland hat überhaupt nichts damit zu tun.«

»Euer Burgvogt ist mit Absicht nicht dazwischengegangen«, behauptete der alte Landgraf dreist.

»Was soll das heißen?« Nun schaltete sich zu allem Übel auch noch Roland selbst ein, der das Wortgefecht aus nächster Nähe mitangehört hatte.

Gero hätte ihm am liebsten den Mund verboten, aber das war vollkommen unmöglich.

Roland starrte seinen Widersacher aus schmalen Lidern an. »Wollt Ihr etwa behaupten, ich nutze meine Posten, um dem Hause Lichtenberg Schaden zuzufügen?«

»Das hat niemand gesagt«, mischte Gero sich hastig ein, um Roland davon abzuhalten, sich von dem streitlustigen Landgrafen provozieren zu lassen.

»Was ist denn hier los?« Die schneidende Stimme der Gräfin war nicht zu überhören und sorgte dafür, dass die beiden Streithähne unmerklich auf Abstand gingen. Margarethas missbilligender Blick ruhte auf Roland. »Muss ich dich vor versammelter Mannschaft daran erinnern, wer für den Ablauf des Turniers die Verantwortung trägt?«

»Was wollt Ihr mir damit sagen, Madame?« Roland, der Margaretha vor anderen Würdenträgern stets mit einer förmlichen Anrede antwortete, holte tief Luft, bevor er zu einem weiteren Protest ansetzte.

Doch die Gräfin hob die Hand. »Ich will nichts hören«, gebot sie ihm mit verärgerter Miene. »Die Art und Weise, wie du mit unseren Gästen verfährst, entspricht nicht meiner Vorstellung von Gastfreundschaft. Ich entbinde dich ab sofort von deinem Posten, wenn du dich nicht beim Landgrafen und seinem Neffen für das Unrecht, das Hanemann widerfahren ist, entschuldigst.«

»Ich soll *was?*« Roland starrte die Gräfin ungläubig an. Nicht nur, dass sie ihn mit diesem Kerl betrogen hatte, nun hielt sie ihm auch noch die Stange, obwohl der Landgraf ein dreister Lügner war.

»Du sollst dich entschuldigen!«, wiederholte Margaretha steif.

Roland war wütend genug, um sich zu vergessen. »Wofür? Dass sein vermaledeiter Neffe ein schlechter Verlierer ist? Was kann ich dafür, dass der Junge offenbar einen lausigen Lehrmeister hatte? Auf einem Kreuzzug würde kein Heide auf die Idee kommen, sich bei einem Oheim zu entschuldigen, weil er dessen Neffen einen Kopf kürzer gemacht hat.«

»Roland!« Gero war kurz davor, selbst einzuschreiten. Dieser an sich harmlose Disput entwickelte sich zunehmend zu einem handfesten Streit.

Inzwischen hatten sich etliche unerwünschte Zuschauer eingefunden, die diese beginnende Fehde mit Interesse verfolgten.

»Das bedeutet«, resümierte Johann I. schmallippig und bedachte Roland mit einem verächtlichen Blick, »Ihr nennt mich einen lausigen Lehrmeister?«

»Jetzt sagt bloß, *Ihr* selbst habt Eurem Neffen das Kämpfen beigebracht?« Wenigstens verzichtete Roland darauf, abfällig zu grinsen. Aber seine ganze Haltung deutete darauf hin, was er von den Kampfkünsten seines Gegenübers hielt. »Kein Wunder«, fügte er süffisant hinzu. »So wie ich es sehe, versteht Ihr unter präziser Lanzenführung eher die Eroberung eines Weibes als den Einsatz einer Waffe bei einem ernstzunehmenden Tjost.«

Heiliger Heiland. Das saß. Gero machte sich keinerlei Illusionen, dass Johann I. die Anspielung auf sein Verhältnis zur Gräfin missverstehen konnte. Und auch Margaretha hatte die Retourkutsche begriffen.

Während seine Tante kreidebleich geworden war und ihr ausnahmsweise die Worte fehlten, versteinerten sich die Gesichtszüge des alten Landgrafen zu einer hasserfüllten Grimasse.

»Vielleicht sollten wir in einem Kampf ausfechten«, höhnte der alte Landgraf, »wer von uns beiden die besseren Manieren hat und aufgrund seiner ritterlichen Fähigkeiten würdig ist, das Herz einer hochwohlgeborenen Dame zu erobern. Was meint Ihr?«

»Liebend gern«, zischte Roland durch seine zusammengebissenen Zähne. »Es ist an euch, die Waffen zu wählen.«

»Johann, mein Guter!«, entfuhr es der Gräfin mit einer gehörigen Portion Verzweiflung in der Stimme. Auch weil sie bereits ahnte, wer bei einer solchen Auseinandersetzung den Kürzeren ziehen würde. »So lass dich doch nicht von meinem Burgvogt provozieren. Er weiß nicht, was er redet.«

»Er kommt mir aber nicht vor wie ein Narr.« Johann I. warf Roland einen übellaunigen Blick zu. »Eher wie ein ungehobelter Bauer, der nicht weiß, was sich für einen Ritter von Ehre gehört.«

»Ich würde jedes Wort genauso wiederholen«, raunte Roland mit einem verbitterten Blick, der in erster Linie der Gräfin galt.

»Können wir das nicht wie unter Männern regeln?«, versuchte Gero sein Glück. »Wir trinken heute Abend zusammen und lassen es gut sein.«

»Du hast keine Ahnung, Junge, wovon du redest«, murmelte Roland und bedachte den alten Landgrafen mit einem vernichtenden Blick. »Das hier ist etwas Persönliches.« Er schnippte mit dem Finger. »Bringt uns scharfe Waffen.«

Bevor Margaretha oder Gero noch irgendetwas verhindern konnten, marschierten zwei Knappen auf und präsentierten zwei Lanzen mit geschärften Eisenspitzen, wie sie in den Kreuzzügen zum Einsatz kamen.

Der alte Landgraf, der sich offenbar an das fehlende Glück seines Neffen erinnerte, wiegelte ab. »Ich denke, wir wählen das Schwert«, erklärte er Roland mit eiskaltem Blick.

Gero wagte zu bezweifeln, dass er damit eine gute Entscheidung getroffen hatte. Roland war mindestens zehn Jahre jünger als er und brachte um einiges mehr auf die Waage als der beinahe hagere Lichtenberger. Dafür war Johann I. eine Handbreit größer und hatte etwas längere Arme als Roland. Aber Gero war sicher, dass es ihm im Gegensatz zu Roland an Kraft und Ausdauer fehlte.

»Willst du es dir nicht noch mal überlegen?«, raunte Gero seinem Waffenmeister zu, nachdem der zu allem entschlossene Lichtenberger bereits zur Mitte des Platzes marschiert war, um einen Kampf auf Leben und Tod unter den neugierigen Blicken der überraschten Zuschauer zu führen.

»Nein«, war Rolands düstere Antwort. »Der Kerl hat mich genug gedemütigt. Entweder wird meine Ehre wiederhergestellt, oder dieser räudige Hund bringt mich um. Margaretha soll wissen, dass sie diesmal zu weit gegangen ist.«

Gero stieß einen harten Seufzer aus und schüttelte den Kopf.

Die beiden Gegner vermittelten ihm nicht den Eindruck, der Gräfin zuliebe auf einen Kampf zu verzichten. Selbst das plötzlich von Westen heraufziehende Unwetter hielt sie nicht von ihrem Vorhaben ab. Im Gegenteil, die schwarzen Sturmwolken dienten dem Drama wie eine perfekte Kulisse.

»So tu doch was!«, bettelte Margaretha Gero regelrecht an.

»Ich fürchte, dafür ist es zu spät«, raunte er seiner Tante tonlos zu. »In diesem Fall wird wohl das Schicksal über unser zukünftiges Verhältnis zu den Lichtenbergern entscheiden.«

»Hast du noch eine Nanokapsel dabei?« Hannah, die es nicht auf der Tribüne gehalten hatte, warf Rona einen ängstlichen Blick zu, als feststand, dass der Kampf zwischen Johann I. von Lichtenberg und Roland von Briey kein Spaß war, sondern bitterer Ernst werden würde.

»Nur noch eine, der Rest ist in meinem Tresor, zusammen mit dem Server«, klärte Rona sie leise auf. »Und offen gesagt bin ich nicht bereit, auch nur eine weitere Kapsel für diesen sturen alten Bock zu opfern. Zumal er bereits zwei Herzinfarkte hatte, und der dritte steht kurz bevor. Außerdem sind seine Leberwerte katastrophal. Und nicht zu vergessen, er hat eine beginnende Tuberkulose. Das kann eine Nanokapsel nicht schaffen, zumal dieses Modell nicht für die Heilung langwieriger Erkrankungen gedacht ist, sondern für den Aufbau von frisch zerstörtem Zellgewebe. Es ist ein Wunder, dass dieser alte Zausel überhaupt noch auf zwei Füßen steht. Von einem Kampf gegen Roland ganz zu schweigen.«

Hannah blickte entgeistert zu ihr auf. Inzwischen konnte sie sich denken, woher Rona ihre Informationen erhielt.

»Johann I. wird so oder so nicht mehr lange leben«, verkündete Lyn, die ihr gefolgt war, mit Resignation im Blick. »Ich habe meine Geschichtsdateien durchsucht. Wenn es nach denen ginge, wäre er eigentlich längst tot. Wahrscheinlich wurde das Datum in den Urkunden falsch angegeben.«

»Warum hast du das nicht früher gesagt?« Hannah schaute sie verständnislos an. »Stell die vor, Roland bringt ihn beim Schwertkampf um. Das wäre Geschichtsverfälschung und damit erst recht eine Katastrophe.«

»Um einzuschreiten, ist es zu spät«, murmelte Rona mit Blick auf die beiden Kontrahenten.

Wie zwei kampfbereite Kater, die sich um ein Revier balgen, schlichen Roland und Johann I. umeinander herum. Ihre Anderthalbhänder hoch erhoben, das T-Heft mit beiden Händen fest umfasst.

Währenddessen verfolgten alle anderen, die mit Argusaugen darauf lauerten, wer den ersten Schlag führen würde, was zwischen den beiden geschah.

Hannah fuhr heftig zusammen, als die beiden Schwerter unvermittelt so hart aufeinander krachten, dass Funken sprühten. Dabei hätte sie gar nicht sagen können, wer den ersten Schlag ausgeführt hatte. Alles war so blitzschnell gegangen.

Danach folgte Schlag auf Schlag. Das Kreischen der aufeinanderprallenden Klingen, die aneinander entlang rutschten und dabei Geräusche machten wie singende Tafelkreide, verursachte Hannah Zahnschmerzen. Die Wucht der Schläge hätte sie keinem der beiden Männer zugetraut. Rolands Armmuskeln waren um einiges dicker als die von Johann I., und doch war auch der alternde Landgraf durchaus in der Lage, angemessen zu parieren. Immer wieder kreuzten sich die Klingen mit brutaler Gewalt. Johann I. ging gefährlich tief in die Knie, als Roland es mit einem Oberhau versuchte, indem er seine Klinge in einem günstigen Moment auf die Klinge seinen Konkurrenten herabsausen ließ, der jedoch mit einem Querschlag parierte.

Roland stolperte beim Rückzug über seine eigenen Stiefel und landete unvermittelt auf seinem Hintern. Sein Gegner erkannte die Chance holte zum zweiten Mal gnadenlos aus, doch Roland rollte sich gerade noch rechtzeitig zur Seite, und entkam dem Schwert des Landgrafen nur um Haaresbreite.

Spätestens jetzt musste jedem klar sein, dass die beiden sich ohne Erbarmen ins Jenseits schicken würden, wenn auch nur einer von ihnen die Gelegenheit dazu erhielt.

Umso rascher versuchte Roland, wieder die Oberhand zu gewinnen, was ihm auch gelang. Er täuschte seinen Gegner, riss sein Schwert hoch und hieb zu, bevor Johann I. seine Strategie ändern konnte, doch er verfehlte ihn ebenso knapp. Wohl wissend, dass er keine Gnade walten lassen durfte, ergriff Roland die Flucht nach vorn und drosch so erbarmungslos auf den Alten ein, dass das

Geräusch von aufeinandertreffendem Stahl über den ganzen Platz dröhnte und klirrte.

Die Bewegungen des alten Landgrafen wurden indes immer fahriger. Man konnte regelrecht dabei zusehen, wie ihn die Kraft verließ.

Roland witterte seine Chance und drängte seinen Widersacher mit wuchtigen Hieben mehr und mehr in die Defensive.

Margaretha hatte ihre Hände zu Fäusten verkrampft und presste sie an die Brust. Jedes Mal, wenn Roland seinen Gegner nur knapp verfehlte, stieß sie einen spitzen Schrei aus, was keinem der beiden gefallen konnte.

Während Roland sich glasklar im Vorteil glaubte, rannte sein Gegner unerwartet mit einem markerschütternden Schrei auf ihn zu, das Schwert vorgestreckt wie eine Lanze bei einem Stierkampf.

Roland, der für eine Sekunde zu verwirrt war, um die Taktik des Lichtenbergers zu durchschauen, wurde am Oberschenkel getroffen. Auch wenn kein Blut floss, weil er eine Kettenhose trug, musste der Schmerz höllisch sein, denn Roland biss die Zähne zusammen und gab einen gepressten Zischlaut von sich. Allerdings ließ er sich davon nicht entmutigen und schlug nun wesentlich kontrollierter zu.

Nicht nur die Gräfin schrie gellend auf, als Roland den Landgrafen, der seine letzten Kräfte in den Angriff gelegt hatte, mit dem nächsten Streich seines Anderthalbhänders am Helm traf. Es schepperte laut, und der Kopf Johann I. knickte von der Wucht des Aufpralls gefährlich zur Seite.

Eine Sekunde lang befürchtete Hannah, dass Roland dem Alten das Genick gebrochen hatte, denn Johann I. begann auf ähnliche Weise zu torkeln wie sein Neffe zuvor. Schließlich kippte er kopfüber in den Sand, wo er mit seltsam verdrehten Gliedmaßen reglos liegenblieb.

»O mein Gott«, stieß Freya atemlos hervor.

Über dem Platz lag ein tödliches Schweigen, als Roland seinen Helm abzog. Sein Gesicht war so rot wie der Kamm eines Hahns. Ströme von Schweiß rannen ihm aus den dunklen Locken quer übers Gesicht bis in den graumelierten Bart. Ungläubig starrte er auf den am Boden liegenden Landgrafen.

»Ist er tot?« Hannah warf Lyn einen schockierten Blick zu.

»Nein. Soweit ich es beurteilen kann, ist er bewusstlos. Ein zäher alter Bursche, das muss man ihm lassen. Aber Puls und Blutdruck sind ziemlich schwach. Könnte sein, dass sein Herz die Anstrengung nicht übersteht. Könnte auch sein, dass seine Halswirbelsäule irreparabel geschädigt ist.«

Hannah riss entsetzt die Augen auf. »Können wir helfen?«

Rona hatte ihr Urteil längst gefällt. »Ich wüsste nicht wie. Er ist schon so gut wie hinüber.«

Hannah beobachtete, wie Gero sich aus seiner Erstarrung gelöst hatte. Zusammen mit Anselm und seinen anderen Kameraden war er bereits bei Johann I. angelangt. Gemeinsam nahmen sie dem Schwerverletzten vorsichtig den Helm ab.

Geros hilfesuchender Blick traf auf Rona, die kaum merklich den Kopf schüttelte. Anselm überwand sich und kniete neben dem reglosen Mann nieder. Nachdem dieser kein Lebenszeichen von sich gab, nahm Anselm allen Mut zusammen und begann vor den Augen der entsetzten Zuschauer mit einer gekonnten Herzdruckmassage, die er mit einer perfekten Mund-zu-Mund-Beatmung komplettierte, auch wenn es ihn einige Überwindung kostete.

Nun gab sich auch Rona einen Ruck und löste Anselm ab, jedoch wesentlich effizienter, weil sie über einiges mehr an Kraft und Ausdauer verfügte. Als Johann I. nach einer Weile die Augen wieder aufschlug und benommen nach einem Schluck Wein verlangte, brandete rings um den Turnierplatz Beifall auf. Rona kam seinem Wunsch nach, bestand allerdings darauf, dass sich in dem Ziegenschlauch lediglich Wasser befand. Sie kniete neben dem Alten nieder und hielt den Schlauch für ihn, als hätte sie ein Kleinkind vor sich.

»Sag dieser Schlampe, sie soll ihre Drecksfinger von meinem Oheim lassen«, krakelte Hanemann hinter ihr. Vom Ausgang der Auseinandersetzung seines Oheims gegen Roland von Briey offenbar überrascht, war er aus seinem Zelt nach draußen gestürmt und stierte angewidert auf Rona hinab.

»Das Gleiche kann ich dir raten », rief Arnaud ihm zu, als der junge Lichtenberger Rona davon abhalten wollte, seinem Oheim zu helfen. Arnaud hatte sein Schwert gezogen und die Spitze an die Kehle des jungen Mannes gesetzt, um zu unterstreichen, wie ernst er es meinte.

»Euer Burgvogt hat ihn fast umgebracht«, schrie Hanemann die Gräfin an. »Seid versichert, ich werde ihn abschlachten, sobald sich eine Gelegenheit bietet!« Außer sich vor Wut drohte er Roland mit der bloßen Faust.

Der stand da wie angewurzelt und schien sich ruckartig darüber im Klaren zu sein, dass er die guten Absichten der Gräfin gründlich vermasselt hatte.

Rona tastete den schwer angeschlagenen Landgrafen vorsichtig ab, um festzustellen, was ihm außer einer Herzschwäche und einer Lungenkrankheit sonst noch fehlte. Ihre sensiblen Hände fanden mehrere ausgerenkte Wirbel im Nacken. Mit einer gezielten Beeinflussung des vegetativen Nervensystems und einer Druckmassage unterhalb seiner leicht abstehenden Ohren regulierte sie seinen Herzschlag und auch den Blutdruck.

Zur Überraschung aller kam Johann I. unerwartet rasch wieder auf die Beine.

»Was hat die Hexe mit ihm gemacht?«, wollte Hanemann aufgebracht wissen.

»Sie ist keine Hexe«, wies Arnaud ihn zurecht. »Wenn überhaupt, ist sie eine Heilerin.«

Dem alten Landgrafen schien zu dämmern, dass er unverschämtes Glück gehabt hatte. Ohne Zuschauer und die Hilfe dieser Frau hätte ihn Roland von Briey mit an Sicherheit grenzender Wahrscheinlichkeit ins Jenseits befördert.

»Danke«, sagte er nur, wenn auch ein wenig gepresst, und schaute Rona in die beeindruckenden Augen, die mit der hereinbrechenden Nachmittagssonne merkwürdig funkelten.

»Du solltest dich ein wenig ausruhen, Johann«, beschwor ihn die Gräfin. »Bevor wir klären, wie es so weit kommen konnte, sollten wir unsere erhitzten Gemüter abkühlen«, fügte sie gottergeben hinzu.

»Aber ich …« Offenbar hatte Johann I. noch nicht genug und wäre erneut gegen Roland angetreten, wenn man ihn gelassen hätte.

»Meine Tante hat recht, Oheim. Ein wenig Ruhe wird dir und auch Hanemann guttun«, verkündete Gero entschlossen. Ohne den Protest des alten Lichtenbergers und seines Neffen zu beachten, schnippte er mit den Fingen zwei Bedienstete herbei und wies sie an, den erschöpften Alten in einer Sänfte zur Burg zu tragen.

»Das wird Folgen haben!« Hanemann spuckte vor Gero schnaubend auf den Boden. »Denkt bloß nicht, wir lassen uns eine solche Missachtung einfach gefallen.« Mit dem Hinweis, er werde dafür sorgen, dass seinem Oheim kein weiteres Leid zugefügt würde, folgte er mit grimmiger Miene der Sänfte.

Die Gräfin eilte dem Tross hinterher, ohne Roland Beachtung zu schenken.

Geros Mutter, die inzwischen ebenfalls die Tribüne verlassen hatte, verzichtete darauf, ihrer Schwester zu folgen. Ihr besorgter Blick galt Roland, dem eigentlichen Verlierer dieser Auseinandersetzung.

»Margaretha wird mir das niemals verzeihen«, murmelte er mehr zu sich selbst.

»Dich trifft keine Schuld«, versicherte Hannah dem von Reue gezeichneten Burgvogt voller Überzeugung. »Gero hat mir erzählt, was gestern Abend vorgefallen ist. Die Gräfin mag sich für eine gute Diplomatin halten, aber was sie sich mit dem alten Landgrafen geleistet hat, ging eindeutig zu weit. Sie hat nicht nur dich betrogen, sondern ihn gleich mit. Das kann nicht gut gehen.«

»So war sie schon immer«, seufzte Jutta von Breydenbach, die den Ablauf der Geschehnisse bisher mit stummer Verzweiflung beobachtet hatte. »Sie denkt stets an ihren eigenen Vorteil. Ich kann verstehen, wenn einem da eines Tages der Faden reißt.« Sie klopfte Roland vertrauensvoll auf die Schulter und schenkte ihm ein tröstendes Lächeln. »Wusstest du, dass sie Johann I. monatelang an der Nase herumgeführt hat, bevor sie Gerhards Heiratsantrag angenommen hat? Sie hat ihn glauben lassen, dass sie seine Minne erhören würde, aber nur zu dem Zweck, damit er sie Gerhard vorstellte. Obwohl Johann sich fast mit seinem Vater wegen ihr überworfen hätte, weil er eine andere heiraten sollte und an Margaretha festgehalten hat. Ich hätte nicht gedacht, dass er noch einmal auf sie hereinfällt. Aber er hat ihr offenbar nicht nur verziehen, er ist ihr noch immer verfallen, obwohl er verheiratet ist. Meine Schwester war stets der Meinung, dass der Zweck die Mittel heiligt, ganz gleich, ob sie andere mit ihrem Tun ins Unglück stürzt oder nicht. Ich werde ihr den Kopf waschen, sobald sich eine Gelegenheit dazu ergibt«, versprach sie Roland. »So leicht kommt sie mir nicht davon.«

»Danke«, murmelte Roland mit gesenktem Haupt. »Ich hätte mich von unserem Gast nicht provozieren lassen dürfen. Margaretha ist immer noch die Herrin von Waldenstein und kann selbst entscheiden, wem sie ihre Gunst verleiht. Immerhin hat sie es für Gero getan. Nun habe ich seine Hoffnung auf einen sicheren Verbündeten zerstört.«

»Auf solche Verbündeten kann ich gerne verzichten«, erwidert Gero mit düsterem Blick.

Hannah nickte beipflichtend. »Ich finde die beiden Lichtenberger in ihrem Verhalten ohnehin fragwürdig.«

»Gerhard war da ganz anders«, wandte Jutta mit einem wehmütigen Lächeln ein. »Er war ein echter Ritter, vom Scheitel bis zur Sohle. Schade, dass der Allmächtige ihn viel zu früh zu sich genommen hat.«

»Wahrscheinlich war er wie Gero.« Hannah schenkte ihrem Ehemann einen liebevollen Blick.

»Es tut mir wirklich leid, Roland«, entschuldigte Gero sich bei seinem Waffenmeister. »Ich hätte mich bei Tante Margaretha mehr für dich einsetzen sollen. Du konntest nicht anders handeln. Also mach dir keine Vorwürfe.«

»Du hättest mich rechtzeitig in Ketten legen sollen«, gab Roland mit einem missmutigen Knurren zurück. »Ich habe mich benommen wie ein Idiot.«

»Hast du nicht«, versicherte Gero ihm. »Jeder von uns hätte so empfunden und auch so gehandelt. Ich habe keine Ahnung, was in meine Tante gefahren ist, ich habe sie bisher immer als besonnene und gerechte Frau erlebt.«

Rolands braune Augen hatten einen traurigen Ausdruck. »Danke, Gero, ich weiß das zu schätzen. Aber ich fürchte, die Dinge sind komplizierter, als du denkst.« Sein Blick wanderte zu Pierre de Bologne und den als Lombarden getarnten Templern, die ein Stück abseitsstanden und mit den englischen Brüdern über irgendetwas debattierten.

»Margaretha will mit aller Macht deinen guten Ruf schützen«, fuhr Roland fort. »Und sie ahnt, dass du nicht bereit bist, deine Vergangenheit endgültig abzulegen. Sie macht sich Sorgen, dass deine Zugehörigkeit zum Orden eines Tages deine Zukunft und die deiner Familie zerstören könnte.«

Gero nickte nachdenklich. »Ich verstehe. Aber wir sind, wer wir sind, Roland. Jede Erfahrung hinterlässt ihre Spuren. Besonders, wenn sie so übel ist und bis in die Zukunft nachwirkt. Wir können den Verpflichtungen, die daraus entstehen, nicht entfliehen, so sehr wir es uns auch wünschen. Das weiß niemand besser als du selbst. Deshalb müssen wir tun, was getan werden muss. Uns bleibt nur, darauf zu hoffen, dass diejenigen, die uns lieben, Verständnis dafür zeigen und uns nicht ungeliebt unserem Schicksal überlassen.«

Geros Blick ruhte auf Hannah, die sich in seinen Arm schmiegte und vertrauensvoll zu ihm aufschaute.

»Ich weiß, was du meinst«, flüsterte sie. »Ich werde immer an deiner Seite stehen, ganz gleich, was noch kommt. Aber ich wünsche mir trotzdem, du würdest auch an diejenigen denken, die dich wahrhaftig lieben und nicht ohne dich leben können.«

»Das werde ich ganz bestimmt«, antwortete er mit belegter Stimme. »Du und Sophia seid mir das Liebste und Heiligste in meinem Leben. Ihr seid meine Familie. Genau wie meine Mutter«, sein Blick streifte Jutta. »Und Roland und meine Brüder und Schwestern. Ich weiß, was ich euch allen schuldig bin.« Er beugte sich zu Hannah hinab und küsste sie vor aller Augen zart auf den Mund.

Unvermutet tauchte Amelie aus der Menge auf. »Habe ich was verpasst?« Entgegen ihrer bedrückten Miene am Morgen war sie regelrecht aufgeblüht.

»Das kann man wohl sagen«, bestätigte ihr Freya verwundert. »Wo warst du die ganze Zeit?«

»Ich bin ein bisschen über den Jahrmarkt geschlendert und habe mich umgesehen. Da gibt es unglaubliche Dinge. Sogar einen Wagen mit einer Wahrsagerin, der schönen Venus. Das klingt sehr geheimnisvoll, findet ihr nicht?«

»Du sollst nicht allein herumstreunen«, mahnte Struan sie, der inzwischen ebenfalls zu der Runde gestoßen war. »Auf den Jahrmärkten treibt sich viel Gesindel herum. Hattest du wenigstens eine Dienerin dabei?«

»Nein, hatte ich nicht«, erwiderte Amelie leicht aufsässig und verengte ihre Lider. »Und mir ist auch kein Gesindel begegnet.«

»Wir haben alle Händler überprüft«, kam ihr Malcolm zur Hilfe, der Struan gefolgt war. »Der Platz und die Umgebung werden von meinen Leuten bewacht. Du musst dir also keine Sorgen machen.« Er klopfte seinem düster dreinblickenden Bruder kumpelhaft auf die Schulter und schenkte Amelie ein hinreißendes Lächeln.

Struan reagierte mit einer unwirschen Geste. »Dann schlage ich vor, du passt demnächst auf deine Schwägerin auf, damit sie nicht von fremden Kerlen belästigt wird.«

»Bist du etwa eifersüchtig, Bruder?« Malcolm grinste übers ganze Gesicht. »Aber ich gebe dir recht«, stichelte er. »Bei den vielen stattlichen Rittern, die am Turnier teilnehmen, würde ich mir auch Gedanken machen.«

»Wer sollte mich denn anschauen?«, lamentierte Amelie voller Unverständnis. »Ich sehe aus wie ein Fass auf Stelzen.«

»Auch Fässer können ein schöner Anblick sein, je nachdem was drin ist«, fügte Roland mit einem amüsierten Augenzwinkern hinzu und brachte die Runde entgegen der katastrophalen Stimmung zum Lachen.

»Wenigstens hast du deinen Humor nicht verloren.« Gero klopfte seinem Waffenmeister zuversichtlich auf die Schulter. »Lass uns zu den anderen gehen und beraten, wie wir den Rest dieses vermaledeiten Tages hinter uns bringen. Ich schlage vor, wir brechen die Zelte ab, ehe es dunkel wird, und verlegen uns aufs Feiern. Bleibt zu hoffen, dass wir die Lichtenberger heute Abend auf dem Bankett mit Musik, gutem Wein und ein paar hübschen Tänzerinnen in eine bessere Laune versetzen können.«

KAPITEL 17

APRIL 1316
HERZOGTUM LOTHRINGEN / BURG WALDENSTEIN

Unselige Bündnisse

»Tu mir nur einen Gefallen, Roland«, bat Gero seinen Waffenmeister, nachdem sie die letzten Übungsrunden auf dem Turnierplatz absolviert hatten und mit ihren Schlachtrössern den Weg zurück zur Burg antraten. »Auch wenn es dir schwerfällt – ich bitte dich, die beiden Lichtenberger heute Abend auf dem Bankett nicht weiter zu provozieren. Ich kann verstehen, dass du von Margaretha bitter enttäuscht bist, aber es wäre für uns alle ein Desaster, wenn der alte Landgraf und sein Neffe das Turnier verlassen und uns am Ende gar den Fehdehandschuh vor die Füße werfen.«

»Ich hab's schon kapiert«, raunte Roland resigniert und lenkte seinen gewaltigen Brabanter mit sanfter Führung in den Burghof. »Um möglichen Streitereien vorzubeugen, werde ich heute Abend bei der Feier nicht mit von der Partie sein«, versicherte er Gero, als beide absaßen und ihre Pferde einem Knappen übergaben. »Ich habe mit Malcolm den Dienst getauscht. Während ihr euch amüsiert, habe ich genug Zeit, meinen Hitzkopf zwischen den Burgzinnen im Wind zu kühlen.«

»Hältst du das wirklich für nötig?« Gero blieb stehen und schaute ihn zweifelnd an.

Roland machte eine abwehrende Handbewegung. »Erstens hat Malcolm mich ohnehin gebeten, den Dienst mit ihm zu tauschen, auch wenn ich den Grund dafür nicht kenne. Und zweitens will ich nicht schuld sein, wenn unser Bündnis mit den Lichtenbergern dauerhaften Schaden nimmt.«

Gero nickte schweigend. »Vielleicht hast du recht, aber es schmerzt mich, wenn Margaretha dir die Schuld für etwas gibt, das du nicht zu verantworten hast. Wenn überhaupt, war es mein Fehler, dass es so gekommen ist.«

»Red keinen Unsinn, Junge. Ich hätte mich zurückhalten können. Und damit du's weißt: Ich bereue mein hitziges Temperament nicht nur wegen dir, sondern auch wegen Margaretha. Ich weiß nur zu gut, wie sehr sie sich über deine Nachfolge auf Waldenstein gefreut hat. Ich will das alles nicht durch meine dumme Eifersucht vermasseln. Ihr seid meine Familie, und ich liebe euch mehr als alles andere auf der Welt.«

»Oh, Roland!« Gero fiel seinem Waffenmeister um den Hals und klopfte gerührt dessen Schulter. »Was würde ich nur ohne dich tun. Du warst mir immer wie ein Vater. Und ich will nur eins: Dass diese elende Bündnis-Geschichte so bald wie möglich erledigt ist. Ich kann es kaum erwarten, Hanemann und seinen Oheim abreisen zu sehen. Und ganz gleich, was noch geschieht, ich werde immer auf deiner Seite stehen.«

Mit einem zuversichtlichen Lächeln löste Gero sich von Roland und wandte sich dem Palas zu, wo Hannah und Sophia bereits auf ihn warteten.

•

Es war schon fast dunkel, als Hannah in ihrem Bett saß und für eine Weile die Stille und das Knistern des Kaminfeuers genoss. Obwohl die Streitereien mit den Lichtenbergern sie von Neuem aufgewühlt hatten, versuchte sie Ruhe zu bewahren. Sie war fest entschlossen, ihre Befürchtungen wegen dieser unseligen Sache für sich zu behalten. Was nicht bedeutete, dass sie kein offenes Ohr für Gero hatte, falls er darüber reden wollte.

Sophia lag in ihrem Arm und war nach ihrer Abendmahlzeit wieder eingeschlafen. Hannah hatte die Augen geschlossen, um wenigstens ein bisschen zu dösen, bevor weitere Pflichten riefen.

Als sich plötzlich die massive Kirschbaumtür mit leisem Knarren öffnete, zuckte sie zusammen und sah Gero, der einen Schwall kühler Luft mit ins Zimmer brachte. Ein prüfender Blick auf seine Füße versicherte ihr, dass er die Reitstiefel bereits den Putzknechten übergegeben hatte. Auch seine Rüstung hatte er anscheinend dort gelassen, denn er trug nur noch seine Hirschlederhose und sein wattiertes Unterwams. Als er sich über sie beugte, um sie flüchtig zu küssen, atmete sie den Geruch nach Sägespänen, Kettenwachs, Leder und Pferdeschweiß ein, der noch in seinen Kleidern und schulterlangen, sandblonden Haaren hing, die der Wind zerzaust hatte.

»Ich weiß«, entschuldigte er sich. »Ich benötige dringend ein Bad.« Sein nächster Weg führte zu der großen Schüssel, in die er frisches Wasser aus einem Krug goss und sich anschließend gründlich Hände und Gesicht mit duftender Seife wusch. Nachdem er sich abgetrocknet hatte, setzte er sich zu Hannah ans Bett und küsste sie noch einmal, diesmal um einiges inniger. Danach hauchte er der Kleinen einen Kuss auf die Stirn. Sophia rümpfte ihr kleines Näschen, weil der kurze Bart ihres Vaters sie anscheinend kitzelte, aber sie erwachte nicht.

»Wie geht's dir nach all der Aufregung?« Hannah schaute ihn prüfend an. »Ich meine, das war sicher kein leichter Tag für dich. Glaubst du, die Sache mit Roland und den Lichtenbergern wird sich wieder einrenken?«

»Gute Frage.« Er stieß einen leisen Seufzer aus. »Ich hoffe, dass die beiden Hitzköpfe sich wieder beruhigen, und wir das Turnier ohne weitere unliebsame Zwischenfälle zu Ende bringen können. Wir haben heute Abend einhundertfünfzig Leute unten in der Halle sitzen. Allein der Gedanke, dass es dabei zu weiteren Rivalitäten kommen könnte, bereitet mir Kopfschmerzen. In diesem Fall müssten wir die ganze Sache abblasen, noch bevor sie richtig begonnen hat.«

»Hast du mit deiner Tante gesprochen?«

»Nein, aber ich habe mit Roland geredet. Er hat den Dienst mit Malcolm getauscht, weil er nicht in die Verlegenheit kommen will, sich noch einmal mit einem von unseren sogenannten Ehrengästen anlegen zu müssen.«

»Hältst du das für eine gute Entscheidung? Auch Malcolm hatte sich bereits mit Hanemann in der Wolle. Was ist, wenn die beiden noch mal aneinandergeraten?«

»Malcolm wird nicht dort sein. Er hat irgendeine Verabredung mit einer Frau, die anscheinend nicht am Bankett teilnimmt.«

»Malcolm? Eine Frau?« Hannah lächelte zweideutig. »Weißt du, wer sie ist?«

»Keine Ahnung. Er hat so viele Liebschaften, da verliert man leicht den Überblick. Irgendwann habe ich aufgehört zu zählen.« Gero schüttelte grinsend den Kopf. »Ich nehme an, es ist eine von den neuen Mägden, die Margaretha eingestellt hat. Sicher nichts Ernstes. Niemand hat so viele Verehrerinnen wie Malcolm. Solange es keinen Ärger mit irgendwelchen Vätern, Brüdern oder Ehemännern gibt, soll es mir egal sein. Er ist schließlich erwachsen und sein eigener Herr.« Gero schwieg für einen Moment, als ob er nachdenken müsse, und schaute Hannah fragend an. »Was ist? Willst du dich nicht umziehen? Meine Tante erwartet unsere Anwesenheit.«

Hannah gähnte demonstrativ. »Wenn es denn sein muss. Offen gesagt haben mir die heutigen Ereignisse gründlich den Spaß am Feiern verdorben. Aber ich sehe schon, ich kann dich unmöglich allein in die Höhle der Löwen einziehen lassen. Ich muss mir nur noch jemanden organisieren, der auf Sophia aufpasst. Gesa ist heute Abend beschäftigt. Sie beaufsichtigt die neuen Schankmägde.«

»Frag Amelie. Struan sagte mir, sie fühlt sich zu erschöpft, um am Bankett teilzunehmen, und bleibt lieber in ihrer Kammer.«

»Gute Idee.« Hannah legte ihre Tochter vorsichtig zur Seite und deckte sie zu.

Dann schwang sie die Beine aus dem Bett und machte sich an ihrer Kleiderkiste zu schaffen, die ein lindgrünes, geplättetes Festtagskleid enthielt, das ihre Leibmagd extra für diesen Anlass vorbereitet hatte. Für Gero hing bereits eine frisch gereinigte Uniform der Waldensteiner über seiner Kleiderkiste.

Als Hannah wenig später fertig angekleidet an Amelies Tür klopfte, machte die blondgelockte Französin beim Öffnen einen gehetzten Eindruck.

»*Mon Dieu*, hast du mich erschreckt.« Amelie fasste sich an die Brust, als müsse sie ihr Herz beruhigen. »Was ist passiert?«

»Nichts von Bedeutung. Gero meinte, da du nicht zum Bankett gehst, könne ich dich fragen, ob du so lange auf Sophia achtgibst. Oder komme ich ungelegen und störe dich und Struan bei … Wichtigerem?« Hannah linste verlegen durch den Türspalt und lächelte unsicher.

Amelie erwiderte das Lächeln, allerdings mit einer schmerzlichen Note. »Leider nicht. Struan war nur kurz hier und ist schon wieder nach unten, weil er sich mit Pierre und dessen Brüdern einen ruhigen Platz sichern wollte, noch bevor die übrigen Gäste eintreffen, damit sie sich ungestört über alte Zeiten oder was auch immer unterhalten können.«

»Weißt du, mit welcher Frau Malcolm verabredet ist? Er hat dafür sogar mit Roland den Dienst getauscht.« Hannah zwinkerte Amelie verschwörerisch zu. »Gero hat so was erzählt, wusste aber auch nicht, wer die Glückliche ist.«

»Keine Ahnung, auf welches arme Ding mein heißblütiger Schwager es diesmal abgesehen hat. Er hat ja andauernd irgendwelche Weibergeschichten und meistens enden sie in einem Drama, weil er sich nicht auf ein bestimmtes Mädchen festlegen will und seinen Verehrerinnen reihenweise die Herzen bricht. Malcolm ist aus einem vollkommen anderen Holz geschnitzt als Struan. Der war die Schüchternheit in Person, als ich ihn kennenlernte und ich war die erste mit der er das Lager geteilt hat.«

»Na ja, ist auch nicht weiter wichtig«, beeilte sich Hannah zu sagen. »Also, was ist nun? Hast du Lust, auf Sophia aufzupassen? Gesa hilft zu Beginn des Abends bei den Schankmägden und will sich später mit Mattes treffen. Und meine Schwiegermutter kümmert sich bereits um die Gräfin, damit sie den armen alten Landgrafen nicht überfordert. Es reicht völlig, dass er heute schon einmal bewusstlos umgefallen ist. Ein zweites Mal können wir uns das wirklich nicht leisten. Also, hast du Lust? Ich würde Sophia nur ungern irgendeiner Magd anvertrauen, die ich nicht gut genug kenne, abgesehen davon, dass fast alle wegen der vielen auswärtigen Gäste beschäftigt sind.«

»Ja, gewiss, ich bleibe gern bei Sophia«, versicherte ihr Amelie mit einem abwesenden Lächeln. »Sie ist so ein liebes Kind. Solange sie satt ist, gibt sie keinen Mucks von sich. Entweder sie schläft, oder sie lächelt in einem fort, wenn man mit ihr ein bisschen herumalbert. Ich hoffe nur, unser Nachwuchs wird genauso brav.«

»Das wird er«, beschwichtigte Hannah sie ungeduldig, weil sie sich noch ein wenig zurechtmachen wollte, bevor sie Gero in die Halle begleitete. »Ich warte dann in unserer Kammer auf dich.«

•

Kaum dass Amelie die Tür hinter Hannah geschlossen hatte, lehnte sie sich mit dem Rücken an die Wand und stieß einen Seufzer der Erleichterung aus. Trotz ihres merkwürdigen Verhaltens hatte Hannah allem Anschein nach keinen Verdacht geschöpft. Ebenso wenig wie Struan, der sich sowieso nicht allzu sehr für ihr Wohlergehen zu interessieren schien.

Vor ihr lag ein Bündel, das zwei Reisekleider und einen dichtgewebten Wollumhang mit Kapuze enthielt. Dazu eine Börse mit Gold- und Silbermünzen, von denen sie einige Justine geben wollte, um ihr die Fahrt nach Franzien und zurück zu bezahlen. Den Rest verstaute sie in einem Gürtel, der ein geheimes verschließbares Münzfach enthielt. Einen Brief an Struan, der ihm ihr wohlüberlegtes Vorgehen erklärte, hatte sie noch nicht geschrieben. Sie wollte dieses Schreiben später verfassen, wenn sie unterwegs war, und es einem Boten geben, der das gesiegelte Pergament für gutes Geld zur Burg bringen sollte, sobald sie die Grenze zur Grafschaft Bar überschritten hatten. Auf keinen Fall wollte sie es riskieren, Struan versehentlich Hinweise zu liefern, die ihre Absichten verrieten, noch bevor sie abgereist war. Auch benötigte sie einen gewissen Vorsprung, weil sie andernfalls Gefahr lief, dass er ihr folgte und sie zur Umkehr zwang, falls er zu früh von ihrer Abreise erfuhr.

Bevor sie ihr gemeinsames Schlafgemach verließ, brachte sie den Kleidersack in eine Putzkammer. Von dort aus führte ein geheimer Treppenschacht hinunter zur äußeren Burgmauer, wie sie von Hannah erfahren hatte, den nur zierliche Personen nutzen konnten, weil er so eng gemauert war. Blieb Amelie nur zu hoffen, dass sie mit ihrem schwangeren Leib nicht stecken blieb.

Über einen schmalen Pfad gelangte man vom Ausgang des Schachts in kurzer Zeit zum Gerichtsplatz. Ein kleiner Bach würde ihr von dort den Weg zum Jahrmarkt der Händler weisen, wo Justine morgen früh auf sie wartete. Inbrünstig betete sie, dass Struan ihr verzieh, wenn sie erst mit ihrem Vater vor ihm stand und ihm damit beweisen konnte, wie wichtig diese Mission für sie gewesen war.

•

Malcolm war nicht der Einzige, der noch rasch ein Bad in der Waschkammer der Burg nehmen wollte, bevor er sich ins Vergnügen stürzte. Er hatte sogar für heißes Wasser angestanden, dass die Knechte und Mägde für die höher gestellten Persönlichkeiten der Burg bereiteten, damit sie ein heißes Bad nehmen konnten. Nachdem er endlich im Bottich saß, benutzte er nicht die übliche grobe Seife, die nur dazu diente, die Haut von Schmutz und Schweiß zu säubern, sondern syrische Duftseife, die ihn in eine Wolke von Moschus und Ambra hüllte.

»Wo willst du denn hin?« Mattes, der sich selbst gerade für das Fest umgezogen hatte, schaute verwundert auf, als Malcolm in Holzpantoffeln und nur mit einem Tuch um die Hüften unvermittelt in ihrer gemeinsamen Kammer auftauchte. »Du stinkst nach Duftwasser wie ein muselmanischer Emir.« Mattes' Blick wurde noch misstrauischer, als Malcolm zu allem Überfluss auch noch in ein frisches weißes Hemd schlüpfte. Dazu legte er sein ellenlanges schottisches ›Belted Plaid‹ aus feiner dunkelblauer Worstedtwolle an, den er im Gegensatz zu seinem Uniformrock nur zu besonderen Anlässen trug. Um die mehrere ellenlange Stoffbahn zu einem knielangen Rock zu formen, faltete er das Wollgewebe auf seinem Lager sorgsam zusammen, legte sich darauf und fixierte das Ergebnis anschließend im Liegen mit einem neuen breiten Rindledergürtel direkt auf Taille, bis er zufrieden war. Dann stand er auf und drapierte sich eine längere nicht mitgefaltete Stoffbahn, die bis auf den Boden reichte, über Schulter und Oberkörper, wobei er sie geschickt mit einer kunstvollen, verschließbaren Nadel mit dem Rockbund zusammensteckte. Schließlich zog er saubere Filzstrümpfe und seine Sonntagsstiefel mit den kniehohen Stulpen an, die Anselm ihm aus seinem Fundus überlassen hatte und die es in solcher Qualität hier nirgends zu kaufen gab. »Schiebst du deinen Wachdienst neuerdings im Sonntagsstaat?«

»Ich habe frei«, erklärte Malcolm ihm knapp.

»Und wer übernimmt deine Wache?«

»Roland. Er hat die Schnauze voll von den Lichtenbergern und ihren Kapriolen.«

»Und du? Gehst du stattdessen zum Bankett?«

»Nein, ich kann diese aufgeblasenen Gecken genauso wenig leiden wie Roland. Ich amüsiere mich anderswo.« Malcolm setzte ein zufriedenes Grinsen auf, als er Mattes' fragende Miene bemerkte.

»Und wer ist die geheimnisvolle Maid?« Mattes schaute neugierig zu ihm auf. »Kenne ich sie?«

»Wohl kaum. Sie ist nicht von hier und kein unerfahrenes Mädchen, sondern eine richtige Frau, die weiß, worauf es ankommt«, erwiderte Malcolm selbstgefällig.

»Ist sie eine Käufliche?« Mattes beobachtete ihn mit erstauntem Blick, während Malcolm vergeblich versuchte, seine feuchten, schwarzbraunen Locken mit einem festen Kamm aus Horn zu bändigen. Den Bart hatte er sich bereits mithilfe eines Kameraden in der Badestube gestutzt, damit er nicht ganz so ungestüm wucherte wie gewöhnlich, und auch seine scharf geschwungenen Brauen hatte er mit einer Schere in eine akkurate Form getrimmt.

»Nein, sie ist keine, die sich ihre Liebesdienste bezahlen lässt und auch keine dahergelaufene Hure, die aus Lust und Laune die Beine breit macht«, antwortete er beiläufig und warf einen letzten Blick in einen kleinen Silberspiegel, den er sich vor einiger Zeit bei einem fahrenden Händler zugelegt hatte.

»Woher willst du das wissen?« Mattes beäugte ihn mit einem begriffsstutzigen Blick.

»Eine Käufliche versucht dir ebenso das Geld aus der Tasche zu ziehen, wie eine Hure. Aber diese schöne Maid hat nicht mal von Geld gesprochen, als wir uns das erste Mal begegnet sind.«

»Ist sie verheiratet?«

»Und nein, soweit ich weiß, ist sie auch nicht verheiratet. Wie es aussieht, hat sie auch keine Bälger, für die sie einen neuen Vater sucht.« Malcolm stand auf und hielt inne, während er Mattes belustigt in die Augen blickte. »Ist das Verhör nun beendet?«

»Ist es Helga?«, versuchte Mattes sein Glück von Neuem.

»Nein«, antwortete Malcolm entnervt. »Es ist auch nicht Helga. Ich sagte doch, sie kommt nicht von hier.«

»Wohnt sie in einem Nachbarort?«

»Auch das nicht«, gab Mattes zurück und fügte selbstzufrieden hinzu: »Ich wette, du hast sie noch nie gesehen. Sie hat überhaupt nichts gemein mit all den farblosen mageren Mägden, die man hier zu sehen bekommt. Sie sieht aus wie eine von diesen römischen Nymphen aus längst vergangenen Zeiten, an denen richtig was dran ist und von denen man hin und wieder Skulpturen aus Marmor findet. Du weißt schon, schmale Taille, runder Hintern, ausladende Hüften und Brüste. Dazu blassrotes gewelltes Haar, das ihr bis tief in den Rücken reicht. Ihre blaugrünen Augen sind so klar wie das Wasser in einem Quellteich, obwohl ich sicher bin, dass sie auch schon einiges an Unrat gesehen haben. Ihr Mund ist die reinste Verlockung, und sündhaft wie alles andere an ihr. Und bevor du mich noch weiter löcherst: Ihr Name ist Justine, und sie ist mit dem fahrenden Volk gekommen, das während des Turniers seine Waren auf dem Jahrmarkt feilbietet. Sie ist Händlerin und durchaus vermögend. Sie besitzt sogar einen eigenen Wagen! So viel zum Thema Geld.«

»Also wird sie wieder verschwinden, wenn das Turnier beendet ist«, schlussfolgerte Mattes.

»Anzunehmen«, sagte Malcolm tonlos, bevor er sich ein paar Spritzer Lavendelöl aus einer Flasche in die Handflächen gab und sich damit den Hals einrieb. »Gegen eventuelles Ungeziefer«, argumentierte er mit einem Augenzwinkern.

»Das heißt, du willst das Lager mit ihr teilen?«

»Was sonst?« Malcolm lachte verwegen und war schon halb draußen.

»Pass auf, dass du ihr kein Kind machst, mit dem sie in neun Monaten vor dir steht und dich heiraten will«, rief Mattes ihm altklug hinterher.

»Und wenn schon«, gab Malcolm ihm zur Antwort, bevor er die Tür hinter sich schloss. »Wie du schon sagtest: Sie zieht in ein paar Tagen weiter. Wie will sie später beweisen, dass ich der Vater des Balgs bin?«

•

Justine war viel zu beschäftigt mit den Vorbereitungen für den nächsten Tag, als dass sie auf Anhieb an den jungen gutaussehenden Schotten gedacht hätte, als es bei einsetzender Dunkelheit an ihrer Tür klopfte. Umso erfreuter war sie, dass der stattliche Riese mit den strahlenden Augen vor ihr stand. Er trug eine eiserne Korbfackel in der Rechten, wie sie die Wächter auf den Burgzinnen nutzten. Die Flamme im Inneren des Eisenkäfigs flackerte wild im aufkommenden Wind und verlieh seinem bärtigen Gesicht eine dämonische Schönheit. Sein Haar schimmerte feucht. Offenbar hatte Regen eingesetzt. Es rührte Justine, dass er trotz der unwirtlichen Witterung den Weg zu ihr auf sich genommen hatte.

»Hier stehe ich. Wie verabredet«, sagte er mit einem unverwechselbaren Lachen, das ihr Herz sogleich höherschlagen ließ.

»Oh, tut mir leid, ich bin noch nicht ganz so weit.« Sie zuckte bedauernd mit den Schultern. »Ich war gerade dabei, die Stube zu fegen und ein wenig Ordnung zu schaffen.« Sie hatte nicht die Absicht, ihm den wahren Grund für ihre Betriebsamkeit zu verraten. Sollte er ruhig denken, dass sie für ihn geputzt und aufgeräumt hatte.

»Bedeutet das, ich soll wieder gehen?«, fragte er mit gespielter Entrüstung.

»Himmel, nein! Ich habe den ganzen Tag nur an dich gedacht.« Das war nicht gelogen, doch sie hatte sich auch gefragt, ob sie nicht einen schweren Fehler beging, wenn sie noch einmal das Lager mit ihm teilte. »Um ehrlich zu sein, dachte ich nicht, dass du dein Versprechen einhältst«, flüchtete sie sich in eine aus der Not geborene Halbwahrheit und versperrte ihm mit dem Besen in der Hand die offene Tür. »Du hast bestimmt Hunderte von hübschen Verehrerinnen. Warum solltest du da ausgerechnet mich wiedersehen wollen?«

»Das werde ich dir zeigen, wenn du mich in dein Häuschen lässt«, erklärte er ihr mit einem breiten Grinsen und machte einen Schritt auf sie zu. Justine schmolz dahin. Er sah umwerfend aus. Ohne Zweifel hatte er sich extra für sie fein gemacht. Er trug noch immer ein Plaid, wie er es nannte. Doch nun hatte er ein frisches, weißes Hemd angezogen und den doppelt gelegten kostbaren Wollstoff in einen knielangen Gewandrock und in einen wärmenden Umhang geteilt, den er quer über der Schulter trug. Darüber spannte sich der gekreuzte Brustgurt, den er wie das dazugehörige riesige Schwert offenbar nur zu ganz bestimmten Gelegenheiten abschnallte.

»Tja, dann … ich bin fertig.« Justine, die rasch ihr Putzzeug zur Seite geräumt hatte, trat einen Schritt zurück, um ihn einzulassen. Als er die Treppe hinaufging, fiel ihr Blick auf seine meisterlich gearbeiteten rehbraunen Lederstiefel, die ein Vermögen gekostet haben mussten.

»Und ich hatte noch nicht einmal Zeit, mich umzuziehen«, jammerte sie, als er unverhofft nah vor ihr stand, eingehüllt in eine Wolke aus Moschus und Ambra. Ein Duft, den sie sonst nur aus den Palasträumen des Königs kannte. Er hatte sich unzweifelhaft mit einer kostbaren Seife aus dem Orient gewaschen. Also war sein Haar gar nicht feucht vom Regen, vielmehr hatte er extra für seinen Besuch bei ihr ein Bad genommen, sein Haar gebürstet und seinen Bart gestutzt.

Dass er sich all diese Mühe nur für sie gemacht hatte, ließ Justine trotz aller Vorbehalte, die Baillie und diese vermaledeite Zukunftsdeuterin ihr ins Ohr gesetzt hatten, das Herz aufgehen.

Je eingehender sie darüber nachdachte, desto mehr reifte in ihr die Überzeugung, dass ein Mann, der sich so viel Mühe gab, wenn er eine Frau besuchte, unmöglich vom Teufel besessen sein konnte. Trotz allem legte sie in einem unbeobachteten Moment den Rosenkranz der alten Seherin an und ließ ihn im Ausschnitt ihres Unterkleides verschwinden, wo ihr das silberne Kreuz anschließend wie ein Amulett zwischen den nackten Brüsten baumelte.

»Wieso solltest du dich umziehen? Du siehst umwerfend aus.« Malcolm bedachte sie mit einem anerkennenden Blick. »Außerdem bist du von Natur aus wunderschön, daran könnte ein Kleid nichts verbessern«, erklärte er ihr mit einem unverschämten Grinsen. »Ganz im Gegenteil.« Die Art, wie er es sagte, unterschied ihn von allen Männern, mit denen Justine bisher das Lager geteilt hatte. Es klang nicht besitzergreifend; vielmehr sprachen ehrliche Bewunderung und zärtliches Verlangen aus seiner Stimme und machten es ihr leicht, ihm das zu geben, was er von ihr wollte.

In Wahrheit konnte Justine es kaum erwarten, in seinen Armen zu versinken und sich seiner urwüchsigen Kraft zu überlassen. Allein sein Anblick bewirkte ein untrügliches Kribbeln zwischen den Schenkeln, das vielleicht doch dem Einfluss des Teufels geschuldet war. Aber das war ihr nun auch schon egal. Wie selbstverständlich schnallte er sein Schwert samt Brustgurt ab, legte es wie schon zuvor neben den Bettkasten. Danach wandte er sich ihr wieder zu und betrachtete sie verlangend.

»Warte«, wisperte sie und hielt ihn mit ihrem ausgestreckten Arm auf Abstand. »Ich heize nur rasch den Ofen neu ein. Dann wasche ich mir die Hände und entzünde die Kerzen. Danach bereite ich uns ein festliches Mahl. Bis dahin kannst du dich gerne aufs Bett setzen.«

»Ich will aber nicht warten«, raunte er ihr zu und schloss hinter sich die Wagentür. »Das dauert mir alles viel zu lange!«

Bevor sie ihm widersprechen konnte, hatte er sie in seine Arme gerissen und hielt sie so fest an sich gedrückt, dass sie kaum zu atmen vermochte. Hinzu kam sein intensiver Kuss, mit dem er ihre Lippen verschloss. Er war so überwältigend, dass Justine in die Knie ging und nicht nur ihren Mund seinem Willen überließ, sondern Leib und Seele gleich mit dazu. Rascher als vermutet hatte er ihr die Gewänder vom Leib gezerrt und sich selbst nicht nur seiner Waffe, sondern auch seines Plaids und der Stiefel entledigt. Mit einer Hand zog er eine der schmalen Strohmatratzen vom Bett und warf sie auf die Holzdielen. Dann verteilte er mit einer raschen Bewegung die übrig gebliebenen Decken und Kissen darauf.

Voller Leidenschaft und Ungeduld zog er Justine auf den Berg aus Matratzen und Stoff und fiel über sie her wie ein reißender Wolf.

Wobei er einen Moment stutzte, als er den Rosenkranz bemerkte.

»Was ist das?« fragte er amüsiert und deutete auf das silberne Kreuz. »Willst du, dass uns der Herr Jesus bei der Liebe zuschaut?«

»Äh…d…das ist…«, Justine geriet ins Stottern, ängstlich darauf bedacht, ob er nun von ihr abließ, weil ihn der Rosenkranz störte. »Ich habe ihn von der alten Seherin gekauft«, gestand sie ehrlich. »Er soll verhindern, dass du mich schwängerst«, fügte sie hinzu und räusperte sich. »Ich hoffe, das macht dir nichts aus?« Das war gelogen. Aber gut, besser als ihm zu unterstellen, er habe womöglich den Teufel im Leib.

»Solange es dir nichts ausmacht, umso besser«, erwiderte er lachend und fuhr ungeniert in seinem Liebespiel fort.

Justine war über seine Reaktion irritiert, schloss jedoch daraus, dass es ungefährlich war, sich mit ihm einzulassen.

Während sie beide sich mit fiebriger Heftigkeit im spärlichen Licht des Ofenfeuers an den Rundungen des jeweils anderen zu orientieren versuchten, öffnete Justine ihre Schenkel und zog Malcolm an den Hüften gepackt zu sich herab. Haut traf auf Haut und ihre halb geöffneten Lippen fanden sich voller Gier nach Vereinigung. Ihre Zungen tanzten unter Keuchen und Stöhnen miteinander, als wollten sie sich gegenseitig verschlingen.

Justine dachte nicht mehr an teuflische Mächte, als Malcolm von ihr abließ, um das, was er in ihrem Mund begonnen hatte, zwischen ihren Schenkeln fortzuführen. Seine heißen Küsse bedeckten ihre empfindlichste Stelle und seine Zunge, gepaart mit seinem rauen Bart, taten ihr Übriges, um sie zuverlässig ins Paradies zu führen. Sie krallte ihre Hände in seine dichten Locken, um wenigstens ein bisschen mitbestimmen zu können, wie heftig und rasch er sie zu einem weiteren unvergesslichen Höhepunkt trieb. Er stieß ein zufriedenes Knurren aus, als er spürte, wie ihr gesamter Körper erbebte und sie in einem kehligen Seufzer ihre ungebändigte Erregung freien Lauf ließ. Sie löste sich erst wieder aus ihrer Erstarrung, als er über sie kam und hart und drängend in ihr versank.

Wie um den Lustschmerz, den er durch sein Eindringen in ihr ausgelöst hatte, noch steigern zu wollen, hob sie ihre Hüften und kam ihm bereitwillig entgegen, als er einen wilden Rhythmus aufnahm und sie damit in ungeahnte Höhen der Ekstase trieb. Justine gewann den Eindruck, zu schweben, ganz so, als wäre sie nicht mehr Herrin ihrer eigenen Sinne, als er es schließlich langsamer und zärtlicher angehen ließ, wie um ihren gemeinsamen Gipfel genüsslich hinauszuzögern. In Wellen vibrierte ein nicht enden wollendes Zucken durch ihren Unterleib, während er sich in quälender Langsamkeit weiter in ihr bewegte. Dabei küsste er sie so intensiv, dass ihr der Atem stockte und ihr die Sinne schwanden. In den wenigen Augenblicken der Klarheit, in denen ihr Verstand, wenn auch nur kurz, aus einer Flut betörender Empfindungen auftauchte, war sie auf einmal sicher, dass der Teufel sehr wohl seine Hände im Spiel haben musste, weil sie nie zuvor etwas Vergleichbares empfunden hatte.

Als sie nach einer endlos erscheinenden Zeit der Vereinigung aus ihrer lustvollen Benommenheit erwachte und dem verschwitzten Mann an ihrer Seite ungläubig in die schönen Augen blickte, genoss sie den gewaltigen Nachhall dieses unbeschreiblichen Erlebnisses, das ihren Körper noch immer wie unter Fieberschauern erzittern ließ.

»Lebst du noch?«, fragte Malcolm mit einem hörbaren Lächeln und begann aufs Neue mit seinem weichen Mund zunächst ihre Arme, dann ihre Brüste zu liebkosen, deren aufrechtstehende Warzen genauso geschunden zu sein schienen wie ihre Lippen. In ihrer Unersättlichkeit hatte sie offenbar gar nicht bemerkt, dass er mit seiner hemmungslosen Lust ihren gesamten Körper in Mitleidenschaft gezogen hatte.

»Mehr als je zuvor«, wisperte sie und überließ sich ihm ein weiteres Mal, als er ihren erhitzten, noch immer zitternden Körper mit zarten Küssen bedeckte.

Ein Frösteln überlief sie. Nicht nur wegen der einsetzenden Kühle im Innern des Wagens, auch weil ihr das, was sie so schamlos miteinander getrieben hatten, mit einem Mal unwirklich, wenn nicht gar sündhaft und satanisch erschien.

»Ist dir kalt?« Malcolm, dessen Arme ein ganzes Stück länger waren als ihre, ergriff die Daunendecke mit dem weichem Kaninchenpelz, die neben dem Lager gelegen hatte, und hüllte sie beide darin ein. Im Nu wurde es wohlig warm und gemütlich.

Nachdenklich streichelte Justine unter der Decke über seinen flachen Bauch, bedacht darauf, sich nicht zu tief vorzuwagen, um ihn nicht von Neuem zu reizen.

»Das war … höllisch«, flüsterte sie und erschauderte angesichts des Doppelsinns ihrer Bemerkung. »Ich hatte noch nie einen Mann, der mich so …« Ihr fehlten die Worte.

»Geliebt hat?« Malcolm grinste zufrieden. »Ich habe es auch genossen.«

»Äh … ja«, wisperte sie und bekam es nun doch mit der Angst zu tun, weil Baillie ihr gesagt hatte, dass der Teufel stets freundlich daherkäme und sich den Anschein gäbe, nur das Beste zu wollen, bevor er eine Seele unwiederbringlich in die Finsternis entführte.

»Willst du was trinken?« Bevor er antworten konnte, setzte sie sich auf und öffnete eine Kiste, in der sich eine Flasche aus Steingut mit einem Holzkorken befand, die mit edlem Rotwein gefüllt war. Baillie hatte ihr den Wein erst am Nachmittag gebracht, um ihre Freundin während der Fahrt nach Franzien angemessen bewirten zu können, wie er sagte.

»Was ist das?«, fragte Malcolm neugierig, zog den Korken heraus und schnupperte mit seiner großen Nase an der Öffnung.

»Ein blauer Burgunder aus dem vorletzten Jahr«, antwortete Justine souverän, als hätte sie von Wein mehr als nur eine Ahnung. »Probiere ihn mal und sag mir, ob er gut genug für uns ist.«

Er nahm einen tiefen Schluck. »Oh, verdammt, das nenne ich einen phantastischen Tropfen. In Burgund versteht man sich auf das Keltern edler Weine«, schwärmte er und fügte hinzu: »Nein, nein, wir brauchen keine Becher«, als er sah, dass sie aufstehen wollte, um danach zu suchen. Stattdessen zog er sie zurück unter die Decke. »Lass uns aus der Flasche trinken.«

»Wie du willst.« Sie lächelte zögernd. »Aber dem Wein wird man damit nicht gerecht. Es ist kein billiger Fusel, wie du schon festgestellt hast. Man sollte ihn genießen.«

»So wie dich«, versicherte er mit einem Augenzwinkern und strich ihr eine Strähne aus dem Gesicht. »In deiner Gesellschaft genieße ich alles. Die Luft, die du atmest, die Wärme deiner Haut, den Klang deiner Stimme, den Anblick deiner unbeschreiblichen Schönheit und natürlich den Wein, dessen Tugenden allerdings nicht mit deinen mithalten können, ganz gleich, wie edel er ist.« Er nahm einen weiteren kräftigen Schluck und schloss die Augen. Dann seufzte er wohlig und grinste sie verträumt an. »Ich fürchte, ich liebe dich.«

Justine brach in schallendes Gelächter aus. »Wo lernt man dieses unwiderstehliche Süßholzraspeln?«, fragte sie amüsiert. »In Schottland? Ich hätte nie im Leben vermutet, dass ein Recke wie du so romantisch sein kann.« Sie nahm ihm die Flasche aus der Hand und gönnte sich selbst einen ordentlichen Schluck.

»Ob du es glaubst oder nicht«, gestand er ihr mit funkelnden Augen, in denen der Schalk, der ihm ohne Zweifel im Nacken saß, nicht zu übersehen war. »Immer wenn ich Zeit dazu habe, bin ich in der Bibliothek der Gräfin und lese die Poesie der großen Minnesänger. Es gibt nichts Schöneres als die Kunst der hohen Minne … abgesehen von dir, versteht sich.«

Justine schaute ihm fasziniert in die Augen und war zugleich verblüfft, dass ein Mann, der angeblich in Diensten des Teufels stand, Liebesgedichte las. Aber vielleicht war es nur eine List, um sie weiterhin gefügig zu machen. Justine war verwirrt und verunsichert, weil er ihr nicht nur unfassbare Lust bereitet, sondern ihr darüber hinaus auch noch seine Liebe gestanden hatte. War so etwas überhaupt möglich? Um sich selbst zu beruhigen, trank sie noch einen tiefen Schluck und reichte die Flasche an ihn weiter.

Auch er bediente sich reichlich, stellte die Flasche dann aber zur Seite und begann sie von Neuem zu liebkosen, was Justine nur recht war. Der Wein hatte sie noch willfähriger gemacht, und sie fühlte sich wie Wachs in seinen großen, rauen Händen. Diesmal liebte er sie um einiges sanfter als zuvor; dennoch verspürte Justine nach einem neuerlichen Höhepunkt, wie ihr die Sinne schwanden und ihr erschöpfter Leib zusammen mit ihrem Geist in ein watteweiches Traumland entglitt. Schweigend gab sie sich noch eine Zeit lang dem allmählich abklingenden inneren Beben und der wohligen Erschöpfung hin, ehe sie in einen traumlosen Schlaf versank.

KAPITEL 18

APRIL 1316
HERZOGTUM LOTHRINGEN / BURG WALDENSTEIN

Tod und Teufel

Als Amelie bei Anbruch der Dämmerung erwachte, stellte sie überrascht fest, dass das Bett neben ihr bereits leer war. Eigentlich hätte Struan dort liegen und den Schlaf des Gerechten schlafen sollen.

Aber nachdem sie auf Sophia aufgepasst und Hannah noch vor Mitternacht vom Bankett zurückgekehrt war, hatte Amelie ihre eigene Kammer immer noch verwaist vorgefunden. Struan war erst viel später zurückgekehrt. Sie hatte sich schlafend gestellt und nicht reagiert, als er sie flüchtig geküsst hatte. Sein Atem hatte nach Wein und Bier gerochen, obwohl er kein hemmungsloser Trinker war. Danach war er wohl rasch eingeschlafen, weil sie ihn leise schnarchen gehört hatte.

Amelie war es ganz recht gewesen, dass er sie nicht geweckt und ihr von seinen Erlebnissen auf dem Bankett erzählt hatte. Schon gar nicht, dass er auf die Idee gekommen war, sie noch einmal lieben zu wollen, bevor er sich zur Nacht befahl. Sie hätte es nicht ertragen, ihm sehenden Auges etwas vormachen zu müssen, während sie im Geiste alles durchging, was sie vor ihrer geheimen Abreise in der Frühe noch erledigen musste. Dann war sie noch einmal kurz eingeschlafen und betete zur Heiligen Jungfrau, sie rechtzeitig erwachen zu lassen.

Wohl wissend, keine Zeit verlieren zu dürfen, hatte sie sich in aller Eile angekleidet und dabei auf die Hilfe einer Dienerin verzichtet. Bei dem, was nun folgen sollte, konnte sie keine Zeugen gebrauchen. Deshalb war sie besonders auf der Hut, als sie die Tür zum Flur öffnete und einen hastigen Blick nach draußen warf.

Obwohl es noch nicht richtig hell war, ging es in den Gängen von Burg Waldenstein zu, als hätte man in ein Wespennest gestochen. Stimmengewirr, das Klirren von Krügen und Geschirr, das Rumpeln von Bänken, die über den Boden gezogen wurden, vermischten sich zu einem lautstarken Lärm.

Amelie, die sich diesen Aufstand nur mit den Aufräumarbeiten nach dem gestrigen Festabend erklären konnte, schnappte sich ihren langen goldbraunen Kapuzenmantel und trat auf den Gang. Dabei war sie froh, dass es noch dämmerte. Nicht auszudenken, wenn sie ihren Freundinnen oder einem von Struans Kameraden begegnete.

Umso mehr fluchte sie innerlich, als ihr auf dem Weg zur Putzkammer ausgerechnet Gesa in die Arme lief, die sie verdutzt anstarrte.

»Wo willst du denn so früh schon hin?«, wollte das Mädchen mit einem neugierigen Ausdruck in den frechen braunen Augen wissen, wie Amelie in einem Anflug von Zorn bemerkte. Als ob die kleine vorwitzige Hexe das etwas angehen würde! Seit ihrer gemeinsamen Zeit in der Zukunft glaubte Gesa anscheinend, sich gegenüber den Ehefrauen der Ritter jegliche Unverschämtheit leisten zu können.

»Ich bin auf der Suche nach Struan«, log Amelie dreist und schaute dem Mädchen fordernd in die Augen. »Hast du ihn vielleicht gesehen? Ich frage mich, wohin er so früh schon unterwegs ist.«

»Sag nur, du hast es noch nicht gehört?«

»Was gehört?«

»Johann von Lichtenberg ist heute Morgen tot in seinem Bett aufgefunden worden. Es gibt Stimmen, die behaupten, jemand hätte ihn gemeuchelt.«

»Der *junge* Lichtenberger?«, fragte Amelie fassungslos und ängstlich zugleich. Schließlich hatte Malcolm sich bereits lange vor dem Bankett mit ihm angelegt. Für einen Moment jagte ihr der Gedanke, es könnte während der gestrigen Feierlichkeiten zu einem Kampf zwischen Malcolm und Hanemann von Lichtenberg gekommen sein, einen gehörigen Schreck in die Glieder.

»Nein, nicht der Junge. Sein Oheim, dieser alte Ziegenbock ist tot«, antwortete Gesa respektlos.

Augenblicklich beruhigte sich Amelies Herzschlag. »Ich kann den einen wie den anderen nicht leiden«, entfuhr es ihr ungeachtet der eisernen Regel, dass man über Tote nicht schlecht sprechen sollte. Spontan beschäftigte sie eine andere Frage, die für sie nicht weniger wichtig sein sollte. Schließlich verfolgte sie einen Plan. »Aber wie soll es nun mit den Wettkämpfen weitergehen?«

»Die werden wahrscheinlich abgeblasen, zumal Hanemann einen riesigen Aufstand angezettelt hat. Er vermutet den Schuldigen am Tod seines Oheims unter den Mitstreitern des Turniers. Die Gräfin hat Gero und seine Offiziere zu einer unverzüglichen Besprechung einberufen, um darüber zu beraten, was nun weiter zu geschehen hat. Mattes sagte mir, es wird sicher den ganzen Morgen dauern, bis sie mit der Befragung sämtlicher Burgbewohner fertig sind. Auch die Gäste sollen gehört werden. Rona und Lyn leiten die Ermittlungen, wie Mattes mir gesagt hat. Khaled ist im Übrigen auch unter den Verdächtigen. Das wird bestimmt kein Spaß, zumal die beiden Frauen aus der Zukunft dem jungen Lichtenberger schlecht sagen können, woran sein Oheim *wirklich* gestorben ist.«

»Mein Gott, woher wollen sie das denn wissen?«

»Rona und Lyn haben die Leiche des Alten mit ihren seltsamen Armbändern untersucht«, flüsterte Gesa ihr mit verschwörerischer Miene zu. »Er wurde vergiftet.«

»Ach du liebe Güte!« Amelie legte instinktiv beide Hände auf ihren schwangeren Leib, als wollte sie das Ungeborene vor diesen schrecklichen Nachrichten schützen. »Behalte das bloß für dich!«, fuhr sie Gesa an. »Sonst haben wir noch mehr Ärger als ohnehin schon.«

»Natürlich halte ich den Mund, verlass dich darauf«, sagte Gesa, die aufgrund ihrer Reise in die Zukunft nach Amelies Dafürhalten ohnedies zu viel wusste, womit sie alle aus Geros Truppe in Teufels Küche bringen konnte – ein brandgefährlicher Umstand.

»Ich hoffe du hältst dich daran. Die Sache ist so oder so tragisch genug«, sagte Amelie mehr zu sich selbst. »Dann werde ich mal nach unten gehen und mich umhören, ob ich irgendetwas zur Wahrheitsfindung beitragen kann.«

»Das glaube ich nicht«, meinte Gesa vorlaut. »Du warst ja nicht mal beim Bankett dabei. Und einer Frau, die guter Hoffnung ist, trauen sie eine solche Tat sowie nicht zu, da gehe ich jede Wette ein.«

Was weißt du denn schon, du einfältige Gans, dachte Amelie, beließ es aber dabei.

»Soll ich Struan irgendwas ausrichten, wenn ich ihn sehe?«, wollte Gesa wissen.

»Nein«, bestimmte Amelie knapp und raffte ihren Mantel, als ob sie nach unten gehen wollte. Glücklicherweise machte sich das Mädchen ohne ein weiteres Wort davon und entschwand vor ihr über die breite Wendeltreppe in die unteren Stockwerke.

Amelie grübelte kurz, ob sie unter den gegebenen Umständen ihre Pläne in die Tat umsetzen konnte, erkannte aber rasch, dass kein Zeitpunkt besser sein würde als dieser, da alle mit dem Tod des Alten beschäftigt waren. Und wenn das Turnier tatsächlich für beendet erklärt wurde, würde nicht nur Justine abreisen, sondern auch sämtliche andere Händler mit ihren bunten Wagen. Dann ließ sich kaum noch feststellen, wer in dem allgemeinen Aufbruch wann abgereist war. Und dass wiederum bedeutete, dass ihnen niemand folgen würde.

•

Justine dröhnte der Schädel, als sie mit dem ersten Hahnenschrei erwachte. Panisch schreckte sie hoch.

Sie war irgendwann in einen todesähnlichen Schlummer verfallen. Ihr Blick huschte auf die andere Seite der Schlafstatt. Sie atmete auf, als sie sah, dass ihr schottischer Liebhaber verschwunden war. Obwohl sie ihn schon jetzt vermisste, wäre es mehr als nur ungünstig gewesen, hätte er noch neben ihr gelegen. Oder um es auf den Punkt zu bringen: Es wäre katastrophal. Es durfte keinesfalls zu einer Begegnung zwischen ihm und Amelie kommen. Justines nächster Blick versicherte ihr, dass Malcolm sie offenbar ohne Abschied verlassen hatte, was sie irgendwie enttäuschte und verunsicherte. Irritiert sah sie sich um. Er hätte sie wenigstens wecken oder ihr eine Nachricht hinterlassen können. Schließlich waren sie beide des Lesens und Schreibens mächtig. Etwas, das nicht alltäglich und deshalb in Situationen wie diesen mehr als nützlich war. Und wie der Zufall es wollte, lagen auf ihrer Kleiderkommode Papier und ein Kohlestift. Doch er hatte beides nicht angerührt. Justine seufzte. Bevor sie weitere Gedanken an die mangelnde Zuverlässigkeit von jungen Männern verschwenden wollte, raffte sie sich auf, um die Spuren von Malcolms Besuch zu beseitigen, bevor Amelie auftauchte.

Ruckartig flog die Tür auf, und Baillie stand vor ihr.

»Du musst dich beeilen!«, herrschte er sie an. »Deine Freundin ist bald hier. Maurice hat sie gesehen, als sie die Burg verlassen hat und nun ist sie auf dem Weg hierher. Zudem ist heute Morgen auf der Festung etwas geschehen, das wir uns zunutze machen können.«

»Zunutze machen?«, wiederholte Justine verwirrt. »Was soll das sein?«

»Der alte Landgraf von Lichtenberg, der zusammen mit seinem jungen Neffen die Patenschaft für das Turnier übernommen hat, wurde heute Morgen tot in seinem Bett gefunden. Man nimmt an, dass ihn jemand ermordet hat – jedenfalls spricht einiges dafür. Die Ausrichter des Turniers müssen das Spektakel für beendet erklären, noch bevor es richtig begonnen hat. Das wiederum bedeutet, dass sie auch den Jahrmarkt noch heute schließen müssen, weil sie keine darüberhinausgehenden Marktrechte besitzen. Einige fliegende Händler sind schon dabei, ihre Sachen zu packen und ihre Stände abzubauen, und machen sich zum Aufbruch fertig.«

»Ja, und?«, fragte Justine verständnislos.

»Verstehst du denn nicht? Das ist eine großartige Gelegenheit für uns, im Strom der Abreisenden unerkannt zu entkommen.«

»Meint Ihr?« Justine schaute sich hastig um. »Dann hätte ich mir die Mühen der vergangenen Nacht ja sparen können«, heuchelte sie in der Gewissheit, dass Baillie ihr Rendezvous mit dem Schotten sicher nicht entgangen war. »Habt Ihr vielleicht gesehen, wann der junge Wachoffizier meinen Wagen verlassen hat? Als ich heute Morgen zu mir kam, war er nicht mehr da.«

»Ich bin mir ziemlich sicher, noch vor Sonnenaufgang jemanden gehört zu haben, der sich vom Wagen entfernt hat«, antwortete Baillie. »Wie dem auch sei – wir können Gott dem Herrn danken, dass dieser Schotte sich zeitig davongemacht hat, sonst hätte uns seine Anwesenheit in Schwierigkeiten bringen können. Nicht auszudenken, wenn unvermutet deine ahnungslose Freundin vor ihm gestanden hätte.« Er grinste abfällig, ging aber nicht weiter darauf ein, dass Justine eine solche Entwicklung offenbar nicht bedacht hatte. »Also los. Räum den Wagen auf und mach dich reisefertig, bevor deine Freundin eintrifft und es am Ende zu unnötigen Verzögerungen kommt.«

•

Amelie zweifelte immer noch, ob sie das Richtige tat, als sie völlig außer Atmen den Jahrmarkt erreichte, auf dem um diese Zeit noch keine Kundschaft zu sehen war. Irritiert beobachtete sie die hektische Betriebsamkeit, die zwischen den zahllosen Wagen ausgebrochen war. Deren Besitzer und Helfer waren damit beschäftigt, die Stände abzubauen und ihre Abreise vorzubereiten. Wahrscheinlich hatte sich die Nachricht vom ungeklärten Tod des alten Lichtenbergers wie ein Lauffeuer bis hier herauf verbreitet.

Umso entschlossener marschierte Amelie auf Justines Wagen zu. Sie betrachtete es als ein Geschenk des Himmels, dass der ungehobelte alte Bock ausgerechnet in der vorangegangenen Nacht aus dem Leben geschieden war.

Sie raffte ihre Röcke und den schweren Wollumhang, den sie zusätzlich um Kopf und Schultern geschlungen hatten, um nicht erkannt zu werden, als sie anmutig und federleicht die Stufen hinauf zum Eingang von Justines Wagen nahm, wo sie entschlossen auf das gewachste Holz klopfte.

Justine öffnete die Tür mit einem nervösen Lächeln. Ihr langes, rotblondes Haar war notdürftig hochgesteckt, und ihre Ärmel waren bis zu den Ellenbogen aufgekrempelt. In einer Hand hielt sie einen Reisigbesen.

»Guten Morgen, meine Liebe!«, rief sie gepresst und küsste Amelie links und rechts auf die Wange. »Wie du siehst, bin ich noch beim Saubermachen. Aber ich habe dir bereits ein Lager bereitet und die Pferde anspannen lassen, damit wir sofort von hier verschwinden können. Ich habe gehört, das Turnier wurde wegen eines Unglücks auf der Burg vorzeitig beendet. Weißt du Genaueres?«

»Nein«, log Amelie und schüttelte ihre blondgelockte Mähne so heftig, dass ihre verlegene Miene darunter verborgen blieb. »Ich habe nur gehört, einem der Ehrengäste geht es nicht gut. Er hätte das Turnier zusammen mit seinem Neffen eröffnen sollen. Aber wenn die beiden nicht dabei sein können, macht das Ganze wohl keinen Sinn. Na ja, das interessiert mich sowieso nicht mehr.« Amelie stieß einen gequälten Seufzer aus und hielt ihr Bündel in die Höhe. »Wo darf ich meine Sachen hinlegen?«

»Hier.« Justine deutete auf das gemütliche Matratzenlager, das sie neben dem Bettkasten im hinteren Teil des Wagens errichtet hatte. »Am besten legst du dich gleich hin und ruhst dich ein bisschen aus, bis wir auf der Straße nach Metz sind. Einer meiner Mitstreiter wird den Wagen für uns lenken. Eigentlich ist er ein guter Fahrer, aber ich weiß nicht, wie das Gerumpel auf den unebenen Straßen dir und dem Kind bekommt«, fügte sie mit einer weit ausholenden Geste hinzu. »Ich werde dir derweil auf meinem Stubenofen einen Kräutersud zubereiten und ein paar Eier zum Frühstück braten, wenn du möchtest. Du hattest bestimmt noch kein Frühessen.«

»Das ist sehr freundlich von dir.« Amelie tätschelte ihren Gürtel, in dem sie ein hübsches Sümmchen an Gold- und Silbermünzen aufbewahrte. »Ich werde dir alle Ausgaben, die du meinetwegen hast, bis auf letzten Pfennig bezahlen.«

»Red keinen Unsinn, Amelie«, ermahnte Justine sie mit einem bescheidenen Lächeln. »Ich tue das alles für dich und deinen Vater, denn ich stehe in eurer Schuld. Ihr habt viel für mich und meine Familie getan, als wir noch Kinder waren. Wie oft durfte ich bei euch am Tisch sitzen und mit euch essen. Außerdem hat dein Vater meine Schwestern und mich immer mit den neusten Stoffen versorgt, und das zu einem Spottpreis. Also lass die Albernheiten und sprich nicht von Geld.«

Amelie zuckte mit den Schultern und ließ sich auf dem provisorischen Lager nieder. Die Laken waren frisch bezogen, aber der Duft, den die Kissen verströmten, kam ihr irgendwie bekannt vor.

»Benutzt du syrische Seife, um deine Laken und Kissenbezüge zu waschen?«, fragte sie unvermittelt.

»Äh …«, setzte Justine an. Amelie sah, wie sich die Farbe im Gesicht ihrer Freundin unvermittelt auffrischte. »Ja, wir haben so was in unserem Angebot. Zum Waschen nehme ich immer die Seife, die gerade übrig ist.«

»Der Duft erinnert mich an Malcolm, meinen Schwager. Er wäscht sich immer mit syrischer Seife, wenn er sich mit einem Mädchen trifft.« Amelie lachte verhalten, aber Justine lachte nicht mit.

»Weiß dein Schwager von deinen Reiseplänen?«, fragte Justine schließlich, um weiteren Nachforschungen auszuweichen.

»Nein, um der heiligen Mutter Gottes willen, wo denkst du hin? Wenn er es wüsste, wäre Struan schneller hinter mir her, als du dir vorstellen kannst.«

»War Malcolm ...« Justine nahm ihren ganzen Mut zusammen. »War er auch ein Templer?«, brach es aus ihr heraus. »Ich kann mich gar nicht erinnern, dass dein Schotte einen Bruder hatte.«

»Struan hatte mehrere Brüder, aber bis auf einen sind alle im Krieg gefallen«, antwortete Amelie, ohne Verdacht zu schöpfen. »Und um deine Frage zu beantworten ... Malcolm war tatsächlich bei den Templern, aber nicht von Beginn an. Er wurde später von einem alten Templermeister in die Gemeinschaft der verbliebenen Brüder aufgenommen. Aber das war lange nach der Verfolgung durch den franzischen König. Ich glaube, er ist mächtig stolz, zum Kreis der Auserwählten zu gehören. Aber du kannst es nicht mit damals vergleichen, als die Komturei in Bar-sur-Aube noch existierte und es für die Brüder streng verboten war, einem Mädchen den Hof zu machen. Ihr Keuschheitsgelübde haben die überlebenden Templer zusammen mit dem Mantel abgelegt.« Sie grinste verlegen. »Wobei ich mir die Schuld geben muss, dass Struan damals die Regeln gebrochen hat. Ich weiß nicht, ob du dich noch erinnern kannst. Ich war es, die ihn verführt hat, als wir uns zum ersten Mal heimlich getroffen haben. Er selbst war ziemlich schüchtern. Das kann man von Malcolm nun nicht gerade behaupten. Soweit ich es beurteilen kann, lässt er nichts anbrennen. Schade, dass ich ihn dir nicht vorstellen kann. Er würde dir bestimmt gefallen. Obwohl er um einiges jünger ist als du. Aber das Alter einer Frau stört ihn nicht. Im Gegenteil, er bevorzugt Frauen mit Erfahrung, wie er immer so schön sagt.« Amelie kicherte und betrachtete Justine eingehend. »Wenn wir aus Franzien zurückkehren, werde ich euch miteinander bekannt machen. Ich glaube, du entsprichst genau seinem Geschmack. Er hat mir mal gesagt, er steht auf Frauen mit großen Brüsten und prallem Hintern.«

»Wie schmeichelhaft«, erwiderte Justine mit einem gezwungenen Lachen und stellte sich die Frage, wie Amelie es aufnehmen würde, wenn sie die ganze Wahrheit über Struan und nun auch ihren Schwager wüsste. Wobei Justine sich immer noch hartnäckig weigerte, in Malcolm einen Jünger des Teufels zu sehen.

»Hast du deinem Gemahl oder jemand anderem eine Nachricht hinterlassen, wo du hinfährst und wie lange du wegbleiben wirst?« Justine warf Amelie einen betont beiläufigen Blick zu, der ihre Anspannung überspielen sollte.

»Ich habe darüber nachgedacht, es aber lieber gelassen. Ich wollte kein Risiko eingehen!«, erklärte Amelie ihr mit einem verunsicherten Blick. »Ich werde erst einen Boten beauftragen, der Struan eine Mitteilung überbringt, wenn wir an der Grenze zu Franzien angelangt sind. Er wird so oder so kein Verständnis für mein Verhalten haben, obwohl er es sich selbst zuzuschreiben hat. Aber er ist nun mal ein stolzer Ritter, der glaubt, mich vor allem Ungemach beschützen zu müssen. Er reitet wie der Teufel und kämpft unerbittlich wie der Tod. Er wäre in Windeseile hinter uns her. Stell dir vor, er holt uns ein und bringt mich zurück nach Hause, bevor wir unser Ziel erreichen. Oder er käme gar auf den Gedanken, du hättest mich entführt, was Gott verhindern möge!«

Dass Amelie nach eigener Aussage keinen Hinweis auf ihren Verbleib hinterlassen hatte, beruhigte Justine ein wenig. Nicht auszudenken, was passieren würde, wenn der Templer sie noch vor der Grenze nach Franzien stellte und womöglich die Hintergründe ihres Auftrags erfuhr. Er würde sie und die Agenten der Gens du Roi ohne zu zögern töten. Gut, dass ihre Freundin nicht einmal etwas von der Verbindung ihres Gemahls zu den teuflischen Mächten ahnte …

KAPITEL 19

APRIL 1316
HERZOGTUM LOTHRINGEN / BURG WALDENSTEIN

Eisenhut

»Verdammter Mist«, flüsterte Gero mehr zu sich selbst, als er die Tür zur Kammer des alten Lichtenbergers erreichte. Dort fand er den Toten aufgebahrt und mit wachsweißem Gesicht auf dem frisch bezogenen Baldachinbett vor, flankiert von seiner Tante, Hanemann und Bruder Hilarius, dem Hauskaplan der Burg. Woran Johann I. von Lichtenberg gestorben war, hatten ihm Rona und Lyn, die den Leichnam mit den ihnen zur Verfügung stehenden futuristischen Möglichkeiten eingehend untersucht hatten, bereits verraten. Eine Überdosis Eisenhut hatte sein Herz zum Stillstand gebracht. Schon zwei Gramm der getrockneten Blätter reichten aus, um einen Erwachsenen ins Jenseits zu befördern. Bei einem kranken Mann wie Johann I. von Lichtenberg benötigte man nicht einmal die Hälfte, hatte Rona ihm in ihrer nüchternen Art erklärt. Nur wie und wann genau er gestorben war, blieb ein Geheimnis. Glücklicherweise hatte sie Gero diese Nachricht nicht im Beisein seiner Tante überbracht, sondern in einem Sechsaugengespräch in seiner privaten Kammer, noch vor dem Morgengrauen. Woraufhin er sich hastig angekleidet und nicht nur die Gräfin, sondern auch seine Kameraden zu einer kurzen Beratung gebeten hatte. Hannah hatte sich verständlicherweise über die Nachricht entsetzt gezeigt, ahnte sie doch, dass der rätselhafte Tod des alten Landgrafen für die Waldensteiner nachhaltige Konsequenzen mit sich bringen konnte.

»Da bist du ja endlich«, gab ihm Margaretha schmallippig zu verstehen. »Wir beraten gerade darüber, wie wir Johann die letzte Ehre erweisen können, bevor er im Leichentuch nach Hause zurückkehrt. Ich werde Hanemann einen Wagen zur Verfügung stellen und habe bei unserem Zimmermann bereits einen Eichensarg in Auftrag gegeben, damit er seinen Oheim standesgemäß zu seiner Heimatburg zurückführen kann.«

»Gewiss.« Gero nickte zustimmend und schaute sich unauffällig in der

Gästekammer des alten Lichtenbergers um. Auf einer Kommode stand noch eine Karaffe mit Wein und ein Glas, halb gefüllt mit dem Roten. Mehr als um den Sarg sorgte Gero sich um dieses Überbleibsel, das – wenn es in falschen Händen geriet – womöglich noch jemand anderen umbringen konnte.

Ohne Entschuldigung ging er noch mal hinaus und beauftragte einen draußen stehenden Diener, das Geschirr in der Kammer abzuräumen und dafür zu sorgen, dass niemand mehr den Wein trank.

Als Gero an das Bett des Toten zurückkehrte, spie Hanemann ihm mit abgrundtiefer Verachtung entgegen: »Mein Oheim wurde heimtückisch ermordet, und du hast nichts Besseres zu tun, als dich um Geschirr und Wein zu kümmern? Also wirklich!«

»Ich will nur nicht, dass die Fliegen angelockt werden, die sich womöglich auf deinen armen Oheim setzen und ihn als willkommene Mahlzeit betrachten«, redete Gero sich heraus.

»Wer weiß, was in dem Wein drin war!«, unkte Hanemann mit einem argwöhnischen Blick. »Ich habe meinem sogenannten armen Oheim gleich gesagt, wir sollten lieber einen Vorkoster mitnehmen, wenn wir in diese Schlangengrube reisen. Aber er besaß schon immer das blinde Vertrauen eines dressierten Köters. Meinst du, mir ist entgangen, wie er sich von deiner Tante um den Finger wickeln ließ? Stellt sich die Frage nach dem Warum. Vielleicht klärt mich mal jemand auf. Wusste er etwas, das ich nicht weiß? Musste er deshalb verschwinden?«

»Ich darf doch sehr bitten!«, stammelte die Gräfin, atemlos vor Empörung. »Ich … ich …«

Gero sah, wie sie erbleichte. Zum ersten Mal erlebte er, dass ihr die Worte fehlten. Deshalb blieb ihm keine Wahl, als für sie einzuspringen, obwohl er es nicht gewohnt war, Margarethas Urteil vorzugreifen.

»Was fällt dir ein?«, polterte er und warf Hanemann einen drohenden Blick zu. »Welchen Nutzen sollten meine Tante und ich am Tod deines Oheims haben? Die Führung des Hauses Lichtenberg und damit der Zugriff auf unsere Ländereien bleiben dir und dem Rest deiner Familie erhalten, falls wir keinen männlichen Erben hervorbringen. Das ändert sich auch nicht mit dem Tod dieses Mannes. Schließlich war er nicht mein Vormund, sondern deiner. Also trägst nun du, Hanemann, endgültig selbst die Verantwortung für unsere Familien. Wenn du uns schon beschuldigst, will ich keine haltlosen Vermutungen von dir hören, sondern eine vernünftige Erklärung, der ich nachgehen kann.«

»Was sich in diesen düsteren Mauern abgespielt hat, ist ja wohl sonnenklar!«, giftete Hanemann ohne jegliche Zurückhaltung. »Euer Burgvogt steht für mich an oberster Stelle der Verdächtigen. Roland von Briey konnte die Schmach nicht ertragen, die mein Oheim über ihn gebracht hat. Und dann wären da noch dieser junge vorlaute Schotte und der undurchsichtige Assassine, der mir nach dem Leben getrachtet hat und sich von meinem Oheim herausgefordert fühlte. Es gibt mehr als genug Verdächtige, die als Mörder meines armen Oheims infrage kommen.«

»Bevor du hier irgendjemanden vorverurteilst«, gab Gero mit eiskalter Stimme zurück, »werden wir die Umstände gründlich untersuchen.«

Sein Blick traf auf Mattes, der ihm auf seinen Befehl hin gefolgt und fast unbemerkt hinzugetreten war. Der junge Blondschopf bemühte sich redlich, die Verunsicherung zu unterdrücken, die er bei diesem Streit empfand.

»Ruf unsere Leute zusammen, Mattes«, befahl Gero ihm, »und sag ihnen, ich will sie noch vor dem Frühessen in der Bibliothek sprechen, damit wir ein allgemeines Verhör organisieren können. Dann gehst du zu Johan van Elk und erklärst ihm, dass wir das Turnier absagen müssen. Er soll mit den Betroffenen sprechen und sie zum Mittagsmahl in der großen Halle versammeln, damit wir dort weitere Befragungen durchführen können. Falls irgendjemand in der Nacht etwas Verdächtiges gesehen oder gehört hat, möge er nicht zögern, mir eine Mitteilung zu machen. Alle anderen können sich nach dem Essen bei unserem Quartiermeister die Kosten für die Reise erstatten lassen und sich auf den Heimweg machen.«

Gero hielt es für ausgeschlossen, dass der Angriff auf Hanemanns Oheim von außen gekommen war. Zumal Johann I. aufgrund seiner Verletzungen, die er sich beim Kampf mit Roland zugezogen hatte, fast den gesamten Abend im Bett gelegen hatte. Er war nur kurz zu einer Ansprache im Rittersaal erschienen und hatte sich anschließend von der Gräfin höchstpersönlich in seine Gemächer bringen lassen. Dass Margaretha danach nicht mehr an den Feierlichkeiten teilgenommen hatte, war nicht nur Gero aufgefallen. Wobei er mehrmals ein Dankgebet zum Himmel geschickt hatte, weil Roland draußen auf den Zinnen Wache schob und deshalb nicht mit ansehen musste, wie die Gräfin seine Treue weiter mit Füßen getreten hatte.

»Ich werde ebenfalls an dieser Unterredung in der Bibliothek teilnehmen«, bestimmte Hanemann mit hochnäsigem Blick.

»Da muss ich dich leider enttäuschen, Cousin«, sagte Gero ihm ins Gesicht. »Ich muss die erforderliche Vorgehensweise erst mit meinen engsten Vertrauten beraten, bevor ich Dritte hinzuziehen kann. So ist es hier auf der Burg Gesetz. Aber sei gewiss, ich werde dich über das Ergebnis sofort danach unterrichten.«

»Anscheinend vergisst du, dass ich nicht nur euer wichtigster Verbündeter bin, sondern im Rang über dir stehe«, erinnerte ihn Hanemann indigniert. »Ich brauche wohl nicht zu betonen, dass du und deine Tante nicht nur auf mein Wohlwollen angewiesen seid, sondern im Ernstfall auch auf das meiner Soldaten.«

»Soweit ich weiß, stehen wir beide gleichberechtigt unter dem Befehl des Herzogs von Lothringen«, gab Gero ungerührt zurück, obwohl Hanemanns Hinweis durchaus als indirekte Bedrohung zu verstehen war. »Wir sind lediglich verpflichtet, euch zweimal im Jahr einen Zehnten zu zahlen, um euch bei euren Militärausgaben zu unterstützen und im Ernstfall an eurer Seite zu stehen. Dann wirst du in jedem Fall das Kommando haben. Das bedeutet aber nicht, dass wir in Friedenszeiten deine Leibeigenen sind.«

Bevor Hanemann den Mund wieder zuklappen konnte, war Mattes davongeeilt, gefolgt von Gero, der auf dem Absatz kehrtgemacht hatte. Wobei er noch einmal im Türrahmen stehen blieb und sich umdrehte. Sein geschärfter Blick lag auf dem jungen Hauskaplan, der genauso verdutzt dreinschaute wie die Gräfin, die kein Wort mehr zu der ganzen Sache gesagt hatte.

»Bereitet die Totenmesse vor, Hilarius«, befahl Gero dem Geistlichen, »damit wir den von uns allen geschätzten Landgrafen standesgemäß in seine Heimat entlassen können, begleitet von unseren Fürbitten für sein Seelenheil.«

Gero war heilfroh, dem Anblick des toten Landgrafen und seinem unverschämten Neffen für eine Weile zu entkommen, als er den ersten Stock erreichte, um seine restlichen Brüder zusammenzutrommeln.

Johan van Elk begab sich auf seine Bitte sogleich in die Gästeunterkünfte jenseits des Burghofs, die militärischen Mannschaftsräumen glichen. Dort kampierten Pierre de Bologne und seine Templerbrüder. Gero wollte Pierre unbedingt bei der Besprechung in der Bibliothek dabei haben.

Rona, Arnaud, Lyn und Khaled logierten im zweiten Stock und waren bereits alarmiert, als Gero sie in die Bibliothek im obersten Stock des Palas beorderte. Brian, Totty und Ralph, die unter anderem für die Organisation in der Waffenkammer zuständig waren, hatten entsprechende Befehle an ihre Vertreter weitergegeben und waren bereits auf dem Weg nach oben.

Unterwegs begegnete Gero seiner Mutter, die bei Hannah gewesen war und Sophia auf dem Arm hin und her wippte. Die Kleine quengelte unzufrieden, weil man sie mitten im Schlaf geweckt hatte. Gefolgt von Parzival, dem kurzbeinigen weißen Ungetüm auf vier Pfoten, das hechelnd und in unübersehbarer Freude an Geros Stiefeln emporsprang, blieb Jutta von Breydenbach stehen und schaute ihrem Sohn besorgt in die Augen.

»Wie steht es um den jungen Lichtenberger? Weiß man schon, wer seinen Oheim getötet hat?«, wollte sie aufgebracht wissen, woraufhin die Kleine endgültig zu weinen anfing.

»Mutter!« Gero machte eine beschwörende Geste. »Nicht hier und nicht jetzt. Ich bin geradewegs auf dem Weg in die Bibliothek, um mich mit meinen Gefährten zum unerwarteten Ableben des alten Lichtenbergers zu beraten. Zumal Hanemann einige unserer Leute verdächtigt den Alten ermordet zu haben.«

»Was? O Gott!« Jutta erbleichte und schnappte hörbar nach Luft. »Ist Hanemann nun vollkommen von Sinnen? Wie kommt er nur auf eine solche Idee?«

»Keine Ahnung, was in diesem Tollkopf vorgeht. Wir wissen nur, dass der alte Lichtenberger tot ist. Woran er verstorben ist und ob eines natürlichen Todes, müssen wir erst noch herausfinden.«

»Wie geht es meiner Schwester mit dieser Anschuldigung?«, warf Jutta hastig ein, bevor Gero sich endgültig davon machen konnte. »Ich kann mir vorstellen, dass sie sich fürchterlich aufgeregt. Schließlich hat sie nicht nur einen Verbündeten verloren, auch ihr guter Ruf ist in Gefahr.« Trotz der schlechten Stimmung, versuchte sie mit ein paar aufmunternden Grimassen das weinende Kind zu beruhigen, was ihr nicht gelang. Erst als Gero diese Aufgabe übernahm hörte Sophia auf zu weinen.

»Margaretha geht es den Umständen entsprechend gut«, log er kurz und knapp und gab seiner Tochter einen schmatzenden Kuss auf die pausbäckige Wange, was sie sichtbar erheiterte. »Bring die Kleine in dein Gemach und sorge dafür, dass sie von dem ganzen Trubel nichts mitbekommt. Mehr kannst du zurzeit nicht für uns tun.« Damit ließ er seine Mutter und seine Tochter einfach stehen, was beide nicht eben erheiterte. Zu allem Übel scheuchte er den Hund davon, der sich anschickte, ihm zu folgen. Mit einem beleidigten »Wuff« tippelte Parzival schließlich Jutta und ihrer greinenden Enkelin hinterher.

Bevor Gero zur Bibliothek abbog, machte er einen Abstecher zu Hannah, die in ihrer gemeinsamen Kammer bereits ungeduldig auf Neuigkeiten wartete. Er verzichtete aufs Anklopfen und überraschte seine Frau vollkommen nackt, während sie sich gerade ein sauberes Gewand überzog. Für Geros Geschmack sah sie mit ihrem blassen Teint und den lieblichen Rundungen zum Anbeißen aus. Er hätte sie auf der Stelle vernaschen können, wäre der Zeitpunkt nicht so ungünstig gewesen.

»Du hast mich erschreckt«, schimpfte sie und griff zu einer Bürste, um mit kräftigen Strichen ihre kastanienbraunen Locken zu entwirren, die ihr inzwischen halb über den Rücken fielen. »Was ist denn da unten los, in drei Teufels Namen?«, wollte sie wissen und steckte sich mit ein paar Haarnadeln die langen Locken im Nacken zu einem Knoten auf. »Das mit dem merkwürdigen Tod des alten Lichtenberger macht mir wirklich zu schaffen, obwohl ich ihn nicht besonders sympathisch fand. Hätte er mit dem Sterben nicht warten können, bis er wieder zu Hause war? Das ganze Haus ist in Aufruhr, als wäre ein Krieg ausgebrochen.«

»Weit sind wir nicht davon entfernt«, erklärte ihr Gero mit tonloser Stimme. »Hanemann hat Roland in Verdacht, den alten Lichtenberger getötet zu haben. Auch Malcolm oder Khaled zählen in seinen Augen zu den Verdächtigen.«

»Du liebe Güte! Ist der Kerl noch ganz bei Trost? Weiß er inzwischen, dass der Alte an einer Überdosis Eisenhut gestorben ist?«

»Gott bewahre«, gab Gero mit einem Schnauben zurück und lehnte sich an den gedrechselten Bettpfosten, während er seine Frau dabei beobachtete, wie sie ein wärmendes Überkleid aus blauer Wolle anzog und einen letzten Blick in den Spiegel warf, bevor sie die dunkelblauen Filzstrümpfe über ihre schlanken Beine nach oben rollte und in ein paar Stiefel von gleicher Farbe schlüpfte.

»Und was hast du nun vor?« Entgegen ihren üblichen Gewohnheiten setzte Hannah sich abschließend eine hellblaue Haube auf ihr aufgestecktes Haar und befestigte sie mit einem farblich passenden Schleier, den sie darüberlegte und unter dem Kinn fest verschnürte.

»Ich habe unsere Freunde und Verbündeten in der Bibliothek zusammengerufen, um zu beraten, wie wir weiter verfahren«, antwortete er wenig begeistert. »Zuerst möchte ich diejenigen befragen, die Hanemann des Mordes bezichtigt, und mir anhören, was sie zu ihrer Verteidigung vorzubringen haben.«

Hannah stieß ein kleines verächtliches Geräusch aus. »Du glaubst doch nicht ernsthaft, dass auch nur einer von ihnen der Mörder sein könnte?«

»Nein, natürlich nicht«, pflichtete Gero ihr bei. »Aber ich muss meinem misstrauischen Cousin eine plausible Erklärung liefern, warum seine Vorwürfe haltlos sind. Außerdem muss ich ihm beweisen, dass sein Oheim eines natürlichen Todes gestorben ist.«

»Aber wie soll das funktionieren, ohne medizinische Kenntnisse vorweisen zu können? Zumal wir von Rona wissen, dass er tatsächlich vergiftet wurde«, Hannah bedachte ihn mit einem zweifelnden Blick. »Es sei denn, er hat sich umgebracht, aber das kann ich nicht glauben. Welchen Grund sollte er dazu haben«, grübelte sie laut, »zumal sich Margaretha so liebevoll um ihn gekümmert hat.«

»Eine Möglichkeit wäre, einen amtlich bestellten Medikus aus Metz kommen zu lassen, und ihm eine entsprechende Summe zu zahlen, damit er einen natürlichen Tod feststellt«, überlegte Gero laut.

»Erstens nennt man sowas Bestechung, und zweitens ist die Leiche Johanns I. bis zum Eintreffen eines solchen Medikus möglicherweise längst verwest«, stellte Hannah sachlich fest. »Wer weiß, vielleicht hat dein angeheirateter Cousin seinen Oheim am Ende selbst ins Jenseits befördert, weil er dessen Bevormundung leid war.«

»Das können wir ihm weder offiziell nachweisen, noch können wir ihn mit einer solchen Vermutung konfrontieren«, wandte Gero ein. »Uns bleibt nur eins: Wir müssen diese Affäre so rasch und elegant wie möglich beenden, auf welche Weise auch immer.«

»Was kein Spaziergang werden wird, wenn du mich fragst.« Hannah wagte einen letzten Blick in ihren Handspiegel und straffte die Schultern. »Außerdem mach ich mir Sorgen, weil hier irgendwo jemand herumläuft, der mit hochgefährlichen Substanzen hantiert. Vielleicht solltest du schnellstens einen Vorkoster einstellen«, fügte sie mit einem nachdenklichen Stirnrunzeln hinzu.

»Offen gesagt bin ich ratlos, was ich von dieser Geschichte halten soll. Aber du hast recht, wir müssen uns unbedingt vor weiteren Angriffen schützen«, gestand Gero mit einem säuerlichen Zug um den Mund. »Ich werde unseren Koch und den Kellermeister anweisen, dass sie Speisen und Getränke im Auge behalten und vor den Vorratskellern Wachen aufstellen lassen.«

Er öffnete ihr galant die Tür, als sie gemeinsam das Zimmer verließen, um sicher zu stellen, dass ihnen draußen auf dem Flur niemand auflauerte. Eine Geste, die Hannah als ziemlich archaisch empfand und die sie gewöhnlich amüsierte. Doch unter den gegebenen Umständen schien ihr seine Vorsicht durchaus sinnvoll zu sein. Irgendwo im Haus schlich ein Mörder herum, den es schleunigst zu fassen galt, bevor er noch mehr Unheil anrichtete.

Der Weg in die Bibliothek betrug nur wenige Meter. Neben seinen engsten Freunden und Brüdern, zu denen auch Khaled zählte, waren auch deren Frauen anwesend. Hinzu kamen Anselm und Mattes, die inzwischen so fest zu ihrer Gemeinschaft gehörten wie alle anderen Brüder auch. Außerdem hatte er Pierre de Bologne hinzugebeten, der sich als ehemaliger Priester und Jurist des Templerordens als kompetenter Rechtsberater erweisen konnte. Mit seinem schwarzen Überwurf, den er über dem falschen Wappenrock der Lombarden trug, hätte er ebenso gut als Geros Anwalt auftreten können. Mit überkreuzten Armen stand er abwartend am offenen Kamin, in dem dienstbare Geister auf Geros Anweisung hin ein wärmendes Feuer entfacht hatten.

»Gut, dich zu sehen, Bruder Pierre«, begrüßte Gero ihn im Vorbeigehen mit dem überkreuzten Handschlag der Templer. »In solchen Zeiten ist es beruhigend, einen Advokaten an seiner Seite zu haben.«

»Stets zu Diensten.« Pierre nickte ihm aufmunternd zu. »Soweit ich es beurteilen kann, hatten wir schon härtere Fälle. Im Zweifel werde ich deinen Cousin davon überzeugen, dass er seine Anschuldigungen lieber für sich behält.«

»Es geht nicht nur um meinen Cousin«, widersprach Gero und lächelte schmerzlich. »Es geht auch um meine Tante und darum, was sie glaubt. Deshalb ist es mir wichtig, lückenlos zu belegen, dass Hanemann von Lichtenberg Unsinn redet, wenn er behauptet einer von uns hätte seinen Oheim auf dem Gewissen. Dummerweise brauchen wir diesen jungen Tölpel und seine Soldaten als Unterstützung gegen unsere Feinde und können es uns nicht erlauben, ihn zum Gegner zu haben.«

»Verstehe.« Pierre de Bologne sah ihn bedeutungsvoll an. »Die tückischsten Feinde kommen meist aus der eigenen Verwandtschaft. Das war schon immer so und auch bei den Templern nicht anders.«

Gero schnaubte leise. »Ich bin nicht naiv, Pierre. Ich weiß, wie es in den meisten Familien aussieht, und dass man gerade bei den nächsten Angehörigen nicht nur an das Gute im Menschen glauben darf. Das hat mich der Verrat meines Bruders gelehrt. Aber ich hatte gehofft, hier auf Waldenstein von solchen Entwicklungen verschont zu bleiben. Deshalb bin ich hierher zurückgekehrt und habe Frau und Kind mitgebracht. Ich kann es mir nicht leisten, sie zu enttäuschen«, fügte er leise hinzu.

Alle, die an dieser unvermittelt einberufenen Versammlung teilnahmen, hatten sich zwischen Bücherregalen und Schreibpulten verteilt und warteten darauf, wer zuerst an dem großen Tisch Platz nehmen würde. Leider gab es nur zwölf Stühle. Hannah zählte durch und kam auf vierzehn Anwesende, wobei Malcolm und Amelie noch fehlten.

»Kennt irgendjemand das Märchen vom Dornröschen?« Sie schaute in die Runde und warf Gero einen fragenden Blick zu.

»Nie gehört. Was hat es damit auf sich?«

»Entweder wir organisieren mehr Stühle, oder wir riskieren das Erscheinen einer bösen Fee, die das ganze Schloss in einen hundertjährigen Schlaf versetzt«, scherzte sie halbherzig.

»Oh.« Arnaud grinste müde. »Vielleicht wäre das mit dem hundertjährigen Schlaf im Augenblick gar nicht so schlecht.«

»Ich verzichte freiwillig auf einen Stuhl«, vermeldete Totty und lachte. »Und ich verspreche hoch und heilig, mich nicht in eine böse Fee zu verwandeln.«

»Am besten nehmen die Damen schon mal Platz«, meldete Gero sich mit einem Augenzwinkern zu Wort, »und die Männer schlagen sich um das, was übrigbleibt.« Während Hannah und die anderen Frauen sich auf die zur Verfügung stehenden Plätze verteilten, wandte er sich an Struan. »Wo ist Amelie?« Er suchte den Blick des Schotten, der tief in Gedanken versunken zu sein schien und irritiert aufblickte, nachdem Gero ihn so unvermittelt angesprochen hatte.

»Ich habe sie nicht gefragt, ob sie mitkommen will«, erwiderte Struan, als wäre es die selbstverständlichste Sache der Welt, seine Frau bei einer so wichtigen Angelegenheit einfach außen vor zu lassen. Besser hätte er sein allgemeines Verständnis von Gleichberechtigung zwischen Männern und Frauen nicht zum Ausdruck bringen können. »Ich mag es nicht, wenn sie sich über Dinge aufregt, von denen sie nichts versteht und an denen ich nichts ändern kann. Schon gar nicht in ihrem Zustand.«

»Und Malcolm?« Arnaud hatte das Wort ergriffen und warf einen Blick in die Runde. »Immerhin gehört er zu den Beschuldigten. Auch wenn klar sein dürfte, dass das nichts zu bedeuten hat, sollte er wenigstens davon wissen.«

»Ich habe keine Ahnung, wo er steckt«, meldete Struan sich erneut zu Wort. »Ich habe ihn schon gestern Abend auf dem Bankett vermisst. Vielleicht wollte er sich mal ausschlafen.«

»Roland sagte mir gestern Abend, Malcolm hätte eine Verabredung. Er hatte deshalb sogar den Dienst auf der Wehrmauer mit ihm getauscht«, wandte Gero ein und verzichtete darauf, ins Detail zu gehen, weil er nicht wusste, wen der junge Schotte sonst noch in seine privaten Pläne eingeweiht hatte. Stattdessen warf er Mattes einen unmissverständlichen Blick zu; schließlich teilten er und Malcolm sich eine Kammer. »Schläft er vielleicht noch?«

»Nein, er ist gestern Nacht gar nicht erst nach Hause gekommen. Als ich wach wurde, war sein Lager noch immer unangetastet. Er muss woanders übernachtet haben«, wusste Mattes zu berichten und bekam rote Ohren.

Struan räusperte sich ungeduldig. »Hast du eine Ahnung, mit wem er unterwegs war?«

»Mit einem Mädchen«, antwortete Mattes wahrheitsgemäß. »Oder genauer gesagt, mit einer Frau«, verbesserte er sich und bekam nun zusätzlich einen roten Kopf. »Offenbar ist sie zehn Jahre älter als er. Ich nehme an, er ist immer noch bei ihr.«

»Hast du wenigstens eine Ahnung, um wen es sich handelt?«, warf Gero ein. »Ich meine, es ist mir vollkommen gleich, wen er freit, aber ich hätte ihn gerne bei dieser Unterredung dabei. Arnaud hat recht: Wenn er verdächtigt wird, Johann I. getötet zu haben, sollte er uns wenigstens verraten, wo er die Nacht verbracht hat, damit wir Hanemann und seinen Leuten den Wind aus den Segeln nehmen können, ihn zu verdächtigen.« Er richtete seinen fragenden Blick erneut auf seinen Knappen, der anscheinend mehr über Malcolms geheimes Liebesleben wusste als alle anderen in diesem Raum.

»Wortwörtlich hat er gesagt«, antwortete Mattes krächzend und räusperte sich, bevor er fortfuhr, »ihr Name sei Justine, und sie gehöre zum fahrenden Volk, das seine Waren oben auf dem Jahrmarkt feilbietet. Er sagte, sie sei wunderhübsch und so vermögend, dass sie sogar einen eigenen Stand besitzt.«

»Wir müssen jemanden auf den Platz schicken, der Malcolm nach Hause holt«, warf Johan van Elk spontan ein. Er hatte bisher wenig zu den Vorfällen gesagt, weil er die Betreuung der auswärtigen Turnierteilnehmer übernommen hatte und gerade von einer weiteren Besprechung kam, in der er über fünfzig Ritter mitsamt Gefolge über das bevorstehende Ende der Wettkämpfe unterrichtet hatte.

»Hieß es nicht, der Markt wird mit Beendigung des Turniers geschlossen, und die Leute werden nach Hause geschickt?«, fragte Freya.

»Ja, die Gräfin und ich hatten es kurzfristig so angeordnet, als wir vom Tod Johann I. erfahren haben«, erklärte Gero. »Aber dann habe ich noch mal nachgedacht und den Händlern mitteilen lassen, dass sie sich Zeit nehmen können, ihre Zelte abzubrechen. Schließlich haben die Leute aus dem Dorf sich lange darauf gefreut, bei ihnen Dinge einkaufen zu können, die sie hier in der Gegend sonst nicht bekommen. Und für die Kaufleute war die weite Reise hierher wenigstens nicht ganz umsonst.«

Mattes straffte sich und nickte verständig. »Ich gehe zum Jahrmarkt und suche nach Malcolm. Ich beeile mich.« Bevor Gero noch etwas hinzufügen konnte, war er schon nach draußen verschwunden.

»So setzt euch doch«, forderte Gero die restlichen Kameraden auf, die alle ein wenig ratlos umherstanden. Er selbst zog es vor, stehen zu bleiben. Nicht nur, weil es zu wenige Stühle gab – auch wegen der lästigen Unruhe, von der er getrieben wurde.

»Keiner von uns hätte gedacht, dass sich das Blatt so rasch wenden würde«, begann er mit einem sorgenvollen Blick. »Ich habe nicht die geringste Ahnung, wer dem alten Lichtenberger nach dem Leben getrachtet hat.«

»Er war ein alter Mann und hat sich beim Turnier und beim Kampf mit Roland zu sehr verausgabt. Ich vermute, ihn hat der Schlag betroffen, mehr ist da nicht«, resümierte Ralph of Bulford, der noch nicht auf dem neusten Stand zu sein schien.

»Rona und Lyn zufolge wurde er vergiftet«, klärte Gero ihn auf. »Mit blauem Eisenhut, oder Wolfswurz, wie man es hier nennt. Wenige Unzen davon reichen schon, um einen Herzstillstand auszulösen. Aber das können wir unmöglich ins Feld führen. Ich habe Hanemann zugesichert, wir werden den Tod seines Oheims aufklären, bevor er sich mit seinen Getreuen auf den Heimweg macht. Wobei ich unter den gegebenen Umständen noch nicht weiß, wie wir das anstellen sollen.« Gero hüstelte und wandte sich Pierre des Bologne zu. »Ich habe Pierre gebeten, uns juristisch zur Seite zu stehen, sollte es nötig werden.«

»Kein Problem«, versicherte ihm Pierre, der sein schulterlanges Haar noch immer dunkel gefärbt trug und inzwischen auf einen Bart verzichtete, was ihn um einiges jünger erscheinen ließ, als er tatsächlich war. »Ich habe schließlich nicht umsonst in Bologna Jura studiert. Falls dein Cousin auf die Idee kommen sollte, seinen Verdacht beim Herzog von Lothringen oder wo auch immer vorzutragen, muss er mit unserem juristischen Widerstand rechnen.« Seine graubraunen Augen leuchteten angriffslustig auf.

»Danke«, sagte Gero und wandte sich mit versteinerter Miene an seine Gefährten. »Ich habe keine Ahnung, was mein durchtriebener Cousin vorhat, aber angesichts der Umstände fürchte ich, da kommt noch einiges auf uns zu. Ich meine, warum belässt er es nicht dabei, dass sein Oheim eines natürlichen Todes gestorben ist. Warum will er unbedingt jemanden dafür verantwortlich machen, ohne einen Beweis dafür erbringen zu können?« Gero schaute noch fragend in die Runde, während sich Anselm zu Wort meldete.

»Ich bin sicher, der Kerl weiß was den Alten umgebracht hat. Entweder, weil er ihn eigenhändig vergiftet hat, oder er hat jemanden damit beauftragt. Ich bin fast sicher, er hat die Sache von Beginn an geplant und will seinen Vorteil daraus schlagen. Auf jeden Fall sollten wir auf der Hut sein. Ich weiß zufällig aus diversen historischen Quellen, dass der gute Hanemann und seine Sippschaft ziemlich raffgierig waren.«

»Was glaubst du denn, was er vorhat?« Hannahs Stimme klang besorgt, während sie Anselm fragend anschaute.

»Ich habe das dumpfe Gefühl«, antwortete Anselm nachdenklich, »er will nicht nur schnellstens die Führung der Lichtenberger übernehmen, sondern Waldenstein gleich mit dazu. Und das ohne Kampf. Wenn er einen von uns für den Tod des Alten verantwortlich machen könnte, wäre es ein Leichtes für ihn, den Herzog von Lothringen dazu zu bringen, Margaretha und Gero das Lehen von Waldenstein abzuerkennen, um es gleich danach selbst zu übernehmen.«

»So leicht ist es nun auch wieder nicht«, mischte Pierre sich beschwichtigend ein. »Es gibt keine Zeugen, die beweisen können, ob Hanemanns Oheim vergiftet wurde. Schon gar nicht, wer für die Tat verantwortlich sein könnte. Wenn alle Verdächtigen für die infrage kommende Zeit ein Alibi haben, dürfte es unmöglich sein, an den Beschuldigungen festzuhalten.«

»Zeugen kann man kaufen«, warf Johan van Elk mürrisch ein. Der rothaarige Templer mit dem vernarbten Gesicht setzte eine ungewohnt düstere Miene auf. »Wer so hinterhältig ist, sein eigenes Fleisch und Blut mit Eisenhut zu vergiften, schreckt auch vor sonst nichts zurück.«

»Ich fürchte, Johan hat recht«, pflichtete Anselm ihm bei. »Ich weiß zwar noch nicht allzu viel über die hiesigen Gepflogenheiten, aber mir ist durchaus bekannt, dass es in diesen Zeiten an der Tagesordnung ist, unliebsame Verwandte mit unliebsamen Methoden aus dem Weg zu schaffen. Und wenn die

Geschichtsbücher recht haben, waren die Lichtenberger niemals zimperlich. Unser guter Hanemann wird den überlieferten Quellen zufolge eine Liebschaft mit einer Bürgerlichen eingehen, und ihr mehrere Töchter zeugen. Um sie aus der Erbfolge auszuschließen, gehen seine Verwandten so weit, die Mutter der Kinder aus dem Fenster zu werfen. Ihr grausamer Tod ist historisch verbürgt.«

»Anselm hat leider recht«, gab Gero ernüchtert zu Protokoll. »Wenn mein lieber Cousin es tatsächlich schaffen sollte, uns für den Tod seines Oheims verantwortlich zu machen, würde Waldenstein von ganz alleine an ihn fallen. Dafür müsste er noch nicht einmal einen zusätzlichen Rechtsstreit bemühen. Als unsere Nachfahrin hat Sophia leider keine Ansprüche auf Titel und Besitz, wenn Gräfin Margaretha und ich wegen Mordes enthauptet würden. Nicht, weil Sophia ein Mädchen ist, sondern weil ihr Vater und ihre Großtante mit dem Todesurteil enteignet würden und ihr somit nichts mehr vererben könnten.«

»Bitte sag, dass das nicht eintreten wird«, flüsterte Hannah entsetzt, die mit einem Schlag noch bleicher geworden war.

Arnaud schüttelte bedauernd den Kopf. »Somit hat es leider nichts genützt, dass Geros Tante mit dem alten Landgrafen gevögelt und seinen hinterlistigen Neffen nach Strich und Faden hofiert hat. Sieht ganz so aus als hätte dieser Teufel von Beginn an ganz andere Pläne im Auge gehabt.«

»Was mir besonders tragisch erscheint. Schließlich hat diese Geschichte Margaretha und Roland entzweit«, bemerkte Gero mit einem säuerlichen Blick. »Aber selbst dem hätte ich keinen hinterhältigen Mord zugetraut. Wenn er Johann I. hätte töten wollen, dann nur Mann gegen Mann.«

»Und dieser Hanemann scheint leider nicht zur Sorte der Einsichtigen zu gehören«, meldete sich Ralph of Bulford zu Wort. »Am besten wär's, wenn auch er schlagartig dahingerafft würde. Dann würden die Karten komplett neu gemischt werden.« Der gedrungene schwarzhaarige Templer englischer Abstammung war bekannt dafür, nicht lange zu fackeln, wenn ihm etwas gegen den Strich ging.

»Ich fürchte, ein solcher Kerl ist es nicht wert, die eigene Seele ins Unglück zu stürzen«, gab Brian of Locton zu bedenken. Der irische Templer war nicht nur gottesfürchtig, sondern auch ein wenig abergläubisch.

»Wenn wir die Angelegenheit auf juristischem Wege regeln wollen«, gab Anselm zu bedenken, dem Ralphs Überlegungen entschieden zu weit gingen, »dürfen wir nicht so dumm sein, die Sache mit weiteren Toten zu verschärfen. Dadurch würden wir nur noch mehr potentielle Erben auf den Plan rufen, die Gero beschuldigen könnten, beide Lichtenberger ins Jenseits geschickt zu haben. Außerdem würden wir mit dem Tod des jungen Lichtenbergers die Geschichte verändern. Laut den historischen Quellen soll er mindestens siebzig Jahre alt werden.«

»Und was ist mit Johann I.?« Pierre de Bologne, den die Zeitreisen der Brüder anscheinend weit mehr faszinierten als eine mögliche Fehde unter Verwandten, wandte sich interessiert Anselm zu. »Ist er tatsächlich zum selben Zeitpunkt gestorben, wie es in euren Büchern geschrieben steht?«

»Sein Sterbedatum ist umstritten. Manche Quellen sagen im Frühjahr 1315, andere 1316. Wir wissen es nun besser. Was uns daran erinnern sollte, wie unsicher vermeintlich korrekte historische Daten sind.«

»Hättet ihr uns nicht vorwarnen können?«, mahnte Arnaud und musterte seine Frau, die gut 800 Jahre jünger war als er, mit einem kritischen Blick.

»Wir wissen inzwischen, dass wir historischen Aufzeichnungen nicht immer vertrauen können«, lenkte Rona ein. »Offen gesagt, habe ich ihm schon bei unserer ersten Begegnung nicht allzu viel verbleibende Lebenszeit eingeräumt. Der Mann war todkrank.«

»Und was weiß man über Waldenstein?«, wollte Pierre nun wissen. »Wird es im Familienbesitz der Gräfin bleiben?« Eine Frage, die nicht nur ihn interessierte.

»Darüber ist nichts konkretes bekannt«, wandte Anselm ein und kniff die Lippen zusammen. Sein fragender Blick lag auf Lyn, die abwesend wirkte, weil sie ihre Geschichtsdateien durchforstete, die sich in einem Chip befanden, den man ihr ins Gehirn implantiert hatte.

»Tut mir leid«, sagte sie schließlich. »Auch ich muss passen. Anscheinend war Waldenstein in späteren Zeiten nicht bedeutend genug, um über die Jahrhunderte eine nachweisbare Spur zu hinterlassen.«

»Jedenfalls wäre ich sehr dafür, wenn wir Hanemann mitsamt seinem verblichenen Oheim so bald wie möglich loswerden könnten«, warf Hannah entnervt ein. »Ganz gleich wie.«

»Also doch ins Jenseits schicken?« Ralph of Bulford grinste verschlagen. »Oder vielleicht in die Vergangenheit transferieren?«

»Nein, natürlich nicht«, widersprach ihm Gero und blickte angespannt in die Runde. »Um eine Entscheidung treffen zu können, wie es nun weitergeht, müssen wir zunächst einmal hören, was Malcolm und Roland von Briey zu ihrer Entlastung vorbringen können.«

»Und warum ist Roland nicht hier?« Dessen Abwesenheit war Hannah erst jetzt aufgefallen.

»Der schläft noch, fürchte ich«, antwortete Gero. »Er wurde erst heute Morgen in seiner Wache abgelöst. Ich schlage vor, wir hören uns zuerst an, was Khaled und Malcolm zu sagen haben, bevor wir uns Roland zuwenden.«

»Khaled war die ganze Nacht mit mir zusammen«, erklärte Lyn mit einem katzenhaften Lächeln in Richtung ihres Geliebten, der zu der ganzen Geschichte noch gar nichts gesagt hatte. »Wegen der Auseinandersetzung mit den beiden Lichtenbergern beim Turnier haben wir es vorgezogen, den Feierlichkeiten fernzubleiben. Zumal noch andere Turnierteilnehmer Khaled verächtlich als ›feindlichen Mameluken‹ bezeichnet haben.« Lyn hob eine ihrer fein geschwungenen Brauen und schenkte Khaled ein verliebtes Lächeln, als er mit bestätigendem Nicken auf sie herabschaute.

»Arnaud und ich sind dem Spektakel aus dem gleichen Grund ferngeblieben«, warf Rona ein. »Wir hatten weder Bedarf an dümmlichen Fragen zu unserer Herkunft, noch wollten wir eine Schlägerei mit selbst berufenen Kreuzrittern heraufbeschwören, die sich noch immer im Kampf mit den Mameluken glauben. Stattdessen haben Khaled, Arnaud, Lyn und ich in unserer Kammer Backgammon gespielt.«

»Genauer gesagt Tric-Trac, die franzische Variante des Spiels«, fügte Arnaud hinzu. »Lyn hatte das Brett und die Steine zuvor einem fahrenden Händler abgekauft.«

»Ein sehr unterhaltsames Spiel.« Lyn lächelte fein, was selten genug der Fall war. »Danach haben wir uns getrennt und sind paarweise in unsere Kammern gegangen.«

Geros Blick wanderte zu Struan, der den Ausführungen der beiden Frauen mit stoischer Miene zugehört hatte. »Dann warten wir also nur noch auf Malcolm, um die Sache zu Ende zu bringen!«

»Warum, zum Henker, sollte ausgerechnet mein Bruder dem alten Idioten etwas angetan haben«, setzte Struan sich mit der ihm eigenen Sturheit zur Wehr. »Noch dazu mit Gift. Wenn überhaupt, hätte er auf den jungen Lichtenberger losgehen müssen, und zwar mit dem Schwert. Schließlich hat diese parfümierte Ratte Amelie beleidigt und hätte eine Strafe mehr als verdient.«

»Verdammt nochmal, Struan!« Geros Brauen schnellten in die Höhe. »Glaubst du ernsthaft, ich verdächtige Malcolm, den Alten vergiftet zu haben? Ich will nur die dummen Spekulationen meines durchtriebenen Cousins ins Leere laufen lassen. Deshalb sollten wir möglichst geschlossen auftreten und ihm lückenlos unsere Unschuld beweisen.«

»Und du denkst, er kauft uns das einfach so ab?« Struan lachte kurz und freudlos.

»Wahrscheinlich nicht«, raunte Gero gereizt. »Aber du hast Pierre gehört, wenn er uns tatsächlich beim Herzog von Lothringen verklagt, will ich wenigstens alle Verdächtigen an Bord haben, um diesem neunmalklugen Arschloch den Wind aus den Segeln zu nehmen.«

»Was ist mit deiner Tante?«, warf Anselm ein und kratzte sich verlegen den Kopf. »Könnte sie nicht …?«

»Die Gräfin?« Gero starrte ihn fassungslos an. »Wieso sollte sie?«

»Vielleicht ist Johann I. ihr auf die Nerven gegangen oder hat etwas von ihr verlangt, bei dem sie nicht mitziehen wollte.«

»Ausgeschlossen. Da kennst du meine Tante schlecht. Sie ist äußerst raffiniert. Ich kenne keinen Kerl aus dieser Zeit, der es mit ihrem Verstand aufnehmen könnte. Margaretha bringt jeden dazu, das zu tun, was *sie* will – ganz gleich, wie klug der oder die Betreffenden sich vorkommt. Schon deshalb hat sie es nicht nötig, jemanden zu vergiften. Außerdem – wem sollte das nützen? Abgesehen von Hanemann, der es wohl kaum erwarten konnte, seinen Vormund loszuwerden und seine schmutzigen Finger nach unserem Besitz auszustrecken.«

»Vielleicht hat sie einen Pakt mit Hanemann geschlossen«, meldete Freya sich zu Wort. »Sie vergiftet den Alten und macht sich damit zum Verbündeten des Jungen.«

»Und warum macht Hanemann dann so ein Lamento um den Tod seines Oheims?« Gero war anzusehen, dass ihn diese Version nicht überzeugte.

»Vielleicht, weil er fürchtet selbst verdächtigt zu werden«, versuchte Anselm sich an einer weiteren Theorie. »Die Lichtenberger waren seit jeher ein zerstrittener Haufen, bei dem jeder dem anderen das Erbe streitig machen wollte. Vielleicht hat Hanemann Angst, man könne ihm die Schuld am Tod seines Oheims in die Schuhe schieben. Und damit erst gar keine Gerüchte aufkommen, will er vorbeugen und die Verantwortung für dessen Hinscheiden jemand anderem in die Schuhe schieben.«

Hannah kreuzte die Arme vor der Brust. »Ich weiß gar nicht, warum wir uns so viele Gedanken machen. Solange niemand beweisen kann, ob und wie der Alte ins Jenseits geschickt wurde, hat Hanemann nichts in der Hand.«

»Ich sehe es genauso wie deine bezaubernde Gemahlin«, fügte Pierre de Bologne mit einem Lächeln hinzu. »Wo kein Kläger, da kein Richter. Solange sich niemand findet, der als Täter infrage kommt, hat der junge Lichtenberger kaum Chancen, jemanden für den Tod seines Oheims zur Verantwortung zu ziehen.«

»Trotzdem müssen wir ihm und gewissen anderen Leuten plausibel machen können, dass es hier keinen Schuldigen gibt«, brummte Gero, dem die Geschichte trotz aller Beschwichtigungen Kopfzerbrechen bereitete.

Unvermittelt sprang die Tür auf, und Mattes stürmte in die Bibliothek. Er war außer Atem, sein Gesicht puterrot. »Er ist weg!«, stieß er krächzend hervor.

»Wer?«, hakte Gero verständnislos nach.

Mattes stemmte beide Hände in die Seiten und holte tief Luft. »Malcolm!«

»Red keinen Blödsinn, Junge!«, befahl Struan ihm harsch.

»Ich war oben auf dem Platz, bei den Händlern«, erklärte Mattes und nahm dankbar einen Schluck verdünnten Wein, den Hannah ihm gereicht hatte. Während er den Becher in den Händen behielt, setzte er von Neuem an, sprach aber erst weiter, als er sich der Aufmerksamkeit aller sicher sein konnte. »Einige der Kaufleute sind bereits heute Morgen abgereist, wie mir ein altes Weib erzählte, das dort oben ebenfalls einen Wagen stehen hat und als Seherin Geld verdient. Sie war gerade dabei, ihre Pferde einzuspannen, als ich auf den Platz kam. Ich habe sie gefragt, ob sie Malcolm gesehen hat und habe ihn beschrieben. So viele Männer mit einem Claymore auf dem Rücken laufen in dieser Gegend bestimmt nicht rum. Die Alte sagte mir, sie habe am Abend zuvor beobachtet, wie Malcolm im Wagen einer franzischen Händlerin verschwand. Sie war zuvor bei der alten Seherin gewesen und hat wissen wollen, wie ihr Zukünftiger aussehen wird. Allem Anschein nach, hat die Seherin nicht prophezeit, was die Frau hören wollte. Daraufhin hat sie bei der Alten einen Malachitrosenkranz gekauft, um sich vor dem Teufel zu schützen.«

»Kein Wunder«, amüsierte sich Freya. »Anscheinend versteht diese Seherin etwas von ihrem Geschäft.«

»Vielleicht war sie nur ehrlich«, feixte Arnaud und kassierte einen schrägen Blick von Rona, der Struans besorgte Miene aufgefallen war.

»Und was hat das alles mit Malcolm zu tun?«, wollte der Schotte voller Ungeduld wissen. »Vielleicht hat er auf dem Platz einfach nur mal nach dem Rechten gesehen. Die Wachen, die für die Kontrollen auf dem Jahrmarkt zuständig sind, stehen unter seinem Kommando.«

»Wie ich schon sagte – diese Zukunftsdeuterin hat gesehen, wie er in den Wagen dieser Frau gestiegen ist«, erklärte Mattes mit gewichtiger Stimme. »Aber sie hat nicht gesehen, ob und wann er wieder herausgekommen ist. Stattdessen hat sie beobachtet, wie heute Morgen eine weitere Frau im Wagen dieser franzischen Händlerin verschwand. Sie hatte ein Bündel dabei, als ob sie auf Reisen gehen wollte. Und auch sie ist nicht mehr aus dem Wagen herausgekommen. Natürlich habe ich nachgefragt, wie die Frau ausgesehen hat. Die Beschreibung der Zukunftsdeuterin passt haargenau auf Amelie.«

»Amelie?« Struan kräuselte unwirsch die Stirn. »Diese alte Hexe lügt! Was, um der Heiligen Mutter Gottes willen, sollte mein Weib auf dem Jahrmarkt zu suchen haben, noch dazu in aller Frühe? Als ich ging, lag sie noch im Bett und hat geschlafen.«

»Das mag ja sein«, erklärte Mattes mit heiserer Stimme. »Aber nun ist sie fort. Ich bin gleich zu eurer Kammer gegangen und habe geklopft, bevor ich hierher zurückkam. Das Bett war ordentlich aufgeschlagen, und Amelie war nicht da.

Auf dem Weg hier herauf ist mir Gesa in die Arme gelaufen. Als ich ihr von der Sache erzählt habe, sagte sie mir, Amelie sei ihr früh am Morgen begegnet. Sie war auf dem Weg zur Putzkammer und hat einen merkwürdig aufgeregten Eindruck gemacht. Malcolm ist übrigens auch noch nicht wiederaufgetaucht. Wenn ihr mich fragt, stimmt da was nicht.«

»Putzkammer?« Hannah fasste sich nachdenklich ans Kinn. »Was wollte Amelie dort? Schließlich gibt es Mägde, die sich um die Reinigung unserer Zimmer kümmern.«

»Dort ist der Notausgang für Frauen und Kinder«, erinnerte Rona sie mit einem undurchsichtigen Blick. »Vielleicht hat das etwas zu bedeuten?«

Struan schien alarmiert. »Ich gehe nachsehen.« Er wartete nicht auf eine Reaktion seiner Freunde und war schon zur Tür hinaus, bevor Gero irgendetwas dazu sagen konnte.

»Und was machen wir jetzt?« Hannah blickte ratlos in die Runde.

»Ich werde meine Tante aufsuchen«, bestimmte Gero mit einer düsteren Ahnung im Blick, »und ihr sagen, dass wir unsere Befragungen in Sachen Johann I. noch eine Weile verschieben müssen. Ganz gleich, ob es Hanemann passt oder nicht. Der Rest teilt sich auf und sucht die gesamte Festung nach Malcolm und Amelie ab.« Er schaute zu seinem Knappen. »Mattes, du gehst sofort zu Roland von Briey und erzählst ihm, was vorgefallen ist. Seine Wachen sollen dafür sorgen, dass niemand das umzäunte Gelände des Jahrmarkts verlässt. Sie sollen sämtliche Wagen durchsuchen und alle noch Anwesenden Händler nach Malcolm und Amelie befragen.«

Der Junge nickte aufgeregt und war Augenblicke später verschwunden.

»Ich sage meinen Leuten Bescheid«, versprach ihm Pierre de Bologne. »Wir werden uns an der Suchaktion beteiligen, falls die beiden nicht vorher auftauchen.«

»Danke!« Gero klopfte ihm auf die Schulter, bevor er sich an Rona und Lyn wandte. »Können wir auf dem Server sehen, wo sie sich die beiden zuvor aufgehalten haben?«

»Das ist machbar. Wenn die Gesuchten selbst keinen Server bei sich haben, sind die Angaben allerdings unzuverlässig. Und solange sie sich in unserer Zeitebene aufhalten, kann ich sie nicht zurückholen, ganz gleich wo sie sich aufhalten, um deine nächste Frage zu beantworten.«

»Leider beamen wir nicht wie in *Star Trek*, sondern transferieren aus einer anderen Zeitebene«, fügte Anselm mit einem Seufzer hinzu. »Das sollten wir bei nächster Gelegenheit ändern.«

»Wir arbeiten bereits daran«, erwiderte Rona mit einem kryptischen Blick.

KAPITEL 20

APRIL 1316
HERZOGTUM LOTHRINGEN

Gens du Roi

Ein stechender Schmerz durchzuckte Malcolms Kopf, als er die Augen öffnete und in die Sonnenstrahlen blinzelte, die durch ein vergittertes Fenster ins Wageninnere fielen. Er wollte schlucken, doch im gleichen Moment bemerkte er, dass ein harter Knebel seinen Mund versperrte.

Heiliger Himmel, was ist das für eine Scheiße?, fluchte er in Gedanken.

Das heftige Verlangen, dieses Etwas zu entfernen, ließ seine Hände ganz von selbst nach oben schnellen, doch sie wurden jäh gestoppt. Arme und Beine waren zusammengekettet, so dass er sich kaum zu rühren vermochte und dalag wie ein zusammengekrümmter Wurm. Zu allem Übel waren sein Hals und die Zunge staubtrocken und schmerzten höllisch. Er wollte schreien, aber aus seiner schmerzenden Kehle kam nicht mehr als ein raues Krächzen.

Mit einem Ruck versuchte er sich aufzusetzen, doch es war unmöglich. Ein furchtsamer Rundumblick ließ ihn erkennen, dass er seitlich auf dem Boden eines dahinrollenden Wagens lag und hilflos dazu verurteilt war, dessen kahle Holzwände und die Decke aus gebogenen Eichenbrettern anzustarren.

Nur langsam kehrte seine Erinnerung zurück, die längst nicht so unselig war wie sein derzeitiger Zustand. Die halbe Nacht hatte er sich mit der drallen Justine vergnügt und gar nicht genug von ihren üppigen Rundungen bekommen können. Auch sie hatte sein Liebesspiel in vollen Zügen genossen und zweifellos ihren Spaß mit ihm gehabt. Er erinnerte sich, wie sie zusammen roten Wein getrunken und nackt in den weichen Kissen geschäkert hatten, mit der Frage beschäftigt, ob er es schaffte, sie ein weiteres Mal zu beglücken. Doch dann riss sein Erinnerungsfaden.

Was danach geschehen war, wusste er nicht mehr, und es war auch niemand da, der ihm eine Antwort hätte geben können. Immerhin war er nun wieder vollständig bekleidet. Wer auch immer hatte ihm Hemd und Plaid angezogen, und beides notdürftig mit seinem Gürtel zusammengeschnürt. Auch seine

Stiefel hatte man ihm gelassen. Dafür fehlte sein Schwertgurt samt den daran befindlichen Waffen.

Nichts wies darauf hin, was tatsächlich geschehen war. Hatte man sie beide in der Nacht überfallen und anschließend entführt? Voller Sorge begann sein Herz schneller zu schlagen. Mit einem Mal geisterten die schrecklichsten Phantasien durch seinen Kopf. Was, wenn man Justine zum Vergnügen eines finsteren Räuberhauptmanns und seiner Bande in ein düsteres Loch verschleppt hatte? Was, wenn jemand versuchen wollte, sie beide in die Leibeigenschaft zu verkaufen? Oder – was sehr viel wahrscheinlicher war – wenn man Lösegeld für seine Freilassung verlangte, sobald herauskam, zu wem er gehörte?

Bei diesem Gedanken kochte Wut in ihm hoch. *Diese Halsabschneider werden sich noch wünschen, sie hätten sich einen anderen ausgesucht*, dachte er grimmig. Denn seine Templerkameraden würden ihn ganz gewiss nicht im Stich lassen. Ganz gleich, ob es um ihn oder die Frau ging, an die er so rasch und heftig sein Herz verloren hatte. Er würde sie retten, sobald er dazu in der Lage war. Allerdings musste er sich zunächst aus seiner eigenen Gefangenschaft befreien. Was nicht so einfach werden würde, denn seine Peiniger verstanden ihr Handwerk. Die Ketten, die ihn zur Bewegungslosigkeit verdammten, waren aus bestem Eisen gefertigt. Und die Art und Weise, wie man sie ihm angelegt hatte, war meisterhaft.

So sehr er auch zerrte, die Fesseln gaben nicht nach. Was daran liegen mochte, dass sie mit einem massiven Schloss versehen waren, für das er naturgemäß keinen Schlüssel besaß.

»Herr im Himmel, steh mir bei und verrate mir, wer mir das angetan hat und warum?«, stieß er wütend hervor.

Als ob jemand sein Flehen erhört hätte stoppte der Wagen und er vernahm Schritte. Die Tür wurde aufgerissen, und ein Kerl mit einer gut sichtbaren Narbe, die sein schmales Gesicht entstellte, kletterte in sein Gefängnis und spie vor ihm aus. Malcolm erkannte ihn sofort. Es war einer der Händler, der mit Justine zusammengearbeitet hatte. Malcolm starrte ihn aus schmalen Lidern an und grunzte etwas Unverständliches.

»So was kommt vor«, erklärte der andere mit einem hämischen Grinsen. »Man sollte sich grundsätzlich nicht mit den falschen Frauen einlassen, schon gar nicht, wenn sie so leicht zu haben sind. Aber wahrscheinlich bist du noch zu grün hinter den Ohren, um diese Lektion bereits gelernt zu haben.«

Malcolm hätte gerne etwas dazu gesagt, oder noch lieber gefragt, weil er unbedingt wissen wollte, welche Rolle Justine in dieser üblen Geschichte gespielt haben sollte, wenn überhaupt. Aber das war ihm angesichts der Sperre in seinem Mund nicht möglich.

»Wenn du versprichst, brav zu sein, werde ich dich von dem Eisenknebel befreien«, versprach sein Gegenüber mit herablassender Miene.

Malcolm überlegte fieberhaft, wie er seiner misslichen Lage entkommen konnte. Er trug keine Waffe. Und auch schreien würde nichts bringen, denn wie es aussah, befanden sie sich mitten in einem lichten Buchenwald.

»Also, was ist?«, raunte sein Gegenüber und sah ihn herausfordernd an.

Malcolm machte ein zustimmendes Geräusch, obwohl er dem Kerl am liebsten den Kopf abgerissen hätte.

Der Fremde nahm ihm den Knebel aus dem Mund und war so gnädig, ihm anschließend einen Ziegenschlauch voll Wasser an die Lippen zu setzen. Er gönnte Malcolm ein paar hastige Schlucke, bevor er ihn wieder absetzte.

»Wer seid Ihr, und warum haltet Ihr mich hier fest?«, stieß Malcolm heiser hervor, als sein Peiniger neben ihm in die Hocke ging und ihn abschätzig betrachtete. »Seid Ihr in Wahrheit ein Betrüger, der seinen Unterhalt nicht mit dem Verkauf von Waren, sondern mit der Erpressung von Lösegeldern verdient?«

»Nichts von alledem, mein Freund«, erwiderte der andere mit hörbarer Genugtuung in der Stimme, ehe er mit einem eiskalten Lächeln hinzufügte: »Darf ich mich vorstellen? Hauptmann Helias Baillie. Ich bin sicher, der Begriff ›Gens du Roi‹ und der Name Rufus de la Motte sagen dir etwas. Ich bin in de la Mottes Auftrag hier, um dich als Geisel nach Franzien zu bringen.«

Malcolm benötigte einen Moment, um zu begreifen, dass er weitaus tiefer in der Patsche saß, als vermutet. Darüber hinaus machte es keinen Sinn mehr, den anderen nach dem Warum zu fragen.

»Weder der Graf von Lichtenberg zu Waldenstein noch mein Bruder werden Lösegeld zahlen«, hielt er dem Agenten der Gens du Roi entgegen. »Und sie werden auch auf keine sonstigen Forderungen eingehen. Beide sind Templer, und es ist ein ehernes Gesetz des Ordens, keine Gefangene auszulösen oder für deren Leben andere Brüder zu opfern.«

»Das sehe ich anders«, raunte Baillie. »Immerhin wurde Gero von Breydenbach auch aus den Kerkern der Festung des Grafen von Luxemburg befreit. Aber sollte es nicht reichen, dir die Haut abzuziehen und daraus ein Pergament zu machen, auf dem wir deinen Brüdern unseren Forderungen nach Waldenstein schicken, haben wir noch ein anderes Ass im Ärmel.«

Malcolm schluckte angesichts dieser Entwicklung und überlegte fieberhaft, auf was der Agent der Gens du Roi hinauswollte.

»Seit gestern Morgen haben wir das Weib deines Bruders in unserer Gewalt. Wenn du nicht singst, was die Geheimnisse des Ordens betrifft, wird sie es tun. Spätestens, wenn wir mit ihr in den Folterkellern der Festung von Bois de Vincennes zusammentreffen.«

»Ihr lügt«, zischte Malcolm und hoffte, damit recht zu haben. »Sie war die ganze Zeit in der Festung. Dort ist ganz sicher keiner von euch hineingekommen, um sie zu entführen.«

»Das mussten wir gar nicht«, informierte ihn Baillie mit einem überheblichen Schnauben. »Sie ist von ganz allein zu uns gekommen.«

»Amelie?«, krächzte Malcolm fassungslos und zerrte so wild an den Ketten, bis die Knöchel seiner Fäuste weiß hervortraten. »Nie im Leben!«

»Ich sagte doch schon: Unterschätze nie die Hinterlist der Frauen. Oder die Dummheit«, fügte er hinzu und lachte hart.

»Wo ist sie?«

»In einem anderen Wagen, der in Richtung Franzien unterwegs ist.«

»Bevor Ihr mir nicht sagt, wie Euch das gelungen sein soll, glaube ich Euch kein Wort.« Malcolm vermochte sich beim besten Willen nicht vorzustellen, wie seine Schwägerin in die Hände dieser Leute gefallen sein konnte. Oder vielleicht doch? Schlagartig erinnerte er sich daran, wie er mit Justine über Amelie gesprochen hatte. Allerdings ohne ihren Namen zu nennen. Vielleicht hatte Justine ohne es zu wollen, diesen verdeckt arbeitenden Agenten der Gens du Roi erst auf die Idee gebracht, Amelie zu entführen. »Es ist meine Schuld«, flüsterte er schwach und hätte sich beinahe übergeben bei dem Gedanken, dass sie seiner Dummheit wegen womöglich in die Hände dieser Teufel gefallen war.

»Deine Hilfe war gar nicht nötig«, erklärte sein Gegenüber mit einem selbstgefälligen Grinsen. »Sie ist deinem Bruder vollkommen freiwillig davongelaufen. Justine und ich hätten nicht gedacht, dass sie es uns so einfach macht.«

»Justine?« Malcolm begriff nun gar nichts mehr. »Was hat Justine damit zu tun?«

»Justine war Amelies beste Freundin seit Kindertagen. Die beiden sind gemeinsam in unmittelbarer Nähe zur Commanderie von Bar-Sur-Aube aufgewachsen. Und Justine wusste auch über Amelies verbotenes Verhältnis zu deinem Bruder, der damals noch ein Streiter Christi war, bestens Bescheid. Außerdem war uns bekannt, dass Amelie mit ihrem Gemahl und einer Horde diabolischer Templer auf Waldenstein lebt. Justine ist mittlerweile eine Leibeigene des Königs und steht unter de la Mottes Befehl. Sie hatte den Auftrag, ihre Freundin nach Franzien zu locken, unter dem Vorwand, dass ihr alter Vater sich nach ihr verzehrt und sie noch einmal sehen möchte. Es hat Justine nicht viel Überredungskunst gekostet, Alphonse Bratac einen entsprechenden Brief an Amelie schreiben zu lassen. Damit hat sie Amelie mühelos überzeugen können, zusammen mit ihr nach Franzien zu reisen, um den armen alten Mann vor seinem Tod noch einmal zu sehen. Zumal deine einfältige Schwägerin selbst schon über eine solche Reise nachgedacht hatte. Aber ihr Gemahl hat diesen

Wunsch dummerweise ignoriert. Aus einem nachvollziehbaren Grund«, erheiterte sich Baillie mit einem schmutzigen Lachen. »Sein ungehorsames Weib hat ihm das offenbar übelgenommen und beschlossen, die Reise ohne ihn anzutreten. So kam zusammen, was zusammengehörte.«

»Und warum hat … *Justine* …« Malcolm zischte den Namen der Frau, die ihn und Amelie verraten hatte, mit tiefster Verachtung. »Warum hat sie mir schöne Augen gemacht, wenn es so einfach war, Amelie für eure satanischen Machenschaften zu ködern?«

»Das war mehr ein Zufall. Sie wollte dich und du bist darauf hereingefallen. Und zwei Geiseln sind nun mal besser als eine, um deinen teuflischen Bruder und seine ketzerische Bande nach Franzien zu locken. Im Grunde genommen sind es drei, weil auch Alphonse Bratac inzwischen in einem Kerker sitzt und darauf wartet, nach Carcassonne verlegt zu werden. Dort werdet ihr unter den wachsamen Augen von Bernardus Guidonis alles ausplaudern, was ihr über die geheimen Machenschaften der Templer wisst.« Wieder grinste er mit einer geradezu diebischen Freude im Blick, in der Gewissheit, Malcolm von einer bitteren Erkenntnis zur nächsten zu jagen.

»Ihren Vater zu foltern wird nicht nötig sein«, entgegnete Malcolm voller Abscheu. »Bratac wird eine so weite Reise garantiert nicht überleben, weil ihn vorher der Schlag trifft, oder weil er an Erschöpfung oder einem Fieber zugrunde geht. Das Gleiche gilt für seine Tochter in Anbracht ihrer Schwangerschaft. Und selbst wenn sie die Reise übersteht, werdet Ihr sie wohl kaum foltern müssen, damit sie Euch alles gesteht, was Ihr hören wollt.« Malcolm machte sich keinerlei Illusionen über Amelies Widerstandsfähigkeit, erst recht nicht, weil sie hochschwanger war und sicher nichts anderes im Kopf haben würde als das Wohl ihres Kindes. »Deshalb schlage ich vor, Ihr verschont Vater und Tochter und befragt mich bei einem gewärmten Bier ohne Zwang.«

Natürlich rechnete Malcolm nicht ernsthaft damit, dass der Agent der Gens du Roi sein Angebot für bare Münze nahm, deshalb überraschte in dessen heftige Reaktion nicht im Geringsten.

»Du solltest dein verlogenes Maul halten, Templer«, zischte Baillie mit hasserfülltem Blick. »Jeder weiß, dass ihr die Bälger eurer einfältigen Weiber einem Teufel opfert, den ihr Baphomet nennt, indem ihr sie für euren Götzen über starkem Feuer röstet und dann stellvertretend für ihn deren junges Fleisch verspeist, weil es euch übernatürliche Kräfte verleiht und euch nicht altern lässt. Also rede nicht davon, wir sollten das Weib und seine Brut verschonen, denn sie sind lediglich dazu da, euren finsteren Mächten zu dienen.«

»Sagt nur, Ihr glaubt tatsächlich an einen solch gequirlten Schwachsinn?«, erheiterte sich Malcolm, nicht wissend, ob er lachen oder weinen sollte über so viel Einfältigkeit. Spätestens seit seiner unvorhergesehenen Reise in die Zukunft war ihm klar, wie schrecklich abergläubisch seine Zeitgenossen und auch er selbst gewesen waren. Schon allein deshalb war keine halbwegs nachvollziehbare Antwort von diesem Kerl zu erwarten.

»*Ich* muss es nicht glauben«, raunte Baillie mit düsterem Blick. »Es reicht vollkommen, wenn Bernardus Guidonis es glaubt und euch alle auf den Scheiterhaufen bringt. Wobei ich davon ausgehe, dass er uns vorher das Vergnügen bereiten wird, euch zu hängen, aufzuschlitzen und euch erst danach mit dem Feuer endgültig in die Hölle zu schicken.«

Nach diesen Worten überließ er Malcolm sich selbst, indem er hinauseilte und die Tür hinter sich schloss. Kurz darauf setzte sich der Wagen wieder in Bewegung.

Malcolm blieb ratlos zurück und starrte weiter an die hölzerne Decke des Gefährts. »Herr im Himmel«, betete er inbrünstig, »sag mir bitte, dass das Ganze nur ein Alptraum ist, aus dem ich gleich wieder erwache.« Doch anscheinend war der liebe Gott gerade nicht in der Stimmung seine Gebete zu erhören. Denn so sehr Malcolm sich auch zwickte, es änderte nichts an der Tatsache, dass er in Ketten blieb. Wobei ihn die Frage quälte, wie lange es wohl dauern würde, bis Struan auffiel, dass Amelie und er abhandengekommen waren. Und ob er schnellstens ein Kommando losschicken würde, um sie beide aus den Klauen dieser Dämonen zu befreien. Auch wenn ihm bewusst war, dass de la Motte genau das mit ihrer Entführung beabsichtigt hatte.

KAPITEL 21

APRIL 1316
HERZOGTUM LOTHRINGEN /
BURG WALDENSTEIN

Zwei Fronten

Das Chaos hätte nicht größer sein können. Für Hannah war es keine Frage, sich an der Suche nach Amelie und Malcolm zu beteiligen. Bevor sie jedoch mit den anderen die Burg auf den Kopf stellte, eilte sie zu ihrer Schwiegermutter, um Sophia zu stillen.

In Juttas Kemenate roch es immer nach Weihrauch und Rosenwasser. Zusammen mit einem kleinen Hausaltar, auf dem etliche Heiligenfiguren eine Heimat gefunden hatten, einem silbernen Standkreuz, mit einem leidenden Jesus daran und einem kunstvoll geschmiedeten Weihwasserbecken am Eingang, wähnte sich Hannah in den Privatgemächern von Geros Mutter eher in einem Kloster, als auf einer Festung mit einhundertfünfzig Söldnern.

Jutta saß wie üblich in ihrem hohen Lehnstuhl vor dem Fenster. Den Blick mit einem zufriedenen Lächeln hinunter ins Moseltal gerichtet, schaukelte sie ihre Enkelin auf dem Schoß, was der Kleinen zu gefallen schien. Als Sophia Hannah erblickte, streckte sie ihr sofort die kleinen Fäuste entgegen und zappelte ungeduldig, soweit es die feste Wicklung zuließ. Parzival sprang kläffend vom Bett und umkreiste Hannah mehrmals schwanzwedelnd, bevor er wie üblich Männchen machend darum bettelte, gekrault zu werden.

»Tut mir leid«, sagte sie dem Hündchen und schüttelte bedauernd den Kopf, »deine Konkurrenz hat nun mal die besseren Karten.« In Anbetracht der Lage hatte Hannah das dringende Bedürfnis, ihre Tochter an sich zu drücken, wie um sich selbst zu beruhigen.

Während sie Jutta ungefragt das Kind aus den Armen nahm, nickte sie Parzival zu. »Geh zu Großmutter, sie wird sich gerne um dich kümmern.«

»Kannst du mir mal sagen was in dich gefahren ist?«, beschwerte sich Jutta ungewohnt mürrisch.

»Ich habe schlechte Nachrichten«, erwiderte Hannah nicht weniger gestresst.

Der Hund schien sich mit ihrem Vorschlag zu begnügen und sprang mit einem kühnen Satz auf Juttas Schoß, wo er die versprochene Zuwendung erhielt.

»Was ist mit dem jungen Lichtenberger?«, wollte Jutta nun wissen. »Hat er eingesehen, dass seine Beschuldigungen zu weit gehen?« Jutta von Breydenbach kräuselte besorgt die Stirn.

»Ich fürchte, der rätselhafte Tod des alten Lichtenbergers ist noch nicht genug. Wir kämpfen gerade mit einer anderen Heimsuchung«, klärte Hannah sie auf und erzählte ihr die Geschichte von Malcolms und Amelies unerklärlichem Verschwinden. Währenddessen setzte sie sich mit Sophia auf Juttas hochherrschaftliches Bett, öffnete den Ausschnitt ihres Kleides und gab der Kleinen in einem dezenten Wechsel die Brust, obwohl sie eigentlich noch gar nicht dran war. »Ich muss Sophia jetzt stillen, weil wir uns gleich noch mal mit den anderen treffen, um nach Malcolm und Amelie zu suchen. Bleibt zu hoffen, dass wir die beiden bald irgendwo finden.«

Während Sophia schmatzend trank, erbleichte Jutta und starrte Hannah fassungslos an. »Bei der Heiligen Mutter«, entfuhr es ihr. »Was ist, wenn es diesen franzischen Agenten erneut gelungen ist, sich in die Burg einzuschleusen?«

»Das halte ich für so gut wie ausgeschlossen«, murmelte Hannah und betrachtete in sich gekehrt wie Sophia beide Händchen um ihre Brust geschlossen hatte, als ob sie ein Fläschchen halten würde, das es zu Hannahs großem Bedauern in dieser Zeit noch nicht gab.

»Denkst du, irgendwer sonst könnte die beiden entführt haben?«, hakte Jutta aufgeregt nach. »Vielleicht, um Lösegeld zu verlangen? Ich vermag mir kaum vorzustellen, dass Amelie ausgerechnet in ihrem hochschwangeren Zustand ihrem Gemahl davonläuft. Zumal ich den Schotten für einen verlässlichen und liebevollen Ehemann halte. Mir ist noch nie zu Ohren gekommen, dass er sie gezüchtigt hätte oder anderen Weibern hinterhergestiegen wäre.«

»Wo denkst du hin, Mutter?« Hannah warf ihr einen verständnislosen Blick zu. »Struan ist einer der zuverlässigsten Kerle überhaupt. Auch wenn er ein bisschen gefährlich aussieht und mit seiner Größe und seiner tiefen Stimme reichlich respekteinflößend wirkt. Tief im Herzen ist er ein Lamm.«

»Aber warum sonst könnte Amelie so einfach verschwunden sein?«

»Ich weiß es nicht«, entgegnete Hannah und war froh, dass Sophia offenbar genug getrunken hatte, so dass sie ihr Kleid schließen und mit der Kleinen auf dem Arm ein wenig in der geräumigen Kammer auf und ab schlendern konnte, bis sie ihr Bäuerchen gemacht hatte.

»Vielleicht ist es auch nur ein großes Missverständnis, und Amelie taucht bald wieder auf«, wandte Jutta hoffnungsvoll ein.

»Ja«, erwiderte Hannah abwesend. »Ich wollte nur sagen, dass ich mich an der Suche beteiligen werden, sofern es mir möglich ist. Deshalb möchte ich dich bitten, noch ein bisschen länger auf die Kleine aufzupassen, bis ich zurück bin.«

»Nur zu gerne.« Jutta scheuchte den Hund von ihrem Schoß und streckte die Hände aus, um die Kleine entgegenzunehmen. »Bleibt zu hoffen, dass die Männer nicht ausrücken müssen, um Amelie und auch Malcolm außerhalb der Burg zu suchen.«

Hannah erwiderte nichts. Die gleiche Befürchtung machte auch ihr zu schaffen.

Mit wild pochendem Herzen eilte sie anschließend in die große Halle, wo einige auswärtige Gäste und etliche Bedienstete bei Tisch saßen, und einvernehmlich einen reichhaltigen Eintopf löffelten, für den Margarethas Koch im Auftrag seiner Herrin gesorgt hatte.

Inmitten des Durcheinanders traf sie auf Gero. Vor ihm stand Mattes, der zwei junge Ziegenhirten mitgebracht hatte, die beide einen zerknirschten Eindruck machten. Der Jüngere der beiden zitterte am ganzen Leib, während er mit gesenktem Kopf dastand, als ob er eine Beichte ablegen wollte.

Gero hatte seine mächtigen Arme überkreuzt, und nahm die beiden Jungs offenbar gerade ins Verhör.

Hannah gesellte sich zu ihm und verfolgte aufmerksam, was der ältere der beiden Jungs zu sagen hatte. Er hatte einen dunklen Pagenkopf und war, wie viele Kinder auf der Burg, zu schmächtig für sein Alter. Sein Begleiter war fast noch einen Kopf kleiner und blond, aber ein wenig beleibter. Sein pausbäckiges Gesicht war voller Sommersprossen und erinnerte Hannah an Mattes, als sie ihn zum ersten Mal gesehen hatte.

Nicht nur in den Augen der Kinder konnte sie die tiefe Ehrfurcht, aber auch die panische Angst erkennen, die sie in Geros Gegenwart empfanden. Auch die erwachsenen Bediensteten, die nun stehen geblieben waren, um zu sehen, was da vor sich ging, beobachteten das Geschehen mit argwöhnischen Blicken. Gero war schließlich der Graf und für sie so etwas wie der liebe Gott und der Teufel zugleich. Dabei war er Kindern gegenüber stets freundlich und nachsichtig. Hätte er einen der Jungen zu irgendeiner harten Strafe vordonnert, wäre Hannah ohnehin auf die Barrikaden gegangen. Sie achtete immer sehr genau darauf, wie fair sich die Herrschaft gegenüber dem Gesinde verhielt, und folgte dabei ihren ganz eigenen Vorstellungen von Nachsicht und Respekt. Was sich bei den Bediensteten ziemlich schnell herumgesprochen und Hannahs Beliebtheit weit über die der alten Gräfin hinausbefördert hatte. Außerdem war inzwischen bekannt, dass sie sich bei Margaretha von Lichtenberg regelmäßig für eine angemessene Bezahlung der Knechte und Mägde einsetzte. Außerdem hatte sie dafür gesorgt, dass der Nachwuchs der Burgbewohner bereits im Alter von sechs Jahren im Rechnen, Lesen und Schreiben unterrichtet wurde, was bereits für eine ziemlichen Wirbel gesorgt hatte, weil die Kleinen wie aus heiterem Himmel besser schreiben und lesen konnten als ihre Eltern.

Hannah hatte Mühe den älteren Jungen zu verstehen, weil er tiefstes Moselfränkisch sprach, obendrein in einer mittelalterlichen Version und dazu unterbrochen von heftigem Stottern. Zudem fiel der Jüngere ihm ständig ins Wort. Es sah aus, als ob sie sich gegenseitig die Schuld für etwas in die Schuhe schoben, das gehörig schiefgegangen war.

»Was sagt er?«, mischte Hannah sich unvermittelt ein und schaute nicht Gero fragend an, sondern Mattes, weil sie sich denken konnte, dass er längst wusste, um was es ging.

Mattes versicherte sich mit einem Seitenblick bei seinem Herrn, ihr antworten zu dürfen. Gero nickte jovial – wahrscheinlich, weil auch er anscheinend kaum etwas verstanden hatte.

»Ottmar sagt, dass Theobald und ihm vor drei Tagen oben beim Jahrmarkt eine Händlerin begegnet ist, als sie im Wald die Schweine gehütet haben. Erst haben sie der Frau angedroht, sie bei den Wachen zu melden, weil sie unerlaubt den Platz verlassen hat, aber dann hat sie um Gnade gebettelt und ihnen zum Lohn für ihr Schweigen zwei Honigbrezeln versprochen. Danach hat sie die Jungen um Hilfe gebeten, eine alte Freundin wiederzufinden, die womöglich auf der Burg lebt – niemand anderes als Amelie. Die Händlerin behauptete, Amelie noch aus der gemeinsamen Schulzeit zu kennen. Angeblich haben sie sich das letzte Mal vor acht Jahren gesehen. Sie wollte alles über sie wissen. Ob sie einen Mann hat und Kinder und einiges mehr. Theobald hat ihr alles bereitwillig erzählt, woraufhin sie den beiden die versprochenen Honigbrezeln spendiert hat. Im Übrigen passt die Beschreibung der Jungs genau auf die Frau, die bei dieser alten Zukunftsdeuterin war.«

»Hat diese vermeintliche Freundin ihren Namen genannt?«, wollte Gero wissen. »Wenn sie aus Bar-sur-Aube stammt, kenne ich sie vielleicht.«

Mattes gab die Frage an Ottmar weiter, der sie mit einem weinerlichen Nein beantwortete.

»Merde!« Gero schüttelte verärgert den Kopf und betrachtete die beiden reuigen Sünder mit einer unerbittlichen Miene, die selbst Hannah als beängstigend empfand. »Was fange ich bloß mit euch an? Ihr wisst, dass ihr einer Spionin aufgesessen seid, nicht wahr? Das was ihr getan habt, nennt man Verrat. So etwas kann einen gestandenen Mann an den Galgen bringen. Seid gewiss, das wird ein Nachspiel haben.«

Hannah beobachtete fassungslos, wie die beiden Jungs zu schluchzen begannen und vor Gero auf die Knie fielen. Anstatt auf das Flehen der beiden einzugehen, wandte er sich an Mattes und gab ihm Anweisung, Struan und Roland aufzusuchen und über diese neueste Entwicklung zu unterrichten.

Inzwischen hatten sich einige Bedienstete eingefunden, die wissen wollten, was vor sich ging, darunter die Mutter eines der vermeintlichen Delinquenten.

Nun fiel auch sie vor Gero auf die Knie. »Oh, edler Herr, sagt mir doch bitte, was hat mein Ottmar verbrochen? Was immer es ist, habt Gnade und lasst ihm sein junges Leben!«

Hannah wurde die ganze Geschichte zu bunt, zumal der Kreis der Gaffer immer größer wurde und sie die Angst in den Augen der Jungs und der Mutter nicht länger ertragen konnte. Sie nahm Gero zur Seite und schaute ihn aufgebracht an. »Lass die beiden endlich laufen«, zischte sie leise. »Es sind noch Kinder, und sie haben sich nichts dabei gedacht, als sie die Honigbrezeln angenommen haben. Anders als diese angebliche Freundin von Amelie. Das Weib muss ein ausgekochtes Biest sein. Wenn sie tatsächlich vor acht Jahren mit Amelie in Bar-sur-Aube gelebt hat, müsste sich doch wenigstens einer deiner franzischen Brüdern an sie erinnern. Es sei denn, ihr seid alle mit Augenbinden herumgelaufen.«

»Mit Augenbinden nicht unbedingt, aber wir hatten anderes zu tun, als uns für Dutzende von Waschweibern zu interessieren, die tagtäglich um unsere Aufmerksamkeit gebuhlt haben«, erwiderte er schroff.

»Uh«, stieß Hannah spöttisch hervor und warf ihm einen schrägen Blick zu. »Ihr hattet eure eigenen Groupies? Hör zu, vielleicht wollte die Frau gar nicht zu Amelie und hatte es stattdessen auf Struan abgesehen. Könnte doch sein, dass sie eifersüchtig war, weil sie ihn nicht bekommen konnte. Und dann hat sie ersatzweise Malcolm in ihren Wagen gelockt.«

Gero kniff genervt die Lippen zusammen. »Das klingt ziemlich verrückt. Unser Aufenthalt in Bar-sur-Aube liegt mehr als acht Jahre zurück. Aus den Groupies, wie du sie nennst, müssten längst gestandene Ehefrauen geworden sein. Wer von denen sollte jetzt noch Struan hinterherjagen?« Gero schüttelte mit Blick auf seine Delinquenten unwillig den Kopf. »Na ja, das spielt jetzt auch keine Rolle mehr. Hauptsache, wir finden die beiden so schnell wie möglich.«

»Und was hast du mit diesen armen ›Verrätern‹ vor?«, flüsterte Hannah ihm zu, wobei in ihrer Stimme eine deutliche Warnung mitschwang. »Überleg dir zweimal, ob du sie wirklich bestrafen willst. Ich bin sicher, dass damit neue Fragen hochkochen würden, die wir in der momentanen Situation ganz bestimmt nicht gebrauchen können.«

Gero warf einen gottergebenen Blick auf die beiden Jungs und die verzweifelt dreinblickende Mutter, eine Waschmagd der Gräfin. Alle drei hockten noch immer mit gefalteten Händen und in banger Erwartung vor ihnen auf den kalten Steinen. Dahinter hatte sich eine sensationslüsterne Meute weiterer Bediensteter versammelt, die nicht nur auf ein möglichst hartes Urteil des Grafen lauerten, sondern vor allem die Gründe dafür wissen wollten.

»Ihr könnt gehen«, bestimmte Gero dumpf. »Ich werde euch verschonen. Aber nur unter der Auflage, dass ihr die Geschichte nicht weiterplärrt und beim nächsten Mal genauer überlegt, wem ihr für ein paar Brezeln euer Vertrauen schenkt. Steht auf!«

Die drei starrten ihn ungläubig an. Die Mutter des Jungen konnte ihr Glück anscheinend nicht fassen. »Habt Dank, edler Herr«, wisperte sie mit belegter Stimme und knickste vor ihm und Hannah. Die Jungs sagten gar nichts. Stattdessen huschten sie davon wie Mäuse, die vor der Katze fliehen, um blitzschnell im Gewühl der zahlreichen Schaulustigen unterzutauchen.

»Ist schon gut«, brummte Gero, als die Frau nach seiner Hand greifen wollte, um sie zu küssen. Missmutig wandte er sich Hannah zu. »Geh und frag Rona, ob sie herausfinden kann, wo Amelie und Malcolm abgeblieben sind.«

Just in dem Moment, als Hannah sich auf den Weg in den zweiten Stock machen wollte, marschierten Roland und Struan in den Rittersaal und blieben vor Gero stehen. Hannah zögerte, nach oben zu gehen, weil sie wissen wollte, wie die beiden auf die unerwarteten Neuigkeiten reagieren würden.

Während Roland die enttäuschten Bediensteten verscheuchte, indem er sie zur Arbeit mahnte, konnte Hannah an Struans gebeugter Haltung erkennen, wie sehr er sich sorgte.

Gero schob ihn zu einem leeren Tisch und forderte ihn auf, sich zu setzen, bevor er ihm von den neusten Entwicklungen berichtete.

Hannah blieb noch einen Augenblick bei den dreien stehen. Sie war gespannt, ob Struan etwas mit der Beschreibung der Frau anfangen konnte.

»Ich bin nicht sicher«, meinte der Schotte leise. »Hat Mattes nicht gesagt, Malcolms Liebschaft hieß Justine? Amelie hat mir mal etwas von einer Justine erzählt, die für Francesco de Salazar geschwärmt hat. Sie wollte, dass Amelie sie mit ihm bekannt macht. Ich habe ihr das ausgeredet und gesagt, wir hätten schon genug Probleme mit unserer eigenen Liebschaft, ohne noch andere in Schwierigkeiten zu bringen oder zu Mitwissern zu machen. Von da an haben wir nicht mehr über diese Frau geredet. Aber ich weiß auch, dass diese Justine zu den Wäscherinnen des Ordens gehörte und immer darüber Bescheid wusste, wann wir die Komturei zu Pferd verlassen haben und wieder eingerückt sind, weil Amelie sie darüber auf dem Laufenden gehalten hat.«

»Also hatte diese Frau anscheinend schon damals Interesse am Ausspionieren geheimer Truppenbewegungen«, pflichtete Gero ihm halb im Scherz bei, um dann mit nachdenklichem Blick hinzuzufügen: »Ich kann mich beim besten Willen nicht an diese Justine erinnern.«

»Ihre gesamte Familie hat für den Orden gearbeitet«, fiel Struan unvermittelt ein. »Amelie hat mir mal erzählt, dass sie ganz in der Nähe der Commanderie eine kleine Bauernkate bewohnt haben. Das Land gehörte dem Orden. Sie haben Pacht dafür bezahlt, in Form von Getreide und Obst.«

Gero schaute ihn an. »Weißt du was das bedeutet?«

»Nein, was denn?« Struan warf ihm einen verständnislosen Blick zu.

»Dass diese Justine und ihre Familie mit hoher Wahrscheinlichkeit am Vorabend des 13. Oktober 1307 verhaftet wurden. Ich erinnere mich, wie Henri d'Our einmal davon gesprochen hat, dass viele Bedienstete, die als Freie für die Templer gearbeitet haben, nach der Zerschlagung des Ordens in der Leibeigenschaft des Königs verschleppt worden sind. Auch weil ihre Häuser zum Teil mitsamt der Komturei in Flammen aufgegangen sind. Somit hatten etliche Kleinbauern keine Möglichkeit, ihre noch bestehenden Schulden an die Nachfolger des Ordens zurückzuzahlen. Was ist, wenn diese Frau in der Leibeigenschaft des Königs gelandet ist und von den Gens du Roi zur Spionage verpflichtet wurde? Was, wenn man ihre Nähe zu Amelie ausgenutzt hat, um deine Frau in eine Falle zu locken?«

»Wenn das zutreffen sollte, stellt sich die Frage«, warf Hannah ein, »was Justine zu bieten hatte, dass Amelie in ihrem hochschwangeren Zustand alles im Stich gelassen, ja nicht einmal ihren Ehemann in ihre Pläne eingeweiht hat.«

Struan zog seine schwarzen Brauen über seiner großen Nase zusammen und musste überraschenderweise nicht lange überlegen.

»Ich habe da einen finsteren Verdacht«, bekannte er übergangslos mit einem Ausdruck tiefen Entsetzens in seinen kohlschwarzen Augen. »Sollte ich recht haben, ist alles meine Schuld.«

Gero schüttelte begriffsstutzig den Kopf. »Was meinst du mit ›meine Schuld‹?«

»Vor einiger Zeit hat Amelie mich gefragt, ob wir ihren Vater Alphonse suchen könnten. Sie wollte wissen, ob er noch lebt. Seit wir Bar-sur-Aube damals fluchtartig verlassen haben, hat sie nichts mehr von ihm gehört. Erst vor Kurzem wollte sie ihm einen Brief schreiben, um ihm mitzuteilen, dass er Großvater wird, und dass es ihr gut geht. Was ich ihr strikt untersagt habe. Ich wollte nicht, dass die franzische Geheimpolizei auf Alphonse Bratac aufmerksam wird, falls er tatsächlich noch lebt. Jeder weiß doch, dass die ›Leute des Königs‹ überall ihre Spitzel haben und mitunter die Briefe der käuflichen Boten abfangen und kontrollieren. Amelie hatte sogar die verrückte Idee, ihren Vater zu besuchen. Inkognito, versteht sich, aber es wäre trotzdem Wahnsinn gewesen. Ich habe sie gefragt, ob sie noch bei klarem Verstand ist. In ihrem schwangeren Zustand und nach allem, was wir erlebt haben, ist eine Reise nach Franzien viel zu gefährlich.«

»Und was hat sie geantwortet?«, wollte Hannah wissen, der auf einmal der Grund für Amelies seltsames Verhalten in der letzten Zeit glasklar vor Augen stand.

Struan blickte ins Leere, als ließe er das ganze unselige Gespräch mit seiner Frau noch einmal vor seinem geistigen Auge ablaufen.

»Nichts«, sagte er tonlos. »Sie hat sich meinen Anweisungen gefügt, ohne zu widersprechen. Das hätte mich stutzig machen sollen.«

»Denkst du, diese Justine hat sie überredet, mit ihr nach Franzien zu fahren?« Roland, der bisher nur zugehört hatte, schien die unerwartete Tragweite dieser Theorie zu begreifen. Und nicht nur er.

»Aber wo hätten Justine und Amelie aufeinandertreffen sollen?« Struan war anzusehen, wie er in Gedanken nach jedem Strohhalm griff, um seine eigenen Befürchtungen zu entkräften.

»Ich erinnere mich, dass Amelie gestern auf dem Rückweg vom Turnierplatz zur Burg von einem Spaziergang zum Jahrmarkt erzählt hat«, fügte Hannah mit wachsender Sorge hinzu. »In der Aufregung um die Auseinandersetzung zwischen Roland und Johann I. hatte ich das ganz vergessen. Dabei hat sie das Gefährt dieser Zukunftsdeuterin erwähnt. Aber sie sagte, sie sei nicht zu ihr hineingegangen. Wir haben uns dann noch ein bisschen übers Kartenlegen unterhalten. Amelie machte einen gelösten Eindruck. Aber von einer Begegnung mit einer früheren Freundin hat sie nichts erzählt.«

»Wie auch«, knurrte Struan. »Wenn sie von dieser Justine das Angebot erhalten hat, heimlich mit ihr nach Franzien zu reisen, wird sie schon gewusst haben, warum es besser war, den Mund zu halten. Ich hätte diese Frau in den Kerker gesperrt und höchstpersönlich vernommen.«

»Lasst uns sofort nach oben gehen und Rona um Hilfe bitten«, schlug Gero entschlossen vor. »Es hat keinen Sinn, noch mehr Zeit zu verschwenden, indem wir hier in der Umgebung nach Amelie suchen. Sie kann mit diesen Leuten sonst wohin gefahren sein. Wobei das nicht erklärt, warum Malcolm verschwunden ist.«

»Vielleicht ist er ihnen zufällig in die Quere gekommen, weil er sich mit dieser Frau verabredet hat«, meinte Roland.

»Und dann?« Struan schaute ihn aus schmalen Lidern an. »Ist er mit ihnen mitgefahren? Oder haben sie ihn umgebracht? Mein Bruder würde niemals, zulassen, dass man Amelie entführt.«

»Alles Spekulieren hilft nicht«, erklärte Gero, der Malcolms möglichen Tod nicht einmal in Erwägung ziehen wollte, und schlug mit der flachen Hand auf den Tisch. »Wir brauchen Gewissheit.«

•

Hannah zitterte vor Aufregung, als sie sich wenig später mit Rona, Lyn, Freya und Gero und seinen Brüdern noch einmal in der Bibliothek trafen. Während die Wachmannschaften von Waldenstein, trotz gegenteiliger Vermutungen, auf der Suche nach den beiden Vermissten weiterhin den Jahrmarkt und die nähere Umgebung durchkämmten, behielt Roland draußen die Tür zum Versammlungsraum im Auge, damit niemand, der nicht zu ihren Vertrauten gehörte, auf die Idee kam, ihr geheimes Treffen zu stören oder gar zu belauschen.

Rona hatte den Server auf den Tisch gestellt und bereits die Daten von Malcolm und Amelie eingegeben.

Hannah biss sich vor Aufregung die Lippe blutig, während sie gemeinsam mit Khaled, Gero und Struan das weitere Geschehen auf der Plattform des Servers beobachtete.

»Gut, dass das Ding keinen Strom braucht und sich selbst mit universeller Energie versorgt«, murmelte Hannah, während sich auf dem horizontalen Bildschirm das holographische Abbild einer Asiatin zeigte, die eine Zwillingsschwester von Lyn und Rona hätte sein können.

Khaled, der aus einer noch weiter entfernten Vergangenheit stammte, beobachtete mit Argusaugen, wie sich der Kopf dieser Frau in farbige Lichtpunkte auflöste, die sich anschließend zu mehreren wellenförmigen Linien aufbauten. Rona erklärte den Anwesenden mehr beiläufig, dass die leuchtende Grafik Zeit und Raum abbildete und der pulsierende rote Punkt, der unruhig zwischen den schwankenden Wellenmustern hin und her hüpfte, den Aufenthaltsort der beiden Gesuchten beschrieb. Ein Vorgang, den sie allein Kraft ihrer Gedanken steuern konnte. Ihren Mitstreitern in unmittelbarer Nähe war anzusehen, wie gespenstisch sie das Geschehen empfanden, zumal sie Ronas Befehle in ihrer jeweiligen Muttersprache wie eine zweite Stimme in ihrem Kopf mitverfolgen konnten.

»Ich habe sie«, triumphierte Rona und hatte diesmal laut gesprochen. Gemeinsam konnten sie nun an einer holographischen Aufzeichnung jene Spur beobachten, die erkennen ließ, an welchen Orten sich Amelie in den letzten vierundzwanzig Stunden aufgehalten hatte. Der Scanner orientierte sich an ihrer DNA, deren spezieller Energiecode eine unverwechselbare Spur in einem oszillierenden Gefüge aus unzähligen, grünlich leuchtenden Dreiecken hinterließ.

Khaled warf Lyn einen nervösen Blick zu. Leise fragte er: »Wenn man sieht, wo sie war, kann man dann auch sehen, wohin sie gehen wird?«

»Theoretisch schon«, erklärte ihm Rona, »aber faktisch kann uns das Gerät nicht über unseren eigenen Ereignishorizont hinausführen. Über die gegenwärtige Modulation auf diesem Bildschirm sind wir unauflöslich mit der jeweiligen Zeitebene verbunden, in der wir uns selbst bewegen. Das bedeutet, wir können alles abbilden, was unterhalb unseres eigenen Erlebnishorizonts liegt, aber nichts, was darüber hinausgeht. Dafür müssten wir uns Hilfe aus der Zukunft holen.«

»Aber du hast bereits Kontakt in die Zukunft aufgenommen«, argumentierte Khaled folgerichtig. »Also gibt es eine Möglichkeit, einen Ort zu erreichen, der *über* unserem eigenen Horizont liegt, oder?«

»Das ist nur mithilfe einer Nachricht möglich, die an einen Timeserver in der Zukunft gerichtet ist und dort gelesen werden kann. Mit anderen Worten: Ich bin darauf angewiesen, dass irgendjemand in der Zukunft seine Kanäle offenhält und die Nachricht entgegennimmt.«

Khaled runzelte die Stirn. »Und warum ist das alles so kompliziert?«

»Wir wissen nicht, ob es sich hierbei um einen Schutzmechanismus des Universums handelt, damit das Gefüge der Raumzeit nicht gestört wird. Wahrscheinlicher ist, dass wir einfach nicht über die geeignete Technik verfügen, um auch ohne eine entsprechende Verbindung zu Tom oder sonst wem Messungen aus der Zukunft zu empfangen.«

»Im Prinzip ist das alles gar nicht zu verstehen«, warf Gero mit einem Schulterzucken ein. »Deshalb ist es für uns auch nur bedingt hilfreich.«

Khaled setzte zu einer weiteren Frage an, doch bevor er sie stellen konnte, erhielt Rona eine Meldung darüber, wo Amelie sich zuletzt aufgehalten hatte.

»Vor ungefähr sechs Stunden hat sie den Jahrmarkt verlassen und befand sich kurz danach auf einer Handelsroute Richtung Metz«, berichtete sie in nüchternem Tonfall.

Struan war bleich geworden und schluckte. »Das bedeutet sie ist tatsächlich auf dem Weg in Richtung Franzien. Und was ist mit Malcolm? Konntest du auch herausfinden, wo er sich befindet?«

»Ja«, antwortete Rona knapp und sah ihn ernst an. »Er bewegt sich auf einer südlicheren Route ebenfalls in Richtung Franzien. Wie es aussieht, ist er Amelie etwa eine Stunde voraus.«

»In Troyes befindet sich eine Commanderie der Gens du Roi«, wandte Pierre de Bologne unvermittelt ein, der die ganze Zeit über aus dem Hintergrund fasziniert zugehört hatte. »Die königliche Geheimpolizei hat die dortige Templerburg übernommen und nutzt sie als zentrales Gefängnis und für Verhöre durch die Inquisition. Unweit davon, in Saint-Dizier, haben sie eine neue Kaserne für die königlichen Soldaten erbaut. Möglich, dass sie dort haltmachen. Beide Gebäude haben unterirdische Kerker, die keinen zweiten Ausgang besitzen.« Sein Gesicht nahm einen besorgten Ausdruck an. »Nicht auszudenken, wenn sie Malcolm ausgerechnet dorthin bringen würden.«

»Wenn wir in Kürze aufbrechen, können wir sie noch einholen«, wandte Gero ein. »Wir werden sie finden und aus den Klauen ihrer Entführer befreien, bevor sie einen dieser Orte erreichen«, erklärte er zuversichtlich.

»Zur Hölle verdammt!« Struan, der sonst nicht zur Mutlosigkeit neigte, musste sich setzen, weil ihm die Knie weich geworden waren. Er stützte den Kopf in die Hände, und seine Schultern zuckten verräterisch.

Hannah spürte, wie ihr Herzschlag davongaloppierte. Dass man Malcolm und Amelie entführt hatte, stand außer Frage. Doch ob man sie noch einholen konnte, bevor es für die beiden lebensgefährlich wurde, wagte sie zu bezweifeln.

»Kannst du nicht Kontakt zu Tom und Paul aufnehmen?« Ihr panischer Blick war auf Rona gerichtet. »Hat Paul nicht Gero und Tom aus diesem Kerker in Vianden herausgeholt. Könnte er Malcolm und Amelie nicht genauso befreien?«

Rona kniff die Lippen zusammen. »Ich bin nicht sicher, ob man die momentane Situation von Amelie und Malcolm mit damals vergleichen kann. Tom hatte damals einen Server dabei, zu dem Paul aus der Zukunft eine direkte Verbindung zu ihm herstellen konnte. Das haben wir hier leider nicht. Tom müsste versuchen die beiden, ohne eine fixierte Koordinate zu einem zweiten Server vor Ort, zu transferieren. Du weißt, dass der Transfer in einem solchen Fall nicht so reibungslos funktioniert, wie es bei einer End- zu Endkommunikation zwischen zwei Servern möglich ist. Hinzu kommt, dass Malcolm und Amelie sich offenbar an verschiedenen Orten befinden und Amelie hochschwanger ist. Was ein weiteres unkalkulierbares Risiko für sie und das Kind darstellt.«

Hannah warf erst einen genervten Blick auf das Gerät, dann auf Rona. »Bei mir und Sophia hat es auch funktioniert, als du uns alle hierher transferiert hast, obwohl die Kleine noch in meinem Bauch war.«

»Wir hatten den Server dabei und sind mit ihm in die Vergangenheit gereist. Das ist ein gravierender Unterschied. Und da wäre noch was, über das ich noch mit niemandem von euch gesprochen habe«, fügte Rona zögernd hinzu. »Vor ein paar Tagen habe ich versucht, Tom zu erreichen. Als ich ihn schließlich auf der passenden Frequenz erwischen konnte, berichtete er von einer weltweiten Pandemie mit Millionen Toten, die im Frühjahr 2020 ausgebrochen ist und von der man im Mai 2020 noch nicht wusste, wie sie am Ende ausgehen wird.«

»Eine Pandemie?« Hannahs Miene war genauso entgeistert wie Geros, der offenbar noch weniger verstand, was Rona ihnen damit sagen wollte. »Sowas wie die Pest?«

»Es ist ein gefährliches Virus, wohl durchaus vergleichbar mit einer schweren Grippeepidemie, auch wenn die Möglichkeiten zur Bekämpfung in der Zukunft weitaus besser sind als in dieser Zeit. Die Krankheit hat sich binnen weniger Monate über die gesamte Erde verbreitet und alles auf den Kopf gestellt. Die Symptome, die sie hervorruft, können tödlich sein, und haben bereits viele Menschen das Leben gekostet. Man ist gerade dabei, verschiedene Impfstoffe zu entwickeln, aber es steht noch nicht fest, ob man den weiteren Verlauf damit beeinflussen oder gar aufhalten kann, weil es bereits Mutationen des Virus gibt.«

Anselm richtete seinen Blick auf Rona und runzelte die Stirn. »Warum wussten Lyn und du nichts darüber? Schließlich wart ihr hundertfünfzig Jahre später unterwegs.«

»Offen gesagt, weder Lyn noch ich haben uns für gesundheitliche Belange in eurer Epoche interessiert. 2005 und die folgenden Jahre waren nicht unser Zielgebiet. Und in unserer Zeit gab es solche Erkrankungen nicht mehr. Aber ich vermute, dass die Epidemie dazu geführt hat, die medizinischen Untersuchungs- und Behandlungsmethoden langfristig zu verbessern. Schließlich spielten ansteckende Epidemien in unserer Zeit kaum noch eine Rolle, und die Diagnostik wurde entscheidend verbessert. Mit meinem Armband kann ich in Sekundenschnelle jede Erkrankung erkennen. Zudem gab es einen enormen Anstieg an Gen-Therapien und entsprechenden Manipulationen am Erbgut des Menschen. Der Krieg zu Beginn des zweiundzwanzigsten Jahrhunderts war in jeden Fall einschneidender und hat wesentlich mehr Menschenleben gefordert. Ich vermute mal, das hat viele harmlosere Ereignisse die in der Zeit zuvor stattgefunden haben, überdeckt.«

Hannah schluckte nervös. »Könntet ihr Tom und den Menschen in der Zukunft denn nicht helfen, indem ihr ihnen die medizinischen Technologien eurer Zeit an die Hand gebt, um ihre Probleme zu lösen?«

»Ich fürchte, das ist nicht möglich«, gab Rona ihr mit einem gewissen Bedauern zu verstehen. »Bereits winzige Manipulationen des Raum-Zeit-Kontinuums können theoretisch große Veränderungen hervorrufen, die am Ende nicht mehr zu beherrschen sind. Und eine globale Katastrophe wie eine Pandemie zu verhindern, bei der Milliarden Menschen betroffen sind, ist eine so bedeutende Einmischung, dass die Folgen erst recht nicht absehbar sind. Deshalb ist es besser, wenn wir im Moment niemanden in die Zukunft transferieren oder umgekehrt. Denn wenn wir dabei das Virus in diese Zeit einschleppen und es zu einer Verbreitung kommt, könnte sich die gesamte Zukunft in unkontrollierbarer Weise verändern. Hinzu kommt, dass ich mit Tom eine Kontaktsperre vereinbart hatte, damit unser Meister uns nicht orten kann. Was bedeutet, nur ich kann ihn kontaktieren und nicht umgekehrt.« Rona warf einen ernsten Blick in die Runde. »Wir sollten also zumindest einen Plan B entwickeln, mit dem wir auch ohne seine Hilfe zu einem Ergebnis kommen.«

»Kannst du nicht trotzdem versuchen einen Kontakt zu Tom aufzunehmen. Nur für den Notfall, wenn alle anderen Möglichkeiten ausgeschöpft sind?« Struans Blick hatte rasch zu der ihm üblichen Nüchternheit zurückgefunden. Aber nicht nur Hannah ahnte, wie es tatsächlich in ihm aussah. Er war kein Freund zukünftiger Technik. Dass er nun darum bat, sie einzusetzen, bewies das Ausmaß seiner Verzweiflung. »Um meine Frau und mein Kind zu retten, würde ich notfalls einen Weltuntergang riskieren«, schob er unnötigerweise hinterher.

»Okay, ich versuch's«, gab Rona mit einem leisen Seufzer zurück und aktivierte die entsprechenden Daten, um eine Verbindung in die Zukunft herzustellen. Es dauerte eine Weile, bis der Server ein quantentechnisches Signal in eine siebenhundert Jahre entfernte Zeitebene schickte, um eine Verschränkung herzustellen, und noch einmal eine gefühlte Ewigkeit, bis Tom sich tatsächlich am anderen Ende meldete.

Als der Kontakt endlich hergestellt war, klang seine Stimme wie bei einer uralten Grammophonaufnahme. Krächzend, undeutlich und aus weiter Ferne, was gewissermaßen zutraf, obwohl physikalisch gesehen alles zur gleichen Zeit ablief. Trotzdem verspürte Hannah die Aufregung, die ein Gespräch mit Tom jedes Mal in ihr auslöste. Schließlich hatten seine Forschungen dauerhaft ihr persönliches Schicksal beeinflusst.

»Wie kann ich helfen?«, fragte er förmlich und schien nicht einmal überrascht, dass Rona sich bei ihm meldete.

»Wo bist du?«, wollte sie von ihm wissen, weil sie nicht bestimmen konnte, wo genau ihn das Signal erreichte.

»Immer noch in Kirkenes, Juni 2021«, antwortete er. »Wir befinden uns in einem teilweisen Lockdown, um die Zahl der Infizierten in der zurzeit immer noch herrschenden Pandemie stabil zu halten. Aber das spielt hier oben, so hoch im Norden, kaum eine Rolle, weil sowieso niemand von Außerhalb auf die Ranch kommt. Außerdem wird alles, was wir nicht selbst produzieren und einkaufen müssen, mit UVC bestrahlt, bevor es bei uns auf den Tisch gelangt.«

»Du musst uns helfen«, drängte Rona. »Amelie und Malcolm wurden anscheinend von de la Mottes Schergen entführt. Sie sind auf dem Weg nach Frankreich. Ich muss dir nicht erklären, was das bedeutet. Wir müssen versuchen, sie zu befreien. Ihr habt ihre Daten. Möglichweise könnt ihr sie in die Zukunft transferieren und dann zu uns zurückbringen.«

»Paul hat die ganze Zeit mitgehört und arbeitet daran, die Koordinaten der beiden in den Suchlauf einzugeben«, antwortete Tom.

Es vergingen quälende Minuten, bis Paul sich selbst zu Wort meldete.

»Sie befinden sich auf getrennten Strecken in Richtung Metz«, sagte er, »etwa fünf bis sechs Stunden Ritt von euch entfernt. Der Server kann die beiden zwar relativ zeitgenau orten, verweigert aber den Transfer, weil wir sie zeitlich nicht exakt erfassen können. Es liegt daran, weil wir keinen abgesicherten Kontakt über einen Server zu ihnen aufbauen können. Besser wäre, wenn ihr sie findet und Rona nimmt noch mal Kontakt zu mir auf, wenn die beiden neben ihr stehen. Dann können wir jeden, dessen DNA eingescannt ist, ohne Probleme erfassen und transferieren.«

»Wenn wir so nah dran sind, benötigen wir eure Hilfe auch nicht mehr und können das Problem selbst lösen«, knurrte Struan unzufrieden.

»Ich weiß, dass das schwer zu verstehen ist«, entschuldigte sich Paul zerknirscht. »Ein Transfer klappt nur fehlerlos, wenn sich auf *beiden* Seiten ein Server befindet. Umgekehrt, wenn wir etwas mit einem Server aus der Zukunft in die Vergangenheit transferieren, benötigen wir am Zielort kein zweites Gerät. Auf welchem physikalischen Gesetz dieser Unterschied beruht, kann ich noch nicht sagen, aber wir arbeiten tagtäglich daran, es herauszufinden.«

»Ende des 19. Jahrhundert sagte man angehenden Physikstudenten auch, es gibt nichts mehr zu lernen«, fügte Tom hinzu. »Tja, und dann kamen Planck, Einstein, Heisenberg und Co. ins Spiel und die Party ging erst richtig los. Und nun besitzen wir die Erkenntnisse aus dem 22. Jahrhundert. Ergo ist nicht alle Hoffnung verloren, dass wir bald auch ohne zweiten Server von der Vergangenheit in die Zukunft transfrieren können.«

»Wobei uns das im Augenblick leider nicht weiterhilft«, warf Rona ungeduldig ein. »Kannst du in deiner Position nicht sehen, wohin Amelies und Malcolms Reise geht?«

»Ich kann es versuchen«, erwiderte Tom, »aber meine Informationen sind für euch keine sichere Bank. Als direkter Beobachter und damit Teil aktuell ablaufender quantenphysischer Vorgänge könnt ihr die gerade stattfindenden Ereignisse mit eurem Bewusstsein zusätzlich beeinflussen. Das ist der Grund, warum ihr in eurer Position nur sehen könnte, was vor sechs Stunden geschehen ist und nicht was gerade eben erst geschieht. Wenn ihr nicht eingreift, werden die beiden weiter Richtung Süden transportiert. Wenn ihr eingreift, trennen sich ihre Wege und Amelie begibt sich ohne Malcolm zurück auf den Weg nach Hause. Wobei noch nicht festzustehen scheint, ob sie dort ankommt.«

»Ich bin mir nicht sicher, wie uns diese Information helfen kann«, antwortete Rona offenbar unschlüssig. »Fest steht nur, dass wir die beiden nicht ihrem Schicksal überlassen können.« Sie wusste darum, dass die menschliche Vorstellungskraft einen Einfluss auf quantenphysikalische Geschehnisse nehmen konnte, wenn sie für die oder den Betroffenen noch in der Zukunft lagen. Eine Todesnachricht konnte in diesem Zusammenhang verheerend wirkend, weil sie für den, der sie empfing, unumkehrbar war. Es sei denn, es handelte sich um einen Irrtum.

»Himmel«, presste Struan hervor. Hannah sah zum ersten Mal, wie sich seine Augen mit Tränen füllten. »Was redet ihr da? Während ich meine Seele dafür geben würde, wenn ich meine Frau auf der Stelle zurückbekäme, spekuliert ihr über Dinge, die niemand versteht. Könnt ihr nicht trotzdem versuchen herauszufinden, wo die beiden sich aufhalten?«

»Wir bleiben dran, Struan«, meldete sich Tom zurück, »und halten euch parallel zu eurem eigenen Bewegungsmuster auf dem Laufenden. Falls es uns gelingt, eine kontinuierliche Route von Malcolm oder Amelie zu erkennen, die in einem zeitlichen Zusammenhang zu eurer eigenen Route steht, melde ich mich sofort bei euch. In der Zwischenzeit aber solltet ihr euch auf den Weg machen und versuchen, die beiden mit euren eigenen Mitteln aus der Gewalt dieser Wahnsinnigen zu befreien.«

»Das klingt vernünftig«, pflichtete Rona ihm bei und versicherte sich bei Gero und Struan, ob sie mit dieser Vorgehensweise einverstanden waren. »Ich werde den Suchtrupp selbstverständlich mit unserem Server begleiten«, fügte sie gegenüber Tom hinzu. »So kann ich Kontakt zu dir halten.«

»Habt ihr nicht noch einen Server übrig, den du mir hierher transferieren kannst, damit auch ich Kontakt mit euch halten kann?«, wandte sich Hannah an Tom, bevor er die Verbindung unterbrach. »Nur für den Notfall.«

»Im Moment ist das leider nicht möglich«, erklärte Tom ihr mit ehrlichem Bedauern in der Stimme. »Unsere beiden Prototypen befinden sich im Labor, in etliche Teile zerlegt, weil Paul zusammen mit Mabel an einer Weiterentwicklung forscht, damit wir selbstständig in die Zukunft reisen können, auch ohne ein zweites Gerät am Zielort zu haben, das uns von dort abholt. Es wird noch etwas dauern, bis wir wieder zusätzliche Server zur Verfügung haben.«

Gero wechselte mit Hannah einen bedeutungsvollen Blick. Er war beinahe erleichtert, dass Tom keinen weiteren Caput herausrückte. Seine Angst, dass Hannah beschließen könnte, mit dem Kind in ihre Zeit zurückzugehen, saß ihm noch immer im Nacken, wenngleich er Verständnis für eine solche Entscheidung hätte aufbringen können. Zu sehen, wie sehr Hannah sich um Amelie und Malcolm sorgte, wie auch um ihn und die anderen, machte ihm das Herz schwer.

Nachdem sich Rona von Tom verabschiedet hatte, wurde es totenstill in der Bibliothek.

Mit einem unterdrückten Seufzer ergriff Gero die kalten Hände seiner Frau und beugte sich leicht zu ihr hinab. Jeder hier wusste, was das Gespräch mit Tom zu bedeuten hatte. Sie mussten zunächst selbst ausrücken, um Amelie und Malcolm zu finden, »Wir werden bald wieder zurück sein«, versicherte er Hannah leise. »Vielleicht schaffen Tom und Paul es am Ende ja doch, die beiden zu uns zurückzubringen. Aber bis dahin können wir es nicht riskieren, sie den Agenten der Gens du Roi zu überlassen.«

»Ich weiß.« Hannah senkte den Blick. »Eure Entscheidung, ihnen zu folgen und sie zu suchen, ist vollkommen richtig. Ihr müsst sie retten. Es ist der einzig gangbare Weg.«

»Worauf warten wir dann noch.« Struan erhob sich zu voller Größe. »Das Leben meiner Frau steht auf dem Spiel, und das von Malcolm dazu. Wir müssen sie so rasch wie möglich aufspüren.«

»Am besten teilen wir uns in zwei Gruppen ein«, erklärte Gero. »Eine Hälfte von uns verfolgt Amelie, die zweite sucht Malcolm. Dabei wählen wir die zwei Hauptrouten und treffen uns in Metz an der Zollbrücke, die über die Mosel führt. Bis dahin sollten wir sie gefunden haben.«

»Das macht Sinn«, stimmte Khaled ihm zu. »Ich werde euch in jedem Fall begleiten. Je zahlreicher wir sind, umso größer die Chance, dass wir die beiden diesen Teufeln entreißen.«

»Danke, Bruder.« Gero klopfte ihm anerkennend auf die Schulter.

»Ich bleibe hier«, verkündete Lyn bestimmt. »Irgendwer muss Hannah beistehen, wenn alle anderen sich auf die Suche nach den beiden Vermissten machen. Außerdem kann ich über mein Armband jederzeit Kontakt zu Rona halten. Die quantenverschränkten Signale, auf denen unsere horizontale Verbindung basiert, sind ziemlich zuverlässig. Somit wissen wir immer, wo ihr seid.«

Hannah fiel ein Stein vom Herzen. Am liebsten wäre sie Lyn für ihre Entscheidung um den Hals gefallen. Mit ihr an der Seite würde sie nicht nur Geros Abwesenheit besser ertragen können, sondern auch den Umgang mit der Gräfin.

Gero war mindestens genauso erleichtert. »Das ist uns eine große Hilfe, Lyn«, sagte er mit einem dankbaren Blick. »Ich weiß um deine Fähigkeiten und würde mich glücklich schätzen, wenn du auf Hannah und die Kleine aufpasst, während ich fort bin. Ich lasse sie ungern mit meiner Tante und Hanemann von Lichtenberg allein zurück. Wir werden nicht lange fort sein, aber bis zu unserer Rückkehr möchte ich mir nicht auch noch Sorgen um meine Familie machen müssen.« Sein Blick wechselte zu Hannah, die lediglich eine Braue hob.

Unvermittelt klopfte es, und Roland steckte sein bärtiges Gesicht zur Tür herein. »Gefahr im Anmarsch!«, zischte er, was Rona dazu veranlasste, den Server in einer unauffälligen Ledertasche zu verstauen.

Es war die Gräfin mit dem jungen Lichtenberger. Ohne sich anzumelden, marschierten beide in die Bibliothek hinein und blieben vor Gero stehen.

»Was ist jetzt mit der Befragung der Verdächtigen? Und wo befindet sich der Bruder des Schotten?«, wollte Hanemann übergangslos von ihm wissen.

»Er ist nicht da, das siehst du doch«, erwiderte Gero barsch. »Nach allem, was wir ermitteln konnten, wurden Struans Frau und sein Bruder heute Morgen von Raubrittern überwältigt und entführt.«

»Wollt ihr mich alle zum Narren halten?«, brüllte Hanemann aufgebracht. »Was soll das heißen? Entführt? Ist der heißblütige Schotte etwa mit seiner eigenen Schwägerin auf der Flucht?«

»Du Sohn einer Kröte!« Struan verlor die Beherrschung und verpasste dem jungen Lichtenberger einen Faustschlag mitten ins Gesicht. Der taumelte kurz und kippte dann ohnmächtig zu Boden. Es war Roland zu verdanken, dass Hanemann nicht ungebremst mit dem Kopf auf die Steinfliesen knallte, indem er blitzschnell reagierte und dessen Körper abfing. Beinahe sanft legte er ihn ab und tastete besorgt nach der Halsschlagader des jungen Mannes.

Gräfin Margaretha stand wie versteinert da und presste beide Hände auf ihre Brust, als ob sie jeden Moment einen Herzanfall erleiden würde. »Sag jetzt bloß nicht, er ist auch tot!«, stieß sie atemlos hervor.

»Er lebt, hat aber das Nasenbein gebrochen«, erklärte Lyn, nachdem sie den Bewusstlosen unauffällig mit ihrem Armband untersucht hatte.

»Wie kann sie das wissen?«, ereiferte sich Margaretha, die nichts von Lyns futuristischen Möglichkeiten wusste. »Und überhaupt, warum habt Ihr ihn geschlagen?« Ihr anklagender Blick lag auf Struan.

»Tante«, begann Gero so schonend wie möglich und in der Gewissheit, dass sein bewusstloser Cousin sie diesmal nicht belauschen konnte, wenn auch nur für kurz Zeit. »Agenten der Gens du Roi haben Amelie und Malcolm heute Morgen geraubt und in Richtung Franzien entführt. Hanemann hat Struan beleidigt, indem er dessen Bruder unterstellt hat, mit Amelie durchgebrannt zu sein. Deshalb ist ihm die Faust ausgerutscht.«

»Geraubt? Gens du Roi?« Margaretha war ohnehin ziemlich blass; nun wich ihr auch die restliche Farbe noch aus dem Gesicht und sie sah aus wie ein Leichentuch. »Woher weißt du, dass sie nach Franzien entführt werden sollen? Und warum hast du das nicht verhindern können?«

»Die Täter haben einen Bekennerbrief hinterlassen«, sprang Hannah ein, während Gero noch um eine nachvollziehbare Erklärung rang. Er konnte seiner Tante, die nicht in ihre Zeitreiseaktivitäten eingeweiht war, schlecht erklären, woher sie ihr Wissen bezogen.

»Einen Bekennerbrief?« Margarethas Kopf schnellte zu Hannah herum. »Was zum Teufel ist das?«

»Jemand hinterlässt ein Schreiben am Tatort, indem er seine Gegner darüber informiert, wer für die Tat verantwortlich ist und warum sie begangen wurde. Oder um ein Ultimatum zu stellen, indem man Lösegeld fordert. Oder wie in diesem Fall …«, sie machte eine bedeutungsvolle Pause und atmete hörbar ein, »um Gero und seine Kameraden in eine Falle zu locken. Wir vermuten, die Entführer wollen sie dazu bringen, ihnen zu folgen, um Amelie und Malcolm aus ihrer Gewalt zu befreien. Dann schlagen sie zu, und nehmen Gero und seine Brüder gefangen, sobald sie sich auf das Gebiet des Königs von Franzien wagen. Die Gens du Roi sind nach wie vor auf der Jagd nach ehemaligen Templern und wollen möglichst alle Überlebenden, die nicht in einem Ketzer-Prozess abgeurteilt wurden, gefangen nehmen und nachträglich vor ein Inquisitionsgericht bringen. Wie du ja weißt, gehören Gero und seine Brüder zu deren bevorzugten Zielen.«

»*Mon Dieu!*« Der entsetzte Blick der Gräfin ruhte auf Gero. »Und was hast du nun vor?«

»Wir holen uns die beiden zurück, noch bevor sie Franzien erreichen. Deshalb haben wir auch keine Zeit mehr zu verlieren. Ich werde sofort alle zur Verfügung stehenden Brüder hier auf der Burg zusammenrufen und unsere Kameraden von auswärts, die unter falscher Fahne am Turnier teilgenommen haben. Dann werden wir packen und noch eine kurze Besprechung abhalten, bevor wir ausrücken, um zu tun, was getan werden muss. In der Zwischenzeit satteln unsere Knappen unsere schnellsten Pferde, damit wir diese Teufel spätestens noch vor Metz stellen können.«

»Damit gehst du ein hohes Risiko ein«, gab Margaretha mit bebender Stimme zu bedenken. »Was geschieht, wenn ihr auf dem Gebiet der Luxemburger in eine Zollkontrolle geratet?«

»Mach dir keine Sorgen, wir haben an alles gedacht«, beruhigte Gero sie. »Wir reisen als freie Söldner. Noch bevor es losgeht, wird Anselm uns die nötigen Dokumente anfertigen.«

Margaretha schaute ihn fassungslos an. »Und was ist mit Hanemann und seinem toten Oheim? Wie stellst du dir das vor? Du kannst uns unmöglich mit den beiden hier alleine lassen. Die Lichtenberger werden Fragen stellen, die ich ihnen nicht beantworten kann. Hanemann ist ohnehin furchtbar wütend, weil er glaubt, wir tragen die Schuld an Johanns Tod. Wie um der heiligen Mutter

Gottes Willen soll ich ihm erklären, dass du einfach davongeritten bist? Das sieht aus, als ob du einem der Verdächtigen zur Flucht verhilfst.«

»Mir ist ganz egal, wie es aussieht«, erwiderte Gero schroff. »Darum kann ich mich beim besten Willen nicht auch noch kümmern. Ich überlasse es dir und deiner sprichwörtlichen Diplomatie, meinen lieben Cousin zur Vernunft zu bringen, sobald er wieder bei Sinnen ist. Sag ihm, es tut mir leid, aber Struans Weib ist guter Hoffnung und deren Wohlergehen ist zurzeit wichtiger als seine kruden Anschuldigungen. Und sag ihm auch, wir sind so rasch wie möglich zurück. Er soll einstweilen mit dem Leichnam seines Onkels nach Hause zurückkehren und ihn würdig zu Grabe tragen. Ich stelle mich seinen Verdächtigungen, sobald ich Zeit dafür finde. Und kein Wort von den Leuten des französischen Königs, hast du verstanden? Sag ihm, Amelie und Malcolm wurden allem Anschein nach von Raubrittern entführt.«

»Für wie dumm hältst du mich?«, giftete Margaretha. »Trotzdem kannst du nicht einfach so verschwinden! So warte doch!«, rief sie und rannte ihm händeringend hinterher, als er sich anschickte zu gehen, um weitere Reisevorkehrungen zu treffen.

Gero drehte sich ein letztes Mal zu ihr um. »Egal, was geschieht, ich will, dass du auf Hannah und das Kind achtgibst und diesen irre gewordenen Hanemann dabei nicht aus den Augen lässt. Ich habe Roland bereits gewarnt: Er soll die Truppen von Waldenstein in Alarmbereitschaft halten. Wer weiß, was unserem lieben Cousin noch alles einfällt. Aber nun muss ich gehen. Ich will mich noch anständig von meiner Frau und meinem Kind verabschieden, bevor wir endgültig aufbrechen.« Er wandte sich ab und ließ seine verdutzte Tante einfach stehen. Dann nahm er Hannah bei der Hand und zog sie nach draußen auf den Flur.

Seine Brüder und auch Rona und Lyn folgten ihm. Ebenso Roland, dem das Gezeter der Gräfin vollkommen gleichgültig zu sein schien. Auf dem Weg zum Treppenhaus nahm Gero ihn rasch beiseite und klärte ihn leise über die neuesten Erkenntnisse auf. Außerdem bat er ihn, über die wahren Ursachen ihrer Abreise Stillschweigen zu wahren. »Du und die anderen müsst auf Hannah und die Kleine aufpassen«, beschwor Gero ihn, »bis wir wieder zurück sind. Was hoffentlich schon in den nächsten Tagen der Fall sein wird.«

»Musst du denn unbedingt mit? Ich meine, kannst du deine Brüder nicht alleine reiten lassen?«, wandte Roland ein und sprach damit aus, was Hannah dachte.

»Tut mir leid, aber ich muss Struan zur Seite stehen. Wenn ich mir vorstelle, sie hätten anstatt Amelie mit ihrem Ungeborenen Hannah und Sophia entführt, kann ich gar nicht anders«, entgegnete Gero bitter und warf seiner Frau einen entschuldigenden Blick zu, mit dem er sie um Zustimmung bat. »Struan würde mich umgekehrt auch nicht im Stich lassen. Er hat mir bei der Flucht von Antarados nach Zypern das Leben gerettet und viele Male mehr treu an meiner Seite gestanden. Wir sind Brüder im Herzen. Er wird immer für mich da sein – und ich für ihn. Deshalb muss ich ihm helfen, auch wenn es mir wegen Hannah und unserer Tochter vor Sorge schier das Herz zerreißt.«

»Das verstehe ich ja, aber …« Roland schaute besorgt auf Hannah herab. Mit seiner Größe und der bärenhaften Statur war er für Hannahs Verständnis mehr als nur geeignet, um ihr stellvertretend für Gero als Bodyguard zu dienen. Doch er schien von seiner neuen Rolle weit weniger überzeugt zu sein. »Und wenn dir etwas geschieht, Gero? Was ihr vorhabt, ist kein Kinderspiel.«

»Schon in Ordnung, Roland«, sagte Hannah leise und spürte zugleich Geros Aufmerksamkeit auf sich ruhen. »Ich vertraue ihm. Es ist unsere Pflicht, unseren Freunden beizustehen. Schließlich sind wir eine große Familie, die nicht nur in guten Zeiten zusammenhält.«

»Ich danke dir aus tiefstem Herzen«, bekannte Gero und küsste sie auf die Stirn. »Komm, lass uns nach oben gehen. Ich muss noch packen und möchte mich gebührend von dir und Sophia verabschieden.«

Hannah nickte wie in Trance. Es war eine Bitte, die sie ihm keinesfalls abschlagen wollte. Auch wenn sie seine Entscheidung, sehenden Auges in den möglichen Tod zu reiten, mit schierer Verzweiflung erfüllte.

Wie um sich seiner Zustimmung zu versichern, legte Gero seine Hand auf Rolands mächtige Schulter. Eine Geste der Verbundenheit und des Vertrauens. »Wir treffen uns mit Pierre und seinen Leuten nachher noch zu einer kurzen Besprechung in der Katakombe unterhalb der Kapelle. Ich hätte dich gerne dabei. Dann weihe ich dich in unsere Pläne ein. Außerdem benötigte ich deinen Hengst. Zeus wird mir helfen heil nach Hause zurückzukehren.«

Hannah folgte Gero schweigend zu ihrer gemeinsamen Kammer.

»Ich verstehe, warum du dich Struan verpflichtet fühlst«, flüsterte sie mit belegter Stimme, als sie Geros Unbehagen spürte, nachdem er die prunkvoll geschnitzte Kirschholztür hinter sich geschlossen hatte. »Ich würde auch nicht anders handeln.«

»Du hast keine Ahnung, wie viel mir deine Zustimmung bedeutet«, murmelte er und beugte sich zu ihr hinunter, um sie zu küssen. Diesmal auf den Mund und so zärtlich, dass ihr das Herz für einen Augenblick stehen blieb. Sie spürte wie seine Zunge zögernd zwischen ihre Lippen schlüpfte und er sie näher zu sich heranzog.

»Ich liebe dich mehr als mein Leben«, murmelte er verlangend an ihrem halb geöffneten Mund. »Das darfst du nie vergessen. Auch wenn ich Dinge tue, die du vielleicht nicht gutheißt.«

»Ich liebe dich genauso sehr«, erwiderte sie leise. »Und bei unserer Hochzeit habe ich mir geschworen, deine Entscheidungen niemals infrage zu stellen. Ich weiß, dass du stets gute Gründe für dein Handeln hast.«

»Du hörst dich schon an wie meine Mutter«, erwiderte er mit einem schwachen Lächeln, wurde aber gleich wieder ernst. »Ich weiß, dass es unverantwortlich ist, dich mit unserer Tochter hier allein zurückzulassen. Deshalb versprich mir, dass du während meiner Abwesenheit nichts tust, was dich und Sophia zusätzlich gefährden könnte. Also keine Ausfahrten und keine unbewachten Spaziergänge, verstehst du?«

»Ja«, antwortete sie ernst und blickte ihm tief in die Augen. »Außerdem bin ich ja nicht allein. Ich habe noch Roland, deine Mutter und Lyn. Aber das ändert nichts an meiner Angst um dich und die anderen. Versprich du mir, dass ihr keine unnötigen Risiken eingeht.«

»Wenn ich lieber hierbleiben und die anderen ziehen lassen soll, sag es mir«, murmelte er und runzelte die Stirn. »Sie würden verstehen, weshalb ich meine Familie in dieser für uns alle schwierigen Lage nicht allein auf Waldenstein zurücklassen kann.«

»Hör auf«, brach es unvermittelt aus ihr hervor. »Das meinst du nicht ernst, und das weißt du auch. Du würdest es dir genauso wenig verzeihen, wie ich es mir verzeihen könnte, wenn Struan und die anderen mit ihrer Rettungsaktion scheitern, weil du nicht dabei gewesen bist.«

»Du hast recht«, räumte er mit reumütigem Blick ein. »Aber es ist nicht nur eine Frage der Kampfkraft. Es ist vor allem eine Frage der Kampfmoral. Wir haben schon so viel gemeinsam gemeistert und überstanden. Wenn ich an Struans Seite bin und umgekehrt, können wir alles schaffen. Ganz gleich, wie viele Hürden man uns in den Weg stellt. Wir sind ein unschlagbares Team, wie man in deiner Zeit sagen würde.«

»Ja, keine Frage. Der Korpsgeist der Templer ist sprichwörtlich, aber erst seit ich dich und die anderen kenne, weiß ich, was genau damit gemeint ist.« Hannah setzte sich erschöpft auf ihr Bett. »Bruderschaft ist für euch nicht nur ein Wort. Ihr seid Brüder im Herzen und werdet es bleiben, solange ihr lebt. Deshalb solltest du jetzt gehen, damit ihr aufbrechen könnt.«

Hannah hob den Kopf und schaute ihm fest in die beeindruckend blauen Augen. *Vielleicht ist es das letzte Mal, dass wir uns so nahe sind*, stand darin geschrieben. »Es tut mir leid, dass alles so gekommen ist«, flüsterte sie mit erstickter Stimme. »Für dich und die anderen. Ich weiß, wie viel dir ein friedlicher Neuanfang für uns alle auf Waldenstein bedeutet hat. Und nun steht schlagartig alles infrage. Aber wir werden nicht zulassen, dass irgendwer unsere wundervollen Zukunftspläne zerstört«, fügte sie trotzig hinzu.

Gero ließ sich neben ihr nieder und nahm sie sanft in den Arm. »Das werden wir zu verhindern wissen, das schwöre ich dir.« Er küsste sie noch einmal, diesmal noch intensiver. Sie erwiderte seinen Kuss mit einer Leidenschaft, die ihn erkennen ließ, dass sie für mehr bereit war.

»Ich will dich«, flüsterte er unvermittelt. »Selbst wenn uns kaum Zeit dafür bleibt. Da passt es gut, dass ich mich ohnehin umziehen muss«, fügte er mit einem hintergründigen Lächeln hinzu.

Nur wenig später rissen sie sich in stummem Einverständnis die Kleider vom Leib und fielen übereinander her wie zwei Ertrinkende, die sich gegenseitig zu retten versuchten. Während Hannah seine hungrigen Küsse erwiderte, drang er tief in sie ein und nahm sie hastig wie selten zuvor, doch zugleich mit leidenschaftlicher Kraft und zärtlicher Sanftheit, wie er es immer tat, wenn sie sich liebten.

Hannah stöhnte kehlig und verschwendete keinen Gedanken an die Frage der Verhütung, obwohl sie gewöhnlich einem von Freya berechneten Kalender folgten, weil sie sich mit weiterem Nachwuchs noch ein wenig Zeit lassen wollte. Ihm hingegen schien es nicht schnell genug zu gehen, ihr ein weiteres Kind zu zeugen. Als wollte er sie in ihrer Gewissheit bestätigen, trieb er sie zu einem kurzen, heftigen Höhepunkt und ließ seiner Lust so ungehemmt freien Lauf, dass ihr ganz schwindlig wurde.

»Männer, die in einen Krieg ziehen, begehren ihre Frauen heftiger als in der Hochzeitsnacht«, hatte ihre Schwiegermutter ihr einmal anvertraut, als sie gemeinsam mit ein paar anderen Burgfrauen beim Sticken in ihrer Kemenate zusammengesessen hatten. *»Der Gedanke, etwas von sich selbst auf dieser Welt zurückzulassen, tröstet sie und auch ihre Frauen, falls diese zur Witwe werden.«*

»Mach dir keine Sorgen«, sagte er rau, als ob er ihre Furcht gespürt hatte, und rollte sich schwer atmend zur Seite, um sie nicht zu erdrücken. »Ich kehre schon bald gesund und munter zu dir und Sophia zurück. Ich werde euch keinen Kummer bereiten.«

Mit pochendem Herzen ließ sie es zu, dass er sich mit einem sanften Kuss von ihr löste und sich seiner Kleiderkiste zuwandte. Zügig suchte er sich die passende Reisekleidung zusammen, die jedem Wetter trotzen musste und unauffälliger war als die Uniformen der Waldensteiner, die sofort darüber Auskunft gaben, aus welchem Lager er stammte.

Vom Bett aus beobachtete Hannah, wie er in seine warme Unterwäsche schlüpfte und sich seine dicke Hirschlederhose über die muskulösen Beine zog. Ein paar wärmende Filzsocken folgten, bevor er in die groben Templerstiefel stieg, die er immer trug, wenn er auf die Jagd ging.

»Was ist, wenn die Gens du Roi euch auflauern, sobald ihr Waldenstein verlassen habt?«, orakelte Hannah mit unheilschwangerer Stimme.

»Natürlich werden sie das«, bestätigte er ihre Befürchtungen mit einem ernsten Blick. »Warum sonst sollten sie ausgerechnet Amelie und Malcolm entführt haben? Aber das kann nicht bedeuten, dass wir die beiden einfach ihrem Schicksal überlassen. Schließlich sind wir gewarnt. Was also soll schon geschehen, außer, dass wir den Franzmännern eine weitere Lektion erteilen«, fügte er mit einem siegessicheren Grinsen hinzu.

»Und wenn sie während eurer Abwesenheit noch einmal versuchen, Waldenstein zu überfallen?« Hannahs unbedarfte Frage stand mit einem Mal wie eine Ladung Sprengstoff im Raum, während sie selbst neben dem Bett in ihre zuvor abgelegten Kleider schlüpfte.

»Roland ist mit einhundertfünfzig Söldnern auf der Burg bestens gerüstet«, sagte Gero mehr zu sich selbst. »Außerdem macht es keinen Sinn, Waldenstein anzugreifen, wenn ich nicht daheim bin. Sie wollen nicht dich oder die Gräfin, sie wollen mich und die anderen. Ich habe beschlossen, dass Brian und Totty ebenfalls hierbleiben, um Roland bei der Verteidigung der Burg zu unterstützen. Offen gesagt halte ich Hanemann und seine undurchsichtigen Pläne für eine größere Gefahr als die Agenten des franzischen Königs. Schon deshalb bleibt mir gar nichts anderes übrig, als möglichst rasch nach Hause zurückzukehren.«

»Warum können Anselm und Stephano nicht auch bei uns bleiben?«, versuchte Hannah ihr Glück. »Ich mache mir immer noch Sorgen um Anselm, ob er inzwischen fit genug mit dem Schwert ist, um es mit franzischen Söldnern aufzunehmen.«

»Abgesehen davon, dass wir ihn dringend für die Fälschungen passender Urkunden benötigen, hat Stephano inzwischen dafür gesorgt, dass Anselm uns im Kampf ebenbürtig ist«, antwortete Gero entschlossen.

»Und was ist mit Johan van Elk und Freya? Sie ist schwanger, wenn auch erst ganz am Anfang.«

»Auf Johan können wir nur schwer verzichten, aber bei Freya bin ich mir nicht sicher. Sie wäre uns natürlich von großem Nutzen, wenn wir Amelie befreien und es bei ihr wegen der ganzen Aufregung zu einer verfrühten Niederkunft käme. Aber ich weiß ohnehin nicht, ob Johan unter den gegebenen Umständen einverstanden wäre, dass Freya uns begleitet.«

Hannah lächelte fein. »Wie ich sie kenne, wird sie das selbst entscheiden und nicht Johan überlassen.«

»Darauf hoffe ich ja.« Gero zwinkerte ihr beiläufig zu.

Inzwischen hatte er sich sein wattiertes Unterwams und das fünfzehn Kilo schwere Kettenhemd übergezogen und bedeutete Hannah, wie sie ihm beim Zuziehen der seitlichen Lederschnallen behilflich sein konnte.

»Und wer schützt dich, wenn es zum Kampf kommt?«, wollte sie wissen, während sie die Enden der Riemen mit den dazu passenden Schließen verband.

»Ich kann mich selbst schützen, und im Zweifel schützen wir uns gegenseitig«, versuchte er sie mit sanfter Stimme zu beruhigen und gürtete über dem knielangen Wappenrock, der nichts über seine Herkunft verriet, seinen Schwertgurt mit dem kostbaren Anderthalbhänder. Ein Geschenk seines Vaters zum Ritterschlag. »Außerdem ist Pierre mit von der Partie. Mit seinen Leuten sind wir mehr als zwanzig Ritter. Das ist eine halbe Armee. Wenn alles nach Plan läuft, sind wir in spätestens vier Tagen zurück.«

»Ich vertraue auf deine Zuversicht. Aber denk dran: Wir haben eine Tochter, und die braucht nicht nur eine Mutter, sondern auch ihren Vater. Vergiss das nie, bei allem, was du tust.«

»Wie könnte ich das je vergessen.« Mit einer beschwichtigenden Geste stand er voll aufgerüstet vor ihr. Groß, breitschultrig und gewappnet wie eine menschliche Festung. Er schaute ihr liebevoll in die Augen und hob ihr Kinn an. Dann beugte er sich zur ihr herab, um sie zum Abschied zärtlich auf den Mund zu küssen. »Alles wird gut«, versicherte er ihr und nahm sie vorsichtig in die Arme, um ihr ein letztes Mal seine Liebe zu versichern. »Über Lyn und ihr Armband habt ihr einen ständigen Kontakt zu Rona, die uns ebenfalls begleiten wird«, erinnerte er sie. »Lyn kann sich jederzeit bei ihr erkundigen, wo wir sind und wie es uns geht.«

»Ich weiß nicht, ob mich das beruhigt.« Hannah schaute mit einem zweifelnden Blick zu ihm auf.

»Sollte es aber«, widersprach er ihr. »Als mein Vater nach Akko in den Kampf gegen die Mameluken gezogen ist, hatte er nichts außer ein paar unzuverlässige Brieftauben dabei, um mit seiner Heimat Botschaften auszutauschen. Dagegen ist Lyns Armband ein unfassbarer Fortschritt. Also«, sagte er und überprüfte kurz, ob er nichts vergessen hatte, bevor er sich seine transportable Satteltasche schnappte, in der sich fast alles befand, was er in den nächsten Tagen benötigte. »Helm, Schild und die schweren Waffen sind unten in der Waffenkammer«, sagte er dann. »Aber soweit ich weiß, hat Roland deren Ausgabe bereits organisiert.« Er lächelte, offenbar zufrieden, endlich abziehen zu können, und wandte sich zur Tür.

»Wirst du dich noch von Sophia verabschieden, bevor ihr aufbrecht?«

Als er sich zu ihr umdrehte, traf ihr Blick ihn mitten ins Herz.

»Dachtest du etwa, ich würde das vergessen?«, fragte er mit belegter Stimme.

»Nein … tut mir leid«, gestand Hannah. »Ich weiß überhaupt nicht mehr, was ich denken soll. Ich fürchte, ich bin ziemlich durcheinander. Lass uns gemeinsam zu deiner Mutter gehen. Sie erwartet bestimmt auch, dass du ihr noch auf Wiedersehen sagst. Ich muss die Kleine ohnehin bei ihr abholen. Sophia wird hungrig sein.«

Auf dem Weg ins Erdgeschoss begegnete ihnen Mattes. »Ich habe schon gehört, dass wir Richtung Franzien reiten«, erklärte er Gero atemlos. »Pierre de Bologne und seine Männer haben sich bereits bei der Kapelle versammelt.«

»Nicht *wir*«, korrigierte er den Jungen. »Du bleibst bei Hannah.«

»Was?« Mattes riss empört die blauen Augen auf. »Wieso muss ich schon wieder bei den Frauen bleiben? Ich gehöre zum Kreis der Templer, wie alle anderen auch. Außerdem bin ich dein Knappe und Adjutant!«, rief er aufgebracht.

»Das wird auch so bleiben«, versuchte Gero ihn zu beschwichtigen. »Aber irgendwer muss hier nach dem Rechten sehen. Totty und Brian bleiben auch auf Waldenstein und unterstützen Roland während unserer Abwesenheit.«

Hannah wertete es als schlechtes Zeichen, dass Gero den Jungen nicht mitnehmen wollte. Die Angelegenheit war ihm zu gefährlich, um das Leben seines Knappen aufs Spiel zu setzen.

»Und was ist mit Atlas?«, wollte Mattes zu Hannahs Verwunderung wissen.

»Der bleibt auch hier«, bestimmte Gero kurzerhand. »Ich reite Zeus, Rolands grau gescheckten Brabanter. Der ist geländegängiger und ein guter Langstreckenläufer. Außerdem hat er ein paar Jahre weniger auf dem Buckel als Atlas. Zudem fehlt ihm das Brandzeichen des Ordens.«

»Sag ruhig die Wahrheit. Du hast Angst, du könntest Atlas auf dieser Reise verlieren – so wie du Sorge hast, mich zu verlieren«, konterte der Junge verstimmt und bestätigte damit Hannahs Befürchtungen.

»Im besten Fall werde ich niemanden verlieren«, versicherte Gero ihm mit fester Stimme, wobei er versuchte, Hannahs besorgtem Blick auszuweichen. »Und jetzt sieh zu, dass du alle aus unserer Bruderschaft in die Katakomben beorderst, damit wir den Ablauf unserer Mission abschließend mit allen Beteiligten noch einmal kurz besprechen können. Anselm soll seine Dokumentensammlung und sein Fälscher-Werkzeug mitbringen.« Einen Moment lang hielt er inne und sah den Jungen aus schmalen Lidern an. »Hat die neuerliche Durchsuchung auf dem Jahrmarkt eigentlich etwas ergeben?«

»Nicht viel.« Mattes schüttelte den Kopf. »Nur dass die angebliche Händlerin aus Franzien drei andere Händler dabeihatte. Sie sind mit insgesamt drei Wagen angereist. Einer von den Männern, offenbar der Anführer, hatte eine auffällige Narbe im Gesicht. Die beiden anderen waren eher unscheinbar. Aber alle drei waren in guter körperlicher Verfassung. Sie haben mit niemandem auf dem Platz geredet, nur hin und wieder mit der Frau, die sie bei sich hatten.«

»Das macht es nur noch wahrscheinlicher, dass sie tatsächlich zur Gens du Roi gehören«, murmelte Gero und gab Mattes einen Klaps auf die Schulter. »Geh schon mal voraus. Sag den anderen, ich bin unterwegs.«

Geros Mutter war außer sich, als er mit Hannah deren Kemenate betrat und sie über seine bevorstehende Abreise unterrichtete.

»Du kannst deine Frau nicht schon wieder alleine lassen«, zeterte sie aufgelöst. »Margaretha war gerade hier und hat mir erzählt, was vorgefallen ist. Dass dieser Schotte Hanemann zu Boden geschlagen hat. Wenn die Frau des Schotten entführt wurde, ist er selbst schuld daran, weil er nicht gut genug auf sie aufgepasst hat. So etwas kann leicht ins Verderben führen. Es hat einen Grund, warum Gott der Herr den Gehorsam des Weibes in die Bibel schreibt und ihr im besten Fall einen Ehemann an die Seite stellt, der sie beschützt. Er muss ihr deutlich machen, dass es sich für ein Weib geziemt, ihrem Gemahl gegenüber fügsam zu sein«, dozierte sie in ihrem unerschütterlichen Glauben an die Überlegenheit des männlichen Geschlechts.

Gero atmete hörbar aus, weil er sich denken konnte, was Hannah von diesem Vortrag hielt. Aber er widersprach seiner Mutter auch nicht.

Hannah hätte Jutta von Breydenbach dutzende Argumente entgegenhalten können, aber auch sie hielt den Mund. Jetzt war nicht der richtige Zeitpunkt, eine Auseinandersetzung über die Gleichberechtigung zwischen Mann und Frau vom Zaun zu brechen und den Nutzen, den die Menschheit daraus ziehen konnte.

Immerhin stand Jutta auf ihrer Seite, was die zu erwartenden Gefahren bei Geros Mission betraf. Und die daraus resultierenden Verpflichtungen für ihren Sohn.

»Was geschieht mit Hanemann von Lichtenberg und seinem toten Oheim? Hast du dir schon überlegt, wie du deinen aufgebrachten Cousin davon abbringen willst, weiter zu behaupten, wir hätten Johann I. gemeuchelt?«

»Das hat Tante Margaretha mir bereits vorgehalten und offen gesagt, ist es mir gleich, was Hanemann denkt, Mutter«, erwiderte Gero ungeduldig. »Ich kann ihm nicht helfen, wenn er sich in eine solche Behauptung verrennt. Das Leben zweier Freunde steht auf dem Spiel, die genauso zu meiner Familie gehören wie Hannah und du. Tut mir leid, ich muss jetzt gehen. Jede Stunde, die wir früher aufbrechen, ist kostbar.«

Ohne die Antwort seiner verzweifelt dreinblickenden Mutter abzuwarten, beugte er sich zur Wiege hinab und küsste seine schlafende Tochter sanft auf die Stirn. Dann segnete er sie mit einem Kreuz und betrachtete sie einen Moment, als wollte er sich ihr Bild ins Gedächtnis einbrennen. Ein Anblick, der Hannah das Herz zusammenschnürte.

»Ich hole Sophia gleich ab«, sagte sie zu Geros Mutter. »Ich gehe kurz mit ihm nach draußen, um mich von ihm und den anderen zu verabschieden.«

Aus dem Augenwinkel sah sie, wie Gero seiner Mutter einen Kuss auf die gekräuselte Stirn drückte. Jutta von Breydenbach wirkte mindestens so besorgt wie sie selbst.

»Mach dir keine Gedanken, Mutter«, beschwichtigte Gero sie leise. »Sobald wir zurück sind, werde ich das alles so schnell wie möglich in Ordnung bringen. Länger als ein paar Tage sind wir nicht fort. Wobei es mir recht wäre, wenn du Hannah in allem unterstützt und ihr insbesondere im Umgang mit Tante Margaretha zur Seite stehst. Du weißt ja, wie bestimmend deine Schwester sein kann.« Er rang sich ein ungezwungenes Lächeln ab. Seine Mutter nickte ergeben, was sie wahrscheinlich immer getan hatte, wenn ihr Mann oder ihre Söhne auf unbestimmte Zeit die Burg verlassen hatten.

Gero warf seiner schlafenden Tochter noch einen angedeuteten Kuss zu, dann fasste er Hannah bei der Hand und zog sie hinaus auf den Flur.

Nachdenklich betrachtete sie sein bärtiges Gesicht. »Wollt ihr eure Bärte nicht lieber abnehmen? Die Gens du Roi haben bestimmt nicht vergessen, wie ihr ausseht.«

»Wir haben nicht vor, die Grenze nach Franzien zu überschreiten«, gab er entschlossen zurück. »Wir werden die Entführer vorher einholen und festsetzen. Und in Lothringen haben wir ohnehin kaum etwas zu befürchten.«

Verunsichert schaute sie zu ihm auf. »Wenn du es sagst.«

»Damit du weißt, was wir vorhaben und dir weniger Sorgen machst, hätte ich dich gerne bei unserer abschließenden Besprechung in den Katakomben dabei«, schlug er ihr überraschend vor. »Freya, Lyn und Rona nehmen auch daran teil.«

»Wenn du meinst, dass es mich nicht noch mehr beunruhigt.« Mit einem Seufzer folgte Hannah ihm über den windigen Burghof zur Kapelle, in deren Innerem eine Treppe hinunter zu den Katakomben führte. Es handelte sich um einen kalten, schmucklosen Ort, an dem Gero und seine Bruderschaft gewöhnlich über sämtliche geheimen Angelegenheiten der Templer debattierten.

Pierre de Bologne und ein paar seiner Offiziere waren bereits anwesend. Seine restlichen Männer warteten aufgerüstet bei den Stallungen auf den Befehl zum Abmarsch. Er und seine Leute waren inzwischen komplett in die Existenz und die ungefähre Funktionsweise des CAPUT LVIII eingeweiht, wie der Timeserver bei den Templern hieß.

Rona, die zusammen mit Arnaud erschienen war, hatte Pierre, den ehemaligen Juristen und Priester des Ordens, bereits mit futuristischem Kartenmaterial versorgt, damit sie die möglichen Standorte der Entführten auf dem Server so genau wie möglich darstellen konnten.

Hannah setzte sich neben Freya und Lyn auf eine kalte Steinbank, nachdem alle vollständig erschienen waren, und zog die Enden ihres dicht gewebten Wollumhangs enger um die Schultern, als Rona auf der uralten Altarplatte aus ägyptischem Alabaster noch einmal den Server aktivierte.

»Wir können zurzeit nicht genau festlegen, wo sich die beiden befinden«, klärte sie die restlichen Templer aus Pierres Truppe auf, die bei der Versammlung in der Bibliothek nicht dabei gewesen waren. »Aber über den Caput 58 können wir die ungefähre Position von Amelie und Malcolm bestimmen.«

Anhand holographischer Darstellungen, die einige von Pierres Leuten sichtbar in Erstaunen versetzten, erläuterte Rona ihrem angespannten Publikum, wo die beiden Vermissten sich vermutlich zurzeit aufhielten. »So wie es aussieht, sind unsere Gegner mit den beiden bereits ein ganzes Stück vorangekommen. Wenn wir nicht bald aufbrechen, werden wir sie nicht mehr abfangen können, bevor sie die Grenze zur Champagne erreichen. Aber klar ist, dass deren Weg in Richtung Metz führt.«

Nachdem die geografischen Fakten geklärt waren, trat Gero vor und erläuterte sein personelles Konzept. Dabei hatte er vor allem Totty und Brian, aber auch Roland im Blick.

»Wir ihr wisst, kämpfen wir derzeit an zwei Fronten. Auf der einen Seite gegen die Gens du Roi, auf der anderen gegen meinen angeheirateten Cousin, der uns beschuldigt, seinen Vormund getötet zu haben. Da wir unter den gegebenen Umständen keine Zeit haben, dem Tod von Johann I. von Lichtenberg auf den Grund zu gehen, möchte ich Brian und Totty bitten, hier auf der Burg zu bleiben und Roland bei deren Sicherung zu unterstützen. Außerdem möchte ich, dass ihr Hannah und meine Tochter beschützt. Ganz gleich, ob gegen einen Einfall der Gens du Roi oder gegen meine hitzige Verwandtschaft. Lyn wird ebenfalls bleiben und mithilfe ihres Armbands zu Rona Kontakt halten. Damit wissen alle, die hier auf der Burg zurückbleiben, zu jeder Zeit, wo wir uns gerade aufhalten – und umgekehrt.«

»Aye, aye, Sire«, antworteten Brian und Totty mit einer Stimme. Obwohl Totty selbst Anführer einer Templer-Commanderie gewesen war, akzeptierte er Geros Entscheidung, auf Waldenstein zurückbleiben zu müssen, ohne Widerspruch.

»Freya wird uns ebenfalls begleiten«, erklärte Gero und bedachte die rothaarige Begine mit einem dankbaren Lächeln. »Nachdem es uns hoffentlich gelungen ist, Amelie aus den Fängen der Gens du Roi zu befreien, brauchen wir womöglich eine erfahrene Hebamme, falls das Kind wegen der ganzen Aufregung zu früh kommt.«

»Die Sachen, die ich benötige, sind bereits alle gepackt«, antwortete Freya und bestätigte damit ihre Bereitschaft, die Mission zu unterstützen, so gut es ihr möglich war. Auch Johan hatte seinen Segen zu ihrer Teilnahme an dieser Mission gegeben.

»Anselm«, fuhr Gero fort und warf seinem Freund und Bruder aus der Zukunft einen ernsten Blick zu. »Wir brauchen dich und deine Talente, damit wir jederzeit die notwendigen Papiere vorweisen können, falls wir in eine Zollkontrolle geraten. Denk also bitte an alles, was du für die Fälschung von Dokumenten benötigst. Darüber hinaus Material, mit dem du uns ohne großen Aufwand entsprechende Urkunden anfertigen kannst.«

»Ich habe bereits alles Notwendige vorbereitet«, antwortete Anselm mit Blick in die Runde. »Wir werden gemeinsam mit Pierre und seinen Leuten als lombardische Gesandtschaft auftreten, falls wir von luxemburgischen Zöllnern kontrolliert werden. Ich habe die vorhandenen Urkunden erweitert, die uns alle als gedungene Söldner, Waffenknechte und Leibeigene des Bischofs von Ravenna auf der Rückreise von England ins Königreich Navarra ausweisen. Damit können wir die beiden Frauen, unseren Proviant und auch die Waffen erklären, falls entsprechende Nachfragen kommen sollten.«

»Sehr gut.« Gero warf einen Blick in die Runde. »Roland, du musst dich um die verbliebenen Turniergäste kümmern, die nun zwangsläufig die Heimreise antreten werden. Es müssen noch Turniergelder zurückgezahlt werden. Sag ihnen, wir brechen das Turnier aus Respekt für meinen verstorbenen Oheim ab und ich muss den Trauerzug meines Oheims vorbereiten und mich um seinen Neffen kümmern. Das wird jeder verstehen.«

»Geht in Ordnung«, antwortete Roland, »mach dir keine Gedanken, wir bekommen das auch ohne dich hin.«

»Ich schlage vor«, fuhr Gero fort, »Pierre und seine Leute reiten schon mal voraus Richtung Metz. Das fällt am wenigsten auf. Wir anderen reiten mit Rona und Freya wenig später los und nehmen die Route über Luxemburg. Ganz gleich, ob wir unterwegs erfolgreich sein sollten, oder nicht: Wir treffen uns spätestens heute Abend in Metz an der Zollbrücke, um uns auszutauschen.«

»Worauf warten wir noch?«, fragte Struan in die entstandene Stille hinein.

»Abmarsch«, befahl Gero und schloss als Letzter die Tür, nachdem alle die Katakomben verlassen hatten.

Hannah hatte am Treppenaufgang auf ihn gewartet. Während sie unentschlossen zu ihm aufblickte, zog er sie noch einmal an sich und küsste sie fest.

»Pass gut auf unser Engelchen auf«, raunte er mit belegter Stimme und bekräftigte seinen Wunsch mit einem intensiven Blick seiner blauen Augen.

»Worauf du dich verlassen kannst«, wisperte sie, als er zögerte. »Geh schon«, fügte sie mit bebender Stimme hinzu, weil er sich nicht von ihr zu lösen vermochte.

Es kostete sie alle Kraft, nicht in Tränen auszubrechen, zumal sie Gero ansehen konnte, wie schwer es ihm selbst fiel, sie und Sophia zurücklassen zu müssen. *»Du darfst niemals in Wehklagen ausbrechen, wenn dein Mann in eine Schlacht zieht. Ganz gleich, wie sehr es dich betrübt«*, hatte ein weiterer Ratschlag in Juttas langer Liste »Die gehorsame Gemahlin des Ritters« gelautet. *»Mit deinen Tränen würdest du seine Stärke und Kampfkraft schwächen und ihm die Zuversicht auf den Sieg nehmen. Deshalb lächle und zeig ihm, dass du ihn liebst und fest an ihn glaubst. Selbst dann, wenn der Gedanke, ihn an den Tod zu verlieren, dir den Atem nimmt.«*

Mit Blick auf seine bereits wartenden Mitstreiter übernahm er von Roland den riesigen ›Zeus‹. Das Stockmaß des grauweiß gescheckten Brabanter Hengstes betrug eins achtzig, womit sein Widerrist Hannahs Kopf noch um eine Handbreit überragte. Mit all dem Gepäck, den Waffen und der gepanzerten Schabracke, die Brust und Hintern vor Lanzen und Schwerthieben bewahrte, wog das Tier mindestens so viel wie ein Kleinwagen. Und das ohne Gero, der sich nun behände in den speziell angefertigten Sattel schwang. Mit einem hohen Vorderzwiesel, der Stütze im Rücken und den klappbaren Seitenbügeln ermöglichte er dem Reiter, während des Ritts sogar auf dem Rücken des Pferdes einzuschlafen, ohne dabei herabzustürzen.

Hannah verabschiedete sich zuletzt von Freya und Rona, indem sie die beiden auf dem Burghof zum Abschied herzlich umarmte, bevor die Frauen warm eingehüllt in einen Kapuzenmantel und mit ihrem Reisegepäck versehen auf ihre Pferde stiegen. »Kommt alle gesund zu uns zurück«, flüsterte sie ihnen zu und schaute zu Rona auf, nachdem sie im Sattel saß. »Versprich mir, auf die Jungs aufzupassen.«

»Keine Sorge. Gero und seine Brüder sind schließlich keine Anfänger und wissen, was zu tun ist«, rief Rona ihr mit ernster Miene ins Gedächtnis. »Ich werde Lyn über alles auf dem Laufenden halten, versprochen.«

Hannah blieb noch einen Moment auf dem nasskalten Burghof stehen, nachdem Gero und seine Truppe durch das Tor und über die hölzerne Brücke geritten und nicht mehr zu sehen waren.

Hoffentlich behält Rona recht, dachte sie sorgenvoll und kreuzte die Arme, auch weil sie erbärmlich fror. Dann erst schluckte sie den harten Kloß in ihrer Kehle hinunter und wandte sich dem Palas zu.

»Na, Mädchen, willst du nicht mit reinkommen?«, sagte unvermittelt eine vertraute Stimme, und jemand legte ihr seinen schweren Arm um die Schultern. Es war Roland, der ihr aufmunternd zunickte. »Ich werde nicht zulassen, dass dir und dem Kind etwas Böses geschieht, solange Gero unterwegs ist, dafür bürge ich mit meinem Leben.«

Hannah lächelte schwach. »Das will ich nicht und das weißt du auch. Solange du mir Hanemann von Lichtenberg auf Abstand hältst, bin ich schon zufrieden.«

»Du musst an Gottes Gnade glauben«, beschwor Roland sie und führte sie zurück in die warme Ritterhalle. »Der Herr Allmächtige wird alles zum Guten wenden.«

»Ja«, murmelte Hannah frustriert. »Etwas anderes bleibt uns ohnehin nicht übrig.«

KAPITEL 22

APRIL 1316
BISTUM METZ / GRAFSCHAFT BAR

Blutende Herzen

Amelie war vom beständigen Rattern der Wagenräder eingeschlafen, während ihre Freundin dafür gesorgt hatte, den transportablen Ofen im Innern des Gefährts mit kleinen Holzscheiten zu befeuern.

Erst als der Wagen mit einem Ruck hielt und Amelie Männerstimmen hörte, kam sie zu sich und schaute erschrocken zum Fenster hinaus.

Doch es waren keine Räuber oder Struan, der ihr mit seinen Männern gefolgt war und sie zur Umkehr zwingen wollte. Es waren Zöllner des Grafen von Luxemburg, wie sie an den Wappenröcken erkennen konnte. Die Männer kontrollierten an der Grenze nach Metz die Ausfuhr von Waren. Justines Handelspartner, wie sie ihn nannte, der das Gefährt mit den zwei schwarzen Zughengsten lenkte, sprach mit den Zöllnern. Er war nicht der Kerl mit der Narbe, sondern ein jüngerer Mann mit kurz geschnittenen dunkelblonden Haaren, den Justine mit Raimond ansprach. Sein attraktives Gesicht zeigte keinerlei Regung, doch es erschien Amelie trotz seiner Vorzüge nicht sonderlich sympathisch. Er legte den Söldnern eine Reihe von Pergamenten vor. Dann wurde unvermittelt die Tür zum Wagen aufgerissen. Einer der Zöllner, ein schon älterer Mann, der eine dunkelblaue Filzkappe trug, steckte den Kopf ins Gefährt und ließ einen finsteren Blick durchs Innere schweifen. Dabei ruhten seine Blicke länger auf Justine, als es schicklich war. Dann wanderten sie weiter, bis er Amelie entdeckte und offenbar stutzig wurde. »Ist das deine Leibeigene?«

»Ja, das ist sie«, sagte Justine kurz angebunden.

»Sie ist schwanger«, bemerkte der Zöllner verwundert.

»Ja, warum auch nicht?«

»Darf ich fragen, wer der Vater des Kindes ist?«

»Wir wissen es nicht«, erklärte Justine mit einem Schulterzucken. »Ihr könnt Euch denken, wie das ist. Jede Woche auf einem anderen Jahrmarkt mit all den betrunkenen Kerlen. Da kann schon mal ein Unglück geschehen.«

»Und was habt ihr zwei mit dem Balg vor? Werdet ihr es an einen neuen Besitzer verkaufen? Falls ihr euch auf dem Territorium des Kurfürsten für einen solchen Handel entscheidet, ist ein Zehnter an Steuern fällig.«

»Zum einen muss das Kind erst noch geboren werden«, erwiderte Justine schroff. »Zum anderen wird es bei uns bleiben und zu einem anständigen Menschen erzogen, falls es überlebt.«

»Seit wann gibt es beim fahrenden Volk anständige Menschen«, lästerte der Zöllner. »Schon gar nicht, wenn die Weiber so hübsch sind wie ihr beide.« Er grinste anzüglich. »Falls ihr euch etwas hinzuverdienen wollt, bleibt noch ein Weilchen bei uns und gebt mir und meinen Männern, was wir am dringendsten brauchen.«

»Wir sind ehrbare Händlerinnen und keine Huren«, konterte Justine nun um einiges schärfer als zuvor.

Während Justine sich nicht anmerken ließ, wie dreist und abscheulich sie sein Angebot fand, leckte sich der Zöllner genüsslich über die Lippen.

»Ja, das sehe ich«, gab er mit einem schmutzigen Grinsen zurück. »Sagt Bescheid, wenn das Balg geboren ist und ihr wieder in der Gegend seid. Vielleicht habt ihr Interesse an einem weiteren ›Unglück‹, wie ihr es nennt.«

Als der Mann die Tür hinter sich geschlossen hatte, lehnte sich Justine mit dem Rücken zur Wand und atmete erkennbar auf, während ihre Freundin sie voller Entsetzen anstarrte.

»Sag nur, das geschieht nun an jeder Zollstation?«, fragte Amelie unangenehm berührt.

»Keine Sorge. Nicht alle Zöllner sind so. Und ich weiß mich zu wehren«, antwortete Justine. »Möchtest du einen gewärmten Wein? Ich glaube, ich kann jetzt einen vertragen.«

Kurz darauf hielt sie Amelie einen dampfenden Becher entgegen, den sie kurz zuvor mit Geschick aus einer eisernen Kanne aufgefüllt hatte.

»Hab Dank«, hauchte Amelie mit vor Aufregung bebender Stimme und streckte die Hand aus.

»Vorsicht, der Becher könnte heiß sein«, warnte Justine. Dabei hatte sie den Henkel in weiser Voraussicht mit einem Lappen umwickelt.

Während Amelie an dem dampfenden Wein nippte, überlegte sie, ob sie ihre Frage ähnlich vorsichtig verpacken sollte wie Justine den Henkel des Bechers. »Warum tust du das alles für mich?«, brach es unvermittelt aus ihr heraus.

Justine hielt inne und schaute sie mit großen Augen an. »Weil du meine beste Freundin bist und ich mir gut vorstellen kann, in welcher Not du dich befindest.«

»Das meine ich nicht.«

»Was meinst du denn?«, fragte Justine mit wachsamem Blick.

»Warum du dieses Risiko auf dich nimmst. Ich denke, mir zu helfen ist eine Sache, Papiere für mich zu fälschen und mich als deine Leibeigene auszugeben, ist eine andere. Ganz zu schweigen davon, was geschehen würde, wenn man uns auf die Schliche käme.«

Justine hatte sich eigentlich auch einen Becher mit Wein eingießen wollen. Stattdessen stellte sie die Kanne nun zur Seite, weil ihre Hand zu sehr zitterte, und ließ sich neben Amelie auf einen Strohsack nieder. Instinktiv ergriff sie Amelies Rechte, als der Wagen ruckte und weiter in die hereinbrechende Dämmerung ratterte.

»Aber da ist noch etwas, das ich dir sagen möchte«, begann Justine vorsichtig. »Nachdem die Templer in unserer Commanderie ausnahmslos verhaftet worden waren, gab es allenthalben üble Gerüchte über den Orden. Es hieß, manche Ordensritter könnten vom Teufel besessen sein und einem Götzen dienen. Auch hörte man überall Geschichten, sie würden Frauen schwängern, um die gemeinsamen Kinder einem gewissen Baphomet zu opfern. Wobei ich mir nicht vorstellen möchte, dass dein Gemahl zu einer solchen Tat fähig wäre. Aber was ist, wenn dein Vater auch solche Gerüchte gehört hat und daran glaubt?« Justine zitterte innerlich, während sie Amelies Gesichtsausdruck beobachtete, der von ungläubig zu überrascht und schließlich zu grellem Entsetzen wechselte.

»Das sind die übelsten Lügen, die ich je gehört habe«, schleuderte sie Justine unfreundlich entgegen. »Struan ist der beste Ehemann, den man sich vorstellen kann. Er hat sich dieses Kind so sehr gewünscht, nachdem ich unser erstes verloren habe. Er würde niemals auf die Idee kommen, einen Säugling zu opfern. Im Gegenteil, er würde jeden auf der Stelle töten, der eine solche Teufelei verbreitet. Hannah von Lichtenberg zu Waldenstein, die Gemahlin des Grafen, hat vor vier Monaten eine Tochter zur Welt gebracht. Das Kind ist wohlauf und wird von seinem Vater abgöttisch geliebt, und auch er ist ein Templer.« Amelies Stimme war immer lauter geworden. Ihre Augen funkelten, und sie schien kurz davor, aus der Haut zu fahren.

»Ja, gewiss. Du hast bestimmt recht«, beeilte sich Justine zu sagen, die auf keinen Fall einen Streit provozieren wollte, obwohl sie längst nicht vom Gegenteil überzeugt war. »Aber es wäre gut, wenn wir deinen Vater zunächst davon überzeugen, dass diese Schmähungen purer Unsinn sind, bevor ihm jemand etwas anderes erzählt.«

»Vielleicht ist es wirklich besser, ihn auf solche Verleumdungen vorzubereiten«, wisperte Amelie, die noch bleicher geworden war als ohnehin schon. »Ich danke dir für deine Weitsicht.«

»Und nun ruh dich noch ein bisschen aus«, schlug Justine besänftigend vor. »Wir sind kurz vor Metz und werden dort die Pferde wechseln, damit wir noch vor Sonnenaufgang weiter nach Bar und von dort aus in die Champagne reisen können.«

»Sag mal, wo sind eigentlich deine zwei anderen Begleiter?«, wollte Amelie wenig später wissen. »Ich habe nach der Zollstation am Fenster hinausgeschaut und gesehen, dass wir ganz allein mit unserem Wagen der Straße nach Westen folgen.«

»Meine beiden Handelspartner sind schon vorausgefahren«, log Justine, ohne rot zu werden. »Sie wollen in Metz unsere Vorräte auffüllen, bevor es danach auf einen Markt nach Troyes geht. Wir haben auf Waldenstein zwar nicht gerade viel verkauft, aber Troyes ist um einiges größer, und die Kundschaft ist äußerst anspruchsvoll.«

»Und vorher fahren wir bei meinem Vater vorbei?«, vergewisserte sich Amelie noch einmal, wie um sich selbst zu versichern, dass alles gut werden würde.

»Aber natürlich, ich sagte es doch«, erwiderte Justine, die Mühe hatte, eine heitere Miene aufzusetzen, weil sie Amelies entschlossener Einspruch erneut zum Nachdenken gebracht hatte. Blieb nur zu hoffen, dass Baillie sein Versprechen hielt und Raimond sie direkt nach Bar-sur-Aube brachte. Wie Amelie reagieren würde, wenn die gewünschte Rückreise zusammen mit ihrem Vater nicht stattfand, blieb abzuwarten.

Wenig später passierten sie die Moselbrücke bei Moulin und trafen kurz darauf in Metz ein. Draußen blies ein kalter Wind, der dunkle Regenwolken vor sich herjagte. Amelie lehnte sich mit angespanntem Blick in die Kissen zurück, nachdem Justine ihr auf einem Tablett aus glatt poliertem Buchenholz eine Honigbrezel und Ziegenmilch serviert hatte. Nach der Mahlzeit stellte Amelie den Becher zur Seite und legte ein Blatt Papier auf das kleine Brett, das Justine ihr zu diesem Zweck angereicht hatte. Mit einem Kohlestift begann sie einen Brief an Struan zu kritzeln, der lediglich die Information erhielt, dass sie mit einer Freundin auf dem Weg in die Champagne sei, um ihren Vater in Bar-sur-Aube zu besuchen.

»Soll ich schreiben, er soll mir nicht nachreisen und dass ich mit dir in die deutschen Lande zurückkehre, sobald sich die Gelegenheit dazu ergibt?« Amelie schaute zögernd auf und nagte an ihrer Unterlippe, bis sie zu bluten begann.

»Schreib, was du willst«, antwortete Justine kurz angebunden, der es von Stunde zu Stunde unangenehmer wurde, ihre Freundin so hinters Licht zu führen.

»Stimmt was nicht?« Amelie schien plötzlich alarmiert zu sein. »Ich werde das Gefühl nicht los, dass ich dir am Ende doch zur Last falle.«

»Nein, nein, alles in Ordnung«, versicherte Justine ihr hastig und fügte mit einem nervösen Lächeln hinzu: »Ich habe nur zu wenig geschlafen. Ich leide unter Kopfschmerzen und meine Laune ist nicht die beste. Tut mir leid. Übrigens, in Metz bekommen wir Gesellschaft, hat Raimond mir erzählt. Eine Truppe von Söldnern, die von dort aus unseren Wagen den Rest des Weges begleiten wird, damit wir nicht von Räubern überfallen werden«, schob sie verhalten hinterher.

»Ist das wirklich nötig?« Amelie schaute sie verwundert an. »Das kostet doch sicher eine Unsumme. Ist es mittlerweile denn so gefährlich geworden, durch die Champagne zu reisen?«

»Seit der Verhaftung der Templer sorgt niemand mehr für Schutz vor Gesindel auf den Straßen«, erwiderte Justine wie selbstverständlich. »Die Hospitaliter fühlen sich für solche Dienste nicht zuständig.«

»Tatsächlich?« Amelie hob ihre fein geschwungenen Brauen. »Und wie sorge ich dafür, dass mein Brief an Struan sein Ziel erreicht? Ich meine, wenn es hier so viele Räuber und Banditen gibt, werden sie vielleicht auch einen bezahlten Boten überfallen, erst recht, wenn er ganz allein unterwegs ist.«

»Mach dir keine Gedanken«, wiegelte Justine ab. »Wir werden deinen Brief versiegeln. Bevor wir weiterreisen, wird Raimond ihn einem zuverlässigen Kurierdienst anvertrauen, der ihn nach Waldenstein bringt.«

»Aber ich bezahle den Kurier selbst«, insistierte Amelie und setzte rasch noch ein »Ich liebe dich« und einen Kuss unter ihre hastig verfasste Depesche.

Justine zwinkerte ihr vertrauensvoll zu. »Nicht nötig, ich regle das schon.«

»Nein, das will ich nicht«, protestierte Amelie und streckte ihr eine Silberturnose entgegen, die sie aus ihrem prall gefüllten Geldgürtel genommen hatte.

»Das ist viel zu viel«, beschwerte sich nun Justine.

»Der Rest ist für die Umstände, die ich dir bereite«, widersprach Amelie. »Schließlich hast du das alles erst möglich gemacht. Außerdem leerst du unseren Nachttopf aus und kümmerst dich um die Mahlzeiten. Ich möchte das wiedergutmachen.«

Justine schüttelte protestierend den Kopf und half ihr gleich darauf, mit einer Siegelkerze den Brief zu verschließen. Dann entschwand sie nach draußen, um das Schreiben Raimond zu übergeben. Nachdem sie aus dem Wagen geklettert war, schaute sie sich hastig um. Raimond hatte das Gefährt unweit der Kathedrale abgestellt und schien nun auf seine Verstärkung zu warten. Der frische Wind blies Justine eine rote Haarsträhne ins Gesicht, die sich aus ihren streng geflochtenen Zöpfen gelöst hatte. Und obwohl sie einen Wollumhang trug und es bereits nach Frühling roch, fröstelte sie. Seit Raimond ihr von diesen Söldnern berichtet hatte, fühlte sie sich verfolgt. Soweit sie es beurteilen konnte, standen sie mit ihrem Wagen unweit der Markthalle von Metz, wo Baillie die Sachen für ihre Tarnung als Händler eingekauft hatte.

Unvorhergesehen tauchte Raimond vor ihr auf und blickte mit seinen grauen Augen unwirsch auf sie herab. »Was hast du hier draußen verloren?«, fuhr er sie an.

»Man wird sich doch wohl mal die Beine vertreten dürfen«, giftete Justine nicht weniger ungehalten zurück. »Außerdem habe ich hier den Brief meiner Freundin, den sie ihrem Gemahl übersenden möchte. Wir müssen ihn einem Kurierdienst übergeben, damit man ihn nach Waldenstein bringt.«

Raimond lachte abschätzig. »Wozu ein Brief? Ihr Gemahl ist Templer. Er wird früh genug wittern, dass sie ihm entkommen ist. Wir werden ihn bestimmt nicht mit der Nase darauf stoßen, wohin er uns folgen soll. Bevor wir nicht in Saint-Dizier und damit in Sicherheit sind, werden wir niemanden über irgendetwas informieren.«

»Es war aber mit Baillie so abgemacht«, protestierte Justine verhalten, weil sie nicht riskieren wollte, dass Amelie versehentlich etwas von ihrer Auseinandersetzung mitbekam. »Es hieß, sie kann den Brief einem Boten übergeben, sobald wir die Grenze nach Bar erreichen. Was soll ich ihr sagen, wenn wir es nicht tun?«

»Gar nichts.« Raimond entriss ihr den Brief und ließ ihn unter seinem Wams verschwinden. »Und nun sieh zu, dass du wieder in den Wagen kommst. Ich habe kein Interesse daran, dass dich jemand sieht, der dich nicht sehen sollte.«

Justine bemerkte die Unruhe in Raimonds Augen. »Glaubst du etwa, wir werden bereits von diesen Templern verfolgt?«

»Ich sagte doch, wir bekommen in Kürze Verstärkung bis Saint-Dizier. Also tu, was ich dir befohlen habe.«

Justine fügte sich missmutig in ihr Schicksal. Anstatt nachzufragen, warum sie zunächst nach Saint-Dizier fuhren und nicht gleich nach Bar-sur-Aube, und damit Raimond erneut zu erzürnen, beschloss sie, die Straßen nach möglichen Verfolgern im Auge zu behalten.

»Hast du den Brief deinem Handelspartner gegeben?«, fragte Amelie, als Justine zu ihr zurückkehrte. Sie hatte sich zur Ruhe gebettet und schaute neugierig auf.

»Ja«, log Justine und versuchte sich an einem harmlosen Lächeln. »Er erledigt das. Es geht gleich weiter, keine Sorge.«

Als der Wagen eine knappe Stunde später mit einem Ruck anfuhr, war Amelie wieder eingeschlafen.

Justine vernahm mit einem Mal Dutzende Männerstimmen und das Hufgetrappel zahlreicher Pferde. Sie schaute zum Fenster hinaus und zählte mindestens zwanzig berittene Soldaten der franzischen Krone, die ihren kleinen Tross unvermittelt begleiteten. Justine beschlich ein mulmiges Gefühl. Warum in Gottes Namen boten de la Motte und seine Leute so viele Soldaten auf, um die schwangere Frau eines Templers zu ihrem Vater zurückzubringen? Und wieso hatte Baillie einen anderen Weg genommen?

Mit quälender Unruhe im Herzen beobachtete sie ihre schlafende Freundin. *De la Motte und seine Männer werden doch nicht so grausam sein und sie für die Taten ihres Gemahls büßen lassen*?, schoss es ihr unvermittelt in den Sinn.

Ihre Angst wurde noch größer, als sich die Dämmerung herabsenkte und sie im flackernden Licht von gut einem Dutzend berittener Fackelträger, die ihren Wagen unmittelbar begleiteten, Saint-Mihiel erreichten.

Amelie gähnte verhalten; dann bemerkte sie Justines unruhigen Blick, mit dem sie unverwandt aus dem Fenster starrte. »Was ist da draußen los?«, wollte sie wissen und rieb sich die Augen.

»In Metz sind die Söldner zu uns gestoßen, die unseren Wagen bewachen«, murmelte Justine beiläufig und zog sich auf ihre Bettstatt zurück.

Amelie konnte ihre Neugier nicht zügeln und drängte sich ebenfalls zum Fenster, um auch etwas sehen zu können.

»Sie tragen königliche Uniformen«, stellte sie verwundert fest. »Sag bloß, wir werden von den Truppen des Königs beschützt?«

»Äh …« Justine wusste nicht, was sie darauf antworten sollte. Erst Amelies naive Frage brachte sie augenblicklich auf den Boden der Tatsachen zurück. Es machte keinen Sinn, dass sie von so vielen Soldaten des Königs begleitet wurden, nur um Amelies Vater aufzusuchen. »Keine Ahnung«, redete sie sich heraus. Wobei sie keinen Augenblick daran zweifelte, dass de la Motte hinter der Sache steckte. »Vielleicht waren sie auf dem Heimweg nach Paris, und Raimond hat sie gebeten, ob wir uns ihnen anschließen können, damit er das Geld für gedungene Söldner spart.« Justine gähnte demonstrativ, um weiteren Fragen zu entfliehen. »Im Grunde ist es auch egal«, fügte sie betont beiläufig hinzu. »Hauptsache, wir werden nicht von Gesindel überfallen.« Noch einmal befeuerte sie den kleinen Ofen mit dem Holz, das Raimond ihr aus einer Vorratskiste gebracht hatte, bevor sie losgefahren waren. Dann reichte sie Amelie eine Brezel mit Wurst und einen Becher Wein. »Hier. Ich habe dir etwas zu essen gemacht.«

»Das ist sehr freundlich von dir.« Amelie biss herzhaft in die Brezel und wagte einen Blick durch das einzige Fenster, das extra mit Eisenstäben vergittert worden war, damit niemand von außen hineingreifen oder etwas ins Innere des Wagens werfen konnte.

»Ist das Saint-Mihiel?«

»Ja, wir haben soeben die Brücke passiert.«

»Dort draußen herrscht überall so viel Elend«, bemerkte Amelie nachdenklich, während sie kaute und schluckte. »Das ist mir schon in Metz aufgefallen. Überall hocken Bettler, die ganz ausgemergelt sind vor Hunger. Auf Waldenstein war davon nichts zu spüren.«

»Abgesehen davon, dass Waldenstein eine eigene Welt zu sein scheint«, erwiderte Justine leicht ironisch, »hat es letztes Jahr fast nur geregnet. Die Ernten waren schrecklich schlecht, und das lässt die Leute hungern.«

»Geht es meinem Vater auch so miserabel?« Amelie sah Justine mit bangen Augen an.

»Nein, er machte mir nicht den Eindruck, dass er darben muss. Er hat sicher genug gespart, um über die schlechten Zeiten hinwegzukommen«, beruhigte Justine sie und kramte eine zweite Decke aus einem Korb hervor, mit der sie sich auf einer Strohmatratze am Boden ein Lager bereitete. »Ich glaube, ich muss auch mal eine Weile die Augen zumachen«, sagte sie und gähnte noch einmal.

Nachdem Amelie aufgegessen und an Justine vorbeigekrabbelt war, um den Nachttopf zu nutzen, kam sie zu ihr zurück und hielt inne. »Leg dich zu mir aufs Bett«, ermunterte sie Justine. »Dann haben wir es wärmer.«

Justine lächelte erfreut. »Wenn dein Bauch nicht so viel Platz wegnimmt, gerne.«

Es dauerte eine Weile, bis sie die richtige Position gefunden hatten, um beide bequem auf dem Kastenbett liegen zu können.

»Spürst du ihn?«, flüsterte Amelie in die Stille hinein und meinte das Kind, das sich in ihrem Leib heftig bewegte.

»Ja«, gab Justine leise zurück und dachte an ihren eigenen Sohn, der während ihrer Schwangerschaft auch so wild gestrampelt hatte.

»Es ist schön zu wissen, dass es ihm gut geht, obwohl seine Mutter ihm eine Reise nach Franzien zumutet«, murmelte Amelie.

»Hast du schon einen Namen?«, fragte Justine mit erstickter Stimme, weil ihr die Angst, vielleicht nicht das Richtige getan zu haben, die Luft abschnürte.

»Ich möchte ihn Alphonse nennen, nach meinem Vater«, wisperte Amelie. »Aber ich habe Struan noch nicht gefragt, ob es ihm recht ist.«

Justine blieb ihr eine Antwort schuldig, weil sie sich schlagartig mit der Frage konfrontiert sah, warum Amelies Gemahl sich noch keine Gedanken über einen Namen für das Kind gemacht hatte. Darauf gab es nur eine logische Antwort: Wozu benötigte das Kind einen Namen, wenn dieser Kerl es gleich nach der Geburt töten und seinem teuflischen Götzen opfern würde? Eine Überlegung, die sie insofern beruhigte, weil sie vermutlich doch richtig gehandelt hatte.

Bereits wenig später trat eine trügerische Ruhe ein, die nur durch das Klappern der zahlreichen Pferdehufe gestört wurde.

Justine versuchte, regelmäßig zu atmen, um ihr aufgebrachtes Herz zu beruhigen. Aber der Duft, den Amelie verströmte, hielt sie davon ab. Anscheinend benutzte sie eine ähnliche Seife wie Malcolm. Mit einem Mal war sein markantes Gesicht in ihrer Vorstellung lebhaft präsent. Und damit all die Erinnerungen, die er bei ihr hinterlassen hatte. Warum hatte er sich nicht von ihr verabschiedet? Warum hatte er keine Notiz hinterlassen? Aber vielleicht war es besser so, wenn er tatsächlich über teuflische Verbindungen verfügte, die ihr nur das Leben schwer gemacht hätten. Irgendwie gelang es ihr, trotz seiner geistigen Anwesenheit in einen unruhigen Schlaf zu fallen. Doch die Vision, die ein simpler Seifenduft in ihr hervorgerufen hatte, verfolgte sie bis in ihre Träume. Dort lag sie mit hochgeschlagenen Röcken rücklings auf einem Altar, die bloßen Schenkel unnatürlich gespreizt. Vor ihr stand ein Mann mit einer weißen Templerkutte, wie sie ohne Mühe an dem roten Kreuz auf seiner Brust erkennen konnte. Sein Haupt war von einer weißen Kapuze verhüllt, das Gesicht nicht zu erkennen. Stattdessen spürte sie deutlich, wie er sein großes Glied in ihr versenkte und einen schnellen, harten Rhythmus aufnahm. Währenddessen erklangen aus dem Hintergrund gregorianische Gesänge. Erst beim zweiten Blick sah sie, dass eine Gruppe von zwölf Männern im Halbrund um sie herumstanden und ihr Treiben beobachteten. Auch sie trugen weiße Mäntel, aber nicht mit blutroten Kreuzen, sondern mit blutroten Herzen, von denen etwas herabtropfte, das aussah wie echtes Blut. In Panik wandte sie sich ihrem ungestümen Freier zu, nur um festzustellen, dass aus seinem Schädel die gedrehten Hörner eines Ziegenbocks ragten. Mit aller Kraft wollte sie sich aus seinem Griff befreien, doch seine Hände waren eiserne Klauen, die sie gnadenlos niederhielten. Während er sie weiterhin stieß, schwoll ihr Leib zu einer riesigen Melone an, deren Oberfläche sich in Wellen bewegte. Ihr Peiniger, der für diese Geschehnisse verantwortlich war, trieb es nun so heftig mit ihr, dass dessen Kapuze verrutschte und sie das Gesicht erkennen konnte. Aber es war nicht Malcolm, wie sie zunächst angenommen hatte, sondern Rufus de la Motte. Unvermittelt hielt er inne und zerrte etwas aus ihrem Unterleib hervor, das vollkommen in Blut getaucht war. Erst auf den zweiten Blick sah sie, dass es ein Neugeborenes war, das er triumphierend an den Beinchen gepackt in die Höhe hielt. Er überreichte es einem weiteren Templer aus der Runde, der die gleichen Hörner trug wie er und dessen Augen glühten wie Feuer. Völlig verstört starrte

Justine auf ihren ehemals hochschwangeren Leib, der nun wie ein leerer Weinschlauch in sich zusammengefallen war.

Im gleichen Moment wurde es taghell, und ein ohrenbetäubendes Krachen ließ den gesamten Wagen erzittern.

Justine fuhr schreiend empor und stieß im Halbdunkel mit dem Arm gegen einen gewölbten Leib, von dem sie zunächst dachte, es wäre ihr eigener. Sie wand sich, schlug um sich wie wild und begann abermals zu schreien.

»Um Himmels willen, Justine!«, rief Amelie, die alle Mühe hatte, sie zu bändigen.

»Wo sind wir?«, rief Justine völlig außer sich, während der Regen, der auf das Dach prasselte, beinahe ihre Stimme übertönte.

»Ich weiß es nicht«, rief Amelie verstört in den erneuten Donner hinein, was wenig hilfreich war, zumal sie sich selbst genauso zu fürchten schien. »Der Tross hat angehalten. Draußen tobt ein Gewittersturm. Bestimmt haben sie irgendwo Schutz gesucht.«

Ein Blick aus dem Fenster bestätigte den beiden Frauen, dass sie im Hof eines Klosters standen und die Reiter Unterschlupf in den Stallungen gesucht hatten.

»Wo sind wir?«, wiederholte Justine ihre Frage, die sie diesmal einem vorbeieilenden Uniformierten hinterherrief.

Der Mann blieb kurz stehen; dann tauchte sein glattrasiertes Gesicht vor dem Fenster auf. Es war ein franzischer Soldat, wie Justine an dem blaugelben Wappenrock erkennen konnte.

»Saint-Mihiel«, raunte er mürrisch. »Die Meuse ist über die Ufer getreten. Wir können erst morgen früh weiterfahren, weil die Brücke überflutet ist.«

»Und wo soll es danach hingehen?«, mischte Amelie sich ungefragt ein.

»Saint-Dizier«, sagte der Mann, als ob dieses Ziel die selbstverständlichste Sache der Welt wäre. »Wenn alles gut geht, erreichen wir die Stadt morgen Nachmittag.«

»Saint-Dizier? Aber …« Amelie zuckte zurück und schaute Justine verständnislos an. »Was wollen wir denn in Saint-Dizier? Ich dachte, wir fahren direkt zu meinem Vater nach Bar-sur-Aube?«

»Den Umweg müssen wir bestimmt wegen des Wetters in Kauf nehmen«, versuchte Justine sie zu beruhigen, die selbst nicht wusste, warum Raimond sich für diese Strecke entschieden hatte. Wenn Baillie doch nur hier gewesen wäre, dann hätte sie ihn fragen können! Raimond war in dieser Sache nicht zu gebrauchen. Er schien sie vergessen zu haben und holte sie beide noch nicht einmal aus dem Wagen, damit sie sich bei den Benediktinern aufwärmen konnten.

»Warum lassen sie uns bei dem miserablen Wetter im Wagen sitzen?«, wollte Amelie prompt wissen, als hätte sie Justines Gedanken gelesen. »Der Blitz könnte uns erschlagen und außerdem ist es kalt und klamm. Die Nacht in dieser feuchtkalten Enge zu verbringen, wird kein Vergnügen sein.«

»Ich nehme an, dass die Brüder keine Frauen in ihrem Kloster dulden«, erwiderte Justine und war beinahe sicher, dass es so war.

»Am Ende wird unser Wagen noch vom Blitz getroffen und geht in Flammen auf«, jammerte Amelie. »Ich glaube, wenn ich gewusst hätte, was alles auf uns zukommt, wäre ich zu Hause geblieben.«

»Ich gehe nachsehen, wo Raimond geblieben ist, und frage ihn, ob er uns nicht wenigstens trockenes Holz für den Ofen geben kann«, beschwichtigte Justine ihre Freundin zum x-ten Mal. Ihr fiel nichts mehr ein, was sie Amelie noch sagen sollte, damit sie sich nicht immer tiefer in Angst und Unzufriedenheit hineinsteigerte, noch bevor die Mission erfüllt war.

»Danke.« Amelie drückte ihre Hand.

Nachdem Justine eine weitere Stundenkerze entzündet und ihren Kapuzenmantel übergezogen hatte, öffnete sie die Tür, um nach draußen zu gehen. »Schließ sie hinter mir und zieh den Ziegenledervorhang vors Fenster«, empfahl sie ihrer Freundin. »Ich klopfe dreimal, wenn ich zurück bin.«

»Bleib nicht zu lange weg!«, rief Amelie ihr hinterher.

Prompt landete Justine mit ihren Stiefeln in einer riesigen Pfütze, als sie sich auf dem finsteren Klosterhof wiederfand. Sie fluchte leise, weil das Wasser durch die Nähte der Sohlen ins Schuhwerk drang und sie spürte, wie ihre Zehen feucht wurden. Es schüttete immer noch wie aus Eimern, als sie den Blick in die Dunkelheit schweifen ließ. Da sie Raimond nirgends entdecken konnte und die Kiste mit den Vorräten verschlossen war, hastete sie zu einem anderen Wagen, den sie zuvor gar nicht bemerkt hatte. Nicht weit davon entfernt wärmten sich mehrere franzische Soldaten unter einem Unterstand an einem aufrechtstehenden Eisenkorb auf, in dem ein beachtliches Feuer brannte. Diese Männer hatten das, was Justine begehrte. Trockene Holzscheite, in brauchbare Stücke zerhackt. Damit die Soldaten nicht auf sie aufmerksam wurden, verharrte Justine auf der anderen Seite des Wagens und wartete auf eine günstige Gelegenheit, um sich nach einem Korb mit trockenem Holz umzusehen, den es hier irgendwo geben musste. Um vom Regen nicht völlig durchnässt zu werden, drängte sie sich rücklings unter das Dach des anderen Gefährts, das dem ihren so überraschend ähnlich sah. Auch hier hatte man zur Sicherheit die Pferde ausgespannt und im angrenzenden Stall untergebracht. Bei näherem Hinsehen fiel ihr auf, dass die Seitenteile mit den gleichen bunten Blumenranken bemalt waren wie bei ihrem eigenen Wagen.

Die unvermittelte Erkenntnis, dass es Baillies Gefährt war und somit auch ihr Auftraggeber ganz in der Nähe sein musste, ließ Justines Herz härter schlagen. Warum hatte er sich nicht bei ihr gemeldet? Oder sich erkundigt, wie es ihnen ergangen war, und ihr erklärt, warum sie hier eine Rast einlegten? Warum hatte er einen anderen Weg genommen und sie Raimonds unfreundlichem Regiment überlassen? Ärgerlich biss sie die Zähne zusammen und beschloss, im Inneren des Wagens nachzusehen, ob dort vielleicht Brennholz zu finden war. Doch die Tür ließ sich nicht öffnen, sosehr sie auch am Riegel ruckelte. Als sie näher hinschaute, entdeckte sie ein eisernes Schloss, das von außen angebracht war. Seltsam. Von Neugier getrieben, stellte sie sich auf den hölzernen Umlauf, der zugleich zum Einhaken der transportablen Treppe diente, und warf einen Blick durch das vergitterte Fenster. Weil dieser Wagen über ein zweites Fenster auf der anderen Seite verfügte, fiel das Licht des Feuers ins Innere und ließ die Umrisse eines großen Mannes erkennen, der zusammengekauert am Boden lag. Er schien zu schlafen. Es war keinesfalls Baillie. Auch Maurice konnte es nicht sein, denn beide Männer waren kleiner als der Unbekannte, der ungünstigerweise im Schatten lag, so dass sie sein Gesicht nicht erkennen konnte.

»Hallo?«, flüsterte Justine zögerlich. Der Mann antwortete nicht. Stattdessen gab er merkwürdige Geräusche von sich und bewegte sich, als ob er betrunken wäre. Erst zaghaft, dann immer heftiger. Seine unverständliche Sprache klang, als hätte man ihm die Zunge herausgeschnitten.

Abrupt hämmerte jemand von der anderen Seite gegen das Holz und beleuchtete mit einer Fackel das Innere des Wagens. »Halt's Maul da drinnen, oder du wirst es bereuen!«, rief einer der Soldaten auf Franzisch.

Justine schrak jäh zurück. Nicht nur wegen des rüden Auftritts des Soldaten, sondern vielmehr, weil sie den Mann, den man im Innern des Wagens zweifellos in Ketten gelegt hatte, im Schein des Feuers erkannt hatte. Es war Malcolm.

»O mein Gott, o mein Gott!«, wisperte sie, außer sich vor Angst. Wieso hatte Baillie ihn gefangen genommen und vor allem, wie? Während ihr der Regen ins Gesicht peitschte, wusste sie nicht, wohin sie sich wenden sollte. Keinesfalls konnte sie mit dieser Neuigkeit zu Amelie gehen und ihr brühwarm die Wahrheit erzählen. Zum anderen konnte sie sich unmöglich auf Malcolms Seite stellen, denn es musste ja irgendeinen Grund haben, warum Baillie ihn in Ketten gelegt hatte. Aber warum hatte er ihr nichts davon erzählt?

Tausend Möglichkeiten schossen ihr durch den Kopf.

Erneut fuhr sie heftig zusammen, als sie unvermittelt jemand am Arm fasste.

»Wer bist du, und was hast du hier zu suchen?« Es war einer der franzischen Soldaten.

»I… ich«, stotterte Justine, »b… bin auf der Suche nach trockenem Holz. Ich gehöre zu Raimond Nangis und Kommandeur Helias Baillie von der Gens du Roi.« Sie setzte alles auf eine Karte. »Könnt Ihr mich zu ihm bringen?« Wenn Baillie hier war, musste er ihr Rede und Antwort stehen, was das alles zu bedeuten hatte.

»Da muss ich dich leider enttäuschen, schöne Maid«, sagte der Mann und deutete auf den Haupteingang des Klosters. »Deine Kommandeure schlafen dort drin. Aber Frauen sind bei Nacht in der Abtei nicht erwünscht. Du kannst uns gern auf unserem Wachposten ein bisschen Gesellschaft leisten, wenn du dich einsam fühlst.«

»Das ist zu freundlich«, antwortete Justine in einem honigsüßen Tonfall, der nicht im Mindesten ihrer mangelnden Begeisterung entsprach. »Leider muss ich zurück in meinen Wagen, die Pflicht ruft. Doch es wäre mehr als hilfreich, wenn Ihr mir mit ein paar Holzscheiten aushelfen könntet.«

»Soll ich mit dir kommen und dich ein bisschen wärmen?«, bot ihr der Soldat mit einem unverschämten Grinsen an.

»Nein«, sagte sie mit fester Stimme und nahm allen Mut zusammen. »Offenbar ist Euch entgangen, dass ich ebenfalls als Agentin für die Gens du Roi arbeite und unter dem Befehl von Marschall Rufus de la Motte stehe. Ich bin eine unmittelbare Dienerin des Königs. Ihr glaubt doch nicht im Ernst, dass ich mich in einer solchen Position mit jedem beliebigen Söldner abgebe, der unerlaubt seinen Posten verlässt?«

»Oh«, sagte der Soldat nur und nahm geflissentlich Abstand. »Dann will ich der Dame nicht länger zu nahe treten. Wartet, ich sehe nach dem Holz.«

Justine fiel ein Stein vom Herzen, weil ihr Auftritt den Kerl tatsächlich beeindruckt hatte. Als er mit dem Holz vor ihr stand, riss sie es an sich und rannte zurück zu ihrem Wagen. Amelie hatte schon auf sie gewartet und öffnete prompt die Tür.

Sie beleuchtete Justine von oben bis unten mit ihrer Laterne. »Mein Gott, du bist ja völlig durchnässt«, stieß sie hervor und nahm ihr schließlich das Holz ab, das sie schützend im Arm gehalten hatte wie einen Säugling, damit es nicht feucht wurde.

Justine kletterte eilig hinterher und riss sich die nassen Sachen vom Leib. Nachdem sie sich rasch frische Kleider übergezogen hatte, nahm sie das Holz und befeuerte wortlos den Ofen.

»*Mon Dieu*, was ist passiert?« Amelie beobachtete Justine mit weit geöffneten Augen, wie diese die kleine eiserne Ofentür schloss und sich die Hände über der aufsteigenden Wärme rieb. »Du machst ein Gesicht, als wäre dir da draußen der Teufel begegnet.«

»Ich … weiß es nicht«, stammelte Justine und setzte sich mit einem Becher Wein, den sie sich hastig eingegossen hatte, aufs Bett. »Vielleicht war es so, ich bin nicht sicher.«

»Du machst Witze, oder?« Amelie schaute sie im Schein der Kerze zweifelnd an.

»Ich musste mir das Holz bei den franzischen Soldaten organisieren, die mir auf dem Hof über den Weg gelaufen sind«, antwortete Justine ausweichend. »Einer von ihnen wollte, dass ich ihn mit in den Wagen nehme, aber ich konnte ihn davon abbringen. Ein unschönes Erlebnis, das kann ich dir sagen. Wir sollten die Türen gut verschließen und uns wieder zur Ruhe begeben.«

»Ich verstehe.« Amelie nickte mitfühlend.

Justine rätselte bereits, wie sie ihrer Freundin beibringen sollte, dass Baillie ihren Schwager offenbar in Ketten gelegt hatte. Und auch sie selbst war nicht sicher, wie sie damit umgehen solle, dass Malcolm hinter ihrem Rücken verhaftet worden war. Völlig unerwartet krampfte ihr Herz sich schmerzhaft zusammen und gab ihr zweifellos zu verstehen, dass es mit jeder Faser für den jungen gutaussehenden Schotten schlug, ganz gleich, was Baillie ihm zur Last legte. Was ein Fehler sein mochte. Doch sie hatte schon so viele Fehler begangen, da kam es auf einen mehr oder weniger auch nicht an.

Aber was, wenn Calix recht behielt, und ihr Pakt mit den Agenten der Gens du Roi würde sich als der *wahre* Bund mit dem Teufel erweisen?

KAPITEL 23

APRIL 1316
HERZOGTUM LOTHRINGEN

Wahre Freunde

»Wie spät ist es?«, fragte Anselm mehr aus einem Reflex heraus als in der Erwartung, tatsächlich eine Antwort zu erhalten. Gefühlt waren Stunden vergangen, seit sie auf dem Rücken ihrer Streitrösser die Grenze zur Grafschaft Luxemburg passiert hatten, obwohl die Strecke bis zum Bistum Metz höchstens drei Stunden in Anspruch genommen hatte.

Aber auf dem Weg hierher hatte es ununterbrochen geregnet, und trotz der gewachsten Umhänge, die sie alle trugen, krochen Feuchtigkeit und Kälte zunehmend in ihre Kleider und machten ihre Mission noch beschwerlicher als ohnehin schon.

»Frag Rona«, riet ihm Gero, der neben ihm herritt und selbst gegen den unaufhörlichen Regen und die hereinbrechende Dunkelheit kämpfte. Und nicht nur das machte ihnen zu schaffen: Auch, dass sie bisher keine Spur von Amelie oder Malcolm gefunden hatten, nagte an ihrer Zuversicht.

»Warum willst du das wissen?«, fragte Rona, die mit ihrem futuristischen Armband nicht nur eine Verbindung nach Waldenstein hielt, sondern auch die aktuelle Uhrzeit ablesen konnte.

»Wenn wir nach Metz in die Stadt hinein müssen, sollten wir spätestens vor dem Nachtläuten um zehn den Wachposten vor der Stadtmauer passiert haben, sonst lassen sie uns nicht mehr rein.«

»Und vor allem nicht mehr raus«, knurrte Struan, der auf einem schottischen Great Horse an Geros Seite ritt. »Das alles dauert viel zu lange, um Amelie und Malcolm rechtzeitig aus den Klauen dieser franzischen Teufel zu befreien, bevor sie die franzische Grenze passieren. Schon allein deshalb sollten wir um Metz einen Bogen machen.«

»Wir müssen irgendwo eine Rast einlegen«, wandte Stephano ein, der mittlerweile zu Struan aufgeschlossen hatte. »Unsere Gäule sind völlig erschöpft und halten das Tempo nicht mehr lange durch.«

»Außerdem sollten wir bei nächster Gelegenheit noch mal auf dem Caput nachschauen, wo die beiden sich inzwischen aufhalten«, fügte Gero hinzu.

Rona hatte einen weiteren Blick auf den Server geworfen, nachdem sie die Grenze von Luxemburg passiert hatten, und dabei festgestellt, dass sowohl Amelie als auch Malcolm die Mosel am späten Nachmittag überquert hatten und augenscheinlich am Abend Saint-Mihiel erreichten.

»Wir machen gleich hinter Metz eine Rast«, rief ihm Pierre de Bologne zu, der wie verabredet mit seiner Truppe kurz zuvor wieder zu ihnen gestoßen war und nun die Führung des mehr als zwanzig Reiter starken Trupps übernommen hatte. »Das Gehöft unseres Mittelsmannes liegt außerhalb der Stadtmauer, noch vor dem Moselübergang auf die franzische Seite. Dort können wir uns aufwärmen, die Pferde tränken und darüber beraten, wie es weitergeht. Unser einziges Problem wird sein, die Brückenzöllner bei Moulin davon zu überzeugen, uns zu so später Stunde noch auf die andere Seite zu lassen.«

Struan stieß ein vernehmliches Schnauben aus. »Sollten sie es nicht tun, werden sie es bitter bereuen.«

»Wenigstens unsere Papiere kommen absolut glaubwürdig rüber«, rief Arnaud ihm zu. »Weder die Grenztruppen von Luxemburg noch die von Metz haben daran gezweifelt, dass wir italienische Söldner auf dem Weg ins Königreich Navarra sind. Das hat Anselm großartig hinbekommen.«

»Nur mit unseren Bärten hatten sie Probleme«, erinnerte Johan van Elk ihn. »Und mit den Frauen.« Er warf einen Blick auf Freya, die sich auf ihrem Zelter großartig hielt, obwohl sie in der zwölften Woche schwanger war. Sie war eine gute Reiterin und hatte bei ihrer Ausstattung an alles gedacht. Ihre rote Mähne hatte sie zu einem strengen Zopf geflochten und unter der Kapuze ihres dicken Wachsumhangs versteckt, damit sie von Weitem aussah wie ein Mann.

»Stell dir vor, du hättest ihm gesagt, dass ich eine Wehmutter bin«, scherzte sie, obwohl ihr Regen und Wind ins Gesicht peitschten.

»Da war die Nummer mit den Wäscherinnen schon überzeugender«, witzelte Ralph of Bulford, der direkt hinter Freya ritt. Ihnen folgten Pierres Templerrebellen, die ihnen treu zur Seite standen und absolut loyal und verschwiegen waren, wie man es von initiierten Templerbrüdern erwarten durfte.

Gero war dankbar, dass der Zisterzienser Wintrich von Achenbach ihnen seinerzeit den Kontakt zu diesen Männern vermittelt hatte. Es war ein gewaltiger Unterschied, ob man im Kampf gegen seine Widersacher mit wenigen Brüdern auf sich selbst gestellt war oder eine Truppe wie Pierres Templerrebellen hinter sich wusste. Sie alle hatten die gnadenlose Verfolgung durch den franzischen König und die Gens du Roi erlebt und überlebt. Einige von ihnen hatten grausamste Folterungen durch die Inquisition hinnehmen müssen und keine Vorbehalte, es ihren Peinigern mit gleicher Münze heimzuzahlen, sobald sich die Gelegenheit bot.

Als sie das Anwesen erreichten, von dem Pierre gesprochen hatte, war es beinahe stockdunkel. Aufgrund des Regens und der schlammigen Wege war das Weiterkommen ohnehin schwierig geworden.

Das beeindruckende Gehöft mit einem stattlichen, gemauerten Palas lag mitten in einem Eichenwald und gehörte zu einer soliden Burganlage, deren Besitzer hauptsächlich Schweine züchtete, wie Pierre zu berichten wusste, und daraus Wurst und Schinken herstellen ließ, die man in geräucherter Form nach Franzien und auch in die deutschen Lande verkaufte.

»Der Burgherr, Clemens de Moncler, ist ein Onkel von Richard de Moncler, der hier zu uns stoßen und mit uns mitreiten wird«, klärte Pierre Gero auf, als sie vor den Stallungen haltmachten. »Wir waren ohnehin mit ihm verabredet, wenn auch erst ein paar Tage später. Richard ist ein Mann der ersten Stunde. Er hat unsere Rebellentruppe mit aufgebaut, nachdem ihm zusammen mit anderen deutschen Brüdern die Flucht gelungen ist. Er war kurzfristig in Vincennes inhaftiert, so wie ich. Als er 1310 zu einem Verhör vorgeladen wurde, hat er sich stattdessen mit mehreren Mitgefangenen aus den deutschen Landen abgesetzt.«

»Ich dachte, er stammt aus der Grafschaft Montbéliard?« Gero, der den Bruder aus früheren Zeiten kannte, war ein wenig irritiert, nachdem Pierre sich bei den Wachleuten der Burg angemeldet hatte und nach Richard fragte. Während sie auf ihn warteten, erzählte Pierre den Rest der Geschichte.

»Ja, dort lebt die Familie seiner Mutter. Sie ist eine Tochter des Grafen von Montbéliard, dessen Anwesen sich direkt an der Grenze zu Franzien befindet. Richards Geburtsname lautet eigentlich von Montclair. Auf Franzisch wird er de Moncler geschrieben. Sein Vater ist ein Bruder von Jakob von Montclair, der mit seiner Familie auf der gleichnamigen Burg an der Saar lebt.«

»Ich kenne diese Burg«, bemerkte Gero anerkennend. »Sie ist größer und schöner als Waldenstein.«

»Den Herren von Montclair ergeht es ähnlich wie dir und deiner Tante. Sie befinden sich in ständigen Lehns- und Erbstreitigkeiten mit dem Erzbischof von Trier und dem Herzog von Lothringen, weil beide sich nicht darauf einigen können, auf wessen Land das Anwesen steht. Wegen der ungeklärten politischen Verhältnisse zwischen dem König von Franzien und Kurtrier hat Richard es vorgezogen, zunächst bei der Familie seines Onkels unterzutauchen. Sie haben ihn und weitere Brüder eine Zeit lang vor der Inquisition versteckt, bis sie sich uns angeschlossen haben. Richard und den meisten von uns war von Anfang an klar, dass unsere Möglichkeiten, den Orden und damit auch uns selbst zu retten, ziemlich gering sind. Deshalb kann ich jeden verstehen, der in Franzien das Weite gesucht hat, zumal, wenn er Familie im Ausland hatte. Was natürlich nicht bedeutet, dass man den Orden und seine dortigen Brüder im Stich lassen sollte. Das war einer der Gründe, warum wir unsere Bruderschaft der ›Rose und des Kreuzes‹ geründet haben. Richard und seine Leute waren unter anderem auch in Mainz dabei, als eine Truppe von entkommenen Templern beim dortigen Erzbischof gegen die Auflösung des Ordens protestiert hat. Leider hat es nichts genutzt. Wir können nur noch versuchen, den Schaden für unsere überlebenden Brüder so gering wie möglich zu halten.«

»Das bedeutet, das Risiko dieser Mission ist für uns alle gleich«, stellte Gero trocken fest.

»So könnte man sagen.« Pierre klopfte ihm zustimmend auf die Schulter, als Richard de Moncler unvermittelt aus dem Palas in den Hof trat, um die Ankömmlinge mit einem freudigen »Gott sei mit euch« zu begrüßen. Gero hätte ihn fast nicht wiedererkannt. Der ehemals blonde Templer hatte sein kurzes Haar genau wie Pierre mit irgendeiner verwegenen Mischung aus Eichengalle, Holzkohle und Baumrinde in ein schmutziges Braun umgefärbt. Nur die blauen Augen waren gleich geblieben.

Nachdem Richard alle ankommenden Brüder mit dem obligatorischen Handschlag und auch die Frauen willkommen geheißen hatte, wies er ihnen den Weg zu den Stallungen, wo sie ihre Pferde unterstellen konnten. Danach ging er voran zum Haus, um seine Verwandten vorzuwarnen, welch unerwarteter Besuch vor der Tür stand.

Wie schon bei Pierre gab es auch hier einen herzlichen Empfang durch den Besitzer des Anwesens, Clemens de Moncler und seiner Familie, den die hohe Anzahl der Gäste nicht zu schrecken schien. Eine Horde von sieben Kindern verschiedenen Alters stürmte unbekümmert in die regnerische Nacht heraus und versorgte die Pferde, während die Hausherrin, eine beleibte ältere Dame in einem dunklen Wollkleid und mit steifer weißer Haube, die ihr dunkles Haar bedeckte, die Ankömmlinge wie selbstverständlich in die gute Stube bat.

Das Innere des großzügigen Haupthauses barg eine geräumige Halle mit einem hohen Kamin, in dem ein gewaltiges Feuer loderte. Rundum standen Bänke und Tische, an denen sich die Gäste niederlassen konnten.

Während Richard und Pierre dem Hausherrn die Hintergründe ihres Erscheinens erklärten, sorgte Madame Gautzeline, wie sich seine Gemahlin den Besuchern vorgestellt hatte, für die Bewirtung. Sie ließ Krüge mit Wein und große Schüsseln mit geräucherten Würsten und Brot herbeischaffen, dazu Töpfe mit selbstgemachtem Senf.

»Greift zu!«, forderte sie die Neuankömmlinge auf und erklärte Freya beiläufig, wo der Abort zu finden war. Einer ihrer Söhne, ein junger Bursche von vielleicht fünfzehn Jahren, schob ein mannshohes Gestell in die Nähe des Feuers, an dem mehrere Hirschgeweihe befestigt waren, die als Garderobenhaken dienten. »Hier könnt ihr eure Mäntel trocknen«, erklärte Madame Gautzeline den verwunderten Besuchern.

»Habt Dank, edle Frau!« Gero verbeugte sich vor der Gastgeberin, so wie es sich geziemte. »Wir bezahlen Euch Essen und Wein. Sagt, was wir Euch schuldig sind.«

»Ihr zahlt gar nichts«, erklärte ihr Gemahl, Clemens de Moncler, der neben ihr stand und die Hände in die Hüften stemmte. Seine hagere Gestalt und das kurze schlohweiße Haar erinnerten Gero ein wenig an Henri d'Our, nur dass Richards Onkel mindestens einen Kopf kleiner war als sein ehemaliger Kommandeur. Sein kunstvoll geschneidertes Gewand und die feinen Stiefel zeugten von einem gewissen Wohlstand. »Wir hassen die franzischen Hunde genauso wie Ihr«, fuhr de Moncler fort. »Was sie Richard und seiner Familie und den zahllosen anderen Angehörigen von Ordensbrüdern angetan haben, die ihre Söhne im guten Glauben zu den Templern gegeben hatten, ist unverzeihlich. Pierre hat mir erzählt, dass es Euch nicht besser ergangen ist und diese elenden Feiglinge nun sogar das Weib und den Bruder eines Eurer Kameraden entführt haben. Es wird Zeit, dass die Brut der Kapetinger von der Hölle verschlungen wird, so wie König Philipp IV., dieser leibhaftige Satan.«

»Ich fürchte, es wird noch eine Weile dauern, bis wir von seinen Nachkommen erlöst sind«, erwiderte Gero trocken und ohne sich noch einmal mit vollem Namen vorzustellen. Das hatte Richard im Zweifel erledigt. Unter Rebellen war es nicht üblich, sich über Gebühr bekannt zu machen. Wie Pierre und seine Brüder reiste man unter ständig wechselnden Identitäten und redete sich untereinander mit Namensabkürzungen oder Spitznamen an, so wie zu Templerzeiten.

»So setzt euch doch und esst, ihr müsst einen Bärenhunger haben«, drängte Madame Gautzeline ihre abenteuerlich anmutenden Gäste.

Gero folgte ihrer Aufforderung und setzte sich zu Pierre und Richard an einen Tisch. Struan, Khaled, Anselm und Johan verteilten sich auf die übrigen Sitzplätze, während der Rest der Mannschaft die anderen Tische und Bänke in Beschlag nahm.

Derweil verschwand die Hausherrin in der Küche, um Nachschub an Wein und Bier zu organisieren und für Khaled ein paar gebratene Hühnerbeine zu beschaffen, nachdem Pierre der Frau des Gastgebers erklärt hatte, dass der Assassine grundsätzlich kein Schweinefleisch aß.

»Wie kommt es, dass Euch zwei Frauen auf eine solche gefährliche Mission begleiten?«, wollte Madame wissen, nachdem sie an den Tisch zurückgekehrt war und Freya und Rona mit unverhohlener Neugier betrachtete.

»Freya ist eine erfahrene Wehmutter«, erklärte ihr Gero und deutete auf die rothaarige Begine. »Und Rona ist eine hervorragende Heilkundige aus dem Land der Seidenspinner. Außerdem ist sie mit Arnaud verheiratet und kann genauso gut mit dem Schwert umgehen wie er.«

»Tatsächlich? Wie aufregend!«, erwiderte Madame Gautzeline und schaute sich Rona noch einmal genauer an, bevor ihr Blick zu Freya wechselte. »Wehmutter? Wozu benötigt ihr eine Wehmutter?«

»Meine Frau ist schwanger«, raunte Struan. »Sie wurde von Männern der Gens du Roi entführt.«

»*Mon Dieu!*«, rief Madame und fasste sich erschrocken an ihre mütterliche Brust. »Wie weit ist sie denn?«

»Im siebten Monat«, beantwortete Freya die Frage. »Auch wenn wir sicher sind, dass wir sie aus den Händen dieser Dämonen befreien werden, steht zu befürchten, dass sie durch die Aufregung zu früh niederkommt.«

»Deshalb wollen wir uns hier auch nicht länger aufhalten als nötig«, stellte Struan klar, nachdem er seinen zweiten Krug Bier hinuntergestürzt hatte. »Wir müssen so früh wie möglich die Mosel überqueren, damit wir vor dem Morgengrauen in Saint-Mihiel sind.«

»Warum ausgerechnet Saint-Mihiel?« Clemens de Moncler betrachtete ihn aufmerksam.

»Weil man sie dort gefangen hält«, antwortete der Schotte mit finsterem Blick, der seiner zusammengekniffenen schwarzen Brauen wegen noch entschlossener wirkte.

»Woher wisst Ihr das?«

»Wir nehmen es an«, kam Gero ihm zur Hilfe, weil Struan um eine Erklärung verlegen zu sein schien. »Sie sind seit heute Morgen verschwunden. Die Entführer haben ein Pergament hinterlassen, dass sie nach Franzien wollen«, log er. »Und da sie mit einem Pferdewagen reisen, können sie noch nicht viel weitergekommen sein als wir.«

»Aber Ihr werdet warten müssen, bis die Brücke wieder geöffnet ist«, erklärte ihm de Montcler mit Bedauern. »Und das wird vor Sonnenaufgang nicht der Fall sein.«

»Dann gehen wir eben mit den Pferden über den Fluss«, bestimmte Struan unerschrocken.

»Das halte ich für keinen guten Einfall«, widersprach ihm ihr Gastgeber. »Einer meiner Knechte, der am späten Nachmittag geräucherten Schinken zu einem Händler ans andere Ufer gebracht hat, sagte mir, die Mosel habe sich durch den andauernden Regen in einen reißenden Strom verwandelt, auf dem nicht einmal mehr Boote fahren können. Bei allem Mut, den ihr aufbringt, wäre es eine ziemlich dumme Idee, den Heiligen Christophorus auf diese Weise herauszufordern.«

»Wir werden sehen«, sagte Gero und beruhigte damit den aufgebrachten Schotten, der sich im Augenblick offenbar nichts sehnlicher wünschte als eine Flugmaschine.

»Habt Dank, dass wir hier eine Pause einlegen dürfen«, sagte er zu Richards Onkel.

»Ihr könnt euer Lager in der Halle aufschlagen. Ich lasse euch Strohsäcke bringen und zeige euch nachher noch, wo die Waschküche ist.« Clemens stand auf, um seinen Söhnen, die aus den Stallungen zurückgekehrt waren, entsprechende Anweisungen zu erteilen.

»Gibt es hier einen ungestörten Ort?«, wollte Gero leise von Richard wissen.

»Ja, warum fragst du?« Der lothringische Templer wechselte einen raschen Blick mit Pierre, um zu erfahren, weshalb Gero sich zurückziehen wollte.

»Weil wir etwas vorhaben, von dem deine Familie möglichst nichts mitbekommen sollte«, antwortete Gero kryptisch.

»Sie haben das Haupt dabei«, flüsterte Pierre seinem wissbegierigen Bruder zu.

Richards Brauen schnellten vor Aufregung nach oben. »Darf ich es sehen?«

»Ich bin mir nicht sicher, ob du seinen Anblick ohne vorherige Erklärung ertragen kannst«, gab Gero zweifelnd zurück.

»Vergiss nicht, er ist einer von uns und hat genauso viel durchgemacht wie wir alle«, erinnerte ihn Pierre, der selbst gerne mehr über die Geheimnisse seiner Brüder aus Bar-sur-Aube erfahren wollte. »Wenn wir uns im Kampf gegen die Inquisition verbünden, sollten wir möglichst alle genau wissen, was dabei auf dem Spiel steht.«

»Nun gut!« Gero nickte und warf Richard einen auffordernden Blick zu. »Dann geh voran. Ich vermute, du kennst dich hier aus.«

Während Gero seine Mitstreiter einsammelte, erhob Richard sich und schnappte sich im Vorbeigehen eine tragbare Ampel mit einer brennenden Kerze darin, die ihnen half, den Weg zu einer benachbarten Scheune auszuleuchten. Dort angelangt folgten ihm Gero, Struan, Rona und Pierre schweigend in eine abgelegene Kammer, die offenbar als Vorratsraum genutzt wurde, weil sie mit Säcken voller Eicheln und Fässern mit Wein und Bier zugestellt war. Richard verschloss sorgfältig die Tür hinter ihnen und schob von innen einen Riegel vor. Dann stellte er die Ampel auf einem der Fässer ab und schaute die anderen Anwesenden erwartungsvoll an. »Dann klärt mich mal auf«, sagte er und kreuzte seine mächtigen Arme mit einem unsicheren Lächeln vor seiner breiten Brust. »Ich kann es kaum erwarten, das Haupt zu sehen.«

Rona beachtete ihn nicht weiter, sondern nahm ihre Satteltasche, holte den Server heraus und legte ihn auf ein weiteres Fass. Dann stellte sie gedanklichen Kontakt zum Caput her und gab den passenden Code ein. Unvermittelt hob sich der Deckel, und auf der Oberfläche erschien in einem leuchtenden Türkis der holographische Kopf einer Frau, die ihr verblüffend ähnlich sah.

Schnell und routiniert aktivierte sie die genetischen Daten von Amelie und Malcolm und wartete auf ein passendes Signal.

Während sie nach dem Aufenthaltsort der beiden forschte, ertönte ein dumpfes Geräusch, das nicht nur Rona in ihrer Konzentration störte.

»Richard?« Sowohl Gero als auch Pierre hatten den unwissenden Templerbruder im Blick, der beim Anblick des leuchtenden Hologramms geschockt in die Knie gegangen und auf den Hintern gefallen war. Nun hockte er reglos auf dem gestampften Boden und starrte wie paralysiert auf den anscheinend körperlosen und dennoch lebenden Kopf.

»Hey, Richard!« Pierre, der neben ihm kniete, packte ihn am Arm und rüttelte ihn heftig. »Geht's dir gut?« Er musste ihn mehrmals schütteln, um ihn aus seiner Erstarrung zu befreien.

»B… bei allen T… Teufeln, das glaube ich nicht«, stammelte Richard und starrte wie hypnotisiert auf den Kopf. »Das Haupt! Es existiert wirklich!«

»Ja, Mann, und es frisst dich nicht«, spöttelte Struan. Mit einem entschlossenen Griff unter die Arme half er Richard wieder auf die Beine. »Meine Güte, stell dich nicht so an, Richard. Du bist ein Templer, vergiss das nicht.« In der momentanen Situation hatte der Schotte wenig Verständnis für den unerwarteten Schwächeanfall des neu hinzugekommenen Bruders.

»Ich bin überrascht, dass du nicht jedem deiner Männer von unserem Caput erzählt hast«, bemerkte Gero, der Pierres Verschwiegenheit dem Grunde nach zu schätzen wusste.

»Ich habe dir versprochen, nur jene Brüder einzuweihen, die einen Nutzen davon haben«, erklärte ihm Pierre mit ernstem Blick. »So wie es in unserem Orden seit alters üblich ist. Und dass diese Tradition immer noch Sinn macht, sieht man an der Reaktion unseres lieben Bruders.«

»Geht's wieder?«, wollte Gero von Richard wissen, dessen bleiches Gesicht zunehmend an Farbe gewann. »Vielleicht solltest du einen kräftigen Schluck Wein trinken, sobald wir zu den anderen zurückgekehrt sind.«

Richard, dem es erkennbar peinlich war, dass der Anblick des Caput ihn regelrecht umgehauen hatte, stützte sich an der Wand ab, als er langsam auf Rona zuging, erst zaghaft und dann voller Neugier. »Was macht sie da?«

»Sie versucht herauszufinden, wo sich die beiden Gefangenen aufhalten.«

»Und das Kästchen kann darüber Auskunft geben?« Sein ungläubiger Blick verfolgte angespannt die leuchtenden Wellenbewegungen auf der Oberfläche des Servers.

»Normalerweise ja«, beantwortete Rona für alle die Frage. »Beim letzten Kontakt hielten sich Amelie und Malcolm in Saint-Mihiel in einer alten Benediktinerabtei auf. Zu diesem Zeitpunkt lebten sie also noch. Das ist die gute Nachricht. Die schlechte ist, dass de la Motte sich offenbar von Paris nach Troyes begeben hat, was uns etwas über den zukünftigen Aufenthaltsort der beiden sagen könnte.«

»In Troyes wurde die Ordensburg der Templer in ein Gefängnis der Gens du Roi umgebaut«, bemerkte Richard besorgt. Er war immer noch vollkommen fasziniert von den unglaublichen Dingen, die sich vor seinen Augen abspielten.

»Das hat Pierre uns schon berichtet.« Gero kniff für einen Moment die Lippen zusammen, bevor er fortfuhr. »Ist die Burg immer noch im gleichen Zustand wie vor zehn Jahren, oder wurden Umbauten vorgenommen?«

»Soweit ich weiß, wurden die Folterkammern komplett neu angelegt. Nichts von dem, was dort zu Templerzeiten geschehen ist, lässt sich mit den Dingen vergleichen, die sich später dort abgespielt haben.«

»Wir werden es erst gar nicht so weit kommen lassen«, raunte Struan. »Wir reiten lange vor Sonnenaufgang zur Brücke und erzwingen uns den Zugang!«

»Bei dem Wetter kommen wir ohnehin nicht voran, abgesehen davon, dass die Mosel zurzeit nicht passierbar ist. Was bringt es, wenn wir mitsamt den Pferden ersaufen und gar nicht erst in Troyes ankommen?«, gab Richard zu bedenken. »Ich habe mit meinen Leuten geredet, ihr könnt hier übernachten und wir reiten los, sobald sich die Lage gebessert hat.«

»Du hast recht«, sagte Pierre. »Selbst wenn wir keine Pausen einlegen, benötigen wir mindesten drei Stunden, bis wir in Saint-Mihiel sind. Aber wir gewinnen nichts, wenn wir bei diesem Unwetter durch die Schwärze der Nacht reiten. Die Fackeln würden von Wind und Regen gelöscht, und man sähe die Hand vor Augen nicht. Wir sollten wenigstens bis zum Anbruch der Dämmerung warten.«

»Aber keinen Deut länger«, bestimmte Struan streng.

»Keine Sorge, wir brechen noch vor dem ersten Hahnenschrei auf«, versicherte ihm Gero.

KAPITEL 24

APRIL 1316
GRAFSCHAFT BAR / SAINT-MIHIEL

Pakt mit dem Teufel

Amelie war längst eingeschlafen, als Justine einen Entschluss fasste, von dem sie sicher war, dass sie ihn bereuen würde. Aber sie konnte nicht anders.

Sie musste mit Malcolm reden und ihn fragen, wie es zu seiner Verhaftung gekommen war. Der Wagen, in dem er transportiert wurde, hatte exakt das gleiche Schloss an der Tür wie ihr eigenes Gefährt, so dass sie denselben Schlüssel würde benutzen können.

Zu allem bereit, zog sie sich ihren Mantel über und warf einen letzten Blick auf Amelie, die nichtsahnend tief und fest schlief.

Behutsam öffnete Justine die Tür, zunächst nur einen Spalt, und äugte hinaus in die stockfinstere Nacht. Es regnete noch immer, wenn auch nicht mehr ganz so heftig. Aber es genügte, um die zuständigen Wachsoldaten davon abzuhalten, auf dem Hof zu patrouillieren. Einige von ihnen hockten nach wie vor unter dem Unterstand, wie Justine an den schwarzen Silhouetten vor dem heruntergebrannten Feuer erkennen konnte. Wie es aussah, schliefen manche von ihnen sogar. Wahrscheinlich dachten sie, die Abtei gleiche ohnehin einer Festung, bei der das Haupttor geschlossen war und wurde somit augenblicklich streng genug bewacht, dass kaum mit Gefahren zu rechnen war.

Auf Zehenspitzen und mit ausgestreckten Händen schlich Justine zu dem zweiten Wagen hin, von dem sie nur die Umrisse erkennen konnte. Als sie vor der rückwärtigen Tür angelangt war, tastete sie in ihrer Gürteltasche vorsichtig nach dem Schlüssel und führte ihn lautlos in das eiserne Schloss. Als sie ihn in schmerzlicher Langsamkeit zu drehen begann, biss sie sich vor Anspannung so fest auf die Unterlippe, dass sie Blut schmeckte. Ein winziges, knarrendes Geräusch, das – dem Himmel sei Dank – in Wind und Regen unterging, ließ sie erkennen, dass die im Inneren des Schlosses befindlichen Zahnräder sich in die entsprechende Richtung bewegten. Ein kaum wahrnehmbares Knacken erklang, als die Verriegelung aufsprang, so dass die Tür sich öffnen ließ.

Justine betete zur Heiligen Jungfrau, dass die Scharniere gut geölt waren und nicht knarrten, als sie die Tür behutsam öffnete. Vorsichtig setzte sie einen Fuß auf die Wagenachse und zog sich mit Bedacht am Türrahmen empor. Wie eine Schlange schlüpfte sie durch den schmalen Spalt ins Innere des Wagens und schloss die Tür vorsichtig hinter sich.

Sie konnte Malcolms Anwesenheit nicht nur spüren, sondern auch riechen. Obwohl er einiges durchgemacht haben musste und anscheinend in seiner Not in den Wagen uriniert hatte, mischte sich ein schwacher Duft von syrischer Seife hinzu.

Justine wusste nicht, ob er schlief oder bewusstlos war, als sie sich zu ihm hinunterbeugte. Doch als ihr Hals mit einem Mal von zwei kräftigen Händen gepackt wurde und das leise Klirren von Ketten erklang, zeigte sich, dass er hellwach war. Nur kam diese Erkenntnis leider zu spät.

Er drückte ihr gnadenlos die Kehle zu, in der unverkennbaren Absicht, sie zu erwürgen. Justine konnte kein Wort hervorbringen, nicht einmal schreien, und zuckte nur noch schwach mit Armen und Beinen. Ihr Herz raste, und das Blut hämmerte in ihrem Schädel. Bei ihrem vergeblichen Ringen nach Luft wurde ihr schwarz vor Augen, bis sie spürte, wie ihr die Sinne schwanden.

Der Zufall wollte es, dass sie in ihrer Verzweiflung eine letzte, verbissene Bewegung machte und die Arme ihres Peinigers ihre Brüste streiften.

Unerwartet verschwand der Druck auf ihre Kehle. In heller Panik rang sie nach Luft, als die beiden riesigen Pranken ihren malträtierten Hals in die Freiheit entließen. Röchelnd fiel sie zur Seite, krampfhaft bemüht, sich nicht lauthals zu übergeben.

Bevor es dazu kommen konnte, packte eine Hand ihren Zopf und zog ihren Kopf brutal in den Nacken, während die andere Hand ihren Mund so fest verschlossen hielt, dass sie keinen Mucks von sich geben konnte. Wenigstens ließ er ihr die Nase frei, damit sie weiterhin Luft bekam.

Unvermittelt spürte sie seinen heißen Atem am Ohr. »Wer bist du, und was willst du hier?«, erkundigte er sich mit seiner rauen Stimme:

Justine gab nur ein hilfloses Gestammel von sich, weil sie beim besten Willen nicht antworten konnte. Sie spürte, wie er abermals seinen Griff lockerte. »Wenn du schreist«, drohte er leise, »breche ich dir das Genick wie einem Kaninchen, verstanden?«

»Verstanden«, hauchte sie atemlos. »Ich bin's, Justine«, wisperte sie mit bebender Stimme. »Ich wollte wissen, was mit dir passiert ist.«

»Das Gleiche könnte ich dich fragen«, raunte Malcolm, nachdem er die anfängliche Überraschung überwunden hatte. Er hatte mit allem und jedem gerechnet, aber nicht mit dem Auftauchen seiner vermeintlichen Liebschaft, von der er bereits wusste, dass sie eine Komplizin des Leibhaftigen war. »Hast du dich verirrt oder bist du absichtlich hier?«, zischte er. »Ich dachte, du machst mit der Gens du Roi gemeinsame Sache!«

»Nein, so ist es nicht«, flüsterte sie mit schwacher Stimme. »Es tut mir leid. Ich wollte nicht, dass man dich verschleppt!«

»Es tut dir leid?«, grollte er. »Was soll der Unsinn? Du bist schuld, dass ich hier sitze! Falls du dieses Unrecht wiedergutmachen willst, hilf mir lieber, unerkannt zu entkommen!«

»Sag mir erst, ob du vom Teufel besessen bist«, flüsterte sie mit zitternder Stimme. »Wenn nicht, werde ich's versuchen.«

»Was redest du da?« Malcolm glaubte, sich verhört zu haben. »Wer erzählt einen solchen Schwachsinn? Baillie?«

»Ja«, antwortete sie schlicht. »Und Rufus de la Motte«, fügte sie voller Verzweiflung hinzu.

»Jetzt sag bloß, dieser gewissenlose Mistkerl ist dein Auftraggeber?«

»Ja. Und er war es auch, der mir versichert hat, dass alle geflohenen Templer vom Teufel besessen sind. Nach dem Willen des Leibhaftigen schwängern sie ihre Weiber und opfern die neugeborenen Säuglinge einem dreifaltigen Götzen, den sie Baphomet nennen.«

»Sag nur, du glaubst einen solch abscheulichen Wahnsinn?«, fragte er fassungslos. Allein der Gedanke, dass sie ihm und seinen Brüdern so etwas zutraute, erfüllte ihn mit Wut und Trauer.

»Ich hatte Angst, dass dein Bruder Amelie das Kind wegnimmt«, fuhr sie zu allem Übel fort, »und es diesem Baphomet opfert, sobald es geboren ist.«

»Herr im Himmel!«, zischte er wütend. »Und ich hielt dich für eine kluge Frau. Wie kann man sich nur so irren.« Er schnaubte verdrossen. »Ich weiß nicht, was schwerer wiegt: Deine Dummheit, auf so ein Geschwafel hereinzufallen, oder meine Blödheit, dass ich einer gewitzten Frau wie dir eine solche Einfältigkeit niemals zugetraut hätte.«

»Ich hatte Angst«, murmelte Justine und begann zu weinen.

»Angst? Wovor?«, spöttelte Malcolm. »Dass man Amelie das Kind aus dem Leib schneidet, wenn sie nicht redet? Dass man mich hängt und vierteilt und dann über langsamem Feuer röstet? Angst, dass Amelies Vater im Kerker verreckt?«

»Sag, dass das nicht geschehen wird«, flüsterte sie außer sich und schlug die Hände vors Gesicht. »Bitte!«

»Bei Amelies Vater *wird* es bald geschehen«, raunte er mit verbitterter Stimme. »Baillies Worten zufolge ist er bereits auf dem Weg nach Carcassonne und soll dort von Bernardus Guidonis und dessen Schergen unter der Folter verhört werden. Amelie will man ebenfalls dorthinbringen.«

»O Gott, was habe ich getan?« Justine hielt sich die Hand vor den Mund und unterdrückte ein noch lauteres Schluchzen. »Wie konnte ich mich nur so versündigen!«

»Das fällt dir verdammt spät ein«, fluchte Malcolm verhalten. »Wo ist sie überhaupt?«

»Wer?«

»Na, Amelie.«

Noch immer schluchzend, antwortete Justine: »Sie schläft im Wagen nebenan und hat keine Ahnung, was hier vor sich geht.«

»Wir müssen weg von hier«, entschied Malcolm, der sich bereits Gedanken darüber machte, wie ihm seine neue Verbündete von Nutzen sein konnte, auch wenn sie anscheinend zu nichts sonst zu gebrauchen war.

»Ich tue alles, was du willst«, beschwor Justine ihn, »selbst, wenn ich mich und meine Familie damit ins Verderben stürze.«

»Was soll das heißen?«

»Ich habe einen siebenjährigen Sohn, der beim Jakobinerkonvent in Toulouse unter der Vormundschaft des Inquisitors Bernardus Guidonis lebt. Sie haben ihn mir genommen, kaum dass er auf der Welt war. Und meine drei Schwestern werden in der Nähe von Paris in Leibeigenschaft gehalten. De la Motte hat mir versprochen, mir meinen Sohn zurückzugeben und meinen Schwestern die Freiheit zu schenken, wenn ich für ihn und die Gens du Roi einen Auftrag erledige, indem ich Amelie vor teuflischen Templern zu ihrem Vater in Sicherheit bringe. Ich konnte doch nicht wissen, dass er mich belügt!«

»Verdammte Höllenhunde!«, fluchte Malcolm. Er wusste, er konnte in dieser Sache keine Rücksicht auf Justines Belange nehmen. »Es hilft alles nichts«, beschied er dumpf. »Wir müssen hier weg, und zwar alle.«

»Das bedeutet, du wirst mich mitnehmen, wenn dir mit Amelie die Flucht gelingt«, forschte Justine ungläubig nach.

»Falls uns die Flucht gelingt, werden wir sehen, wie es weitergeht. Ja. Aber ich kann dir zum jetzigen Zeitpunkt keine Versprechungen machen, von denen ich nicht weiß, ob ich sie halten kann.«

»Und wie kann ich dir helfen?«

»Hast du eine Haarnadel dabei?«

»Nein, aber eine Fibel, die meinen Umhang zusammenhält«, wisperte sie.

»Gib her!«

Justine löste ihre Fibel und drückte sie Malcolm in die Hand.

Mit seinen starken Fingern bog er aus der stabilen Silbernadel einen Himmelsschlüssel, wie er es bei seinem Bruder in Kindertagen gelernt hatte, und öffnete nach einigem Hin und Her seine eisernen Fesseln.

Lautlos und mit der Geschmeidigkeit einer großen Katze erhob er sich und packte Justine bei den Schultern. »Komm mit«, murmelte er. Geräuschlos öffnete er die Tür und ließ sich zu Boden gleiten. Dann umfasste er Justines Taille und hob sie mit Leichtigkeit vom Wagen herab.

Sie gab keinen Mucks von sich, als sie Malcolm im Schein der Feuerkörbe bedeutete, wo ihr eigener Wagen stand. Malcolm wusste nur zu gut, dass sie sich beeilen mussten, wenn sie den Agenten der Gens du Roi entkommen wollten, denn von Osten zog bereits ein dünner Streifen Morgenröte am Horizont auf, der den nahenden Tag ankündigte. Wenigstens hatte es aufgehört zu regnen.

Doch erst einmal galt es, die nächste Hürde zu nehmen, indem sie Amelie weckten und ihr erklärten, warum er so unerwartet vor ihr stand.

Justine ließ ihm den Vortritt in ihren Wagen und entzündete danach im glimmenden Ofen ein Binsenlicht, um in der Dunkelheit wenigstens etwas sehen zu können.

»Amelie«, flüsterte Malcolm scharf und rüttelte unsanft am Arm seiner schlafenden Schwägerin.

»Was ist?«, murmelte sie benommen und riss unvermittelt die Augen auf. »Struan?«, krächzte sie in offensichtlicher Panik. »Bitte, hol mich nicht zurück! Ich will doch nur meinen Vater besuchen!«

»Still!«, befahl ihr Malcolm und hielt ihr den Mund zu. »Ich bin's, dein Schwager.«

»*Du?* Was tust du hier?«, fragte sie fassungslos, nachdem er seinen Griff wieder gelockert hatte. »Und wo ist Struan?«

»Im besten Fall ist er auf dem Weg hierher, um uns zu retten«, antwortete er ihr mit gepresster Stimme. »Wir müssen schnellstens von hier verschwinden. Justines Gefährten sind keine Händler, sondern Agenten der Gens du Roi. Sie arbeiten im Auftrag von Rufus de la Motte.«

»O Gott! Justine auch?« Amelies Blick schnellte zu ihrer Freundin, die betreten den Kopf senkte.

»Nein, sie wusste von alledem nichts«, log Malcolm, weil er Amelie keine zweite Enttäuschung zumuten wollte. »Sie wurde benutzt, ohne es zu ahnen.« Während Amelie sich umständlich aus den Kissen schälte, sah er, wie Justine schluckte und mit den Tränen kämpfte.

»Das … das alles tut mir schrecklich leid«, stammelte sie, und half ihrer schwangeren Freundin, die Stiefel anzuziehen. Als sie fertig waren, legte sie ihr den wärmenden Umhang über die Schultern. Malcolm hatte die Gelegenheit genutzt, um sein Hemd glatt zu streichen und sein Plaid neu zu einem Rock und zugleich zu einem Umhang zu ordnen und zu gürten.

Amelie, in deren aufgewühlte Gedanken nur langsam Ordnung einkehrte, schaute unvermittelt auf. »Und was ist mit meinem Vater?«

»Der muss nun ein bisschen länger auf dich warten«, erklärte Malcolm und warf Justine einen warnenden Blick zu, damit sie nicht auf die Idee kam, Amelie die ganze Geschichte zu erzählen. »Hast du zufällig ein Messer, oder besser noch einen Dolch?«, fragte er sie.

»Ich habe ein Brot- und ein Wurstmesser«, antwortete Justine, die sich denken konnte, was Malcolm damit vorhatte.

»Gib mir beides.«

Rasch drückte sie ihm die Klingen in die Hand, die er sich unter den Gürtel steckte.

»Und jetzt kommt«, raunte er entschieden. »Folgt mir. Und keinen Laut, ganz gleich was geschieht.«

Malcolm schlich mit den Frauen zum Tor und drängte sie in eine Mauernische, als sie die kleine Nebentür für Dienstboten erreichten. »Wartet hier«, flüsterte er und schlich in gebückter Haltung davon.

Ein Gebet an den heiligen Andreas auf den Lippen, befasste er sich mit dem mannshohen Törchen, dessen eiserne Verriegelung bei Nacht den Zugang zum Kloster verwehrte. Es war kein komplizierter Mechanismus, lediglich ein dicker Bolzen, der zwischen zwei eingemauerten Eisenringen eingeschoben wurde. Doch er war schwer und machte beim Herausziehen leise, knarzende Geräusche.

»Wer da?«, ertönte plötzlich eine tiefe Stimme.

Malcolm sah nur einen Schatten. Ihm blieb keine Wahl: Er stieß dem Wachsoldaten Justines Küchenmesser in die Kehle, noch bevor der Mann Verstärkung rufen konnte. Der Soldat ging röchelnd zu Boden. Malcolm, der nun keine Rücksicht mehr auf jedwede Geräuschkulisse nahm, riss mit Schwung den Bolzen aus der Verankerung, stieß das Tor auf und zischte den beiden Frauen zu: »Lauft!«

Sie gehorchten, ohne zu zögern.

»Und wohin jetzt?«, jammerte Amelie und blieb stehen, kaum dass sie außerhalb des Gebäudes standen.

Malcolm fackelte nicht lange. Er packte sie am Arm und zog sie mit sich. Unweit der Abtei erhob sich ein Hügel mit dichtem Eichenwald, in dem sie sich fürs Erste verstecken konnten, um weitere Pläne zu schmieden. Während er mit Amelie das neugefasste Ziel anstrebte, blieb Justine dicht neben den beiden und hielt mit ihnen Schritt.

»Du musst nicht mit uns kommen«, zischte Malcolm ihr im Laufen zu. »Du kannst hingehen, wo du willst.«

»Ich weiß aber nicht, wohin ich soll«, erwiderte sie kläglich. »Wenn Baillie und seine Franzmänner mich erwischen, werden sie mich genauso umbringen, wie sie euch beide töten wollten.«

»Also gut, von mir aus schließ dich uns an«, sagte Malcolm. »Aber ich kann dir nicht garantieren, dass dich auf Waldenstein ein mildes Urteil erwartet.«

»Wir können Justine unmöglich zurücklassen«, rief Amelie atemlos. »Sie kann doch nichts dafür, dass ihre angeblichen Handelspartner für die Gens du Roi arbeiten! Das hast du doch selbst gesagt!«

»Sei still, Amelie, und spar dir die Luft zum Laufen!«, fuhr Malcolm sie an und zog sie auf einen Pfad abseits der Straße. »Wir müssen uns einen Vorsprung sichern, ehe sie nach uns suchen«, erklärte er, ahnte jedoch, dass er zugleich das Unvermeidliche aussprach.

Im Laufschritt ging es durch sumpfige Wiesen und Büsche.

»Ein Pferd wäre nicht schlecht«, rief Justine leise, nachdem sie sich gut tausend Fuß von der Abtei entfernt hatten. Dabei deutete sie auf einen Klepper, der hinter einem heruntergekommenen Gehöft im Halbdunkel wie ein heller Fleck auf einer ansonsten dunklen Wiese stand.

»Der Gaul ist besser als nichts«, stimmte Malcolm ihr zu und bat Justine um den doppelt gefassten Gürtel, den sie um ihre Hüften trug, um bei Bedarf ihr Gewand zu raffen.

»Muss das sein?«, jammerte sie.

»Denkst du, ich will dich ärgern?« Malcolm zog seine schwarzen Brauen unwirsch zusammen und streckte fordernd die Hand aus. »Ich brauche das Ding, um das Pferd einzufangen.«

Justine stieß einen tiefen Seufzer aus und reichte ihm die acht Ellen lange geflochtene Kordel aus teurem rotem Leder, die de la Motte ihr zusammen mit den anderen Kleidern überlassen hatte.

Malcolm dankte Gott, dass das Pferd ein einfaches Halfter trug, so dass er Justines Gürtel nur noch wie einen Strick daran festbinden musste. Der Wallach war überraschend zutraulich, wenn auch ziemlich mager. Sein grauweißes Fell war voller Räude. Es sah nicht danach aus, als ob er weite Strecken bewältigen und schon gar nicht drei Reiter auf einmal tragen konnte. Aber für die beiden Frauen würde seine Kraft reichen. Vor allem für die hochschwangere Amelie war das Pferd ein gewaltiger Vorteil in ihrem Zustand und in dieser gefahrvollen Situation.

Rasch schwang er sich auf den knochigen Rücken des Tieres und spürte, wie es sofort in die Knie ging. Trotz dieser entmutigenden Aussicht trieb er es zum Galopp an. Der arme Gaul war so schwach, dass er sich nicht wehrte, aber herauszuholen war aus ihm so gut wie nichts.

Als Malcolm bei den Frauen angelangt war, saß er ab und half zunächst Amelie auf den Rücken des Tieres, dann Justine.

»Was hast du vor?«, wollte Justine wissen, während er die Zügel des Gauls fest in der Hand hielt und querfeldein mit ihnen im Laufschritt auf einen Hügel zuhielt, der sich wie eine schwarze Silhouette aus der Morgendämmerung erhob.

»Ich bringe euch in Sicherheit«, erklärte er ihr ohne nähere Erläuterung und war froh, die ersten Baumreihen erreicht zu haben, als von der Abtei eine nicht zu überhörende Fanfare ertönte.

»Das ging ja flotter als gedacht«, bemerkte er stoisch und trieb den Gaul an, damit er schneller trabte. Er selbst zeigte keinerlei Anzeichen von Müdigkeit; stattdessen spürte er, wie ihm das Blut durch die Adern pulsierte und ungeahnte Kräfte in ihm frei werden ließ.

Obwohl weitere Fanfaren zu hören waren und die Kirchenglocken der Abtei Sturm läuteten, ließ er sich nicht beirren und lief tiefer in den Wald hinein. In der Ferne war nun auch Hundegebell zu vernehmen.

»Sie suchen mit Schweißhunden nach uns«, stellte Amelie ängstlich fest. »Bestimmt sind sie schon bald hier und werden uns finden.«

»Deshalb dürfen wir keine Pause einlegen«, beschwor Malcolm sie und beschleunigte noch einmal seine Schritte.

»Was ist hier überhaupt los?«, wollte Amelie unvermittelt wissen und schaute über die Schulter zu Justine, die auf dem Pferderücken hinter ihr kauerte und die Arme um ihren unübersehbaren Babybauch gelegt hatte, um wenigstens ein bisschen Halt zu finden. »Warum ist Malcolm hier und Struan nicht? Und wieso redet ihr miteinander, als wärt ihr alte Bekannte?«

Justine lockerte abrupt ihren Griff und räusperte sich. »Was willst du hören?«

»Ihr könnt mir nicht erzählen, dass die Gens du Roi sich nicht für meinen Vater interessiert, wenn sie uns offenkundig hinterherjagen«, insistierte Amelie hartnäckig. »Immerhin wussten deine Begleiter über unsere Mission Bescheid. Und ich möchte erfahren, warum Malcolm hier ist und ob Struan auch davon weiß!«

»Ich schäme mich, es zuzugeben, Amelie. Aber das alles ist meine Schuld«, gestand Justine voller Bitterkeit. »Malcolm hat dich belogen, weil er dich beschützen wollte, als er sagte, ich hätte mit der Sache nichts zu tun. Aber letztendlich hat er auch recht, wenn er sagt, ich bin genauso ein Opfer wie du.«

Justine fasste in kurzen Worten zusammen, wie sie an diesen unseligen Auftrag gekommen war und warum sie ihn angenommen hatte.

»Du hast Malcolm verführt, um an mich heranzukommen?« Amelie riss fassungslos ihre schönen braunen Augen auf und warf ihrem Schwager einen ungläubigen Blick zu. »Und er hat nichts davon geahnt?«

»Nein, nein, so war es nicht!«, verteidigte sich Justine. »Ich wusste nichts über ihn, schon gar nicht, dass ihr miteinander verwandt seid. Als ich ihm begegnet bin, war es Liebe auf den ersten Blick. Du weißt, wie ich dich immer um Struan beneidet habe, weil er so stolz und gut aussehend ist. Malcolm war sein jüngeres Abbild, aber das ist mir erst später aufgefallen, als ich Struan an seiner Seite gesehen habe.«

»Na toll, jetzt muss ich mich zu meiner sträflichen Einfältigkeit auch noch mit meinem blendend aussehenden Bruder vergleichen lassen«, schimpfte Malcolm wütend.

»Wir haben geflirtet, nachdem wir uns zufällig auf dem Jahrmarkt begegnet sind«, fuhr Justine gegenüber Amelie unbeirrt fort, »und er ist zu mir in den Wagen gekommen, nachdem ich ihn auf einen Wein eingeladen hatte. Danach konnte ich ihn einfach nicht mehr vergessen. Ich musste ihn wiedersehen! Obwohl Baillie mir sagte, ich solle ihn über dich und die Brüder ausfragen, habe ich es nicht getan. Ich schwöre, ich habe meinen Begleitern nichts von meinen Gefühlen für Malcolm erzählt. Ich wollte erst wissen, ob die Gens du Roi mit ihren Anschuldigungen recht haben, dass die Templer mit dem Teufel im Bunde stehen. Ich hatte von Beginn an vor, Malcolm ins Vertrauen zu ziehen und ihm alles zu beichten, falls Baillie und seine Spießgesellen mit ihren Behauptungen falschliegen. Ich hätte wissen müssen, dass die Templer unschuldig sind und ich in Wahrheit einen Pakt mit dem Teufel eingehe, wenn ich mich mit den Leuten des Königs einlasse.«

»Sie hat gedacht, die Templer fressen die neugeborenen Kinder ihrer Weiber im Auftrag des Teufels und meinte, sie müsste dich vor Struan und seinen Ordensbrüdern beschützen«, spöttelte Malcolm, weil er keine Veranlassung mehr sah, mit Justines abstrusen Anschuldigungen hinter dem Berg zu halten.

»Bist du von allen guten Geistern verlassen, Justine!« Amelie konnte kaum noch an sich halten und schnappte nach Luft. »Warum hast du mich nicht gefragt? Ich hätte dir einen solchen Unsinn auch ohne den ganzen Aufwand widerlegen können.«

»De la Motte und seine Komplizen haben behauptet, man würde als Frau nicht bemerken, wenn man mit einem der angeblichen Satansjünger zusammenlebt. Die Templer werden vom Teufel gelenkt und verbergen ihr wahres Gesicht, weil sie keinen eigenen Willen mehr haben. Wortwörtlich sagte er, sie sind besessen.«

»Und was bist du?«, schnappte Amelie wütend, der es schon längst zu bunt wurde. »Du setzt aus kalter Berechnung mein Leben, das meines Vaters, meines

Kindes und Malcolms Leben aufs Spiel! Wobei ich immer noch nicht weiß, welchen Vorteil du davon hast und wie Malcolm hierhergekommen ist.«

»Ich nehme an«, erklärte Malcolm ihr nüchtern, »Justines Begleiter hat mir irgendetwas in den Wein gekippt, als wir uns am Abend des Banketts noch einmal in ihrem Wagen getroffen haben. Von dem Zeug bin ich eingeschlafen, und dieser Kerl hat mich raustragen und in seinem Wagen in Ketten legen lassen. Als ich wach wurde, war ich bereits auf dem Weg nach Metz. Der Hurensohn saß bei mir und hat mich brühwarm darüber aufgeklärt, was er mit uns beiden vorhat. Er wollte uns der Inquisition vorführen lassen, damit wir Bernardus Guidonis die Geheimnisse des Ordens offenbaren.«

»Welche Geheimnisse?« Amelie, die im spärlichen Morgenlicht ohnehin so bleich aussah wie der Mond, vermittelte Malcolm den Eindruck, als müsste sie sich jeden Augenblick übergeben.

»Keine Ahnung«, log Malcolm. »Verstehst du jetzt, warum sie uns nicht erwischen dürfen?«

»Ja, sicher«, gab Amelie mit schwacher Stimme zurück, die natürlich wusste, was er meinte, es vor Justine aber nicht zum Besten geben würde. »Nur verstehe ich nicht, warum wir diese treulose Hure mitnehmen müssen«, urteilte sie scharf und rückte von Justine weg, so weit es nur ging. »Sie war meine beste Freundin und hat uns alle mit voller Absicht verraten. Wie sollte ich ihr jemals verzeihen? Ich habe Angst, dass mein Vater die Rechnung am Ende bezahlen muss. Genauso wie Struan es mir prophezeit hat, als ich ihn angebettelt habe, zurück nach Franzien gehen zu dürfen, um Vater zu suchen. Sie hält uns nur auf. Zu zweit wären wir zu Pferd viel schneller.«

»Sie hat recht«, bekräftigte Justine Amelies Vorschlag und ließ sich von dem Gaul herabgleiten. Dann wandte sie sich Malcolm zu. »Ich kann verstehen, dass ihr beide mich hasst. Ihr solltet euch schleunigst ohne mich davonmachen. Ich behindere euch nur bei eurer Flucht.«

»Sie hat einen siebenjährigen Sohn, der unter Aufsicht von Bernardus Guidonis steht«, erklärte Malcolm, der nochmal nachgedacht hatte, um Justines Verhalten vor Amelie zu verteidigen. »De la Motte hat sie erpresst. Er hat ihr versprochen, dass sie das Kind zurückbekommt, wenn sie tut, was er von ihr verlangt. Wenn nicht, wird der Kleine zum nächsten Inquisitor erzogen, und sie sieht ihn nie mehr wieder. Außerdem hat sie drei Schwestern, die wie sie selbst in Leibeigenschaft leben und deren weiteres Schicksal in de la Mottes Händen liegt. Auch damit hat der Kerl sie zum Gehorsam gezwungen.«

»Und du glaubst ihr?«, giftete Amelie und blickte ihn verständnislos an. »Sie hat uns beide betrogen. Ihr war es vollkommen gleichgültig, ob wir wegen ihrer Lügen auf dem Scheiterhaufen landen. Wie konnte sie mir so etwas antun? Zumal sie angeblich selbst ein Kind hat!« Amelie brach in Tränen aus.

»Verdammt«, zischte Malcolm und blieb stehen. »Sie wurde genauso belogen wie wir. Und als sie es bemerkte, hat sie uns zur Flucht verholfen und dabei alles aufs Spiel gesetzt. Wenn diese Hurensöhne sie erwischen, stirbt sie einen qualvollen Tod.«

»Wir aber auch, wenn wir nicht machen, dass wir weiterkommen«, schimpfte Amelie. »Sie kann ihnen ja sagen, du hättest dich selbst befreit und sie entführt. Auf das Erfinden von Ausreden scheint sie sich ausgezeichnet zu verstehen.«

»Amelie hat recht«, sagte Justine in resigniertem Tonfall. »Ich allein habe euch in dieses Verderben gestürzt. Deshalb kann ich nicht verlangen, dass ihr nun ausgerechnet auf mich Rücksicht nehmt. Geht, ich bleibe zurück und werde Baillie und seinen Schergen irgendeine Geschichte auftischen.«

Malcolm, der sich hin und her gerissen fühlte, musste einsehen, dass Amelie ihre Lage richtig einschätzte. Wobei er sicher war, dass ihre Chancen, auf dem Gaul zu entkommen, auch zu zweit nicht zum Besten standen. »Also gut«, sagte er steif und schwang sich hinter Amelie auf den Rücken des Pferdes. »Leb wohl, Justine. Sieh zu, dass du das Weite suchst. Vielleicht hast du eine größere Aussicht zu entkommen, wenn du nicht bei uns bleibst.«

»Ich würde meine Fehler nur zu gerne wiedergutmachen«, erwiderte sie mutlos. »Aber ich kann es nicht, und das ist das Schlimmste.«

Malcolm verzichtete darauf, ihr zu antworten, und trieb den Wallach den Berg hinauf. Oben angekommen, sah er von Weitem, wie die franzischen Soldaten auf ihren schnellen Hengsten ausschwärmten, um nach ihnen zu suchen. Das aggressive Gebell der Schweißhunde hallte derweil von den Hängen des Hügels wider.

Nachdem er den Gaul auf ein Hochplateau getrieben hatte, das über eine weite Strecke völlig baumlos war, machte er halt. Auch weil er sah, dass dem Pferd die Zunge aus dem Hals hing wie einem hechelnden Hund.

»Warum hältst du an?«, fragte Amelie verwundert.

»Weil du von hier aus alleine weiterreitest«, bestimmte er entschlossen.

»Was?« Ihre schmalen Brauen schnellten bestürzt in die Höhe. »Wieso?«

»Weil ich rechnen kann, Amelie. Es wird keine Viertelstunde mehr dauern, bis die franzischen Soldaten uns eingeholt haben. Ich habe kein Schwert und auch sonst nichts, womit ich uns verteidigen könnte. Allein kannst du es schaffen.«

»Bist du von Sinnen?« Sie schaute ihn an wie betäubt. »Schaffen? Wie denn? Ich bin eine hochschwangere Frau und obendrein mutterseelenallein. Ich habe keine Papiere und außer dreißig Silbermünzen und zwei Goldturnosen nichts zu bieten.«

»Mit dem Geld kommst du schon mal ein gutes Stück weiter«, erklärte er ihr. »Reite bis zur Grenze nach Metz und sag, du bist auf dem Weg zur Wallfahrt überfallen worden und konntest auf dem Pferd eines der Räuber entkommen. Sag ihnen, man hat deine Begleiter getötet und dass du zum Hause Lichtenberg gehörst. Du möchtest heim zu deinen Verwandten. Dann werden sie dich im besten Fall zum Stadtrat von Metz bringen. Von dort aus wird man einen Boten nach Waldenstein schicken und die Gräfin und die anderen informieren.«

»Und was ist mit dir?«

»Ich werde mich erst einmal verstecken und mich danach irgendwie durchschlagen, bis die Luft rein ist. Dann folge ich dir nach Hause«

Amelie starrte durch ihn hindurch, nicht fähig, zu antworten.

»Amelie!«, rief Malcolm und rüttelte an ihrem Bein. »Hast du verstanden, was ich gesagt habe?«

»Ja«, wisperte sie und brach erneut in Tränen aus. »Warte, ich gebe dir wenigstens ein bisschen von meinem Geld.« Hastig kramte sie aus ihrem Gürtel ein paar Silbermünzen hervor und drückte sie ihm in die Hand.

Malcolm ergriff ihre Finger und küsste sie innig. »Mit Gottes Segen«, sagte er nur und schlug dem Wallach dann mit Wucht auf den Hintern.

Das Tier scheute vor Schreck und preschte mit Amelie, die eine gute Reiterin war, haltlos davon.

Malcolm schluckte, als er beobachtete, wie sich das Pferd mit seiner Schwägerin immer weiter von ihm entfernte, bis Ross und Reiterin nur noch als kleiner Punkt am Horizont auszumachen waren. Es konnte nicht mehr lange dauern, bis die Sonne aufging. Dann würde es für Amelie mehr Möglichkeiten geben, sich unter die Händler und Bauern zu mischen, die auf dieser Straße unterwegs waren.

Mit einem Seufzer riss Malcolm sich aus seinen Gedanken, um möglichst rasch für seinen eigenen Schutz zu sorgen.

KAPITEL 25

APRIL 1316
BISTUM METZ

Mehr Glück als Verstand

Noch vor Tagesanbruch erreichten Gero und seine Kameraden die Brücke an der Mühle, die außerhalb der Stadtmauern von Metz direkt an der Mosel lag. Schon von Weitem war das Rauschen des Wassers zu hören, das die gesamte Gegend in ein sumpfiges Gelände verwandelte, so dass auch der Weg zum Brückenhaus im Morast versank.

Der Regen hatte Gott sei Dank nachgelassen. Die Stimmung war trotzdem am Boden. Niemand sagte ein Wort. Struan, dem es nicht schnell genug ging, auf die andere Seite zu kommen, war erst recht nicht mehr ansprechbar.

»Versucht, höflich zu bleiben«, mahnte Gero seine Gefährten, als sie sich den beiden Wächtern am Brückenhaus näherten. »Auch wenn die beiden keinen freundlichen Eindruck erwecken.« Die missmutigen Gesichter der uniformierten Soldaten wurden von den fast heruntergebrannten Laternen, die sie in der Hand hielten, geisterhaft beleuchtet.

»Die Schranke ist noch nicht auf, ihr müsst bis Sonnenaufgang warten, wenn ihr die Mosel überqueren wollt«, rief ihnen einer der beiden Wächter abweisend entgegen.

Struan ließ sich davon nicht beirren und lenkte seinen Hengst geradewegs auf den Uniformierten zu, der nun nervös seine älteren Kameraden herbeirief.

»Lass Pierre und mich das machen, Struan«, warnte Gero den Schotten und zog an ihm vorbei. Pierre folgte ihm und gab seinen Leuten zu verstehen, sich vorerst zurückzuhalten.

»Wir *müssen* aber dort rüber«, erklärte Gero dem Brückenwächter mit ruhiger Stimme. »Es handelt sich um einen Notfall.«

»Was für ein Notfall könnte das sein«, höhnte der Ältere, der offenbar den höheren Rang bekleidete und stellte sich ihnen provozierend in den Weg. »Ich sehe eine Truppe ausländischer Söldner, von denen ich erwarte, dass sie ihr Gepäck auf zu verzollende Waren durchsuchen lassen«, fügte er grimmig hinzu. »Die Zöllner aber treten ihren Dienst erst an, wenn es hell wird, weil sie sonst nicht genug sehen können, also werdet ihr warten.«

»Was verlangt Ihr, um uns ans andere Ufer zu lassen, bevor die Zöllner auftauchen?«, fragte Gero diplomatisch.

»So viel könnt Ihr gar nicht bezahlen«, rief der Mann und stellte sich offenbar stur. Der jüngere von beiden trat an den Alten heran und flüsterte ihm etwas ins Ohr.

»Nein«, widersprach der Wachhabende mit einer energischen Geste und blickte in Richtung Brückenhaus. »Du weißt genau, wenn Mertin uns an die Oberen verrät, sind wir dran. Es sei denn, du gibst ihm das ganze Geld, und das sehe ich nicht ein.«

»Anscheinend sind sie sich nicht einig, ob sie sich bestechen lassen wollen oder nicht«, bemerkte Pierre leise und schüttelte den Kopf.

»Das dauert mir zu lange«, erklärte Struan aufgebracht. Er zog sein riesiges Claymore-Schwert und preschte mit seinem Great Horse nach vorn. Bevor die beiden Wächter reagieren konnten, bedrohte er sie mit seiner gewaltigen Klinge.

»Öffnet sofort den Übergang, oder ihr werdet sterben«, sagte er kalt.

Im gleichen Augenblick sauste etwas an Struan vorbei und verfehlte ihn nur knapp. Der Zain einer Armbrust, der neben den Hinterhufen seines Hengstes im Morast steckenblieb, brachte das ansonsten verlässliche Tier zum Scheuen. Es stieg mit den Vorderhufen in die Höhe und wieherte nervös. Struan, der keinen Spaß verstand, wenn man sein Pferd bedrohte, gab ihm die Zügel frei, so dass der Hengst den Mann, der vor ihm stand, mit seinen wirbelnden Hufen erschlug.

Von einer Sekunde auf die andere ging es in dem doppelstöckigen Brückenhaus zu wie in einem Hornissennest, in das man versehentlich hineingestochen hatte. Es hagelte weitere Pfeile auf Gero und die restliche Truppe herab. Hastig versuchten sie sich und ihre Pferde hinter ihren mitgeführten Schilden in Sicherheit zu bringen. Nur Khaled war plötzlich wie vom Erdboden verschluckt.

Während Johan van Elk die Frauen hinter eine nahe gelegene Wassermühle in Deckung brachte, beobachtete Gero aus den Augenwinkeln, wie sich der Assassine mit einem Dolch zwischen den Zähnen über eine seitliche Mauer Zugang zum Brückenhaus verschaffte. Erstaunlich flink erklomm er die Rückseite des schmucklosen zweistöckigen Gebäudes und schlüpfte im obersten Stock, von den Wachleuten unbemerkt, durch ein offenes Fenster.

Es dauerte nicht lange, bis der Beschuss mit der Armbrust verebbte.

Struan ergriff die Gelegenheit und stürmte zu Fuß nach vorn, um den zweiten Wachmann, der sein Schwert gezogen hatte, frontal anzugreifen. Die beiden lieferten sich einen kurzen, ungleichen Kampf, bei dem der Wachmann den Kürzeren zog. Inzwischen hatten auch Gero und seine Kameraden ihre Schwerter gezogen und waren Struan gefolgt, um weiterem Widerstand entgegenzutreten. Doch der blieb erstaunlicherweise aus.

Stattdessen kam Khaled aus der Wachstube, zwei Armbrüste und eine Kiste mit Pfeilen in seinen blutbesudelten Händen.

Gero schaute ihn fragend und zugleich alarmiert an. »Was hast du mit dem Rest der Besatzung angestellt?«

»Das, was wohl jeder von uns getan hätte«, antwortete Khaled kryptisch und beließ es dabei. Dann übergab er Gero die Armbrüste und die Pfeile. »Hier, ich glaube, das können wir gut gebrauchen.«

Danach bat er Struan, ihm dabei zu helfen, die blutüberströmten Leichen der Wachleute, vier an der Zahl, in den Fluss zu werfen, damit nicht ans Tageslicht kam, was sich hier abgespielt hatte.

»Hauptsache, es hat niemand beobachtet«, meldete sich Anselm zu Wort, dem die ganze Sache nicht geheuer zu sein schien. Im fahlen Morgenlicht war sein Gesicht so bleich wie der Mond.

Erst als sie alle wieder auf ihren Gäulen saßen, zweifelte Pierre plötzlich, ob sie entgegen ihrer Annahme nicht doch Zuschauer gehabt hatten.

»Geht in die Mühle und seht nach, wer sich da rumtreibt«, befahl er zweien seiner Leute knapp. »Wenn sich herausstellt, dass uns dort drin jemand beobachtet hat, der uns verraten könnte, bringt ihn zum Schweigen.«

Gero schluckte nervös. »Pierre, du kannst diese Menschen nicht einfach abschlachten wie ein Stück Vieh. Sie können nichts dafür, dass sie bei der Sache zugesehen haben. Es reicht vollkommen, was hier passiert ist. Wir sind keine Mörder.«

»Ich fürchte, du musst noch einiges lernen, Bruder, wenn wir unbehelligt nach Franzien kommen wollen«, widersprach ihm Pierre. »Sag jetzt bloß nicht, du hättest auf deiner Flucht in die deutschen Lande niemanden umgebracht?«

»Natürlich habe ich den Tod etlicher königlicher Soldaten und Agenten der Gens du Roi auf mein Gewissen geladen, aber einfachen Bürgern oder gar Frauen und Kindern habe ich niemals ein Haar gekrümmt«, verteidigte Gero seinen Einspruch. »In dieser Sache fühle ich mich meinem Eid als Ritter und Angehöriger des Ordens verpflichtet.« Ohne Pierres Reaktion abzuwarten, stapfte er im erneut einsetzenden Regen hinter dessen Kameraden her.

»Warte, ich komme mit.« Johan van Elk ließ sich aus dem Sattel seines roten Brabanters gleiten und folgte Gero.

Als sie gemeinsam das Innere der Mühle betraten, wusste Gero, dass er das Richtige getan hatte. Neben dem Mühlstein hockte eine hochschwangere junge Frau mit drei kleinen Kindern, die auf zwei Strohsäcken schliefen. Erst auf den zweiten Blick sah er das Mädchen, das vielleicht acht Jahre alt war und völlig verängstigt hinter seiner Mutter kauerte.

Die Frau trug ein einfaches Gewand und eine weiße Haube; ihre Tochter war in ein weißes Nachthemd gehüllt. Beide standen so reglos da, als wären sie zu Stein erstarrt. Wobei sie es tunlichst vermieden, die Blicke der ungebetenen Eindringlinge zu erwidern.

Gero marschierte entschlossen an Pierres Männern vorbei, die ihre Schwerter gezogen hatten, und stellte sich schützend vor die kleine Familie.

»Vergebt uns, Madame«, sagte er mit gedämpfter Stimme. »Wir wollten Euch nicht erschrecken. Darf ich fragen, ob Ihr allein hier wohnt, oder gibt es noch andere Mitbewohner?«

»Wir leben allein«, antwortete die Frau mit bebenden Lippen. »Wir …«

»Das glaube ich nicht«, fiel ihr einer von Pierres Kameraden ins Wort. »Habt Ihr keinen Mann?«

»Mein Mann ist tot«, gab sie mit erstickter Stimme zurück. »Er starb im letzten Winter an einem Fieber.«

»Und wer schleppt die schweren Säcke?«, hakte der andere nach. »Etwa die Kinder?«

»Wir … äh … ich habe einen Knecht, aber der wohnt nicht hier, sondern im Nachbardorf. Außerdem hilft mir ein Cousin, aber der kommt nur, wenn viel zu tun ist«, wisperte die Frau und suchte nun Geros Blick. »Aber was immer Ihr vorhabt – ich flehe Euch an, verschont meine Kinder!«

Gero sah, wie ihr Mund verräterisch zuckte und dicke Tränen über ihre schmalen Wangen liefen.

»Keine Angst, wir haben nichts Böses mit Euch und Euren Kindern vor«, beruhigte Gero sie. »Wir wollen nur wissen, was Ihr gesehen habt und ob Ihr vielleicht mit euch verhandeln lasst.«

»Ich habe nichts gesehen«, stritt die Frau so heftig ab, dass Gero ihr erst recht nicht glaubte. Es bestand kein Zweifel, dass sie den Überfall auf die Brückenwache beobachtet hatte.

Völlig unerwartet trat nun das Mädchen hervor. »Ich habe gesehen, dass ihr mit den Wachen gekämpft habt, und wie der große Mann mit den schwarzen Haaren den Wachmann in zwei Teile gehauen hat«, erklärte sie mit piepsiger Stimme, die vor Aufregung vibrierte. »Maman hat nichts gesehen«, versicherte sie mit erstaunlicher Ernsthaftigkeit.

»Marie, sei still«, zischte ihre Mutter und zog sie wieder hinter ihren Rücken.

»Bei Gott«, murmelte Gero und stieß einen kurzen, vernehmlichen Seufzer aus. »Das tut mir aufrichtig leid.«

»Also doch«, stieß Pierres Kamerad hervor, der zu allem entschlossen schien.

Gero beachtete ihn gar nicht. »Vergebt uns, Madame«, sagte er stattdessen und richtete sich zu voller Größe auf, womit er die Frau allem Anschein nach nur noch mehr verängstigte. Doch statt seines Schwertes zog er einen Beutel mit Münzen vom Gürtel und drückte ihn der Frau in die Hand.

»Wir wären Euch dankbar, wenn Ihr das Gesehene möglichst rasch vergesst und mit niemandem darüber redet. Auch zu Eurem eigenen Schutz, damit Ihr nicht in Verdacht geratet, mit der Sache etwas zu tun zu haben. Wir haben es eilig, weil man die schwangere Frau eines Kameraden entführt hat und ihr Leben bedroht, und damit auch das ihres ungeborenen Kindes«, klärte er die Unbekannte unversehens auf. »Die Männer wollten uns nicht über die Brücke lassen, und der Ehemann der Schwangeren ist verständlicherweise verzweifelt. Als er den Übergang erzwingen wollte, hat man uns angegriffen. Ich hoffe, Ihr versteht unsere Not, und denkt nicht schlecht von uns.«

»N… nein«, stammelte sie und nahm das Geld. »Ich verspreche Euch, wir werden uns nicht in die Sache einmischen und niemandem davon erzählen.«

»Gut.« Gero lächelte kurz und drehte sich auf dem Stiefelabsatz um. »Gehen wir«, sagte er und stellte sicher, dass ihm Pierres Leute folgten.

Draußen angelangt, hatte Struan mit den restlichen Gefolgsleuten bereits die Mosel überquert und gab Gero und den anderen ungeduldige Zeichen, es ihnen gleichzutun.

Pierre, der auf seine beiden Kameraden gewartet hatte, warf Gero einen kritischen Blick zu. »Oudard hat gesagt, du hast das Problem mit Geld gelöst.«

»Ja«, erklärte Gero dumpf. »Oder wäre es dir recht gewesen, wenn ich eine achtjährige Zeugin und deren Mutter mit dem Schwert abgeschlachtet hätte? So etwas wäre mir nicht mal bei den Mameluken eingefallen«, schob er verärgert hinterher.

»Nein, natürlich nicht«, versicherte ihm Pierre, während sie auf ihren Pferden gemeinsam über die Brücke trabten. »Aber es waren deine Leute, die diesen Krieg angefangen haben, und ich wollte nicht, dass sie am Ende dafür büßen müssen.«

Gero war sich trotz dieses Bekenntnisses nicht sicher, ob er aus dem gleichen Templerholz geschnitzt war wie Pierre de Bologne und einige seiner Kameraden.

»Danke für deine Weitsicht, Bruder«, erwiderte er tonlos, während er mit Pierre zu den anderen aufschloss.

»Wie bist du eigentlich an den Assassinen geraten?«, wollte Pierre unvermittelt von ihm wissen.

»Wir sind uns im Jahre des Herrn 1153 in Jerusalem zum ersten Mal begegnet«, berichtete Gero ohne Rücksicht auf Pierres mangelnde Erfahrung mit Zeitreisen. »Khaled stand 1148 in den Diensten von Königin Melisende und wurde beim Überfall auf Damaskus von den Fatimiden gefangen genommen. Man hat ihn fünf lange Jahre in Askalon eingekerkert, ohne Aussicht auf Freilassung. Später ist ihm zusammen mit Anselm und Mattes, meinen Knappen, die 1153 ebenfalls für kurze Zeit in Askalon im Kerker saßen, die Flucht geglückt. Er hat sie zu uns nach Jerusalem gebracht. Dort ist er zum zweiten Mal auf Lyn getroffen, die er bereits zuvor am Hof von Königin Melisende kennengelernt hatte. Die beiden wurden ein Paar. Lyn ist mit Khaled ins Jahr 1118 gereist, um dessen Vater zu retten, der ein paar Jahre später von den hinterhältigen Widersachern seines Emirs getötet wurde.«

»Das würde ja bedeuten, es ist doch möglich, in Geschehnisse, die bereits passiert sind, nachträglich einzugreifen, nicht wahr?« Pierre schien verwirrt.

Gero schüttelte den Kopf. »Nicht unbedingt. Khaled ist es nicht gelungen, seinen Vater davon zu überzeugen, rechtzeitig das Land zu verlassen, damit er am Leben bleibt. Zudem musste Khaled vor seiner eigenen Geburt verschwinden, damit er nicht mit sich selbst zusammenstieß. Was seinen unweigerlichen Tod bedeutet hätte. Somit konnte er seinen Vater zwar noch einmal sehen, aber nicht retten. Im Mysterium der Zeit scheint es geheimnisvolle Mechanismen zu geben, die bestrebt sind, den Ablauf der Geschichte stabil zu halten, ganz gleich, was man dagegen unternimmt.«

»Ist es so einfach, mit dem Haupt zwischen den Zeiten hin und her zu reisen?« Pierre schien irritiert.

»Nein. So einfach ist es nicht«, antwortete Gero, »du hast ja gehört, was Rona gesagt hat. Manchmal verweigert der CAPUT LVIII einen Transfer.«

»Bedeutet das, der Kopf pflegt ein geheimnisvolles Eigenleben, das bisher weder von unseren Ordensoberen noch von zukünftigen Besitzern endgültig entschlüsselt werden konnte?«

»Ja, so könnte man es nennen. Ich vermute, es steckt ein göttliches Prinzip dahinter, dem die Menschen bisher noch nicht auf die Spur gekommen sind«, beantwortete Gero die Frage. »Im Jahre des Herrn 1153 haben wir allerdings noch ein anderes Wunder erlebt, das nur mittelbar mit dem Caput zu tun hatte. Wir waren in dieser Höhle am Berg Horeb, die von den Gründern des Ordens bewacht wurde. Er soll dem Pech de Bugarach sehr ähnlich sein. Von dort aus sind wir *ohne* Hilfe des Caput zurück in die Zukunft gelangt. Aber frag mich nicht, wie das möglich war.«

»Denkst du, wir könnten die Welt zum Besseren verändern, wenn wir im Voraus wüssten, welche Fehler wir machen, und diese dann vermeiden?«, wollte Pierre wissen, ohne auf seinen Hinweis zum Pech de Bugarach eingegangen zu sein.

»Nein, das glaube ich nicht«, antwortete Gero mit einem gewissen Bedauern in der Stimme und dachte an seine eigenen Fehler, die er immer wieder beging, indem er dem Orden und den Belangen seiner Brüder den Vorrang vor seiner Familie gab. »Wenn ich mir vor Augen führe, dass Männer wie André de Montbard und Bertrand de Blanchefort um die Geheimnisse des Caput und das Schicksal der Templer in der Zukunft wussten und trotzdem kein einziges Desaster des Ordens verhindern konnten, möchte ich schier verzweifeln. Wir Menschen rennen sehenden Auges immer wieder in die gleichen Katastrophen hinein. Und es ist ja nicht so, als ob wir darüber nichts wüssten. Selbst ohne einen CAPUT LVIII lehrt uns die Geschichte, wie man etwas zum Besseren wenden könnte. Wenn du in einer weiter entfernten Zukunft warst und zurückblickst, steht es dir noch klarer vor Augen. Sinnlose Kriege wiederholen sich und wiederholen sich und wiederholen sich. Irgendwann ist Gott müde und kann die Dummheit der Menschen nicht mehr ertragen. Eine Tatsache, die eines Tages zum Untergang der Welt oder zumindest der Menschheit führen wird, wie eine Prophezeiung besagt, die Rona und Lyn dem Hohen Rat des Ordens mitsamt dem Caput vor knapp einhundertsechzig Jahren überbracht haben«, fügte er mit einem ernüchterten Blick hinzu und gab Zeus mit einem gezielten Schenkeldruck zu verstehen, dass er in einen schnellen Galopp wechseln sollte.

Nachdem die Sonne aufgegangen war, legten Gero und seine Mitstreiter in einem Eichenwäldchen eine kurze Rast ein und tränkten die völlig erschöpften Pferde an einem Bach.

Rona ging mit Struan, Khaled und Anselm ein wenig abseits hinter ein Gebüsch und aktivierte den Timeserver, um festzustellen, ob sich Amelie und Malcolm noch immer in Saint-Mihiel befanden.

»Sie sind nicht mehr dort«, verkündete sie den Brüdern, nachdem sie sämtliche Suchoptionen durchgegangen war.

»Das überrascht mich nicht«, warf Struan mit düsterem Blick ein. »Verdammt, wir hätten noch in der Nacht weiterreiten und die Brückenwachen von Anfang an beseitigen sollen!«, fügte er mit einem enttäuschten Knurren hinzu. »Und wo sind sie jetzt? In Saint-Dizier oder schon weiter?«

»Moment mal … Malcolms Signal ist undeutlich. Aber Amelies Daten kann ich eindeutig empfangen«, fiel Rona ihm ins Wort. »Ihre Wege haben sich getrennt und ihre Spur führt in unsere Richtung. Wenn wir weiter auf der Route nach Saint-Mihiel reiten, könnten sich unsere Koordinaten kreuzen!«

»Was sagst du da?« Struans dichte Brauen schnellten abrupt in die Höhe, während sein irritierter Blick den holographischen Bildschirm des Servers streifte, auf dem er allerdings nur Wellenlinien erkennen konnte. »Wie kann das sein?«

»Vielleicht ist es Malcolm gelungen, mit ihr zu entkommen«, sagte Khaled und schürte damit in Struan eine ungeahnte Hoffnung.

»Von Malcolm ist hier nichts zu sehen«, gab Rona zu bedenken.

»Wir müssen sie suchen«, sagte Struan entschlossen und war mit ein paar mächtigen Schritten wieder bei seinem Great Horse, wo er sich entschlossen in den Sattel schwang.

Anselm informierte Gero und Pierre. Keine fünf Minuten später saßen alle auf ihren Pferden und galoppierten Richtung Westen, wobei sie eine breit aufgefächerte Front gebildet hatten, um das infrage kommende Terrain besser durchkämmen zu können, damit ihnen Amelie ja nicht verloren ging.

•

Amelie hatte keine Ahnung, ob sie in die richtige Richtung ritt. Im Grunde war es ihr auch vollkommen einerlei. Malcolm hatte ihr lediglich gesagt, sie solle darauf achten, dass die Sonne immer rechts von ihr stehe und dass sie sich, wenn möglich, an der breiten Handelsstraße nach Metz orientieren solle, auf der tagsüber Scharen von Krämern und Bauern unterwegs waren.

Abgesehen davon, dass sie das Gefühl hatte, der Rücken würde ihr durchbrechen, glaubte sie mit dem lahmen Gaul kaum von der Stelle zu kommen. Und überhaupt schwand ihr Mut, je länger sie unterwegs war und Zeit zum Grübeln hatte.

Wahrscheinlich war es eine Strafe Gottes, dass sie auf dem Weg nach Hause nicht nur ständig Malcolm und Justine vor sich sah, sondern auch ihren Vater und Struan, wodurch sie an sämtliche Sünden erinnert wurde, die sie in ihrem kurzen Leben begangen hatte. Wäre sie damals den Wünschen ihres Vaters gefolgt, hätte sie das alles verhindern können. Sie hätte ein ruhiges Leben an der Seite des Weinhändlers geführt, den ihr Vater als Ehegatten für sie ausgesucht hatte. Das Kind von Struan hätte die Geburt wahrscheinlich überlebt und sie hätte es als den Nachwuchs des Weinhändlers ausgeben können. Vielleicht hätte der verwitwete Mann ihr noch ein oder zwei weitere Kinder gezeugt, womit sie den sehnlichsten Wunsch ihres Vaters nach einer zahlreichen Nachkommenschaft erfüllt hätte.

Stattdessen hatte sie mit Struan einen verfolgten, wenn auch unglaublich gutaussehenden Templer geheiratet, der stets in Lebensgefahr schwebte. Und als Preis für ihre Selbstsucht hatte sie nun alles auf einen Schlag verloren. Nicht nur ihren Vater, der für ihre Unvernunft mit einem grausamen Tod bezahlen musste. Auch ihr Gemahl würde ihr bis ans Lebensende nicht verzeihen können, dass sie die Schuld am Unglück seines Bruders trug. Und dann war da noch ihr unschuldiges Kind, das sie schon vor seiner Geburt mit unfassbarer Schande besudelte. Sie würde ihm niemals von seinem Großvater erzählen können und was ihm in Wahrheit widerfahren war, ohne sich selbst zu beschämen.

Amelie brach erneut in Tränen aus, während sie weiter über ihr Unglück nachdachte und dabei immer mehr in tiefer Trübseligkeit versank.

Als sie unvermittelt in der Ferne einen Galgen entdeckte, der auf einem einsamen Hügel stand, fasste sie einen folgenschweren Entschluss.

Um dieser Verkettung verhängnisvoller Fehler ein Ende zu setzen, würde sie sich selbst richten, bevor andere es taten, und wenn ihre Seele dafür in der Hölle schmoren musste. Das Kind wäre davon unbehelligt und würde sogleich ins Paradies auffahren, weil seine Seele vor der Geburt noch nicht einmal mit der Erbsünde belastet war.

Sie zügelte den Wallach, verließ die Straße und ritt dann querfeldein durch einen Wald zu jenem Hügel hinauf, der offenbar einer nicht weit entfernten Burg als Gerichtsplatz diente.

Dass sie nicht die Erste war, die hier ein unrühmliches Ende fand, war unschwer zu erkennen, weil an dem Baum bereits zwei weitere, von Krähen abgenagte Skelette baumelten.

Obwohl sie sich bei einem solchen Anblick gewöhnlich gruselte, spürte sie plötzlich eine tiefe Verbundenheit mit den Toten, zeigten sie ihr doch, dass sie nicht die Einzige war, die ihr Leben in die falschen Bahnen gelenkt hatte.

»Verzeiht mir, wenn ich eure Totenruhe störe«, murmelte sie mit Blick auf die Gehängten und glitt vom Rücken des erschöpften Kleppers. Während sie dastand und die bleichen Gerippe betrachtete, überlegte sie, wie man sich wohl am besten selbst erhängte. Auch wenn es nicht die nobelste Methode war, diese Welt zu verlassen, so war es doch eine der zuverlässigsten. Ihr Blick schweifte zu dem namenlosen Gaul, der sie hierhergebracht hatte. Er musste ihr helfen, wenigstens einmal in ihrem Leben etwas richtig zu machen.

Zu allem entschlossen löste Amelie das geflochtene Lederband vom Halfter, das ihr bis hierhin als Zügel gedient hatte, und stieg mithilfe eines Baumstumpfes zurück auf das ahnungslose Pferd. Geschickt verknotete sie die beiden Enden ihres provisorischen Seils zu zwei festen Schlingen und stellte sicher, dass ihr Kopf durch die größere von beiden hindurchpasste.

Mit gutem Zureden bugsierte sie den Gaul danach direkt unter den Galgen. Nach mehreren Versuchen gelang es ihr, das Lederband über den Galgenbaum zu werfen und das Ende mit der größeren Schlaufe durch die Kleinere hindurchzuziehen und damit den Strick am Galgen festzuzurren. Mit weiteren Knoten verkürzte sie das Seil so lange, bis es genug gestrafft war, damit ihre Füße den Boden nicht mehr berührten, nachdem sie sich erhängt hatte.

Immer noch fest entschlossen, das Unvermeidliche zu tun, legte sie sich die Schlinge um den Hals. Nun kam das Schwierigste, denn sie musste den namenlosen Gaul dazu bringen, auf Kommando davonzutraben und sie somit zuverlässig vom Diesseits ins Jenseits zu befördern.

Während ihr die Vormittagssonne warm ins Gesicht schien, bemerkte Amelie, wie sich von Westen etliche Reiter näherten. Wenn ihr Vorhaben nicht schon wieder fehlschlagen sollte, musste sie sich beeilen, um keine ungebetenen Zeugen oder gar Retter zu haben. Zuvor wollte sie noch bei der Heiligen Jungfrau um Vergebung bitten, auch wenn es bestimmt nicht viel nützen würde, sie gnädig zu stimmen. Während sie die Augen schloss und versuchte, tief im Gebet versunken, alles um sich herum zu vergessen, scheute der Gaul unter ihr, weil ein Rabe aufflog und krächzte. Es gab einen heftigen Ruck und Amelie riss in Panik die Augen auf, als sie den Halt verlor und plötzlich den schmerzhaften Druck auf ihrer Kehle verspürte, der ihr buchstäblich den Atem raubte. Gleichzeitig sah sie, wie ihre Füße etwa eine Elle über dem Boden baumelten. Wie von selbst griffen ihre Finger zur Schlinge am Hals und versuchten Halt zu finden, damit sie nicht erstickte. Doch der Druck auf ihre Kehle verstärkte sich zusehends und war nicht nur höllisch schmerzhaft, sondern schnürte ihr zugleich hoffnungslos die Luft ab. Sie wollte schreien, brachte aber nicht mal ein Röcheln über die Lippen.

Das ist dein Ende, schoss es ihr durch den Kopf, in dem sich bereits eine tödliche Benommenheit ausbreitete. Anscheinend hatte sie diesmal alles richtig gemacht.

•

»Siehst du das? Dort oben?« Es war Rona, die Anselm, der neben ihr ritt, mit ihrem geschärften Blick auf ein zappelndes Etwas an einem unverkennbaren Galgen aufmerksam machte. Auch wenn der Hügel von mehreren mächtigen Eichen umgeben war, konnte man seine menschengemachte Bestimmung selbst aus der Ferne bestens erkennen.

Anselm, der die Praxis grausamer Hinrichtungen im Mittelalter inzwischen nur allzu gut kannte, war noch nicht abgestumpft genug, um einen solchen

Anblick einfach hinzunehmen. Obwohl er sich denken konnte, dass Gero und die anderen nicht begeistert sein würden, sah er sich gezwungen einzugreifen. Zumal weit und breit niemand zu sehen war, der das vermeintliche Urteil vollstreckte. Also gab er seinem Braunen die Sporen und holte noch mal alles aus ihm heraus, um den Gehängten zu erreichen, bevor ihn sämtliche Lebensgeister verließen.

»Was macht er da?«, rief Gero, der Anselms Alleingänge nicht schätzte, schon gar nicht, wenn es um die hiesige Gerichtsbarkeit ging.

»Er will dem Gehängten helfen«, rief Rona, die sich nun ihrerseits auf den Weg machte und Anselm auf ihrem schnellen Zelter folgte. »Ich fürchte, es ist eine Frau.«

Gero stieß einen leisen Fluch aus und gab Zeus die Zügel, damit er Anselm noch erreichte, bevor dieser auf der Hügelkuppe angelangt war. Bevor es zu Auseinandersetzungen mit denjenigen kam, die hier Recht vollzogen, wollte Gero wenigstens die Lage erkunden.

Inzwischen waren auch die anderen auf Anselms Ausbruch aufmerksam geworden und folgten den dreien.

Anselm kümmerte sich nicht um seine Gefährten, als er seinen Hengst zu Höchstleistungen anspornte und im fliegenden Galopp den Hügel hinaufraste, während die Person am Galgen zunehmend in ihren Bewegungen erlahmte.

Mit Schaum vorm Maul preschte sein Hengst die letzten Meter zum Galgen hin, als Anselm klar wurde, dass es sich bei dem Gehängten erstens um eine Frau handelte und zweitens niemand sonst vor Ort war, der ihr hätte helfen können. Im Bruchteil einer Sekunde erkannte er, als er bei ihr angekommen war, dass es sich zu allem Übel um eine Schwangere handelte.

Ohne weiter nachzudenken, lenkte er seinen Braunen unter den Galgen und zog die mittlerweile reglose Gestalt zu sich auf den Sattel. Während er in aller Eile das geflochtene Lederseil mit einem Dolch durchtrennte, erkannte er voller Schrecken, dass er die Gehängte nur allzu gut kannte.

Geschockt ließ er sich mit Amelie im Arm aus dem Sattel gleiten, legte sie im feuchten Gras auf den Rücken und begann unverzüglich mit der Wiederbelebung. Dabei kontrollierte er mit geübtem Griff, ob sie noch einen Puls hatte.

Inzwischen war Rona bei ihm eingetroffen und überprüfte anhand ihres Armbands Amelies Vitalfunktionen. Ohne ein Wort zu verlieren, zückte sie aus ihrer Gürteltasche eine Nanokapsel. »Geh zur Seite«, befahl sie Anselm, der daraufhin seine Bemühungen unterbrach. »Ich muss ihr die Kapsel zwischen die Zähne klemmen und ihren Kiefer zusammenpressen. Danach hilft nur noch Beten.«

Inzwischen war auch Gero eingetroffen, der nicht minder schockiert neben Amelie niederkniete.

»Herr im Himmel, hab Gnade!«, stieß er gehetzt hervor und beobachtete gemeinsam mit Anselm voller Angst, ob Amelie wieder zu sich kam.

»Vielleicht sollten wir trotzdem mit der Beatmung und der Herzdruckmassage fortfahren«, keuchte Anselm, noch immer außer Atem vor Anstrengung, als Amelie nicht sofort auf den Einsatz der Kapsel reagierte.

Rona schaute auf ihren Armbandscanner und hob die Hand. »Ihre Vitalfunktionen bauen sich langsam wieder auf.«

»Und das Kind?«, fragte Gero gehetzt.

Rona untersuchte den Unterleib, indem sie mit ihrem Armband darüberfuhr. »Es lebt ebenso wie die Mutter. Amelie hatte mehr Glück als Verstand«, sagte sie schließlich.

Im gleichen Augenblick stand Struan da und starrte wie von Sinnen auf seine Frau, deren Lider nun zu flackern begannen und die beim Atmen röchelnde Geräusche von sich gab. Gero machte ihm Platz, damit er neben ihr niederknien und sie in den Arm nehmen konnte.

»Mein Herz, ich bin hier«, flüsterte der Schotte und bedeckte ihr Gesicht mit unzähligen zärtlichen Küssen. »Wer hat dir das angetan?«, fragte er voller Abscheu, als sie verwirrt die Augen öffnete und ihn anstarrte wie ein Gespenst, bis sie wieder vollkommen zu sich kam.

»Niemand«, krächzte sie tonlos. »Ich wollte sterben, aber nicht mal dafür tauge ich.«

KAPITEL 26

APRIL 1316
GRAFSCHAFT BAR / SAINT-MIHIEL

Liebe und Lügen

»Hölle und Verdammnis«, brüllte Baillie, während er noch schlaftrunken über den Hof stolperte. Sein Kopf dröhnte vom vielen Wein, den er am Abend zuvor mit dem Abt getrunken hatte und der ihn nun vermutlich mehr kosten würde als nur seinen Posten.

De la Motte würde ihn häuten und vierteilen lassen, wenn er erfuhr, dass die Geiseln entkommen konnten und die ganze Mission umsonst gewesen war. Und das nur, weil er, Helias Baillie – noch Hauptmann der Gens du Roi – seine Gefangenen aus den Augen verloren hatte. *Nein, falsch*, sagte er sich. Nicht er hatte sie aus den Augen verloren, sondern diese jämmerlichen Versager von königlichen Soldaten. Aber das war kein Argument für seine Verteidigung. Es zeugte erst recht von seiner mangelnden Urteilsfähigkeit. Er hätte wissen müssen, dass diese Stümper mit der Bewachung eines Templers überfordert sein würden. Und er hätte zumindest ahnen können, dass dieser besondere Templer jede noch so kleine Möglichkeit nutzen würde, um zu entkommen.

Während die Sonne aufging, stand er da und starrte noch immer fassungslos auf die beiden verlassenen Reisewagen. Wobei er sich die Frage stellte, was mit Justine geschehen war. Dass Malcolm MacDhughaill zusammen mit seiner hochschwangeren Schwägerin geflüchtet war, erschien ihm leicht zu verstehen. Aber Justine? War sie freiwillig mit dem Kerl mitgegangen? Hatte sie ihm die Flucht gar erst ermöglicht? Oder hatte er sie überwältigt und als Geisel entführt? Wobei dem Templer längst klar sein musste, wie nutzlos Justine für ihn war. Sie war nur für eine Sache zu gebrauchen. Also warum sollte der Kerl sich ausgerechnet diese Frau an den Hals hängen, wo es doch unzählige andere Huren gab, die jünger und hübscher waren? Wie auch immer, Baillie musste sofort einen Boten nach Saint-Dizier schicken, um de la Motte über die jüngsten Geschehnisse zu informieren. Und das, selbst wenn es ihn den Kopf kosten sollte.

»Helias?«

Baillie schnellte herum und sah sich mit Maurice Pecuree und Raimond Nangis konfrontiert, die mindestens genauso dumm aus der Wäsche guckten wie er selbst.

Raimond hielt ihm eine verbogene Fibel aus Silber unter die Nase, die einst einen Mantel gehalten hatte. »Schau mal, was ich in deinem Wagen gefunden habe. Ich glaube, die gehörte Justine. Ich habe gesehen, wie sie diese Fibel an ihrem Umhang getragen hat. Was hatte sie in dem Gefangenenwagen zu suchen? Soweit ich weiß, hatten der Schotte und sie keinen Kontakt, seit wir Burg Waldenstein verlassen haben. Sie wusste auch nicht, dass wir den Kerl gefasst und im Wagen angekettet hatten.«

»Was willst du mir damit sagen?« Baillie starrte ihn herausfordernd an.

»Ich denke, sie hat dem Schotten zur Flucht verholfen. Wie sonst sollte er an eine solche Fibel gekommen sein und sie zum Öffnen seiner Fuß- und Handfesseln benutzt haben?«

»Dieses gottverdammte Luder«, fluchte Baillie voller Wut und rief den stellvertretenden Kommandeur der königlichen Truppen zu sich, der für die Einteilung der Wachen zuständig gewesen war.

»Hat irgendeiner von Euren Männern zufällig gestern Nacht eine Frau gesehen, die um den Wagen des geflohenen Templers herumgeschlichen ist? Klein, vollbusig und mit einem langen rotblonden Zopf?«

»Einer meiner Männer sagte mir, er sei nachts bei seinem Rundgang auf eine Verrückte gestoßen, die bei strömendem Regen im Hof herumgelaufen ist und behauptet hat, eine Agentin der Gens du Roi zu sein«, gab der Hauptmann der königlichen Truppen beinahe kleinlaut zu. »Sie hat erklärt, Eurem obersten Befehlshaber unterstellt zu sein, und war auf der Suche nach Brennholz für ihren Ofen. Damit war die Sache für den Soldaten erledigt.«

»Und warum wurde mir das nicht gemeldet?«, knurrte Baillie gefährlich leise.

»Ich nehme an, weil ihr Ansinnen zu banal war«, versuchte Maurice Pecuree, die Sache schönzureden. »Ich meine, es war ziemlich kalt draußen, und man hatte anscheinend vergessen, ihr eine ausreichende Ration Holz zuzuteilen.«

»Man?« Baillie verengte seinen Blick und sah seinen persönlichen Adjutanten wutentbrannt an. »Ich würde mal behaupten, es war deine Schuld, Raimond, dass du die beiden Frauen unbeaufsichtigt und ohne die notwendige Bewachung zurückgelassen hast. Ich werde Marschall de la Motte eine entsprechende Meldung machen müssen. Das ist dir hoffentlich klar!« Frustriert wandte er sich noch einmal an den Befehlshaber der königlichen Soldaten. »Und wie ging es dann weiter?«

»Ja, also wir haben ihr etwas von unserem Holz gegeben. Einer unserer Kameraden hat gefragt, ob er sie begleiten soll, aber sie hat verneint. Er meinte hinterher, sie sei ein ziemlich hochnäsiges Luder gewesen«, fügte er mit einem Stirnrunzeln hinzu. »Stimmt es denn, dass sie eine Agentin der Gens du Roi ist?«

»Unsinn! Wir haben keine Agentinnen«, erwiderte Baillie grob. »Sie ist de la Mottes Leibeigene. Es war seine Idee, sie als Lockvogel zu benutzen. Aber ich bin mir sicher, nach dieser Geschichte wird er ihr den Hals umdrehen, wenn er sie je wieder in die Finger bekommt. Deshalb solltet ihr unverzüglich nach den Geflüchteten suchen! Sollte es euren Leuten gelingen, die drei zu fassen, hätte ich sie gerne lebend, um sie verhören zu können.«

»Wir haben bereits einen Trupp mit Hunden losgeschickt. Die Männer sind dafür bekannt, dass ihnen niemand entkommt.«

»Ich schlage vor, Hauptmann, Ihr schließt Euch mit euren Wachmannschaften dem Suchtrupp an und findet die Gesuchten, am besten noch bevor die Verstärkung aus Saint-Dizier eintrifft, die ich bereits angefordert habe. Zumindest der Templer und die Schwangere sind für uns unersetzlich«, erklärte Baillie dem Offizier mit einem bitterbösen Blick. »Falls wir sie nicht wieder einfangen, werdet Ihr vom König genauso zur Verantwortung gezogen wie ich. Also macht Euch schnellstens auf den Weg. Weit können sie nicht gekommen sein.«

»Und was ist mit Euch?«, fragte der Hauptmann provozierend.

»Ich halte hier die Stellung und warte auf den Nachschub«, log Baillie, der kein Risiko eingehen wollte, sich allein und unvorbereitet mit den sagenumwobenen Templerbrüdern anzulegen, von denen er annahm, dass sie bereits unterwegs waren, um die Frau und den jungen Schotten zu retten. Zumal er höchstpersönlich in Metz mithilfe eines gedungenen Boten eine entsprechende Nachricht nach Waldenstein verschickt und Gero von Breydenbach, der nun ein Graf von Lichtenberg war, mitsamt seiner teuflischen Bande faktisch eingeladen hatte, nach Franzien zu kommen. Zu dumm nur, dass sich der Grund für diese Einladung nun auf der Flucht befand und die Verstärkung aus Saint-Dizier noch nicht vor Ort war. De la Motte hatte extra zusätzliche Söldner angefordert, die zu den besten Kämpfern gehörten, welche die königlichen Truppen zu bieten hatten. Sie sollten, wenn ihr Plan aufging, besagte Templer einfangen und in Ketten legen. Aber das konnten diese Teufelstempler naturgemäß noch nicht wissen. Umso dringender war es, die Geflüchteten zu fassen und den vorherigen Zustand wiederherzustellen.

»Der Kerl, dem die Flucht gelungen ist, ist äußerst gefährlich«, warnte Baillie den Hauptmann der königlichen Truppen vorsichtshalber. »Es könnte sein, dass er weitere Komplizen hat, die ebenso nach ihm suchen. Also seht Euch vor, wenn Ihr ihn findet und in Gewahrsam nehmt.«

•

Malcolm war nicht sicher, ob er das Richtige tat, als er den Weg zurück nach Westen antrat – genau in die Richtung, in der er Justine zurückgelassen hatte. Obwohl Amelie natürlich recht hatte, wenn sie ihre Freundin als Schuldige für dieses Unglück ausmachte, war ihm Justines Not nicht entgangen. Dass sie trotz allem ein Gewissen besaß, war ihm spätestens in dem Augenblick klar geworden, als sie ihm zur Flucht verholfen hatte. Auch die Geschichte mit ihrem Sohn klang plausibel und hatte sein Mitleid erregt.

Vielleicht lief er deshalb zurück durch den dichten Wald, bis er auf eine Bauernkate stieß, an der ein Knecht auf einem benachbarten Feld gerade eine Pause eingelegt hatte und nach dem Genuss von Brot und Bier offenbar eingenickt war. Da sonst niemand zu sehen war, bediente sich Malcolm frech am restlichen Proviant des schnarchenden Mannes und spannte ihm nach kurzer Überlegung den schweren Kaltblüter aus. Dann schnappte er sich die Zügel und schwang sich auf den Rücken des Tieres. Der braune Wallach bockte kurz, galoppierte dann aber unter Malcolms konsequenter Führung gehorsam in die Richtung, in der Justine zurückgeblieben war.

Du musst von allen guten Geistern verlassen sein, bestätigte ihm seine innere Stimme mehr als einmal, als er die Straße zurück nach Saint-Mihiel nahm und somit geradewegs seinen Feinden entgegen und damit ins Verderben ritt.

Dass seine innere Stimme mit ihren Warnungen weiß Gott nicht danebenlag, erkannte er spätestens, als er in der Ferne eine Straßensperre bemerkte, die von franzischen Soldaten errichtet worden war. Die Uniformierten hielten nach Osten ziehende Wagen an, die sie auf der Suche nach irgendwem und irgendwas von oben bis unten auf den Kopf stellten.

Malcolm wartete hinter einem schützenden Haselstrauch und ritt von der Seite her an einen Planwagen heran, der bereits kontrolliert worden war.

»Nach wem suchen die?«, rief er dem verdutzten Wagenlenker zu.

Der Mann hielt sich schützend die Hand über die Augen, weil ihn die aufgehende Sonne blendete, so dass er nicht erkennen konnte, wer ihm diese Frage gestellt hatte.

»Sie suchen einen Mann und zwei Frauen, die zu Fuß unterwegs sind«, sagte er schließlich und betrachtete Malcolm eingehender, als seine Augen sich an das grelle Licht gewöhnt hatten. Dann grinste er hintergründig. »Auch wenn Ihr zu Pferd seid und keine Frauen dabeihabt, wäre ich an Eurer Stelle vorsichtig, denn die Beschreibung des Gesuchten würde gut auf Euch passen.«

»Danke«, sagte Malcolm trocken und lenkte seinen Ackergaul am Gefährt des Mannes vorbei. Während er in die Ferne schaute, überlegte er, wie er den königlichen Häschern entgehen konnte.

Nicht weit von seinem augenblicklichen Standort war die Stelle, an der er Justine zurückgelassen hatte. Sein Blick suchte ein letztes Mal die gesamte Hochebene ab, wo auf den Feldern bereits ein zartes Grün sprießte. Dann schaute er zu dem angrenzenden Wald hinüber. War Justine ob der Aussichtslosigkeit ihres Schicksals zu ihren Peinigern zurückgekehrt und hatte ihnen eine abenteuerliche Geschichte erzählt? Oder hatte sie die Chance genutzt und war durch diesen Wald in die Freiheit entflohen? Obwohl es nicht einfach für sie werden würde, allein und ohne gültige Pergamente, die ihre frei geborene Herkunft bezeugten, ein neues Leben anzufangen. Seit Malcolm in der Zukunft gewesen war, hatte er mit dem nötigen Abstand erkannt, wie schwierig es zu seiner – dieser – Zeit war, seinem Stand zu entfliehen. Er hatte ein paar Mal mit Anselm darüber gesprochen, der ihm versichert hatte, dass es Leibeigenschaft zu allen Zeiten gegeben hatte und sie sogar in der Zukunft noch ein Thema sei, wenn auch auf anderen Kontinenten als dem, wo Anselm mit Stephano gelebt hatte. Und doch gab es einige Parallelen, die Raum und Zeit überwunden hatten. Wer Geld und die notwendigen Dokumente besaß, war frei und konnte sich alles leisten. Wer arm war, blieb abhängig und musste ein bescheidenes Leben fristen.

In Gedanken versunken ritt Malcolm immer tiefer in den Eichenwald hinein und grübelte darüber nach, welchen Weg Justine wohl genommen haben könnte, um den Schergen der Gens du Roi zu entkommen. Vielleicht konnte er der Frau helfen, indem er sie einfing und einfach nach Waldenstein mitnahm. Er würde Gero und den anderen schon klarmachen, in welcher Notlage sie sich befunden hatte. Vielleicht konnte Anselm ihr zu neuen Papieren verhelfen, die ihr ein Leben in Freiheit ermöglichten. Er selbst und seine Brüder besaßen genug Macht und Geld, um einer Frau wie Justine, die nichts hatte, ein Auskommen bis ins hohe Alter zu sichern. Vielleicht konnten sie ihr sogar helfen, ihren Sohn zurückzubekommen.

Ein wenig ratlos, wie lange er die Suche fortsetzen sollte und was er tun würde, wenn er sie fand, lenkte er den Braunen zu einem Teich in der Nähe einer Lichtung, wo die ersten Mücken in der Sonne tanzten und weiteren Regen ankündigten. Nachdem Malcolm kurz abgesessen war, tauchte der Wallach seine samtigen Nüstern dankbar in das kalte Nass und soff wie ein Kamel in der Wüste. Dann hob er den Kopf und spitzte die Ohren.

Ein huschendes Geräusch und ein Knistern im ausgedörrten Schilf ließen Malcolm ebenso wachsam aufblicken wie das Pferd.

Während der Wallach ruhig blieb, schreckte Malcolm unwillkürlich zurück, als sie plötzlich vor ihm stand und mit ihren großen blauen Augen verwundert zu ihm aufblickte, als könne sie es selbst nicht fassen, dass er zu ihr zurückgekehrt war.

»Du?«, sagte sie nur und schien wie vom Donner gerührt. »Was tust du noch hier, und wo hast du Amelie gelassen?«

»Ich hatte gehofft, dich hier wiederzufinden«, erwiderte er, ohne auf den zweiten Teil ihrer Frage einzugehen.

»Sag bloß, du bist tatsächlich wegen mir zurückgekehrt?«

»Warum sollte ich sonst hier stehen«, brummte er und war plötzlich unsicher, ob er das Richtige getan hatte. Was, wenn sie gar nicht gerettet werden *wollte?*

»Und wo ist Amelie?«, setzte sie noch einmal an.

»Auf dem Weg nach Hause«, antwortete er und hoffte, dass er damit recht behielt.

»Du hättest mit ihr reiten sollen«, sagte sie leise und warf einen Blick auf das kräftige Pferd. »Warum hast du es nicht getan?«

»Ich konnte dich nicht einfach zurücklassen«, gestand er ihr freimütig. »Die Geschichte über deine Familie und auch über deinen Sohn hat mich nicht losgelassen. Wenn du ein neues Leben beginnen willst und ich dir helfen soll, den Jungen wieder zurückzubekommen, geh mit mir. Aber lass dir nicht zu lange Zeit mit einer Entscheidung, weil hier überall Patrouillen unterwegs sind, die offenbar nach uns suchen.«

Ohne ein Wort trat sie näher an ihn heran, stellte sich auf die Zehenspitzen, legte die Arme um seinen Hals und zog seinen Kopf zu sich herab. Zunächst berührte sie seine Lippen nur zaghaft, doch als Malcolm sie an sich drückte und den Kuss erwiderte, war es um beide geschehen, und sie küssten sich so wild und leidenschaftlich wie bei ihrem ersten Aufeinandertreffen.

Malcolm reagierte mit einer Heftigkeit, die ihn selbst überraschte und ihm zugleich die Frage beantwortete, warum er ein solches Risiko eingegangen war. Er wollte diese Frau, ganz gleich, was sie getan hatte und wie unsicher ihre gemeinsame Zukunft auch sein mochte. Die Art, wie sie sich schutzsuchend und voller Leidenschaft an ihn schmiegte, brachte ihn schier um den Verstand. Er hätte sie auf der Stelle nehmen können, wäre die Lage nicht so gefährlich gewesen. Also löste er sich von ihr und sah ihr tief in die Augen. »Brauchst du noch eine andere Antwort, warum ich zurückgekehrt bin?«

»Nein«, flüsterte sie heiser. »Bedeutet das, du hast mir verziehen?«

»Das nicht gerade«, bekannte er. »Aber ich glaube, ich kann dich verstehen.«

»Wenn dir das reicht«, wisperte sie.

Malcolm sah, wie ihr vor Dankbarkeit Tränen in die Augen schossen. »Dann lass uns gehen«, sagte er und hob sie auf den Rücken des Pferdes. Kaum dass sie saß, schwang er sich hinter ihr auf den Kaltblüter und nahm die Zügel in die Hand.

Bevor er dem Gaul in die Seiten treten konnte, surrte etwas durch die Luft, und ein heftiger Schmerz durchzuckte seinen Arm.

Justine, die vor ihm saß, hatte den Ruck gespürt, der ihm durch Mark und Bein gegangen war, und sich blitzschnell zu ihm umgedreht. Als sie den fingerdicken Zain sah, der seinen mächtigen Armmuskel durchdrungen hatte, und das Blut, das sein ehemals weißes Hemd durchtränkte, stieß sie einen Schrei aus, der Glas hätte zerspringen lassen können.

Im Nu hatte sich eine halbe Armee von Blauröcken vor ihnen aufgebaut. Die leuchtend gelbe Lilie auf ihren Uniformen ließ keinen Zweifel daran, dass sie im Auftrag des franzischen Königs unterwegs waren.

»Ergebt euch!«, donnerte der Anführer der Truppe über die Lichtung.

»Was auch sonst«, murmelte Malcolm desillusioniert und wandte sich unter Schmerzen an Justine. »Es war ein Versuch«, raunte er ihr zu. »Falls jemand fragt, warum du bei mir bist, schieb alles auf mich. Sag, ich habe dich entführt. Nur so hast du eine Chance, lebend davonzukommen.«

•

Helias Baillie bemerkte als Erster die Aufregung, die am frühen Mittag im Hof der Benediktinerabtei entstand, kaum dass die Glocke zur Terz geläutet hatte. Der Abt hatte ihn mehrfach gedrängt, mit den franzischen Soldaten abzuziehen, weil sie die klösterlichen Abläufe störten. Außerdem war es in den Klosterregeln nicht vorgesehen, Reisende länger als eine Nacht zu beherbergen, selbst wenn es sich um die Schergen des Königs handelte.

»Wir sind keine Gäste«, klärte Baillie ihn mit einem gleichgültigen Blick auf. »Ich bin Beauftragter von Louis X. und arbeite zudem für die Heilige Inquisition. Es geht uns um die Verhaftung besonders gefährlicher Ketzer. Ergo erwarte ich Eure Mitarbeit.«

»Ich weiß, wer Ihr seid«, knurrte der Abt und beließ es dabei. Während der hochrangige Benediktiner wortlos in der Kapelle verschwand, beobachtete Baillie, wie die Tore der Abtei von zwei wachhabenden Söldnern geöffnet wurden, obwohl es hier eigentlich nichts mehr zu bewachen gab.

Zu seinem Erstaunen war der Vizekommandeur der franzischen Soldaten und Anführer der Suchtruppe erfolgreich gewesen, denn Baillie gewahrte als Erstes das verheulte Gesicht von Justine Rosmand, die gefesselt und mit einem trotzigen Zug um den Mund vor einem der königlichen Soldaten im Sattel saß. Gefolgt wurden sie von dem Schotten, der mit notdürftig verbundenem Arm und ebenfalls gefesselt auf einem Ackergaul hockte und im Gegensatz zu Justine eine undurchsichtige Miene aufsetzte. Offenbar hatte ihn ein Armbrustzain erwischt. Die hastig zusammengebundenen Leinenstreifen an seinem Oberarm waren getränkt von seinem Blut. Immerhin hatte man sich an Baillies Anweisungen gehalten und den Mann nicht getötet, so dass man ihn zu Baillies Freude noch auf die Folter würde spannen können.

»Wo ist die Schwangere?«, fuhr Baillie den Vizekommandeur an, als er sah, dass Amelie Bratac nicht zu den Gefangenen zählte. »Sie ist weitaus wichtiger als diese beiden unnützen Gestalten«, ereiferte er sich.

»Sie war nicht dabei«, vermeldete der Offizier mit einem resignierten Achselzucken. »Ich habe versucht, aus den beiden herauszubekommen, wo die Frau abgeblieben ist. Doch weder der Kerl noch die Hure konnten eine brauchbare Aussage dazu machen. Ich habe mehrere Späher Richtung Metz geschickt, aber bis jetzt sind sie noch nicht wieder zurückgekehrt.«

Baillie schwante Böses. Er ahnte, dass jetzt nicht die Zeit war, Bratacs Tochter hinterherzutrauern. Dann musste der Bruder des schottischen Templer-Bastards eben für die entsprechenden Verhöre herhalten. Und im Zweifel Justine, die wahrscheinlich mehr wusste, als sie zuzugeben bereit war.

Langsam und lauernd wie ein listiger Fuchs schlenderte er zu ihr hin und warf ihr einen fragenden Blick zu, den sie geflissentlich ignorierte.

»Heb sie von dem Gaul runter«, sagte er zu dem Soldaten, der seinen Befehl folgsam ausführte und Justine aus dem Sattel zerrte. Mit einem rebellischen Ausdruck in den Augen, die Hände noch immer gefesselt, stand sie schließlich vor Baillie und sagte kein Wort.

»Was ist passiert?«, fragte er scharf und deutete mit einem Nicken auf den jungen Schotten. »Hast du diesem Satansjünger zur Flucht verholfen? Und wo ist deine kleine blonde Freundin?«

Justine schüttelte den Kopf. Offenbar war sie nicht bereit, Amelies Aufenthaltsort zu nennen. »Ihr habt mich belogen und betrogen«, stieß sie stattdessen mit bebenden Lippen hervor und blickte Baillie unverhohlen in die Augen.

Übergangslos schlug er ihr hart ins Gesicht. »Rede, du Schlampe, oder ich werde dir zeigen, was dir blüht, wenn du nicht geständig bist.«

Justines Kopf war von der Wucht des Schlages so zur Seite geschleudert worden, dass sie ins Schwanken geraten war. Ihre Lippe blutete. Tränen rannen ihr übers Gesicht. »Ich weiß ohnehin, was mir blüht«, sagte sie leise.

»Sie kann nichts dafür«, rief der Schotte. »Ich habe mich allein befreit und sie entführt.«

»Das glaubst du doch selbst nicht«, murmelte Baillie und sah nicht ihn an, sondern Justine, die seinen fordernden Blick nicht erwiderte, sondern verdächtig rasch die Lider senkte, um ihm nicht in die Augen blicken zu müssen. Baillie hatte genug Erfahrung, was Verhöre von Gefangenen betraf, um zu wissen, wie er Justines Gemütszustand einschätzen konnte. Sie hatte sich in diesen Kerl verguckt und zugleich ein schlechtes Gewissen gegenüber ihrer Freundin, weil sie dazu beigetragen hatte, die Kleine und ihren alten Vater gnadenlos ins Verderben zu führen.

»Sag die Wahrheit«, raunte Baillie rücksichtslos.

»Ihn trifft keine Schuld«, wisperte sie. »*Ich* habe den beiden zur Flucht verholfen. Ich konnte nicht anders.«

»Lass den Unsinn, Mädchen!«, rief ihr neuer Freund ihr zu. »Du musst kein Mitleid mit mir haben. Du machst dich nur unglücklich.«

»Legt den Schwätzer in Ketten«, befahl Baillie den franzischen Soldaten, ohne auf die Worte des Schotten einzugehen. Dann nickte er seinen Gehilfen Raimond und Maurice zu. »Steckt ihn zurück in den Wagen und macht alles zur Abreise fertig. Aber diesmal passt gefälligst auf ihn auf. Wir müssen spätestens vor Einbruch der Dunkelheit in Saint-Dizier sein. Dort wartet de la Motte mit einem weiteren Kontingent königlicher Soldaten auf uns, von denen vielleicht schon einige auf dem Weg hierher sind. Sollte dem so sein, werden wir unterwegs auf sie treffen.«

Nachdem alles erledigt war, widmete er sich wieder Justine, deren mit Sommersprossen übersätes Antlitz einen resignierten Ausdruck angenommen hatte. Baillie packte sie am Arm und zerrte sie in ihren Wagen, der nach wie vor auf dem Hof stand. Im Innern des luxuriösen Gefährts stieß er sie grob auf das schmale Bett, wo sie rücklings zu liegen kam. Ihr abweisender Blick war eine Mischung aus Trotz und Angst, als er sie mit Gewalt niederhielt.

»Und jetzt rede gefälligst. Du hast mir bestimmt mehr zu sagen, als mich der Lüge zu bezichtigen, habe ich recht?«

»Ich wüsste nicht, was ich Euch berichten könnte, außer die peinliche Wahrheit. Ihr habt gesagt, die Templer sind vom Teufel besessen und opfern die neugeborenen Kinder ihrer Frauen einem dreiköpfigen Dämon«, hielt sie ihm wütend vor. »Das war eine ungeheuerliche Lüge. Genauso, wie es gelogen war, dass Ihr Amelie Bratac vor diesen angeblichen Satansjüngern retten und zu ihrem Vater bringen wolltet. Ihr habt Amelie benutzt, um die Templer nach Franzien zu locken, damit Ihr sie verhaften könnt. Und Ihr habt ebenso mich und meine Gutgläubigkeit zu diesem Zweck ausgenutzt«, hielt sie ihm voller Verachtung entgegen. »Ich habe erst hier begriffen, dass es Euch nie darum ging, Menschenleben zu retten, sondern nur um die Verhöre von flüchtigen Templern. Dabei kann und will ich Euch nicht helfen«, stellte sie unmissverständlich klar. »Nicht die Templer sind vom Teufel besessen, sondern Ihr mit Euren gewissenlosen Machenschaften. Ihr habt mir meinen Sohn genommen, meine Ehre und nun auch noch meine Hoffnung auf ein besseres Leben. Ich hasse Euch und Eure Auftraggeber.«

Baillie verfiel in ein abfälliges Gelächter. »Weißt du was?«, krächzte er, noch immer lachend. »Du bist richtig süß in deiner grenzenlosen Einfältigkeit. Aber du vergisst, wer du bist und welchem Stand du entspringst.« Plötzlich ernst geworden, riss er mit einem erbarmungslosen Blick ihre Röcke hoch. Da ihre Hände gefesselt waren, rechnete er nicht mit Gegenwehr, doch sie strampelte wie verrückt, und es dauerte einen Moment, bis er seine Hose geöffnet hatte und ihre Schenkel zu fassen bekam, um sich ungehinderten Zugang zu ihrem Geschlecht zu verschaffen. Während sie gurgelnde Laute von sich gab, stieß er brutal zu und nahm sich, was er begehrte.

»Du bist eine Leibeigene und Hure zugleich«, keuchte er wie zu seiner eigenen Rechtfertigung. »Du gehörst deinen Herren mit allem, was du zu bieten hast.« Wieder stieß er zu, und wieder und wieder. »Und wenn einer dieser Herren dir einen Balg zeugt, gehört er nicht dir, sondern deinem Besitzer. Hast du das verstanden?«, krächzte er und pumpte röchelnd in sie hinein.

Als er sich schwer atmend aus ihr zurückzog, sah er, wie ihre Augen sich mit Tränen füllten. Nicht aus Trauer, sondern aus Wut.

»Ich werde de la Motte sagen, was Ihr mir angetan habt«, giftete sie atemlos. »Er hat gesagt, Ihr sollt mich nicht anrühren. Ich habe es mit eigenen Ohren gehört!«

»Und ich werde ihm sagen, dass du es mit diesem Templerhengst getrieben und deiner Freundin zur Flucht verholfen hast«, triumphierte Baillie und suhlte sich in dem Entsetzen in ihren blauen Augen. »Mal sehen, was er dann mit dir anstellt.«

Mit einem Schnauben ließ er von ihr ab und stand auf. Dann ging er zur Tür und rief Raimond zu sich. »Leg sie in Ketten und steck sie zu dem Schotten. Aber pass auf, dass sie keinen Schmuck bei sich hat, den sie zu einem Schlüssel oder sonst was verbiegen könnte. Wenn du sie vorher nochmal nehmen willst, tu dir keinen Zwang an«, fügte er mit einem gehässigen Grinsen hinzu. »Aber beeil dich.«

»Und was ist mit den Templern?« Maurice, der vor dem Wagen auf ihn gewartet hatte, starrte ihn irritiert an. »Werden sie überhaupt noch Interesse haben, uns zu folgen, wenn die Schwangere nicht dabei ist?«

»Mach dir keine Gedanken, sie *werden* uns folgen, da bin ich mir sicher. Auch wenn der Kerl, den wir uns wieder zurückgeholt haben, nicht den Wert von Amelie Bratac hat, bin ich mir sicher, dass seine Kameraden ihn nicht einfach der Inquisition überlassen werden. Und bis dahin haben wir unzählige Möglichkeiten, unsere beiden verbliebenen Gefangenen zu einem Geständnis zu bringen«, versicherte er seinem Kameraden mit eigentümlicher Genugtuung in der Stimme.

•

Justine ließ sich ohne Gegenwehr durchsuchen, bevor man ihr schweres Eisen an die Hand- und Fußgelenke anlegte. Nachdem nicht nur Baillie über sie hergefallen war, sondern auch noch Maurice und Raimond, die sich abgewechselt hatten, fühlte sie sich wie erschlagen. Sie wusste nicht, was sie am meisten schmerzte: Dass sich die Männer einfach ihrer bedienten? Nein, das war sie als Leibeigene ohnehin längst gewohnt. Es war eher die Tatsache, dass sie tatsächlich geglaubt hatte, durch ihren Gehorsam gegenüber de la Motte diesem Schicksal entfliehen und ein neues Leben beginnen zu können. Dabei hatte sie nie eine Chance gehabt, diesen Traum in die Wirklichkeit umzusetzen, wie sie sich voller Trauer eingestehen musste. Und dann war da noch Malcolm, der ihr einen Spiegel vor Augen gehalten hatte, wie es hätte sein können, ein normales Leben zu führen, mit einem guten Mann, dem sie etwas bedeutete und der sie nicht nur benutzte und danach wegwarf wie einen ausgetretenen Schuh.

Ihr einziger Trost war, dass man sie zu Malcolm in den Wagen sperrte. So konnte sie seine Gegenwart noch ein wenig genießen, bevor man ihnen das Fell über die Ohren zog.

Während Maurice sie mit ein paar zotigen Bemerkungen in den Wagen stieß, in dem man Malcolm bereits angekettet hatte, leckte sie sich noch einmal das Blut von ihrer geschwollenen Lippe.

»Was hat Baillie dir angetan?«, fragte Malcolm mitfühlend, nachdem man sie neben ihm angekettet hatte.

»Frag nicht«, flüsterte sie und kämpfte mit den Tränen. »Nun bin ich auch noch schuld, dass du hier sitzt und mit mir in die Hölle fährst.«

»Besser mit dir in die Hölle, als ohne dich in den Himmel«, versuchte er zu scherzen, was Justine aber nicht erheiterte, sondern sie erst recht in Tränen ausbrechen ließ.

»Verdammt, warum haben wir uns nicht vor diesem ganzen Desaster kennengelernt?«, murmelte sie schluchzend.

»Weil ich noch ein Kind war und du meine Mutter hättest sein können?«, witzelte er schon wieder und entlockte ihr nun doch ein schiefes Lächeln.

»Erzähl mir etwas über deine Kindheit, das lenkt mich ab«, bat sie ihn, nachdem sie sich mit dem Ärmel die Tränen abgewischt hatte, und lehnte sich an seine unverwundete Seite.

»Da gibt's nicht viel zu erzählen«, erklärte er mit einem schrägen Blick und fasste nach ihrer Hand, während der Wagen sich offenbar in Bewegung setzte. »Meine Mutter starb unmittelbar nach meiner Geburt. Somit trage ich die Schuld an ihrem Tod. Jedenfalls war mein Vater dieser Meinung. Kein Wort davon, dass er sie auch während der Schwangerschaft andauernd geschlagen hat. Eine seiner vielen Huren, die gerade selbst ein Balg geboren hatte, das aber gleich nach der Geburt gestorben war, hat mich gut ein Jahr lang gestillt. Danach bin ich mit meinen drei anderen Brüdern unter dem Regiment eines klösterlichen Lehrmeisters aufgewachsen. Struan war der Zweitälteste von uns und immer mein großes Vorbild, weil er so ruhig und überlegt war und meinem cholerischen Vater als Einziger die Stirn geboten hat. Wenn der Alte mal wieder zu viel getrunken und alles verprügelt hat, was nicht schnell genug in irgendeinem Loch verschwinden konnte, hat Struan mich beschützt. Als wir noch klein waren, hat er mich versteckt. Später stand er mit dem Claymore vor diesem Säufer und hat gedroht, ihn einen Kopf kürzer zu machen. Ich vermute, deshalb hat ihn unser Vater zu den Templern geschickt. Zum einen, weil er Angst vor Struan hatte, und zum anderen, weil er mit dieser Entscheidung den Sympathisanten des englischen Königs gefallen wollte. Zu dieser Zeit saß unser Clan politisch gesehen ziemlich im Dreck. Unser Nachbarclan hatte uns den Krieg erklärt, und mein Vater lief Gefahr, die Burg und sämtliche Ländereien zu verlieren, wenn er sich nicht einen starken Verbündeten suchte. Er hat ständig die Seiten gewechselt. Etwas, das ihn und meinen ältesten Bruder letztendlich ins Verderben führte. Als sie gegen eine Allianz von Gegnern des englischen Königs ins Gefecht gezogen sind, blieb die versprochene Unterstützung von englischer Seite aus, und beide sind im Kampf gegen einen feindlichen Clan gefallen. Mein Onkel Hamish, der wie zu erwarten die Seiten wechselte und sich zum schottischen König bekannte, wollte unser Erbe an sich reißen und mich zu den Verwandten meiner Mutter jagen. Ich war damals kaum achtzehn und hätte keine Chance gegen meinen Onkel gehabt. Dann aber stand eines Tages völlig überraschend Struan vor mir und hat nicht nur mich, sondern auch unser Erbe gerettet. Er war immer da, wenn ich ihn am nötigsten gebraucht habe«, versicherte er Justine.

»Und du meinst, das ist auch diesmal der Fall?« Sie schaute ihn von unten herauf ungläubig an.

»Er wäre nicht mein Bruder, wenn er mich hängen ließe. Er wird kommen und mich befreien. Und wenn ich ihn darum bitte, auch dich.«

Justine stieß einen heftigen Seufzer aus. »Ich fürchte, genau darauf zielen de la Motte und seine Leute ab. Sie wollen deinen Bruder und die übrigen Templer nach Franzien locken, um sie festzusetzen und dann von Guidonis, diesem Ungeheuer, verhören zu lassen. Was ist, wenn dein Bruder bei all seinen guten Absichten in eine Falle der Gens du Roi gerät?«

»Glaub mir, er hat schon viel größere Abenteuer bestanden, als dass ich an seinen Fähigkeiten zweifeln würde«, versicherte Malcolm ihr. »Er und seine Leute werden uns hier rausholen.«

Malcolms Worte entfachten neue Zuversicht bei Justine, die aber rasch wieder zu bröckeln begann, als sie bei Sonnenuntergang Saint-Dizier erreichten und über die Brücke zur neu errichteten Kaserne der königlichen Soldaten fuhren, die den franzischen Königen die völlige Kontrolle über die Grafschaft der Champagne garantierten.

Ein Blick durch das vergitterte Fenster verriet Malcolm und Justine, dass es mehr als eine Handvoll Templer brauchte, um gegen diese blau-gelb gewandete Übermacht anzukommen.

Mindestens einhundertfünfzig Söldner mitsamt ihren Knappen bereiteten sich augenscheinlich auf einen regelrechten Feldzug vor.

»Wenn die alle für unsere Begleitung vorgesehen sind, kann das nur eines bedeuten«, tröstete Malcolm sie. »Wir sind irgendwem ziemlich wichtig. Das wiederum heißt, sie werden uns nicht töten, bevor wir ihnen die Dienste geleistet haben, die sie von uns erwarten.«

»Das gilt vielleicht für dich«, wisperte Justine, deren Herzschlag beim Anblick dieser militärischen Übermacht davongaloppierte. »Bei mir wäre ich mir da nicht so sicher.«

Als hätte der Teufel ihre Befürchtungen gehört, ging plötzlich die Tür auf, und de la Motte stand vor ihnen. Er schenkte Malcolm keinerlei Beachtung. Sein ausschließliches Interesse galt Justine.

»Na, mein Täubchen«, höhnte er grinsend, »hast du dich gut amüsiert?«

Bevor sie antworten konnte, stürmten zwei Söldner in den Wagen und lösten ihre Ketten. Auch sie ließen Malcolm seltsamerweise links liegen, als wäre er gar nicht anwesend. Stattdessen packten sie Justine und stießen sie nach draußen auf den Hof.

»Wo bringt ihr sie hin?«, rief Malcolm ihnen wutschnaubend hinterher.

»Das geht dich nichts an!«, stellte de la Motte unmissverständlich klar, stieg aus dem Wagen und packte seine Leibeigene im Nacken wie ein Kaninchen, das man zum Schlachtblock trägt, um es höchstpersönlich zu köpfen.

Justine spürte, wie ihre Knie nachgaben, als de la Motte mit ihr das große Haupthaus der Kaserne betrat und nach der Kammer fragte, in der gewöhnlich die Verhöre stattfanden.

Dort angekommen, setzte er sie auf einen Stuhl und befahl dem wachhabenden Soldaten, die Kammer zu verlassen und die Tür hinter sich zu schließen, damit ihn bei der Befragung seiner Gefangenen niemand störte.

»Was habt Ihr mit mir vor?«, fragte Justine mit bebender Stimme, als er mit seinem Stock bewaffnet um sie herum humpelte wie ein altersschwacher Greis.

»Ich vermisse deine Massage«, sagte er, was sicher mehr als Scherz gemeint war.

Dennoch deutete Justine wie in Trance auf eine schmucklose Pritsche, die an der Wand stand. »Nichts leichter als das.«

»Ich habe bereits Ersatz gefunden«, antwortete er mit einem abfälligen Grinsen. »Calix, die kleine Katharerin«, fügte er mit hörbarer Genugtuung hinzu. »Sie ist nicht so gerissen wie du, aber mindestens so willig.«

»Was wollt Ihr von mir?« Justine, die es nicht interessierte, zu welchen Spielchen er ihre Leidensgenossin missbrauchte, blickte ihm stumpf in die steingrauen Augen.

»Ich will dir ein Angebot machen«, antwortete er zu ihrem Erstaunen. »Ich weiß von Baillie, dass du während deiner Mission auf … sagen wir … moralische Abwege geraten bist. Aber ich bin der festen Überzeugung, dass wir dich auf den Pfad der Tugend zurückführen können.« Noch einmal grinste er, diesmal jedoch weitaus boshafter.

»Ich weiß nicht, was Ihr meint, Seigneur«, erwiderte sie mit zitternder Stimme.

De la Motte stand auf und zog eine Kiste unter der Pritsche hervor, die Justine bislang gar nicht aufgefallen war. Er stellte sie ihr vor die Füße und hob mit einer Hand einen grob gewebten Leinensack heraus.

Bereits beim Anblick des Sacks fühlte Justine sich unbehaglich und dachte an ersäufte Katzen. Sie hielt den Atem an, als er hineingriff und etwas hervorholte, das er an einem Büschel blonder Haare gepackt hielt und behutsam vor ihre Füße legte, als sei es ein besonders kostbares Geschenk.

Justine benötigte nur einen Lidschlag, um zu begreifen, dass es sich um einen menschlichen Kopf handelte, den man mit einem Schwerthieb sauber vom Körper getrennt hatte. Und es dauerte ebenso lange, bis sie in dessen starrem Antlitz das wächserne Gesicht ihrer ältesten Schwester erkannte, die mit gebrochenen Augen ins Nichts starrte. Im selben Moment umklammerte eine eiskalte Faust Justines hämmerndes Herz und brachte es zum Stillstand. Ihr Schrei gellte so laut und schrill durch die Kammer, dass de la Motte sich spontan die Ohren zuhielt. »Mathilde …«, flüsterte sie, nachdem sie wieder zu atmen begonnen hatte. Ihr Entsetzen ging so tief, dass sie jegliche Beherrschung verlor und sich erbrach – de la Motte direkt vor die Füße.

Der tat einen hastigen Schritt zurück und wartete geduldig ab, bis nur noch Galle kam. Dann griff er zu einem Weinschlauch, der neben der Pritsche gelegen hatte, und bot ihr an, sich zu erfrischen.

Justine war derweil in heftiges Schluchzen ausgebrochen und nicht fähig zu trinken, geschweige denn, dass sie von de la Motte ohnehin nichts angenommen hätte. Sie weinte so hemmungslos, dass ihr ganzer Körper durchgeschüttelt wurde.

»Hör zu!«, fuhr er sie mit kalter Stimme an und fasste mit einer Hand ihr Kinn so fest, als ob er ihr den Kiefer brechen wollte. Dann zwang er sie, ihm in die Augen zu sehen. »Du hattest deine Chance, Justine, und hast sie vertan. So etwas kann vorkommen, bleibt aber – wie du siehst – nicht ohne Folgen. So ist das Leben. Du hast es nur mir zu verdanken, dass der König dir eine zweite Chance vergönnt und an deiner Stelle deine Schwester einen Kopf kürzer machen ließ. Damit du weißt, wie gnädig er ist, sage ich dir schon jetzt, dass du vielleicht noch eine dritte und eine vierte Chance bekommen kannst. Wie dem auch sei, du hast auf deiner bevorstehenden Reise nach Carcassonne Zeit genug, unter Beweis zu stellen, dass du unser ungebrochenes Vertrauen verdienst, obwohl du so kläglich versagt hast. Allerdings fordert jeder Fehltritt ein weiteres Opfer. Du hast noch zwei Schwestern und einen Sohn. Geht das in deinen hübschen Kopf?«

Justine nickte unter Tränen. Was blieb ihr auch anderes übrig.

»Was soll ich tun?«, wisperte sie.

»Du wirst die Reise in den Süden mit dem Bruder des schottischen Templers gemeinsam antreten. In seinen Augen wirst du eine Gefangene sein, die ihre Strafe verbüßt und wegen ihrer Kontakte zu den Templern von Bernardus Guidonis zum Verhör zugeführt wird, so wie der junge Schotte selbst. Deine Aufgabe ist es, sein Mitleid zu erregen und ihn dazu zu bringen, dass er dir seine Geschichte erzählt. Keine Familienschwänke und auch keine Dramen über Zwist und Fehden. Uns interessiert nur, was er mit seinen Templerbrüdern erlebt hat. Sollte ich erfahren, dass du ihm von deinem neuen Auftrag erzählst, werden nicht nur deine Schwestern sterben, sondern auch dein Sohn. Und glaub mir, ich habe keine Scheu, die Köpfe deiner Lieben vor dir aufzustellen wie diesen hier, und am Ende deinen eigenen dazuzulegen. Verstanden?«

Justine nickte wie betäubt, nicht fähig, auch nur einen klaren Gedanken zu fassen.

»Du wirst diesen Templer bezaubern, wirst ihn umgarnen und dich von ihm ficken lassen. Und zugleich wirst du uns berichten, was er dir verraten hat. Ist das klar?«

»Ja«, stieß sie mit erstickter Stimme hervor.

»Gut.« De la Motte stand auf und rief den Wachhabenden zu sich.

»Bring sie in die Folterkammer und lass sie die Peitsche spüren«, raunte er dem Soldaten zu, ohne dass Justine es hören konnte. »Aber nur so viel, dass es glaubwürdig aussieht. Also zerfetze ihr nicht den Rücken. Ein paar blutunterlaufene Striemen reichen. Habe ich mich klar genug ausgedrückt?«

Der Mann nickte.

Justine war es gleichgültig, was der Soldat mit ihr anstellen würde, als er sie an lodernden Fackeln vorbei durch einen düsteren Gang in einen stinkenden Keller zerrte. Mathildes maskenhaftes Gesicht, in dem kein Funken Leben mehr wohnte, hatte sich auf ewig in ihr Gedächtnis eingebrannt und stand ihr wie eine grauenerregende, teuflische Anklage vor Augen.

Wieder begann sie hemmungslos zu weinen. Sie war so mit sich selbst und ihrer toten Schwester beschäftigt, dass sie nicht einmal bemerkte, wie der Soldat ihre Hände an eine Staubsäule kettete und ihr das Kleid herunterriss. Jeder Schlag, der sie traf, erschien ihr wie eine Erlösung von ihren inneren Qualen, die unermesslich viel größer waren als die körperliche Tortur.

Als der Mann sie schließlich abkettete und nur notdürftig bekleidet in eine Zelle schleppte, wo Malcolm bereits auf sie zu warten schien, brach sie völlig zusammen und weinte so herzzerreißend an seiner Schulter, dass ihr gesamter Körper verkrampfte.

»Heilige Jungfrau«, flüsterte er und streichelte immerzu vorsichtig über ihren malträtierten Rücken, »was haben diese Hunde dir angetan?«

Während Justine vor lauter Verzweiflung kein Wort herausbrachte, wiegte er sie wie ein Kind und flüsterte ihr immerzu in einer unbekannten Sprache beruhigende Worte ins Ohr. Wie, um Himmels willen, sollte sie es fertigbringen, ihn noch einmal zu täuschen? Und doch würde ihr nichts anderes übrigbleiben, wenn sie wollte, dass der Rest ihrer Familie mit dem Leben davonkam.

KAPITEL 27

APRIL 1316
GRAFSCHAFT BAR

Die Rache der Templer

Struan hockte mit Amelie im Gras unter dem Galgen und hielt sie fest in seinen starken Armen. »Sie ist nicht bei Sinnen«, flüsterte er.

»Möglicherweise macht ihr der Sauerstoffmangel noch zu schaffen«, warf Anselm ratlos ein. »Der Strick hat ihr eine ganze Weile die Luft abgeschnürt. Oder sie hat einen Schock, was in Anbetracht der Lage kein Wunder wäre.« Sein Blick richtete sich auf die beiden Skelette am Galgen, deren bleiche Knochen nur noch von ein paar ausgedörrten Sehnen und Bändern gehalten wurden. Wie ein makabres Windspiel gaben sie ab und an klappernde Geräusche von sich.

Rona schüttelte den Kopf, was ihr glattes blauschwarzes Haar, das ihr bis zum Kinn reichte, leicht hin und her schwingen ließ. »Ich schätze, beides hat eine Art Kettenreaktion neubiologischer Fehlfunktionen in ihrem Hirn ausgelöst. Was immer es war, und was auch immer geschehen ist, es trifft sie keine Schuld.« Ihr ernster Blick streifte Struan, der ein gläubiger Christ war. Für ihn, das wusste Rona, bedeutete ein Selbstmordversuch eine Todsünde.

»Und warum war sie so verzweifelt?« Struans schwarze Augen drückten eine schmerzliche Hilflosigkeit aus, die man bei dem Schotten nicht gewohnt war. »Irgendwer muss ihr etwas angetan haben, was sie zu dieser Tat getrieben hat.« Bei seinen letzten Worten verfinsterte sich sein Blick, der mit einem Mal etwas von einem hungrigen Raubtier auf Beutejagd hatte.

»Frag sie, sobald sie in der Lage ist zu antworten«, empfahl ihm Freya und blickte ihn nachdenklich an. »Solange wir die Hintergründe nicht kennen, ist alles nur Spekulation.«

Inzwischen hatte sich die gesamte Truppe von mehr als zwanzig Templern um den Galgen herum versammelt und wartete gespannt darauf, was Amelie zu erzählen hatte.

»Vielleicht sollten wir die beiden für eine Weile alleine lassen«, empfahl Rona, und ließ den Blick in die Runde schweifen. Danach wandte sie sich wieder Struan und Amelie zu. »Was haltet ihr davon?«

»Von mir aus gern«, antwortete Struan, der einsehen musste, dass es nichts brachte, wenn er Amelie vor aller Augen und Ohren mit Fragen traktierte, die sie nur ihm persönlich beantworten wollte.

Nachdem die anderen sich an den Fuß des Hügels zurückgezogen hatten, küsste er seine Frau auf den Scheitel und drückte sie zärtlich an sich.

»Amelie«, begann er vorsichtig. »Ich verspreche dir, ich werde dir keine Vorwürfe machen, aber sag mir, warum du mit diesen Leuten mitgegangen bist. Und warum hast du mir nichts von deinen Absichten erzählt? Vertraust du mir nicht mehr? Ich bin dein Gemahl. Du kannst mir alles erzählen, was dich bedrückt. Es ist meine Pflicht, dich zu beschützen und vor aller Unbill zu bewahren.«

Sie schaute mit ihren großen braunen Augen zu ihm auf, als habe sie gar nicht zugehört. »Es … es ist alles meine Schuld«, stammelte sie. »Dass die Gens du Roi Malcolm gefangen genommen haben. Aber vor allem meinen armen alten Vater. Sie bringen ihn nach Carcassonne zu einem Inquisitor. Bernardus Guidonis ist sein Name. Das Verhör durch einen solchen Mann wird er bestimmt nicht überleben. Es ist genauso gekommen, wie du gesagt hast.«

Struan, der immer noch nichts begriff, bemerkte, wie ihre Augen sich mit Tränen füllten wie ein Damm bei Hochwasser, dessen Wall jederzeit zu brechen droht und eine Flut entfesselt.

Heiße Tränen liefen ihr über beide Wangen, ein stetiger Strom, der nicht versiegen wollte. Dabei war der Ausdruck ihrer Augen auf beängstigende Weise entrückt.

»Mein Vater wird unser Kind niemals zu Gesicht bekommen. Dabei hat er mir keineswegs gezürnt, weil ich ihn ohne Abschied verlassen habe. Er hat Justine sogar einen Brief mitgegeben, in dem er schrieb, dass er sich nach mir sehnt und sich freut, mich vor seinem Tod noch einmal zu sehen. Justine war meine beste Freundin. Als sie sagte, mein Vater habe sie beauftragt, nach mir zu suchen, dachte ich an nichts Böses und glaubte, meine Gebete wurden erhört. Und jetzt wird mein Vater sterben und Malcolm vielleicht auch, weil ich ihr vertraut habe. Dein Bruder wurde ohne mein Wissen von der Geheimpolizei des franzischen Königs gefangen. Aber er konnte sich befreien. Er hat mir zur Flucht verholfen und ist in Saint-Mihiel zurückgeblieben, weil er meinte, das Pferd könne nur mich tragen, weil es alt und schwach sei. Obwohl wir von Suchhunden verfolgt wurden. Er wollte sich allein nach Waldenstein durchschlagen. Ich habe ihm noch ein paar Silbermünzen gegeben, damit er wenigstens ein bisschen Geld hat. Sie haben ihn bestimmt geschnappt, sonst wäre er längst hier.« Nun brach der Damm endgültig, und sie schluchzte so heftig, dass sie kaum noch atmen konnte.

»Ich werde nicht zulassen, dass die Leute des Königs deinem Vater und Malcolm etwas Böses antun, mein Herz«, versicherte Struan ihr, der sich allmählich zusammenreimen konnte, wie es zu diesem Unglück gekommen war. Amelies sehnlichster Wunsch, ihren Vater wiederzusehen, seine eigene Unaufmerksamkeit und die Niedertracht der Gens du Roi waren auf unselige Weise aufeinandergetroffen und hatten sich zu einem tödlichen Gift vermischt. »Wir bringen dich jetzt erst einmal nach Hause«, versprach er ihr mit seiner tiefen rauen Stimme, während er ihr mit der bloßen Hand die Tränen aus dem Gesicht wischte. »Und dann, das schwöre ich dir, so wahr ich dein angetrauter Gemahl und der Vater unseres Kindes bin, werden wir Malcolm aus den Fängen dieser Teufel befreien und deinen Vater retten. Sei gewiss, dich trifft keinerlei Schuld. Wenn sich jemand einen Vorwurf machen muss, dann bin ich es, weil ich deine Nöte nicht ernst genug genommen habe.«

Amelie beruhigte sich langsam und ließ zutiefst erschöpft ihren Kopf an Struans Brust sinken. Er nahm sie mit Leichtigkeit auf und trug sie den Hügel hinunter zu den anderen, die bei den Pferden standen und auf seine Rückkehr gewartet hatten.

»Geht es ihr gut?« Gero sah ihn besorgt an.

»Sie und das Kind leben«, entgegnete Struan tonlos. »Das ist die Hauptsache.«

»Was hast du nun vor?«

»Sie muss schnellstens nach Hause und braucht ihre Ruhe«, antwortete Struan ihm leise, weil er Amelie, die noch immer in seinen Armen kauerte, nicht aufregen wollte. »Könntest du mir meine Wolldecke holen?«, bat er Gero. »Ich möchte Amelie kurz absetzen, weil wir uns besprechen müssen.«

»Gewiss.« Gero ging zu Struans Great Horse, holte eine Decke aus einer Satteltasche und breitete sie unter einer jungen Eiche im feuchten Gras aus.

Struan setzte seine Frau so behutsam auf der Decke ab, als wäre sie ein rohes Ei.

Dann gab er seinen Brüdern ein Zeichen, dass sie sich ein Stück abseits versammeln sollten, um sich über ihr weiteres Vorgehen zu beraten.

»Was hat sie gesagt?«, wollte Pierre de Bologne wissen. »Wurde sie gefoltert?«

»Nein, soweit ich es beurteilen kann, ist ihr das erspart geblieben«, sagte Struan und zog seine schwarzen Brauen zusammen. »Am meisten macht ihr offenbar zu schaffen, dass sie aus freien Stücken mit diesen Leuten mitgegangen ist, weil sie dieser Justine vertraut hat. Sie war früher ihre beste Freundin in Bar-sur-Aube. Anscheinend hat sie Amelie angeboten, mit ihr nach Franzien zu reisen. Wie es scheint, hatte sie einen handgeschriebenen Brief von Amelies Vaters dabei, indem er ihr mitteilte, dass er sie zu sehen wünscht.«

»Denkst du, der Brief war echt?«, erkundigte sich Anselm.

»Keine Ahnung«, erwiderte Struan. »Amelie hat ihn offenbar für echt gehalten und das reicht in diesem Fall.«

»So kenne ich diese Hunde!« Pierre spuckte aus. »Wie sollte deine Amelie auch ahnen, dass ausgerechnet diese Justine von der Gens du Roi benutzt wurde, um sie hinters Licht zu führen?«

»Sie haben Amelies Vater und wollen ihn anscheinend zu Bernardus Guidonis bringen«, murmelte Struan tonlos. »Wir müssen ihn finden, bevor er dem Inquisitor des Königs in die Hände fällt.«

»Der sitzt in Toulouse.« Pierre hob eine Braue. »Das ist mehr als eine Woche Ritt von Saint-Mihiel entfernt? Was wollen sie da?«

»Amelie sagte, sie bringen ihren Vater nach Carcassonne, um ihn zu verhören, nicht nach Toulouse«, entgegnete Struan mit einem unsicheren Blick.

»Das ist ja noch weiter. Guidonis ist neben seinem Amt als Inquisitor des Königs offiziell der Inquisitor von Toulouse«, fügte Pierre nachdenklich hinzu und zuckte mit den Schultern. »Aber er könnte ebenso in Carcassonne seine schändliche Arbeit verrichten. Beide Orte verfügen über ein zentrales Inquisitionstribunal.«

»Und was ist mit Malcolm? Hat sie eine Ahnung, wo er sich aufhält?«, warf Gero ein.

»Amelie sagte, er wurde gefangen genommen, konnte sich aber befreien. Sie hat erst in Saint-Mihiel davon erfahren. Dann hat er ihr zur Flucht verholfen und ist dort zurückgeblieben, weil das Pferd sie nicht beide tragen konnte und sie bereits verfolgt wurden. Gut möglich, dass er den Gens du Roi entkommen konnte. Wir müssen wachsam sein, ob er uns vielleicht irgendwo über den Weg läuft. Aber in jedem Fall muss ich Amelies Vater befreien. Ich kann nicht ohne den alten Mann nach Waldenstein zurückkehren. Amelie würde seinen grausamen Tod nicht verkraften.«

Ralph of Bulford runzelte die Stirn. »Und warum verhören sie die Gefangenen nicht in Paris?«

»Vielleicht ist ihnen die Hauptstadt zu unspektakulär, und sie wollen in Carcassonne ein Exempel statuieren.« Anselm schaute fragend in die Runde.

»Ich glaube eher«, wandte Gero ein, »sie wollen uns tief ins Landesinnere locken, weil sie sich denken können, dass wir unsere Leute nicht kampflos den Folterknechten der Inquisition preisgeben. Es ist eine lange Strecke, die ihnen genügend Möglichkeiten bietet, uns irgendwann festsetzen zu können.«

Geros Aussage erhielt allgemeine Zustimmung.

»Diese Herausforderung nehmen wir gerne an«, verkündete Pierre gelassen. »Auf dem weiten Weg gibt es Dutzende Gefängnisse, in denen wir immer noch inhaftierte Brüder vermuten. Früher sind wir die Route beinahe wöchentlich abgeritten. Diejenigen, die wir befreien konnten, haben wir zum Pech de Bugarach gebracht, um sie dort mithilfe der Katharer zu verstecken.«

»Katharer?« Gero horchte interessiert auf. »Ich dachte, ihr operiert streng geheim?«

»Mach dir keine Gedanken. Die Katharer, mit denen wir zusammenarbeiten, sind absolut vertrauenswürdig. Sie werden genauso unbarmherzig verfolgt wie wir. Außerdem wissen sie um die geheimen Verstecke in dieser Gegend.«

»Dann wissen sie auch um die Geschehnisse in der unterirdischen Höhle?« Gero blickte ihn erstaunt an.

»Nein, natürlich nicht«, erwiderte Pierre. »Nur Eingeweihte haben Zugang zum Pech de Bugarach. Aber war es nicht so, dass Rona unbedingt das Geheimnis der dortigen Höhle enträtseln wollte? Ergo schlagen wir zwei Fliegen mit einer Klappe.«

»Es wäre gut, wenn wir Amelies Vater befreien könnten, bevor er eine so lange Reise überstehen muss«, wandte Struan ein.

»Wie auch immer«, stimmte Rona ihm zu. »Ich bin in jedem Fall dabei.«

»Ich auch«, meldete Arnaud sich zu Wort. »Unsere Stammburg liegt drei Stunden Ritt von Carcassonne entfernt und ebenso weit vom Pech de Bugarach. Falls es uns nicht gelingt, den alten Bratac vorher aus seiner Gefangenschaft zu erlösen, könnten wir in jedem Fall mit der Unterstützung meiner Verwandten rechnen. Auch sie haben stets gute Verbindungen zu den Katharern unterhalten.

»Sag nur, du gehörst auch zu diesen häretischen Asketen?« Ralph of Bulford schaute Arnaud misstrausisch an.

»Sehe ich so aus?«, spöttelte Arnaud, wurde dann aber ernst. »Die Lehren der Katharer sind gar nicht so abwegig. Niemand von uns kann verstehen, warum Gott so viel Leid auf der Welt zulässt. Außerdem sind die Katharer friedliche Menschen und nicht gewalttätig gegen Andersgläubige. Das unterscheidet sie von den Katholischen.«

»Wie auch immer ihr euch entscheidet«, wandte Freya ein, die aufmerksam zugehört hatte. »Amelie kann bei einer solchen Mission unmöglich dabei sein. Deshalb schlage ich vor, Johan und ich bringen sie so rasch wie möglich nach Waldenstein. Was meinst du?« Sie warf Johan van Elk einen fragenden Blick zu.

Johan schien Freyas Vorschlag zu gefallen. Er wandte sich an Gero und Struan. »Wenn ihr auf mich verzichten könnt, übernehme ich das gerne. Wir können die beiden Frauen nicht allein nach Hause reiten lassen, so viel steht fest.«

»Du hast recht«, pflichtete Struan ihm bei. »Danke, dass ihr Amelie stellvertretend für mich nach Hause begleitet. Ich muss meinen Schwiegervater retten und Malcolm finden. Das bin ich nicht nur mir selbst und den beiden schuldig, sondern vor allem Amelie.«

»Also gut«, befand Gero und nickte Johan und Freya zu. »Anselm soll euch möglichst schnell passende Papiere für die Rückkehr anfertigen. Amelie ruht sich derweil noch ein wenig aus.«

»Ihr könnt die Nacht bei meinem Oheim verbringen«, bot Richard de Moncler den Rückkehrern an. »Er kennt euch und wird euch bestimmt einen Wagen zur Verfügung stellen. Damit könntet ihr Amelie ohne Beschwernisse nach Waldenstein transportieren. Was haltet ihr davon?«

»Das ist eine hervorragende Idee«, befand Gero erleichtert.

»Danke, Richard«, fügte Struan hinzu. »Es tut gut, solche Freunde und Brüder zu haben.«

Nachdem Amelie sich ein wenig erholt hatte, brachte Struan ihr schonend bei, was sie beschlossen hatten. »Du musst keine Angst haben«, flüsterte er ihr behutsam zu. »Alles wird gut«, versprach er ihr mit einem eindringlichen Blick seiner schwarzen Augen. »Ich komme wieder und bringe deinen Vater und Malcolm zu dir zurück, auch wenn es ein wenig dauern kann, das schwöre ich dir bei meiner Seele.« Er küsste sie lange und intensiv auf ihren schönen Mund, und seine Tränen vermischten sich mit den ihren, als sie noch für kurze Zeit Wange an Wange verharrten.

»Ich liebe dich so sehr«, flüsterte Amelie. »Du und die anderen müsst heil und gesund zu uns zurückkehren, alles andere überlebe ich nicht.«

»Worauf du dich verlassen kannst«, raunte er und streichelte ihr ein letztes Mal liebevoll über die Wange, nachdem er ihr in den Sattel geholfen hatte und Freya hinter ihr aufgesessen war.

Die Männer schauten den dreien noch eine ganze Weile hinterher, als sie gemeinsam gen Osten ritten, von der tief stehenden Sonne begleitet, bis sie hinter einem Hügel verschwunden waren.

»Und wie geht es mit uns weiter?«, wollte Anselm wissen, nachdem er sein Schreibzeug sicher in einer Satteltasche verpackt hatte.

»Wir nutzen die Dämmerung und versuchen, unbeobachtet bis Saint-Mihiel zu kommen«, schlug Pierre vor, was allgemeine Zustimmung fand. »In der dortigen Benediktiner Abtei habe ich ein paar Spitzel, die mir sicher sagen, können, ob die Gens du Roi Malcolm erwischt haben und falls ja, wo man ihn hingebracht hat.«

Während die anderen sich zur Abreise fertig machten, ritt Struan den Hügel hinauf, wo sie beinahe den Klepper vergessen hätten, mit dem Amelie von Saint-Mihiel bis hierher geritten war. Er hatte das Tier an einem Baum angebunden, wo es ungeduldig mit den Hufen scharrte.

Struan nahm ihm das Halfter ab und entließ den räudigen Gaul in die Freiheit.

»Eigentlich müsste ich dich abschlachten«, murmelte er mit düsterer Miene, »weil du um Haaresbreite mein Weib in den Tod geschickt hättest. Aber du hast Glück. Ich habe heute meinen barmherzigen Tag, also lasse ich dich laufen.«

Er schlug den Wallach mit der flachen Hand aufs Hinterteil und war verwundert, als das Tier tatsächlich erstaunlich munter in westliche Richtung davongaloppierte.

Dabei fielen Struan zwei blau-gelb gewandete Reiter auf, die sich rasch näherten. Sein geschärfter Blick bestätigte den Verdacht, dass es sich um königliche Soldaten handelte.

Rasch schwang er sich auf sein Great Horse und galoppierte den Hügel hinunter, um seine übrigen Kameraden, die dort gewartet hatten, zu warnen. »Wir bekommen Besuch!«, verkündete er mit finsterer Miene. »Zwei franzische Söldner«, ergänzte er seine knappe Ankündigung, als er die fragenden Blicke der anderen bemerkte.

»Na, dann warten wir mal ab, ob sie vorbeireiten oder sich bemüßigt fühlen, unsere Papiere zu kontrollieren«, spöttelte Pierre und gab allen ein Zeichen, noch eine Weile auf ihren Pferden zu verharren, bis die beiden Söldner an ihren vorbei waren.

Doch statt dieser Versuchung zu widerstehen, ritten die beiden Männer direkt auf sie zu, zügelten jedoch in respektvollem Abstand ihre Pferde.

»*Bonsoir, messieurs*«, rief ihnen der erste der beiden Uniformierten zu, ein älterer, gedrungener Kerl mit blauen Schweinsaugen und kurz geschorenem rotem Haar. Ihm folgte ein jüngerer, schwarzhaariger Bursche, der zäh und entschlossen wirkte und dem das Feuer des Ehrgeizes in den Augen brannte. Beide waren glattrasiert, und ihre Wappenröcke befanden sich in tadellosem Zustand. Nichtsdestotrotz waren sie verschwitzt, und ihren Pferden stand Schaum vorm Maul. Sie mussten über eine längere Strecke galoppiert sein und schienen es eilig zu haben.

»Womit können wir Euch dienen?«, fragte Pierre, den die Aura eines Anführers umgab und der Franzisch mit einem Pariser Einschlag sprach, was bei den Soldaten anscheinend Vertrauen weckte.

»Wir sind auf der Suche nach einer Frau«, sagte der Jüngere.

»Wer ist das nicht«, bemerkte Richard de Moncler belustigt und löste bei seinen Brüdern verhaltenes Gelächter aus.

Gero lachte nicht, weil er eine Ahnung hatte, was genau die beiden in diese Richtung trieb.

Auch Struan war offenbar nicht zum Lachen zumute. Er verengte die Lider und ballte seine großen Hände zu Fäusten.

»Wie soll die Frau denn aussehen?«, gab Pierre auffällig gelassen zurück.

»Sie ist blond, wunderhübsch und guter Hoffnung.«

»Und dann ist sie ganz allein unterwegs?«, bemerkte Pierre mit unüberhörbarem Spott in der Stimme. »Hat sie ein Pferd, oder ist sie zu Fuß auf der Reise?«

»Das wissen wir nicht«, antwortete der gedrungene Mann und kniff die Lippen zusammen.

»Könnt Ihr vielleicht ein paar genauere Angaben machen?« Gero hatte die Frage eher beiläufig gestellt, um die beiden nicht zu verunsichern. Wobei er auch in Erfahrung bringen wollte, ob sich noch mehr Soldaten an der Suche beteiligten.

»Das ist geheim«, erwiderte der Jüngere mit hochnäsigem Blick.

»Tut mir leid«, erklärte Pierre, »ich fürchte wir können Euch leider nicht helfen. Blond und schön sind viele Frauen, ebenso schwanger. Wir haben auf dem Weg hierher mehrere Schwangere gesehen, auf die Eure Beschreibung passen könnte. Aber woher sollen wir wissen, ob die Gesuchte darunter war?«

»Sie sieht aus wie ein Engel oder wie eine Hure, je nachdem, wie man's nimmt«, fügte der Rothaarige nun herablassend hinzu. »Hellblonde Locken bis auf den Hintern, klein und schmal – abgesehen von der gut sichtbaren Kugel einer Schwangeren, die sie vor sich herträgt –, hat sie ein rundes Hinterteil und einen üppigen Busen. Ihre Augen sind haselnussbraun. Ursprünglich stammt sie aus Bar-sur-Aube und spricht mit einem leicht lothringischen Akzent. Außerdem trägt sie teure Kleider und Schuhe, weil sie die Frau eines Adligen ist.«

»Ihr sucht eine adlige Dame? Und was hat sie verbrochen?« Pierre, der sich ebenso denken konnte, wen die beiden verfolgten, wollte offenbar mehr wissen, wie schon Gero zuvor.

»Sie ist eine Ketzerin und hat einem weiteren Ketzer zur Flucht verholfen«, klärte der ältere der beiden Soldaten sie schlussendlich auf.

»Ich weiß, wo sie ist«, sagte Struan so plötzlich, dass alle anderen Kameraden vor Überraschung verstummten.

»Und wo, wenn ich fragen darf?«, gab der jüngere Söldner ungeduldig zurück.

Struan warf einen Blick hinauf zum Galgenhügel.

»Ich habe dort oben eine Frau gesehen, auf die Eure Beschreibung passen könnte«, erklärte er mit undurchsichtiger Miene. »Sie saß hinter einem Baum und es machte mir den Eindruck, als ob sie sich verstecken wollte. Vielleicht handelt es sich um die Gesuchte?«

Die ungläubigen Blicke der beiden Söldner wanderten den Galgenhügel hinauf, dessen eigentliche Bestimmung von den Eichen verdeckt war, die vor dem Richtplatz standen.

»Ich reite voran und zeige Euch, wo sie ist«, bot Struan den beiden an und galoppierte auf seinem Hengst, ohne deren Antwort abzuwarten, den Hügel hinauf.

Die beiden Söldner folgten ihm. Auch Gero schloss sich ihnen an. Wobei er Anselm, Stephano und Rona zuvor leise zu verstehen gegeben hatte, dass sie zurückbleiben und Ausschau nach weiteren Soldaten halten sollten.

Pierre gab seinen Leuten ein stummes Zeichen, den beiden ebenfalls zu folgen. Auch Khaled und Ralph of Bulford schlossen sich an.

Die beiden königlichen Söldner tauschten verstörte Blicke, als sie mit Struan beim Galgen angekommen waren. Der Schotte stieg von seinem Great Horse, blieb unter den beiden Skeletten stehen und beobachtete stumm das Eintreffen seiner Gefährten, sie sich mit ihren Pferden um den Richtplatz herum aufstellten.

»Und wo soll die Gesuchte sein?«, wollte der ältere Söldner mit schneidender Stimme wissen.

»Eben war sie noch hier«, sagte Struan gefährlich leise. »Vielleicht versteckt sie sich hinter einer der drei Eichen.«

»Zum Narren halten können wir uns selbst!«, schimpfte der jüngere Soldat und glitt aus dem Sattel, um mit gezücktem Schwert nach der Frau zu suchen. Doch außer den Bäumen und dem Galgen selbst gab es keine Versteckmöglichkeiten, der Platz war nicht groß genug.

»Das ist eine Falle«, rief der Ältere, von plötzlicher Panik gepackt, als er sah, wie der Kreis ihrer Verfolger sich enger um sie zog. Doch es war zu spät, um die Flucht zu ergreifen. Struan hatte blitzschnell sein gewaltiges Schwert gezogen und ging auf den jungen Soldaten zu wie ein Raubtier auf der Jagd.

Der Ältere schien eine allerletzte Chance zu wittern, das Weite zu suchen. Doch ehe er sein Pferd herumreißen und davonpreschen konnte, sauste ein Messer durch die Luft und blieb in seiner Schulter stecken. Der Soldat stöhnte schmerzerfüllt auf und ließ die Zügel fahren.

»Steig ab«, forderte Pierre ihn gnadenlos auf. »Oder du und dein Kumpan seid tot.«

»Das sind wir sowieso«, erwiderte der Ältere resigniert und ließ sich widerwillig aus dem Sattel gleiten.

Der Jüngere hob drohend sein Schwert, machte damit aber im Gegensatz zu Struan eine geradezu lächerliche Figur.

»Du kannst es gerne versuchen«, knurrte der Schotte. »Ich habe dich binnen eines Wimperschlags in zwei Hälften zerteilt wie ein geschlachtetes Schwein.«

Beide Söldner mussten einsehen, dass Widerstand zwecklos war. Ralph of Bulford und Khaled entwaffneten die beiden und überließen sie Struan, der mit stummer Zustimmung der anderen nun das Kommando führte.

»Wir brauchen zwei Seile«, rief er Pierre und seinen Leuten zu und trieb die beiden Gefangenen mit einer Drohgebärde seines wuchtigen Schwerts zum Galgen hin.

»Was wollt ihr von uns?«, versuchte der Ältere sein Glück, während der Jüngere sich für alle sichtbar vor Angst in die Hose machte.

Struan starrte ihn an wie ein Greif, der aus der Luft auf seine wehrlose Beute lauert. Nachdem einer von Pierres Leuten ihm die beiden Seile gebracht hatte, die am Ende fachmännisch verknotet waren, warf Struan das lange Ende des Seils locker über den Galgenbaum und legte die Schlinge um den Hals des Jüngeren.

Genauso verfuhr er mit dem älteren Söldner, dem er zuvor das Messer aus der Schulter gezogen hatte.

»Lasst uns am Leben«, bettelte der Jüngere. »Wir haben euch doch gar nichts getan!«

»Erst sagt ihr uns, was mit dem Mann geschehen ist, der die Frau, die ihr sucht, begleitet hat. Jenen, den ihr einen Ketzer nanntet«, forderte Struan die beiden auf.

»Es geht ihm gut«, stieß der ältere von beiden hastig hervor. »Die Gens du Roi haben ihn wieder eingefangen und sind mit ihm auf dem Weg nach Saint-Dizier. Von dort aus soll er morgen nach Carcassonne gebracht werden. Bernardus Guidonis wird ihn verhören. Vielleicht wird er sogar freigesprochen«, schob er hoffnungsfroh hinterher. Was in Anbetracht der Lage absurd wirkte.

»Wie viele Soldaten begleiten den Treck?«, erkundigte sich Richard de Moncler beiläufig.

»Einhundertfünfzig, soweit ich gehört habe«, gab der Ältere bereitwillig bekannt, weil er wohl hoffte, seine Peiniger mit seiner Geständigkeit gnädig stimmen zu können. »Einige davon sollen von Saint-Dizier nach Nevers verlegt werden, habe ich gehört«, fügte er hinzu, um seine Aussage zu relativieren, weil auch ihm klar sein musste, dass gewöhnliche Ketzer niemals von so vielen Soldaten begleitet wurden.

»Dieses Verhör werden wir zu verhindern wissen«, knurrte Struan und band den Strick mit dem einem Ende am Sattel seines Hengstes fest. Dann ging er langsam mit dem Pferd zurück, bis sich das Seil spannte und der jüngere Söldner zu würgen begann, weil ihm die gestraffte Schlinge die Luft abschnürte.

»Wenn ihr uns schon tötet«, bettelte der Ältere mit gefasster Stimme, »sagt uns wenigstens, wer ihr seid und warum ihr es tut.«

»Die Frau, die ihr sucht«, erklärte Gero und wies auf Struan, »ist *seine* Frau, und wir sind die Templer, die ihr nach Franzien locken sollt.«

»Man könnte es auch ausgesprochenes Pech nennen«, fügte Pierre mit gekünsteltem Bedauern hinzu.

»Man sagt, ihr seid mit dem Teufel im Bunde«, krächzte der Ältere der beiden, von allen Zweifeln befreit.

Pierre und die anderen ließen seinen Einwand unkommentiert.

Den beiden Soldaten war anzusehen, dass sie in diesem Augenblick mit ihrem Leben abgeschlossen hatten.

Struan tat wohl, was getan werden musste, als er die beiden mit Pierres Hilfe erhängte und ihrem qualvollen Sterben ein rasches Ende bereitete, indem er ihnen, während sie noch strampelnd am Galgen hingen, den Leib aufschlitzte und sie ausbluten ließ.

Erst als ihre Seelen vor aller Augen zur Hölle gefahren waren, wie Struan es nannte, legten sie die beiden Leichen auf den blutdurchtränkten Boden.

»Was hast du vor?«, fragte Gero kopfschüttelnd, als er sah, dass Pierre ihnen Ohren und Nasen abschneiden wollte.

Pierre schaute ernst zu ihm auf. »Ich will mit ihrem Blut ein Templerkreuz auf die Hintern ihrer Pferde malen und dann beides in die Satteltasche der Gäule stecken. Wenn wir die Tiere laufen lassen, finden sie garantiert von selbst den Weg zurück in die Ställe des Königs.«

»Bei allem Verständnis für deine Wut auf die königlichen Söldner und die Machenschaften des Louis X.«, gab Gero in ruhigem Ton zurück, »hielte ich es für besser, unsere Gegner darüber im Unklaren zu lassen, wie weit wir bereits in Richtung Franzien vorgedrungen sind. Sollen sie doch denken, was sie wollen, wenn die beiden nicht an ihren Standort zurückkehren. Obwohl ich genauso empfinde wie du, bin ich kein Freund dramatischer Gesten, sofern sie uns nicht zum Vorteil gereichen.«

»Du bist eben Deutscher«, frotzelte Pierre und erhob sich. »Immer von kühler Vernunft beherrscht. Ich hingegen kann den Italiener in mir nun mal nicht ablegen. Aber wie du willst. Schließlich habe ich hier nicht allein das Sagen.«

»Ich finde, Gero hat recht«, mischte Stephano de Sapin sich ein, der mit Rona und Anselm inzwischen ebenfalls auf dem Hügel erschienen war. »Und ich bin Franzmann. Wir sollten uns auf das Wesentliche konzentrieren, und das ist die Befreiung von Malcolm und dem Alten.«

»Also gut«, gab sich Pierre geschlagen. »Dann blasen wir zum Abmarsch. Wir werden schon noch erfahren, wie die Königlichen und die Gens du Roi auf ihre Verluste reagieren. Schließlich haben wir genug Mittelsmänner in den entscheidenden Positionen, die für uns spionieren.«

Er hob die Hand und gab das Zeichen zum Aufbruch, woraufhin sie gemeinschaftlich auf ihren Pferden Richtung Westen in die untergehende Sonne galoppierten.

KAPITEL 28

APRIL 1316
CARCASSONNE / DOMAINE ROYAL /
KÖNIGREICH FRANZIEN

Maulwürfe

Alphonse Bratac wunderte sich, dass er die lange Reise bis nach Carcassonne lebend überstanden hatte. »Der Mensch ist zäher, als man glaubt«, hatte ihm Jean de Paris versichert, der ihm nun schon eine ganze Weile unfreiwillig Gesellschaft leistete. Zunächst im Kerker von Troyes und nun in einem Gefängniswagen auf dem Weg zu einem der gefürchtetsten Inquisitoren des Landes.

»Sind wir bald da?«, wollte Alphonse von seinem Mitgefangenen wissen, während sie in dem kargen, schmucklosen Gefährt durch eine blühende Landschaft zockelten. Der schwere Duft der Blumen und das melodische Vogelgezwitscher, das sie tagsüber begleitete, bildete einen krassen Gegensatz zu den martialisch aufgerüsteten Soldaten, die den Treck im Auftrag des franzischen Königs begleiteten.

Sechzig Söldner in Zweierreihen, dreißig vor und dreißig hinter dem von zwei Kaltblütern gezogenen Wagen, ließen bei der am Wegesrand stehenden Landbevölkerung keine Zweifel daran aufkommen, dass es sich bei den Insassen um besonders wichtige Gefangene handeln musste.

»Wir sind kurz vor Carcassonne«, teilte Jean ihm stoisch mit, der – mit kurz geschorenen Haaren und rasiertem Gesicht – trotz des nachwachsenden Stoppelbartes um einiges jünger wirkte als bei ihrer ersten Begegnung. Im Gegensatz dazu strahlten seine graublauen Augen in dem ausgezehrten Gesicht, das von den jahrelangen Entbehrungen gezeichnet war, vor Freude. Offenbar war er dem Allmächtigen dankbar, nach der langen Kerkerhaft endlich wieder Tageslicht zu sehen und an der frischen Luft sein zu dürfen.

»Was, um Himmels willen, sollen wir in der Gefangenschaft? Was will man uns anhängen?«, stöhnte Alphonse, der die Tragweite seiner Inhaftierung noch immer nicht begriffen hatte.

»Seit ein paar Jahren werden Ketzer nur noch in Toulouse und Carcassonne verhört«, klärte Jean ihn stoisch auf. »Nachdem der letzte Großinquisitor von Katharern ermordet wurde, hat man es aufgegeben, zu Verhören durchs Land zu reisen. Stattdessen karrt man die Verdächtigen aus ganz Franzien nach Carcassonne. So will man dafür sorgen, dass die Inquisitoren unterwegs nicht mehr von Angehörigen der Delinquenten überfallen und ermordet werden können.«

»Ich bin aber kein Ketzer und habe auch nichts mit der Inquisition zu schaffen«, ereiferte sich Alphonse widerspenstig. »Ich habe immer treu der Mutter Kirche gedient und bin jeden Sonntag in die heilige Messe gegangen, selbst wenn ich auf Reisen war. Was also soll das Ganze?«

»Aber du hattest mit Ketzern zu tun«, widersprach sein Mitgefangener heftig. »Templer *sind* Ketzer. Und diejenigen, die vor dem Prozess geflüchtet sind, gelten als die Teuflischsten überhaupt. So wie ich. Obwohl alles gesagt ist und ich zu lebenslänglicher Kerkerhaft verurteilt wurde, laden sie mich nun zum dritten Mal vor ein Inquisitionsgericht. Aber wer weiß. Vielleicht wollen sie diesmal ein Exempel statuieren. Ich wäre nicht der Erste, der am Ende trotz aller Unschuldsbekenntnisse auf dem Scheiterhaufen landet.«

»Heilige Jungfrau«, murmelte Alphonse entsetzt. »Was sind das nur für Teufel?«

»Tja«, erwiderte Jean mit einem desillusionierten Ausdruck in seinen klaren Augen, »vielleicht haben die Katharer doch recht, und es gibt einen bösen Gott, der die Inquisitoren dieser Welt erschaffen hat und für ständigen Nachschub an Teufeln sorgt. Bis uns eines Tages der gute Gott durch das Licht von diesen üblen Kreaturen erlösen wird.«

»Tu mir einen Gefallen«, murmelte Alphonse händeringend. »Bitte sag nichts von all dem, wenn wir nach unserem Glauben und unserem Vertrauen in die Kirche befragt werden. Ich will keinen Ärger haben, hörst du? Und ich will auch niemanden brennen sehen.«

»Ich fürchte, den Gefallen werde ich dir nicht tun können. In Toulouse und Carcassonne brennen regelmäßig die Scheiterhaufen. Allein schon wegen der vielen Katharer, die sie dort zum Tod durch das Feuer verurteilen.«

»Genau das meine ich ja, wenn ich dich beschwöre, den Mund zu halten, gottverdammt!«, fluchte Alphonse und zog sich schmollend in seine Ecke zurück, wo man ihn wie einen Hund angekettet hatte.

»Keine Sorge«, beruhigte ihn Jean. »Ich bin nur neugierig, ob die Liebe deiner Tochter bis in den Süden von Franzien reicht und die Treue deines Schwiegersohns dazu.«

»Ich habe keinen Schwiegersohn«, behauptete Alphonse stur. »Ich werde doch nicht so verrückt sein und einen geflüchteten Templer als meinen Schwiegersohn zu bezeichnen. Zumal ich noch nicht einmal weiß, ob er tatsächlich existiert und wie er aussieht. Nein, das mache ich nicht.«

Gegen Mittag ratterte der Wagen über eine Brücke in den Hof der Festung von Carcassonne. Die beschlagenen Hufe der königlichen Pferde machten einen Höllenlärm auf dem Pflaster, und Alphonse, der ein wenig vor sich hin gedöst hatte, wurde unsanft aus dem Schlummer gerissen.

»Wo sind wir?«, fragte er, schon wieder verwirrt.

Jean sah sich offenbar genötigt, ihm zu antworten, obwohl Alphonse seit den Spekulationen über seinen Schwiegersohn nicht mehr mit ihm geredet hatte. »Wir stehen vor den Kerkertürmen, in denen die Verhöre stattfinden«, klärte er ihn unmissverständlich auf und wies auf die glatten Sandsteinmauern, die in so schwindelerregende Höhen reichten, wie Alphonse es nie zuvor gesehen hatte. Ebenso wie der Kirchturm, der das Innere der Festung beherrschte. Die äußere Verteidigung der Stadt wurde von zwei dicken Festungsmauern und einer ganzen Reihe von Wehrtürmen bestimmt. Jean wurde nicht müde, deren Namen herunterzuleiern, die alle verschieden klangen.

»Hier kommt keiner unerkannt rein und erst recht nicht mehr raus, wenn er erst einmal in den Kerkern von Carcassonne sitzt«, versicherte er Alphonse abschließend und nahm ihm damit jegliche Hoffnung auf Erlösung.

Die Tür des Wagens wurde unsanft aufgerissen und gab den Blick frei auf den weitläufigen Festungshof, auf dem eine Windhose hellen kalkhaltigen Staub aufwirbelte. Als Nächstes sah Alphonse die missmutige Visage des Soldaten, der seine Ketten löste. Dann erst richtete er den Blick in den klaren Himmel, dessen tiefstes Blau sogar die Farbe des Mantels der Heiligen Jungfrau überstrahlte.

Doch spätestens beim Aussteigen holte ihn das eigene Elend wieder auf den Boden des Gewohnten zurück. Nach mehr als einer Woche in einem wackelnden Karren konnte Alphonse seine alten Glieder vor Schmerzen kaum noch rühren. Als seine bloßen Füße den sandigen Boden berührten, fand er keinen Halt und brach augenblicklich zusammen. Dabei stöhnte er schmerzvoll auf, als er mit seinem Steiß unsanft auf dem harten Untergrund landete. Da er sich von allein nicht aufrappeln konnte, wurde er von zwei kräftigen Soldaten auf die Füße gezogen und rücksichtslos in den Kerker geschleift, wobei es drei Treppen hinab in ein ähnlich finsteres Reich ging wie in Troyes. Nur dass hier mehr Gefangene einsaßen, wie Alphonse rasch überblicken konnte. In aufkeimender Panik schaffte er es sogar, wieder von allein zu laufen. Ängstlich wandte er sich um, weil er sehen wollte, ob Jean de Paris ihm folgte. Irgendwie hatte er sich an diesen merkwürdigen Templer gewöhnt und hoffte, in dessen

Gesellschaft verbleiben zu dürfen, auch wenn der Kerl noch so viel Unsinn redete.

Deshalb atmete er auf, als man ihn und Jean in eine kleine Zelle steckte, in der bereits ein Mann saß, der in seinem Alter sein mochte. Doch im Gegensatz zu ihm selbst war der Gefangene hager wie Jean oder die meisten Delinquenten, die schon längere Zeit in einem Kerker geschmachtet hatten. Er hatte kurz geschorenes graues Haar, und seine farbenfrohe Kleidung war von guter Qualität, wenn auch nicht sauber und erst recht nicht geglättet – unter den gegebenen Umständen kein Wunder.

»*Bonjour*«, krächzte Alphonse höflich und setzte sich, ohne um Erlaubnis zu fragen, stöhnend auf das verrottete Stroh, weil er vor Schmerzen nicht mehr stehen konnte.

Jean verharrte einen Augenblick abwartend, nachdem die Kerkerwächter die Eisentür hinter ihnen geschlossen hatten, und musterte ihren Mitgefangenen eingehend, bevor er nickte, als wollte er damit zu verstehen geben, dass er ihn als annehmbar betrachtete. Dann ließ er sich neben Alphonse nieder.

»Macaire de Mirepaux«, stellte der Mann sich überraschend freundlich vor. Obwohl sie sich im Languedoc befanden, sprach er ein tadelloses Franzisch. »Wo kommt ihr zwei her, und was wirft man euch vor?«

»Wenn ich das wüsste!«, antwortete Alphonse ohne Umschweife. »Und warum hat man Euch hier festgesetzt?«

»Man wirft mir vor, ein Katharer zu sein«, gestand der Mann, dessen bernsteinfarbene Augen aus dem leicht gebräunten Gesicht herausleuchteten wie die des heiligen Jesus. »Aber ich fürchte, das ist noch nicht alles. Sie haben mich zu einem gesuchten Verwandten befragt, von dem sie behaupten, er sei ein Ketzer, was ich für völligen Unsinn halte.«

»Ist Euer Verwandter zufällig ein ehemaliger Templer?«, wollte Alphonse wissen. »Oder wart Ihr selbst einer?«

»Wie kommt Ihr darauf?« Sein Zellennachbar schaute ihn misstrauisch an.

Alphonse zuckte ratlos mit den Schultern. »Mir will man auch irgendetwas anhängen. Weil meine Tochter vor Jahren angeblich mit einem Templer durchgebrannt ist. Nur weiß ich rein gar nichts darüber.«

»Mein Verwandter *war* bei den Templern, ist es aber schon lange nicht mehr. Außerdem bin ich niemandem Rechenschaft darüber schuldig, weil er nicht mein Sohn ist und tun und lassen kann, was ihm beliebt. Aus diesem Grund habe ich mir einen Rechtsbeistand besorgt. Aber auch der begibt sich in Lebensgefahr, falls die Inquisition entscheidet, dass ich als Sympathisant eines Ketzers schuldig gesprochen werde.«

»Aber das ist doch ungerecht!«, ereiferte sich Alphonse.

»Was ist schon gerecht in diesem Land?«, wandte de Mirepaux verbittert ein. »Seit der Vernichtung der Templer ist alle Gerechtigkeit die Aude hinuntergegangen. Es gibt niemanden mehr, der König und Klerus in die Schranken verweist. Niemand, der ihnen die Mittel für ihre Verschwendungssucht verweigert. Die Templer waren in der Lage, beide Parteien mit ihrer finanziellen Macht zu beeinflussen. Nun sind sie fort, und alles läuft aus dem Ruder.«

Jean de Paris hatte die ganze Zeit wortlos zugehört. Was augenscheinlich die Neugier ihres Mithäftlings geweckt hatte.

»Und wo kommt Ihr her, wenn ich fragen darf?«

»Aus Paris«, sagte Jean. »Mein Name ist Jean de Paris.«

»Und was wirft man Euch vor, Jean de Paris?«

»Das, was man allen vorwirft, die hierhergebracht werden. Ketzerei.«

»Er ist ein Templer«, warf Alphonse vorlaut ein, was ihm Jeans tadelnden Blick einbrachte. Offenbar war ihm nicht daran gelegen, dass Alphonse mit seiner Herkunft hausieren ging.

»Ein Templer?« De Mirepaux beäugte Jean de Paris aufmerksam. »Das ist ja interessant. Vielleicht kennt ihr meinen Bruder, der mir anscheinend diese Verhaftung eingebracht hat.«

»Wo hat er gedient?«, wollte Jean nun wissen.

»Bar-sur-Aube.«

»Bar-sur-Aube«, rief Alphonse und war sofort bei der Sache. »Das ist meine Heimatstadt.«

»Aber *Ihr* seid kein Templer, oder?«, versicherte sich de Mirepaux mit einem verwunderten Blick.

»Nein, sehe ich so aus? Wohl kaum«, frotzelte Alphonse, der sein ganzes Leben lang nicht mit der stattlichen Erscheinung eines Kriegers hatte aufwarten können. »Ich hatte dort einen Wein- und Geschirrhandel und habe die umliegenden Komtureien beliefert«, berichtete er nicht ohne Stolz.

»Und was wirft man Euch vor?« De Mirepaux blickte ihn neugierig an.

»Wenn ich das wüsste«, antwortete Alphonse mit einem verzweifelten Blick. »Ich habe den dortigen Templerkomtur regelmäßig mit einem schmackhaften Roten aus Chinon versorgt. Aber das kann ja wohl kein Grund sein, mir irgendeine Komplizenschaft vorzuwerfen.«

»Chinon. Allein das Wort bereitet mir Kopfschmerzen«, stöhnte Jean, »und das ganz ohne Wein.«

»Wieso?« De Mirepaux verengte seine Lider, während er Jean mit einem Seitenblick bedachte.

»Weil man dort unzählige Templer zu Tode gefoltert hat. Unter anderem wurde unser letzter Großmeister in Chinon weichgeklopft, bevor man ihn in

Paris auf dem Scheiterhaufen verbrannt hat. Sagt bloß, Ihr habt nichts davon gehört?«

»Natürlich habe ich davon gehört.« De Mirepaux kniff die Lippen zusammen. »Mein Bruder war als Templer ebenfalls eine Weile in Chinon inhaftiert. Ich dachte, das alles sei längst Geschichte.«

Alphonse warf seinem neuen Mithäftling einen anklagenden Blick zu. »Kein Wunder, wenn man Euch in einem solchen Kerker festsetzt. Nach allem, was mir inzwischen über den Orden zu Ohren gekommen ist, würde ich für einen Templer keinen Finger mehr krumm machen. Schon gar nicht würde ich zugeben, mit einem von ihnen verwandt zu sein.«

»Ich will ja nichts sagen, Alphonse«, gab Jean mit einem missbilligenden Blick zu bedenken. »Aber findest du nicht, dass du undankbar bist? Jahrelang hast du am Orden bestens verdient und jetzt, wo dir die Inquisition auf den Fersen ist, wechselst du ohne schlechtes Gewissen die Seiten.«

»Welche Seiten?«, ereiferte sich Alphonse. »Ich habe mit den Templern ehrbare Geschäfte gemacht. Ich bin ihnen weder in den Arsch gekrochen, noch habe ich mit ihren angeblichen Machenschaften zu tun. Was kann ich dafür, wenn sie König und Papst verärgern, indem sie sich mit dem Teufel verbünden und zu Ketzern werden. Ich will meinen Frieden haben, sonst nichts. Nein, das stimmt nicht ganz«, verbesserte er sich. »Ich will meine Tochter zurück und dass der Templer, der sie mir geraubt hat, dafür büßen muss.«

»Und was machst du, wenn sie ihn liebt und er der Vater deiner Enkel ist?«

»Wenn er tatsächlich Templer ist und mit dem Teufel im Bunde steht, pfeife ich auf seine Brut.«

Ein Rasseln unterbrach ihr Gespräch. Nicht nur Alphonse bemerkte den Kerkerwächter, der mit zwei anderen Söldnern an der Zellentür erschien und mit einem großen Schlüssel das Schloss öffnete.

»Macaire de Mirepaux«, rief einer von ihnen mit scharfer Stimme. »Der Inquisitor erwartet Euch!«

De Mirepaux erhob sich mühsam und ließ zu, dass der Wächter ihn mit sich zerrte.

Voller Besorgnis beobachtete Alphonse, wie die Tür hinter dem Mann ins Schloss fiel und der Wächter sie verriegelte.

Kaum waren sie verschwunden, wandte sich Jean de Paris mit verhaltener Stimme Alphonse zu. »Jetzt hör mir mal gut zu«, zischte er. »Überleg dir verdammt genau, was du hier zu wem sagst. Jedes Wort kann gegen dich ausgelegt werden. Und noch eins: Vertraue niemandem, verstehst du? Niemandem. Nicht einmal mir. Ich bin mir fast sicher, dass dieser Macaire de Mirepaux ein Spitzel ist. Ist er keiner, werden sie ihn beim Verhör zu einem machen.«

Alphonse schluckte nervös. »Was habe ich denn Schlimmes gesagt? Habe ich mich etwa für die Templer ausgesprochen? Du warst doch derjenige, der mir Untreue gegenüber dem Orden nachgesagt hat.«

»Das habe ich absichtlich getan, um diesem Maulwurf zu zeigen, dass bei dir nichts zu erwarten ist.«

»Maulwurf?« Alphonse kräuselte bergriffsstutzig die Stirn.

»So nennt man Leute, die für die Gens du Roi oder den König spionieren, sich offiziell aber als deren Feinde ausgeben.«

»Ach?« Alphonse schaute ihn argwöhnisch an. »Und woher weiß ich, dass du kein Maulwurf bist?«

»Das kannst du nicht wissen«, blaffte Jean zurück und rollte mit den Augen. »Jeder kann ein Maulwurf sein, selbst du.«

»Ich bin aber keiner«, insistierte Alphonse. »Ich muss es schließlich wissen.«

»Aber *ich* bin einer, und ich mache keinen Hehl daraus.«

»Was sagst du da?« Alphonse wich entsetzt zurück.

»Man hat mir die Freiheit versprochen, wenn ich dich aushorche und herausfinde, was du über die Templer in Bar-sur-Aube weißt und was deine Tochter mit ihnen zu tun hatte. Außerdem wollen sie wissen, ob sich deine Tochter tatsächlich in all den Jahren nie bei dir gemeldet hat.«

»Heilige Maria und Joseph!« Alphonse bekreuzigte sich hastig. »In Gottes Namen, wie oft soll ich es denn noch sagen, dass ich nicht wusste, mit wem Amelie fortgegangen ist und wo sie lebt!«

»Dann bleib dabei. Nicht, dass sie am Ende noch denken, du hast sie belogen. In diesem Fall wird es nämlich höchst ungemütlich.«

Alphonse schaute ihn unsicher an. »Denkst du, dass Justine ein Maulwurf war?«

»Ich bin mir sogar ziemlich sicher, dass sie für die Gens du Roi arbeitet. Und noch etwas dürfte klar sein: Der König und seine Agenten sind etwas ganz Großem auf der Spur, sonst würden wir beide nicht hier sitzen. Und es muss etwas mit den Brüdern aus Bar-sur-Aube zu tun haben, sonst hätte dieser Mirepaux es nicht erwähnt. Ich weiß zufällig, dass Arnaud de Mirepaux, dessen Namen er nicht genannt hat, in Bar-sur-Aube seinen Dienst versehen hat. Er wurde bei Raoul de Gisy als Novize aufgenommen. Das weiß ich, weil ich damals in Troyes gedient habe und die angehenden Ordensbrüder nach Marseille begleiten musste, von wo aus man sie nach Zypern verschifft hat. Dort haben sie ihre Ausbildung beendet und sind als Templer initiiert worden. Dann hat man sie auf die Insel Antarados oder Arwād, wie die Araber sagen, vor der syrischen Küste versetzt. Eine Handvoll von ihnen haben traurige Berühmtheit erlangt, weil ihnen nach dem Überfall der Mameluken auf die Insel als Einzigen die

Flucht nach Zypern gelungen ist, so dass sie dem Orden über den Verlauf dieses Überfalls berichten konnten. Unter ihnen war auch Arnaud de Mirepaux. Danach hat man ihn und seine Mitstreiter nach Bar-sur-Aube versetzt, wo sie an jenem unseligen Tag im Oktober 1307 mit weiteren Templern verhaftet wurden. Später habe ich von anderer Seite erfahren, dass Arnaud und ein paar Brüdern, die auch in Antarados mit von der Partie waren, die Flucht von Chinon gelungen ist. Gut möglich, dass auch dein vermeintlicher Schwiegersohn dabei war.«

Alphonse stieß einen lang gezogenen Seufzer aus. »Ich weiß von alledem rein gar nichts. Was soll ich diesem Inquisitor bloß erzählen? Und was willst du ihnen sagen, wenn ich nichts zu erzählen habe?«

»Keine Ahnung. Mal sehen. Vielleicht denke ich mir was aus. Du hingegen sagst am besten gar nichts. Oder allenfalls, dass du nichts weißt. Dann kann dir auch nichts passieren.«

»Was könnte mir denn passieren?«, fragte Alphonse bang.

»Im ungünstigsten Fall könntest du wie die Katharer als Ketzer auf dem Scheiterhaufen landen. Wenn's nicht ganz so schlecht läuft, könnten sie dich foltern.« Jean zuckte mit den Schultern und entblößte seine Arme und Beine, indem er die Ärmel seines abgetragenen Gewands und die Hosen bis zu den Knien hochzog. Die Haut darunter war übersät mit Brandnarben.

»Um Gottes willen«, stöhnte Alphonse.

»Soll ich dir noch meinen Rücken zeigen?«, spottete Jean.

»Nein, bloß nicht«, wehrte Alphonse mit einer panischen Geste ab. »Wer hat dir das angetan?«

»Guillaume Imbert«, sagte er leise. »Oder auch Guillaume de Paris. Weil ich ihm meinen wahren Namen nicht nennen wollte, habe ich mich kurzerhand nach ihm benannt, als sie mich in eine Liste von Gefangenen eingeschrieben haben.«

»Und wie ist dein richtiger Name?«

»Das tut nichts zur Sache. Ich hatte kein Interesse daran, meine Familie in eine solche Sache hineinzuziehen. Offiziell gelte ich als vermisst.«

»Das ist ja schrecklich«, murmelte Alphonse. »Und? Wie konntest du den Folterungen standhalten?«, fragte er mit einer gewissen Ehrfurcht in der Stimme.

»Sagen wir so. Auf die Nachfrage des Inquisitors habe ich weder den Orden noch mich selbst für schuldig befunden. Und um ehrlich zu sein, gab es auch nichts, was ich hätte beichten können. Sämtliche Anklagepunkte waren einfach nur lächerlich. Das habe ich ihnen auch gesagt. Woraufhin sie beschlossen haben, dass ich eingekerkert werden soll, bis ich meine Meinung geändert habe. Und nun sitze ich hier.«

»Du bist ein tapferer Mann.« Alphonse starrte immer noch auf die Unterschenkel seines Zellengenossen, obwohl der die Hosenbeine längst wieder hinuntergelassen hatte. »Ich würde so etwas nicht überstehen.« Er fröstelte. »Was mache ich bloß, wenn sie mich etwas fragen und sie mir mit der Folter drohen?«

»Ich sagte doch, versuch es mit der Wahrheit. Und wenn man die nicht hören will, sagst du immer das Gleiche. Selbst die Folterer halten sich an gewisse Regeln. Und wenn du standhältst, geben sie irgendwann auf.«

»Oder sie kerkern mich lebenslang ein, so wie dich, habe ich recht?« Alphonse konnte sich denken, wie unwahrscheinlich es war, dass man ihn je wieder laufen ließ, zumal sie beide die weite Strecke extra hierhergekarrt worden waren.

Umso mehr erschrak er, als er Schritte hörte und der Kerkermeister den angeblichen Macaire de Mirepaux zurückbrachte.

Der Mann wirkte wie versteinert und sagte kein Wort. Immerhin wies er keine äußeren Verletzungen auf. Zumindest nichts, was man durch die Kleidung hindurch hätte sehen können.

»Der Nächste!«, forderte der Kerkermeister und deutete mit dem Finger auf Alphonse.

Er schrak zusammen und fragte sich, ob der Mann auch wirklich ihn meinte. Aber da war niemand, der hinter ihm saß. Also erhob Alphonse sich trotz der mörderischen Kreuzschmerzen, die ihn im Augenblick mehr folterten als der Inquisitor, und schlurfte in seinen Ketten dem Kerkermeister hinterher. Beim Hinausgehen warf er einen letzten Blick auf Jean de Paris, der ihm aufmunternd zuzwinkerte.

»Kommt herein!«, forderte ihn ein gebückter alter Mann im schwarz-weißen Gewand eines Jakobiners auf. Er hatte sich als Inquisitionsdiener vorgestellt und öffnete ihm die Tür zu einer kahlen, lichtdurchfluteten Halle, die ganz aus hellem Sandstein erbaut war.

Darin standen nur ein Tisch und ein Schreibpult. Beides wirkte in dem hohen Raum beinahe verloren. Während der Diener hinter dem Schreibpult Stellung bezog, inspizierte Alphonse von Weitem den Tisch, auf dem sich Berge von Akten stapelten. Vom Licht der Nachmittagssonne, das sich einen Weg durch ein seitliches Glasfester bahnte, wurden sie angeleuchtet wie der Heilige Gral. Erst als Alphonse die Lider ein wenig zusammenkniff, sah er den Mann, der dahintersaß. Er hatte sich bisher weder bewegt noch vorgestellt. Auch er trug das schwarz-weiße Gewand eines Jakobiners oder Dominikaners, wie man diese Mönche auch nannte. Doch im Gegensatz zu seinem Schreiber war er groß gewachsen. Nicht schlank, aber auch nicht dick. Lediglich die massive goldene Halskette mit dem ebenso schweren goldenen Kreuz, das seine Brust schmückte, zeugten von seinem besonderen Rang. Sein Alter war schlecht zu schätzen. Er war nicht mehr jung; dafür hatte er zu viele Falten um die Augen herum. Vielleicht war er fünfzig. Aber mit dem pausbäckigen Gesicht eines Knaben wirkte er um einiges jünger.

»Kennst du mich nicht?«, fragte er Alphonse, als ob sie zusammen die Schulbank gedrückt hätten und er sich verdammt nochmal an ihn erinnern müsste.

Seine weibisch anmutende hohe Stimme hatte einen unangenehmen ironischen Unterton, der Alphonse nicht gefiel. Obwohl er nicht sicher war, welche Folgen es für ihn haben würde, schüttelte er unwissend den Kopf. Einen solch merkwürdigen Kerl hatte er nie zuvor gesehen, obwohl er in seinem Leben weit herumgekommen war.

»Ich bin Bernardus Guidonis, Großinquisitor von Franzien.«

Alphonse Bratac war noch nie einem leibhaftigen Inquisitor begegnet, was er in Anbetracht der Lage als Glücksfall betrachtete. Er vermochte nicht zu sagen, wie er sich einen solchen Mann vorgestellt hatte, aber gewiss nicht weich und kindlich im Aussehen wie dieser Kerl. Eher schwarzhaarig und bärtig. Ein richtiger Mann eben, der wie ein hartgesottener Henker aussah.

»Ihr sagt ja gar nichts«, bemängelte sein schwarz-weiß gekleidetes Gegenüber ungeduldig.

Alphonse hatte keine Ahnung, was er auf die Bemerkung des Inquisitors erwidern sollte. *»Ich bin hocherfreut, Euch zu sehen, Ehrwürden?«* Ganz sicher nicht. Stattdessen starrte er stumm wie ein Fisch in das glatte, bartlose Gesicht und studierte unbeabsichtigt dessen nichtssagende Züge. Sie gaben keinerlei Auskunft darüber, wie unerbittlich dieser Mann in seinen Entscheidungen als Inquisitor womöglich sein konnte. Eigentlich sah er aus wie ein Engel. Seine hellblonden Locken waren zu einem schmalen Kranz geschoren, der die blanke Tonsur auf seinem Haupt wie ein Heiligenschein umgab. *Fehlen nur noch die Flügel*, dachte sich Alphonse und war versucht, zu lachen. Was er nicht tat, weil er zu Recht fürchtete, dass es den Mann ungnädig stimmen könnte.

Der Inquisitor streckte seine manikürten Finger aus, die mehrere kostbare Ringe schmückten, und gab Alphonse ein unmissverständliches Zeichen, näher zu kommen.

Das Verhör fand für Alphonse anscheinend im Stehen statt, weil es weit und breit keinen Stuhl gab, auf den er sich hätte setzen können. Was seine Qualen auch ohne Folter verstärkte.

»Sag mir deinen Namen, deine Herkunft und was du uns zu berichten hast«, forderte der Schreiber ihn auf.

Alphonse ratterte seine Personalien herunter, so gut es ging, wunderte sich aber, weil er doch davon ausgegangen war, dass der Inquisitor und seine Leute wussten, warum er den weiten Weg von Troyes auf sich genommen hatte und nun hier stand.

Der Schreiber kritzelte alles pflichtschuldigst in ein gebundenes Buch, wobei seine frisch angespitzte Feder gut hörbar über das Pergament kratzte.

Alphonse erinnerte sich derweil an die Worte von Jean de Paris, dass er nur reden solle, falls er gefragt werde, und selbst dann müsse er jedes Wort auf die Goldwaage legen.

»Du bist also Alphonse Bratac«, begann der Inquisitor mit näselnder Stimme und anscheinend völlig harmlos, stand nun aber doch auf, um vor ihm hin und her zu schlendern, was nicht gerade zu Alphonses Beruhigung beitrug.

Alphonse nickte unsicher.

»Sprichst du Latein?«

»N… nein, Herr.«

»Meine offizielle Anrede lautet ›Eure hochwürdigste Eminenz‹, verstanden? Ich bin der offiziell bestellte Inquisitor Seiner Majestät, König Louis X. von Franzien. Vielleicht hast du schon von mir gehört.«

»Jawohl, Eure hochwürdigste Eminenz!«, beeilte sich Alphonse zu versichern.

»Weißt du, warum du hier bist?«

»N… nein, Eure hochwürdigste Eminenz«, antwortete Alphonse ehrlich.

»Deine Tochter treibt Unzucht mit einem teuflischen Templer«, kam Seine hochwürdigste Eminenz erstaunlich schnell zur Sache. »Sie wurde von der Lust dieses Teufels beherrscht und trägt nun seine Höllenbrut unter dem Herzen. Wusstest du das?«

»N… nein, Eure hochwürdigste Eminenz.« Alphonse spürte Wut und Angst zugleich in sich aufsteigen. »Ich habe sie seit fast zehn Jahren nicht gesehen«, verteidigte er sich. »Woher sollte ich das wissen?«

»Ein Vögelchen hat mir gezwitschert, dass du ihr einen Brief geschrieben hast. Also musst du doch wissen, wo sie sich aufhält und mit wem sie ihr sündiges Leben teilt.«

»Das mit dem Brief trifft zu, Eure hochwürdigste Eminenz«, gab Alphonse mutig zurück. »Aber die zweite Aussage entbehrt jeder Grundlage. Ich weiß nur, dass ihr Gemahl ein schottischer Edelmann ist. Und das auch nur, weil es mir von einem weiblichen Maulwurf geflüstert wurde«, schob er trotzig hinterher.

»Ah.« Der Inquisitor blickte interessiert auf. »Du sprichst mit Tieren? Sehr interessant. Das bedeutet dann wohl, du verstehst dich auf die Zauberei? Du weißt schon, dass das eine schwere Sünde ist, nicht wahr?«

»Ich spreche nicht mit Tieren, Eure hochwürdigste Eminenz«, beeilte sich

Alphonse zu versichern. »Ein Maulwurf ist ein Spion, der für die Gegenseite arbeitet.«

»Mit Spionen gibst du dich also auch noch ab?« Der Inquisitor riss entsetzt seine runden Augen auf. »Das ist Landesverrat. Darauf steht der Tod durch Erhängen. Ich hoffe, das ist dir bekannt?«

»Ich spioniere nicht, Eure hochwürdigste Eminenz«, rief Alphonse völlig verzweifelt. »Ich wurde von einer Frau dazu verführt, einen Brief an meine Tochter zu schreiben.«

»Ach ja? Verführt? Na, dann fällt der Apfel ja nicht weit vom Stamm, was das Verhalten deiner Tochter betrifft. Und wer soll diese Frau sein? Und woher kennst du sie?« Der Inquisitor beäugte ihn misstrauisch.

Alphonse überlegte kurz, ob er Justines Namen nennen sollte, entschied sich dann aber dagegen.

»Von einer Agentin der Gens du Roi, Eure hochwürdigste Eminenz«, brach es aus ihm heraus, weil er Jeans Vermutungen inzwischen mehr Glauben schenkte als seinem eigenen Instinkt. Wobei ihm zusehends das Gefühl abhandenkam, noch irgendetwas zum Guten wenden zu können.

»Oh, eine Agentin der Gens du Roi?« Nun hob der Inquisitor seine Brauen und spitzte sein unnatürlich rotes Mündchen. »Du weißt aber schon, dass dies die ›Leute des Königs‹ sind und dass nur Männer diese Dienste verrichten?«

»Gewiss doch, Eure hochwürdigste Eminenz«, gab Alphonse ärgerlich zurück. »Ich nehme an, sie wurde gedungen.«

»Du bezichtigst also die Gens du Roi, eine Frau zu verdingen, die dich ausspioniert hat?«

»Nicht ausspioniert, Eure hochwürdigste Eminenz«, verbesserte Alphonse seine vorherige Aussage. »Sie hat mich dazu gebracht, einen Brief an meine Tochter zu schreiben, indem sie vorgab, ihre Freundin zu sein und zu wissen, wo sie sich aufhält.«

»Und woher weißt du, dass diese Freundin von der Gens du Roi geschickt wurde und nicht aus freien Stücken zu dir kam?«

»Das weiß ich nicht, Eure hochwürdigste Eminenz«, musste Alphonse kleinlaut zugeben. »Ich nehme es an. Warum sonst sollte kurz darauf die Gens du Roi in meinem Haus auftauchen und mich festnehmen, ohne mir den Grund dafür zu nennen?«

»Und auf die Idee, dass die Frau als Rebellin gegen den König von den Gens du Roi beobachtet wurde, bist du nicht gekommen?«

»Ich weiß es nicht, Eure hochwürdigste Eminenz!«, gab Alphonse verzweifelt zurück. »Ich weiß gar nichts mehr.«

»Dafür weiß ich umso mehr«, bemerkte der Inquisitor spitz. »Ich weiß, dass du uns belügst und stattdessen König und Kirche für dein ketzerisches Leben verantwortlich machen willst. Das ist nicht nur eine Sünde gegen Gott den Herrn und seine Zehn Gebote, das ist auch ein Verbrechen gegen den König selbst. Etwas, das auf der Stelle gesühnt werden muss. Aber ich will Gnade vor Recht ergehen lassen.« Er räusperte sich und warf seinem Schreiber einen schmalen Blick zu. »Er bekommt zehn Stockhiebe auf den Steiß für seine Dreistigkeit, etwas zu behaupten, das nicht stimmt. Er hat bis morgen Bedenkzeit, uns die volle Wahrheit über seine Tochter und ihre Verbindung zu den Templern zu berichten. Sollte das nicht geschehen«, bestimmte er kalt und wandte sich nun wieder Alphonse zu, dem das Herz bis zum Hals schlug, »werden weitere Peinlichkeiten auf ihn warten.«

•

Alphonse konnte kaum noch gehen, so unbarmherzig hatte ihm ein Folterknecht Rücken und Gesäß mit einem Stock verprügelt, als er wenig später von zwei Söldnern zurück in sein enges, düsteres Gefängnis geschleppt wurde. Der einzige Vorteil war, dass die neuen Schmerzen seine alten überdeckten.

Jean de Paris fing ihn auf, als ihn die Schergen einfach zu Boden fallen ließen, kaum dass er in den Kerker getaumelt war.

»Wie ist es gelaufen?«, fragte Jean mit einem besorgten Blick.

»Beschissen, wie man sieht«, presste Alphonse kaum verständlich hervor. »Ich hatte keine Gelegenheit, irgendwas richtigzustellen. Er hat mir jedes Wort im Mund herumgedreht.«

»Deshalb ist er Inquisitor geworden und kein Einsiedlermönch«, belehrte ihn Jean mit einem ironischen Blick. »Aus diesem Grund hatte ich dir geraten, am besten gar nichts zu sagen. Bei diesen Bestien hast du keine Chance. Sie wurden als Wortverdreher geboren und gehen als Menschenschänder ins Grab. Selbst der Teufel verfügt nicht über eine solche Redekunst.«

»Aber ich musste doch antworten«, rechtfertigte sich Alphonse mit Tränen in den Augen. »Er hat gesagt, meine Amelie treibe es mit einem teuflischen Templer und ich hätte davon gewusst. Das stimmt aber nicht!«

»Es ist egal, was du ihm erzählst«, klärte Jean ihn leise auf. »Er weiß im Voraus, was er hören will, alles andere lässt er nicht gelten. Also sag beim nächsten Mal kein Wort. Und wenn du es nicht aushältst und meinst, die Ehre deiner Tochter verteidigen zu müssen, schüttelst du einfach nur den Kopf, verstanden?«

»Verstanden«, nuschelte Alphonse, einer Ohnmacht nahe. »Auch wenn er mir androht, mich umzubringen?«

»Auch dann«, versicherte ihm Jean. »Wenn er dich abschlachten will, wird er es tun, ganz gleich, was du sagst. Wenn er dich am Leben lassen will, lässt er dich leben. Es spielt keine Rolle, was du ihm erzählst. Er ist die Katze, du bist die Maus. Er will mit dir spielen, und du kannst nur hoffen, dass er deiner irgendwann überdrüssig wird.«

»Aber er sieht gar nicht so aus«, jammerte Alphonse, der sich nicht nur um seine Urteilsfähigkeit betrogen fühlte. »Mit seinen blonden Locken und dem pausbäckigen Gesicht gleicht er einem unschuldigen Chorknaben.«

»Es ist ein Trugschluss der Menschen, dass das Böse immer hässlich daherkommen muss«, belehrte ihn Jean mit einem bitteren Lächeln. »Der beste Beweis dafür war Philipp der Schöne von Franzien. Ich habe nie einen schöneren Mann mit einer hässlicheren Seele gesehen.«

KAPITEL 29

APRIL 1316
GRAFSCHAFT CHAMPAGNE / SAINT-DIZIER

Vertrauter Feind

Malcolm hatte damit gerechnet, dass de la Motte ihn vor ihrer Abreise nach Carcassonne noch einmal persönlich verhören würde. Schließlich waren sie sich schon in Schottland und beim Kampf um Waldenstein begegnet, wenn auch nur von Ferne. Deshalb war ihm klar, dass er de la Motte keine Märchen auftischen konnte, als er von vier Söldnern bewacht in der Kaserne von Saint-Dizier in ein Verhörzimmer gebracht und vorsorglich an eine entsprechend präparierte Wand gekettet wurde.

»Ich weiß, wer du bist«, schnarrte de la Motte. »Du bist der Bruder des Struan MacDhughaill, ehemaliger Angehöriger der Templer von Bar-Sur-Aube, Held von Antarados und erfolgreicher Flüchtling von Chinon. Überdies bin ich euch allen in Schottland begegnet, wo Balthazar de Palestine sich unseligerweise aus dem Staub gemacht hat und meinte, mit euch alleine fertig werden zu können. Was der Narr am Ende mit seinem Leben bezahlen musste.«

»Dann wisst Ihr sicher auch«, erwiderte Malcolm triumphierend, »dass es sich bei diesem Widerling um keinen anderen als Hugo d'Empures handelte. Jenen Mann, der die Templer auf Antarados an die Mameluken verraten hat. Er hatte von Beginn an nicht vor, Euch in seine wahren Machenschaften einzuweihen. Stattdessen hat er euch alle an der Nase herumgeführt. Nach dem klugen Motto: Einmal Verräter, immer Verräter.«

Wenn er Rufus de la Motte hatte überraschen wollen, so war es ihm gelungen, denn der Marschall der Gens du Roi wirkte für einen Augenblick irritiert. »Woher weißt du das?«

»Woher schon? Ihr habt mich doch selbst als Templer bezeichnet, auch wenn ich nie offiziell initiiert worden bin. Was denkt Ihr also, wer mich über Hugos doppeltes Spiel aufgeklärt hat?«

»Dein Bruder, wer sonst«, schnappte de la Motte. »Dann weißt du sicher auch, warum de Palestine so gehandelt hat.«

»Hugo d' Empures«, verbesserte Malcolm ihn. »Und nein, ich habe keine Ahnung, was ihn geritten hat. Leider mussten wir ihn enttäuschen, als er am Loch Awe auftauchte und unser Geheimnis erfahren wollte. Es gab nämlich keins.«

De la Motte hob eine Braue. »Und was genau hat der angebliche Verräter gesucht?«

»Er faselte irgendwas von einem Mysterium, mit dem wir ihm bedauerlicherweise nicht dienen konnten.«

»Du kannst mich nicht zum Narren halten«, stieß de la Motte finster hervor. »Ich selbst habe das Mysterium in Vianden gesehen. Deshalb weiß ich, dass der sprechende Kopf existiert. Und de Palestine – oder d' Empures, wie du ihn nennst – wird auch davon gewusst haben, sonst hätte er nicht so viele Mühen auf sich genommen, um diesen teuflischen Kasten in die Hände zu bekommen. Ich habe selbst gesehen, wie Gerard von Breydenbach mit diesem Hexenwerk verschwunden ist, als hätte er sich in Luft aufgelöst. Und auch eure gesamte Bande wurde auf unerklärliche Weise vom schottischen Hochland verschluckt.«

»Wir sind über einen Fjord mit dem Schiff eines Clanoberhaupts in See gestochen und zurück auf den Kontinent gesegelt«, log Malcolm dreist. »Es gab kein Mysterium, das uns gerettet hätte. Und wenn es tatsächlich eins gäbe, glaubt Ihr, ich säße noch hier? Dann wäre auch ich längst verschwunden. Oder denkt Ihr ernsthaft, ich genieße Eure Gegenwart so sehr, dass ich sie allem anderen vorziehe?«

Malcolms logische Argumentation hatte de la Motte anscheinend ins Grübeln gebracht, denn es dauerte ein wenig, bis er zu einer Antwort fand.

»Ganz gleich, was du da redest, mein Glaube spielt hier keine Rolle. Aber ich gebe dir einen guten Rat. Wenn du möchtest, dass Justine unversehrt Carcassonne erreicht, wirst du den Mund aufmachen, bevor euch der Inquisitor verhört.« Er wandte sich seinen Schergen zu, die sich vergeblich bemühten, ihre Neugier zu verbergen, indem sie eine ausdruckslose Miene aufsetzten. »Bringt ihn zusammen mit der Frau in den Kerker und bewacht sie mit doppelter Besetzung. Ach, und noch etwas«, rief er einem der Männer hinterher. »Reinigt seine Wunde und verbindet sie, damit er keinen Wundbrand bekommt. Wir brauchen ihn lebend. Morgen früh geht es mit einem verstärkten Geleitzug auf die Reise nach Süden. Lasst heute Nacht überall um die Festung verstärkte Wachmannschaften patroullieren. Die beiden sind dem König mehr wert als ihr Gewicht in Gold.«

Justine verspürte Erleichterung und Verzweiflung zugleich, als sie Malcolm am Eingang des feuchtkalten Verlieses erblickte. Sie hatte Angst gehabt, am Ende von ihm getrennt zu werden, als die Männer zum Wagen gekommen waren und sie zunächst allein in dieses Kellerloch gesperrt hatten.

»Was haben sie mit dir gemacht?« Hastig inspizierte sie seinen verbundenen Arm. Anstatt ihn zu foltern, hatte man ihm einen neuen Verband um die Wunde gelegt. »Tut es noch weh?«, fragte sie mitfühlend.

»Es ist heiß und brennt ein wenig, aber ich bin sicher, ich komme durch.« Er lächelte schwach. »Ja, es wundert mich auch, dass de la Motte so zuvorkommend zu mir war. Aber das geschieht nicht aus Barmherzigkeit, sondern aus kalter Berechnung. Er hat mir darüber hinaus gedroht, seine Schergen würden dich nur in Ruhe lassen, wenn ich rede.«

Justine setzte eine möglichst unverdächtige Miene auf. »Was will er denn wissen?«, fragte sie beiläufig.

»Immer das alte Lied. Ob wir mit dem Teufel im Bunde stehen und welche Geheimnisse wir hüten, was sonst?« Er versuchte sich an einem Lachen, was ihm nicht so recht gelingen wollte.

»Warum eigentlich wird den Templern immer eine Verbindung zum Teufel nachgesagt? Gibt es irgendwelche Beweise?« Justine runzelte die Stirn und sah mit unschuldigem Blick zu ihm auf. »Ich meine, eine solche Behauptung kommt doch nicht von ungefähr.«

»Was weiß ich …«, murmelte Malcolm und ließ sich auf dem kalten Kerkerboden nieder. »Du kennst doch die ›Leute des Königs‹. Sie nehmen sich, was sie wollen, und erfinden verrückte Geschichten, um ihre Vorgehensweise zu rechtfertigen.« Mit einem Nicken forderte er Justine auf, sich auf seinen Schoß zu setzen, was sie gehorsam tat. Er legte seinen unverletzten Arm um ihre schmalen Schultern und wickelte sie beide in sein wärmendes Plaid ein.

Justine schmiegte sich dankbar an seine breite Brust und war ihm mit einem Mal so nah, dass sie ihn mühelos hätte küssen können.

Er kam ihr zuvor und drückte seine weichen Lippen auf die ihren. Im Nu war das Feuer zwischen ihnen von Neuem entbrannt und loderte lichterloh. Malcolm küsste sie wild und leidenschaftlich und stöhnte sein Verlangen leise an ihren Mund.

Justine spürte seine Härte und beschloss, ihm ein wenig Vergnügen zu bereiten, auch wenn die Umstände alles andere als ideal dafür waren. Aber es würde sie von all den grauenhaften Dingen ablenken, die sie in den letzten Tagen erlebt hatte.

»Was machst du da?«, flüsterte er, als sie sich in der Dunkelheit von ihm löste, ihre Röcke hob und zugleich sein Plaid lüftete, um sich mit ihrem bloßen Schoß auf seinen nackten Tatsachen niederzulassen. Hatte er anfangs noch widersprechen wollen, gab er jetzt nur noch ein ersticktes Geräusch von sich, als sie ihn mit einem wohligen Seufzer in sich aufnahm.

»Du bist verrückt«, keuchte er heiser, als sie ihn mit raschen, leidenschaftlichen Bewegungen zu reiten begann, als ob es die selbstverständlichste Sache der Welt wäre. Er hielt mit einer Hand ihre Hüfte gepackt, damit er den Rhythmus ein wenig mitbestimmen konnte. Wobei er behutsam vorging, um nicht an ihre wunden Stellen zu greifen, die der Folterknecht auf ihrem Rücken hinterlassen hatte. Währenddessen suchte sie in der Düsternis erneut seinen Mund und spielte genießerisch mit seiner Zunge. Malcolm verging vor Lust, während er sich auf eine fast magische Weise mit ihr verbunden fühlte.

»Das ist der Himmel«, flüsterte er erstickt. »Obwohl wir beide in der Hölle sitzen.«

»Ja«, hauchte sie. »Und selbst wenn du der Teufel persönlich bist, es ist mir gleichgültig. Baillie hatte recht.«

»Womit?«, raunte Malcolm und seufzte verträumt, als sie innehielt und ihn mit ihrer feuchtheißen Enge verwöhnte.

»De la Motte sagte, der Teufel schenkt den Templern eine besonders ausgeprägte Manneskraft, die Frauen willenlos macht und sie den Verstand verlieren lässt. Vielleicht sagt er die Wahrheit, denn ich bin total verrückt nach dir«, keuchte sie. »Ich kann dir nicht mal angekettet in einem Kerker widerstehen.«

»Bei Gott«, murmelte Malcolm und grinste schwach. »Der Kerl ist wirklich völlig blau im Kopf. Aber solange du deinen Spaß mit mir hast und damit auf leichtere Gedanken kommst, soll es mir recht sein.«

Justine beschleunigte ihre Bewegungen und bescherte ihnen beiden eine befreiende Erlösung, die sie für ein paar kostbare Augenblicke vergessen ließ, wo sie sich befanden und was noch auf sie zukommen konnte.

•

Am nächsten Morgen trieb man sie schon vor Sonnenaufgang zur Eile an, in einen Gefängniswagen aus massivem Eichenholz zu steigen, der über zwei seitliche mit Eisenstangen vergitterte Fenster verfügte und dessen Boden darüber hinaus mit Eisenplatten verstärkt war. Das Schloss, mit dem die Tür verriegelt war, ließ sich nicht so leicht öffnen wie Justines ehemaliges Luxusgefährt.

»Eure Reise wird ein paar Tage dauern«, klärte de la Motte sie unnötigerweise auf und grinste kalt, als man sie in Ketten gelegt in dem Wagen zurückließ, in dessen Inneren lediglich ein paar Strohmatratzen für einen zweifelhaften Komfort sorgten. Als Mahlzeit gab es eine Ration trockenes Brot und zwei mit Stopfen verschlossene Krüge mit Wasser. Dazu einen Eimer, auf dem sie ihre Notdurft verrichten konnten, sowie eine Ansammlung verschlissener Leinentücher, die zu ihrer Reinigung dienten.

»Ich frage mich, warum de la Motte und seine Bande so zuvorkommend sind«, rätselte Malcolm, der dem Braten nicht traute.

»Das nennst du zuvorkommend?«, ereiferte sich Justine und unternahm den vergeblichen Versuch, es sich auf den alten Strohsäcken und einer schmutzigen Filzdecke ein wenig gemütlich zu machen. »Ich kann nur hoffen, dass Gott der Herr es gut mit uns meint und dein Bruder tatsächlich den Mut findet, mehr als einhundert Soldaten anzugreifen, die uns allem Anschein nach begleiten.«

Ein Blick durch die vergitterten Fenster reichte Malcolm vollkommen aus, um zu sehen, dass Justine recht hatte. Hinter und vor ihrem Wagen hatte sich eine Karawane von Soldaten gebildet. Selbst neben dem Gefährt ritten sie in Zweierreihen. Hinzu kam, dass sie die Nächte in verschiedenen Festungen verbringen würden, wie man ihnen bereits angekündigt hatte. Ein Befreiungsversuch von außen würde in jedem Fall mehr als nur riskant sein.

Malcolm versuchte, im Kopf auszurechnen, auf wie viele Männer Struan und seine Gefährten kämen, wenn sie alle zusammenriefen, die ihnen gewöhnlich zur Seite standen. Doch sosehr er auch rechnete, er kam nicht an die Zahl der Bewaffneten heran, die de la Motte mit seinen königlichen Soldaten aufbrachte. Selbst wenn er Pierre de Bolognes Leute dazurechnete und die Tatsache, dass jeder Templer es mit drei Männern gleichzeitig aufnehmen konnte. waren es zu viele Gegner, um sie problemlos überwältigen zu können. Hinzu kam, dass alle, die über die Grenze nach Franzien wollten, überzeugende Dokumente benötigten, um an Zöllnern und Grenzwächtern vorbeizukommen. Und selbst wenn Anselm in der Lage war, Papiere anzufertigen, die täuschend echt aussahen, würde eine Truppe von der erforderlichen Größenordnung mehr Aufsehen erregen als erwünscht und eingehendere Kontrollen nach sich ziehen als üblich. Die einzige Möglichkeit, dem zu entrinnen, waren ein blutiger Kampf und eine Spur von Leichen, die ein solcher Feldzug hinter sich herziehen würde. Er dachte an Rona und ob es nicht doch eine Möglichkeit gab, ihn mithilfe des Caput aus dieser Misere zu befreien. Doch dann fiel ihm ein, dass das Haupt nur Zeitreisen ermöglichte und niemanden parallel von einem Ort zum anderen versetzen konnte. Und selbst wenn Tom in der Lage wäre, ihn in die Zukunft zurückzuholen, wäre das wohl längst passiert. *Vielleicht ist noch niemandem aufgefallen, dass ich entführt worden bin*, dachte er resigniert und hoffte, dass wenigstens Amelie der Weg zurück in die deutschen Lande gelungen war.

Drei Tage waren seit ihrem Abschied vergangen. Natürlich würde es noch eine Weile dauern, bis sie den anderen von ihrem Schicksal berichten konnte. Blieb zu hoffen, dass sie heil zu Hause ankam und Struan schnellstens erfuhr, was ihnen widerfahren war, und nach ihm suchte. Aber was würde geschehen, wenn sein Bruder und seine Freunde auf sich warten ließen oder ihn nicht fanden? Malcolm stieß einen tiefen Seufzer aus, der Justine aufhorchen ließ. »Was hast du?«, fragte sie fürsorglich.

»Nichts«, log er und legte sich auf seinem Strohsack lang, um den Schlaf nachzuholen, der ihm in der Nacht versagt geblieben war, weil er sich intensiv mit Justine und ihren Vorzügen beschäftigt hatte.

»Ich merke doch, dass du was hast«, bohrte sie nach. »Ich kann es dir ansehen, obwohl du ein Meister im Verbergen deiner Gefühle bist.«

Malcolm kniff die Lippen zusammen, wie um seinen Mund zu versiegeln, doch sie ließ nicht locker. Schließlich sagte er: »Ich frage mich, wie wir diesen Verhören entkommen können, wenn es de la Motte und seinen Schergen nicht gelingt, meinen Bruder und seine Leute hierherzulocken. Mich würde interessieren, was er dann mit uns vorhat.«

»Ich habe denen nichts zu sagen«, gab Justine hilflos zurück. »Falls es so kommen sollte, bist einzig du derjenige, der ihnen etwas erzählen könnte.«

Er spürte ihren durchdringenden Blick auf sich ruhen, während der Wagen durch die frühmorgendliche Landschaft ratterte.

»De la Motte mag ein Idiot sein«, fuhr sie schließlich fort, »aber er ist in meinen Augen nicht idiotisch genug, um einem Gespenst hinterherzujagen, das nach einem solchen Aufwand verlangt. Du kannst mir nicht erzählen, dass der König wegen nichts so viel Geld ausgibt. Und sein Vater erst recht nicht. Er hat den gesamten Orden angeklagt und Tausende von Templern inhaftiert. Ganz zu schweigen von Leuten wie mir und meiner Familie, die dafür büßen mussten, dass sie dem Orden gedient haben. Ich würde gerne verstehen, was dahintersteckt, weißt du? Warum musste mein Vater sterben, und warum gerieten meine Familie und ich in die Leibeigenschaft? Wir waren Bauern und standen in Diensten der Templer, ja, aber wir waren frei, und es ging uns gut. Das alles wurde mit einem Schlag zerstört. Und das ohne Grund? Das ist lächerlich!« Sie schnaubte verächtlich.

»Du hast doch gehört, dass der Teufel seine Hände im Spiel hatte«, spöttelte Malcolm und musste sofort dafür büßen.

»Das ist nicht witzig«, erinnerte Justine ihn scharf. »Findest du nicht, dass ich eine Erklärung verdient habe? In diesem Punkt gebe ich de la Motte recht. Du weißt etwas, das ich nicht weiß. Was ist es? Sag es mir. Sag mir endlich die Wahrheit.«

Malcolm schluckte und war versucht, ihr alles vor die Füße zu legen, was er wusste. Es wäre befreiend, sich einem Menschen anvertrauen zu können, dem er sein Herz zu schenken gedachte. Aber er durfte es nicht. Allein schon, um sie nicht in noch größere Gefahr zu bringen.

»Die Wahrheit?«, murmelte er stattdessen gedankenverloren und machte damit alles nur noch schlimmer.

»Ja, die Wahrheit«, giftete sie. »Nur du kannst mich von meiner Unwissenheit erlösen. Und vielleicht ist euer Geheimnis ja gar nicht so erschreckend, als dass man es de la Motte und dem König vorenthalten müsste. Vielleicht lassen sie uns laufen, wenn sie alles wissen. Was meinst du?«

Malcolm dachte an den Timeserver. An Flugzeuge, Autos, Waffen von unfassbarer zerstörerischer Kraft, an Pizza, Burger und Schokolade. An die Entdeckung Amerikas und die Erkenntnis, dass die Welt keine Scheibe war und der Mond kein Mann mit einem Gesicht, sondern ein kalter Trabant, auf dem kein Leben möglich war. Und er dachte an Gott, der nicht jenseits der Wolken hausierte, sondern im besten Fall in einem selbst. Und nicht zuletzt dachte er daran, dass es nicht einmal Ronas Meister gelungen war, den Jüngsten Tag zu erleben und jenen Ort zu finden, den man in der Bibel das Paradies nannte – trotz all des unglaublichen wissenschaftlichen und technischen Fortschritts in der Zukunft. Wenn er sich vor Augen führte, wie einfältig man zu seiner Zeit war, wäre er am liebsten in lautes Gelächter ausgebrochen.

»Was würdest du tun, wenn du wüsstest, dass es keinen Gott gibt, jedenfalls nicht in der Gestalt, wie du ihn dir vorstellst?«, fragte er stattdessen und schaute Justine forschend an. »Und wenn du wüsstest, dass die einzige Hölle sich hier auf Erden befindet und nicht irgendwo da unten.« Er deutete mit einem müden Lächeln auf den Boden. »Und wenn dir bewusst wäre, dass du dieser Einsichten wegen auf langsamem Feuer verbrannt wirst, obwohl das alles der Wahrheit entspricht? Würdest du de la Motte trotzdem in diese Geheimnisse einweihen?«

Justine sah ihn aus schmalen Lidern an. »Das ist genau das, was die Katharer predigen«, gab sie zurück. »Jetzt sag mir bloß nicht, das Geheimnis der Templer ist nichts anderes als die Lehre der Katharer?«

»Nein, es ist anders, aber nicht minder ketzerisch. Mit dem Unterschied, dass unser Geheimnis Wahrheiten enthält, die sich beweisen lassen und die niemand verleugnen kann«, gab Malcolm leise zurück. »Die Welt, in der wir leben, ist vollkommen anders als die Welt, die wir sehen. In ihr schlummern Dinge, von denen du nicht einmal etwas ahnst, aber sie sind trotzdem da. Du kannst sie nur noch nicht erkennen. Alles, was du dir erträumst, könnte Wirklichkeit werden, wenn du um diese Dinge wüsstest. Uns fehlt augenblicklich die Vorstellungskraft, diese neue Welt zu erschaffen und die alte damit zum Guten zu verändern. Die Templer hatten den Schlüssel zu dieser unsichtbaren Welt in der Hand. Doch wenn dieser Schlüssel in die Klauen von Teufeln wie de la Motte und dem König von Franzien fällt, könnten sie alles zerstören. Philipp IV. und seine Verbündeten ahnten, dass eine Macht existiert, deren Kraft sich der Orden bediente. Und diese Macht wollten sie an sich reißen. Deshalb wurden die Templer verfolgt und vernichtet.« Er schaute ihr ruhig in die Augen und bemerkte ihren verwirrten Blick.

»Du machst mir Angst«, flüsterte sie.

»Warum?«, gab er leise zurück. »Ich sagte doch, es ist nichts, was nicht bereits existiert. Und solange man nichts darüber weiß, kann es auch nichts bewirken. Im Guten wie im Schlechten.

»Und doch ist es etwas Großes und Gefährliches, was die ganze Welt auf einen Schlag verändern könnte, nicht wahr?«

»Genau diese Ahnung hat den König angetrieben, die Templer zu jagen. Bis heute«, erklärte er ihr. »Mit ihren Erkenntnissen haben sie die Welt erobert, mit dem Ziel, sie auf Jahrhunderte hin zum Guten zu verändern. Menschen wie du und deine Familie hätten über Generationen frei und glücklich in einem gewissen Wohlstand leben können, der unter den jetzigen Herrschern nicht einmal mehr denkbar ist. Dank der Templer musste schon in dieser Zeit fast niemand mehr hungern. Sie wollten den Frieden in der Welt und die Gleichheit der Menschen. Auch wenn ihr Großmeister die ganze Zeit von einem neuen Kreuzzug gefaselt hat, geschah dies nur aus Gründen der Tarnung, um die wahren Aktivitäten des Ordens zu verschleiern. Die weisen Brüder wussten längst, dass ein ewiger Krieg gegen die Heiden weder Hunger noch Krankheiten besiegen würde. Ihnen war klar, dass Kriege, gleich welcher Natur, Herrscher wie Philipp IV. und seine Nachkommen lediglich dazu legitimierten, die Bevölkerung auszuquetschen wie einen bereits leeren Weinschlauch. Nur so können sie das Volk in die Leibeigenschaft zwingen, es unterdrücken und zugleich ständig die Steuern für ihre kostspieligen Feldzüge erhöhen, anstatt das Geld für die Verbesserung der Lebensverhältnisse aller zu verwenden und die Menschen damit vor Hunger, Krankheit und frühem Tod zu bewahren«, fügte er zornig hinzu.

»Bedeutet das«, fragte Justine und wählte ihre Worte mit Bedacht, »die Templer hatten Pläne, den König zu stürzen?«

»Wahrscheinlich nicht nur den einen«, murmelte Malcolm mehr zu sich selbst.

»Wenn du es so sagst, kann ich verstehen, warum der König und seine Verbündeten Angst vor einem erneuten Wiederaufleben des Ordens haben«, sagte sie leise. »Wobei ich mich frage, wo ist das Geheimnis in dieser Geschichte? Ich meine, die Welt verbessern zu wollen, ist das legitime Bedürfnis eines jeden Christenmenschen, aber kein Mysterium.«

»Wahre Worte, Justine«, lobte Malcolm sie und war froh, eine plausible Erklärung gefunden zu haben, der sie mühelos folgen konnte. »Und was deine

Frage betrifft: Du hast recht«, log er. »Man benötigt kein Geheimnis, um Gutes zu tun.«

Glücklicherweise war Justine gedanklich zu beschäftigt mit seinem Vortrag, um weitere Fragen zu stellen. Und schließlich war sie irgendwann gegen Abend in seinen Armen eingeschlafen.

Als der Karren schließlich in völliger Dunkelheit mit einem Ruck hielt und laut rasselnd eine Zugbrücke hochgezogen wurde, legte Malcolm Justine vorsichtig auf den Strohsäcken ab und robbte zu einem der vergitterten Fenster des Wagens. Draußen herrschte lautes Stimmengewirr. Befehle wurden quer über einen gepflasterten Platz gebrüllt. Wie er im Schein der zahlreichen Fackeln erkennen konnte, ragten rechts und links beeindruckende Mauern empor, die vermuten ließen, dass sie sich in einem massiven Festungsbau befanden.

Es dauerte nicht lange, bis die Tür des Karrens aufgerissen wurde und ein Offizier der Gens du Roi sie anwies, aus dem Wagen zu steigen.

Justine schaute verschlafen auf und begriff anfangs nicht, wo sie sich befanden.

Dann aber schien sie das Gesicht des dunkelblonden Hauptmanns zu erkennen und starrte ihn ungläubig an.

»Was gaffst du so?«, blaffte er. »Soll ich dich vögeln, oder was?«

Auch Malcolm glaubte, das Gesicht des Mannes schon einmal gesehen zu haben. »Kennen wir uns?«, fragte er und brachte den Blonden damit für einen Augenblick aus der Fassung.

»Halt's Maul, du Arschloch«, knurrte er und packte Malcom so fest an seinem verletzten Arm, dass er vor Schmerz aufstöhnte. »Los, kommt beide mit.«

Justine folgte mit ängstlicher Miene den Befehlen des Mannes und beeilte sich, mit Malcolm Schritt zu halten.

»Wo sind wir?«, fragte sie den Offizier, bevor der sie einem anderen Söldner übergab.

»Château Toucy. Die Festung gehört den Grafen von Bar und liegt unweit von Auxerre.« Er lächelte hämisch. »Und die Mauern sind zu dick, als dass euch irgendwer hier rausholen könnte.«

»Wer ist der Kerl?«, fragte Malcolm leise, als der Blonde ein paar Schergen anwies, sie in den Kerker zu sperren.

»Baptiste de Neuville«, erklärte Justine mit verhaltener Stimme. »Er ist der Adjutant von Rufus de la Motte, soviel ich weiß, und war mit ihm in den deutschen Landen, als sie gegen eure Truppen gekämpft haben.«

»Ah, deshalb kommt er mir bekannt vor«, bemerkte Malcolm mit einem ironischen Lächeln. »Ich habe seinen Angriff zurückgeschlagen, wobei er von seinem Gaul gekippt ist. Er hatte Glück, dass ihm ein anderer Soldat zu Hilfe geeilt ist, sonst hätte ich ihn in zwei Teile gehauen. Dafür hat es den anderen erwischt. Als er gesehen hat, was ich mit dem Kerl angestellt habe, hat der gute de Neuville sich aus dem Staub gemacht und sich unerlaubt vom Schlachtfeld entfernt. Ich kann mir jedenfalls nicht vorstellen, dass de la Motte ihm die Erlaubnis dazu erteilt hat.«

»Vielleicht war er es, der de la Motte später aufgelesen und zurück nach Franzien gebracht hat. Deshalb hatte seine Flucht vom Schlachtfeld keine Konsequenzen für ihn«, überlegte Justine laut.

»Kluges Mädchen«, kommentierte Malcolm, während sie von Kerkerwächtern eine steinerne Treppe zu einem Verlies hinuntergestoßen wurden. »So wird es gewesen sein.«

Justine hatte das Gefühl, sich übergeben zu müssen, als ihr der Gestank nach Moder, Kot und Erbrochenem in die Nase stieg.

Doch das war längst nicht alles, was an Unannehmlichkeiten auf sie wartete. Anstatt de la Motte stand plötzlich de Neuville vor ihnen und führte sie beide in einen finsteren Raum, der nur von einer Fackel erleuchtet wurde. Offenbar eine Folterkammer, weil eine Anzahl furchteinflößender Instrumente darin versammelt waren.

»Bindet den Kerl an die Staubsäule«, befahl de Neuville den Soldaten barsch. »Und die Kleine legt ihr dort drüben in Ketten.« Er deutete auf einen eisernen Ring, der in die Wand eingemauert war.

»Was habt ihr vor?«, rief Justine alarmiert. »Wo ist Marschall de la Motte?«

»Er hat keine Zeit und lässt sich vom Besitzer der Burg mit einem opulenten abendlichen Bankett verwöhnen«, erklärte de Neuville mit verächtlicher Genugtuung. »Deshalb führe ich hier das Kommando. Und wie ich sehe, habe ich noch eine Rechnung offen.«

Es brauchte fünf Soldaten, um Malcolm mit ausgestreckten Armen an die gemauerte Säule zu ketten und ihm das Hemd mitsamt dem Plaid herunterzureißen, bis er splitternackt vor seinen Peinigern stand und nur noch seine Stiefel trug, die sie ihm bisher glücklicherweise gelassen hatten.

»Er ist verletzt«, rief Justine voller Verzweiflung de Neuville zu. »Seht Ihr das denn nicht? De la Motte hat ausdrücklich befohlen, dass er nicht sterben darf, bis wir am Ziel sind!«

»Keine Sorge.« Baptiste de Neuville fletschte die Zähne wie ein tollwütiger Köter. »Ich werde ihn nicht töten. Ich werde ihm lediglich eine Lektion erteilen. Dafür, dass er damals meinen besten Kameraden getötet hat.«

In hilfloser Qual musste Justine mit ansehen, wie er sich von einem Folterknecht, der aus der Düsternis aufgetaucht war, eine mehrschwänzige Peitsche reichen ließ und gnadenlos auf Malcolms breiten Rücken einzudreschen begann.

Während dem Schotten kein Laut über die Lippen kam, starrte Justine entsetzt auf das viele Blut, das ihm bei jedem Schlag heftiger über die nackte Kehrseite bis hinunter in die Stiefel lief.

»Aufhören! So hört doch endlich auf! Ich werde Marschall de la Motte sagen, dass Ihr ihn umgebracht habt«, drohte sie de Neuville unter Tränen der Wut.

Aber der hörte sie nicht einmal. Er hatte sich in einen regelrechten Rausch hineingesteigert. »Das ist für Gautier«, zischte er und drosch auf den jungen Schotten ein. »Obwohl es längst nicht reicht, um seinen Tod zu rächen. Aber meine Stunde wird kommen, das schwöre ich dir!«, drohte er Malcolm.

Erst als zwei Soldaten ihn darauf aufmerksam machten, dass der Delinquent womöglich an seinen offenen Wunden sterben könnte, kam er wieder zu sich. Schweißgebadet warf er die Peitschte hin und schien kurz zu überlegen, was er Malcolm noch alles antun könnte, um seine unbändigen Rachegelüste zu befriedigen.

In diesem Augenblick klopfte es an der eisenbeschlagenen Tür, und ein Mann in der Kutte eines Zisterziensers trat ein.

»Verdammt«, polterte de Neuville, »wer hat denn den Kirchenmann geschickt?«

»Ich komme im Auftrag Eures Vorgesetzten«, verteidigte sich der Mönch in geschliffenem Franzisch, wobei sein Blick für kurze Zeit auf dem Gefolterten ruhte, der immer noch in den Ketten hing und kein Wort der Klage über seine Lippen kommen ließ. »Ich soll den beiden Delinquenten die Beichte abnehmen.«

De Neuville gab sich verwundert, aber die Aussicht, de la Motte wegen seines haltlosen Wutausbruchs Rede und Antwort stehen zu müssen, brachte ihn zur Besinnung.

»Von mir aus. Kettet ihn ab«, befahl er den Soldaten, »und schafft jemanden herbei, der seine Wunden verbindet.«

Während de Neuville nach draußen verschwand, blieb der Zisterzienser unter den Augen zweier schwer bewaffneter Wachen zurück. Justine kam der Gedanke, dass de la Motte ihn geschickt haben könnte, damit sie dem Mönch berichtete, was Malcolm ihr auf der langen Fahrt alles erzählt hatte. Doch das konnte und wollte sie nicht.

Stattdessen ignorierte sie den seltsamen Besucher und kümmerte sich um Malcolms geschundene Kehrseite, indem sie mühevoll versuchte mit einem Leinenstreifen, den sie sich von ihrem Unterrock abgerissen hatte, seine Blutungen zu stillen, nachdem man ihn nackt, wie er war, wieder an die Wand gekettet hatte. »Malcolm«, flüsterte sie leise und betrachtete ängstlich seine geschlossenen Augen, »kannst du mich hören?«

Er brummte etwas Unverständliches. Immerhin ein Lebenszeichen.

»Könnt Ihr nicht irgendetwas für ihn tun?«, flehte sie den Zisterzienser an.

»Ich hoffe es«, erwiderte Mönch mit tiefer, volltönender Stimme und schaute sich um, als ob er sich vergewissern wollte, dass sie unter sich waren. Dann brachte er von irgendwoher Verbandmaterial zum Vorschein und eine Medizin, die er Malcolm, der kaum bei Bewusstsein war, aus einer Phiole verabreichte. »Das ist gegen die Schmerzen und verhindert ein mögliches Fieber«, erklärte er ihr und half ihr zugleich, dem Schwerverletzten Plaid und Hemd wieder überzuziehen. »Wer hat ihm das angetan?«, fragte er schließlich.

»Baptiste de Neuville«, brach es aus Justine heraus. »Der Vertreter von Marschall de la Motte.«

»Was ist mit seinem Arm?«

»Er wurde von einem Armbrustpfeil durchbohrt, als man ihn auf der Flucht gestellt hat.«

»Tut mir ehrlich leid, dass das alles geschehen ist«, sagte der Mönch.

Erst jetzt wagte Justine einen Blick in sein Gesicht, das größtenteils von einer schwarzen Kapuze verhüllt wurde, und schaute in ein graubraunes Augenpaar.

»Sagt ihm, dass Pater Pierre hier war, um ihm die Beichte abzunehmen. Und er soll durchhalten. Es wird nicht mehr lange dauern, bis er die Absolution erhält.« Er hielt inne und sah ihr tief in die Augen. »Und wer seid Ihr, wenn ich fragen darf?«

»Justine Rosmand«, antwortete sie mit erstickter Stimme.

»Habt Ihr mir etwas zu beichten?«, fragte der Mönch.

»Ich habe nichts Böses getan. Ich wüsste nicht, was ich Euch beichten sollte.«

»Warum werdet Ihr dann hier festgehalten?«

»Ich soll diesen Mann aushorchen«, verriet sie dem Zisterzienser. »Doch er hat nichts gesagt, und ich weiß nicht, was ich noch tun soll, um ihn zum Reden zu bringen. Er ist unschuldig und hat nichts mit teuflischen Mächten zu schaffen. Sagt das de la Motte, wenn er wissen will, was ich Euch gebeichtet habe.«

»Danke, meine Tochter«, murmelte der Mönch und segnete sie. »Deine Sünden sind dir verziehen.«

So rasch, wie er gekommen war, ging er wieder.

Als die Tür hinter ihm ins Schloss fiel, stellte Justine sich die Frage, was dieser Auftritt zu bedeuten hatte. Und welche Sünden hatte der Mönch ihr vergeben? Sie hatte ihm keine gebeichtet.

KAPITEL 30

APRIL 1316
GRAFSCHAFT AUXERRE / ZISTERZIENSERABTEI PONTIGNY

Alte Seilschaften

»Achtung, da kommt jemand«, zischte Gero und packte im Schutz eines Erdwalls das T-Heft seines Anderthalbhänders zusätzlich mit der Rechten, um im Zweifel wuchtiger zuschlagen zu können. Dabei schärfte er seinen Blick und versuchte im fahlen Mondlicht zu erkennen, wer entlang der Burgmauern von Toucy durch das Gebüsch geschlichen kam.

»Es ist Pierre«, gab Struan Entwarnung, der unterhalb der Zugbrücke Stellung bezogen hatte, um den wagemutigen Bruder beim Verlassen des Burghofs zu beobachten und dafür zu sorgen, dass ihm niemand folgte.

Kaum war Pierre, der als Zisterziensermönch verkleidet im Kerker von Toucy Malcolms Lage ausspioniert hatte, den Blicken der Beobachtungsposten der königlichen Truppen entkommen, schlug er einen Haken und verschwand in einem kleinen Eichenwald, der gleich hinter der Burg begann und zum Jagdrevier der Herren von Toucy gehörte.

Dort warteten neben Gero und seinen engsten Vertrauten knapp zwanzig weitere Kameraden, die alle gemeinsam die Nacht in der Zisterzienserabtei von Pontigny verbracht hatten. Abt Étienne hatte ihre Anwesenheit zwar nicht gefallen, doch als Unterstützer ehemaliger Templer und einstiger Priesterschüler neben Pierre de Bologne in Paris hatte er sie in einem Nebentrakt des Klosters als gewöhnliche Gäste untergebracht, mit der Auflage, spätestens am nächsten Morgen möglichst schnell und lautlos zu verschwinden.

»Und?«, wollte Struan wissen, als Pierre mit einer Fackel bewaffnet in den Kreis seiner Verbündeten zurückkehrte. »Können wir Malcolm dort rausholen?«

»Es wäre ein ziemliches Wagnis«, wiegelte Pierre sogleich ab. »Toucy hat vier Ellen dicke Mauern. De la Motte hat Malcolm in einem Kellerverlies untergebracht, dessen Eingang nur vom Innenhof aus zu erreichen ist. Das Gefangenenloch wird schwer bewacht und besitzt keinen geheimen Fluchtweg nach draußen, den wir nutzen könnten. Die ganze Festung platzt vor königlichen Soldaten beinahe aus allen Nähten.«

»Hast du mit ihm sprechen können?«, fragte Gero angespannt.

»Nein, er war nicht bei sich. De la Motte hat ihn von einem seiner Offiziere verprügeln lassen. Außerdem war sein Oberarm verbunden. Angeblich der Durchschuss eines Armbrustpfeils.«

»*Merde!*«, fluchte Struan. »Wir müssen ihn da rausholen, und zwar schnell.« Sein Blick wanderte zu Rona. »Falls das nicht klappt, könntest du dann noch mal Kontakt zu Tom aufnehmen und ihn fragen, ob er nicht doch etwas für uns tun kann?«

»Er hat gesagt, er wird sich melden«, wandte Rona beschwichtigend ein. »Sobald es ihm gelungen ist, Malcolms DNA und Position zu bestimmen, wird er ihn zu sich holen.«

»Hätte ihm das nicht schon längst gelingen müssen? Zumal wir uns hier mit dem Server ganz in der Nähe von Malcolm aufhalten? Was wäre, wenn wir den Caput mit ins Verlies nehmen?«, warf Struan ein.

»Wir haben bereits im Vorfeld von Pierres Einsatz darüber geredet«, stellte Rona noch einmal unmissverständlich klar, »Wir können den Server unmöglich mit ins Verließ nehmen, weil wir nicht riskieren dürfen, dass er in de la Mottes Hände gerät.«

»Es wäre ohnehin nicht sicher, ob es etwas bringt«, fügte Khaled mit gerunzelter Stirn hinzu. »Lyn hat mir die Sache mit der Raumzeit erklärt und dass sie Gesetzen gehorcht, die sich unserem Verständnis entziehen, die aber dafür sorgen, dass alles gewissermaßen gleichzeitig geschieht. Wir bemerken es nur nicht. Im Grunde ist die Zukunft schon geschrieben. Wenn Allah ihn retten will, wird er es tun.«

»Komm mir nicht mit Allah«, knurrte Struan. »Es sei denn, der hatte auch schon Ahnung von Quantenphysik.«

»Es könnte trotzdem sein, dass Tom uns helfen kann«, warf Rona ein. »Wir müssen nur fest daran glauben. In der Quantenphysik spielt der Beobachter eine entscheidende Rolle. Das bedeutet, alles, was wir für möglich halten, kann auch geschehen. Bei Khaleds Vater wussten wir bereits, was passieren würde. Das machte es uns so gut wie unmöglich, in unserer Vorstellung eine neue Variante des Schicksals zu kreieren.«

»Ich kann das nicht mehr hören.« Struan schüttelte den Kopf. »Wer hat denn nun das Kommando über unser Schicksal? Gott oder wir selbst?«

»Der Glaube spielt die entscheidende Rolle«, pflichtete Pierre Ronas Aussage mit einem Augenzwinkern bei. »Jesus wusste darum, als er übers Wasser ging, dass man fest an seinen Erfolg glauben muss, um die Gesetze der Natur außer Kraft zu setzen.«

»Vielleicht sollten wir beten, wie wir es immer vor großen Schlachten getan haben«, schlug Arnaud pragmatisch vor. »Womöglich bewirken wir etwas damit und sie lassen ihn laufen.«

»Haltet mich für einen Ungläubigen, aber darauf will ich mich nicht verlassen«, erwiderte Struan stur.

»Wer hat dir eigentlich gesagt, dass Malcolm einen Armdurchschuss hat?«, wollte Gero von Pierre wissen. »Allem Anschein nach sitzt er nicht allein in diesem Kerker.«

»Justine Rosmand«, antwortete Pierre mit einem süßlichen Unterton in der Stimme. »Sie leistet ihm Gesellschaft. Angeblich unfreiwillig. Mir ist allerdings noch nicht klar, wie ich diesen Umstand bewerten soll.«

»Ist das nicht die sogenannte Freundin deiner Frau?« Richard de Moncler, der hinzugetreten war, schaute Struan fragend an. »Ich dachte, dieses Weib ist eine Verräterin, die für die Gens du Roi arbeitet? Warum hat de la Motte sie zusammen mit Malcolm in einen Kerker gesperrt?«

»Damit der Junge was zu ficken hat und sie ihn dabei aushorchen kann«, fügte Pierre sarkastisch hinzu. »Aber ich denke, de la Mottes Strategie geht in diesem speziellen Fall nicht auf.«

»Woher willst du das wissen?«, fragte Gero verwundert. »Du kennst die Frau doch gar nicht.«

»Sie hat wohl gedacht, de la Motte hat mich geschickt, um ihr die Beichte abzunehmen, und hat mir brühwarm erzählt, was für ein Unschuldslamm Malcolm ist und dass auch sie selbst keinerlei Aussage machen kann. Weil es nichts zu berichten gibt.«

»Dann hast du also gerade gegen das Beichtgeheimnis verstoßen«, gab Ralph mit einem ironischen Unterton in der Stimme zu bedenken.

»Hier liegen besondere Umstände vor«, verteidigte sich Pierre.

»Was hat die Frau denn nun gesagt?«, drängte Struan ihn.

»›Er weiß nichts und hat nichts mit teuflischen Mächten zu schaffen. Sagt das de la Motte, wenn er wissen will, was ich Euch gebeichtet habe‹.«

»Dafür sind wir umso mehr mit dem Leibhaftigen im Bunde«, konterte Struan grimmig. »Wir werden Malcolm befreien, koste es, was es wolle.«

»Ich frage mich, warum de la Motte ihn nicht schon längst brutaler gefoltert hat«, sinnierte Anselm und wandte sich an Gero. »Ich meine, es gibt doch unendlich viele Möglichkeiten, einen Menschen zum Reden zu bringen. Du hast in Vianden am eigenen Leib zu spüren bekommen, was Lacroix und Thionville alles eingefallen ist, um dein Schweigen zu brechen.«

»Ja, man kann fast jeden zum Reden bringen«, antwortete Gero, »aber keinen Templer. Ich habe nicht mal den Mund aufgemacht, als sie mich auf die Streckbank gebunden und danach meinem Bruder die Kehle durchgeschnitten haben. Einen wahren Streiter Christi kann man mit der brutalsten Folter und dem grausamsten Tod bedrohen, er würde trotzdem schweigen. Das weiß niemand besser als de la Motte. Und anscheinend geht er davon aus, dass Malcolm ein schottischer Bruder ist, der einen Verschwiegenheitseid auf den Orden geleistet hat, an den er sich unter allen Umständen halten wird. Zumindest glaubt er, dass Malcolm aus dem gleichen Holz geschnitzt ist wie sein leiblicher Bruder. Daher versucht er erst gar nicht, ihn in die Mangel zu nehmen, weil das zwangsläufig mit Malcoms Tod enden würde. Und tot nützt er ihm nichts mehr. Er setzt auf eine seichtere Art, indem er eine Frau ins Spiel bringt, die ihre Verletzlichkeit und ihren Liebreiz einsetzt, um ihn zum Reden zu bringen.«

»Malcolm wird wohl nicht so blöd sein und ein zweites Mal auf dieses verlogene Miststück hereinfallen«, widersprach ihm Ralph of Bulford.

»Du hast doch gehört, was Pierre gesagt hat«, erinnerte Struan ihn. »Die Frau behauptet, sie habe nichts aus ihm herausbringen können.«

»Und warum wurde er dann von einem Folterknecht verprügelt?«, warf Stephano ein. »Das passt doch nicht zusammen.«

»Sie faselte etwas von Baptiste de Neuville«, klärte Pierre ihn auf. »Der Kerl war bei unserem Gefecht mit der Gens du Roi auf Waldenstein dabei. Ich habe selbst gesehen, wie Malcolm ihn beinahe erwischt hätte und stattdessen seinen Kameraden mit dem Claymore erschlagen hat. De Neuville konnte anscheinend entkommen. Jedenfalls gehörte er – wie auch de la Motte – nicht zu den Toten, die wir anschließend in der Grube angezündet und verscharrt haben.«

»Also ist es eine persönliche Sache«, gab Stephano zu bedenken. »Dieser de Neuville hat in Malcolm womöglich den Schuldigen für den Tod seines Kameraden wiedererkannt.«

»Sieht ganz so aus«, bekräftigte Pierre.

»Ganz gleich, was es ist«, bemerkte Struan hasserfüllt. »Ich lasse nicht zu, dass man meinen Bruder zum Krüppel schlägt.«

»Da bin ich ganz auf deiner Seite«, sagte Gero und wandte sich an Pierre, dem er das strategische Kommando überlassen hatte, weil der lombardische Bruder sich in dieser Gegend am besten auskannte und über ein riesiges Netz an Kontakten verfügte. »Und was nun?«

»Ich bin dafür, wie ziehen uns zur Nacht an einen sicheren Ort zurück«, schlug Pierre vor, »und arbeiten einen Plan aus, wie wir de la Motte und seinen Handlangern am wirksamsten zusetzen können. Schließlich müssen wir davon ausgehen, dass er und seine Bande auf unseren Angriff warten. Er rechnet fest damit, dass wir irgendwann auftauchen und versuchen, die Geiseln zu befreien.«

»Hast du schon eine Idee, wo wir übernachten?«, wollte Gero wissen. »Direkt vor der Haustür der Gens du Roi ein Lager aufzuschlagen, halte ich nicht für klug.«

»Keine Sorge«, erwiderte Pierre zuversichtlich. »Zufällig wohnt ganz in der Nähe eine gute Freundin, die nicht so ängstlich ist wie Abt Étienne.«

Gero stellte sich die Frage, welche Frau bei Anbruch der Nacht mehr als zwanzig fremde Reiter und eine fremdländisch aussehende Frau bei sich aufnehmen würde. Doch als er mit seinen Kameraden gut eine halbe Stunde später den Hof eines heruntergekommenen Klosters erreichte, hatte er zumindest eine Ahnung, dass deren Bewohnerin über eine gehörige Portion Mut verfügen musste. Das Anwesen lag mitten in einem abgelegenen Waldgebiet. Lediglich die Hunde bellten rau, als die Truppe, nur von ein paar Fackeln beleuchtet, von ihren Pferden absaß. Zusammen mit Pierre und Struan marschierte Gero zur Eingangstür des renovierungsbedürftigen Fachwerkgebäudes und stellte sich die spannende Frage, was wohl als Nächstes geschah.

Pierre klopfte in einem gemäßigten Rhythmus an die eisenbeschlagene Eichenholztür. Sofort war von drinnen eine melodische Frauenstimme zu hören, die sich nach seinem Begehr erkundigte. Nachdem Pierre die Bitte um ein Nachtlager und seinen Namen genannt hatte, wurde ihnen behutsam aufgetan.

Pierres Freundin, die im Türspalt erschien, trug ein schlichtes taubenblaues Wollkleid. Ihr langes dunkles Haar flutete offen über ihre schmalen Schultern. Nur die Lachfältchen um ihre großen braunen Augen verrieten, dass sie kein Mädchen mehr war, sondern eine gestandene Frau von vielleicht vierzig Jahren. Sie strahlte Pierre mit ihren ebenmäßigen Zähnen an, als wäre er ihr Liebhaber. Nicht nur Struan wirkte verdutzt, als sich die Hausherrin und Pierre mit einem schmatzenden Kuss begrüßten. »Da werden sich meine Schwestern aber freuen«, frohlockte sie und rief etwas in den rückwärtigen Hausflur hinein, das klang wie: »Ich habe eine wundervolle Überraschung für euch!«

Gero hatte keine Ahnung, welche Art von Überraschung sie meinte. Sicher nicht, dass eine Horde ungewaschener, bärtiger Hünen ihr Haus und die Küche stürmte. Glücklicherweise hatte er zuvor eine Gruppe von vier Brüdern entsandt, die sich stellvertretend für alle anderen in Auxerre mit ausreichend Proviant für die nächsten zwei Tage eingedeckt hatten. Somit war nicht zu befürchten, dass sie die Speisekammer ihrer ahnungslosen Gastgeberin plünderten.

Trotzdem kam reichlich Wein auf den Tisch, als sie wenig später im Refektorium des ehemaligen Beginenklosters saßen. Ein ehemals weiblicher Orden, der seinerzeit durch König Philipp IV. aufgelöst worden war.

Umsorgt von schönen Frauen, die sie bereitwillig mit frisch gebackenem Brot, handgeschöpftem Käse und luftgetrockneten Würsten aus eigener Schlachtung versorgten, ließen die Männer es sich gut gehen, nachdem Veronique, wie die Oberin sich nannte, sie bereitwillig in die gute Stube eingeladen hatte.

Gero fühlte sich an Freya und ihre Rolle bei ihrer Flucht in die deutschen Lande erinnert, als er sah, wie zugewandt und freundlich die Frauen jeden von ihnen behandelten. Auf Beginen konnte man sich als Templer gewöhnlich verlassen. Sie waren so etwas wie Schwestern im Geiste, weil sie genauso brutal durch den König von Franzien und die Inquisition verfolgt worden waren wie die Angehörigen des Templerordens.

Ihre quirlige Gastgeberin kreuzte die Arme, nachdem ihre Gäste an dem langen Eichenholztisch mit gesundem Appetit ihre Vesper eingenommen hatten, und bedachte Pierre mit einem anerkennenden Blick, nachdem dieser sie der Reihe nach über die Herkunft und die Vornamen seiner Begleiter aufgeklärt hatte, die Veronique noch nicht kannte. »Ich glaube, du hast mir noch keinen einzigen Kameraden vorgestellt, der nicht in mein Bild von einem heldenhaften Ordensritter passt«, amüsierte sie sich. »Wie kommt es, dass ihr alle so gutaussehend seid? War das ein Kriterium für die Aufnahme?«

»Wahrscheinlich liegt es daran, dass die wenigsten von uns verheiratet sind«, spöttelte Ralph und kratzte sich grinsend den Bart. »Keine Frau, keine Unruhe, keine Falten. So einfach ist das.«

»Dann bist du wahrscheinlich der Einzige, der eine Frau abbekommen hat«, witzelte Veronique mit einem hellen Lachen.

»Sie hat mich durchschaut«, bekannte Ralph mit säuerlicher Miene und erntete das Gelächter seiner Kameraden.

»Hast du nicht ein Mädchen für ihn, das ihm die Nacht versüßt?«, wollte Pierre wissen und lächelte hintergründig. »Ich glaube, er benötigt dringend ein bisschen Entspannung, damit er ruhiger wird.«

»Ist das hier ein Hurenhaus?«, raunte Arnaud verwundert Rona zu, deren exotisches Aussehen Veroniques Aufmerksamkeit auf sich gezogen hatte.

»Ist das ein Grund, um hier zu übernachten?« Rona reagierte mit einer gleichgültigen Miene. Ihr war es egal, was die Frauen in dieser Zeit trieben, und Eifersucht war ihr ohnehin fremd.

»Nein, ist es nicht«, beantwortete Veronique, die offenbar von den Lippen ablesen konnte, Arnauds Frage. Dabei ruhte ihr prüfender Blick auf Rona, die gelassen an ihrem Wein nippte. »Die Mädchen entscheiden selbst, ob sie sich mit unseren Gästen vergnügen wollen«, klärte sie Arnaud unverblümt auf. »Wir sind Beginen und fühlen uns keinerlei Keuschheitsgelübde verpflichtet. Erst recht nicht, seit der König uns in einer beispiellosen Verleumdungskampagne verfolgen und unsere Orden verbieten ließ. Seitdem sind wir völlig auf uns selbst gestellt und machen unsere eigenen Gesetze. Aber das haben wir vorher schon getan. Und unsere Schwesternschaft hat seitdem nicht gewechselt. Es sind ein paar neue, jüngere Frauen hinzugekommen, die nirgendwo sonst einen Platz zum Leben gefunden haben. Der Unterschied ist, dass wir uns nun nicht mehr als Orden verstehen, sondern als heilkundige Gemeinschaft, die sich unter dem Schutz der Comtesse von Savoyen um gefallene Mädchen und verarmte Witwen kümmert. Außerdem helfen wir den Frauen der Umgebung bei Geburten und allem anderen, was ihre Gesunderhaltung betrifft.«

»Ich wollte Euch nicht beleidigen«, fügte Arnaud hastig hinzu. »Bitte vergesst meine dumme Bemerkung.«

»Schon gut«, gab Veronique mit einem Augenzwinkern zurück. »Templer sind schließlich auch keine Heiligen, habe ich recht?« Sie lächelte, wobei sie Pierre und seine Leute nicht aus den Augen ließ. »Warum also sollten wir so tun, als wären wir alle Moralapostel, oder uns so benehmen? Das macht keinen Spaß. Und den haben wir ohnehin viel zu wenig, findet ihr nicht?«

Anscheinend war die Chefin des Hauses selbst einem Flirt nicht abgeneigt und bestens organisiert, was das betraf. Im Nu hatte sie einen ganzen Stab an Mitstreiterinnen mobilisiert, die um einiges jünger und auch recht hübsch waren, wie Gero befand. Sie boten den durchaus erfreuten Gästen ohne Scheu an, deren Pferde zu versorgen und danach, falls gewünscht, auch gern deren Besitzern ein wenig Gesellschaft zu leisten.

Ein Angebot, das einige von Pierres Männern freudig begrüßten. Anstatt ihr Lager im ehemaligen Dormitorium aufzuschlagen, verschwanden sie mit ein paar Mädchen im oberen Stockwerk.

Pierre traf offenbar seine eigene Verabredung, indem er mit der Gastgeberin schäkerte. Ein Verhalten, das für Gero und seine verheirateten Kameraden nicht infrage kam.

»Wie ich sehe, tragt ihr noch immer eure obligatorischen Bärte«, flötete Veronique und kraulte Pierre im Vorbeigehen das Kinn. »Habt ihr keine Sorge, dass diese verräterische Kombination aus breiten Schultern und kurz geschorenem Bart den falschen Leuten ins Auge fällt?«

»Du weißt doch, Veronique, wir sind unerschrocken, genau wie ihr«, erinnerte er sie. »Wir lassen uns nichts verbieten und ändern unser Äußeres nur, wenn es unbedingt erforderlich ist. Zum Beispiel, wenn es um Leben und Tod eines Bruders geht.«

»Oder einer Schwester«, fügte Veronique nachdenklich hinzu und beäugte erneut Rona, die bisher nichts zu ihrer Unterhaltung beigetragen hatte und ihre Weiblichkeit unter männlicher Kleidung verbarg. Schon gleich nach der

Grenze zu Franzien hatte sie ihre Frauengewänder gegen Hosen aus Ziegenleder gewechselt, über denen sie ein knielanges wattiertes Wams und ein Kettenhemd trug. An der Seite steckte ihr Schwert, das sie wie die Männer führen konnte, sogar um einiges schneller und kraftvoller.

»Sie kämpft wie ein Mann«, klärte Pierre ihre Gastgerberin auf, dem ihr Interesse an Rona nicht entgangen war.

»Und doch sieht man ihr an, dass sie eine Frau ist. Eine wunderschöne und fremdländisch aussehende dazu«, säuselte Veronique, ohne den Blick von Rona zu nehmen.

»Sie ist meine Ehefrau«, stellte Arnaud unmissverständlich klar, dem das plötzliche Feuer in den Augen der Begine nicht gefiel.

»Habe ich dich gefragt?«, fuhr Veronique ihn ungehalten an. »Sie sieht aus, als könnte sie für sich selbst sprechen.«

Mit einem süßlichen Lächeln wandte sie sich an Rona. »Wollt Ihr mir nicht sagen, woher Ihr kommt, Madame, und wie Ihr an diesen wilden Haufen ungewaschener Barbaren geraten seid?«

»Ich stamme aus dem Land der Mongolen«, antwortete Rona und hypnotisierte die Begine mit ihrem intensiven Blick. »Meine Schwester und ich wurden im Heiligen Land von einem Bataillon der Templer vor den Sarazenen gerettet. Seitdem weiß ich den Orden und seine Kämpfer zu schätzen. Danach habe ich Arnaud kennen und lieben gelernt. Seit Kurzem sind wir verheiratet und leben zusammen.«

Arnaud ergriff zum Beweis seiner tiefen Zuneigung ihre Hand und küsste sie zärtlich.

»Dann gratuliere ich herzlich und fühle mich in meiner Annahme über die hier anwesenden Ordensbrüder bestätigt«, verkündete Veronique mit einem undurchsichtigen Lächeln und beließ es dabei, bevor sie sich wieder Bruder Pierre widmete.

»Wir müssen reden«, erinnerte Gero seinen lombardischen Templerbruder wenig später, als Veronique in Küche und Keller verschwunden war, um neuen Wein und Brot zu holen. »Versteh mich nicht falsch, aber das Geplänkel hier geht mir ein bisschen zu weit. Schließlich sind wir nicht zum Flirten hierhergekommen, sondern weil wir einen Plan benötigten, wie wir in Sachen de la Motte weiter vorgehen wollen. Ungestört«, fügte er ernst hinzu.

Pierre nickte ergeben und erkundigte sich wenig später bei Veronique nach einer Kammer, wo sie mit einem Teil des Trupps ihre weiteren Pläne besprechen konnten.

Die ehemalige Begine schien das nicht weiter zu verwundern, denn sie ging mit einer Kerze in der Hand wie selbstverständlich voraus und führte sie in eine abgeschiedene Halle, die mit langen Tischen und Bänken ausgestattet war. Wie selbstverständlich entzündete sie ein paar dicke Kerzen auf einem eisernen Ständer, die ein angenehmes warmes Licht verbreiteten. Dann legte sie Holz in einer kleinen Feuerstelle auf und sorgte dafür, dass es lichterloh brannte, so dass es in dem zuvor bitterkalten Zimmer rasch warm wurde. Die vier Fenster waren mit Lederhäuten verhängt, die im Winter, mit einer Lade aus Holz versehen, dafür sorgten, dass die Kälte draußen blieb. Da es Frühling wurde und der klirrende Frost verschwunden war, trat Pierre an eines der Fenster heran, das offen stand und schaute nach draußen, ob sie jemand belauschte, bevor er sicherheitshalber sämtliche Holzladen verschloss und an den Tisch zurückkehrte.

Neben Gero und seinen Kämpfern, zu denen selbstverständlich auch Rona gehörte, nahmen noch Pierre und Adam de Brasnee als dessen Stellvertreter an der Besprechung teil.

Nachdem Veronique jedem von ihnen einen Krug Bier vor die Nase gestellt hatte, verließ sie die Halle, weil sie wusste, dass die Templer bei dieser Art von Gesprächen unter sich bleiben wollten.

»Woher kennst du sie?« Gero warf Pierre einen fragenden Blick zu, während er sich noch immer über den vertrauten Umgang der beiden wunderte.

»Ich kenne Veronique aus Paris«, erklärte Pierre freimütig. »Ich habe sie als junger Priester und Anwalt in einem Prozess gegen Guillaume de Nogaret vertreten, der sie und ihren Konvent als Gegnerinnen der Kirche verhaften lassen wollte. Was unweigerlich zu einem Todesurteil gegen sie und die Frauen geführt hätte. Veronique hatte die Wahl, ihren Konvent aufzulösen oder als Ketzerin auf dem Scheiterhaufen zu landen. Ich brauche wohl nicht zu sagen, wofür sie sich entschieden hat. Damals gehörte ich noch nicht dem Orden an, und sie hat mir meinen Erfolg mit einer aufregenden Liebschaft entlohnt. Ich gebe zu, dass unsere Sympathie füreinander immer noch anhält. Was aber nicht bedeutet, dass ich meiner Jeanne untreu werde, um das gleich klarzustellen. Was meine Jungs anstellen, wenn wir hier sind, geht mich nichts an«, fügte er mit dem gleichen Schulterzucken hinzu wie zuvor Veronique bei ihren Mitstreiterinnen.

»Um auf Malcolm zurückzukommen«, begann Gero, um ihre eigentlichen Probleme erneut auf den Tisch zu bringen. »Ich gebe Struan recht. Ich würde Malcolm lieber heute als morgen den Klauen dieser Teufel entreißen. Ich befürchte, dass de Neuville es entgegen de la Mottes Absichten fertigbringt, Malcolm töten zu lassen, und sei es auch nur aus Wut über den Tod seines Kameraden.«

Pierre suchte Struans Blick, als er zu einer Antwort ansetzte. »Das Problem ist, dass es nicht nur um Malcolm geht, sondern auch um Amelies Vater. Wenn ich es richtig verstanden habe, ist es Struan wichtig, dass wir auch den alten Mann retten und nach Hause bringen. Soweit wir wissen, ist er bereits auf dem Weg nach Carcassonne. Vielleicht ist er sogar schon dort. Wenn es nur um Malcolm ginge, würde ich vorschlagen, wir stürmen noch heute Nacht den Kerker von Toucy und treten danach über Burgund den Rückzug in die deutschen Lande an. Dort ist man in den meisten Gegenden nicht gut auf den franzischen König zu sprechen. Und es ist auch nicht zu erwarten, dass uns die königlichen Truppen bis über die Grenze in die deutschen Lande folgen. Doch wenn es uns gelingt, Malcolm auf diese Art zu befreien, wird eine Rettung von Alphonse Bratac unmöglich. Darüber müsst ihr euch im Klaren sein. Solange Malcolm am Leben ist und sie ihn keiner harten Folter unterziehen, haben wir die Chance, beide Männer heil nach Hause zu bringen. Natürlich, sollte es Malcolm nachweislich schlechter gehen, *müssen* wir eingreifen und Bratac notfalls opfern. Aber im Augenblick wäre ich dafür, dass wir abwarten und stillhalten, um nicht de la Mottes massive Gegenwehr zu provozieren. Wir sollten ihn in dem Glauben lassen, dass wir an einer Befreiung der Gefangenen interessiert sind, und uns erst einmal auf sein Katz-und-Maus-Spiel einlassen.«

»Das ist ein logischer Vorschlag«, pflichtete Rona ihm bei. »Allerdings müssen wir sicherstellen, dass Malcolm überlebt. Daher sollten wir Späher einsetzen, um herauszufinden, wie es ihm geht.«

»Du hast recht«, stimmte Struan ihr zu. »Es ist mir wichtig, Amelies Vater heil und gesund zu ihr zurückzubringen. Aber ich bin nicht bereit, dafür mit Malcolms Leben zu bezahlen, um das klarzustellen.«

»Das musst du auch gar nicht«, versicherte Gero ihm. »Wir machen es so, wie Pierre vorgeschlagen hat. Wir folgen Malcolm weiter und warten auf eine günstige Gelegenheit. Dann schlagen wir zu.«

»Einverstanden.« Struan nickte.

»Gut, dann sollten wir uns jetzt zur Nacht begeben«, meinte Pierre. »Morgen müssen wir alle ausgeruht sein.«

•

Am nächsten Morgen hatte Veronique noch vor Sonnenaufgang im ehemaligen Refektorium für ein Frühessen gesorgt.

Pierre hatte ihre Gastgeberin darum gebeten, während der Mahlzeit ungestört zu bleiben, damit er mit den anderen Brüdern ihren frisch gefassten Plan teilen konnte.

Nachdem sich alle um einen großen Tisch versammelt und gewärmtes Bier,

Brot und Käse zu sich genommen hatten, stand Gero auf und bat um Aufmerksamkeit.

»Ich habe mich heute Nacht mit Pierre über die weitere Vorgehensweise beraten«, verkündete er und schaute in die Runde. »Ein geschlossener Trupp von mehr als zwanzig Reitern ist zu auffällig, also werden wir uns in drei Gruppen aufteilen. Anselm hat noch in der Nacht unsere Papiere entsprechend umgeändert, damit jede Gruppe sich an den Grenzstationen einzeln ausweisen kann. Wir werden mit wechselnden Spähern arbeiten und de la Mottes Gefangenen-Treck im sicheren Abstand von einer knappen Stunde folgen und uns in regelmäßigen Abständen treffen, um uns auszutauschen. Rona reitet mit Khaled in unserer Gruppe. Sie wird uns auf dem Laufenden halten, was Malcolms aktuellen Standort betrifft. Struan, Arnaud, Anselm, Stephano, Ralph und Richard, der sich hier in der Gegend besser auskennt als wir, werden unsere Vorhut bilden. Die beiden anderen Mannschaften werden von Pierre und seinem Stellvertreter Adam de Brasnee angeführt. Alle erhalten genaues Kartenmaterial, um mithilfe eines Astrolabiums berechnen zu können, wann und wo unsere Wege sich als Nächstes kreuzen.«

»Eine Uhr zum Aufziehen wäre einfacher gewesen«, murmelte Stephano, als sie ihre Besprechung beendet hatten, und kassierte einen schrägen Seitenblick von Gero.

»Es gäbe so einiges aus der Zukunft, was unser Leben hier leichter machen würde«, erklärte Gero entschieden. »Aber als wir hierher zurückgekehrt sind, haben wir uns dafür entschieden, unter den hier herrschenden Bedingungen weiterzumachen, um möglichst nur geringe Veränderungen in der Zukunft hervorzurufen.«

»Ja, sicher«, mischte Arnaud sich ein. »Aber was ist mit Rona und dem Haupt? Das nutzen wir doch auch. Ohne das Haupt und ohne Tom, der irgendwo in der Zukunft existiert, wüssten wir gar nicht, wo Malcolm sich gerade befindet.«

»Was willst du mir damit sagen?«, fragte Gero ein wenig ungehalten. »Dass wir ganz nebenbei das Auto oder besser noch ein Flugzeug erfinden könnten, um schneller nach Carcassonne zu gelangen?«

»Bomben und Granaten wären um einiges besser, um hier mal richtig aufzuräumen«, murmelte Ralph, der ihnen zugehört hatte.

»Damit wir die Menschheit siebenhundert Jahre früher vernichten?«, antwortete Gero kopfschüttelnd.

»Damit hätten wir uns dann einige Kriege gespart«, gab Arnaud ihm leise zu verstehen.

»Du weißt nicht, wovon du redest«, erwiderte Rona verärgert. »Solche Dinge gehören einfach nicht hierher. Wann versteht ihr das endlich?«

»Das Haupt gehört auch nicht hierher«, erwiderte Stephano trotzig. »Du siehst ja, wohin es uns geführt hat. Der Orden wurde vernichtet, und tausende Unschuldige sind für nichts und wieder nichts gestorben. Vielleicht hätten all die nachfolgenden Kriege niemals stattgefunden, wenn es keinen CAPUT LXIII gegeben hätte.«

»Lions Prophezeiung, die wir den Templern bei unserem ersten Kontakt im Jahre 1148 mit auf den Weg gegeben haben, hätte das vernichtende Schicksal der Templer verhindern können«, belehrte ihn Rona kurzerhand. »Dass die darin enthaltenen Erkenntnisse vom Orden nicht umgesetzt wurden, ist nicht unsere Schuld und auch nicht die des Timeservers.«

»Es liegt in der Natur der Menschen, sich selbst und seinesgleichen auszulöschen, sobald es um Macht, Geld und Ruhm geht«, wandte Anselm beschwichtigend ein. »Solange wir nicht das ehrliche und aufrichtige Bedürfnis verspüren, unseren Nächsten zu lieben, sondern ihn stattdessen ins Jenseits zu schicken, wird das, was hier gerade geschieht, immer wieder passieren. Ganz gleich, ob man einen Timeserver besitzt oder nicht. Schon in der Steinzeit haben sich die Leute den Schädel eingeschlagen, obwohl sie wussten, dass es den anderen umbringt. Und sie werden es in zweitausend Jahren noch immer tun, falls die Menschheit so lange überlebt. Nur die Methoden ändern sich.«

Rona warf einen beiläufigen Blick auf den Bildschirm des Servers, den sie zu Anschauungszwecken vor aller Augen hochgefahren hatte.

»Malcolm ist im Übrigen bereits unterwegs und befindet sich eine Viertelmeile südlich von Toucy«, erklärte sie den Anwesenden. »Sie werden in Kürze an uns vorbeiziehen.«

Gero presste die Lippen zusammen und atmete tief durch. »Dann lasst uns aufbrechen.«

Der Abschied von Veronique fiel kurz und herzlich aus. »Gebt auf euch acht«, riet sie ihnen mit einem Blick voller Zuneigung. »Und denkt daran: Ihr seid uns jederzeit herzlich willkommen.«

Gemeinsam ritten sie in der feuchtkalten Morgendämmerung auf dem Weg nach Süden durch einen dichten Ulmenwald mit riesigen Bäumen, zwischen deren dicken, bemoosten Stämmen Nebelschwaden waberten. Kurz vor einem Bachtal teilten sie sich wie verabredet in drei Gruppen auf. Während Pierre und seine Leute zurückblieben und sich rechts und links des Trecks in sicherem Abstand voranbewegten, ritt Gero mit seiner Truppe voraus, um die königlichen Söldner mit ihren Gefangenen unbemerkt zu überholen und mit Spähern deren Vormarsch zu überwachen.

»Mögliches Ziel ist Nevers«, hatte Pierre beim Abschied spekuliert. Er kannte jede Kaserne auf ihrem Weg nach Carcassonne, in der de la Motte und seine

Soldaten Rast machen und die Pferde tauschen konnten. Was ein gewaltiger Vorteil war, der ihnen selbst allerdings verwehrt blieb. Daher war es so wichtig, dass auch sie vergleichbare Pausen einlegten.

»Wenn sie ihr Tempo beibehalten, könnten sie gegen Abend in Nevers sein«, orakelte Richard de Moncler.

»Die Pferde und Reiter benötigen Ruhepausen«, wandte Anselm ein und gähnte verhalten. »Und seine Männer kann de la Motte nicht beliebig austauschen.« Er selbst hätte ebenso gut eine Pause gebrauchen können, hatte er doch die halbe Nacht bei Kerzenlicht an den neuen Dokumenten gearbeitet. Was sich nun rächte, weil ihm andauernd die Augen zufielen. Glücklicherweise waren die Rittersättel so beschaffen, dass der Reiter im Zweifel darauf einschlafen konnte, ohne herunterzufallen.

»Unser erster Treffpunkt ist die Zisterzienserabtei L'Épeau in Donzy«, erklärte Gero wenig später seinen Begleitern, während sie querfeldein durch den Wald an einem Bachlauf entlangritten, der durch ein enges Tal führte. »Ganz in der Nähe der Abtei ist eine Wassermühle, die zum Orden gehört. Pierre meint, es wäre ein idealer Ort, um eine Rast einzulegen. Es gibt dort ein Gasthaus, wo wir etwas Warmes essen und die Pferde versorgen können. Und wer weiß? Vielleicht hatte de la Motte die gleiche Idee, und wir können zuschlagen.«

Als sie bald darauf eine Lichtung erreichten, gab Khaled den anderen ein Zeichen. Irgendwas schien den wachsamen Assassinen zu stören.

»Ich habe ein seltsames Gefühl im Nacken, als ob wir beobachtet würden«, sagte er, nachdem er mit seinem schwarzen Araberhengst an Geros Seite geritten war und dem Blick seines Kampfgefährten auf Augenhöhe begegnete.

»Mal den Teufel nicht an die Wand«, erwiderte Gero leise, um die anderen nicht unnötig zu beunruhigen, und sah sich eingehend nach allen Seiten um. Doch da waren nur Bäume und Sträucher, die noch nicht in vollem Grün standen. »Du musst dich irren. Hier ist weit und breit niemand, nicht mal ein Köhler. Wer also sollte uns beobachten?«

»Der Wald ist zu still«, mahnte ihn Khaled aufs Neue. »Du weißt doch selbst, dass so eine Grabesstille in einem Wald voller Vögel und anderer Tiere die Anwesenheit des Bösen bedeutet. Ich rate zur Wachsamkeit, Bruder.«

»Vielleicht sind *wir* ja das Böse«, amüsierte sich Arnaud, der ganz in der Nähe ritt und ihrer Unterhaltung gefolgt war.

»Fragen wir doch eine Lady, deren Wahrnehmung besser ist als die aller anderen Anwesenden«, beschloss Gero und zügelte seinen grau gescheckten Hengst. Dann wartete er, bis Rona neben ihm auftauchte, und warf ihr einen fragenden Blick zu.

»Hörst du etwas, das wir nicht hören?«

»Ich höre Wildschweine, die nicht weit entfernt den Waldboden nach übriggebliebenen Eicheln durchpflügen«, berichtete sie mit einem abwesenden Blick. »Und ja, ich höre das Schnauben von Pferden, leise und weiter entfernt. Das könnte alles Mögliche sein.«

»Hörst du auch Stimmen?«

»Nein. Aber Khaled hat recht. Es *ist* seltsam. Oder findest du, dass Pferde mitten im Wald ohne Menschen in der Nähe etwas Normales sind?«

»Manchmal schon, aber es kommt nicht oft vor«, antwortete Gero.

»Vielleicht sind die Pferde von einer Burg oder einem Hof abgehauen.«

»Was ist denn los?«, wollte Arnaud wissen. »Stimmt was nicht?«

»Da draußen laufen irgendwelche Gäule herum, die anscheinend keine Reiter haben«, klärte Gero ihn auf.

»Ich sage es den anderen«, murmelte Arnaud und wendete sein Pferd, um die anderen Brüder zu erhöhter Wachsamkeit aufzufordern.

Struan erschien mit seinem Great Horse unvermittelt an Geros Seite.

»Irgendwie erinnern mich das neblige Wetter und die einsame Umgebung an unsere Flucht von Chinon. Als ich den jungen Mönch im Wald von Fontevrault ausgesetzt habe und anschließend von franzischen Soldaten gestellt wurde.«

Gero nickte. »Sag Ralph und Stephano, sie sollen die Armbrüste spannen, nur zur Vorsicht«, wies er Struan an.

»Herrgott, was ist denn nun schon wieder los«, murmelte Anselm, der sich beim Anblick des Nebels und der Aussicht, dass dahinter irgendetwas lauerte, dem sie keinen Namen geben konnten, unbehaglich fühlte. Das Unbehagen nahm noch zu, als Stephano, der seinen Hengst nur noch mit den Schenkeln dirigierte, die kleine Jagdarmbrust aus einer seiner beiden Satteltaschen zum Vorschein brachte und mit einem fingerlangen Zain bestückte. Ralph tat es ihm gleich und steckte sich zusätzlich einen Vorrat an Geschossen in die Gürteltasche.

Jedes Knacken, wenn eines der Pferde auf einen Ast trat, ließ Anselm zusammenzucken.

Plötzlich war ein Zischen zu hören. Sein brauner Brabanter bäumte sich auf, trat mit den Vorderhufen aus und hätte ihn um Haaresbreite aus dem Sattel geworfen.

»Wir werden angegriffen!«, stieß Gero hervor. In einem Zickzackkurs trieb er Zeus hastig in die Deckung einer mächtigen Buche.

»Verdammt! Von wem?«, fragte Arnaud atemlos, nachdem er Gero mit seinem Hengst gefolgt war. Die Antwort erfolgte prompt, als sich der Nebel beim Ritt bergauf unerwartet rasch lichtete: Auf dem Kamm oberhalb des Tals waren die gelbblauen Uniformen franzischer Soldaten zu erkennen.

»Die Bastarde haben uns gerade noch gefehlt«, fluchte Gero. »Verteilt euch hinter den Bäumen!«

Gero selbst preschte den nächsten Hügel hinauf, direkt in die Gefahr hinein, gefolgt von Ralph und Stephano, die beide eine entschlossene Miene aufsetzten.

Arnaud sorgte dafür, dass Rona mit dem Timeserver aus der Schusslinie kam, während Khaled offenbar seinen eigenen Kopf hatte und einen Bogen ritt, um mit seinem Araberhengst einen weiteren Steilhang hinaufzuklettern. Anselm blieb mit Richard zurück. »Und was machen wir?«, fragte er den blonden Templerbruder aus Metz.

»Ich weiß, wie wir auf den Kamm gelangen, ohne dass die da oben uns bemerken. Los, komm!«

»Dein Wort in Gottes Ohr«, murmelte Anselm und trieb sein Pferd ebenfalls an, um mit Richard mithalten zu können. »Woher kennst du dich so gut hier aus?«, fragte er den Lothringer, nachdem sie oberhalb der Böschung angekommen waren.

»Wir reiten diese Strecke mehrmals im Jahr gemeinsam mit Pierre auf der Suche nach inhaftierten Brüdern«, klärte Richard ihn auf. »Wir sind dann kreuz und quer im Land unterwegs. Du würdest dich wundern, wie viele Brüder nach so langer Zeit noch immer in irgendwelchen privaten Kerkern darben. Bei manchen habe ich den Eindruck, man hat sie völlig vergessen.«

Kaum waren sie oben angekommen, zügelte Richard sein Pferd und duckte sich im Schutz der Bäume. »Kannst du sie sehen?«, fragte er Anselm und deutete auf ein paar Reiter, die sich in Wurfweite aus dem Nebel schälten.

»Wie viele sind es?«, flüsterte Anselm.

»Ich sehe nur drei. Aber es sind garantiert mehr.«

»Was haben die hier zu suchen? Denkst du, es sind de la Mottes Leute? Immerhin hat er an die hundert Soldaten im Nachtrab. Da fällt es nicht auf, wenn sich ein paar von der Truppe entfernen, um die Gegend auf eigene Faust zu erkunden.«

»Ich denke nicht, dass die auf eigene Faust unterwegs sind«, zischte Richard. »De la Motte wird ihnen einen entsprechenden Befehl erteilt haben. Schließlich geht er davon aus, dass wir Malcolm folgen, weil wir ihn befreien wollen. Um herauszufinden, ob es so ist und wie viele wir sind, bleibt ihm gar nichts anderes übrig, als Späher auszusenden und darauf zu hoffen, dass die entscheidenden Leute, auf die er es abgesehen hat, seinen Soldaten in die Falle gehen. Aber ganz gleich, welcher Grund auch dahintersteckt, wir dürfen diese Kerle nicht entkommen lassen.«

»Und was willst du tun? Wir beide haben weder Armbrust noch Bogen dabei«, erinnerte Anselm ihn.

»Wir kämpfen mit dem Schwert«, gab Richard ungerührt zurück. »Oder hast du Bedenken?«

»Nein.« Anselm schluckte nervös. Er dachte an Roland und was er ihm beigebracht hatte. Trotzdem kamen ihm Zweifel, ob er im Ernstfall genauso wehrhaft sein würde wie Richard und seine Brüder, obwohl er bereits in Waldenstein gleichberechtigt mit allen anderen gegen die Agenten der Gens du Roi gekämpft hatte. Aber da war Stephano an seiner Seite gewesen, der für ihn stets die Rolle eines Schutzengels übernahm.

»Stimmt was nicht?« Richard schaute ihn prüfend an.

»Nein, alles bestens«, presste Anselm hervor und zog sein Schwert. Er versuchte es mit einem Gebet, als sie mit gezückter Klinge anritten und auf die blau-gelb gewandeten Soldaten zuhielten, um ihnen in den Rücken zu fallen.

Während Richard den ersten Soldaten vom Pferd hieb, hatte Anselm sein Schild vom Sattel gelöst und lenkte seinen Hengst mit den Schenkeln in Richtung eines weiteren Gegners, der vollkommen überrascht war und nicht mit ihnen gerechnet hatte. Er trug eine Armbrust und war gerade dabei gewesen, die Waffe zweites Mal zu spannen, als Anselm ihn von der Seite attackierte und nur knapp verfehlte. Der andere warf die Armbrust zu Boden und zog sein Schwert.

Stahl traf auf Stahl. Der Mann schien überrascht, weil Anselm keine Probleme hatte, seinen Hieb zu parieren.

Doch der Kerl war blitzschnell, und Anselm hatte Mühe, seine Schläge abzuwehren, was ihn immer mehr in die Defensive trieb, bis er sich an Rolands Empfehlungen erinnerte: *Kämpfe aus dem Bauch heraus!*

Aus dem Augenwinkel sah er, wie Richard es mit zwei Söldnern gleichzeitig aufnahm und mit seinem Schwert um sich prügelte wie mit einem Dreschflegel.

Als der Söldner nahe genug an ihn herangeritten war, setzte Anselm seinen Schild ein, den er dem Angreifer mit aller Kraft entgegenstieß und ihn damit tatsächlich aus dem Gleichgewicht brachte. Das Pferd scheute, als der Söldner dem Tier einen widersprüchlichen Befehl zurief, woraufhin es sich aufbäumte und ihn aus dem Sattel schleuderte.

Plötzlich sirrte ein Messer durch die Luft und blieb in der Stirn des Soldaten stecken. Anselms Blick schnellte zur Seite. Er sah Khaled, der mit seinem Araber aus dem Dickicht hervorgebrochen kam. Ohne zu überlegen, stürzte der Assassine sich auf den zweiten Angreifer, mit dem Richard zu kämpfen hatte, und machte ihn mit seinem Krummsäbel einen Kopf kürzer. Alles ging so schnell, dass es Anselm beinahe unwirklich erschien.

Richard nutzte den Schock, den Khaleds überfallartiger Angriff bei dem anderen Soldaten ausgelöst hatte, und stieß ihm sein Schwert durch das Kettenhemd direkt ins Herz. Der tote Gegner stürzte aus dem Sattel und blieb mit verdrehten Gliedern auf dem laubbedeckten Waldboden liegen, während sein Gaul wiehernd die Flucht ergriff.

»Was ist mit den anderen?«, wollte Anselm von Khaled wissen.

»Die sind auf der gegenüberliegenden Seite des Tals und kämpfen mit den übrigen Hurensöhnen. Wir sollten sie unterstützen.«

Anselm folgte den beiden Brüdern unaufgefordert, auf neuerliche Überraschungen gefasst.

Es waren fünf franzische Soldaten übriggeblieben, stellte er fest, als sie die andere Seite des Bachtals erreichten. Zwei der Männer lagen mit Pfeilen im Hals am Boden, leblos und mit gebrochenem Blick. Drei andere saßen entwaffnet am Boden, die Köpfe gesenkt.

Gero stand hinter ihnen, während Struan sie mit seinem Claymore bedrohte.

»Wo ist eure Einheit?«, blaffte er den ältesten der Söldner an. Doch der Mann schwieg.

»Mit welchem Auftrag habt ihr uns aufgelauert?«, versuchte er sein Glück nochmal. Wieder nichts.

Struan fackelte nicht lange.

Anselm hörte einen scharfen Luftzug und ein *tschopp*, als ob man eine Melone mit einem Hackmesser zerteilt.

Dann sah er den Kopf des Mannes im nassen Laub liegen und das Blut, das sich unter seinem zur Seite gekippten Körper ausbreitete und das rostrote Laub dunkelrot färbte.

»Na los, du Trottel, rede, verdammt!«, fuhr Struan den zweiten Söldner an, »oder willst du den Kopf deines anderen Kameraden auch im Laub landen sehen?«

»Gilles, ich flehe dich an«, bettelte der dritte und jüngste Söldner, der einen Pariser Dialekt sprach. »Sag ihnen, was sie hören wollen. Vielleicht lassen sie uns dann laufen.«

»Halt's Maul, du Idiot«, schalt ihn der Ältere. »Es sind Templer. Sie werden uns töten, ganz gleich, was wir ihnen erzählen. Sollten sie uns wider Erwarten laufen lassen, werden die Gens du Roi uns zu Tode foltern, weil wir Geheimnisverrat begangen haben.«

Struan überlegte nicht lange und wechselte die Prioritäten. Gero schien nichts dagegen zu haben, denn er schritt nicht ein, als sein Bruder das schottische Breitschwert hob und den Kopf des Alten mit einem wuchtigen Hieb vom Körper trennte.

Der überlebende Söldner, ein schwarzhaariger, bleichgesichtiger Mann von vielleicht zwanzig Jahren, schrie vor Angst und machte sich in die Hose.

»So, Freundchen«, sagte Gero gnadenlos. »Deine letzte Chance. Sag uns, was de la Motte mit den Gefangenen vorhat und ob er euch den Befehl erteilt hat, nach uns zu suchen.«

Anselm, der die Szene entgeistert beobachtet hatte, war sich plötzlich darüber im Klaren, dass in seinem deutschen Bruder noch ganz andere Charaktereigenschaften steckten, als er Hannah zu zeigen bereit war.

»Ja, wir gehören zu den Wachmannschaften der Gens du Roi«, gab der junge Soldat hastig zu. »Wir sind eigentlich in Troyes stationiert.«

»Und was ist eure Mission?« Geros Stimme war weicher geworden, so als ob er ihrem unfreiwilligen Informanten Mut machen wollte, seine Todesangst zu überwinden und die Wahrheit zu sagen.

»Wir … wir sollten nach verdächtigen Reisenden Ausschau halten«, stammelte der Späher. »Und deren Papiere kontrollieren. Aber als Gilles euren blonden Bruder gesehen hat«, murmelte er und deutete auf Richard, »war er sicher, dass es sich um einen Templer handelt, zumal er einen kurz geschorenen Bart trug. Gilles hat früher in Limoges gedient und kannte viele der dortigen Templer vom Sehen. Der Blonde gehörte wohl auch dazu. Gilles wusste, dass der Mann aus Metz kam und als flüchtig galt. Er war sicher, dass wir eine Beförderung erhielten, wenn wir euch, anstatt zu kontrollieren, gefangen nehmen und de la Motte zum Abendessen servieren würden. So hat er es jedenfalls ausgedrückt.«

»Und was ist mit den Gefangenen?«, wollte Struan wissen. »Wo bringen sie die beiden hin? Und was hat es mit dieser Frau auf sich, die zusammen mit dem Bruder des Templers festgesetzt wurde?«

»Ich kenne die Frau nicht«, antwortete der Soldat mit ergebenem Blick. »Es hieß, sie sei de la Mottes Hure gewesen und würde für ihn arbeiten. Vielleicht sitzt sie mit dem Templer in einer Zelle, damit sie ihn dazu bringt, die Seiten zu wechseln.«

»Ich stelle fest, du hast nicht die leiseste Ahnung, was einen echten Templer ausmacht«, raunte Struan. »Wie geht es dem Gefangenen? Wir haben erfahren, er wurde ausgepeitscht.«

»Marschall de la Mottes Adjutant hat den Mann ohne Erlaubnis ausgepeitscht und wurde dafür bestraft. Der Marschall hat ihm das Kommando entzogen und ihm gedroht, ihn nach Paris zu schicken, falls er noch einmal aus der Reihe tanzt. Der Gefangene wurde, soweit ich weiß, von einem Medikus versorgt. Es geht ihm gut.«

»Und wo werden de la Motte und seine Bande als Nächstes haltmachen?«, wollte Gero nun wissen.

»Der nächste Aufenthalt ist in Donzy, um die Pferde zu tränken. Danach werden sie nach Nevers reiten und in der Burg des Bischofs übernachten. Die

Wachen werden vom dortigen Grafen gestellt. Anschließend geht es weiter nach Clairmont. Dort werden sie in einer Festung der königlichen Söldner nächtigen, die dort als Reserve Ludwig X. stationiert sind.«

Für kurze Zeit trat Stille ein. Eine düstere, bedrohliche Stille. »Ich habe alles gesagt«, rief der junge Soldat verzweifelt. »Lasst ihr mich jetzt laufen? Ich werde auch keinem verraten, dass ich von euch verhört wurde. Damit würde ich mir schließlich selbst ein Bein stellen, nicht wahr?«

Anselm beobachtete, wie Gero, Struan und Khaled rasche, aber vielsagende Blicke tauschten, die erkennen ließen, dass sie sich auch ohne Worte verstanden.

»Gut, du kannst gehen«, sagte Gero. Anselm sah, wie der Mann erleichtert die Schultern sinken ließ und befreit ausatmete. »Khaled, erlöse ihn von seinen Fesseln.«

Der Assassine nickte stumm und trat hinter den Mann. Doch anstatt ihm die Fesseln zu durchtrennen, schnitt er ihm blitzschnell die Kehle durch.

Ohne dass der Mann einen Laut von sich gab, knickte sein Kopf zur Seite. Ein sauberer Schnitt, der nicht besser hätte ausgeführt werden können.

Anselm schluckte hart. Ihm war speiübel.

»Kommt«, sagte Gero nur und stellte mit einem Rundumblick sicher, dass seine Truppe vollständig war. »Wir sollten uns auf den Weg nach Donzy machen, damit wir vor de la Motte dort sind und unsere Vorräte auffrischen können, bevor wir Pierre und die anderen in der Nähe der Zisterzienserabtei treffen.«

Und was ist mit den Leichen?, hätte Anselm am liebsten gefragt, musste aber einsehen, dass es keinen Sinn machte, sie zu beerdigen. Mit der Frage beschäftigt, ob er schockiert sein sollte oder ob es besser war, sich an den Anblick abgeschlagener Köpfe und aufgeschlitzter Kehlen zu gewöhnen, stieg er wie betäubt auf sein Pferd.

KAPITEL 31

APRIL 1316
HERZOGTUM LOTHRINGEN /
BURG WALDENSTEIN

Blut und Wasser

»Hanemann von Lichtenberg ist nicht bei Trost«, zischte Hannah und warf der Gräfin einen bitterbösen Blick zu, während sie in deren Kemenate saß und mit ihr über die Forderung des jungen Landgrafen beriet, sie sozusagen als Luxus-Geisel mit auf seine Burg zu nehmen.

Wie bei ernsten Familiengesprächen üblich, hatte die Gräfin vorher ihre Kammerfrauen hinausgeschickt. Ein weiterer Grund, warum Hannah keine Hemmungen verspürte, das Kind beim Namen zu nennen. »Sag bloß, du willst zulassen, dass dieser Geisteskranke mich auf seine finstere Festung verschleppt?«

Während Margaretha von Lichtenberg zu Waldenstein mit einer Antwort auf sich warten ließ, sprang Hannah von der Fensterbank auf. Um sich abzureagieren, lief sie vor den beiden hohen, bleiverglasten Fenstern auf und ab.

»Die Burg ist nicht finster«, erwiderte die Gräfin schließlich, ohne sich anmerken zu lassen, was sie tatsächlich über eine solche Entwicklung dachte. »Sie gehört zu den imposantesten Festungen, die der Adel in Lothringen zu bieten hat.«

Hannah fuhr herum wie eine Furie. »Soll mich das etwa trösten? Was in Gottes Namen ist in diesen Idioten gefahren, dass er sich einbildet, er könne mich gegen meinen Willen entführen? Und wofür überhaupt? Ich habe seinen Oheim nicht angerührt, geschweige denn, ihn umgebracht. Und Gero erst recht nicht.«

»Ich werde ihm nicht nachgeben«, versuchte Margaretha sie zu beruhigen. »Aber ich habe nicht die geringste Ahnung, wie ich auf eine solch absurde Forderung reagieren soll«, fügte sie erschreckend hilflos hinzu.

»Ich glaube es einfach nicht«, stöhnte Hannah und schaute hinunter ins Tal auf die Mosel, deren gewundener Lauf zwischen allmählich grünenden Hügeln in der Nachmittagssonne funkelte.

Der Frühling ist im Anmarsch, ging es Hannah durch den Kopf. *Alles hätte so schön sein können, wenn Gero nicht gerade in der Hölle unterwegs wäre und ihr zwangsläufig die Probleme mit der buckligen Verwandtschaft überlassen hätte.*

Sie wusste längst, dass es noch Tage, vielleicht Wochen dauern konnte, bis er mit seinen Kameraden wieder zu ihnen zurückkehrte.

Wenigstens hielt Lyn sie über das Armband mit ihrer Verbindung zu Rona auf dem Laufenden. Gero und seine Brüder waren bereits tief nach Franzien eingedrungen und befanden sich irgendwo auf der Höhe von Burgund. Wenn es schlecht lief, mussten sie womöglich bis Carcassonne reiten, um Malcolm und auch Amelies Vater zu befreien. Außerdem hatte Rona ihr über Lyn mitgeteilt, dass Amelie zusammen mit Freya und Johan auf dem Rückweg nach Waldenstein war. Aber das alles konnte sie unmöglich Gräfin Margaretha erklären, die sie der Zauberei verdächtigt hätte.

»Du glaubst doch nicht ernsthaft«, stieß Hannah wutentbrannt hervor, wobei sie mit ausgestrecktem Zeigefinger zum Fenster hinausdeutete, »dass ich mich diesem Tollkopf und seinen krankhaften Launen oder denen seiner Familie so lange ausliefere, bis Gero den Tod seines Onkels aufgeklärt hat?«

»Es ist durchaus üblich, dass man in einem Streitfall Familienangehörige als Unterpfand nimmt, um ein Druckmittel zu haben, damit der Beschuldigte seinen Verpflichtungen nachkommt«, antwortete die Gräfin verhalten. Wobei Hannah am grimmigen Blick Margarethas erkennen konnte, wie sehr ihr eine solche Praxis gegen den Strich ging.

»Und was ist mit Sophia? Soll das Kind mich etwa auf die Stammburg des wundervollen Hanemanns begleiten, um dort mit mir auf Geros Rückkehr zu warten?« Hannah war außer sich. »Was geschieht, wenn mein Ehemann nicht zu uns zurückkehrt, was der Allmächtige verhüten möge? Muss ich dann Hanemann von Lichtenberg, diese Witzfigur, zum Gemahl nehmen? Oder wie stellst du dir das vor?«

»Warum sollte Gero nicht zurückkehren? Er ist doch nur ausgezogen, um Amelie und Struans Bruder zu suchen. Er wird in ein paar Tagen wieder da sein, das hat er selbst gesagt«, verteidigte die Gräfin ihre vermeintlich komfortable Ausgangssituation.

Hannah schnellte herum, Tränen in den Augen. Nicht vor Verzweiflung, sondern vor Wut. »Hast du vergessen, wer womöglich hinter der ganzen Sache steckt? Das ist keine simple Räuberjagd. Das sind die Gens du Roi und damit der franzische König, gegen die Gero und seine Brüder womöglich ins Feld ziehen!«

»Vielleicht bist du dann im Fall einer bewaffneten Auseinandersetzung in Hanemanns Obhut sogar sicherer als hier«, gab die Gräfin zu bedenken, die offenbar gar nichts verstand, wobei ihr ratloser Blick auf Hannah traf.

Deren Puls steigerte sich mittlerweile vor lauter Fassungslosigkeit in bedenkliche Höhen. »Lieber Gott«, presste sie durch die zusammengebissenen Zähne hervor, »sag mir, dass ich im falschen Film sitze.«

»Film?«, fragte die Gräfin irritiert. »Was ist ein Film?«

»Vergiss es«, murmelte Hannah, die nicht im Geringsten daran interessiert war, Margaretha über Dinge aufzuklären, die sie ohnehin nicht verstand. »Ich verlange, dass du mir jetzt sagst, wie es weitergeht. Und damit du es weißt – ich werde Hanemanns Ansinnen ablehnen, allein schon, weil ich Sophia nicht hier zurücklassen kann. Und sie mitzunehmen, kommt erst recht nicht infrage.«

»So schrecklich ist es dort gar nicht«, versuchte die Gräfin sie aufs Neue zu beschwichtigen. »Burg Lichtenberg ist sehr luxuriös. Schöner und größer als Waldenstein. Helle Räume, Fenster aus Glas, feinste Teppiche, Böden aus edlem Holz, wunderschöne Möbel, schmackhafte Speisen und ein erlesener Weinkeller. Ich bin sicher, es wird dir an nichts fehlen.«

»Wunderbar!«, ereiferte sich Hannah und vergaß vor lauter Entrüstung jeglichen mittelalterlichen Dialekt, indem sie ins Hochdeutsche verfiel. »Das klingt ja wie die Werbung für einen Wellnesstempel. Hat der Küchenchef vielleicht sogar einen Michelin-Stern? Wenn es dort so toll ist, warum begleitest du deinen angeheirateten Neffen dann nicht gleich selbst und verbuchst das Ganze als längst fälligen Verwandtenbesuch? Ich halte hier solange die Stellung. Wir kommen auch ohne dich klar.«

»Ich rede noch einmal mit Hanemann«, erklärte die Gräfin indigniert, die wahrscheinlich die Hälfte ihres sprachlich fremd klingenden Ausbruchs nicht verstanden hatte. »Vielleicht kann ich ihn umstimmen.«

»Ich bitte darum!«, stieß Hannah genervt hervor. »Obwohl – ganz gleich, was dabei herauskommt, meine Antwort ist nein.«

Ohne die Reaktion der Gräfin abzuwarten, machte sie auf dem Absatz kehrt und eilte die Treppen hinauf in ihre eigene Kemenate, wo Lyn mit der Kleinen auf sie wartete.

»Und?«, fragte Lyn nur, als sie Hannahs bleiches Gesicht bemerkte.

»Die Lichtenberger sind ein Haufen hinterhältiger Spinner!«, schimpfte Hannah. »Wahrscheinlich die Folge jahrelanger Inzucht!« Am liebsten hätte sie die Tür hinter sich zugeknallt, um ihrem Unmut Luft zu machen, worauf sie jedoch aus Rücksicht auf Sophia verzichtete, die in ihrer Wiege nichtsahnend vor sich hin schlummerte.

»Was ist passiert?« Lyn warf ihr einen mitfühlenden Blick zu.

»Hanemann, dieser eingebildete Kretin, behauptet immer noch, die Waldensteiner hätten seinen Oheim auf heimtückische Weise ermordet. Wobei wir nicht daran zweifeln wollen, dass er umgebracht wurde. Bleibt nur die Frage, von wem? Dass wir es nicht waren, versteht sich von selbst. Hanemann vertritt die Auffassung, dass es zu Geros Pflichten gehört, die Geschichte lückenlos aufzuklären und einen Schuldigen zu finden, weil der Mord auf Waldenstein geschehen sei. Natürlich hat er kein Verständnis dafür, dass Gero einfach abgereist ist, zumal ausgerechnet Malcolm, der in Hanemanns Augen als einer der Hauptverdächtigen gilt, nun plötzlich spurlos verschwunden ist. Für den verschlagenen Lichtenberger bietet sich das Ganze als willkommener Komplott zwischen Gero und Malcolm an. Und wir können beim besten Willen nicht argumentieren, dass die Gens du Roi dahintersteckt. Denn auch, wenn die Herren von Lichtenberg nicht unbedingt zu den Sympathisanten des franzischen Königs zählen, gehören sie ganz bestimmt nicht zu dessen Feinden. Außerdem versteht Hanemanns Familie sich hervorragend mit dem Herzog von Lothringen. Es ist also davon auszugehen, dass dieser unverschämte Idiot mit seinen Verdächtigungen gegenüber Gero beim Herzog vorspricht und Ferry von Lothringen eine Untersuchung anordnet, bei der wir ganz klar die schlechteren Karten hätten, zumal Gero nicht hier ist. Wie, in drei Teufels Namen, sollten wir dem Herzog erklären, wo Gero abgeblieben ist und warum es länger dauern könnte, bis er wieder auftaucht?« Hannah ließ sich auf ihr Baldachinbett fallen und schlug die Hände vors Gesicht. »Was soll ich bloß tun?«, murmelte sie.

»Ich könnte Rona eine Nachricht über die möglichen anstehenden Probleme zukommen lassen. Die gibt sie dann an Gero weiter. Ich nehme an, danach kommt er umgehend nach Hause.«

»Auf gar keinen Fall.« Hannah schüttelte energisch den Kopf und setzte sich auf. »Obwohl es ein verlockender Gedanke ist, möchte ich nicht, dass Gero die anderen im Stich lässt, nur weil wir hier nicht klarkommen. Am Ende geraten sie in einen Kampf, den sie womöglich verlieren. Dann würde Gero sich den Rest seines Lebens schuldig fühlen, weil er seine Gefährten ohne seine Unterstützung zurückgelassen hat.«

»Rona könnte Tom kontaktieren, damit er dich und das Kind zurück in die Zukunft transferiert.«

»Das ist so gut wie ausgeschlossen. Stell dir vor, es geht etwas schief, oder wir können nachher nicht hierher zurück. Du hast ja bei Malcolm gesehen, dass auf den Server trotz aller futuristischen Technik nicht immer Verlass ist. Selbst Rona hat keine Ahnung, was genau der Grund dafür sein könnte. Sie meint, es könnte an der Heisenbergschen Unschärferelation liegen, was auch immer das sein mag. Aus meiner bescheidenen Perspektive nenne ich es Russisch-Roulette, auch wenn bisher meistens alles gut gegangen ist.«

»Hast du denn schon mit den Jungs über Hanemanns Forderung geredet? Brian und Totty könnten dich begleiten, falls du dich entschließt, Hanemann nachzugeben.«

»Und was ist mit der Burg?« Hannah schüttelte entschieden den Kopf. »Nein, kommt gar nicht infrage. Gero war es wichtig, dass die beiden hierbleiben und Roland unterstützen.«

»Aber noch viel wichtiger war ihm, dass du und das Kind beschützt seid«, widersprach Lyn. »Ich glaube, die Burg spielt für ihn nur eine untergeordnete Rolle. Außerdem könnte ich auf Sophia achtgeben, falls du Hanemanns Forderungen erfüllen willst. Denn die Kleine würdest du ja wohl nicht mitnehmen wollen, oder?«

»Und wer soll Sophia stillen? Ohne sie gehe ich nirgendwo hin«, erklärte Hannah fest. »Womöglich würden Margaretha und Jutta sie irgendeiner Amme überlassen, die sie am Ende mit einer archaischen Krankheit ansteckt. Das fehlte noch! Nein, es ist ausgeschlossen, dass ich ihn begleite. Weder mit noch ohne Sophia. Wer weiß, was ihm noch alles einfällt. Du weißt doch aus Anselms Berichten, wie grausam und despotisch es im Mittelalter zugehen kann. Irre wie Hanemann werfen ungestraft Leute aus dem Fenster, wenn ihnen danach ist, oder hängen sie bei Wind und Wetter in Eisenkörben in schwindelnder Höhe über dem Burggraben auf, ohne Essen und Trinken, um deren Angehörige zu erpressen. Ohne mich, kann ich nur sagen.«

»Du hast recht«, gab Lyn nachdenklich zurück. »Offen gesagt, kann ich mir auch nicht vorstellen, dass du bei einer solchen Geschichte mitspielst. Wir müssen das irgendwie abwenden.«

Hannah stieß einen genervten Seufzer aus. »Warten wir ab, was meine Tante heute Abend beim Essen zu verkünden hat. Bis dahin werde ich mich in Geduld üben, auch wenn es mir schwerfällt.«

Als hätte sie die schlechte Stimmung gespürt, war Sophia plötzlich wach und fing an zu weinen. Hannah war sofort bei ihr und nahm sie hoch, um sie zu beruhigen. »Keine Angst, meine Süße. Du und ich werden uns niemals einem solchen Verrückten ausliefern.«

Plötzlich erschollen die Fanfaren auf dem Hauptturm. Sophias kleiner Körper zuckte zusammen, und sie fing noch lauter an zu schreien. Während Hannah vergeblich versuchte, sie zu beruhigen, ging Lyn zum Fenster und warf einen Blick in den Burghof.

»Du wirst es nicht glauben«, rief sie freudig. »Es ist Amelie, zusammen mit Freya und Johan! Sie sind in einem geschlossenen Wagen hergekommen.«

Nun ging auch Hannah zum Fenster, während Sophia zumindest das Schreien eingestellt hatte und nur noch quengelte.

»Meine Güte, Amelie sieht aus wie ein Gespenst«, kommentierte Hannah die Ankunft der drei. »Und sieh dir an, was für einen angespannten Eindruck Johan macht. Nur Freya scheint erleichtert zu sein. Komm, Lyn, gehen wir runter und nehmen die drei in Empfang.«

Auf dem Weg nach unten kam ihnen Jutta entgegengelaufen. »Hast du schon gehört, Hannah? Amelie ist zurück. Aber ohne ihren Schwager und die anderen.« Ihr Blick war mehr als nur sorgenvoll. »Weißt du, was das zu bedeuten hat?«

Hannah schüttelte den Kopf und drückte ihrer Schwiegermutter die noch immer quengelnde Enkelin in den Arm. »Kannst du kurz auf sie aufpassen? Ich will die drei begrüßen und mir anhören, was genau geschehen ist. Dann werde ich dir ausführlich berichten.« Dass sie dieses Versprechen nicht halten würde, verschwieg Hannah geflissentlich, als sie mit Lyn zum Ausgang des Palas eilte.

Draußen auf dem Burghof begegnete ihnen Roland, der die Neuankömmlinge als Erster in Empfang genommen und für Amelie sogleich eine Trage angefordert hatte, die von zwei starken Knechten gehalten wurde, die Amelie hinauf in ihre Kemenate bringen sollten.

Hannah konnte mithören, wie Roland Amelie mit leiser Stimme anwies, niemandem etwas über die wahren Hintergründe ihres Zustands zu erzählen. Nicht einmal der Gräfin. Und sie solle auch kein Wort über die Gründe ihres Verschwindens verlieren.

»Das klären wir später«, gab er ihr noch mit auf den Weg, während er Hannah und Lyn mit einem Lächeln begrüßte. »Am besten bringt ihr sie gleich in ihre Kammer und kümmert euch um sie, damit Margaretha erst gar nicht auf die Idee kommt, sie auszufragen – oder gar unser ungebetener Besuch.«

Hannah nickte kurz und umarmte Amelie stumm. »Gott, bin ich froh, dass du heil zu uns zurückgekommen bist.« Sie gab ihr einen Kuss auf die Wange.

Anstatt zu antworten, brach Amelie in Tränen aus und steigerte sich in einen Weinkrampf.

»Sie ist mit ihrer Kraft vollkommen am Ende und benötigt dringend Ruhe«, murmelte Freya und gab den Knechten ein Zeichen, Amelie schnellstmöglich nach oben zu tragen, ehe sie zu Hannah sagte: »Ich begleite sie. Sie darf keinen Augenblick alleine sein.«

Hannah wandte sich an Johan, der alles andere als glücklich wirkte, obwohl es ihm gelungen war, Amelie aus der Gewalt der Gens du Roi zu befreien. »Was genau ist passiert?«, wollte sie von ihm wissen.

»Ich weiß nicht, welche Nachrichten euch Rona in der Zwischenzeit über das Armband übermittelt hat«, begann er zögernd. »Aber wie du dir sicher vorstellen kannst, haben die vorangegangenen Ereignisse Amelie furchtbar mitgenommen. Nicht nur, dass sie sich schreckliche Vorwürfe macht, weil sie auf die Versprechungen einer ehemals guten Freundin hereingefallen ist. Auch die Sorge um Malcolm, um ihren Vater und nun auch um Struan und die anderen machen ihr zu schaffen. Sie ist mit ihren Kräften am Ende. Und das kurz vor der Niederkunft«, murmelte er und schaute sich um, ob jemand zuhörte, der von ihrer Mission nichts wissen durfte.

»Aber das ist noch nicht alles, habe ich recht?« Lyn, die einen siebten Sinn für die Emotionen eines Menschen hatte und in ihrem Gegenüber lesen konnte wie in einem offenen Buch, spürte offenbar, dass Johan ihnen etwas verschwieg.

»Sie hat versucht, sich das Leben zu nehmen«, sagte er tonlos.

»O Gott!«, wisperte Hannah schockiert. »Wie und wo?«

»Auf einem Galgenhügel ungefähr auf halber Strecke zwischen Saint-Mihiel und Metz. Es war purer Zufall, dass Anselm sie entdeckt hat. Wir hätten noch Meilen weit weg sein oder sie übersehen können. Dann wären sie und das Kind jetzt tot. Wenn du mich fragst, hat die Heilige Jungfrau ein Wunder bewirkt. Amelie hatte sich einen Strick um den Hals gelegt und ihn an einem alten Galgen befestigt, an dem zu allem Übel noch zwei Skelette von einer früheren Hinrichtung hingen. Dann hat sie sich auf den Gaul gesetzt, mit dem sie de la Motte und seinen Schergen entkommen konnte. Das Tier muss sich über irgendetwas erschreckt haben und ist losgeprescht, und schon baumelte das arme Mädchen am Seil. Wir dachten schon, sie wäre tot. Anselm und Rona haben sie wiederbelebt und ihr eine Kapsel verabreicht. Es war verdammt knapp.«

»Sag, dass das nicht wahr ist!«, flüsterte Hannah.

»Leider doch. Ich fürchte, es wird noch eine ganze Weile dauern, bis sie sich von dieser Sache erholt hat. Vor allem wird es davon abhängen, ob Gero und die anderen Malcolm und Amelies Vater retten und hierher zurückbringen können. Die beiden sind in den Klauen der Gens du Roi und befinden sich bereits auf dem Weg nach Carcassonne. Dort sollen sie Bernardus Guidonis vorgeführt werden. Und nur die Hölle weiß, was dieser Teufel mit ihnen vorhat.«

»Rona hat sich über Lyns Armband gemeldet und eine Andeutung zum Stand der Dinge gemacht«, gab Hannah mit erstickter Stimme zurück. »Aber ich hätte nicht gedacht, dass es so übel aussieht.«

Johan nickte. »Und wie ist es hier gelaufen?« Er warf Hannah und Lyn einen fragenden Blick zu. »Wie ich sehe, ist der gute Hanemann immer noch nicht abgereist. Und ich dachte, er will seinen toten Oheim schnellstmöglich nach Hause schaffen, um ihn angemessen zu beerdigen.«

Hannah reagierte mit einem lakonischen Blick. »Was Hanemann und seine Absichten betrifft, stehen wir vor einem ziemlichen Problem. Aber komm erst mal rein, dann erzähle ich dir alles der Reihe nach.«

•

»Das bedeutet, das Weib dieses Schotten ist wieder da«, giftete Hanemann von Lichtenberg, als ihn die Gräfin am Abend zu einem intimen Familienessen in ihre Kemenate gebeten hatte, um ihn trotz Rolands Warnung über Amelies Rückkehr zu informieren.

Hannah und Johan saßen mit am Tisch, weil die Gräfin darauf bestanden hatte, damit sie Hanemann Rede und Antwort stehen konnten, falls die Situation es erforderte. Roland war nicht geladen, weil er für Hanemann zu den Verdächtigen zählte und ohnehin keine Lust hatte, sich von diesem Schwachkopf den Appetit verderben zu lassen, wie er Hannah im Vorbeigehen erklärt hatte.

»Und warum sind Gero und die anderen nicht wieder hier?«, fragte Hanemann scharf. »Sagt jetzt bloß nicht, sie haben den jungen Schotten bereits ins Ausland gebracht, damit er sich nicht für den Tod meines Oheims rechtfertigen muss!«

Johan van Elk, der inzwischen von Hannah wusste, was dieser Choleriker – wie er ihn still für sich nannte – tatsächlich beabsichtigte, hatte Mühe, ruhig sitzen zu bleiben. Am liebsten wäre er dem Kerl an die Gurgel gesprungen und hätte dafür gesorgt, dass er seinem Oheim ins Jenseits folgte. Doch er blieb ruhig, wie er es bei den Templern in brenzligen Situationen gelernt hatte. Allein schon, um Hanemann ein möglichst glaubwürdiges Märchen über den Grund von Geros Abwesenheit aufzutischen.

»Ich sagte doch schon«, wiederholte er zum dritten Mal vor dem ungeduldigen Lichtenberger. »Offenbar handelt es sich um Raubritter, die sich mit einer List Zugang zum Marktplatz verschafft und Amelie und Malcolm entführt haben, um Lösegeld zu erpressen. Amelie ist die Flucht gelungen, während die Entführer Malcolm noch immer irgendwo gefangen halten. Und Gero und seine Leute müssen zunächst einmal herausfinden, wo sich das Räubernest befindet, damit sie es angreifen und Malcolm befreien können.«

»Das glaubt Ihr doch selbst nicht«, giftete Hanemann und stürzte einen weiteren Becher Wein hinunter. »Der Frau soll die Flucht gelungen sein und ihrem Schwager nicht? Der Kerl ist fast doppelt so groß wie sie und stark wie ein Auerochse. Haltet mich ja nicht zum Narren!« Er ließ den Blick über die Gesichter der anderen schweifen. »Im Übrigen habe ich mir gerade überlegt, dass ich nicht Hannah als Unterpfand mit nach Lichtenberg nehme, sondern die Frau des

Schotten. Er wird sicher großes Interesse daran haben, sie so rasch wie möglich gegen seinen Bruder auszulösen, damit wir den Herzog von Lothringen um eine baldige Gerichtsverhandlung bitten können.«

»Auf keinen Fall«, erhob Hannah ihre Stimme. »Amelie ist hochschwanger und hat einen schweren Schock davongetragen. Wer weiß, was ihr diese Raubritter angetan haben. Sie ist kaum in der Lage zu sprechen. Wollt Ihr am Ende verantworten, dass sie ihr Kind verliert?«

Hanemann rümpfte seine schmale Nase und schien zu überlegen. »Na gut, dann bleibt es bei Euch, liebste Cousine. Irgendwer muss in den sauren Apfel beißen. Ich bin jedenfalls nicht bereit, ohne ein Unterpfand abzuziehen. Nur so kann ich sichergehen, dass der Graf von Lichtenberg zu Waldenstein die Vorgänge um den Tod meines Oheims aufklärt.«

»Das lasse ich nicht zu«, knurrte Johan und hätte womöglich sein Schwert gezogen, das er in weiser Voraussicht aus ebendiesem Grund in seinem Zimmer gelassen hatte.

»Was habt Ihr denn schon zu sagen«, höhnte Hanemann herablassend. »Ihr seid nur ein einfacher Söldner im bescheidenen Heer meines Cousins.«

»Ich bin Graf Johan van Elk!«, fuhr Johan ihn an. »Somit sind wir ebenbürtig, was unseren Rang betrifft.«

Während Hanemanns Gesicht für einen Augenblick Verwirrung zeigte, meldete sich die Gräfin zu Wort.

»Du kannst mich stattdessen mitnehmen, mein lieber Junge«, empfahl sie ihrem angeheirateten Neffen mit einem diplomatischen Lächeln. »Ich wollte bereits vor längerer Zeit deine Tante Adelheid besuchen. Außerdem hatte ich ohnehin vor, an Johanns Beisetzung teilzunehmen. Immerhin war er der Cousin meines verstorbenen Gemahls und ein alter Jugendfreund aus besseren Tagen. Ich vermisse ihn genauso schmerzlich wie du.«

Hanemann schüttelte den Kopf. »Nichts da. Du bist kein geschätztes Mitglied der Familie. Jeder weiß, dass Johann dich vor deiner Ehe mit Oheim Gerhard gevögelt hat und auch nach dessen Tod nicht abgeneigt war, es weiterhin zu tun«, erwiderte er grob. »Außerdem gehe ich jede Wette ein, dass Gero keinen Pfifferling für dich übrig hat und nicht einlenken wird, um dich hierher zurückzuholen. Im Gegenteil. Er und Roland werden froh sein, wenn sie dich endlich los sind. Dann kann Gero munter sein Erbe antreten. Und Roland bleibt Burgvogt, ohne dass ihm jemand in seine Arbeit hineinredet. Zugleich kann er sich ohne Rücksicht auf dein Gemüt weiterhin mit jeder willfährigen jungen Magd vergnügen. Nein, Tante, du bist den Tätern keinen grünen Heller wert und somit taugst du auch nicht als Unterpfand«, fuhr er voller Gehässigkeit fort. »Entweder die junge Gräfin folgt mir auf meine Burg, oder ich bringe die Sache gleich vor den Herzog von Lothringen. Wer weiß, was wir noch alles herausfinden, um den sogenannten Erben von Waldenstein als das zu entlarven, was er in Wahrheit ist. Ein Lügner und Hochstapler.«

»Wie kannst du es wagen«, fuhr die Gräfin auf, die nun selbst die Geduld verlor.

»Und was hättet Ihr für einen Vorteil von einer solchen Entwicklung?« Johan van Elk sah Hanemann scharf ins Gesicht. »Höre ich da so etwas wie Missgunst und Habgier heraus, weil Ihr unbedingt etwas finden wollt, um Gero beim Herzog von Lothringen in Verruf zu bringen? Habt Ihr am Ende vielleicht selbst dafür gesorgt, dass Euer Oheim das Zeitliche segnet? Womöglich aus den gleichen Gründen, die Ihr Gero zum Vorwurf macht? Geht es Euch nicht vielmehr um ein verlorenes Erbe, das Ihr Euch mit allen Mitteln zurückholen wollt?«

»Das muss ich mir nicht bieten lassen!«, brüllte Hanemann und schmetterte die Faust auf den Tisch. »Ihr habt die Wahl«, fuhr er düster fort. »Entweder Geros Weib folgt mir als Unterpfand zur Feste Lichtenberg, bis ihr Gemahl bereit ist, die Ursachen, die zum Tod meines armen Oheims geführt haben, aufzuklären, oder ich reise morgen ohne die junge Gräfin ab und wende mich unverzüglich an den Herzog, damit er und seine Gerichtsbarkeit die Sache übernehmen.«

Johan van Elk, der innerlich gehofft hatte, dass der Geck wegen seines Einwands beleidigt sein würde, ihn zum Zweikampf herausforderte und damit auf legale Weise sein Leben verlor, musste einsehen, dass sein Gegenüber gerissener war als vermutet.

»Falls Ihr darauf besteht, dass die junge Gräfin mit Euch kommt, werde ich sie begleiten«, erklärte Johan stur. »Um ihre Tugend zu beschützen.«

»Ausgerechnet Ihr? Ein verheirateter Mann? Was sagt denn Eure Angetraute dazu?« Hanemann grinste boshaft. »Hier geht es nicht um einen Minnedienst, mein Lieber, sondern um eine ernste Angelegenheit. Und Ihr wollt mir doch nicht unterstellen, dass ich die Ehre dieser Frau in Gefahr bringe, weil ich die Aufklärung eines Mordes verlange? Nein, ich lasse nicht zu, dass sie von wem auch immer begleitet wird. Das würde nur zu weiteren Schwierigkeiten führen.«

»Und was ist mit dem Kind?«, wollte Margaretha wissen, der anzusehen war, wie sehr sie das alles verstörte. »Du solltest wenigstens Sophia bei uns lassen. Was, wenn die Kleine krank wird und eine solche Reise nicht übersteht?«

»Auf das Kind verzichte ich gerne«, erklärte Hanemann jovial und leckte sich über die Lippen. »Mir reicht es vollkommen, wenn ich die Mutter in meiner Nähe weiß.«

»Wenn du darauf bestehst«, sagte die Gräfin mit versteinerter Miene, »bleibt mir wohl nichts anderes übrig, als deinem Ersuchen nachzugeben. Obwohl du wissen sollst, dass ich dein Benehmen und deine Verdächtigungen in höchstem Maße missbillige. Und ich bin mir sicher, dass Gero nicht begeistert sein wird, wenn er davon erfährt. Ich übernehme keine Verantwortung dafür, wenn er nach seiner Rückkehr Vergeltung für die Unannehmlichkeiten fordert, die seine Frau und seine Tochter durch deine Uneinsichtigkeit erfahren haben.«

Hannah sprang empört auf. »Habe ich hier eigentlich auch noch ein Wort mitzureden? Oder bin ich bereits abgeschrieben?« Sie hatte das Gefühl, sich vor lauter Wut übergeben zu müssen. Ohne sich zu entschuldigen, rannte sie nach draußen zum Abort. Während sie sich würgend über dem hölzernen Deckel beugte und nichts außer Galle spie, weil sie den ganzen Tag keinen Bissen herunterbekommen hatte, kämpfte sie mit einem hartnäckigen Schwindel. War sie eben noch mit der festen Absicht in der Kemenate der Gräfin erschienen, sich dem Vorhaben des Lichtenbergers energisch zu widersetzen, sah sie nun eine ernste Gefahr für Gero und ihrer aller Zukunft, falls sie nachgab. Wenn erst der Herzog von Lothringen damit begann, in Geros nicht allzu ferner Vergangenheit herumzustochern und womöglich auf den alten Haftbefehl Philipp IV. stieß, würden Dinge ans Tageslicht kommen, die besser verborgen blieben und nicht nur Gero, sondern auch Margaretha in ernsthafte Schwierigkeiten bringen konnten. Deshalb blieb ihr am Ende gar nichts anderes übrig, als Hanemann von Lichtenbergs abartigen Forderungen nachzugeben. Selbst wenn ihr die Gewissheit, als Gefangene auf seiner Burg zu sitzen und ihm und seinen Leuten ausgeliefert zu sein, wie ein zweitklassiger Horrorfilm erschien. Hinzu kam der Gedanke, Sophia auf Waldenstein zurücklassen zu müssen. Dies alles brachte sie an den Rand der Verzweiflung.

Um Fassung bemüht, wischte sie sich über die Lippen und spülte ihren Mund an einem Trinkbrunnen, der draußen in der Halle stand, mit Wasser aus. Anstatt sich wieder zur Gräfin und ihrem unverschämten Gast zu begeben, machte sie sich auf den Weg zurück in ihre eigene Kammer. Sie hielt es keine Sekunde länger in Gegenwart dieses Ekels aus, und auch die erkennbare Machtlosigkeit der Gräfin ängstigte sie.

Johan van Elk, dem es wohl ähnlich ergangen war, wartete am Treppenaufgang auf sie und nahm sie tröstend in die Arme.

»Es tut mir leid, dass ich diesen unverschämten Hund nicht einfach einen Kopf kürzer machen darf«, bemerkte er überflüssigerweise und folgte ihr auf dem Weg nach oben.

»Und mir erst«, wisperte Hannah, den Tränen nahe. »Leider können wir es nicht riskieren, uns in dieser speziellen Lage mit den Lichtenbergern anzulegen. Das wäre existentieller Selbstmord.«

Er legte seine große Hand auf ihre Schulter und drückte sanft zu. »Ich werde nicht zulassen, dass dieser Hohlkopf dir etwas antut«, versprach er.

»Und was ist, wenn er mich dazu zwingt, mit ihm das Lager zu teilen, oder andere unappetitliche Dinge von mir verlangt?« Sie blieb mitten auf einer Treppenstufe stehen und schaute Johan herausfordernd an.

»Das werde ich nicht zulassen, verlass dich drauf.«

»Erstens wirst du es nicht erfahren«, erwiderte sie mit einem mutlosen Lächeln, »weil du nicht dabei bist, und zweitens kannst du schlecht mit Roland und seinen Männern die Festung der Lichtenberger angreifen und eine Fehde ausrufen. Damit würde alles auf das gleiche Desaster hinauslaufen. Hanemann würde den Herzog ins Boot holen, und nicht nur Gero wäre erledigt.«

»Dem kann ich leider nicht widersprechen«, gab er mit zerknirschter Miene zurück. »Die Situation ist mehr als verfahren. Ich fürchte, du hast recht. Wenn wir nicht noch mehr Dreck aufwirbeln wollen, müssen wir tun, was er verlangt.«

»Ich wünschte, Gero wäre hier.« Hannah stieß einen verzweifelten Seufzer aus, als sie auf der Etage angekommen waren, wo sich ihre und Geros Kammer befand. Nachdenklich schaute sie durch Johan hindurch, der einen Augenblick stehen geblieben war, bevor er weiter zu Amelie und Freya wollte. »Aber was auch immer geschieht«, sagte Hannah mehr zu sich selbst. »Gero darf auf keinen Fall erfahren, was hier los ist. Ich muss mit Lyn sprechen. Sie hat über das Armband regelmäßig Kontakt zu Rona und darf sich nicht verquatschen.«

•

»Sag, dass das nicht wahr ist«, beschwor Lyn sie wenig später, als Hannah mit einer entsprechenden Erklärung in ihre Kammer zurückkehrte und ihrer schlafenden Tochter wegen darauf verzichtete, ihrem Zorn freien Lauf zu lassen. »Dieser Trottel will dich mitnehmen? Ohne das Kind? Wie soll das gehen? Du stillst Sophia noch, und du wolltest nie eine Amme.«

»Außer mir scheint das niemanden zu kümmern«, zischte Hannah, noch immer außer sich vor Wut. »Ich habe das dumpfe Gefühl, Hanemann weiß, dass er uns ganz und gar in der Hand hat. Ich kann unmöglich riskieren, dass er Gero und die Gräfin vor dem Herzog des Mordes an seinem Onkel bezichtigt, schon gar nicht, bevor Gero zurück ist und eine vernünftige Verteidigung organisieren kann.«

Lyn schien angestrengt nachzudenken, wie man das drohende Unheil möglichst noch abwenden konnte. »Findest du nicht, dass die Motivlage für einen Mord äußerst schwach ist?«, wandte sie schließlich ein. »Warum sollte Gero oder irgendwer sonst auf Waldenstein ein Interesse am Tod des alten Landgrafen gehabt haben?«

»Ich glaube, da steckt etwas anderes dahinter«, unkte Hannah mit verschwörerischer Stimme. »Hanemann von Lichtenberg verfolgt irgendeine düstere Absicht. Leider ist Sherlock Holmes noch nicht geboren, und DNA-Tests liegen noch so weit in der Zukunft, dass wir nicht einmal etwas Vergleichbares anführen könnten, um Hanemanns eigene Schuld zu beweisen. Und selbst wenn wir Hanemanns DNA ermitteln und mithilfe des Servers feststellen, wo er in jener fraglichen Nacht gewesen ist, wird uns das nicht weiterhelfen. Denn wie sollten wir diesen ›Beweis‹ dem Herzog von Lothringen vorbringen, ohne als Hexen auf dem nächstbesten Scheiterhaufen verbrannt zu werden?«

»Wir könnten ihn umbringen«, schlug Lyn ohne sichtbare Emotionen vor.

Hannah runzelte die Stirn. »Wen? Den Herzog?«

»Nein, Hanemann.«

»Wie stellst du dir das vor? Er hat Dutzende Soldaten in seinem Gefolge, die ganz genau wissen, unter welch seltsamen Umständen sein Onkel gestorben ist und dass Hanemann uns die Schuld dafür gibt. Spätestens sein Adjutant, Helfrich von Schöneck, würde die Geschichte an seinen Nachfolger weitertragen. Und Hanemanns Erben haben garantiert ein noch größeres Interesse daran, Gero und seiner Tante einen weiteren Mord in die Schuhe zu schieben, um sich Waldenstein mitsamt den dazugehörigen Ländereien unter den Nagel zu reißen. Ich vermute, darin liegt auch Hanemanns tatsächliches Motiv. Er will Gero den Tod seines Oheims anhängen, um sich Waldenstein zurückzuholen.«

»Das hört sich an, als habe er das alles von Anfang an geplant«, resümierte Lyn mit einem Blick auf Sophia, die nichts davon ahnte, in welchen Schwierigkeiten ihre Eltern steckten.

Hannah zuckte nervös mit den Schultern. »Wer sagt denn, dass es nicht so war?«

Lyn schaute sie durchdringend an. »Wäre es unter diesen Umständen nicht besser, wenn Gero umgehend zurück nach Hause käme und die Angelegenheit selbst regelt?«

»Nein. Auf keinen Fall. Das haben wir alles schon durchdiskutiert.« Hannah kniff die Lippen zusammen, bevor sie einen Entschluss fasste. »Ich will nicht, dass Gero überstürzt nachhause reiten und sich ohne Hilfe seiner Brüder gegen die kruden Anschuldigungen dieses hinterlistigen Erbschleichers verteidigen muss. Deshalb gehe ich mit Hanemann und mache gute Miene zum bösen Spiel. Ebenso wenig will ich, dass Margaretha und Gero – und damit wir alle – diese Burg verlieren. Spätestens bis unsere Männer wohlbehalten zurückgekehrt sind und Gero selbst den Kampf gegen seinen Cousin aufnehmen und die Dinge zum Besseren wenden kann, werde ich tun, was man von mir verlangt. Vielleicht kann Pierre uns dann helfen und die Verteidigung übernehmen. Er ist Jurist und kennt sich in der hiesigen Rechtsprechung besser aus als jeder andere.«

»Wenn es unbedingt sein muss, werde ich während dieser Zeit auf Sophia aufpassen«, versprach ihr Lyn. »Ich sorge dafür, dass sie eine gesunde Amme bekommt und alles abgekocht wird, was die Kleine zu sich nimmt. Und sollte sie wider Erwarten doch krank werden, habe ich immer noch ein paar Nanokapseln zur Auswahl. Also mach dir keine Sorgen. Du wirst das durchstehen, bis Gero zurück ist und dich von diesem Übel erlösen wird.«

»Ich danke dir von Herzen«, erwiderte Hannah mit einem frustrierten Blick. »Und noch eins: Gero darf auf keinen Fall davon erfahren. Hörst du? Kein Wort zu Rona.«

»Geht klar.«

»Ich muss jetzt packen«, erklärte Hannah ernüchtert. »An Schlaf ist sowieso nicht zu denken. Ich weiß schon jetzt, dass ich vor lauter Wut auf die Gräfin, die uns diese Suppe mit ihrer fehlenden Menschenkenntnis und ihrer übertriebenen Diplomatie eingebrockt hat, kein Auge zubekommen werde.«

KAPITEL 32

APRIL 1316
GRAFSCHAFT NEVERS / DONZY

Einer für alle

Rufus de la Motte starrte mit düsterer Verbissenheit in das Halbdunkel der zart grünenden Eichenwälder, die an der Straße nach Donzy nicht nur für Schutz vor Sonne und Regen sorgten, sondern auch ein sicherer Zufluchtsort für Gesindel aller Art waren. »Sie müssen hier irgendwo sein«, raunte er Baptiste de Neuville zu, an dessen Seite er ritt, gefolgt von fast hundert franzischen Söldnern, die wiederum den Gefangenenwagen begleiteten, in dem Justine und der Schotte festgehalten wurden.

Soeben hatte man de la Motte die Nachricht vom Tod acht berittener Soldaten des Königs überbracht, die unter dem Kommando von Hauptmann Daniel Sejus gestanden hatten. Deren Aufgabe war die Suche nach Rebellen gewesen, die den Treck anzugreifen drohten.

Ein Kurier des Grafen von Auxerre hatte auf dem Weg nach Bourges die Leichen der Unseligen oberhalb eines Bachtals entdeckt. Zum Teil enthauptet, zum Teil erschlagen, waren die leblosen Körper der Männer allesamt fürchterlich zugerichtet gewesen.

»Es waren meine besten Späher«, beklagte sich der grauhaarige Kommandeur Godeffroy de Colard, der zugleich für die gesamte Truppe der königlichen Soldaten und zusätzlich angeheuerten Söldnern verantwortlich war, die den Gefangenentransport als Vorhut und Nachtrapp auf dem Weg nach Süden begleiteten. »Sejus war einer meiner fähigsten Offiziere. Er hat in vielen Schlachten für die franzische Krone gekämpft und wollte es nun etwas ruhiger angehen lassen. Ihr hättet mich warnen müssen, wie gefährlich diese Männer sind«, fügte er vorwurfsvoll an de la Motte gerichtet hinzu.

»Was denkt Ihr Euch, Colard?«, zischte de la Motte ungehalten. »Dass wir es hier mit einem Haufen unbedarfter Chorknaben zu tun haben? Das sind ehemalige Templer, die der Inquisition entkommen sind. Das allein reicht aus, um als Soldat hellhörig zu werden und die notwendige Vorsicht walten zu lassen.«

»Was wollt Ihr mir damit sagen?«, konterte Colard und verengte seine Lider zu einem argwöhnischen Blick. »Dass diese Totschläger besser ausgebildet sind als meine Soldaten? Da kann ich nur lachen! Die Templer hatten jahrelang kein militärisches Training. Geschweige denn, dass sie im Kampf geübt wären.«

»Euer Wissen über den Templerorden und seine weißgewandeten Ritter scheint nicht auf dem neuesten Stand zu sein, wie ich zu meinem Erstaunen feststellen muss«, höhnte de la Motte, der die herausragenden Fähigkeiten seiner Gegner am eigenen Leib zu spüren bekommen hatte. »Die Miliz Christi gehörten zu den bestausgebildeten Kriegern, die das Militär jemals hervorgebracht hat. Schon bevor deren Angehörige vom Teufel verführt wurden, haben sie und ihre Heere mit der unerschütterlichen Ordnung und kühlen Präzision antiker Armeen gekämpft, von ihrer taktischen Finesse ganz zu schweigen. Jeder Ordensbruder kannte im Gefecht seinen Platz«, erläuterte ihm de la Motte mit einem glühenden Blick und bezeugte damit seine unterschwellige Begeisterung für die Templer, denen er in jungen Jahren selbst gerne angehört hätte. »Dagegen sind Eure Truppen ein bunt zusammengewürfelter Haufen selbstgefälliger Aufschneider!«

»Die im Gegensatz zu Euren vielgelobten Templern im Angesicht Gottes kämpfen und sich nicht dem Teufel verschworen haben«, konterte Colard mit einem beleidigten Zug um den Mund. »Warum interessiert sich unser König überhaupt noch für die Templer? Ich dachte, sie wurden vor Jahren mit Stumpf und Stiel ausgerottet?«

»Mit Verlaub, Kommandeur Colard, das ist eine Angelegenheit der königlichen Geheimpolizei und geht Euch bei Gott nichts an«, raunte de la Motte. »Ihr habt lediglich Eure Pflicht zu erfüllen. Und die lautet: Bringt die Gefangenen unbehelligt nach Carcassonne und unterbindet jeglichen Befreiungsversuch. Dabei solltet Ihr nie vergessen, dass diese Templer-Rebellen tausendmal gefährlicher sind als gewöhnliche Räuberbanden. Und falls Ihr Euch erinnern könnt, lautete der Befehl ohnehin, diese Satansbrut rechtzeitig aufzuspüren und im besten Fall festzusetzen. Da gehört es zur Natur der Sache, ständig die Umgebung zu kontrollieren. Wenn acht gute Männer dafür zu wenig sind, müsst Ihr eben sechzehn oder zweiunddreißig auf die Suche schicken. Doch bevor Ihr meine Befehle ausführt, entsendet einen Boten nach Toucy mit einer Mitteilung an den dortigen Burgvogt, er möge sich im Auftrag des Königs um die Bergung und Beisetzung der sterblichen Überreste der getöteten Soldaten kümmern.«

»Zu Befehl!« Der Kommandeur nickte knapp und wendete seinen Braunen, um dem Rest der Truppe die neusten Hiobsbotschaften zu überbringen. Was sicher nicht dazu führen würde, dass dessen Leute nun enthusiastischer auf die Suche nach vom Teufel besessenen Mönchkriegern gingen, die ihnen irgendwo dort draußen in einer unbekannten Anzahl auflauerten.

De la Motte stieß einen verhaltenen Fluch aus und starrte missmutig zum bewölkten Himmel hinauf, während sein Gaul antrabte, um weiterhin stoisch dem Gefängniswagen zu folgen.

Wenigstens hatte es zu regnen aufgehört, und der Nebel hatte sich verzogen. Trotzdem war es kalt und ungemütlich, was de la Mottes Stimmung nicht unbedingt aufhellte. Vor allem seine Wut auf Baptiste de Neuville, der direkt hinter ihm ritt, war noch längst nicht verraucht.

»Wie geht es dem Schotten?«, fragte er seinen Stellvertreter mit dumpfer Stimme. »Hat der Medikus ihn anständig verbunden? Oder wird er wegen deiner Dummheit noch vor Carcassonne vom Wundbrand und vom Fieber dahingerafft?«

»Ich bitte um Vergebung, dass ich mich beim Anblick dieses schottischen Schlächters vergessen habe«, raunte de Neuville und senkte unterwürfig den Blick. »Aber du siehst ja selbst, zu welchen Gräueltaten diese Barbaren fähig sind. Der Kerl dort in dem Wagen hat meinem besten Freund und Kameraden vor meinen Augen den Schädel gespalten. Ich sehe immer noch vor mir, wie sein riesiges Schwert auf Gautier herniedersauste und erst in der Brust steckenblieb, nachdem es Kopf und Hals in zwei Teile getrennt hatte. Ich konnte sein Fleisch und die Knochen so deutlich sehen wie bei einem geschlachteten Schwein.« De Neuville schluckte. »Selbst nach Monaten gehen mir diese Bilder nicht aus dem Kopf.«

De la Motte stieß einen kurzen, heftigen Seufzer aus. »Ja, ja, ich kann dich verstehen, aber wir können es uns nicht leisten, diese Geisel zu verlieren, sonst waren alle Mühen umsonst, und König Louis wird dafür sorgen, dass wir wegen Unfähigkeit nicht nur unsere Posten verlieren, sondern unsere eigenen Köpfe gleich mit. Misslich genug, dass uns das schwangere Weib des schottischen Templers entkommen ist. Dass wir seinen Bruder und seinen Schwiegervater noch in unserer Gewalt haben, ist eine gnädige Fügung des Schicksals, auf dessen Gunst, wie du weißt, man nicht immer vertrauen kann. Aber du siehst, es ist genauso gekommen, wie ich prophezeit habe. Diese Höllenhunde sind ganz in der Nähe und werden alles tun, um ihren Bruder zu befreien. Die Frage ist nur, ob wir sie bis Carcassonne in Schach halten können, denn spätestens dort erhalten wir zusätzliche Verstärkung durch die Truppen von Bernardus Guidonis und der Inquisition. Daher solltest du dein Temperament ab jetzt im Zaum halten und mit darauf achten, dass wir die Nächte in Festungen verbringen, deren Herren unserem König treu ergeben sind und die für eine anständige

Bewachung sorgen. Vor allem sollten wir darauf achten, dass die Geiseln solange bei Kräften bleiben.«

»Zu Befehl, mein Marschall!« erwiderte Neuville mit fester Stimme.

•

Justine saß zu Tode erschöpft auf einer der Strohmatratzen, die de la Motte, warum auch immer, vor der Abfahrt zusätzlich in den Wagen hatte legen lassen. Während der Gefangenenwagen über die unebenen Pflastersteine ratterte, fielen ihr langsam die Augen zu. Sie hatte Malcolms Kopf in ihren Schoß gebettet und kraulte selbstvergessen seine schwarzbraunen Locken, wie bei einem zu groß geratenen Hund. Dass seine Natur eher einem Wolf entsprach, war ihm – zumindest im Moment – nicht anzusehen. Dabei lag er von ihr abgewandt auf seiner unversehrten Seite, um die Wunden auf seinem bloßen Rücken zu entlasten. Beim Anblick des getrockneten Blutes, das noch auf Armen und Schultern zu sehen war, spürte Justine am eigenen Leib die Schmerzen, die Malcolm bei der Folter erlitten haben musste. Nachdem er die Nacht im Kerker von Toucy in gnädiger Bewusstlosigkeit verbracht hatte, war er am Morgen kurz vor ihrer Abreise endlich aufgewacht. Unerwartet war ein Medikus im Verlies erschienen und hatte seinen Rücken mit einer heilenden Salbe bestrichen und die frischen Verletzungen sorgsam mit sauberen Leinenstreifen verbunden. Kurz vor der Abfahrt hatte der Mann, der nach eigenen Angaben von de la Motte damit beauftragt worden war, Justine eine Phiole mit einem schmerzstillenden Tonikum in die Hand gedrückt. »Davon flößt du ihm jeweils fünf Tropfen ein, wenn die Schmerzen stärker werden«, hatte er sie angewiesen. »Aber nicht mehr, sonst bringt es ihm den Tod. Bis er die gleiche Anzahl an Tropfen danach erneut einnehmen kann, müssen sich die Gestirne um einen Viertelkreis gedreht haben. Hast du verstanden?«

Justine hatte nur genickt, obwohl sie nicht sicher war, was genau der Medikus mit dem Verlauf der Gestirne meinte. Zumal der Himmel die meiste Zeit von Wolken bedeckt gewesen war. Malcolm war nach der Gabe der Tropfen von zwei starken Knechten in den Wagen geschleppt und auf die Strohmatratzen gelegt worden. Nachdem sich der Wagen in Bewegung gesetzt hatte, war Malcolm erneut in einen tiefen Schlaf versunken, der einer Besinnungslosigkeit glich. Nur hin und wieder hatte er leise gestöhnt.

Am schwersten wog für Justine die Gewissheit, dass sie selbst die Verantwortung für sein Elend trug. Liebe und Schuld vereinigten sich in ihrem Herzen zu einem unseligen Reigen. Je mehr sie darüber nachdachte, umso mutloser wurde sie. All das wiedergutzumachen, was sie Malcolm und Amelie angetan hatte, erschien ihr so unmöglich wie eine Reise zum Mond. Einzig Aubry, ihr kleiner Sohn, gereichte ihr zur Entschuldigung. Sein Leben zu retten, rechtfertigte beinahe alles. Sogar den Tod von Mathilde, gestand sie sich trotzig ein. Eine Mutter konnte sich alles erlauben, um ihr Kind zu beschützen, und wenn sie am Ende dafür in der Hölle schmorte. Wobei Justine keine Ahnung hatte, wie sie ihren unschuldigen Jungen aus den Fängen der Jakobiner befreien sollte und was danach geschah. Blieb zu hoffen, dass Gott der Herr ihr einen Schutzengel sandte. Vielleicht einen, der Malcolm MacDhughaill hieß. Selbst wenn es im Augenblick nicht danach aussah, als ob er diese Aufgabe übernehmen konnte.

Unvermittelt blinzelte Malcolm sie mit seinen nussbraunen Augen an, als wäre nichts geschehen, während sie damit fortfuhr, seine dichten Locken zu kraulen.

»Na du«, sagte er leise und drehte den Kopf in ihre Richtung, wobei sich sein Gesicht vor Schmerz verzerrte.

»Wie geht es dir?« Mit ihrer freien Hand fuhr sie unter seinen karierten Überwurf, um über seine bloße Schulter zu streicheln. Sie hatte darauf verzichtet, ihm das Leinenhemd wieder anzuziehen, zumal es verschmutzt war. Dafür hatte sie die andere Hälfte seines riesigen Plaids, das er zu Hälfte zu einem Rock gegürtet um die Taille trug, wie einen Umhang über seine verletzte Schulter und den Rücken gelegt, damit er es warm hatte. Erschrocken stellte sie fest, dass seine Haut glühend heiß war.

Heilige Maria, schoss es ihr besorgt durch den Kopf. *Er hat Fieber.*

»Ich fühle mich großartig«, spöttelte er mit einem unechten Lachen. »Und du?«

»Ich bin erleichtert, dass de la Motte so großmütig war und dir einen Medikus spendiert hat. Fragt sich nur, warum er das getan hat«, antwortete sie mit einem Ausdruck von Unverständnis im Blick.

»Ich würde es nicht gerade als Großmütigkeit bezeichnen«, frotzelte Malcolm mit halb geschlossenen Lidern. »Dass sein Stellvertreter mich fast totgeprügelt hat, stand gewiss nicht auf seinem Plan. Wobei ich den Hass dieses Kerls verstehen kann. Ich habe seinen Mitstreiter auf eine nicht eben elegante Weise in die Hölle befördert«, rechtfertigte er de Neuvilles Grausamkeit, und widerstand Justines zweifelndem Blick.

»Da ist noch etwas«, sagte sie unvermittelt.

»Was?«, fragte er, offenbar auf weitere Hiobsbotschaften gefasst.

»Da war ein Mönch in unserer Zelle, nachdem du ohnmächtig geworden bist. Er hatte eine Zisterzienserkutte an und nannte sich Bruder Pierre. Er sagte, du sollst durchhalten. Es werde nicht mehr lange dauern, bis du die Absolution erhältst.«

»Und dann?«, fragte Malcolm überrascht.

»Hat er noch wissen wollen, wer ich bin, und hat sich eilig davongemacht. Das war mehr als merkwürdig.«

Malcolm ließ ihren Einwand unkommentiert und grinste breit. »Vielleicht haben wir Glück«, sagte er leise und richtete sich unter Schmerzen auf, um aus dem Wagen hinaus in die idyllische Auenlandschaft zu blicken, die mit ihren friedlich grasenden Kühen und Schafen langsam an ihnen vorbeizog. »Vielleicht sind wir schneller aus diesem elenden Kasten heraus, als wir ahnen.«

•

Nach fast vier Stunden Ritt erreichte Gero mit seiner Truppe die Gegend um Donzy. Von Osten kommend, waren sie am Fluss Talvanne entlanggeritten, durch einen morastigen Urwald, der sich unweit der Zisterzienserabtei L'Épeau erstreckte. Der Vorteil dieser beinahe undurchdringlichen Umgebung war, dass der nachgiebige Boden ohne ihr Zutun die Spuren verwischte, die ihre schweren Gäule im weichen Erdreich hinterließen. Und de la Motte würde ihnen mit seinem Wagen ohnehin nicht in den Sumpf folgen können.

Auf dem Weg zur Abtei ritten sie an mehreren Teichen entlang, die wie an einer Schnur aneinandergereiht den Mönchen zur Fischzucht dienten. Die Architektur der Zisterzienser und auch die Anlage ihrer Felder, Gärten und Wasserstellen war überall gleich.

»Donzy hat sich im Laufe der Jahrhunderte ziemlich verändert«, hatte Rona ihren Mitreisenden erklärt, nachdem sie in ihren Geschichtsdateien das Aussehen und die Entwicklung dieser Gegend recherchiert hatte. »Im einundzwanzigsten Jahrhundert ist es ein bescheidenes Dorf mit 1500 Einwohnern, aber 1316 ist es eine blühende Stadt, in deren Zentrum die Burg der ehemaligen Barone von Donzy aus dem 12. Jahrhundert steht. Die derzeitigen Besitzer sind die Grafen von Nevers, die über die Erbfolge mit dem franzischen Königshaus verbunden sind. Wobei ich mir kaum vorstellen kann, dass Ludwig I. von Dampierre, der amtierende Graf, sich häufig hier blicken lässt«, hatte sie mit einem Rundumblick in die ländliche Umgebung vermutet, die von kleinen Bauernkaten und von Ziegen und Schafen dominiert wurde. »Wahrscheinlich hat er einen Burgvogt, der sich um das Anwesen kümmert. Überdies gibt es noch eine gewaltige Burganlage außerhalb von Donzy, die zurzeit unter der Herrschaft derer von Josserand steht. Bleibt abzuwarten, zu welchem Burgvogt de la Motte Kontakt aufnimmt, um frischen Proviant für seine Truppen und ein Nachtlager zu organisieren oder ein Kopfgeld auf uns auszusetzen.«

Während Gero wachsam Ausschau hielt, ob alle zusammengeblieben waren und ihnen niemand Fremdes folgte, gab Richard de Moncler ihm ein Zeichen. Er war als Späher vorausgeritten, um nach Pierre und den anderen zu suchen, und kam offenbar ergebnislos zurück. Mit einem Wink deutete er ihm an, dass es besser sei, sich erneut tiefer in den Sumpf zurückzuziehen.

»Was ist denn nun schon wieder?«, flüsterte Anselm, dem die Aufregung vom Morgen noch in den Knochen steckte. »Ich hatte bei den Zisterziensern auf ein deftiges Mahl gehofft. Nun ist es fast Mittag und keine Rast in Sicht.«

»Wartet hier, und rührt euch nicht vom Fleck«, empfahl Gero seinen Mitstreitern mit einem warnenden Blick und gab Rona ein Zeichen, ihm zu folgen.

»Irgendwas stimmt hier nicht«, murmelte er seiner Begleiterin zu und deutete auf das riesige, von dicken Bäumen gesäumte Kirchenschiff der Abtei, das wehmütige Erinnerungen an Heisterbach und die deutschen Lande in ihm wachrief.

In sicherem Abstand zu den Wohngebäuden der Mönche glitt er von seinem Hengst und schlich in gebückter Haltung zu Richard, der hinter einem Mauervorsprung bereits auf sie gewartet hatte. Von dort aus hatten sie einen unverstellten Blick in den Kreuzgang der Abtei. Gero gesellte sich zu ihm und gab Rona ein Zeichen, ihm möglichst unauffällig zu folgen.

»Kannst du hören, was sie sagen?«, flüsterte Gero ihr zu, als sie schließlich in geduckter Haltung neben ihm stand, und deutete auf eine Gruppe von mindestens zehn franzischen Soldaten und Rufus de la Motte, der zu Geros Überraschung höchstselbst mit dem Prior der Zisterzienser sprach.

Rona, die ein genetisch optimiertes Gehör und einen implantierten Übersetzungschip in ihrem Sprachzentrum besaß, konnte den Worten der beiden problemlos folgen, obwohl sie hundertfünfzig Fuß entfernt standen. »Offenbar hat de la Motte eine neue Truppe aufgestellt, die nach uns sucht«, wisperte sie. »Wie es scheint, hat man die acht Toten von heute Morgen gefunden. De la Motte erklärt dem verwirrten Abt gerade, dass wir für den Tod seiner Späher verantwortlich sind und er niemandem Obdach geben soll, den er nicht persönlich kennt. Es könnten Mörder und Räuber sein, sagt er, die es auf seinen Kirchenschatz abgesehen hätten und ihn und seine Brüder meucheln wollen.« Rona wechselte einen hastigen Blick mit Gero und Richard. »Unter diesen Umständen ist es nicht ratsam, hier Rast zu machen«, riet sie ihnen. »Anscheinend hat de la Motte beschlossen, die Suchmannschaften zu verdoppeln, und hat sie zusätzlich durch Bogenschützen verstärkt.«

»*Merde*«, entfuhr es Richard. »Damit wäre unser sicheres Lager für die Nacht erstmal dahin.«

»Vor allem müssen wir Pierre finden und die anderen, damit sie nicht in diese neuerliche Falle laufen«, machte Gero deutlich.

So lautlos, wie sie gekommen waren, zogen sie sich zurück.

Struan hatte voller Ungeduld auf sie gewartet. »Und? Was habt ihr herausgefunden?«

»Sie haben die toten Söldner entdeckt und de la Motte, der nun offiziell als Anführer der franzischen Truppen auftritt, hat eine neue, stärkere Mannschaft aufgestellt, um uns zu suchen«, klärte Gero die Zurückgebliebenen auf.

»Damit war zu rechnen.« Arnaud, der mit angespannter Miene auf dem Rücken seines flämischen Kaltbluts saß, spuckte mit verächtlicher Miene das kleine Holzstäbchen aus, mit dem er beiläufig seine Zähne gereinigt hatte.

Gero mahnte unterdessen seine Begleiter zum Aufbruch. »Kommt, wir müssen die anderen abfangen, bevor sie den Franzischen in die Arme reiten.«

Gemeinsam folgten sie ihm die Talvanne entlang in die entgegengesetzte Richtung, um eine Konfrontation mit den Truppen der Gens du Roi zu vermeiden.

Kaum, dass sie den Waldrand erreicht hatten, horchte Rona auf.

»Da kommt ein Wagen«, sagte sie nur, was dazu führte, dass die anderen sich spontan ein Stück weit zwischen die Bäume zurückzogen.

»Wir könnten uns den Karren unter den Nagel reißen und mit ihm getarnt nach Donzy fahren, um herauszufinden, wie die Chancen für Malcolms Befreiung stehen«, schlug Ralph vor.

»Das Dumme ist nur«, brachte Rona es auf den Punkt, »dass de la Mottes Leute viele von euch anscheinend noch gut in Erinnerung haben und euch als ehemalige Templer erkennen werden. In diesen Tagen scheint die Welt in Militärkreisen kleiner zu sein als irgendwann sonst.«

»Wohl wahr«, pflichtete Gero ihr bei. »Ich habe die meisten Hospitaliter und Zisterzienser rund um Bar-sur-Aube und Troyes bis hinunter nach Clairvaux persönlich gekannt, und sie mich. In diversen Tavernen sind wir öfters königlichen Soldaten begegnet. Nicht nur in der Gegend um Bar-sur-Aube, auch auf dem Weg nach Portiers, wenn wir den Papst beschützt haben. Von unseren Aufenthalten in Paris und Troyes ganz zu schweigen. Da wir nicht mit der gleichen Geschwindigkeit gealtert sind wie alle anderen, werden einige von denen sich garantiert noch an uns erinnern und uns wiedererkennen.«

»Aber ich könnte nicht sagen, dass wir oft in dieser Gegend gewesen sind«, gab Struan zu bedenken.

»Ich glaube nicht, dass das derzeit eine Rolle spielt«, warf Rona ein. »Wenn wir den Wagen kapern und mit ihm in die Stadt fahren, muss er von jemandem gelenkt werden, der de la Motte und seinen Agenten und Soldaten nicht bekannt ist. In diesem Fall käme nur Khaled infrage. Er war noch nicht mal bei der Schlacht um Waldenstein dabei.«

Gero überlegte nicht lange. »Gut«, sagte er, »unser Assassine soll die Mission übernehmen, während Struan und ich uns den Wagen schnappen.«

Kurz darauf lauerte er gemeinsam mit dem Schotten in gebückter Haltung hinter einem Gebüsch, den Blick unverwandt auf den klapprigen Leiterwagen gerichtet, der sich stetig näherte.

Das magere Pferd, das den Karren zog, scheute mit vor Angst geweiteten Augen, als Struan direkt vor ihm auf die Straße sprang und es mit einem festen Griff an den Zügeln stoppte. Der Wagenlenker hingegen gab sich erstaunlich unbeeindruckt. Erst als er neugierig den Kopf in die Höhe streckte, sah Gero, dass es sich um ein junges Mädchen handelte, beinahe schon eine junge Frau. Sie war in Hosen und Joppe gekleidet wie ein Kerl und trug einen großen Hut, unter dem von ihrem Haar lediglich ein paar rote Ponyfransen hervorlugten. Ihr zarter Teint war zu weich und bartlos, ihre Lippen zu voll, ihre grünblauen Augen zu groß und ihre Brauen zu fein und harmonisch geschnitten, als dass Gero sich täuschen konnte. Bei näherer Betrachtung war sie kaum älter als fünfzehn. Sie hatte sich rasch gefangen und ihre Angst beiseitegeschoben, denn in ihrem geschärften Blick loderte ein widerspenstiges Feuer, das Gero an Gesa erinnerte.

Anstatt vor Furcht zu verstummen, schaute sie ihn aufgebracht an. »Wer seid Ihr, und was wollt Ihr von mir?«, fragte sie mit bebender Stimme. »Ich habe kein Geld und nichts weiter als diese Hühner zu bieten. Und die sind noch zu jung, um einen fetten Braten abzugeben.«

»Wir wollen dich nicht ausrauben«, stellte Gero unmissverständlich klar und ging auf sie zu, während Struan den Gaul weiter am Zaumzeug festhielt. »Um es kurz zu machen: Wir benötigen deinen Wagen.«

»Ach wirklich? Der ist aber auch nicht mehr viel wert und fällt bald auseinander.«

»Wir wollen ihn uns nur ausleihen«, stellte er klar. »Du bekommst ihn zurück, sobald wir unsere Mission erfüllt haben.«

»Eure Mission? Was wollt Ihr damit anstellen? Euch irgendwo als Hühnerzüchter ausgeben?«

Ihre rebellische Haltung belustigte Gero und er hätte beinahe gelacht, was er jedoch tunlichst unterließ, um sie nicht noch mehr zu verunsichern. Stattdessen schaute er ihr beschwörend tief in die Augen. »Es ist besser, wenn du darüber nichts weißt«, fügte er mit fester Stimme hinzu. »Aber keine Sorge, wir entlohnen dich gut.«

»Entlohnen?« Sie schien zu zweifeln und doch interessiert. »Was zahlt Ihr mir denn?«

»Es wird dein Schaden nicht sein«, versicherte Gero ihr, der nicht vorhatte, um den Preis zu feilschen.

»Sicher nicht so viel, wie die Hühner auf dem Markt einbringen und der Wagen dazu«, widersprach sie ihm und schüttelte unwillig den Kopf, wobei ein Teil ihrer langen, rostroten Mähne unter der schwarzen Kappe zum Vorschein kam. »Mein Vater liegt sterbend zu Hause und ich brauche das Geld vom Verkauf der Tiere, versteht Ihr? Ich kann mich nicht mit ein paar Almosen abspeisen lassen, nur damit Ihr Euren Spaß habt.«

»Das ist kein Spaß«, raunte Gero mit seiner tiefen Stimme. Er löste einen Lederbeutel von seinem Gürtel und öffnete ihn unter den Augen des Mädchens.

Neugierig steckte sie ihre leicht zu groß geratene Nase hinein. »Oh, das ist ... aber ein hübsches Sümmchen«, stellte sie beeindruckt fest.

Für Gero waren die Silbermünzen ein Taschengeld, für das Mädchen unzweifelhaft ein Vermögen, was er daran ablas, wie sehr sich ihre ohnehin großen Augen geweitet hatten.

»I... ist das alles echt?«, stotterte sie und schaute ihn ungläubig an.

Bereitwillig hielt er ihr eine Münze entgegen. »Willst du hineinbeißen?«

»N... nein«, schnatterte sie aufgeregt. »Und das wollt Ihr mir wahrhaftig nur für die Ausleihe des Wagens bezahlen?«

»Sagte ich es nicht?« Er bedachte sie mit einem mildtätigen Lächeln.

»Und Ihr wollt den Wagen wirklich nicht behalten?« Ihr Blick war abermals ungläubig. »Ich meine, das ist verdammt viel Geld ...«

»Ich sagte doch, wir bringen ihn wieder zurück«, versprach er ihr. »Aber es gibt noch eine weitere Bedingung.«

»Bedingung?« Ihre freudige Miene verfinsterte sich. »Ich wusste, die Sache hat einen Haken.« Sie stemmte die Hände in die Hüften und schaute ihn tadelnd an.

Gero hob zu einer Antwort an. »Du musst ...«

Die Kleine machte eine abwehrende Handbewegung und schnitt ihm das Wort ab, bevor er seinen Satz zu Ende bringen konnte.

»Nein, sagt es nicht!«, forderte sie und lief rot an. »Ich muss Euch beiden zu Willen sein! Ich hätte es mir denken können. Und nein, das sage ich Euch gleich, das ist für mich nicht akzeptabel! Wenn Ihr das wirklich wollt, geht für das viele Geld gefälligst in ein Hurenhaus. Ich bin noch Jungfrau, müsst Ihr wissen, und ich würde es gerne bleiben, weil ich im rechten Alter als Novizin um Aufnahme bei den Zisterzienserinnen bitten will.«

Während Struan genervt die Augen verdrehte, presste Gero die Lippen zusammen, um nicht doch in haltloses Gelächter auszubrechen.

»Um deine Tugend brauchst du dir bei uns nun wirklich keine Sorgen zu machen«, versicherte er ihr mit einem Grinsen. »Wir sind ausnahmslos in festen Händen und haben unseren Frauen ewige Treue geschworen«, fügte er immer noch amüsiert hinzu. »Bedingung ist, dass du mit verbundenen Augen hier sitzen bleibst, bis wir unser Vorhaben beendet haben und den Wagen zurückbringen. Und anschließend darfst du mit niemandem darüber reden. Hast du das verstanden?«

»Solange ich das Geld bekomme und nichts Unanständiges tun muss, soll es mir recht sein«, beschloss sie mit einem misstrauischen Blick und äugte suchend in die Umgebung, als ob sie es immer noch nicht fassen konnte, was ihr just widerfuhr.

»Wie heißt du eigentlich und wo kommst du her?«, erkundigte sich Gero bei seiner unfreiwilligen Gehilfin, die nun doch von ihrem Wagen herunterkletterte. Dabei traf ihr wachsamer Blick auf Khaled, der unvermittelt aus dem Gebüsch aufgetaucht war und ohne Gruß, dafür aber mit kritischer Miene das klapprige Gefährt und den müden Gaul inspizierte.

»Mein Name ist Odile Melot und ich wohne in Peury«, verriet sie, ohne Khaled aus den Augen zu lassen. »Warum interessiert Euch das?«, fragte sie nun vorlaut, an Gero gerichtet.

»Damit wir wissen, an wen wir das Geld schicken, falls du uns irgendwie abhandenkommst«, erklärte Gero ihr mit einem Augenzwinkern.

Ihr forschender Blick haftete immer noch an Khaled, dessen fremdländisches Aussehen sie zu verunsichern schien. »Sagt nur, er ist ein Sarazene?«, wollte sie wissen. »Mein Vater sagt immer, den Sarazenen kann man nicht trauen, die haben uns das Heilige Land gestohlen«, fügte sie mit einem missbilligenden Blick hinzu.

»Er ist kein Sarazene«, klärte Gero sie auf. »Er sieht nur so aus.«

»Ich kann mir denken, warum ihr etwas über meine Herkunft wissen wollt«, bemerkte sie frech. »Ihr seid Räuber und werdet Euch an mir und meiner Familie rächen, wenn ich weglaufe und Euch verrate. Aber ich muss Euch enttäuschen: Außer meinem sterbenden Vater gibt es niemanden sonst, der für mich geradestehen könnte.«

Gero, der nicht sicher war, ob sie die Wahrheit sprach, stieß einen ungeduldigen Seufzer aus. »Wenn wir vorhätten, dich zu berauben, würden wir dir garantiert keine Silbermünzen als Entschädigung anbieten. Zudem haben wir kein Interesse, uns weiter mit dir zu beschäftigen, wenn das hier erledigt ist. Danach kannst du getrost wieder nach Hause fahren und dich um deinen armen Vater kümmern«, beruhigte er sie. »Wir sind kein Gesindel, das sagte ich bereits. Und auch das Heilige Land ist vor uns sicher. Versprochen.« Er hob eine Braue. »Also – gilt das Geschäft?«

»Ja, von mir aus«, bestätigte sie ein wenig atemlos und schaute immer noch ungläubig zu ihm auf.

Gero hielt ihr galant die Hand entgegen, damit sie einschlagen konnte.

Was sie, wenn auch zaghaft, tat. Ihr Blick lag dabei auf seinem Plattenhandschuh, der aus feinstem italienischem Leder gearbeitet war.

»So etwas kann sich ein gewöhnlicher Mann gar nicht leisten«, sinnierte sie altklug. Ihr nächster Blick fiel wieder auf Struan, der wie Gero ein kostbares Kettenhemd und ein teures Wams trug. Man sah ihm darüber hinaus an, dass er langsam ungeduldig wurde.

»Ihr seid keine armen Männer, die es nötig hätten, einer hilflosen Jungfrau die Hühner zu stehlen, habe ich recht?«, fragte sie und schaute ihn prüfend an.

»Du quatschst entschieden zu viel«, brummte der Schotte rau. »Los, komm, mach schon, wir haben es eilig.«

»Was habt Ihr denn mit mir vor?«, fragte sie, plötzlich stutzig geworden.

»Wir werden dich fesseln und dir die Augen verbinden«, erwiderte Struan und trat einen Schritt vor, um seine Ankündigung wahrzumachen.

Odile wich zurück und stieß mit Khaled zusammen, der hinter ihr gestanden hatte. Erschrocken nahm sie Abstand und schaute ängstlich zu Gero auf.

»Tu, was mein Freund dir gesagt hat. Lass dich von ihm fesseln. Ich verspreche dir, es dauert nicht lange«, erklärte er ihr sanft.

»Warum tut ihr mir das an?«, fragte sie panisch geworden, als Struan ihre Handgelenke ergriff und sie mit dünnen Hanfseilen zusammenband.

»Wir sorgen nur dafür, dass du keine Schwierigkeiten machst«, knurrte der Schotte und verband ihr als Nächstes die Augen.

»Und ich dachte, Ihr seid Ehrenmänner«, jammerte sie kläglich.

»Das sind wir«, versicherte er ihr und führte sie tiefer in den Wald hinein zu den anderen, die sich absolut still verhielten. »Und nun keinen Mucks mehr«, wies Struan sie an. »Sonst muss ich dir auch noch den Mund verbinden und das willst du sicher nicht.«

Die Kleine nickte verhalten und hockte sich mit verbundenen Augen und ohne es zu wissen, unter Ronas Aufsicht im dichten Gebüsch auf den Boden.

Als sie bemerkte, dass Gero, Struan und Khaled nicht alleine waren, schien sich ihre Angst zu steigern. »Wer ist da? Werdet ihr mich am Ende doch töten?«, wollte sie mit bebender Stimme wissen.

»Dann hätten wir es längst getan«, erwiderte Struan genervt.

»Du hast uns doch versprochen, deine Klappe zu halten«, erinnerte Gero sie.

»Ich schwöre, ich werde still sein«, wisperte sie mit gesenktem Kopf.

Ein Schwur, den Gero noch nicht recht glauben wollte.

Er gab Khaled, der sich rasch seines Kettenhemdes und seiner Waffen entledigt hatte, ein Zeichen, dass er sich auf den Bock des Wagens schwingen und losfahren durfte. »Hast du eine Ahnung, wo genau du hinmusst?«

»So ungefähr«, antwortete der Assassine und überprüfte beiläufig den Dolch in seinem Stiefel, ohne den er nirgendwohin ging. »Direkt auf den Marktplatz, nehme ich an. Und der befindet sich in unmittelbarer Nähe zur Burg, so viel weiß ich schon.«

Rona war lautlos zum Wagen geeilt und übergab Khaled, der bereits auf dem Kutschbock saß, noch einen kleinen Lederbeutel. »Hier drin sind fünf Kapseln mit Antibiotika«, flüsterte sie ihm so leise zu, dass ihre neugierige Gefangene es nicht hören konnte. »Sie sind aus dem Kontingent, das ich für eine Pest-Epidemie vorgesehen hatte. Ich habe ein Päckchen herausgenommen. Falls es nicht möglich ist, Malcolm zu befreien, soll er wenigstens nicht an Wundbrand sterben. Er soll jeden Tag eine davon schlucken, damit er kein Fieber bekommt.«

»Geht in Ordnung«, murmelte Khaled und verstaute das Säckchen sicher in seiner Gürteltasche.

Rona beschrieb ihm noch genau, welche Strecke er fahren und welchen Abzweig er nehmen musste, um ins Zentrum der Stadt und damit zum Marktplatz unterhalb der Burg zu gelangen.

»Falls dich jemand fragen sollte«, fuhr Gero mit seiner knappen Einweisung fort, »warum du mit dem Wagen des alten Melot unterwegs bist, sagst du, der Alte ist krank und kann die Geschäfte nicht selbst übernehmen. Am besten gibst du dich als neuen Leibeigenen der Familie aus, der stellvertretend die Hühner zum Markt bringt. Alles klar?«

Der Assassine legte seine Hand aufs Herz und nickte ergeben. »Eigentlich habe ich nicht vor, mich von wem auch immer befragen zu lassen,«, erklärte er und schickte sich an, endlich aufzubrechen, um seine Mission zu erfüllen.

»Wir haben aber keine Leibeigenen«, protestierte Odile ungefragt, die mit gespitzten Ohren zugehört hatte. »Wir sind viel zu arm und können uns keine leisten.«

»Dann ist eben ein Wunder geschehen, und Gott der Herr hat euch einen beschert«, spöttelte Gero und gab Khaled ein Zeichen, dass er losfahren dürfe.

•

Zunächst musste Khaled eine Brücke zum Burgtor passieren, die über einen breiten, übel stinkenden Wassergraben führte.

Die Stadtwachen setzten die üblichen grimmigen Gesichter auf, doch als sie die Hühner in den Kisten sahen, ließen sie Khaled ohne Einwand in den Burghof einfahren.

Kaum war er auf dem Markplatz angekommen, fielen ihm sogleich die gelbblauen Uniformen der franzischen Soldaten ins Auge. Es war müßig, sie alle zu zählen. In jedem Fall waren es zu viele, um sich mit ihnen anzulegen. So wie es aussah, bewachten sie pflichtschuldigst den Wagen mit dem Gefangenen. Er stand mitten auf dem Marktplatz, und eine Bande kleiner Jungs fand offenbar Vergnügen daran, die Wächter zu ärgern, indem sie lärmend und ausgelassen um den Wagen herumtollten.

Khaled stellte den Karren mit den Hühnern zunächst am Rand des Marktplatzes ab, um darüber nachzudenken, wie er seinen Auftrag, zu Malcolm zu gelangen und ihn hier rauszuholen, am besten anging. Bei der Vielzahl an Soldaten kam eine direkte Befreiung ohnehin nicht infrage.

Als er sah, wie einer der Uniformierten, die den Wagen bewachten, hinunter zum Fluss Nohain schlenderte, der an dieser Stelle gestaut wurde, um den Burggraben mit nachfließendem Wasser zu speisen, fasste er einen Entschluss.

Im Schatten einer mächtigen Ulme verrichtete der Soldat seine Notdurft. Offenbar beschäftigt mit seinem widerspenstigen Stuhlgang, bemerkte der Kerl nicht, wie Khaled sich von hinten an ihn heranschlich und ihm mit einem raschen, sauberen Schnitt die Kehle durchtrennte. Khaled drückte vorsorglich ein Tuch auf die Wunde, aus der das Blut anderenfalls wie eine Fontäne hervorgeschossen wäre, und zog den Mann hinter den Baum. Dort legte er ihn behutsam zu Boden und beraubte ihn im Eiltempo seiner Uniform, die er danach ebenso rasch über seine eigene Kleidung zog. Nachdem er sich davon überzeugt hatte, dass ihn niemand beobachtete, schleifte er den nackten leblosen Körper im Schutz einiger immergrüner Sträucher zum Fluss und versenkte ihn in dem brackigen Wasser, das widerwärtig nach menschlichen und tierischen Fäkalien stank. Damit die Leiche nicht zurück an die Oberfläche drängte, beschwerte Khaled sie mit einem Stein. Danach gürtete er das Schwert des Mannes über die gestohlene Uniform und zog die schwarze Kappe des Toten auf, die er ebenfalls hatte mitgehen lassen, und drückte sie sich tief ins Gesicht. Zufrieden mit seiner bisherigen Leistung, marschierte Khaled so unauffällig er konnte zurück auf den Dorfplatz, wo noch immer eine halbe Armee damit beschäftigt war, den Gefängniswagen zu bewachen, in dem er Malcolm vermutete. Um nicht aufzufallen, tat er so, als wollte er eines der Kinder verscheuchen, die immer noch lärmend den Wagen umkreisten, und näherte sich dabei Schritt für Schritt seinem Ziel. Erst ein Blick durch das eingebaute Gitter in der Wagentür versicherte ihm, dass Malcolm tatsächlich im Innern saß, anscheinend schwer verletzt und angekettet wie ein Hund. Außerdem war eine Frau zu erkennen, die mit geschlossenen Augen ihren Kopf an seine Schulter gelehnt hatte.

Khaled behielt die Umgebung im Blick und stieß einen kurzen, fast lautlosen Pfiff aus, der Malcolm aus seiner Erstarrung riss. Ungläubig blickte der Schotte zu ihm auf.

»Du?«, formten seine Lippen in einer stummen Frage.

»Wir sind an dir dran«, flüsterte Khaled, erleichtert darüber, dass sein Plan bis hierher funktioniert hatte. »Zusammen mit Pierre und seinen Männern sind wir dir seit Tagen auf deiner Fährte. Außerdem soll ich dir von Struan sagen, dass Amelie wohlbehalten zu Hause angekommen ist.«

»Und was habt ihr vor? Sind die anderen auch in der Nähe?«, fragte Malcolm leise.

»Ich bin sozusagen die Vorhut«, klärte Khaled ihn auf. »Die anderen warten draußen in einem Waldstück auf eine günstige Gelegenheit, dich hier rauszuholen.«

»Ich bin nicht allein, wie du siehst«, flüsterte Malcolm mit Blick auf seine weibliche Begleitung, die anscheinend schlief. »Das ist Justine. Sie hat mir geholfen, zusammen mit Amelie zu entkommen, und wurde von de la Motte ebenso geschnappt wie ich.«

»Ist das nicht die Frau, die Amelie und dich erst an die Gens du Roi verraten hat?« Khaleds Miene verdüsterte sich.

»Sie konnte nicht anders, de la Motte hat sie gezwungen so zu handeln. Er hat sie mit dem Leben ihrer Familienangehörigen erpresst«, gab Malcolm leise zurück. »Sag den anderen, sie sollen äußerst vorsichtig sein. De la Motte hat mehr als hundert Soldaten im Nachtrab und rechnet mit eurem Erscheinen. Also seid auf der Hut!«

»Ja, ich weiß. Sie suchen bereits nach uns. Deshalb musst du leider noch eine Weile die Ohren steifhalten«, raunte Khaled. »Aber sei gewiss, wir geben nicht auf.« Er hatte seinen Dolch gezückt. »Hier, nimm das, und versteck ihn irgendwo!«, sagte er und warf die Waffe durch das Gitter Malcolm zu, der das Messer trotz der Ketten geschickt auffing.

»Hier ist noch etwas.« Khaled warf das Säckchen mit den weißen Kapseln hinterher. »Mit schönem Gruß von Rona. Du sollst jeden Tag eine schlucken, damit du kein Fieber bekommst.«

»Eh, was machst du da?«, krakeelte jemand hinter Khaled. Der Assassine zog sich die Kappe tiefer ins Gesicht und drehte sich halb zu der Stimme um. »Eines dieser Gören hat irgendwas durch das Gitter geworfen«, sagte er mit Blick auf die lärmende Bande, die johlend den Wagen umkreiste. »Ich wollte nachsehen, was es war. Es ist nur ein Stein.«

»Geh wieder auf deinen Posten«, befahl ihm der andere grob. »Du weißt, was der Anführer der Gens du Roi mit uns macht, falls bei dem Treck irgendwas schiefgehen sollte.«

»Zu Befehl.« Khaled ging zurück in die Reihe der Wächter, nur um sie kurz darauf wieder zu verlassen, indem er sich schnell und lautlos wie ein Schatten von ihnen löste. Am Fluss angekommen, entledigte er sich hinter dem Baum hastig der Kleider des toten Soldaten, und legte sie unter einen Strauch. Das Schwert des Toten warf er mit aufrichtigem Bedauern in den Fluss. Nachdem er in seiner eigenen Kleidung unbehelligt zum Karren mit den Hühnern zurückgekehrt war, beschloss er, die Kisten wenigstens zu entladen, damit niemand unnötig Verdacht schöpfte, wenn er die Stadt unverrichteter Dinge wieder verließ.

Ohne lange nachzudenken, lud er die Hühnerkisten neben einem Stand mit Eiern ab. Die Bäuerin, der er damit den Weg für die Kundschaft verstellte, begann laut zu zetern: »Was fällt Euch ein? Ihr könnt doch nicht einfach machen, was Ihr wollt!«

»Wenn Ihr mögt, könnt Ihr als Entschädigung die Hühner für mich verkaufen und das Geld behalten«, erklärte er der Frau.

»Ihr seid wohl nicht ganz bei Trost«, schimpfte die Bäuerin. »Und im Übrigen – ist das nicht der Wagen des alten Melot? Was habt Ihr mit seinen Hühnern zu schaffen?«

»Ich bin sein neuer Leibeigener«, improvisierte Khaled. »Melot geht es nicht gut. Er konnte nicht selbst zum Markt kommen.«

Während die Frau munter weiterschimpfte, bemerkte Khaled vier Uniformierte, die auf ihn zumarschierten, von einem der Bengel angeführt, der zuvor mit den anderen um den Wagen herumgestürmt war. »Das ist der Kerl«, rief der Junge mit glockenheller Stimme und deutete mit dem Zeigefinger auf ihn. »Ich habe gesehen, wie er die Uniform eines Soldaten hinter einem Baum ausgezogen hat und dann davongegangen ist.«

»Alqarf almuqadas«, fluchte Khaled, was Arabisch war und so viel bedeutete wie »Heilige Scheiße«. Mit einem gewagten Satz sprang er zunächst auf den Wagen und von dort auf das Vordach eines Bäckerladens. Über verschiedene Fenstersimse, an denen er sich mühelos hochzog, setzte er seinen Weg fort wie ein Eichhörnchen, das gewandt an der Fassade emporkletterte, wobei er sich an den hölzernen Außenbalken festhielt.

»Ergreift ihn!«, rief der Anführer der Wachsoldaten. Da offenbar keiner seiner Kameraden fähig war, Khaled auf das Dach eines mehrstöckigen Fachwerkhauses zu folgen, entschied er sich kurzerhand für eine andere Methode, den Flüchtenden zu schnappen. »Wo verdammt nochmal sind die Armbrustschützen, wenn man sie braucht?«, brüllte der Offizier über den Marktplatz hinweg.

Khaled klammerte sich derweil an einen gemauerten Schornstein, um den Dachfirst zu überwinden. Bevor er auf die abfallende Seite des Daches gelangte, sausten etliche Armbrustpfeile an ihm vorbei. Er sah, wie sie über die Stadtmauer hinausflogen. Die Schützen schien es nicht zu kümmern, ob sie dort draußen Unbeteiligte trafen.

Auf der Burg schmetterten derweil mehrere Fanfarenstöße über die Zinnen, offenbar das Signal zur Schließung der Stadttore. Khaled schaute nicht zurück und kletterte zielstrebig über das Spitzdach, von wo aus er, kaum auf der anderen Seite angekommen, die fest gebündelten Strohmatten hinunterrutschte, bis er sich gerade noch am Gebälk festhalten konnte, ohne in die Tiefe zu stürzen. Dann sprang er auf einen weiteren Vorbau, direkt vor der Stadtmauer, auf dem er sicher landete. Wie der Teufel es wollte, stand wie bestellt genau unter ihm ein fertig gesatteltes Pferd. Ein schwarzbrauner Zelter, mit einer blauseidenen Schabracke geschmückt und einem prachtvoll verzierten Zaumzeug.

Khaled sprang vom Dach direkt in den Sattel und stieß einen langgezogenen Zischlaut aus, als nach dem Aufprall ein sengender Schmerz von seinen Hoden in den Unterleib schoss. Als unvermittelt eine schöne blonde Frau vor ihm auftauchte und lautstark ihr Pferd einforderte, entriss er ihr den blauseidenen Kapuzenumhang, den sie trug, und schlüpfte notdürftig hinein. Dann gab er der Stute die Sporen und galoppierte wie von Teufeln getrieben zum Burgtor, wo es ihm gerade noch gelang, unter dem sich schließenden Gitter hindurchzureiten.

Anfangs ritt er mit der Stute einen wilden Zickzackkurs, um den Pfeilen der Burgwachen zu entgehen. Erst danach lenkte er das Pferd in gestrecktem Galopp in Richtung Wald, wo er Gero und die anderen zurückgelassen hatte.

Hinter ihm, in der Stadt, brach derweil die Hölle los, weil nicht nur die Fanfaren Sturm bliesen, selbst die Kirchenglocken stimmten in dieses Getöse mit ein.

Außer Atem und mit einem völlig erschöpften Pferd erreichte er das Waldstück, wo seine Mitstreiter bereits beunruhigt auf ihn warteten.

Inzwischen waren auch Pierre und dessen Leute eingetroffen und hatten sich von Gero auf den neusten Stand der Dinge bringen lassen. Die Besitzerin des Hühnerwagens saß weiterhin mit verbundenen Augen abseits unter einem Strauch, wo Rona sie fest im Blick behielt.

»Herr im Himmel, was ist geschehen, Khaled? Der Alarm ist ja bis hier zu hören!«, empfing Gero ihn, nachdem der Assassine vom Zelter herabgesprungen war. »Wessen Pferd ist das? Und wo ist der Wagen?«

»Ich bin aufgeflogen und musste den Wagen zurücklassen«, stieß Khaled schnaubend hervor. »Das Pferd gehört irgendeiner reichen Dame. Ich habe es mir ausgeliehen, ebenso ihren Umhang. Ich weiß nur, wir müssen hier weg, und zwar sofort. Jeden Augenblick können de la Motte oder seine Truppe von Wachhunden hier auftauchen. Ich fürchte, sie sind mir gefolgt.«

»Und was ist mit Malcolm?«, fragte Struan besorgt.

»Dem geht's den Umständen entsprechend gut. Ich konnte zumindest an den Wagen heran, in dem er gefangen gehalten wird, und ihm sagen, dass wir ihn nicht im Stich lassen werden und dass Amelie heil nach Hause gekommen ist. Außerdem konnte ich ihm meinen treuen Freund und Helfer sowie Ronas Wundermittel dalassen. Mal sehen, ob er etwas damit anfangen kann. Übrigens, er war nicht allein. Wie Pierre bereits berichtet hat: Diese Justine ist bei ihm. Angeblich wurde sie von de la Motte zu ihren Taten gezwungen. Nun hat er sie genau wie Malcolm in diesen Wagen gesteckt und in Ketten gelegt. Keine Ahnung, ob man dem Glauben schenken kann?«

»Dann nichts wie weg«, riet Pierre. »Wir teilen uns auf und treffen uns am nächsten Halt, wo wir auch übernachten werden. Ihr wisst Bescheid. Dort besprechen wir, wie es weitergehen soll.«

»In Ordnung.« Gero wandte sich an seine eigene Truppe. »Wir brechen unverzüglich auf.«

»Und was ist mit mir?«, rief Odile kläglich in die allgemeine Hektik hinein. »Wollt Ihr mich einfach hier sitzen lassen?«

»Oh, tut mir leid, dich hätten wir fast vergessen.« Gero löste ihre Fesseln, indem er sie mit seinem Dolch durchtrennte.

»Deine Augenbinde kannst du abnehmen, sobald wir weg sind. Dann kannst du in die Stadt gehen und deinen Wagen als geraubt melden. Wir mussten ihn leider dortlassen. Aber sag niemandem, dass wir ihn dir sozusagen abgekauft haben, das könnte dich in Schwierigkeiten bringen. Sag einfach, du wurdest von Räubern überfallen.« Ohne eine Antwort abzuwarten, drückte er ihr das versprochene Ledersäckchen mit dem Geld in die Hand. »Verstanden?«

»Was sonst«, gab sie schnippisch zurück und hielt den Beutel fest umklammert. »Hätte mich auch gewundert, wenn die Sache nicht doch einen Haken hat«, stichelte sie. »Ich wünsche Euch Glück auf Eurer Reise, denn das könnt Ihr anscheinend gebrauchen.«

•

»Was ist denn nun schon wieder?«, polterte de la Motte und warf verärgert seinen Dolch, mit dem er sich gerade eine Scheibe des saftigen Kapauns hatte abschneiden wollen, auf die Tischplatte.

Guy de Chaume, der Burgvogt von Donzy, der ihn, Baptiste de Neuville und den Kommandant Colard, den Anführer der königlichen Truppen, freundlicherweise zum Mittagsmahl in seinem Rittersaal eingeladen hatte, hob eine Braue.

Anstatt den besten franzischen Wein und die knusprig gebratenen Fleischspeisen genießen zu können, wurden sie nun schon zum zweiten Mal unterbrochen. »Ich hasse es, wenn ich bei einem guten Essen gestört werde«, schimpfte de la Motte.

Colards Adjutant, der sich denken konnte, wie wenig er die edlen Herren mit seinem Auftritt begeisterte, senkte demutsvoll den Blick.

»Ich bin mit meinen Männern soeben von der Suche nach dem Dieb zurückgekehrt, Herr«, meldete er unterwürfig.

»Und?«, krakeelte de la Motte. »Habt Ihr den falschen Hühnerhändler und Pferdedieb erwischt, oder muss ich mir weiterhin Sorgen machen?«

»Der Mann konnte uns entkommen«, vermeldete der Soldat mit zerknirschter Miene. »Aber wir haben den gestohlenen Zelter der edlen Dame gefunden.«

»Na, da wird meine Tochter sich freuen«, frohlockte Guy de Chaume und hob seinen Becher angesichts der frohen Botschaft.

»Ist das alles?«, ereiferte sich de la Motte, der von dem unguten Gefühl geplagt wurde, dass die Sache noch längst nicht erledigt war, obwohl er keinen erkennbaren Zusammenhang zu dem gefangenen Templer herzustellen vermochte.

»Nein, Herr, da ist noch etwas«, antwortete der Soldat und wechselte einen nervösen Blick mit seinem Kommandanten.

»Und was?«, drängte Colard ihn ungehalten. »Spuck's endlich aus, Mann.«

»Wir haben im Wald ein Mädchen gefunden und festgenommen. Sie war mit dem Zelter unterwegs und hatte einen Beutel mit Silbermünzen dabei.«

»Ein Mädchen?« De la Motte hob eine Braue. »Was für ein Mädchen?«

»Wir sind noch dabei, ihre Herkunft zu ermitteln, aber eine Frau unten auf dem Marktplatz hat sie bereits als Lügnerin entlarvt. Das Mädchen behauptete, die Tochter eines gewissen Eugène Melot zu sein. Aber der Mann hat gar keine Kinder. Allerdings ist bewiesen, dass der Wagen mit den Hühnern, der unten auf dem Marktplatz steht, tatsächlich diesem Melot gehört. Ich habe daraufhin zwei Soldaten auf seinen Hof geschickt, die mir berichtet haben, dass der Mann tot in seinem Bett lag.«

»Wurde er umgebracht?«, fragte de la Motte, der bei dem Wort »tot« sofort hellhörig wurde.

»Nein, eher wahrscheinlich nicht. Wie es aussah, ist er im Schlaf gestorben«, gab der Soldat zurück. »Wir haben keine Verletzungen feststellen können. Seine Daunendecke war bis zur Nasenspitze hochgezogen, und es gab keinerlei Spuren eines Kampfes. Also ist zu vermuten, dass diese kleine Landstreicherin den Wagen des Toten gestohlen und an den flüchtigen Kerl verkauft hat, der sich damit anschließend unter falschem Namen Zugang zur Stadt erschwindelt hat. Denn die Kleine hat behauptet, sie sei im Wald mehreren Männern begegnet, die ihr das Geld überlassen haben, das sie bei sich trug. Sie waren es auch, die ihr angeblich den Zelter geschenkt haben, den der Eindringling der Tochter des Burgvogts geraubt hat. Fragt sich nur, wofür man ihr das alles gegeben hat. Wie eine preisverdächtige Hure sieht die Kleine nun wirklich nicht aus.«

»Du glaubst doch selbst nicht, dass diese Geschichte der Wahrheit entspricht«, gab de la Motte mit abfälliger Miene zurück. »Wo ist sie jetzt? Ich werde sie persönlich verhören.«

»Äh … da ist noch etwas«, fügte der Soldat mit betrübtem Blick hinzu.

»Was denn noch?«, zischte de la Motte aufgebracht.

»Der Kamerad, dem die Kleidung gehörte, die ein Junge unter einem Strauch gefunden hat, ist ebenfalls tot«, erklärte der Soldat mit einem gottergebenen Seufzer. »Vermutlich hat ihm jemand beim Scheißen die Kehle aufgeschlitzt. Wir haben seine Leiche direkt am Ufer des Nohain entdeckt. Sein nackter Körper war mit einem Stein beschwert, nicht aber sein rechter Arm. Deshalb trieb die Hand des Toten an der Oberfläche und wurde beim Durchkämmen der Umgebung entdeckt.«

»Habt ihr den Gefängniswagen durchsucht?«, fragte de la Motte scharf.

»Ja, Herr«, antwortete der Soldat tonlos.

»Und?«

»Wir haben einen Dolch gefunden, der als Tatwaffe infrage kommt.« Der Soldat schluckte nervös. »Aber die beiden Gefangenen können es nicht gewesen sein, weil sie eingesperrt und angekettet waren. Außerdem wurden sie die ganze Zeit über bewacht. Bleibt also nur die Erklärung, dass der Mörder die Waffe bei seiner Flucht in den Wagen geworfen hat.«

»Habt ihr die beiden verhört?«, hakte Baptiste de Neuville ein, während dem Burgvogt vor Schreck der Mund offen stand.

»Angeblich haben beide geschlafen und können sich nicht erklären, wie der Dolch in den Wagen gelangt ist.«

»Haben sie euch die Waffe ausgehändigt?«, wollte de la Motte wissen.

»Nein, der Dolch war unter einem Bodenbrett versteckt. Aber es hatte sich gelockert, und so wurden wir darauf aufmerksam.«

De la Motte holte tief Luft. »Wie soll der Dolch denn dorthingekommen sein, wenn sie ihn nicht bemerkt haben?«, brüllte er. »Die Helfershelfer dieser Ketzer waren hier, das ist doch sonnenklar! Zumindest einer von ihnen! Und ihr Schafsköpfe habt nicht aufgepasst! Nach der Beschreibung einer Marktfrau war der Kerl, der für die Tat infrage kommt, alles Mögliche, aber bestimmt kein einfacher Hühnerdieb.«

»Wer sind diese Helfershelfer, von denen Ihr redet?«, hakte der Burgvogt mit ängstlichem Blick nach, weil er in die Zusammenhänge ihrer Mission selbstverständlich nicht eingeweiht war.

»Feinde des Königs«, antwortete de la Motte kryptisch. »Bösartiger als der Teufel selbst.« Er kniff die Lippen zusammen, als wollte er de Chaume signalisieren, dass jegliches Bohren nach weiteren Wahrheiten zwecklos war. »Habt Ihr eine Folterkammer?« fragte er ihn barsch.

»Gewiss«, antwortete de Chaume. »Wenn Ihr mir folgen wollt …«

»Kommandant!« De la Motte richtete seinen geschärften Blick auf Colard. »Bringt die Pferdediebin dorthin. Ich will sie verhören.«

Die Kleine war noch keine sechzehn, aber charakterlich mindestens so verdorben wie ein Schankweib. Dass sie speziell war, glaubte de la Motte nicht nur an ihren störrischen rostroten Haaren zu erkennen, sondern auch an ihrer Kleidung, die keinem Mädchen ihres Alters entsprach, sondern eher einem Stallburschen zu gehören schien.

»Tut mir nichts«, bettelte sie, als de la Motte sie in dem finsteren Kellerloch aufsuchte, wo man sie wie eine Schwerverbrecherin an eine Kerkerwand gekettet hatte.

»Wie ist dein Name?«, herrschte er sie an, während er mit einem bedrohlichen Blick ihre runden hellen Augen fixierte.

»Odile«, antwortete sie leise und schaute rasch zu Boden, als er näher an sie herantrat.

»Du hast die Wahl, Odile«, eröffnete er ihr Verhör mit einem falschen Lächeln. »Entweder du erzählst mir, was genau vorgefallen ist, oder du baumelst schon morgen am Galgen. Wegen Mord, Pferdediebstahl und Landesverrat. Allesamt schwere Verbrechen, die eigentlich eine wesentlich grausamere Hinrichtungsmethode erfordern.«

»Ich habe nichts getan«, rief sie flehentlich und wich seinem prüfenden Blick aus.

De la Motte blieb dicht vor ihr stehen, packte ihr Kinn so fest, dass sie ihm unweigerlich in die Augen schauen musste. »Was hast du gesagt?«

»Ich habe nichts getan!«, erwiderte sie, diesmal um einiges leidenschaftlicher.

De la Motte holte so schnell aus, dass sie sich nicht einmal ducken konnte. Ihr Kopf flog zur Seite, und ihre Lippe platzte auf.

Anstatt in Tränen auszubrechen, wie die meisten Mädchen in ihrem Alter es getan hätten, starrte sie ihn nur hasserfüllt an und leckte sich das Blut von den Lippen.

»So, das war ein kleiner Vorgeschmack, mein Täubchen«, höhnte er und kreuzte die Arme. »Aber ich kann auch anders. Wenn du weiterhin so verstockt bleibst, rufe ich meine Soldaten und überlasse dich ihnen für eine Stunde. Mal sehen, ob du dann geständiger bist.«

»Ihr könnt alles mit mir tun«, jammerte sie, »aber lasst mir bitte meine Jungfräulichkeit. Ich möchte im rechten Alter als Novizin bei den Zisterzienserinnen um Aufnahme bitten und mich ohne Makel mit unserem Herrn Jesus verheiraten.«

»Du? Eine Nonne?« De la Motte lachte gehässig. »Du weißt aber schon, dass die frommen Frauen niemanden aufnehmen, dessen Sündenregister so üppig ist wie deines. Und auch unser Herr Jesus dürfte von einer solch sündhaften Braut wenig beeindruckt sein«, fügte er mit falschem Bedauern in der Stimme hinzu. »Also noch mal von vorn: Was hast du mit dem Besitzer des Hühnerwagens zu schaffen? Und wer hat dir das viele Geld überlassen, das wir neben dem kostbaren Pferd bei dir gefunden haben? Und schön der Reihe nach.«

Odile holte tief Luft. »Ich habe keine Familie mehr und sollte Melot als Magd auf dem Hof helfen. Nichts anderes habe ich getan. Ganze drei Tage lang. Dann ist er heute Morgen einfach nicht mehr aufgewacht, obwohl er gestern Abend noch putzmunter war, als wir gemeinsam den Wagen für den Markttag mit den Hühnerkisten beladen haben.« Sie zuckte mit den Schultern. »Da er keine Verwandten hat, habe ich den Wagen genommen und bin allein mit den Hühnern zum Markt gefahren. Von irgendwas muss ich ja schließlich leben. Als ich in den Wald fuhr, wurde ich von zwei Männern angehalten. Sie wollten meinen Wagen ausleihen und haben mir ausreichend Geld dafür versprochen. Nachdem ich zugestimmt hatte, kam ein Dritter dazu, der den Wagen fahren sollte. Sie haben mich gefesselt und mir die Augen verbunden. Dann haben sie mich in den Wald geführt und dort sitzen lassen, bis sie ihre Geschäfte offenbar getätigt hatten. Sie gaben mir das Geld, und ich durfte die Augenbinde erst wieder abnehmen, nachdem sie verschwunden waren. Dann stand plötzlich der prachtvolle Zelter vor meiner Nase. Ich dachte, er ist ein Geschenk dieser Männer, weil sie mir den Wagen und das Pferd nicht wie versprochen zurückgebracht hatten.«

»Du lügst«, behauptete de la Motte kalt. »Zwischen dem Auftauchen des Wagens und dem Verschwinden des Zelters ist mindestens eine Stunde vergangen, wenn nicht zwei. Du willst mir doch nicht erzählen, dass du die ganze Zeit allein im Wald gesessen und gewartet hast?«

»Ich lüge nicht«, insistierte sie mit wachsendem Unmut im Blick. »Ich habe nicht gesagt, dass ich ganz allein war. Sie waren insgesamt zu dritt. Aber ich konnte niemanden sonst sehen, weil ich die Augenbinde tragen musste. Und ich habe auch niemanden sprechen hören. Aber ich bin sicher, da waren mehr Leute und jemand, der mich die ganze Zeit über bewachte. Ich habe keine

Ahnung, wer von den Männern den Wagen gefahren und den Zelter zurückgebracht hat.«

»Sie haben nicht geredet?«

»Nur am Anfang, als sie mir den Wagen genommen und mich gefesselt haben, danach waren sie stumm wie ein Grab. Und als ich mir die Augenbinde abnehmen durfte, waren sie weg.«

»Du weißt doch bestimmt, wie die Kerle aussahen, die dich angehalten haben«, wollte er nun von ihr wissen.

»Ziemlich groß, würde ich sagen«, erwiderte sie mit bebender Stimme. »Sie hatten etwas Besonderes an sich. Ich kann nicht sagen, was es genau war, aber da war so eine Ausstrahlung, wie man sie bei gewöhnlichen Männern nicht findet. Als ob man den heiligen Christophorus oder den heiligen Georg vor sich stehen hätte. Der Dritte im Bunde hatte bernsteinfarbene Augen wie Jesus.«

»Offenbar hattest du eine himmlische Erscheinung«, spöttelte de la Motte voller Ironie. »Weißt du, welche Augenfarbe die beiden anderen Heiligen hatten?«

»Nicht mit Gewissheit«, antwortete sie und machte ein nachdenkliches Gesicht, als ob sie angestrengt überlegen musste. »Schwarz wie die Nacht und blau wie der Himmel im Sommer«, entfuhr es ihr spontan.

»Das überrascht mich nicht«, murmelte de la Motte mehr zu sich selbst. Er war fest davon überzeugt, dass die Kleine zumindest in dieser Sache die Wahrheit sprach. Denn spätestens jetzt war ihm klar, dass die beiden Köder, die ihnen geblieben waren, die dicksten aller Fische – entgegen jeder Vernunft – in die Fanggründe des Königs von Franzien gelockt hatten. Nur leider würde es nicht so leicht sein, sie an die Angel zu bekommen.

»Und was habt Ihr nun mit mir vor?«, rief die Kleine ihm beunruhigt hinterher, als er sich zum Gehen wandte. »Ich habe Euch doch alles gesagt, was ich weiß.«

»Ich nehme dich fest«, bestimmte er gnadenlos. »Im Namen des Königs von Franzien. Du stehst unter Verdacht, eine Landesverräterin und Mörderin eines unschuldigen Bauern zu sein. Also kann ich dich unmöglich frei herumlaufen lassen.«

»A… aber das könnt Ihr nicht machen! Ich bin unschuldig!«

»Das werden wir schon noch herausfinden.« Er wandte sich an einen der Soldaten, der die ganze Zeit Wache gestanden hatte.

»Leg sie in Ketten und sperr sie zu den beiden anderen in den Gefangenenwagen.«

KAPITEL 33

APRIL 1316
HERZOGTUM LOTHRINGEN / BURG WALDENSTEIN

Familienbande

Hannah konnte sich nicht erinnern, wann sie je eine so tiefe Verzweiflung empfunden hatte. Selbst nicht, als sie 1153 nach einer missglückten Zeitreise im Heiligen Land gestrandet war, ohne zu wissen, ob sie Gero jemals lebend wiedersehen würde.

Passend dazu war sie ganz in Schwarz gekleidet, als sie Sophia unter Tränen zum Abschied küsste, während die Kleine in ihren Armen lag und arglos vor sich hin schlummerte. Sie hatte sie aus der Wiege geholt und war froh, dass sie nur ein kleines zufriedenes Schmatzen von sich gab, als sie sich wohlig in ihre Arme schmiegte.

Jutta stand vor ihr, mit der gleichen Niedergeschlagenheit im Blick wie alle, die von dieser Situation betroffen waren, wenn man von Hanemann und seinen Mannen einmal absah.

»Es tut mir so leid«, wisperte sie. »Sei gewiss, wir alle werden Sophia hüten wie unseren Augapfel. Die Amme, die ich ausgesucht habe, ist sauber und zuverlässig. Deiner Tochter wird es an nichts mangeln.«

Oh doch, hätte Hannah ihr am liebsten ins Gesicht geschrien. Allein, dass ihre Schwiegermutter es als gottgegeben hinnahm, dass Hanemann von Lichtenberg sie als Geisel auf seine Burg verschleppte wie eine kostbare Beute, erschien ihr wie ein böser Traum.

»Sobald Gero zurück ist, wird er die Angelegenheit zu unserer aller Zufriedenheit lösen und dich nach Hause holen«, versicherte Jutta ihr – oder doch mehr sich selbst. »Wir Frauen können nun mal nichts ändern«, schob sie zu ihrer eigenen Rechtfertigung hinterher. »Die Männer müssen das unter sich ausmachen, so ist es nun mal.«

Hannah ließ ihren Einwand unkommentiert und bettete die Kleine zurück in die Wiege, wo sie glücklicherweise weiterschlummerte. Sophia sollte nicht mitbekommen, wie verzweifelt ihre Mutter darüber war, sie einer fremden Frau überlassen zu müssen. Höchstwahrscheinlich würde die Kleine ihr restliches Leben traumatisiert sein, weil sie ausgerechnet in einer wichtigen Bindungsphase ihre nächste Bezugsperson verlor, die nun, mehr als zehn endlose Stunden Ritt entfernt, in der Burg eines unberechenbaren Irren festsaß und dort um die Zukunft ihrer Familie kämpfte.

»Und was geschieht, wenn Gero nicht mehr zurückkehrt?«, fragte sie bitter. »Was machen wir dann? Werde ich Hanemann von Lichtenberg dann heiraten und ihm Söhne gebären müssen, wie er es bereits angedeutet hat? Und Sophia wird im rechten Alter zu den Nonnen gegeben, weil sie als Erbin des Hauses Lichtenberg nicht mehr infrage kommt?«

»Sag doch nicht so was«, wandte Jutta mit Sorgenfalten auf der Stirn ein. »Gero wird in ein paar Tagen wieder zu Hause sein.«

»Tatsächlich?« Hannah warf ihr einen frustrierten Blick zu. »Ich glaube nicht nur, ich *weiß*, dass eine solche Aussage reine Spekulation ist.«

Bevor Jutta etwas erwidern konnte, was für Hannah ohnehin keine Bedeutung gehabt hätte, klopfte es an der Tür ihrer Kammer.

»Ja!«, rief sie kurz angebunden.

Es war Johan van Elk, der sich von ihr verabschieden wollte. Freya und Amelie hatten ihr schon am Morgen Lebewohl gesagt, als Hannah sich selbst noch einmal von Amelies Gesundheitszustand hatte überzeugen wollen. Abgesehen von dem Schock über das Verhalten ihrer abtrünnigen Freundin Justine und der Tatsache, dass Malcolm und ihr Vater sich in den Händen ihrer Feinde befanden, fehlte Amelie nichts Körperliches, was einem Wunder gleichkam, wie Freya mehrmals bestätigt hatte.

»Ich möchte dich hinunter in den Hof begleiten«, erklärte ihr Johan. »Ich werde Hanemann nochmal einbläuen, dass er es nicht überleben wird, wenn er dir auch nur ein Haar krümmt. Ich habe versprochen, dich und das Kind zu beschützen, und halte mein Wort«, fügte er mit leidenschaftlicher Heftigkeit hinzu. »Wie auch die anderen Brüder, die sich dir und Gero aufs Tiefste verbunden fühlen.«

Hannah schluckte. »Danke«, presste sie gerührt hervor. Dann raffte sie ihre Röcke und verabschiedete sich mit einem stummen Kuss bei ihrer Schwiegermutter. Ihr letzter Blick galt Sophia, bevor sie Johan ohne ein weiteres Wort die Treppen hinunter in die große Halle folgte.

»Wo sind eigentlich Totty und Brian?«, wollte sie von ihm wissen. »Ich habe sie seit Tagen nicht gesehen. Und auch Roland geht mir ständig aus dem Weg.«

»Roland hat die beiden mit ein paar Söldnern auf die Jagd geschickt, damit sie für frisches Wildbret sorgen«, erklärte Johan ausweichend. »Er ist unten auf dem Hof und hat schon dafür gesorgt, dass dein Gepäck in den Wagen verladen wird und du ein vernünftiges Reitpferd bekommst. Er sagte, er will sich persönlich von dir verabschieden.«

Hannah kam die Geschichte mit Totty und Brian einen Moment lang seltsam vor, aber dann vergegenwärtigte sie sich, wie plötzlich die Forderung von Hanemann für sie alle gekommen war.

Auf dem Burghof angekommen, pfiff ihr ein kalter Wind ins Gesicht. Ein Blick hinauf zu den dahinjagenden Wolken ließ in ihr eine Ahnung aufsteigen, dass sich nicht nur in ihrer Familie ein verheerender Sturm ankündigte.

Margaretha stand mitten auf dem Hof und war wie Hannah in einen schwarzen Surcot und einen dazu passenden Kapuzenumhang gehüllt, der ganz mit schwarzem Lammfell gefüttert war. Doch im Gegensatz zu Hannah trug die Gräfin kein wetterfestes, gewachstes Cape darüber.

Ihre schmalen Finger steckten in schwarzen Lederhandschuhen und fuchtelten wild gestikulierend in der Luft, während sie allem Anschein nach mit dem jungen Lichtenberger eine aufgewühlte Debatte führte, die ein abruptes Ende fand, als die beiden Hannah bemerkten.

»Ich hoffe, ihr konntet euch über den Preis für meine Auslieferung einig werden«, entfuhr es Hannah in einem sarkastischen Ton, während sie von der unglücklich dreinblickenden Gräfin zum triumphierenden Hanemann schaute. »Bilde dir ja nicht ein, Cousin«, fügte sie düster hinzu, »dass ich dich freiwillig begleite.«

Erhobenen Hauptes ging sie zu dem mit schwarzen Straußenfedern geschmückten Wagen, in dem die Leiche des alten Landgrafen transportiert wurde, ohne das Pferd zu beachten, das Roland für sie bereithielt. »Um deine direkte Gesellschaft während der Reise nicht ertragen zu müssen«, fügte sie an Hanemann gerichtet hinzu, »ziehe ich es vor, bei den sterblichen Überresten deines Oheims zu sitzen, anstatt dich auf einem Pferd zu begleiten.«

»Aber das kannst du nicht machen«, flüsterte ihr Johan van Elk eindringlich zu, wobei sie sich fragte, was er mit diesem Umstand zu schaffen hatte.

»Und ob ich das kann«, widersprach sie ihm und war schon dabei, in den schwarzen Kastenwagen zu klettern, der von zwei prächtig geschmückten Friesen gezogen wurde. Mit Blick auf den rasch zusammengezimmerten Eichensarg, bei dem sich der Zimmermann von Waldenstein alle Mühe gegeben hatte, ihn mit diversen silbernen Beschlägen angemessen stilvoll aussehen zu lassen, zweifelte sie, ob sie das Richtige tat. Doch ein weiterer Blick zum Himmel, wo sich die nächsten Regenwolken auftürmten, half ihr – zusammen mit Hanemanns ungehaltener Miene –, bei ihrer Entscheidung für den Wagen zu bleiben.

Rolands bärtiges Gesicht tauchte unangekündigt in der Tür auf. Mit seinen gütigen Augen zwinkerte er ihr vertraulich zu. »Glaub ja nicht, dass wir dich im Stich lassen, mein Täubchen«, schwor er ihr leise.

Hannah kniff die Lippen zusammen. Was, zum Henker, meinte er damit? Doch nun war nicht die Zeit, darüber zu diskutieren, dass Roland und Margaretha erst gar nicht hätten zulassen dürfen, dass man sie abtransportierte wie eine Schwerverbrecherin.

Als der Karren über die massive Zugbrücke ratterte, gefolgt von zwanzig Söldnern, die zu Hanemanns Gefolge gehörten, hatte sie das Gefühl, ihr würde das Herz aus der Brust gerissen. Der Gedanke, ihre kleine Tochter auf dieser riesigen Burg zurücklassen zu müssen, nahm ihr die Luft zum Atmen. Auch wenn sie wusste, dass Lyn und Freya und all die anderen bestens auf sie achtgeben würden.

Eingepfercht zwischen dem Sarg und ihrem Gepäck warf sie einen mutlosen Blick durch das einzige offene Fenster nach draußen und ließ die archaische Landschaft an sich vorüberziehen.

Bisher hatte sie die Burg immer nur mit Gero verlassen. Und jedes Mal hatte sie sich wie in einem sicheren Kokon gefühlt, in dem er für sie wie selbstverständlich die Rolle des Bodyguards, Personal Trainers und Touristenführers übernommen hatte. Allerdings war es nicht das erste Mal, dass sie ohne ihn im sogenannten Mittealter umherreiste. Was ihr eine gewisse Zuversicht gab, sich auch diesmal behaupten zu können. Wobei sie fest gewillt war, sich nicht unterkriegen zu lassen. Schon gar nicht von Hanemann und seinem Größenwahn.

Ihre Gedanken wanderten zu Gero, den sie so sehr vermisste, und der Frage, was er wohl zu dieser Entwicklung sagen würde, die nicht er, sondern andere verschuldet hatten. Wieder einmal waren es die Umstände, die sie beide und ihre Familie in große Gefahr brachten.

Der Wagen zockelte derweil durch ein paar ärmliche Dörfer, deren strohgedeckte Häuser dringend einer Renovierung bedurft hätten. Ein paar zerlumpte Kinder trieben mit Stöcken Schweine und Ziegen durch die Pfützen. Die Erwachsenen, die nicht in ihre Häuser geflüchtet waren, standen stocksteif am Straßenrand und verharrten in einer unterwürfigen Verbeugung, da allein die Soldaten und der geschmückte Wagen vermuten ließen, dass hier kein gewöhnliches Volk unterwegs war. Ganz abgesehen von Hanemann und seinen luxuriös gekleideten Begleitern.

Nicht weit hinter einem dieser Dörfer tauchten sie in einen dichten Wald ein, durch den ein Weg führte, der von steil aufragenden Felsen und Böschungen gesäumt war. Hier war niemand sonst unterwegs, weil es auf dieser Strecke keine Felder gab, die zu bewirtschaften gewesen wären, und auch einen regen Warentransport schien es auf dieser Straße nicht zu geben.

Zu allem Übel erschien Hanemanns Stoppelgesicht vor Hannahs Fenster und ließ sie zurückschrecken. In den letzten Tagen hatte er darauf verzichtet, sich zu rasieren. Vermutlich, weil er trotz aller Vorbehalte, die er gegen Gero und seine Kameraden hegte, von deren kurzgeschorener Barttracht fasziniert war. Mit seinem spärlichen Dreitagebart und der unübersehbaren Akne sah er allerdings nicht wie ein gestandener Templer aus, sondern eher, als wäre er gerade erst der Pubertät entschlüpft. Ein Eindruck, der nicht nur seiner Jugend geschuldet war, sondern vor allem seinem ungehobelten Benehmen. Voll aufgerüstet mit Kettenhemd und Hose, dazu dem Wappenrock der Lichtenberger und einem Schwert, das ein Vermögen gekostet haben musste, strotzte er auf seinem üppig geschmückten weißen Hengst nur so vor Selbstbewusstsein.

»Ich hoffe, du sitzt bequem, liebe Cousine«, spöttelte er und grinste unverschämt zu ihr in den Wagen hinein.

Am liebsten hätte sie die lilafarbenen Samtgardinen zugezogen, die auf einer Stange aufgefädelt das einzige Fenster des Wagens schmückten. Doch Hannah rang noch mit sich, ob sie diesem Aufschneider nicht besser mit Ignoranz als mit offenem Widerstand begegnen sollte. Eine Masche, auf die Geros Tante bei Hanemann und seinen Verwandten zu schwören schien.

»Ich bin sicher, es wird dir auf unserer Burg gefallen«, säuselte er, als sie ihm eine Antwort schuldig blieb. »Vielleicht sogar so gut, dass du gar nicht mehr nach Waldenstein zurückwillst. Sollte sich herausstellen, dass Gero eine Mitschuld am Tod meines Oheims trifft und er nicht nur seinen Titel, sondern auch sein Leben verliert, könntest du als seine Witwe meine Frau werden. Dann hätten wir sozusagen drei Fliegen mit einer Klappe geschlagen. Ist das nicht ein phantastisches Angebot? Ich besitze zudem weitaus mehr Ländereien als die Waldensteiner. Abgesehen davon, dass mir Waldenstein dann ohnehin zufallen würde.«

»Daher also weht der Wind«, entgegnete Hannah verächtlich und verwarf jegliche Gedanken an Ignoranz oder gar Diplomatie. »Ich habe mich schon die ganze Zeit gefragt, warum der junge Erbe von Lichtenberg so sehr darauf besteht, dass sein Oheim ermordet wurde. Hat er ihn am Ende selbst auf dem Gewissen, um ein entsprechendes Szenario zu entwerfen? Hat er die günstige Gelegenheit gesehen, doppelt abzusahnen, indem er auf elegante Weise seinen Vormund loswird und zugleich seinen Cousin dafür verantwortlich macht, um dessen Erbe zu kassieren?«

»Deine Ausdrucksweise ist zwar manchmal etwas merkwürdig, aber ich sehe, liebe Cousine, du bist nicht auf den Kopf gefallen. Eine solche Frau an meiner Seite hat mir bisher gefehlt.«

»Wenn das ein Angebot sein soll, so schmiere es dir in deinen spärlichen Schopf«, zischte Hannah. »Damit wirst du niemals durchkommen. Eher sterbe ich, als dass ich deine Frau werde.«

»Dein früher Tod wäre natürlich auch eine Möglichkeit«, sinnierte er hochnäsig. »Wenn Gero erst als Schuldiger am Galgen baumelt und du mich nicht willst, bleibt dir ohnehin nichts anderes übrig, als ins Wasser zu gehen.«

Noch bevor Hannah etwas eingefallen war, das sie diesem Ekel entgegenschleudern konnte, kam der Wagen zum Stehen.

Der Blick des jungen Lichtenbergers war plötzlich verwirrt. »Was ist da los?«, brüllte er seinen Söldnern zu, die den Wagen in die Mitte genommen hatten.

»Runter!«, schrie der Wagenlenker, der auf einem der Zugpferde gesessen hatte, und sprang unter die Deichsel. Ein Paar Pfeile zischte an dem Gefährt vorbei. Hannah konnte sie sehen und auch hören. Die berittenen Soldaten gleich neben dem Wagen rissen in Panik ihre Schilde hoch, unsicher, ob und wo sie Deckung finden konnten, zumal die Geschosse offenbar von einem Felsvorsprung auf sie herabprasselten.

Während Hannah sich angsterfüllt hinter dem Sarg versteckte und sich so klein wie möglich zu machen versuchte, herrschte draußen das reinste Chaos. Hektisch gebrüllte Befehle, das Wiehern der Pferde, Hufgetrappel und Schreie von offenbar Verletzten drangen an ihr Ohr. Auf der Suche nach einem geeigneten Unterschlupf, um den Pfeilen zu entgehen, schien jeder da draußen nur mit sich selbst beschäftigt zu sein. Niemand kümmerte sich mehr um Hannah und den Wagen.

In hellem Aufruhr krallte sie ihre Hände in die violetten Samtpolster, auf denen sie zuvor gesessen hatte, als der Karren plötzlich einen Ruck tat und dann unvermittelt nach vorne schoss.

Allem Anschein nach gingen die beiden Friesen durch, die den Wagen zogen, und es gab niemanden mehr, der sie hätte aufhalten können. Ein rascher mutiger Blick aus dem Fenster versicherte Hannah, dass der Mann, der den Wagen geführt hatte, reglos auf der Straße lag und Hanemann und seine Begleiter von ihren Pferden abgesessen waren und hinter einem Felsen Schutz gesucht hatten. Seine Söldner hatten sich derweil in alle Winde zerstreut.

Offenbar kam niemand auf den Gedanken, ihr zu folgen und den Wagen zu stoppen, der immer mehr an Fahrt aufnahm. Inzwischen hatte er gefühlt das maximal erlaubte Tempo in einer geschlossenen Ortschaft erreicht.

Hannah sah sich im Geiste mitsamt dem Gefährt bereits die Böschung hinabsausen. Spätestens in der nächsten Kurve würden die Räder aus der Spur geraten und der Wagen sich überschlagen. Und dann würde sie – Ironie des

Schicksals – von Johann I. und seinem schweren Eichenholzsarg zerquetscht. Doch Aussteigen war bei dieser Geschwindigkeit keine Alternative.

Gerade als sie zu beten begann, weil ihr nichts mehr anderes einfallen wollte, preschte ein Reiter an ihr vorbei, der den Versuch unternahm, die offenbar durchgegangenen Friesen zu stoppen. Und tatsächlich gelang es ihm mit einiger Mühe, den Wagen zum Stillstand zu bringen.

Als die Tür aufgerissen wurde, starrte Hannah in zwei maskierte Gesichter, die mit ihren vorgebundenen Halstüchern aussahen wie zwei Bankräuber auf der Flucht vor einem Spezialeinsatzkommando.

»Auch das noch«, murmelte sie und sah sich schon in einem finsteren Räubernest festsitzen, während sie vergeblich auf die Zahlung eines Lösegelds hoffen durfte, weil die Räuber weder schreiben noch lesen konnten. Ein Zustand, der in Hannah lebhafte Erinnerungen an einen Überfall im Herbst 1307 auf dem Weg von Brysich am Rhein zur Genovevaburg in der Eifel weckte. Und an die sich anschließende Jagd auf die Täter, deren grausame Hinrichtung ihr einen handfesten Streit mit Gero über Folter und Todesstrafe bei inhaftierten Verbrechern eingebracht hatte.

»Die Reise ist hier zu Ende«, rief einer der Männer, der zudem noch eine schwarze Kapuze trug, so dass man seine Haare nicht erkennen konnte, aber dessen Stimme irgendwie vertraut klang.

Bevor sie auch nur reagieren konnte, hatte der Kerl die Maske heruntergezogen und hielt ihr von seinem schwitzenden Gaul herab fordernd seine kräftige Linke entgegen.

»Totty?« Hannah war unfassbar erleichtert, als sie das kantige Gesicht des englischen Templerkommandeurs erkannte.

Mit seinen freundlichen braunen Augen zwinkerte er ihr aufmunternd zu. »Komm schon, steig auf!«, drängte er sie und zog sie mit Schwung aus dem Wagen und auf den Rücken seines Hengstes, wo sie hinter ihm auf seinem breiten Rittersattel zu sitzen kam.

»Hast du's bequem?«, versicherte er sich und gab seinem Pferd die Sporen, nachdem sie mit einem atemlosen »Ja« geantwortet hatte.

Hannah hielt die Arme fest um seine Taille gelegt, während das Pferd davonstob wie ein geflügelter Pegasus.

In rasendem Tempo ging es über Stock und Stein. Erst als ihr Retter sie anscheinend in Sicherheit glaubte, zügelte er sein Pferd und schaute sich um.

»Auf wen warten wir?«, fragte Hannah und blickte atemlos zu ihm hoch.

»Auf die anderen«, sagte er nur.

Als kurze Zeit später Brian und Johan auf ihren schweren Kaltbluthengsten auftauchten, ahnte Hannah plötzlich, was hier gespielt wurde. Zumal sie von vier weiteren Reitern begleitet wurden, die sie irgendwann einmal in Pierres Truppe gesehen hatte.

»Die Idee, mich zu entführen, ist ja nicht schlecht«, rief sie Johan atemlos zu, der auf seinem stämmigen Brabanter direkt neben ihr und Totty zum Stehen gekommen war. »Aber wie habt ihr euch das vorgestellt? Ich kann unmöglich zurück nach Waldenstein. Dann hätte ich auch gleich dortbleiben können.«

»Keine Sorge«, meinte Johan mit einem souveränen Lächeln. »Wir bringen dich an einen geheimen Ort. Eine versteckte Burg an der Grenze zu Franzien. Dort lebt Pierre de Bolognes Gefährtin mit ihrem Gesinde. Ab und zu nimmt sie auch Frauen auf, deren Ehemänner zu Pierres Bruderschaft der ›Rose und des Kreuzes‹ gehören und die sich deshalb mit ihren Familien für eine Weile vor möglichen Verfolgern verstecken müssen. Die Burgherrin verfügt aus diesem Grund sogar über eine eigene kleine Schutztruppe.« Er nickte den vier hinzugekommenen Reitern zu, von denen Hannah sicher war, dass es sich ebenfalls um geflohene Templer handelte – wie bei allen Rittern, die zur Pierres Truppe gehörten. Gestandene Männer, die zwar keinen Habit mehr mit einem roten Kreuz darauf trugen, deren wettergegerbte Gesichter aber keinen Zweifel darüber aufkommen ließen, dass sie genauso draufgängerisch und furchtlos agierten wie noch zu den glorreichen Zeiten des Ordens.

»Das sind Lambert, Otho, René und Christian«, stellte Johan die wild gelockten, bärtigen Kämpfer vor, deren Waffen, gepaart mit ihrem athletischen Äußeren, eine Garantie dafür abgaben, dass sie das Kriegshandwerk perfekt beherrschten. »Sie gehören ebenfalls zu Pierres Leuten«, bestätigte Johan Hannahs ersten Gedanken. »Sie sind nicht mit ihm nach Franzien geritten, sondern haben zusammen mit anderen Brüdern den Schutz der zurückgebliebenen Familien übernommen. Gero hat bereits vor seiner Abreise auf Pierres Rat hin mit ihnen Kontakt aufgenommen und vereinbart, dass sie dich und das Kind beschützen und notfalls verstecken, falls Hanemann oder wer auch immer dir größere Schwierigkeiten bereitet.«

Hannah schnappte überrascht nach Luft. »Das bedeutet, Gero hat geahnt, was Hanemann vorhatte«, murmelte sie fassungslos. »Warum hat er mir nichts davon gesagt?«

»Er wollte dir keine Angst einjagen und befürchtete, du könntest seinem Plan, dich von Pierres Leuten beschützen zu lassen, nicht zustimmen. Außerdem wollte er nicht, dass irgendwer davon erfährt. Der Ort, an dem wir dich nun vor Hanemann und seinen Mitstreitern in Sicherheit bringen, liegt versteckt und ist streng geheim. Niemand auf Waldenstein oder wo auch immer darf wissen, wo er sich befindet, und schon gar nicht, dass du dich dort aufhältst. Da wir ständig mit Spitzeln der Gens du Roi rechnen müssen, besteht eine zusätzliche Gefahr für Pierres Familie, wenn irgendwer von diesem Versteck erfährt. Du weißt, was mit Theobalds Familie in Köln passiert ist. So etwas darf sich auf keinen Fall wiederholen. Nur Freya ist eingeweiht, dass wir dich dorthinbringen. Sie ist eine von uns und gewohnt zu schweigen. Aber nicht einmal sie weiß genau, wo dieser Ort liegt. Roland ist nur zum Teil eingeweiht. Er hat die Abwesenheit von Brian und Totty vor der Gräfin gedeckt. Sie haben umgehend mit Pierres Kameraden Kontakt aufgenommen, als feststand, dass Hanemann dich mitnehmen will. Beide Parteien sind die ganze Nacht durchgeritten, damit wir den Treck des Lichtenbergers gemeinsam stoppen konnten.«

»Aber Hanemann wird darauf reagieren! Ich kann mir nicht vorstellen, dass er die Sache auf sich beruhen lässt.«

»Da gebe ich dir recht. Ich bin sogar sicher, dass er den Vorfall ziemlich aufbauschen wird«, erwiderte Johan mit einem angespannten Zug um den Mund. »Schließlich haben wir einige von seinen Söldnern ins Jenseits geschickt«, gestand er ihr. »Es musste sein, weil er sonst mitsamt seiner Bande nicht eingeschüchtert genug gewesen wäre, um von dir abzulassen. Wahrscheinlich mit dem Ergebnis, dass er sich selbst zum Helden kürt, indem er behauptet, fast für dich gestoben zu sein«, frotzelte Johan. »Oder es führt dazu, dass sich sein Gewissen meldet und er sich mit einer Anklage gegenüber dem Herzog zurückhält, bis Gero wieder im Lande ist.«

»Das vermag ich mir kaum vorzustellen.« Hannah schaute ihn zweifelnd an. »Wird man euch nicht verdächtigen?«

»Roland liefert uns ein Alibi, falls es zu Nachfragen kommt. Er wird sagen, wir waren auf der Jagd, und hat als Beweis bereits einen erlegten Auerochsen in einer Waldhütte nahe Waldenstein deponiert«, klärte Totty sie auf.

»Hanemann wird nichts anderes übrigbleiben, als zu verkünden, dass es einen Überfall durch eine Räuberbande gab«, erklärte ihr Brian. »Und du wurdest entführt.«

»Und was ist mit Sophia?« Obwohl Hannah erleichtert war, der bösartigen Niedertracht des jungen Lichtenbergers vorerst entkommen zu sein, würde sie erst Ruhe finden, wenn sie ihre Tochter gesund und munter in den Armen hielt. »Was machen wir, wenn dieser Verrückte auf die Idee kommt, Waldenstein zu stürmen und Sophia an meiner Stelle als Geisel zu nehmen?«

»Da habe ich vorgesorgt«, versuchte Johan sie zu beruhigen. »Freya hat bereits alles Nötige zusammengepackt, damit wir Sophia so bald wie möglich zu dir bringen können. Du musst dich nur ein oder zwei Tage gedulden. Bis dahin wirst du dich in deinem vorübergehenden Zuhause eingelebt haben. Ich war schon mal dort«, fügte er erwartungsvoll hinzu. »Es ist eine gemütliche

Wasserburg. Die Hausherrin ist eine freundliche Seele. Ich bin sicher, es wird dir gefallen.«

»Übrigens, ich habe deine Tasche aus dem Wagen geholt«, sagte Brian und hielt den schmucklosen Lederbeutel in die Höhe, in dem sich Hannahs Kleider und Unterwäsche befanden. Zudem ein paar Toilettenartikel, auf die sie keinesfalls hatte verzichten wollen.

»Du bist ein Schatz.« Sie warf dem irischen Templer einen angedeuteten Kuss zu. Mit einem Blick in die Runde stieß sie einen gerührten Seufzer aus. »Ich weiß gar nicht, wie ich euch danken soll. Ihr seid wahre Schutzengel. Noch kurz bevor ihr aufgetaucht seid, hat mir dieser Spinner seine finsteren Pläne offenbart. Wie es aussieht, will er Gero vernichten und mit allen Mittel versuchen, an dessen Erbe zu kommen. Er hat mir offenbart, mich heiraten zu wollen, falls Gero wegen Mordes an seinem Oheim zum Tode verurteilt wird«, giftete sie.

»Mach dir keine Sorgen«, riet Johan ihr voller Mitgefühl. »Das werden wir zu verhindern wissen. Schließlich sind wir Brüder *und* Schwestern. Wir halten zusammen, ganz gleich, wer oder was sich uns entgegenstellt.«

KAPITEL 34

APRIL 1316
GRAFSCHAFT NEVERS / NEVERS

Bruderkuss

»Es ist ein Elend, dass sie den Dolch gefunden haben«, wisperte Justine, die Malcolms Enttäuschung in dessen sanften braunen Augen erkennen konnte. »Aber es bedeutet auch, dass du recht hattest und deine Brüder bereits in der Nähe sind, um dich zu befreien, habe ich recht?«

»Ich weiß nicht, was ich davon halten soll«, gab Malcolm nachdenklich zurück. »Einerseits macht es mir Mut, anderseits wurde de la Motte dadurch aufgeschreckt und ist nun gewarnt.«

»Glaubst du ernsthaft, er hat nicht damit gerechnet, dass deine Brüder dich befreien wollen. Das ist doch seine eigentliche Absicht. Er will sie hierherlocken, um sie festzusetzen. Das hast du selbst gesagt.«

»Genau das ist es ja, was mich aufregt. Für ihn bin ich nicht mehr als ein besonders schmackhafter Köder«, fluchte Malcolm leise. »Die Sache mit dem Dolch, den mir einer meiner Brüder in den Karren geworfen hat, war für die Gens du Roi wie das Zucken an der Angel.«

»Ja, zu dumm, dass die Soldaten das Versteck mit dem Dolch so rasch entdeckt haben«, gab Justine unumwunden zu.

Malcolm setzte sich mit einem leisen Stöhnen auf. Sein ausgepeitschter Rücken schmerzte immer noch höllisch, und die Wunden waren mittlerweile entzündet, wie nicht anders zu erwarten gewesen war. Die Striemen, die die Peitsche hinterlassen hatte, glühten vor Hitze.

»Ich hoffe nur, meinen Brüdern ist klar, dass sie den Bogen nicht überspannen dürfen. Ich bin sicher, de la Motte wird den Vorfall nach Paris melden und um weitere Verstärkung bitten. Wenigstens haben seine Schergen bei der Durchsuchung unseres Wagens die Pillen nicht gefunden«, fügte er erleichtert hinzu und förderte die restlichen vier Kapseln zutage, die Khaled ihm in einem Säckchen zugeworfen hatte.

Er hatte sie in den Falten seines Plaids vor den wachsamen Blicken der Soldaten verbergen können und bereits eine davon geschluckt. »Bleibt zu hoffen, dass dieses Mittel mich vor einem Fieber und Schlimmerem bewahrt.«

»Was ist das für eine Medizin?« Justine betrachtete neugierig die durchsichtigen Behältnisse von der Länge eines Daumennagels, in denen nicht nur ein feines Pulver zu sehen war. Deren Oberfläche war zudem mit winzigen Zeichen beschriftet. »So etwas habe ich noch nie im Leben gesehen.« Fassungslos schaute sie zu ihm auf. »Ist das ein Werk des Teufels?«

»Fang nicht schon wieder mit diesem Unsinn an.« Malcolm fragte sich, ob es ein Fehler gewesen war, ihr die Kapseln zu zeigen. Aber sie hockten in dem Wagen so eng zusammen, dass er Justine kaum etwas verheimlichen konnte. Und wenn sie zufällig darauf stieß, würden sich ihre Zweifel an ihm und den angeblichen teuflischen Verbindungen der Templer womöglich noch steigern. »Tu mir einen Gefallen und denk nicht immer gleich, dass alles Gute ein Werk des Leibhaftigen ist. Die Frau, die mir das geschickt hat, würde ich eher als Engel bezeichnen.« Er schüttelte lächelnd den Kopf. »Es ist eine besonders wirksame Medizin, die dafür sorgt, dass man keinen Wundbrand bekommt.«

»Es kommt von einer Frau?« Justines Augen verengten sich zu einem misstrauischen Blick. »Warum tut sie das für dich? Hattest du etwas mit ihr? Ist sie jung und schön? Oder gehört sie zum Orden und ist eine Zauberin?«

Malcolm lachte auf, was Justine nur noch mehr zu ärgern schien. *Es ist schon ein Jammer*, dachte er, *dass er ihr nichts von den tatsächlichen Wundern der Templer erzählen durfte.* »Nein«, antwortete er. »Und um dich zu beruhigen, ich hatte und habe nichts mit ihr. Sie ist eine gute Freundin und kennt sich in medizinischen Dingen besser aus als jede Heilerin. Sie ist mit einem Templerbruder verheiratet und kommt von weit her. Der Orden beschäftigt sich schon seit Langem mit solchen Dingen, aber dieses Pulver ist neu und viel wirksamer als alles, was unsere Alchimisten je zusammengebraut haben.«

»Und wo gibt es so etwas zu kaufen?«, wollte Justine mit einem naiven Augenaufschlag wissen. »De la Motte hätte eine solche Medizin gewiss sehr geholfen. Er hat sich drei Monate mit seiner Hüftverletzung herumgeschlagen und litt unter ständigem Fieber.«

»Ach ja, der Ärmste«, gab Malcolm leicht ironisch zurück. »Ich vergaß, du warst seine Leibdienerin. Bedauerst du ihn etwa, weil er so schrecklich leiden musste?«

»Wo denkst du hin? Mich wundert nur, dass der König und die anderen Mächtigen in Franzien diese Medizin offenbar nicht kennen. Sonst hätte de la Motte bestimmt danach verlangt. Also muss es ein geheimes Mittel sein, von dem niemand sonst etwas weiß.«

»Das ist es auch«, klärte Malcolm sie auf und hielt die Kapsel zwischen Daumen und Zeigefinger in die Höhe, damit Justine sie besser betrachten konnte. »Dieses hübsche Ding stammt aus Cathay. Das ist dort, wo die Seidenraupen zu Hause sind. Die Leute dort sind sehr geschickt und im Stande, die winzigsten Dinge herzustellen. Aber erfunden hat dieses Mittel ein Schotte«, fügte er mit gewichtiger Stimme hinzu und ließ die Kapsel wieder in dem Säckchen verschwinden, das er zum Schutz vor Entdeckung hinter seinem Rücken versteckte.

»Ich wusste gar nicht, dass die Schotten so gescheite Leute sind«, gab Justine bewundernd zurück. »De la Motte hat euch immer als Barbaren bezeichnet, die nur kämpfen, aber nicht bis drei zählen können.«

»De la Motte ist ein einfältiger Narr«, klärte Malcolm sie auf. »Und es liegt in der Natur der Sache, dass Narren die Fähigkeiten von Leuten, die viel klüger sind als sie selbst, nicht richtig einschätzen können, weil ihnen dazu der nötige Verstand fehlt.«

»Hältst du mich auch für eine Närrin? Allein schon, weil ich de la Motte nicht widersprochen habe?«

Ihr zweifelnder Blick rührte ihn. »Unsinn. Ich halte dich für ausgesprochen klug. Hättest du den Männern widersprochen, die dich für ihre Zwecke missbraucht haben, wärst du vermutlich schon tot und hättest die Chance vertan, deinen Sohn irgendwann wieder in die Arme schließen zu können. Du hast alles richtig gemacht, weil dir keine andere Wahl blieb. Du wärst der Gens du Roi niemals entkommen. Das ist keine Dummheit, sondern ein gesunder Überlebensinstinkt.«

Bevor sie das Thema weiter vertiefen konnten, wurde erneut die Tür aufgerissen und zwei Soldaten stießen eine dünne, rothaarige junge Frau in den Wagen, die man getrost noch als Mädchen hätte bezeichnen können.

Malcolm sah erstaunt, dass man die Kleine in schwere Ketten gelegt hatte, obwohl der Grund dafür nicht ersichtlich war. Und es beantwortete erst recht nicht die Frage, warum man sie offenbar misshandelt hatte und nun in diesen Gefangenenwagen warf.

Voller Furcht und Verwirrung starrte sie ihn mit ihren hellen, runden Augen an, als wäre er ein wildes Tier, das sie im nächsten Moment zu verschlingen drohte. Doch dann fiel ihr Blick auf Justine, die den unerwarteten Neuankömmling mit einem freundlichen »*Bonjour*« begrüßte.

»*Bonjour*«, antwortete die Kleine und blickte nicht Justine, sondern Malcolm geradewegs in die Augen.

»Hey«, sagte Malcolm. »Wie ist dein Name? Und warum hat man dich in Ketten gelegt?«

Anstatt zu antworten, betrachtete sie ihn voller Argwohn, als ginge eine unbekannte Gefahr von ihm aus. »Das Gleiche könnte ich dich fragen«, hielt sie ihm missmutig entgegen.

Malcolm lehnte sich geduldig zurück und musterte sie mit einfühlsamem Interesse. »So jung und schon so rebellisch?« Er hob eine Braue und grinste belustigt. »In deinem Alter hätte ich mir in die Hosen gemacht vor Angst, wenn man mich in einen solchen Wagen gesperrt hätte.«

»Dafür müsstest du erst mal welche anhaben«, erwiderte sie schlagfertig. »Soweit ich sehe, trägst du nur einen Rock.«

»Du bist ganz schön frech«, sagte er lachend. »Warst du bei de la Mottes Schergen auch so vorlaut, oder hat er dich gleich an eine Staubsäule ketten lassen wie uns beide?«

»Er hat mir ins Gesicht geschlagen.« Sie deutete auf ihre aufgeplatzte Lippe. »Und er hat mir gedroht, mich von seinen Männern schänden zu lassen, wenn ich nicht gehorche.«

»Das passt zu diesem Schweinehund«, murmelte Malcolm und betrachtete sie von oben bis unten, während sie sich ihm gegenübersetzte und ihm trotzig die Stirn bot.

Rein äußerlich betrachtet, konnte sie nicht älter als fünfzehn sein, war aber schon auf dem Weg zur Frau, wie er an ihren zarten Brustansätzen erkennen konnte, die sich unter ihrem verschlissenen Kittel abzeichneten. Sie besaß ein hübsches, ovales Gesicht voller Sommersprossen und ausgeprägte Grübchen in den Wangen, dazu einen sinnlichen Mund, dessen Unterlippe auch ohne die Verletzung voller wirkte als die Oberlippe. Ihre Nase war etwas zu groß im Vergleich zu ihrem niedlichen Kinn. Ihr hüftlanges Haar, das sie zu einem unordentlichen Zopf gebunden trug, war allem Anschein nach genauso störrisch wie seine Besitzerin und besaß die Farbe einer rostroten Winterrübe. Abgesehen davon wirkte sie in ihren Hosen, den ausgetretenen Stiefeln und einer Joppe, die ihr viel zu groß war, auf den ersten Blick wie ein Junge.

»Sag uns lieber, wer du bist und was du hier zu suchen hast, anstatt kluge Reden zu schwingen«, empfahl ihr Justine. »Ich kenne de la Motte und seine Verschlagenheit gut genug, um zu wissen, dass es einen Grund geben muss, warum er dich zu uns in den Wagen gesteckt hat.«

»Mein Name ist Odile«, antwortete das Mädchen verstimmt. »Und wie es aussieht, habe ich es euch beiden zu verdanken, dass ich nun hier sitze und nicht nur meinen Karren verloren ist, sondern auch meine Zukunft.«

»Was meinst du damit?« Malcolm warf ihr einen fragenden Blick zu.

Anstatt zu antworten, schaute sie ihn herausfordernd an. »Und wer bist du, wenn ich das vielleicht zuerst fragen darf?«

»Mein Name ist Malcolm«, sagte er und zwinkerte ihr freundlich zu.

»Warum trägst du einen Verband?«

»Ich wurde verprügelt, das sagte ich doch«, antwortete er mit einem lakonischen Schulterzucken.

»Von wem?«

»Von den gleichen Leuten, die dich in diesen Wagen gesteckt haben, nehme ich an. Wir sitzen also im selben Karren, wenn du so willst.«

»Mit dem kleinen Unterschied«, sagte Odile, »dass man dich nach der Folter verbunden hat und es offenbar Leute gibt, die dich hier herausholen wollen.«

Malcolm schaute sie verwundert an und wechselte einen raschen Blick mit Justine. »Woher willst du das wissen?«

»Du bist nicht nur genauso riesig wie der Kerl, der mir den Karren abgeschwatzt hat. Um es genau zu sagen, du siehst auch genauso aus, nur etwas jünger. Ich wette, er ist dein Bruder. Er macht sich große Sorgen um dich. Ich glaube, er würde so ziemlich alles tun, um dich zu befreien.«

Malcolm verengte unmerklich die Lider. »Wie kommst du darauf?«

»Als ich im Wald mit verbundenen Augen auf die Rückkehr meines Karrens gewartet habe, hat er im Gespräch mit einem anderen riesenhaften Kerl mindestens zehnmal deinen Namen erwähnt.«

Malcolm schluckte und war für den Augenblick sprachlos.

»Erzähl mir die ganze Geschichte«, sagte er schließlich.

Odile schilderte ihm brav alle Einzelheiten, bis zu dem Augenblick, als ihr Karren von zwei »Riesen« angehalten worden war. Den Rest hatte ihm Khaled berichtet, wenn auch nur lückenhaft.

»Und danach hast du alles brühwarm an de la Motte ausgeplaudert«, hielt Justine der Kleinen bissig entgegen.

»Ja sicher. Und zum Dank für meine Geständigkeit hat er mich zu euch in den Wagen gesteckt, oder wie?« Odile starrte Justine feindselig an. Dann richtete sie ihren Blick wieder auf Malcolm, dem sie eindeutig mehr vertraute. »Ich habe diesem de la Motte gar nichts gesagt«, versicherte sie ihm. »Nur dass es insgesamt drei Männer waren, die mir ein hübsches Sümmchen für den Karren gezahlt und mir zum Dank sogar ein Pferd geschenkt haben.« Sie hielt einen Moment inne und warf einen theatralischen Blick zum Wagendach. »Wobei das mit dem Pferd vielleicht ein bisschen übertrieben war«, sinnierte sie und zuckte mit den Schultern. »Ich hätte mir denken müssen, dass dieser Khaled, der mit meinem Karren davongefahren ist, den Gaul gestohlen hatte, um damit aus der Stadt herauszukommen. Denn welcher normale Mann wählt für einen Zelter eine lilafarbene Schabracke mit goldener Stickerei? Aber wie sonst hätte ich diesem Scheusal im Kerker erklären sollen, warum ich das Pferd behalten habe?«

Malcolm, der sich langsam zusammenreimen konnte, was tatsächlich passiert war, verzichtete auf einen Kommentar. »Hat der Kerl, der dich gefangen genommen hat, irgendwas gesagt oder etwas von dir verlangt, bevor er dich zu uns gesteckt hat? Sollst du uns vielleicht aushorchen?«

»Nein«, gab Odile mit einem Schulterzucken zurück. »Gibt es bei euch denn etwas auszuhorchen? Seid ihr Spione? Ketzer? Und überhaupt, seid ihr ein Paar? Was ich romantisch fände«, fügte sie mit einem verträumten Lächeln hinzu.

Malcolm runzelte die Stirn. »Romantisch?«

»Ja. Ich meine, so zu zweit in Ketten gelegt … auf dem Weg zum Galgen. Dann stirbt man wenigstens nicht allein.«

»Ich fürchte, du hast nicht die geringste Ahnung, wovon du redest«, entgegnete Justine mit einem zornigen Blick. »Dir wird das Scherzen noch vergehen, wenn du erst einmal dabei zusehen musst, wie ein Folterknecht einem lebendigen Menschen das Fell über die Ohren zieht.«

»Sag bloß, du warst bei so etwas schon mal dabei.« Es war nicht Odile, die diese Frage stellte, sondern Malcolm.

»Nein, natürlich nicht«, antwortete Justine kleinlaut. »Aber ich habe davon gehört, dass es zu den Foltermethoden des Königs gehört, wenn seine Knechte etwas Wichtiges herausfinden wollen. Und wir wissen auch, zu welchen Gräueltaten de la Motte fähig ist.«

»Dann lasst uns hoffen, dass es bei uns nicht so weit kommen wird«, plapperte Odile und schaute abwechselnd von Malcolm zu Justine. »Was ist nun? Seid ihr ein Paar? Schließlich sollte ich wissen, worauf ich mich einstellen muss, wenn ich mit euch durch die Lande fahre«, fügte sie altklug hinzu, während den Wagen ein Ruck durchlief und ein Offizier aus de la Mottes Truppe draußen auf dem Platz lautstark den Befehl zur Abfahrt gab.

»Es wäre peinlich für mich, wenn ich euch während der Fahrt ständig beim Küssen beobachten muss, oder wenn ihr euch unsittlich berührt oder am Ende gar vor meinen Augen miteinander das Lager teilt. Ich bin ein züchtiges Mädchen, das solcherlei Anblick nicht gewohnt ist.«

Während ihr suchender Blick über die losen Strohsäcke wanderte, hatte Malcolm Mühe, nicht laut loszulachen.

Justine hingegen wurde es zu bunt. »Was glaubst du eigentlich, wer du bist?«, schimpfte sie. »Denkst du vielleicht, wir jubeln über deine Gesellschaft? Wenn du irgendwas nicht sehen willst, mach gefälligst die Augen zu.«

»Als ob das so einfach wäre«, erwiderte Odile. »Außerdem habe ich mir eure Gesellschaft auch nicht ausgesucht. Ihr werdet meinen Ansprüchen ohnehin nicht gerecht«, stellte sie hochnäsig fest. »Lasst mich raten«, quasselte sie munter weiter. »Ihr seid eine Wanderhure und ein Räuberhauptmann, stimmt's?

Und habt euch zusammengetan, um gemeinsam auf Beutezug zu gehen. Aber dann hat man euch gefasst. Und nun seid ihr auf dem Weg zu eurer Verurteilung. Ist es nicht so? Und ich«, führte sie mit gewichtiger Stimme aus, ohne auf eine Antwort zu warten, »bin in Wahrheit die Tochter eines Grafen, die völlig unschuldig in diese Sache hineingeraten ist. Das alles ist ein großes Missverständnis. Ich gehöre überhaupt nicht hierher. Wenn es mit rechten Dingen zugehen würde, bräuchte ich mich gar nicht mit euch abzugeben.«

Malcolm konnte sich angesichts all der unfreiwilligen Komik, die von der Kleinen ausging, kaum noch beherrschen und prustete laut lachend los, obwohl er seinen Ausbruch unvermittelter Heiterkeit mit einem scharfen Schmerz im Rücken bezahlen musste.

Justine hingegen reagierte humorlos. »Anscheinend hältst du das hier für ein Spiel«, fuhr sie die Kleine an. »Aber dir werden die Flausen schon noch vergehen. Falls du es noch nicht bemerkt hast: Du sitzt in einem Gefangenentransport der Gens du Roi. Hier geht es nicht um Raub und Mord – hier geht es um Ketzerei. Wenn wir Pech haben, landen wir alle auf dem Scheiterhaufen und sterben einen qualvollen Tod!«

»Aber warum?«, wollte Odile nun plötzlich wissen. »Ich meine, was in Gottes Namen habt ihr getan, dass ihr eine solche Eskorte verdient?«

»Das ist eine verdammt gute Frage«, antwortete Malcolm, immer noch amüsiert. »Was willst du hören? Anscheinend liebst du spannende Geschichten, habe ich recht?«

»Oh ja. Aber ich frage mich nun erst recht, was habe *ich* hier zu suchen? Ich habe niemals ketzerische Gedanken gehegt. Deshalb würde ich zu gern wissen, warum man ausgerechnet *mich* in diesen Wagen gesteckt hat«, erwiderte sie mit einem aufsässigen und zugleich neugierigen Blick, der deutlich machte, wie sehr Malcolm mit seiner Vermutung ins Schwarze getroffen hatte.

»Vielleicht seht ihr beiden nur so einfältig aus«, fuhr sie mit ihrem losen Mundwerk fort, »und seid in Wahrheit die Hüter des Heiligen Grals, und der König will euch sämtliche Geheimnisse entlocken.«

Malcolm wechselte einen raschen Blick mit Justine, die plötzlich bleich geworden war.

»Was hat de la Motte dir erzählt, bevor er dich in Ketten gelegt hat?«, fragte sie das Mädchen. »Wie kommst du ausgerechnet auf eine solche Idee?«

»Er hat mir gar nichts erzählt, das ist ja das Dumme. Es fiel mir ein, weil hier gerade von spannenden Geschichten die Rede war.« Odile blickte Malcolm geradewegs in die Augen. »Als ich noch ein kleines Mädchen war, hat Mutter mir an Sonntagen oft aus Romanen von Chrétien de Troyes vorgelesen, von dessen Rittergeschichten ich schon als Kind gar nicht genug bekommen konnte. Als ich älter wurde, habe ich die Originalausgabe des Perceval gelesen, weil Mutter mir sagte, die Geschichten handelten in Wahrheit von meinem Vater, von dem sie die Bücher geschenkt bekommen hatte. Bis dahin wusste ich nicht, wer er war. Erst auf dem Sterbebett hat sie mir seinen Namen genannt.«

»Und er war natürlich ein Graf oder besser noch ein König«, spöttelte Justine beim Anblick von Odiles ärmlicher Kleidung. »Was auch sonst?«

»Was *andere* glauben, ist mir egal. *Ich* weiß, dass es die Wahrheit ist!«, giftete Odile und senkte den Blick.

»Na, wenn das mal keine spannende Geschichte ist.« Malcolm nickte anerkennend. »Leider kann ich nicht mit etwas Besserem aufwarten«, log er mit einem hintergründigen Lächeln. Was die Kleine erzählte, klang außergewöhnlich. Chrétiens Romane waren in diesen Zeiten nicht in jedem x-beliebigen Haushalt zu finden, erst recht nicht, wenn es sich um eine mehr als hundert Jahre alte Originalausgabe handelte. Man musste eine Menge Geld haben, um sich ein solches Buch leisten zu können, und man musste gebildet sein, um es zu lesen und zu verstehen. Er selbst hatte das Buch erst gelesen, als er auf Anselms Ranch gelandet war, allerdings nicht im Original. Es war ein gedrucktes Buch aus der Zukunft gewesen. Eine handschriftliche Originalkopie hatte er erst später in der Bibliothek der Gräfin von Lichtenberg zu Waldenstein entdeckt. Spätestens seit dieser Zeit wusste er, dass Chrétien de Troyes – wie auch Wolfram von Eschenbach, der die deutsche Version geschrieben hatte – schon damals eine Vorliebe für den Templerorden und die Grals-Mythen gehabt hatten. Und um es genauer zu sagen, hatten beide Geschichtenerzähler wohl etwas gewusst, das Uneingeweihten niemals in den Sinn gekommen wäre.

»Möchtest du uns etwas über deine Eltern verraten?«, fragte Malcolm mit einem vorsichtigen Blick.

»Lieber nicht«, meinte Odile zögernd. »Erst muss ich mehr über euch wissen. Ihr habt mir nicht mal meine erste Frage beantwortet. Ob ihr nun ein Paar seid oder nicht. Woher soll ich wissen, ob ich euch trauen kann?«

Justine grinste abfällig. »Ich frage mich, was eine vorlaute Göre wie dich das angeht.«

»Nein, wir sind kein Paar«, antwortete Malcolm unverblümt.

»Sind wir nicht?« Justine kniff unmerklich die Lider zusammen und kräuselte die Stirn.

Malcolm reagierte verblüfft. Schließlich hatten sie abgemacht, über ihr Verhältnis zu schweigen, um de la Motte keinen weiteren Anlass zu bieten, sie gegeneinander auszuspielen. Und bei diesem Mädchen war er nicht sicher, ob sie – gewollt oder ungewollt – der Gens du Roi als Spitzel diente.

»Was denn nun?« Odile schien verwirrt. »Seid ihr ein Paar oder nicht?«

Justine warf Malcolm einen verstörten Blick zu, als ob sein Schweigen sie beleidigte.

»Wie ich sehe, seid ihr euch noch nicht mal darüber einig«, kommentierte Odile den blamablen Auftritt der beiden und garnierte ihn mit einem überlegten Grinsen. »Das bedeutet also, der gutaussehende Kerl rechts von mir ist noch zu haben. Was mich in arge Bedrängnis bringt, weil ich ja eigentlich Nonne werden möchte und er mein Keuschheitsgelübde doch arg auf die Probe stellen könnte, wenn es zu einer anstößigen Annäherung käme. Und die Dame links von mir sollte sich gut überlegen, ob ein so unentschlossener Bursche der Richtige für sie ist.«

Während Malcolm belustigt den Kopf schüttelte, platzte Justine der Kragen. »Du bist noch ein Kind, und er ist ein Mann!«, zischte sie. »Was fällt dir ein, du dumme Gans, auch nur daran zu denken, dass er an dir interessiert sein könnte.«

»Ich glaube, so viel älter als ich ist er gar nicht … lasst mich raten … fünfundzwanzig?«, entgegnete Odile unbeeindruckt.

»Fast«, gab Malcolm schmunzelnd zurück. »Du hast mich vier Jahre älter gemacht. Was sicher meinem elenden Zustand geschuldet ist.«

»Er ist also im besten Heiratsalter«, fuhr Odile triumphierend fort. »Und ich werde im Sommer fünfzehn, könnte also auch schon gut ein Jahr verheiratet sein.

»Was soll das hier werden, eine Brautschau?«, schaltete Justine sich ärgerlich ein. »Da muss ich dich leider enttäuschen«, klärte sie das Mädchen gnadenlos auf. »Dieser Mann ist kein Raubritter, der dein romantisches kleines Herz entflammen könnte, sondern ein Templer. Und wie du als zukünftige Nonne sicher weißt, hat er bei seiner Aufnahme in den Orden ein Keuschheitsgelübde abgelegt. Er darf gar nicht heiraten. Also bleib lieber bei deinen frommen Absichten und gehe ins Kloster.«

»Nun ja, für dich selbst scheint sein angebliches Keuschheitsgelübde auch kein Hinderungsgrund zu sein«, argumentierte Odile, die wahrhaftig nicht auf den Mund gefallen war, nicht gerade feinfühlig. »Mein Vater war im Übrigen auch ein Templer. Er hat meine Mutter von Herzen geliebt und eine Tochter mit ihr gezeugt. Auch ohne den Segen eines Priesters.«

Justine verschlug es die Sprache, Malcolm hingegen war plötzlich hellwach. »Dein Vater war ein Templer? Lebt er noch? Willst du mir seinen Namen sagen?«

»Aber nur, wenn du wahrhaftig zum Orden gehörst«, insistierte Odile mit spürbarer Zurückhaltung.

Malcolm legte seine rechte Hand aufs Herz. »Ich schwöre auf die Heilige Jungfrau Maria, dass ich zum Orden gehöre«, erklärte er feierlich.

»Das bedeutet, die Männer, die mir den Karren abgekauft haben, sind ebenfalls Templer?«

»So ist es«, gab Malcolm mit gedämpfter Stimme zurück, weil er davon ausgehen durfte, dass de la Motte es ohnehin wusste.

»*Deshalb* sahen sie wie Heilige aus«, erklärte Odile mit leuchtenden Augen und atmete tief durch. »Mein Vater war Guyllaume de Lus«, stieß sie atemlos hervor und offenbar erleichtert, ihr großes Geheimnis mit jemandem teilen zu dürfen. »Er war der Sohn eines Grafen aus der Gascogne und Templerkommandeur der Commanderie in Villemoison, ganz in der Nähe von Donzy. Als der König die Templer verhaftet hat, gehörte er zu jenen, die in Paris angeklagt wurden. Meiner Mutter hat es das Herz gebrochen, als es hieß, man habe ihn im Jahre des Herren 1310 mit über fünfzig anderen Templern auf dem Scheiterhaufen verbrannt«, murmelte Odile mit leiser Stimme und ließ Malcolm dabei nicht aus den Augen. »Sie und ich lebten in einer Wassermühle, die den Templern gehörte. Ich erinnere mich noch genau, als das Haus zwei Jahre nach der Auflösung des Ordens von den Hospitalitern beschlagnahmt wurde. Meine Mutter lag mit Fieber im Sterben, und ich hielt ihre Hand. Ich war damals elf, und sie hat mir alles über Vater erzählt. Dass er ein Grafensohn war und ein Ritter dazu. Und dass sie nicht heiraten durften, weil er ein Keuschheitsgelübde abgelegt hatte und sie nicht von Adel war.«

»Hast du ihn jemals gesehen?«, wollte Malcolm wissen.

»Als ich ein Kind war, ist er des Öfteren in unsere Mühle gekommen«, sagte Odile und dachte angestrengt nach. »Ich weiß noch, dass er sehr groß war, mindestens so groß wie du und dein Bruder, und dass er hellbraunes, ganz kurzes Haar hatte mit einem rötlichen Schimmer, wenn die Sonne darauf schien, und dazu einen kurzen Bart von gleicher Farbe. Er war immer sehr freundlich zu mir, und ich habe es geliebt, wenn er mich anlächelte. Seine Augen leuchteten im hellen Morgenlicht so grün wie ein Lindenblatt und waren voller Güte. Ich habe etwas von seiner Augen- und Haarfarbe geerbt, denn meine Mutter war hellblond und hatte blaue Augen. Bis zu jenem Tag, als meine Mutter es mir gesagt hat, hatte ich keine Ahnung, dass er mein Vater war. Aber im Nachhinein konnte ich es mir denken, denn auch ihr gegenüber war er immer sehr fürsorglich. Hinterher war ich schrecklich wütend auf meine Mutter, weil sie es mir nicht früher erzählt hat, als er noch lebte.«

»Was ist danach passiert?«, fragte Malcolm mit einfühlsamer Stimme.

»Nachdem meine Mutter gestorben war, haben mich die Hospitaliter in die Leibeigenschaft eines Müllers in Perroy verkauft, der im Auftrag der Herren von Josserand die Mühle der Burg betrieben hat. Der Müller war ein Taugenichts und die meiste Zeit betrunken. Er hatte nichts weiter im Kopf als den

Wein und das Glücksspiel. Er hat mich beim Würfelspiel an Melot verloren, den Besitzer des Karrens, den deine Brüder mir abgekauft haben.«

»Und weil Melot nun tot ist, es keine Erben gibt und du dadurch die Freiheit erlangt hättest, hat de la Motte dich kurzerhand als Verdächtige festgenommen«, brachte Malcolm ihre missliche Lage auf den Punkt. »Dieser Hund!«

»Was ist nun mit meinem Vater?« Odile schaute ihn erwartungsvoll an. »Hast du ihn gekannt?«

»Schau mich doch an«, antwortete Malcolm mit einem bedauernden Blick. »Ich bin viel zu jung dafür. Ich bin erst zu den Templern gekommen, als der Orden offiziell schon nicht mehr existierte. Aber mein Bruder könnte deinen Vater noch gekannt haben, zumindest dem Namen nach. Wenn wir es schaffen, hier herauszukommen, werde ich dir in jedem Fall helfen, mehr über ihn zu erfahren. Das verspreche ich dir.«

»Danke«, sagte sie, mit einem Mal nicht mehr so vorlaut wie zuvor. »Weißt du, meine Mutter sagte immer, es gibt keine Zufälle. Alles, was wir erleben, wird von Gott gelenkt. Ich bin sicher, es war kein Zufall, dass ich mit dem Karren gerade an der Stelle vorbeigefahren bin, wo dein Bruder und seine Kameraden auf Hilfe gewartet haben. Alles in unserem Leben ist vorherbestimmt«, flüsterte sie.

»Das gilt ganz sicher für de la Mottes Reaktion auf das, was du uns gerade erzählt hast«, sagte Malcolm. »Er darf keinesfalls von deinem Vater erfahren, hörst du? Er verfolgt geflohene Templer und könnte auf den Gedanken kommen, dass du mit mir und den anderen unter einer Decke steckst.«

»Das hat er ohnehin schon vermutet, als er mich ausgefragt hat«, verriet Odile ihm und bekam vor lauter Aufregung rote Ohren.

»Wir müssen ihn aber nicht darin bestätigen«, riet Malcolm ihr und legte demonstrativ einen Zeigefinger auf den Mund. »Schweigen ist in diesem Fall Gold.« Er schaute sie durchdringend an. »Ganz gleich, was passiert. Kein Wort über die Templer. Ich hoffe, du hast das verstanden.«

»Und was ist mit ihr?« Odile warf Justine einen zweifelnden Blick zu. »Ist sie auch eine Templerin?«

»In gewissem Sinne gehörte auch ich zum Orden, ja«, antwortete Justine leicht pikiert. »Ich habe die Unterhosen und die Bettwäsche der edlen Herren gewaschen«, fügte sie schnippisch hinzu. »Nach der Vernichtung des Ordens musste ich mitsamt meiner Familie dafür büßen und wurde als Leibeigene in die Dienste des Königs gestellt. Aber sei gewiss, auch ich werde dein Geheimnis für mich behalten. Denn ich habe weiß Gott kein Interesse an weiteren Schwierigkeiten.«

»Du wirst aber auch deshalb nichts sagen, weil du ihn liebst, habe ich recht?«, fügte Odile schwärmerisch hinzu, während sie Malcolm mit einem seligen Lächeln betrachtete.

»Bleibt zu hoffen, dass ich für de la Motte und seine Bande nicht so leicht zu durchschauen bin wie für dich«, erwiderte Justine mit einem Seufzer und drückte Malcolms Hand, was ihn wiederum dazu brachte, sie auf die Wange zu küssen.

»Na, dann hätten wir wenigstens das geklärt.« Odile schmunzelte selbstzufrieden, während sie es sich auf einem der Strohsäcke gemütlich machte. »Ich glaube, ich werde jetzt erst mal ein bisschen schlafen«, verkündete sie und gähnte demonstrativ. »Aber denkt immer daran, ich behalte euch trotzdem im Auge.«

KAPITEL 35

APRIL 1316
GRAFSCHAFT NEVERS / NEVERS

Fleury

Gero und seine Mitbrüder erreichten am späten Nachmittag die Gegend um Nevers. In der Ferne sah man die Silhouetten der vier Stadttürme, die markante Anhaltspunkte bildeten und das Ausmaß der Stadtmauern erkennen ließen. Ein Raunen der Erleichterung ging durch die Reihe der acht Reiter, als sie den Felsvorsprung erreichten, an dem sie sich mit Pierre und den anderen zu einer gemeinsamen Rast verabredet hatten. Hinter ihnen lagen beschwerliche vier Stunden Ritt. Entlang der Loire, die sich wie ein glitzerndes Edelsteinhalsband durch die Landschaft schlängelte, hatten sie sich mit de la Mottes Schergen die ganze Strecke über ein Katz-und-Maus-Spiel geliefert.

Aufgescheucht von Khaleds Versuch, in Donzy Malcolms Lage zu klären und ihn zu befreien, hatte de la Motte seine Verfolgungstruppen erneut mobilisiert und mit zusätzlichen Häschern nach ihnen suchen lassen.

Wie Kaninchen auf der Flucht vor einem Rudel Wölfe hatten sie sich erneut in drei Gruppen aufgeteilt und etliche Haken geschlagen, um eine erneute Konfrontation mit den königlichen Soldaten zu vermeiden.

Immerhin hatten sie bei ihrer ersten Begegnung mit de la Mottes Häschern die Oberhand behalten und acht seiner Männer ins Jenseits geschickt. Aber inzwischen hatte de la Motte seine Suchmannschaften mit weiteren Truppen aufgestockt. Dazu kamen die Wachmannschaften für den Gefangenenwagen. Es wäre töricht gewesen, sich einer solchen Übermacht auf offenem Feld zu stellen. Um Malcolm zu befreien, brauchte es eine List.

Wie mit Pierre verabredet, führte Gero seine eigene kleine Truppe auf einen gegenüberliegenden Felsvorsprung oberhalb von Nevers, von wo aus sie einen geschützten Ausblick auf die Loire und die Fernstraße nach Süden hatten.

Pierre hatte zuvor jeder der drei Gruppen einen ortskundigen Führer aus seinen eigenen Reihen an die Seite gestellt. Er wollte sichergehen, dass sich die verschiedenen Trupps nicht verirrten und womöglich de la Motte und seinen Schergen direkt in die Arme ritten.

»Warum haben sie angehalten?« Gero kniff die Lider zusammen und beschirmte die Augen mit der flachen Hand gegen die tiefstehende Sonne, während er ins Tal hinunterblickte, um herauszufinden, warum de la Motte den Treck so kurz vor der Stadt noch einmal gestoppt hatte. Die Aussicht von hier oben war nicht zu schlagen. Aber selbst, wenn man scharfäugig war wie ein Adler, lag das Ziel zu weit entfernt, um es in allen Facetten beobachten zu können.

Anselm zückte sein ultraleichtes Hochleistungsfernglas, das er bei seiner Reise in diese Zeit als unverzichtbar empfunden hatte. Beiläufig kommentierte er, was er sah.

»Scheiße«, fluchte er plötzlich und beließ es dabei.

»Was ist?« Gero, der seinen schnaubenden Zeus an Anselms Hengst heranlenkte, streckte fordernd die Hand nach dem Fernglas aus, um selbst zu beurteilen, was genau sich dort unten in dreitausend Fuß Entfernung abspielte.

Aber noch ehe Gero den futuristischen Feldstecher an die Augen setzte, hob Rona eine Braue und klärte das Rätsel auf, weil sie auch ohne ein solches Glas scharfsichtig genug war, um selbst kleinste Dinge auf diese große Entfernung erkennen zu können. »Sie haben sich die Kleine geschnappt, die uns den Wagen geliehen hat«, sagte sie tonlos.

Gero beobachtete angespannt, wie Odile in Ketten gelegt aus dem Wagen geklettert kam, dazu verurteilt, den Eimer mit den Fäkalien in der Loire zu leeren und auszuwaschen.

»Darf ich auch mal sehen?«, fragte Geros franzischer Nebenmann, den alle nur »Bruder Guy« nannten. Inzwischen war er über die geheimnisvollen Hilfsmittel, derer sich die deutschen Brüder bedienten, ausreichend informiert.

Gero reichte ihm das Glas. Anselm half ihm vom Rücken seines Brabanters aus bei der Scharfeinstellung.

»Ich kann sie sehen. Ganz nah«, stellte Guyllaume de Lus, wie er mit vollem Namen hieß, verblüfft fest und warf einen weiteren ungläubigen Blick auf das Fernglas, wie um sich dessen Fähigkeiten zu versichern. Dann schaute er wieder hindurch. »Ich sehe das Mädchen, als ob es vor mir stünde. Sie hat rotes Haar und ist ziemlich dünn. Und sie ist gekleidet wie ein Junge. Was will de la Motte mit ihr?«, fragte er verständnislos.

»Die Kleine war uns eine große Hilfe bei der Kontaktaufnahme mit Malcolm in Donzy«, erklärte Anselm ihm und wartete geduldig, bis der franzische Bruder sich von seiner Beobachtung zu lösen vermochte.

Nachdem er das Fernglas mit einem verwunderten Blick an Anselm zurückgegeben hatte, wandte er sich an Gero und lenkte seinen dunkelgrauen Percheron näher an ihn heran. »Pierre hat mir die Geschichte um Khaled und seinen Versuch, Malcolm zu befreien, nur in Ausschnitten erzählt. Was hat das mit dem Mädchen zu tun und warum ist sie für de la Motte wichtig genug, um sie in Ketten zu legen? Offenbar ist sie noch sehr jung, oder täusche ich mich?«

Gero berichtete ihm in kurzen Worten, wie sie an den Karren gekommen waren und welche Rolle die Kleine dabei gespielt hatte. »Sie ist erst vierzehn oder fünfzehn. Wir hätten sie nicht einfach in diesem Wald zurücklassen dürfen«, fügte er schuldbewusst hinzu.

Bruder Guy schien verwirrt, was bei dem hoch gewachsenen ehemaligen Templerkommandanten aus der Gascogne eine Ausnahme zu sein schien. War er doch sonst ein souveräner, stattlicher Mann, dessen Führungsfähigkeiten Gero blind vertraute.

»Ich kenne mich in der Gegend um Donzy ziemlich gut aus«, versicherte Guy ihm mit einem nachdenklichen Blick. »Ich war Kommandeur der dortigen Commanderie in Villemoison, bevor ich mit Pierre im Mai 1310 vor der päpstlichen Kommission in Paris meine Aussage zur Schuldfrage des Ordens machen musste. Nachdem mich die Vertreter der Inquisition mit einer List dazu gebracht hatten, die mir vorgeworfenen Vergehen zu gestehen, habe ich schließlich widerrufen und wurde erneut inhaftiert. Pierre, der den Orden und die inhaftierten Brüder als Jurist zu verteidigen versuchte, wurde daraufhin ebenfalls mit einer Inhaftierung bedroht. Beim Konzil von Sens wurde ich gemeinsam mit über fünfzig anderen Brüdern zum Tode auf dem Scheiterhaufen verurteilt. Pierre konnte kurz vor der Hinrichtung einen bischöflichen Verteidiger aus der Lombardei engagieren, der mich vor dem Inquisitionstribunal vertrat und mein Todesurteil und das eines weiteren Kameraden mithilfe des Papstes in eine lebenslange Kerkerhaft umwandeln konnte. Danach habe ich zwei Jahre unter schärfsten Haftbedingungen im Höllenloch von Vincennes verbracht, in dem Folterungen und Vergewaltigungen durch die Wächter an der Tagesordnung waren. Bis es Pierre und seinen Männern gelungen ist, mich mit Gewalt zu befreien. Ich habe mich sofort seiner Truppe angeschlossen.« Er stockte einen Moment und schluckte, offenbar geplagt von Erinnerung an diese Geschichte, die ihn augenscheinlich noch immer verfolgten wie ein nicht enden wollender Alptraum.

»Weißt du, wie das Mädchen hieß?«, fragte Guy und runzelte besorgt die Stirn. »Ich meine, wenn dieser Dreckskerl von de la Motte sie ohne Grund mitgenommen hat, wird sie bestimmt von irgendjemandem vermisst. Vielleicht sollten wir einen Boten losschicken, der ihre Familie benachrichtigt.«

»Sie heißt Odile Melot«, gab Gero zurück, dem es nicht schwerfiel, sich an ihren Namen zu erinnern. »Ich finde, Odile passt gut zu ihr. Sie war nicht ängstlich und wusste genau, was sie wollte. Vielleicht habe ich deswegen nicht darüber nachgedacht, dass die Geschichte Folgen für sie haben könnte. Ich habe ihr geraten, sie soll sagen, wir hätten ihr den Karren geraubt, falls Soldaten auftauchen und nach uns suchen. Auf den Gedanken, dass sie durchsucht und verdächtigt werden könnte, unsere Komplizin zu sein, bin ich gar nicht gekommen. Ich dachte, sie stammt aus der Gegend und ist allein deshalb unverdächtig. Soweit ich mich erinnere, hat sie erzählt, ihr Vater, Eugène Melot, liege im Sterben, als wir sie mit ihrem Karren abgefangen haben. Das sei der Grund, sagte sie, weshalb sie allein unterwegs sei. Wobei sie keinen besonders traurigen Eindruck gemacht hat. Im Gegenteil, sie war ziemlich redselig und mehr als einverstanden mit dem Preis, den wir ihr für den Karren geboten haben. Kein Wunder. Ich schätze, die Summe war dreimal so hoch, wie ein neuer Wagen gekostet hätte.«

»Ich kenne diesen Eugène Melot«, sagte Guy tonlos. »Wir haben früher unsere Hühner für die Commanderie bei ihm gekauft. Er hatte die besten Legehennen in der ganzen Gegend. Aber er war nie verheiratet und hatte auch keine Kinder. Er hatte es nicht mit Frauen, wenn du verstehst, was ich meine.«

»Vielleicht war Odile seine Leibeigene.« Gero bedachte ihn mit einem fragenden Blick.

»Vielleicht«, murmelte Guy gedankenversunken.

»Stimmt etwas nicht?«, erkundigte Gero sich vorsichtshalber.

»Ich weiß nicht.« Guy schaute ihn zweifelnd an. »Es ist nur …«

»Was?« Gero war plötzlich sicher, dass Guy ihm etwas verschwieg, das mit den Geschehnissen um das Mädchen zu tun hatte.

»Nichts. Vielleicht liege ich falsch«, raunte Guy und starrte hinunter ins Tal, wo der Treck sich wieder Richtung Westen in Bewegung gesetzt hatte.

»Was soll das heißen?«, beharrte Gero. Er fühlte sich für das Schicksal des Mädchens verantwortlich. Allein schon deshalb war es ihm wichtig, was Guy über seine Vorgehensweise dachte.

»Es könnte sein, dass sie meine Tochter ist«, presste Guy mit einem unsicheren Blick hervor.

»Deine Tochter? Bist du sicher?« Gero glaubte sich verhört zu haben. Nicht, weil Guy ein Kind hatte. Das schien bei etlichen Templern der Fall zu sein. Nur dass es sich dabei ausgerechnet um Odile handeln sollte, wäre ein seltsamer Zufall. »Wie kommst du darauf?«

»Ich hatte ein Verhältnis mit einer Frau«, beichtete Guy mit gesenktem Blick.

»Wer von uns hatte das nicht?«, versuchte Gero zu scherzen. Doch der wehmütige Ausdruck in Guys grünen Augen verriet ihm, dass er besser den Mund gehalten hätte.

»Sie war Müllerin in unserer Mühle in Villemoison«, fuhr Guy fort. »Trotz der schweren Arbeit war sie so anmutig wie die aufgehende Sonne. Ihr langes Haar hatte die Farbe von reifem Weizen, ihr engelsgleiches Gesicht war voller Sommersprossen, so zahlreich wie die Sterne am Firmament, ihre Augen so blau wie ein tiefgründiger See und ihre Figur war verführerisch wie ein reifer Pfirsich«, murmelte er verträumt. »Aber am meisten hatte mich ihre Klugheit beeindruckt. Sie konnte lesen, schreiben und rechnet wie ein Advokat. Bei der Erstellung von Listen war sie so flink wie unser Cellerar, der bei den Zisterziensern studiert hatte. Sie hat alle Eingänge und Ausgänge in der Mühle für unsere Commanderie erledigt. Perfekt und ohne zusätzliche Hilfe. Hinzu kam ihr unverwechselbarer Humor. Es gab keine Begegnung, bei der sie mich nicht zum Lachen gebracht hätte«, geriet er ins Schwärmen. »Irgendwann habe ich bemerkt, dass sie mich wollte, und ich konnte ihr nicht widerstehen. Mein Herz hatte längst Feuer gefangen. Wir haben uns an den unmöglichsten Orten geliebt, unter den schwierigsten Umständen und sooft es nur ging. Nach sechs Monaten heimlicher Liebe sagte sie mir, sie sei guter Hoffnung und erwarte mein Kind. Dabei dachten alle, das Kind sei von einem Müllergesellen, der ein paar Monate zuvor in der Mühle gearbeitet und ihr schöne Augen gemacht hatte. Doch sie hat mir bei der Heiligen Jungfrau geschworen, dass ich der Vater des Kindes sei. Obwohl es nicht einfach für uns war und ein ziemliches Gerede hervorrief, war ich unsagbar glücklich. Kaum dass die Kleine auf der Welt war, konnte ich erkennen, dass sie die gleichen Augen hatte wie meine Mutter. Deshalb haben wir sie nach ihr benannt und Odile getauft. Die Kleine hatte viel von mir, aber die Sommersprossen, den schönen Mund und die lustigen Grübchen hatte sie eindeutig von Fleury geerbt. So hieß meine Liebste.« Sein Blick schweifte in eine weit entfernte Vergangenheit, die ein verträumtes Lächeln auf seine Lippen zauberte. »Auch wenn wir nicht verheiratet waren, habe ich sie unter uns immer als ›meine Frau‹ bezeichnet. Als meine Verhaftung bevorstand, habe ich ihr versprochen, alles würde gut und dass ich den Orden verlasse, sobald man mich freisprechen würde, womit ich fest gerechnet hatte. Gleich danach wollte ich mit Fleury und dem Kind in die Gascogne, auf meine Heimatburg, und sie heiraten. Dann aber wurde ich als Ketzer verurteilt und saß fast zwei Jahre in einem finsteren Loch, aus dem ich ihr keine Briefe schicken konnte. Und als Pierre mich schließlich befreit hat, hörte ich, dass Fleury und meine Tochter an einem Fieber gestorben seien. In meinem Schmerz wollte ich nur noch fort und habe nie darüber nachgedacht, diese Nachricht zu hinterfragen. Ich wollte Villemoison nie wieder sehen und habe Fleury und Odile in meinem Herzen begraben.«

Abwesend blickte er hinunter ins Tal. »Das letzte Mal habe ich Odile an ihrem siebten Geburtstag gesehen. Fleury hatte extra einen Kuchen gebacken. Und ich habe der Kleinen ein selbst geschnitztes Holzpferdchen geschenkt. Sie hat sich so sehr gefreut, dass sie mir um den Hals gefallen ist und mich gedrückt und geküsst hat. Dabei ahnte sie nicht einmal, dass ich ihr Vater war. Dennoch konnte ich es nicht nur an ihrem Äußeren, sondern auch an ihrem Temperament erkennen, das nicht der besonnenen Art ihrer Mutter glich, sondern eher dem meinen, wie ich als Junge gewesen war.« Guy hatte unvermittelt Tränen in den Augen, die er sich hastig mit dem Handrücken wegwischte.

»Wenn sie tatsächlich deine Tochter ist …«, begann Gero vorsichtig. »Ist sie in großer Gefahr, falls de la Motte herausfindet, dass ihr Vater zu seinen ärgsten Widersachern gehört.«

»Ja, du hast recht.« Guy machte ein besorgtes Gesicht. »Wir müssen sie so rasch wie möglich aus den Klauen der Gens du Roi befreien.« Der Ausdruck seiner wachen Augen, in dem Gero nun mühelos die quirlige Odile erkannte, verriet seine wilde Entschlossenheit.

»Ich werde es Pierre erzählen«, sagte er und nahm damit Gero die Entscheidung ab, dem Anführer der Templerrebellen über diese Geschichte Bericht zu erstatten.

Nur wenig später traf Pierre de Bologne mit den restlichen Männern am Treffpunkt ein. Der Tag neigte sich bereits dem Abend zu, und der Himmel über der Loire leuchtete blutrot.

Trotz der hereinbrechenden Dämmerung konnte Gero aus einiger Entfernung sehen, dass einer von Pierres Männern verletzt war.

Nicolas de Fis hing gebeugt und mit schmerzverzerrtem Gesicht im Sattel seines schwarzen Percherons.

Als Gero näher an ihn heranritt, sah er die metallische Spitze eines Armbrustpfeils, die aus seiner rechten Schulter ragte. Der gleiche Pfeil steckte im muskulösen Hüftgelenk seines Kaltblüters.

»Wir benötigen jemanden, der eine ruhige Hand und viel Kraft hat«, rief Pierre in die Runde. »Einmal, um dem Pferd zu helfen, zum anderen unserem unglücklichen Bruder.«

»Was hat er vor?« Anselm, der Gero gefolgt war, schien alarmiert.

»Er will den Zain aus Nicolas' Schulter ziehen«, klärte Gero ihn auf, »allerdings nach vorne, um das Fleisch und den Knochen nicht noch mehr zu verletzen.«

Rona war sofort zur Stelle und half dem Verletzten aus dem Sattel. Khaled, der sich hervorragend mit Pferden auskannte, kümmerte sich um das nervöse Tier, dem der Schmerz genauso in den Augen geschrieben stand wie seinem Reiter.

Nachdem Rona den dunkelhaarigen Franzosen vorsichtig abgesetzt hatte, stellte sie ihren ledernen Rucksack neben ihm ab und suchte ein paar Medikamente zusammen, die sie von Waldenstein mitgebracht hatte. Verschiedene Schmerz- und Betäubungsmittel in Kapseln, die Nicolas schluckte, ohne zu hinterfragen, was es war, während er schmerzgeplagt am Boden hockte und hauptsächlich Sorge um sein Pferd hatte, das trotz Khaleds beruhigenden Worten heftig ausschlug, als er mit aller Kraft den Zain aus dem Hintern des Tieres riss.

»Wie konnte das passieren?«, erkundigte sich Arnaud mit einem besorgten Blick.

»Wir sind nicht weit von hier in ein Gefecht mit der Gens du Roi geraten«, erklärte Nicolas heiser.

Arnaud runzelte die Stirn. »Was ist, wenn diejenigen, die dafür verantwortlich sind, hier auftauchen?«

»Keine Sorge«, beruhigte ihn Pierre. »Nicolas und sein Gaul wurden standesgemäß gerächt. De la Motte darf nun weiteren zehn Schergen nachtrauern. Dumm nur, dass er aus diesem Grund offenbar den Entschluss gefasst hat, seine Gefangenen zur Festung Cuffy zu bringen und nicht nach Nevers. Das macht es uns nicht gerade leichter, sie zu befreien.«

»Cuffy? Wo soll das sein?« Gero warf Pierre einen fragenden Blick zu.

»Cuffy ist keine Stunde von hier«, klärte Pierre ihn auf. »Dort ist seit einiger Zeit eine Garnison der königlichen Truppen untergebracht. Ich vermute, de la Motte fühlt sich dort sicherer als in einer Kaserne in der Stadt. Die Festung ist nicht groß, verfügt jedoch über einen massiven Kerker und bietet Platz für zweihundert Soldaten. Was bedeutet, dass wir verdammt vorsichtig sein müssen und unser Lager nicht just vor deren Haustür aufschlagen sollten. Andererseits habe ich schon eine Idee, wo wir übernachten könnten. Nicht weit von hier liegt die Burg der Herren von Faye. Einer der Söhne des Barons hat ebenfalls bei den Templern gedient. Hugues de Faye. Er ist zusammen mit mir dem Scheiterhaufen entkommen und mir nach Italien gefolgt. Dort hat er eine lombardische Contessa geheiratet. Zurzeit lebt er in Genua und hält dort am Hafen die Stellung für uns. Er ist für unseren Nachschub an Waffen und Pferden zuständig. Sein Vater, der ganz in der Nähe auf besagter Burg lebt, meint immer, er sei mir wegen Hugues noch was schuldig. Deshalb bezweifle ich nicht, dass er uns für die Nacht aufnehmen wird.«

»Pierre, ich muss mit dir reden«, rief Guy de Lus, dem man ansehen konnte, wie sehr ihm die neusten Erkenntnisse um das Mädchen, das seine Tochter sein konnte, auf der Seele brannten. In kurzen Worten berichtete er seinem erstaunten Anführer, was Gero und er im Tal beobachtet hatten.

»Bist du sicher, dass es sich um deine Odile handelt?«, fragte Pierre skeptisch.

»Ziemlich sicher«, antwortete Guy. »Ich spüre es in meinem Herzen«, fügte er wie zur Beweissicherung hinzu und klopfte sich mit der Faust auf die breite Brust.

»Und was ist mit Fleury?« Pierre hob eine Braue. »Ich war damals selbst in Villemoison, als du noch in Paris im Kerker gesessen hast, und habe ein paar Leute bestochen, damit sie für uns herausfinden, was aus deiner Frau und dem Kind geworden ist. Einer von ihnen hat mich bei Nacht und Nebel auf den Friedhof geführt, wo ich Fleurys Grabstein mit eigenen Augen gesehen habe. Als ich nach Odile fragte, deren Name darauf nicht verzeichnet war, hieß es, sie sei an der gleichen Krankheit verstorben und die Hospitaliter hätten sie in derselben Grube verscharrt wie ihre Mutter. Glaubst du, ich hätte dir so etwas erzählt, wenn ich es besser gewusst hätte?«

»Nein, natürlich nicht«, pflichtete Guy ihm bei. »Ich mache dir keine Vorwürfe.«

»Ich schlage vor«, erklärte Pierre mit Blick auf die anderen, »wir kümmern uns zunächst um unser Nachtlager und warten die Rückkehr unserer Kundschafter ab. Sie werden herausfinden, wo de la Motte und seine Gefangenen tatsächlich die Nacht verbringen. Sobald das klar ist, schmieden wir einen Plan, wie wir die Kleine und den Rest der Truppe aus de la Mottes Klauen befreien können. Aber erst müssen wir Nicolas und sein Pferd heil auf die Burg des Barons bringen.«

Als Pierre zusammen mit seinen Offizieren vorausritt, stellte Gero sich ein weiteres Mal die Frage, ob sie dessen Gewährsleuten ein solches Risiko zumuten durften, sie zu beherbergen. Immerhin konnte die Rache des franzischen Königs für sie und deren Familie verheerende Folgen haben.

Als sie nach gut einer halben Stunde Ritt an einer trutzigen Wasserburg haltmachten, mitten in einem düsteren Wald, konnte er seinen Gefährten die Erschöpfung ansehen, die dieser Tag mit sich gebracht hatte. Lediglich Rona wirkte kein bisschen müde. Sie kümmerte sich weiter intensiv um den schwer verletzten Nicolas, dessen Gesundheitszustand sie laufend mit ihrem futuristischen Armband überwachte.

Während Pierre mit den Burgwachen verhandelte und ihren Herrn zu sprechen verlangte, warteten Gero und die anderen auf ihren Pferden geduldig auf Einlass. Die Tiere waren ebenso erschöpft wie ihre Reiter und scharrten nervös mit den Hufen, weil sie das Heu witterten, das in den Burgställen verfüttert wurde.

Kurz darauf wurde das Burgtor hochgezogen. Gemeinsam ritten sie in Zweierreihe über die schmale Holzbrücke in den Innenhof des mächtigen Anwesens.

Baron Rainier de Faye, der den Mut besaß, ihnen einen Unterschlupf für die Nacht zu bieten, war ein beleibter Mann von vielleicht sechzig Jahren. Während er mitten im Hof stand und sie mit offenen Armen willkommen hieß, verteilte er zugleich seine Befehle an die herbeieilenden Knechte und Mägde, die ihm treu ergeben zu sein schienen. Seine Glatze leuchtete im Schein der Fackeln und Feuerkörbe zusammen mit dem aufgehenden Vollmond um die Wette. Es dauerte keine Viertelstunde, bis die Pferde versorgt und die Männer zusammen mit Rona in der Ritterhalle vor einem wärmenden Feuer saßen.

Für Bruder Nicolas hatte man flugs ein Strohlager aufgeschlagen, so dass er mit seiner Schulterverletzung zur Ruhe kam. Rona kniete neben ihm und untersuchte die Verletzung genauer. Danach verlangte sie bei den Mägden nach heißem Wasser und sauberen Bandagen, um seine Wunden säubern und ihn besser verbinden zu können.

»Er hat Glück gehabt«, erklärte sie Gero, der wusste, dass sie über ihr Armband auch in das Innere eines Menschen blicken konnte. »Der Pfeil ist in die Lücke zwischen Schultergelenk und Schlüsselbein eingedrungen und hat haarscharf das Schulterblatt verfehlt. Wenn er die antibiotischen Kapseln nimmt, wird er rasch wieder auf die Beine kommen.«

»Danke«, sagte Nicolas, der sich denken konnte, dass die Geschichte ohne Ronas Hilfe nicht so glimpflich ausgehen konnte.

Eine junge Magd eilte herbei, fütterte den dunkel gelockten Bruder mit frischem Brot und flößte ihm mit einem Holzlöffel heiße Hühnerbrühe ein. Was ihm zu gefallen schien, weil er die Bemühungen des Mädchens mit einem innigen Lächeln begrüßte.

»Guckt nicht so neidisch«, rief er, als einige seiner Kameraden zotige Bemerkungen machten. »Ich finde, die hübsche Maid ist ein fairer Ausgleich dafür, dass mir das Schicksal so übel mitgespielt hat.«

Die anderen lachten, erkennbar froh darüber, dass es sie selbst nicht erwischt hatte.

Gero saß müde vor seinem Teller und aß mit mäßigem Appetit eine dicke Scheibe Brot mit kaltem Braten und dazu in Essig eingelegte Mispeln. Dabei dachte er an Hannah und an Sophia und war sicher, dass die beiden ihn gerade genauso vermissten wie er sie. Gleichzeitig machte er sich Sorgen, ob die Geschehnisse daheim nicht aus dem Ruder liefen, während er unzählige Meilen entfernt durch Franzien reiste. Sein Blick fiel auf Guy de Lus, der gedankenverloren seine köstlich duftende Suppe löffelte. Er konnte gut verstehen, was in dem Bruder vor sich ging. Er hoffte, dass Gott der Herr ihnen gnädig war und sie nicht nur Malcolm, sondern auch Odile unversehrt aus den Fängen dieser Bluthunde retten konnten.

Plötzlich tippte jemand auf seine Schulter. Es war Rona. »Ich muss mir dir reden«, sagte sie.

»Setzt dich doch«, antwortete er und deutet auf den freien Platz neben sich.

»Nicht hier«, murmelte sie und hob möglichst unauffällig den Ärmel ihres Gewands, um ihm das Armband zu zeigen. »Lyn hat sich gemeldet.«

Er nickte ihr kaum merklich zu und erhob sich vom Tisch. *Hoffentlich nichts Ernstes*, dachte er und folgte ihr quer durch die Halle. Zugleich warf er einen Blick auf Pierre, der sich angeregt mit dem Hausherrn unterhielt. Wahrscheinlich ging es um dessen Sohn, weil Rainier de Faye rote Wangen hatte, während Pierre ihm von einem neuen Enkel berichtete, den die lombardische Schwiegertochter des Barons erst vor kurzem zur Welt gebracht hatte.

An einem Treppenaufgang angekommen, weit genug weg von Pierres Leuten, blieb Rona stehen und schaute Gero mit einem verschwörerischen Blick in die Augen. »Es ist so gekommen, wie du befürchtet hast«, sagte sie leise. »Hanemann von Lichtenberg wollte Hannah dazu zwingen, ihm als Geisel auf seine Burg zu folgen, bis du heimkehrst und dich zu deiner Verantwortung für den Tod seines Onkels bekennst. Unsere Jungs haben ihren Auftrag wie besprochen ausgeführt und Hannah aus der Gewalt deines irren Cousins befreit und damit dessen Pläne vereitelt. Anschließend haben sie deine Frau mithilfe von Pierres Leuten bei Jeanne de Carmac in Sicherheit gebracht.«

»Bei Gott!«, stieß Gero mit einem Aufstöhnen hervor. »Gut, dass ich eine entsprechende Vorahnung hatte. Ist Hannah wohlauf? Und wie geht es Sophia?«

»Es ist alles in Ordnung«, beruhigte Rona ihn. »Das Kind ist noch auf Waldenstein. Aber Johan will die Kleine schon morgen zu Hannah bringen, damit Mutter und Tochter wieder vereint sind. Du hast also alles richtig gemacht, indem du deinen Brüdern den Schutz deiner Familie übertragen hast.«

»Und was ist mit den anderen? Der Gräfin und meiner Mutter? Müssen sie nun Hanemanns Rache fürchten?« Er atmete nervös aus und warf Rona einen besorgten Blick zu. »Sag Roland, er soll aufpassen, dass Hanemann sie nicht aus Wut und Enttäuschung angreift. Er ist ein gerissener Hund.«

»Mach dir keine Sorgen, Roland hat alle zur Verfügung stehenden Soldaten mobilisiert. Ich glaube, Gräfin Margaretha weiß inzwischen, dass es ein Fehler war, Hanemann und seinen Onkel auf die Burg eingeladen zu haben«, pflichtete Rona ihm bei. »Sie hätte es bei einem formellen Treffen auf Burg Lichtenberg belassen sollen.«

»Wem sagst du das«, entgegnete Gero verbittert. »Das Ganze kommt mir vor wie ein nicht enden wollender Alptraum. Dabei habe ich nicht die geringste Ahnung, wie Hanemann mir beweisen will, dass wir etwas mit dem Tod seines Oheims zu tun haben.«

»Lyn hat berichtet, dass er in jedem Fall einen Prozess beim Herzog von Lothringen anstrengen will, indem er alles sammelt, was dich belasten könnte, um dich zur Aufgabe des Lehens zu zwingen.«

Gero spürte, wie sein Herzschlag vor Zorn davongaloppierte. »Dieser schändliche Mistkerl. Glaubt er tatsächlich, er kann mich so einfach aus dem Weg räumen? Oder weiß er etwas über meine Vergangenheit als Templer und will diesen Trumpf ausspielen?«

»Ich habe keine Ahnung, was in seinem Kopf vorgeht, und auch nicht, was er über dein Vorleben weiß. Bisher scheint er zu glauben, Hannah wurde von Räubern entführt. Und das ist gut so.«

»Hat er selbst nach ihr suchen lassen?«

»Nein. Dazu war er entweder zu feige oder zu bequem. Johan van Elk und die anderen haben beim Angriff auf den Wagen, in dem Hannah saß, drei seiner Söldner getötet. Es ging wohl nicht anders. Hanemann selbst hat die Befreiungsaktion überlebt und danach sofort einen Boten nach Waldenstein geschickt, um zu berichten, was vorgefallen ist. Dabei hat er deine Tante für Hannahs Schicksal verantwortlich gemacht und verlangt, dass sie selbst ihre Söldner beauftragen soll, um nach ihr suchen zu lassen und im Falle des Falles das Lösegeld zu zahlen, das die Entführer verlangen. Außerdem fordert er die Herausgabe von Sophia, falls Hannah nicht binnen einer Woche wieder auftaucht. Er selbst ist mit der Leiche seines Oheims nach Hause gefahren.«

»Und Sophia? Meiner Tante wird ja wohl nicht einfallen, sie Hanemann zu überlassen? Falls es so sein sollte, hält mich hier nichts mehr.« Gero ballte in hilfloser Wut die Fäuste, während er Ronas Bericht voller Anspannung verfolgte.

»Mach dir keine unnötigen Gedanken. Johan wird zusammen mit Lyn, Brian und Totty dafür sorgen, dass sie unversehrt zu Hannahs Versteck gelangt.«

»Und Gräfin Margaretha und meine Mutter? Wissen sie, dass Hannah in Sicherheit ist? Was werden sie denken, wenn das Kind plötzlich verschwindet?«

»Ich kann mir nicht vorstellen, dass Johan ihnen die Wahrheit sagen wird. Niemand weiß, auf welche Idee deine Tante kommt, wenn sie erfährt, wer hinter dieser ganzen Aktion steckt. Deshalb können Lyn und die anderen die Gräfin und deine Mutter nicht vollständig einweihen. Sie können ihnen allenfalls einen vagen Hinweis geben, um sie zu beruhigen.«

»Verdammt nochmal, wenn ich zurückkehre und diesen Scheißkerl von Hanemann in die Finger kriege, ist er so tot wie sein Oheim«, fluchte Gero verhalten. »Ich bin erst beruhigt, wenn ich Hannah und Sophia wieder in meine Arme schließen kann. Lyn soll Roland eine Warnung zukommen lassen. Er soll wissen, dass ich über alles informiert bin, und vorsorglich für ausreichend

Proviant und genügend Pfeile für die Bogen- und Armbrustschützen auf den Wallmauern sorgen. Falls es zu einer Belagerung durch Hanemann und seine Truppen kommt, sollte er vorbereitet sein.«

Rona nickte. »Ich werde es so weitergeben«, sagte sie leise und lächelte Gero zuversichtlich zu, was sie selten tat und was ihn deshalb nicht unbedingt beruhigte.

Nach dem Essen wurde noch eine Weile gezecht, bis Baron de Faye seinen Dienern befahl, für die Gäste Strohsäcke und Decken in der Halle auszulegen, damit sie sich zur Nachtruhe begeben konnten.

Der Baron selbst verabschiedete sich danach in seine privaten Gemächer. Pierre hatte ihn darüber in Kenntnis gesetzt, dass sie noch vor dem Frühessen aufbrechen mussten und nicht zur Burg zurückkehren würden. De Faye hatte sie deshalb bereits mit entsprechendem Proviant versorgt und die Wachen informiert, dass sie das Tor früher als üblich hochziehen mussten.

Pierre hatte lange mit ihm gesprochen. Inwieweit er den Baron in ihre weiteren Pläne eingeweiht hatte, war Gero nicht klar.

Kaum war de Faye verschwunden, stellte Pierre sicher, dass sie keine unerwünschten Zuhörer hatten, und bat seine Leute zu einer kurzen Beratung zurück an den Tisch.

»Wie der eine oder andere von euch vielleicht schon gehört hat, wurde ein Mädchen von de la Motte gefangen genommen. Ihr Name ist Odile. Vieles spricht dafür, dass sie die Tochter von Guy de Lus ist.«

Ein Raunen ging durch die Truppe, weil die meisten von ihnen nicht wussten, dass Bruder Guy mehr durchgemacht hatte als physische Folter, nachdem man ihn vor Jahren als Templer im Namen der Inquisition verhaftet hatte.

»Unsere Späher haben mir bestätigt, dass die Kleine seit gestern Abend mit den anderen Gefangenen in der Festung von Cuffy im Kerker sitzt«, erklärte Pierre die Ausgangslage.

»Was hast du vor?« Adam de Brasnee, der selbst eine Familie besaß, konnte sich denken, dass möglichst bald etwas geschehen musste, um die Gefangenen unverletzt aus dem Kerker zu holen. Ganz gleich, wie schlecht die Bedingungen waren.

»Ich habe vor dem Essen mit Rainier de Faye gesprochen und ihm unsere Situation erklärt«, verkündete Pierre in die Runde. »Wir wissen, dass es keine Zufälle gibt«, fügte er mit einem kryptischen Lächeln hinzu, »aber der Baron besitzt zu unserem Glück eine alte Karte aus der Zeit, als Cuffy erbaut wurde. Sein Großvater hat vor gut achtzig Jahren Leibeigene und Material aus seinem eigenen Steinbruch zur Verfügung gestellt, damit die Festung fertiggestellt werden konnte. Und …« Er machte eine Pause und lächelte verschlagen in die

Runde. »Beim Aushub des Fundaments wurde – wie oft bei solchen Anlagen – ein Geheimgang angelegt, der ganz in der Nähe unter der Kapelle von Saint Maurice endet.«

Nicht nur Struan war hellhörig geworden. Auch Gero hob den Kopf, weil er plötzlich eine realistische Chance sah, die drei Gefangenen schnell und ohne viel Blutvergießen aus de la Mottes Gewalt zu befreien. »Weiß de Faye auch, ob der Gang noch intakt ist und ob unsere Feinde ihn womöglich bewachen?«

»Das habe ich ihn auch gefragt. Der Gang ist auf beiden Seiten verschlossen und wird seit Jahren nicht mehr genutzt«, beruhigte ihn Pierre. »Nach einer Überflutung vor mehreren Jahren fühlte sich niemand zuständig, ihn zu säubern. Der Burgvogt von Cuffy befürchtet, der Gang sei mittlerweile ein Einfallstor für Ratten und hat den Zugang zum Kellergeschoss deshalb mit einer dicken Eichenholztür verschließen lassen. Also ist nicht davon auszugehen, dass wir in dem unterirdischen Gang auf menschlichen Widerstand stoßen.«

Gero nickte zufrieden. »So wie ich dich kenne, hast du schon einen Plan.«

Pierre nickte. »Ich schlage vor, wir machen uns in den frühen Morgenstunden alle gemeinsam auf den Weg zur Kapelle. Bevor wir dort eintreffen, stellen wir einen Trupp aus unseren besten Kämpfern zusammen und arbeiten uns über den unterirdischen Gang lautlos von St. Maurice zur Festungskapelle der Burg vor. Dort öffnen wir besagte Eichenholztür und versuchen, in den Kerker zu gelangen, um Guys Tochter und Bruder Malcolm zu befreien.«

»Du weißt aber schon, dass das kein Spaziergang wird, oder?«, gab ihm Adam de Brasnee zu verstehen. »Im Innern der Festung hocken dreihundert Soldaten, bis an die Zähne bewaffnet.«

»Hundert«, verbesserte ihn Pierre. »Der Rest von de la Mottes Söldnern ist in Zelten außerhalb der Festung untergebracht und bewacht die Anlage von draußen. Es bleibt zu vermuten, dass de la Motte nichts von dem unterirdischen Gang weiß. Sollte er wider Erwarten Wachen bei Saint Maurice aufgestellt haben, sind sie die Ersten, die dran glauben müssen. Also, wer ist dabei?«

Selbstverständlich hoben alle die Hände. Bis auf Rona und Anselm, die von vornherein nicht als Angriffshilfe infrage kamen, weil sie andere wichtige Aufgaben zu erfüllen hatten.

»Das sind zu viele«, gab Pierre zu bedenken und schüttelte den Kopf. »Ich hätte gerne den Assassinen dabei. Er kann gut klettern und ist geschickt mit dem Messer. Dazu würde ich gerne Bruder Gero und Bruder Struan an meiner Seite wissen. Sie haben neben ihren fraglosen Fähigkeiten im Kampf ein persönliches Motiv, das sie skrupellos und erfolgreich machen wird.«

»Und was ist mit mir?«, beschwerte sich Bruder Ralph. »Ich bin mindestens so hemmungslos wie der Assassine, wenn es um die Rache an der Gens du Roi geht.«

»Gut, du bist ebenfalls dabei«, bestimmte Pierre und wählte danach noch Guy de Lus aus, der mit der Befreiung seiner Tochter ein berechtigtes Interesse daran hatte, Teil dieser Mission zu sein. Dazu nickte Pierre noch drei weiteren Männern aus seinen eigenen Reihen zu, die als Verstärkung dienen sollten, falls man sie entdeckte. »Neun Leute dürften reichen, weil wir sonst zu viele sind, um nicht aufzufallen«, beschwichtigte er diejenigen, die nicht zum Zuge gekommen waren. »Unsere Wappenröcke werden wir gegen braune Kittel tauschen, so wie sie hier von den Knechten getragen werden. Sobald wir die ersten Söldner ins Jenseits geschickt haben, werden wir deren Wappenröcke überziehen, damit man uns nicht sofort als Feinde ausmacht. Verstanden?«

»Was ist mit dem Caput?« Struan warf Rona einen fragenden Blick zu. »Kannst du nicht noch einmal probieren, Kontakt zu Tom aufzunehmen? Er könnte doch wenigstens versuchen, Malcolm dort herauszuholen, jetzt, da wir die genauen Koordinaten haben.«

»Tom hat es bisher nicht geschafft, Malcolm zu transferieren, obwohl er eine bessere Datenlage hat als wir. Ich vermute, er hat ein Problem, ihn ohne einen zweiten Server vor Ort sauber zu scannen. Ansonsten hätte er längst was unternommen«, räumte Rona unter den kritischen Blicken von Pierres Brüdern ein. »Und es ist leider ein zu großes Risiko, mit unserem Server in die Festung hineinzugehen, fürchte ich, und von dort aus Tom zu kontaktieren. Allein den Kontakt aufzubauen kann dauern. Zeit, die wir nicht haben, schätze ich. Wenn wir die beiden sicher befreien wollen, bleibt uns nichts anderes übrig, als auf unsere eigenen Möglichkeiten zu setzen.«

»Mit Gottes Hilfe werden wir die beiden dort rausholen«, versicherte Gero seinem schottischen Bruder und auch Guy de Lus, der wegen seiner Tochter nicht weniger nervös zu sein schien. »Das verspreche ich euch.«

•

Noch vor dem Morgengrauen sattelten alle gemeinsam ihre Pferde. Es war kalt und neblig, als sie durch das Burgtor hinaus auf die Straße nach Cuffy ritten.

Der Ruf eines Käuzchens hallte aus dem Wald zu ihnen herüber. Im Schein einer Fackel sah Gero die kritische Miene des Schotten.

»Ein schlechtes Omen«, murmelte Struan. »Der Vogel verkündet den baldigen Tod eines Menschen.«

»Unsinn«, antwortete Gero. Er war fest entschlossen, seine eigene Furcht zu verdrängen und an ihren Erfolg zu glauben. Dabei ging es gar nicht um ihn selbst. Das tat es nie, sondern immer um diejenigen, die er liebte. Hannah, die sich nun ohne ihn irgendwo an der Grenze zu Franzien aufhielt und nicht nur Sorge um ihn haben musste, sondern auch um Sophia. Und dann waren da noch Guy und Odile. Aus eigener Erfahrung konnte Gero nachvollziehen, wie unfassbar schmerzhaft der Verlust von Frau und Kind für Bruder Guy gewesen sein musste und wie sehr er nun auf die Rettung des Mädchens hoffte.

Natürlich ging es auch um Malcom und Struan. Durch seine Zugehörigkeit zum Orden wusste Gero nur zu gut, wie schmerzhaft es war, einen Bruder zu verlieren.

»Bist du so weit?«, flüsterte ihm Pierre von der Seite zu, als sie im fahlen Mondlicht die Kapelle von Saint Maurice erreichten.

»Ich ja.« Gero überprüfte ein letztes Mal den Sitz seiner Waffen. Zu Schwertern und Messern trug jeder von ihnen einen Schild auf dem Rücken und eine schnell zu ladende Jagdarmbrust.

Die anderen würden während ihrer Mission im nahen Wald mit den Pferden auf sie warten und ihnen eine gewisse Rückendeckung garantieren.

Gero und seine Kameraden folgten Pierre auf sein Zeichen in die Kapelle von Saint Maurice, an deren Außenwände bereits große Teile des ehemals weiß getünchten Putzes heruntergebrochen waren. Deren baufälliges Kirchportal war nicht verschlossen, dafür machten die verrosteten Scharniere schauerliche Geräusche, als sie eine der beiden Flügeltüren zur Seite schoben.

Guy, Ralph, Khaled und zwei weitere Männer aus Pierres Truppe folgten ihnen auf leisen Sohlen, nachdem Pierre hinter dem Altar die Treppe entdeckt hatte, die hinab in die Krypta führte. Von dort aus ging ein Seitengang in eine Katakombe, deren hinterer Ausgang mit einem dicken Eichenportal verschlossen war.

Pierre, der wie alle anderen mit Eisenplättchen beschlagene Lederhandschuhe trug, räumte das davor verstreute Gerümpel zur Seite, um mehr Platz zu gewinnen. Dann umwickelte er den Türgriff mit einer mottenzerfressenen Altardecke, die er in der Sakristei gefunden hatte, bevor er das Schloss mit einem gezielten Schlag seines Kampfhammers zerstörte.

Nachdem die Tür aufgesprungen war, ging er mit der Fackel voraus in den engen Gang und verscheuchte mit dem Feuer zunächst ganze Armeen von Schaben und Ratten, die in der Dunkelheit einen willkommenen Unterschlupf gefunden hatten.

Es dauerte eine gefühlte Ewigkeit, bis sie eine zweite, ähnlich aussehende Tür erreichten. Wobei der Kampfhammer in diesem Fall nicht infrage kam, weil er zu viel Lärm hervorrief.

»Lass mich das machen«, sagte Struan, der sich mit solchen Schlössern auskannte und einen passenden Himmelsschlüssel dabeihatte, mit dem man so gut wie jedes Schloss öffnen konnte. Wenn es nicht – wie in diesem Fall – hoffnungslos verrostet war. Doch der Schotte war nicht nur geduldig, er war mindestens genauso stoisch, und so dauerte es nur um einiges länger, bis die Tür endlich aufsprang. Während die anderen wie verabredet noch zurückblieben, gab der Schotte Khaled ein Zeichen, dass er ihm folgen sollte. Der Assassine war ein Meister im Anschleichen und kannte keinerlei Skrupel beim lautlosen Töten. Gemeinsam schlichen sie mit einer einzigen Fackel durch den weiterführenden Gang und stellten zu ihrer Überraschung fest, dass es vor Erreichen der Festungskapelle einen Abzweig gab, der direkt zu den Kerkerzellen führte.

Dort traf Khaled auf den ersten Wachmann, der im Sitzen vor sich hin döste und dem er mit einer geschmeidigen Bewegung die Kehle durchschnitt, bevor der Kerl überhaupt wach geworden war.

Danach gab er den übrigen Brüdern, die im Gang gewartet hatten, ein Zeichen, dass sie nachrücken durften. Zusammen mit Struan übernahm er die Führung, weil der Gang breiter wurde und der Schotte nun sein riesiges Schwert besser zum Einsatz bringen konnte. Außerdem erkannte Struan seinen Bruder selbst bei völliger Dunkelheit allein an der Stimme.

Gero und die anderen gaben Khaled und Struan Rückendeckung, während sie vor jeder Zelle stehen blieben, um nach Malcolm und Odile Ausschau zu halten.

Vorsichtig einen Fuß vor den anderen setzend, die Schwerter fest in der Hand, schlichen sie voran. Dabei erledigten sie lautlos zwei weitere Wachleute, bis sie zu jener Zelle gelangten, in der Malcolm am Boden kauerte.

»Er ist angekettet«, stellte Struan leise fest, nachdem er mit der Fackel in die Zelle geleuchtet hatte.

»Was hast du erwartet?«, scherzte Pierre flüsternd. »Dass de la Motte sie uns auf einem Silbertablett serviert?«

Struan hob die Fackel und beleuchtete das Gesicht seines Bruders. Er schien zu schlafen. Die anderen beiden konnte er nicht auf Anhieb erkennen.

»Malcolm«, raunte er und schärfte seinen Blick.

»Struan?«, formten die Lippen des Jüngeren erstaunt. »Struan!«, rief er nun um einiges lauter.

»Wir sind hier, um dich aus diesem Mistloch zu befreien. Ist sonst noch wer bei dir?« Struan leuchtete tiefer in die Dunkelheit und erkannte zwei am Boden kauernde Gestalten.

»Justine und Odile. Ich wäre euch dankbar, wenn ich alle beide mitnehmen dürfte.«

»Odile«, flüsterte Guy de Lus heiser vor Aufregung an die Gitterstäbe. »Geht es dir gut?«

»Ja.« Das Mädchen riss verwirrt seine runden Augen auf. »Wer seid Ihr?«

»Ich bin dein Vater«, raunte Guy ihr zu, wobei ihm aus Sorge um seine Tochter beinahe die Stimme versagte. »Ich hol dich hier raus.«

Bevor sie antworten konnte, legte er einen Finger auf die Lippen, als er ihren erstaunten Blick sah. »Kennst du mich noch?«, murmelte er und hielt sich die Fackel vors Gesicht.

»Das … das kann nicht sein«, erwiderte die Kleine mit einem Schluchzer in der Stimme. »Du bist es wirklich! Gott hat meine Gebete erhört.«

Inzwischen hatte Gero einem der getöteten Wächter den Schlüssel abgenommen und die vergitterte Tür geöffnet.

Guy stürmte an ihm vorbei und umarmte seine Tochter. »Nicht nur deine Gebete, mein Schätzchen, auch meine«, flüsterte er selig und drückte sie fest an sich. »Und nun lass dir helfen, diese verfluchten Ketten aufzubekommen.« Mit einem der Schlüssel, die Gero ihm gereicht hatte, öffnete er die eisernen Zwingen.

Struan hatte Malcolms Ketten bereits so weit gelöst, dass er Hände und Füße frei bewegen konnte, und zerrte ihn am Arm nach draußen, wo Ralph und die anderen Wache standen.

»Was ist mit Justine?« Malcolm warf einen aufgeregten Blick auf die rotblonde Frau, die mit ängstlicher Miene am Boden hockte. »Wir können sie nicht zurücklassen.«

»Bist du noch bei Trost«, zischte Struan und zerrte weiter an ihm. »Diese Hure hat Amelie betrogen. Sie war es, die uns diesen Höllentrip überhaupt erst eingebrockt hat. Wegen ihr hätte sich meine Frau fast das Leben genommen und unser Kind verloren. Wegen ihr sitzen du und Guys Tochter in diesem Loch, und wegen ihr werden wir alle sterben, wenn wir nicht schnellstens hier rauskommen. Und damit ist die Sache längst nicht ausgestanden, weil Amelies Vater sich auf dem Weg nach Carcassonne befindet.«

»Verdammt, Struan«, widersprach ihm Malcolm heftig, »Justine hat einen kleinen Sohn und wurde von de la Motte erpresst, zu tun, was er von ihr verlangt. Der Junge sitzt in Toulouse bei Bernardus Guidonis im Jakobinerkonvent. De la Motte hat gedroht, den Kleinen zu töten, wenn Justine seinen Auftrag nicht ausführt. Außerdem hat dieser Teufel ihre Geschwister in Geiselhaft. Auch sie will er umbringen, wenn Justine sich seinen Machenschaften verweigert.«

»Und selbst wenn«, knurrte Struan. »Nun ist ohnehin alles zu spät. Wenn du weg bist, ist sie ihm nicht weiter von Nutzen. Oder worin sonst sollte der

Sinn ihrer Daseinsberechtigung bestehen? Außer darin, dich weiter auszuspionieren?«

»Er hat recht«, wisperte Justine und brach in Tränen aus. »Bevor wir in Saint-Dizier aufgebrochen sind, hat de la Motte mir den Kopf meiner ältesten Schwester in einem Sack vor die Füße geworfen und gesagt, er werde meine anderen beiden Schwestern ebenfalls töten, wenn ich dich nicht weiterhin verführe und aushorche.«

Malcolm überlegte nicht lange, sondern entriss seinem Bruder den Arm. »Sie kommt mit, oder ich bleibe auch hier«, verkündete er stur.

»Heilige Mutter Gottes«, presste Struan durch sein makelloses Raubtiergebiss hervor, »von wem hast du das nur?«

»Von dir, von wem sonst?«, raunte Malcolm und wandte sich wieder seiner Begleiterin zu.

Gero, der die Diskussion mit Anspannung verfolgt hatte, machte sich daran, Justines Ketten zu lösen, weil Malcolm aufgrund seiner Verletzungen nicht dazu in der Lage war. Inzwischen hatte er Justine erkannt. Sie hatte tatsächlich zu den jungen Wäscherinnen gehört, die ihm und seinen Brüdern in Bar-sur-Aube stets schöne Augen gemacht hatten, wenn sie auf dem Weg zurück in die Commanderie an der Dhuys entlanggeritten waren. Ihr Vater und auch ihre Schwestern, erinnerte er sich nun, hatten ebenfalls für den Orden gearbeitet.

»Ich würde dringend zum Abmarsch raten. Da kommt jemand.« Ralph hob seine Armbrust und betätigte den Abzug. Ein Zain zischte durch die Gänge. Augenblicke später hallte ein gellender Schrei durch die unterirdischen Katakomben und pflanzte sich im Nu nach oben in Richtung Burgkapelle fort.

»*Merde!*«, flüsterte Pierre, der mit seinem Kameraden längst draußen vor der Zelle war, um den Kampf mit nachfolgenden Soldaten aufzunehmen.

Während Guy seine Odile bereits in den geheimen Gang getragen hatte, versuchte Gero noch immer, Justines Ketten vollständig zu lösen. Schließlich nahm er seinen Anderthalbhänder zu Hilfe und befahl ihr, sich zu ducken, bevor er mit einem gezielten Schlag die Ringe sprengte.

»Beeilung!«, rief er ihr zu und packte ihr Handgelenk, um ihr auf die Füße zu helfen. Wie betrunken stolperte sie hinter ihm her und fiel prompt hin. Gero nahm sie auf und lud sie auf seine Schulter, was sie sich anstandslos gefallen ließ. Gemeinsam folgten sie Struan und Malcolm, der von seinem Bruder gestützt wurde. Ein Blick zurück versicherte Gero, dass Ralph und die anderen in heftige Kämpfe verwickelt waren, weil immer mehr Soldaten nachströmten.

Hin und hergerissen, ob er die Frau absetzen und den anderen helfen sollte, marschierte Gero mit langen Schritten hinter Struan her.

»Kannst du laufen?«, versicherte er sich bei Justine.

»Ich weiß nicht«, jammerte sie. »Ich habe mir den Fuß verstaucht.«

Gero gab einen gereizten Seufzer von sich. Während er nur vermuten konnte, was hinter ihm geschah, beschleunigte er seine Schritte, um rascher zum Ausgang zu gelangen.

Kaum waren sie in der Krypta von Saint Maurice angekommen, setzte er sie ab. »Folge den anderen nach draußen«, befahl er ihr. »Unsere Leute warten im Wald. Ich muss noch mal zurück.«

Gero wandte sich erneut in den langen Gang und rannte zurück durch die Finsternis, bis er von Weitem das Licht einer Fackel erkennen konnte. »Sieh zu, dass du rauskommst!«, brüllte ihm Pierre entgegen, der in die entgegengesetzte Richtung lief. »Die Wachen sind in der Übermacht, sie haben schon zwei meiner Leute auf dem Gewissen. Wir müssen abhauen, sonst erwischen sie uns alle.«

»Wo sind Khaled und Ralph?«

Pierre wies in den dunklen Gang. »Irgendwo dahinten.«

Gero zögerte nicht und rannte dorthin zurück, wo er seine Kameraden zuletzt gesehen hatte. Pierre hatte recht. Sie kämpften mit ihren Schwertern und Schilden verzweifelt gegen eine Übermacht nachrückender Soldaten. Aber warum hatte Pierre sie aufgegeben?

Gero spannte seine Armbrust, die er außer dem Schwert bei sich trug, und zielte aus einiger Entfernung im Halbdunkel auf seine Gegner. Jeder Schuss saß. Nachdem er drei Männer erledigt hatte, brach Panik unter den Wachleuten aus, und sie flohen in die entgegengesetzte Richtung.

Für Gero das Zeichen zum Nahkampf. Während er nach vorn stürmte und einige weitere Soldaten mit dem Schwert erschlug, sah er, dass Ralph schwer verletzt am Boden lag. Ein Angreifer hatte sein Kettenhemd durchstoßen und ein Schwert in seinen Unterleib gerammt. Dass er noch lebte, grenzte an ein Wunder.

»Hilf mir«, rief Gero dem Assassinen zu, der ganz in der Nähe selbst um sein Leben kämpfte und soeben zwei weitere Soldaten in die Hölle geschickt hatte. Deren Leichen verstopften für kurze Zeit den Weg für die Nachrückenden.

Khaled blickte mit blutverschmiertem Gesicht auf, doch es war nicht sein eigenes Blut.

»Halt den Mob zurück«, befahl Gero ihm, und drückte ihm die Armbrust mit den Pfeilen in die Hand. Dann schulterte er seinen sterbenden Bruder. Khaled gab ihnen Rückendeckung, während er mit Ralph durch den Gang in Richtung Saint Maurice eilte.

Ihre Verfolger waren anscheinend falsch abgebogen, weil Khaled die Tür hinter sich geschlossen hatte. Sie liefen ihnen nicht hinterher, sondern waren anscheinend in den zweiten Gang Richtung Burgkapelle gelaufen.

Als Gero das Ende des Gangs erreichte, rannte er mit Ralph, den er über der Schulter trug, keuchend die Treppen zum Altar der kleinen Kapelle hinauf. Dort angekommen, sah er Struan, der zusammen mit Pierre den schweren Altarstein Richtung Treppenabgang schob.

»Ist noch irgendwer von uns da drin?«, rief Struan. »Kannst du uns helfen?«

»Khaled war hinter mir«, gab Gero zurück und legte den schwer verletzten Engländer auf dem kalten Marmorboden ab. »Tut mir leid, ich muss mich erst um Ralph kümmern.«

Wie auf Kommando, tauchte Khaled hinter ihm auf und half den beiden mit dem Altarstein. Aus dem Augenwinkel sah Gero, wie die drei Brüder den schweren Stein zum Kippen brachten, woraufhin der herabstürzende Marmor zuverlässig den Einstieg zur Katakombe verschloss.

»Was ist mit deinen Leuten?«, rief Gero, der schaudernd an Pierres Gefährten dachte, die es offenbar nicht geschafft hatten.

»Die sind so tot wie dein Kamerad«, erklärte Pierre mit verbitterter Miene. »Ich habe selbst gesehen, wie sie gefallen sind.«

Gero, der in schlafwandlerischer Sicherheit seinen Brustbeutel öffnete, brachte eine Nanokapsel zum Vorschein, die Rona ihm für Notfälle überlassen hatte, und versuchte, Ralphs Kiefer zu spreizen. Was gar nicht so einfach war, weil der englische Bruder im Todeskampf seine gesamte Muskulatur verkrampfte.

Doch Gero war wild entschlossen, alles zu tun, um Ralph den Klauen des nahenden Todes zu entreißen. Mit roher Gewalt öffnete er die beiden Zahnreihen seines englischen Bruders und schob die Kapsel dazwischen. Danach drückte er Unter- und Oberkiefer mit der gleichen brutalen Kraft wieder zusammen. Jetzt musste er nur noch abwarten, bis die fleißigen Helferlein aus der Zukunft ihre Arbeit verrichteten.

Es dauerte eine gefühlte Ewigkeit, bis Ralph sich stöhnend zu rühren begann und Pierre, der bereits auf dem Weg nach draußen war, erschrocken zu ihm herumfuhr.

»Er lebt!«, krächzte er und riss ungläubig die Augen auf.

»Er hat Glück gehabt«, behauptete Gero so gleichgültig, wie er nur konnte. »Es sah übler aus, als es war. Anscheinend nur ein Kratzer.«

Auf der Festung versetzten derweil die Fanfaren sämtliche Soldaten des Königs in Alarmbereitschaft und mobilisierten sie zum Ausschwärmen.

Gero half seinem englischen Kameraden, sich aufzurichten.

»Was …?«, stöhnte Ralph und fasste sich in aufkommender Panik an den Bauch, der ebenso nass vom vielen Blut war, das er verloren hatte, wie Geros Unterwams und Kettenhemd. Doch die Nanokapsel hatte nicht nur die Wunde verschlossen, sondern auch seine zerstörten inneren Organe wiederhergestellt und den Blutverlust ausgeglichen.

»Du bist vollkommen in Ordnung.« Gero klopfte Ralph beschwichtigend auf die Schulter. »Und nun komm und lass uns abhauen, bevor de la Motte hier auftaucht und der ganze Mist von vorn anfängt.«

Mit einem Ruck half er dem Engländer auf die Füße und führte ihn behutsam zu seinem Pferd, das die übrigen Kameraden bis zur Kapelle gebracht hatten. Aus dem Augenwinkel sah er, wie Malcolm und Justine auf die beiden Pferde der getöteten Brüder gehoben wurden. Es schmerzte Gero, dass er den Männern nicht hatte helfen können und sogar deren Leichen zurücklassen musste. Der Gedanke, ihnen nicht mal ein ordentliches Begräbnis ermöglichen zu können, war unerträglich. Er sah, wie Guy de Lus seine Tochter in den Sattel seines grauen Percherons setzte. Nachdem er hinter ihr aufgesessen war, legte er einen Arm um ihre Taille, die er so fest umschloss, als wollte er das Mädchen nie mehr loslassen. Gero glaubte zu sehen, wie ein paar Tränen aus Guys Augenwinkeln rannen. Die sonst so vorlaute Odile schien noch immer nicht begreifen zu können, wie ihr geschah. Trotz all der Strapazen strahlte ihr tränennasses Gesicht vor Glück. Bruder Guy, in dessen klaren Augen eher eine stille Dankbarkeit eingekehrt war, lenkte seinen Hengst zusammen mit seiner Tochter, die vor ihm im Sattel saß, geradewegs in einen Wald hinein, den Pierre als Einstieg für ihren Fluchtweg ausgesucht hatte.

Von der Festung waren noch immer die Fanfaren zu hören, begleitet von den Glocken der Burgkapelle, die mit schaurig-schönen Klängen Alarm schlugen. Es würde nicht lange dauern, bis ihnen de la Motte schwer bewaffnete Suchtrupps hinterherschickte.

»Wir reiten zunächst nach Südwesten in Richtung Sagonne«, verkündete Pierre, als sie am Ende des Waldes einen kurzen Stopp einlegten. »Wobei wir einen weiten Bogen um die Besitzungen der Herren von Blois machen werden, die zu den Königstreuen gehören. Danach geht es weiter über Givardon nach Bannegon und über Saint-Amand-sous-Montrond bis zur Zisterzienserabtei Noirlac. Wo wir, so Gott der Herr will, spätestens gegen Abend eintreffen werden. Ich habe dort ein paar verlässliche ehemalige Mitbrüder, bei denen wir Unterschlupf finden können, um unser weiteres Vorgehen zu beraten. Auf der Strecke dorthin dürften genug Fuhrwerke und Reisende unterwegs sein, so dass wir nicht weiter auffallen. Anselm soll uns neue Papiere ausstellen, sobald wir bei den Zisterziensern eintreffen. Mal sehen, ob wir bei den Brüdern ein paar abgetragene Gewänder ergattern, die uns als reisende Mönche tarnen. Was wir ja im Grunde auch sind«, scherzte er und gab das Zeichen zum Aufbruch.

Unmittelbar nach ihrer Flucht hatten sie sich abermals in drei Gruppen von je sechs bis acht Leuten aufgeteilt. Wie schon zuvor stand jeder Trupp unter der Führung eines ortskundigen Bruders. Auf diese Weise versuchten sie ihre Feinde zu verwirren, die garantiert mit einer großen Anzahl von Soldaten nach ihnen fahndeten.

Guy de Lus hatte, obwohl Odile nun mit auf seinem Pferd saß, als Späher und Ortskundiger weiterhin die Führung von Geros Truppe übernommen und ritt mit ihnen Richtung Südwesten.

»Zu Pferd werden wir ungefähr fünf Stunden unterwegs sein, wenn nichts dazwischenkommt«, klärte er Gero und die anderen auf. »Geplant ist, die Nacht in der Abtei der Zisterzienser zu verbringen.«

»Struan ist weiterhin fest entschlossen, Amelies Vater aus den Kerkern der Inquisition zu befreien«, verriet ihm Gero, der neben ihm ritt, während die anderen folgten. »Wenn du lieber deine Tochter in Sicherheit bringen möchtest, würde das sicher jeder verstehen.«

»Ob ich nun mit ihr allein in die Gascogne reite oder mit euch zum Pech de Bugarach, das kommt so ziemlich aufs selbe hinaus«, vermeldete Guy mit einem stoischen Blick. »Im Moment ist Odile nirgendwo sicherer als hier. Wir werden sehen, was wir für den alten Mann tun können«, antwortete Guy geduldig und trieb seinen Percheron an, damit sie de la Mottes Truppen so rasch wie möglich unerkannt entkommen konnten. »Wenn ich Pierre richtig verstanden habe, werden wir euch bis zum Pech de Bugarach zur Seite stehen.«

KAPITEL 36

APRIL 1316
HERZOGTUM LOTHRINGEN / CHÂTEAU DE CARMAC

Findelkind

Das Jammern und Greinen eines Babys durchdrang die Eichenholztür so unvermittelt wie der Schmerz, der durch die plötzlich einschießende Milch in Hannahs rot geschwollene Brüste fuhr. Noch müde und wie erschlagen hob sie den Kopf aus den Kissen und schaute sich um. Für einen Augenblick desorientiert, begriff sie anfangs nicht, wo sie sich befand. Eine kleine kalte Kammer, weiß getüncht; hier und da blätterte die Farbe an den Wänden ab. In der offenen Feuerstelle funkelte nur noch ein bisschen Glut in der Asche. Hannahs forschende Blicke glitten über das fremde Bett und den angestaubten Baldachin hinweg, der auch schon bessere Tage gesehen hatte. Sie lag unter einer dicken Daunendecke, die in einen blaugestreiften Überzug aus weichem Wollstoff gehüllt war. Neben der Tür stand ihr Rucksack, und über einem Stuhl hingen ihre Kleider, die sie am Tag zuvor getragen und vor dem Zubettgehen gegen ein weißes Leinennachthemd mit flämischer Spitze getauscht hatte.

Schlagartig setzte bei ihr die Erinnerung an Hanemann wieder ein und an seinen dreisten Versuch, sie als Geisel zu nehmen. An den Überfall auf den Wagen, der sie zu Hanemanns Burg hatte bringen sollen. An Johan, Totty und Brian, die sich ziemlich überzeugend als Raubritter verkleidet und genauso konsequent gehandelt hatten. Und an die Truppe fremder Reiter, die zu Pierres Templerrebellen gehörten und sie zu diesem abgelegenen Ort gebracht hatten. Eine schmucklose Wasserburg mit trutzigen Mauern, die mitten in einem dichten Wald an der Grenze zu Franzien erbaut worden war. Deren Besitzerin hatte Hannah freundlich empfangen und ihr ohne große Nachfragen dieses Zimmer zur Verfügung gestellt. Nach einem deftigen Essen und einem Krug Wein, bei dem sie allein schon wegen der anfänglichen Verständigungsprobleme wenig gesprochen hatten, war Hannah völlig erschöpft in dieses Bett gefallen, aus dem sie nun unbedingt aufstehen wollte, obwohl es unter der Decke um einiges wärmer war als in ihrer neuen Behausung.

Ihr nächster Gedanke galt Sophia, die sie schmerzlich vermisste. Ob es ihr gut ging, auch ohne ihre leibliche Mutter? Wessen Milch würde sie trinken? Und wer sorgte dafür, dass sie die dringend notwendigen Streicheleinheiten bekam?

Durch das schmale Fenster, in das man überraschenderweise eine bleiverglaste Scheibe eingesetzt hatte, drangen zaghafte Sonnenstrahlen, die einen frühlingshaften Morgen ankündigten. Hannah befreite sich von den Daunendecken und setzte ihre bloßen Füße auf den gewachsten Holzboden, der nicht so kalt war wie befürchtet. Dann legte sie den breiten Wollschal um ihre Schultern, den sie in Waldenstein in ihre Tasche gepackt hatte, weil sie beim Aufstehen, nur mit einem Nachthemd bekleidet, gewöhnlich zu frieren begann. Mit wenigen Schritten war sie beim Fenster und schaute hinaus.

Die Burg bestand aus einer kompakten, quadratisch gemauerten Anlage mit einem geräumigen Innenhof, umgeben von einem breiten Wassergraben, den man nur mithilfe einer Zugbrücke überwinden konnte. Das Ganze lag in einem engen Tal, umgeben von dicht bewaldeten Hügeln, die das Gebäude vor allzu neugierigen Blick schützten. Nicht weit entfernt davon rauschte ein Bach, dessen Abzweig den Burggraben stets mit frischem Wasser speiste. Was üble Gerüche fernhielt und fette Forellen in den Graben spülte, die sie mit einem Netz aus nächster Nähe für den Mittagstisch fangen konnten, wie die Hausherrin ihr bei der Ankunft bestätigt hatte. Die Vorfahren von Jeanne de Carmac, der Besitzerin der Burg und der umgebenden Ländereien, hatten das künstliche Gewässer zum Schutz rund um die massiven Grundmauern angelegt, jedoch hauptsächlich um potenzielle Eindringlinge fernzuhalten. Anscheinend die einzige Abwehrmaßnahme. Denn zu Hannahs Verwunderung sah sie nirgendwo schwer bewaffnete Söldner, die das Anwesen vor Angriffen von außen bewachten. Nur das Blöken von Kühen und Ziegen war zu hören, und ein paar Krähen stiegen von den umliegenden Laubbäumen auf, in deren kahlem Geäst sich der Frühnebel verfing.

Eigentlich ein idyllischer Ort, wenn sich Hannah nicht die bange Frage gestellt hätte, was wäre, wenn Hanemann von diesem Versteck erfuhr oder gar die Gens du Roi mit ihren Verfolgern hier auftauchten. Es wäre niemand da, der sie beschützen könnte. Der einzige Schutz dieser Burg waren die abgeschiedene Lage und die Tatsache, dass offenbar niemand um ihre Bedeutung wusste.

Ihr nächster Gedanke galt Gero. Es machte sie verrückt, nicht zu wissen, wo er gerade steckte und wie es ihm ging. Auf Waldenstein hatte Lyn, die über ihr Armband einen regelmäßigen Kontakt zu Rona hielt, Hannah wenigstens regelmäßig Bericht erstatten können. Doch Lyn war, wie die anderen auch, auf der Festung zurückgeblieben, damit die Gräfin, die von der ganzen Aktion nichts wusste, keinen Verdacht schöpfte. Blieb zu hoffen, dass Johan und die anderen beiden Brüder ihr Versprechen hielten und Sophia so schnell wie möglich hierherbrachten, damit Hannah die Kleine endlich wieder in ihre Arme schließen konnte.

Unvermittelt klopfte es an der Tür. Hannah straffte die Schultern und wandte sich um. »Ja?«

Es war Jeanne de Carmac, die Burgherrin, die ihr ein Frühessen auf einem Tablett angerichtet hatte. Sie war um die dreißig und erfreute sich mütterlicher Rundungen, die in ihrem langärmligen blauen Wollkleid, das bis zum Boden reichte, vorteilhaft zur Geltung kamen. Ihr dicker blonder Zopf, der bis zu ihrer üppigen Kehrseite reichte, ließ sie aussehen wie ein junges Mädchen. Ihre kornblumenblauen Augen leuchteten freundlich und so klar, als würden sie von keinem schlechten Gedanken getrübt, wie man es in dieser Zeit so nett ausdrückte.

»Guten Morgen, Madame«, rief sie Hannah mit heller Stimme entgegen. Zum Glück bediente sie sich eines moselfränkischen Dialekts, der zwar gewöhnungsbedürftig, aber für Hannah besser zu verstehen war als das sonst übliche Altfranzösisch, mit dem sich die Templerbrüder untereinander verständigten. Hannah war bei ihrer Großmutter aufgewachsen, die aus dem nördlichen Saarland stammte und einen ähnlichen Dialekt gesprochen hatte wie Jeanne. Was sich nun als Vorteil erwies, weil sie nur ein bisschen Übung brauchte, um sich fließend mit ihrer Gastgeberin verständigen zu können.

Offenbar gut gelaunt, stellte Jeanne das Tablett auf einem Tischchen ab und drehte sich schwungvoll zu ihr herum.

»Habt Ihr gut geschlafen, Gräfin?«, erkundigte sie sich mit hörbarem Respekt in der Stimme.

Es schien ihr nichts auszumachen, dass sie als Hannahs Gastgeberin nun auch noch das Stubenmädchen geben musste. Jeannes fröhliches Lächeln offenbarte eine kleine Lücke zwischen ihren Schneidezähnen, die sie zusammen mit den lustigen Grübchen in den Wangen noch sympathischer erscheinen ließ als ohnehin schon. Mit ihrer lockeren Art wirkte sie eher wie eine Bäuerin als eine Frau von adliger Herkunft. Jeanne war die Tochter eines Barons und einer Edelfreien und hatte den Titel ihres Vaters geerbt. Sie hatte es bei Hannahs Ankunft selbst erzählt und sich bei ihr mit Baronin de Carmac vorgestellt.

»Danke der Nachfrage.« Hannah reichte Jeanne die Hand und lächelte freundlich. »Und sag bitte Hannah zu mir und nicht Gräfin oder was auch immer«, stellte sie klar. »Wenn es dir nichts ausmacht, lassen wir die förmliche Anrede und sagen du zueinander. Irgendwie sitzen wir ja alle im selben Boot.

Schließlich ist mein Ehemann gemeinsam mit deinem auf einer gefährlichen Mission, und wir machen uns beide die gleichen Sorgen, nicht wahr?«

»Nun ja«, meinte Jeanne mit einer beschwichtigenden Geste und legte neues Holz im Kamin auf, das von der noch vorhandenen Glut genährt rasch Feuer fing. »Ich bin es gewöhnt, dass Pierre manchmal monatelang nicht nach Hause kommt. Offen gesagt weiß ich nie so recht, wo er gerade steckt.«

»Tatsächlich?« Hannah schaute sie zweifelnd an. Sie selbst wollte sich nicht einmal vorstellen, dass Geros Abwesenheit zum Dauerzustand wurde.

»Setz dich und greif zu«, forderte Jeanne sie auf und deutete auf einen der beiden Scherenstühle, die vor dem Tischchen standen. »Und falls du hinterher zum Abort musst …«, fügte sie mit einem überlegenen Lächeln hinzu und deutet zur Tür, »… abgesehen von dem Nachttopf unter dem Bett, haben wir auf jeder Etage einen Aborterker.«

»Danke für den Hinweis.« Hannah nickte ihr anerkennend zu und stellte sich zugleich die Frage, um was Jeanne sich noch alles kümmern wollte. »Aber so dringend ist es nicht. Dafür habe ich ziemliche Probleme mit meinen Brüsten. Normalerweise sorgt meine vier Monate alte Tochter dafür, dass die Milch, die sich über Nacht darin ansammelt, morgens in ihrem Bäuchlein verschwindet, aber ich musste sie ja auf Waldenstein zurücklassen, wie du weißt.«

»Ich glaube, da kann ich Abhilfe schaffen«, verkündete Jeanne mit einem verschwörerischen Lächeln. »Warte. Ich bin gleich wieder da.«

Bevor Hannah eine weitere Frage stellen konnte, war ihre Gastgeberin schon verschwunden und ließ sie mit Brot, Käse und einem Becher gewärmter Ziegenmilch zurück. Ihre Anspannung ließ ein wenig nach, während sie ihr garantiert biologisch einwandfreies Frühessen betrachtete, nicht sicher, ob sie schon Hunger hatte. Anstatt mit dem Essen zu beginnen, zog sie sich den Schal enger um die Schultern und nutzte Jeannes Abwesenheit, um nun doch die erstaunlich komfortable Toilette auszuprobieren, die in einem kleinen geschlossenen Erker gleich nebenan untergebracht worden war. Sogar an frische Lumpen, die das Toilettenpapier ersetzten und eine Waschschüssel sowie Seife und ein Leinenhandtuch hatte man gedacht.

Danach ging sie zurück ins Bett und kroch, den Becher in einer Hand balancierend, unter die Decke. Während sie an der Ziegenmilch nippte, genoss sie die zunehmende Wärme, die von dem knisternden Kaminfeuer ausging. Wobei sie sich beim Anblick der Milch die Frage stellte, wie Jeanne das Überlaufen ihrer Brüste verhindern wollte.

Umso erstaunter war sie, als ihre Gastgeberin wenig später mit einem kräftigen Säugling erschien, der mindestens zwei Monate älter war als Sophia und sich gerade in Rage schrie, womit er den Schmerz in Hannahs Brüsten nur noch verschärfte. Anscheinend war es ihrem Milchspendereflex ziemlich einerlei, welches Baby gerade nach Nahrung verlangte. Hauptsache, er kam zum Einsatz.

»Darf ich vorstellen«, sagte Jeanne mit einem breiten Lachen. »Das ist Martin. Er ist vier Monate alt und frisst mir im wahrsten Sinne des Wortes die Haare vom Kopf.« Mit einem zerknirschten Lächeln nahm sie ihren weizenblonden Zopf in die Hand und beäugte ihren Filius skeptisch. »Ich könnte schwören, vor seiner Geburt waren es mehr. Der Kleine hat immer Hunger. Obwohl ich eine Menge Milch habe, bekomme ich ihn einfach nicht satt. Ich füttere ihn bis zu zehnmal am Tag, wobei ich merkwürdigerweise kaum an Gewicht verliere. Stattdessen fällt mir das Haar aus. Es ist furchtbar. Also, wenn du möchtest, kannst du uns gerne ein bisschen mit deiner Milch aushelfen.«

»Ich?« Hannah warf ihr einen unsicheren Blick zu. »Wie soll das gehen?«

Jeanne lachte laut. »Na wie schon. Du legst ihn an, und er trinkt. Er hat einen kräftigen Zug. Martin kommt nicht auf Pierre, sondern eher auf meinen Vater. Der hat mit seinen Männern oft die ganze Nacht durchgezecht. Meine Mutter hätte ihn am liebsten dafür umgebracht.« Wieder lachte sie.

Bevor Hannah auch nur ein Wort des Protests einlegen konnte, war Jeanne schon da und legte ihr das strampelnde Kerlchen in den Schoß. »Komm, ich helfe dir, ihn anzulegen«, sagte sie und nahm ihr den Becher ab. »Ich wette, er hat keine Hemmungen, sich an deiner Quelle zu bedienen.«

Mit einem zwiespältigen Gefühl lehnte Hannah sich zurück in die Kissen und entblößte ihre Brüste. Danach legte Jeanne ihr den greinenden Säugling so in die Arme, dass sein rosiges Mündchen auf Höhe ihrer Brustwarze war. Der Kleine war ohne Frage ein süßes Baby, das die blonden Haare und die blauen Augen seiner Mutter geerbt hatte. Von Pierre war wenig in seinem Äußeren zu erkennen, allenfalls die Locken, die sich an seinem Hinterkopf kringelten. Er schien es kaum erwarten zu können, so sehr strampelte er beim Anblick ihrer Brust. »Auf jeden Fall weiß er ziemlich genau, was er will«, sagte Hannah, während Martins breites Näschen mit ungeduldiger Hast immer wieder gierig gegen ihre prallen Rundungen stieß.

»Was das angeht, scheint er doch auf seinen Vater zu kommen«, scherzte Jeanne amüsiert, während sie seinem schmatzenden Mündchen an die heiß ersehnte Milchquelle half.

»Uh«, machte Hannah, als der Kleine kräftig zu saugen begann, was nicht nur einen kurzen Schmerz in ihrer Brust auslöste, sondern danach einen Schauer der Erleichterung durch ihren Körper jagte. »Das tut gut«, gab sie mit einem Seufzer zu und beobachtete fasziniert, wie dem kleinen Martin die unverhoffte Morgengabe zu schmecken schien.

Jeanne hatte sich derweil einen Scherenstuhl ans Bett gezogen und machte es sich darauf bequem. Ohne Argwohn beobachtete sie, wie ihr Sohn sich schamlos bei der Konkurrenz bediente.

»Johan hat gesagt, dass er deine Tochter möglichst schon morgen hierherbringen will«, erklärte Jeanne unvermittelt. »Als er das letzte Mal mit den anderen Brüdern hier war, wähnten wir beide uns noch guter Hoffnung, hat mir Pierre später erzählt. Er spricht sonst selten über seine Brüder, oder wo er sich mit ihnen herumtreibt, und schon gar nicht über deren Familien. Aber das habe ich nicht vergessen.«

»Ich erinnere mich ungern daran«, gab Hannah freimütig zu. »Gero wurde zu dieser Zeit von der Gens du Roi auf Vianden festgehalten und schwer gefoltert. Sein Bruder wurde von einem dieser Inquisitoren getötet. Wir haben es deinem Mann und seinen Mitstreitern zu verdanken, dass die Gens du Roi nach Geros Befreiung in die Flucht geschlagen werden konnten. Wenn er und seine Brüder unsere Truppen beim Angriff der franzischen Söldner nicht unterstützt hätten, säße ich jetzt nicht hier. Meine Tochter wurde mitten in der Schlacht um die Burg geboren«, fügte Hannah hinzu, die einen solchen Moment nicht noch einmal erleben wollte. »Während ein franzischer Inquisitor und ein Offizier der Gens du Roi mit einer Streitaxt und einem Morgenstern versucht haben, meine Kemenate zu stürmen.«

Jeanne schaute sie entsetzt an. »Das klingt ja schauerlich«, sagte sie leise. »Diesen Part hat Pierre mir wohlweislich verschwiegen. Er meint immer, es sei besser für mich, wenn ich nicht allzu viel weiß. Es würde mir meinen Seelenfrieden erhalten.«

»Wie oft ist er denn hier?«, hakte Hannah nach, die gern mehr über Pierre de Bologne erfahren hätte, als Gero ihr bisher verraten hatte.

»Nicht oft genug«, antwortete Jeanne mit einem wehmütigen Zug um den Mund.

Sie war mindestens zwanzig Jahre jünger als Pierre, der knapp über fünfzig sein mochte, sich für dieses Alter aber erstaunlich gut gehalten hatte.

»Du musst wissen, wir haben nicht vor Gott dem Allmächtigen den Bund der Ehe geschlossen. Wir leben in Sünde«, gestand sie mit einem entschuldigenden Blick. »Pierre war – oder sollte ich sagen, *ist* – ein Priester. Er hat Rechtswissenschaften an der Universität von Bologna studiert und war Generalprokurator des Templerordens beim Papst in Rom und Portiers. Dort wurde er auch zum Priester geweiht. Nach der Vernichtung des Ordens hätte er unter dem Schutz des Erzbischofes von Ravenna in der Lombardei als Priester ein neues Leben beginnen können. Der mächtige Kirchenmann zählt nach wie vor zu seinen wichtigsten Verbündeten im Kampf gegen Philipp IV. und dessen teuflische

Nachfolger. Trotzdem hat Pierre der Gedanke an eine Mitschuld am Untergang des Ordens nicht losgelassen. Vor allem hat er sich nie verziehen, dass er die vierundfünfzig jungen Templer, die in Paris auf einem Scheiterhaufen verbrannt wurden, nicht retten konnte. Zunächst blieb ihm wirklich nichts anderes übrig, als die Flucht in die Lombardei anzutreten, woher seine Familie stammt. Dabei hätte er ohnehin nichts gegen die Machenschaften des franzischen Königs unternehmen können, solange der Papst die franzische Krone unterstützt hat. Wenn man bedenkt, dass sich alles, was Rang und Namen hatte, gegen den Orden verschworen hat und dessen Angehörige von niemandem Hilfe erwarten konnten – was hätte ein einzelner Advokat da schon erreichen können? Trotzdem wollte er sich nicht damit zufriedengeben. Deshalb hat Pierre die Bruderschaft der ›Rose und des Kreuzes‹ gegründet, die sich ausschließlich aus verfolgten Templern zusammensetzt, denen die Flucht vor gerichtlicher und persönlicher Verfolgung geglückt ist. Etliche von ihnen hat er mit seinen eigenen Händen und unter Einsatz seines eigenen Blutes befreit. Darunter auch meinen Cousin, Christian de Vrey, der nur knapp einer Hinrichtung entgangen ist und stattdessen lebenslang in einem Kerker sitzen sollte. Pierre hat ihn befreit und zu unserer Familie zurückgebracht.« Sie legte eine kurze Pause ein und blickte verträumt in die lodernden Flammen. »So habe ich Pierre kennengelernt. Er war leidenschaftlich, loyal, selbstlos und unerschrocken. Es liegt auf der Hand, warum ich mich auf der Stelle in ihn verliebt habe, auch wenn er um einiges älter ist als ich selbst. Neun Monate nach unserem ersten Zusammentreffen habe ich ihm eine Tochter geboren und nun einen Sohn.«

Jeanne stand auf und nahm den kleinen Martin von Hannahs Brust, was dem nicht zu gefallen schien, und legte ihn, ehe er noch lauter protestieren konnte, an die andere Brust an, wo er von Neuem begeistert zu nuckeln begann. »Wenn er dir nur eine Brust leer trinkt, bleiben die Schmerzen in der anderen«, erklärte Jeanne ihr mit einem Augenzwinkern.

»Danke«, sagte Hannah und schaute sie fragend an. »Und warum könnt ihr nicht heiraten? Ich meine, Gero und ich sind auch verheiratet, obwohl er Templer ist und das Keuschheitsgelübde abgelegt hat.«

»Pierre meint, als Priester sei es ihm nicht erlaubt, eine Frau mit dem Segen der Kirche zu seinem Eheweib zu nehmen, und offenbar ist ihm dieses Gelübde noch wichtiger als der Schwur, den er bei den Templern geleistet hat. Hinzu kommt, dass er sich in besonderer Weise seinem Freund und Gönner, dem Erzbischof von Ravenna, verpflichtet fühlt, weil er der einzige Kirchenmann ist, dem er seit der Vernichtung des Ordens noch vertrauen kann. Das bedeutet, der Erzbischof müsste uns den Segen geben. Pierre will aber nicht, dass außerhalb unserer Familie oder seiner Bruderschaft jemand von unserer Liebe erfährt, auch weil er fürchtet, seine Feinde könnten sich an ihm rächen, indem sie mir und den Kindern etwas antun, wenn er unterwegs ist.« Sie blickte wehmütig zum Fenster hinaus und seufzte schwach. »Ich respektiere seine Entscheidung und die Tatsache, dass ich so etwas wie eine Mätresse für ihn bin. Mit dem Unterschied, dass meine Konkurrenten keine leibhaftigen Ehefrauen sind, die er betrügt, sondern eine geheime Bruderschaft von Templern, sowie Pierres offizielles Leben als treuer Diener der Kirche in der Lombardei.«

»Das erklärt natürlich, warum er so oft weg ist«, bestätigte Hannah ihr mit einer gehörigen Portion Mitgefühl in der Stimme. Unvermittelt stellte sie sich die Frage, wie viel Jeanne tatsächlich über die Geheimnisse des Ordens wusste, wenn sie für Pierre mitsamt ihrer Familie nicht mehr war als eine sichere Tarnung für ein völlig anderes Leben. »Hat er dir jemals erzählt, warum die Gens du Roi und der König die Templer verfolgt haben und es immer noch tun?«

Jeanne schaute sie scharf an, als habe Hannah etwas Verbotenes gesagt, obwohl sie nicht einmal konkret geworden war.

»Nein«, antwortete sie entschieden. »Über so etwas reden wir nicht. Pierre meint immer, es sei zu gefährlich, wenn ich zu viel weiß. Nicht nur, weil ich es nicht verstehen würde, wie er gerne behauptet. Auch weil es sicherer ist für mich und die Kinder, wenn wir im besten Fall nichts wissen. Ich kann mich nicht verplappern, falls ich in die Fänge des franzischen Königs gerate und verhört werde. Was ist mit dir?«, fragte sie fast schon provozierend, »Weißt du mehr als ich?«

Hannah kniff die Lippen zusammen und schüttelte den Kopf. So gern sie es auch gewollt hätte – sie konnte Jeanne nicht in die Hintergründe einweihen, die tatsächlich hinter der gesamten Verfolgung standen.

Jeanne schien zu spüren, dass sie etwas zu verbergen hatte. »Oder spricht dein Gemahl auch nicht darüber, warum er immer noch von der Gens du Roi gejagt wird?«

»Das muss er nicht«, antwortete Hannah ehrlich, weil sie faktisch Teil der Ursache war und Gero gar nicht erst mir ihr darüber sprechen musste. »Es reicht vollkommen, dass es so ist.« Sie stieß einen genervten Seufzer aus. »Ich wünsche mir nur, diese ganze Verfolgungsgeschichte wäre vorbei und wir hätten unsere Ruhe.«

»Als Frau eines Ritters wirst du nie deine Ruhe haben«, erinnerte Jeanne sie und warf ihr einen lakonischen Blick zu. »Und als Mutter seiner Söhne bist du für den Rest deines Lebens in Sorge. Dafür braucht es keine Gens du Roi. Es reicht vollkommen, dass auch die Jungs eines Tages in irgendeinen Krieg ziehen werden«, fügte sie voller Bitterkeit hinzu.

•

»Wie konnte so etwas passieren?«, rief Gräfin Margaretha außer sich vor Sorge und Wut, als sie Roland am Morgen nach Hannahs Verschwinden in ihrem Arbeitszimmer empfing.

»Wieso fragst du mich das? Ich weiß es nicht!«, log Roland dreist, obwohl seine Antwort nicht vollends der Unwahrheit entsprach, weil er den Ausgang der Mission weder mitgeplant und schon gar nicht dabei gewesen war.

»Erzähl mir nicht, dass Hannah tatsächlich von Räubern entführt wurde«, widersprach Margaretha ihm mit schriller Stimme, während sie ihn wie eine Furie mit zornigen Blicken traktierte. Zugleich wedelte sie mit einem Pergament in der Hand, in dem Hanemann forderte, dass sie die junge Gräfin gefälligst selbst suchen lassen und das geforderte Lösegeld für sie zahlen sollte, falls sie tatsächlich von Raubrittern entführt worden war. »Er will sie so schnell wie möglich zurückhaben, koste es, was es wolle. Aber natürlich will nicht er dafür bezahlen. Das soll selbstverständlich ich regeln.«

Roland platzte der Kragen. »Sag jetzt nicht, Hanemann bezichtigt mich am Ende, zu allem anderen Übel mit Räubern zu paktieren«, ereiferte er sich und schlug mit der Faust auf den Tisch. »Bei allem Respekt, zu dem ich dir verpflichtet bin, du machst es dir verdammt einfach, indem du immer die Schuld auf andere schiebst, genau wie Hanemann. Das alles hast du dir ganz allein zuzuschreiben«, holte er weiter aus. »Falls du gedacht hast, weibliche List reicht aus, um einen Hanemann von Lichtenberg und seine bucklige Verwandtschaft um den Finger zu wickeln, wurdest du nun leider eines Besseren belehrt. Dabei hättest du wissen müssen, aus welchem Holz die Lichtenberger geschnitzt sind. Es war bereits für deinen Mann kein Leichtes, in den Besitz von Waldenstein zu gelangen. Und schon gar nicht, dich als seine Erbin einzusetzen, obwohl ihr kinderlos geblieben seid. Er musste an mehreren Kreuzzügen teilnehmen und hat am Ende sein Leben dafür gelassen. Die Lichtenberger halten ihren Besitz unter allen Umständen zusammen. Das ist schon seit Generationen so, und das weiß jeder, der diese hinterhältige Sippschaft kennt. Es war naiv zu glauben, dass du mit Geros Adoption so einfach bei ihnen durchkommst. Es hat mich ohnehin gewundert, dass sie seine Ernennung zum Grafen ohne Zaudern zugestimmt haben. Wahrscheinlich ist ihnen gegenüber dem Herzog von Lothringen nichts Passendes eingefallen, um all das zu verhindern. Oder sie waren nicht sicher, wie es um deine Beziehungen zu Ferry IV. steht, nachdem du dich mit seinem Vater stets glänzend verstanden hast. Aber Herzog Ferry ist zwei Jahre jünger als Gero und ein Ehrgeizling, der sich auf Empfängen bestimmt nicht für die Schmeicheleien einer alternden Gräfin interessiert. Das werden sich auch Hanemann und seine Verwandten gedacht haben, als sie ihre Pläne schmiedeten, wie sie dir und Gero am besten die Suppe versalzen. Unter anderen Umständen würde ich sagen, wir sitzen das aus. Aber Gero hat zu viele Feinde und zu viele Leichen im Keller, als dass wir einfach über diese Tatsache hinweggehen könnten. Er ist nicht nur ein verfolgter Templer, er steht auch fraglos im Krieg mit den Agenten des franzischen Königs. Das könnte uns in arge Bedrängnis bringen. Zumal Herzog Ferry IV. wesentlich intensivere Beziehungen zum franzischen Königshaus pflegt als sein Vater. Hanemann und seine Sippschaft müssen ihre langen Nasen nur konsequent genug in den Dreck stecken, den Philipp IV. von Franzien hinterlassen hat, um etwas herauszuwühlen, das Gero und damit auch uns in verdammte Schwierigkeiten bringen könnte. Es war ein Fehler, dieses Turnier auszurichten. Und es war ein Fehler, auf Johann I. zu setzen, indem du dachtest, sein Einfluss als Hanemanns Vormund sei groß genug, um den jungen Lichtenberger auf unsere Seite zu ziehen. Wie es aussieht, hat Hanemann die ganze üble Geschichte von Beginn an geplant. Er wollte seinen Oheim loswerden, der sich dem Vorhaben, dir und Gero die Burg streitig zu machen, entgegengestellt hätte, weil er dich schon immer in seinem Bett haben wollte«, fügte Roland verbittert hinzu.

»Du bist nicht ganz bei Trost«, widersprach die Gräfin. »Johann I. ist verheiratet. Ich kenne seine Frau. Und ich wäre ganz bestimmt nicht daran interessiert gewesen, auf Dauer seine Mätresse zu werden.«

Roland schnaubte erbost. »Was dich nicht davon abgehalten hat, dich ihm in vergnüglicher Weise in einer Waschkammer hinzugeben.«

»Jetzt übertreibst du aber«, konterte Margaretha. »So vergnüglich war es nun auch wieder nicht. Und was um Himmels willen soll Hanemann für ein Interesse am Tod seines Oheims gehabt haben. Er hätte doch sowieso früher oder später die Position seines Vaters als Stammoberhaupt der Lichtenberger übernommen? Daran hätte auch Johann I. nichts geändert.«

»Mit Johanns rätselhaftem Tod hat Hanemann zwei Fliegen mit einer Klappe geschlagen«, erläuterte Roland hitzig. »Der Junge ist nun sein eigener Herr und hat offenbar eine ziemlich genaue Vorstellung davon, wie er auch noch schnellstens den Rest des Kuchens bekommt. Und wir sitzen im Gegenzug tiefer in der Scheiße, als wir es uns jemals hätten vorstellen können.« Roland räusperte sich verdrossen und faltete die Hände, als säße er vor einem Altar. »Gott der Herr möge verhüten, dass Hanemann und seine Helfershelfer auf die Idee kommen, sich am Ende noch mit den falschen Leuten zu verbünden.«

Margaretha sank erschöpft in ihren gepolsterten Sessel und atmete geräuschvoll aus. Dabei ließ sie das Pergament auf die Tischplatte sinken und schloss die Augen. »Und was in Herrgotts Namen soll ich jetzt tun?«

Roland schaute sie ernst an. »Überlass ausnahmsweise mir das Kommando und stell keine Fragen«, riet er ihr und kniff die Lippen zusammen.

»Und was ist mit Hannah? Wir können sie doch nicht einfach sich selbst überlassen!«

»Sie ist in Sicherheit«, erwiderte Roland tonlos. »Gero hat so etwas kommen sehen und dafür gesorgt, dass sie Hanemann und seinen Lichtenbergern nicht in die Hände fällt, sondern bei seinen Verbündeten Unterschlupf findet.«

»Und was ist mit der Kleinen? Was, wenn Hanemann ihre Herausgabe fordert?«

»Sophia ist bereits auf dem Weg zu ihrer Mutter. Und mehr werde ich nicht dazu sagen.«

»Was?« Margaretha fuhr entsetzt von ihrem Sessel hoch. »Wie konntest du so etwas zulassen?«

»Nicht ich habe das entschieden, sondern Gero. Und ich muss dir nicht sagen, dass er auf Menschen vertraut, die über weitaus mehr Loyalität und Courage verfügen als du und ich. Und jetzt geh zu Jutta und bring ihr schonend bei, dass sie einstweilen auf ihre Enkelin verzichten muss.«

• •

»Gib auf sie acht, als wäre sie unser eigenes Kind«, hatte Freya Johan zugeflüstert und ihn zum Abschied noch einmal innig geküsst. Zuvor hatte sie dafür gesorgt, dass Sophia von einer Amme ausreichend gestillt worden war und zusätzlich Ziegenmilch in einem fest verschlossenen Lederschlauch in einen Rucksack eingepackt, in dem sich auch alles andere befand, was Sophia an Windeln und Kleidung benötigte. »Falls sie unterwegs Hunger bekommt, soll Lyn sie mit der Milch aus dem Schlauch füttern.«

Dann hatte sie die Kleine fest in Windeln und dicht gewebte Wollkleidung verpackt und wie Moses in ein mit Lammfell ausgelegtes Weidenkörbchen gelegt, das Lyn vor sich an ihrem Sattel befestigt hatte. So hatte sie Sophia immer im Blick, falls die Kleine sich nicht wohl fühlte oder Hunger bekam.

Lyn hatte darauf bestanden, Sophia auf dem Weg zu Hannah zu begleiten, weil sie sichergehen wollte, dass sie heil und gesund bei ihrer Mutter ankam. Falls sie in größere Schwierigkeiten gerieten, bestand immer noch die Möglichkeit, über eine Verbindung zu Rona und deren Server einen Transfer des Kindes in die Zukunft zu versuchen, indem sie Tom kontaktierte. Was natürlich nicht einfach sein würde und wirklich nur die allerletzte Option war.

Wie Johan, Totty und Brian, die sie auf dem Weg zur Burg von Jeanne de Carmac begleiteten, hatte Lyn einen gewachsten Umhang übergezogen, der sie vor Nässe und Kälte schützte, als sie in den frühen Morgenstunden auf ihren Zelter aufsaß. Sie legte den wasserdichten Stoff über das Körbchen, damit Sophia nicht nass wurde und es ein wenig dunkel und heimelig hatte, während sie noch in der Dämmerung Richtung Metz aufbrachen. Denn der Ort, an dem Hannah sich vor dem hinterhältigen Lichtenberger versteckte, lag nicht weit von einer Zisterzienserabtei auf dem Gebiet des Herzogs von Lothringen. Von dort aus waren es nur wenige Stunden Ritt bis zur Grenze nach Franzien.

Johan, der sich in der Gegend auskannte, hatte die Führung übernommen und ihnen versichert, dass sie – wenn nichts Unvorhergesehenes dazwischenkam – noch vor Einbruch der Dunkelheit ihr Ziel erreichen würden. Sie waren bereits eine gute Stunde unterwegs, als Lyn in der Ferne die Hufschläge fremder Pferde hörte, bei denen sie sicher war, dass sie nicht von ihren eigenen Tieren stammten.

Die Kleine war ruhig und schlummerte selig, weil ihr das Schaukeln zu gefallen schien. Lyn, deren Sinne in einer weit entfernten Zukunft genetisch geschärft worden waren, horchte jedoch weiterhin gespannt in die Umgebung hinein.

»Ist hier eine Straße in der Nähe?«, fragte sie Johan, nachdem sie an seine Seite geritten war.

»Nein«, sagte er und schüttelte den Kopf. »Ich habe absichtlich einen Weg gewählt, auf dem uns niemand begegnet. Warum fragst du?«

»Weil ich die ganze Zeit fremde Hufschläge höre.«

Johan zügelte sein Pferd und gab den anderen beiden Brüdern ein Zeichen. »Wie viele?«, fragte er alarmiert.

»Es sind fünf Pferde«, sagte Lyn nach einem Moment des Überlegens. »Und sie folgen uns bestimmt schon seit einer Stunde.«

»In Ordnung«, sagte Johan und nickte wissend. »Wir ändern den Kurs«, rief er Brian und Totty zu.

Er führte seine kleine Truppe in ein dicht bewaldetes Tal. Zwischen den hohen Bäumen funkelte die aufgehende Morgensonne und spiegelte sich in dem flachen, dahinplätschernden Gewässer.

Johan, der ihnen ein Zeichen gegeben hatte, dass sie ihm folgen sollten, ritt auf seinem rotbraunen Brabanter eine Weile durch das Bachbett, bevor er nach links abbog. Dabei deutete er auf einen engen Hohlweg, der in einen kleinen, verlassenen Steinbruch führte, dessen hoch aufragende Steilwände zu einem Hufeisen geformt waren.

»Siehst du den natürlichen Unterstand dort?«, flüsterte er Lyn zu. »Geh mit Sophia dorthin und versteck dich mit ihr in dem dahinterliegenden Stollen. Es ist ein altes Silberbergwerk, das schon vor langer Zeit aufgegeben wurde«, erklärte er ihr. »Aber bevor du mit dem Kind dort hineingehst, überzeuge dich bitte davon, dass kein Bär oder Wolf darin wohnt.«

»Und was hast du vor?«, fragte sie überrascht. »Woher weißt du von diesem Stollen?«

»Wir waren in letzter Zeit viel auf der Jagd«, erklärte er ihr. »Roland hat mir diese Stelle gezeigt. Hier hat sich Gero die lange Narbe geholt, die seinen rechten Rippenbogen ziert. Am Ende seiner Knappenausbildung hat er mit Roland und dessen Männern an diesem Ort einer Horde Raubritter aufgelauert und wurde beim anschließenden Kampf schwer verletzt. Roland hat ihm das Leben gerettet, indem er seinen Widersacher im letzten Moment mit der Lanze aufgespießt hat.«

»Oh«, erwiderte Lyn. »Die Geschichte kannte ich noch gar nicht. Obwohl Roland mir ansonsten ein Ohr abschwatzt.« Sie grinste schwach. »Und auf wen, denkst du, warten wir hier?«

»Keine Ahnung«, murmelte Johan. »Aber ich würde mich freuen, wenn es nur Raubritter wären. Alles andere erscheint mir gefährlicher.«

Lyn spitzte die Ohren, während sie mit Sophia, die glücklicherweise in ihrem Körbchen fest schlief, in der von Menschenhand geschaffenen Höhle verschwand. Zuvor hatte sie mit ihren genetisch geschärften Sinnen sichergestellt, dass von diesem Ort keine Gefahr ausging.

•

»Ich will das Kind«, sagte Baillie zu seinen Agenten, während er ihnen Anweisungen gab, wie sie genau vorzugehen hatten, ohne selbst in Erscheinung treten zu müssen. »Wenn wir die Kleine haben, kann ich de la Motte einen Boten schicken, dass es keiner weiteren Anstrengungen bedarf, diese verdammten Templer bis nach Carcassonne zu locken.«

Helias Baillie dankte im Stillen Gott dem Herrn für die himmlisch anmutende Eingebung, die er ihm nach seiner Rückkehr nach Saint-Dizier hatte zuteilwerden lassen. Baillie war es seltsam erschienen, dass Johann I. von Lichtenberg so plötzlich verstorben war. Immerhin war dieser Kerl nicht irgendwer, sondern ein stattlicher Kriegsheld und angesehener Ritter, der sich sogar den Respekt des deutschen Königs erworben hatte. Daraufhin hatte Baillie nach dem Fluchtversuch von Malcolm MacDhughaill in Saint-Mihiel und dem Verschwinden von dessen Schwägerin Amelie fünf weitere Agenten auf schnellstem Weg nach Waldenstein beordert, um die Burg und ihre Bewohner aus sicherem Abstand beobachten zu lassen.

Einer von diesen Spionen war die ganze Nacht durchgeritten und hatte ihm bereits am nächsten Tag berichtet, dass einige Templer, offenbar auf der Suche nach dem jungen Schotten und der schwangeren Französin, die Burg in

Richtung Franzien verlassen hatten. Und das, obwohl Gero von Breydenbach verdächtigt wurde, für den Tod des alten Landgrafen verantwortlich zu sein.

Einen Tag später hatte es geheißen, die vermisste Schwägerin sei wieder aufgetaucht, aber ohne den zuvor beobachteten Suchtrupp. Wenig später habe die junge Gräfin ohne ihr Kind die Burg zusammen mit Johann II. von Lichtenberg und seinem Gefolge verlassen. Unterwegs sei der Treck von Räubern überfallen worden, und die junge Gräfin sei seitdem spurlos verschwunden.

Die Ansammlung an Ungereimtheiten war für Baillie Grund genug, die Dinge selbst in die Hand zu nehmen und zusammen mit vier seiner besten Agenten die weitere Beobachtung von Burg Waldenstein vorzunehmen. Und wie der Teufel es wollte, war ihnen bereits kurz nach ihrem Eintreffen aufgefallen, wie drei Templer und eine Frau, die offenbar ein kleines Kind bei sich trug, am frühen Morgen die Festung Richtung Metz verlassen hatten.

Baillie war die ganze Zeit davon überzeugt gewesen, dass es sich bei der Räubergeschichte um eine List der Templer gehandelt hatte. Man wollte die junge Gräfin vor der Willkür ihrer Verwandten beschützen.

Sollte es so sein – und danach sah es aus –, würde die Gemahlin des meistgesuchten Templers in Franzien ihr Kind bei sich haben wollen. Und da die Kleine in dem überfallenen Treck nicht dabei gewesen war, blieb zu vermuten, dass man ihr die erst wenige Monate alte Tochter irgendwohin nachliefern würde.

»Wir sind zwar nicht viele«, raunte Baillie seinen vier Mitstreitern zu. »Aber die Templer sind nur zu dritt und haben ansonsten nur noch eine Frau dabei, die ihnen gewiss nicht helfen kann. Also schlage ich vor, dass ihr zuerst die Kerle erledigt und euch dann die Frau mit dem Kind schnappt. Ich bin sicher, sie weiß, wo die Mutter des Säuglings steckt. Wenn wir das Kind mit dem Tod bedrohen, wird sie uns sagen, wo wir das Weib des Templers finden. Und wenn wir sie und das Balg haben, wird uns der König von Franzien nicht nur befördern. Ich bin sicher, er schenkt uns eine Burg, einen Titel und ein lebenslanges Auskommen dazu.«

Baillie bemerkte zufrieden, wie die Augen seiner Söldner vor Gier zu leuchten begannen. In ihrem Eifer kamen sie nicht auf die Idee, zu hinterfragen, warum er bei dieser Mission nicht mit von der Partie war.

»Seid vorsichtig«, mahnte er, als sie sich dem feindlichen Trupp näherten. »Sie sind hinter der Biegung verschwunden, wo der Bachlauf die Richtung ändert. Am besten schleicht ihr euch an und erledigt sie mit der Armbrust. Dann kommen sie erst gar nicht nah genug an euch heran, um zurückschlagen zu können.«

»Geht in Ordnung, Hauptmann«, bestätigte der Erfahrenste von ihnen Baillies Befehl. Der alternde Söldner hatte etliche Schlachten für den franzischen König geschlagen und gehörte seit vielen Jahren zur Gens du Roi.

»Seid vorsichtig«, mahnte Baillie die Männer ein letztes Mal, als sie sich zu Pferd aufmachten, ihre Widersacher zu stellen. »Ich zähle auf euch und warte hier, bis ihr mir die Frau und das Kind übergebt.«

•

Johan hatte am Ausgang des Steinbruchs Position bezogen und sich hinter einem Felsen und ein paar Sträuchern verschanzt, die ihm eine halbwegs freie Sicht auf das Tal ermöglichten, ohne selbst entdeckt zu werden.

Brian und Totty hatten sich auf der anderen Seite des Weges hinter einer umgestürzten Buche versteckt.

Johan stieß einen leisen Pfiff aus, der dem eines keckernden Eichelhähers glich, als er die vier Gestalten sah, die in geduckter Haltung auf ihren Gäulen saßen und erwartungsvoll in die Umgebung spähten. Jeder von ihnen hielt eine gespannte Armbrust in der Hand.

Während ihre Widersacher immer näher kamen, sah er, wie Totty mit seiner Armbrust einen von ihnen aufs Korn nahm und Brian einen anderen.

Johan hob aus seinem Versteck heraus die Hand und nahm Blickkontakt zu seinen Kameraden auf. Mit dem gestreckten Zeigefinger deutete er an, dass er selbst den vordersten der Reiter anvisierte. Konzentriert löste er die Spannvorrichtung und überließ den Zain dem Geschick Gottes.

Von Weitem sah er, wie der Mann von seinem Pferd stürzte und zeitgleich die beiden anderen Pfeile ihr Ziel fanden.

Der vierte Mann verfiel in helle Panik, als er sah, wie seine Kameraden leblos im eiskalten Bachwasser gelandet waren. Anstatt zu fliehen, stürmte er mit gespannter Armbrust nach vorn, wild entschlossen, seine Mission zu erfüllen.

Was gefährlich war, weil er auf den Eingang des Steinbruchs zuritt und Johan, ebenso wie die anderen beiden, noch nicht nachgeladen hatte. Ohnmächtig musste er zusehen, wie der Mann auf seine beiden Brüder zielte.

Doch dann wurde der verbliebene Gegner in vollem Galopp regelrecht aus dem Sattel geschleudert. In seiner Stirn steckte ein Zain.

Johan schaute sich verwirrt um und sah Lyn hinter sich, die ohne das Kind aus ihrer Deckung herausgekommen war, eine Jagdarmbrust in der Hand.

»Einer fehlt«, sagte sie tonlos. »Wir müssen ihn schnappen, bevor er uns entkommt. Auch weil wir herausfinden müssen, wer diese Kerle geschickt hat.«

»Du hast recht«, murmelte Johan und schaute sich suchend um. Doch außer den Toten war niemand zu sehen. »Wir übernehmen das«, erklärte er und deutete auf Totty und Brian, die aus ihrer Deckung herausgekommen waren und die Toten am Kragen gepackt in den Schutz des Felsens zogen, um die Kleidung der getöteten Fremden auf Spuren ihrer Herkunft zu durchsuchen. »Vor allem müssen wir wissen, ob noch mehr von denen unterwegs sind. Du bleibst mit der Kleinen in Deckung, Lyn«, bestimmte Johan, »und kommst erst wieder raus, wenn wir zurück sind, verstanden?«

»Gewiss«, antwortete Lyn ohne Widerspruch, obwohl sie jedem der Templer mit ihrer Kraft und Geschicklichkeit hätte den Rang ablaufen können. Auf Sophia aufzupassen, erschien ihr ohnehin wichtiger, als irgendeinem unvorsichtigen Soldaten hinterherzujagen.

Während Johann sich auf seinen Hengst schwang und mit Totty und Brian, die bereits im Sattel saßen, auf Spurensuche ging, zog sich Lyn in die Höhle zurück, um Sophia zu beruhigen, die leise zu greinen begonnen hatte. Lyn, die ihr Pferd an einem Strauch vor dem Eingang ihrer vorübergehenden Behausung angebunden hatte, nahm den Lederschlauch mit der Milch aus ihrer Satteltasche und wärmte sie, indem sie sich den Beutel unter den Arm klemmte und konzentriert, nur kraft ihres Willens, ihre Körpertemperatur ansteigen ließ. Sophia warf ungeduldig ihr Köpfchen hin und her und wurde vor Wut ganz rot im Gesicht, als die gewünschte Nahrung auf sich warten ließ. Erst als sie das Ende des Lederschlauchs in ihrem Mündchen hatte und zu trinken begann, kehrte Ruhe ein. Doch wie erwartet verschluckte sie sich in ihrer Hast und hustete. Dabei schnappte sie panisch nach Luft und schrie von Neuem.

Lyn versuchte sie zu beruhigen und schrak auf, als sie plötzlich einen Schatten vor der Höhle sah. Hastig legte sie das Kind zur Seite, obwohl es danach noch heftiger schrie, und schnappte sich ihr Messer, weil das Schwert und auch die Armbrust am Sattel befestigt und damit unerreichbar waren. Ein Fehler, wie sie nun erkennen musste. Denn plötzlich stand ein dunkelblonder Kerl mit einer gezückten Armbrust vor ihr. Er hatte ein ebenmäßiges Gesicht, das von einer quer verlaufenden Narbe gezeichnet war und ihn trotz seiner nicht allzu imposanten Gestalt gefährlich aussehen ließ.

»Das Kind«, sagte er fordernd und zielte auf Lyn, die ihre oberste Aufgabe darin sah, Sophia zu schützen.

»Nein«, sagte sie nur und sah, wie ihr Gegner den Abzug betätigte.

Während der Zain wie in Zeitlupe auf sie zugeflogen kam, griff sie im richtigen Sekundenbruchteil zu und schnappte ihn aus der Luft, um ihn danach lässig zur Seite zu werfen.

Der Kerl riss die Augen auf, als hätte er den Verstand verloren. Nach einem kurzen Augenblick des Zögerns warf er die Armbrust zu Boden und griff zum Schwert, um sie frontal anzugreifen.

Aber Lyn wich ihm geschickt aus und verletzte ihn in einer schnellen Ausweichdrehung mit dem Messer am Oberschenkel, indem sie ihn seitwärts aufschlitzte. Der Kerl stieß einen kurzen, schmerzerfüllten Fluch aus. Bei der nächsten Drehung stach Lyn ihm in die Hand, mit der er sein Schwert hielt und an der er keinen Plattenhandschuh trug, weil er zuvor damit die Armbrust bedient hatte. Im Reflex ließ er das Schwert fallen und wich jäh zurück, wobei er mit seiner unverletzten Hand seinen Dolch zückte und erneut auf sie losgehen wollte. Lyn blockte lässig seinen Arm ab und trat ihm mit Schwung gegen die Brust, woraufhin er im hohen Bogen mehrere Meter ins Innere der Höhle geschleudert wurde und wie benommen auf dem Rücken liegen blieb.

Geistesgegenwärtig schnappte sie sich seine Armbrust, legte den zur Seite geworfenen Zain in die Abschussvorrichtung und spannte sie. Das alles erledigte sie um einiges schneller, als es bei einem gewöhnlichen Menschen möglich gewesen wäre. Doch als sie aufschaute, um dem Mann den Rest zu geben, war er verschwunden.

Er musste tiefer in den Stollen gelaufen sein. Lyn konnte den Widerhall seiner Schritte an den Höhlenwänden hören. Das Geräusch wurde leiser, je weiter er sich entfernte. Also musste der Stollen doch länger sein, als von Johan angenommen.

Lyns Blick fiel auf Sophia. Das Kind war feuerrot im Gesicht. Es schluchzte und rang immer wieder panisch nach Atem, weil die kleine Nase von Schleim verstopft war, so dass sie keine Luft bekam. Unter anderen Umständen hätte Lyn den Armbrustschützen verfolgt, um ihn zu erledigen, aber mit der Verantwortung für das Kind war das unmöglich.

Sie nahm Sophia auf den Arm und beruhigte sie, indem sie die Kleine hin und her schaukelte und ihr die Nase putzte. Dann schaute sie vorsichtig nach draußen, um sich davon zu überzeugen, dass dort nicht noch mehr Angreifer auf sie lauerten. Mit einer Hand hielt sie das Kind, das zu weinen aufgehört hatte, mit der anderen sammelte sie hastig sämtliche Waffen zusammen, die ihr geblieben waren, und legte sie am Eingang zum Stollen nieder. Erst danach setzte sie sich mit Sophia so hin, dass sie alles im Blick hatte, und versuchte es noch einmal mit dem Lederschlauch und der Ziegenmilch, die Sophia nun dankbar annahm. Dabei tröstete Lyn sich mit dem Gedanken, dass der Mann nicht entkommen konnte. Spätestens, wenn Johan und die anderen beiden zurück waren, würde sie ihn zu fassen bekommen und ausführlich verhören, zumal er außer einem Dolch keinerlei Waffen mehr besaß.

•

Baillie irrte wie ein Getriebener durch die Dunkelheit. Er wollte nur noch weg. Am meisten hatte ihn die Begegnung mit dieser unheimlichen Hexe geängstigt. Deren Existenz überzeugte ihn vollends davon, dass die Templer mit höllischen Mächten im Bunde sein mussten. Vielleicht war sie sogar der Teufel selbst in Frauengestalt? Nie zuvor war er Zeuge einer solch übermenschlichen Geschicklichkeit geworden. Geschweige denn hatte einen solchen Tritt erhalten. Es sei denn von einem Pferd. Aber dieses Weib war zierlich gewesen, wenn auch verhältnismäßig groß. Was nicht allein ihre Kraft begründen konnte. Er spürte jetzt noch sämtliche Rippen und konnte kaum atmen. Diese Dämonin war flinker als ein Eichhörnchen und stärker als ein Auerochse. Die Art, wie sie mit dem Messer gekämpft hatte, stellte jeden Assassinen in den Schatten, wobei ihre schräg stehenden Augen vermuten ließen, dass sie – genau wie die gefährlichsten Feinde des christlichen Morgenlands – aus dem Osten dieser Welt stammen musste.

Seine verwundete Hand hatte er unter den Arm geklemmt, um die Blutung zu stoppen und um den Schmerz zu lindern. Trotz seiner schweren Beinverletzung humpelte er einfach weiter, nicht wissend, in welcher Hölle er noch landen würde, bevor er sich in Sicherheit wiegen durfte. In seiner Not betete er zu Gott, was er selten tat, doch diesmal benötigte er dessen Hilfe dringender als jemals zuvor. Der Gedanke, dass diese Teufel ihn fanden und töteten, ließ seine Angst ins Uferlose steigen. Dazu die Gewissheit, es mit einem unheimlichen Gegner zu tun zu haben, der seine Säuglinge dem Teufel überließ. De la Motte hatte zwar immer davon gefaselt, aber Baillie hatte es ihm nicht geglaubt. Er hatte die Behauptungen seines Vorgesetzten über die Fähigkeiten und Verbindungen der Templer zu dunklen Mächten in Wahrheit für übertrieben und Aufschneiderei gehalten. Aber das war nun vorbei. Falls er diese Sache überleben sollte, würde er alles tun, um diese Satansjünger zu jagen und zu vernichten.

•

Lyn war erleichtert, als Johan, Totty und Brian nach einer Weile zu ihr zurückkehrten. Obwohl sie selten Angst und Sorge verspürte, waren ihre Fähigkeiten zu emotionalen Empfindungen stärker geworden, seit sie mit den Templern und vor allem mit Khaled zusammen war.

»Was ist geschehen?«, wollte Johan wissen, der an ihrer wachsamen Haltung erkennen konnte, dass etwas nicht stimmte. Sie berichtete ihm in kurzen Sätzen von dem Angriff des Fremden und wie sie ihn abgewehrt hatte.

»Wo ist der Kerl jetzt?«, fragte er beunruhigt und schaute über sie hinweg in den Eingang des Stollens.

»Irgendwo dadrin«, sagte sie nur. »Er ist mir entkommen. Ich konnte ihn nicht verfolgen, weil ich mich um Sophia kümmern musste.«

Hastig untersuchte Johan die verbliebenen Waffen des Mannes, den Lyn ganz allein in die Flucht geschlagen hatte.

»Verflucht«, stieß er leise hervor, noch bevor er seine Einschätzung begründete.

»Was ist?«, wollte Totty wissen.

»Der Kerl gehört zur Gens du Roi, wie auch die anderen vier«, antwortete er. »Hier, siehst du?« Er deutete auf die Schwertrunde. »Die Lilie der franzischen Krone umringt von einem Band aus Kettengliedern.«

»Komm, wir müssen ihn suchen«, sagte Totty. »Er kann nicht weit sein.«

»Du hast recht.« Johans Miene hatte sich weiter verfinstert. »Erstens weiß er nun, was wir vorhaben, und zweitens will ich wissen, wer oder was hinter diesem Angriff steckt. Brian bleibt bei Lyn. Der Kerl wird es wohl kaum wagen, sie ein zweites Mal anzugreifen. Zumal ohne Waffen. Aber wir wissen nicht, ob sonst noch jemand in der Nähe ist, der uns gefährlich werden könnte.«

»Wohl wahr«, stimmte Totty ihm zu und entzündete eine Fackel, um gemeinsam mit Johan in den Stollen aufzubrechen.

Als sie nach einer Stunde ergebnislos zurückkehrten, war Sophia eingeschlafen. Brian hatte aus trockenem Holz, das er im Stollen gefunden hatte, ein wärmendes Feuer entzündet.

»Er ist uns entkommen, obwohl es im weichen Waldboden jede Menge Spuren von ihm gab«, erklärte Totty den Zurückgebliebenen mit einem verbitterten Zug um den Mund. »Er hatte ein Pferd, wie die anderen auch, das dort draußen angebunden auf ihn gewartet hat.«

»Der Stollen hat weiter hinten einen alten Lüftungsschacht«, fügte Johan hinzu. »Den muss er hinaufgekrochen sein. Wir haben die Blutspuren entdeckt.«

»Und was hast du vor?« Lyn schaute Johan fragend an.

»Wir könnten ihn suchen und stellen«, erklärte Totty entschlossen. »Er war mit den anderen vier Männern allein unterwegs, sonst würden wir längst in größeren Schwierigkeiten stecken.«

»Also gut«, erklärte Johan mit einem missmutigen Seufzer. »Ich werde noch mal mit Totty das Gelände oberhalb des Ausstiegs zu Pferd absuchen und sehen, ob wir ihn finden.«

»Bleibt nicht zu lange«, bat ihn Lyn. »Die Kleine benötigt dringend ihre nächste Mahlzeit, und unser Vorrat an Ziegenmilch geht langsam zur Neige.«

Johan und Totty tauchten nach einer halben Stunde ohne den flüchtigen Angreifer wieder auf. Johan warf einen letzten Blick zurück über den bewaldeten

Hügel hinweg, wo sie die Blutspuren gefunden hatten. »Solange er uns nicht verfolgt, ist alles gut.«

»Dann müssen wir eben wachsam sein, damit er uns nicht hinterherreitet«, bemerkte Lyn und schaute in die Runde. »Ich werde alle meine Sinne einsetzen, damit uns niemand unerkannt ausspionieren kann«, versprach sie und legte Sophia, die vor Erschöpfung eingeschlafen war, vorsichtig in ihr Körbchen, das Lyn während des Ritts am Vorderzwiesel ihres Sattels befestigt hatte. So konnte sie die Kleine jederzeit beobachten und sie beruhigen, wenn sie weinte.

Bevor sie alle auf ihre Pferde stiegen, stellten sie sicher, dass sie nichts zurückgelassen hatten. Johan warf die Armbrust und das Schwert des Geflüchteten in eine tiefere Stelle des Bachs. Auch wenn es verlockend erschien, durften sie beides nicht behalten, weil die Waffen ihrer Gegner mit dem Zeichen der Gens du Roi versehen waren und sie bei einer eventuellen Kontrolle durch Zöllner nicht in Verdacht geraten wollten.

Totty ließ seinen Blick noch einmal über die kahlen Bäume schweifen und runzelte die Stirn. »Ich frage mich, woher die Gens du Roi wusste, dass wir in dieser Gegend unterwegs sind.«

»Ich vermute, sie haben die Burg beobachten lassen«, folgerte Lyn mit ihrem logischen Sachverstand. »Diese Kerle arbeiten für einen Geheimdienst. Es ist ihr Geschäft. Seid froh, dass wir nicht tausend Jahre später gejagt werden. Dagegen ist das hier ein Kinderspiel. Nur die Strategie, um zu entkommen, ist überall gleich: Wir müssen unsere Verfolger unbedingt abschütteln.«

»Ich habe schon eine Idee, wie wir das am besten anstellen.« Johan schnalzte mit der Zunge, woraufhin er seinen braven Brabanter in einen leichten Galopp verfallen ließ und die ihm folgende Truppe durch das Bachtal führte. Anschließend wechselte er auf eine belebte Straße, um kurz danach in einen unwegsamen Wald einzutauchen.

»Hauptsache, du kennst dich hier aus«, rief Totty ihm zu und lenkte seinen Hengst vertrauensvoll hinter ihm her.

KAPITEL 37

APRIL 1316
DOMAIN ROYAL /
ZISTERZIENSERABTEI NOIRLAC

›Tischlein deck dich‹

Rufus de la Motte kochte vor Wut, als er die Toten im Kerker von Cuffy inspizierte. »Nicht noch einmal«, rief er außer sich vor Zorn, »und schon gar nicht jetzt.« Dann brüllte er quer durch den Gang des unterirdischen Gewölbes: »Wo ist Godeffroy de Colard?«

Niemand antwortete, weil alle noch zu verängstigt und betroffen waren, um die Geschehnisse fassen zu können, die sich ohne Vorwarnung zugetragen hatten. De la Motte stieß die einfachen Soldaten zur Seite und humpelte mit verbissener Miene die Treppe hinauf. »Wo ist dieser Taugenichts von Kommandant?«, rief er Baptiste de Neuville zu, der ihm in Unterwäsche und Kettenhemd entgegenrannte, weil er sich nach der Alarmierung nicht mal die Zeit genommen hatte, Hose und Stiefel anzuziehen.

»Was ist geschehen?«, rief de Neuville und drehte sich einmal um die eigene Achse, um sich einen Überblick auf dem Innenhof der Festung zu verschaffen. Dort ging es inzwischen zu wie auf einem Ameisenhaufen, in den man ein Feuer gelegt hatte.

»Unseren Templerfreunden ist es anscheinend gelungen, die Gefangenen aus dem Verlies zu befreien. Dabei wurden acht Festungssoldaten mit einer Armbrust getötet und vier mit dem Schwert. Zwei dieser armen Seelen wurden sauber in zwei Hälften zerteilt. Es besteht nicht der geringste Zweifel, dass dies die Handschrift eines schottischen Templers ist, der zu dieser teuflischen Bande gehört. Wenigstens sind zwei ihrer Leute von Colards Männern erledigt worden«, fügte er freudlos hinzu und deutete auf die beiden Leichen, die man wie Schlachtvieh an zwei eisernen Haken an einem Balken neben der Burgkapelle aufgehängt hatte. »Eine verfluchte Schande, dass sie tot sind«, erklärte er bitter. »Ich hätte ihnen zu gerne bei lebendigem Leib das Fell über die Ohren gezogen.«

»Und was ist mit den Gefangenen?« Neuville starrte ihn begriffsstutzig an.

»Was soll damit sein?«, schnarrte de la Motte aggressiv. »Sie sind fort. Oder denkst du, sie bleiben freiwillig hier, nachdem ihre Befreier alle Hebel in Bewegung gesetzt haben, um sie aus dem Kerker zu holen?«

»Und deine Spionin?« De Neuville schien immer noch nicht zu verstehen, wie aussichtslos ihre Lage war.

»War ich nicht deutlich genug? Sie alle wurden befreit«, schnappte de la Motte zurück. »Sogar Justine. Wobei ich mir nicht darüber im Klaren bin, ob man sie als Geisel mitgenommen hat oder als willige Hure des jungen Schotten, der allem Anschein nach trotz ihrer Verlogenheit ein Auge auf sie geworfen hat. Dieses Luder bringt es fertig und hat diesem Trottel so sehr den Kopf verdreht, dass er ihr alles verzeiht.«

»Was nicht bedeutet, dass die anderen sich ebenso bereitwillig verführen lassen«, gab de Neuville zu bedenken, während er das Unbegreifliche zu verstehen versuchte und dabei seinen verstörten Blick auf das verschlossene Festungstor richtete. »Wie um Himmels willen konnten sie sich einen Zugang zum Kerker verschaffen? Ich meine, die Festung wurde von innen und von außen massiv bewacht.«

»Es gab wohl einen uralten Geheimgang, von dem niemand hier etwas wusste. Ein ehemaliger Fluchtweg, der in die Zeit zurückreicht, in der das Gemäuer erbaut wurde. So wie es aussieht, führt er in eine Katakombe unterhalb der Kapelle von Saint Maurice. Und nun schaff mir Colard herbei, bevor ich mich vergesse und ihn hängen lasse, wenn er nicht augenblicklich auftaucht.«

»Was hast du vor?«

»Ich werde unsere Soldaten zum Burgtor hinausjagen und diese Scheißkerle suchen lassen, was sonst?«, brüllte er mit hochrotem Kopf. »Außerdem lasse ich Fahndungszettel schreiben, die nach ihrer Bekanntmachung durch den jeweiligen Stadtschreier an jedes Kirchenportal von hier bis nach Carcassonne genagelt werden. Dann stelle ich weitere Suchtrupps zusammen, die in der Bevölkerung nach den Flüchtigen fragen. Und ich werde eine stattliche Belohnung für jeden nützlichen Hinweis aussetzen, der zur Ergreifung derselben führt. Eine Summe, der niemand widerstehen kann. Wo auch immer diese Kerle sich aufhalten, wir werden sie finden. Denn eins steht außer Frage: Ohne das Geheimnis der Templer brauchen wir uns im Angesicht des Königs von Franzien nicht mehr blicken zu lassen. Es sei denn, wir wären lebensmüde.«

»Und was ist mit dem Gefangenen in Carcassonne? Dem Schwiegervater von einem dieser Teufel?«

»Ich gehe mal davon aus, dass er noch in seiner Zelle sitzt. Deshalb werde ich zwei Eilboten dorthinschicken und Bernardus Guidonis empfehlen, den Alten ins tiefste Loch zu stecken, das deren Kerker zu bieten hat. Damit wenigstens Bratac bleibt, wo er ist. Außerdem soll sich jemand um Justines Sohn kümmern. Der Junge ist ein wichtiges Unterpfand, damit sie gegen die Templer aussagt, falls wir sie in Begleitung dieser Kreaturen erwischen.«

»Denkst du, der alte Bratac weiß etwas über die Geheimnisse der Templer?«, wollte de Neuville nun von ihm wissen und kam de la Motte mit einem Mal reichlich naiv vor.

»Woher denn, verdammt? Dieser Einfaltspinsel wusste noch nicht mal, dass seine Tochter mit einem Templer durchgebrannt ist. Warum sollte er in deren Geheimnisse eingeweiht sein? Bleibt nur zu hoffen, dass sein Leben den Templern etwas wert ist und sie ihn nach wie vor zu retten versuchen. Daher werden wir uns so rasch wie möglich aufmachen und diese Kerle in Carcassonne gebührend empfangen. Falls wir sie nicht vorher schnappen, oder wenigstens einen Teil von ihnen, ehe sie versuchen können, den Alten zu befreien.«

»Und wer soll sich um die Ausführung all dieser Pläne kümmern?«

»Natürlich du und deine Leute, zusammen mit Colard und seinen Söldnern. Also, was stehst du hier noch rum? Zieh dich ordentlich an und treib diesen verdammten Kommandeur auf. Und sag ihm, ich will, dass er ein Rudel Schweißhunde mitnimmt. Das hätten wir schon viel früher tun sollen. Wenn ihr sie gefunden habt, werdet ihr die Soldaten der örtlichen Landesfürsten verpflichten, damit sie euch bei der Ergreifung behilflich sind. Denn eins steht nach wie vor fest: Diese Teufel sind nicht zu unterschätzen. Sie sind darauf trainiert, dass allein einer von ihnen mit mindestens drei Gegnern gleichzeitig fertigwerden kann.«

»Und wie halten wir Kontakt? Ich meine, woher weiß ich, wo du und die anderen sich gerade aufhalten?«

»Wir bleiben über Boten in Verbindung und treffen uns in vier Tagen in Toulouse im Palast des Inquisitors. Bis dahin werden wir wissen, ob unsere Suche erfolgreich war oder nicht.« De la Motte hob eine Braue und verengte dann seine Lider, während er Baptiste de Neuville abschätzig betrachtete.

»Jawohl, Marschall de la Motte«, erwiderte der artig und marschierte ohne Hosen pflichtschuldigst davon.

•

Der kalte Aprilwind peitschte Gero ins Gesicht, als er mit seinen Leuten unter der Führung von Guy de Lus durch ein unwegsames Waldgebiet streifte.

Ralph of Bulford kam an Geros Seite geritten und warf ihm einen tiefgründigen Blick zu. »Danke, Bruder, dass du mein Leben gerettet hast«, sagte er leise. »Ich dachte schon, ich wäre auf dem Weg ins Paradies. Mir war plötzlich ganz leicht, und ich habe in der Dunkelheit ein helles Licht gesehen, das mich in einen eigenartigen Strudel gezogen hat. Es war warm und wunderschön. Glaubst du, es war das Licht Gottes?«

»Gut möglich. Aber was solltest du beim lieben Gott tun?«, scherzte Gero und wischte mit einem Lächeln alle Anspannung hinweg. »Außer ein paar Brüdern, die jeden Tag die gleichen Veteranengeschichten erzählen, wartet dort niemand auf dich. Bei uns hingegen wirst du dringend gebraucht. Da habe ich mir gedacht, auf die Dauer ist das Paradies bestimmt langweilig, und habe dich mit Ronas kleinen Helfern zu uns zurückgeholt.« Er zügelte sein Pferd, um eine Weile mit Ralph von den anderen getrennt zu reiten. »Ich hoffe, du nimmst es mir nicht übel.«

»Nein. Ganz im Gegenteil. Das war sehr umsichtig, Bruder.« Ralph nickte ihm dankbar zu. »Hat irgendwer gefragt, warum ich nicht gestorben bin?«

»Pierre hat sich gewundert, dass du noch lebst. Aber ich habe gesagt, du hattest eben Glück und das Blut war nicht von dir. Ich ziehe es vor, mit niemandem darüber zu reden, solange mich keiner direkt darauf anspricht. Pierre muss nicht alles wissen. Sonst fragt er am Ende noch, warum ich seine beiden Brüder nicht mit den restlichen Kapseln gerettet habe. Fakt ist, ich hatte keine Zeit, euch alle zur Kapelle zu schleppen. Du warst mir der Nächste, und du hast noch gelebt. Es war knapp. Du warst nur einen Herzschlag vom Tod entfernt. Es war fraglich, ob die Kapsel dich noch zu uns zurückbringen konnte. Ich habe sie dir mit Gewalt einverleibt und die ganze Zeit zur Heiligen Jungfrau Maria gebetet.«

Ralph kniff die Lippen zusammen und nickte. »Ich bin dir etwas schuldig«, raunte er.

»Nein, bist du nicht«, sagte Gero und beließ es dabei. Er machte sich Vorwürfe, dass er für die anderen beiden Brüder nichts hatte tun können, und gab seinem Hengst mit einem Schenkeldruck zu verstehen, dass er zur Spitze aufholen sollte.

Ein Blick in die Umgebung verstärkte seine Sorgen, nicht nur verfolgt, sondern zu allem Übel unter eine entwurzelte Buche zu geraten, wenn der Sturm an Stärke zunahm. Die uralten, riesigen Bäume um sie herum wiegten sich ächzend im Wind und bogen sich beängstigend tief in den mitunter starken Böen, die bereits etliche der ehemals stolzen Eichen und Buchen zu Fall gebracht hatten. Überall knarzte und knackte es. Er war mit seinen Befürchtungen nicht allein.

»Wenn uns die Gens du Roi nicht erwischt, werden wir am Ende von herabfallenden Ästen erschlagen.«, bemerkte Arnaud mit einem Augenzwinkern, als er an Gero vorbeiritt:

»Denkst du, es ist klug, bei dem Wetter durch einen so unwirtlichen Wald zu streifen, Bruder Guy?«, erkundigte sich Gero vorsichtig, als er zu Guy de Lus aufschloss, dessen wachsamer Blick über das sumpfige Gelände und die vielen umgestürzten Bäume streifte.

»Dies ist der sicherste Fluchtweg«, erklärte der ehemalige Templerkommandeur von Villemoison ihm mit einem zuversichtlichen Blick. »Hierher verirrt sich nur, wer keine andere Wahl mehr hat. Dieses Gebiet wurde früher von umliegenden Templerkomtureien bewirtschaftet. Seitdem der Orden aufgelöst ist, verwahrlost hier alles. Deshalb treibt sich in dieser Gegend allerhand Gesindel herum. Der Wald gilt als Zufluchtsstätte für Halunken und Halsabschneider, für die es zu gefährlich ist, auf kontrollierten Straßen zu reisen. Aber das hat den Vorteil, dass sich auch die Truppen des Königs nur ungern hierherwagen«, fügte er mit einem überzeugten Blick hinzu, als er das leise Zittern seiner Tochter bemerkte, die vor ihm im Sattel saß. Obwohl die Vierzehnjährige nicht auf den Mund gefallen war, hatte sie die ganze Zeit über kein einziges Wort verloren. »Wir sind zu viele und zu gut bewaffnet, als dass man uns angreifen würde.«

»Außerdem seid ihr Templer«, gab Odile nun mit überraschend fester Stimme zurück, wie um sich selbst zu beruhigen. Seit der Befreiung aus dem Kerker schaute sie ihren Vater an, als wäre er der Erlöser höchstselbst. »Ich habe mir gleich gedacht, dass ihr etwas Besonderes sein müsst«, plapperte sie aufgeregt weiter und bedachte Gero auf seinem beeindruckend großen Hengst mit einem bewundernden Blick. »Ich habe diesem Anführer der Gens du Roi gesagt, dass ich den Eindruck hatte, der heilige Christophorus und der heilige Georg stehen vor mir, als ich Bruder Gero und Bruder Struan zum ersten Mal gesehen habe«, wisperte sie mit andächtiger Miene und brachte die Männer spontan zum Lachen.

Doch als Gero sah, wie aufrichtig ihr Kompliment gemeint war, wurde er gleich wieder ernst. »Also hat de la Motte dich verhört? Was wollte er denn von dir wissen?«

»Ob ich euch und eure Namen kenne und zu euch gehöre. Damals konnte ich das mit reinem Gewissen verneinen. Jetzt nicht mehr.«

»Das stimmt«, gab Gero ihr recht und bedachte sie mit einem ernsthaften Blick. »Nun bist du eine von uns. Was gewisse Verpflichtungen mit sich bringt. Du darfst auf keinen Fall mehr in die Hände unserer Verfolger geraten. Du bist etwas Besonderes, das besonders beschützt werden muss. Vergiss das nie.«

»Ich habe euch allen mein Leben zu verdanken, Bruder Gero«, entgegnete sie. »Wie auch die schicksalhafte Begegnung mit meinem Vater.« Mit einem strahlenden Lächeln drehte sie sich zu Guy de Lus um.

»Ich denke, das ist Gottes Werk. ER wollte, dass ihr wieder zueinanderfindet«, sagte Gero mehr zu sich selbst.

»Seit ich Odile wiedergefunden habe, bin ich mit meinem Glauben an den Herrn wieder im Reinen«, fügte Guy de Lus mit einem nachdenklichen Blick hinzu. »Ich hatte schon Sorge, der Allmächtige hätte mich verlassen, aber seit er mir meine Tochter zurückgegeben hat, kann ich ihm wieder vertrauen.« Er lächelte geradezu verliebt auf Odiles roten Schopf herab, während sein Ross in ein Schritttempo verfiel.

»Ich frage mich die ganze Zeit schon«, hob Odile an, »ob ich Papa zu dir sagen darf. Ich meine, es ist eine Sache, seinen verlorenen Vater wiedergefunden zu haben, noch dazu einen so gütigen und tapferen Mann«, bemerkte sie mit einem schmerzlichen Lächeln. »Eine andere ist es, ob auch er zukünftig mein Leben bestimmen und es mit mir teilen möchte.«

»Natürlich möchte ich das und gewiss darfst du Papa zu mir sagen«, antwortete Guy de Lus sanft. »Ich bestehe sogar darauf.«

»Dein Vater wird es dir sicher nicht schwer machen, seine Befehle zu befolgen«, witzelte Arnaud, der mit an der Spitze ritt. »Schließlich war er Templerkommandeur von einer ziemlich großen Commanderie. Wer einen so bunt zusammengewürfelten Haufen Mönchskrieger führt, weiß sicher auch, wie man jungen Damen Disziplin und Gehorsam beibringt.«

»Ich bin aber kein Soldat, der jeden unsinnigen Befehl befolgt«, widersprach ihm Odile, wie von Gero fast schon erwartet. Er musste sich wegdrehen, um nicht in schallendes Gelächter auszubrechen.

»Und ich habe auch kein Gelübde abgelegt«, fuhr sie in aller Ernsthaftigkeit fort. »Weder auf den Orden noch auf meinen Herrn Vater.«

»Dann wird es aber dringend Zeit, dass du das nachholst«, gab Arnaud lachend zurück. »Wusstest du, dass wir auch Ordensschwestern hatten? Allerdings lebten sie nicht mit uns in den Commanderien, sondern zumeist in Zisterzienserklöstern.«

»Was haben sie denn getan, wenn sie nicht bei euch wohnten?«, fragte Odile mit einer gewissen Neugier im Blick.

»Sie haben unsere Mäntel und unsere Wappenröcke genäht oder unsere Bettwäsche und Strümpfe gestopft.«

»Gut, dass du das erwähnst«, antwortete Odile und kräuselte ihre ansonsten glatte Stirn. »Das bedeutet dann also, dass ich für ein Leben als Nonne leider nicht geschaffen bin. Ich kann nämlich nicht nähen und auch nicht sticken. Und auch im Gärtnern bin ich nur wenig talentiert. Ich kann kochen, aber nicht gut, und ich kann putzen, aber nur oberflächlich, und das war's dann auch schon.«

»Das wäre aber ein ziemlicher Reinfall für die armen Zisterzienserinnen, falls du dort immer noch an die Pforte klopfen möchtest«, gab Arnaud ihr mit einem breiten Grinsen zu verstehen.

»Irgendwie habe ich es geahnt.« Odile schlug bescheiden die Augen nieder. »Viel lieber würde ich Gedichte rezitieren, oder Romane schreiben wie Chrétien de Troyes, oder …« Sie machte eine kurze Pause, nur um noch deutlicher auszuholen, was ihre Zukunftswünsche betraf. »Minnesänger oder Ritter zu sein, wäre viel unterhaltsamer. Dann könnte ich mich auf Turnieren mit edlen Herren wie euch messen oder im Heiligen Land gegen die Heiden kämpfen.«

»Das ist nicht möglich, mein Schatz«, belehrte Guy sie vorsichtig und verdrehte mit Blick auf Arnaud die Augen. »Mädchen werden nie die gleichen Dinge tun können wie Männer.«

»Da muss ich widersprechen«, schaltete sich Rona ein. »Frauen und Männer werden eines Tages die gleichen Rechte und Aufgaben haben. Was allerdings nicht immer ein Vorteil ist.«

»Wo ist dein Zuhause?« Odile schaute interessiert zu Rona auf.

»Ich komme von der anderen Seite des Meeres«, antwortete sie kryptisch. »Oder, um es genauer zu sagen, von der anderen Seite des Erdballs«, schob sie erklärend hinterher, als sie Odiles fragenden Blick bemerkte. »Also von ziemlich weit weg.«

»Ich wusste es«, frohlockte Odile. »Die Erde ist ein Ball und keine Scheibe, wie man uns in der Klosterschule weiszumachen versuchte! Ich habe es mir immer gedacht. Der Mond ist ja auch keine Scheibe, das sieht man schon beim Hinschauen.«

»Du meine Güte«, stöhnte ihr Vater. »Hat dir das deine Mutter beigebracht?«

»Nein«, antwortete Odile mit einem altklugen Blick. »Wir hatten ja nur die Bücher, die du ihr geschenkt hast, und die durfte ich nicht mitnehmen, als die Hospitaliter mich in die Leibeigenschaft verkauft haben. Aber auf der Burg der Herren von Josserand de la Rivière, wo ich eine Weile als Hausmagd gearbeitet habe, bis sie mich für unfähig hielten, durfte ich die Bibliothek abstauben, und da gab es all die Bücher, von denen ich immer geträumt habe.«

Guy küsste sie mit einem seligen Lächeln auf den Scheitel und zog sie näher zu sich heran, was ihr zu gefallen schien. »Du bist wahrhaftig ein ganz besonderes Mädchen«, erklärte er mit feuchten Augen. »Deshalb werden der liebe Gott und ich bei dir eine Ausnahme machen. Sobald das hier alles vorbei ist, reiten wir auf die Burg meiner Vorfahren und dann kannst du dort mit deiner Knappenausbildung beginnen, wenn du willst.«

»Das würdest du tun?« Odiles Augen leuchteten vor Begeisterung.

»Natürlich, mein Herz. Auch wenn deine Mutter sicher nicht damit einverstanden wäre.«

»Werde ich dann auch eine Templerin sein?«

»Dafür müsstest du erst mal in den Orden aufgenommen werden«, erklärte Arnaud ihr mit einem hintergründigen Lächeln. »Und das geht nicht ohne Initiationsritus.«

»Ich habe gehört, um aufgenommen zu werden, musstet ihr eurem Meister den Hintern küssen«, erklärte sie frech.

»Du liebe Güte«, entfuhr es ihrem Vater. »Wer hat dir denn so was erzählt?«

»Ein Knecht, der für den Herrn von Josserand gearbeitet hat. Als er hörte, dass ich in der Mühle der Commanderie von Villemoison aufgewachsen bin, hat er mir alles erzählt, was er über die dortigen Templer wusste. Auch von dir hat er gesprochen«, erklärte sie und sah ihren Vater mit treuen Augen an. »Er sagte, du warst ein bedeutender Mann und dass er es als großes Unrecht empfunden hat, als man euch alle verhaftet hat.«

»Und er hat dir erzählt, dass ich bei meiner Aufnahme in den Orden den Hintern des Meisters geküsst habe?« Guy zog eine Braue hoch. »War er dabei?« Man sah ihm an, dass er – wie die anderen auch – darum kämpfte, nicht laut loszulachen.

»Nein, nicht direkt«, redete Odile sich heraus. »Aber er hat gesagt, dass jeder neu aufgenommene Templer dem Großmeister seine Treue bezeugen musste. Auch hat er von irgendwelchen Götzen geredet, die ihr anbeten musstet. Deshalb sei der Orden und seine Brüder von der Inquisition verfolgt worden. Aber er hat mir nicht erklären können, was ein Götze ist und wie er aussieht.«

»Umso besser«, raunte Guy mit strengem Blick. »Das sind keine Geschichten für eine unschuldige Jungfer, die noch nicht viel von der Welt gesehen hat. Außerdem ist das alles ein völliger Unsinn. Mir scheint, dieser Aufschneider hat nicht wirklich etwas über den Orden gewusst.«

»Wenn du es sagst, Papa«, murmelte Odile und nickte gehorsam.

Guy trieb seinen grauen Hengst zur Eile an, als der Wald in der Ferne lichter wurde. Vielleicht wollte er seine Tochter auch nur auf andere Gedanken bringen, indem er das Tempo beschleunigte, und seine Begleiter taten es ihm nach.

Mit größter Vorsicht ritten sie auf Wegen, die abseits der Hauptstraßen lagen. Immer darauf bedacht, die Umgebung im Blick zu behalten und sicherzugehen, dass ihnen niemand folgte. Wenigstens das Wetter war ihnen nun gewogen. Es hatte aufgehört zu stürmen, und von Zeit zu Zeit kam sogar die Sonne hinter den Wolken zum Vorschein.

Als sie am späten Nachmittag ein großes Waldgebiet nördlich der Zisterzienserabtei von Noirlac durchquert hatten und durch die mächtigen Bäume hindurch bereits die Klostermauern erkennen konnten, brach plötzlich ein Reiter aus dem Gehölz hervor. Gero und seine Kameraden zogen wie im Reflex ihre Schwerter, doch es war nur Adam de Brasnee, Pierres Stellvertreter. »Gut, dass ihr endlich da seid«, stieß er mit einem erleichterten Seufzer hervor.

»Was ist passiert?«, fragte Gero, dem der besorgte Ausdruck im Blick des Bruders nicht gefiel.

»Pierre schickt mich. Es steht noch nicht fest, ob wir in der Abtei übernachten können«, erklärte Adam kryptisch.

Guy de Lus starrte ihn an. »Ich dachte, Pierre kennt dort ehemalige Ordensbrüder, die uns eine Übernachtung in der Abtei garantieren. Wir benötigen dringend eine warme Mahlzeit und eine Waschgelegenheit. Und die Pferde brauchen ein paar Scheffel Hafer, wenn sie weiterhin durchhalten sollen.«

»Die Gens du Roi war schneller als wir.« Adam entrollte ein Pergament mit einem Fahndungsaufruf, der ziemlich genau das Äußere von Gero, Struan und Khaled beschrieb und auch das von Malcolm, Justine und Odile, und brachte damit die Fakten auf den Tisch. »Irgendjemand war besonders fleißig heute Morgen, nachdem wir aus Cuffy geflohen sind, und hat unzählige Steckbriefe gepinselt und sie an die Türen von sämtlichen Kirchen, Klöstern und Gasthäusern in der Umgebung von Nevers genagelt und sogar bis Bourges verteilt. Insgesamt wurden tausend Livres Tournois als Kopfgeld auf uns ausgesetzt, falls jemand einen Hinweis gibt, der zu unserer Ergreifung führt. Das sind zwanzigtausend Silbergroschen. Dafür muss ein gewöhnlicher Sergeant zu Pferd zehn Jahre lang Tag für Tag arbeiten. Und ihr wisst nur zu gut, dass es verdammt wenige Leute gibt, die für eine solche Summe nicht sogar Vater und Mutter erschlagen würden. Das bedeutet, wir sind ab jetzt nirgendwo sicher.«

»Und nun?«, wollte Arnaud wissen und kam Gero mit dieser Frage zuvor. »Was machen wir stattdessen?«

»Irgendwo draußen kampieren«, antwortete Adam, womit er auf wenig Begeisterung traf, wie nicht anders zu erwarten.

»Du bist nicht bei Sinnen«, schimpfte Guy, dem der Gedanke ganz und gar nicht behagte. »Wir haben zwei Verletzte und drei Frauen in unserer Truppe. Denen kannst du nicht zumuten, einfach irgendwo in den Sümpfen zu lagern. Außerdem gehen unsere Vorräte zur Neige. Hast du eine Idee, wo wir Proviant einkaufen sollen?«

»Nein. Um diese Zeit hat kein Markt mehr geöffnet und zu einem Bauern zu gehen und dort etwas gegen gutes Geld zu fordern, kommt wegen der Steckbriefe auch nicht infrage«, gab Adam zu bedenken.

»Darum allein geht's doch gar nicht«, gab ihm Guy aufgebracht zu verstehen.

»Die Anschläge, von denen du gesprochen hast, werden garantiert an jedem Stadttor zu finden sein. Wir können nirgendwo im Umkreis von drei Stunden Ritt unser müdes Haupt niederlegen. Und das wiederum bedeutet, wir können uns auch nicht neu organisieren. Anselm sollte uns in der Abtei neue Dokumente anfertigen. Dafür benötigen wir Pergament und Tinte. Außerdem sind wir hier draußen Freiwild. Nicht nur für de la Mottes Söldner, auch für Wolfsrudel und Bären.«

»So beruhige dich doch, Bruder«, versuchte Adam noch einmal sein Glück. »Pierre verhandelt noch. Vielleicht findet sich eine andere Lösung. Ich sollte euch nur warnen, damit ihr nicht frank und frei in die Abtei einzieht. Sobald Pierre die Verhandlungen abgeschlossen hat, treffen wir uns alle in einem Waldgebiet nordöstlich von Noirlac. Dort stehen die Ruinen eines alten Gemäuers, das den Mönchen als Unterstand für Schafe und Ziegen dient. Der Ort liegt ein wenig versteckt und bietet zumindest ein wenig Schutz vor wilden Tieren und der feuchten Witterung. Ich reite zu den anderen zurück und sage ihnen, dass ihr dorthinkommen werdet.«

»Was habt ihr vor?« Rona warf einen Blick in die Runde, nachdem Adam zurück in Richtung Kloster ritt, um die anderen aufzusammeln und sie zum Treffpunkt zu führen.

»Ich weiß es nicht«, beantwortete Gero die Frage ehrlich, als sie eine kurze Rast einlegten. »Wenn alle Stricke reißen, müssen wir uns hier irgendwo einen Platz für die Nacht suchen und notfalls auf Bärenjagd gehen, damit wir etwas zwischen die Zähne bekommen und unsere Ruhe haben. Oder hast du eine bessere Idee?«

»Ich könnte versuchen, Tom zu kontaktieren. Das wollte ich ohnehin, weil wir mehr Antibiotika und Schmerzmittel benötigen. Ich könnte Malcolm und Nicolas unsere letzten Nanokapseln geben, aber dann haben wir nichts mehr für den Notfall. Deshalb benötige ich wirksame Medikamente, die gegen eine Entzündung helfen.«

»Und du denkst, das klappt?« Gero schaute sie zweifelnd an. »Ich meine, wenn Tom schon Malcolm nicht transferieren konnte, wie sollte da eine Materiallieferung funktionieren?«

»Gegenfrage«, antwortete Rona stoisch. »Was haben wir zu verlieren, außer, dass du und die anderen im Zweifel auf die Jagd gehen müsstet?«

»Sie hat recht«, mischte sich Anselm ein. »Ich frage mich, warum wir das nicht schon viel früher versucht haben. Im Zweifel entscheidet das Universum selbst, inwieweit es unsere Mission unterstützen möchte.«

»Wovon redet ihr?«, wollte Odile wissen.

»Oh, das ist ein Geheimnis, Schätzchen«, gab Arnaud zurück.

»Das Geheimnis der Templer?«, fragte sie ihren Vater ohne Scheu. »Besitzt ihr den Heiligen Gral, von dem Chrétien de Troyes immer geschwärmt hat?«

»Mich darfst du nicht fragen«, antwortete Guy mit Bedauern in der Stimme, »ich habe einen Eid zur Verschwiegenheit geleistet, den ich noch nicht einmal für meine Tochter brechen werde.«

»Nein, auch ich werde es dir nicht beantworten«, sagte Arnaud, als sie ihn fragend anschaute. »Das ist nichts für kleine Mädchen, deren neugierige Öhrchen ein gefundenes Fressen für die Folterknechte des Königs wären.«

»Ich bin kein kleines Mädchen und habe auch nichts verraten, als de la Motte mich angekettet und ins Gesicht geschlagen hat«, argumentierte sie aufgebracht.

»Ich habe nein gesagt«, erklärte Guy de Lus mit ernstem Blick. »Schlimm genug, dass dieser Hund dich geschlagen hat. Ich will nicht, dass er dir am Ende noch das Fell über die Ohren zieht, falls er uns entgegen aller Vorhersagen erwischt und denkt, du könntest ihm irgendetwas ausplaudern.«

»Dein Vater hat recht«, kam ihm Gero zu Hilfe, als sie ihn weiter fragend anstarrte. »Geh und gib unseren Pferden etwas Gras.«

»Na gut, dann degradiert mich eben zum Pferdeknecht. Schließlich fängt jeder im Orden mal klein an«, murmelte Odile und marschierte mit trotzigem Blick davon.

Gero amüsierte sich über die Sturheit des Mädchens, ehe er sich nachdenklich an Rona wandte. »Ich denke, du solltest den Versuch verschieben, mit Tom Kontakt aufzunehmen, bis wir ein geeignetes Versteck gefunden haben. Hier, mit offenen Flanken nach allen Seiten, halte ich den Einsatz des Servers für keine gute Idee.«

»Gut.« Rona nickte zustimmend. »Wir warten ab, bis wir auf Pierre treffen. So ein Einsatz läuft uns nicht weg.«

Es dauerte nicht lange, bis sie das verfallene Gebäude, von dem Adam gesprochen hatte, erreichten. Eine verlassene Burgruine, deren Stallungen noch brauchbar waren und die ihnen mit einem rauschenden Bach in der Nähe wenigstens eine halbwegs akzeptable Alternative zur Klosterübernachtung bot. Auch die übrigen Brüder waren inzwischen aufgetaucht und versammelten sich um sie herum. Wenig später stieß auch Pierre zu ihnen und schaute besorgt in ihre erwartungsvollen Gesichter.

»Adam hat es euch schon gesagt«, begann er schleppend und seufzte genervt. »Bei den Zisterziensern können wir nicht übernachten. Sie haben die Hosen voll, genauso wie ihre anderen Brüder, die wir vorher um Hilfe gebeten hatten. Wobei unsere ehemaligen Templerbrüder, die zu den Zisterziensern gewechselt sind, so zuverlässig arbeiten wie eh und je. Allerdings befürchten sie, dass ihr

Abt von dem vielen Geld verführt werden könnte, das man auf uns ausgesetzt hat. Auch der Ruhm, den er sich beim Bischof von Bourges erhofft, wenn er uns ans Messer liefert, könnte ihn leicht in Versuchung bringen, uns zu verraten. Das ist den beiden zu gefährlich, weil sie sich mitschuldig machen, wenn sie uns helfen. Aber einer von ihnen hat mir den Tipp für dieses Gelände gegeben. Er war es auch, der mir zwei große Säcke Hafer für unsere Pferde überlassen hat. Außerdem meinte er, der Bach würde zu dieser Jahreszeit ausreichend sauberes Wasser führen, um uns und die Tiere zu versorgen.«

»Und was ist mit Proviant? Oder sollen wir auch Hafer fressen?« Richard de Moncler schaute ihn aus schmalen Lidern an. »Wir haben nicht mehr viel, was wir untereinander verteilen könnten. Und nun sind drei Esser mehr hinzugekommen.«

»Dafür fehlen zwei andere«, gab Pierre mit leicht sarkastischer Stimme zurück und spielte auf die gefallenen Brüder an. »Für deren Seelenheil ich im Übrigen heute Abend noch eine heilige Messe lesen will. Um die Speisekammern für uns zu öffnen«, fuhr er fort und kam damit wieder zum eigentlichen Thema zurück, »selbst gegen eine fürstliche Bezahlung, hätten die beiden Brüder den Abt fragen müssen. Was der ganzen Sache nicht dienlich gewesen wäre, wie ich schon sagte.«

»Wir haben noch ein wenig Brot und Käse«, fügte Adam tröstend hinzu. »Und morgen versuchen wir, in der nächsten Stadt etwas einzukaufen.«

»Und wenn uns das nicht gelingt, weil unser Konterfei auf einem Fahndungsanschlag beschrieben wird?« Guy de Lus war anzusehen, wie wenig ihm die Aussicht darauf, im Zweifel betteln oder stehlen zu gehen, behagte. Für ihn selbst war diese unsichere Lage tragbar, nicht aber für seine Tochter.

»Wir sollten zunächst mal Ruhe bewahren und uns in diesen Mauern häuslich einrichten«, schlug Gero vor. »Dann sehen wir weiter.«

»Ich komme mir vor wie Maria und Joseph mit dem Jesuskind auf der Flucht vor Herodes«, murrte Arnaud, der nun mitten im Wald vor besagter Ruine stand, die diesen Namen tatsächlich verdiente, und sich dabei vergeblich um ein wenig Galgenhumor bemühte. Bis auf die Stallungen, die sogar noch über ein halbwegs dichtes Dach aus gebrannten Tonschindeln verfügten, war das ehemals stolze Gebäude komplett abbruchreif. Aber wenigstens was das klare Wasser des Bachs betraf, hatten die Zisterzienser nicht zu viel versprochen.

»Vielleicht können wir dort ein paar Forellen fangen«, schlug Gero mit der gebotenen Zuversicht vor und schaute sich bereits nach trockenem Holz für ein Feuer um, wo sie die Fische auf einen Ast aufgespießt braten konnten. Als Templer waren sie ausgebildet, auf ihren Einsätzen auch in der Wildnis zu leben und sich von dem zu ernähren, was die Natur ihnen bot. Inzwischen hatte die Abenddämmerung eingesetzt, und die Sicht wurde immer schlechter, was einem möglichen Jagdglück entgegenstand.

»Lasst uns zuerst die Pferde tränken und anschließend in den Stall bringen und mit dem Hafer versorgen«, empfahl Pierre den anderen. Wobei er nicht den Anführer herauskehrte, weil sie alle im gleichen Boot saßen und zumindest die anwesenden Brüder sich in ihrer Rangfolge als Templer nicht allzu sehr voneinander unterschieden. »Und dann würde ich ein paar von euch bitten, Gras für die Tiere zu schneiden und in die steinernen Tröge zu verteilen.«

»Ich kann das machen«, bot Odile sich überraschend bereitwillig an und sprang von ihrem Platz auf, den sie sich vorübergehend gesucht hatte.

Während die Vorbereitungen für das Nachtlager zügig voranschritten, suchte sich Rona, begleitet von Anselm und Stephano, einen geschützten Platz außerhalb des Stalls, wo sie niemand beobachten konnte. Dabei stießen sie in dem verfallenen Gemäuer der Burgruine auf die ehemalige Küche, von der nur noch die Umrisse zu erkennen waren. Anselm leuchtete ihr mit seiner Solarlampe den Weg auf der Suche nach einer Stelle, wo sie den Server sicher platzieren konnte. Stephano kam hinzu und übernahm mit seinem gezückten Schwert unaufgefordert die Wache bei ihrem Einsatz.

»Erst mal schauen, ob sich hier keine Ratten und anderes Ungeziefer tummeln«, murmelte Anselm, dem dieser Ort nicht ganz geheuer erschien.

»Die hätte ich längst gehört«, beruhigte ihn Rona und stellte den Server auf einer gemauerten Fläche ab, auf der sich vor langer Zeit eine Kochstelle befunden haben musste, weil die Steine noch pechschwarz vom Feuer waren. Ohne lange nachzudenken, startete sie das Programm und gab die passenden Koordinaten ein, über die sie Tom kontaktieren wollte. Es dauerte eine quälend lange Zeit, bis er sich endlich bei ihr meldete.

»Wir benötigen nochmals deine Hilfe«, begrüßte Rona ihn voller Erleichterung in der Stimme.

»Jederzeit«, gab Tom gelassen zurück. »Wir verfolgen euch schon die ganze Zeit und wissen, dass ihr in Richtung Süden weitergereist seid. Was ist mit Malcolm und dem Mädchen? Habt ihr sie befreien können? Glaub mir, wir haben alles versucht, aber wir konnten Malcolms Koordinaten nicht genau bestimmen. Deshalb erschien uns ein Transferversuch zu gefährlich.«

»Wir haben es auch ohne euch geschafft«, erklärte ihm Rona ungerührt. »Aber wir haben beim Kampf im Kerker zwei Templerbrüder aus Pierres Truppe verloren. Das ist sehr traurig, aber nicht eure Schuld. Wie zu erwarten, werden wir nun von de la Motte und seinen Schergen verfolgt. Sie haben überall Steckbriefe aufgehängt und ein ziemlich hohes Kopfgeld auf uns ausgesetzt, was das gesamte Unternehmen, nun auch noch Amelies Vater in Carcassonne aus den Kerkern der Inquisition zu befreien, gefährlicher macht. Wir können nirgendwohin, um uns mit Proviant zu versorgen und benötigen Hilfsmittel zur Tarnung. Das heißt, wir brauchen dringend einen mehrtägigen Vorrat an Lebensmitteln für mindestens zwanzig Leute. Und auch etwas zu trinken, wenn möglich. Und noch ein paar andere Kleinigkeiten, die uns helfen, das Aussehen der auf dem Steckbrief beschriebenen Gesuchten zu verändern.«

»An was hattest du gedacht?« Toms Stimme klang überraschend gefasst. »Wir hätten noch Cola Light in Dosen und Tortilla Chips im Haus.«

»Abgesehen davon, dass ich nicht weiß, wo ich hier die Dosen entsorgen soll, habe ich keine Ahnung, ob meine Mitstreiter sich für Chips und Softdrinks begeistern können. Dann schon eher Schokolade und Wein.«

»Wie wär's mit Bioburgern und Bier?«, schlug Anselm begeistert vor, den die Aussicht, etwas Gewohntes zwischen die Zähne zu bekommen, mit unerwarteter Begeisterung erfüllte.

»Ich könnte Mabel und Jacob zum Burgerladen nach Kirkenes schicken, um einen Großeinkauf zu machen.«

»Davon wird doch keiner satt«, beschwerte sich Stephano. »Ich wäre eher für Würste und Bier. Und bitte den Senf nicht vergessen. Und ein paar Brotlaibe dazu.«

»Okay«, sagte Tom. »Ich habe verstanden und will sehen, was sich machen lässt.«

»Darüber hinaus benötige ich zuverlässige Antibiotika und Schmerzmittel«, fügte Rona hinzu. »Und eine Erste-Hilfe-Tasche mit Skalpellen und Nähzeug. Das alles müsste sich noch in Anselms Vorratskammern befinden, die wir vor ein paar Monaten zurückgelassen haben. Außerdem zwei Bolzenschneider, falls wir Ketten auftrennen müssen. Ich denke nicht, dass die Wächter des Universums das als Waffe werten, was meinst du?«

»Solange wir keinen Sprengstoff oder explosive Elektronik transferieren, ist alles gut«, bestätigte ihr Tom. »Wobei ich nicht weiß, ob ich das alles in Kirkenes auftreiben kann, aber ich werde mein Bestes tun.«

»Und denk dran, das Bier bitte in Flaschen, am besten aus Belgien und mit einem Kippverschluss«, fügte Rona rasch hinzu. »Das hat Arnaud und den anderen am besten geschmeckt.«

»Und wie viele?«

»Fünfzig? Oder mehr?«

»Geht in Ordnung.«

»Ach, noch was!« Rona hatte beinahe etwas Wichtiges vergessen. »Ich brauche jede Menge Haarfärbemittel. Blond, rot, schwarz, braun – alles, was du kriegen kannst. Am besten im Set, also mit Wasserstoffperoxyd und Messbecher und was zum Auftragen. Dazu eine Friseurschere und einen Kamm.«

»Was hast du vor?«, fragte Tom erstaunt. »Willst du einen fahrenden Friseursalon aufmachen?«

»Nein, die Gens du Roi beschränken sich bei der Beschreibung der Gesuchten ausschließlich auf Größe, Haar- und Augenfarbe. Deshalb wäre ich zusätzlich für farbige Kontaktlinsen im sechziger Pack dankbar. Vorzugsweise in Braun und Blau. Am besten Tageslinsen ohne Sehstärke, die man täglich wechseln kann.«

»Ich benötige noch Tinte und Pergament«, warf Anselm ein. »Oder wenigstens Büttenpapier.«

»Okay …«, sagte Tom gedehnt und ersparte sich eine Bewertung ihrer ungewöhnlichen Wünsche. »Ich frage Mabel, ob sie sich mit solchen Sachen auskennt und eine Idee hat, wo wir das alles bekommen können.«

»Danke«, sagte Rona, ohne noch etwas hinzuzufügen, und hoffte, dass die junge Quantenphysikerin wusste, worauf es ihr ankam.

»Dann bleibt, wo ihr seid«, gab Tom zurück, »und betet mit mir, dass der Transfer funktioniert.«

Es dauerte keine fünf Minuten, und das Gewünschte materialisierte sich, von einem grünblauen Nebel umhüllt. Nachdem der sich verzogen hatte, blieb ein unübersichtlicher Berg verschiedenster Nahrungsmittel und Gegenstände zurück. Mehrere große Brotlaibe, Körbe mit verschiedenen Hartwürsten, kaltem Braten, gegrillten Steaks, geräuchertem Fisch, zwei große Laibe dänischer Käse, Unmengen an Brötchen und süßes Gebäck sowie mehrere Kilo Obst in Kisten, darunter Äpfel, Orangen und Weintrauben. Dazu sechs Kisten Klosterbier aus Flandern à zwanzig Flaschen, bei denen zu vermuten war, dass Jacob von Sassenberg die Auswahl getroffen hatte, weil die Brauerei bereits im 11. Jahrhundert gegründet worden war. Und auch ein Bioburger für Anselm, von seiner bevorzugten Restaurantkette war dabei.

»Ist alles angekommen?«, erkundigte sich Tom kurz darauf. »Wir haben vierzehn Tage gebraucht, bis wir alles zusammen hatten. Aber Zeit ist ja glücklicherweise relativ. Und zu deiner Information – wir haben alles mit UV-C-Strahlung sterilisiert, um sicherzugehen, dass wir keine todbringenden Keime oder gar Viren transportieren.«

»Du bist ein Schatz.« Rona inspizierte mit Anselms Lampe ihre Bestellung.

»Und wie geht es Hannah?«, wollte er wissen.

»Alles bestens«, log Rona.

»Ich habe gesehen, sie ist nicht mehr auf Waldenstein«, bemerkte Tom zögernd und gab Rona damit zu verstehen, dass er sie alle offenbar überwachte.

Was sie an ihren Meister aus dem Jahr 2156 erinnerte und bei ihr das ungute Gefühl beständiger Kontrolle hinterließ. Mit dem kleinen Unterschied, dass Lion sich seit ewigen Zeiten nicht mehr bei ihr gemeldet hatte.

»Hannah ist mit ihrer Tochter zu Pierres Frau gezogen, bis Gero nach Hause zurückkehrt. Weil es dort sicherer ist«, erklärte sie Tom. Auf keinen Fall wollte sie riskieren, dass er auf die Idee kam, Hannah und das Kind ohne deren Zustimmung zurück in die Zukunft zu transferieren, zumal Sophias DNA als die einer eigenständigen Person noch nicht in seinem Scanner gespeichert war. Rona hätte die Daten längst an Tom übermittelten können, aber Hannah hatte es nicht gewollt. Außerdem konnte niemand sagen, welche Nebenwirkungen ein Transferversuch auf einen Säugling haben würde.

»Sie wird dort nicht bleiben«, bemerkte er kryptisch.

»Was meinst du damit?«

»Ich habe ein wenig Vorarbeit geleistet und herauszufinden versucht, wohin eure Wege euch in den nächsten vierzehn Tagen führen. Ich konnte sehen, dass ihr allem Anschein nach Richtung Süden reist, während Hannah den Ort, an dem sie sich momentan aufhält, Richtung Westen verlässt, doch dann verliert sich ihre Spur. Falls Hannah in Schwierigkeiten ist, würde ich gerne darüber informiert werden«, erinnerte er sie eindringlich. »Du weißt, dass ich mich immer noch für sie verantwortlich fühle, auch wenn sie selbst das anders sieht.«

»Weißt du denn auch schon, wo wir ankommen werden?«, fragte Rona interessiert, wohl wissend, dass solche Angaben nur bedingt verlässlich waren, weil sie sich – ausgehend vom eigenen Ereignishorizont – jederzeit ändern konnten, ganz gleich, in welcher Zeit man sich befand.

»Der letzte Scan zeigte euch in Toulouse. Wo wollt ihr denn hin?«

»Carcassonne«, sagte Rona knapp. »Da stimmt dann zumindest schon mal die Richtung«, fügte sie zufrieden hinzu.

»Melde dich, falls ich noch was für euch tun kann.«

»Mach dir keine Gedanken«, gab Rona tonlos zurück, obwohl sie sich nun Sorgen um Hannah machte, weil Tom auf seiner zeitlichen Ebene offenbar mehr in seinem Server sehen konnte als sie selbst. »Lyn ist auf dem Weg zu ihr und passt auf sie auf. Sie hält mich über unser Armband ständig auf dem Laufenden. Ich lass euch wissen, wenn ich irgendwas brauche. Danke und Over.«

Ohne auf eine Antwort zu warten, schaltete sie den Server ab und inspizierte anschließend ihre bestellte Ware.

Der Transfer von Lebensmitteln war so viel einfacher als der eines Menschen, vergegenwärtigte sie sich beim Anblick all der Sachen und war neugierig, wie ihre Begleiter auf diese Fülle reagieren würden.

Mit einem angedeuteten Lächeln wandte sie sich an Anselm und an Stephano: »Na dann beginnen wir mal mit der Verteilung.«

Anselm schüttelte ungläubig den Kopf. Auch wenn er wusste, was mit dem Server alles möglich war, so war er doch jedes Mal erstaunt, wenn sich Gegenstände oder auch Menschen und Tiere vor seinen Augen wie aus dem Nichts materialisierten. »Ich glaub, mein Schwein pfeift, sogar mein Burger ist noch heiß.« Während er glänzende Augen bekam, schnellte Stephano plötzlich mit erhobenem Schwert herum, weil er ein Poltern und ein ersticktes Geräusch gehört hatte.

»Bitte erschlagt mich nicht«, winselte Odile, die vor Angst am Boden kauerte. Dabei starrte sie ihn und die anderen an, als wären sie soeben aus der Hölle aufgefahren.

»Dich erschlagen? Wie kommst du denn auf diese verrückte Idee?« Stephano reichte der Kleinen die Hand, damit sie wieder auf die Füße kam.

Mit angsterfülltem Blick griff sie zu, nicht sicher, ob der blonde Templer am Ende nicht doch der Fürst der Finsternis war. Dann starrte sie mit einer Mischung aus Furcht und Faszination auf all die Köstlichkeiten, die wie aus dem Nichts aufgetaucht waren.

»W… was ist das?«, stammelte sie mit bebender Stimme.

Anselm, der sich darüber im Klaren war, dass Odile den Transfer mit angesehen hatte und das Kind damit im wahrsten Sinne des Wortes in den Brunnen gefallen war, versuchte es mit einer Flucht nach vorn, indem er ihr, wenn auch mit Wehmut im Blick, seinen Burger anbot, den er zuvor aus dem beschrifteten Papier ausgewickelt hatte. »Hier, koste mal!« Um ihr Vertrauen zu erwecken, tat er selbst einen herzhaften Biss, als sie zögerte, und versuchte sein Glück dann erneut.

Odile, deren Magen beim Anblick der wohlriechenden Speisen gut hörbar knurrte, nahm zaghaft den Burger entgegen und schnupperte daran, wobei sie Anselm nicht aus den Augen ließ.

»Was ist das für ein sonderbares Papier?«, fragte sie und schälte den Inhalt vorsichtig heraus.

»Das solltest du tunlichst nicht mitessen«, empfahl ihr Anselm und ermunterte sie erneut, ein Stück abzubeißen, was sie so vorsichtig tat, als wären Nadeln darin. Doch als sie zu kauen begann, nickte sie anerkennend. »Nicht schlecht. Aber … woher kommt das?«

»Von ziemlich weit her«, versicherte er ihr mit einem Augenzwinkern.

Während sie noch einmal abbiss, aber diesmal entschlossener, beobachtete Odile, wie Rona den schwarzen Kasten, der all das möglich gemacht hatte, in ihrem Rucksack verschwinden ließ. »Chrétien de Troyes hatte recht«, plauderte

Odile nun mit vollem Mund. »Der Gral ist kein Gral, sondern ein ›Tischlein deck dich‹.«

Anselm legte demonstrativ den Zeigefinger auf die Lippen und schaute das Mädchen eindringlich an. »Du darfst mit niemandem über das reden, was du hier gesehen hast, verstanden?«

»Auch nicht mit meinem Vater?« Sie schluckte und biss noch einmal ab, bevor sie mit vollen Wangen weiterredete. »Sicher weiß er längst, was der Gral alles kann, nicht wahr?«

»Ich bin mir nicht sicher, ob wir bereits mit ihm darüber gesprochen haben, dass er auch Bier und Burger beschaffen kann«, antwortete Rona. »Aber dein Vater gehört zu den Eingeweihten und wird es ohnehin erfahren. Trotzdem solltest du nicht darüber reden, schon gar nicht in Gegenwart von Leuten, die nicht zu uns gehören. Verstanden?«

»Verstanden. Und was ist mit mir? Gehöre ich nun zu euch? Jetzt, wo ich mit eigenen Augen gesehen habe, zu welchen Wundern dieser kleine Kasten fähig ist. Könnte man das nicht als Initiationsritus bezeichnen?«

Anselm grinste verhalten. »Du hast recht. So könnte man es nennen.«

»Kann ich noch einen haben?«, fragte Odile, nachdem sie den Burger verputzt hatte.

»Tut mir leid, das war der Einzige, weil Stephano meinte, außer mir mag sowas niemand.« Anselm zuckte bedauernd mit den Schultern. »Aber wir haben noch eine Menge andere gute Sachen, die dir vielleicht sogar besser schmecken werden.«

Gero und die anderen waren mehr als überrascht, als Rona, Anselm und Odile mit mehreren Holzkisten auftauchten, in denen sich nicht nur die Rettung vorm Verhungern befand, wie Anselm scherzhaft verkündete, sondern das Paradies höchstselbst.

»Wo kommt das alles her?« Pierre schaute verunsichert auf die Glasflaschen, die es in dieser Zeit in einer solchen Vielzahl und Qualität nicht zu kaufen gab, schon gar nicht mit einem solchen Verschluss.

»Aus der Zukunft«, klärte Rona ihn auf. »Na los, greift zu. Es wurde sogar auf potenziell gefährliche Erreger gecheckt, die euch krank machen könnten, weil euer Immunsystem ein anderes ist als unseres.«

»Du hast *was?*« Pierre, der kein Wort verstanden hatte, starrte sie ungläubig an.

»Sie hat die Sachen auf krankmachende Gifte untersucht und nichts gefunden«, fügte Anselm erklärend hinzu und half nun dabei, Brot und Würste und all die anderen Köstlichkeiten zu verteilen.

»Außerdem habe ich etwas beschafft, um eure Haarfarbe zu ändern.« Rona deutete auf mehrere Schachtern mit bunten Bildern von Frauen mit wallendem Haar. »Mit dem Zeug kann man blondes Haar in schwarzes verwandeln und umgekehrt.«

»Damit können wir die Gens du Roi überlisten!« Pierre schaute Gero verwundert an. »Kann sie hellsehen? Genauso etwas habe ich mir gewünscht.«

»Sie weiß, was du denkst«, bestätigte Gero Pierres Verdacht. »Aber frag mich jetzt nicht, wie sie das hinbekommt.«

»Wirklich?« Pierre riss schockiert die Augen auf. »Kann sie auch ungehörige Gedanken lesen?«

»Darüber sehe ich großzügig hinweg.« Rona warf ihm einen undurchsichtigen Blick zu und wandte sich an Gero. »Ich habe bei Tom Kontaktlinsen bestellt, mit denen wir deine Augenfarbe von Blau in Braun verändern können. Falls sich noch wer anders traut, ich habe verschiedene Farben und gleich neunzig Stück von den Dingern.«

Gero blickte skeptisch auf die Schachtel mit dem Bild einer Frau, die ihre Augenfarbe mit winzigen farbigen Scheiben von Blau in Grün verändert hatte.

»Mabel hat sie ausgesucht«, fügte Rona hinzu. »Ich nehme an, sie hat auf gute Verträglichkeit geachtet.«

Mit einem Seufzer öffnete Gero den Kippverschluss einer Bierflasche und stieß ein leises Schnauben aus. »Hat sie auch das Bier ausgesucht? Denn das ist in all dem Unglück eine echte Offenbarung.«

»Ich nehme an, das war Jacob«, beantwortete ihm Anselm die Frage. »Er weiß doch, was ihr bevorzugt.«

Gero nahm einen großen Schluck und schloss genüsslich die Augen. »Auf den Jungen kann man sich wirklich verlassen.«

»Ich habe nie ein besseres Bier getrunken«, schwärmte nun auch Richard de Moncler, der sich nun zu ihnen gesellte, und betrachtete eingehend das Etikett auf der Flasche. »Affligem«, las er laut vor und schaute fragend in die Runde der anwesenden Brüder, die um das Lagerfeuer saßen und es sich schmecken ließen. »Ist das nicht eine Benediktinerabtei in Flandern?«

»Ganz recht. Und sie verkaufen ihr Bier gewöhnlich in Fässern«, wusste Adam de Brasnee zu berichten. »Bei der Schlacht von Courtrai im Jahre des Herrn 1302 erging ein königliches Dekret mit dem Gebot, dass die Abteien beim Rückzug der franzischen Truppen nicht verwüstet werden dürfen, weil man nicht wollte, dass deren Brauereien zerstört werden.«

Nicolas de Fis, dem es schon besser zu gehen schien, nahm einen Schluck aus der Flasche und grinste selig. »Das mit dem Dekret war eine gute Idee. Wer möchte schon auf so etwas verzichten?«

Justine und Malcolm hatten sich in einen ehemaligen Rinderpferch zurückgezogen, in dem noch die eingemauerten Eisenringe vorhanden waren, an denen man früher die Kühe angebunden hatte. Die beiden zogen es vor, abseits zu bleiben und sich in trauter Zweisamkeit zu üben, während die anderen auf ihre gelungene Befreiungsaktion und zu Ehren der gefallenen Brüder tranken.

Rona, der so gut wie nichts entging, hatte die beiden bereits mit neuen Medikamenten für Malcolm und mit Bier, Brot, Käse und Obst versorgt. »Aber trink nicht nur von dem Bier«, hatte sie Malcolm gewarnt, der wie die anderen das Gebräu zu genießen schien. »Die Medikamente solltest du lieber mit einem Schluck Wasser zu dir nehmen.«

»Hier, versuch mal«, sagte Malcolm, nachdem Rona wieder zu den anderen zurückgekehrt war, und hielt Justine ein Stück Käse entgegen. »Schmeckt köstlich.«

Statt zuzugreifen, brach sie in Tränen aus. »Ihr seid alle so freundlich zu mir«, sagte sie schluchzend, »obwohl es allein meine Schuld ist, dass wir in dieser Misere sitzen. Ich bin sicher, dein Bruder und auch die meisten deiner anderen Kameraden hassen mich dafür. Struan sieht mich dauernd so an, als wollte er mich meucheln. Und wer kann es ihm verübeln? Es ist meine Schuld, dass der alte Bratac in Carcassonne im Kerker gefangen gehalten wird. Und all die Soldaten, die beiden Templer und meine älteste Schwester haben wegen meiner Einfältigkeit ihr Leben gelassen. De la Motte hat Mathilde den Kopf abgeschlagen, als wäre sie kein Mensch, sondern ein Suppenhuhn. Vielleicht hat er meine anderen Schwestern auch schon hinrichten lassen. Von Aubry, meinem Jungen, den ich nie mehr wiedersehen werde, ganz zu schweigen.« Sie schluchzte so laut, dass es niemandem entgehen konnte.

Malcolm zog sie hilflos in seine Arme und tätschelte ihren Rücken wie einem Kind, das man beruhigen wollte.

Rona und Gero waren aufgestanden und kamen langsam auf sie zu. Gero hockte sich neben Malcolm und schaute ihn ernst an. »Kann ich helfen?«, fragte er besonnen.

Malcolm nahm sich ein Herz und erzählte ihm die ganze Geschichte. Wie es dazu gekommen war, dass Justine nicht nur ihn selbst, sondern zuallererst Amelie verraten hatte. Doch er verschwieg auch nicht, wie sehr sie dies alles bereut und sogar das Leben ihrer eigenen Familie aufs Spiel gesetzt hatte.

»Ich weiß zwar nicht, Justine«, sage Gero mit seiner tiefen, vertrauenerweckenden Stimme, nachdem Malcolm geendet hatte, »ob Amelie dir jemals verzeihen wird. Aber ich glaube nicht, dass sie in deiner Lage anders gehandelt hätte. Es ist nicht deine Schuld, Justine. Was du durchgemacht hast, sollte kein Mensch durchmachen müssen«, befand er und nahm ihr damit eine zentnerschwere Last von den Schultern. »Es ist allein die Schuld der franzischen Könige und ihrer Machtgier.«

»Das Schlimmste ist, dass sie Aubry haben«, schluchzte Justine. »Bernardus Guidonis hält ihn im Jakobinerkonvent in Toulouse gefangen. Er soll Priester und womöglich Inquisitor werden wie sein Ziehvater, dieses Ungeheuer.«

Gero schaute sie mitleidig an. »Ich habe selbst eine kleine Tochter. Deshalb kann ich mir vorstellen, was in dir vorgeht. Hör zu: Pierre, die anderen und ich haben soeben beschlossen, dass wir alle gemeinsam nach Süden reiten und Alphonse Bratac aus den Klauen der Gens du Roi befreien. Vielleicht gelingt uns das auch mit deinem Sohn, was meinst du?«

»Das würdet Ihr für mich tun?« Justine schüttelte fassungslos den Kopf. »Obwohl ich Euch so viel Schreckliches angetan habe? Warum seid Ihr so barmherzig?«

»Wir sind Templer«, sagte Gero schlicht. »Wir haben einen Eid geschworen. Nicht nur auf den Orden, in dem es gewiss auch ein paar schwarze Schafe gab und immer noch gibt. Aber zuallererst ist es unser Schwur als Ritter, der uns verpflichtet, den Armen und Bedrängten zu helfen. Deshalb ist es unser aller Pflicht, dir beizustehen. Zumal du nicht aus freien Stücken gehandelt hast und dein Tun bereust. Und mach dir keine Sorgen«, fügte er hinzu. »Auch die anderen Brüder werden sich meiner Meinung anschließen, wenn sie erst von deinem unseligen Schicksal erfahren haben. Nur eins verlange ich von dir. Dass du zu allem schweigst, was du hier siehst und hörst, und uns nie mehr hintergehst.«

»Ich verspreche es«, flüsterte Justine mit bebender Stimme. »Ich schwöre es bei meinem Leben und der Heiligen Jungfrau.«

Ein Stück entfernt, am hoch auflodernden Feuer, war Pierre soeben aufgestanden, um die Heilige Messe für die beiden Gefallenen vorzubereiten. Er band zwei Schwerter zu einem Kreuz zusammen und stieß es hinter den Flammen in den Boden. Dann drehte er sich mit andächtiger Miene zu den anderen um. Alle, die bisher geredet, gelacht und getrunken hatten, erhoben sich und verstummten. Sie stellten ihre Flaschen zur Seite und falteten im Angesicht des Kreuzes schweigend die Hände.

»Im Namen des Vaters, des Sohnes, des Heiligen Geistes und zur allerhöchsten Ehre unserer Heiligen Jungfrau«, rief Pierre und hob die Hände zum Gebet. »Für unsere gefallenen Kameraden Pons de Joilly und Gaspard de Simon. Lasset uns beten …«

KAPITEL 38

APRIL 1316
HERZOGTUM LOTHRINGEN / BISTUM METZ

Geheime Allianzen

Am späten Nachmittag erreichte Helias Baillie mit letzter Kraft die Pforte des Zisterzienserklosters von Bettnach-Weiler. Nach mehreren Stunden ununterbrochenem Ritt schmerzten seine Hand und sein Bein wie die Hölle. Zudem war er über und über mit Blut besudelt. Der junge Zisterzienserbruder an der Pforte starrte ihn an wie einen Aussätzigen, als er ihn ungeduldig um Aufnahme bat.

»Wer seid Ihr«, fragte der Bruder misstrauisch und zögerte, das schmiedeeiserne Tor zu öffnen.

»Mein Name ist Helias Baillie«, keuchte er. »Hauptmann der franzischen Gens du Roi. Ich wurde unterwegs von Räubern überfallen und benötige dringend jemanden, der meine Wunden versorgt.

»Ich hole den Abt«, sagte der junge Mönch, anstatt ihm die Pforte zu öffnen. Baillie stieß einen unschönen Fluch aus, musste sich aber wohl oder übel gedulden, bis das Oberhaupt der Zisterzienser an der Pforte erschien, wobei er ihn nicht weniger argwöhnisch beäugte als der junge Bruder zuvor.

»Ich bin Abt Johannes«, stellte sich der dürre, hoch aufgeschossene Mönch vor. »Was ist Euer Begehr?«

»Na was wohl, ehrwürdiger Abt«, knirschte Baillie und hielt seine notdürftig verbundene Hand in die Höhe, deren Verband völlig durchgeblutet war. »Ich bin im Auftrag König Louis X. unterwegs und wurde von Raubrittern überfallen. Vier meiner Kameraden sind tot.«

»Bei Gott …«, murmelte der Abt schockiert und öffnete ihm die Pforte. »Kommt herein. Ich werde euch sogleich in unserem Hospital unterbringen.«

Baillie übergab sein Pferd einem jungen Mönch, der auf Geheiß des Abtes herbeigeeilt kam und den Hengst in den benachbarten Stall führte. Er selbst humpelte hinter dem Abt her und folgte ihm zu einem lang gezogenen Bau mit kleinen Fenstern, die mit Ziegenleder verhangen waren.

»Die Krankenpflege«, klärte Abt Johannes ihn auf, während er ihm die Tür zu dem Gebäude aufhielt, »wird von Bruder Simon geleitet. Er wird sich um Euch und Eure Verletzungen kümmern. Setzt Euch getrost auf eines der freien Betten.«

Während Baillie sich erschöpft und von Schmerzen gemartert auf einer einfachen Pritsche niederließ, unterhielt sich Abt Johannes in einiger Entfernung mit einem anderen hageren Mönch, in dessen graues störrisches Haar man eine kreisrunde Tonsur rasiert hatte.

Baillie hätte zu gerne gewusst, worüber sich die beiden Männer unterhielten, weil der medizinkundige Bruder ihn mehrmals intensiv beäugte und dabei wissend nickte. Doch das Stöhnen und Jammern der anderen Kranken, acht an der Zahl, machte es ihm unmöglich, auch nur ein Wort der leisen Unterredung zu verstehen.

»Ich bin Bruder Simon«, klärte ihn der grauhaarige Mönch schließlich auf, als er Baillie mit einem förmlichen Nicken begrüßte. »Wie kann ich Euch helfen?«

»Was hat Euch Abt Johannes denn schon berichtet?«, wollte Baillie als Erstes von ihm wissen. »Ich frage das nur, damit ich nicht alles nochmal erzählen muss.«

»Dass Ihr überfallen wurdet. Wie viele waren es?«

»Zwanzig«, log Baillie, dem es nicht im Traum eingefallen wäre, zuzugeben, dass ihn eine einzige Frau zum Krüppel geschlagen hatte. »Vier meiner Kameraden sind tot. Mir ist die Flucht gelungen, bevor sie auch mich erschlagen konnten.«

»Lasst einmal sehen.« Bruder Simon schien nicht sonderlich beeindruckt und nahm ihm ohne weitere Fragen den Verband ab. »Das sieht nicht gut aus«, brummte er und betrachtete eingehend die schwer verletzte Hand. »Eine Fleischwunde am Handballen. Das muss genäht und geschient werden. Und was ist mit dem Bein?«

»Einer der Kerle hat mich mit einem Messer angegriffen und mir eine Stichwunde verpasst«, sagte Baillie und versuchte sich an einer tapferen Miene, obwohl er lieber einen lang gezogenen Zischlaut ausgestoßen hätte, als der Mönch die tiefe Wunde inspizierte.

»Das muss gereinigt und von unten herauf zusammengenäht werden. Ihr könnt von Glück sagen, dass der Schnitt keine größere Blutung ausgelöst hat.« Der Mönch warf ihm einen mitleidigen Blick zu. »Legt Euch hin und zieht Eure Hose aus. Ich werde Euch einen Schlaftrunk verabreichen und zunächst Eure Wunden reinigen. Dann werde ich die Wunde an der Hand und die am Oberschenkel nähen. Danach müsst Ihr die Nacht über hierbleiben, damit wir sichergehen können, dass Euch kein Fieber ereilt. Vorher ist es nicht ratsam, weiterzureisen.«

Baillie befiel ein ungutes Gefühl, während er sich dem grauhaarigen Ordensbruder überließ. »Ich will nichts, was mich in einen unnatürlichen Schlaf versetzt«, sagte er entschlossen. »Ich will sehen, was Ihr da treibt. Mir reicht ein Schmerztonikum.«

»Wie Ihr wünscht«, erwiderte Bruder Simon schmallippig und kehrte wenig später mit einem Trank zurück. »Trinkt das«, sagte er und hielt ihm einen Becher aus Steingut hin, der halb gefüllt war mit einer merkwürdig stinkenden Brühe, die Baillie nur mit größter Abscheu hinunterwürgte.

Erst als er spürte, wie der Schmerz nachließ und er wie versprochen nicht einschlief, überließ er sich den kundigen Handgriffen des Zisterziensers. Trotzdem reichte ihm Bruder Simon ein Beißholz, weil er wohl wusste, dass die Schmerzen nicht vollends verschwinden würden. Schon gar nicht, wenn er unmittelbar an der Wunde arbeitete.

Baillie litt Höllenqualen, als der Zisterzienser die Ränder der Wunde mit einem scharfen Messer gerade schnitt und mit einer Tinktur benetzte, die den Wundbrand verhindern sollte. Tapfer presste er seine Zähne in das weiche Erlenholz, bemüht darum, keinen Laut über seine Lippen kommen zu lassen. Während Bruder Simon die Wunden nähte, hielt Baillie die meiste Zeit über die Luft an und lag stocksteif auf der Pritsche. Erst als der Zisterzienser den letzten Faden aus gekochtem Katzendarm verknotete und danach abschnitt, erwachte Baillie zu neuem Leben. Zitternd schaute er zu, wie der Ordensbruder ihm feuchte Beinwellkompressen auf die Wunden drückte und alles mit einem festen Verband fixierte.

»Ihr solltet das hier noch trinken, damit die Schmerzen in der Nacht nicht zu heftig werden.« Bruder Simon drückte ihm einen weiteren Becher mit einer geheimnisvollen Flüssigkeit in die Hand.

Während Baillie sich vorsichtig aufrichtete und den Becher entgegennahm, musterte er den Zisterzienser prüfend. »Kennt Ihr Euch hier in der Gegend aus?«, fragte er seinen Retter beiläufig. »Gibt es in der Umgebung vielleicht eine abgelegene Burg, wohin die Räuber sich zurückziehen könnten?«

Simon sah einen Moment lang durch seinen Patienten hindurch. Dann sammelte er sich und schüttelte den Kopf. »Nein«, antwortete er seltsam energisch. »Ich kenne keine Burg, in der Raubritter hausen könnten. Es würde sich nicht lohnen. Hier gibt es niemanden, den man berauben könnte. Wir haben keine großen Handelsstraßen in der Nähe, und die Menschen in den umliegenden Dörfern sind Bauern und Handwerker, die von der Hand in den Mund leben.«

Damit schien für den Mönch das Thema erledigt zu sein. Aber Baillie war mit der Antwort des Zisterziensers nicht zufrieden. Spätestens am nächsten Tag, wenn es ihm hoffentlich wieder besser ging, würde er die anderen Kranken fragen.

»Ruht Euch aus, damit Ihr so schnell wie möglich wieder gesund werdet und nach Franzien zurückreiten könnte«, riet der Mönch ihm mit ernster Miene. »Die Nachtwache wird Euch noch eine Schale mit Hühnerbrühe und gekochtem Gerstenbrei bringen. Das wird Euch helfen, rasch wieder auf die Beine zu kommen.«

»Habt Dank, frommer Mann«, erwiderte Baillie mit einem falschen Lächeln. Aus irgendeinem Grund war ihm der Bruder nicht geheuer. Er beschloss, abzuwarten, bis der Kerl den Saal verlassen hatte und eine Ablösung gekommen war, um dann seine Nachforschungen fortzuführen.

•

Gegen Abend erreichten Lyn, Johan, Totty und Brian das abgelegene Bachtal. Über den Hügeln hing die untergehende Sonne wie ein leuchtender Ball blutrot zwischen den spärlich begrünten Buchen und tauchte die Umgebung in ein rotgoldenes Licht.

Sophia benötigte dringend warme Milch, doch Lyn hatte auf dem Weg zu ihrem Ziel kein Risiko eingehen und irgendwo einkehren wollen, zumal die Dörfer und Gasthöfe dünn gesät waren und jeder Fremde sofort Aufmerksamkeit erregte. Es wäre leichtsinnig gewesen, die Gens du Roi durch simples Nachfragen nach frischer Ziegenmilch auf ihre Spur zu bringen. Deshalb war sie erleichtert, als Johan auf die kompakte Wasserburg deutete, die völlig im Schatten der Senke lag und unvermittelt vor ihnen aufgetaucht war.

Ein paar große Wolfshunde schlugen an, als sie den lang gezogenen Weg bergab ritten, der direkt zur Zugbrücke führte, die um diese Zeit herabgelassen war.

Sophia war aus ihrer Erschöpfung erwacht und fing ungeduldig an zu weinen, als ob sie die Nähe ihrer Mutter spürte.

Kaum dass sie die Brücke erreicht hatten, wurden sie von einem breitschultrigen Mann mit kinnlangen weizenblonden Haaren und einem kurzgeschorenen blonden Bart in Empfang genommen, der Johan auf vertraute Weise mit Handschlag begrüßte.

Er stellte sich als Christian de Vrey vor und war ein Cousin der Gastgeberin. Er hatte Hannah zusammen mit seinen Brüdern hierhergebracht.

Christian pfiff ein paar Knappen herbei, die sich um die Pferde der Ankömmlinge kümmerten und das wenige Gepäck ins Haus trugen.

»Gott sei mit dir, Bruder Christian«, kommentierte Johan das freundliche Willkommen des hochgewachsenen Mannes und deutete mit einer zielgerichteten Geste auf Lyn und das kleine Körbchen, das sie in den Armen trug. Während Christian seine neuen Gäste mit einem angedeuteten Lächeln zum Haupteingang des Palas führte, verlor Sophia die Geduld und brüllte so laut, dass das Geschrei im Innenhof von den Mauern widerhallte. »Ich glaube, hier braucht jemand dringend seine Mutter.« Johan nickte Christian wissend zu.

Bevor der Templerbruder auch nur ein Wort erwidert hatte, stürmte Hannah an ihm vorbei und fiel zuerst Johan und dann Lyn um den Hals. Danach begrüßte sie Brian und Totty, die nicht weniger dazu beigetragen hatten, dass Sophia heil bei ihr angekommen war. Dann wandte sie sich sofort dem Körbchen zu und hob Sophia vorsichtig heraus. Die Kleine beruhigte sich rasch, nachdem ihre Mutter sie innig an sich gedrückt hatte und sie sanft hin und her wiegte.

»Sie muss ins Warme«, verkündete Hannah mit erleichtertem Aufatmen. Der Anblick des Kindes hatte ihr vor Glück und Sorge Tränen in die Augen getrieben. Entschlossen drängte sie sich mit ihrer Tochter an den Männern vorbei und eilte ins Haus. »Und sie braucht dringend die Brust.« Als sie in die Küche gelangte, gefolgt von Lyn, stieß sie besorgt hervor: »O Gott. Sie ist ganz heiß im Gesicht. Hoffentlich hat sie kein Fieber.«

Jeanne de Carmac und ihre Mitbewohnerinnen nebst Jeannes kleiner Tochter, die bereits fünf war, kamen herbeigelaufen und boten den Männern und Lyn Stühle und einen frischen Eintopf an. Hannah wurde mit dem Kind sofort in die gute Stube nach nebenan bugsiert, wo sie vor dem knisternden Kaminfeuer in aller Ruhe ihre Tochter stillen konnte. Warm eingepackt saß sie schließlich mit Sophia am Feuer und gab ihr die Brust, die sie schmatzend vor Freude annahm, als wären sie nie voneinander getrennt gewesen. Sophia trank so hastig, dass sie sich verschluckte und Hannah sie erst beruhigen musste, bevor sie weitertrinken konnte.

Nachdem alle Neuankömmlinge bestens versorgt waren, setzte Jeanne sich mit dem kleinen Martin zu Hannah und Sophia und stillte ihren Sohn. Dabei lächelte sie den beiden fröhlich zu.

»Unser Nachwuchs scheint aus dem gleichen Holz geschnitzt zu sein«, erklärte sie vergnügt. »Vielleicht liegt es daran, dass ihre Väter Templer sind.«

Hannah erwiderte Jeannes Feststellung mit einem zustimmenden Lächeln und beobachtete gerührt, wie Sophia offenbar all das nachholte, was sie in den letzten zwei Tagen vermisst hatte. »Meinst du, deshalb sind sie durch nichts zu erschüttern und haben stets einen Löwenhunger?«

»Gut möglich«, amüsierte sich Jeanne. »Wobei die Männer im Orden streng diszipliniert waren, was die Regeln bei Tisch betraf. Was man von unseren beiden Hübschen nun nicht gerade behaupten kann.«

Während die beiden Frauen im Kaminzimmer ihre vorderste Pflicht erfüllten, war Lyn zusammen mit den Männern und den anderen Hausbewohnerinnen in der Küche geblieben. Auch weil sie Hannah nicht mit irgendwelchen Schauergeschichten über die Gens du Roi und den Überfall beunruhigen wollte.

Die Tür ging auf, und weitere Templerbrüder kamen hinzu, die von Christian de Vrey als Lambert, Otho und René vorgestellt wurden. Die drei waren von einer Patrouille zurückgekehrt und gesellten sich nun zu ihnen, nachdem sie ihre Schwertgurte mitsamt den Waffen in einem dafür vorgesehenen Korb abgelegt hatten.

Johan nutzte Hannahs Abwesenheit und berichtete Christian und den neu hinzugekommenen Brüdern in verhaltenem Ton, was ihnen unterwegs widerfahren war. Wobei er nicht in die Einzelheiten ging, weil Jeannes kleine Tochter mit am Tisch saß, dazu noch ein weiteres Mädchen und ein Junge, die wohl zum Gesinde gehörten und auch nicht älter als fünf oder sechs Jahre waren.

»Hat der Kerl euch verfolgt?«, wollte Christian von Johan wissen.

»Ich glaube nicht. Er war körperlich ziemlich am Ende, nachdem Lyn ihn in die Flucht geschlagen hat. Aber wir wissen nicht genau, ob er der Einzige war, der von der Meute übriggeblieben ist. Auf dem Weg hierher haben wir deshalb die ganze Zeit achtgegeben, ob uns jemand auf den Fersen ist.«

»Bleibt zu hoffen, dass er nicht nach Franzien zurückkehrt und weitere Schergen der Gens du Roi alarmiert. Das Letzte, was wir gebrauchen können, sind franzische Söldner, die plötzlich vor unserer Tür stehen.«

»Das wird nicht geschehen«, versicherte Johan ihm. »Ich lasse euch in jedem Fall Brian und Totty hier. Sie sind für Hannahs Schutz verantwortlich. Ich selbst muss leider zurück nach Waldenstein zu meinem Weib. Freya ist ebenfalls schwanger. Dazu kümmert sie sich um Struans Weib, die in einigen Wochen mit dem ersten Kind niederkommen wird. Außerdem kann ich Roland von Briey auf Waldenstein unmöglich mit dem ganzen Desaster allein lassen.«

»Ich bin auch noch da«, erklärte Lyn aus dem Hintergrund. »Ich werde Hannah und das Kind zusätzlich beschützen. Schließlich bin ich mit diesem Idioten auch ganz allein fertig geworden und konnte ihn zumindest in die Flucht schlagen.«

Nicht nur Christian de Vrey warf Lyn einen prüfenden Blick zu, auch die anderen Templer beäugten sie fasziniert. Johan hatte in seinem Bericht über den Angriff ihrer Widersacher in wenigen Worten erklärt, dass sie Sophias Unversehrtheit allein Lyn zu verdanken hatten. »Du musst ja ziemlich unerschrocken sein, Lyn«, bemerkte Jeannes Cousin sichtlich beeindruckt.

»Sie ist eine bessere Kämpferin, als wir alle es je sein könnten«, bestätigte Johan die Leistungen seiner Begleiterin mit einem stolzen Seitenblick.

»Kommt sie aus der …«, deutete René mit einem ungläubigen Blick an, sprach es aber nicht aus, weil noch andere am Tisch saßen, die von ihren Geheimnissen nicht einmal etwas ahnten.

»2156«, klärte Lyn ihn kurzerhand auf, die sich denken konnte, was er wissen wollte, auch wenn er sich garantiert nichts darunter vorstellen konnte.

»Oh«, sagte Christian nur, den Lyns Herkunft brennend interessierte, und beließ es dabei. »Wir werden vorerst hierbleiben und mit euch zusammen das Areal sichern«, versprach er mit einem ernsten Blick auf seine Kameraden. »Ihr müsst euch also keine Sorgen machen.«

Johan nickte dankbar. »Es ist ein Segen, Brüder zu haben, auf die man sich verlassen kann.«

»Wir sollten erst einmal was essen, bevor wir weiter beraten«, schlug Christian vor.

Eine Magd hatte weitere Teller hingestellt, in die sie großzügig Suppe schöpfte und dazu ausreichend Brot verteilte.

Während sie schweigend aßen, registrierte Lyn eine Nachricht auf ihrem Armband. Sie musste nicht hinschauen, um zu wissen, dass sie von Rona kam. *Hannah wird die Burg in zwei Tagen verlassen*, informierte ihre Schwester sie. *Wir wissen leider nicht warum. Aber die Information kommt von Tom und erscheint mir deshalb als gesichert.*

Lyn blickte unwillkürlich zu Johan auf, sagte aber nichts. Das würde sie nachholen, sobald sie mit ihm allein war.

Kaum dass sie mit dem Essen fertig waren, schlugen erneut die Hunde an.

»Wer kann das sein?«, fragte Christian alarmiert in die Runde und erntete allgemeines Schulterzucken. Er stand auf und gürtete sein Schwert. Auch René und Lambert legten ihre Waffen an und folgten ihm nach draußen. Johan hob besorgt eine seiner vernarbten Brauen, zog es jedoch vor, mit seinen Kameraden bei den Frauen und Kindern zu bleiben, um sie nicht auch noch zu beunruhigen und im Zweifel ihren Schutz zu garantieren.

Kurze Zeit später tauchten Christian und seine Kameraden mit Bruder Armand auf, jenem zerzausten Einsiedler und ehemaligen Templer, der sich im Kerker einst selbst die Zunge herausgeschnitten hatte, um während der Folter seinen Feinden nichts zu verraten. Johan kannte den Mann. Er war eine Art Kurier zwischen den Templerrebellen und einer Gruppe von Zisterziensern, die vorher selbst Templer gewesen waren und noch immer verfolgte ehemalige Brüder mit Informationen unterstützten. Auf Vermittlung von Wintrich von Achenbach, einem steinalten Zisterziensermönch aus dem Erzbistum Trier, waren Johan und seine Kameraden im Jahr zuvor zur Abtei Bettnach-Weiler entsandt worden, weil der dort lebende Bruder Simon den Kontakt zu Pierre de Bologne hielt, der dabei geholfen hatte, Gero aus den Händen der Gens du Roi zu befreien. Armand diente Pierre und den Zisterziensern als Kurier zwischen der Abtei und der Burg der Carmacs, die nur eine Stunde Ritt von den Zisterziensern entfernt lag.

Christian hatte Erbarmen mit den anderen Anwesenden, indem er Armand einen Platz direkt an der Tür anbot und sie einen Spalt offen stehen ließ. Der kauzige Einsiedler, der wohl selten ein Bad nahm, stank wie der Teufel höchstselbst.

Während der verwahrlost aussehende Gast ebenfalls mit Suppe, Brot und Wein versorgt wurde, bedeutete ihm Christian, erstmal zu essen, bevor er ihn mit den neusten Neuigkeiten versorgte. Er schien die Gebärdensprache des Mannes nicht nur zu verstehen, sondernd beherrschte sie ebenso perfekt.

Als Christian sich nach dem Essen eine Weile gestenreich mit Armand unterhalten hatte, machte er ein ernstes Gesicht und bat Johan, mit ihm nach draußen zu kommen, weil er den Inhalt des Gesprächs nicht vor den Frauen und Kindern ausbreiten wollte. Bruder Armand, der es nur schwer in Gesellschaft von Menschen aushielt, machte sich unterdessen mit einem knappen Gruß auf den Heimweg.

»Bruder Simon aus Bettnach-Weiler hat Armand geschickt«, begann Christian leise. »Er lässt uns ausrichten, wir sollen vorsichtig sein, weil ein Agent der Gens du Roi bei ihm im Kloster aufgetaucht ist. Er war schwer verletzt und fragte nach umliegenden Burgen, angeblich auf der Suche nach den Raubrittern, die ihn überfallen haben.«

»Das ist garantiert unser Mann«, bestätigte ihm Johan. »Wir sollten zur Abtei reiten und an ihm vollenden, was wir mit seinen Begleitern begonnen haben. Es wäre ein Fehler, ihn leben lassen.«

»Nachts kommst du in die Abtei nicht rein«, warnte Christian ihn. »Falls du vorhast, ihn zu töten, musst du früh los und ihm entweder draußen vor dem Kloster auflauern, oder du musst dir mit einer List Zugang zum Hospital verschaffen.«

Johan schwieg nachdenklich, nicht sicher, ob er so abgebrüht war, einen wehrlosen Mann ins Jenseits zu schicken und zugleich die Mönche der Zisterzienserabtei mit in diese Geschichte hineinzuziehen. Obwohl der Kerl den Tod mehr als verdient hatte. »Du hast recht«, meinte er schließlich. »Ich werde mit Brian und Totty gleich morgen Früh zur Abtei reiten und ihm draußen vor dem

Kloster auflauern. Sobald er rauskommt, wird er seine gerechte Strafe erhalten, damit er nicht noch mehr Unheil anrichten kann.«

»Dann müsst ihr vor dem Morgengrauen aufbrechen«, riet ihm Christian. »Die Zisterzienser versorgen ihre Kranken bereits vor Sonnenaufgang.«

»Wir werden versuchen, mit Bruder Simon Kontakt aufzunehmen. Er kennt uns bereits«, erklärte Johan ihm.

»Wir sollten uns einen Plan zurechtlegen«, schlug Christian vor. »Nach dem Essen gehen wir in die Bibliothek, oben im Aussichtsturm. Dort sind wir ungestört.« Er kehrte mit Johan in die Küche zurück und bat seine Gäste auf einen weiteren Wein in die Bibliothek der Hausherrin.

Lyn wandte sich beiläufig an Johan. »Ich muss dir was sagen«, murmelte sie. »Draußen, vor der Tür.«

»Was ist denn?« Johan entschuldigte sich bei Christian und warf Lyn einen alarmierten Blick zu.

»Ich fürchte, du kannst es dir sparen, nach dem Kerl zu suchen. Hannah wird nicht hierbleiben und somit wir beide auch nicht. Rona hat mir mitgeteilt, dass Tom Hannahs Bewegungsmuster in den nächsten Tagen untersucht hat. Sie wird die Burg wieder verlassen – mitsamt dem Kind.«

»Mit welchem Ziel?« Johan warf ihr einen verwirrten Blick zu.

»Das weiß Tom nicht. Durch seinen Kontakt zu Rona könnten zudem Änderungen im Raum-Zeit-Gefüge eingetreten sein, die eine Vorhersage, wo jemand sich in den nächsten Tagen und Wochen befindet, praktisch unmöglich machen. Es sei denn, der Überprüfte hat selbst einen Server dabei, über den man eine direkte Verbindung herstellen kann. In der Quantenphysik hat der Beobachter einen nicht näher bestimmbaren Einfluss auf den Verlauf von Ereignissen.« Sie schaute ihn mit ihren faszinierenden Augen fragend an. »Wenn du verstehst, was ich meine …«

»Keine Silbe«, gab Johan mit einem zerknirschten Blick zu. »Geht es nicht einfacher?«

»Es bedeutet, dass irgendetwas geschehen wird, das uns zwingt, zusammen mit Hannah diese Burg zu verlassen. Oder der Sturm zieht an uns vorüber, und es passiert gar nichts.«

»Trotzdem werden wir versuchen, den Kerl zu erledigen«, stellte Johan mitleidlos fest. »Er weiß einfach zu viel, und das macht ihn weiterhin gefährlich.«

»Soll ich mitkommen?« Lyn schaute ihn fragend an. »Du weißt, ich kann auch bei Dunkelheit sehen.«

»Nein, bleib bei Hannah und pass auf sie auf. Keine Ahnung, wer sich hier sonst noch herumtreibt.«

»Wie du meinst.« Lyn blickte ihn aus schmalen Lidern an. »Aber lasst nicht zu lange auf euch warten. Wenn ihr ihn erwischt habt, kommt sofort zu uns zurück.«

»Keine Sorge«, erwiderte Johan. »Das ist schnell erledigt.«

•

Helias Baillie wälzte sich auf seiner kargen Pritsche schlaflos von einer Seite auf die andere, als zu allem Übel auch noch die Glocken läuteten. Verhalten zwar, aber gut hörbar. Dabei war es mitten in der Nacht. Außer den Schmerzen in Hand und Oberschenkel quälte ihn zusätzlich das Schnarchen und Stöhnen von gut einem Dutzend Kranker, die den Saal mit ihm teilten. Baillie wollte gar nicht erst wissen, was sie alles plagte, und schon gar nicht, ob es wie Lepra oder Flöhe von einem auf den anderen übersprang.

Schließlich richtete er sich auf und berührte mit den Füßen den Boden, um sein Gleichgewicht wiederzuerlangen. Einen Moment lang rang er mit den stechenden Schmerzen im Oberschenkel, bevor er sich im spärlichen Schein einer Tranfunzel wankend erhob und vollständig ankleidete. Mit einem Fluch auf den Lippen hinkte er anschließend zum wachhabenden Bruder des Hospitals und verlangte von dem erstaunt aufblickenden jungen Mann als Allererstes mehr von dem schmerzstillenden Theriak.

»Ich weiß nicht, ob ich Euch mehr geben darf, als Ihr schon bekommen habt«, erwiderte der junge Bruder zögernd, während Baillie mit einer fordernden Geste vor ihm stand. »In ein paar Stunden tritt Bruder Simon seinen Dienst wieder an. Lasst ihn entscheiden, was mit Euch zu geschehen hat.«

»Außer dem König von Franzien und mir selbst entscheidet niemand, was mit mir zu geschehen hat«, knurrte Baillie mit einem bitterbösen Blick. »Wenn Ihr keinen Ärger mit der franzischen Krone haben wollt, rückt meine Waffen, mein Pferd und einen angemessenen Vorrat an Theriak heraus, damit ich die nächsten Tage ohne Schmerz überstehe.« Baillies Stimme nahm einen bedrohlichen Ton an, der keinen Zweifel daran ließ, dass er es ernst meinte. »Danach werde ich abreisen und Euch nicht weiter behelligen.«

»Wo wollt Ihr denn hin?« Der Bruder schaute ihn wie blöde an. »Es ist mitten in der Nacht und hat gerade erst zur Matutin geläutet.«

»Wenn Eure Mönche zu dieser nachtschlafenden Zeit zur Messe gehen können, werdet Ihr wohl auch in der Lage sein, mein Pferd satteln zu lassen und mir das Theriak-Tonikum einzupacken. Außerdem wäre ich dankbar für etwas Proviant und einen schmackhaften Roten.«

Baillie zückte eine Silbermünze, um die Entscheidungsfindung des jungen

Bruders zu beschleunigen. Sie war um einiges mehr wert als das, was er von ihm verlangte.

Der junge Mann stieß einen Seufzer aus und erhob sich wie ein Greis. Dann schlurfte er mit dem Licht in der Hand voran und gab Baillie, was dessen Herz begehrte. Beim Ausgang zum Hof pfiff er einen anderen Wachhabenden heran, der eine brennende Fackel mit sich trug und Baillie zur Klosterpforte brachte, wo er ihn samt seinem gesattelten Gaul dem dunklen Wald überließ.

»Seid vorsichtig«, riet ihm der Wachhabende und deutete mit ängstlicher Grimasse in die Dunkelheit. »Dort draußen lauern Wölfe und der Teufel …«

Baillie, der vor dem Fürsten der Hölle weitaus mehr Respekt hatte als vor Wölfen und anderem Getier, entriss dem überrumpelten Bruder die Fackel und schwang sich auf sein Pferd.

Nachdem er sich kurz am abnehmenden Frühlingsmond orientiert hatte, der hier und dort durch die Wolken lugte, spornte er seinen Hengst an und lenkte ihn unerschrocken Richtung Süden. Wenn er wenige Pausen einlegte und das Tempo hielt, würde er am frühen Abend sein Ziel erreichen.

•

Nachdem Johan an der Klosterpforte nach Bruder Simon verlangt hatte, dauerte es noch eine Weile, bis dieser vor ihm stand. Glücklicherweise erkannte er Johan und seine beiden Begleiter sofort und ahnte auch schon, warum sie ihn zu so früher Stunde aufsuchten.

»Der Mann, nach dem Ihr sucht, ist hat sich mitten in der Nacht davongemacht«, erklärte Simon den Templerbrüdern mit Bedauern in der Stimme. »Immerhin hat meine Ahnung mich nicht getäuscht. Deshalb habe ich den Einsiedler auch gleich zu Jeanne de Carmac geschickt. Armand ist unser zuverlässigster Mann.«

»*Merde!*«, fluchte Johan. »Du konntest nicht wissen, was geschehen ist«, beruhigte er Simon, nachdem er ihn in die Liste von Baillies Sünden eingeweiht hatte.

»Ich darf gar nicht darüber nachdenken … es war töricht von mir, diesem Kerl von der Gens du Roi zu helfen. Ich hätte ihn lieber mit einer Überdosis Theriak sofort ins Jenseits schicken sollen, bevor er noch mehr Unheil anrichten kann«, murmelte Simon mit grimmigem Blick.

»Und wir hätten gestern mit Armand gleich hierher zurückreiten und die Dinge selbst in die Hand nehmen sollen«, erklärte Johan.

»Nun ist es leider zu spät«, fügte Simon verdrossen hinzu.

»Gut, dass du wenigstens den Einsiedler zu Jeanne geschickt hast«, bestätigte Johan ihm. »Somit wissen wir, dass er noch in der Gegend herumstrolcht und sehr wahrscheinlich etwas im Schilde führt.«

»Falls er nochmal hier auftaucht«, raunte Simon mit gefährlich leiser Stimme, »werde ich wissen, was zu tun ist.«

»Danke, Bruder.« Johan verabschiedete sich von Simon mit einem überkreuzten Handschlag.

»Was hast du vor?«, erkundigte sich Totty, als Johan seinen Hengst Richtung Südosten lenkte. »Willst du den Kerl jagen?«

»Das hätte keinen Sinn«, gab Johan mit einem Seufzer zurück. »Er ist uns drei Stunden voraus. Den holt niemand mehr ein. Außerdem haben wir nicht die geringste Ahnung, in welche Richtung er geritten ist. Wir können allenfalls spekulieren. Es ist erst einmal wichtiger, Hannah und die Frauen und Kinder zu beschützen. Zumal Lyn meinte, dass Hannah wahrscheinlich die Burg verlassen wird, wie Tom bei einer Befragung des Servers herausgefunden hat. Aber er konnte nicht sagen, wo diese Reise endet und warum sie angetreten wird.«

»Ich hasse diesen sprechenden Kopf«, fluchte Totty. »Das Ding und seine Kopien bewirken nur Scherereien. Wenn er helfen soll, ist er nicht zur Stelle. Und wenn ich es mir genau überlege, war letztendlich der Caput schuld, dass der Orden vernichtet wurde. Ich sehne mich in die Zeit zurück, als es noch keine Verfolgung gab und niemand von diesem Kopf gefaselt hat. Hätten Montbard und seine Brüder diese magischen Tafeln mitsamt der Bundeslade doch nur gelassen, wo sie waren. Dann säßen wir jetzt nicht im Dreck, und alles wäre wunderbar.«

»War das ein Beitrag zum Thema ›Früher war alles besser‹?«, spöttelte Brian, der sich selten über etwas lustig machte. »Mensch, Totty«, gab er zu bedenken. »Ohne den CAPUT LVIII und dessen Geheimnis hätte der Orden nie existiert. Und wir stünden nun nicht hier, sondern wären in irgendeinem Kloster für die Pflege des Gemüsegartens zuständig.«

»Vielleicht wäre das besser«, brummte Totty. »Denk nur, wie viele Menschen für den Orden in den Krieg gezogen sind. Wie viele dabei für nichts und wieder nichts gestorben sind. Wie viele Muselmanen unsereins auf dem Gewissen hat und umgekehrt. Tausende. Eher sogar Zehntausende.«

»Ohne den Orden wären vielleicht noch viel mehr Menschen gestorben«, erklärte Brian leidenschaftlich. »Denk an die vielen Leute, denen die Templer Arbeit und eine Zukunft gegeben haben. Die vielen Felder, die im Auftrag des Ordens bestellt wurden. Die vielen Armenspeisungen, die er vorgenommen hat. Schau dich doch um. Seit der Orden nicht mehr ist, reicht ein verregneter Sommer, und die Menschen verhungern überall, wo zuvor die Templer für Einkommen und Nahrung gesorgt haben. Du kannst unser Unglück nicht an einem Mysterium festmachen, sondern an den Menschen, die in ihrer Gier nach Macht und Geld alles zerstören, was Menschlichkeit ausmacht, und sich mehr und mehr in habgierige Teufel verwandeln.«

»Amen«, sagte Johan, der die ganze Zeit geduldig zugehört hatte. »Und nun lasst uns zurückreiten, damit wir uns in Jeanne Carmacs gemütliche Küche setzen, frisches Brot und gebratene Eier essen und dazu heißen Rotwein trinken können. Ich habe nämlich einen Bärenhunger.«

•

Helias Baillie hatte neun Stunden Ritt hinter sich und nur wenige Pausen eingelegt, in denen er seine zunehmenden Schmerzen mit einem gehörigen Schluck Theriak unterdrückte, als er endlich sein Ziel erreichte. Sein Hengst war genauso erschöpft wie er selbst und trottete vollkommen verschwitzt den lang ansteigenden Weg zur Stammburg der Herren von Lichtenberg hinauf.

Das imposante Gebäude, das aus mehreren Häusern und einem beeindruckenden Palas bestand, wirkte mit seinen vielen Türmen, Giebeln und Dächern wie eine eigene kleine Stadt. Auf den Wehrmauern patrouillierten unzählige Wachsoldaten, die von dort oben die dicht bewaldeten Hügel und Berge der Umgebung im Blick hielten.

Baillie stellte gewiss keine große Gefahr für das beeindruckende Anwesen dar. Schon gar nicht angesichts seines elenden Anblicks. Was womöglich bedeutete, dass er all seine Überredungskunst einsetzen musste, um überhaupt zum Burgherrn vorgelassen zu werden, zumal bereits der Abend dämmerte und die Kirchenglocke der Kapelle zur Vesper läutete.

Beim Anblick des geöffneten Burgtores stellte er sich die Frage, was er tun würde, wenn ihm die Soldaten den Zutritt zur Festung verweigerten. Obwohl völlig durchgeschwitzt, fror er wie ein Schneider, der sich kein Brennholz leisten konnte. Wie befürchtet, glaubte Baillie den Zweifel in den Augen des Wachhabenden zu erkennen, als er sich der Zugbrücke näherte. Der Blick des Soldaten heftete sich an die zerschlissene Mönchskutte, die Baillie auf dem Weg hierher bei einem Benediktinerkloster erbettelt hatte, weil es unterwegs erbarmungslos zu regnen begonnen hatte und er vollkommen durchnässt gewesen war.

»Wer seid Ihr, und was ist Euer Begehr?«, rief ihm der schon ältere Wachhabende unfreundlich entgegen und kreuzte seine Lanze mit seinem jüngeren Kameraden, der ebenso wenig davon überzeugt zu sein schien, dass man ihm Einlass gewähren sollte.

Baillie rutschte aus dem Sattel, weil er wusste, dass die Männer es nicht zulassen würden, wenn er ihnen hoch zu Ross erklärte, wer er war und was er vorhatte. Mit zitternden Knien stand er neben seinem Pferd und kramte die Geleitpapiere des franzischen Königs aus seinen Satteltaschen.

»Ich bin ein Gesandter seiner Majestät des Königs von Franzien und ein Offizier der Gens du Roi«, erklärte er den erstaunten Wachhabenden atemlos und wischte sich mit dem Handrücken die Nässe aus dem Gesicht, bevor er die Papiere dem älteren Wachmann zur Kontrolle übergab.

Während dieser zweifelnd das Siegel kontrollierte, stand Baillie mit eingeknickter Hüfte da und hielt sich notdürftig an seinem Gaul fest, um nicht einfach umzufallen, was seine Souveränität in Zweifel gezogen hätte.

Der Alte schaute prüfend zu ihm auf und bemerkte den durchgebluteten Verband an seiner Hand. »Seid ihr verletzt?«, fragte er überflüssigerweise.

»Ich wurde im Wald nahe Metz von Räubern überfallen, konnte mich aber trotz allem bis hierher durchschleppen«, erklärte Baillie ehrlich, wobei er seine Wut über die dummen Fragen des anderen mit knirschenden Zähnen unterdrückte.

»Seid Ihr ganz allein unterwegs?«, hakte der jüngere Wachmann nicht minder einfältig nach.

»Wie es aussieht, ja«, zischte Baillie. »Vier meiner Männer wurden unterwegs getötet. Ihr könnt Euch vielleicht vorstellen, dass ich nicht hier wäre, um Euren Herrn zu sprechen, wenn es nicht wirklich wichtig wäre.«

»Nun gut«, erwiderte der Alte, immer noch nicht gänzlich überzeugt, ob er dem zerlumpten, blutenden Fremden Einlass gewähren sollte. »Ich werde einen Knappen zu unserem Burgvogt schicken. Soll der entscheiden, ob Euer Anliegen würdig genug ist, damit es unserem Herrn vorgetragen wird.«

»Könnte ich mich wenigstens irgendwo ins Warme setzen?«, murmelte Baillie, dem vor Schmerzen und Übelkeit Sterne vor den Augen tanzten. »Bis euer Herr über meine Anfrage entschieden hat?«

»Na gut«, beschloss der Wachhabende gnädig und pfiff zwei Knappen herbei, von denen einer sich um Baillie und sein Pferd kümmerte, während er den anderen beauftragte, den Burgvogt zu benachrichtigen.

»Warte!«, keuchte Baillie, bevor der Junge sich in Bewegung setzte. »Sag dem Vogt, er soll dem jungen Landgrafen ausrichten, ich weiß vielleicht, wo er Hannah von Lichtenberg zu Waldenstein findet – oder Hannah von Breydenbach, wie sie sich früher nannte.«

Der grauhaarige Wachhabende hob eine Braue. Anscheinend wusste er, um wen es sich handelte, denn er klopfte dem Knappen bedeutungsvoll auf die Schulter. »Sag Helfrich von Schöneck, er soll die Nachricht dem Grafen persönlich überbringen. Es scheint tatsächlich wichtig zu sein.«

Baillie, der unvermittelt Hoffnung schöpfte, durfte bis zu einer Entscheidung des Burgherrn in der Stube der Wachmannschaften Platz nehmen, wo die Männer sich in ihren Pausen und zur Ablösung trafen. Die Kammer war in die dicke Wehrmauer eingelassen und bot nicht besonders viel Platz. Dafür brannte ein wärmendes Feuer im Kamin, das zusammen mit einem Becher heißem Wein und einem Stück Brot Baillies Lebensgeister halbwegs wieder aufleben ließ.

»Was bist du denn für einer?«, fragte ihn einer der anwesenden Söldner, die sich zu sechst offenbar für die Wachablösung fertig machten. »Du siehst aus wie ein geprügelter Hund, der in ein Wasserfass gefallen ist.«

Gelächter brandete auf. Dessen Kameraden fanden die Bemerkung allem Anschein nach witzig, doch Baillie war nicht in der Stimmung, dem Mann zu antworten. »Das geht dich nichts an«, brummte er missmutig.

»Uh«, rief einer von ihnen. »Der Herr ist nicht sonderlich gesprächig. Was glaubt er, wer er ist?«

»Er ist ein Agent der Gens du Roi«, wusste der junge Wachhabende zu berichten, der soeben die Stube betreten hatte, um Baillie über den Stand seines Anliegens zu unterrichten. »Mein Herr wird Euch persönlich empfangen«, versicherte er ihm.

Die anderen Söldner bekamen vor Erstaunen den Mund nicht mehr zu, als Baillie mit dem Jungen an ihnen vorbeimarschierte und dabei versuchte, nicht zu hinken, um sich einen Rest an Würde zu bewahren.

»Helias Baillie«, stellte er sich dem jungen Landgrafen von Lichtenberg mit einer bemühten Verbeugung vor, nachdem man ihn in dessen Jagdzimmer geführt hatte.

»Hanemann von Lichtenberg«, erwiderte sein Gegenüber mit einem undurchsichtigen Lächeln und blieb in seinem Lehnstuhl sitzen. Zu Baillies Erstaunen bot ihm der junge deutsche Adlige mit einem Wink einen gepolsterten Scherenstuhl an. »Ihr müsst ja vollkommen erschöpft sein«, bedauerte ihn der junge Mann mit einer theatralischen Geste. »Ich werde Euch sogleich etwas zu essen und zu trinken bringen lassen«, versicherte er ihm überfreundlich. »Und neue Kleidung.« Geradezu überschwänglich wandte er sich einem älteren Diener zu. »Meinhard, bring dem Mann ein frisches Gewand aus meinem Fundus, er müsste ungefähr meine Größe haben.« Er wandte sich wieder Baillie zu. »Sobald Ihr in trockenen Gewändern steckt und etwas gegessen habt, müsst Ihr mir unverzüglich berichten. Ich will alles wissen, was Ihr zu sagen habt.«

Tatsächlich versank Baillie in den Kleidern seines jungen Gastgebers, nachdem ein Diener ihm auf Anweisung des Burgherrn frische Sachen gebracht hatte. Hanemann von Lichtenberg war mindestens einen Kopf größer als er selbst. Ein wenig verlegen schlug Baillie die Ärmel der Joppe und des Hemds um. Der Diener half ihm anschließend, die Hosenbeine umzukrempeln und in ein trockenes Paar Stiefel zu steigen, die ihm ebenfalls zu groß waren.

»Wir Lichtenberger sind bekannt dafür, dass wir bereits in jungen Jahren eine stattliche Größe erreichen«, entschuldigte sich der junge Landgraf mit einem Schulterzucken.

Wobei er unübersehbar ein Grinsen unterdrückte angesichts der Tatsache, dass Baillie nun aussah wie ein Hampelmann.

»So, und jetzt erzählt mir, warum Ihr den langen und offenbar gefährlichen Weg hierher auf Euch genommen habt«, wollte er voller Ungeduld wissen.

Baillie überlegte, wie er am besten beginnen konnte, ohne seinem Gastgeber das Gefühl zu geben, in den letzten Tagen auf Waldenstein von ihm und seinen Leuten überwacht worden zu sein.

»Was wisst Ihr über Euren Cousin Gerard von Breydenbach?«, wollte er von dem jungen Landgrafen wissen und schaute ihm forschend in die hellen Augen.

Hanemann, anscheinend stutzig geworden, blickte ihn aus schmalen Lidern an. »Er ist ein Neffe meiner Tante Margaretha«, sagte er und fügte hinzu: »Der Sohn ihrer Schwester. Es besteht keine Blutsverwandtschaft zwischen uns.«

Es hörte sich ganz so an, als ob das für Hanemann von Lichtenberg eine bedeutende Rolle spielen würde, was Ballie als gutes Zeichen wertete.

»Er hat auf Waldenstein seine Knappenausbildung absolviert. Danach ist er auf einen Kreuzzug gegangen.«

»Und weiter?« Baillie sah ihn scharf an, als ob er ihn verhören wollte.

»Er war jahrelang im Heiligen Land, bevor er nach Waldenstein zurückkehrte«, antwortete Hanemann zögernd. »Bei seiner Rückkehr war sein Bruder kurz zuvor bei einer Fehde mit den Söldnern des Erzbischofs von Trier im Kampf gefallen. Daraufhin hat Gero sein Trierer Lehen verloren. Heimatlos geworden, sind er, seine Mutter Jutta und schließlich sein Weib auf Burg Waldenstein eingezogen. Margaretha von Lichtenberg zu Waldenstein hat ihn, urkundlich gezeichnet mit der offiziellen Erlaubnis des Herzogs von Lothringen, als ihren Sohn angenommen.«

»Das hat *er* Euch alles erzählt?«, triumphierte Baillie und lächelte hinterhältig.

»Was wollt Ihr damit sagen? Die Urkunden des Herzogs hat mein verstorbener Oheim Johann I. an meiner Stelle sogar mitgezeichnet.« Hanemann kräuselte die Stirn. »Ich dachte, es geht um das Auffinden seiner Gemahlin, die vor ein paar Tagen von Räubern entführt wurde?«

»Wisst Ihr eigentlich, dass Gerard von Breydenbach Kommandeur-Leutnant bei den Templern in Bar-sur-Aube gewesen ist? Oder hat man Euch diese zweifelhafte Karriere Eures Cousins womöglich verschwiegen?« Baillie genoss die unsichere Miene seines Gegenübers, der nun aufgestanden war und nervös vor dem Kamin auf und ab marschierte.

»Nein, das wusste ich nicht«, antwortete Hanemann beinahe trotzig und blieb einen Augenblick lang vor ihm stehen, bevor er sich von Neuem in Bewegung setzte. »Ich habe mich nie für diesen Kerl interessiert. Schließlich ist er fünfzehn Jahre älter als ich. Ich wusste nur, dass er seine Ausbildung zum Ritter bei Roland von Briey gemacht hat. Ich habe mich erst mit ihm beschäftigt, als es hieß, Gräfin Margaretha habe ihn adoptiert und dass er sie beerben soll. Wobei es in unserer Familie einige Verstimmungen darüber gab, weil sie zunächst beim Herzog von Lothringen um dessen Zuspruch ersucht hat. Erst als ihr dieser Zuspruch sicher war, kam sie zu uns. Danach konnte mein Oheim ihr Ansinnen nicht mehr ablehnen, obwohl ich bis dahin der nächste Erbe von Waldenstein gewesen wäre.«

»Wenn Ihr gewusst hättet, was der Kerl in Wahrheit verbrochen hat, wäre Euch eine Ablehnung sicher leichter gefallen«, sagte Baillie und grinste gehässig.

»Was soll das heißen?«, erwiderte Hanemann mit einem lauernden Blick, mit dem Baillie sich auf der richtigen Spur wähnte. Offenbar schwelte hier ein Erbschaftsstreit, der seinen Interessen mehr als nur entgegenkam.

»Gerard von Breydenbach wird in Franzien per Haftbefehl von der franzischen Krone gesucht. Und das nicht nur mit der Unterschrift König Philipps IV., sondern auch von der dortigen Inquisition«, erklärte ihm Baillie leidenschaftslos. »Auf seiner Flucht nach Deutschland in der Nacht zum 13. Oktober im Jahre des Herrn 1307 hat er zusammen mit seinen Kameraden mehrere Agenten der Gens du Roi getötet. Im vergangenen Herbst hat er zudem den Inquisitor des Königs gemeuchelt und etliche meiner Waffenbrüder. In Franzien hat man ihn und einige seiner Kameraden in seiner Abwesenheit mehrmals zum Tode verurteilt. Deshalb bin ich mir nicht sicher, ob er tatsächlich der richtige Anwärter auf den Titel des Grafen von Lichtenberg zu Waldenstein ist.«

Hanemann hatte seine unruhige Wanderung aufgegeben. Nach dieser Nachricht zog er es vor, sich wieder zu setzen. Während er Baillie fassungslos anstarrte, ließ sein wechselndes Mienenspiel nicht erkennen, ob es Entsetzen oder eher Begeisterung war, von dem er nach dieser unvermittelten Erkenntnis angetrieben wurde. Im Zweifel beides.

»Ich glaub's nicht«, murmelte er schließlich und schüttelte den Kopf, wobei er grinste wie ein geistig umnachteter Idiot. Mit einem Mal veränderte sich sein Mienenspiel und er wurde ernst. »Weiß meine Tante davon?«

»Davon gehe ich aus«, antwortete Baillie und nahm noch einen Schluck von dem gewärmten Wein, der inzwischen kalt geworden war. »Sie muss zumindest wissen, dass ihr Neffe seinen Dienst bei den Templern versehen hat.

Schließlich hat sein Vater diese Verbindung zum Orden eingefädelt. Er war mit Eurem Onkel Gerhard im Jahre des Herrn 1291 in Akko. Beide Männer hatten regelmäßig Kontakt zu diversen hochrangigen Offizieren des dort stationierten Templerordens.«

»Das heißt aber nicht, dass Gräfin Margaretha davon wusste, was bei den Templern vorgefallen ist?«, erkundigte sich Hanemann, als wollte er deren Verteidigung übernehmen.

»Ihr meint, ob sie sich durch ihr Mitwissen an den Vergehen ihres Neffen mitschuldig gemacht hat?«

Hanemann nickte hastig, wie ein Klosterschüler, der seinem Lehrmeister unbedingt die richtige Antwort geben will. »Wenn dem so wäre, hätte sie den Herzog hintergangen. Und das könnte bedeuten, dass der Herzog nicht nur ihrem Neffen das Lehen entzieht, sondern auch ihr.«

»Das müsst Ihr sie schon selbst fragen.« Baillie nickte jovial. »Schließlich liegt es bei Euch, was Ihr mit diesem Wissen anfangen wollt. Ich kann Euren Cousin nur festsetzen, wenn ich den Herzog von Lothringen auf unserer Seite habe und er diesen Kerl anschließend nach Franzien ausliefert. Ob Ihr seiner Tante weiterhin Euer Vertrauen schenken wollt, ist Eure Sache.«

»Und was ist mit Hannah, seinem Weib?«, erkundigte sich Hanemann mit einer gehörigen Portion Neugier im Blick. »Ihr sagtet, Ihr wisst vielleicht, wo sie ist.«

»Bei der Verfolgung mehrerer Templer, die von Waldenstein in Richtung Metz geritten sind, haben wir gesehen, dass sie einen Säugling dabeihatten. Wir gehen davon aus, dass es sich dabei um die Tochter des noch amtierenden Grafen von Lichtenberg zu Waldenstein handelte.«

»Was macht Euch da so sicher?«, wollte Hanemann wissen.

»Wir beobachten Gero von Breydenbach und seine Templer schon eine ganze Weile«, legte Baillie die Karten auf den Tisch. »Sie werden allesamt schwerster Ketzerei verdächtigt, und wir sind überzeugt, dass sie mit dem Teufel paktieren. Wie Euch vielleicht aufgefallen ist, sehen Gero von Breydenbach und seine Männer immer noch erstaunlich jung aus, und auch ihre Frauen sind ausgesprochen schön. Es besteht der Verdacht, dass der Leibhaftige ihnen besondere Kräfte verleiht und sie unsterblich macht. Sie sind äußerst gefährlich«, fügte er mit gewichtiger Stimme hinzu. »Ich war diesen Templern dicht auf den Fersen und wurde mit meinen Leuten in einen Kampf mit diesen Dienern Satans verwickelt.« Demonstrativ hielt er seine Hand in die Höhe, deren Verband im Gegensatz zu seiner Kleidung noch nicht gewechselt worden und trotz einer weiteren Behandlung bei den Benediktinern längst wieder durchgeblutet war. »Wir waren zu fünft. Ich bin der einzige Überlebende. Und da ich wusste, dass Ihr Euch noch vor Kurzem auf Waldenstein aufgehalten habt, wollte ich Euch warnen.«

Hanemann atmete tief durch und stürzte den Rest seines Weins in einem Schluck hinunter. »Bei Gott dem Herrn«, stieß er keuchend hervor. »Jetzt wird mir so einiges klar. Wisst Ihr, dass sie meinen Oheim getötet haben?«

Baillie schüttelte stumm den Kopf, obwohl er natürlich genauestens im Bilde war. Der Triumph, den er aufgrund seines genialen Schachzugs empfand, nahm ihm jeglichen Schmerz.

»Also, wenn Ihr mich fragt«, murmelte Baillie verschwörerisch, »solltet Ihr Euch gleich morgen früh auf die Suche nach dem Kind machen. Denn wo das Kind ist, ist auch die Mutter nicht weit. Und wenn Ihr erst einmal Hannah von Waldenstein und ihre Tochter in Eurem Gewahrsam habt, wird Gero von Breydenbach versuchen, sie zu befreien. Dann müssen wir nur noch zuschlagen, um ihn festzusetzen und nach Franzien zu schaffen, wo er garantiert auf dem Scheiterhaufen enden wird.«

»Ein solches Vorgehen will gut durchdacht sein«, krächzte Hanemann atemlos, offenbar fest gewillt, die Herausforderung anzunehmen. »Wie Ihr schon sagtet, mein Cousin und seine Männer sind offenbar mit dem Teufel im Bunde. Und wer sich mit dem Teufel anlegt, sollte ihm überlegen sein.«

»Wenn wir uns verbünden, wird uns das nicht schwerfallen«, erklärte Baillie mit einem dämonischen Grinsen und hielt Hanemann seine gesunde Hand hin, damit er einschlagen konnte.

KAPITEL 39

APRIL 1316
GRAFSCHAFT BOURBONNAIS / VICHY

Der verlorene Sohn

Gero hatte die letzte Nachtwache übernommen. Als er im ersten Morgengrauen in den abbruchreifen Viehstall zurückkehrte, um seine Freunde zu wecken, zögerte er beim Anblick der friedlich schnarchenden Brüder noch einen Moment. Er blickte zurück und ließ das sanfte Morgenrot auf sich wirken, das sich von Osten über dem Horizont erhob und die Nebelbänke über den Auen und den umliegenden Eichenwäldern in ein überirdisches Licht tauchte.

Erstes Vogelgezwitscher mischte sich in die leisen Geräusche der Menschen. Ansonsten war es merkwürdig still. Die Luft war herrlich würzig und frisch. Es roch nach Erde und Blättern. Und obwohl er aus der Zukunft wusste, dass der andauernde Regen in diesem Jahr die Menschen im Norden des Kontinents in eine historische Hungersnot stürzen würde, hoffte er, dass der Frühling nicht mehr allzu lange auf sich warten ließ. Er dachte an Hannah und Sophia und ob es ihr und dem Kind gut ging. Was sie wohl dazu sagen würde, dass sie nun nicht nur Alphonse Bratac retten wollten, sondern auch den Sohn einer Fremden, die ihnen bisher nur geschadet hatte. Hannah würde es verstehen, redete er sich ein. Schließlich ging es dabei um eine Mutter, der man das Kind geraubt hatte. Er hatte sich mit Pierre und den anderen noch am gestrigen Abend vor dem Schlafengehen zusammengesetzt und über das weitere Vorgehen beraten. Ungeachtet aller Gefahren, die dort draußen auf sie lauerten, hatten sie beschlossen, Justine Rosmands Jungen aus den Fängen der Dominikaner oder Jakobiner, wie Franzosen die Brüder des Ordens auch bezeichneten, zu befreien. Trotzdem stellte Gero sich die Frage, ob es unter den gegebenen Umständen nicht seine Pflicht gewesen wäre, umzukehren und sich um den Schutz seiner eigenen Familie zu kümmern.

Aber da war Pierre, der zwei seiner besten Männer wegen Malcolms Rettung verloren hatte und der auch nicht einfach umdrehte und seine ureigenen Interessen in den Vordergrund stellte. Und da war Struan, der Amelie den Vater zurückbringen wollte, weil er sich für dessen Schicksal verantwortlich fühlte und den er nicht im Stich lassen durfte. »Amelie hat wegen mir und meiner Zugehörigkeit zu den Templern schon genug mitgemacht«, hatte Struan noch einmal mit bitterer Miene bekräftigt und Gero an Amelies Vergewaltigung durch franzische Söldner auf ihrer Flucht im Herbst 1307 in die deutschen Lande erinnert. Danach hatte sie vor lauter Aufregung das gemeinsame Kind verloren, weil Struan mit Gero nach Franzien zurückgekehrt war, um Henri d'Our und die übrigen Kameraden in Chinon aus dem Kerker zu befreien. Anschließend war sie wegen Struan unvermittelt in einer völlig fremden Zukunft gelandet und hatte mehrmals mit ihm die Zeiten gewechselt. Und nun, da endlich ein bisschen Normalität eingekehrt war und sie auf ein gesundes Kind hofften, war sie erneut in die Fänge der Gens du Roi geraten und hatte sogar versucht, sich das Leben zu nehmen, was Gottes Gnade hatte in letzter Minute verhindern können.

»Das ist mehr, als eine Frau wie Amelie vertragen kann«, hatte Struan zu bedenken gegeben. »Wenn sie jetzt noch ihren Vater verliert, wird sie das umbringen und damit unser Kind. Ich muss den alten Mann für sie retten, wenn möglich, bei guter Gesundheit.«

»Ganz gleich was geschieht, ich werde an deiner Seite sein«, hatte Gero ihm versichert. »Nicht nur, weil ich Amelie und dir das schuldig bin. Auch weil wir Brüder im Herzen sind.«

Gero hoffte inbrünstig, dass Hannah ihm verzeihen würde, wenn er so bald nicht nach Hause zurückkehrte. Es beruhigte ihn darüber hinaus, dass Rona mit Lyn in Kontakt stand und Hannah und das Kind von Johan, Totty und Brian bewacht wurden.

Mit einem leisen Seufzer straffte er sich und berührte diejenigen, die noch schliefen, sanft an der Schulter, anders als früher im Dormitorium der Komturei, wo er die Brüder mit einem lauten Weckruf von den Matratzen gescheucht hatte.

Rona war auch schon aufgestanden und sammelte in aller Frühe den unzeitgemäßen Abfall ein, den ihr überraschendes Gelage vom gestrigen Abend verursacht hatte.

Pierre hatte sich bereits ganz in der Nähe am Bach gewaschen und marschierte zielstrebig auf Gero zu. »Ich muss dich etwas fragen«, sagte er und machte es spannend, indem er noch zögerte, während das Wasser aus seinen lockigen Haaren tropfte.

»Ich bin ganz Ohr«, ermutigte Gero ihn, sein Anliegen vorzubringen, obwohl er sich denken konnte, was ihn bewegte.

»Wie kommt es, dass Ralph of Bulford seine Verwundungen überlebt hat, während meine Männer gestorben sind?«, fragte Pierre geradeheraus.

»Hm, ja«, begann Gero und blickte zu Boden. Aber es half nichts. Er schuldete Pierre die Wahrheit. »Wir besitzen eine Medizin, die Todgeweihten das Leben retten kann, wenn man es rechtzeitig zum Einsatz bringt«, gestand er Pierre, dem anzusehen war, dass ihn diese Tatsache nicht nur verblüffte, sondern zusätzlich verärgerte.

»Und warum konntest du meine Leute nicht retten?«

»Weil ich sie zunächst aus dem Kerker nach draußen hätte schleppen müssen, und zwar alle beide. Als sie fielen, war ich zu weit weg. Ich wäre erst gar nicht an sie herangekommen. Nicht so bei Ralph. Er wurde vor meinen Augen niedergemetzelt, während ich mit der Unterstützung meiner Leute beschäftigt war. Nachdem ich weitere gegnerischen Söldner ins Jenseits befördert hatte, sah ich Ralph am Boden liegen. Ich habe ihn mir geschnappt, bin mit ihm nach draußen gelaufen und habe gebetet, dass er es schafft, bis ich ihm die Kapsel geben konnte. Sie wirkt nur, wenn noch Leben in einem Körper vorhanden ist. Man kann damit keine Toten wieder zum Leben wecken, musst du wissen. Hinzu kommt …«, er machte eine kurze Pause und räusperte sich. »Wir haben nur noch wenig von diesem Wundermittel und können es uns nicht leisten, es nur auf Verdacht bei einem Toten einzusetzen, ebenso wenig wie bei Leichtverletzten. Das ist auch der Grund, warum Rona keine Kapsel an Malcolm vergeben hat, obwohl man seine Wunden damit im Nu heilen könnte. Oder an Nicolas de Fis, dem auch damit geholfen wäre. Beiden hat sie nur eine Medizin aus der Zukunft gegeben, die garantiert Entzündungen und Fieber verhindert.«

Pierre warf ihm einen misstrauischen Blick zu. »Sie hat doch gestern einige Sachen aus der Zukunft herbeigezaubert. Könnte sie nicht mehr von diesen Kapseln beschaffen?«

»Dort, wo sie das Essen und die Medikamente hergeholt hat, gibt es keine Kapseln«, klärte Gero ihn auf. »Sie stammen aus einer noch weiter entfernten Zukunft. Rona möchte keinen Kontakt dorthin aufnehmen, weil sie fürchtet, ihr Meister könnte die Informationen, die sie hier sammelt, für seine eigenen Zwecke missbrauchen und hier alles zerstören.«

»Verstehe«, murmelte Pierre, doch Gero war keineswegs sicher, ob er wirklich verstand. »Es ist überall das Gleiche. Man kann niemandem vertrauen, der nicht Teil des Mysteriums ist. Die Durchgänge zwischen den Zeiten sind nicht ungefährlich und können ein noch größeres Chaos anrichten, als ohnehin schon herrscht.«

»Was willst du damit sagen?« Nicht nur Gero schaute ihn aufmerksam an, auch Struan, der hinzugetreten war, hob fragend eine Braue.

»Es wäre im Moment zu kompliziert, das alle zu erklären. Um es zu verstehen, muss man es sehen. Und wir haben zuvor noch andere Dinge zu erledigen, die augenblicklich wichtiger sind.« Sein Blick ruhte auf Malcolm, der Justine half, ihre Sachen zusammenzupacken. »Als Nächstes müssen wir uns um ihren Jungen kümmern«, fügte Pierre nachdenklich hinzu.

Gero hatte Pierre inzwischen darüber aufgeklärt, dass Justine mehr Opfer war als Täter. Und auch ihr Sohn unschuldig war und keinen Einfluss darauf hatte, dass man ihn in Toulouse im Konvent der Jakobiner festhielt, um ihn zum nächsten Inquisitor zu erziehen. Selbst Struan musste mittlerweile einsehen, dass er Justine nicht einfach aus Malcolms Leben verbannen, geschweige denn, sie wegen ihres Verrats hinrichten lassen konnte. Trotzdem brachte ihr fast jeder in der Truppe ein gesundes Misstrauen entgegen. Schließlich war sie de la Mottes Hure gewesen. Wenn auch nicht freiwillig, wie sich inzwischen herumgesprochen hatte.

»Die Frage ist, wie wir am besten den Fahndungsaufrufen der Gens du Roi entkommen können«, wandte Struan ein. »Ich nehme an, du hast Erfahrung damit.« Er bedachte Pierre mit einem fragenden Blick. »Ist sicher nicht das erste Mal, dass die Truppen des Königs hinter euch her sind.«

»Das kannst du laut sagen«, erwiderte Pierre und lachte, wobei sein suchender Blick in die Umgebung streifte. »Ich habe Anselm bereits damit beauftragt, neue Pergamente zu verfassen, die uns als Handelsreisende aus der Lombardei ausweisen. Er ist seit heute Morgen damit beschäftigt, Justine, Odile und Malcolm als Angehörige unserer Truppe hinzuzufügen, und macht gute Fortschritte, soweit ich es beurteilen kann. Außerdem hat Rona gestern Abend Andeutungen gemacht, dass sie uns dabei helfen will, unser Aussehen zu verändern.«

Rona hatte die Unterredung der Männer verfolgt, während sie die verräterischen Spuren vom Vorabend in einem Lagerfeuer verbrannte. »Ich kann euch die Haare färben und habe bunte Linsen, mit denen man die Augenfarbe verändern kann, was vor allem für Gero wichtig wäre. Aber auch Struan mit seinen ›rabenschwarzen‹ Augen, wie es auf dem Fahndungsanschlag beschrieben wird, muss sein Äußeres verändern. Ebenso Khaled, der den Söldnern als Mameluke offenbar in lebhafter Erinnerung geblieben ist. Man könnte sie alle durch Veränderung der Haar- und Augenfarbe in unverdächtige Reisende verwandeln.«

»Ich kann mir nur schwer vorstellen, wie du das anstellen willst«, gab Pierre ihr mit einem skeptischen Blick zu verstehen. »Aber gut, ich gebe mich vertrauensvoll in deine Hände.«

»Muss das sein?« Khaled, der Ronas seltsame Methoden weitaus skeptischer sah als Gero und Pierre, schaute sie zweifelnd an. »Außerdem bezweifle ich, dass solche Farblinsen, wie du sie nennst, angenehm sind – ganz abgesehen davon, dass ich mir nicht vorstellen kann, mit blauen Augen weniger auffällig auszusehen als mit bernsteinfarbenen.«

»Vertrau mir. Wir probieren es einfach. Wenn diese Linsen irgendwem größere Schwierigkeiten bereiten, nehmen wir sie wieder raus.« Rona legte alles, was sie von Tom an Hilfsmitteln für eine äußerliche Veränderung bekommen hatte, auf einem breiten Mauervorsprung aus, der in früheren Zeiten ein Trog gewesen war. Dann schaute sie erwartungsfroh in die Runde. »Ich schlage vor, wir ändern nur das Äußere derjenigen, die auf dem Fahndungsaufruf ausdrücklich genannt werden. Das sind Pierre, Gero, Struan, Khaled und Malcolm. Zudem Justine und die kleine Odile, die dort ebenfalls mit Haar und Augenfarbe beschrieben werden. Also dann, Freiwillige vor!«

Während Rona mit wenigen Handgriffen Geros sandblondes Haar in einen nussbraunen Schopf verwandelte, gesellte sich Odile zu ihr hin und betrachtete neugierig die vielen bunten Schachteln, deren Inhalt auf seinen Einsatz wartete. Die kleinen Kartons zeigten präzise Bilder von Frauen mit langem wallendem Haar, und einem strahlenden Lächeln mit makellosen Zähnen. »Sie sehen alle wunderschön aus. Jeder würde denken, sie sind vom Teufel erschaffen worden, um einen Sünder zu verführen«, murmelte sie andächtig.

»In meiner Welt existiert kein Teufel«, klärte Rona sie kurzerhand auf und färbte Geros blonden Bart mit wenigen Handgriffen in einen braunen um. »Die Farbe muss eine halbe Stunde drauf bleiben«, erklärte sie ihm, während er geduldig auf dem Mauervorsprung sitzen blieb, wo sie ihn hingesetzt hatte, damit die Farbe einwirken konnte. »Danach waschen wir sie mit kaltem Wasser im Bach aus.«

»Wenn das Zeug nicht so übel stinken würde«, brummte er gereizt und machte Platz für den nächsten Kandidaten. »Wie halten die Leute in der Zukunft das nur aus?«

»Ich gebe dir recht, es riecht scheußlich. Aber du hast es gleich überstanden.«

Odile schaute zweifelnd zu, wie sie Struan die Haare in Dunkelblond umfärbte und ihn vergeblich von blauen Kontaktlinsen zu überzeugen versuchte. »Lass es«, knurrte er ungehalten. »Ich kann das Zeug nicht vertragen und ich will es auch nicht.«

»Wenigstens hast du nun blondes Haar. Das wird für de la Motte und seine Leute verwirrend genug sein.« Rona hob kapitulierend die Hände und sah sich nach Khaled um. »Und wo ist der gutaussehende Mann meiner Schwester?«

Der Assassine presste die Lippen zusammen und nahm eine abwehrende Haltung ein. »Eine andere Haarfarbe geht in Ordnung – aber das mit den Augen kannst du vergessen.«

Mit einem Seufzer machte sich Rona daran, seine schwarzen Locken, in ein helles Braun umzufärben.

Als sie den Männern nach geraumer Zeit die Farbe aus den Haaren auswusch, ging ein Raunen durch die Truppe, die die gesamte Prozedur mit Argusaugen beobachtet hatten. Pierre lachte, was Struan nicht zu gefallen schien. »Warts ab«, drohte er ihm mit finsterem Blick, »du kommst auch noch dran.«

»Sie sehen wirklich vollkommen anders aus«, rief Odile mit schierer Verwunderung in der Stimme. »Ist das nicht doch ... Teufelswerk?«

Rona stieß einen stoischen Seufzer aus. »Du hast doch gesehen, wie ich es gemacht habe. Das ist allenfalls Alchemie«, klärte sie das Mädchen und zugleich jene Brüder auf, die nicht in der Zukunft gewesen waren und von dieser völlig anderen Welt nicht mal etwas ahnten.

Malcolm hatte sie rotbraunes Haar verpasst und auch ihm hatte sie den kurzen schwarzen Bart in ein helles Braun umgefärbt.

Odile und Justine hatte sie dunkle Strähnen in die rostroten und rotblonden Haare gefärbt und dadurch die Farbe so weit verändert, dass man sie nicht mehr als Rot bezeichnen konnte. Sie selbst hatte sich das kinnlange Haar brünett eingefärbt. Zusammen mit den dunklen Augen sah sie nun erst recht wie eine orientalische Prinzessin aus, wie Odile befand.

»Ich erkenne mich selbst nicht mehr«, monierte Struan, als Rona ihm wenig später einen Spiegel vor die Nase hielt, damit er sich mit seinem neuen Aussehen vertraut machen konnte. Das Dunkelblond ließ ihm weniger gefährlich wirken als das Schwarz eines Raben, das ihm von Natur aus gegeben war.

»Willst du es nicht doch noch mal mit helleren Linsen versuchen?« Rona lächelte ihn aufmunternd an, um ihn freundlich zu stimmen.

»Nein«, sagte er stur. »Das ist härter als Folter. »Außerdem finde ich, Khaled hat recht. Diese hellen Augen haben etwas dämonisches«, beschwerte er sich. »Damit fallen wir erst recht auf.«

»Wie du willst«, beschwichtigte ihn Rona und ließ ihn in Ruhe. »Aber Gero kommt aus der Nummer mit den Linsen nicht raus. Überall heißt es auf den Anschlägen, achtet auf den Kerl mit den himmelblauen Augen. Die sind einfach zu auffällig.«

»Ich hab's geahnt.« Gero seufzte genervt und ergab sich in sein Schicksal, während sich eine Traube von Brüdern um sie herum versammelt hatten, die neugierig beobachteten, wie die Mongolin aus Cathay, wie Rona von Pierres Leuten bezeichnet wurde, dem deutschen Ordensritter geschickt dunkelgrüne Linsen einsetzte, die seinem smarten Aussehen keinen Abbruch taten. Es dauerte noch eine Weile, bis Gero aufhörte zu zwinkern und die Tränen versiegt waren.

»Mein Gott, ist das furchtbar. Wann kommt dieses Teufelswerk wieder raus?«, fragte er halb gequält, halb scherzend.

»Heute Abend vor der Nachtruhe. Ich helfe dir dabei. Morgen früh setzen wir neue ein.«

Gero stieß einen ergebenen Seufzer aus. »Wenn du es sagst.«

Anselm, der die Papiere inzwischen fertig hatte, grinste breit, als er Struan genauer betrachtete. »Du siehst nicht weniger auffällig aus als zuvor«, kommentierte er Struans Verwandlung. »Mit dem Unterschied, dass du nun kein schwarzhaariger Riese bist, sondern ein Dunkelblonder. Dazu dieses riesige Schwert. Ich möchte einen Menschen sehen, der sich nicht nach dir umdreht.«

»Genau das beabsichtigen wir«, erklärte Rona, die bereits ihre nächsten Kandidaten im Visier hatte. »Sie drehen sich nach einem dunkelblonden Riesen um und nicht nach einem schwarzhaarigen. Und vor dem nächsten Kontrollposten färben wir ihn hellblond.«

»Das ist nicht dein Ernst.« Struan schaute sie fassungslos an. »Das Zeug stinkt wie der Teufel und es brennt wie die Hölle.«

Odile begann zu kichern. Offenbar amüsierte es sie, wie Struan seine große Ramskopfnase verzog.

Für Pierre hatte Rona silbergraues Haar vorgesehen. »Deine Augenfarbe kann so bleiben«, bestimmte sie. »Sie hat nichts an sich, was man sich merken würde. Und diese Färbung hat den Vorteil, dass es deine Naturfarbe ist und niemand bemerkt, dass wir es gefärbt haben.«

»Danke für das nett gemeinte Kompliment«, murrte Pierre, der sich unter den aufmerksamen Blicken seiner Kameraden mit allerlei Gespött abfinden musste. »Wenn du fertig bist, sehe ich aus, wie mein eigener Großvater«, beschwerte er sich, als er in den Spiegel schaute.

»Hauptsache, es erkennt dich niemand«, widersprach sie ihm.

»Mit den neuen Papieren wird niemand auf die Idee kommen, dass wir mit den Leuten auf den Steckbriefen etwas gemeinsam haben«, versprach sie den erstaunt dreinblickenden Templern.

Bevor sie sich abmarschbereit machten, sammelte Rona erneut den Abfall ein und verbrannte ihn in einem Feuer, das sie anschließend sorgfältig austrat, um möglichen Verfolgern keine unnötigen Hinweise zu geben.

»Bis Toulouse sind es fast vierzig Stunden Ritt«, erläuterte Pierre ihnen anhand einer alten Templerkarte, die wie immer äußerst präzise war. »Das bedeutet, wir werden fast vier Tage unterwegs sein, wenn die Pferde mitmachen und es keine unangenehmen Zwischenfälle gibt. Unsere erste Übernachtung habe ich in der Nähe von Aubusson geplant. Auf dem Weg dorthin werden wir uns das erste Mal an der Abtei der Zisterzienserinnen von Bussières in der Nähe von Saint-Désiré treffen und eine kurze Rast einlegen. Ich kenne die Äbtissin aus früheren Zeiten und weiß, dass sie vertrauenswürdig und hilfsbereit ist. Danach reiten wir bis Saint-Sauvier und treffen uns dort an der Kapelle von Saint-Salvère, um uns auszutauschen. Unser letzter Halt für heute ist dann auf der Burg Montagne de la Lune, wo wir um eine Übernachtungsmöglichkeit bitten werden. Deren Besitzerin, Baronin Alice de Blessac, ist eine unserer zuverlässigsten Unterstützerinnen. Sie hatte einen Sohn, Laurent, der zu den vierundfünfzig Templern gehörte, die im Mai 1310 in der Nähe von Paris wegen Ketzerei verbrannt wurden. Sie und ihre Familie sind verständlicherweise Gegner des Königs und seiner Nachkommen. Alice und ihre Familie sind absolut verlässlich. Sie hat eine unverheiratete Tochter, die mit ihr auf der Burg lebt, aber auf das Mädchen ist genauso Verlass. Und nun müssen wir aufbrechen. Wir sehen uns am nächsten vereinbarten Treffpunkt.«

•

Rufus de la Motte wusste vor lauter Zorn gar nicht, wohin mit sich selbst, als er am Morgen in einer kargen Kammer in einer Kaserne in Vichy erwachte und sein Diener mit einer unangenehmen Botschaft an seinem Bett auftauchte. »Draußen auf dem Hof steht ein Kurier Philipps V. von Franzien. Er wartet in seiner Karosse auf Euch.«

»Was kann König Louis' jüngerer Bruder ausgerechnet jetzt von uns wollen?«, murmelte de la Motte mehr zu sich selbst. »Und woher weiß er, dass ich hier bin?«

Hastig stieg er in seine Uniform und seine Stiefel und trat nach draußen auf den Flur. Der Kurier, von dem sein Diener gesprochen hatte, verbeugte sich wortlos vor ihm und geleitete ihn mit einer entsprechenden Geste nach draußen in den Kasernenhof, wo ein unauffälliger Wagen stand, der von zwei schwarzen Hengsten gezogen wurde. Dazu warteten zehn Reiter auf ihn, die abgesessen waren und ihn mit ernsten Gesichtern grüßten. Zu seinem Erstaunen leitete ihn der Kurier zum Wagen und öffnete die Tür. Im Innern saß zu de la Mottes Überraschung Prinz Philipp V. von Franzien höchstselbst und forderte ihn ebenso wortlos auf, auf dem gegenüberliegenden Sitz des Wagens Platz zu nehmen. Interessanterweise war außer dem Prinzen niemand sonst anwesend. De la Motte hätte zumindest erwartet, dass der Kommandeur der Kaserne, der seine große Nase in alles und jedes zu stecken schien, auch zu diesem seltsamen Treffen geladen war. Stattdessen schaute der jüngere Bruder des Königs ihn erwartungsvoll an.

De la Motte hingegen vollzog eine hastige angedeutete Verbeugung vor dem schlaksigen jungen Mann. Mit seinen schulterlangen rotbraunen Haaren und dem ebenmäßigen, glatt rasierten Gesicht hatte er äußerlich weit mehr Ähnlichkeit mit seinem schönen Vater als sein jähzorniger Bruder. Und trotzdem war auch er an Durchtriebenheit und Boshaftigkeit nicht zu unterschätzen.

»Majestät. Womit kann ich Euch dienen?«, begann de la Motte ehrfurchtsvoll.

»Marschall de la Motte«, begann der Prinz mit einem falschen Lächeln. »Ich habe gehört, Ihr seid zufällig hier in der Gegend. Da ich ebenfalls – wie der Zufall es will – auf dem Weg nach Limoges bin, dachte ich mir, ich schaue mal vorbei und erkundige mich nach dem Fortgang Eurer Mission. Mein Bruder, den ich in drei Tagen in Paris treffen werde, hat mir bereits alles erzählt und erwartet meine entsprechende Rückmeldung.«

De la Motte war sicher, dass das gelogen war. Zumindest der zweite Teil von Philipps Behauptung. König Louis hatte seinen jüngeren Bruder gewiss nicht über die Hintergründe dieser Mission aufgeklärt. Prinz Philipp war für ihn nichts weiter als eine gefährliche Konkurrenz, die es im Auge zu behalten galt. Doch da er auf Rang drei in der Thronfolge stand, hatte er unzählige Zuträger, die ihn ständig über den König und dessen Vorhaben auf dem Laufenden hielten, und de la Motte würde seine rechte Hand ins Feuer legen, dass es auch diesmal so war. Irgendwer aus dem Dunstkreis von Louis X. hatte geplaudert. Jemand, der von dieser Mission mehr mitbekommen hatte, als er sollte. Und dieser Jemand war nach Preisgabe seines Wissens an Prinz Philipp V. entweder gut bezahlt oder rasch und unauffällig beseitigt worden, damit er dem König im Nachhinein nichts über das Interesse seines Bruders verraten konnte.

Entsprechend vorsichtig musste de la Motte sein, was er dem Prinzen antwortete.

»So setzt Euch doch«, forderte der Prinz den Marschall auf. Dabei fixierte er ihn mit seinen grünen Augen wie eine Schlange, die auf eine schmackhafte Maus lauert, und löste in de la Motte einen natürlichen Fluchtreflex aus, den er normalerweise stets in Gegenwart des Königs verspürte und den er nur schwer zu unterdrücken vermochte. Doch ihm war klar, dass er sich damit erst recht verdächtig gemacht hätte, mehr zu wissen, als er zuzugeben bereit war.

Während de la Motte sich so behutsam auf der bequemen Bank niederließ, als wäre sie mit Stacheln gespickt, ergriff Prinz Philipp erneut das Wort.

»Mir ist zu Ohren gekommen, Ihr seid auf der Jagd nach einer Rotte ehemaliger Templer. Wie kann es sein, dass mein Bruder immer noch an diesen Verlierern interessiert ist und einen nicht unerheblichen Batzen Geld für ihre Ergreifung ausgibt. Und noch dazu mit Bernardus Guidonis gemeinsame Sache macht, der sich das Ganze ebenso ordentlich bezahlen lässt? Warum setzt man diese Teufel nicht einfach fest und führt sie ihrer gerechten Strafe zu?«

De la Motte stockte einen Moment, mit der Frage behaftet, ob Prinz Philipp durch die Steckbriefe auf die Sache aufmerksam geworden war. Was er dummerweise nicht bedacht hatte, als er die Pergamente hatte anfertigen und verteilen lassen. Umso mehr musste er aufpassen, was er dem Prinzen antwortete.

»Weil sie immer noch gefährlich sind und mit ebenjenem Teufel im Bunde stehen, von dem Euer Vater bereits gesprochen hat«, klärte de La Motte ihn vorsichtig auf. »Ihr wisst doch selbst, dass der höchste Vertreter dieser Satansjünger Euren Vater noch auf dem Scheiterhaufen verflucht hat und dieser Fluch tatsächlich eingetreten ist. Nicht nur deshalb sind wir mit dem fähigsten Inquisitor aller Zeiten im Bunde. Allein er kann dafür sorgen, dass diese Brut ein für alle Mal in der Hölle schmort, sobald wir ihrer habhaft werden.«

»Ich hoffe, Ihr habt aus Euren Fehlern gelernt. Es ist ja nicht nur das viele Geld, das Ihr nun auf ihre Köpfe ausgesetzt habt«, beschwerte sich Philipp mit einem theatralischen Blick. »Fünfzehn tote Soldaten in kürzester Zeit. Und kein einziger Templer ist Euch bis heute ins Netz gegangen«, frotzelte er und machte de la Motte damit klar, dass er über den bedauernswerten Fortgang der Dinge bestens im Bilde war.

»Mit Verlaub, Majestät«, verteidigte sich de la Motte. »Das stimmt so nicht. Wir hatten zwei kostbare Geiseln, aber sie wurden uns geraubt. Vorgestern Nacht gab es einen Überfall von Unbekannten auf die Festung von Cuffy. Die Angreifer hatten Kenntnis von einem uralten unterirdischen Gang, der in der Garnison selbst offenbar in Vergessenheit geraten war. Diese Schwachstelle vermochten unsere Gegner leider zu nutzen.«

»Und nun?« Der Prinz schaute ihn an, als ob er blöde wäre, und wartete anscheinend auf eine Antwort.

»Ich habe Kommandeur Godeffroy de Colard damit beauftragt, Suchmannschaften auszusenden und überall auf dem Weg von Nevers bis Carcassonne Steckbriefe aufhängen zu lassen, auf denen nach den Entkommenen gefahndet wird. Obendrein habe ich eine hohe Belohnung für die Ergreifung der Templer und ihrer Beschützer ausgeschrieben. Ich warte noch auf die Rückmeldung des Kommandeurs, ob die Suche von Erfolg gekrönt wurde.«

»Weiß mein Bruder davon?« Prinz Philipp hob eine Braue und starrte ihn erwartungsvoll an.

»Nein«, musste de la Motte zerknirscht zugeben. »Ich wollte den erfolgreichen Fortgang der Dinge abwarten, bevor ich den König informiere. Ich bin sicher, dass wir schon bald dieser Teufelsjünger habhaft werden. Schließlich handelt es sich bei den Gesuchten um eine größere Truppe von ehemaligen Mönchskriegern, die allein schon aufgrund ihres arroganten Auftretens unter der gewöhnlichen Bevölkerung für Aufsehen sorgen werden. Was dazu führen wird, dass sie jemand erkennt und ihren Aufenthalt den offiziellen Stellen meldet. Und wenn sich erst herumgesprochen hat, wie viel Geld man mit deren Ergreifung verdienen kann …«

»Gibt es jede Menge Fehlmeldungen«, unterbrach ihn der Prinz. »Und man hechelt tagelang den falschen Ordensbrüdern hinterher, bis sich die wahren Gesuchten in alle Winde verstreut haben.«

»Das will ich nicht hoffen«, redete sich de la Motte hastig heraus. Wobei ihn bei dem Gedanken, die erneute Gefangennahme der Flüchtigen könne tatsächlich misslingen, ein tiefes Unbehagen überkam.

»Am besten, wir verschweigen dem König diese Niederlage«, erklärte der Prinz mit einer großzügigen Geste. »Zurzeit hat er ohnehin andere Sorgen. Eine schwangere, höchst unleidliche Gemahlin, jede Menge willfährige Mätressen, die es zu besteigen gilt, opulente Jagdeinladungen und, und, und. Er weiß das alles kaum noch zu bewältigen und seine Gesundheit leidet bereits, weil er kaum noch Schlaf findet.« Er grinste verschlagen. »Deshalb übernehme ich nun in dieser Mission das Ruder, und Ihr klärt mich auf, was Ihr tatsächlich dort unten in Carcassonne zu suchen habt und warum es ausgerechnet Bernardus Guidonis sein muss und nicht irgendein anderer Inquisitor.«

»Ich sagte es doch«, insistierte de la Motte hartnäckig. »Weil es sich um Gesandte des Teufels handelt.«

»Dann werdet Ihr mir sicher sagen können, was diese Templer an teuflischen Errungenschaften in ihrem Gepäck haben, dass mein Bruder so versessen darauf ist, eine halbe Armee loszuschicken, um diese Bande zwei Jahre nach dem Tod ihres Großmeisters gefangen zu nehmen.«

»Euer Bruder will Antworten«, rettete de la Motte sich in Ausflüchte. »Warum Euer Vater viel zu früh sterben musste. Warum so viele Ordensbrüder entkommen konnten und vor allem, wohin. Am besten fragt Ihr Euren Bruder selbst.«

»Was ich mit meinem Bruder zu schaffen habe, geht Euch einen Dreck an«, giftete Philipp V. aufgebracht. »Wenn ich in dieser Sache das Kommando übernehme, habt Ihr das zu respektieren. Es ist ein Leichtes für mich, Euch vom Dienst suspendieren zu lassen. Zumal ich meinem Bruder mühelos beibringen könnte, dass er sich mit Euch den falschen Mann für eine solche Aufgabe ausgesucht hat.«

»Sehr wohl, Eure königliche Hoheit, ich bitte untertänigst um Vergebung«, beeilte sich de la Motte zu heucheln.

»Sehr schön, dass Ihr zu rascher Einsicht neigt«, gab der Prinz mit einem jovialen Lächeln zurück. »Alles andere wäre Befehlsverweigerung. Und Ihr wisst, darauf steht der Tod durch Erhängen. Eine unrühmliche Art zu sterben, wenn man schon so viele Ehrungen eingeheimst hat wie Ihr, Marschall de la Motte. Und nun will ich, dass Ihr mir alles über Euren Auftrag berichtet, den mein Bruder Euch erteilt hat, und nichts auslasst.«

»Zu Befehl«, antwortete de la Motte mit einem bitteren Zug um den Mund und begann leise und mit einem verschwörerischen Unterton die Geschichte vom CAPUT LVIII und seinen Hütern zu erzählen. »Es ist ein Mysterium, das Euer Vater immer im Blick hatte und doch nie zu Gesicht bekommen hat«, erklärte er abschließend.

»Habt Ihr es denn bereits zu Gesicht bekommen?«, fragte der Prinz, den de la Mottes Schilderungen unverkennbar ergriffen hatten.

»Ja«, bekannte de la Motte in einem möglichst nüchternen Ton. »Ich habe mit eigenen Augen gesehen, wie sich zwei erwachsene Männer mithilfe des CAPUT LVIII in Luft aufgelöst haben.«

»Und wisst Ihr auch, wohin sie danach geraten sind?«, fragte der Prinz atemlos.

»Zumindest einer von ihnen ist danach wieder aufgetaucht und hätte mich um Haaresbreite erschlagen«, gab de la Motte unbeeindruckt zurück. »Und das, obwohl er zum Zeitpunkt seines Verschwindens durch die Folter dem Tod näher war als dem Leben. Wie ich schon sagte, dieser Kopf ist ein Werkzeug des Höllenfürsten.«

Prinz Philipp schien tatsächlich beeindruckt. »Dieser Kopf … er kann sprechen und zaubern, sagt Ihr?«, vergewisserte er sich vorsichtshalber noch einmal.

»Ja, das sagte ich doch«, antwortete de la Motte leicht ungeduldig. »Der Kopf sieht auch nicht aus wie der allseits beschriebene Baphomet mit Hörnern und glühenden Augen, sondern wie ein echtes menschliches Haupt. Außerdem ist es kein Mann, sondern eine Frau mit glattem schwarzem Haar. Sie sieht aus, als stamme sie aus dem Reich der Mongolen. Wenn man sie ansieht und um sie herumgeht, dreht sich ihr Antlitz immer in die Richtung des Betrachters. Ich vermute, das führte in den Beschreibungen des Hauptes zur Darstellung eines dreigesichtigen Dämons.«

»Faszinierend«, murmelte Prinz Philipp und hatte mit einem Mal das gleiche Funkeln in den Augen wie einst sein Vater, als er auf der Jagd nach dem legendären Schatz der Templer gewesen war. »Das bedeutet, Ihr benötigt einiges mehr an Truppen, um diese Templer zu finden und festzusetzen, habe ich recht?«

»Genau genommen hatten wir von Beginn an zu wenig Leute, um diese Höllenhunde zu jagen«, entgegnete de la Motte und nickte zustimmend. »Mehr Männer würden die Chance, sie zu erwischen, in jedem Fall erhöhen.«

Philipp blickte ihn aus schmalen Lidern an. »Wo, denkt Ihr, haben sie sich nach dem Überfall auf Cuffy verkrochen?«

»Ich habe eine Ahnung, dass sie nach Carcassonne unterwegs sind, weil wir dort den Schwiegervater von einem der Rebellen inhaftiert haben. Er wird bereits von Bernardus Guidonis verhört. Außerdem habe ich einen ehemaligen Templer auf den Alten angesetzt, der mit ihm in der Haft sitzt und ihn ausfragen soll. Ich habe dem Mann die Freiheit versprochen, falls er dem Kerl irgendwelche Geheimnisse über diesen geheimnisvollen Kopf entlocken kann.«

»Dann will ich Euch zumindest keine Untätigkeit vorwerfen«, lobte ihn der Prinz und schlug sich abschließend auf die Schenkel. »Also gut, ich werde Euch noch heute weitere Truppen aus der königlichen Zuweisung meiner eigenen Söldner zur Verfügung stellen, die Euch bei der Jagd auf diese Männer unterstützen. Ich werde sogleich Kuriere aussenden, die meinen Offizieren einen entsprechenden Auftrag erteilen. Spätestens morgen früh sollten die Männer hier eintreffen und unter Eurem Kommando stehen. Außerdem werde ich zwei Eilboten entsenden, die Bernardus Guidonis über meine Unterstützung informieren.«

»Habt Dank, Eure königliche Hoheit«, sagte de la Motte und verbeugte sich unterwürfig.

»Ihr dürft Euch entfernen.« Der Prinz machte eine wedelnde Handbewegung, die de la Motte Beweis genug war, dass der ehrgeizige Schönling bekommen hatte, was er wollte.

Nachdem de la Motte aus dem Wagen gestiegen war, atmete er erleichtert auf. Er durfte sich glücklich schätzen, dass diese Begegnung so glimpflich abgelaufen war. Obwohl er sich plötzlich mit der schier unlösbaren Aufgabe konfrontiert sah, zwei Herren gleichermaßen dienen zu müssen. Und das, ohne seinen eigentlichen Auftraggeber, König Louis X., davon in Kenntnis setzen zu dürfen. Wie, um Himmels willen, sollte es ihm gelingen, auf diese Weise eine Horde widerspenstiger Templer festzusetzen, ohne zugleich an höchster Stelle in Ungnade zu fallen?

•

»Du solltest dafür sorgen, dass deine Leute sich unauffälliger kleiden, mein Lieber«, bemerkte Schwester Humbertine, als sie Pierre und seine Männer gegen Mittag – wie verabredet – ganz allein an einer Nebenpforte der Zisterzienserabtei von Bussières empfing. Sie war die Äbtissin der abgelegenen Klosteranlage und von zwei Boten, die Pierre vorausgeschickt hatte, über den unverhofften Besuch unterrichtet worden. Ihr mahnender Blick lag nun auf Malcolm, der zwar sein Haar heller gefärbt hatte, aber noch immer sein bunt kariertes Plaid trug, das ihm seine Feinde gelassen hatten. Sein riesiges Schwert war leider bei seinen Widersachern zurückgeblieben. Pierre hatte es ihm durch einen weit weniger kostbaren Anderthalbhänder ersetzt, den sie unterwegs einem Schmied abgekauft hatten.

»Hier heißt es«, zitierte sie mit spitzer Stimme und hielt Pierre den Fandungsaufruf der Gens du Roi entgegen, der es sogar bis in diese einsame Gegend geschafft hatte, »man soll auf einen Schotten achten, der einen karierten Umhang trägt, den er zu einem Rock gebunden hat. Und weiter wird ein Assassine mit schwarzen Haaren genannt und ein deutscher Ritter, blond und mit himmelblauen Augen, die so auffällig sind, dass man sie sofort erkennt.« Mit einem unmissverständlichen Blick ihrer eigenen blauen Augen durchsuchte sie die Reihen der zwanzig Templer und ihrer Begleiterinnen nach offensichtlich Verdächtigen. Wobei sie leicht irritiert wirkte, als sie nicht fündig wurde. Ihr fragender Blick blieb an Pierre hängen. »Wo sind die Männer, die hier genannt werden? Hast du sie irgendwo versteckt?«

»Wir sind nicht die, die gesucht werden, das sieht man doch«, antwortete Pierre stoisch, wohl wissend, dass Ronas Idee, die Haare zu färben und mithilfe seltsamer kleiner Schalen aus hauchdünnem Glas die Farbe der Augen zu verändern, offenbar die gewünschte Wirkung zeigte.

»Das kannst du vielleicht einem alten Weib mit getrübtem Blick erzählen, aber nicht mir. Glaubst du ernsthaft, ich würde nicht wissen, dass der Aufruf dir und deinen Leuten gilt?« Die nicht mehr ganz so junge Äbtissin lachte glockenhell, wobei ihr wohlwollender Blick auf Pierre und dessen Gefährten ruhte, die allein wegen ihrer Anzahl von mehr als zwanzig Männern nicht zu übersehen waren. »Einen Templer erkenne ich sogar, wenn er nackt wäre. Ihr seht alle gleich aus, egal wie ihr euer Haar und den Bart tragt. Man erkennt euch an eurer stolzen Haltung und an dem hochmütigen Blick«, spottete sie. »Und da macht es auch nichts, wenn du öfters deine Haarfarbe wechselst. Wobei mich ernsthaft interessieren würde, wie du dieses wunderbare Silbergrau hinbekommen hast. Das letzte Mal, als ich dich gesehen habe, war dein Haar noch schmutzig braun.«

»Das ist meine Naturfarbe«, klärte Pierre sie leicht resigniert auf. »Wobei mich interessieren würde, wie viele nackte Templer du schon gesehen hast«, scherzte er und trieb der Äbtissin damit die Röte ins Gesicht, was sie trotz ihres offenbar fortgeschrittenen Alters erblühen ließ wie ein junges Mädchen.

Gero beobachtete, wie sie noch einmal den abgegriffenen Steckbrief inspizierte und dann lächelnd in die Runde blickte.

»Trotzdem gehe ich recht in der Annahme, dass es sich bei den Genannten auf diesem teuren Stück Pergament um dich und deine Leute handelt, oder?«

Sie bedachte Pierre, der ungeduldig mit den Augen rollte, mit einem süffisanten Lächeln. »Auch wenn ihr inzwischen – bis auf den Schotten – wenig mit der hier genannten Beschreibung gemeinsam habt.«

»Ja, du hast uns erwischt, Schwester Oberin«, erwiderte Pierre mit einem säuerlichen Grinsen. »Wir dürfen uns glücklich schätzen, dass du keine Spionin der Gens du Roi bist.«

»Eher werde ich zur Hure als zur Verräterin«, gab Humbertine mit festem Blick zurück. »Kommt rein. Ihr habt sicher einen Bärenhunger. Und ich will sehen, wo ich für den Kerl im karierten Rock ein paar anständige Hirschlederhosen herbekomme. Wir nähen sie regelmäßig für den Baron von Culan und seine Söldner. Da sind noch ein paar übrig, bei denen dem Baron das Leder missfallen hat, weil es nicht frei von Narben war.«

»Da hast du aber ausgesprochenes Glück, Malcolm«, frotzelte Arnaud, als sie der Äbtissin ins Refektorium folgten, wo sie ein paar junge Mitschwestern aufscheuchte und ihnen befahl, für die Männer und Frauen zusätzlich aufzudecken. Wobei sie mit keiner Silbe erwähnte, um wen es sich bei ihrem unerwarteten Besuch in Wahrheit handelte.

»Es sind Kaufleute aus Mailand«, hörte Gero sie im Vorbeigehen zu einer anderen Ordensschwester sagen. »Der Lombarde, der uns gelegentlich den Wein liefert, ist auf der Durchreise nach Navarra und hat sie in seinem Gefolge.«

Die junge Novizin nickte verständig, entweder, weil sie um den Betrug wusste, oder weil sie tatsächlich ahnungslos war.

»Denkst du nicht, dass sie quatschen, wenn hier jemand auftaucht und nach uns fragt?«, wollte Ralph of Bulford von Pierre wissen, als er sich unbeobachtet glaubte.

»Nein, die sind schweigsam wie ein Grab«, gab Pierre leise zurück. »Schwester Humbertine hat sie alle im Griff. Schließlich weiß sie aus eigener Erfahrung nur zu gut, wie man sich aus allem heraushält und keinerlei Verdacht schürt.«

»Und was macht dich so sicher, dass sie bei der ausgesetzten Belohnung am Ende nicht doch schwach wird?« Stephano de Sapin stellte die Frage stellvertretend für Gero, dem sie bereits auf der Zunge gelegen hatte. An dem langen Tisch, an dem sie sich nach Humbertines Aufforderung alle niedergelassen hatten, saß er Pierre gegenüber und schaute ihn nun fragend an.

»Weil sie mich insgeheim liebt«, erklärte Pierre mit einem selbstverständlichen Blick und zwinkerte der emsigen Äbtissin, die beim Austeilen der Suppe half, verschwörerisch zu.

»Du hast doch nicht etwa …«, begann Ralph of Bulford mit gespieltem Entsetzen, wobei auch ihm plötzlich ein eigentümlicher Glanz in die Augen trat, als eine junge, wohlgerundete Novizin an seiner Seite auftauchte und ihm mit einem schüchternen Blick von dem roten Wein einschenkte.

»Wo denkst du hin?«, wies Pierre ihn mit gekünstelter Entrüstung zurück und lachte. »Ich bin in festen Händen.« Doch dann wurde er sofort wieder ernst. »Auch Humbertines Bruder war bei den Templern, die durch meine Unterstützung entkommen konnten. Er ist mit Gérard de Villiers und anderen Brüdern zunächst mit mehreren Schiffen von La Rochelle nach Schottland aufgebrochen. Dort haben sie sich mit John of Husflete verbündet und sind gen Westen gesegelt. Leider sind sie seitdem verschollen.«

Gero, der eben noch gelassen zugehört hatte, warf Struan und Arnaud einen angespannten Blick zu. Sie alle wussten, wohin die Männer gesegelt waren. Einige von ihnen waren bereits tot. Die Ersten hatten in einer Burgruine in den schottischen Highlands ihr Leben gelassen, indem sie auf grausame Weise von den unsichtbaren Strahlen der Gesteinsplatten der Bundeslade verbrannt worden waren. Sir Walter of Clifton, der ebenfalls Teil dieser Mission gewesen war, hatte als Einziger von Husfletes Truppe überlebt. Später hatten Gero und seine Kameraden Gräber von Brüdern aus Gérard de Villiers Truppe auf einer Insel vor der Küste des späteren nordamerikanischen Kontinents entdeckt. Wo die restlichen Brüder geblieben waren, hatten sie nicht herausfinden können. Somit waren er und seine Kameraden die einzigen Zeugen dieser Geschehnisse.

»Was ist?« Pierre war die Veränderung in Geros Miene und denen seiner Brüder nicht entgangen.

»Ich glaube, ich weiß, was den Männern widerfahren ist«, gestand Gero leise und beließ es dabei. »Ich erzähle es dir heute Abend, falls wir Gelegenheit dazu haben.«

»Ist Humbertines Bruder nicht mehr unter uns?« Pierre blickte ihm ernst ins Gesicht.

Gero zuckte mit den Schultern. »Ich kann es nicht mit Gewissheit sagen. Ich weiß nur, er wird nie zu uns zurückkehren. Vermutlich hat ihn sein Schicksal auf die andere Seite des Meeres geführt. Von dort aus ist es nicht so leicht, hierher zurückzukommen.«

»Aber euch ist es anscheinend gelungen, habe ich recht? Wie sonst könntet ihr darüber Bescheid wissen?«

»Wir hatten den CAPUT LVIII. Tom hat uns mit einer Kopie davon zurück in die Zukunft geholt«, flüsterte Gero kaum hörbar. »Die anderen verfügten mit Gewissheit nicht über eine solche Verbindung. Womöglich haben sie sich freiwillig entschlossen, dortzubleiben, weil sie die Bestimmung des Allmächtigen an diesen Ort geführt hat.«

»Dann ist es tatsächlich besser, darüber zu schweigen«, murmelte Pierre, wobei er Humbertine, die ahnungslos die Reihen abschritt, nicht aus den Augen ließ.

Irgendwie war unter den Brüdern plötzlich die Stimmung getrübt. Als Schwester Humbertine an den Tisch kam und nach dem Rechten fragte, hätte ihr das erzwungene Lächeln der Männer eigentlich auffallen müssen. Stattdessen schaute sie nicht weniger besorgt in die Runde. »Ich will euch ja keine Angst einjagen«, begann sie vorsichtig, »aber ich bin mir nicht sicher, ob ihr die Gens du Roi durch eure äußerlichen Veränderungen täuschen könnt. Es wimmelt in allen größeren Orten von Söldnern und Agenten, die diese Zettel verteilen. Es scheint, als ob nicht nur der König und dessen Geheimagenten hinter euch her sind. Es heißt, dass zudem Prinz Philipp V. seine Hände im Spiel hat. Die Söldner, die hier durch die Dörfer streifen, sind ihm angeblich unterstellt. Ihr solltet wirklich achtgeben, welche Route ihr einschlagt und was ihr den Leuten erzählt, die euch unterwegs begegnen.«

»Letzteres versteht sich von selbst«, erwiderte Gero. »Wir sind Templer und keine unbedarften Gaukler. Wir wissen bereits, dass die ›Leute des Königs‹ uns verfolgen und auch, wie viel Belohnung wir ihnen wert sind. Deshalb reiten wir die meiste Zeit getrennt und haben all diesen Aufwand betrieben, um nicht den Beschreibungen auf den Fahndungsaufrufen zu entsprechen.«

Überraschend meldete sich Guy de Lus mit Blick auf seine Tochter zu Wort. »Ich hätte da eine Frage, Mutter Oberin«, sagte er mit dem gebotenen Respekt in der Stimme, der sich bei Humbertines Amt geziemte. »Könnte ich Euch Odile als Novizin empfehlen? Sie wünscht sich nichts sehnlicher, als Schwester bei den Zisterzienserinnen zu werden.«

Nicht nur Gero horchte überrascht auf. Auch weil Guy bei seiner Frage bewusst oder unbewusst verschwiegen hatte, dass Odile seine Tochter war.

Humbertine bedachte das Mädchen, das genauso überrascht zu sein schien wie alle anderen, mit einem huldvollen Lächeln. »Ja, warum nicht. Wenn sie gottesfürchtig und gut erzogen ist und die Aufnahme von ganzer Seele wünscht, ist sie uns herzlich willkommen.«

»Nein«, entfuhr es Odile mit unüberhörbarer Panik in der Stimme. Mit ihren großen blaugrünen Augen starrte sie ihren Vater entsetzt an. »Ich habe dich gerade erst gefunden«, machte sie ihm mit flehentlicher Miene klar. »Ich will dich nicht schon wieder verlieren. Ich will bei dir bleiben. Wenn möglich, bis ans Ende meiner Tage.«

Während Humbertine eine Braue hob, weil sie das Verhältnis zwischen den beiden nicht abzuschätzen vermochte, hüstelte Bruder Guy verlegen.

»Aber es wäre besser für dich, wenn du zu den Zisterzienserinnen gehst,

Odile. Außerdem hast du mehrmals gesagt, es ist dein sehnlichster Wunsch«, widersprach er ihr leise, aber eindringlich. »Mit uns zu reisen ist viel zu gefährlich. Ich würde mich besser fühlen, wenn ich wüsste, dass du hier bei den Schwestern bleibst.«

»Bitte nicht, Papa«, flehte Odile unter Tränen. »Ich möchte nicht von dir getrennt werden. Ich habe meine Mutter verloren und hielt dich für tot. Es waren die einsamsten Jahre meines jungen Lebens. Deshalb bin ich glücklich, dass Gott der Herr mich zu dir zurückgebracht hat. Es bräche mir das Herz, wenn ich auch nur einen weiteren Tag ohne dich verbringen müsste. Du bist alles, was ich habe, Papa.«

Dicke Tränen kullerten aus ihren Augen und ihr Gesicht hatte einen solch waidwunden Ausdruck, dass nicht nur Guy heftig schlucken musste.

Nun wurde auch Humbertine schlagartig klar, was hinter dem Widerstand des Mädchens steckte. »Ich kann keine Novizin aufnehmen, die nicht aus freien Stücken zu uns kommt«, erklärte sie leise.

»Schon gut.« Guy strich seiner Tochter übers Haar. »Sie kann bei mir bleiben. Auch wenn es mir andersherum lieber wäre, weil ich Angst um sie habe.«

»Ich weiß, dass du gut auf mich aufpassen wirst«, versicherte Odile ihrem Vater mit treuen Augen. »Schließlich hast du mich aus dieser finsteren Festung gerettet. Du kannst alles schaffen, was du willst«, schob sie voller Überzeugung hinterher und warf einen wissenden Blick auf Rona, die am Ende des Tisches saß und die Unterhaltung aufmerksam verfolgte. »Ihr seid von Gott auserwählt und habt himmlische Unterstützung.«

»Schon gut«, fiel Guy ihr ins Wort, offenbar in der Sorge, dass Odile vor der Äbtissin und deren Mitschwestern Geheimnisse ausplapperte, ohne dass es ihr bewusst gewesen wäre. »Du kannst bei uns bleiben. Aber nur, wenn du versprichst, in allen Dingen meinen strikten Anweisungen zu folgen.«

»Das ist also der Grund, warum euch die Söldner des Königs auf den Fersen sind«, bemerkte Humbertine leise. »Wie hoch war der Preis für ihre Rettung?«

»Hoch«, murmelte Pierre. »Ich habe zwei meiner besten Leute verloren. Die andere Seite einige mehr.«

Humbertine atmete tief durch. »Seid mir nicht gram, aber ich halte es für besser, wenn ihr nach dem Essen so schnell wie möglich wieder verschwindet. Ich hole nur noch rasch die Hose für euren Kameraden.«

»In Ordnung«, erwiderte Pierre und bedachte Odile mit einem eindringlichen Blick. »Wenn du weiterhin mit uns reiten willst, Kleine«, beschwor er sie, »musst du lernen, den Mund zu halten, haben wir uns verstanden?«

»Ja«, erwiderte Odile kleinlaut und schlug demütig die Augen nieder.

Gegen Abend erreichten sie Montagne de la Lune. Die imposante Burg der Barone von Blessac lag inmitten einer dicht bewaldeten Hügellandschaft und war von steilen Felsen umgeben, die es Eroberern seit jeher unmöglich gemacht hatte, den beinahe uneinnehmbaren Bau zu stürmen. Um in den Burghof zu gelangen, musste sie über eine breite Zugbrücke reiten, die eine tiefe Schlucht überspannte und erst heruntergelassen wurde, nachdem Pierre ein Losungswort genannt hatte.

Odile, die bei den Zisterzienserinnen eine kleine braune Stute erhalten hatte und dicht neben ihrem Vater ritt, schaute ehrfurchtsvoll zu den imposanten Zinnen empor, die in der untergehenden Sonne lange Schatten warfen. Im Schein der brennenden Feuerkörbe bedachte sie Guy de Lus mit einem fragenden Blick.

»Papa?«

»Ja, mein Herz?«

»Sieht es dort, wo du herkommst, auch so aus? Ich meine, hast du als Junge auch in einer solchen Burg gelebt?«

»Ja«, antwortete Guy mit einem Lächeln, »sie war sogar noch größer und schöner als diese hier, wenn du es genau wissen willst. Sobald wir das alles hier hinter uns haben, reiten wir gemeinsam in die Gascogne, und ich stelle dir deine Großeltern und deine Onkel und Tanten vor.«

»Ich habe Großeltern?« Odile war plötzlich ganz aufgeregt. »Und Onkel und Tanten? Habe ich auch Cousinen und Cousins?«

»Mehr, als du dir vorstellen kannst«, erwiderte Guy mit einem zufriedenen Lächeln.

Bevor die beiden das Thema vertiefen konnten, zogen sie in den Burghof ein, wo Baronin Alice de Blessac sie persönlich empfing.

Pierre hatte wie üblich einen Boten vorgeschickt, der ihre Ankunft bereits angekündigt hatte.

Die schlanke Burgherrin mit den wachen hellen Augen, deren Haar vollständig von einem dunkelblauen Gebende bedeckt wurde, beließ es nicht bei einer üblichen Begrüßung, sondern küsste Pierre freudestrahlend links und rechts auf die Wange. Dann ging sie in ihrem hochgeschlossenen, bodenlangen Kleid aus dunkelblauem Damast die Reihen der Männer ab und hieß jeden Einzelnen mit einem reservierten Kopfnicken willkommen. Am Ende blieb sie bei den Frauen stehen und erkundigte sich bei Rona nach ihrem Namen und ihrem Befinden und ob sie und die anderen Damen Dinge benötigten, die bei Männern nicht vonnöten waren. Außerdem wollte sie wissen, ob die Frauen in einem separaten Zimmer untergebracht werden wollten.

Justine war nicht sicher, ob sie mit diesem Angebot glücklich war. »Ich will lieber bei dir bleiben«, flüsterte sie Malcolm zu und hielt dabei fest seine Hand, nachdem die Burgherrin sich abgewandt hatte. »Ich kenne hier niemanden sonst. Außerdem macht mir eure Gefährtin mit den schräg stehenden Augen Angst.«

»Vor Rona brauchst du dich nicht zu fürchten«, versuchte er sie zu beruhigen. »Sie ist eine freundliche Person, klug und hilfsbereit.«

»Ich fürchte mich trotzdem vor ihr«, beharrte Justine. »Sie kennt Mysterien, mit denen kein Mensch je in Berührung kommen sollte, und herrscht über Kräfte, die mir wie Zauberei erscheinen.«

»Was soll das heißen? Ich habe es dir schon tausendmal gesagt, wir sind so normal wie jeder andere.«

»Das denkst auch nur du«, wisperte sie und rollte mit den Augen. »Ich habe die Templer noch nie als normale Menschen angesehen. Und alles, was hier passiert, bereitet mir eine höllische Angst. Du bist der Einzige, dem ich bedingungslos vertraue.«

»Na gut.« Malcolm stieß einen kaum hörbaren Seufzer aus. »Ich werde Gero fragen, ob du bei mir bleiben darfst«, munterte er sie auf und küsste sie sanft. »Wir werden schon ein gemeinsames Plätzchen finden.«

Alice de Blessac führte ihre Gäste in den Großen Rittersaal, wo bereits die langen Tische für sie gedeckt waren. In einem hohen Kamin prasselte ein munteres Feuer, das eine angenehme Wärme verbreitete.

Der ganze Raum war mit unzähligen langen Kerzen illuminiert, und es duftete herrlich nach frischem Brot, gebratenem Kapaun und geröstetem Wildschweinschinken. Der Burgvogt der Baronin ließ Wein und Bier servieren, während ihre einzige Tochter dafür sorgte, dass auch alle einen Sitzplatz erhielten. Pierre, Gero, Adam de Brasnee und Guy de Lus wurden in direkter Nähe zur Baronin platziert – zusammen mit den Frauen, deren Wohlergehen ihr mindestens so wichtig zu sein schien wie das der Männer. Der Rest nahm an den übrigen Tischen Platz.

»Wohin geht eure Reise? Oder sollte ich das lieber nicht fragen?«, wollte sie von Pierre wissen.

»Wir sind auf dem Weg nach Toulouse«, klärte er sie auf. »Dort wartet ein Auftrag auf uns. Wenn das erledigt ist, reisen wir weiter nach Carcassonne.«

Die Baronin schaute zweifelnd in die Runde. »Ihr wisst, dass euch die Gens du Roi auf den Fersen ist und Bernardus Guidonis nicht nur in Toulouse, sondern auch in Carcassonne sein Unwesen treibt«, sagte sie und kräuselte die Stirn. »Überall reiten Boten umher und verteilen Pergamente mit der Beschreibung einer Truppe ehemaliger Templer und deren Anführer. In ihrer Begleitung befinden sich eine Frau und ein Mädchen, die ebenfalls genauestens beschrieben werden. Die Einzige, die bei dieser Auflistung fehlt, ist die Mongolin. Ist sie den Häschern des Königs nicht bekannt?«

»Anscheinend nicht«, bestätigte Gero die Annahme ihrer Gastgeberin, die in ihren Beobachtungen mindestens so wachsam war wie Äbtissin Humbertine zuvor. »Rona stammt aus Cathay und dient uns als Heilerin.«

»Ich dachte immer, die Templer selbst wären begnadete Heiler«, gab die Baronin mit einem Lächeln zurück. »Aber es kann ja nicht schaden, wenn man sich um kundige Unterstützung bemüht«, fügte sie augenzwinkernd hinzu.

»Sie ist meine Frau«, sagte Arnaud geradeheraus »Wir haben geheiratet, nachdem feststand, dass der Orden nicht mehr das sein würde, was er einmal war.«

»Ich finde es richtig, dass ihr Templer euer Leben wieder selbst in die Hand nehmt und eigene Wege geht, nachdem man euch so schmählich behandelt hat«, bekräftigte die Baronin seine Erklärung. »Ich hätte mir auch gewünscht, mein Sohn wäre vernünftig gewesen und hätte die Liebe und das Leben gefeiert, anstatt sich für einen sinnlosen Tod zu entscheiden, der das Opfer nicht wert war.« Ihr Blick ruhte auf Stephano und Anselm, die eng beieinandersaßen und sich in seltsamer Vertrautheit gegenseitig Fleisch und Brot reichten. Dabei waren die beiden entgegen den Regeln der Templer in eine leise, intensive Unterhaltung vertieft. »Es muss ein wunderbares Gefühl sein, wenn man einen Menschen an seiner Seite hat, für den man im Zweifel sein Leben hingeben würde«, bemerkte Alice mit einem wissenden Blick. »Ich habe mich immer gefragt, warum unser Sohn sich nicht für die Liebe entschieden und unser Haus mit Nachkommen gesegnet hat. Stattdessen war er mit den Templern verheiratet und hat diese Liebe mit einem grausamen Schicksal bezahlt.«

»Maman!«, mahnte ihre Tochter. »Musst du schon wieder davon anfangen? Ich bin auch noch da und könnte dir im Zweifel Nachkommen schenken.«

»Da musst du erst mal einen passenden Mann finden, Jocelyn«, wies die Baronin sie leise zurecht.

Ob sie es wollte oder nicht, mit einem Mal konzentrierten sich die Blicke der meisten anwesenden Männer auf die Tochter des Hauses. Wobei die junge Frau bereits Anfang zwanzig war und sicher nicht zu den herausragendsten Schönheiten des Landes zählte. Im Gegensatz zu ihrer Mutter hatte sie einen plumpen Körperbau und eine viel zu dominante Nase. Dafür hatte der liebe Gott sie mit hüftlangem dunkelblondem Haar und einem schelmischen Lachen gesegnet, das es offenbar Ralph of Bulford angetan hatte.

»Falls Ihr noch einen Ehemann sucht, wäre ich durchaus interessiert«, behauptete er kühn und grinste frech. »Ich meine, ich hatte bisher wenig Zeit, mir eine passende Frau zu suchen, und vorher beim Orden war es nicht erlaubt.

Aber ich entstamme aus einem angesehenen Rittergeschlecht aus York und habe exzellente Manieren.«

Einige Brüder brachen in glucksendes Gelächter aus.

Die Baronin hob leicht irritiert eine ihrer fein geschnittenen Brauen. Doch Jocelyn schien an dem leicht zerzausten schwarzhaarigen Bruder mit den wachen grünen Augen durchaus interessiert zu sein. Sie stand auf, nahm ihren Kelch mit Wein und setzte sich neben Ralph. Mit leicht überheblichem Blick schaute sie ihn erwartungsvoll an. »Nun?«, meinte sie amüsiert. »Worüber sollen wir reden? Als gestandener Ritter beherrscht Ihr doch sicher sämtliche Regeln der Minne, oder irre ich mich?«

Offenbar erschrocken darüber, dass sein plumpes Werben sofort zum Erfolg geführt hatte, ging Ralph unmerklich auf Abstand.

»Äh … ja, gewiss«, antwortete er und räusperte sich verlegen, während seine Kameraden schadenfroh grinsten. »Wo soll ich anfangen?«

»Plaudert einfach drauflos«, fordert sie ihn auf. »Ich will alles von Euch wissen. Denn ich möchte gerne sicher sein, ob Ihr als möglicher Gemahl auch geeignet seid. Ihr habt ja meine Mutter gehört. Sie wünscht sich nicht nur einen Schwiegersohn, sondern auch baldige Nachkommen. Da sollten wir nicht allzu viel Zeit mit dem Kennenlernen vergeuden.«

Während Ralph nervös schluckte, verfielen seine Kameraden abermals in verhaltenes Gelächter.

Der ehemalige englische Kommandeur der Templer schaute leicht verlegen zu seinem Anführer auf.

»Meinen Segen hast du«, meinte Gero amüsiert und war froh, dass bei all der Gefahr, der sie sich ausgesetzt sahen, noch Zeit und Gelegenheit für ein paar erheiternde Augenblicke blieben.

Nach dem Essen löste sich die Gesellschaft in verschiedene Grüppchen auf. Während Ralph tatsächlich zusammen mit Jocelyn an einen unbekannten Ort verschwand, empfahl sich die Baronin gemeinsam mit ihrem Burgvogt zur Nacht, was Gero an seine Tante und Roland erinnerte. Er selbst blieb noch mit Pierre am Feuer sitzen und erzählte ihm die Geschichte von Walter of Clifton, ihren Erlebnissen in Schottland und seiner Weiterreise in den Norden der neuen Welt, auf der anderen Seite des großen Ozeans.

»Was du über Sir Walter und seine Erlebnisse mit der Bundeslade erzählst, deckt sich mit dem, was wir am Pech de Bugarach erlebt haben«, antwortete Pierre mit Bedacht, als Gero mit seinem Bericht geendet hatte. »Die Steine sind im wahrsten Sinne des Wortes brandgefährlich, wenn man nicht unerschütterlich im Glauben ist und seinen Geist unter Kontrolle hat. Deshalb war Bruder Walters Entscheidung richtig, die Lade auf immer verschwinden zu lassen, selbst wenn es ihn das Leben gekostet hat. Ich hoffe nur für Humbertine, dass ihr Bruder noch lebt.«

»Gut möglich, dass Gérard de Villiers und seine Leute sich nach ihrer Ankunft in der neuen Welt bis ins Landesinnere durchschlagen konnten und sich dort mit Einheimischen verbündet haben«, gab Gero zu bedenken. »Wir haben auf dieser vorgelagerten Insel ein paar Grabsteine entdeckt, alle waren mit einem Templerkreuz gezeichnet, aber ohne Namen. Von de Villiers und seinen Leuten haben wir weder etwas gesehen noch gehört.«

»Weißt du, manchmal male ich mir aus, wie schön es wäre, wenn wir das alles hinter uns lassen und ein normales Leben führen könnten, ohne ständig mit unserem Schicksal konfrontiert zu werden«, murmelte ausgerechnet Pierre mit sehnsuchtsvoller Miene. »Aber ich kann die Brüder, die noch immer unter Folter und Verfolgung leiden, unmöglich im Stich lassen. Und die Hoffnung, dass der Orden eines Tages wiedererstarkt und zu neuem Leben erwacht, will ich nicht aufgeben. Auch wenn ich im Grunde weiß, dass dieses Ziel unerreichbar ist.«

»Und was ist mit dem Berg?«, hakte Gero nach. »Der Pech de Bugarach? Wenn du sagst, er hat viele Brüder vor Verfolgung gerettet, warum kann uns sein Geheimnis nicht helfen, unsere Feinde ein für alle Mal zu vernichten?«

»So einfach ist das nicht, Bruder Gero«, erwiderte Pierre mit Bedacht. »Der Berg ist kein Wunderbaum oder Gral, der alles möglich macht. Er hat seine eigenen Gesetze, genauso wie der CAPUT LVIII. Niemand, der ins Innere des Berges vordringt, weiß genau, wie das Mysterium auf ihn wirkt und was es mit ihm anstellt. Es verbindet sich mit dem Geist eines jeden Menschen, der dem Licht nahe genug kommt. Ob zu dessen Vorteil oder Nachteil, kann man nicht vorhersagen. Vielleicht ist es Gott, der dort auf uns wartet. Vielleicht ist es der Teufel. Ich will ehrlich zu dir sein, Gero: *Ich* hatte bisher nicht den Mut, mich dieser Macht zu stellen. Doch wenn wir erst dort sind, wirst du wissen, ob *du* den Mut hast, die Wahrheit über jene Kraft zu ergründen, die dort wirkt.«

•

»Halt mich bitte ganz fest und küss mich«, flüsterte Justine, nachdem sie und Malcolm in einer leerstehenden Gesindekammer unter dem Dach untergekommen waren.

Malcolm, der mit seiner Geliebten eine breite Strohmatratze und eine weiche Daunendecke teilte, berührte sie zärtlich. Er hatte ihr längst verziehen. Im Schein der Kerze sah Justine weich und verletzlich aus. Malcolm würde alles tun, um sie zu beschützen.

Sie seufzte leise, während seine großen Hände über ihren bloßen Leib wanderten und sie liebkosten.

»Nimm mich«, flüsterte sie an sein Ohr und bog sich ihm verlangend entgegen.

Malcolm ließ sich nicht lange bitten und sank – auf seinen unverletzten Arm gestützt – zwischen ihre geöffneten Schenkel. Mit einem erstickten Geräusch kam sie ihm so weit entgegen, bis er sie ganz und gar ausfüllte. Langsam und genüsslich bewegte er sich in ihr und küsste ihren halb geöffneten Mund voller Leidenschaft.

»Komm. Jetzt«, hauchte sie. Als er spürte, wie ihr Inneres erbebte, ließ er seiner Lust freien Lauf.

»Ich liebe dich«, murmelte er an ihre Lippen, als sein Verlangen langsam verebbte. »Ich möchte, dass du meine Frau wirst, wenn wir das alles glücklich überstanden haben. Ganz gleich, was mein Bruder dazu sagt, oder wer sonst.«

Doch anstatt ihm zu antworten, schluchzte sie auf. Tränen liefen über ihre geröteten Wangen.

»Was ist?«, fragte er alarmiert und hielt inne. »Habe ich was Falsches gesagt?«

»Nein«, wisperte sie und küsste seine Lippen. »Du hast mich gerade sehr glücklich gemacht. So glücklich wie noch niemand zuvor. Denn selbst wenn ich morgen sterben muss, weiß ich, dass es trotz all meiner Fehler einen Menschen gab, der mich von Herzen geliebt hat.«

KAPITEL 40

APRIL 1316
HERZOGTUM LOTHRINGEN / BISTUM METZ

Bluthunde

Am nächsten Morgen saß Hannah zutiefst erleichtert im Bett der Gästekammer von Jeanne de Carmac und stillte Sophia. In der Nacht zuvor hatte sie nicht nur mit ihrer kleinen Tochter die weichen Matratzen geteilt, sondern auch mit Lyn, der sie unendlich dankbar war. Zusammen mit Johan, Brian und Totty hatte Lyn am Tag zuvor den langen Weg von Waldenstein zur Burg der Carmacs auf sich genommen, um Sophia in Sicherheit zu bringen und damit nicht nur das Kind, sondern sie alle vor der Willkür eines Hanemann von Lichtenberg zu beschützen.

Danach waren sie von Jeanne und Christian eingeladen worden, so lange zu bleiben, wie es ihnen gefiel. Zumindest aber, bis sie nicht mehr um ihre Sicherheit fürchten mussten.

Am Abend wollten sie gemeinsam darüber beraten, wie man diesen verborgenen Ort noch besser schützen konnte.

Bisher hatte niemand in Hannahs Gegenwart auch nur ein Wort darüber verloren, warum es weiterhin Zweifel an ihrer Sicherheit gab. Aber sie empfand es als beunruhigend genug, dass Christian und vier weitere Templerbrüder sich bereit erklärt hatten, die Burg stärker zu bewachen als üblich.

»Carmac ist nun mal keine Festung«, hatte Johan van Elk am Abend zuvor argumentiert, »sondern lediglich ein Wasserschloss, dessen Schutz in erster Linie auf seiner abgelegenen Lage beruht und dem tiefen Wassergraben, hinter den man sich vor Räubern und Tagedieben zurückziehen kann. Niemand von uns hat einen Plan, falls plötzlich Hanemann von Lichtenberg oder die Gens du Roi vor der Tür stehen«, hatte er weiter zu bedenken gegeben. »Im Laufe des morgigen Tages werden wir darüber entscheiden, wie wir die Burg und ihr Umland gegen Angriffe von außen sichern können.«

Hannah, die über solche Szenarien am liebsten gar nicht nachdenken wollte, wiegte Sophia in ihren Armen und küsste immer wieder ihr kleines Näschen, was die Kleine mit einem vergnügten Krähen belohnte. Dabei leuchteten ihre himmelblauen Augen so klar und strahlend wie die ihres Vaters.

»Ich finde, sie wird Gero von Tag zu Tag ähnlicher.« Hannah schaute mit einem liebevollen Lächeln auf ihre fröhlich strampelnde Tochter hinab, während sie an deren Vater dachte, den sie schmerzlicher vermisste als je zuvor. »Ich wünschte mir so sehr, Gero könnte hier sein«, fügte sie mit einem leisen Seufzer hinzu.

»Ich auch«, stimmte Lyn ihr zu, die am Fenster der kleinen Turmkammer stand und abwesend hinausblickte, als ob sie dort draußen etwas suchte.

»Gibt es etwas, das ich wissen sollte?« Hannah, die ein gutes Gespür für negative Schwingungen hatte, verengte ihre Lider.

Lyn sah sie nicht an, sondern schaute stattdessen weiter zum Fenster hinaus. »Wir müssen reden«, antwortete sie tonlos und hielt ihren Blick beinahe verbissen in die Ferne gerichtet.

Hannah spürte, wie ihr Herz augenblicklich heftiger schlug. »Ist was mit Gero?«

»Nein, ihm und seinen Leuten geht es gut. Sie sind auf dem Weg nach Toulouse und haben gestern Nacht in einer Burg auf halbem Weg dorthin übernachtet. Es geht um Tom.«

»Was ist mit ihm?«, Hannah war sicher, dass es sie genauso aus der Bahn werfen würde, wenn Tom etwas zugestoßen war.

»Nichts«, beruhigte Lyn sie und wandte sich zu ihr um. »Er hat Rona während eines direkten Kontakts mitgeteilt, dass du diese Burg verlassen wirst, und zwar schon morgen. Du weißt ja, dass man über den Server ermitteln kann, wo und wann sich jemand in der Vergangenheit aufhält. Nur ist das keine sichere Bank, weil jeder von uns mit seinem Bewusstsein Einfluss auf den Verlauf der Ereignisse nehmen kann. Was wiederum bedeutet, dass sich Zeitverläufe ändern können, wenn auch meist nur geringfügig. Trotzdem macht Toms Botschaft mir Sorgen. Denn warum solltest du woanders hingehen wollen, wenn du hier in Sicherheit bist.«

»Sind wir das wirklich?« Hannah schaute beunruhigt zu ihr auf. »Ist es nicht eher so, dass wir auf Waldenstein geschützter wären? Ich meine, dort haben wir eine Festung mit doppelt so dicken Mauern und weit über hundert Soldaten, die uns vor Ort vor einem direkten Angriff bewahren können. Hier haben wir ein malerisches Wasserschlösschen mit ein paar zugegeben tapferen Tempelrittern und zwei altersschwachen Wolfshunden, die mehr oder weniger gut als zusätzliche Wachen dienen. Wenn du mich fragst, würde ich mich auf Waldenstein sicherer fühlen. Wenn nicht Margaretha das Regiment übernommen und mich ohne Bedenken an den lieben Hanemann ausgeliefert hätte«, schob sie verärgert hinterher. »Aber da ist noch etwas, das du mir verschweigst, nicht wahr?«, insistierte sie. »Glaubst du tatsächlich, ich kann nicht auch spüren, wenn du irgendetwas vor mir verbirgst?« Hannah verlor allmählich die Geduld. »Ich bin kein Kind, Lyn«, stellte sie unmissverständlich klar. »Oder jemand, der den Tatsachen nicht ins Auge sehen kann. Und ich trage nicht nur die Verantwortung für Sophia und mich selbst, sondern auch für Freya, Amelie und all die anderen, die auf Waldenstein geblieben sind. Also, verdammt noch mal, was geht hier vor?«

»Wir wurden ausgespäht«, beichtete Lyn ihr tonlos und sah ihr unverwandt in die Augen.

»Ausgespäht? Was soll das heißen? Wann, wo und vor allem, von wem?« Hannah lief es heiß und kalt den Rücken hinunter.

Lyn atmete tief durch, bevor sie antwortete. »Agenten der Gens du Roi.«

Hannah riss vor Entsetzen die Augen auf. »Sag bloß, auf dem Weg hierher, als die Kleine in eurer Obhut war.«

»Eigentlich wollte ich es dir nicht sagen«, gestand Lyn ihr mit schuldbewusstem Blick. »Wir dachten, du würdest dich zu sehr aufregen.«

»Ach ja?«, antwortete Hannah aufgebracht. »Dann lag ich also richtig mit meiner Annahme, dass du und die anderen mich wie eine naive Idiotin behandeln. Und wann wolltet ihr mir von diesem Zwischenfall erzählen?«

»Gar nicht, das sagte ich doch schon«, gab Lyn leicht ungeduldig zurück.

»Und woher dieser plötzliche Sinneswandel?« Hannah richtete sich angespannt aus ihren Kissen auf, was Sophia sofort dazu brachte, zu quengeln.

»Es waren fünf Agenten der Gens du Roi«, berichtete Lyn erstaunlich unaufgeregt. »Vier konnten wir sofort erledigen. Einer ist entkommen. Sie müssen uns schon auf Waldenstein beobachtet haben. Wie sonst hätten sie wissen können, dass wir mit dem Kind hierher unterwegs sind.«

Hannah glaubte, ihr Herz würde stehen bleiben. »Und das sagst du mir erst jetzt?« Bestürzt riss sie die Augen auf. »Das bedeutet, ihr habt mit ihnen gekämpft?« Sie schnappte nach Luft. »Und Sophia war dabei?«

»Wie hätten wir sie sonst loswerden sollen?« Lyn zuckte mit den Schultern. »Einer von ihnen hat mich direkt angegriffen. Aber ich konnte die Kleine schützen und habe den Kerl schwer verletzt in die Flucht geschlagen. Sophia war zu keiner Zeit in Gefahr.«

»Du weißt doch, dass ich dir das nicht glaube – wo waren Johan, Totty und Brian?«

»Sie haben die anderen Agenten erledigt. Die Kerle waren mit Armbrüsten bewaffnet. Abgesehen davon, dass sie eine akute Gefahr für uns und das Kind darstellten, konnten wir sie nicht entkommen lassen, weil sie sonst womöglich Verstärkung geholt hätten. Und doch ist dieser eine leider entwischt.«

»Ich habe kein Problem damit, dass unsere Jungs die vier Mistkerle ins Jenseits geschickt haben«, machte Hannah ihr unmissverständlich klar. »Aber du hast recht, der Kerl, der entkommen konnte, stellt eine realistische Bedrohung für uns dar.« Während sie sich darüber Sorgen machte, dass ein Agent der Gens du Roi überlebt hatte, wurde Hannah augenblicklich bewusst, wie eiskalt sie inzwischen kalkulierte, wenn es um den sicheren Tod ihrer Feinde und die Unversehrtheit ihrer Liebsten ging. Im Verhältnis zu ihrem Leben in der Zukunft hatte sie in dieser Hinsicht seit ihrer Rückkehr ins Mittelalter jegliche Unschuld verloren. »Ich würde gerne wissen, was das nun genau für uns zu bedeuten hat?«

»Johan, Brian und Totty sind gestern Nacht noch einmal draußen gewesen und zu den Zisterziensern nach Bettnach-Weiler geritten. Kurz nach unserer Ankunft ist ein Mittelsmann der Templer hier aufgetaucht, als du im Nebenzimmer die Kleine gestillt hast. Er hat Christian und Johan über einen schwerverletzten Agenten der Gens du Roi berichtet, der bei den Mönchen um medizinische Hilfe gebeten hatte. Der Verletzte kann nur unser geflüchteter Agent sein. Johan und die anderen wollten ihm beim Verlassen der Abtei auflauern und ihn beseitigen. Leider kamen sie zu spät. Er war schon weg, bevor sie ihn stellen konnten, wie ein anderer Templerbruder, der nun bei den Zisterziensern seinen Dienst tut, ihnen verraten hat.«

»Und wie gehen wir mit dieser Tatsache um? Ich meine, das bedeutet doch nicht, dass dieser übriggebliebene Mistkerl weiß, wo wir uns aufhalten, oder doch?«

»Nein, das heißt es nicht. Aber er muss ja nur zwei und zwei zusammenzählen und kann sich denken, dass wir mit dem Kind auf dem Weg zu dir waren. Und die Anzahl der Burgen und Dörfer hier in der Umgebung ist nicht so groß, als dass man nicht nach uns suchen könnte. Die Frage ist nur, ob er Verbündete hat. Oder er hat unsere Auseinandersetzungen mit Hanemann auf Waldenstein beobachtet und sucht ihn nun auf, um ihn zu seinem Verbündeten zu machen, was die schlechteste Variante von allen wäre.«

Hannah spürte, wie sich ihr Magen verkrampfte. Sophia begann zu weinen, weil sie wohl spürte, dass es ihrer Mutter nicht gut ging. »Damit hätten wir den Grund für Toms Beobachtung. Wir können hier nicht bleiben«, murmelte Hannah mehr zu sich selbst und spürte, wie ihr die Knie weich wurden. »Nicht nur wegen uns«, fügte sie hinzu und sah Lyn eindringlich in die Augen. »Vor allem wegen Jeanne und ihrer Leuten. Sie ist nicht weniger in Gefahr als wir, wenn die Gens du Roi hier auftaucht und nach uns sucht.«

»Ja, das ist wahr.« Lyn schaute abermals zum Fenster hinaus und nickte einsichtig in den aufkeimenden Morgen. »Wir sollten unsere Sachen packen und nach Waldenstein zurückkehren. Dort sind wir allein schon wegen Roland und seinen Leuten sicherer. Er wird nicht zulassen, dass die Gräfin dich noch einmal ihrer hinterhältigen Verwandtschaft preisgibt.«

»Worauf warten wir dann noch?« Hannah war zu allem entschlossen. »Lass uns runtergehen und es den anderen sagen.«

•

Helias Baillie betrachtete seine verletzte Hand und sein Bein, nachdem der Medikus des jungen Herrn von Lichtenberg ihm einem frischen Verband angelegt und einen weiteren Trank mit einer schmerzstillenden Medizin verabreicht hatte.

»Es ist kein Wunderwerk«, rechtfertigte sich der Medikus mit einem Schulterzucken beim Anblick der festgewickelten Leinenstreifen, »aber mich würde schon interessieren, wer Euch die Verletzung genäht hat. Ich habe noch selten eine so saubere Arbeit gesehen. Selbst die Ärzte in Paris, wo ich studiert habe, sind in der Regel nicht so talentiert. Die einzigen Heilkundigen, die ich kenne und die so etwas zuwege bringen, stammen aus dem Orient. Derjenige, der das vollbracht hat, wurde ganz bestimmt von einem Araber ausgebildet.«

»Es war ein Zisterzienser«, beantwortete Baillie die im Raum stehende Frage.

»Das kann nur bedeuten, er war in früheren Zeiten ein Pilger oder – was wahrscheinlicher ist – ein Templer«, resümierte der Medikus mit getragener Stimme.

»Ein Templer …« Baillie tat so, als ließe diese Feststellung ihn kalt. Aber dem war nicht so. Wenn der Bruder, der ihn in Bettnach-Weiler versorgt hatte, tatsachlich ein ehemaliger Templer war, dann wusste er vielleicht auch, welche Burgherren in der Umgebung mit ehemaligen Templern sympathisierten.

Baillie äußerte sich nicht weiter dazu, um bei dem Medikus keinen Verdacht zu erregen, warum er hier war und schnellstmöglich wieder aufs Pferd musste. Hanemann von Lichtenberg hatte ihm zugesichert, ihn bei der Suche nach Mutter und Tochter zu unterstützen. Schließlich hatte der junge Landgraf selbst ein berechtigtes Interesse daran, die beiden einzufangen und als Druckmittel gegen seinen ungeliebten Cousin einzusetzen. Wie Baillie den jungen Lichtenberger dazu bringen sollte, ihm die Frau und das Kind zu überlassen, nachdem man sie gefunden und festgesetzt hatte, wusste er noch nicht. Aber bis dahin hatte er Zeit, sich einen Plan zurechtzulegen.

Hanemann vergeudete unterdessen keine Zeit und stellte einen Trupp von fünfzig Söldnern zusammen, wie Baillie bei einem Blick in den Burghof feststellen durfte. Dazu kam eine Rotte von zehn Bluthunden. Große, rehbraune Tiere mit massigem Körperbau und herunterhängenden Lefzen, die darauf abrichtetet waren, nicht nur Wild, sondern auch Menschen zu jagen. Hanemann von Lichtenberg hatte den Hundeknechten den Schleier der jungen Gräfin von Waldenstein überlassen, der nach ihrem Verschwinden in der Leichenkarosse seines Oheims liegen geblieben war, wie er wenig später erklärte, als Baillie voll aufgerüstet zu dessen Söldnern stieß.

»Damit die Tiere sich mit dem Geruch der gesuchten Frau vertraut machen können«, erläuterte der junge Graf ihm eifrig. »Allein schon deshalb ist Eile geboten, weil jeder neue Regenschauer die Spuren hinwegwaschen kann.«

Baillie nickte verständig und schwang sich mit Bedacht auf seinen Hengst, weil sein Bein immer noch höllisch schmerzte.

»Was meint Ihr, wo wollen wir mit der Suche beginnen?« Hanemann von Lichtenberg schaute ihn fragend an, nachdem sie gemeinsam hoch zu Ross das Burgtor hinter sich gelassen hatten, gefolgt von den martialisch aufgerüsteten Truppen der Herren von Lichtenberg und den aggressiv kläffenden Hunden.

»Ich schlage vor, wir begeben uns zunächst zur Zisterzienserabtei von Bettnach-Weiler«, gab Baillie listig zurück. »Euer Medikus meinte, der Ordensbruder, der dort meine Wunden genäht hat, ist vielleicht ein ehemaliger Templer. Ihr solltet ihn befragen, wer in der Umgebung einer Frau und einem Kind Unterschlupf gewährt haben könnte.«

»Glaubt Ihr ernsthaft, der Kerl würde den Mund aufmachen, wenn er ein Sympathisant der Templer ist und wir ihn bedrängen?«, gab Hanemann zu bedenken. »Wird er nicht vielmehr Verdacht schöpfen, wenn ich mit Euch in der Abtei auftauche und seltsame Fragen stelle?«

»Ich trete dort gar nicht erst in Erscheinung«, entgegnete Baillie wie selbstverständlich. »Ihr werdet den Abt aufsuchen und ihm vorjammern, dass Eure Cousine von Räubern entführt wurde und Ihr im Auftrag ihrer Angehörigen auf der Suche nach ihr und ihrem Kind seid. Vielleicht rückt der Mönch dann mit Einzelheiten heraus, wo wir unsere Suche beginnen können. Ich glaube, dass diese Teufelsbande mit dem Kind nicht sehr viel weitergeritten ist als unbedingt nötig. Es schrie bereits nach seiner Mutter, als wir ihren Mitstreitern auf den Fersen waren. Wenn wir zügig durchreiten, können wir am Nachmittag bei der Abtei sein und mit unserer Jagd beginnen.«

•

»Ich weiß nicht, ob es eine gute Idee ist, nach Waldenstein zurückzukehren«, gab Johan van Elk wenig später zu bedenken, als sie zu zehnt in Jeannes guter Stube saßen und sämtliche Karten des unvermuteten Desasters offen auf dem Tisch lagen.

»Hast du einen besseren Vorschlag?« Hannah musterte ihn verständnislos. »Du kannst Jeanne und ihrer Familie unmöglich zumuten, dass wir hierbleiben. Die Gefahr, dass die Gens du Roi hier auftaucht, ist viel zu groß. Was, wenn deren Söldner das Anwesen angreifen und alles durchsuchen? Dann ginge es nicht nur uns an den Kragen, sondern auch unseren Gastgebern.«

»Die Gens du Roi hat hier überhaupt keine Befugnisse«, gab Christian zu bedenken. »Wir hätten jedes Recht der Welt, uns zu verteidigen und sie im Zweifel als gewöhnliche Angreifer, gegen die wir uns zur Wehr setzen müssen, zu töten.«

»Na wunderbar«, gab Hannah mit leiser Ironie zurück. »Und was machen wir, wenn es zu viele sind oder sie euch einfach überwältigen und die Burg stürmen?«

»Das ist nicht so einfach, wie du vielleicht denkst«, gab Christian selbstbewusst zurück. »Wenn wir das Burgtor hochziehen, müssen sie erst mal den Graben überwinden. Der ist fünf Meter breit und drei Meter tief. Das ginge nur ohne Rüstung, und dann wären sie so verletzlich wie eine Schnecke ohne Haus. Wir hingegen haben oben auf der Wallmauer unsere Bogen- und Armbrustschützen und würden sie meucheln, bevor sie auch nur den Versuch unternehmen könnten, Enterhaken zu den Zinnen hinaufzuschleudern.«

»Trotzdem gefällt mir der Gedanke nicht, dass wir euer Versteck womöglich der Entdeckung durch die Gens du Roi preisgeben«, gab Hannah stirnrunzelnd zurück.

»Wir könnten versuchen, nach Waldenstein zurückzukehren«, schlug Totty vor. »Ich meine, wir sind drei Templer unter voller Bewaffnung, und Lyn ist mindestens so wehrhaft wie ein guter Ritter, wenn nicht stärker. Außerdem kann sie bei absoluter Dunkelheit sehen wie eine Katze. Das bedeutet, zur Not könnten wir nachts reiten.«

»Wenn ihr jetzt dort hinausgeht, noch dazu im Dunkeln«, mischte sich Jeanne de Carmac ein und betrachtete Lyn mit einem ungläubigen Blick, »seid ihr nicht nur der Gens du Roi ausgeliefert, sondern auch den vielen Räuberbanden, die sich in den Wäldern herumtreiben. Von Wolfsrudeln, Wildschweinrotten und Bären gar nicht zu sprechen. Vergesst nicht, ihr habt einen Säugling dabei. Ich meine, das ist nicht zu verantworten.«

»Und wo sollen wir deiner Meinung nach hin?« Hannah warf Jeanne einen hilflosen Blick zu. »Ich kann ebenso wenig verantworten, das Leben deiner Kinder und deiner Bediensteten einer solchen Gefahr auszusetzen. Hast du eine Ahnung, zu was diese Leute fähig sind? Ich habe es selbst gesehen, als ich mit Gero in Chinon auf der Festung war. Diese Typen haben einen Stein in der Brust, wo andere ein Herz haben. Und glaub mir, sie machen auch vor

Kindern nicht halt. Das habe ich bei Geros damals zwölfjährigem Knappen erlebt.«

»Ich weiß, ich weiß«, gab Jeanne mit einer beschwichtigenden Geste zurück. »Gerade deshalb müssen wir uns etwas anderes einfallen lassen. Wir können euch nicht einfach ohne Schutz zurückschicken.«

»Du bist eine gute Seele, Jeanne.« Hannah ergriff ihre Hand und drückte sie voller Dankbarkeit. »Aber du musst auch an dich und an Pierre denken und all die anderen.«

»Das tue ich«, versicherte ihr Jeanne. »Aber ich könnte nicht ruhig schlafen, wenn ich Angst haben müsste, dass ihr von diesen seelenlosen Menschenschändern erwischt werdet.«

»Wir warten erst mal ab, ob sich die Anzeichen eines Angriffs verdichten.« Christian versicherte sich mit einem raschen Rundumblick bei seinen vier übrigen Kameraden, die alle aus der Region stammten, dass sie genauso dachten wie er.

»Ich werde mit meiner Rückreise nach Waldenstein warten und mit Totty und Brian in den nächsten Tagen die Umgebung im Auge behalten«, meldete sich Johan zu Wort, »um sicherzugehen, dass nirgendwo eine unberechenbare Gefahr lauert.«

»Versprich mir, dass ihr nicht die Helden spielt, wenn sich dort draußen etwas anbahnt, dessen wir nicht Herr werden können«, verlangte Hannah mit einem inständigen Blick.

»Wir spielen nicht die Helden, wir sind es«, klärte Totty sie mit einem lässigen Grinsen auf. »Schon vergessen?«

•

Gegen Spätnachmittag erreichten Baillie und sein neuer Verbündeter mitsamt den Söldnern und den Hunden die Zisterzienserabtei von Bettnach-Weiler. Unterwegs hatten sie mehrmals eine kurze Rast eingelegt und dabei verschiedene Wirtshäuser in Atem gehalten.

»Was wollt Ihr von uns?«, fragte Abt Johannes argwöhnisch, als Hanemann von Lichtenberg mit seinen Männern in der Abtei um Einlass verlangte.

»Ich will Bruder Simon sprechen«, antwortete der junge Lichtenberger wie selbstverständlich, mit dem Hinweis, dass er Lehensnehmer des Herzogs von Lothringen sei. Baillie hatte sich unauffällig unter Hanemanns Söldner gemischt und seine Kapuze so tief ins Gesicht gezogen, dass ihn niemand erkennen konnte.

Der Abt verengte die Lider und schaute sein Gegenüber misstrauisch an.

»Kennt Ihr Bruder Simon persönlich, oder wie kommt ihr darauf, ihn sprechen zu wollen?«

»Nein, und das ist auch gar nicht nötig«, giftete Hanemann ungeduldig. »Er wurde mir als ortskundig und guter Heiler empfohlen.«

»Von wem?«

»Vom Herzog selbst«, log Hanemann, dessen hohe Stimme den Grad seiner wachsenden Gereiztheit verriet. »Und nun lasst mich nicht länger hier draußen stehen wie einen armen Sünder, der ich gewiss nicht bin.«

»Aber Eure Männer bleiben draußen«, sagte der Abt entschieden. Nur widerwillig ließ er Hanemann und dessen Adjutanten, Helfrich von Schöneck, ein, und führte die beiden zu Bruder Simon.

Kurze Zeit später kamen die beiden mit dem heilkundigen Bruder gemeinsam aus der Abtei und debattierten eine Weile mit ihm, bevor Bruder Simon sich wieder verabschiedete. Offenbar war das Gespräch ergebnislos verlaufen. Das schmale Gesicht des jungen Landgrafen wirkte nicht eben erfreut, als er wenig später, gefolgt von seinem Adjutanten, zu Baillie zurückkehrte.

»Was habt Ihr aus dem Kerl herausbekommen?«, fragte Baillie begierig, etwas Neues zu erfahren.

»Gar nichts«, ereiferte sich Hanemann. »Aber ich bin noch nicht fertig mit ihm, so viel steht fest. Er sagte, er sei erst kurz im Kloster und wisse nichts von den Leuten, die hier in der Gegend wohnen. Vorher aber hat der Abt mir erzählt, dass er nicht nur die Seelsorge im gesamten Umkreis übernimmt, sondern auch die Krankenpflege. Also hat er gelogen. Das bedeutet, er will jemanden schützen. Und wenn er jemanden schützen will, wird er diesen Jemand wegen unserer Anwesenheit und unseren Nachfragen warnen wollen. Oder was meint Ihr als Offizier der Gens du Roi dazu?« Hanemann schaute ihn fragend an.

»Ihr habt ein gutes Gespür für Menschen und deren logische Vorgehensweise und könntet sogleich als leitender Truppführer bei uns anfangen«, schmeichelte Baillie ihm.

»Dann schlage ich vor, wie ziehen uns ein Stück in den Wald zurück und legen uns auf die Lauer. Was denkt Ihr?«

»Perfekt«, bestätigte Baillie ihm mit einem breiten Grinsen. »Hätte von mir sein können.«

»Wunderbar.« Der junge Lichtenberger nickte zufrieden. »Dann übernehmt Ihr ab sofort das Kommando über meine Truppe.«

Baillie befahl den Soldaten, sich mit den Hunden mindestens tausend Fuß von der Abtei zu entfernen und dort auf ein Zeichen zu warten, das lautlos von Posten zu Posten wie in einem Staffellauf gegeben werden sollte, nachdem einige Späher, zunächst ohne die Hunde, dem Mann eine Weile gefolgt waren.

Baillie würde die Hunde erst zum Einsatz bringen, wenn sicher war, dass der Mann sichtbar als Bote fungierte. Denn erst dann würde man ihn fassen und entsprechend verhören können.

Kurz vor Einbruch der Dämmerung war es schließlich so weit. Baillie beobachtete aus seinem Versteck heraus, wie sich ein hochgewachsener hagerer Mönch im Laufschritt auf den Weg in Richtung Südwesten machte und dabei einen schmalen Pfad mitten durch den Eichenwald nutzte. Der Mann trug neben einem langen Kapuzenmantel einen Stecken, den er als Stütze nutzte, aber genauso gut als Waffe zum Einsatz bringen konnte.

»Dann hat sich das Warten also doch gelohnt«, murmelte Baillie wissend und duckte sich unter den niedrigen Ästen, damit ihn der Mönch nicht bemerkte. »Wenn das nicht Bruder Simon ist, fresse ich einen Reisigbesen mit Stiel.«

Vier von Hanemanns Soldaten, die als Fährtenleser ausgebildet waren, nahmen in gemäßigtem Abstand zu Fuß die Verfolgung des Mannes auf, während Baillie und seine Mitstreiter dem ahnungslosen Zisterzienserbruder in gebührendem Abstand zu Pferd folgten.

Ihre Verfolgungsjagd führte sie immer tiefer in den Wald hinein, in ein Sumpfgebiet, in dem niemand eine Menschenseele vermuten würde, schon gar keine Behausung, die in Gestalt einer heruntergekommenen Hütte zwischen den Bäumen auftauchte, die der Mönch allem Anschein nach ansteuerte.

»Wo will der Kerl mit uns hin?«, zischte Hanemann und warf einen ungehaltenen Blick in die finstere Umgebung. Das dichte Astwerk ließ nur wenig von dem verbliebenen Abendrot durchscheinen.

»Weiß der Teufel …«, flüsterte Baillie angespannt. »Vielleicht führt er uns direkt zu den Gesuchten.«

»Oder auf geradem Weg ins Verderben«, murmelte Hanemann ein wenig ängstlich. »Habt Ihr nicht gesagt, diese Templer sind mit dem Satan im Bunde?«

»Was nicht bedeutet, dass sie unbesiegbar sind«, belehrte Baillie ihn selbstbewusst. »Die Späher haben haltgemacht«, raunte er dem jungen Lichtenberger zu, als die Männer plötzlich stoppten.

»Was ist denn das?«, murmelte Hanemann mehr zu sich selbst und starrte auf ein kleines Häuschen aus Ästen und Lehm mit einem Dach aus Reisig und getrockneten Blättern. Der Mönch war in einem halbhohen Eingang verschwunden. »Sieht aus wie eine selbst erbaute Waldhütte.«

Aus der Ferne beobachteten sie, wie zwei Männer vor die Hütte traten und danach nur einer von beiden redete, während der andere die ganze Zeit eifrig nickte und sich anschließend ohne Abschied davonmachte. Weil niemand mit dieser Begegnung gerechnet hatte, klemmten sich die Späher nicht an die Fersen jenes schweigenden Mannes, der sich nun durch den dichten Wald nach

Süden entfernte, sondern weiterhin an Bruder Simon, der offenbar den Weg zurück zur Abtei antrat.

»Mist«, zischte Baillie aus der Ferne. »Warum verfolgen sie nicht den anderen?«

»Weil es ihnen niemand befohlen hat«, verteidigte Hanemann seine Soldaten. »Und was wollt Ihr überhaupt von diesem Lumpenträger? Wir wissen doch gar nicht, was dieser Simon ihm gesagt hat. Und der Kerl sah ja nun nicht gerade aus wie die Frau, die wir suchen.«

»Ihr versteht es nicht«, fluchte Baillie leise. »Ich wette mein Pferd darauf, dass der gute Simon den Kerl losgeschickt hat, um Eure angeheiratete Cousine und ihre Helfershelfer zu warnen. Also müssen wir *ihm* folgen und nicht dem Zisterzienser.«

»Wenn das so ist«, zischte Hanemann ungehalten, »Warum habt Ihr das nicht früher gesagt? Lasst die Fanfare erschallen, damit die anderen mit den Hunden umkehren und die Spur des anderen Mannes verfolgen. Bis dahin können wir Bruder Simon festsetzen. Wenn es so ist, wie vermutet, wird er ja wohl auch wissen, wo die Gesuchten zu finden sind.«

Baillie tat, was der Lichtenberger von ihm verlangte, wenn auch nur widerwillig. Er selbst hätte lieber den davoneilenden Zisterzienser laufen lassen und sich den anderen vorgenommen. Doch inzwischen war es ohnehin zu spät, den zweiten Mann verfolgen zu lassen. Er war längst in ein benachbartes Sumpfgebiet entschwunden.

Wie von Baillie befürchtet, erledigte der ehemalige Templer zwei der Söldner, die ihm sogleich gefolgt waren und ihn stellen wollten, mit seinem Stock. Er hatte sie erschlagen, bevor sie auch nur ihr Schwert ziehen konnten. Dann nahm der Kerl seine Beine in die Hand und setzte die Flucht in den Wald sogar noch um einiges schneller fort als zuvor.

»Er macht sich davon!«, rief Hanemann und fuchtelte panisch mit den Händen herum, während er weitere Befehle in Richtung seiner Soldaten ausstieß. »Lasst ihn nicht entkommen!«

Baillie gab seinem Pferd die Sporen, um dem Flüchtenden hinterherzujagen. Dabei blieb sein schwerer Kaltbluthengst jedoch knietief zwischen den dünnen Birken im Sumpf stecken.

Wenigstens waren von Ferne bereits die Hunde zu hören, die mit ihren Knechten einen anderen Weg genommen hatten, um dem Zisterzienser den Weg abzuschneiden. Es konnte nicht mehr lange dauern, bis sie ihn erwischten.

»Sind sie tot?« Hanemann, der zu Baillie aufgeschlossen hatte, glotzte mit fassungsloser Miene auf seine beiden am Boden liegenden Späher, deren Schädel von dem Templer bis zur Unkenntlichkeit zertrümmert worden waren.

»Lasst die Bestien von der Kette«, brüllte Hanemann heiser seinen restlichen Soldaten zu.

Die kläffenden Hunde überwanden den morastigen Boden mit Leichtigkeit und hetzten allesamt in jene Richtung, in die der Gejagte im dichten Gehölz verschwunden war. Zunächst waren dumpfe Schläge und klägliches Jaulen zu hören, doch schon bald wurden diese Geräusche durch bösartiges Knurren und röhrendes Gezerre ersetzt.

»Sie haben ihn!«, entfuhr es Baillie erleichtert. »Sorgt dafür, dass die Hunde ihn nicht totbeißen!«, rief er den Hundeknechten zu, die mit ihren Pferden nun ebenfalls zwischen den Bäumen aufgetaucht waren.

Er gab Hanemann einen Wink, dass er ihm auf trockneres Terrain folgen sollte. Was dieser auch tat, um dann mit ihm gemeinsam zu jener Stelle zu reiten, an der die Hunde sich in einen am Boden liegenden Mann verbissen hatten. Drei der Tiere lagen mit zertrümmerten Leibern daneben, genauso tot, wie zuvor die beiden Späher.

»Dafür soll der Mistkerl bitter büßen«, stieß Hanemann mit einem hasserfüllten Blick hervor, den er mit den beiden zuständigen Hundeknechten teilte.

Baillie sprang aus dem Sattel und vergewisserte sich in der aufkommenden Dämmerung, dass es sich bei dem Gefassten tatsächlich um Bruder Simon handelte.

»So sieht man sich wieder«, spöttelte er mit Blick auf den schwer verletzten Mann, dessen Leib etliche Bisswunden aufwies.

»Zieht ihn aus und bindet ihn zwischen zwei Birken fest«, befahl er den Söldnern und behielt damit ungefragt das Kommando.

Der Zisterzienser verweigerte ihm widerspenstig den Blick, als die Soldaten ihm die zerfetzte Kutte herabrissen und ihn vollkommen nackt mit Stricken an Händen und Füßen fesselten und ihn anschließend zwischen zwei jungen Bäumen fixierten.

Während sich alle anderen Anwesenden um ihn herum scharten, übernahm Baillie das Verhör.

»Wer bist du tatsächlich, und was hast du hier um diese Zeit im Wald zu suchen?«

Bruder Simon starrte stur zu Boden und blieb ihm eine Antwort schuldig.

»Wen hast du bei der Hütte getroffen? Und was wolltest du von diesem Mann?«

Wieder keine Reaktion.

Baillie zückte seinen Dolch vom Gürtel und ging langsam auf den Mönchsbruder zu.

»Ich kann auch anders, Freundchen«, drohte er dem Übeltäter. »Also mach verdammt nochmal das Maul auf!«

Doch der Bruder schwieg wie ein Grab.

»So wird das nichts«, nörgelte Hanemann zu allem Überfluss, der wie ein Feldherr auf seinem weißen Hengst hockte und augenscheinlich mit dem Verlauf des Verhörs nicht zufrieden war.

»Was Ihr nicht sagt«, zischte Baillie, der sich zu blamieren drohte, falls er den Mann nicht zum Reden brachte. Also ging er hin und schnitt ihm vor aller Augen ein Ohr ab. Blut spritzte.

Ein Raunen ging durch die Anwesenden, doch der Gefolterte gab nur ein keuchendes Geräusch von sich.

»Rede gefälligst, wenn du das andere Ohr behalten willst!«

Aber der Mann gab sich unbeeindruckt und begann nur leise zu beten, was nicht nur Baillie irritierte.

Weil der Gefolterte keinerlei Anstalten machte zu sprechen, ging Baillie hin und schnitt ihm auch das andere Ohr ab. Der Mann zuckte nur und ertrug ohne ein Wort der Klage die Schmerzen, und allem Anschein nach störte er sich auch nicht daran, dass sein Leib mehr und mehr Blut verlor.

Ein Umstand, der Baillie erst recht in Rage brachte. »Entweder du beantwortest augenblicklich meine Fragen, oder ich nehme dir etwas, an dem dir mehr liegen dürfte als an deinen Ohren«, höhnte er. »Was ist mit deinem Augenlicht?«

»Ihr könnt mir alles nehmen«, presste der Mann mühsam hervor, »aber ich werde Euch nicht zu Willen sein, denn Ihr seid der Teufel in Menschengestalt. Und Ihr werdet in der Hölle schmoren wie alle, die hier stehen und Euer Unrecht zulassen. Gott der Allmächtige wird euch für Eure Niedertracht bestrafen, während ich in den Himmel auffahren und zur Rechten des Herrn sitzen werde.«

Baillie wurde von greller Wut erfasst. Er packte den Hoden des Mannes und hielt die Klinge daran, was ein dumpfes Aufstöhnen unter den Zeugen dieser grausamen Folter hervorrief, weil sich wohl jeder der Männer durch den Anblick des Messers am Gemächt des Zisterziensers betroffen fühlte. »Rede!«, brüllte er den Mönch nachdrücklich an, weil er nicht wusste, was er noch tun sollte, um vor Hanemann und dessen Söldnern nicht als jämmerlicher Versager dazustehen, falls der Kerl sich weiterhin stur stellte und die Aussage verweigerte.

»Fahr zur Hölle!«, keuchte Simon und spuckte ihm mit letzter Kraft ins Gesicht.

Baillie biss die Zähne zusammen und kappte seinem Widersacher mit einem entschlossenen Schnitt das vollständige Gemächt. Doch anstatt ein Geständnis abzulegen, sackte der Mönch kurz darauf ohnmächtig in sich zusammen.

Während mit jedem Herzschlag ein neuer Schwall Blut aus dem geschundenen Leib des Gefolterten pulsierte, konnte Baillie nichts anderes tun, als ihm beim Sterben zuzusehen, ohne dass der Kerl das Bewusstsein wiedererlangte.

Helfrich von Schöneck, Hanemanns Adjutant, der inzwischen auf seinem Schimmel hinzugekommen war, kotzte beim Anblick des Toten in hohem Bogen auf den Waldboden.

»Na prima«, kommentierte Hanemann die dampfende Stelle mit einem lakonischen Seufzer und musterte beiläufig Baillie, der wie ein begossener Hund vor der Leiche stand. »Jetzt weiß ich, dass Ihr durchaus in der Lage seid, einen Menschen abzuschlachten, aber wie Ihr ihn dadurch zum Reden bringen wollt, bleibt mir ein Rätsel.«

»Er war kein normaler Mensch – er war ein Templer«, rechtfertigte sich Baillie und deutete auf den Toten. »Diese Männer machen den Mund nicht auf, ganz gleich, was man mit ihnen anstellt.«

»Er war vor allen Dingen ein guter Medikus«, erwiderte Hanemann mit leichtem Bedauern, »den ich gerne an meinen Hof geholt hätte. Nun ist er tot. Für nichts und wieder nichts.«

»Immerhin habe ich mit seiner Hinrichtung zwei Eurer erschlagenen Späher gerächt«, schob Baillie trotzig hinterher.

»Und die toten Hunde nicht zu vergessen«, sprang ihm einer der Hundeknechte zur Seite.

»Aber wir wissen immer noch nicht, wo Hannah zu Waldenstein und ihre Tochter stecken und ob er etwas damit zu tun hatte«, gab Hanemann voller Unmut zu bedenken.

»Ich bin sicher, dass er mit den Templern unter einer Decke steckte. Und weit können die beiden Gesuchten nicht sein«, beschwichtigte Baillie ihn. »Ich schlage vor, wir übernachten im nächsten Wirtshaus und suchen gleich morgen früh weiter nach der Frau und dem Kind.«

»Und was machen wir mit der Leiche?«, wollte Hanemann wissen.

»Die lassen wir hier. Oder gibt es bei Euch keine hungrigen Wolfsrudel?«

»Doch«, antwortete Hanemann und warf Baillie einen nachdenklichen Blick zu. »Mehr als genug.«

KAPITEL 41

APRIL 1316
BISTUM METZ

Gute Beziehungen

»Psst, da kommt jemand«, zischte Brian of Locton und zügelte seinen Hengst, der sofort stehen blieb und die Ohren spitzte, als würde das Tier in der bewaldeten Umgebung selbst ein drohendes Unheil spüren. Die Sonne war eben erst untergegangen, und sie befanden sich auf dem Rückweg zur Wasserburg der Carmacs. Sie hatten die gesamte Umgebung im Radius von einer Meile nach verdächtigen Söldnern oder Agenten der Gens du Roi abgesucht. Dabei waren ihnen lediglich Bauern und Händler begegnet, die aus der Umgebung stammten und mit ihren Karren auf der Straße nach Metz unterwegs gewesen waren.

»Da«, flüsterte Totty und deutete auf einen Schatten, der sich auf einem Waldweg lautlos in Richtung Westen bewegte.

Johan van Elk schärfte seinen Blick. »Wenn das mal nicht unser Einsiedler ist.«

»Der hat es aber verdammt eilig«, meinte Totty.

»Dann lasst uns erkunden«, schlug Johan vor, »ob er Neuigkeiten hat, die für uns von Interesse sein könnten.«

Wie auf Kommando trieben sie ihre Pferde an und ritten am Waldrand entlang in Richtung des Einsiedlers, der seine Schritte noch einmal beschleunigte, als er bemerkte, dass er verfolgt wurde. Als er einsehen musste, dass es kein Entkommen gab, blieb er ruckartig stehen, drehte sich um und zielte mit seinem schnellen Reflexbogen, den er unter seinem Umhang hervorholte, direkt auf Johan und seine Kameraden.

»Hohoho!«, rief Johan und hob seine Hände wie zur Kapitulation. »Armand, wir sind's!« Auch seine Brüder zügelten auf der Stelle ihre Pferde.

Zum Glück erkannte der Einsiedler, dass ihm keine Gefahr von den Brüdern drohte, und senkte den abschussbereiten Pfeil. Stattdessen begann er wild zu gestikulieren, weil er allem Anschein nach tatsächlich eine wichtige Nachricht zu verkünden hatte.

Doch schon zeigte sich das nächste Problem. Der ehemalige Templerbruder konnte aufgrund seiner fehlenden Zunge nicht sprechen und die aufgeregten Laute, die er von sich gab, vermochte niemand von ihnen zu verstehen. »Zu dumm, dass Christian de Vrey nicht mit von der Partie ist. Er wüsste, was uns Armand sagen will«, stellte Brian frustriert fest.

Johan glitt aus dem Sattel und zückte ein Stück Pergament und einen Kohlestift aus einer Satteltasche. Beides streckte er Armand hin und bat ihn aufzuschreiben, was er ihnen mitteilen wollte.

Ein wenig ungelenk kritzelte der Templerbruder, was Bruder Simon ihm am späten Nachmittag zugetragen hatte. Es ging weit über das hinaus, was er am Tag zuvor berichtet hatte.

»Hölle und Verdammnis«, fluchte Johan und spuckte auf den Boden.

»Was ist?« Totty und Brian blickten ihn erwartungsvoll an.

»Es ist genauso gekommen, wie von uns befürchtet. Der Agent der Gens du Roi hat sich anscheinend gleich nach seiner Flucht zur Burg Lichtenberg aufgemacht. Und dort hatte er nichts Besseres zu tun, als sich mit diesem verfluchten Hanemann zu verbünden. Am Nachmittag hat der junge Lichtenberger mit gut fünfzig Männern den Zisterziensern von Bettnach-Weiler einen Besuch abgestattet. Sie haben Bruder Simon über uns ausgefragt. Simon hatte Armand aufgesucht und ihm gesagt, er soll uns unverzüglich warnen. Er meinte, er hätte unter den Soldaten das Pferd des Agenten der Gens du Roi gesehen, war aber nicht sicher, denn der Reiter hatte seine Kapuze so tief ins Gesicht gezogen, dass er ihn nicht zweifelsfrei erkennen konnte. Aber es bleibt niemand anderes, der Hanemann von uns hätte erzählen können, als dieser Mann. Nun ist diese Truppe in der Gegend unterwegs und sucht offenbar nach Hannah und dem Kind.«

»Verdammt«, fluchten Totty und Brian wie aus einem Munde. »Wir müssen sofort zurück zur Burg der Carmacs und die anderen warnen.«

»Was ist mit Armand?«, gab Totty zu bedenken. »Wir können ihn nicht allein durch den Wald laufen lassen. Was, wenn Hanemann und sein Zuträger ihn schnappen? Sie werden ihn im Zweifel umbringen, wenn er ihnen verschweigt, was er weiß.«

Armand, der sehr wohl verstand, was die anderen sagten, schüttelte den Kopf. Wieder kritzelte er etwas auf das Pergament: Er wolle zurück in die Wälder, schrieb er, um die Umgebung zu beobachten und sie zu informieren, sobald weitere merkwürdige Dinge passierten. »Reitet nach Hause und seht zu, dass ihr irgendwo anders unterkommt«, kritzelte er auf das Pergament.

»Wo er recht hat, hat er recht«, murmelte Totty und schaute ratlos in die Runde.

»Danke, Armand.« Johan drückte dem Einsiedler ein paar Silbermünzen in die Hand, die dieser aber nicht annehmen wollte. Doch Johan überredete ihn, er solle das Geld behalten. Danach war der Bruder beinahe genauso rasch verschwunden, wie er aufgetaucht war.

»Und nun?« Brian biss sich auf die Lippen. »Hannah wird sich schrecklich aufregen.«

»Es hilft nichts«, murmelte Johan, »wir müssen es ihr sagen und auch Christian. Spätestens morgen früh müssen wir von hier weg sein, um ihn und seine Cousine nicht zu gefährden.«

•

»Verschwinde, du Schlampe«, zischte Baillie, als er sah, dass die schwarzhaarige Hure, mit der er die Nacht verbracht hatte, am nächsten Morgen noch immer in seinem Bett lag und ihm – kaum dass er die Augen geöffnet hatte – weitere Liebesdienste erweisen wollte. Die junge Frau raffte schmollend ihre Sachen zusammen und verließ nackt, wie sie war, die schmucklose Kammer. Baillie schaute ihr leicht irritiert hinterher, beinahe überrascht, dass sie nicht weiter versuchte, ihm ein paar Münzen aus der Tasche zu locken.

Die Gegend um das Anwesen herum war nicht allzu dicht besiedelt, und es hatte einige Zeit gedauert, bis sie am Abend zuvor endlich ein Gasthaus gefunden hatten, das bereit und in der Lage gewesen war, eine Truppe von fünfzig Soldaten für die Nacht aufzunehmen. Dass es am Ende ein Freudenhaus mit Badestube gewesen war, hatte nicht nur Baillie begrüßt, sondern auch der junge Landgraf, der zwar Besseres gewohnt war, aber allem Anschein nach keinerlei Einwände gegen ein deftiges Mahl und ein ebensolches Vergnügen gehabt hatte. Die Wirtin hatte dies sofort erkannt und dem jungen Landgrafen das prunkvollste Gemach des gesamten Hauses überlassen. Dazu die hübschesten Weiber, die sie aufbieten konnte. Der weniger hübsche Rest war für die einfachen Söldner übriggeblieben, die sich trotz der spärlichen Auswahl offenbar gut amüsiert hatten. Der Wein war in Strömen geflossen, und die Küche hatte das Beste geboten, was im Vorratskeller zu finden war. Im Gegenzug hatte Hanemann von Lichtenberg sich nicht geizig gezeigt und zur Freude der Wirtin sämtliche Dienste sofort in klingender Münze bezahlt.

Baillie hatte einen schweren Kopf vom vielen Wein und vom Bier, das sie beides munter durcheinandergesoffen hatten, so dass es eine Weile dauerte, bis er sich wieder auf seine eigentliche Mission besann.

Schmerzerfüllt dehnte er seine Glieder und stieg steif und unausgeschlafen aus dem Bett. Mit einiger Mühe legte er seine schmuddeligen Kleider an, die dringend einer Wäsche bedurft hätten, sowie das Kettenhemd, das ihm wie ein Fels auf den Schultern lastete. Erst danach stieg er in seine feuchten Stiefel und gürtete umständlich sein Schwert.

Draußen auf dem Flur traf er den jungen Lichtenberger, der auf dem Weg zum Gastraum war, wo man ihnen wie abgemacht ein Frühessen servierte.

Die Weiber saßen halbnackt um die Tische herum und boten den überwiegend unausgeschlafenen Kerlen aufs Neue ihre aufdringlichen Reize dar.

»Haut ab«, knurrte Hanemann, als sich zwei dralle Huren mit entblößten Brüsten auf seinen Schoß setzen wollten.

Baillie grinste verhalten, weil der ansonsten bleiche Hals des Landgrafen über und über von purpurroten Liebesmalen bedeckt war.

»Sie saugen einem das Mark aus den Knochen«, beschwerte sich Hanemann, als er Baillies Interesse bemerkte, und warf einen unmissverständlichen Blick in die Richtung der jungen Frauen, die auf einen weiteren Angriff zu lauern schienen.

»Wir sollten uns nicht mehr allzu lange hier aufhalten«, mahnte Baillie, während die Wirtin ihnen eine Schüssel mit dampfendem Gerstenbrei und dazu eine Pfanne mit gebratener Blutwurst und Zwiebelringen vor die Nase stellte. Eine Schankmagd brachte ihnen gewärmtes Bier, was Hanemann mit wenig begeisterter Miene hinunterstürzte. »Schließlich geht es uns doch darum«, fügte Baillie hinzu, »so schnell wie möglich Eure entflohene Geisel zu finden.«

Hanemann pfiff die Wirtin heran. Eine Frau jenseits der vierzig, die ihr dunkles Haar nur notdürftig unter einer gestärkten Haube verbarg, eilte diensteifrig herbei und warf sich auf geradezu lächerliche Weise in die Brust.

»Wie kann ich Euch dienen?«, flötete sie und blinzelte ihn aufmunternd an. Ihr Mann stand am Ausschank und beobachtete ihren Auftritt mit argwöhnischem Blick. Bei näherer Betrachtung hätte Baillie wetten mögen, dass einige der Huren die Töchter des Hauses waren, weil sie entweder der Alten oder ihrem vermeintlichen Ehemann ähnlich sahen.

»Wir sind auf der Suche nach einer Burg«, begann Hanemann unverdächtig, ohne auf das eindeutige Angebot der Hausherrin einzugehen. »Kennt Ihr Euch hier aus? Ich meine, Ihr habt doch bestimmt einen Haufen Kundschaft aus den benachbarten Burgen, wenn ich mir Eure Huren anschaue.«

»Welche Herrschaft sucht Ihr denn?«, wollte die Alte nun wissen, wobei ein neugieriges Leuchten in ihre braunen Augen getreten war.

»Sagt Euch der Name Hannah von Lichtenberg zu Waldenstein etwas?«

»Nein«, murmelte die Frau mit sichtbarem Bedauern. »Ich meine, natürlich haben wir schon etwas von den Grafen von Lichtenberg gehört, aber deren

Frauen sind mir vollkommen fremd. Deren Ländereien liegen zu weit von uns entfernt, als dass sie einem zufällig begegnen könnten.«

Hanemann, der vielleicht damit gerechnet hatte, dass sie wenigstens ihn selbst erkannte, obwohl seine Männer und er sich nicht als Lichtenberger zu erkennen gegeben hatten, kräuselte unzufrieden seine lange Nase.

»Haben hier in letzter Zeit Männer übernachtet, die der Sprache nach von der Mosel stammen?«, hakte er hartnäckig nach.

»Nein«, antwortete die Wirtin und schüttelte den Kopf. »Ich höre sofort, wenn jemand ein Moselaner ist.«

»Welche Herrschaftssitze liegen denn hier in der Nähe?«, fragt Baillie, damit sie endlich vorankamen.

Die Wirtin überlegte kurz und zählte dann eine Handvoll Adelshäuser auf, die alle in einem Umkreis von einer Stunde Ritt zu finden waren.

Hanemann gab seinem Adjutanten einen Wink, der ebenfalls die Nacht im ›Paradies‹ verbracht hatte, wie der erste Stock des Hauses mit den besseren Huren genannt wurde. »Schreib das auf, Helfrich«, befahl er dem Mann.

Dienstbeflissen zückte der Adjutant ein frisches Blatt Papier samt Kohlestift aus seiner Tasche und notierte eifrig alle Namen, die ihm die Wirtin diktierte.

Nachdem Baillie die Frau um eine abgeschiedene Kammer gebeten hatte, versammelte Hanemann dort den Kommandeur seiner Söldner und seinen Adjutanten zu einer kurzen Beratung. Dabei legte Baillie eine einigermaßen verlässliche Karte dieser Gegend auf den Tisch und zeichnete darauf die genannten Burgen ein.

»Also«, eröffnete Baillie die Runde und schaute dem Kommandeur von Hanemanns Truppe ernst in die Augen. »Wir teilen uns in fünf Einheiten zu jeweils zehn Soldaten auf und reiten getrennt die einzelnen Herrschaften ab, die auf der Beschreibung zu sehen sind. Bei Sonnenuntergang treffen wir uns an dieser Weggabelung.« Er tippte mit seinem Finger auf die Karte. »Dort kreuzt die Handelsstraße nach Metz den Hauptweg nach Trier. Ganz gleich, was bei der Suche herausgekommen ist: Wir sollten keinesfalls sofort angreifen, sondern zunächst klären, ob die Gesuchten sich an diesem Ort aufhalten, die Herrschaft zu Hause ist und wie viele Söldner zur Verteidigung bereitstehen. Danach entscheiden wir gemeinsam, wen wir attackieren und wie wir am besten vorgehen.«

»Und was machen wir, wenn die Gesuchten tatsächlich auf einer dieser Burgen zu finden sind?«, fragte der Kommandeur ein wenig naiv.

»Wir nehmen sie erst fest, wenn wir ganz sicher sind und genug Leute haben, um ihre Verteidiger zu überwältigen. Danach legen wir sie in Ketten und entscheiden gemeinsam, was mit ihnen zu geschehen hat«, bestimmte Baillie in der Gewissheit, dass er die Gefangenen in jedem Fall für sich behalten wollte.

»Und was ist, wenn es zu viele sind und sie sich der Festnahme widersetzen?« Der Kommandeur schaute ihn unsicher an.

»Wenn es zu viele sind, holen wir Verstärkung«, herrschte Hanemann ihn an.

»Aber habt Ihr nicht etwas über Templer und den Teufel erzählt?« Der Kommandeur blickte ihn zweifelnd an.

»Ihr seid mir ein schöner Hasenfuß«, ereiferte sich Baillie. »Wie konnte man einen Kerl wie Euch zum Obersten dieser Truppe machen?«

»Im Krieg kämpfe ich gegen gewöhnliche Soldaten und nicht gegen den Leibhaftigen wie in diesem Fall«, rechtfertigte sich der Kommandeur.

»Diese Kerle sind auch nur aus Fleisch und Blut. Also stellt Euch nicht so an«, befahl ihm Hanemann gereizt.

»Das habt Ihr ja bei dem falschen Zisterzienser gesehen, den wir im Wald in die Hölle geschickt haben«, versuchte Baillie den Mann zu beruhigen.

Wenig später ritten sie, aufgeteilt in fünf Trupps zu je zehn Söldnern, in den nebelverhangenen Morgen hinein. Jeder Trupp hatte eine andere Richtung zugewiesen bekommen, die er durchkämmen sollte.

»Denkt immer daran, das hier ist das Gebiet des Herzogs von Lothringen«, mahnte sie Hanemann. »Unternehmt nichts ohne meinen direkten Befehl, ansonsten bekommen wir am Ende Ärger mit den hiesigen Herrschaften, indem sie sich beim Herzog beschweren.«

Die Männer nickten einvernehmlich und machten sich schließlich auf den Weg.

Baillie schaute ihnen hoffnungsvoll hinterher. Bisher lief alles nach seinem Plan. Wenn er Glück hatte, würde er in Kürze weitaus wertvollere Geiseln in seiner Gewalt haben als de la Motte jemals zuvor.

•

Hannah saß nervös beim Frühessen in Jeannes Küche und lauschte gebannt den Überlegungen der sieben Templerbrüder, die verhalten darüber debattierten, wie sie die Burg der Carmacs am besten vor einem Übergriff durch feindliche Angreifer schützen konnten.

Sie hatte kaum etwas von dem mit Honig gesüßten Gerstenbrei hinunterbringen können, den Jeannes Mägde ihr zusammen mit einem Becher Ziegenmilch vor die Nase gesetzt hatten. Ihr war übel bei dem Gedanken, dass die Männer womöglich eine Burg verteidigen mussten, in der Frauen und Kinder lebten. Obwohl das in dieser Zeit wahrscheinlich so gut wie jeden Tag passierte.

Erstaunlich gelassen stillte Jeanne den kleinen Martin, der – nur wenig älter als Sophia –, mit gesundem Appetit vor sich hin schmatzte, das Köpfchen unter einem Tuch verborgen.

Hannah hatte Sophia bereits früh am Morgen gestillt und war froh, dass die Kleine nun selig neben dem Kamin in ihrem Körbchen schlummerte und von all der Aufregung nichts mitbekam.

Sie selbst hatte die ganze Nacht kein Auge zugetan, nachdem Johan mit Totty und Brian am Abend zuvor von ihrem Erkundungsritt zurückgekehrt war und ihnen offenbart hatte, dass der Agent der Gens du Roi, der ihnen entkommen war, sich tatsächlich – wie befürchtet – mit Hanemann von Lichtenberg verbündet hatte.

»Was machen wir denn jetzt?«, fragte Hannah mit einem verzweifelten Blick in die Runde. »Wie lange wollt ihr noch warten, bis wir etwas unternehmen? Können wir uns nicht als Kaufleute tarnen und zurück nach Waldenstein reisen? Schließlich zählt nun das Argument nicht mehr, dass es Nacht ist. Wir könnten einen Wagen packen und normale Straßen benutzen. Jeanne und ihre Leute könnten mit uns kommen, dann sind wir alle in Sicherheit.«

»Und was machen wir mit unserem Vieh?« Jeanne schaute verständnislos auf. »Sollen die Ziegen, Schweine und Kühe allein hierbleiben und sich selbst füttern?«

»Du könntest doch ein paar Knechte hierlassen«, schlug Hannah pragmatisch vor. »Nach denen wird nicht gesucht. Sie könnten sagen, du befindest dich auf einer Wallfahrt und wirst erst in Wochen zurückerwartet. Dann trifft dich wenigstens kein Verdacht, mich aufgenommen zu haben.«

»Stell dir das nicht so einfach vor«, mahnte Johan sie. »Selbst wenn Jeanne sich zu einer solchen Maßnahme durchringen könnte. Um zu reisen, benötigen wir Papiere, die wir nicht haben. Wenn Anselm hier wäre, sähe die Sache ganz anders aus. Und Hanemann würde dich ohnehin sofort erkennen, wenn er uns über den Weg läuft, selbst wenn du deine Kapuze bis zum Kinn runterziehst.«

»Und was ist die Alternative?«, konterte Hannah aufgebracht. »Mit einer Handvoll Templer gegen fünfzig Söldner kämpfen? Und selbst wenn ihr euch dabei in streitende Dämonen verwandelt und sie in die Flucht schlagt, glaubt ihr wirklich, Hanemann und dieser Kerl von der Gens du Roi würden sich so einfach ergeben? Sie kommen garantiert zurück und das mit Verstärkung.«

»Vielleicht ist es gar nicht nötig, mit unseren Verfolgern zu streiten.« Christian blickte nachdenklich in die Runde. »Die Burg hat – wie fast alle Herrschaftssitze – einen Notausgang, den wir im Zweifel benutzen könnten.«

»Und wohin führt dieser Ausgang?« Hannah dachte an den engen Abgang auf Waldenstein, der nur für Frauen und Kinder passierbar war und damit keinen Fluchtweg für alle bot.

»Keine Sorge«, beruhigte Christian sie, der den Zweifel in ihren Augen erkennen musste. Doch er ließ sich nicht beirren. »Die Länge des Tunnels beläuft sich auf ungefähr tausend Schritte. Er führt bis auf die andere Seite des Tals bis zu einem ehemaligen unterirdischen Silberbergwerk, das vor Jahren stillgelegt wurde. Dort kann man sich nicht nur gut verstecken, der Ausgang führt obendrein direkt zur Straße nach Metz. Ich habe mir bereits überlegt, dass wir im Notfall beim dortigen Rat der Stadt um eine Zuflucht bitten könnten.«

»Metz? Was sollen wir denn in Metz?« Hannah schaute die Männer abwechselnd an. »Hieß es nicht immer, der dortige Bischof wäre ein Verwandter der Lichtenberger?«

»Straßburg«, verbesserte Christian sie. »Die Lichtenberger haben aktuelle Verbindungen nach Straßburg. Sie hatten mal einen Bischof in Metz. Aber das ist schon lange her. Außerdem hörte ich, dass der jetzige Bischof von Metz auf dem Sterbebett liegen soll. Die Ratsherren von Metz haben überdies weitaus mehr Macht als der Bischof. Sie sind im Übrigen auch nicht gut auf den franzischen König und den Herzog von Lothringen zu sprechen, kämen für Waldenstein als Verbündete also durchaus in Betracht. Zufällig gehört Bruder Othos Familie zu den mächtigsten von Metz. Sein Oheim sitzt im Rat der Stadt und ist unserer Sache wohlgesinnt. Er hat einigen Templern in der Kommandantur von Metz zur Flucht vor der Inquisition verholfen.«

Hannah schwirrte der Kopf. »Und was bedeutet das genau? Schicken wir Otho dorthin, und er bittet für uns um Asyl?«

»So was in der Art«, antwortete Christian mit einem Blick in die Runde.

»Ich könnte mich heute noch auf den Weg machen«, schlug Otho vor. Der dunkel gelockte Bruder mit den freundlichen braunen Augen und den Grübchen in den Wangen erinnerte Hannah ein bisschen an Tom. Nur dass er nicht so groß und eindeutig muskulöser war.

Lyn schien ähnliche Gedanken zu haben. Sie hatte die ganze Zeit nur zugehört. »Wenn dir das alles nicht gefällt, könnte ich immer noch Rona kontaktieren und ihr sagen, sie soll Verbindung zu Tom aufnehmen, damit er versucht, dich zusammen mit dem Kind nach Hause zu holen.«

»Unser Zuhause ist hier«, widersprach Hannah entschieden. »Ich sagte doch, ich will auf gar keinen Fall, dass Gero von der Sache erfährt und sich womöglich allein hierher auf den Weg macht. Und schon gar nicht will ich zurück in die Zukunft. Es muss eine andere Lösung geben.«

In diesem Augenblick schlugen die Wolfshunde draußen an. Es hatte zu regnen aufgehört und im Tal zog dichter Nebel auf. Die Sicht war nicht die beste, und man konnte allenfalls erahnen, dass sich eine einzelne Person im Laufschritt auf die Burg zubewegte.

»Es ist Armand«, berichtete Christian überrascht, nachdem er aufgestanden war und mit geschärftem Blick zum Fenster hinaussah.

Johan verengte die Lider. »Wir haben ihn erst gestern gesprochen! Denkst du, es ist etwas Neues vorgefallen?«

Die Frage beantwortete sich fast von selbst, als der Einsiedler völlig außer Atem über die Zugbrücke gehumpelt kam.

Die Templer, allen voran Jeannes Cousin, empfingen ihn bereits im Hof.

»Was ist passiert?« Christian musterte ihn besorgt.

Während Armand ihm mit aufgebrachter Miene und kaum verständlichen Lauten berichtete, was ihn dazu gebracht hatte, erneut den gefährlichen Weg hierher auf sich zu nehmen, standen Hannah und Jeanne mit den anderen Männern im Eingang des Palas und versuchten zu verstehen, was der Einsiedler ihnen Wichtiges mitzuteilen hatte.

Christian de Vrey übersetzte schließlich seine Worte, wenn auch ein wenig schleppend. Die Wahrheit trieb sämtlichen Anwesenden den Schock in die Glieder.

»Irgendwer hat Bruder Simon zu Tode gefoltert«, wiederholte Johan das Gesagte und schüttelte fassungslos den Kopf. »Armand hat seine Leiche zwischen zwei Bäumen vor seiner Hütte gefunden, zusammen mit drei toten Bluthunden, die Brandzeichen der Lichtenberger trugen, als er nach unserer Unterredung gestern nach Hause kam.«

Christian musste gar nicht in die Einzelheiten gehen, weil die Tränen in Armands Augen keinen Zweifel darüber aufkommen ließen, wer die Täter waren. »Vor seinem Tod wurde Simon schwer gefoltert und ist am Ende verblutet«, fügte Christian leise hinzu. »Wobei Armand und auch ich sicher sind, dass er uns nicht verraten hat.«

»O Gott«, entfuhr es Hannah, die das furchtbare Gefühl hatte, sich auf der Stelle übergeben zu müssen. Auch Jeanne war bleich geworden. »Was sollen wir tun?«

Als Armand sich mit hängenden Schultern wieder davonmachen wollte, hielt Christian ihn an seiner abgetragenen Kutte fest. »Du kannst nicht zurück«, warnte er ihn. »Wenn sie dich schnappen, erleidest du das gleiche Schicksal wie Simon. Außerdem können wir hier gerade jeden Mann gebrauchen, besonders, wenn er so gut mit Armbrust und Bogen umgehen kann wie du.«

»Was hast du vor?« Lyn warf Christian einen fragenden Blick zu.

»Wir werden euch Frauen und die Kinder evakuieren«, bestimmte er entschlossen. »Otho soll unverzüglich zusammen mit Lambert nach Metz reiten und seinen Oheim darauf vorbereiten, dass wir noch vor dem Nachtläuten in der Stadt eintreffen werden und eine sichere Unterkunft brauchen.«

»Und wenn er uns nicht helfen will?« Hannah spürte, wie sie von Panik ergriffen wurde. »Sitzen wir dann heute Nacht vor den Toren der Stadt, allen möglichen Gefahren ausgeliefert?«

»Er *wird* uns helfen«, versicherte ihr Otho. »Dominique de Charron ist der Bruder meiner Mutter und mein Taufpate. Ich konnte mich mein ganzes Leben lang auf ihn verlassen. Mütterlicherseits gehört meine Familie zu einer der fünf Paraiges. Das sind die Oberhäupter adliger Familien, die allein für sich das Recht in Anspruch nehmen können, führende Positionen im Rat der Stadt zu besetzen. Mein Oheim hat genug Einfluss, um selbst mächtige Feinde auf Abstand zu halten. Schon mein Großvater gehörte zu diesen Leuten. Mein Oheim hat nicht nur dessen Titel geerbt, sondern auch dessen Anwesen und die dazugehörigen Ländereien. Dort gibt es genug Platz für uns alle. Ich bin sicher, er weist mich nicht ab.«

»Ihr solltet ein paar Sachen für euch und die Kinder zusammenpacken«, riet Christian, wobei er seinen Blick abwechselnd auf Hannah und Jeanne richtete. »Danach werde ich euch in den Keller bringen, dorthin, wo sich der Zugang zum Fluchtweg befindet.«

»Und was ist mit dir und den anderen?« Jeanne schaute gehetzt in die Runde der Männer. »Wollt ihr etwa nicht mitkommen?«

»Doch, natürlich«, versicherte ihr Christian. »Ich will nur noch zuvor die Burg sichern, damit niemand hier reinkommt, der hier nichts zu suchen hat. Ich werde die Knechte und Mägde anweisen, was sie zu tun und zu sagen haben, falls hier Fremde auftauchen und nach uns fragen.«

»Kannst du dich auf diese Leute verlassen?« Totty schaute ihn zweifelnd an.

»Ja, kann ich«, versicherte ihm Christian. »Das sind keine gewöhnlichen Leibeigenen. Sie sind an der Hofwirtschaft und allen Erträgen prozentual beteiligt. Deshalb kommen sie auch ohne unser Zutun klar und hüten Vieh und Felder, als ob es ihr Eigentum wäre. Ich schätze mal, Hanemann von Lichtenberg wird sie in Ruhe lassen. Er wird es nicht wagen, Unbeteiligte anzugreifen.«

»Dann lass uns keine Zeit verlieren«, sagte Johan und nickte Hannah und den Frauen zu.

Während sie mit Jeanne und Lyn ins Haus ging, um ihre wenige Habe zusammenzupacken, kam Lyn an ihre Seite. Bevor Hannah der Hausherrin in den ersten Stock folgen konnte, fasste Lyn sie sanft bei der Schulter und hielt sie auf. Ihr eindringlicher Blick sprach Bände. »Bist du sicher, dass ich Rona nichts von der Sache berichten soll, damit sie mit Tom Kontakt aufnehmen kann, um dich und die Kleine in die Zukunft zu holen? Die ganze Geschichte sieht nicht gut aus, selbst wenn es uns gelingt, nach Metz zu fliehen. Niemand weiß, was danach geschieht. Hanemann wird garantiert keine Ruhe geben und versuchen, Waldenstein an sich zu reißen.«

»Das sagst ausgerechnet du, die immer zuversichtlich ist und keinem Konflikt aus dem Weg geht«, erwiderte Hannah verwundert. »Nein, ich bleibe bei dem, was ich gesagt habe. Wenn wir eine Lösung finden wollen, Geros Existenz und die seiner Tante zu retten, muss sie hier gefunden werden. Wir können nicht schon wieder aufgeben und verschwinden. Das kann ich Gero nicht antun und auch Roland und Jutta nicht. Außerdem habe ich genauso viel Angst um Sophia, wenn sie mit mir durch die Zeit geht. Niemand kann uns sagen, ob das problemlos funktioniert, auch Tom nicht.«

»Okay.« Lyn schaute sie durchdringend an. »Wichtig ist, dass du dir sicher bist, was du willst.«

»Ich war noch nie so sicher«, erwiderte Hannah entschlossen. »Ich will auf keinen Fall einem Schwachkopf wie Hanemann das Feld überlassen, und erst recht nicht der Gens du Roi. Selbst wenn wir dafür von unseren Prinzipien abweichen und eine Bombe erfinden müssen, die beide in die Luft sprengt.«

Lyn hob eine ihrer fein geschwungenen Brauen. »Interessanter Gedanke«, murmelte sie und beließ es dabei.

Während Hannah in ihrer Kammer schnell ihre und Sophias Sachen zusammensuchte, war draußen schon wieder das heisere Bellen der Wolfshunde zu hören. Doch unvermittelt mischte sich ein dunkleres Bellen darein.

Jeanne, die plötzlich hinter Hannah stand, um mit ihr darüber zu beraten, was genau sie für ihre überstürzte Abreise benötigten, schaute alarmiert aus dem Fenster.

»Was ist da los?« Hannah trat hinter sie und versuchte nun ebenfalls herauszufinden, warum die Hunde angeschlagen hatten.

»Da kommen Reiter«, antwortete Jeanne mit zitternder Stimme. Ihr Blick hing wie gebannt an einer Truppe von zehn Berittenen, die mit zwei freilaufenden Bluthunden den langen Weg hinunter zur Burg geritten kamen.

»Das sind Soldaten der Lichtenberger«, stieß Hannah hervor, plötzlich steif vor Angst. »Ich erkenne zwei von ihnen. Sie waren in Hanemanns Gefolge, als er mich auf seine Burg entführen wollte.«

»Ich warne die anderen«, rief Lyn, die in die Kammer zurückgekehrt war, um zu sehen, was diese Unruhe verursachte. Rasch lief sie zurück ins Untergeschoss, wo die Männer ihre Waffen zusammenstellten.

»Und was jetzt?« Hannah warf Jeanne einen angsterfüllten Blick zu. »Wir haben noch nicht alles gepackt.«

»Es sind nur zehn«, flüsterte Jeanne angespannt. »Unsere Männer sind zu sieben.«

»Acht«, gab Hannah tonlos zurück. »Lyn ist bei ihnen. Du kennst sie nicht. Sie ist schneller und stärker als jeder Mann.«

Jeanne blickte ihr aufgeschreckt in die Augen. »Die Frage ist, ob uns diese Kerle angreifen oder nur herumschnüffeln wollen. Beides wäre nicht gut.«

»Wir sollten einfach weiter packen und unsere Kinder in Sicherheit bringen«, sagte Hannah entschlossen. »Bleibt zu hoffen, dass unsere Männer diese Typen abwimmeln können«.

Doch von Abwimmeln konnte nicht die Rede sein. Dieser unerwartete Besuch war mehr als gefährlich. Johan erkannte es auf den ersten Blick, als er sah, wie zielstrebig die Hunde der Reiter auf die Burg zustürmten, ihre dicken Nasen schnuppernd am Boden. Je näher sie der Zugbrücke kamen, umso wilder schlugen sie an, so dass kein Zweifel daran bestehen konnte, dass sie eine gesuchte Spur gefunden hatten.

»Wir müssen die Burg verteidigen«, rief Christian seinen Knechten zu. »Und zieht das Tor hinter euch hoch, damit die Frauen und die Kinder geschützt sind.« Er wandte sich Lyn und Armand zu, die mit einer Armbrust und einem Reflexbogen bewaffnet im Innenhof standen. »Ihr beide geht rauf auf die Zinnen und haltet uns den Rücken frei. Von dort oben hat man einen guten Blick und die richtige Entfernung, um mit einem Langbogen noch auf tausend Fuß Entfernung treffsicher zu sein.« Er wartete nicht auf die Rückmeldung der beiden, sondern drückte Lyn eine Kiste mit fünfzig Geschossen in die Hand, die sich direkt neben dem Ausgang zum Hof in einer Truhe befunden hatte. Armand hatte genug eigene Pfeile in seinem Köcher, um mit seinem Langbogen eine halbe Armee ausrotten zu können.

»Von diesen Kerlen«, gab Christian ihnen mit einem entschlossenen Blick zu verstehen, »darf keiner lebend den Hof verlassen, habt ihr verstanden?«

Armand nickte stumm und machte sich sofort auf den Weg zur obersten Wehrmauer. Lyn folgte ihm schweigend.

Johan, René, Otho, Lambert, Totty und Brian rüsteten sich derweil für einen direkten Kampf mit den Eindringlingen. Wobei es von Vorteil war, dass Christian die Pferde bereits früh am Morgen für einen Erkundungsritt hatte satteln lassen. Die Pferdeknechte mussten sie nur losbinden, und die Tiere trabten auf einen Pfiff ganz von selbst zu ihren Reitern, die bereits draußen vor der Torbrücke Aufstellung genommen hatten.

Die Truppe der Gegner schien irritiert, als sie sich unvermittelt mit sieben voll aufgerüsteten Rittern konfrontiert sahen, die ihnen in eindeutiger Absicht entgegengaloppierten und sie sofort hart attackierten.

Ihr Anführer reagierte einen Moment zu spät und wurde von Totty mit einem wuchtigen Schwerthieb aus dem Sattel geschleudert. Mit einer klaffenden

Wunde am Bauch wand er sich blutend am Boden. Spätestens jetzt war auch dem letzten seiner Mitstreiter klar, dass sie, ohne es zu ahnen, in ein Wespennest gestochen hatten.

Doch die Männer waren gedungene Söldner und antworteten mit der gleichen Härte. Stahl klirrte auf Stahl, und deren Pferde stiegen schrill wiehernd und traten mit gefletschten Zähnen nach allen Seiten aus.

Johan konnte gerade noch die Zügel herumreißen, bevor er von den Hufen des gegnerischen Hengstes am Knie getroffen wurde. Dessen Reiter drosch wie wild auf ihn ein, aber Johan schaffte es ohne große Mühe, freihändig vom Rücken seines Brabanters mit Schild und Schwert zu parieren. Immer wieder musste er ausweichen und nutzte die jeweilige Gegenbewegung für einen Vergeltungsschlag. Dabei ließ er seine Umgebung nicht aus den Augen, um gewappnet zu sein, denn die Gegner waren noch immer in der Überzahl. Prompt wurde Johan von einem zweiten Reiter angegriffen. Er parierte schnell und kraftvoll. Aus den Augenwinkeln sah er, dass seine Kameraden sich ähnlich tapfer hielten wie er selbst. Die beiden Wolfshunde hatten unterdessen den Kampf mit den Schweißhunden der Gegner aufgenommen und gewannen glücklicherweise die Oberhand.

Gleichzeitig versuchten Lyn und Armand, sie von den Wehrmauern zu unterstützen, was nicht so einfach war, weil das Geschehen vor der Burg zu chaotisch ablief, um genaue Treffer landen zu können, ohne die eigenen Leute zu gefährden.

Während Johan weiter nach zwei Seiten austeilte, sah er aus den Augenwinkeln, wie einer der Söldner sich frei geschlagen hatte und im Galopp auf die Burg zustürmte. Im Vorbeireiten packte er einen jungen Pferdeknecht am Kragen, der sich nicht schnell genug in Sicherheit hatte bringen können und zerrte ihn bäuchlings auf den Rücken seines Streitrosses. Er hielt dem Jungen einen Dolch an die Kehle, damit er zu strampeln aufhörte, und galoppierte mit ihm in Richtung Zugbrücke, die inzwischen hochgezogen worden war. »Runterlassen«, brüllte der Mann, »oder ich schneide ihm den Hals durch!«

Da es sich um den Sohn eines der Knechte handelte, die für das Burgtor zuständig waren, flog die Brücke zu Johans Entsetzen sofort herunter.

»Christian!«, rief Johan gellend quer über den Platz in die kämpfende Menge hinein und deutete auf das Burgtor. Sein nächster Wink galt Lyn, von der er hoffte, sie würde den Kerl mit der Armbrust erwischen, der nun auf den Innenhof zuhielt. Doch sie lud gerade nach. Armand hatte einen anderen Söldner mit seinem Bogen zur Strecke gebracht und musste ebenfalls erst neu spannen.

Die übriggebliebenen Gegner kämpften mit der Verbissenheit von Wölfen weiter, die wochenlang keine Beute mehr gemacht hatten. Als einer von ihnen sah, dass das Burgtor unten war, ließ er vom Kampf mit Lambert ab und preschte auf seinem Pferd hinunter zu seinem Kameraden, der bereits in den Burghof eingedrungen war. Der Mann hatte zwar von dem jungen Knappen abgelassen, schlug aber zwei der Knechte nieder, die fürs Burgtor zuständig waren und sich ihm in den Weg hatten stellen wollen. Nun passierte auch noch der zweite Söldner ungestört die Brücke, weil Armands Pfeil ihn verfehlte.

Johan, der die Gefahr erkannte, die von den beiden Soldaten für die Frauen in der Burg ausging, verstärkte seine Anstrengungen und erwischte einen seiner Gegner tödlich, doch der andere wich aus und ergriff zu seinem Entsetzen die Flucht. Johan war hin und her gerissen. Einerseits musste einer von ihnen dem Kerl folgen, damit er nicht entkam und Hanemanns restliche Söldner zu Hilfe rief, anderseits musste er zurück in die Burg, um die Frauen und Kinder vor den Eindringlingen zu beschützen. Christian war immer noch im Gefecht mit einem hartnäckigen Angreifer und konnte ihm nicht helfen. Auch René und Lambert waren erneut mit ihrer Verteidigung beschäftigt.

»Totty!«, brüllte er, als er sah, dass sein walisischer Bruder soeben frei geworden war und deutete auf die Zugbrücke. Zugleich gab er Brian ein Zeichen, zusammen mit Otho die Verfolgung des Flüchtenden aufzunehmen. Doch bevor es dazu kam, hatte Lyn den Mann im Visier und durchbohrte ihn auf sechshundert Fuß von hinten mit einem Armbrustpfeil. Der Söldner stürzte tödlich getroffen aus dem Sattel, noch bevor Otho und Brian ihn erreichten.

Doch damit war die Gefahr längst nicht gebannt. Hanemanns Söldner, die inzwischen zu zweit die Burg erobert hatten, trieben im Innenhof das Maultier an, um das Tor wieder nach oben zu bringen und somit ihren Gegnern den Rückweg in die Burg abzuschneiden. Während die übrigen Templer mit den restlichen Söldnern in verbissene Kämpfe verwickelt waren, setzten Johan und Totty auf ihren Hengsten zu einem gewaltigen Sprung an, wobei sie gerade noch auf den sich langsam anhebenden Planken der Brücke landeten. Unter dem Gewicht der Pferde und ihrer Reiter krachte die Zugbrücke zu Boden. Johan wurde aus dem Sattel katapultiert, als sein Hengst hart in die Knie ging, und überschlug sich, bevor er auf dem Kies im Burghof landete und sich geschickt abrollte.

Totty kam Johan zu Hilfe, indem er aus dem Sattel sprang und ihm auf die Beine half. »Alles in Ordnung?«, fragte er besorgt.

»Ja«, keuchte Johan. »Aber es geht nicht um mich. Wir müssen bei den Frauen sein, bevor die beiden Hurensöhne sie erreichen.«

Die beiden Söldner waren inzwischen im Treppenhaus verschwunden und wahrscheinlich schon auf dem Weg nach oben.

In wilder Entschlossenheit hastete Johan mit gezogenem Schwert die schmale Wendeltreppe hinauf, gefolgt von Totty, der ebenfalls sein Schwert gezogen hatte.

Oben angekommen, sahen sie sich mit ihren Feinden konfrontiert, die Hannah und Jeanne in einer Schlafkammer aus nächster Nähe mit gezückten Waffen bedrohten. Die Frauen hatten beide ihre Säuglinge auf dem Arm, die instinktiv zu weinen begonnen hatten.

»Lasst die Waffen fallen«, herrschte einer der beiden Angreifer Johan und Totty an, »sonst sterben die Frauen und die Kinder. Danach legt ihr euch gegenseitig Fesseln an, kapiert?«

»Tu es nicht, Johan!«, bettelte Hannah. »Sie werden euch umbringen, wenn ihr die Schwerter aus der Hand legt.«

Johan war hin und her gerissen. Sie konnten sich nicht gefangen nehmen lassen, weil die beiden Bastarde sich sonst nicht nur der Frauen, sondern auch der Kinder bemächtigen würden. Einer der Männer hatte Jeanne an sich gerissen und drückte seinen Dolch so fest gegen ihre Kehle, dass sie kaum zu atmen wagte. Dunkles Blut rann in einem feinen Rinnsal an ihrem Hals herunter.

»Ich zähle bis drei. Wenn ihr euch dann nicht ergebt, ist dieses Weib hier tot«, zischte der Kerl, der Jeanne bedrohte.

»*Merde!*«, fluchte Johan, der sah, dass Totty genauso mit sich rang.

Zugleich sah er, wie Hannah große Augen machte. Dann spürte er einen Lufthauch hinter sich, und eine Frauenstimme rief gellend: »Runter!«

Ein kurzes *Plopp* und das federnde Schwingen einer Bogensaite überraschten nicht nur Johan und Totty, sondern auch die beiden Geiselnehmer.

Beide gingen gleichzeitig zu Boden, ohne ein Geräusch von sich gegeben zu haben. Bei einem ragte ein Zain aus der Stirn, der zwischen den Augenbrauen in den Schädel gedrungen war. Dem anderen hatte Armand einen Pfeil direkt ins linke Auge geschossen.

»Keinen Moment zu spät«, lobte Johan die beiden.

»Sophia«, keuchte Hannah und drückte ihre Tochter noch fester an sich als ohnehin schon. Allein der Gedanke, wie knapp ihre Rettung gewesen war, trieb ihr die Tränen in die Augen. »Was ist mit den anderen Angreifern?«, wollte sie atemlos von Totty und Johan wissen. »Habt ihr sie alle erledigt?«

»Wir müssen wieder runter, um den anderen zu helfen«, rief Johan ihr zu.

»Da gibt es nichts mehr zu tun«, warf Lyn dazwischen. »Die Lichtenberger sind alle erledigt, soweit ich es beurteilen kann. Anscheinend hatte jeder von uns einen gewaltigen Schutzengel. Doch es sind wohl nicht alle so glimpflich davongekommen.«

Jeanne atmete sichtbar auf, als sie sah, dass Christian unverletzt war.

Margaux, eine von Jeannes Mägden und zugleich ihre Freundin, saß in der Küche und weinte sich die Augen aus dem Kopf, weil die Angreifer um Haaresbreite ihren Mann und ihren 14-jährigen Sohn getötet hatten.

Jeanne nahm sie mitfühlend in die Arme. »Es ist doch alles nochmal gut gegangen«, tröstete sie die Frau. »Auch dein Vater und dein Onkel haben den Angriff überlebt. Die fremden Söldner haben für ihr grausames Vorgehen bitter bezahlt.« Nach und nach kamen noch andere Mägde hinzu, die mit den Kindern, darunter auch Jeannes kleiner Tochter, Schutz im Weinkeller gesucht hatten. Sie alle fielen sich erleichtert in die Arme.

Hannah wechselte einen schmerzlichen Blick mit Jeanne, wobei ihr einmal mehr klar wurde, wie viel Glück sie alle gehabt hatten.

Auch der kleine Martin hatte den Schock des Angriffs offenbar unbeschadet überstanden, weil er schon wieder schreiend nach seiner Milch verlangte.

Hannah half Jeanne jedoch, zunächst den leichten Schnitt an ihrem Hals zu verbinden, den Lyn zuvor mit einer Tinktur aus ihrer eigenen Verbandtasche desinfiziert hatte.

Danach kümmerte sich Lyn um die beiden verletzten Knechte, die inzwischen wieder zu sich gekommen waren, aber immer noch wie gebannt im Hof saßen. Auch der junge Knappe und Sohn von Margaux hatte außer einem Schock und ein paar blauen Flecken keinerlei Spuren des Angriffs davongetragen. Unter den Templern hatte es weder Verletzte noch Tote gegeben. Die Angreifer hingegen hatten den Überfall ausschließlich mit ihrem Leben bezahlt.

»Wir müssen sie fortschaffen und verscharren, wo niemand sie findet«, bestimmte Christian kalt.

»Und dann?« Hannah schaute ihn zweifelnd an. »Das waren garantiert nicht alle. Hanemann war laut Armand mit fünfzig Soldaten unterwegs. Der Rest schwirrt also noch irgendwo hier rum.«

»Wir halten uns an Christians Plan und bitten den Stadtrat von Metz um Schutz«, bestimmte Johan kurzerhand. »Also packt zu Ende und macht euch für die Abreise bereit.«

Während die Männer nach draußen verschwanden, um die Leichen verschwinden zu lassen, wandte Hannah sich wieder Jeanne zu. »Es tut mir leid, dass wir euch so viel Ärger bereiten«, sagte sie zerknirscht und warf ihrer Gastgeberin einen entschuldigenden Blick zu.

»Dazu besteht kein Grund.« Jeanne klopfte ihr sacht auf die Schulter. »Es ist weder deine Schuld noch die unserer Männer. So etwas kann jederzeit und überall passieren. Hauptsache, man hat einen Plan, wie man möglichst unbeschadet aus der Sache herauskommt.« Sie zwinkerte ihr aufmunternd zu.

Plötzlich stand Brian in der Tür, mit dem Auftrag versehen, ihnen zu erklären, was Christian und Johan nun beschlossen hatten.

»Also, hört zu«, begann er. »Die anderen Brüder heben noch mit den Knechten im Wald eine Grube aus, wo sie die Leichen unserer Feinde verscharren und mit Kalk bedecken, bevor sie das Loch wieder zuschütten. Das hilft uns, Zeit zu gewinnen, weil die Hunde eventuell nachrückender Truppen die Toten nicht wittern können. Danach läuft alles nach Plan.« Brian führte nicht weiter aus, wie dieser Plan genau aussah. Wahrscheinlich, um das anwesende Gesinde erst gar nicht in die Verlegenheit zu bringen, irgendwas, irgendwann und irgendwem gegenüber verschweigen zu müssen.

»Was macht ihr mit den Pferden der Söldner?«, wollte Jeanne wissen.

»Sobald wir aufbrechen, werden wir sie jenseits des Tals in die Freiheit entlassen«, antwortete Brian. »Ich habe keine Ahnung, wohin sie laufen werden. Hauptsache, nicht hierher zurück. Aber das sollten wir hinbekommen.«

Die Zeit bis zum Aufbruch erschien Hannah wie eine Ewigkeit. Jeanne hatte sie mit den Kindern in der Küche zurückgelassen, während sie ihren Bediensteten erklärte, was diese zu sagen und zu tun hatten, falls noch einmal ungebetener Besuch vor der Tür stand. »Am besten, ihr lasst erst gar keinen in die Burg«, ermahnte sie ihre Knechte und Mägde, ehe sie sich an Margaux wandte. »Ich bin in ein paar Tagen zurück. Falls jemand fragen sollte, ich bin schon seit Wochen auf Wallfahrt nach Köln.« Jeannes Leute schienen sich mit dieser vagen Erklärung zufriedenzugeben.

Otho und Lambert hatten sich bereits auf den Weg nach Metz gemacht, um bei Othos Onkel ihre baldige Ankunft anzukündigen.

»René und Totty haben einen Wagen vorbereitet, den sie für uns zum Ausgang des unterirdischen Tunnels bringen«, erklärte Johan ihnen, nachdem er zurück ins Haus gekommen war und sich rasch die Hände gewaschen hatte. »Anschließend geht es mit dem Wagen bis Metz.«

Auch Brian war hinzugekommen und wusch sich die Hände. Dann half er Hannah wie selbstverständlich dabei, Sophia in ihrem Schultertuch unterzubringen, damit sie es während des Marschs durch den Tunnel beide bequem hatten. Schließlich ergriff er Sophias Körbchen an den Tragriemen mit der einen Hand, indem sich Hannahs verbliebenes Gepäck für die Kleine befand.

Johan schulterte Hannahs Rucksack mit ihren eigenen Sachen.

Unvermittelt stand Christian in der Tür. »Es geht los«, verkündete er und nahm Jeannes kleine Tochter auf den Arm, während sie selbst den gut genährten Martin in einem ähnlichen Tuch, wie Hannah es nutzte, vor der Brust trug.

Lyn trug Jeannes Sachen und eine Fackel. Zusammen mit Christian ging sie der Truppe voraus.

Armand, der sich bereit erklärt hatte, die kleine Truppe als Beschützer zu begleiten, bildete zusammen mit Johan die Nachhut.

Hannah hatte das Gefühl, als würde der Weg durch die Dunkelheit niemals enden. Alle fünf Meter war die Decke mit dicken, uralten Eichenholzbalken abgestützt. Obwohl der Gang schmal und auch nicht besonders hoch war, versuchte sie, keine Panik aufkommen zu lassen. Die Luft war modrig und abgestanden. Hannah verdrängte das Gefühl, nicht richtig durchatmen zu können, und marschierte tapfer voran, auch um Sophia keine Angst zu zeigen.

Als sie nach einer gefühlten Ewigkeit den Ausgang erreichten, schmerzte die Nachmittagssonne, die inzwischen hinter den Wolken hervorgekommen war, in ihren Augen. Für einen Moment blieb ihr das Herz stehen, als sie zwei Männer herannahen sah. Doch es waren René und Totty.

»Da seid ihr ja!«, rief Totty ihnen erleichtert entgegen. Nur um Hannahs Freude gleich darauf einen Dämpfer zu verpassen »Seht zu, dass ihr rasch mit den Kindern in den Wagen kommt«, riet er den Frauen. »Wir hatten unterwegs eine unschöne Begegnung. Während wir über die Straße nach Metz gefahren sind, kam uns eine Truppe von Reitern entgegen, die garantiert zu Hanemanns Soldaten gehören. Deren Hunde haben verrücktgespielt, als sie unseren Wagen beschnuppert haben. Das hat natürlich die Aufmerksamkeit der Söldner erregt. Sie hatten keinerlei Befugnisse, uns anzuhalten, und wahrscheinlich hatten sie auch kein Interesse an einer Konfrontation. Aber ich bin nicht sicher, ob sie nicht vielleicht auf die Idee kommen, Hanemann diesen Vorfall zu melden.«

»Das heißt nichts anderes, als dass wir uns beeilen sollten, nach Metz zu kommen«, brachte Christian es auf den Punkt.

Während die Frauen mit den Kindern in den geschlossenen Planwagen stiegen, dessen Innenleben von einer gewachsten braunen Leinenplane verborgen wurde, saßen Johan, Christian und Brian auf den mitgeführten Pferden auf. Totty und René steuerten den Wagen, der von ihren eigenen Hengsten gezogen wurde, vom Sattel aus. Ihre Pferde waren es nicht gewohnt, einen Wagen zu ziehen und tänzelten unruhig hin und her, bevor es endlich losging.

Hannah stieß einen befreiten Seufzer aus, als sie bei Anbruch der Dunkelheit von Otho und Lambert an der Pforte der *Deutschen* empfangen wurden, einem Stadttor von Metz, das sich in unmittelbarer Nähe zum Hospital der dort stationierten Deutschordensritter befand. Otho war bereits im Besitz der notwendigen Papiere, um ihnen freien Zugang zur Stadt zu verschaffen, höchstpersönlich unterschrieben von Thiébault de Heu, Master Alderman der Stadt Metz.

»Sein Name wird uns hier sämtliche Türen öffnen«, versicherte er seinen Mitstreitern, denen man die Nervosität über den Ausgang dieser Geschichte mühelos ansehen konnte.

KAPITEL 42

APRIL 1316
KÖNIGREICH FRANZIEN / DOMAINE ROYAL / CARCASSONNE

Blonder Engel

Alphonse Bratac war nicht sicher, wie lange er es noch in dieser Hölle aushalten konnte, bevor ihn der Schlag traf und ihn noch vor dem Scheiterhaufen von seinen Qualen erlöste. Und das noch nicht einmal wegen seines eigenen Leids, sondern des seines Mitgefangenen.

Er zuckte zusammen, als einer der beiden Kerkerwächter die Zelle öffnete und ihn zusammen mit Jean de Paris aufrief, ihnen zum nächsten Verhör vor den Inquisitor zu folgen.

Alphonse plagte das schlechte Gewissen, weil man nicht ihn selbst, sondern Jean de Paris nun seit fast einer Woche vor seinen Augen quälte.

»Ich flehe euch an«, versuchte Alphonse noch einmal sein Glück bei den Kerkerschergen, als man Jean und ihn zu einem neuerlichen Verhör gemeinsam in den Folterkeller brachte und den Templer, der kaum noch aufrecht gehen konnte, erneut an die Staubsäule kettete. »Ich habe doch schon alles gesagt, was ich über die Templer von Bar-sur-Aube weiß«, bettelte Alphonse mit weinerlicher Stimme. »Bei der Heiligen Jungfrau, so habt doch Erbarmen!« Er konnte das, was hier geschah, nicht länger mitansehen. Jean war zudem nicht der Einzige, der von den beiden Folterknechten bis aufs Blut gepeinigt wurde.

Die furchtbaren Schreie, die regelmäßig durch die Gewölbe hallten, ließen Alphonse die hohe Anzahl der Insassen im Inquisitionsgefängnis von Carcassonne erahnen.

Macaire de Mirepaux, der ihr Schicksal teilte und mit Jean und ihm in einer Zelle hauste, war inzwischen ebenfalls nur noch ein zitterndes blutiges Bündel, so oft hatte man ihn verprügelt und auf ein Rad gespannt. Nur um ihn zugleich einer peinlichen Befragung zu unterziehen, wie man die Verhöre durch das Inquisitionsgericht gerne verharmloste.

Erst am Morgen hatte man ihn erneut aus dem Gefangenenloch geholt, ihn nackt auf ein schräg stehendes Brett gebunden und ihm am Oberschenkel ein Stück Haut abgezogen, wie er unter Tränen bei seiner Rückkehr in die Zelle berichtet hatte. Zum Beweis hatte er vor Alphonse sein blutbeflecktes Hosenbein hochgezogen, unter dem eine hässliche, rot schimmernde Fleischwunde klaffte.

Alphonse, der diese Qualen aus nächster Nähe beobachten musste, in Ketten gelegt und zur Hilflosigkeit verdammt, spürte, wie seine Eingeweide sich schmerzhaft zusammenzogen und die Übelkeit ihn zu überwältigen drohte.

Machtlos schluckte er den Ekel und die Angst hinunter, als die Folterknechte ungeachtet seines Entsetzens Jean de Paris von Neuem mit einer neunschwänzigen Katze bearbeitete.

Jeans breites Kreuz war indes von blutigen Striemen übersät, von denen Alphonse annahm, dass sie in diesem Leben sicher nicht mehr verheilen würden.

»Damit er uns nicht stirbt«, erläuterte ihm der Foltergeselle mit einem hämischen Grinsen, »werden wir die gröbsten Wunden nun kauterisieren.«

Bevor Alphonse begriff, was der Kerl meinte, erschien sein Gehilfe mit einem glühenden Eisen und drückte es ohne Vorwarnung in Jeans offene Wunden.

Der Schrei, den der Templer daraufhin ausstieß, war unmenschlich.

Er ging Alphonse durch Mark und Bein. »Hört auf«, rief er flehend. »Ich werde euch alles erzählen, wenn ihr nur aufhört!«

Der Folterknecht hielt inne und gab seinem Gehilfen mit einem Kopfnicken ein Zeichen.

Es dauerte nicht lange, und Bernardus Guidonis betrat den Raum. Der teuflische Engel, wie Bratac den blond gelockten pausbäckigen Inquisitor still für sich nannte, hatte ihn gelehrt, dass sein weiches, beinahe liebliches Aussehen auf eine perfide Art über seine menschenverachtende Grausamkeit hinwegtäuschte.

»Ich habe gehört«, begann der Inquisitor scheinheilig, »du hast uns etwas zu sagen, mein Sohn?«

»Ja«, keuchte Alphonse mit Tränen in den Augen. »Ich weiß, wo sich der Schatz des Ordens befindet. Der Kommandeur der Templer von Bar-sur-Aube hat es mir verraten, lange bevor der Orden aufgelöst wurde. Wir haben zusammen meinen neusten Wein probiert und waren nachher ziemlich betrunken. ›*Alphonse*‹, hat er zu mir gesagt und mir auf die Schulter geklopft, ›*ich werde dir nun ein Geheimnis verraten. Ich habe den Schatz des* Joseph *von Arimathäa aus dem Outremer mitgebracht. Jenen Kelch, den Jesus beim Abendmahl verwendet hat. Lass uns zusammen daraus trinken und unsere Bruderschaft auf ewig besiegeln. Danach wirst du unsterblich sein.*‹ Dann hat er einen syrischen Kelch aus einer Kiste genommen und ihn mit Rotwein gefüllt. Ich habe davon getrunken und mich ganz seltsam gefühlt. Es war, als hätte der liebe Gott höchstselbst mir wundersame Kräfte verliehen und … äh …« Alphonse geriet ins Stocken, weil er nicht weiterwusste.

»Und was noch?«, wollte der Inquisitor von ihm wissen. »Ich meine, das kann ja schlecht das Ende deiner amüsanten Erzählung gewesen sein«, fügte er boshaft hinzu. »Oder denkst du wirklich, ein solches nachgeplappertes Gewäsch könnte mich beeindrucken?«

»Aber …« Alphonse spürte, wie sich ihm die Kehle zuschnürte. »Ich sage die Wahrheit«, schob er wenig überzeugend hinterher.

»Ja, natürlich«, gab Bernardus Guidonis mit einem zornigen Blick zurück. »Und wahrscheinlich hat der Komtur dir obendrein angeboten, in den Orden aufgenommen und sein Schatzmeister zu werden, habe ich recht?«

»N…nein«, stotterte Alphonse hilflos und brach weinend zusammen. »Eure hochwürdigste Eminenz, ich flehe Euch an, ich habe nicht die geringste Ahnung, was Ihr von mir wollt. Bitte, lasst diesen armen Mann in Frieden. Ich kann Euch nicht helfen, so gerne ich auch wollte. Selbst wenn Ihr ihn zu Tode foltert, vermag ich nicht zu sagen, was Ihr hören wollt, weil ich es wirklich nicht weiß!«

»Ist dir klar, was das bedeutet?«, herrschte der Inquisitor ihn an.

Alphonse schüttelte den Kopf, halb ohnmächtig vor Angst.

»Dass du für uns nichts mehr wert bist – und deine beiden Mitgefangenen auch nicht. Ich werde euch alle drei als Ketzer verurteilen. Dann haben die schaulustigen Sünder dort draußen wenigstens noch etwas vom Anblick eurer brennenden Leiber und besinnen sich auf ihre Reue und ein gottgefälliges Leben!«, brüllte er zynisch.

Während Alphonse zusammengekauert wie ein Häufchen Elend unter den Worten des Inquisitors erzitterte, trat dessen Adjutant herein und wisperte ihm etwas zu.

Bernardus Guidonis hob seine hellen, kaum vorhandenen Brauen und beäugte Alphonse nervös wie ein Falke, der einem ahnungslosen Kaninchen auflauert. Zwischendurch nickte er, offenbar zufrieden mit dem, was der Adjutant ihm zuflüsterte. Schließlich trat Guidonis einen Schritt auf Alphonse zu und schaute ihm direkt in die Augen.

»Du hast Glück«, raunte er. »Dein teuflischer Schwiegersohn ist mit seiner dämonischen Bande bereits auf dem Weg hierher, offenbar in der Absicht, dich zu retten. Was ihm nicht gelingen wird. Aber solange er uns noch nicht ins Netz gegangen ist, darfst du weiterhin den Köder spielen. Es wird mir ein Vergnügen sein, wenn wir ihn und seine Templer geschnappt haben, euch alle gemeinsam auf dem Marktplatz von Carcassonne den reinigenden Flammen zu übergeben.«

»Was sollen wir jetzt tun?«, raunte der Adjutant Bernardus Guidonis zu.

»Schickt den Boten zurück nach Toulouse mit dem Befehl, die dortigen Brüder sollen Aubry de Baufet an Rufus de la Motte übergeben. Er soll den Jungen so rasch wie möglich hierherbringen. Aber er soll aufpassen, dass die Templer uns nicht auch noch diesen Trumpf entreißen. So wie es aussieht, könnten sie an dem Jungen interessiert sein, weil seine Mutter sich möglicherweise mit ihnen verbündet hat. Der König könnte uns zürnen, wenn uns der Junge abhandenkommt. Deshalb sollen sie ihre Truppen verstärken, wenn sie ihn nach Carcassonne bringen, hast du verstanden?«

»Ja, Herr. Ich werde Euren Befehl schriftlich verfassen und ihn Euch zur Unterschrift vorlegen, bevor ich ihn dem Boten übergebe.«

»Tu das«, murmelte Bernardus Guidonis und wandte sich wieder seinem Gefangenen zu.

»Bringt ihn und den anderen zurück in den Kerker und verdreifacht die Bewachung. Ich bin überzeugt, in den nächsten Tagen wird sich zeigen, was unsere einfältige Geisel tatsächlich wert ist.«

•

»Es tut mir leid«, brachte Alphonse mühsam hervor, nachdem man ihn zusammen mit Jean de Paris zurück zu Macaire de Mirepaux in den Kerker gesperrt hatte. »Ich weiß wirklich nicht, was ich diesem Mann noch sagen soll, damit er Euch von der Folter verschont.« Ratlos betrachtete er die Ketten, mit denen man ihn und Jean von Neuem an der Mauer fixiert hatte. Wobei es allein schon aus baulichen Gründen nicht möglich gewesen wäre, ohne Hilfe von außen aus diesem Kellerloch zu fliehen.

Der vermeintliche Katharer und der Templer stöhnten leise vor sich hin, offenbar nicht in der Lage, seine Entschuldigung zu kommentieren.

»Hör zu«, raunte Macaire ihm schließlich zu. »Du kannst nichts dafür. Die Welt ist nicht mehr zu retten. Sie wird von einem Antichristen beherrscht, und Bestien wie Bernardus Guidonis sind seine Diener. Du kannst reden, was du willst, du kannst uns nicht helfen. Uns nicht und niemanden sonst.«

»Du wirst es nicht glauben, aber der Inquisitor hat gesagt, dass mein Schwiegersohn mit seinen Templern hierher unterwegs ist, um uns zu retten«, gab Alphonse hoffnungsvoll zurück.

»Jeder, der uns aus diesem Loch herausholen will, müsste ein Heiliger sein oder der Teufel selbst«, keuchte Macaire de Mirepaux.

»Wenn du es nicht glaubst, Jean ist mein Zeuge.«

»Ich würde dir zu gerne glauben«, murmelte Macaire. »Aber ich habe nicht die geringste Ahnung, wie uns jemand aus diesen Mauern befreien sollte.«

»Die Templer sind mit dem Teufel im Bunde«, erwiderte Alphonse, der sich an jeden Strohhalm klammerte. »Hast du den Inquisitor denn nicht gehört? Wenn es stimmt, was er sagt, sind sie mächtig genug, um die Hölle zu stürmen.«

»Dein Wort in Gottes Ohr«, murmelte Jean de Paris, der wohl nicht damit gerechnet hatte, dass sein ohnehin finsteres Schicksal sich weiter verschlechtern könnte. »Lasst uns beten, dass sie sich nicht entmutigen lassen und diese Mauern überwinden, ganz gleich, wer sich ihnen entgegenstellt.«

KAPITEL 43

APRIL 1316
KÖNIGREICH FRANZIEN / DOMAINE ROYAL / TOULOUSE

Verlorener Sohn

Gero atmete erleichtert auf, als sie nach einem strammen Ritt die Stadt Montauban erreichten und ohne Probleme den Kontrollposten der Stadtwachen passierten. Die Nacht zuvor hatten sie in einer abgelegenen Bergregion mit über zwanzig Reitern bei einem Beginenorden verbracht, der aus weiblichen und männlichen Ordensmitgliedern bestand. Sie betrieben ihren Gutshof an einer Straße, die Pierre auf dem Weg nach Süden als besonders sichere Route vorgeschlagen hatte. Er kannte die Ordensleute von seinen Reisen in die Lombardei, die er mehrmals im Jahr von Franzien aus unternahm. Inzwischen war daraus eine verlässliche Freundschaft entstanden, zumal sie die gleichen Feinde hatten, den franzischen König und die Inquisition.

Nachdem Gero und seine Leute nach dem Frühessen gemeinsam mit Pierre und den anderen beiden Trupps nach Süden aufgebrochen waren, hatten sich ihre Wege wie zuvor getrennt, und sie waren auf drei verschiedene Routen verteilt in Richtung Toulouse geritten.

Dort hatten sie sich vor den Stadttoren an einer Schänke verabredet, die direkt an den Ufern der Garonne lag, um ihr weiteres Vorgehen zu besprechen.

Doch zuvor hatten Gero und seine Mitstreiter von Pierre den Auftrag erhalten, in Montauban Proviant einzukaufen. Das Städtchen war ein pittoresker Ort, der unmittelbar an der Tarn lag, einem breiten Fluss, der ein natürliches Hindernis auf dem Weg nach Toulouse bildete. Es gab eine Schiffsbrücke, aber auch ein paar Flößer, mit denen man das schnell dahinfließende Gewässer überqueren und sicher das andere Ufer erreichen konnte.

In der Ferne erhoben sich die beeindruckenden Aufbauten einer neuen, steinernen Brücke, an der bereits seit gut zehn Jahren gearbeitet wurde, wie Rona ihnen berichtet hatte. Doch es würde noch einige Zeit in Anspruch nehmen, bis sie den Reisenden auf ihrem Weg in den Süden zur Verfügung stand.

»Ich muss schon sagen, Montauban ist eine faszinierende Stadt«, schwärmte Anselm, der sich – hoch zu Ross sitzend – an all den baulichen Details der mittelalterlichen Häuser und den quirligen Plätzen mit ihrer vielschichtigen Bevölkerung mal wieder nicht sattsehen konnte. Hinzu kam, dass es auf dem Markt von Händlern und Gauklern nur so wimmelte und die Menschen der Umgebung dort nicht nur ihre frischen Waren feilboten, sondern in dem lärmenden Trubel Ablenkung vom grauen Alltag suchten.

»Schau dir nur die Musikanten an, Stephano! Ist das nicht phantastisch?«, rief Anselm seinem Gefährten zu, der ihm weitaus mehr war als nur ein Bruder und Freund, und deutete auf eine Truppe Dudelsack- und Lautenspieler. Die Männer mit ihren klangvollen Instrumenten und eine dazu tanzende Tambourin-Spielerin unterhielten den gesamten Marktplatz und sorgten in der warmen Mittagssonne trotz der Not, die durch die schlechten Ernten und die damit verbundene Teuerung im ganzen Land herrschte, für eine fröhliche Heiterkeit, die alles Leid wenigstens eine Zeit lang vergessen ließ.

»Fürwahr, es ist erstaunlich«, bemerkte Stephano, der auf seinem stämmigen Brabanter neben Anselm die gepflasterte Straße zum Marktplatz entlangritt. »Wie bringst du es bloß fertig, in einer höllischen Zeit wie dieser nur das Gute und Schöne zu sehen?«

»Immerhin gibt es hier mehr zu essen und weniger Bettler als im Norden«, raunte Struan, der ihnen zusammen mit Gero dichtauf folgte. »Das Angebot an Obst, Gemüse und Fleisch ist um einiges reichhaltiger als in Metz, auch wenn es mehr kostet.« Sein anerkennender Blick wanderte über Stände mit getrocknetem Schafsschinken, Berge von geräucherten Würsten, Käselaibe in allen Variationen und sogar Orangen und Zitronen, die aus dem südlichen Spanien importiert wurden. Hinzu kamen etliche Stände, an denen Wein und Bier in Fässern angeboten wurde, sowie Händler, die Haushaltswaren verkauften, darunter tönernes Geschirr, Kannen und Becher.

»Das Wetter ist in dieser Gegend nicht so kalt und nass wie weiter nördlich und an der Küste zu England«, warf Rona ein und gab dieser unerwarteten Fülle damit eine Erklärung. »An der Nordseeküste haben Regen und Unwetter im letzten Jahr beinahe sämtliche Ernten zerstört. Es muss furchtbar gewesen sein. Und es wird mindestens noch ein Jahr andauern, bis sich die Lage halbwegs wieder normalisiert.«

»Woher weißt du das alles?« Odile, die nicht mehr auf dem Pferd ihres Vaters saß, sondern genau wie Justine mittlerweile auf einem eigenen Tier ritt, schaute Rona neugierig an. »Hat das ›Tischlein deck dich‹ dir das alles verraten?«

»Sei so gut, Odile«, kam ihr Vater einer Antwort Ronas zuvor und warf seiner Tochter einen strengen Blick zu, weil ihm ihre ständige Neugier nicht zu gefallen schien, »und stell Rona keine einfältigen Fragen, schon gar nicht vor Fremden, die ihre Ohren spitzen könnten. Man weiß nie, wer einem gerade zuhört.«

»Tut mir leid, Papa«, gab die Vierzehnjährige verlegen zurück.

»Sobald wir Zeit haben und unter uns sind, erkläre ich dir alles«, versprach Rona dem Mädchen, dem sie ansehen konnte, wie sehr es auf Antworten brannte.

»Denkt dran, wir müssen noch Proviant für uns und die anderen einkaufen«, erinnerte Gero seine Truppe mit Blick auf den Markt. »Wir benötigen Brot und Käse in größeren Mengen. Und Wurst, aber von der Sorte, die nicht schnell verdirbt. Wer will das übernehmen?«

Guy hob die Hand. »Odile und ich. Aber allein werden wir es nicht schaffen.«

»Rona, Khaled und Anselm gehen mit euch«, bestimmte Gero, der sich denken konnte, dass die drei auch am Aufbau der Marktstände und deren Warenangebot interessiert waren. »Kauft, was ihr für nötig haltet.«

»Nicht zu vergessen einen schönen Roten«, meldete sich Ralph of Bulford aus dem Hintergrund.

»Dann schlage ich vor, Ralph«, sagte Gero mit einem beiläufigen Grinsen, »du gesellst dich dazu und sorgst für die Getränke.«

»Sehr wohl, Seigneur«, witzelte der englische Tempelbruder und streckte die Hand aus. »Aber das alles wird uns einiges kosten. Die Preise für Brot und Wein sind dieser Tage ziemlich saftig.«

»Rona ist die Schatzmeisterin«, klärte Gero ihn auf. »Ich habe ihr den Münzbeutel für unsere Verpflegung übergeben. Ach, und noch etwas«, fügte er ernst hinzu. »Vergesst die Bettler nicht. Gebt ihnen ein paar Almosen und auch etwas Brot.«

»Können wir nicht das ›Tischlein deck dich‹ nutzen?«, wandte sich Odile flüsternd an Rona, die mit ihrem Pferd neben ihr und ihrer kleinen Stute haltgemacht hatte. »Dann müssten wir nichts kaufen und könnten zudem alle Armen speisen, wie Jesus es mit Brot und Fisch getan hat. Stattdessen sind es bei uns Wurst, Honigkuchen, Burger und solche Sachen.«

Anselm, der zugehört hatte, lächelte anerkennend. »Sie lernt schnell«, stellte er amüsiert fest.

Guy de Lus bedachte seine Tochter mit einem skeptischen Blick. »Ich bin mir nicht sicher, Odile, ob die Erfahrung mit den Speisen aus der Zukunft gut für dich war. Das ›Tischlein deck dich‹, wie du es nennst, ist nicht dafür gemacht, dass man Sachen herbeizaubert, die man auf normalem Wege auch haben kann. Er ist für Größeres bestimmt.«

»Aber wir hatten nichts zu essen«, widersprach Odile. »Und was gibt es Wichtigeres, als den Hunger der Menschen zu stillen? Das wusste schon Jesus, als er die Armen speiste. Was kann falsch daran sein, seinem Vorbild zu folgen?«

Während Anselm sich ein Lachen verkniff, weil Guy wegen fehlender Argumente gegenüber seiner Tochter mal wieder in arge Bedrängnis kam, schaltete Rona sich ein.

»Das ›Tischlein‹«, klärte sie Odile auf, »ist unser großes Geheimnis. Wir nutzen es nur im Notfall, damit es niemandem auffällt, der nichts darüber weiß und nichts darüber wissen soll. Außerdem funktioniert es nur, wenn ich damit jemanden in der Zukunft erreichen kann, der uns die Sachen besorgt und in unsere Zeit schickt. Was leider nicht immer der Fall ist.«

»Also ist dieses Geheimnis gar nicht so wunderbar, wie ich dachte?« Odile machte ein enttäuschtes Gesicht.

»Oh doch, es ist ein Wunder«, versicherte Gero ihr aus dem Hintergrund. »So wie das Reich Gottes ein Wunder ist. Dieses Kästchen ist Segen und Fluch zugleich. Deshalb haben wir genug Feinde, die uns das ›Tischlein‹ nur zu gern rauben würden, wenn sie von dessen Existenz wüssten.«

»Wo ihr es gerade erwähnt«, erinnerte Richard de Moncler seine Brüder. »Wir benötigen Geld für den Brückenzoll. Wenn wir die Wachen dort nicht ausreichend schmieren, durchwühlen sie unser gesamtes Gepäck, und da wir den CAPUT LVIII mit uns führen, könnte das gefährlich werden.«

»Keine Sorge, Richard. Geld, um ein paar Zöllner zu bestechen, haben wir mehr als genug dabei«, beruhigte Gero ihn. »Wir können unseren Pferden sogar den Luxus gönnen, sie im örtlichen Mietstall mit Hafer und sauberem Wasser versorgen zu lassen.«

»Gut zu wissen«, gab Richard lachend zurück. »Dann weiß ich ja, an wen ich mich halten kann, wenn ich mir einen Krug Bier leisten möchte.«

»Sogar dafür reicht es noch«, scherzte Gero mit einem Augenzwinkern.

»Was denkst du«, raunte Struan wenig später, als sie die Tiere in einem Mietstall einem Knecht übergeben hatten und dabei zuschauten, wie sie gefüttert und getränkt wurden. »Ist de la Motte mit seinen Schergen bereits in der Nähe, oder haben wir ihn und seine Meute abschütteln können?«

»Keine Ahnung, ob er in der Nähe ist«, antwortete Gero, wobei er nervös auf einem Strohhalm kaute. »Aber ich gehe jede Wette ein, dass er uns immer noch im Nacken sitzt. Schließlich weiß er, wo Amelies Vater gefangen gehalten wird, und kann sich denken, dass wir den alten Mann aus dem Kerker heraushauen wollen. Ob er damit rechnet, dass wir uns auch um Justines Sohn kümmern werden, kann ich nur vermuten.« Geros Blick ruhte auf Malcolm und Justine, die nicht weit entfernt an einem Gatter in der wärmenden Sonne standen und sich leise unterhielten.

»Justine Rosmand hat mir erzählt, dass sie keine Ahnung hat, wie der Kleine inzwischen aussieht«, fuhr Gero leise fort. »Sie hat ihn zuletzt gesehen, als er noch ein Säugling war, und weiß nur, dass er vermutlich braunes Haar und braune Augen hat. Die erste Herausforderung wird sein, ihn in der Klosterschule im Konvent unter der Vielzahl junger Novizen herauszusuchen, auf die diese Beschreibung ebenso passt.«

»Und dann fragt sich, ob er überhaupt mit uns mitkommen will«, gab Struan mit einem finsteren Blick zu bedenken. »Schließlich steht er seit Jahren unter dem Einfluss des Dominikanerordens. Und die werden ihm gesagt haben, dass seine Eltern tot sind und dass Bernardus Guidonis sich persönlich um seine Erziehung kümmern will. Vergiss nicht, der Junge ist nicht nur der Sohn einer leibeigenen Hure, sondern auch der eines bedeutenden Kirchenmanns und engen Vertrauten des Königs. Was für die Dominikaner sicher schwerer wiegt als die schlichte Herkunft seiner Mutter.«

»Ich bin neugierig, wie das ausgeht«, seufzte Gero, der sich lebhaft vorstellen konnte, dass der Junge bestimmt nicht darauf wartete, aus seiner vertrauten Umgebung gerissen zu werden, von wem auch immer.

Bevor sie ihre Pferde aus der Obhut des Mietstalls auslösten und hoch zu Ross den Markt hinter sich ließen, zügelte Gero seinen grau gescheckten Hengst vor einem Brotstand und schnippte der Marktfrau geschickt eine silberne Münze zu. Die war hocherfreut, als er seine Bestellung aufgab und jedem seiner Mitreisenden einen herzhaften Wecken spendierte, der mit Käse und Räucherschinken gefüllt war und den drängendsten Hunger besiegte, bevor sie die nächste Rast einlegen konnten.

»Am besten esst ihr alles auf, bevor wir die Brücke erreichen«, riet Gero seinen Gefährten, nachdem sämtliche Einkäufe erledigt und sie alle wieder auf ihren Pferden aufgesessen waren. »Für alles, was in euren Mägen verschwindet, muss man keine Zölle zahlen.«

Mit seinem schwergewichtigen Brabanter erreichte er als Erster die Schiffsbrücke, die von mehreren Wächtern und Zöllnern kontrolliert wurde.

»Zeigt eure Papiere!«, blaffte einer der Brückenwächter sie an. Gero warf Anselm einen raschen Seitenblick zu, wie um sich noch einmal zu vergewissern, dass er sich keine Sorgen über die Qualität der gefälschten Dokumente machen musste. Dann legte er sie dem misstrauisch dreinblickenden Soldaten vor.

Während der Uniformierte die Papiere studierte, schaute er abwechselnd jedem Einzelnen von Geros Truppe tief in die Augen. Niemand sagte ein Wort.

Selbst Odile nicht, deren gelegentlicher Redeschwall von Guy de Lus zuvor mit einem mahnenden Fingerzeig unterbunden worden war.

»Ihr kommt aus der Lombardei?«, fragte der Wächter, an Gero gewandt, mit einem hintergründigen Blick.

»Ist das ein Problem?«, mischte Richard de Moncler sich nun mit einem unüberhörbar lombardischen Akzent ein, der ihren Auftritt noch um einiges überzeugender machte.

»Nein«, sagte der Mann. »Ich würde Euch nur raten, vorsichtig zu sein, wenn Ihr in das Gebiet der Herrschaft von Toulouse reist und gefragt werdet, ob ihr Anhänger des Ketzers Dolcino und seiner Sekte der falschen Apostel seid. Er und seine Hure Margarita wurden vor noch nicht allzu langer Zeit von der Inquisition gefasst, bei lebendigem Leib in Stücke zerteilt und anschließend verbrannt. Hier mag man keine Ketzer, schon gar nicht aus dem Ausland. Deshalb werden Lombarden in dieser Gegend mit Argwohn bedacht und besonders scharf kontrolliert.«

»Keine Sorge«, beeilte sich Gero zu sagen. »Wir sind angeheuerte christliche Söldner aus aller Herren Länder und befinden uns im Auftrag des Erzbischofs von Ravenna mit unseren Leibeigenen auf der Durchreise ins Königreich Navarra. Mit Ketzern haben wir nichts zu schaffen. Wir sind treue Verfechter des Christlichen Glaubens.«

»Gut«, meinte der Mann und beäugte sie nochmals eingehend. »Dann dürft Ihr passieren.«

•

Am späten Nachmittag trafen sie nach einem dreistündigen Ritt ohne weitere Vorkommnisse an einer Gastwirtschaft ein, die an einem kleinen Nebenarm der Garonne lag und von der aus man die nördliche Stadtmauer von Toulouse erkennen konnte. Der Gasthof war klein und beschaulich, und es schien nicht sonderlich viel los zu sein. Einige Gäste saßen draußen auf Bänken an langen Tischen und schauten neugierig zu Gero und den anderen hinüber, die mit ihren Pferden auf die Ankunft der beiden anderen Truppen warteten. Dann aber brachte die Wirtin den Gaffern ihre Bestellung, und sie fielen über ihr Essen her, anstatt sie weiter anzustarren. Ein paar Jakobspilger hatten sich in einem benachbarten Laden mit Brot, Wein, Käse und frischer Ziegenmilch versorgt und setzten sich zum Essen an den Fluss.

Pierre hatte anscheinend zum heiligen Petrus gebetet, seinem Namensvetter, und war erhört worden, denn bis jetzt war es auf der Reise nicht nur trocken geblieben, in der Nachmittagssonne war es überdies richtig warm. Gero atmete erleichtert auf, als er seinen lombardischen Bruder und dessen Gefolgsleute im Schatten einiger Erlen entdeckte, wo sie anscheinend auf ihn und seine Gefährten gewartet hatten.

»Da seid ihr ja endlich«, begrüßte Pierre ihn ungeduldig mit dem überkreuzten Handschlag der Templer, nachdem sie bei ihm haltgemacht und von den Pferden abgestiegen waren. »Wir müssen uns beeilen«, erinnerte er ihn mit einem nervösen Blick zum Horizont, »und die Zeit nutzen, solange es noch hell ist.«

»Wo sollen wir uns umziehen?« Khaled, der neben Gero stand, warf Pierre einen fragenden Blick zu.

»Ich habe einen verlassenen Taubenturm ausfindig gemacht, keine tausend Fuß von hier.« Pierre deutete auf ein verfallenes Gemäuer, das weit genug vom Gasthof entfernt stand und vor neugierigen Blicken zusätzlich mit hohen Bäumen geschützt war.

»Wenn alles läuft, wie ich hoffe«, meinte Pierre, »holen wir den Jungen ohne Kampf aus dem Konvent raus und sind schneller auf und davon, als gedacht.«

»Seine Abwesenheit wird natürlich niemandem auffallen«, witzelte Struan mit unüberhörbarer Ironie in der Stimme.

»Nicht, wenn es nach dem Vespergottestdienst geschieht und der Kleine nicht mit den Mönchen des Nachts zur Matutin aufstehen muss«, gab Pierre ungerührt zurück. »Was bei so jungen Novizen gewöhnlich nicht der Fall ist.«

»Hast du eine Ahnung, wo wir ihn suchen müssen?« Malcolm war hinzugetreten, weil er sich für Justines Belange verantwortlich fühlte.

»Das besprechen wir alles im Taubenturm«, erwiderte Pierre.

Der Taubenturm erwies sich als ein verfallenes Gemäuer, bei dem sie Sorge haben mussten, dass es jeden Moment einstürzen konnte. Doch für ihre Zwecke würde es ausreichen.

»Und was wird mit uns, wenn ihr nach Toulouse reitet?«, wollte Anselm von Pierre wissen.

»Ihr zieht mit Adam und ein paar von unseren Leuten weiter an der Stadtmauer entlang bis zum südöstlichen Stadttor«, klärte Pierre ihn auf. »Dort treffen wir uns nach unserem Einsatz an einem Fährhaus und setzen unseren Weg danach am Flüsschen L'Hers entlang nach Süden fort. Bis zum Morgengrauen sollten wir einen erheblichen Abstand zwischen uns und die Stadt bringen, damit uns niemand folgen kann. Das bedeutet auch, dass wir bis dahin erstmal nirgendwo einkehren können.«

»Und wo willst du anschließend mit uns hin?«, fragte Arnaud.

»Na, ich denke, wir wollen Alphonse Bratac den Klauen der Inquisition entreißen. Oder haben sich eure Pläne inzwischen geändert?«

»Natürlich nicht«, meldete Gero sich zu Wort. »Trotzdem wäre es klug, wenn die Brüder wenigstens eine ungefähre Vorstellung haben, wie es danach weitergeht.«

»Wir reiten Richtung Carcassonne, befreien den alten Bratac und schlagen uns dann zum Pech de Bugarach durch, weil wir dort in jedem Fall vor sämtlichen Verfolgern sicher sind.«

Arnaud runzelte die Stirn. »Woher willst du das wissen? Hieß es nicht, der Berg sei gefährlich? Besser wäre, wir reiten nach Norden zur Burg meiner Vorväter, den Herren von Mirepaux. Dort werden wir herzlich aufgenommen und erhalten den notwendigen Schutz.«

Pierre schaute ihn zweifelnd an. »Willst du deiner Familie unbedingt ein Verfahren wegen Ketzerei ins Haus holen?«

»Bisher haben sich meine Verwandten erfolgreich gegen Angriffe der Inquisition zur Wehr setzen können«, widersprach Arnaud. »Sie sind gute Christen und haben seit Generationen in den Kreuzzügen gekämpft. An unserer Loyalität zum Papst und zur Kirche hat bis heute niemand gezweifelt. Warum sollte es plötzlich anders sein?«

»Die Bedingungen, der Inquisition zu entkommen, werden immer schwieriger, besonders was die Verfolgung sogenannter Abtrünniger betrifft«, wandte Pierre ein. »Du bist doch selbst ein Opfer unlauterer Verfolgung geworden. Spätestens seit Bernardus Guidonis Hauptinquisitor von Franzien ist, werden Ketzer nicht mehr gesucht, Ketzer werden gemacht. Es geht schon längst nicht mehr um den richtigen Glauben. Wer unbequem oder verdächtig ist, gegen den Strom der Mächtigen und ihrer Interessen zu schwimmen, dem wird etwas angehängt, das ihn in den Kerker bringt und unter gewissen Umständen sogar auf den Scheiterhaufen. Was sie mit uns Templern getan haben, war erst der Anfang und sollte jedem vernünftig denkenden Christenmenschen eine Lehre sein.«

»Und wie soll der Pech de Bugarach uns helfen, dieses Joch loszuwerden?« Arnaud hob eine Braue und schaute Pierre herausfordernd an.

»Das wirst du sehen, wenn wir dort sind«, raunte Pierre mit einem verschwörerischen Blick. »Aber ich verspreche dir, es gibt keinen sichereren Ort.« Leise fügte er hinzu: »Und keinen furchterregenderen.«

»Egal was danach kommt«, befand Gero mit gefasster Stimme. »Zuerst müssen wir den Jungen aus der Gewalt dieser vermeintlichen Gottesmänner befreien. Also zieht den Habit der Jakobiner über, damit wir in die Stadt kommen und vor allem wieder heraus, bevor die Tore geschlossen werden.«

»Hoffentlich sind die Dokumente in Ordnung, die euch als lombardische Brüder der schwarz-weißen Mönche ausweisen«, bemerkte Anselm erkennbar nervös und wedelte mit ein paar gesiegelten Pergamenten.

»Was regst du dich auf?« Khaled schaute ihn verständnislos an. »Bisher hat es doch auch immer geklappt.«

»Ich weiß. Aber diesmal haben wir keine zweite Chance.«

»Hatten wir die je?« Struan hob eine seiner scharf geschwungenen Brauen und schaute ihn zweifelnd an.

»Es wird schon gut gehen«, beruhigte Gero seine Kameraden.

In aller Eile verwandelten er und seine Leute sich in die Domini Canes – die Hunde des Herrn, wie die Dominikaner oder auch Jakobiner von den Beginen genannt worden waren. In der Nacht zuvor hatten sie die weißen bis zu den Knöcheln reichenden Mönchsgewänder, die Gero und seine Kameraden benötigten, auf die Schnelle angefertigt. Dazu je einen weißen Überwurf mit den passenden Kapuzen, die ihnen helfen würden, nicht sofort als Fremde erkannt zu werden, und schließlich die schwarzen Radmäntel, die für die schwarzen Seelen der Inquisitioren standen, wie Pierre nicht müde wurde zu betonen.

Noel de Gilles und Oudard de Champs, zwei dunkel gelockte Brüder aus Pierres Truppe, die ebenfalls an der Mission teilnehmen würden, verteilten die obligatorischen Ledergürtel, die das Gewand der Jakobiner auf Taille brachten.

Anselm packte derweil die Dokumente in eine passende Mappe aus Leder und übergab sie an Pierre, der den Einsatz leiten würde.

»Habt ihr nicht was vergessen?«, erinnerte Rona die Brüder mit einem skeptischen Blick.

Gero schaute irritiert auf. »Was denn?«

»Um als echte Brüder des Inquisitors nicht aufzufallen, benötigt ihr eine Tonsur. Da geht kein Weg dran vorbei.«

»Muss das sein?«, stöhnte Struan genervt. »Erst quälst du uns mit gefärbten Haaren und nun mit einer Tonsur? Damit sieht man mindestens zwanzig Jahre älter aus.«

»Sie hat recht«, räumte Khaled ein. »Aber besser zwanzig Jahre älter aussehen, als gefasst zu werden und bei nächster Gelegenheit tot zu sein.«

Mit einem gemeinschaftlichen Schnauben ließen die betroffenen Brüder es über sich ergehen, dass Rona und ein paar andere Brüder ihnen mit einem scharfen Dolch auf dem höchsten Scheitelpunkt des Kopfes eine kreisrunde Glatze rasierten.

»Sieht aus, als hättet ihr einen Heiligenschein«, frotzelte Arnaud, als die Brüder im vollständigen Habit unter dem Gebälk des abbruchreifen Taubenhauses standen und die letzten Strahlen der Abendsonne mehr zufällig die kahlgeschorenen Stellen auf ihren Köpfen in einem goldenen Licht erstrahlen ließen. »Fehlen nur noch die Flügel, dann würdet ihr aussehen wie unschuldige Engelchen.«

»Halt bloß dein loses Mundwerk, Arnaud«, warnte Struan ihn mit einem missmutigen Schnauben, »sonst rasiere ich dir auch einen solchen Heiligenschein. Aber einen, der nicht mehr zuwächst!«

Allgemeines Gelächter brandete auf. Doch rasch wurden alle wieder ernst, weil die Situation es erforderte.

Nach einem hastigen Mahl, das sie noch schnell gemeinsam eingenommen hatten, führte Adam de Brasnee Geros restliche Truppe mitsamt den verbliebenen Frauen in Richtung Süden zum vereinbarten Treffpunkt.

Richard de Moncler, der den anderen Teil von Pierres Truppe anführte, hatte es sich mit seinen Männern zur Aufgabe gemacht, den Rückzug der sechs Brüder aus der Stadt zu sichern, die – so hofften sie – erfolgreich den Jungen befreien konnten. Nachdem sie Toulouse unerkannt verlassen hatten, würde er ihnen ihre eigenen Pferde, die er in der Zwischenzeit für sie in Obhut genommen hatte, an einer vorher verabredeten Stelle zurückgeben.

Pierre, Gero, Struan, Khaled, Oudard und Noel hatten sich unterdessen in ihren falschen Ordensgewändern zu Fuß in Richtung Stadt aufgemacht. In einem Mietstall vor dem Stadttor würden sie sich für die Mission vorübergehend fremde Pferde besorgen, mit denen sie bis zum Jakobinerkonvent reiten wollten. Nach dem hoffentlich erfolgreichen Einsatz wollten sie die Tiere noch zur Flucht quer durch die Stadt nutzen und anschließend irgendwo am Stadtrand angebunden stehen lassen.

»Ich hoffe, sie finden Aubry und können ihn unverletzt zu uns bringen«, flüsterte Justine ängstlich, während sie dicht neben Malcolm ritt, der sich noch einmal zu seinem Bruder umgedreht hatte, bevor Struan mitsamt seinen Kameraden hinter ein paar dicken Pappeln verschwunden war. »Ich möchte gar nicht darüber nachdenken, was geschieht, wenn sie stattdessen erwischt werden.«

»Mach dir keine Sorgen«, beruhigte Malcolm sie und ergriff im Vorbeireiten ihre eiskalte Hand. »Diese Männer wissen, was sie tun, und Gott der Herr wird über sie wachen.«

•

Gero hoffte ebenso auf Gottes Hilfe, nachdem sie das Stadttor von Toulouse ohne Probleme passiert hatten. Bei einer solchen Mission konnte man nie wissen, was auf einen zukam, und musste auf alle Eventualitäten gefasst sein. Eigentlich war es erstaunlich einfach gewesen, die Stadtwächter von ihrem Auftritt als Jakobiner zu überzeugen. Ihre Verkleidung war ebenso authentisch wie ihre Dokumente, die Anselm geradezu perfekt gefälscht hatte.

»Unser Bruder aus der Zukunft ist wirklich ein Genius«, lobte Pierre Anselms Fähigkeiten, als sie durch die engen Gassen zwischen den Fachwerkhäusern zum Hauptquartier der Jakobiner ritten. »Man muss ihm nicht mal genau erklären, wie man sich ein Dokument vorstellt. Er weiß es ganz von allein.«

»Er hat in der Zukunft historische Wappenkunde studiert und kennt sich mit den Dokumenten der hiesigen Zeit bestens aus«, erklärte Gero ihm. »Aber du hast recht, es ist erstaunlich, wie er sich das alles merken und präzise fälschen kann.«

Auch das Mieten der Pferde hatte ihnen dank ihrer perfekten Tarnung keinerlei Umstände bereitet. Der Besitzer des Stalles hatte sogar angeboten, das Geld für die Miete der Tiere wie gewohnt beim örtlichen Konvent der Jakobiner anschreiben zu lassen und am Ende des Monats vom Orden einzufordern. Gegen eine entsprechende Unterschrift, wie er betonte. Ein Angebot, das Pierre sofort mit einem breiten Grinsen angenommen hatte. Nach ihrer Flucht würden sie die Pferde ohnehin zurücklassen müssen. Was kein großes Problem darstellte, weil die Tiere im Zweifel allein in ihre Stallungen zurückfanden.

Während sie durch die engen Gassen von Toulouse ritten, stiegen ihnen die scharfen Gerüche menschlicher und tierischer Exkremente in die Nase, die hier, wie überall in den dicht besiedelten Städten Franziens, achtlos auf die Straßen gekippt wurden. Am Abend waren gewöhnlich Mistsammler unterwegs, die ausschließlich Pferdeäpfel und Kuhfladen auflasen, um sie zu trocknen und den Bewohnern der vielen Fachwerkhäusern der Stadt als Brennmaterial zu verkaufen.

Das Ziel der Templerbrüder war hingegen das ganz aus Backstein erbaute Haupthaus der Jakobiner mit seinem einhundertfünfzig Fuß hohen Glockenturm. Das imposante Gebäude war schon von Weitem zu sehen und galt nach seiner Fertigstellung als Wahrzeichen der Stadt, wie Pierre zu berichten wusste.

Gero hatte davon gehört, war aber selbst noch nie in Toulouse gewesen.

»Nach der Vesper singen die Jakobiner in der Ordenskirche traditionell das Salve Regina, bevor sie ins Refektorium zum Essen gehen«, erklärte Pierre, der seinen Mitstreitern vorausritt, mit einem Blick in den Himmel. »Fragt sich, ob wir den Jungen vorher suchen oder wenn er sich nach dem Essen mit den anderen Novizen ins Dormitorium zur Nachtruhe begibt.«

»Ganz gleich wie, wir sollten uns beeilen, damit wir uns auf dem Gelände noch ein wenig umsehen können, bevor wir zuschlagen, und uns anschließend noch genügend Zeit bleibt, um die Stadt rechtzeitig zu verlassen«, gab Khaled zu bedenken.

»Wohl wahr«, bestätigte Pierre den Einwand des Assassinen und beschleunigte seinen Wallach. Die anderen folgten ihm in zügigem Tempo durch die engen Gassen. »Vom östlichen Stadttor bis zur Ordenskirche der schwarz-weiß gewandeten Brüder sind es gut zwanzig Minuten Fußweg«, erklärte er seinen Begleitern. »Wir müssten also gleich da sein.«

»Vielleicht sollten wir es doch langsamer angehen lassen«, schlug Struan vor. »Dann mischen wir uns nach der Vesper einfach unter die Brüder, wenn sie zum Refektorium zum Essen gehen, und versuchen den Jungen abzupassen.«

»Genau das habe ich vor«, gab Pierre mit einem zuversichtlichen Ausdruck in seinen wachen Augen zurück. »Aber ich will nicht zu spät kommen. Mir ist es lieber, wir warten noch ein bisschen vor dem Tor, bevor uns am Ende die Zeit fehlt, nach dem richtigen Jungen Ausschau zu halten.«

Die Dämmerung senkte sich bereits auf die Stadt herab, und das Publikum auf den Straßen veränderte sich. Überall an den Häusern zündete man Laternen an. Mütter holten ihre Kinder von den Gassen, und auch die Alten sahen zu, dass sie in die Häuser kamen, bevor sie die Stadt lichtscheuem Gesindel überließen.

Schweigend ritten Gero und seine Kameraden durch die verbliebene Menge aus Söldnern, Huren und Heiligen, wobei sie selbst aufgrund ihres Auftritts naturgemäß als Letzteres wahrgenommen wurden, so dass man ihren Pferden geflissentlich Platz machte.

Während Struan die Gegend aufmerksam mit Blicken erkundete und sich bereits nach Fluchtmöglichkeiten umsah, studierte Khaled die hohen Gemäuer, die den Jakobinerkonvent mit seinen zahlreichen Gebäuden umgaben, als sie auf Höhe der Abteikirche angelangt waren.

»Guckst du schon, wie man die Mauern am besten überwinden kann?«, neckte Struan ihn.

»Das kann ja nicht schaden«, gab Khaled mit einem ernsten Blick zurück. »Schließlich wissen wir weder, was uns dort drinnen erwartet, noch ob wir nach unserer Mission den Konvent auf einem herkömmlichen Weg verlassen können.«

»Keine Sorge, ich weiß zumindest schon, wie wir reinkommen«, teilte Pierre ihm mit einem siegersicheren Lächeln mit.

»Das beruhigt mich erst, wenn du auch weißt, wie wir wieder rauskommen«, erwiderte Khaled unbeeindruckt.

»Auch da habe ich mir schon was überlegt.« Pierre hob eine Braue.

»Wir sollten die Seile und Haken mitnehmen, die wir eingepackt haben«, schlug Gero vor. »Nicht nur, um im Zweifel jemanden fesseln zu können. Vor allem könnte es sein, dass wir uns abseilen oder irgendwo hinaufklettern müssen.«

Struan klopfte sich auf seine Leibesmitte. »Ich habe bereits dran gedacht und mir das Seil unter der Kutte um den Bauch gewickelt.«

»Ach, deshalb siehst du so füllig aus«, amüsierte sich Khaled.

»Das ist eine gute Idee« sagte Gero und tat es seinem schottischen Bruder gleich, als sie mit ihren Pferden haltmachten, um die Tiere nicht weit von der gut bewachten Klosterpforte an einem dafür vorgesehenen Holzgeländer anzubinden.

Auch Pierre und seine beiden Templerbrüder Noel und Oudard brachten mehrere Seile zum Vorschein, die sie nach dem Mieten der Pferde in die Satteltaschen gepackt hatten, und banden sie sich nun unter dem Gewand um die Taille.

Pierre pfiff einen herumlungernden Straßenjungen herbei und drückte ihm eine Denier Tournois Münze mit dem fragwürdigen Konterfrei Ludwigs X. in die Hand. »Wenn du bis zum Nachtläuten auf die Tiere aufpasst, bekommst du noch eine Münze.« Der Junge nickte erfreut, obwohl jeder von ihnen wusste, dass sie nach ihrer Befreiungsaktion einen anderen Weg aus der Stadt nehmen mussten.

Danach führte Pierre seine Gefährten zum Eingang der Lieferanten. Der dortige Wächter war naturgemäß nicht so streng wie die Wachen am Hauptportal, was die Kontrollen betraf. »Ihr seid hier falsch«, gab er Pierre zu verstehen und starrte ihn mit seinen eng zusammenstehenden Augen tadelnd an. »Alle Ordensbrüder sind angewiesen, den Haupteingang zu nehmen. Das gilt auch für ausländische Brüder, die zu Besuchen angereist sind.«

»In Gottes Namen«, stöhnte Pierre und zeigte die Pergamente vor. »Jetzt sind wir schon mal hier und können nicht zurück zum Haupteingang, weil wir sonst den Beginn der Vesper verpassen. Also, guter Mann, lasst uns in Gottes Namen durch.«

»Na gut, weil Ihr es seid. Normalerweise mache ich keine Ausnahmen.« Der Wächter schnaubte kurz und gab ihnen dann mit einem Wink zu verstehen, dass sie passieren konnten. »Aber verratet niemandem, dass ich euch an diesem Tor Einlass gewährt habe, sonst gibt es wieder Ärger.«

»Keine Sorge«, rief Pierre ihm zu. »Schließlich kommen wir wegen dir rechtzeitig zur Messe.«

Doch anstatt sich auf den Weg zum riesigen Altarraum zu machen, schleuste Pierre sie zum Kreuzgang, von wo aus man einen guten Überblick über das gesamte Gelände hatte.

»Seht ihr die kleine Kapelle neben der Abteikirche?« Ohne eine Antwort abzuwarten, steuerte Pierre geradewegs auf das unauffällige Gebäude zu, das mit zwei schmucklosen Glasfenstern versehen war. Rechts und links davon rankten mindestens zehn Fuß hohe Ligustersträucher in die Höhe, die ihnen vor ungebetenen Beobachtern Schutz boten.

Gemeinsam versteckten sie sich hinter dem Gesträuch und warteten, dass die Vesperandacht zu Ende ging.

Plötzlich vernahmen sie merkwürdige Geräusche aus dem Innern der Kapelle. Einen dumpfen Schlag, ein Aufstöhnen, helles Schluchzen und hastig gezischte Wortfetzen.

»Was ist das?« Gero hob eine Braue und streckte sich, um durch das gelb eingefärbte Fenster ins Innere des kleinen Gotteshauses blicken zu können.

»Das kommt eindeutig aus der Kapelle«, raunte Struan, der ein Gehör hatte wie ein Luchs.

»Ich gehe nachsehen.« Ohne auf Pierres Zustimmung zu warten, schlich Gero zum Portal und schob die Tür einen Spalt auf. Das Innere des kleinen Altarraums war menschenleer. Auf dem Opfertisch aus weißem Marmor brannten lediglich ein paar Kerzen, doch das Schluchzen war nun lauter zu hören.

»Na, du kleiner Bischofs-Bastard«, raunte unvermittelt die Stimme eines Heranwachsenden. »Nun ist keiner da, der dir hilft. Dein Ziehvater weilt in Carcassonne, und du bist mir mit Haut und Haaren ausgeliefert. Leider kann ich deinem hübschen kleinen Arsch nun mal nicht widerstehen.«

»Wenn du mir Gewalt antust, werde ich unserer allerhöchsten Eminenz beichten müssen, was du mit mir angestellt hast«, schluchzte eine kindliche Stimme.

»Ach ja?«, raunte der andere gefährlich leise. »Ich werde dir dein vorlautes Maul stopfen, wenn ich mit dir fertig bin. Und glaub mir, das überlebst du nicht.«

Gero zögerte nicht länger, öffnete die Tür und ging direkt auf den Altar zu. Er schlug einen Bogen, um zu sehen, was dahinter vor sich ging, und schrak entsetzt zurück. Ein schlanker, blonder Novize von vielleicht achtzehn Jahren versuchte einen rotbraun gelockten Jungen, der mindestens zehn Jahre jünger war, zu vergewaltigen. Das Kind wehrte sich nach Kräften, während der andere ihn niederhielt und ihm ungerührt das Gewand in die Höhe gerissen hatte.

Gero dachte nicht lange nach, sondern war mit einem Schritt bei dem Täter. Er schmetterte dem überraschten Kerl die Faust mit solcher Wucht ins Gesicht, dass dieser zurücktaumelte und sich im Fallen an einem Sockel den Schädel aufschlug. Der Körper des Getroffenen zuckte noch ein paar Mal, dann blieb er leblos liegen. An seinen gebrochenen wasserblauen Augen, die ins Nichts starrten, war zu erkennen, dass kein Leben mehr in ihm war.

Das junge Opfer des Toten, das ebenso erschrocken war wie Gero selbst, ordnete sein Gewand und wollte sich davonmachen. Aber das konnte Gero auf keinen Fall zulassen. Der Kleine würde womöglich binnen kürzester Zeit die restlichen Ordensbrüder alarmieren, was sie in ernsthafte Schwierigkeiten bringen konnte.

Also setzte er dem Kleinen nach und hielt ihn am Arm fest, noch bevor er die Tür erreichte. Der Junge schrie wie am Spieß und wollte sich losreißen, doch Gero zog ihn zu sich heran und legte die muskulösen Arme um den schmächtigen Körper. Dabei hielt er dem Jungen den Mund zu. Doch sein Gefangener biss ihm gnadenlos in den Finger. »Autsch, verdammt!«, fluchte Gero und nahm die Hand herunter. Sofort begann der Junge von Neuem zu schreien und strampelte wie verrückt.

Gero packte ihn noch fester, und der Junge war sofort ruhig, weil er nun verzweifelt nach Luft schnappte.

Plötzlich stand Struan in der Tür. »Was ist hier los?«, polterte er mit seiner dunklen Reibeisenstimme.

»Das ist eine komplizierte Geschichte«, gab Gero ihm mit einem undurchsichtigen Blick zu verstehen. »Der Kerl hinter dem Altar hat versucht, den Jungen zu vergewaltigen. Als ich ihn davon abhalten wollte, ist er unglücklicherweise auf den Kopf gefallen. Wie es aussieht, schmort er bereits in der Hölle.«

Während Gero eine stoische Miene aufsetzte, starrte der Kleine den riesigen Schotten ehrfürchtig an und gab weiterhin keinen Mucks von sich.

»Wie ist dein Name?«, fragte Struan den Jungen, der nicht älter sein konnte als sieben oder acht.

»Aubry«, sagte der Kleine mit bebenden Lippen. »Was habt Ihr mit mir vor?«, schob er zu Tode verängstigt hinterher.

»*Aubry?*«, murmelte Gero wie vom Donner gerührt und wechselte einen raschen Blick mit dem Schotten. »Bist du der einzige Aubry in der Abtei, oder gibt es noch andere?«

»Nein«, antwortete der Junge. »Es gibt niemand anderen hier, der so heißt. Warum wollt Ihr das wissen?« Seine Stimme klang unsicher. »Wollt Ihr mir auch etwas Böses antun?«

»Warum sollten wir?« Struan war genauso überrascht wie Gero, dass sie allem Anschein nach sofort ins Schwarze getroffen hatten.

»Ich weiß, dass mich alle hassen, *weil* ich das Mündel meines Ziehvaters Bernardus Guidonis bin und in ein paar Jahren seine Nachfolge antreten soll. Aber niemand hat es bisher gewagt, mich anzufassen. Bis heute. Erst dieser Teufel in der Kapelle, und nun Ihr. Wer seid Ihr? Ich habe Euch noch nie in diesen Mauern gesehen. Also was ist nun. Wollt ihr mich auch meucheln, um eines Tages selbst Inquisitor von Franzien zu werden?«

»Wo denkst du hin?«, beruhigte Gero den Jungen. »In Wahrheit sind wir Gesandte deines Ziehvaters aus Carcassonne und sollen dich dorthinholen, weil seine hochwürdigste Eminenz dir etwas beibringen will, was für deine zukünftige Aufgabe als sein Nachfolger wichtig ist. Er hat uns höchstselbst die Erlaubnis erteilt, dich mitnehmen zu dürfen.«

Innerlich bat Gero die Heilige Jungfrau um Vergebung für diese Lüge. Doch der Kleine schien ihm zu glauben und ergriff bereitwillig seine Hand.

»Zieh die Leiche vollends hinter den Altar«, raunte Gero dem Schotten beim Rausgehen zu. »Damit man sie nicht sofort entdeckt.«

Der Junge schaute mit einem naiven Blick zu Gero auf, nachdem sie aus der Kapelle getreten waren, wo die anderen Brüder bereits auf sie warteten. »Aber muss ich nicht erst ein paar Sachen packen, wenn wir verreisen?«

»Nein, das ist nicht nötig«, belehrte Gero ihn. »In Carcassonne haben sie alles, was du für den täglichen Unterricht benötigst. Die Kleidung, die du dort trägst, ist die gleiche wie hier.«

»Wer ist das?«, fragte Pierre erstaunt, als er den Jungen neben Gero bemerkte. »Sag nur, du setzt auf minderjährige Informanten? Das kann leicht schiefgehen, wenn der Kleine Unsinn erzählt und zu viele Fragen stellt.«

»Das ist kein Informant«, klärte Gero ihn leise auf. »Das ist Aubry.«

»Heilige Jungfrau!«, stieß Pierre fast lautlos hervor und riss die Augen auf. »So viel Glück hat bestimmt seinen Preis. Ich mag es nicht, wenn die Dinge zu einfach laufen.«

»Und ich finde, man muss auch mal Glück haben«, raunte Gero ihm zu.

Gemeinsam eilten sie mit dem Jungen zum Lieferantenausgang.

»Wo wollt ihr hin?«, fragte der Wächter, der sie zuvor hereingelassen hatte und den Jungen anscheinend kannte. »Die Vesper ist noch gar nicht beendet.«

»Ja, gewiss, aber wir haben Order, den Jungen zu seinem Lehrmeister zu bringen«, klärte Khaled ihn mit einem souveränen Blick auf, »also lasst uns passieren.«

»Das kann ich nicht«, beschied der Mann stur und deutete zum Haupttor. »Geht dort hinaus, damit ich weiß, dass alles in Ordnung ist.«

Khaled, der wie die anderen auch bemerkt hatte, dass der Wachmann alleine war, fackelte nicht lange und drosch ihm die Faust so fest an die Schläfe, dass er in sich zusammenfiel wie ein Sack und bewusstlos am Boden liegen blieb.

Im gleichen Augenblick riss Aubry sich von Geros Hand los und rannte zurück in Richtung Innenhof. Dabei schrie er gellend um Hilfe und rief, dass Fremde ihn entführen wollten.

»*Merde*«, zischte Pierre und nahm mit Oudard und Noel sogleich die Verfolgung auf.

»Hättest du den Wächter nicht eleganter zum Schweigen bringen können?« Struan warf dem Assassinen einen genervten Blick zu.

Pierre hatte den Jungen inzwischen erreicht und das schmächtige Kerlchen mühelos geschultert. Dabei rannte er zurück zum Lieferantenausgang. Gefolgt von seinen beiden Brüdern und ein paar Wachleuten vom Hauptportal, die auf Aubrys Geschrei aufmerksam geworden waren.

»Verdammter Mist«, zischte Gero und schaute sich vergeblich nach weiteren Fluchtmöglichkeiten um. Bis auf den Haupt- und den Nebenausgang waren sie von hohen Mauern umgeben. Es gab nur diesen einen Weg.

Zusammen mit Khaled und Struan setzte er die Wachen, die kurz nach Noel und Oudard mit Pierre und dem Jungen eintrafen, mit bloßen Fäusten außer Gefecht.

Binnen weniger Augenblicke lagen die Wachmänner bewusstlos zu ihren Füßen. »Kommt endlich! Wir müssen hier weg«, rief Gero den anderen zu. Gemeinsam überwanden sie das Lieferantentor und rannten zu den Pferden, die sie ganz in der Nähe zurückgelassen hatten. Aubry war inzwischen zum Schweigen verdammt worden, weil Khaled dem schreienden Kind mit seinem Halstuch den Mund gestopft hatte.

Pierre schnippte dem Jungen, der auf die Tiere aufgepasst hatte, die versprochenen Münze zu. »Weißt du, wo es hier in die Kanalisation hinuntergeht?«, fragte er ihn hastig, und besann sich nun doch wieder auf die geliehenen Pferde, weil sie ihre Fluchtpläne wegen möglicher Verfolger nun kurzfristig ändern mussten.

Offenbar erwartete er keine Antwort, stellte Gero verwundert fest, denn er hatte sich bereits von dem jungen Aufpasser abgewandt und Aubry auf den Rücken seines Wallachs gesetzt, bevor er sich hinter das Kind in den Sattel schwang.

»Reitet die Straße nach Süden bis zum nächsten Marktplatz«, rief der Straßenjunge ihnen unerwartet diensteifrig zu. »Dort ist eine alte Mikwe. Ihr erkennt sie am Treppenabgang. Die Juden haben sie erbaut, als sie in Toulouse noch geduldet waren. Nun ist es ein Ort, wo die Armen der Stadt sich mit Wasser versorgen. Wenn ihr dort hinuntersteigt, kommt ihr zu einem unterirdischen Kanalsystem, das direkt zur Garonne führt.«

Pierre, der Aubry im Sattel an sich gedrückt hielt, lenkte seinen Wallach nach Süden. Als der Kleine von Neuem zu lamentieren versuchte, verpasste Pierre ihm eine schmerzhafte Schelle, die ihn auf der Stelle zum Schweigen brachte.

Ohne ein Wort ritten sie die fast leeren Straßen entlang, die in der heraufziehenden Dämmerung kaum noch auszumachen waren.

Die Kirchenglocken des Jakobinerkonvents läuteten unterdessen Sturm, wobei den wenigen Stadtbewohnern, die noch auf den Straßen unterwegs waren, nicht ganz klar zu sein schien, ob die Vesper zu Ende war oder ob es ein Feuer gab, das man bekämpfen musste.

Pierre und die anderen nutzten die Verwirrung, um an der Mikwe, die sie bald darauf erreichten, die Pferde abzustellen und mitsamt dem Jungen über endlos erscheinende Treppenstufen im Untergrund zu verschwinden. Kaum unten angekommen, entzündeten Bruder Noel und Bruder Oudard mit einem Feuerschläger geschickt die beiden Fackeln, die sie für einen solchen Anlass mit sich führten.

Gero hatte derweil den Jungen von Pierre übernommen. Aubray, dem anzusehen war, wie sehr er sich ängstigte, zitterte am ganzen Leib.

»Was macht ihr mit mir?«, jammerte der Kleine mit weinerlicher Stimme, als Gero ihn auf die Füße gesetzt und von dem Knebel befreit hatte. Am Handgelenk gepackt, zog er den Jungen nun durch das nachtschwarze Tunnelsystem, das nur durch die brennenden Fackeln beleuchtet wurde, die Oudard und Noel in der Hand hielten. Pierre und die vier anderen Templerbrüder eilten in großen Schritten über den gepflasterten Gang aus uralten Zeiten, so dass Aubry kaum Schritt halten konnte. Zudem wimmelte es von Ratten und anderem Ungeziefer, und es stank entsetzlich nach Fäkalien, obwohl in der Abflussrinne, die mittig verlief, knietief das Wasser rauschte und den Unrat mit sich fortriss. Gero drehte seine Kukulle, die er um den Hals trug, in die entgegengesetzte Richtung, um damit Mund und Nase zu bedecken. Die anderen taten es ihm nach. Bei Aubray sorgte er mithilfe des Halstuchs dafür, dass auch er den scharf riechenden Dunst nicht einatmen musste, und bot ihm an, auf seinen breiten Schultern Platz nehmen zu dürfen, damit ihm die Ratten nicht um die bloßen Füße wuselten, weil der Junge lediglich Sandalen trug.

»Sagt mir die Wahrheit!«, stammelte Aubry mit sich überschlagender Stimme, als er auf Geros Schultern zu sitzen kam. »Seid ihr Ketzer, die mich mit in die Hölle reißen wollen?«

»Wir sind deine Schutzengel«, raunte Khaled ihm zu, der neben Gero hermarschierte und die Worte des Jungen gehört hatte. »Schreib dir das am besten hinter deine abstehenden Ohren, damit du es ja nicht vergisst.«

»Du siehst aber nicht aus wie ein guter Christ«, stieß Aubry verzweifelt hervor. »Du siehst aus wie ein Sarazene, auch wenn du das viel hellere Haar eines Engels besitzt«, fügte er hinzu und deutete mit zitternder Hand auf den hellbraun gefärbten Schopf des Assassinen, der nun zu allem Übel von einer Tonsur gekrönt wurde. »Jeder weiß, dass die Muselmanen mit dem Teufel im Bunde stehen«, fügte Aubry abschätzig hinzu. »Warum sonst hätten die Christen in einen Kreuzzug ziehen und sie bekämpfen sollen?«

»Ich habe Rona gleich gesagt, dass das mit dem Haarefärben nichts bringt«, beschwerte sich Khaled mit einem unwirschen Blick auf den Jungen.

»Der Kleine ist ein Klugscheißer, sonst nichts«, entfuhr es Struan mit einem amüsierten Grinsen. Im Schein der Fackel wirkte das makellose Raubtiergebiss des Schotten mit den kräftigen Eckzähnen wie das eines Wolfes, was dem Jungen nur noch mehr Angst einjagte.

»Ich wusste es. Ihr alle seid Dämonen, die aus den Abgründen der ewigen Verdammnis hervorgekrochen sind, um sich mit frischem Menschenfleisch zu versorgen«, zischte Aubry, zu Tode verängstigt. »Mein Ziehvater hat mich immer vor Kreaturen wie euch gewarnt. Ihr wollt mich gar nicht zu ihm bringen, nicht wahr? Wahrscheinlich wollt ihr mich töten und euch an meinem jungen Fleisch laben. Er hat mich immer ermahnt, ich solle mich vor den Schergen des Satans in Acht nehmen. Deshalb hat er mir verboten, den Konvent ohne Begleitung zu verlassen.«

»Wenn wir so üble Gesellen sind, warum trage ich dich überhaupt hier herum?« Gero hob eine Braue und setzte ihn spontan auf dem stinkenden Pflaster ab. Dabei umfasste er sein Handgelenk erneut wie eine Schraubzwinge und zerrte ihn erbarmungslos hinter sich her. »Denk ja nicht daran, noch einmal abzuhauen«, warnte er ihn. »Sonst landest du tatsächlich in der Hölle.«

»Weißt du eigentlich, wer deine Mutter ist, Aubry?«, fragte Struan den Jungen, während Pierre das Tempo beschleunigte und der Kleine bei ihren ausladenden Schritten in eine Art Dauerlauf verfiel.

»Meine Mutter ist tot«, antwortete Aubray trotzig. »Sie war eine Hure und ist an einem Fieber gestorben.«

»Und deine Brüder in Toulouse wissen davon?«, fragte Gero überrascht.

»Nein, niemand sollte es wissen. Aber irgendwer konnte den Mund nicht halten«, erklärte der Kleine atemlos. »Und nun werde ich von älteren Novizen damit aufgezogen. Wenn mein Ziehvater nicht zugegen ist, nennen sie mich Bastard. Weil eigentlich nur Kinder von Adligen in den Konvent aufgenommen werden und mein Ziehvater bei mir eine Ausnahme gemacht hat, weil mein leiblicher Vater ein Bischof ist.«

»Was würdest du sagen, wenn deine Mutter noch lebt?«, wollte Struan wissen. »Würdest du sie sehen wollen?«

»Natürlich nicht«, antwortete Aubry mit Abscheu in der Stimme. »Sie hat einen rechtschaffenen Bischof verführt. Wer will schon das Kind einer Hure sein, die vom Teufel geritten wird, um es mit einem Heiligen zu treiben? Bruder Bernardus sagt immer, ich muss Inquisitor werden wie er, um dem Bösen in der Welt die Stirn zu bieten. Das ist meine Bestimmung, weil ich das Kind einer Ketzerin bin.«

Gero schaute den Kleinen verständnislos an. »Das kann ja heiter werden«, murmelte er mehr zu sich selbst und fing die Blicke seiner Brüder auf, die offenbar das Gleiche dachten.

Es dauerte eine gefühlte Ewigkeit, bis sie den Ausgang des Kanals erreichten, der direkt zu den Ufern der Garonne führte.

Alle schnappten erleichtert nach Luft, als sie schließlich ins Freie traten.

»Nun müssen wir nur noch die Mühle finden, an der wir uns mit Richard verabredet haben, dann sind wir in Sicherheit«, erklärte Pierre mit einem Seufzer der Erleichterung.

Wie gut sein Plan tatsächlich funktioniert hatte, erwies sich wenig später, als Richard de Moncler mit seinem Getreuen am Eingang des Tunnels auftauchte und sie mit einem siegessicheren Lächeln in Empfang nahm.

»Na, das ging ja schneller als gedacht«, rief der Templer aus Metz, froh darüber, dass niemand zu Schaden gekommen war und sich der Junge tatsächlich in ihrem Gewahrsam befand.

Während Richard ihnen die Pferde und Waffen übergab, die er mitsamt seiner Truppe für sie beaufsichtigt hatte, nahm Gero sich des braun gelockten Dominikanerschülers an und setzte ihn auf den Rücken seines riesigen Brabanters. »Das ist Zeus«, erklärte er dem Jungen und schwang sich hinter Aubry in den Sattel. »Du kannst doch reiten?«, fragte er den Kleinen vorsichtshalber und zog die Zügel an.

»Nein«, sagte der Junge mit entrüsteter Miene. »Ich bin es gewohnt, in einem Wagen zu fahren.«

»Gut«, bestimmte Gero geduldig. »Dann lernst du es jetzt. Halt dich am Vorderzwiesel fest und es geht los.«

Als sie nach einer guten halben Stunde das vereinbarte Lager am kleinen Flüsschen L'Hers südlich von Toulouse erreichten, herrschte dort eine heillose Aufregung. Adam de Brasnee und seine Leute waren bis an die Zähne bewaffnet im Aufbruch begriffen, und das, obwohl zwei Lagerfeuer brannten, die den Eindruck vermittelten, als ob sie es sich gerade unter einer gewaltigen Erle hatten gemütlich machen wollen.

»Was ist denn hier los?« Gero machte bei Rona halt, die er im Schein des Lagerfeuers als Nächste erkannte.

»Wir wissen es nicht«, klärte sie ihn auf. »Justine und Odile sind verschwunden. Wir haben es gerade erst bemerkt. Sie wollten nicht weit vom Fluss ihre Notdurft verrichten und haben es abgelehnt, von mir begleitet zu werden. Also habe ich in respektvollem Abstand gewartet, in der Gewissheit, dass sie bald wieder auftauchen. Als es mir zu lange wurde, bin ich zum Ufer gegangen, habe sie aber nirgends gefunden. Mit meinem Armband habe ich die Umgebung nach ihrem Wärmeprofil abgesucht – vergeblich. Der Fluss führt zurzeit ordentlich Wasser, und ich habe außer dem Rauschen nichts vernommen, was irgendwie verdächtig geklungen hätte. Ich kann mir deren Verschwinden beim besten Willen nicht erklären. Die übrigen Brüder sind im Aufbruch begriffen, um flussabwärts nach ihnen zu suchen. Anselm und ich sollten hier auf ihre Rückkehr warten und euch in Empfang nehmen. Offen gesagt habe ich kein gutes Gefühl bei der Sache. Ich bin selbst schon das gesamte Ufer auf der Höhe des Lagers abgeritten, weil ich auch in der Nacht relativ gut sehen kann. Aber da war nichts. Weder menschliche noch tierische Fußspuren. Die einzige plausible Erklärung ist die, dass sie in den Fluss gefallen und abgetrieben sind. Bleibt nur zu hoffen, dass sie nicht ertrunken sind. Der Fluss ist zwar nicht breit, aber zu dieser Jahreszeit tiefer als sonst und hat eine schnellere Fließgeschwindigkeit als im Sommer, wie ich bereits ermitteln konnte.«

»Vielleicht haben sie sich verirrt und sind in die falsche Richtung gelaufen? Kannst du nicht mithilfe des Servers herausfinden, wo sie sein könnten?«, schlug Gero spontan vor. »Oder was ist denn mit Tom? Kann er uns vielleicht helfen?«

»Ich habe nur ein paar Kleidungstücke von den beiden und müsste zunächst die DNA aus Haaren oder Hautschuppen isolieren, und dann das Ergebnis in den Server einspeichern und miteinander vergleichen, um sicherzugehen, dass es sich um die richtigen Personen handelt. Erst danach kann ich versuchen, Tom auf die beiden anzusetzen. Frag mich morgen früh, bis dahin könnte ich das Problem gelöst haben und selbst nach ihnen suchen. Aber es wäre mir lieber, wenn sie bis dahin wieder gefunden wären.«

»*Merde*«, entfuhr es Gero. »Das hat uns gerade noch gefehlt.«

»Wer ist das?« Rona deutete auf den Jungen, der reglos vor ihm im Sattel saß und Rona anstarrte, als ob sie ein Geist wäre.

»Das ist Aubry. Justines Sohn«, antwortete Gero ihr auf Deutsch, in dem sicheren Glauben, dass der Kleine sie nicht verstand. »Ich hatte gehofft, ihm bei unserer Rückkehr sofort seine Mutter vorstellen zu können.«

»Dann ist es umso wichtiger, dass Justine schnellstmöglich wieder auftaucht«, murmelte Rona und kräuselte ihre ansonsten glatte Stirn.

»Kannst du auf ihn aufpassen? Ich beteilige mich in der Zwischenzeit an der Suche nach den beiden.«

Rona nickte zustimmend und breitete die Arme aus, um das Kind entgegenzunehmen. Gero packte den leichtgewichtigen Jungen wie ein kleines Tier unter den Achseln und reichte ihn an sie weiter. Sie nahm ihn ohne Scheu entgegen und setzte ihn auf die Füße.

»Aber sei gewarnt«, mahnte Gero sie. »Er nutzt jede Chance zur Flucht.«

»Ich will nicht bei ihr bleiben!«, wehrte sich Aubry, als Gero sich anschickte, ihn mit Rona am Feuer zurückzulassen. »Sie sieht aus wie eine Zauberin. Ich fürchte mich vor ihr.«

»Das solltest du auch«, spottete Gero, dem es mit dem vorlauten Bürschchen langsam zu bunt wurde. »Sie kann ungehorsame Jungs wie dich im Nu in kleine hässliche Kröten verwandeln. Also, wenn du auch in Zukunft sprechen anstatt quaken willst, tust du, was sie dir sagt, verstanden?«

Aubry schwieg und bekreuzigte sich. Mit einem abweisenden Blick ergab er sich schließlich in sein Schicksal.

•

»Odile!«, schrie Guy de Lus verzweifelt mit sich heiserer Stimme in die Nacht hinein, während er zu Pferd und mit einer Fackel in der Hand an Geros Seite nach seiner Tochter suchte. Doch sein Rufen verhallte im Rauschen des Wassers. Gemeinsam waren Gero und er noch einmal das gesamte Ufer auf einer Strecke von ungefähr zweitausend Fuß entlanggeritten, hatten aber weder Justine noch Odile finden können.

»Lass uns morgen weitersuchen, sobald es hell wird«, rief Gero und hielt ihm die fast heruntergebrannte Fackel entgegen. »Wir müssen erst neue Fackeln besorgen. Und im Dunkeln macht die Suche wenig Sinn.«

»Verdammt«, schluchzte Guy de Lus mit sich überschlagender Stimme. »Ich kann mich nicht einfach schlafen legen, solange ich nicht weiß, was mit meiner Tochter geschehen ist. Ich muss weitersuchen, auch wenn ich die Hand nicht mehr vor Augen sehe.«

»Wir werden sie finden«, versuchte Gero ihn zu beschwichtigen. »Vielleicht haben sie sich verlaufen. Odile ist ein kluges Mädchen. Sie wird wissen, was zu tun ist, und warten, bis es hell wird, um sich neu zu orientieren. Ich wette, dann tauchen sie wieder auf.«

»Ja, wenn sie bis dahin nicht längst ertrunken sind«, höhnte Guy. Unvermittelt ließ er den Kopf hängen und begann hemmungslos zu weinen.

Gero ritt an seine Seite und legte eine Hand auf die bebende Schulter des Bruders. »Sie lebt, und es geht ihr gut«, sagte er geradezu beschwörend. Er konnte sich vorstellen, was es für diesen ansonsten so unerschrockenen Mann bedeutete, zum zweiten Mal seine Tochter zu verlieren. »Gott der Herr wird sie beschützen«, versuchte er ihm Mut zu machen.

»Gott der Herr ist ein Arschloch«, brüllte Guy in die Nacht hinaus. »Er hat mir mein Leben genommen, meine Frau und mein Kind. Und dann gibt er mir meine Tochter zurück, nur um sie mir kurz darauf wieder zu rauben. Was ist das für eine Teufelei?«, schrie er unter Tränen. »Die Katharer haben recht. Dieser Gott ist kein guter Gott. Er ist der König der Finsternis!« Er stieß einen lang gezogenen Schmerzensschrei aus, der seine ganze Qual offenbarte.

Gero hatte einen Moment lang den Eindruck, dass Guy den Verstand verlor, und vielleicht war es tatsächlich so. Entschlossen packte er die Zügel von Guys Hengst und lenkte ihn zusammen mit seinem eigenen Pferd zurück zum Lager, wo die Stimmung auch nicht besser war.

Malcolm war genauso am Boden zerstört und saß mit bleichem Gesicht am Lagerfeuer, um das Rona sich ebenso gekümmert hatte wie um Aubry, der angesichts seiner vorherigen Erlebnisse und all der unbekannten Gesichter wie gelähmt in die Flammen starrte.

Gero half Guy vom Pferd und führte ihn davon wie einen Mann, der von einer Sekunde auf die andere um hundert Jahre gealtert war.

»Und wie soll es nun weitergehen?«, wollte Anselm von Gero wissen. »Wir können doch morgen früh nicht einfach weiterreiten und so tun, als wäre nichts passiert.«

»Nein, können wir nicht«, murmelte Gero und sorgte dafür, dass Guy einen Platz am Feuer bekam, wo er ihn in eine wärmende Decke hüllte. »Wir werden mit Rona über eine Lösung beraten. Vielleicht kann Tom uns irgendwie weiterhelfen.«

Rona war sogleich zur Stelle und untersuchte Guy. Danach brachte sie eine winzige Pille zum Vorschein, die Gero bisher noch nie gesehen hatte, und forderte Guy auf, sie hinunterzuschlucken.

»Was ist das?«, murmelte der ehemalige Kommandeur von Villemoison tonlos.

»Etwas, das dir helfen wird, dich zu beruhigen und wieder zu dir selbst zu finden«, versicherte Rona ihm.

»Ich brauche etwas, das mich umbringt«, sagte er hoffnungslos. »Ohne meine Tochter will ich nicht mehr leben.«

»Wir werden sie finden«, versprach Rona ihm. »Spätestens, wenn es hell wird, kann ich mit dem Caput nach ihr suchen. Doch bis dahin müssen wir uns gedulden.«

Guy schluckte die Pille, was Gero zumindest als kleinen Erfolg wertete.

»Und?« wollte Aubry von Gero wissen, als er zu dem Jungen zurückkehrte. »Habt ihr die Hure gefunden, die meine Mutter sein soll?«

»Nein«, antwortete Gero gefasst, weil er keinen Sinn darin sah, den Jungen vor aller Augen zurechtzuweisen. »Morgen in aller Frühe setzen wir die Suche fort. Im Übrigen verbiete ich dir, so von deiner Mutter zu sprechen«, fügte er leise hinzu. »Du kennst sie gar nicht und weißt nur von den Lügen, die andere über sie verbreitet haben. Das reicht nicht, um sich ein eigenes Urteil zu bilden.«

»Sie hat mich nach meiner Geburt im Stich gelassen«, antwortete der Junge zu Geros Überraschung. »Und nun tut sie es schon wieder. Sie ist ein ehrloses Weib ohne Charakter und hat diese Bezeichnung verdient.«

»Hör auf! Bete lieber zu Gott, dass wir sie finden«, wies Gero den Kleinen unbeeindruckt zurecht. »Ich weiß, wie wichtig es ihr ist, dich in die Arme schließen zu können. Sie ist der einzige Mensch auf der Welt, der dich von Herzen liebt, und hat alles ertragen, um dich eines Tages wieder an ihrer Seite zu wissen.«

»Mir reicht es völlig, wenn Gott mich liebt«, konterte der Junge und schnaubte verdrossen.

»Wenn Gott dich liebt, wird er sie zu dir zurückbringen«, murmelte Gero und beließ es dabei.

KAPITEL 44

MAI 1316
HERZOGTUM LOTHRINGEN / REICHSSTADT METZ

La Familia

Hannah wurde den Eindruck nicht los, in einer Kopie des mittelalterlichen Florenz gelandet zu sein, als sie und die anderen mit ihrem eher bescheiden aussehenden Wagen durch die belebten Gassen von Metz fuhren.

Bruder Otho, der sie am Deutschen Tor abgeholt hatte, das ungefähr hundert Jahre zuvor in unmittelbarer Nähe zum Hospital des Deutschen Ordens erbaut worden war, führte sie zu einem prächtigen, mehrstöckigen Gebäude am Place de Charron, das die Bezeichnung Palast mehr als verdiente.

Nicht weit davon entfernt rauschte die Seille, ein Nebenfluss der Mosel, der die Stadt zusammen mit weiteren Nebenarmen in mehrere, dicht bebaute Inseln zerteilte, die durch massive Brückenbauten aus Stein miteinander verbunden waren.

»Wartet einen Augenblick hier draußen, ich muss erst die Wachen über unsere Ankunft informieren«, bat Otho mit einem entschuldigenden Blick seine Brüder, die, auf ihren Pferden sitzend, gemeinsam mit ihm die Spitze des kleinen Zuges übernommen hatten. Danach ließ er sie vor dem Hauptportal des Hauses auf der Straße zurück und trabte auf seinem Hengst zu einem Seitentor, das sich wie von Zauberhand öffnete.

Wenigstens waren auf den sauber gepflasterten Wegen im Viertel ihres offenbar vermögenden Gastgebers kaum Menschen unterwegs, so dass sie davon ausgehen durften, bei ihrer Ankunft am Palast von Dominique de Charron von niemandem beobachtet zu werden, der ihnen nicht wohlgesinnt war.

Schließlich war es mehr als wahrscheinlich, dass Hanemann von Lichtenberg sie verfolgen ließ, und genauso wahrscheinlich war es, dass die Gens du Roi Spitzel in Metz zum Einsatz brachte. Deshalb mussten sie weiterhin vorsichtig sein. Trotzdem erregten sie bei den wenigen Fußgängern, die in dieser Gegend unterwegs waren, einige Aufmerksamkeit. Denn es war unübersehbar, dass sie mit ihrem klapprigen Karren nicht hierhergehörten.

»Was hat Otho vor?« Hannah warf ihren neuen Freunden einen nervösen Blick zu.

»Ich nehme an, er muss uns erst beim Hausverwalter seines Oheims anmelden, damit wir in den Innenhof einfahren und unsere Pferde in den Stallungen unterbringen dürfen«, erklärte ihnen Christian mit einem milden Lächeln. »Im Grunde genommen reagieren die Patrizier nicht anders als der Adel. Alles muss gewissen Regeln folgen. Bei uns auf der Burg muss man auch zunächst einige Durchsuchungen erdulden und eine Zugbrücke überqueren, bevor man als Fremder den Burghof betreten darf.«

»Hauptsache, wir kommen so bald wie möglich ins Warme«, murmelte Jeanne, die im Wagen dicht an dicht neben Hannah auf einer Pritsche hockte und Sorge um das Wohl der Kinder hatte, die bei der herrschenden Kälte und dem Regen in der einsetzenden Dunkelheit schnell auskühlten. »Ich will nicht, dass die Kleinen sich bei dem Wetter hier draußen den Tod holen.«

Glücklicherweise dauerte es nicht lange, bis Otho mit einem Knecht und einer Magd zurückkehrte, die den Wagen in den Innenhof des Hauses führten und sich anschließend um das Abschirren der Tiere kümmerten.

Otho führte derweil seine Brüder und die Frauen mitsamt den Kleinen über den Haupteingang ins Haus seines Oheims.

Wahrscheinlich waren alle Anwesenden einen gewissen Luxus gewohnt, weil sie aus adligen Familien stammten, aber was sich ihnen im Palais der Charrons bot, übertraf alles, was Hannah bisher auf Burgen und Schlössern zu sehen bekommen hatte.

Der breite Treppenaufgang, der in die untere Empfangshalle führte, war ganz aus poliertem weißem Marmor gefertigt. Das daran anschließende Untergeschoss war mit einem dicken orientalischen Läufer ausgelegt. An den Wänden hingen kunstvoll geschmiedete Kerzenleuchter, und in einem fein gemauerten offenen Kamin brannte ein prasselndes Feuer, das sie schon bei der Ankunft in der Halle aufwärmte.

Auf einem Tischchen im Empfangszimmer nebenan standen Kannen mit Bier und Wein, aber auch mit Quellwasser, wie ihnen die Magd mit treuem Blick versicherte, und auf üppig belegten Platten lockten Häppchen aus weißem Brot, die mit weichem Käse und frisch aufgeschnittenem Braten belegt waren.

Armand, der Einsiedler, der nun fest zu ihrer Truppe gehörte, beäugte mit hungrigem Blick all die Köstlichkeiten. Hannah stellte sich zum ersten Mal die Frage, wie er ohne Zunge zu kauen und zu schlucken imstande war.

»Greift ruhig zu«, forderte Otho sie auf. »Mein Oheim lässt sich noch entschuldigen. Er ist gleich da, um euch persönlich zu empfangen. Bis dahin sollt ihr es euch gut gehen lassen«, sagte er.

Totty, Brian und Armand ließen sich nicht lange bitten und nahmen sich einen Teller mit Brot, Fleisch und Käse und einen Becher mit rotem Wein. Otho führte Hannah und Jeanne zu einer gepolsterten Bank, wo sie mit den Kindern auf dem Schoß Platz nehmen konnten. Dann erkundigte er sich bei ihnen, was er ihnen zu essen und zu trinken bringen dürfe.

»Wir müssen erst die Kleinen stillen«, klärte ihn Jeanne mit einem dankbaren Lächeln auf.

»Ihr müsst etwas essen«, ermahnte Christian sie und brachte Hannah und seiner Cousine zwei gut gefüllte Teller und je einen Krug mit gewässertem Wein. Nachdem er alles abgestellt hatte, deutete er auf die beiden Säuglinge, die nun die Aufmerksamkeit ihrer Mütter einforderten. »Woher soll die Milch für die Kleinen sonst kommen?«

»Sagte der Mann, der noch immer keine Familie gegründet hat«, neckte Jeanne ihren Cousin.

»Ist doch nicht meine Schuld, dass ich die Richtige noch nicht gefunden habe«, verteidigte Christian sich, während er sich ein Bier einschenkte und zu Johan gesellte.

Der stand mit einem Krug am Kamin und betrachtete das friedliche Bild der beiden stillenden Frauen. »Ich hoffe doch sehr, ein solcher Anblick ist mir bald selbst vergönnt«, murmelte er mit einem entrückten Lächeln.

Christian schaute ihn irritiert an.

»Meine Frau ist schwanger«, klärte Johan dem lothringischen Bruder auf. »Es ist noch ganz früh, aber sie sagt, sie spürt das Kleine schon.«

Hannah kniff die Lippen zusammen und schaute schuldbewusst zu Johan auf. »Ich habe ein schlechtes Gewissen«, sagte sie leise. »Du solltest nicht bei uns, sondern bei Freya sein. Wir wissen nicht, was gerade auf Waldenstein geschieht. Ich mache mir ernsthafte Sorgen, dass Hanemann auf die Idee kommen könnte, die Burg anzugreifen, wenn er mich nicht findet.«

»Du musst dir keine Sorgen machen«, beruhigte Christian sie. »Sobald Othos Oheim uns seine Hilfe zugesagt hat, werden wir nach Waldenstein reiten und Roland von Briey mitsamt der Gräfin in unsere Pläne einweihen. Roland muss wissen, was läuft, und mit seinen Soldaten entsprechend darauf vorbereitet sein.«

»Und was habt ihr vor?« Hannah war mit einem Mal verunsichert und richtete ihren fragenden Blick auf Christian und Otho, der offenbar in diese geheimnisvollen Pläne eingeweiht war, von denen sie nicht einmal etwas geahnt hatte.

»Darüber können wir erst sprechen, wenn Othos Oheim Bescheid weiß und uns seine Zusage erteilt«, erklärte Johan ihr.

»Ich will bei dieser Unterredung dabei sein«, bestimmte Hannah leicht verstimmt. »Immerhin bin ich Geros offizielle Stellvertreterin und vertrete damit auch Gräfin Margaretha und sämtliche Bewohner der Burg und der dazugehörigen Ländereien.« Ihr fragender Blick traf Lyn, die sich bisher noch gar nicht zu der ganzen Geschichte geäußert hatte.

»Ich finde auch, dass die Jungs dich in die Sache mit einbinden müssen«, kam Lyn ihr zu Hilfe. »Am besten nehmt ihr mich auch gleich mit, um gar nicht erst den Anschein zu erwecken, dass hier nur die Männer das Sagen haben.«

»Äh ... ja. Tut mir leid«, setzte Johan an, kam aber nicht weit, weil plötzlich die Flügeltüren aufgingen und Messire Dominique de Charron, wie Otho ihn vorstellte, forschen Schrittes hereinmarschierte. Er war ein attraktiver Endvierziger mit grau meliertem, schulterlangem Haar. Im Gegensatz zu den Templern war er glattrasiert und äußerst kostbar gekleidet. Er begrüßte alle gleichermaßen mit einem jovialen Lächeln, das seine strahlend weißen Zähne aufblitzen ließ.

»Seid willkommen!«, rief er ihnen mit ausgebreiteten Armen entgegen und blieb vor Hannah stehen, die beinah erschrocken zu ihm aufschaute, nicht nur weil er so groß war wie Struan, aus weil sie Sophia noch immer stillte, wenn auch unter einem großzügigen Schultertuch verborgen.

»Darf ich vorstellen, Oheim«, verkündete Otho mit einer eleganten Geste: »Das ist die junge Gräfin Lichtenberg zu Waldenstein mit ihrer Tochter Sophia.« Dann deutete er auf Hannahs Begleiterin. »Und das ist Baronin Jeanne de Carmac mit ihrem kleinen Sohn Martin.«

Dominique de Charron bat Hannah und ihre Nachbarin, in Anbetracht der Lage sitzen zu bleiben, und verbeugte sich vor ihnen mit höfischer Perfektion, indem er jeweils ihre Rechte ergriff und einen Kuss auf den Handrücken hauchte.

»Und wer ist das?«, wollte er dann wissen und begegnete Lyn mit einem verwunderten Blick, weil sie beinahe genauso groß war wie er selbst.

»Das ist Lyn«, beeilte sich Otho zu sagen. »Sie stammt aus dem fernen Cathay und gehört zum Gefolge der jungen Gräfin.«

»Ist sie eine Leibeigene?«, vergewisserte de Charron sich bei seinem Neffen, bevor er auch Lyn eine Begrüßung zukommen ließ.

»Nein, sie ist die Gemahlin eines syrischen Adligen, der gerade mit meinen übrigen Brüdern in Franzien unterwegs ist«, antwortete er.

De Charron verbeugte sich ähnlich perfekt wie bei Hannah und Jeanne, schien aber an Lyns Erscheinung um einiges interessierter zu sein, weil er sie längere Zeit eingehend betrachtete.

Hannah warf unterdessen einen verstohlenen Blick auf de Charrons prachtvolles Gewand, das aus feinstem blauem Samt gearbeitet war und bis zu den

Knien reichte. Es passte gut zu seinen dunkelblauen Augen, die von Dutzenden Lachfältchen umrahmt wurden. Unter dem knielangen Wams trug er eine enganliegende blaue Hirschlederhose und fein gearbeitete Stiefel aus handschuhweichem braunem Leder.

Alles an diesem Mann zeugte davon, wie unglaublich reich er sein musste.

Erst nachdem er von Lyn abgelassen hatte, begrüßte er die übrigen Templer, die sich in ihrem Gefolge befanden. Bis auf Otho und Lambert, die eine Art Vorhut gebildet hatten und bereits zuvor angereist waren.

»Folgt mir in unseren Speisesaal«, forderte de Charron die Besucher schließlich auf. »Dort werden meine Mägde im Anschluss das Abendmahl servieren.«

Er rechnete offenbar nicht mit Widerspruch, weil er sofort damit begann, diverse Aufgaben an herbeieilende hilfreiche Geister zu verteilen.

Kaum dass sie alle gemeinsam im ersten Stock des Palais angelangt waren, führte sie dessen Besitzer in einen prunkvoll eingerichteten Rittersaal, der ganz mit dunklem Holz verkleidet war und über einen noch beachtlicheren Kamin verfügte als die Empfangshalle.

In der Mitte des Saals stand ein langer Eichenholztisch, an dem mehr als fünfzig Personen Platz fanden. Auch hier war der Boden mit poliertem Marmor verkleidet, und dicke Teppiche nahmen den Steinen die Kälte. Jeanne und Hannah standen mit den Kindern im Arm ein wenig verloren da, was der Hausherr sogleich erkannte. Mit einem Wink ließ er bequeme Bänke herbeischaffen und wärmende Decken für die Kleinen.

»Wenn ihr irgendetwas benötigt – Windeln, warme Milch, was auch immer, lasst es mich wissen, ich habe heilkundige Frauen in meinem Haushalt, auch Hebammen und Ammen, die sich mit der Versorgung von Säuglingen bestens auskennen. Immerhin habe ich zwölf Kinder mit meiner Frau, die mir erst vor wenigen Wochen unseren jüngsten Sprössling geboren hat. Sie braucht noch etwas Ruhe, sonst wäre sie auch hier, um euch zu begrüßen.«

»Danke für das großzügige Angebot«, erwiderte Jeanne mit einem Lächeln, »aber wir stillen unsere Kinder selbst.«

Dominique de Charron verbeugte sich höflich und wandte sich abrupt den Männern zu, deren Gesellschaft ihm offenbar mehr zusagte als Gespräche über Säuglinge und Ammen.

»So setzt euch doch«, bot er Johan und den übrigen Brüdern an und deutete auf den Tisch, der bereits mit Tellern, Besteck und wertvollen Gläsern aus der Lombardei gedeckt war. Dann wandte er sich nochmals den Damen zu und bat auch Hannah, Jeanne mit ihren Kindern auf dem Arm und Lyn zu Tisch.

Kaum dass sie alle saßen, marschierten diverse Diener herein und servierten verschiedene dampfende Schüsseln mit gefüllten Mehlklößen in Specksoße, eine in der Region beliebte Spezialität, wie Otho ihnen mit einem vergnügten Lächeln erklärte; dazu gab es heißes, in Mehl und Butter geschwenktes Sauerkraut, geräucherten und gekochten Schweineschinken und frisch zubereitete Apfelsoße.

Doch vor dem deftigen Mahl kam – wie in diesen Zeiten üblich – das Gebet, das Otho mit gefalteten Händen eröffnete. Er trug es in Lateinisch vor und nicht ganz so lange, wie Mattes es für gewöhnlich auf Waldenstein tat.

Zur Freude aller Anwesenden, für die der Duft nach Speck und Kraut, noch dazu mit hungrigem Magen, eine echte Herausforderung darstellte, eröffnete der Hausherr gleich danach das Mahl.

»Lasst es euch schmecken.« Er nickte seinen Gästen freundlich zu und wies die Mägde an, ihnen beim Auftun der Speisen zu helfen und die gewünschten Getränke in die vor ihnen stehenden Krüge einzuschenken.

Das Mahl wurde, wie bei den Templern üblich, schweigend eingenommen. Aber gleich nach dem lombardischen Mandelkuchen, der zum Nachtisch gereicht worden war, wollte de Charron wissen, was genau ihnen auf dem Herzen brannte.

Obwohl Hannah als Herrin von Waldenstein von ihrem Gastgeber aufgefordert wurde, ihr Anliegen zu schildern, überließ sie diese Aufgabe lieber Johan van Elk und Christian de Vrey, weil sie nicht wusste, inwieweit de Charron in das Schicksal der Templer eingeweiht war und ob er erfahren durfte, weshalb Gero und seine Brüder sich derzeit in Franzien aufhielten.

Johan berichtete zunächst von Geros Ernennung zum Grafen von Lichtenberg zu Waldenstein, dessen Beziehungen zum Hause Lichtenberg und den Ambitionen des jungen Hanemann, der ihm ohne Zweifel das Erbe neidete.

Erst danach erläuterten Christian und Otho abwechselnd, wo die Probleme mit der Gens du Roi und damit mit dem franzischen Königshaus zu finden waren. Eventuelle Geheimnisse des Templerordens, wie den CAPUT LVIII, ließen die anwesenden Brüder natürlich außen vor. Aber es gab ohnehin genug finanzielle und militärische Gründe, die de Charron die schwierige Sachlage deutlich machten, ohne ihm etwas über die Geheimnisse des Ordens verraten zu müssen.

»Hier kommen also zwei Übel auf einen Streich«, fasste Dominique de Charron zusammen, nachdem Christian und Otho ihren Vortrag beendet hatten. »Die Habgier und die Habgier. Einmal die des jungen Königs von Franzien, der wie sein Vater und auch sein Bruder Philipp V. den Hals nicht voll bekommen kann. Anscheinend hofft Louis X. wie seine unseligen Verwandten noch immer auf den Schatz der Templer, der ihm keinesfalls zusteht. Und zum anderen wäre da Johann II. von Lichtenberg, der offenbar nicht einsieht, warum er Waldenstein einem adoptierten Cousin überlassen soll, wo er doch selbst Anspruch auf die Burg gehabt hätte, wenn Gräfin Margarethas Seele eines Tages ins Paradies auffährt. Wobei sich mir die Frage stellt, Gnädigste«, sagte er und lenkte seinen Blick auf Hannah. »Warum hat Euer Gemahl diese Misere nicht kommen sehen, geschweige denn seine Tante? Beide hätten sich doch denken können, dass sich die Verwandtschaft missgünstig verhält, wenn es ans Erben geht. Seine Ernennung zum Grafen groß zu feiern und dabei den dicksten Stachel im eigenen Fleisch zu sich nach Hause einzuladen, war gewiss ein Fehler.«

»Der nun nicht wiedergutzumachen ist«, brachte Hannah es auf den Punkt. Wobei sie daran zweifelte, ob Margaretha angesichts ihrer Skrupellosigkeit im Fall ihres Ablebens direkt ins Paradies auffahren würde. »Die Frage bleibt, ob Ihr uns helfen könnt, Messire de Charron, die Läuse aus dem Pelz zu schütteln, bevor die Plage größer wird«, fügte sie mit sorgenvollem Blick hinzu.

»Das ist ein netter Vergleich«, gab de Charron mit einem milden Lächeln zurück. »Aber er passt nicht. Hier handelt es sich nicht um Läuse, nicht einmal um Ratten. Es handelt es sich um Wölfe, die wesentlich gefährlicher sind als harmloses Ungeziefer, das einen zwar plagt, aber nicht auffrisst.«

»Und was sollen wir tun, um diese Wölfe zu vertreiben?« Hannah schaute ihm direkt in die nachtblauen Augen. Er erwiderte ihren Blick, was sie in gewisser Weise beruhigte, weil es seine Verlässlichkeit unterstrich.

»Es gibt nur zwei Möglichkeiten, sie aufzuhalten«, antwortete er mit ernstem Gesicht. »Gewalt oder Geld. Im besten Fall beides. Wie hoch sind Eure Vermögensstände, Madame?« Er hob eine Braue und kräuselte die Stirn.

Für einen Moment war Hannah zu verblüfft, um diese Frage beantworten zu können. Schließlich konnte sie ihn schlecht darüber aufklären, dass sie etliche Kisten mit Gold aus der Zukunft mitgebracht hatten. Dummerweise hatte sie keine Ahnung, was die genauen Besitztümer der Gräfin betraf. Nur, dass sie erstaunlich gut wirtschaften konnte und einigermaßen vermögend war. Jedenfalls hatte Gero das in Gesprächen mehrmals betont.

»Nun ja … relativ hoch«, antwortete Johan van Elk ausweichend und half Hannah damit aus der Klemme. »Gräfin Margaretha ist nicht arm, und auch ihr Neffe ist recht wohlhabend. Das wird auch Hanemann von Lichtenberg nicht entgangen sein, was sein Interesse an Waldenstein zusätzlich angefacht haben dürfte.«

»Interessant.« Dominique de Charron schaute nachdenklich in die Runde. »Wobei wir uns darüber im Klaren sein müssen, dass ein kleines Vermögen in diesem Fall nicht ausreichend sein wird, um beim Herzog von Lothringen etwas erreichen zu können.«

»Die Gräfin hat über viele Jahre hinweg gut gewirtschaftet«, sagte Hannah, die sich von dieser Frage angesprochen fühlte und nun das wiedergab, was Gero ihr bisher erzählt hatte. »Ihr Mann hat ihr einiges an Gold und Silber hinterlassen, das er als Dank für seine Dienste im Heiligen Land von der Kirche erhalten hat. Hinzu kommt das Erbe meines Gemahls, das er vorzeitig von seiner Mutter geerbt hat«, log sie, ohne rot zu werden. Sie räusperte sich, als Johan ihr einen warnenden Blick zuwarf, die Sache nicht weiter zu vertiefen.

»Und?« fragte Otho. »Was schlägst du vor, Oheim? Sollen wir ein gedungenes Söldnerherr zusammenstellen und die Lichtenberg im Gegenzug angreifen?«

»Auf keinen Fall«, bestimmte ihr Gastgeber entschlossen. »Das wäre die denkbar schlechteste Idee, zumal Graf Gero selbst nicht zugegen ist. Ganz gleich, was ihr unternehmt, ihr müsst vorher den Herzog von Lothringen auf eurer Seite haben. Sicherlich ließe auch der sich mit Geld bestechen, aber auch er würde sich dann für die Frage interessieren, warum ihr ein so großes Vermögen besitzt. Nein, was ihr benötigt, sind neue Lehnsnehmer, die euch glaubhaft aus der Abhängigkeit und dem Gehorsam gegenüber den Lichtenbergern und dem Herzog herausführen. Ihr braucht dringend einen hochkarätigen Verbündeten. Die Stadt Metz ist da in jedem Fall erste Wahl. Zumal Burg Waldenstein nicht weit von unserem Gebiet entfernt liegt. Wir könnten die Burg mit allen Ländereien offiziell dem Herzog von Lothringen abkaufen. Aber dafür muss es einen vernünftigen Grund geben, und der Preis darf nicht zu niedrig, aber auch nicht zu hoch sein, damit der Herzog keinen Verdacht schöpft.«

»Und was ist mit Hanemann?«, warf Hannah ein. »Muss er dem nicht zustimmen?«

»Der Herzog allein bestimmt über die Größe eines Lehens. Und wenn er den Lichtenbergern einen Teil davon wegnimmt, um es an uns zu verkaufen, kann Hanemann noch so sehr jammern, er wird es nicht ändern«, erwiderte de Charron listig. »Wenn wir mit entsprechendem Bedacht vorgehen, wird er Waldenstein am Ende gar nicht mehr wollen.«

»Wie wollt Ihr das denn erreichen?« Hannah bedachte de Charron mit einem ungläubigen Blick.

»Wenn Hanemann erst erfährt, dass die Gräfin und ihr Neffe aufgrund schlechter Ernten völlig überschuldet sind und diese Schulden von den neuen Besitzern beglichen werden müssen, wird er Burg Waldenstein und seine Ländereien meiden wie der Teufel das Weihwasser. Genauso wie der Herzog von Lothringen. Er kann alles gebrauchen, nur keine weiteren Verpflichtungen. Man könnte dem Herzog zum Beispiel ein lukratives Angebot unterbreiten: Er kann Waldenstein mit all seinen Ländereien gegen eine vertretbare Summe an den Rat der Stadt Metz verkaufen. Damit ist das Anwesen offiziell auf einen

Schlag von allen Schulden befreit und sogar für den Herzog würde noch etwas übrigbleiben. Danach könntet Ihr die Burg von uns zurückkaufen, gegen eine faire Summe, versteht sich, denn die Stadt Metz ist mit dem Geld beim Herzog ja in Vorleistung getreten.«

»Und das würde der Herzog einfach so hinnehmen?«, fragte Hannah verwirrt. »Ich meine, das muss doch alles nachvollziehbar sein. Mit Schuldscheinen und echten Gläubigern und so weiter ... und würde er die Gräfin nicht für eine solche Entwicklung verantwortlich machen? Außerdem müssen wir Euren Leuten vollkommen vertrauen können, damit sie kein falsches Spiel mit uns treiben.«

»Lasst das nur meine Sorge sein. Die Gräfin käme ungeschoren davon, weil Schulden aufgrund von Naturgewalten kein Verfahren wegen Untreue nach sich ziehen. Und was das Vertrauen betrifft: Im Zweifel garantiere ich Euch schriftlich, dass Ihr Eure Burg zumindest als Lehen von uns zurückerhaltet, falls Ihr nicht in der Lage seid, die Summe zurückzuzahlen, die der Herzog von uns verlangt hat. Aber zunächst muss ich mich mit den übrigen Ratsherren der Stadt Metz besprechen, ob sie zu einem solchen Handel bereit sind. Danach müssen wir herausfinden, ob der Herzog auf unser Angebot eingeht und was er für den Verkauf der Burg verlangt. Aber macht Euch keine Sorgen, wir bekommen das hin. Bis dahin seid Ihr in meinem Haus erst einmal in Sicherheit.«

Nachdem ein Diener Hannah und ihren Mitstreitern verschiedene Kammern zugewiesen hatte, die allesamt ähnlich luxuriös ausgestattet waren wie das gesamte Gebäude, ließ sie sich mit einem Seufzer auf einem breiten Bett nieder, das sie mit Lyn und Sophia teilte.

»Bleibt zu hoffen, dass wir mit diesem Pakt keinen schweren Fehler begehen«, stöhnte sie. »Was denkst du, Lyn, wird sich der Herzog von Lothringen auf einen solchen Handel einlassen? Zur Not auch ohne Hanemanns Zustimmung?«

»Ich bin mir ziemlich sicher, dass Dominique de Charron und der Rat der Stadt Mittel und Wege finden, den Herzog von ihrem Anliegen zu überzeugen. Aber genauso sicher bin ich, dass sie das alles nicht umsonst für uns tun. Auch wenn de Charron die ganze Zeit betont, dass er dir selbstverständlich zur Seite steht, werden wir ihm und seinen Leuten im Gegenzug etwas bieten müssen, das sie für ihre Großzügigkeit ausreichend entschädigt. Dabei wird es auf uns ankommen, ob wir bei diesen Verhandlungen über den Tisch gezogen werden.«

»Was schlägst du vor?«

»Ich weiß es noch nicht«, murmelte Lyn und schaute aus dem bunten Glasfenster hinaus in den Innenhof des Palastes, der zur Nacht mit lodernden Feuerkörben erhellt wurde. »Aber vielleicht habe ich eine Idee, wie wir de Charron und seine Ratsherren dazu bringen können, die vom Herzog verlangte Summe für Waldenstein zu übernehmen und dir und Gero die Burg danach ohne Bezahlung zu überschreiben.«

•

Gemeinsam mit Hanemann von Lichtenberg und dessen knapp vierzig verbliebenen Söldnern hatte Baillie an einer heruntergekommenen Kaschemme haltgemacht, die weit davon entfernt war, irgendwelchen hochherrschaftlichen Luxus zu bieten. Aber die Nacht brach bereits herein, und sie waren allesamt zu erschöpft, um nach einem besseren Wirtshaus zu suchen.

Nachdem eine der fünf Einheiten mit je zehn Soldaten der Lichtenberger gegen Abend nicht am vereinbarten Treffpunkt erschienen war, hatten die restlichen Kameraden die gesamte Umgebung nach ihnen durchkämmt, sie jedoch nicht gefunden.

»Vielleicht waren sie klug und sind bei dem Unwetter woanders untergekommen.« Helias Baillie schüttelte sich den Regen von seinem Umhang, kaum dass er von seinem Hengst abgestiegen war.

Hanemann, der sein Pferd bereits einem alten, gebeugten Knecht übergeben hatte, kniff die Lippen zusammen. »Nein, verdammt«, stieß er missmutig hervor. »Ich mache mir ernsthafte Sorgen um meine fehlenden Leute. Was, wenn der Herrgott uns strafen will und ihnen etwas zugestoßen ist.«

»Warum sollte er uns strafen wollen?« Baillie warf Hanemann einen fragenden Blick zu.

»Weil Ihr einen unschuldigen Mönch getötet habt. Und das ohne ersichtlichen Grund.«

»Wenn überhaupt, haben *wir* ihn gemeinsam getötet«, konterte Baillie. »Schließlich habt Ihr mich nicht davon abgehalten. Und der Kerl war ein Teufel und hatte den Tod verdient.«

»Und was, wenn Ihr den Falschen gemeuchelt habt? Vielleicht hatte er mit den Templern gar nichts zu tun.«

»Dass mit dem Kerl etwas nicht stimmte, habe ich zehn Meilen gegen den Wind gewittert«, rechtfertigte sich Baillie mit einem unwirschen Blick. »Warum sonst hätte er davonlaufen sollen? Dass hier in der Gegend eine unvorhergesehene Gefahr lauert, habe ich am eigenen Leib zu spüren bekommen, als mich diese fremden Kerle zuvor mitten im Wald überfallen haben.« Baillie war versucht, von der Frau zu erzählen, die so stark war wie zehn Männer und ihn das Fürchten gelehrt hatte. Aber er verzichtete darauf, um sich selbst nicht lächerlich zu machen.

Hanemann schwieg zu Baillies Bemerkungen. Er fühlte sich zunehmend unbehaglich, als sie die Wirtsstube betraten und sich ihnen mindestens zehn finster dreinblickende Gesichter zuwandten. Sie gehörten zu einer Truppe von abgehalfterten Gestalten, die am Ausschank herumlungerten und nun wie blöde in ihre Richtung glotzten. Die meisten von ihnen waren schmutzig und abgerissen, mit wirren dunklen Locken und verfilzten schwarzen Bärten, was ihnen zusammengenommen das Aussehen einer Bande von Gesetzlosen verlieh. Mit einem gewissen Argwohn im Blick beäugten sie die vierzig Soldaten, die mehr und mehr in die kleine Gaststube drängten. Die dralle Wirtin hatte derweil Mühe, mit ihren Knechten und Mägden in so kurzer Zeit für alle ausreichend Bier und Wein heranzuschaffen.

»Diese Spelunke ist offenbar ein Räubernest«, raunte Hanemann seinem franzischen Begleiter beunruhigt zu.

»Das könnte für uns von Nutzen sein«, murmelte Baillie verhalten. »Solche Taugenichtse sind meist bestens informiert, was in der Gegend so los ist. Und solange wir in der Überzahl sind, müssen wir uns keine Gedanken über deren unlautere Absichten machen.«

Im Gegensatz zu Hanemann, dem die Kerle nicht geheuer waren, wirkte Baillie völlig entspannt. Kaum hatte er einen Krug Bier in der Hand, gesellte er sich im Schein des lodernden Kaminfeuers zu einem riesigen Kerl, der aussah, als wäre er der Anführer dieser Bande von Taugenichtsen.

»Na, Landsmann?«, sprach er den Riesen auf Franzisch an. »Was verschlägt dich und deine Leute in dieses armselige Nest?«

»Was geht es dich an, du vernarbter Gnom«, höhnte der andere, der mindestens einen Kopf größer und um einiges breiter war als Baillie. Er hatte zudem einen starken lothringischen Akzent, was darauf schließen ließ, dass er aus der Gegend stammte.

»Warum so schlecht gelaunt, Bruder?«, erwiderte Baillie anscheinend unbekümmert. »Komm, ich spendiere dir einen Krug Bier.«

»Ich brauche dein Bier nicht«, gab der andere mit einer abwehrenden Geste zurück. »Sieh zu, dass du verschwindest, Franzmann. So welche wie du sind hier nicht gut gelitten.«

»Wir sind keine Franzmänner«, stellte Hanemann klar und wagte sich damit aus der Deckung, obwohl ihm die schwer bewaffneten Fremden nicht geheuer erschienen. »Ich bin das Oberhaupt der Herren von Lichtenberg«, verkündete er kühn und deutete auf das Wappen auf seinem Wams. Damit erhielt er nicht nur die volle Aufmerksamkeit der vermeintlichen Räuber, sondern auch die der Wirtin und ihres Gesindes, das sich plötzlich beim Ausschank des Bieres um einiges emsiger zeigte und ihnen darüber hinaus sogar Brot und Käse anbot.

Unvermittelt hielt die Wirtin in ihrer Arbeit inne und verengte die Lider. »Vermisst Ihr zufällig ein paar Eurer Pferde?«

Nun war Hanemann derjenige, der irritiert ihren fragenden Blick erwiderte. »Wie soll ich das verstehen?«

»Heute Nachmittag sind im Nachbardorf zehn Pferde ohne Reiter aufgetaucht, voll aufgezäumt, die ein Brandzeichen mit genau diesem Wappen trugen. Man hat sie zu uns in den Stall gebracht, weil wir außer der Herberge und der Gaststube eine Wechselstation für Pferde betreiben. Da kommen schon mal Leute vorbei, die wissen könnten, wem die Tiere gehören.«

Hanemann spürte, wie ihm die Knie weich wurden. »Kann ich mir die Pferde mal ansehen?«

»Gewiss«, sagte die Wirtin und wies einen Knecht an, mit ihm in den Stall zu gehen. Baillie folgte den beiden. Als der Knecht die Fackel hob, um das Brandzeichen auf einem der Pferdehintern zu beleuchten, bestand kein Zweifel mehr, dass es die Tiere der vermissten Söldner waren, die Hanemann am Morgen für die Suche nach Hannah von Waldenstein und ihre vermeintlichen Entführer eingeteilt hatte.

»Gehören sie Euch?«, erkundigte sich der Knecht mit einem bangen Blick. Möglicherweise befürchtete er Hanemanns Verdacht, etwas mit dem Verschwinden der Reiter zu tun zu haben.

»Ja, es sind unsere Pferde«, gab Hanemann tonlos zurück und warf Baillie einen unheilschwangeren Blick zu.

»*Merde*«, zischte Baillie. »Habe ich also recht behalten, die Teufel sind mitten unter uns«.

Zusammen mit Baillie kehrte Hanemann bleich wie ein Schneehase zu seinen restlichen Soldaten in die Schänke zurück, die dort gespannt auf seine Rückkehr gewartet hatten.

»Und?«, rief der erste Offizier sichtlich nervös. »Sind es unsere Pferde?«

»Ja«, gab Hanemann mit mühsam unterdrückter Verzweiflung zur Antwort. »Es sind die Hengste der vermissten Kameraden.«

Ein schockiertes Aufstöhnen ging durch die verbliebene Truppe.

»Sie waren gut eine Stunde Ritt südwestlich von uns unterwegs«, erläuterte Baillie ihnen die Lage anhand des infrage kommenden Abschnitts, indem die Männer sich an der Jagd auf die Gesuchten beteiligt hatten. »Also muss ihnen dort oder auf dem Weg zum verabredeten Treffpunkt etwas zugestoßen sein.«

»Wen oder was sucht Ihr denn?«, fragte nun der vermeintliche Räuberhauptmann, der bemerkt hatte, dass unter den Neuankömmlingen eine ziemliche Unruhe aufgekommen war.

»Ich vermisse zehn meiner Männer«, gab Hanemann ihm mit zerknirschter Stimme zu verstehen. »Ich habe sie am Morgen auf eine Patrouille geschickt. Sie sind bisher nicht zu uns zurückgekehrt. Ihnen muss etwas Unvorhergesehenes widerfahren sein. Welcher Soldat lässt ohne Not sein Pferd im Stich?«

»Vielleicht wurden sie in einen Hinterhalt gelockt und mit Armbrüsten oder Langbögen zur Strecke gebracht«, mutmaßte sein schwarzbärtiges Gegenüber. »Was führt Euch denn in diese Gegend?«, fragte er mit einem düsteren Blick. »Ich kenne mich hier aus. Sagt mir, wer Euer Feind ist, und ich sage Euch, wer Eure Soldaten auf dem Gewissen hat.«

Das klang logisch, doch Hanemann blieb dem Kerl eine Antwort schuldig, weil ihm spontan der Gedanke in den Sinn kam, ob der Schwarzbart selbst und seine fragwürdige Truppe für das Verschwinden seiner Leute verantwortlich sein konnten. Vielleicht hatten er und seine Halsabschneider selbst die Soldaten überfallen und getötet und dann die Pferde in den Stallungen des Wirtshauses versteckt und die Wirtin hatte kalte Füße bekommen, als er sich als Lichtenberger zu erkennen gegeben hatte.

»Templer«, sprang Baillie für ihn ein, der die plötzliche Gefahr erkannte, dass Hanemann den undurchsichtigen Hünen nicht nur verdächtigte, etwas mit der Sache zu tun zu haben, sondern es auch offen aussprach. »Wir suchen nach geflüchteten Templern.«

Der Schwarzbart stutzte einen Moment und brach dann in schallendes Gelächter aus. »Kommt Ihr da nicht ein paar Jahre zu spät?«, feixte er und schüttelte sich noch einmal vor Lachen.

»Warum amüsiert Euch das?«, gab Hanemann ungehalten zurück. »Wir suchen jene Templer, die entkommen konnten und nun unerkannt als ehemalige Ordensritter ein gewöhnliches Leben führen. Von diesen Männern geht noch immer eine große Gefahr aus, weil sie sich der Zauberei bedienen.«

Sein hünenhaftes Gegenüber wurde überraschend schnell wieder ernst. »Von einer solchen Jagd kann ich Euch nur abraten«, raunte er. »Die Männer, von denen Ihr sprecht, sollen tatsächlich mit dem Teufel im Bunde stehen und unangreifbar sein. Ich würde mich an Eurer Stelle lieber zurückziehen. Vielleicht war das mit Euren verschwundenen Soldaten bereits eine unmissverständliche Warnung. Hier gibt es etliche Familien, deren Söhne bei den Templern waren und die dafür gesorgt haben, dass sie direkt nach der Verfolgung neue Identitäten erhalten haben. Legt Euch lieber nicht mit denen an. Diese Leute sind zu allem entschlossen, wenn es darum geht, ihre Söhne, Brüder und Neffen zu schützen. Zumal die Gefahr für deren Unterstützer hier bei Weitem nicht so groß ist wie in Franzien.«

»Danke für diese aufschlussreiche Belehrung«, murmelte Hanemann voller Ironie und wandte sich ab. »Und was machen wir nun?« Sein Blick galt Baillie, der den Ausführungen des Mannes aufmerksam zugehört hatte.

»Wir werden den Herzog von Lothringen in die Sache einweihen«, bestimmte er kurzerhand. »Wir setzen alles auf eine Karte, und dann sehen wir, was geschieht. Im besten Fall unterstützt uns der Herzog mit seinen Truppen, und wir können Waldenstein einnehmen, indem wir den Widerstand dort mit Gewalt brechen. Dann wird sich alles andere von allein regeln.«

KAPITEL 45

MAI 1316
KÖNIGREICH FRANZIEN / DOMAINE ROYAL / CARCASSONNE

Irrlehren

Pierre hatte umgehend Wachen aufstellen lassen, die das Lager und die Umgebung im Auge behielten, nachdem sie die Suche nach Justine und Odile wegen der hereinbrechenden Nacht aufgeben mussten.

»Ich bin überzeugt, dass ihr Verschwinden keinem Unfall geschuldet ist«, versicherte er seinen Kameraden am nächsten Morgen bei Tagesanbruch. »In meinem Herzen weiß ich, dass die beiden noch leben.«

»Übel genug, dass wir nicht wissen, was genau ihnen widerfahren ist«, raunte Gero, der nicht fassen konnte, dass die Frauen unbewacht zum Fluss hatten gehen können, wobei er die Verantwortlichen für dieses Desaster nicht öffentlich bloßstellen wollte. »Was, wenn sie geraubt wurden? Ich bin fast sicher, de la Motte steckt hinter der Sache.«

»Wenn es so wäre, hätte er uns ohne weiteres angreifen können«, gab Malcolm skeptisch zurück.

»Und hat es doch nicht getan«, vollendete Struan den Satz.

»Fragt sich warum«, rätselte Arnaud, der genauso ratlos dreinschaute wie alle anderen.

»Wir haben überhaupt nichts bemerkt«, rechtfertigte sich Stephano, der zusammen mit Anselm das Hauptlager bewacht hatte. »Obwohl wir pausenlos auf und ab patrouilliert sind.«

»Falls sie geraubt wurden und de la Motte dahintersteckt, verfügt er über phantastische Späher, die bisher noch nicht in Erscheinung getreten sind«, bemerkte Richard de Moncler und warf einen Blick in die flache Ebene, die eigentlich gut zu übersehen war. Lediglich die hohen Erlenbüsche rechts und links des Flussufers und die Obst- und Olivenbäume auf den umliegenden Plantagen boten potenziellen Angreifern einen gewissen Sichtschutz.

»Vielleicht hat er weitere Verstärkung bekommen?« Anselm schaute fragend in die Runde. »Selbst Rona hat nichts gehört, und sie hat Ohren wie ein Luchs.«

»Tut mir aufrichtig leid.« Rona presste für einen Moment die Lippen zusammen. »Ich war abgelenkt, weil ich mich um die Verletzten gekümmert habe. Aber das soll keine Entschuldigung sein. Ich hätte wachsamer sein sollen. Aber nun ist es zu spät.«

Kaum dass es richtig hell wurde, machten sich die Brüder noch einmal gemeinschaftlich auf die Suche nach den beiden Vermissten und ritten das Ufer ab, obwohl sie ahnten, dass die Chancen, sie noch zu finden, gering waren.

Zur gleichen Zeit hatte Rona abseits vom Lager den Timeserver aktiviert und Teile von Odiles und Justines Kleidung mit den holographischen Messsonden in Kontakt gebracht, um die DNA der beiden Frauen zu scannen. Als sich kein Erfolg einstellen wollte, versuchte sie, Tom zu erreichen, was zu ihrer Überraschung sofort funktionierte.

»Rona?« Seine Stimme klang aufgeregt, wie immer, wenn es gelang, durch einen unmittelbaren Kontakt siebenhundert Jahre und mehr zu überbrücken.

»Hallo, Tom. Wo und wann habe ich dich erwischt?« Rona, die aus einer hundertfünfzig Jahre späteren Zukunft stammte als Tom, war durch die fortgeschrittene Technik eigentlich kaum zu erschüttern. Und doch verspürte sie eine ähnliche Aufregung, weil es nun um das Leben der beiden Frauen ging. Besonders um Odile, die ihr inzwischen ans Herz gewachsen war, machte sie sich große Sorgen.

»Mai 2021«, erklärte ihr Tom. »Wir stecken mitten in einer weltweiten Pandemie. Die Forschung tut ihr Bestes, um das Desaster so rasch wie möglich zu beenden, aber niemand kann sagen, wie sich die Lage weiterentwickelt.«

»Ich kann dich beruhigen«, erwiderte Rona bedrückt. »Aber das ist zurzeit vollkommen unmöglich. Ich habe nur einen eingeschränkten Zugang zu den entsprechenden Datenbanken, sehe aber, dass sich in den nächsten Jahren die gentechnisch basierte Medizin vollends etablieren kann und Infektionskrankheiten danach kein Thema mehr sind.«

»Wenigstens *etwas* Gutes, was uns womöglich in der Zukunft erwartet«, bekannte Tom beinahe erleichtert. »Was kann ich für dich tun?«, wollte er wissen.

»Ich übermittle dir gleich die DNA zweier Frauen, die seit gestern vermisst werden. Wir lagern südlich von Toulouse auf dem Weg nach Carcassonne, an einem Flüsschen namens L'Hers. Die geographischen Koordinaten entsprechen meinem jetzigen Standort. Seit gestern Abend fehlt von den beiden jede Spur. Anfangs hatten wir befürchtet, sie könnten im Fluss ertrunken sein, aber Gero und ich wollen nicht so recht daran glauben, zumal wir von Rufus de la

Motte und seinen Söldnern verfolgt werden. Kannst du den Server einsetzen, um ein mögliches Signal von den Vermissten zu erwischen?«

»Ich will's versuchen«, gab Tom mit zuversichtlicher Stimme zurück. Es dauerte einen Moment, bis er die Signale erhalten und in den Quantencomputer eingegeben hatte, um den momentanen Standort der Gesuchten zu lokalisieren.

»Hörst du?«, meldete er sich kurze Zeit später.

»Wie eine Fledermaus«, antwortete ihm Rona voll gespannter Erwartung.

»Die beiden befinden sich auf dem Weg nach Carcassonne. Und wenn ich die DNA-Sequenzen weiterverfolge, werden sie sich dort auch für die nächsten Tage aufhalten. Dann verliert sich ihre Spur, und …«

Rona hörte ihn atmen, doch er sprach nicht mehr weiter.

»Was ist? Stimmt was nicht? Gibt es Probleme?«, fragte sie angespannt, wohl wissend, dass sie eine solche Frage nicht stellen sollte, um die Zukunft in ihrer eigenen Vorstellung offen zu halten. Der eigene Ereignishorizont und die damit verbundene Vorstellungskraft standen auf geheimnisvolle Weise mit der Entwicklung des eigenen Schicksals in Verbindung. Dummerweise war es bisher weder Rona noch Tom gelungen, diese mystisch anmutende Verbindung des menschlichen Geistes mit dem Raum-Zeit-Kontinuum wissenschaftlich zu erklären oder gar nutzen zu können.

»Eure Spur verliert sich am Pech de Bugarach«, sagte Tom tonlos. »Vielleicht wäre es besser, ihr kehrt um und kümmert euch um Hannah und die anderen, die gerade in Metz sitzen und deren Spuren ich auch nicht klar verfolgen kann.«

Er machte eine Pause und atmete hörbar aus. »Ich weiß nicht, was bei euch los ist, Rona. Aber eins ist sicher, ihr seid auf keinem guten Weg. Was immer ihr da treibt, es ist gefährlich. Melde dich bitte bei mir, wenn ihr weitere Hilfe benötigt. Oder soll ich Hannah zur Sicherheit zurück in die Zukunft holen? Ich habe das ungute Gefühl, dass sie in ziemlichen Schwierigkeiten steckt.«

»Das kannst du nicht tun«, widersprach Rona ihm. »Es ist nicht sicher, ob du Sophia bei einem Transfer sauber erfassen kannst. Du hast die biogenetischen Daten der Kleinen noch nicht komplett gescannt.«

»Das hättest du längst tun können«, warf er ihr vor. »Spätestens vor eurer Abreise.«

»Hannah hätte es nicht zugelassen«, erklärte sie knapp. »Sie will nicht zurück in die Zukunft. Nicht ohne Gero und schon gar nicht ohne das Kind. Und das weißt du auch. Also denk erst gar nicht daran, sie gegen ihren Willen in deine Zeit zurückzuholen. Dann kannst du Hannah auch gleich umbringen, hast du verstanden?«

»Du traust mir echt alles zu«, beschwerte er sich. »Dabei will ich euch nur helfen.«

»Und ich will dich nur warnen, die Geschichte nicht unnötig eskalieren zu lassen. Ich melde mich, sobald ich deine Hilfe benötige. Danke für deine Unterstützung.«

Von Toms Ausführungen beunruhigt, fuhr sie den Server herunter, tief in Gedanken versunken.

»Was machst du da?«

Rona schrak hoch und schaute in das verängstigte Gesicht von Aubry, der sie anscheinend die ganze Zeit beobachtet hatte.

»Nichts«, beeilte sie sich zu sagen und packte den Server in ihre Ledertasche, die sie immer bei sich trug.

»Ich habe alles gesehen!«, widersprach ihr der Kleine heftig und sah sie aus schmalen Lidern an. »Du hast mit dem Leibhaftigen gesprochen. Ich habe seine Stimme gehört und dämonische Lichter gesehen. Das war Teufelswerk! Dafür wirst du in der Hölle schmoren.« Voller Entschlossenheit kreuzte er die Arme und schaute sie hasserfüllt an.

Rona warf dem Jungen einen abgeklärten Blick zu. Dabei machte sie keinerlei Anstalten, ihm zu widersprechen. Es hatte keinen Sinn, das Kind aufzuklären, weil ein solcher Versuch in dieser Zeit schon bei einem Erwachsenen kaum zum Erfolg führte. »Du hast geträumt, Aubry«, sagte sie stattdessen. »Hier gibt es keinen Teufel. Schau dich um – siehst du irgendwo einen?« Rona warf selbst einen Blick in die Umgebung, mit der Frage behaftet, wohin Gero und die anderen verschwunden waren. Sie hätten längst zurück sein müssen. Zumal es nach Toms Aussage keinen Sinn mehr machte, nach den Frauen zu suchen, da sie längst über alle Berge waren.

Während ihr Blick in die Ferne schweifte, um nach den restlichen Templern Ausschau zu halten, um sie zurückzurufen, sah sie einen fremden Jungen, wenig älter als Aubry. Er saß auf einem Esel und trabte geradewegs in ihre Richtung. Er trug eine Botentasche an einem Lederriemen quer über seiner mageren Brust. Mit ernster Miene stoppte er seinen Esel vor Rona und Aubry, der nicht weniger neugierig neben ihr stand.

»Ich soll Euch eine Nachricht überbringen, wenn Ihr zum Gefolge des Gero von Breydenbach gehört«, rief der Junge mit fester Stimme.

»Das tue ich«, antwortete Rona verblüfft, die sich fast denken konnte, woher der Junge Geros wahren Namen kannte.

Der junge Bote übergab ihr wortlos eine gesiegelte Pergamentrolle und schickte sich an, umzudrehen und wieder davonzureiten. Doch Rona war schneller und hielt den Esel am Zügel fest. »Wer hat dich beauftragt?«, fragte sie den Jungen, nur um sicherzugehen, dass sie mit ihrer Vermutung richtiglag.

»Ein Herr aus Paris«, sagte der Junge artig. »Und nun lasst mich bitte gehen.«

»Woher wusstest du, dass du uns hier findest?«

»Der Herr hat es mir gesagt.«

»Warum ist dieser Herr nicht selbst hier erschienen?«

»Er sagte, er müsse fort. Ich sollte euch beobachten und erst zu euch gehen, wenn der Morgen anbricht und ihr im Aufbruch begriffen seid.«

»Wann war das?«

»Gestern, es war schon fast Nacht.«

»Wo genau hat er dir den Auftrag erteilt?«

»Nicht weit von hier. Ich arbeite als Leibeigener auf dem Hof eines Schafzüchters. Der Mann, der mir den Brief gegeben hat, und seine Begleiter haben dort Rast gemacht.«

»Wie viele waren es?«

»Viele. Ich habe sie nicht zählen können, aber es waren fast so viele, wie meine Schafherde groß ist, und das sind fünfzig Tiere.«

»Ist dir sonst noch etwas an den Männern aufgefallen? Trugen sie Waffen?«

»Ja, sie waren mit Schwertern, Morgensternen und Armbrüsten bewaffnet wie Eure Leute. Und sie hatten zwei Frauen dabei, die gefesselt waren und von denen es hieß, sie seien entlaufene Leibeigene.« Der Junge warf ihr einen ängstlichen Blick zu. »Darf ich nun gehen?«

»Warte noch«, sagte Rona abwesend und ließ die Zügel des Esels fahren. »Ich will erst den Brief lesen, dann bekommst du noch eine Münze von mir.«

Hastig zerriss sie das Siegel und überflog die gut lesbare Schrift.

Im Namen Gottes und der Heiligen Dreifaltigkeit wende ich mich an Eure Vernunft.

Es wird Euch nicht entgangen sein, dass wir neben Alphonse Bratac nun auch Odile Melot und Justine Rosmand in unsere Obhut genommen haben. Wenn Ihr die drei lebend wiedersehen wollt, entsendet die Brüder Gerard von Breydenbach, Struan MacDhughaill und Arnaud de Mirepaux gemeinschaftlich und unter Einhaltung friedlicher Absichten im Austausch nach Carcassonne, zusammen mit unserem lieben Novizen Aubry de Baufet. Im Gegenzug versprechen wir im Namen der Heiligen Jungfrau und unseres lieben Herren Jesu Christi, die drei Gefangenen in die Freiheit zu entlassen.

Toulouse, am Tag des heiligen Mamertus im Jahr 1316 nach der Fleischwerdung des Herrn. Geschrieben im Auftrag des Großinquisitors von Franzien, Marschall Rufus de la Motte

»Verdammt«, murmelte Rona und war zugleich froh, dass Justine und Odile – wie von Tom beschrieben – offenbar tatsächlich noch lebten und sich seine Feststellung über deren Aufenthalt damit als gesichert erwies.

Viel beunruhigender war allerdings, dass sie die Anwesenheit de la Mottes und seiner Soldaten ganz in ihrer Nähe nicht bemerkt hatten.

»Danke«, sagte sie dem jungen Boten und holte aus ihrem Geldbeutel, den sie an einem Ledergürtel um die Taille trug, eine Silbermünze hervor, die sie ihm in die schmutzige Hand drückte. Er schaute sie entgeistert an, sagte aber nichts.

»Was ist?«, fragte sie. »Ist es zu wenig?«

»Aber nein!«, antwortete er sichtlich erfreut. »Es ist viel mehr, als ich von den anderen bekommen habe.« Dann machte er sich eilig davon, indem er seinen Esel mit einem Stock erbarmungslos antrieb, bis das Tier tatsächlich in einen raschen Trab verfiel.

Als beide hinter einem Busch verschwunden waren, beeilte sich Rona, Anselm und Stephano, die als Lagerwache zurückgeblieben waren, über de la Mottes unerwartete Botschaft zu informieren. »Ihr müsst Pierre, Gero und die anderen zurückholen, die noch auf der Suche nach Odile und Justine sind«, erklärte sie den beiden und berichtete ihnen zugleich von Toms Nachforschungen, die den Inhalt des Pergaments bestätigten.

»De la Motte und seine Leute müssen die ganze Nacht durchgeritten sein und das in einem flotten Tempo, wenn sie sich jetzt schon vor Carcassonne befinden«, gab Anselm zu bedenken.

»Überdies scheint er bestens informiert zu sein, wer zu unserer Truppe gehört und wen er in seinem Kerker zu sehen wünscht«, fügte Stephano nachdenklich hinzu. »Johan van Elk und ich waren ebenfalls im Kerker von Chinon. Aber uns hat er nicht erwähnt. Auch Anselm nicht. Also muss die Quelle seiner Informationen eine andere sein.«

»Vielleicht orientiert er sich am Haftbefehl des franzischen Königs, der immer noch auf Gero und Struan ausgeschrieben ist?« Anselm schaute ihn fragend an.

Stephano hob eine Braue. »Darin ist Arnaud aber nicht aufgeführt. Fragt sich, warum er ausgerechnet ihn zusätzlich benannt hat.«

»Keine Ahnung.« Rona kräuselte ihre ansonsten glatte Stirn. »Immerhin weiß er, dass wir Aubry entführt haben. Fest steht, wenn de la Motte sich den Jungen zurückholen wollte, hätte er uns längst angreifen können.«

»Ich glaube, er will das Leben seiner Soldaten nicht nochmal aufs Spiel setzen«, meinte Stephano. »Stattdessen will er uns direkt nach Carcassonne locken, weil er weiß, wie schwierig es ist, Gefangene aus der Festung zu befreien.

Warum sollte er sich vorher die Hände schmutzig machen, wenn er über eine so gediegene Auswahl an Geiseln verfügt. Deshalb hat er sich auch so schnell davongemacht, damit wir erst gar nicht auf die Idee kommen, die beiden Frauen noch vor ihrer Einkerkerung zu befreien.«

»So wird es sein«, stimmte Anselm ihm zu und schwang sich auf seinen Hengst, um nach Gero und den übrigen Brüdern Ausschau zu halten.

Bei ihrer Rückkehr zum Lager stellte Rona fest, dass Aubry nicht mehr an seinem zugewiesenen Platz unter dem Baum saß, obwohl sie ihm befohlen hatte, sich nicht vom Fleck zu rühren.

»Dieser kleine Mistkäfer«, murmelte sie erbost und nutzte ihr Armband, um die Wärmeabstrahlung an der Stelle zu messen, an der er gesessen hatte. Demnach konnte er noch nicht allzu lange weg sein. Hastig orientierte sie sich und nahm den Weg, den der Junge mit dem Esel genommen hatte. Bereits nach kurzer Zeit entdeckte sie mit ihrem geschärften Blick den zweiten Fußabdruck eines kleinen Jungen im Sand, der zu einem Olivenstrauch mit dichtem Blattwerk führte.

»Aubry, ich weiß, dass du hier bist«, rief sie und näherte sich dem immergrünen Geäst. Es dauerte nicht lange, bis der Kleine seine Deckung dahinter aufgab und versuchte, davonzurennen. Doch Rona war um einiges schneller und schnappte ihn schließlich.

Er schrie und strampelte wie verrückt und versuchte sie zu beißen, was ihm jedoch nicht gelang. Mit einem gezielten Griff in seinen Nacken drückte Rona auf bestimmte Nervenverbindungen und schickte ihn in eine vorübergehende Bewusstlosigkeit. Als sie mit dem erschlafften Körper in ihren Armen zum Lager zurückkehrte, kamen ihr Gero und Struan zu Pferd entgegen.

»Großer Gott, was ist mit dem Jungen?«, rief Gero und sprang aus dem Sattel, als er sah, wie Rona das Kind neben dem Feuer auf einer Decke ablegte, damit der Kleine nicht auskühlte. »Ist er krank? Oder hatte er einen Unfall?«

»Es ist nichts von Bedeutung«, beruhigte Rona ihn und erklärte, was sie mit dem Jungen gemacht hatte. »Aubry wollte die allgemeine Aufregung nutzen, um mal wieder zu entkommen. Als ich ihn eingefangen hatte, wollte er mich beißen. Mir blieb keine Wahl, als ihn für einen Moment ruhigzustellen, indem ich einen speziellen Griff angewendet habe. Er wird gleich wieder aufwachen und sich nicht erinnern, wie es zu seiner Ohnmacht gekommen ist.«

»Stephano und Anselm haben uns über die jüngsten Geschehnisse unterrichtet« Gero schaute Rona fragend an. »Wo ist der Brief?«

Sie zückte de la Mottes Schreiben aus ihrer Ledertasche und überreichte es ihm. »Hier. Am besten liest du es selbst.«

Gero nahm das Pergament entgegen und entfaltete es mit wenig Sorgfalt. Ein kurzer Blick genügte ihm, um zu wissen, dass die Lage durch das Schreiben nur unwesentlich besser geworden war. »*Zur Hölle*«, fluchte er leise und gab das Pergament an Struan weiter, der es ebenso eingehend studierte.

»Wenigstens sind die beiden Frauen nicht ertrunken«, kommentierte der Schotte den Inhalt. »Das muss ich sofort Malcolm und Guy erzählen.« Er reichte das Schreiben an Gero zurück, der de la Mottes Forderungen noch einmal mit säuerlicher Miene überflog, während Struan sich auf den Weg machte, seinen Bruder und Odiles Vater über den neusten Stand der Entwicklungen zu unterrichten.

»Dass sie noch leben ist das einzig Gute an dieser Nachricht«, erklärte Gero mit grimmigem Blick. »Offen gesagt habe ich noch keine Idee, wie wir drei Leute auf einmal aus dem Kerker des Inquisitors herausholen sollen.«

Wenig später trafen die übrigen Templer ein.

Guy de Lus war wie versteinert, als er vom Schicksal Odiles erfuhr. »Gott sei meiner sündigen Seele gnädig«, rief er außer sich und bekreuzigte seine breite Brust. »Sie lebt. Meine Tochter lebt!«

»Aber niemand weiß, wie lange noch«, knurrte Malcolm, der wie sein Bruder zunächst erleichtert gewesen war, dass beiden Frauen nicht wie befürchtet ertrunken waren, dann aber dem möglichen Fortgang der Dinge wenig Optimismus entgegenbrachte.

»Wenn es keinen gangbaren Weg gibt, sie dort rauszuholen, müssen wir auf de la Mottes Forderung eingehen«, sagte Gero entschlossen. »Wir können nicht zulassen, dass dieser verdammte Inquisitor sie tötet.«

Doch nicht nur er hatte längst begriffen, was der Rest der Nachricht bedeutete. Auch Pierre und seine Mannschaft reagierten aufgebracht.

»Wir finden eine Lösung, wie wir sie befreien können. Eher sterben wir, als dabei zuzusehen, wie Bernardus Guidonis die drei auf dem Scheiterhaufen verbrennt«, fügte Pierre mit leidenschaftlicher Stimme hinzu. »Wir gehen dort rein und holen die Frauen und den Alten raus. Und zwar unversehrt.«

»Ich war noch nie in der Festung von Carcassonne«, wandte Ralph of Bulford ein. »Ich kenne sie nur von Bildern in der Zukunft. Ist es bei all diesen Türmen und Wällen nicht unglaublich schwierig, ins Innere zu gelangen?«

»Es ist so gut wie unmöglich«, fügte Pierre tonlos hinzu. »Von einer Befreiung ganz abgesehen. Wir müssen uns also eine verdammt gute Strategie einfallen lassen, um unbemerkt in diese Schlangengrube zu gelangen.«

»Bisher sind wir noch überall reingekommen«, versuchte Struan ihn aufzumuntern.

»Aber nicht überall wieder raus«, erinnerte ihn Anselm. »Ohne Toms Hilfe und das Haupt hätten wir einige Male ziemlich alt ausgesehen.«

»Tom hat mir noch vor dem Brief berichtet, dass die Frauen bereits in Carcassonne angekommen sind«, warf Rona ein.

»Tom? Du hast ihn nochmal erreichen können?« Gero blickte überrascht auf. »Hat er sonst noch etwas gesagt?«

»Nichts weiter«, log Rona.

»Das wundert mich.« Gero schüttelte ungläubig den Kopf. »Ich gehe fest davon aus, dass er mit den Möglichkeiten seines CAPUT Hannah noch immer hinterherspioniert, oder irre ich mich?«

»Mach dir keine Sorgen«, beschwichtigte Rona ihn. »Wenn es irgendein Problem gäbe, hätte Lyn mich längst informiert.«

Dass sie es nicht getan hatte, bereitete ihr mindestens ebenso viele Sorgen wie Toms Bemerkung über ihre eigene Zukunft und die von Hannah und ihren Gefährten. Aber sie würde weder Gero noch den anderen erzählen, dass laut Toms Aussage womöglich schon in wenigen Tagen in der fortlaufenden Zeitlinie des Servers keine Spur mehr von ihnen und ihrer gesamten Truppe existierte.

KAPITEL 46

MAI 1316
HERZOGTUM LOTHRINGEN / REICHSSTADT METZ

Krumme Geschäfte

Hannah schreckte aus einem unruhigen Schlaf hoch, als das laute Jammern ihrer Tochter sie am frühen Morgen weckte. Es dauerte einen Moment, bis ihr klar wurde, dass sie sich nicht in der bescheidenen Schlafkammer der Carmacs befand, sondern in einem prunkvollen Baldachinbett übernachtet hatte, das mit rotem Samt bezogen und mit goldfarbenen Troddeln geschmückt war.

Glücklicherweise war sie nicht allein, sondern Lyn teilte das Zimmer mit ihr und war sofort hellwach, als die Kleine nach einer frischen Windel und ihrer Milch verlangte.

»O Gott«, stöhnte Hannah und hielt sich den Kopf, als Lyn sich nach ihrem Befinden erkundigte. »Ich habe geträumt, wir wären wieder im Heiligen Land und würden im Palast dieses Emirs gefangen gehalten. Mit dem Unterschied, dass es kein Entkommen aus seinem Harem gab.« Während sie noch schlaftrunken Sophia den Weg zu ihrer Brust bahnte, schaute sie sich in dem hochherrschaftlichen Gemach um. In der ersten Morgendämmerung wirkte das hohe, luxuriös ausgestattete Schlafzimmer wie die Kulisse eines Filmes, der in der Renaissance spielte und nicht im ausgehenden Hochmittelalter. »Diese Patrizier scheinen ihrer Zeit voraus zu sein«, überlegte sie laut. »Nicht nur, was ihre politischen Ideen betrifft. Auch Möbel und Dekoration sind feiner, bunter und erlesener als in den üblichen Ritterburgen.« Hannah warf Lyn einen nachdenklichen Blick zu. »Irgendwie erinnert mich das alles an die Medici und ihre mafiösen Strukturen.«

»Nun, die Praxis, dass mächtige Familien sich zu einem Clan zusammenschließen und gegenseitig ihre Interessen unterstützen, ist in Metz uralt«, gab Lyn zu bedenken. »Angeblich stammen die dafür notwendigen Strukturen noch aus der Römerzeit, als Cäsar 46 vor Christus mit seinen Legionen in diese Gegend gekommen ist und die hier lebenden keltischen Stämme unterworfen hat.«

»Für mich klingt das alles nach ›La Familia‹. Was mich nicht wundern würde«, erklärte Hannah mit einem ironischen Lächeln. »Nach allem, was Otho uns über seine Verwandtschaft und deren Seilschaften erzählt hat, erinnern mich diese Bündnisse unter den hier herrschenden fünf Handelsfamilien an nichts anderes als die italienische Cosa Nostra in unserer Zeit.«

»Es gibt sicherlich gewisse Parallelen«, bestätigte Lyn sie. »Das heißt auch, wir müssen wachsam sein, um uns von de Charron und seinen Verbündeten nicht über den Tisch ziehen zu lassen, wie man hier so passend sagt.«

»Ich glaube, mir wird schlecht, wenn ich nur daran denke, was bei diesen Verhandlungen, von denen er sprach, alles schiefgehen kann«, murmelte Hannah. »Was Gero wohl dazu sagen würde, wenn er wüsste, dass wir gerade um unseren Familienbesitz pokern. Wenn das nicht hinhaut, wird uns gar nichts anderes übrigbleiben, als in meine Zeit zurückzukehren. Was eine riesige Katastrophe wäre, wenn ich an all die Bewohner von Waldenstein oder nur an Roland, Margaretha und meine Schwiegermutter denke.«

»Wir müssen es schaffen, uns Waldenstein zu sichern und Hanemann mit seinen ganzen Forderungen und Drohungen loszuwerden. Es gibt kein Zurück«, erinnerte Lyn sie. »Außerdem sind wir nicht allein bei diesen Gesprächen. Johan und die anderen Templer werden auch noch ein Wort mitzureden haben.«

Nach dem Frühessen versammelte Dominique de Charron alle, die an den Verhandlungen beteiligt waren, in seinem Rittersaal. Ausnahmsweise hatte Hannah ihre Tochter in die Obhut von Jeanne gegeben, die an der kurzfristig anberaumten Besprechung mit de Charron und seinen engsten Verbündeten nicht teilnahm. Dabei ging es um heikle Einzelheiten, die nur die Verhandlungspartner wissen durften und die zudem nicht Teil eines Dokuments werden würden. Ein Umstand, der Hannah aufs Neue beunruhigte, während sie froh war, Lyn an ihrer Seite zu haben, die sie wie eine Anwältin begleitete und mit der sie in ständigem Blickkontakt war.

In ihrer einfachen Reisekleidung kam Hannah sich plötzlich wie eine Bittstellerin vor, als sie auf die fünf offiziellen Vertreter der Patrizierfamilien von Metz trafen, die bereits am Tisch saßen und sie erwartungsvoll anschauten.

Deren Gewänder bestanden ausschließlich aus feinstem Brokat und waren mit wertvollen Pelzen und Edelsteinen besetzt. Hannah trug lediglich einen eleganten langärmeligen Surcot aus schwarzem Damast, der zwar eine gute Stoffqualität besaß, aber kein schmückendes Beiwerk, wie die Männer es vielleicht erwartet hätten, als Dominique de Charron sie als Gräfin Lichtenberg zu Waldenstein vorstellte. Blieb zu hoffen, dass man sie trotz ihres unauffälligen Auftritts als diejenige respektierte, die sie war: Die Vertreterin eines angesehenen Grafengeschlechts.

Kurz danach trafen auch Otho, Christian und Johan van Elk ein, die als Zeugen geladen waren.

Dominique de Charron nannte bei seiner Vorstellung die Namen der vier anderen Patrizier, doch Hannah war zu aufgeregt, um sie sich merken zu können. Mit Ausnahme des Henry Blanchard, den er ihr als ihren zweiten Verhandlungspartner vorstellte. Blanchard war ein attraktiver Kerl mit schulterlangen nussbraunen Haaren, der gleich neben ihr saß und sie und Lyn mit seinen stechend grünen Augen neugierig taxierte. Er war um einiges jünger als de Charron, vielleicht Mitte dreißig. Aber er besaß eindeutig sein volles Vertrauen.

Hannah hatte nicht die geringste Ahnung, welche Rolle die anderen drei in diesem seltsamen Spiel spielten. Nur so viel war ihr in Erinnerung geblieben: Dass sie allesamt Entscheidungsträger einer mächtigen Verbindung waren, die über das zukünftige Schicksal ihrer Familie und ihrer Freunde entscheiden würden.

Zu ihrer Erleichterung trugen Christian und Johan die bestehenden Probleme mit dem Hause Lichtenberg ohne Hannahs Beteiligung vor. Wobei sie nichts von einem vermeintlichen Mord an Johann I. erwähnten, sondern lediglich, dass der junge Hanemann von Lichtenberg offenbar zur Habgier neigte und alles daransetzte, um Gero seine Position als neuem Grafen und Burgherrn streitig zu machen. »Der Kerl schreckte nicht einmal davor zurück, die junge Gräfin zu entführen«, wandte Christian de Vrey mit zornigem Blick ein.

»In diesen Kreisen ist das leider ein gängiges Mittel, um seine Ansprüche durchzusetzen«, erklärte Henry Blanchard mit leicht ironischer Miene. »Tut mir leid, dass man Euch in der eigenen Familie so wenig Respekt entgegenbringt. Das unterscheidet die meisten Adligen von unseren Familien, in denen der Zusammenhalt eine weitaus größere Rolle spielt«, fügte er hinzu und betrachtete Hannah mit unverkennbarem Bedauern, weil auch sie offenbar keine Unterstützung durch ihre Familie erhielt.

»Das trifft nicht auf alle zu«, widersprach ihm Johan. »Graf Gerard von Lichtenberg zu Waldenstein ist zurzeit abwesend, weil er sich zusammen mit seinem ersten Offizier um die Befreiung von dessen Schwiegervater kümmert, der ebenfalls entführt wurde.«

»Aber er wurde nicht von Hanemann von Lichtenberg entführt, oder doch?«, hakte Dominique de Charron zum besseren Verständnis noch einmal nach.

»Nein«, versicherte ihm Johan, »sondern von Schergen der franzischen Inquisition, die fälschlicherweise behaupten, der arme Mann sei ein Ketzer.« Weiter ging er auf Geros Mission und die damit verbundenen Schwierigkeiten nicht ein. Das war auch nicht nötig, weil die Patrizier mit der Kirche traditionell auf Kriegsfuß standen. Schließlich wollte der Bischof von Metz beständig ihre Macht beschneiden.

»Diese Kirchenoberen mit ihren kruden Überzeugungen sind das eigentliche Unheil der Welt«, erklärte de Charron mit einem finsteren Blick. »Ohne die Inquisition und die lasche Haltung des Papstes wäre eine Verhaftung der Templer niemals möglich gewesen.«

»Graf Gerard von Lichtenberg zu Waldenstein hat nach der unrechtmäßigen Vernichtung der Templer durch den franzischen König seinen Dienst beim Orden quittiert und sich ins Private zurückgezogen«, führte Johan weiter aus. »Was sein gutes Recht ist als deutscher Adliger. Er hat sein Erbe angetreten, geheiratet und eine Tochter gezeugt. Weiterhin hat er brav seinen Zehnten gezahlt und sich seinen Verpflichtungen als Ritter unter dem Herzog von Lothringen gestellt. Hanemann von Lichtenberg hat nicht die geringste Veranlassung, sich über Graf Gerards Verhalten zu beschweren.«

Eine Erklärung, die den Ratsherren einleuchtete. Auch die anschließend beschriebene Habgier des jungen Lichtenbergers, der Gero das Erbe neidete, empfanden die fünf Männer als durchaus nachvollziehbar. Dementsprechend hatten sie keine Mühe, sich auf Geros Seite zu stellen.

»Und wie, Madame, gedenkt Ihr, unsere Unterstützung zu vergüten?« Henry Blanchard wandte sich als zweiter Verhandlungsführer nun direkt an Hannah und bestätigte damit Lyns Vermutung, dass die Ratsherren keine erklärten Wohltäter waren, sondern sich ihre Dienste anständig bezahlen ließen.

Hannah atmete tief durch, weil sie sich hätte denken können, dass die Hilfe der Patrizier nicht umsonst zu haben war, auch wenn de Charron zunächst den Anschein vermittelt hatte.

»Sagt mir erst, welche Summe Ihr Euch vorgestellt habt«, entgegnete sie taktisch klug.

»Drei Millionen Livres«, antwortete Blanchard kühn. »Ich schätze, dass die Ablösesumme, die der Herzog von Lothringen für Waldenstein mit all seinen Ländereien, Steinbrüchen und Wäldern fordern wird, mindestens zwei Millionen beträgt. Und wir wollen an der Vermittlung des Geschäfts ja auch noch etwas verdienen, nicht wahr?«

Hannah warf Johan einen hastigen Blick zu. Sie war nicht sicher, ob sie sich das leisten konnten. Er nickte kaum merklich, allerdings mit undurchsichtiger Miene. Was wäre, wenn es sich um eine astronomische Summe handelte, die selbst mithilfe der Gräfin nicht so einfach aufzubringen war?

»Vielleicht können wir Euch mit einer anderen Sache entlohnen, die weitaus mehr wert ist als alles Gold und Geld«, schlug Lyn für alle überraschend vor und zog damit nicht nur Hannahs Aufmerksamkeit auf sich, sondern auch die Blicke der übrigen Männer.

Blanchard grinste zweideutig. »An was hattet Ihr gedacht?«

»An Waffen«, gab Lyn gelassen zurück.

»Waffen?«, fragte er verblüfft.

»Was, um Himmels willen, wisst Ihr über Waffen, meine Teuerste?«, wollte nun auch Dominique de Charron wissen.

»Wie Ihr Euch vielleicht denken könnt«, antwortete Lyn, »stamme ich aus Cathay, einem Riesenreich im Osten dieser schönen Welt. Unsere Kaiser nutzten bei ihren Kriegen schon seit Hunderten von Jahren sehr erfolgreiche Feuerwaffen, sogenannte Kanonen. Sie verschießen Kugeln aus Eisen bis zur Größe einer Melone. Sie werden mittels Schwarzpulver und ein paar anderen Zutaten aus dazu passenden eisernen Rohren abgefeuert. Eine solche Kugel fliegt mehr als tausend Fuß weit und besitzt die vielfache Zerstörungskraft eines herkömmlichen Katapultgeschosses. Dabei sind Kanonen sehr viel leichter zu transportieren und auch nicht so aufwändig in der Herstellung wie ein Katapultgeschoss. Außerdem sind sie nahezu unzerstörbar.«

Blanchard und seine Mitstreiter schienen für einen Augenblick sprachlos zu sein. De Charron sprang für seinen Sitznachbarn ein.

»Und Ihr wisst, wie man so etwas herstellt?«, versicherte er sich mit einem ungläubigen Blick.

»Sonst würde ich es Euch nicht anbieten. Ich kann Euren Schmieden und Waffenmeistern einen detaillierten Plan liefern, auf welche Weise man eine solche Waffe konstruiert und Euren Alchemisten eine Anleitung schreiben, wie die Mischung des Schießpulvers beschaffen sein muss, um für eine angemessene Sprengleistung zu sorgen. Das ist nämlich – neben einer korrekten Legierung des Eisens für das Rohr – entscheidend für den Erfolg.«

Die Männer schauten sich abwechselnd mit bedeutungsvollen Blicken an. Dann wandte Blanchard sich an die Templer, die von Lyns Angebot genauso überrascht zu sein schienen wie ihre Verhandlungspartner.

»Wieso habt Ihr eine solche Waffe selbst noch nicht zum Einsatz gebracht?«, fragte Blanchard. »Ihr müsstet sie doch längst haben?«

»Weil sie eine furchtbare Zerstörungskraft besitzt«, erwiderte Johan van Elk geistesgegenwärtig, der unvermittelt ahnte, worauf Lyn hinauswollte. »Bei dieser Erfindung gibt es einen christlich moralischen Aspekt. Im Orden hat man sich um die vielen Menschen gesorgt, die damit auf einen Schlag getötet werden könnten. Der praktische Grund ist, dass wir diese Kanone bisher noch nicht zum Einsatz bringen mussten. Und das ist auch gut so.«

Othos Oheim und seine Patrizier ließen sich von Johans letztem Satz nicht beirren. Sie hatten sozusagen Blut geleckt und wollten, dass die Frau aus Cathay ihnen auf der Stelle Pläne für die Herstellung dieser Waffe vorlegte.

»Moment noch.« Hannah sah ihre Chance gekommen. »Vorher will ich, dass wir einen Vertrag aufsetzen. Wir sorgen für die Waffen. Ihr sorgt dafür, dass Hanemann von Lichtenberg uns in Ruhe lässt, und zwar für alle Zeiten.«

»Lasst das getrost meine Sorge sein«, erwiderte de Charron mit einem jovialen Lächeln. »Fertigt uns hier vor Ort eine grobe Skizze der neuartigen Waffe an, und wenn uns Euer Vorschlag überzeugt, entsenden wir noch heute einen Unterhändler zum Herzog von Lothringen. Er wird dem Herzog ein Angebot für Waldenstein unterbreiten, das er unmöglich ablehnen kann. Und sobald wir von Euch die vollständigen Pläne für die Waffe erhalten, übertragen wir Euch und Eurem Gemahl die alleinigen Rechte an der Burg und zwar ohne jede weitere Zahlung.

Einzige Bedingung ist, dass Ihr uns fortan bei der Herstellung dieser neuartigen Kanone unterstützt, falls noch Fragen aufkommen sollten. Eine solche Waffe können wir bestens gebrauchen, um die Angriffe unserer ungeliebten Nachbarn abzuwehren. Unter anderem den Herzog selbst. Was voraussetzt, dass Ihr striktes Stillschweigen über unsere Verhandlungen wahrt.«

»So soll es sein«, bestätigte Lyn seine Forderungen.

Wenig später präsentierte sie den offiziellen Vertretern der Stadt Metz eine absolut perfekte Zeichnung einer mittelalterlichen Kanone, die in dieser Form frühestens in vierzig Jahren existieren würde. Die fünf Patrizier und auch die anwesenden Templer hatten Lyn interessiert und voller Staunen bei der Erstellung der Skizze beobachtet. »Ich könnte Euch noch eine Menge mehr nützliche Erfindungen aus meiner Heimat zeigen«, ermunterte sie de Charron und seine Verbündeten in ihrer Entscheidungsfindung, »aber das hier ist erstmal die wichtigste, denke ich.«

Henry Blanchard blickte sie immer noch ungläubig an. »Ihr macht mich sprachlos mit Eurem Erfindungsgeist«, murmelte er, außer sich vor Erstaunen, »und dazu noch als Frau.«

»Nun müsst Ihr nur noch Euren Teil des Versprechens einlösen«, erinnerte ihn Hannah, die inbrünstig hoffte, dass diese vermeintlichen Mafiabosse wie versprochen zu ihrem Deal stehen würden.

»Gewiss.« De Charron nickte zufrieden und warf Hannah einen erleichterten Blick zu. »Ich werde gleich im Anschluss an unsere Unterredung ein Pergament aufsetzen, in dem Ihr mir Eure volle Geschäftsfähigkeit als Gräfin von Lichtenberg zu Waldenstein und Eure Zustimmung für das Geschäft mit Unterschrift versichert. Denn nur dann können wir mit dem Herzog in Verhandlung über Burg Waldenstein und die Ländereien treten.«

»Und wie soll das vor sich gehen?« Hannah schaute ihn zweifelnd an. Die Sorge, womöglich einen gravierenden Fehler zu begehen, indem sie das Schicksal von Waldenstein ohne Mitwissen der Gräfin in die Hände eines Fremden legte, ließ sie nicht los.

»Wenn der Herzog von Lothringen uns Burg Waldenstein verkauft und wir mit diesem Kauf seine Schulden bei uns verringern, hat Hanemann keinen weiteren Anspruch auf Euren Besitz. Und wo er keinen Anspruch hat, kann er auch nichts einfordern. Ganz gleich, was er Euch vorwirft. So einfach ist das«, erklärte ihr de Charron mit einem Schulterzucken. »Unmittelbar danach werden wir einen zweiten Vertrag aufsetzen, den die Ratsherren von Metz und Ihr gemeinsam unterzeichnen werdet, dass die Burg nach unserem vollzogenen Handel mit der Kanone Euch gehört. Doch wir sollten uns beeilen, damit wir die Ersten sind, die Herzog Ferry davon überzeugen können, dass er auf unser Angebot eingehen muss.«

Hannah warf Johan van Elk und Christian de Vrey einen unsicheren Blick zu, doch die beiden nickten erleichtert, also tat sie es auch.

»Ich kann gar nicht sagen, wie dankbar ich Euch bin«, sagte Hannah wenig später zu Dominique de Charron, nachdem auch die anderen Ratsherren dieser Variante mit Ihrer Unterschrift zugestimmt hatten.

»Das ist doch ein wunderbarer Feldzug, bei dem am Ende alle bekommen, was sie sich wünschen«, lobte er Hannah, die nicht wusste, was sie von einem solchen Kompliment halten sollte.

»Apropos Feldzug«, warf sie hastig ein. »Mir wäre es recht, wenn mein Gemahl nicht mehr für den Herzog oder wen auch immer in den Krieg ziehen müsste. Lässt sich das machen?« Sie warf de Charron einen treuen Blick zu.

Zunächst blinzelte er verwirrt, weil eine solche Forderung anscheinend die Ausnahme war. Dann besann er sich und meinte jovial: »Ja – macht Euch keine Sorgen, das können wir gleich mit in den Vertrag aufnehmen. Als zukünftige und alleinige Besitzer der Burg seid Ihr ohnehin niemandem mehr verpflichtet. Und falls der Herzog oder wer auch immer Waldenstein mit Gewalt erobern will, dürfte die von Euch entworfene Kanone fertig sein, und wir können sie gleich auf Tauglichkeit überprüfen.« Er grinste listig. »Und bis sämtliche Abmachungen erledigt sind und die Kanone gebaut ist, bleibt Ihr selbstverständlich meine Gäste«, verkündete er mit einem eigentümlichen Lächeln und zwinkerte seinen Mitstreitern zu, ohne Hannah und die Templer um ihre Zustimmung zu bitten. Für ihn war die Sache klar. Solange der Deal nicht erfüllt war, hielt er sie als seine Geiseln, wenn auch mit allem Komfort.

»Denkst du, wir haben das Richtige getan?« Hannah warf Lyn einen unsicheren Blick zu, als sie wenig später in ihre Kammer zurückkehrten. »Wie willst du an die notwendigen Zutaten für das Schwarzpulver herankommen? Und was passiert, wenn das Gießen des Kanonenrohrs nicht hinhaut?«

»Lass das nur meine Sorge sein«, erklärte Lyn ihr gelassen. »Erinnerst du dich noch an die Eroberung der Festung von Askalon? Das Loch, das die Templer in die Stadtmauer gesprengt haben? Jack Tanner hat ihnen das Zeug für die Sprengung zusammengemischt. Das ist wirklich keine hohe Kunst. Man muss nur wissen, welche Inhaltsstoffe man benötigt und in welchem Mischungsverhältnis.«

»Ja, ich erinnere mich«, gab Hannah mit Schaudern zurück, die nie vergessen würde, wie Gero gut einhundertfünfzig Jahre zuvor bei dem Angriff der Templer auf die Fatimiden im Heiligen Land sein Leben aufs Spiel gesetzt hatte. Sie hatte das Ganze aus der Ferne beobachtet und befürchtet, dass er zu den unzähligen Opfern zählte, die dieser Angriff auf beiden Seiten gefordert hatte. »Was ist, wenn bei der Geschichte etwas schiefgeht – oder wenn diese Typen uns übers Ohr hauen und die Kanone ohne uns bauen und gleichzeitig die Burg für sich behalten?«

»Ich werde die Pläne zum Bau der Waffe so abfassen, dass sie es ohne mich nicht hinbekommen«, erklärte Lyn ihr optimistisch. »Das letzte Puzzleteilchen erhalten sie erst, wenn sie uns die Übertragung der Rechte an Burg Waldenstein mitsamt den Ländereien mit Brief und Siegel übergeben haben.«

»Was macht dich so sicher, dass die Sache tatsächlich funktioniert?«

»Weil meine historischen Dateien mir anzeigen, dass die Ratsherren von Metz im Jahre 1324 zum ersten Mal eine Kanone gegen die Truppen des Herzogs von Lothringen einsetzen werden, obwohl diese Waffe offiziell erst dreißig Jahre später im Hundertjährigen Krieg erfunden wird. Zeitgleich werden Dominique de Charron und seine Mitstreiter ab dieser Zeit dick ins Waffengeschäft einsteigen. Waldenstein ist im Verhältnis zu ihrem Gewinn, den sie später mit der Herstellung von Kanonen machen werden, eine geradezu bescheidene Investition. Glaub mir, de Charron und seine Leute überlegen sich gut, wofür sie ihr Geld ausgeben. Du kannst sie mit Konzernbossen vergleichen, die ihre Ausgaben und Gewinne scharf kalkulieren.« Lyn zwinkerte ihr zu. »Mach dir keine Sorgen, wir werden uns Waldenstein auch ohne Geros Anwesenheit zurückerobern.«

Hannah runzelte die Stirn. »Wenn du schon von ihm sprichst – hast du inzwischen irgendwas von ihm und den anderen gehört? Geht es ihnen gut?«

»Alles bestens«, log Lyn, die sich denken konnte, dass es bei Rona und ihren Begleitern gerade alles andere als glatt lief. Ansonsten hätte sich ihre Schwester längst gemeldet und ihr gesagt, dass sie Amelies Vater aus dem Kerker gerettet hatten.

»Wenn du es sagst«, murmelte Hannah und schien nicht wirklich überzeugt. »Sag Rona bitte nichts von unseren Schwierigkeiten. Ich möchte nicht, dass Gero sich beunruhigt, schon gar nicht, weil wir so kurz vor dem Ziel stehen.«

•

Der Abend dämmerte bereits, als Hanemann von Lichtenberg und Helias Baillie mit ihrer restlichen Truppe Gondreville erreichten und damit das Zentrum der Macht der Herzöge von Lothringen.

Der beschauliche Ort lag in unmittelbarer Nähe zur Mosel und wurde von einer dicken Schutzmauer umschlossen. In der Mitte erhob sich das Schloss der Herzöge von Lothringen, das keinesfalls schön anzusehen war, sondern eher dick und rund auf einer künstlichen Erhebung saß, wie eine Henne auf ihrem Ei. Weil in der Stadt längst zu wenig Platz war, klebten etliche hohe Wohngebäude wie Schwalbennester an der äußeren Verteidigungsmauer und waren somit dem Angriff möglicher Feinde schutzlos ausgesetzt.

Am Haupteingang zur Stadt, einem orientalisch gemauerten Spitzbogentor, langweilten sich vier Wachleute, die am Ende des Tages keinen großen Ehrgeiz mehr besaßen, die letzten Rückkehrer und Handelsreisenden, die Einlass begehrten, noch gründlich zu durchsuchen. Ihr Dienst war ohnehin fast beendet, weil die Glocke der einzigen Kirche in Kürze zur zehnten Stunde läutete und das Tor bis zum nächsten Morgen geschlossen blieb.

Helias Baillie preschte auf seinem Hengst vor, um den müden Soldaten seine Legitimation als Agent der franzischen Krone zu präsentieren. Was die Männer nicht sonderlich beeindruckte, wie Hanemann von Lichtenberg zu seinem Erstaunen feststellen musste.

»Wo wollt Ihr hin?«, fragte einer der Wächter, ein grober Klotz, der mit seinen kleinen braunen Augen und der breiten Nase wie ein zu groß geratener Waldschrat aussah.

»Wir müssen dringend beim Herzog von Lothringen vorsprechen«, meldete sich Hanemann mit erhobener Stimme zu Wort und präsentierte sein Wappenbuch, das ihn als Familienoberhaupt der Herren von Lichtenberg legitimierte.

»Habt Ihr eine Einladung erhalten?«, fragte der Wächter.

»Nein, und die brauche ich auch nicht«, behauptete Hanemann frech. »Schließlich bin ich sein Lehnsnehmer und er ist mein Herr, der sich verpflichtet hat, mich und die Meinen zu beschützen, wenn es notwendig ist. Das bedeutet, wenn sich ein Ungemach ankündigt, ist der Herzog der Erste, der davon erfahren sollte. Also lasst uns passieren, bevor dieses Ungemach Euch als Erstes verschlingt.«

Der Wächter kratzte sich den schwarzen Bart und verengte seine ohnehin schon kleinen Augen, als ob er überlegen müsse.

Hanemann verengte seine Lider ebenfalls und holte tief Luft, um seinen nächsten Protest loszuwerden. Doch der Wachmann besann sich eines Besseren.

»Ihr könnt passieren«, bemerkte er dumpf und ruderte mit seinem kurzen Arm in Richtung Innenstadt. »Aber meldet Euch sogleich beim Hofmeister, damit er Euch beim Herzog ankündigen kann.«

»Was denn sonst«, ereiferte sich Hanemann und gab seinen restlichen Soldaten ein Zeichen, ihm zu folgen.

Baillie rutschte ungeduldig in seinem Sattel hin und her. Sein Bein bereitete ihm immer noch starke Schmerzen. Die Wunde hatte sich entzündet und auch seine Hand wollte nicht richtig heilen. Zusammen mit den bisherigen Ereignissen erschien ihm das Ganze tatsächlich wie eine späte Rache des vermeintlichen Zisterziensers, den er im Wald von Bettnach-Weiler getötet hatte.

»Habt Ihr schon eine Idee, wie wir die Unterredung mit dem Herzog eröffnen?«, wollte er von dem jungen Lichtenberger wissen.

»Wir werden ihm alles berichten, was wir über Gero von Breydenbach wissen«, beschied Hanemann ungeduldig und trieb seinen Hengst durch die sich langsam leerenden Gassen.

»Wobei es fraglich sein wird, ob wir heute Abend noch eine Audienz erhalten«, gab Baillie zu bedenken.

»Wenn nicht heute, dann gleich morgen früh«, knurrte Hanemann und befahl mit einem Wink einen seiner Offiziere heran. »Zieh los und schau dich nach einer passenden Unterkunft für uns um. Aber kein solcher Dreckstall wie beim letzten Mal.«

Als sie wenig später den schmucklosen Palas des Herzogs erreichten, hatte man am Tor zum Innenhof der Burganlage bereits die Feuerkörbe entzündet. Die beiden Wachen, die den Zugang kontrollierten, beäugten Hanemann und sein Gefolge mit geflissentlichem Misstrauen.

»Wir wollen zum Herzog«, forderte Hanemann und richtete sich im Sattel seines schneeweißen Hengstes auf, um größer zu wirken, als er tatsächlich war.

»Zu so später Stunde? Habt Ihr einen Passierschein?« Der Wachsoldat leuchtete mit seiner Fackel nicht nur Hanemann, sondern auch Baillie ins Gesicht.

»Nein, aber wir sind treue Untertanen«, argumentierte Hanemann stur und zückte abermals sein Wappenbuch, das er dem verdutzten Kerl anschließend vor die Nase hielt. »Sagt ihm, Hanemann von Lichtenberg ist hier und möchte bei ihm vorsprechen. Und dieser Mann«, fuhr er ungerührt fort und deutete auf Baillie, »ist ein Vertreter der Gens du Roi, Geheimpolizei des Königs von Franzien. Unser Anliegen duldet keinen Aufschub. Ich bin sicher, der Herzog ist uns dankbar und gewogen, wenn wir ihn so rasch wie möglich über die vorgefallenen Geschehnisse unterrichten.«

»Wartet hier«, erklärte der Wachmann ungehalten und besprach sich flüsternd mit seinem Nebenmann. »Ich werde einen Boten in den Palas schicken«, informierte der Mann sie anschließend mit einem gleichgültigen Blick. »Der Herzog soll selbst entscheiden, ob er Euch zu so später Stunde noch empfangen will.«

»Warum dauert das so lange?«, ereiferte sich Hanemann, als die Zeit verrann, während die Dämmerung bereits in die Nacht überging und der Bote noch immer nicht zurück war. »Wenn die Glocke zur Schlafenszeit läutet, macht es keinen Sinn mehr, dass er uns empfängt.«

»Vielleicht hätten wir besser bis morgen früh warten sollen«, raunte Baillie ihm von der Seite zu, während im Hintergrund die Pferde der übrigen Truppe ungeduldig schnaubten und mit den Hufen scharrten, als hätte Hanemann ihnen den Befehl dazu erteilt.

Als der Bote nach einer gefühlten Ewigkeit neben dem Wachmann auftauchte und ihm wieder etwas ins Ohr flüsterte, wollte Hanemann schon erleichtert aufatmen. Doch im gleichen Moment erschien ein stattlicher Mann in einer eleganten Robe. Es war der erste Adjutant des Herzogs, der stellvertretend für seinen Herren nach dem Rechten sehen wollte. Er hob die Hand, wie um Hanemann und sein Gefolge abzuweisen, nachdem er die Truppe beiläufig inspiziert hatte.

»Der Gesandte des Königs kann passieren. Es soll sich vorher aber ausweisen, sonst kommt er nicht rein.«

»Was hat das nun zu bedeuten?«, ereiferte sich Hanemann und warf dem Adjutanten einen verständnislosen Blick zu.

»Der Herzog liegt schon im Bett und ist nicht bereit, ein ganzes Heer zu empfangen. Er sagt, wenn es so dringend ist, dass ein Gesandter des Königs um diese Zeit auf seinem Hof auftaucht und ihn sprechen will, möge er vortreten und ihm sagen, worum es ihm geht. Der Herzog entscheidet dann, ob er weitere Gesandte am morgigen Tag empfangen will oder ob sich das Gesuch bis dahin erledigt hat.«

»Das kann er nicht machen!«, krakeelte Hanemann nun lautstark. »Immerhin geht es hier um meinen Besitz und um meine Verwandtschaft und nicht um den Besitz des Königs von Franzien!«

»Warum führt Ihr dann den Gesandten des Königs ins Feld, wenn er gar nichts mit der Sache zu tun hat? Glaubt mir, der Herzog hat es nicht gerne, wenn er mit falschen Argumenten hinters Licht geführt wird. Schon gar nicht, wenn man ihn damit von seiner wohlverdienten Nachtruhe abhält.«

»Ich gehe mit. Allein«, mischte Baillie sich nun ein, der ahnte, dass die ganze Geschichte komplett schiefgehen konnte, wenn Hanemann weiterhin so störrisch blieb. »Die Angelegenheit ist wahrlich von größter Wichtigkeit und betrifft nicht nur die Herren von Lichtenberg, sondern auch das gesamte Herzogtum Lothringen und König Louis X. zugleich, in dessen Auftrag ich unterwegs bin.«

»Nun gut, dann folgt mir«, beschied der Adjutant und gab Baillie einen Wink. Hanemann blieb murrend zurück und machte ein Gesicht wie ein begossener Hund.

Baillie war es ganz recht, dass Hanemann vor den Toren des Palas blieb. Dann konnte er wenigstens kein dummes Zeug quatschen und damit das gesamte Unternehmen gefährden.

Der Adjutant führte ihn mit eiligen Schritten in den Palas, und hastete mit ihm die breiten Treppen hinauf in den dritten Stock, wo sich das Schlafgemach des Herzogs befand, wie er Baillie beiläufig informierte.

Obwohl die Burg selbst von eher einfachem Zuschnitt war, bot der Palas des Herzogs einen beträchtlichen Luxus. Kostbare Wandteppiche, wohin das Auge blickte. Dazu Jagdtrophäen in Gestalt prächtiger Hirschgeweihe, Schädel und Hörner von gewaltigen Auerochsen und riesige Bärentatzen, die im Treppenaufgang die Wände schmückten.

Baillie war im Übrigen nicht sonderlich verwundert, schon gar nicht zu dieser Zeit, als es plötzlich hieß, der Herzog würde ihn im Nachtgewand empfangen. Außerdem war es nicht unüblich, dass bedeutende Männer ihre Verhandlungspartner im Bett liegend empfingen.

Oben angekommen, war bereits von Weitem das Kichern von Weibern zu hören, was Baillie erstaunte, da Männer und Frauen gewöhnlich nicht auf einer Etage logierten, es sei denn, es handelte sich um die Ehefrau des Hausherrn, aber die würde ihm der Herzog wohl kaum im Nachthemd präsentieren. Zudem hatte man vor der Tür des Gemachs einen Wachmann postiert, der bis an die Zähne bewaffnet war.

Die Frage, ob Isabella von Lothringen, die Ehefrau des Herzogs und Tochter von König Albrecht I., zu Hause weilte, erübrigte sich, als die Tür zum Gemach des Herzogs aufsprang und ein paar halbnackte schnatternde und kichernde Mägde in fadenscheinigen Gewändern wie eine Schar flüchtender Gänse auf den Flur hinausstürmten. Sie eilten an Baillie und seinem Begleiter vorbei, ohne die beiden eines Blickes zu würdigen, und verschwanden im Treppenhaus. Baillie war unterdessen aufgefallen, dass sie allesamt ihr Haar offen trugen und ihre spärliche Kleidung mehr nur derangiert wirkte.

Der Wachhabende, der vor der Tür postiert war, ließ Baillie nach einer kurzen Unterredung mit dem Adjutanten eintreten.

Der Herzog selbst saß im Bett, nur mit einem dünnen Leinenhemd bekleidet, und grinste zufrieden über sein breites, bärtiges Gesicht wie ein satter Säugling nach einer üppigen Mahlzeit. Erst als er seinen unvermuteten Besuch erblickte, wurde er schlagartig ernst. Baillie hoffte, den hohen Würdenträger mit seinem Auftritt zur späten Abendzeit nicht verärgert zu haben, denn dessen Miene nahm einen grimmigen Ausdruck an.

»Wer bist du, wer hat dich entsandt und was ist verdammt nochmal so eilig, dass ich für dich meine allabendlichen Freuden unterbreche?«

»Verzeiht … äh … die Störung«, stammelte Baillie, der sich erst sammeln musste, um die Chance, die diese Audienz ihm bot, nicht zu vertun. »Ich bin Agent der Gens du Roi und im Auftrag von König Louis X. auf der Suche nach versprengten Templern«, begann er schließlich mit getragener Stimme und straffte dabei seine Schultern vor dem Herzog, der mindestens doppelt so breit war wie er selbst.

Der Herzog stutzte und brach dann in schallendes Gelächter aus. »Sagt, dass das nicht wahr ist«, krächzte er schließlich außer Atem. »Deshalb steht Ihr hier in meinem Schlafgemach?«

Baillie nickte stumm. Hatte er eben noch gedacht, seine Erklärung würde zusammen mit einem respektvollen Auftreten ausreichen, um den Herzog von der Ernsthaftigkeit seines Anliegens zu überzeugen, verwandelte sich der Gesichtsausdruck von Ferry IV. nun in eine erzürnte Grimasse.

»Wollt Ihr mich zum Narren halten?«, brüllte der Herzog ihn mit hochrotem Kopf an. »Warum, um des Heiligen Heilands willen, sollte der König von Franzien noch immer an entlaufenen Templern interessiert sein? Könnt Ihr mir das vielleicht verraten? Die ganze unappetitliche Angelegenheit ist seit fast zehn Jahren Geschichte. Und was, in Gottes Namen, sollte ich dazu beitragen können? Wenn Euch nicht augenblicklich etwas Besseres einfällt, um zu dieser Zeit mit einem solchen Unsinn vor meinem Bett aufzukreuzen, lasse ich Euch in hohem Bogen aus meinem Palast werfen, habt Ihr verstanden?«

»Gewiss, Herr«, beeilte sich Baillie zu sagen und verbeugte sich hastig. Dabei überlegte er fieberhaft, welchen Köder er stattdessen vor dem Herzog auslegen konnte, damit der Kerl trotzdem anbiss. Wobei er ihm weder etwas vom Teufel noch von einem Heiligen Gral erzählen konnte. Allenfalls diverse Schätze wären ein adäquates Mittel, den Herzog zu locken.

»Ich bin nicht allein hier, Herr«, begann er zögernd. »Johann II. Landgraf von Lichtenberg wartet unten und erhofft Euren Beistand. Es geht um Burg Waldenstein an der Mosel, deren oberster Lehnsherr Ihr seid. Graf Gerard von Lichtenberg zu Waldenstein, ein weitläufiger Cousin des jungen Landgrafen, hat seinen Titel zu Unrecht erhalten. Er ist ein ehemaliger Templer und wird nach wie vor vom franzischen König mit Haftbefehl gesucht. Er hat auf seiner Flucht in die deutschen Lande franzische Soldaten getötet. Nun hat er auch noch Johann I. von Lichtenberg auf dem Gewissen, einen hochdekorierten Kriegshelden unter Albrecht von Habsburg und Oheim von Johann II. von Lichtenberg. Ich möchte Graf Gerard von Lichtenberg zu Waldenstein im Auftrag des Königs von Franzien gefangen nehmen und der Heiligen Inquisition übergeben. Doch dazu benötige ich Eure Erlaubnis und Unterstützung als dessen Lehnsherr. Nach der Verhaftung seines Cousins möchte Johann II. von Lichtenberg Burg Waldenstein als Lehen zurück in die Obhut seiner Familie nehmen, damit er das Lehen einem würdigen Nachfolger überantworten kann.«

»Abgesehen davon, dass mir die Familienfehden der Lichtenberger scheißegal sind«, verkündete der Herzog ungerührt, »habe ich mit dieser ganzen Sache nicht mehr das Geringste zu tun. Und nun seht zu, dass Ihr verschwindet. Ich habe genug andere Sorgen, als mich mit so einem Mist zu beschäftigen.«

»Verzeiht, mein Herr«, antwortete Baillie irritiert. »Wie soll ich das verstehen? Immerhin geht es hierbei um ein Anliegen des Königs von Franzien, mit dem Ihr, soweit ich weiß, eng verbunden seid. Warum wollt Ihr uns nicht helfen, diesen Templer zu enteignen und zu fassen?«

»Weil«, begann der Herzog gefährlich leise, »mir Burg Waldenstein seit heute Nachmittag nicht mehr gehört. Ich habe sie mit allen Ländereien an die Ratsherren der Stadt Metz verkauft, die mir einen unschlagbar hohen Preis dafür geboten haben. Johann II. von Lichtenberg wird in den nächsten Tagen eine Urkunde zugesandt bekommen, die ihn von allen Pflichten bezüglich Waldensteins und seiner Ländereien entbindet. Die Ratsherren sind nun für die Vergabe des Lehens zuständig. Wendet Euch dorthin, wenn Ihr Unterstützung benötigt. Und nun verlasst mein Haus. Ich habe Euch schon genug meiner kostbaren Zeit geopfert.« Er machte eine wedelnde Handbewegung in Richtung seines Adjutanten, der die ganze Zeit geduldig am Ende des Bettpfostens verharrt hatte. Nun packte er Baillie am Arm, um höchstselbst dafür zu sorgen, dass der sich schleunigst unter dem ungeduldigen Blick des Herzogs entfernte.

»Was hat er gesagt?« Hanemann starrte Baillie unwirsch an, als er zur Truppe zurückkehrte.

Baillie antwortete nicht sofort, sondern saß schweigend auf seinem Hengst auf, bevor er das Wort ergriff. »Er hat gesagt, dass er Waldenstein an die Ratsherren von Metz verkauft hat und ihn die ganze Angelegenheit nichts mehr angeht.«

Hanemann riss ungläubig die Augen. »Er hat *was?*«

Baillie runzelte die Stirn. »Habe ich mich undeutlich ausgedrückt? Der Herzog hat die Burg an die Ratsherren von Metz verkauft – mit allem, was dazugehört. Und er hat gesagt, dass die Abschrift der Urkunde über diesen Handel bereits auf dem Weg zu Euch ist. Und falls Ihr noch Fragen habt, sollt Ihr Euch an die Ratsherren wenden.«

»Ich wusste es«, flüsterte Hanemann, wobei sein Blick noch irrer war als zuvor. »Diese Templer stehen mit dem Teufel im Bunde.«

»Ich fürchte eher, sie haben bessere Verbündete als wir«, schob Baillie ärgerlich hinterher.

»Aber wenn sie denken, ich gebe mich geschlagen«, spie ihm Hanemann voller Hass entgegen, »haben sie sich getäuscht. Ich werde mich rächen.«

Baillie hob eine Braue. »Und wie soll diese Rache aussehen?«

»Ich werde Gero von Breydenbach das nehmen, was ihm am wertvollsten ist. Ich werde seine Frau und seine Tochter aufspüren und sie in den tiefsten Kerker verbannen, den ich finden kann. Und wenn er sie retten will, sind sie verhungert, und es ist zu spät.«

»Klüger wäre, sie dem König von Franzien zu überlassen«, widersprach ihm Baillie. »Dann sind die beiden wenigstens noch zu etwas nütze.«

KAPITEL 47

MAI 1316
KÖNIGREICH FRANZIEN / DOMAINE ROYAL /
CARCASSONNE

Veteranen

Während sie auf einem bewaldeten Hügel eine kurze Rast eingelegt hatten, spähte Khaled durch Anselms Fernglas, um die Umgebung der Festung genauer in Augenschein zu nehmen, die ungefähr eine halbe Stunde Ritt entfernt in der Sonne glänzte. Er hoffte eine Stelle zu finden, von wo aus man unbemerkt zu den Zinnen emporklettern konnte. »Hineinzukommen stelle ich mir nicht so schwierig vor«, gab er zu bedenken: »Wieder rauszukommen, schon eher. Zumal mit dem Alten und den beiden Frauen.«

Anselm betrachtete mit zweifelndem Blick die hoch aufragenden, massiven Mauern von Carcassonne mit den zahlreichen Türmen, die selbst siebenhundert Jahre später noch Menschen aus aller Welt anziehen würden. »Gibt es schon einen Plan, wie wir möglichst unbeobachtet in die Festung hineinkommen können?«, erkundigte er sich vorsichtig.

Gero stieß beim Anblick der stark bewachten Stadt ein gereiztes Schnauben aus. »Noch nicht. Aber ohne Plan können wir es gleich ganz vergessen, selbst wenn wir doppelt so viele Kämpfer hätten. Es bedarf zuvor einer reiflichen Überlegung, wenn man jemanden befreien will, der in einer solchen Anlage im Kerker sitzt. Leider fällt mir zurzeit nichts Brauchbares dazu ein. Ich weiß nicht, wie es euch geht, aber ich könnte gerade im Stehen einschlafen und habe nur noch Nebel im Kopf.«

»Mir geht es ähnlich«, brummte Pierre und klopfte ihm tröstend auf die Schulter. »Zu lange im Sattel und zu wenig Schlaf, würde ich meinen. Außerdem schmerzt mir der Steiß. Ich fürchte, ich werde langsam alt.«

Sie waren mit nur wenigen Pausen den ganzen Tag durchgeritten und die halbe Nacht, bevor sie am darauffolgenden Morgen endlich ihren Zielort erreicht hatten. Dabei mussten sie ständig auf der Hut sein, um nicht von patrouillierenden Söldnern der franzischen Krone entdeckt zu werden. Inzwischen waren alle von dem ›Katz-und-Maus-Spiel‹ mit de la Motte und seinen Truppen zutiefst erschöpft.

»Ein paar zuverlässige Verbündete wären jetzt nicht schlecht«, fügte Stephano trocken hinzu. »Die sich hier auskennen und uns unterstützen.«

Arnaud betrachtete nachdenklich die Tonsur des Assassinen, die ihm Rona für die Mission in Toulouse rasiert hatte. »Vielleicht können wir es wieder als Mönche versuchen?«

»Davon halte ich nichts«, widersprach ihm Pierre. »De la Motte ist nicht blöd, und Bernardus Guidonis ist ebenfalls ein gerissener Hund. Wir können uns glücklich schätzen, wenn sie uns nicht mit einer Eskorte empfangen. Sie wissen, dass wir hier sind. Und ich gehe jede Wette ein, sie lauern bereits darauf, dass wir einen Fehler begehen, um uns so einfach wie möglich festsetzen zu können. Daher werden sie alles tun, um uns den Eindruck zu vermitteln, kein Interesse an uns zu haben. Zugleich werden sie jeden noch so abgelegenen Winkel von ihren Spitzeln und Soldaten überwachen lassen. Wir benötigen also jemanden, der sich bestens dort drüben auskennt und der regelmäßig auf der Festung ein und aus geht und dem wir zugleich bis ins Mark vertrauen können.«

»Und wer sollte das sein?«, raunte Struan, während er mit seinen schwarzen Augen ungeduldig in Pierres Richtung blickte.

»Lasst euch überraschen«, antwortete Pierre mit einem Augenzwinkern. »Der Mann, der für eine solche Aufgabe infrage kommt, war früher ebenfalls ein Templer. Er hat nach seiner Befreiung ein vollkommen neues Leben begonnen und unter anderem Namen die Tochter eines reichen Viehhändlers hier ganz in der Nähe geheiratet. Er züchtet einheimische Rinder im großen Stil. Zudem arbeitet er mit seinen Männern als Spitzel für das Königreich Aragón.«

Gero hob eine Braue. Er mochte es nicht, wenn Pierre aus allem ein Geheimnis machte. Obwohl er einsah, dass der bestens organisierte Lombarde bei der Befreiung inhaftierter Ordensbrüder sein Ziel nur mit einer gut dosierten Mischung aus Verschwiegenheit und Vertrauen erreichte.

»Kannst du uns nicht wenigstens sagen, wohin die Reise geht?«

»Nach Quillan«, beantwortete Pierre die Frage, nachdem alle wieder aufgesessen waren und ihm bedingungslos folgten, während er seinen Hengst antrieb. »Der Ort hat den Vorteil, dass er auf dem Weg nach Süden zum Pech de Bugarach liegt, und auch nach Carcassonne im Osten sind es nur ein paar Stunden Ritt«, klärte er seine Begleiter auf dem Weg nach Süden auf, der sie zunächst von ihrem angestrebten Einsatzort wieder wegführte. »Ich bin sicher, wir werden bei dem von mir auserwählten Bruder die notwendige Unterstützung finden, um unsere Pläne in die Tat umzusetzen.«

»Was hat er vor?« Rona, die sich um Aubry kümmerte, der – wenn auch widerwillig – vor ihr im Sattel saß, ritt neben Gero, nachdem Arnaud zur Spitze ihres Trecks weitergezogen war, und blickte ihn fragend an.

»Pierre kennt mal wieder irgendwen, der irgendwen kennt«, antwortete Gero lakonisch. »Ich hoffe nur, dass dieser Jemand tatsächlich loyal ist und uns helfen kann, in die Festung zu gelangen, sonst haben wir nur Zeit verschwendet. Hast du irgendwas von Lyn gehört?«, fragte er beiläufig, obwohl er sich inzwischen ziemliche Sorgen um Hannah und Waldenstein machte. »Ich meine, ist wenigstens zu Hause alles in Ordnung?«

»Wenn nicht, hätte Lyn sich garantiert bei mir gemeldet«, beruhigte Rona ihn wenig überzeugend.

»Ich wünschte, Tom könnte uns helfen«, raunte er unvermittelt und entgegen seiner sonstigen Haltung, jegliche Herausforderungen auch ohne futuristische Quantentechnik bestehen zu können.

»Er ist nicht in der Lage, die Gefangenen ohne Hilfe eines zweiten Servers vor Ort aus der Festung zu holen«, erinnerte Rona ihn.

»Ich meinte nicht die Gefangenen in der Festung«, antwortete Gero zögernd. »Ich meine, ob es nicht besser wäre, Hannah und Sophia zu evakuieren und sie zurück in die Zukunft zu transferieren. Ich weiß, dass Tom dazu in der Lage wäre. Du müsstest ihm nur Sophias DNA übermitteln.«

»Hannah wäre dagegen«, erinnerte Rona ihn. »Sie will es nicht, weil es gefährlich für das Kind sein könnte und sie nicht ohne dich in die Zukunft zurückgehen wird. Und das weißt du auch.«

»Ja, du hast recht«, murmelte er und blickte in die Ferne. »Ich bete zu Gott, dass alles gut ausgeht. Zum ersten Mal wünschte ich mir, Tom könnte uns mit Waffen aus der Zukunft aushelfen. Aber der Allmächtige wird sich schon etwas dabei gedacht haben, dass so etwas nicht möglich ist.«

»Wir werden es auch ohne Toms Hilfe schaffen«, versicherte ihm Rona. »Es reicht, wenn er uns im Notfall mit Würsten und Bier versorgt. Ich weiß, was ihr Jungs draufhabt, und Pierre hatte bisher immer zuverlässige Kontakte. Ihr macht das schon. Und Hannah ist mit dem Kind in guten Händen. Du hast getan, was du konntest. Wie ich deine Frau einschätze, wird sie auch ohne dich klarkommen.«

»Vielleicht ist es genau das, was mir am meisten Sorgen bereitet«, erwiderte er und lächelte schwach.

Trotz Ronas Beschwichtigungen hatte Gero kein gutes Gefühl bei der Sache, während sie Carcassonne links von sich liegen ließen und in Richtung Quillan ritten. Bisher hatten sie, was Hannah und ihren Ärger mit Hanemann von Lichtenberg betraf, offenbar mehr Glück als Verstand gehabt. Was nicht dazu führte, dass er sich weniger Sorgen machte, zumal das gesamte Unternehmen viel länger dauerte als geplant und er am liebsten unverzüglich nach Hause zurückgekehrt wäre, um den Schutz seiner Familie selbst in die Hand zu nehmen. Auch die Situation der Gefangenen im Kerker von Carcassonne beunruhigte ihn. Er stellte sich die Frage, ob sie sich einen ausgiebigen Ritt nach Süden durch einsame Täler und felsige Höhen überhaupt leisten konnten. Dabei musste er sich mal wieder eingestehen, dass Geduld nicht seine Stärke war und er die Planung solcher Missionen lieber Pierre überließ, der darin wesentlich mehr Erfahrung hatte.

»Worüber denkst du nach, Gero?«, wollte Stephano von ihm wissen, während sie nebeneinander auf einem engen Pfad durch bizarre Feldformationen ritten.

»Ich frage mich, ob es eine gute Idee ist, wenn wir einen solchen Umweg nehmen«, antwortete Gero verhalten, weil er nicht wollte, dass Pierre, der weiter vorne ritt, sich durch seinen Zweifel beleidigt fühlte. »Seit feststeht, dass Rufus de la Motte und seine Bande Justine und Odile in ihrer Gewalt haben, werde ich das Gefühl nicht los, dass uns die Zeit davonrennt.«

»Ich kann dich gut verstehen«, gab Stephano verständnisvoll zurück. »Andererseits kennen wir uns in dieser Gegend kaum aus. Jedenfalls nicht so wie Pierre oder vielleicht Arnaud. Und de la Motte lauert nur darauf, dass wir einen Fehler begehen und ohne Sinn und Verstand einen Befreiungsversuch unternehmen. Aber er rechnet womöglich nicht damit, dass wir einflussreiche Verbündete haben. Diesen Vorteil müssen wir nutzen.«

»Es ist ja nicht so, dass ich Pierre nicht vertraue«, murmelte Gero. »Aber ich hätte schon gerne gewusst, ob sein Verbündeter, der uns bei der Eroberung der Festung helfen soll, auch wirklich zuverlässig ist.«

»Du hast es doch gehört. Er ist Templer wie wir. Über seine Zuverlässigkeit würde ich mir keine allzu großen Sorgen machen«, versuchte Stephano ihn zu beruhigen. »Die Leute hier sind es gewohnt, im Verborgenen zu arbeiten. In der Gegend wimmelt es nur so von heimlichen und untergetauchten Katharern, die Bernardus Guidonis und seine Inquisitoren am liebsten aufgehängt und gevierteilt sähen. Ich halte es durchaus für möglich, dass unter ihnen einige Widerstandskämpfer sind, die unter falscher Fahne agieren. Sie kennen sich nicht nur bestens in der zerklüfteten Landschaft aus, sie wissen garantiert auch, wo die Schwachstellen unserer Gegner zu finden sind.«

Gero hoffte, dass Stephano recht behielt, während sie über die kargen Höhen ritten, nachdem sie Quillan, eine belebte Handelsstadt an der Aude, weitläufig umrundet hatten, um nicht zufällig franzischen Soldaten in die Arme zu reiten. Dabei verspürte er eine andauernde, unerklärliche Anspannung. Irgendetwas stimmte hier nicht. Die Umgebung war denkbar ungeeignet, um Rindviecher zu züchten. Die Pfade zwischen den uralten Eichen und Zedern waren schmal, die Gegend zu steinig und uneben. Aber vor allem mangelte es an saftigem Gras. Also musste der geheimnisvolle Bruder seine Viehzucht woanders betreiben und verfügte über mindestens eine weitere Behausung.

»Ist es noch weit?«, erkundigte sich Gero bei Pierre, nachdem er zur Spitze der Truppe aufgeschlossen hatte. Anscheinend hatte der Lombarde eine genaue Vorstellung von ihrem Ziel.

»Wir sind bald da«, antwortete Pierre geduldig und deutete auf eine Hügelkette in der Ferne, die von mehreren dicht bewaldeten Bachtälern durchzogen war. »Unser Ziel ist der Pas de l'Ours«, erklärte er seinen Mitstreitern bei einer kurzen Rast. »Dort befindet sich das Lager unserer Verbündeten. Sie hausen in einer alten Burg, die im zwölften Jahrhundert von einem katharischen Adligen erbaut und dann Ende des letzten Jahrhunderts aufgegeben wurde, nachdem Simon de Montfort bei einer seiner Blutfehden die Familie ausgelöscht hat. Seither hat sich nie wieder jemand hierher verirrt. Ich vermute, das Tal wurde von den franzischen Königen vergessen, und seine Bewohner erst recht.«

Gero rätselte unterdessen immer noch, wer sie an diesem abgeschiedenen Ort erwartete. Zwischenzeitlich hatte er Guy de Lus gefragt, der mindestens genauso ungeduldig war wie er selbst. Aber auch er kannte den Mann nicht, der sie nach Pierres Vorstellungen bei ihrer gefahrvollen Mission unterstützen sollte.

Der Name des Passes hingegen erinnerte Gero unwillkürlich an Henri d'Our, seinen ehemaligen Kommandeur, den er seit dessen gewaltsamem Tod in der zukünftigen Festung von Chinon schmerzlich vermisste. Auch der Fluss Aude, an dem sie die ganze Zeit entlanggeritten waren, hatte bittere Erinnerungen in ihm ausgelöst. Die Commanderie der Templer von Bar-sur-Aube, die lange Zeit sein Zuhause gewesen war, hatte an dem ähnlich klingenden Flüsschen Aube gelegen. Während seiner gesamten Zugehörigkeit zum Templerorden war Gero nur zweimal so weit im Süden des franzischen Königreichs unterwegs gewesen. Als Novize auf seinem Ritt nach Marseille, als er von dort aus mit einem Schiff nach Zypern übergesetzt war, und auf seinem Weg zurück als initiierter Templer, der die Grausamkeiten des Krieges dicht vor der syrischen Küste nur knapp überlebt hatte. Nie hätte er auch nur vermutet, die Berglandschaft der Corbières mit ihrem höchsten Gipfel, dem Pech de Bugarach, ein solches Geheimnis barg, das Aufstieg und Fall des Ordens nicht nur beschleunigt, sondern angeblich überhaupt erst möglich gemacht hatte.

Als hinter einem Eichenwald ein schlichtes, aber massives Kastell wie aus dem Nichts auf einem Felsen auftauchte, fühlte er sich in seine Heimat in den deutschen Landen versetzt. Umgeben von dichtem Wald, führte ein schmaler

Pfad sie an einem breiten gurgelnden Bachlauf vorbei, hin zu einem Weg, der mit schwarzen Basaltsteinen gepflastert war. Von dort aus war die Brücke über den Burggraben zu sehen sowie das gotische Spitzbogentor, das den Eingang zum Burghof markierte.

Pierre hatte Bruder Oudard und Bruder Noel von Quillan aus als Späher vorausgesandt, um die Lage zu sondieren und sie bei ihrem geheimnisvollen Gastgeber anzumelden.

Gero hatte eine Ahnung, warum die Bewohner sich ausgerechnet diesen Ort ausgesucht hatten. Das Tal mit seinen hohen Bäumen schluckte jegliche Geräusche, wenn man vom üblichen Gesang der Vögel einmal absah, der sie bis hierhin begleitet hatte, nun aber ebenfalls verstummt war, als ob die Tiere eine Gefahr fürchteten, die von ihrer Ankunft ausging.

Pierre, der immer noch die Führung ihrer mehr als zwanzig Reiter umfassenden Truppe innehatte, sprach mit einem der Wachleute, die das Burgtor und die heruntergelassene Brücke aus massivem Eichenholz bewachten.

Erst als sie die Erlaubnis erhielten, gemeinsam mit ihren Pferden zum Innenhof der trutzigen Anlage vorzudringen, brandete die eindeutige Geräuschkulisse auf, die das Leben auf einer Burg charakterisierten.

Es roch nach dem Dung der Tiere und dem Rauch des Schmiedefeuers, das sich mit dem Duft eines gebratenen Ochsen vermischte, der mitten im Hof an einem gewaltigen Eisengestell über lodernden Flammen brutzelte und dabei von zwei Knechten stetig gedreht wurde.

Anscheinend hatte man Pierre und seine Truppe bereits erwartet, denn ein paar voll aufgerüstete Männer kamen lachend und mit offenen Armen auf sie zu.

»Der Duft nach gebratenem Fleisch macht mich hungrig«, vermeldete Struan, dessen Magen hörbar zu knurren begann. »Hoffentlich ist der Ochse für uns gedacht.«

»Sieht aus, als ob du nicht mehr lange warten musst«, ermutigte Arnaud ihn, während sie von den Gäulen absaßen, um das Empfangskomitee ihrer Gastgeber angemessen zu begrüßen.

Die Männer waren äußerlich hartgesottene Krieger, die meisten davon in Geros Alter oder älter. Pierre, der sie lachend umarmte, schien wie üblich der Älteste zu sein. Bis auf wenige Ausnahmen trugen die fremden Ritter ihr Haupthaar kurz geschoren, und ihre kurzen Bärte erinnerten Gero an jene Templerbrüder, die sie selbst noch immer waren, auch wenn die Vernichtung des Ordens bereits mehrere Jahre zurücklag.

Ihr Anführer war ein hoch gewachsener Kerl mit kurz geschnittenen schwarzbraunen Locken. Seine Gestalt war schlank und drahtig, die Haut braungebrannt, wie bei einem Bauern. Sein kurzer, dichter Bart, in dem bereits einige Silberfäden schimmerten, hatte wie sein Schopf die Farbe von poliertem Ebenholz aus dem *Outremer*. Sein befreites Lachen wirkte ansteckend und zeigte seine schneeweißen Zähne. In seiner tiefen Stimme lag ein unüberhörbarer katalanischer Akzent, indem er das ›r‹ noch stärker in der Kehle rollte als der Schotte, was sein Franzisch noch härter klingen ließ, als in dieser Gegend üblich. Ein Umstand, der Gero aufhorchen ließ, nachdem er sein Pferd einem herbeieilenden Knappen übergeben hatte. Als der Burgherr auf ihn zumarschierte, um auch ihn zu begrüßen, stutzten beide für einen Moment.

»Nein«, murmelte Gero nur, als er in die warmen hellbraunen Augen schaute, die ihm aus dem wettergegerbten Gesicht wie purer Bernstein entgegenleuchteten. »Francesco?«

»Ja«, antwortete der andere zögernd und schärfte seinen Blick.

»Francesco de Salazar?« Geros Stimme gipfelte in vollkommenem Unglauben, so sehr, dass nun auch Arnaud und Stephano auf den Kerl aufmerksam wurden.

»Genau der«, antwortete der ehemalige Templerbruder und unterzog nicht nur Gero einer genaueren Betrachtung.

»Du alte Stinksocke!«, rief Stephano voller Freude quer über den Hof. »Du lebst! Was zum Teufel machst du hier?«

Doch bevor Francesco ihm eine Antwort geben konnte, war Gero ihm schon um den Hals gefallen und schluckte hart. Er wusste von Henri d'Our, wie furchtbar die Folterknechte von Chinon den Katalanen im Herbst 1307 zugerichtet hatten. Mehr tot als lebendig war Francesco schließlich seiner Mutter und seiner Schwester übergeben worden, nachdem d'Our seinem Peiniger Guillaume Imbert, dem damaligen Inquisitor und Bischof von Paris, das Versprechen gegeben hatte, das Geheimnis der Templer preiszugeben, wenn er den jungen Templerbruder laufen ließ. Mit d'Ours und Gottes Hilfe war Francesco schließlich der Hölle von Chinon entkommen. D'Our hatte unterdessen das geforderte Geheimnis für sich behalten können, weil Gero und seine Kameraden ihn und die übrigen Templer, die man ebenfalls festgesetzt hatte, rechtzeitig befreien konnten.

»Francesco, es tut so gut, dich zu umarmen!«, rief Gero, ganz trunken vor Erleichterung und Glück. »Ich hätte nicht zu hoffen gewagt, dich jemals wiederzusehen und dazu noch unversehrt. Dem Allmächtigen sei Dank!«

»Gero, verdammt! Was habt ihr hier in dieser Hölle zu suchen?«, stieß Francesco atemlos vor Freude hervor. Auch ihm standen Tränen in den Augen. »Noch dazu mit dunklem Haar und einer Tonsur.« Der Katalane schaute nicht nur den ehemals blonden Deutschen, sondern auch die anderen Brüder aus

Bar-sur-Aube fragend an. »Ich hätte dich und deine Gefährten kaum erkannt. Und was ist mit deinen Augen geschehen? Hatten sie nicht das klarste Blau, das ein Mensch je gesehen hat?«

»Das ist alles nur zur Tarnung und lässt sich jederzeit wieder ändern«, klärte Gero ihn atemlos auf. »Ich erzähle dir alles, wenn wir einen ruhigen Augenblick haben.«

»Sagt nur, ihr seid zu einem gewöhnlichen Orden konvertiert?« Francesco schaute ihn und die anderen ungläubig an.

»Wo denkst du hin?«, warf Arnaud mit einem Lachen dazwischen. »Dann wären wir wohl kaum hier!«

»Außerdem seht ihr alle aus, als wärt ihr seit jenem schrecklichen Ereignis vor neun Jahren keinen einzigen Tag älter geworden.« Francesco starrte seine einstigen Brüder aus Bar-Sur-Aube wie vom Donner gerührt an. »Was habt ihr die ganze Zeit getrieben, dass euch das Alter nichts anhaben konnte? Habt ihr den Jungbrunnen entdeckt und ihn leer getrunken?«

»Gib uns erstmal was zu beißen, bevor wir dir alles erzählen. Ich verhungere!«, rief Struan quer über den Hof, lachte schallend und zeigte dabei sein beeindruckendes Raubtiergebiss, das dem des Katalanen in nichts nachstand.

»Gott im Himmel! Der Schotte!«, rief Francesco freudig. »Nicht nur sein Aussehen ist bis auf die Tonsur und die Haarfarbe unverändert. Auch seine Gefräßigkeit ist ihm geblieben!«

Als sie wenig später im Palas in einer großen Halle saßen, die mit grob gezimmerten Tischen und Bänken ausgestattet war, ließ Francesco den frisch gebratenen Ochsen und den besten Wein der Gegend auftischen. Mit einem Krug in der Hand setzte er sich zu seinen Gästen, denen es vortrefflich mundete. Sein neugieriger Blick lag auf Rona, die ihm am Tisch gegenübersaß. Sie nippte vorsichtig an ihrem Rotwein und behielt dabei den jungen Aubry im Auge, der alles, was in seiner Umgebung geschah, mit lauerndem Blick beobachtete. Wobei Rona sicher war, dass er, sobald sich eine Gelegenheit dazu bot, von Neuem die Flucht ergreifen würde.

Francesco nickte ihr höflich zu. »Madame? Mit wem habe ich die Ehre, wenn ich fragen darf?«

»Das ist Rona, meine Frau«, klärte Arnaud ihn gnadenlos auf, während er kauend neben seinem katalanischen Bruder saß, wobei sein Besitzerstolz nicht zu überhören war. »Damit erst gar keine Missverständnisse aufkommen«, fügte der Bruder aus der Occitanie lachend hinzu und wandte sich an Rona. »Ich muss dich nämlich warnen, mein Schatz. Francesco war während unserer gemeinsamen Zeit in Bar-sur-Aube der übelste Herzensbrecher überhaupt. Er hat sämtlichen Weibern in der Stadt den Kopf verdreht, und wenn sie was mit ihm anfangen wollten, hat er sie eiskalt verschmäht.«

»War das nicht eher Gero?«, witzelte Francesco und zwinkerte seinem deutschen Bruder amüsiert zu.

»Obwohl ich mich wundere«, fuhr er fort und blickte erst Rona ohne Scheu in die Augen, dann Arnaud, »dass eine solche Schönheit ausgerechnet eine Schwatznase wie dich zu ihrem Ehemann erwählt hat.«

Bevor Arnaud sich beschweren konnte, lächelte Francesco dessen Frau bewundernd an. »Zumal sie glatt das Gegenteil von ihrem Gemahl zu sein scheint und bestimmt nicht aus dieser Gegend stammt. Habe ich recht?«

»Ich möchte mich für deine Gastfreundschaft und deine Unterstützung bedanken, Francesco«, antwortete Rona in perfektem Katalanisch. »Ich hatte bereits das Vergnügen, Arnauds Familie kennenzulernen, die nicht weit von hier entfernt wohnt. Es wundert mich, dass Arnaud dich nie erwähnt hat. Du scheinst ihm ein wahrhaft guter Freund gewesen zu sein. Ich habe ihn selten so glücklich gesehen.«

»Ich habe Francesco in den Katakomben von Chinon fast sterben sehen«, erklärte Arnaud leise, während sein Blick sich verdüsterte. »Es war schrecklich. Sie haben ihn mehrmals blutüberströmt in unsere gemeinsame Zelle geschleppt, bevor er kurz darauf erneut grässlichen Torturen unterzogen wurde. Ich dachte andauernd, beim nächsten Mal ist er tot. Nachdem seine Mutter ihn nach Hause holen durfte, fürchtete ich, dass er die lange Reise bis Navarra in seinem Zustand gewiss nicht überlebt hat. Deshalb habe ich nicht mehr über ihn gesprochen, weil es zu schmerzhaft war.«

»Umso schöner, dass das Schicksal einen anderen Weg für euch beide bestimmt hat«, erklärte Rona mit einem warmen Lächeln.

Francesco riss verblüfft die Augen auf. »Dein Dialekt hört sich an, als ob du aus meiner Heimat stammst.«

»Nein«, sagte sie und schüttelte bescheiden den Kopf. »Ich komme aus einer knapp tausend Jahre entfernten Zukunft und habe deine Sprache auf eine – sagen wir – fortschrittliche Art und Weise erlernt, wozu auch die Aussprache gehört.«

Noch bevor Francesco den Mund wieder zuklappen konnte, begann sie damit, ihm in seiner Muttersprache über ihre Herkunft zu berichten und ihre Odyssee durch die Jahrhunderte. Wobei sie auch ihren ersten Kontakt zu den Templern im Jahre 1148 nicht ausließ. Was zur Folge hatte, dass weder der Junge sie belauschen konnte noch irgendwer sonst, der nicht zu Francescos engsten Vertrauten gehörte.

»Ich kann kaum glauben, was du mir da erzählt hast«, bekannte Francesco beinahe andächtig und warf einen ungläubigen Blick in die Runde seiner Kameraden. »Dann wisst ihr alle um das Geheimnis des Pech de Bugarach?«, fragte er fasziniert.

»Nein, eigentlich nicht.« Gero zuckte leicht mit den Schultern. »Pierre hat uns ein bisschen was darüber berichtet, aber nichts Genaues. Rona will nun unbedingt wissen, was sich im Innern des Berges verbirgt und ob es die Existenz des CAPUT LVIII erklärt. Die meisten von uns hatten ein unvergessliches Erlebnis am Berg Horeb, wo Moses die Zehn Gebote empfangen hat. Vielleicht ist die Macht dieses Ortes mit der des Pech de Bugarach vergleichbar. Seit wann weißt du von dem Mysterium?«

»Seit ich in Pierres Auftrag das Gebiet rund um den Berg mit meinen Leuten überwache und dafür Sorge trage, dass die Soldaten des franzischen Königs nichts zu sehen bekommen, was sie nicht sehen sollen. Offen gesagt, begreife ich trotz seiner Ausführungen noch immer nicht, warum der Orden diese Möglichkeiten nicht genutzt hat, um sich selbst und seine Brüder zu retten. Aber ich weiß, dass sich tief im Innern des Berges ein unergründliches Mysterium befindet, vor dem die Brüder des Hohen Rates einen höllischen Respekt hatten. Und um die Wahrheit zu sagen: Ich bin nicht wagemutig genug, meine Nase tiefer in diese Sache hineinzustecken als unbedingt nötig. Was Rona mir berichtet hat, reicht völlig aus, um mich davon zu überzeugen, dass es besser für mich ist, ein gewöhnliches Leben zu bevorzugen. Etwa fünf Stunden Ritt von hier entfernt betreibe ich mit der Familie meiner Frau eine Rinderzucht. Es handelt sich um eine kleine Baronie, in die ich eingeheiratet habe. Meine Schwiegereltern sind Katharer, geben sich nach außen hin jedoch als treue Anhänger christlichen Kirche. Beatrix, meine Frau, war eine Freundin meiner Schwester. Als ich sie kennenlernte, hatte ich mich gerade von den schweren Folterungen erholt, die man mir in Chinon beigebracht hat. Mir war klar, dass ich niemals in ein Kloster zurückkehren will. Also habe ich unter falschem Namen um die Hand von Beatrix angehalten. Ihre Eltern waren anfangs skeptisch, als sie hörten, dass ich ein Templer war und im Herzen immer noch bin. Sie befürchteten, ich könnte sie ihres Glaubens wegen an die Inquisition verraten. Erst als ich ihnen die Narben auf meinem Rücken und die Verbrennungen an den Beinen gezeigt habe, schenkten sie mir Glauben und wollten mich unterstützen, damit ich mit ihrer Tochter ein neues Leben beginnen konnte.«

»Das bedeutet, du führst ein Doppelleben, ähnlich wie wir?« Arnaud schaute ihn durchdringend an.

»Offiziell züchte ich Rindviecher«, gestand Francesco mit einem leisen Lachen. »Inoffiziell schmuggele ich verfolgte Katharer über die Grenze nach Spanien und arbeite nebenbei als Spion für den König von Aragón, der uns mit

Waffen und Söldnern unterstützt, die wiederum als Viehtreiber getarnt für mich arbeiten. Alle zwei Wochen liefere ich den Grafen von Carcassonne frisches Rindfleisch – lebende Jungbullen und Kühe, die Kälber geboren haben und die Festung mit Milch versorgen. Dabei nutzen wir jede Gelegenheit, um die Verhältnisse auf der Burg und die Vorgehensweise der Inquisition auszuspionieren. Nach allem, was Pierre mir berichtet hat, wäre der nächste Viehtrieb eine gute Möglichkeit, euch in die Festung hineinzuschmuggeln. Ich könnte einige meiner sogenannten Hirten gegen euch austauschen.« Er zwinkerte seinen Kameraden verschwörerisch zu.

»Das hört sich gut an«, murmelte Gero und schaute dankbar zu ihm auf. »Ich kann immer noch nicht begreifen, dass ausgerechnet du uns in dieser schwierigen Lage helfen wirst. Ich habe nie aufgehört, an dich zu denken und zu hoffen, dass du dein Martyrium heil überstanden hast. Nach dem, was Arnaud uns berichtet hatte, waren unsere Befürchtungen groß, du könntest an den Verletzungen gestorben sein. Hast du Kinder?«

»Vier«, antwortete Francesco nicht ohne Stolz in der Stimme. »Zwei Mädchen und zwei Jungen.«

»Ich habe auch eine Frau und eine kleine Tochter«, sagte Gero leise und schaute ihn zweifelnd an. »Die Agenten der Gens du Roi versuchen nicht zum ersten Mal, meine Gefährten und unsere Familien zu zerstören. Hast du keine Angst, euch könnte Ähnliches widerfahren, wenn sie hinter deine Geheimnisse kommen?«

»Da kann ich dich beruhigen. Die Kinder wachsen nicht bei uns auf, sondern auf der Burg meines Schwagers in Aragón. Er ist ein Gesandter des dortigen Königs und hat meine Schwester aus Liebe geheiratet. Leider blieben den beiden eigene Nachkommen verwehrt. Stattdessen beschützen sie nun unsere vier Kinder wie ihre Augäpfel. Meine Mutter unterstützt sie dabei. Beatrix und ich verbringen so viel Zeit wie möglich mit ihnen. Es ist wichtig, dass wir die Kinder in Sicherheit wissen, sonst könnten wir unserer Arbeit nicht nachgehen. Also, macht euch nicht allzu viele Gedanken, wir helfen euch gerne dabei, die drei Gefangenen den Klauen der Inquisition zu entreißen.«

Nach dem Mahl traf sich Geros Truppe mit Pierre und Francesco in einer abgeschlossenen Kammer, um eingehender zu beraten, wie sie die Mauern von Carcassonne überwinden und wie der mögliche Fluchtweg nach der Befreiung der drei Geiseln aussehen könnte.

Zuvor hatte Rona Aubry in die Obhut eines Bediensteten gegeben, der ihn mit allem, was er benötigte, vorübergehend in eine kleine Kemenate gesperrt hatte, aus der es kein Entkommen gab.

»Er ist der Sohn einer Gefangenen, die im Kerker von Carcassonne einsitzt«, klärte Rona ihren Gastgeber auf, als sie mit Francesco zu den anderen zurückkehrte, um ihm die Funktionsweise des CAPUT LVIII vorzustellen. »Sie war Leibeigene Louis' X. und stammt wie Struans Frau Amelie aus Bar-sur-Aube. Aubrys Vater ist ein Bischof, der schon unter Phillip IV. als Medicus diente und die junge Frau für seine Zwecke missbraucht hat. Man hat ihr das Kind nach der Geburt weggenommen und in die Obhut der Jakobiner in Toulouse gegeben, vermutlich, damit sich Bernardus Guidonis mit dem Jungen einen neuen Inquisitor heranzieht.«

»Ich bin sicher, dass ich seine Mutter zumindest äußerlich kenne«, gab Francesco ihr beiläufig zu verstehen.

»Klar kennst du sie«, mischte Arnaud sich ein. »Eine kleine dralle Rothaarige. Sie war immer mit Amelie unterwegs. Ihr Name ist Justine. Im Grunde hat Amelies Vater es ihr zu verdanken, dass er nun mit ihr zusammen in Carcassonne sitzt.«

Francesco seufzte leise. »Gero hat mir die Geschichte erzählt. Es ist schon erschreckend, welche Kreise unsere Verfolgung gezogen hat und immer noch zieht. Die Mädchen wollten damals nur ein bisschen Spaß haben, so wie wir, und nun hängen sie nach so vielen Jahren tiefer in der ganzen Sache mit drin, als wir es uns alle je hätten vorstellen können.«

»Es gibt noch einiges mehr, Francesco, das für uns alle unvorstellbar war«, sagte Gero und deutete auf den schwarzen Kasten, den Rona aus einer Ledertasche zum Vorschein gebracht und auf den Tisch gestellt hatte.

Francesco nickte, während er, neugierig und fasziniert zugleich, den unscheinbaren CAPUT LVIII betrachtete, der auf den ersten Blick so gar nichts mit einem menschlichen Kopf gemeinsam hatte. Wobei ihm auch auffiel, dass die Aufschrift eine andere war. C. A. P. U. T 58 stand da in kaum lesbaren Lettern. »Unglaublich, dass wir deshalb gejagt und etliche von uns getötet wurden«, murmelte er.

Erst als Rona den Server öffnete und ihm eine Kostprobe von dessen Fähigkeiten vorführte, indem sie Francesco den holographischen Kopf präsentierte, der ihrem eigenen Aussehen so sehr ähnelte, wich er erschrocken zurück und stieß einen leisen Pfiff aus. »Habt ihr davon gewusst?«, fragte er Gero und Arnaud sichtlich überrascht.

»Nein«, gestand Gero und kniff die Lippen zusammen. »Ebenso wenig wie vom Pech de Bugarach und all den anderen Mysterien, von denen wir auf unseren verschlungenen Pfaden durch die Zeit erfahren haben. Aber Henri d'Our hat davon gewusst. Und das war der Grund, warum er mich zusammen mit Struan und Johan nach dem Überfall auf Bar-sur-Aube auf diese unglaubliche Reise geschickt hat. In kurzen Worten versuchte Gero ihm zu berichten, was nach diesem denkwürdigen Freitag, dem 13. Oktober 1307, geschehen war, bis zu dem Moment, als sie mit Pierre auf diese Burg gekommen waren.

»Großer Gott, was für eine Odyssee«, stieß Francesco ungläubig hervor. »Und immer hat euch der CAPUT LVIII durch die Zeiten geschickt?«

»Mit einer Ausnahme. Einmal, im Jahr 1153, sind wir über die Höhle unter dem Berg Horeb zurück ins Jahr 1315 gereist«, erklärte Rona ihm mit wachsamem Blick. »André de Montbard und seine Brüder haben den Ort vor dem Zugriff Unwissender bewahrt. Wir waren auf der Flucht vor feindlichen Verfolgern, und André und die anderen haben uns Zuflucht gewährt. Godeffroy Bisol hat schließlich dafür gesorgt, dass wir alle dorthingelangt sind, wo wir uns hingewünscht haben. Frag mich nicht, wie er das gemacht hat. Fakt ist, dass wir alle in verschiedenen Orten und Zeiten gelandet sind – je nachdem, was wir uns vorgestellt hatten. Wir vermuten, dass auch dies mithilfe der Steine geschah. Deshalb will ich unbedingt herausfinden, ob es eine Verbindung zwischen dem Pech de Bugarach und dem Berg Horeb gibt, was ich vermute, und was genau hinter dem Geheimnis der Steine steckt.«

»Ich weiß, die Geschichte hört sich unglaublich an«, fuhr Gero schließlich fort, »und es würde Tage dauern, wenn wir dir alles erzählen wollten, was wir danach erlebt haben, aber so weißt du wenigstens, warum wir hier sind.«

»Und wo sind Johan und die anderen?«, wollte Francesco nun wissen.

»Während Rona uns auf dieser Reise begleitet«, erklärte ihm Gero, »ist ihre Schwester Lyn zusammen mit Johan, Brian und einem englischen Bruder, der früher Kommandeur von Garway war, auf unserer Burg an der Mosel geblieben. Sie beschützen unsere Frauen und meine kleine Tochter, bis ich zurückkehre.«

»Pierre war schon im Innern des Berges«, bemerkte Francesco mit einem vieldeutigen Blick auf seinen lombardischen Bruder, der den Bericht bisher nicht kommentiert hatte. »Mir ist das alles nicht geheuer. Aber ihr müsst selbst wissen, was ihr tut. Ich gehe überall mit euch hin, aber nicht in den Berg, so viel sei gesagt.«

»Bevor wir uns dem Berg widmen«, bestimmte Gero, »müssen wir ohnehin unseren Auftrag erfüllen und den alten Bratac und die beiden Frauen retten.«

»Am Donnerstag, also in zwei Tagen, werden meine Leute und ich mit einer weiteren Lieferung von dreißig Rindviechern auf der Festung erwartet«, verkündete Francesco. »Ich schlage vor, bis dahin scheren sich unsere frisch eingetroffenen Templer die Köpfe, wie es die Viehhirten bei uns zu tun pflegen, und ersetzen einige meiner bisherigen Leute. Ich bin sicher, auf diese Weise kann ich euch einen problemlosen Zutritt zur Festung verschaffen. Da wir eine dauerhafte Zugangserlaubnis besitzen, kontrolliert uns niemand am Haupttor. Was mit den unruhigen Tieren ohnehin schwierig wäre.« Er hielt inne und warf einen kurzen Blick in die Runde. »Na, wie hört sich das an? Eure halbherzigen Tonsuren sehen ohnehin lächerlich aus«, amüsierte er sich. »Als Grund für den Austausch des Personals nennen wir einen kurzfristigen Ausfall meiner bisherigen Viehhirten, der mich gezwungen hat, fremde Kräfte in Anspruch zu nehmen, damit wir pünktlich liefern können. Nur für den Fall, dass sich jemand danach erkundigt.«

»Hört sich gut an«, meinte Pierre. »Und wie hattest du dir den Ablauf vorgestellt?«

»Um zeitlich alles zu schaffen, reiten wir gleich morgen früh zum Castle Blanque, dem Stammsitz meiner Schwiegerfamilie, der Herren von Blanque. Unser Gutshof befindet sich in unmittelbarer Nähe, auf einer Hochebene mit weiten Graslandschaften, die sowohl als Sommer-, wie auch als Winterweiden genutzt werden. Von dort aus benötigt man mit schnellen Pferden fünf Stunden, um nach Carcassonne zu gelangen. Mit den Rindviechern brauchen wir mindestens sechs Stunden, bis wir auf der Festung eintreffen. Wenn wir am Donnerstag vor Sonnenaufgang aufbrechen, sind wir am frühen Nachmittag dort. Zeit genug, um unsere Geschäfte zu erledigen, die Gefangenen zu befreien und wieder zu verschwinden.«

»Und wie sollen wir in die Kerker kommen?« Arnaud hob fragend eine Braue.

»Ich habe mir überlegt«, fuhr Francesco fort, der von seinem Plan offenkundig überzeugt war, »wir täuschen einen Ausbruch der Stiere vor und lassen sie in der Festung frei umherlaufen. Während eine kleine Truppe von Auserwählten sich den Anschein gibt, die Tiere wieder einfangen zu wollen, nutzt ein zuvor festgelegter Befreiungstrupp die Gelegenheit, im allgemeinen Chaos in den Kerker vorzudringen. Ihr befreit die Gefangenen und bringt sie dann zur Hauptpforte. Von dort aus verlasst ihr alle als Hirten getarnt gemeinsam die Festung. Zuvor stecken wir nicht nur euch, sondern auch die Geflüchteten in eine Hirtenjoppe und reihen alle zusammen in unsere Truppe von Viehtreibern ein. So Gott uns gnädig ist, haben wir mit den übriggebliebenen Hirten die Stiere in der Zwischenzeit wieder eingefangen und in die Festungsställe gebracht. Während ich mit dem Kastellan die Geschäfte abschließe, reiten meine Hirten gewöhnlich in die Unterstadt, um sich zu betrinken. Deshalb wird niemandem auffallen, wenn ich allein zurückbleibe. Was haltet ihr davon?«

»Werden wir auf Waffen durchsucht?«, wollte Arnaud wissen.

»Nein, Schwerter und Messer sind erlaubt. Wir haben mit den Festungsmilizen eine entsprechende Abmachung. Schließlich sind unsere Stiere keine harmlosen Kätzchen. Sie können jederzeit ausbrechen oder auf jemanden losgehen. Das macht unsere Methode so aussichtsreich.«

»Wir werden nicht alle mit auf die Festung gehen können«, gab Gero zu bedenken.«Für die Zeit, wenn wir in die Stadt einziehen, um die drei Gefangenen zu befreien, können wir zum Beispiel den Jungen nicht mitnehmen. Und auch der CAPUT LVIII sollte möglichst nicht mit auf die Festung. Außerdem bin ich mir nicht sicher, ob wir wirklich alle dort auftauchen sollten. Unsere verletzten Kameraden und Anselm, der für die Erstellung unserer Dokumente unerlässlich ist, könnten derweil woanders auf den Jungen und den Timeserver aufpassen.«

»Auch da habe ich schon eine Idee«, erklärte Francesco. »Diejenigen aus unserer Truppe, die wir zurücklassen müssen, versammeln sich südlich von Carcassonne, in La Bastida en Val. Es handelt sich um eine abgelegene, zerklüftete Gegend mit zahlreichen Wasserfällen und klaren Teichen, die ideal sind für eine Rast. Der dichte Baumbestand dort bietet zugleich eine gute Deckung. Wobei ich nicht damit rechne, dass sich irgendjemand zufällig dorthinverirrt. In der Nähe der Teiche gibt es eine Einsiedelei, die den Katharern zugeneigt ist. Sie besteht aus ehemaligen Mönchen der Abtei Sainte-Marie d'Orbieu, die der Häresie verdächtigt wurden und sich dorthin zurückgezogen haben. In Wahrheit pflegen sie inzwischen einen völlig anderen Glauben«, fügte er mit einem verschwörerischen Unterton hinzu. »Sie werden von meinen Schwiegereltern mit Almosen unterstützt, sind uns also etwas schuldig. Dort könnt ihr nicht nur den Jungen und euer Geheimnis verstecken. Nach eurer Rückkehr aus Carcassonne könnt ihr dort getrost eine Rast einlegen. Ich glaube kaum, dass ihr noch in der Nacht mit den Geretteten zum Pech de Bugarach reiten wollt. Oder?«

»Wir müssen erst abwarten, in welchem Zustand sie sich befinden«, gab Pierre zu bedenken.

Gero warf Francesco einen fragenden Blick zu. »Du kommst also nicht mit uns zum Berg?«

»Bedaure«, antwortete Francesco. »Erstens muss ich den Handel in Carcassonne abschließen, weil man mich ansonsten verdächtigen würde, in der Sache mit drinzuhängen. Und zweitens habe ich euch gesagt, was ich von dem Berg halte. Aber ich werde zwei meiner Hirten abstellen, die euren Kameraden den Weg nach La Bastida en Val weisen werden.«

»Ich kenne mich auch ein wenig in der Gegend aus«, warf Pierre eher beiläufig ein. »Kurz nach meiner Verhaftung saß ich mit einem Mitbruder im Kerker, der zuvor in der Templerburg von Le Cours gedient hat. Das ist ganz in der Nähe von La Bastida. Er hat dort in einem kleinen Dorf ein Liebchen gehabt. Das alles ist zwar schon ewig her, aber er hat mir so oft davon erzählt, wie er sie immer heimlich besucht hat, und mir von den Vorzügen ihrer Treffpunkte vorgeschwärmt, dass ich am Ende das Gefühl hatte, nicht nur die Frau, sondern auch die Gegend in- und auswendig zu kennen.«

Francesco grinste. »Immerhin ist es dir im Kerker nicht langweilig geworden. Würde mich glatt interessieren, ob diese Frau noch existiert.«

»Dein Plan klingt perfekt.« Gero bedachte Francesco mit einem anerkennenden Blick. »Wahrscheinlich ist es die einzige Möglichkeit, unbemerkt an die drei heranzukommen.«

»Dann ist es abgemacht«, befand Francesco und hob den Krug, um seinen Plan zu besiegeln. »Ich schlage vor, wir brechen gleich morgen früh auf, damit wir zeitig auf Castle Blanque sind und wir die wenige Zeit, die uns bleibt, noch nutzen können, um uns gründlich vorzubereiten.«

KAPITEL 48

MAI 1316
HERZOGTUM LOTHRINGEN / REICHSSTADT METZ

Feinde fürs Leben

Das enge Tal, nicht weit von Metz, bot mit seinen dicht bewaldeten Hügeln und seiner Abgeschiedenheit hervorragende Bedingungen für Lyns erste Erprobung einer tragbaren Kanone. Deren gemäßigter Donner hallte bereits in den frühen Morgenstunden von den hohen Buchen und Eichen wider und ließ dabei sämtliche Vögel in der Umgebung in Panik auf, und davonfliegen. Nicht weil der Knall der Explosion so besonders laut gewesen wäre, sondern eher, weil ein solches Geräusch den Tieren vollkommen fremd war.

Auch die menschlichen Zuschauer schienen beeindruckt zu sein, während sie in gebührendem Abstand und mit zunehmender Faszination die fremdartigen Abläufe verfolgten.

Hannah war froh, dass sie Sophia zusammen mit Jeanne und deren Kindern in de Charrons prachtvollem Patrizierhaus zurückgelassen hatte, weil die ungewohnte Geräuschkulisse und die Anspannung für die Kleinen zu belastend gewesen wären.

Das Eisengeschoss von der Größe eines dicken Apfels, das von Menschenhand auf seinen Jungfernflug geschickt worden war, hatte auf seiner Flugbahn nicht nur Störche und Raben aufgeschreckt, sondern auch einen breiten Nebelschwaden, der bis dahin über der Wiese schwebte, dekorativ in zwei gleich große Teile zerfetzt.

»Wenn das mal am Ende nicht die Initialzündung zur Atombombe wird«, orakelte Hannah düster, nachdem unvermittelt eine gespenstische Stille eingetreten war.

»Was bleibt uns anderes übrig«, erinnerte Lyn sie und setzte eine zufriedene Miene auf. »Bis dahin ist es ohnehin noch ein weiter Weg.«

»Gott sei Dank«, murmelte Hannah und blinzelte in die goldene Morgensonne, die hinter den Wipfeln der dicht stehenden Bäume aufging und die idyllische Gegend in ein mildes, friedliches Licht tauchte.

Fernab von jeglichen Nichteingeweihten war sie mit Lyn, den Templerbrüdern und ihrem Gastgeber in der Morgendämmerung in dessen Palast aufgebrochen, um nach knapp drei Tagen intensiver Arbeit gegenüber Dominique de Charron und seinen Ratsherren von Metz die Einsatzfähigkeit der gewünschten Kanone zu demonstrieren. Ihr Zielobjekt war die Ruine einer ehemaligen Raubritterburg, die vor vielen Jahren einem Brand zum Opfer gefallen war. Ein paar Mauerreste und der trockengelegte Wassergraben mussten reichen, um ihren neuen Verbündeten die entsprechende Reichweite und Zerstörungskraft ihrer neuartigen Waffe vorzuführen.

Gemeinsam standen die fünf obersten Ratsherren der Stadt Metz in respektvollem Abstand zu dem hastig aus Eisen gegossenen Kanonenrohr und beobachteten angespannt, ob das Objekt ihrer Begierde den hohen Preis rechtfertigte, den sie dafür zu zahlen bereit waren.

Lyn hatte einem der anwesenden Soldaten erklärt, die diese Mission begleiteten, wo man das Schwarzpulver einfüllte und wie man die Lunte entfachte. Nachdem man erneut eine passende Eisenkugel in das Rohr geschoben hatte, konnte die Waffe ein weiteres Mal ins Ziel gerichtet und gezündet werden. Diesmal sollte der Abschuss nicht einfach nur auf einen Hügel erfolgen, sondern auf das besagte Mauerwerk. Sämtliche Arbeitsschritte waren für Menschen in diesem Teil der Erde und in dieser Epoche vollkommen neu. Deshalb hatte Lyn einiges an Zeit investiert, um den zukünftigen Besitzern dieser neuartigen Wunderwaffe die notwendigen Sicherheitsvorkehrungen ans Herz zu legen.

Die Mauer, die nach dem Abfeuern der Kugel nur wenig später wie ein Kartenhaus in sich zusammenfiel, ließ die Männer lauthals jubeln, während das damit verbundene Geräusch der herunterkrachenden Steine wie eine Erlösung über sie alle hinweggerollt war. Auch diejenigen, die anfangs skeptisch gewesen waren, gratulierten Lyn und ihren Begleitern zu ihrem grandiosen Erfolg.

Hannah fiel nicht nur ein Stein vom Herzen, sondern gleich eine ganze Burg. Bedeutete dieser Erfolg doch, dass de Charron und seine Mitstreiter ihr Versprechen einhalten mussten, indem sie ihr anschließend im Gegenzug die Besitzurkunde von Waldenstein übergaben.

Es dauerte noch eine Weile, bis sich der Rauch, der nach der Detonation aufgestiegen war, verflüchtigt hatte und sie sich das Ergebnis nochmal gemeinsam aus der Nähe anschauten.

»Du hast eine phantastische Arbeit geleistet!« Hannah wäre Lyn am liebsten sogleich um den Hals gefallen, doch das hob sie sich für später auf.

Ihrer Freundin aus der Zukunft war es in einer Art Handstreich gelungen, den Patriziern von Metz einen Plan vorzulegen, der die Waffenschmiede der Stadt in die Lage versetzt hatte, in nur zwei Tagen das eiserne Rohr einer Kanone zu gießen. Mitsamt den Plänen für einen hölzernen Aufbau mit passenden Rädern, die es erlaubten, das schwere Ungetüm relativ problemlos zu transportieren und in die richtige Schussposition zu bringen, hatte sie nicht nur die Begeisterung ihrer Auftraggeber geweckt, sondern auch die der dazugehörigen Handwerker. Auch die hochexplosive Mischung, die man zur Zündung benötigte, konnte rascher bereitgestellt werden als gedacht.

»Die Kugeln, die zur Probe abgefeuert wurden, waren noch nicht besonders groß, aber schon recht beeindruckend in der Wirkung«, resümierte Dominique de Charron entzückt, als er das Ausmaß der Zerstörung mit einem triumphierenden Lächeln näher betrachtete.

»Wir könnten das Ganze natürlich auch noch größer bauen«, versicherte Lyn ihm und seinen restlichen Ratsherren mit einer souveränen Geste.

»Alle Achtung!«, riefen Henry Blanchard und seine Getreuen, die nun auch näher herangekommen waren, wie im Chor und applaudierten beim Anblick der zusammengefallenen Ruine.

»Nie zuvor habe ich eine solch verheerende Kraft auf so kleinem Raum gesehen!«, schwärmte Blanchard, der in der honorigen Runde der Vertreter der ersten Familien am Platz einen vergleichbaren Einfluss genoss wie Dominique de Charron.

Die grünen Augen des noch jungen Adligen funkelten in der aufsteigenden Morgensonne vor Begeisterung, aber auch vor Respekt und Bewunderung, die er hauptsächlich Lyn entgegenbrachte, wie unschwer zu erkennen war. »Dass eine Frau so etwas erfinden könnte, hätte ich niemals vermutet«, schwärmte er.

»Ich *habe* es nicht erfunden«, belehrte Lyn ihn mit einem freundlichen, aber bestimmten Lächeln. »Unsere Ahnen in Cathay haben eine solche Waffe schon vor tausend Jahren zum Einsatz gebracht.«

»Kaum zu glauben. Dann zolle ich diesen Ahnen höchsten Respekt«, bemerkte Dominique de Charron. »Mit dieser Waffe können wir nicht nur den Herzog von Lothringen in die Knie zwingen, falls er uns noch einmal in die Quere kommt, sondern den franzischen König gleich mit. Ich schlage vor, wir lassen so rasch wie möglich hundert Stück von diesen sogenannten Kanonen anfertigen.«

»Und was ist mit unserem Vertrag?« Hannah, die ihren Erfolg trotz der zweifelhaften Aussicht auf zukünftige, verheerende Kriege begrüßte, warf ihrem Gastgeber einen auffordernden Blick zu.

»Der ist nun selbstverständlich Gesetz«, gab de Charron im Brustton der Überzeugung bekannt. »Heute Morgen sind meine Boten von ihrer Mission zum Hauptsitz des Herzogs von Lothringen zurückgekehrt und haben mir das von ihm unterschriebene Dokument überbracht. Er überlässt uns Waldenstein zu einem Spottpreis im Vergleich zur Kostbarkeit dieser einzigartigen Waffe, die unserer Stadt hundertmal mehr wert sein muss als alles Gold und Silber, das wir besitzen. Ich habe mich schon mit meinen Leuten besprochen«, sagte er und wandte sich Hannah freudestrahlend zu. »Es steht außer Zweifel, dass wir Euch noch heute Burg Waldenstein mitsamt den dazugehörigen Ländereien als Euer Eigentum überschreiben. Das bedeutet, Ihr und Eure Familie seid aus jeglicher Lehnsverpflichtung entlassen. Ihr könnt mit der Burg und dem Land machen, was Euch beliebt. Den Ertrag, den Euch Felder, Weinberge und Wiesen einbringen, könnt Ihr vollständig für Euch behalten.«

Hannah glaubte, sich verhört zu haben. »Ist das Euer Ernst?«

»Einzige Auflage ist«, fügte de Charron mit einem intriganten Lächeln hinzu, »dass Eure Gefährtin aus Cathay uns weiterhin bei der Herstellung von solch wirkungsvollen Waffen berät. Und dass sie ihr geheimes Wissen ausschließlich uns zuteilwerden lässt und niemandem sonst. Schließlich wollen wir die Vorteile dieser einmaligen Gabe nicht mit unseren Feinden teilen. Daher muss ich auf ihrer und Eurer Loyalität bestehen.«

Hannah warf Lyn einen fragenden Blick zu. »Was sagst du dazu?«

»Einverstanden«, antwortete Lyn mit einer devoten Verbeugung. »Ich stehe jederzeit für eine Beratung in dieser Sache zur Verfügung.«

Was hätte sie auch sonst sagen sollen?, dachte Hannah. Schließlich waren sie am Ziel all ihrer Wünsche. Wenn alles gut lief, würden sie Waldenstein schon bald in eine Musterburg verwandeln, in der neue, freizügigere, liberale und gerechte Gesetze herrschten. Die Leibeigenschaft, wie man sie kannte, würde dort der Vergangenheit angehören und durch einen neuen Status von Angestellten ersetzt werden, die man anständig für ihre Arbeit entlohnte. Jetzt, wo sie keine Lehnsabgaben mehr zahlen mussten, würden sie sich das bequem leisten können.

»Später, wenn wir in meinen Palais zurückgekehrt sind, werden wir gemeinsam ein entsprechendes Pergament unterzeichnen.« De Charron zwinkerte ihr vertrauensvoll zu. »Ich verlange im Übrigen nicht, dass Ihr Teil meines Haushaltes werdet«, stellte er gegenüber Lyn mit einem zweideutigen Grinsen klar. »Falls ich Eure Hilfe benötige, werde ich einen Boten nach Waldenstein schicken und Euch rufen lassen.«

»Heißt das, wir können sofort nach Hause zurückkehren?« Hannah schaute ihn ungläubig an.

»Wenn Ihr wollt, sogar noch heute. Ich biete Euch gerne eine Reise auf einem meiner Handelsschiffe an, die regelmäßig auf der Mosel und dem Rhein von Metz nach Köln fahren. Das nächste Schiff legt am frühen Nachmittag ab und fährt bis Dydenhowen, wo meine Leute eine Ladung aufnehmen und übernachten. Morgen früh geht es dann weiter nach Trier. Mein Kapitän könnte Euch an der Anlagestelle bei Burg Waldenstein absetzen, dann seid Ihr spätestens morgen Mittag daheim.«

»Das hört sich gut an.« Hannahs unentschlossener Blick wanderte zu Johan van Elk, der ein Stück weit entfernt stand und sich mit Christian und Otho beriet, auf welchen Wegen sie nach Hause zurückreiten sollten, um eine Begegnung mit Hanemann und seinen Söldnern zu vermeiden.

»Mit dem Schiff auf einem Fluss zu reisen, der Hochwasser führt, ist nicht ohne Risiko«, gab Johan zu bedenken.

»Mit einem Wagen über Land zu fahren, wenn die meisten Straßen unter Wasser stehen, ist auch nicht bequem«, hielt de Charron ihm entgegen. »Und unsere Schiffe sind sehr komfortabel. Mit bestens ausgestatteten Kammern, die mit einem Ofen beheizt werden und in denen Ihr sogar übernachten könnt.«

Hannah schaute Lyn an, die neben ihr stand. »Was meinst du?«

»Solange die Jungs dabei sind und wir unsere Pferde mitnehmen können, wüsste ich nicht, was dagegen spricht. Wahrscheinlich sind wir auf dem Fluss sicherer als auf der Straße.«

»Das mit den Pferden ist überhaupt kein Problem.« De Charron wandte sich an Johan van Elk, der mit Totty und Brian hinzugetreten war, um den Gesprächsverlauf verfolgen zu können.

»Außerdem habe ich meine eigenen Mannschaften auf dem Schiff, die für die Bewachung der Ware zuständig sind. Falls Euch die Reise als zu riskant erscheint, könnt Ihr beruhigt sein. An Bord seid Ihr absolut sicher.«

»Unser einziges Problem könnte sein, dass wir durch Luxemburg reisen. Die Luxemburger gehören nicht gerade zu unseren Freunden«, wandte Johan mit einem Stirnrunzeln ein.

»Ich kann dafür sorgen, dass Ihr unter dem Schutz der Stadt Metz reist. Ich stelle Euch entsprechende Geleitpapiere aus, die Euch vor Kontrollen in Dydenhowen bewahren werden«, bekräftigte de Charron sein Angebot. »Wenn Ihr wollte kann ich die Papiere auf meinen Namen ausstellen lassen und Euch als Verwandte ausgeben. Denkt an das Kind. Wenn Ihr mit dem Wagen reist, dauert es länger, ist nicht so behaglich und erst recht nicht weniger gefährlich.«

»Danke für das großzügige Angebot«, beeilte sich Hannah zu sagen, die einsehen musste, dass eine rasche Rückkehr nach Waldenstein für Sophia das Beste war. Angesichts der Tatsache, dass Hanemann von Lichtenberg und seine Truppe jederzeit wieder auftauchen konnten, war der Weg über Land ein unkalkulierbares Risiko. Ein Grund mehr, dass Hannah sich zudem Sorgen über die Rückkehr von Jeanne und ihren Kindern machte. Deshalb sagte sie: »Es wäre mir lieb, wenn Ihr Otho und seinen Brüdern eine Eskorte zur Verfügung stellt, damit sie Jeanne de Carmac und ihren Kindern sicheres Geleit zurück zu deren Burg garantieren. Außerdem möchte ich Euch bitten, Jeannes Zuhause noch eine Weile durch Eure privaten Söldner schützen zu lassen. Ich fürchte, dass Hanemann von Lichtenberg mit seinen Soldaten noch immer in der Gegend patrouilliert und sich womöglich an uns und unseren Freunden rächen will, wenn er erfährt, dass er Waldenstein für immer verloren hat.«

»Aber gewiss«, versicherte ihr Dominique de Charron. »Ihr könnt Euch auf mein Wort verlassen.«

Nachdem sie zum Palast der Patrizierfamilie zurückgekehrt waren, versammelten er und seine Gäste sich ein letztes Mal im Rittersaal, wo ein üppiges Mittagessen auf sie wartete. Nachdem der Hausherr sich noch einmal bei allen bedankt und Hannah die entscheidenden Dokumente übergeben hatte, verabschiedete sie sich zuerst von Jeanne und ihrer Familie. »Ich werde nie vergessen, was du und Christian für uns getan habt«, sagte Hannah und schluckte ein paar Tränen hinunter, während sie Jeanne und ihren Cousin wehmütig lächelnd umarmte. »Ich weiß nicht, wie wir das ohne euch alles geschafft hätten.«

»Wenn unsere Männer Brüder im Herzen sind, bedeutet das für uns, dass wir Schwestern im Herzen sind«, versicherte ihr Jeanne »Bleibt nur zu hoffen, dass Gero und Pierre und all die anderen mit Gottes Hilfe so bald wie möglich zu uns zurückkehren – und mit ihnen alle, die ihnen lieb und teuer sind.«

»Das hoffe ich auch.« Hannahs banger Blick streifte Sophia, die in einem gemütlichen kleinen Weidenkörbchen warm eingepackt vor sich hin brabbelte. Nicht auszudenken, wenn sie ihren Vater niemals wiedersehen würde. »Ich bin sicher, wir alle sind schon bald wieder vereint«, versicherte sie Jeanne, wie um sich selbst positiv zu stimmen. Hatte Rona nicht immer gesagt, wie wichtig das war? Weil der Glaube nicht nur Berge versetzte, sondern womöglich – aus quantenphysischer Perspektive – sogar die eigene Realität beeinflusste.

Hannah atmete tief durch, wie um alle düsteren Gedanken von sich abzuschütteln, und wandte sich Otho zu, dem sie die Bekanntschaft mit Dominique de Charron und seinen Patriziern von Metz zu verdanken hatten. »Auch dir gebührt unser tiefer Dank«, versicherte sie dem jungen Templerbruder. »Ohne dein Zutun hätten wir deinen Oheim niemals kennengelernt und dessen Hilfe nicht in Anspruch nehmen können.«

»Ich danke Gott dem Allmächtigen, dass ich helfen konnte«, antwortete Otho bescheiden. »Und so wie es aussieht, war ich für beide Seiten hilfreich. Nicht nur für dich und deine Familie, auch für meinen Oheim und die Stadtoberen von Metz.«

»Wir sollten aufbrechen«, mahnte Johan van Elk. »Dominique de Charron wird uns zusammen mit einigen seiner Soldaten zum Hafen bringen und uns das Schiff zeigen, das dort auf uns wartet.«

Hannah verabschiedete sich im Vorbeigehen von Christan de Vrey und seinen Kameraden.

»Wir sehen uns wieder«, versuchte er ihr Mut zu machen. »Schon bald werden wir zusammen mit Gero und Pierre auf Waldenstein unseren Sieg über die Gens du Roi, die franzischen Könige und die Inquisition feiern.«

Hannah hatte Mühe, ihm ein zuversichtliches Lächeln zu schenken. »Ja«, sagte sie nur. »So Gott will.«

•

Helias Baillie hockte mit dem geprellten Hanemann von Lichtenberg hinter einer Mauer an der Hafenmole von Metz und stellte sich die Frage, wie er das Ruder im wahrsten Sinne des Wortes noch herumreißen konnte. Das Gesicht verborgen unter einer breiten Hutkrempe, um nicht erkannt zu werden, verfolgte er angespannt das Treiben der Fischverkäufer, die ihren frischen Fang direkt vom Boot an potenzielle Kunden zu bringen versuchten. Es roch nach Salm, Neunauge, Forelle und nicht zuletzt nach Brackwasser, in dem allerlei Unrat herumschwamm. Die Anlegestelle war voller Boote und kleiner Schiffe. Aber auch einige größere Handelsbarken, von denen eine Dominique de Charron gehörte, waren am Anleger vertreten.

»Da sind sie«, zischte Baillie und kniff Hanemann in die Seite.

»Wo?« Hanemann reckte den Hals aus seiner Kukulle, die er zur Tarnung zusammen mit einem braunen Umhang über seinem Wappenrock trug, und bekam von Baillie sofort einen Dämpfer, indem er ihn abrupt zu sich hinunterzog. Beide waren ohne Hanemanns Truppen in die Stadt gekommen, um nicht aufzufallen. Die Söldner warteten derweil draußen vor den Toren der Stadt auf weitere Befehle.

»Bleibt unten, verdammt!«, fuhr Baillie den jungen Lichtenberger unwirsch an. »Wir können es uns nicht leisten, Aufsehen zu erregen. Diese Templerbastarde dürfen auf keinen Fall herausfinden, dass wir ihnen auf der Spur sind.«

»Aber ich will wissen, was diese Erbschleicher nun vorhaben«, nörgelte Hanemann wie ein Kind. »Ich …«

»Deshalb sind wir hier«, fiel Baillie ihm ins Wort. »Ich habe nicht umsonst die Spitzel des franzischen Königs in Metz um Amtshilfe ersucht. Es ist alles so eingetreten, wie sie es mir berichtet haben. Einer unserer Mittelsmänner hat herausgefunden, dass Dominique de Charron vor ein paar Tagen der jungen

Gräfin von Waldenstein seine Gastfreundschaft angeboten hat und mit ihr und ihrem Gefolge offenbar dubiose Geschäfte betreibt. Diese Verbindung hat dazu geführt, dass er und die anderen Ratsherren der Stadt dem Herzog von Lothringen die Burg Waldenstein abgekauft haben. Und die neusten Gerüchte werden Euch ebenso wenig erfreuen. Ich habe sie gerade erst erfahren. Wollt Ihr sie hören?« Er warf Hanemann einen linkischen Blick zu.

»Spuckt es aus!«, erwiderte Hanemann gereizt. Mit einem Seufzer beobachtete er in geduckter Haltung, wie Hannah von Waldenstein mit ihrem Kind und ihren Leibwächtern das Schiff bestieg, das ihr neuer Gönner ihr offenbar für die Rückreise zur Verfügung gestellt hatte.

»Dominique de Charron und seine Ratsherren haben Hannah von Waldenstein und ihrer Familie die Burg mit allem, was dazugehört, nach dem Kauf als Geschenk überschrieben. Und das ist noch nicht alles. Außerdem haben sie mit Waldenstein einen Pakt geschlossen, der die Stadt Metz und die Waldensteiner zur gegenseitigen Verteidigung im Angriffsfall verpflichtet. Das bedeutet, die Waldensteiner haben nun einen starken Verbündeten und dabei so gut wie keine Verpflichtungen. Außerdem profitieren sie von den Handelsbündnissen der Stadt.«

»Ich wusste es!«, schimpfte Hanemann zornig. »Sie müssen mit den Mächten der Finsternis im Bunde sein. Wie sonst ist es möglich, dass ein solches Bündnis zustande kommt?« Sein hasserfüllter Blick lag auf der jungen Gräfin, die ihr Kind eng an sich gedrückt hielt und bei strahlendem Sonnenschein übers Deck marschierte, gefolgt von ihren hünenhaften Begleitern, darunter die seltsame Frau mit den schräg stehenden Augen, die ihm von Beginn an nicht geheuer gewesen war. Zwei andere Templer brachten die Pferde in einen extra dafür erbauten Verschlag auf dem Schiff unter, wo die Tiere nicht ausbrechen konnten. Der rothaarige Templer mit den Brandnarben im Gesicht inspizierte das Oberdeck, indem er jeden Schiffsjungen und den Kapitän genauer in Augenschein nahm. Nachdem er sich ausreichend davon überzeugt hatte, dass seine Schutzbefohlene mitsamt dem Kind gut versorgt war, setzte er sich neben den Steuermann, die Hand am Schwert, und ließ seinen suchenden Blick über die Schiffsanlegestellen gleiten.

Dominique de Charron, der mit seiner pelzbesetzten Robe am Kai stand und mit seiner Stimmgewalt sogar das Treiben am Hafen übertönte, gab der Schiffsbesatzung letzte Anweisungen, auf das Wohlergehen ihrer Passagiere zu achten.

Hanemann schnaubte verdrossen. »Ich frage mich trotzdem, wie die Ratsherren die Gunst des Herzogs erlangen konnten. Ferry von Lothringen kennt mich und meine Familie seit Jahren, wir waren ihm immer treu ergeben. Die Ratsherren der Stadt Metz bereiten ihm nur Schwierigkeiten.«

»Metz und seine Patrizier sind zwar nicht Teil seines Machtbereichs«, erinnerte Baillie ihn. »Dafür finanzieren sie seine Kriege, seinen Prunk und nicht zu vergessen seine Armee, mit der er die Habsburger in ihrem Ränkespiel gegen Ludwig den Bayern um den deutschen Thron unterstützt. Was interessiert den Herzog eine unbedeutende deutsche Burg, solange die gewitzten Patrizier seine kostspieligen Allianzen garantieren?«

Natürlich wusste Hanemann um die Macht der Patrizierfamilien von Metz. Einer seiner Vorfahren war hier einst Bischof gewesen – ein Mann, der sich schon damals nicht besonders gut mit den selbsternannten Stadtoberen verstanden hatte. Und auch der erst kürzlich verstorbene Bischof hatte mit den reichen Handelshäusern kein glückliches Auskommen gehabt und sie als Ketzer und korruptes Pack hingestellt.«

»Woher kennt Ihr Dominique de Charron?«, wollte Hanemann wissen.

»Ich kenne ihn nicht«, erklärte Baillie. »Aber offenbar spielt er eine gewichtige Rolle in der ganzen Geschichte. Er war es, der die Ratsherren der Stadt dazu gebracht hat, diese gewaltige Summe aufzubringen, um die Burg dem Herzog abzukaufen und sie anschließend ihren neuen Besitzern zu überschreiben. Bleibt einzig die Frage, *warum* die Ratsherren so überaus großzügig waren, denn sie haben nicht unbedingt den Ruf, wahre Wohltäter zu sein. Aber auch das werden wir noch herausfinden«, murmelte er, von sich selbst überzeugt.

»Ich will den Tod dieser Frau und ihres Balgs, und ich will diese Urkunden über den Besitz von Waldenstein!«, tobte Hanemann beim Anblick seiner Widersacherin, die nun mit ihrer kleinen Tochter unter Deck ging. Vor Wut stand ihm der Schaum vorm Mund. Er wollte schon aufspringen, als sein Begleiter ihn mit eiserner Gewalt am Boden hielt.

»Nicht jetzt«, zischte Baillie. »Wenn diese vermaledeiten Templer uns sehen, sind alle Pläne dahin, um Euer Erbe zurückzuholen. Wir müssen besonnen vorgehen.«

»Und was tun wir jetzt?«, wollte Hanemann wissen, als das Schiff endlich ablegte.

»Wir reiten nach Dydenhowen. Dort schnappen wir uns die Frau und das Kind«, raunte Baillie. »Ein Vögelchen hat mir gezwitschert, dass das Schiff dort anlegen wird, um neue Ware aufzunehmen.«

»Ein Vögelchen?« Hanemann glotzte ihn begriffsstutzig an.

»Mein Mittelsmann«, berichtigte Baillie seine Aussage ungeduldig. »Er hat den Hafenmeister von Metz unter Vertrag und Zugriff auf die Liste der Schiffe, die regelmäßig hier an- oder ablegen, sowie auf deren Aufträge, einschließlich der Ziele, die sie ansteuern.«

»Und wie sollen wir damit an Hannah von Waldenstein herankommen? Sie wird besser bewacht als der Schatz der Merowinger. Und Dydenhowen ist zudem eine Festung der Luxemburger. Da habe ich keinen Einfluss, außer wenn wir die Soldaten anständig schmieren.« Hanemann runzelte die Stirn.

»Genau das wird uns zum Vorteil gereichen«, versprach ihm Baillie. »Ich werde den Militärkommandanten von Dydenhowen bestechen, um zu bekommen, was wir wollen. Ich weiß zufällig, dass er empfänglich für großzügige Geldgeschenke ist.«

•

Mit einem unguten Gefühl, dem sie keinen Namen geben konnte, stand Hannah an der Reling des wankenden Kahns, während die Besatzung, alles Männer im mittleren Alter, die Leinen von der Hafenmole lösten und das Schiff in die starke Strömung der Mosel steuerten.

Lyn, die ihr Sophia für einen Moment abgenommen hatte, begleitete sie in die Kabine, die ihr vom Schiffsführer mit einem freundlichen Lächeln zugewiesen worden war.

Im Inneren war es warm und heimelig, und Hannah betrachtete es als Gunst des Schicksals, dass der flache, zwanzig Meter lange Kahn mit seinen hölzernen Aufbauten für Personal und Fracht offenbar zum Modernsten gehörte, was das Mittelalter zu dieser Zeit auf dem Gebiet der Flussschifffahrt zu bieten hatte. Mehrere gepolsterte Holzbänke luden zum Sitzen ein, und ein Tisch bot die Möglichkeit, eine Mahlzeit darauf zu servieren. Eine geräumige Kommode mit einer Klappe, in der man mehrere Strohsäcke und zusammengefaltete Decken verstaut hatte, bot die Aussicht auf ein bequemes Nachtlager.

»Gar nicht so übel«, kommentierte Lyn den bescheidenen Komfort und schaute sich gründlich um. Hannah ließ sich auf einer der Bänke nieder und streckte die Arme nach Sophia aus. Lyn übergab ihr die Kleine und inspizierte sämtliche Ecken und Winkel der Kammer, wobei sie auf eine schön gezeichnete, weißgraue Katze stieß, die ihren hübschen Kopf mit einem neugierigen Blick aus einem geflochtenen Weidenkorb herausstreckte.

»Oh, wer bist du denn?« Interessiert beobachtete Lyn ihre kapriziöse Mitbewohnerin, die sich genüsslich streckte und dann quer durch die Kabine stolzierte wie eine Königin, die unmissverständlich klarmachte, dass sie Herrin dieses Reiches war.

»Immerhin garantiert sie uns, dass es hier keine Mäuse oder Ratten gibt«, stellte Hannah beruhigt fest, während sie die Kleine unter ihrem Schultertuch an die Brust legte und einen entspannten Seufzer von sich gab, als Sophia mit einem kräftigen Zug zu trinken begann.

Kurze Zeit später klopfte jemand an die Tür. Lyn ging nachsehen, wer ihre neu gewonnene Idylle störte.

Es war Johan van Elk, der wissen wollte, ob bei ihnen alles in Ordnung war.

»Komm rein«, rief Hannah, die das Kind mitsamt ihrer Brust immer noch unter ihrem Tuch verborgen hielt.

Während Johan die gute Stube betrat, drängte sich die Katze an seinen langen Beinen vorbei, hinaus auf die Schiffsplanken. Mit dem flämischen Templer, der den Kopf einziehen musste, um in der Kammer halbwegs aufrecht stehen zu können, kam ein frischer, kühler Wind in die Kabine. Es roch nach Flusswasser, Tang und Fisch, den es zu dieser Zeit noch reichlich in diesen Gewässern gab.

»Oh, gemütlich«, stellte Johan mit einem zufriedenen Nicken fest, als er sah, wie bequem es Hannah und ihr Nachwuchs getroffen hatten. »Ich habe die Mannschaft und den Frachtraum inspiziert«, vermeldete er ohne Übergang in einem sachlichen Tonfall, der seine militärische Ausbildung verriet. »Alles unauffällig. Totty und Brian habe ich zur ersten Deckwache eingeteilt.«

»Bestimmt haben sich der Schiffsführer und seine Besatzung gefreut, dass ihr das Kommando für die Bordsicherheit übernommen habt«, amüsierte sich Hannah und schaute kurz auf.

»Wir sind für eure Unversehrtheit zuständig«, stellte Johan entschlossen fest. »Offen gesagt bin ich froh, wenn wir sicher auf Waldenstein angekommen sind. Ich traue Hanemann nicht über den Weg. Irgendwann wird er erfahren, dass Waldenstein nicht mehr zu den Ländereien der Lichtenberger gehört. Und ich möchte mir gar nicht erst vorstellen, was ihm dazu einfällt. Und was die Gens du Roi angeht – die Hinterhältigkeit dieser Hurensöhne haben wir ja erst vor kurzer Zeit zu spüren bekommen. Auch wenn wir nun mit dem Besitz von Waldenstein und Metz als Verbündetem eine völlig neue Ausgangssituation haben, heißt das noch lange nicht, dass alles in bester Ordnung ist.«

»Das ist es ohnehin nicht, solange Gero und die anderen nicht zurück sind.« Hannah schaute unwillkürlich zu Lyn auf, die von Rona hin und wieder mit Informationen versorgt wurde, wo deren Truppe sich gerade befand.

Nachdem Lyn offenbar nichts Neues zu vermelden gehabt hatte, wandte Hannah sich mit einer dringlichen Frage an Johan. »Hast du die Tasche mit den Dokumenten an dich genommen?«

»Alles hier drin«, antwortete Johan mit unaufgeregter Stimme, die nichts andere besagte, als dass er alles im Griff hatte. Als ob es noch eines weiteren Beweises bedurft hätte, klopfte er demonstrativ auf eine lederne Tasche, die er an einem breiten Schulterriemen quer über seine Brust trug. »Ruht euch aus«, riet er ihnen, obwohl er wusste, dass Lyn so gut wie nie müde wurde. »Wenn wir in Dydenhowen durch die luxemburgische Zollkontrolle sind, komme ich nochmal runter, und wir besprechen den Rest. Wir müssen uns etwas einfallen lassen, wie wir der Gräfin diese glückliche Wendung erklären. Wir können ihr schlecht erzählen, dass Lyn eine Kanone konstruiert und an die Ratsherren von Metz verkauft hat.«

Hannah war mit der Kleinen eingeschlafen, nachdem sie das Kind ein zweites Mal gestillt hatte, als sie von aufgeregten Stimmen geweckt wurde. Draußen dämmerte es bereits, und auch in der Kammer herrschte schummriges Licht, weil noch niemand die Kerzen entzündet hatte.

»Lyn?«, fragte sie in die Stille hinein. Doch es kam keine Antwort. Dagegen brach draußen vor der Tür offenbar ein heftiger Streit zwischen mehreren Männern aus, die lautstark auf Franzisch debattierten.

Hannah war nicht sicher, ob sie aufstehen und nachschauen sollte, was da los war. Sie deckte Sophia zu, die auf einem der Strohsäcke fest schlief und von dem Tumult nichts mitzubekommen schien. Dann erhob sie sich und ging zur Tür, die sie vorsichtig einen Spalt weit öffnete. Anscheinend befanden sie sich an einer Anlegestelle. Links von ihr erhob sich eine beeindruckende Festung mit Türmen und hohen Mauern, die von großen Feuerkörben beleuchtet wurde. Offenbar waren sie bereits an der luxemburgischen Zollkontrolle in Dydenhowen eingetroffen.

Johan, Totty und Brian standen mit gezückten Schwertern auf dem Oberdeck und verhandelten in aggressivem Tonfall mit ein paar Uniformierten über die Herausgabe von Lyn, von der weit und breit nichts zu sehen war. Als Brian sah, dass Hannah im Begriff war, ihre Kammer zu verlassen, schnellte er zur Tür und gab ihr unmissverständlich zu verstehen, dass sie wieder in die Kajüte gehen sollte.

»Was ist da los?«, zischte sie mit klopfendem Herzen aus dem Türspalt heraus.

»Die Zöllner haben Lyn mitgenommen«, klärte Brian sie mit gehetzter Stimme auf. »Angeblich, weil sie gemäß den Passagierdokumenten eine Leibeigene ist, so dass wir Zoll für sie zahlen müssen. Der Schiffsführer weigert sich, die Summe und eine Strafe für seinen angeblichen Schmuggel zu begleichen, geschweige denn, die Verantwortung dafür zu übernehmen, weil er mit den Passagierlisten nichts zu tun habe. De Charron habe ihm versichert, mit den Papieren sei alles in Ordnung, und habe ihm nichts über eine Leibeigene gesagt. Er meint, es sei unsere Sache, dieses Missverständnis aufzuklären. Seine einzige Sorge besteht darin, dass sie ihn einsperren und ihm den Kahn stilllegen, bis die Sache geklärt ist. Lyn hat sich bereit erklärt, mit den Zöllnern mitzugehen, um sich befragen zu lassen. Sie wollte nicht, dass du und das Kind durch den Vorfall geweckt werden.«

»Kann Johan den Zöllnern nicht die Wahrheit sagen? Dass wir uns auf dem Weg nach Hause befinden und Verbündete der Stadt Metz sind?«

»Das ist ja die Krux«, flüsterte Brian. »Die Zöllner sind keine Lothringer, sondern Luxemburger. Gero steht bei denen noch immer auf einer Fahndungsliste. Deshalb können wir uns nicht als Waldensteiner zu erkennen geben. Johan verhandelt mit ihnen und versucht sie zu überzeugen, dass wir zu de Charrons Familie gehören, wie es in den Geleitpapieren steht. Ich habe keine Ahnung, warum sie daran zweifeln. Aber irgendetwas stimmt hier nicht. Also geh zurück in deine Kammer und bleib mit dem Kind dort, bis die Sache geklärt ist.«

Hannah zog sich nur mit Widerwillen zurück und verharrte mit Sophia beunruhigt in der stickigen Düsternis der kleinen Kammer. Das Schiff schaukelte derweil heftig in den Wellen, was die Kleine sanft vor sich hin schlummern ließ, ihr selbst jedoch Übelkeit bereitete. Als nach gefühlten zehn Minuten plötzlich keine Stimmen mehr zu hören waren, ging sie noch einmal zur Tür und öffnete sie leise.

Ein Mann kam auf sie zu. Offenbar jemand von der Mannschaft. Er grinste freundlich, obwohl er mit seiner Narbe, die ihm quer übers Gesicht lief, nicht gerade vertrauenerweckend aussah.

»Eure Begleiter sind in der Festung«, sagte er seltsam unbeteiligt. »Ich soll Euch ebenfalls in die Festung bringen, weil der Zollmeister Euch sehen will.«

Hannah spürte instinktiv, dass an der Sache etwas faul war. Kurzentschlossen schlug sie dem Mann die Tür vor der Nase zu und schob den Riegel vor.

Doch der Kerl dachte gar nicht daran, sich zurückzuziehen. »Kommt raus!«, rief er nun weit weniger freundlich. »Ohne Eure Beschützer habt Ihr ohnehin keine Chance, uns zu entkommen. Schon gar nicht mit dem Kind.«

Hannah schlug das Herz bis zum Hals. Irgendetwas Furchtbares musste passiert sein. Ansonsten hätten Johan und Lyn sie und Sophia niemals allein zurückgelassen.

Rasch packte sie die schlafende Kleine und bugsierte sie vorsichtig zu dem Weidenkorb, in dem die Katze gesessen hatte. Sie legte Sophia hinein und deckte den Korb mit ihrem Schultertuch ab, bevor sie ihn behutsam in eine Nische schob. Sie selbst nahm sich Lyns Schwert, das sie unter dem Tisch abgelegt hatte. Roland hatte ihr zwar ein paar Lektionen im Schwertkampf erteilt, aber sie war längst nicht so geübt wie Lyn. Mit dem Gefühl, sich vor Aufregung übergeben zu müssen, stand sie hinter der Tür, während sich ihr Widersacher immer wieder gegen das Türblatt warf, um den Riegel, der leider nur aus Holz bestand, aufzubrechen.

Es grenzte an ein Wunder, dass das Kind bei dem Krach nicht wach wurde. Hannah hielt das Schwert so fest in Händen, dass ihre Knöchel weiß hervortraten. Als die Tür plötzlich aufsprang und der Kerl mit der Narbe, der selbst von seinem Erfolg überrascht zu sein schien, zu ihr hereinstolperte, nahm sie ihre ganze Kraft zusammen und rammte ihm die Klinge von hinten in den Rücken. Der Kerl trug ein Kettenhemd, was normalerweise Verletzungen durch seitliche Schwerthiebe verhinderte, aber die spitze Klinge sprengte die Kettenglieder und bohrte sich tief in sein Fleisch. Anscheinend hatte Hannah seine Wirbelsäule verletzt, denn er fiel der Länge nach hin und war nicht fähig, aufzustehen. Die Kleine war nun doch wach geworden und schrie, was dem Eindringling einen Hinweis gab, wo das Kind zu finden war. Ohne zu zögern, robbte er auf den Ellbogen zu dem Körbchen hin, wo Hannah ihre Tochter verborgen hatte.

Hannah hatte nur noch einen Gedanken: Sie musste ihr Kind schützen. Also hob sie das Schwert erneut und ließ es auf den Mann herabsausen. Eher unbeabsichtigt spaltete sie ihm den Schädel. Es dauerte einen Moment, bis ihr klar wurde, was genau sie getan hatte und dass der Angreifer tatsächlich tot am Boden lag. Dunkles Blut breitete sich unter ihm aus und flutete den blanken Dielenboden. Hannah schleuderte das Schwert von sich und biss ekelerregt die Zähne zusammen. Dann sprang sie mutig über die Leiche hinweg zu ihrer Tochter. Mit zitternden Händen nahm sie Sophia, die nun lauthals brüllte, mitsamt ihrem Körbchen und hielt beides fest an sich gedrückt. Dann rannte sie mit dem Kind zur Tür. Sie wollte nur raus. Weg von diesem Grauen, weg von der Leiche und weg von diesem Schiff, das nicht hielt, was de Charron ihnen versprochen hatte.

Kaum hatte sie das schwankende Schiff verlassen, blickte sie im Schein einer Fackel unvermittelt in das bleiche Antlitz von Hanemann von Lichtenberg, der mit hasserfüllter Genugtuung auf sie herabschaute, und sie zugleich mit einem riesigen Dolch bedrohte. Im Gegensatz zu seinem Vorgänger war er nicht allein. Mindestens zehn schwer bewaffnete Soldaten, die sein Wappen trugen, hatten das Schiff von der Landseite umstellt. Einer seiner Begleiter war in die Kajüte gegangen und kam nun zurück, um ihm etwas zuzuflüstern. Doch es war laut genug, dass Hannah die Wörter »erschlagen« und »tot« verstehen konnte.

Anstatt sich über seinen getöteten Verbündeten aufzuregen, der in der Kajüte leblos in seinem eigenen Blut lag, grinste der junge Lichtenberger abfällig. »Nicht nur mein Cousin ist mit dem Teufel im Bunde, anscheinend auch seine bezaubernde Gemahlin«, höhnte er. »Wie sonst könnte es ihr gelungen sein, einen Hauptmann der Gens du Roi ins Jenseits zu schicken? Aber keine Sorge«, fuhr er fort, als er Hannahs fassungsloses Gesicht bemerkte. »Du hast mir einiges an Arbeit abgenommen. Ich mochte den Kerl ohnehin nicht leiden.«

Er gab seinen Söldnern einen Wink, dass sie Hannah, die das Körbchen mit ihrer Tochter nach wie vor fest an sich gedrückt hielt, auf eines der Pferde setzen sollten. Doch sie verteidigte sich mit Fußtritten, bis Sophia von Neuem lauthals zu schreien anfing. Mit einem Mal wurde der junge Lichtenberger unruhig.

»Wo sind die verdammten Dokumente?«, herrschte er sie an. »Ich habe mir sagen lassen, dass du mit Dominique de Charron ein paar lukrative Geschäfte gemacht hast und er dir und deiner verteufelten Sippschaft dafür Waldenstein als Eigentum überschrieben hat. Also wo verdammt nochmal ist die dazu passende Urkunde?«

»Ich weiß nicht, wovon du redest«, widersprach Hannah ihm tapfer und wandte sich von ihm ab. Doch sie wurde weiterhin von seinen Söldnern umzingelt.

»Durchsucht die Schiffskammer«, befahl er seinen Schergen kalt. Als sie nach kurzer Zeit wieder auftauchten und nichts gefunden hatten, verlor er die Geduld, zumal das Kind unentwegt schrie.

»Wir ziehen ab«, befahl er seinen Söldnern. Offenbar auch, weil er es eilig hatte, möglichst unbemerkt die Festung zu verlassen. »Ich gebe zu, auf diesen Moment habe ich lange gewartet«, erklärte Hanemann mit einem triumphierenden Grinsen, und befahl seinen Männern, seine Geisel mitsamt dem Kind endgültig abzuführen.«

Hannah dachte angestrengt nach, wie sie diesem Scheusal entkommen konnte. Doch der Hafen schien bis auf Hanemanns Schergen verlassen zu sein. Lediglich das Feuer in den eisernen Körben spiegelte sich im schwarzen Wasser der Mosel, und von Johan, Totty, Brian oder gar Lyn war weit und breit nichts zu sehen.

»Ich gehe nirgendwo mit dir hin«, widersprach Hannah ihm und musste dafür ihren ganzen Mut aufbringen. Ihr Blick wanderte in ihrer Verzweiflung ziellos über die Kaimauer. Sie wollte die Hoffnung nicht aufgeben, dass ihre Beschützer noch auftauchten und sie und das Kind retteten.

»Ich sage es nicht noch einmal«, zischte Hanemann böse. »Wenn du dich nicht augenblicklich in Bewegung setzt, werde ich dein Balg nehmen und es mitsamt seinem Körbchen in die Mosel werfen.«

Hannah schluckte krampfhaft und umklammerte ihre weinende Tochter noch fester, voller Sorge, Hanemann könne seine Drohung wahrmachen. Mit Widerwillen ging sie auf einen der Söldner zu, der ihr von seinem Pferd herab die Hand entgegenhielt, damit sie mitsamt dem Kind vor ihm aufsitzen konnte. Hanemann veranlasste danach, dass man eine Decke über Mutter und Kind legte, damit seine Beute unbemerkt blieb.

Ohne Johan und die anderen noch einmal gesehen zu haben, ritt Hannah mit ihren Peinigern in die Nacht hinein.

•

»Beim Henker, wie oft soll ich es noch sagen?« Johan van Elk fasste sich händeringend an den Kopf, während er im Verhörzimmer der Kommandantur von Dydenhowen verzweifelt auf die Vernunft des Festungskommandanten hoffte. Um ihn herum standen der Schiffsführer und dessen Mannschaft, von denen man jeden Einzelnen verhört hatte, sowie Totty und Brian, denen die Sorge um Lyn und Hannah anzusehen war. Während Hannah mit der Kleinen mutterseelenallein auf dem Schiff ausharrte, hatte man Lyn in eine Kerkerzelle gesperrt, die sich gleich neben dem Verhörzimmer befand. Angeblich, bis man den Zoll für sie, die vermeintliche Leibeigene, entrichtet hatte.

»Egal, was es kostet, ich zahle die Summe«, beschwor Johan den Festungskommandanten noch einmal eindringlich.

»Es geht hier gar nicht ums Geld«, schnappte der oberste Zöllner, der hinter seinem Pult hockte wie eine Tarantel, die aus ihrem Erdloch geschnellt war, um eine fette Beute zu schlagen. »Kurz bevor Ihr in unserem Hafen festgemacht habt, stand ein Offizier des franzischen Königs in meiner Kammer und hat mir berichtet, dass in Kürze ein Schiff aus Metz anlegen würde, auf dem sich gesuchte Templer befinden, die vor ein paar Monaten zwei leitende Offiziere der Gens du Roi getötet haben. Dem mussten wir nachgehen. Und nun frage ich Euch, was habt Ihr mit jenen Männern zu tun? Ihr seht haargenau so aus, wie vom Agenten des franzischen Königs beschrieben. Vor allem die Frau, die Euch begleitet hat.«

Johan schluckte hart und warf seinen beiden Mitbrüdern einen hastigen Blick zu. »Das ist eine Lüge«, polterte er. »Wer hat einen solchen Schwachsinn erzählt? Wir reisen unter dem Schutz der Stadtherren von Metz. Und überhaupt, wo ist der Kerl, der einen solchen Unsinn verzapft. Bringt ihn her und ich beweise euch, dass er lügt.«

Während Johan darauf hoffte, dass er unter diesen Umständen schon bald die Gelegenheit erhielt, dem Agenten der Gens du Roi mit bloßen Händen den Hals umzudrehen, befahl der Festungskommandant einem seiner Wachleute, jenen Zeugen herbeizuholen, von dem er den Hinweis erhalten hatte.

Johan konnte sich denken, dass nur der Kerl, den Lyn auf dem Weg zu den Carmacs beinahe getötet hätte und der sich später mit den Lichtenbergern verbündet hatte, für diesen Verrat infrage kam. Dennoch hoffte er auf das Erscheinen des Mannes, nicht nur um sicherzugehen, ob es sich um den Richtigen handelte. Außerdem bestand die begründete Sorge, dass er sich womöglich bereits auf dem Schiff zu schaffen machte, wo er jederzeit auf Hannah und die Kleine treffen konnte, die bisher weder dem Zoll noch den Festungssoldaten aufgefallen waren.

Während Johan und seine Kameraden angespannt warteten, fiel der Schiffsführer ihnen abermals in den Rücken und beschwor noch einmal den Festungskommandanten, ihn und seine Leute gehen zu lassen. »Ich weiß nicht, wer diese Männer sind, noch habe ich irgendetwas mit ihnen zu tun!«, krakeelte er lauthals. »Mein Auftraggeber, Dominique de Charron, hat mir befohlen, sie mitzunehmen und auf der Höhe von Burg Sierck abzusetzen. Das ist alles, was ich zu meinen Passagieren sagen kann.«

Bevor der Kommandant seine Befragung noch einmal verschärfen konnte, flog die Tür auf, und ein Trupp von vier Wachleuten schleppte einen leblosen Körper in die Stube. Es handelte sich um den Agenten der Gens du Roi, der ihnen schon die ganze Zeit auf den Fersen gewesen war, wie Johan sofort erkannte. Doch nun hatte er schwerste Kopfverletzungen und war offensichtlich mausetot. »Was ist mit ihm?«, fragte der Festungskommandant und starrte fragend auf den blutüberströmten Leichnam.

»Wir haben ihn auf dem Schiff gefunden«, erklärte sein Sergeant mit einer ratlosen Geste.

»Und wo ist der andere? Der Kerl, der behauptet, der Herr von Lichtenberg zu sein, und seine Mannen. Oder sind die etwa auch alle tot?«

»Nein, sie sind spurlos verschwunden. Nach Auskunft des wachhabenden Offiziers am Tor stand der junge Landgraf plötzlich vor ihm und hat darum ersucht, die Festung mitsamt seinen Männern verlassen zu dürfen. Da nichts gegen ihn und seine Leute vorlag, ist er dem Wunsch des Landgrafen nachgekommen. Danach ist er mit seinen Söldnern ohne ein Wort des Grußes in die Nacht hinausgeritten.«

»Hat *er* vielleicht den Franzmann getötet?« Der Kommandant starrte seine Wachsoldaten verärgert an.

»Das wissen wir nicht«, erwiderte einer der Männer kleinlaut. »Aber welchen Grund sollte er dafür gehabt haben?«

»Na, wir können's ja schlecht gewesen sein«, blaffte Johan, dem Böses schwante, in die Unterredung hinein. »Wir waren die ganze Zeit hier unter Eurer Beobachtung. Und den sogenannten Lichtenberger scheint es nicht gejuckt zu haben, dass ihm sein franzischer Verbündeter abhandengekommen ist.« Inbrünstig hoffte er, dass sich Hannah mit dem Kind hatte verstecken können und beide während der Auseinandersetzung nicht zu Schaden gekommen waren. »Wahrscheinlich seid Ihr einem Haufen von widerlichen Halunken aufgesessen. Raubritter, die es in Wahrheit auf die Schiffsladung abgesehen hatten«, setzte Johan noch einen drauf, um die ganze Angelegenheit zu verkürzen. »Deshalb haben sie Euch ein schönes Märchen aufgetischt und dafür gesorgt, dass alle, die das Schiff hätten verteidigen können, von Euch in Gewahrsam genommen wurden, während diese Schurken in aller Seelenruhe die Kajüte nach Wertsachen durchsuchen konnten. Danach sind der falsche Lichtenberger und sein franzischer Kumpan über die Beute in Streit geraten, und der angebliche Landgraf hat seinen Komplizen getötet. Und nun ist er mit dem Rest seiner Meute auf und davon.« Johan blickte den Festungskommandanten vielsagend an. »Wenn sich das herumspricht, wird kein Schiffseigner mehr diese Festung anlaufen«, versprach er ihm mit einer gehörigen Portion Ironie in der Stimme.

Angesichts der unrühmlichen Erkenntnis, einer Räuberbande aufgesessen zu sein, glotzte der Kommandant einen Moment lang ungläubig auf die Leiche des Fremden und schien zu überlegen, wie er seinen Irrtum vertuschen konnte.

»Na schön«, sagte er schließlich und deutete auf den Schiffsführer und seine Mannschaft, aber auch auf Johan und seine Templer. »Lasst diese Leute ziehen. Und holt zuvor die seltsam aussehende Frau aus dem Gefängnis. Die Sache mit dem Zoll hat sich erledigt, vorausgesetzt, alle Beteiligten schweigen über das, was hier geschehen ist. Haben wir uns verstanden?« Sein nervöser Blick lag auf Johan und dessen Gefährten.

Johan nickte rasch. »Können wir jetzt gehen?«, fragte er ungeduldig.

»Das sagte ich doch«, erwiderte der Kommandant und komplimentierte sie mit einer unwirschen Geste aus seiner Kammer hinaus.

Johan wartete nicht auf Lyn und seine restlichen Kameraden, sondern stieg wortlos über die Leiche des Offiziers der Gens du Roi hinweg. Von Unruhe getrieben, rannte er quer über den Festungshof zur Anlegestelle, wo de Charrons Schiff lag. Im Vorbeigehen schnappte er sich eine brennende Fackel aus einem Wandhalter und stürmte in die Kajüte. »Hannah!?«, rief er laut und eilte mit schnellen Schritten die Treppe hinunter, dorthin, wo er sie und das Kind vermutete. »Hannah?«, rief er noch einmal, als keine Antwort kam.

Hastig sah er sich in allen Ecken um, fand aber nichts bis auf die Blutlache auf dem Boden, die von dem Toten stammte. Unter einer Wolldecke fand er Lyns blutbeschmiertes Schwert. Allem Anschein nach hatten die Wachsoldaten es bei der Durchsuchung des Schiffes übersehen. Johan nahm es auf und betrachtete es ein paar Sekunden lang ungläubig. Sollte Hannah tatsächlich einem Agenten der Gens du Roi mit Lyns Schwert den Schädel gespalten haben? Oder war es Hanemann selbst gewesen, der erst den franzischen Offizier getötet und dann Hannah und das Kind geraubt hatte? Entschlossen wischte er das Blut von der Klinge ab und steckte das Schwert unter seinen Gürtel. Es blieb ihm nichts anderes übrig, als die Wachmänner am Tor der Festung nach Hannahs Verbleib zu befragen.

Auf dem Weg zurück in den Hof begegneten ihm Lyn, Brian und Totty. »Sie sind weg«, erklärte Johan ihnen mit bebender Stimme. »Hannah und das Kind.

Ich habe alles durchsucht, konnte die beiden aber nicht finden.« Er nahm das Schwert vom Gürtel und übergab es Lyn. »Das habe ich blutbeschmiert unter einem Wust von Decken gefunden. Ich vermute, damit wurde der Kerl von der Gens du Roi ins Jenseits befördert. Bleibt die Frage, *wer* ihn auf dem Gewissen hat.«

Lyn hob eine Braue und sah ihn durchdringend an. Dann untersuchte sie den Griff des Schwerts mit ihrem Armband und erklärte, dass Hannahs genetischer Fingerabdruck daran zu finden sei. »Sie hatte das Schwert vor nicht allzu langer Zeit in der Hand«, bestätigte sie Johans Verdacht. »Zudem finden sich meine Spuren und nun deine daran, sowie die DNA des Toten. Allerdings nur auf der Schneide, nicht am Griff. Außer dir, mir und Hannah hat das Schwert in letzter Zeit niemand berührt.«

Johan schaute Lyn halb hoffnungsvoll, halb sorgenvoll an. »Glaubst du wirklich, Hannah hat den franzischen Spitzel getötet?«

Lyn kniff die Lippen zusammen und nickte verhalten. »So viel habe ich inzwischen gelernt: Eine Mutter, die ihr Kind beschützen will, ist zu allem bereit.«

»Fragt sich nur, wer sie entführt hat, wenn der franzische Agent es nicht gewesen sein kann«, murmelte Totty nachdenklich.

»Was gibt's da lange zu rätseln? Hanemann von Lichtenberg, wer sonst«, antwortete Brian aufgebracht. »Du hast doch gehört, was der Sergeant des Festungskommandeurs gesagt hat. Der Lichtenberger war mit seinen Männern vor Ort und hat sich dann ohne Abschied aus dem Staub gemacht.«

»Aber dieser Sergeant hat nichts von Hannah und dem Kind berichtet«, fügte Totty hoffnungsvoll hinzu.

»Wer sollte sich Hannah und die Kleine denn sonst geschnappt haben?« Johan schaute sich noch einmal gründlich auf dem Burghof um, der von Feuerkörben beleuchtet wurde und bis auf die patrouillierenden Wachen menschenleer war. »Wenn Hanemann ohne Abschied davongeritten ist, dann bestimmt nicht, weil Hannah ihn in die Flucht geschlagen hat, sondern weil er etwas zu verbergen hatte. So wie ich es verstanden habe, hatte er eine kleine Armee in seiner Begleitung. Im Dunkeln hat wahrscheinlich niemand darauf geachtet, ob einer von ihnen zusätzlich eine Frau und ein Kind bei sich im Sattel sitzen hatte, womöglich in Decken gehüllt.«

»Verdammter Mist!«, entfuhr es Totty. »Eigentlich hätte man sich denken können, dass dieser Hund die ganze Geschichte nicht auf sich beruhen lässt und sich an Hannah und Gero rächen wird.«

»Vermutlich hat er den Offizier der Gens du Roi vorgeschickt, um uns in Schwierigkeiten zu bringen«, sagte Lyn, »und dann hatten sie vor, Hannah und das Kind vom Festungskommandanten zu fordern. Indem wir die beiden ungeschützt im Schiff zurückgelassen haben, hatten Hanemanns Leute leichtes Spiel. Einzig für den Franzmann ist die Sache übel ausgegangen.«

»Das alles war meine Schuld. Ich hatte gehofft, wir könnten das Problem mit den Luxemburgern diplomatisch lösen«, gab Johan zu seiner eigenen Rechtfertigung mit einem zerknirschten Seufzer zurück. »Ich wollte Hannah nicht in die Sache hineinziehen, deshalb habe ich sie zunächst auf dem Schiff gelassen und sie dort in guter Obhut gewähnt, weil wir die Einzigen waren, die zu dieser Zeit dort angelegt hatten. Zudem gab es nur einen weiteren Zugang zur Anlegestelle, und der führte über den Festungshof.«

»Was beweist, dass unsere Feinde uns einen Schritt voraus waren«, bemerkte Brian mit resignierter Miene. »Die Frage ist, was tun wir jetzt?«

Lyn schaute demonstrativ auf ihr Armband. »Ich werde versuchen, Kontakt zu Rona herzustellen. In spätestens sechs Stunden kann sie mir sagen, wo Hannah und das Kind sich aufhalten. Bis dahin macht es keinen Sinn, sie zu suchen. Sie können überallhin geritten sein.«

»Kann Rona nicht Tom kontaktieren, damit er Hannah und Sophia mit dem Caput verfolgt und dann in die Zukunft rettet?«, fragte Totty unbedarft.

»Gero würde uns meucheln, wenn wir das tun«, murmelte Johan mit unheilvoller Miene. »Er hat viel zu viel Angst, dass Tom die beiden am Ende in der Zukunft behält und sich im Zweifel irgendetwas einfallen lässt, um Hannah und die Kleine nicht mehr in unsere Zeit zurückkehren zu lassen. Nein, es muss uns auf unsere Weise gelingen, die beiden aus der Gewalt dieses Schurken zu befreien. Und das, bevor Gero zurückkehrt. Ich bin sicher, dass Hanemann von Lichtenberg sie auf seine Heimatburg schafft, um sie gegen Gero und die Gräfin als Unterpfand einzusetzen. Deshalb müssen wir zunächst zurück nach Waldenstein und Roland und seine Söldner mobilisieren. Allein werden wir es nicht schaffen, diesen Hund zur Herausgabe von Mutter und Kind zu zwingen. Danach senden wir eine Depesche zu Dominique de Charron und erinnern ihn an unser Bündnis. Wenn er weitere Söldner zu unserer Verstärkung schickt, können wir Lichtenberg belagern. Immerhin war de Charron derjenige, der unsere Reise für unbedenklich hielt. Und er war es auch, der Hannah ein Bündnis zwischen Metz und Waldenstein vorgeschlagen hat. Vielleicht fühlt er sich mitschuldig an diesem Vorfall, weil er die Reise auf seinem Schiff zu optimistisch bewertet hat.«

»Bleibt zu hoffen, dass er nicht mit den Franzmännern unter einer Decke steckt und das Ganze unterstützt hat«, fügte Totty mit sorgenvollem Blick hinzu.

Johan schüttelte den Kopf. »Das glaube ich nicht. Dafür hat er zu viel investiert. Glücklicherweise habe ich die Urkunden über die Besitzübertragung der Burg und der Ländereien an Gero und Hannah noch in der Tasche.« Er klopfte auf seine lederne Dokumentenmappe, die er die ganze Zeit über bei sich trug. »Wenn Hannah und Gero derzeit auch nicht in der Lage sind, Waldenstein zu führen, bleiben immer noch die Gräfin und Geros Mutter, die nun auch erbberechtigt ist.«

»Willst du auf dem Schiff bleiben, um morgen früh nach Waldenstein zurückzureisen«? Lyn schaute ihn fragend an.

»Nein, das dauert mir zu lange. Wir holen uns unsere Pferde aus den Verschlägen, beschaffen uns ein paar Fackeln und reiten durch die Nacht über Land. Dann sind wir spätestens bei Sonnenaufgang zu Hause und können gemeinsam mit Roland Pläne für die Suche nach Hannah und ihre Befreiung schmieden.«

KAPITEL 49

MAI 1316
KÖNIGREICH FRANZIEN / DOMAINE ROYAL / CARCASSONNE

Finstere Seelen

»Was die wohl mit uns vorhaben?« Odile warf Justine einen ängstlichen Blick zu, als zwei Kerkerwächter vor dem Gitter erschienen, um sie in eine andere Zelle zu verlegen. Seit de la Motte und seine Schergen sie entführt und in den Kerker von Carcassonne hatten sperren lassen, waren zwei Tage und zwei Nächte vergangen.

»Keine Ahnung«, murmelte Justine müde und leckte sich über die aufgeplatzten Lippen, während sie sich zusammen mit Odile ohne Widerstand abführen ließ und den beiden Wachen hinterherschlurfte, als wäre sie über Nacht um hundert Jahre gealtert. »Solange sie uns nicht foltern. Mir reicht die Schelle, die mir mein Entführer verpasst hat.« Mit einem Seufzer fasste sie sich an ihre blaugeschwollene Wange. »Wobei ich froh bin, überhaupt noch am Leben zu sein. Der Mann war viel stärker als ich und hat meinen Kopf unter Wasser gedrückt, bis mir schwarz vor Augen wurde. Noch nie im Leben hatte ich eine solche Angst. Als ich später auf dem Gehöft des Viehzüchters wieder wach wurde, dachte ich zunächst, im Fegefeuer gelandet zu sein. Meine Brust brannte bei jedem Atemzug wie glühendes Eisen, und von dem trockenen Schafsdung, der überall herumlag, habe ich einen Hustenanfall bekommen und befürchtete, noch einmal zu ersticken. Es war die reinste Hölle. Erst recht, als plötzlich de la Motte und sein Adjutant Baptiste de Neuville vor mir standen.«

Odile, die von der Brutalität der Söldner und den Eindrücken im Kerker vollkommen eingeschüchtert war, gab keine Ruhe. »Glaubst du, sie bringen uns in den Folterkeller des Inquisitors?«

»Gut möglich. Schließlich haben wir keine Brezeln gestohlen. Man wirft uns vor, mit den übelsten Ketzern, die Franzien je gesehen hat, gemeinsame Sache zu machen. Wichtig ist dabei nur eins: Dass wir uns nicht selbst belasten, indem wir irgendetwas zugeben, was die uns vorwerfen. Hast du verstanden?«

»Ja«, wisperte Odile atemlos.

»Dieses Geräusch der Ketten, die über den Boden schleifen, macht mich ganz verrückt«, murmelte Justine resigniert, als man sie über einen langen Gang führte, an weiteren Zellen vorbei, aus denen sie die blutverschmierten, hoffnungslosen Gesichter gemarterter Männer und Frauen anstarrten.

»Wenn dich das schon verrückt macht, was wird erst, wenn sie uns auf einen Scheiterhaufen bringen«, sagte Odile mit erstickter Stimme. »Ich stelle es mir fürchterlich vor, wenn man das Knistern des Holzes unter seinen Füßen hört und all den Rauch einatmen muss, der um einen herum aufsteigt, bevor das Feuer einen am Ende verschlingt. Denkst du, dass sie uns verbrennen?«

»O Gott, wer hat dir denn so was erzählt?« Justine warf ihr einen fassungslosen Blick zu und schnaubte entsetzt.

»Baptiste de Neuville. Der Kerl, der mich in Ketten gelegt hat, bevor er mich zu dir in den Wagen sperrte. Er hat mir die ganze Zeit über die furchtbarsten Geschichten darüber erzählt, was uns alles blüht, wenn wir erst vor den Inquisitor geführt werden und nicht geständig sind.«

»Einem solchen Schwätzer darfst du nicht glauben«, versuchte Justine sie mit leiser Stimme zu beruhigen. »So einer lügt, sobald er den Mund aufmacht.«

»Ich frage mich die ganze Zeit, was mein Vater gedacht hat, als wir nicht zum Lager zurückgekehrt sind. Ich mache mir schreckliche Sorgen um ihn. Er glaubt bestimmt, ich bin tot.«

»Das glaube ich weniger«, widersprach Justine ihr. »Ich habe gesehen, wie de la Motte eine Depesche an den Bauern übergeben hat, bei dem er und seine Leute Quartier bezogen hatten. Das Schreiben war ganz bestimmt für unsere Templer gedacht. Oder glaubst du ernsthaft, dieser Teufel behält seinen Triumph für sich? Er hatte einen guten Grund, uns zu entführen. Er will nicht uns, er will unsere Beschützer.«

»Das klingt gar nicht gut«, gab Odile sorgenvoll zurück. »Aber wieso bringt er uns dann hierher? Er hätte sie doch schon vorher überfallen können.«

»Er will sie nach Carcassonne locken, damit sie versuchen, uns zu befreien«, erklärte ihr Justine mitleidlos. »Das ist weit weniger gefährlich für ihn und seine Soldaten, als ein Angriff auf freiem Feld. Und er will auch nicht uns, sondern *sie* auf dem Scheiterhaufen sehen. Dabei geht es gar nicht um das Leben der Männer. Es geht um etwas viel Größeres. Etwas, von dem wir nur eine verschwommene Vorstellung haben und das de la Motte und dem König mehr wert ist als alles andere auf der Welt.«

Odile war kreidebleich geworden. Ängstlich riss sie die Augen auf. »Denkst du, es geht ihnen um den … Kopf?«, flüsterte sie, obwohl die beiden Kerkerwächter hätten mithören können, doch erstens war nicht zu vermuten, dass sie das Gespräch verstanden, und zweitens konnten sie nicht wissen, worauf sich Odiles Worte bezogen. Die Männer, die stur vorantrotteten wie zwei genügsame Ochsen, unterhielten sich in einem okzitanischen Dialekt und beherrschten die franzische Sprache anscheinend nicht fließend.

»Psst.« Justine warf Odile trotz allem einen warnenden Blick zu. »Wenn dir irgendetwas an unseren Helden liegt und auch an deinem eigenen Weiterleben, beißt du dir lieber die Zunge ab, als auch nur eine Silbe von deren Fähigkeiten zu erwähnen. Hast du verstanden?«

»Habe ich«, wisperte Odile, während sie eine Treppe hinabstiegen und schließlich vor einer abgelegenen Zelle haltmachten.

»So, da wären wir, *Mesdames*«, verkündete einer der Wächter. Der andere schloss die Zelle auf und stieß die beiden Frauen unsanft hinein.

Im Innern des viel zu kleinen Gefangenenlochs saßen zwei Kerle, die sie im spärlichen Tageslicht, das durch einen schmalen Schacht fiel, neugierig betrachteten. Erfüllt von den schlimmsten Befürchtungen, was diese Männer ihnen antun könnten, musterte Justine ihrerseits ihre neuen Mitgefangenen.

Plötzlich stutzte sie und schlug eine Hand vor den Mund.

»Alphonse Bratac«, murmelte sie ungläubig, als sie unvermittelt Amelies Vater vor sich sitzen sah. Beim Anblick des alten Mannes fielen Justine sämtliche Sünden ein und sie wusste nicht, was sie mehr bedrückte: Die düstere Umgebung oder ihre quälenden Schuldgefühle angesichst seines jämmerlichen Anblicks.

»Justine?«, krächzte Bratac ungläubig. »Was um Himmels willen tust du hier?«

»Ich … ich fürchte, das Gleiche wie Ihr«, stammelte sie mit erstickter Stimme und starrte ihn an. Zu wissen, für sein Hiersein verantwortlich zu sein und ihn dabei leibhaftig vor sich zu sehen, war an Grausamkeit kaum zu überbieten.

Den Kerkerwächter interessierte Justines Fassungslosigkeit nicht. Er schloss die Tür hinter ihr und Odile zu und ließ sie zunächst mit den Männern allein.

Odile hatte ganz gegen ihre Gewohnheit Justines Hand ergriffen und drückte sie fest, während sie ihre neuen Mitgefangenen ängstlich beäugte.

Justine, die sich nur zögernd von Alphonse Bratacs verwirrtem Blick zu lösen vermochte, spürte die Aufmerksamkeit des anderen Mannes auf sich ruhen. Er war um einiges jünger als der Alte und unter normalen Umständen sicher ein gutaussehender Kerl. Doch nun wirkte er abgemagert und geschunden, und seine abgerissene, schmutzige Kleidung hatte weiß Gott schon bessere Tage gesehen. Irgendwer hatte ihm das Haar bis fast auf die Kopfhaut geschoren und ihm den dunklen Bart unordentlich gestutzt. Aber allein der brennende Blick seiner graublauen Augen und die stolze Haltung schürten in Justine den Verdacht, dass er ein Templer sein konnte.

»So setzt euch doch«, schlug der alte Bratac überraschend sanft und ohne Groll in der Stimme vor. Er betrachtete Odile, die plötzlich zu zittern begonnen hatte, mit großväterlicher Milde. »Du brauchst keine Angst zu haben, mein Täubchen«, redete er auf sie ein. »Wir werden euch kein Leid zufügen. Das hier ist Jean de Paris.« Er deutete auf den fast kahlrasierten Mann. »Er ist ein ehemaliger Templer. Ansonsten sind wir zu dritt. Aber den anderen haben sie heute Vormittag abgeholt. Keine Ahnung, wann sie ihn zu uns zurückbringen. Die Verpflegung ist bescheiden und das Wasser nicht besonders frisch, aber sonst lässt es sich hier ganz gut aushalten. Wir haben sogar verschiedene Eimer, auf denen wir unsere Notdurft verrichten können.«

Odile starrte ihn ungläubig an. »Danke, dass Ihr uns beruhigen wollt. Aber ich bin nicht so dumm, Euren Beschwichtigungen zu glauben. Das ist ein Kerker«, fügte sie mit zittriger Stimme hinzu. »Und wenn uns niemand rettet, werden wir alle sterben, so viel ist gewiss.«

»Ich bin sicher, Gott der Herr ist uns gnädig«, bekräftigte Alphonse seine Zuversicht.

»Wenn überhaupt, dann nicht Gott, sondern Euer Schwiegersohn«, verbesserte ihn Justine.

»Mein Schwiegersohn?« Bratac starrte sie ungläubig an. »Wenn er uns retten wollte, müsste er eine ziemlich weite Reise auf sich genommen haben und obendrein über eine Armee verfügen, größer als die des Königs von Franzien.«

»Er wird kommen. Wir haben ihn bis fast hierher begleiten dürfen«, versicherte Justine ihm. »Leider waren Odile und ich so dumm und haben uns von seinen Gegnern schnappen lassen, als wir uns an einem Fluss gewaschen haben. Ich denke, den Anführern der Gens du Roi käme es gelegen, wenn Euer Schwiegersohn und seine Kameraden hier auftauchen und versuchen würden, uns hier rauszuholen.«

»Haben sie dich etwa wegen der gleichen Sache gefangen genommen wie mich?«, fragte Alphonse ängstlich. »Bin ich am Ende schuld, dass du hier bist? Und was ist mit Amelie?«, redete er ohne Unterlass weiter. »Geht es ihr gut? Wo ist sie jetzt?«

»Amelie geht es gut. Ihr müsst Euch keine Sorgen machen. Sie ist in Sicherheit.«

»Und wieso bist du hier? So sag doch was!« Sein ängstlicher Blick ruhte beinahe flehend auf Justines Gesicht. »Wolltest du nicht mit ihr nach Franzien kommen?«

Justine schluckte heftig, während der abgerissen aussehende Templer sie aus schmalen Lidern beobachtete.

»Äh …«, begann sie und bedachte Odile mit einem hastigen Seitenblick, in der Hoffnung, dass sie den Mund halten würde. Odile wusste längst, dass Justine Rufus de la Motte und damit den Gens du Roi zu Willen gewesen war und am Ende die Schuld daran trug, dass sie nun gemeinsam im Kerker hockten. Aber die genauen Umstände kannte auch sie nicht.

»Auf dem Weg nach Franzien wurden wir von der Gens du Roi überfallen. Sie haben uns gefangen genommen«, erklärte sie schließlich wahrheitsgemäß, auch wenn es nur die halbe Wahrheit war. »Amelie konnte entkommen, nachdem man uns gesagt hatte, dass sie Euch ebenfalls gefangen und nach Carcassonne gebracht haben. Sie hat es ihrem Gemahl erzählt, und der hat dann beschlossen, Euch zu retten.«

»Ist das wahr?« Bratac schien mehr als verwundert. »Aber er kennt mich doch gar nicht!«

»Doch, er kennt Euch«, entgegnete Justine mit leiser Stimme. »Er war Templer in Bar-sur-Aube. Ein schwarzhaariger Riese, fast so groß wie Henri d'Our. Mit rabenschwarzen Augen und einem unergründlichen Blick. Man hätte ihn glatt für einen Sarazenen halten können, aber er ist Schotte. Amelie hat sich in ihn verliebt und ist ihm gefolgt, als er sich auf die Flucht in die deutschen Lande begeben musste.«

»Um Gottes willen«, jammerte Alphonse. »Natürlich kann ich mich an ihn erinnern. Aber der Kerl machte stets einen anständigen Eindruck. Wie konnte er Amelie nur den Hof machen und sie in eine solche Geschichte hineinziehen?«

»Er *ist* anständig«, verteidigte Justine Malcolms Bruder. »Sonst hätte er Amelie mit dem Kind einfach sitzen gelassen.«

»Kind?« Alphonse war verwirrt. »Welches Kind? Hieß es damals nicht, als du mich besucht hast, sie sei schwanger, und es wäre ihr erstes Kind?«

»Ja, sie war schwanger, als sie mit ihm in die deutschen Lande geflüchtet ist. Später hat sie das Kind verloren. Die Strapazen waren zu groß. Inzwischen hat der Schotte sie vor Gott dem Allmächtigen zum Weib genommen. Nun erwartet sie das zweite Kind.«

»Heiliger Heiland«, schaltete sich Jean ein, der bisher ruhig zugehört hatte. »Sag nur, es sind noch andere Brüder aus Bar-sur-Aube mit von der Partie? Dann würde meine Vermutung, dass die ganze Sache mit den verschwundenen Templern von Chinon zu tun hat, tatsächlich zutreffen. Ist dir der Name Gero von Breydenbach ein Begriff?«

»Nein, ist es nicht«, kam Odile ihr zuvor und schüttelte heftig den Kopf. »Muss ich dich jetzt daran erinnern«, mahnte sie Justine, »nur das zu offenbaren, was die Gens du Roi ohnehin schon weiß, aber keine Silbe mehr. Schließlich ist nicht klar, warum dieser Kerl in dieser Zelle sitzt. Vielleicht ist er ein Spitzel. Wer weiß das schon.«

Während Jean beinahe amüsiert eine Braue hob, war Alphonse Bratac plötzlich ganz aufgeregt. »Jean ist ein guter Kerl«, ergriff er für seinen Mitgefangenen Partei. »Er erträgt schon seit Tagen meine Folter, um mich vor dem Tod zu bewahren.« Dann wandte er sich wieder an Justine. »Du musst mir unbedingt alles über den Gemahl meiner Tochter berichten«, drängte er sie. »Sagtest du nicht, er weiß nichts von mir? Warum kommt er dann hierher, um ausgerechnet mich zu retten? Warum begibt er sich in diese Gefahr, wo er doch mit Amelie gemütlich zu Hause in seiner Burg sitzen könnte?«

»Das ist eine lange Geschichte«, wich Justine ihm aus und hockte sich mit einem erschöpften Seufzer auf den Boden.

»Eine lange Geschichte ist genau das, was ich jetzt hören will«, erklärte Bratac im Brustton der Überzeugung.

»Mich würde es auch interessieren«, warf Jean de Paris ein. »Schließlich wollen wir wissen, mit wem wir unser Schicksal teilen und warum.«

»Also gut«, gab Justine schließlich nach und sah dem alten Bratac fest in die braunen Augen. Wobei Odile ihr nach wie vor einen warnenden Blick zuwarf, ihre Erlebnisse mit den Templern so weit wie möglich unerwähnt zu lassen.

Justine nickte kaum merklich. »Also, ich werde Euch das Ganze aus meiner Sicht erzählen. Wie ich dazu gekommen bin, Euch aufzusuchen und was danach geschehen ist. Aber sagt mir hinterher bitte nicht, dass Ihr mich für meine Ehrlichkeit verflucht.«

•

Bernardus Guidonis ersparte Rufus de la Motte den Gestank nach Kot und Erbrochenem, gepaart mit dem kupfernen Geruch nach frischem menschlichem Blut, indem er den Gefolterten gesäubert und verbunden aus dem Kerker in den Vernehmungsraum bringen ließ.

De la Motte, der bereits auf den Ausgang des Verhörs gewartet hatte, stieß beim Anblick von Macaire de Mirepaux ein spontanes Seufzen aus und kreuzte die Arme. Guidonis' Folterknechte hatte den Mann zunächst ausgepeitscht, ihm dann ein paar Finger gebrochen und seine Unterschenkel mit Feuer traktiert. Danach hatte man ihm auf der Streckbank die Schultern ausgekugelt, und – nachdem er die Geheimnisse der Templer noch immer nicht preisgegeben hatte – mit feuchten Tüchern und Wasser an den Rand des Erstickens gebracht. Irgendwann hatten die Knechte die Folter abgebrochen, weil der Gefangene in Ohnmacht gefallen war und es keinen Sinn mehr machte, ihn noch weiter zu peinigen. Falls er nicht mehr zu sich kam, konnte man allenfalls noch eine Leiche nach einer Verurteilung auf dem Scheiterhaufen verbrennen. Aber das machte dem Volk keinen Spaß und war auch nicht hilfreich, um etwas aus ihm herauszubringen. Nun lag der vermeintliche Katharer mehr tot als lebendig am Boden des Verhörzimmers.

»Der Erfolg Eurer Bemühungen erscheint mir eher dürftig zu sein«, monierte de la Motte den Zustand des Gefolterten gereizt. »Hieß es nicht, Eure Methoden bringen sogar Tote zum Sprechen? In diesem Fall ist es wohl eher umgekehrt.«

»Er ist ziemlich zäh«, stellte Guidonis mit sachlichem Blick fest. »Entweder er weiß wirklich nichts, oder er ist ein Templer wie sein Bruder und schweigt, selbst wenn man ihn in die Hölle schickt.«

»Steht sein Name auf irgendeiner Fahndungsliste geflüchteter Templer?«, wollte de la Motte nun wissen. »Es müsste doch bekannt sein, wenn er ein Angehöriger des Ordens war und der weltlichen und kirchlichen Justiz Franziens entkommen konnte. Schließlich gibt es darüber aussagekräftige Listen.«

»Sein Bruder war Templer. Das reicht uns vollkommen, um ihn zu verdächtigen, ein Unterstützer des Ordens zu sein«, insistierte Guidonis mit seiner unnatürlich hohen Stimme.

»Vielleicht sollten wir lieber darauf vertrauen, dass sein Bruder und die anderen Satansjünger schon bald hier auftauchen und versuchen, die Gefangenen zu befreien, und dann schlagen wir zu«, gab de la Motte mit einem unwirschen Blick zurück. »Es ist reine Zeitverschwendung, die falschen Kandidaten zuvor einem peinlichen Verhör zu unterziehen und uns damit wertvoller Geiseln zu berauben. So werden wir nie in Erfahrung bringen, was tatsächlich hinter den Mysterien dieser Teufelsanbeter steckt.«

Der beleidigte Blick des Inquisitors ruhte auf dem schwer gefolterten Mann. »Ich bin sicher, er ist ein Katharer, auch wenn er das Gegenteil behauptet«, widersprach Guidonis ihm. »Somit trifft es in jedem Fall den Richtigen.«

»Aber er weiß offenbar weder, wonach wir suchen, noch ob sein Bruder etwas damit zu tun hat«, beschwerte sich de la Motte mit aufgebrachter Miene. »Wie Ihr vielleicht wisst, erwartet der König, dass wir möglichst bald zu einem Ergebnis kommen. Er hat uns sogar zusätzliche Truppen zugesagt, die morgen eintreffen werden«, fügte de la Motte mit gewichtiger Stimme hinzu, verschwieg jedoch, dass diese Söldner in Wahrheit Prinz Philipp V. unterstanden.

Guidonis zuckte unbeeindruckt mit den Schultern. »Ich schlage vor, wir verhören die Frauen, bevor tatsächlich jemand auf die Idee kommt, sie zu befreien. Das verschafft uns wenigstens einen Wissensvorsprung. Ich weiß aus

Erfahrung, dass sie nicht so zäh sind wie die Kerle. Ganz besonders nicht, wenn andere an ihrer Stelle dran glauben müssen.«

•

Justine blickte erschrocken auf, als die Tür zum Kerker knarzend geöffnet wurde und die beiden Kerkerwächter den reglosen, geschundenen Leib eines Mannes in die Zelle schleiften, dessen offenbar schwer verletzte Gliedmaßen man zwar mit Leinenstreifen verbunden hatte, dessen Gesicht und das dunkel gelockte Haar jedoch mit Blut verschmiert waren.

»Bei Gott, was wurde ihm angetan«, wisperte sie außer sich vor Entsetzen.

Alphonse Bratac, der Justines Geschichte bis hierher atemlos zugehört hatte, war plötzlich abgelenkt. Anstatt ihr reuiges Geständnis zu kommentieren, starrte er voller Entsetzen auf den schwer Gefolterten und schnappte schockiert nach Luft.

Jean de Paris, der neben ihm saß, gab nicht preis, was er dachte.

»Bei der Gnade der Heiligen Jungfrau«, presste Bratac hervor. »Wie kann man nur so grausam sein?«

»Das geht dich nichts an, Alter«, schnappte einer der Kerkerwächter erbarmungslos und packte Odile am Oberarm. »Komm mit, du kleines Luder«, fuhr er sie an. »Jetzt bist du dran.«

»Nein, nein, nein!«, schrie Justine und klammerte sich an Odiles anderen Arm, um zu verhindern, dass sie abgeführt wurde. »Nehmt mich an ihrer Stelle. Sie ist noch so jung und weiß von nichts. Sie wird euch bestimmt nicht helfen können!«

Odile schien nicht zu begreifen, was das alles für sie bedeutete. Sie war vollkommen erstarrt und brachte keinen Ton über die Lippen. Stattdessen hatte sie so heftig zu zittern begonnen, dass ihre Zähne klapperten.

Unvermittelt erhob sich Jean de Paris. Justine schaute überrascht zu ihm auf. Er war mindestens so groß wie Struan und strahlte trotz seines elenden Zustands Entschlossenheit aus. »Wenn Ihr sie zu foltern gedenkt, nehmt mich an ihrer Stelle und unterzieht sie lediglich einer Befragung. Ich bin sicher, sie wird Euch sagen, was Ihr hören wollt, auch wenn ein anderer dabei dran glauben muss.«

Der Kerkerwächter hob eine Braue und blinzelte seinen Kameraden an. »Was meinst du, Pontius, können wir dieses großzügige Angebot annehmen?«

»Wenn unser Herr Inquisitor damit einverstanden ist, soll es mir recht sein«, schnarrte der andere und schob Odile aus der Zelle hinaus, gefolgt von Jean de Paris, der ebenfalls in Ketten lag und nur kleine Schritte machen konnte.

Justine, die vollkommen außer sich war, bettelte noch einmal, Odiles Schicksal übernehmen zu dürfen. Vergebens.

Als sie im Gang verschwunden waren, warf sie Alphonse einen verzweifelten Blick zu. »Nun kennt ihr meine Geschichte und wisst, es ist alles meine Schuld«, wisperte sie und konnte ihre Tränen nicht mehr zurückhalten.

»Nicht doch, mein Kind«, versuchte Alphonse sie zu trösten und zuckte hilflos mit den Schultern. »Es ist die Schuld dieser Teufel, die dich in ein solches Elend getrieben haben. Uns bleibt nur, auf einen gerechten Gott zu hoffen, der die Hölle besiegt und die Dinge endlich zum Besseren wendet.«

•

Odile zitterte weiterhin am ganzen Leib, während die Kerkerwächter Jean den Templer und sie durch die finsteren Gänge trieben. Einer der Wächter ging voran, der andere schlurfte hinter ihnen her. Jean folgte Odile auf dem Fuß. Sie konnte seinen heißen Atem im Nacken spüren, der mit einem Mal heftiger zu gehen schien. Hatte er irgendetwas vor? Sie war sich beinahe sicher. Sie glaubte, ihr Herz würde stehen bleiben, als sie plötzlich ein Klirren und ein röchelndes Geräusch hinter sich hörte. Der Wächter vor ihr drehte sich hastig um. Odile sah, wie sein Blick erstarrte.

Sie wich instinktiv zur Seite, als der Kerl mit einem Laut der Empörung an ihr vorbeistürmte. Mit einem hastigen Blick über die Schulter sah sie, wie Jean den hinteren Wächter grob zur Seite stieß und die Kette zwischen seinen Handgelenken um den Hals des Mannes legte und ihm damit das Genick brach. Ein dumpfer Aufprall ertönte. Der andere Wächter zog sein Schwert und griff Jean frontal an.

Odile überlegte nicht lange. Wenn sie das hier überleben wollten, musste sie handeln. Blitzschnell zog sie den Dolch vom Gürtel des Angreifers und rammte ihn mit einer kraftvollen Aufwärtsbewegung in die weiche Seite des Mannes.

Dummerweise war der Folterknecht nicht auf der Stelle tot, sondern schnellte mit einem Aufstöhnen zu ihr herum. Odile versuchte seiner mörderischen Schwertspitze auszuweichen, mit der er sie nur knapp verfehlte, und stolperte über die Ketten an ihren Fußgelenken. Zugleich riss sie abwehrend die Hände hoch, nachdem sie auf den Rücken geprallt war, und stoppte die herabsausende Klinge mit der Kette, die sich zwischen ihren ausgestreckten Armen spannte. Die aufwallende Todesangst verlieh ihr eine zusätzliche Kraft, so dass sie den Schlag zunächst abwehren konnte.

In Erwartung eines weiteren Streichs, der diesmal tödlich sein würde, kniff sie die Lider zusammen. Doch der vernichtende Schlag blieb aus.

Stattdessen hatte Jean de Paris seine eisernen Handfesseln auch um den Hals des zweiten Angreifers geschlungen und erdrosselte ihn vor ihren Augen. Der so Gemeuchelte gab ein kehliges Röcheln von sich. Odile wurde Zeugin, wie das Gesicht des Wächters rot anlief und er ihr unfreiwillig die Zunge entgegenstreckte. Zugleich quollen seine Augäpfel aus den Höhlen, als er wortlos sein Schwert fallen ließ. Verzweifelt versuchte er seine Finger zwischen die Kettenglieder und seinen Hals zu bringen. Doch Jean zog die eiserne Kette so gnadenlos zu, bis dunkles Blut aus der Nase des Mannes schoss, während er im Todeskampf die Augen verdrehte, bis man nur noch das Weiße darin sah. Nach einem letzten wilden Zucken, das seinen Körper in Wellen durchlief, sackte der Wächter leblos zur Seite.

»Heilige Mutter Gottes!«, kreischte Odile mit erstickter Stimme, als Jean den Leichnam beinahe zärtlich zur Seite legte. Fassungslos starrte sie in Jeans blaugraue Augen, die keinen Funken von Reue zeigten. »Und was nun?«

»Wir hauen ab«, antwortete er wie selbstverständlich und schnappte sich das Schwert des Toten.

»Wie denn?« Odile starrte ihn begriffsstutzig an. »Was ist mit den Ketten?«

»Spreiz die Beine«, befahl er ihr hart.

»W… was?« Odile glaubte sich verhört zu haben.

»Tu, was ich dir gesagt habe, verdammt nochmal«, herrschte Jean sie an. »Leg dich hin und spreiz die Beine, damit ich deine Fußketten zerschlagen kann«, erklärte er ihr, als er in ihrem panischen Blick sah, dass sie seine Aufforderung vollkommen missverstanden hatte.

Odile tat, was er verlangte, auch wenn sie letzte Zweifel plagten. Dann kniff sie die Lider zusammen, als er ausholte und mit einem kraftvollen Schlag ihre Fußfesseln sprengte.

»So, nun das Ganze noch mal mit deinen Handfesseln«, fuhr er sie ungeduldig an. Odile schloss die Augen, als er ein weiteres Mal wuchtig zuschlug und ein lautes Klirren den schummrigen Gang erfüllte.

Ungläubig starrte sie auf die herabbaumelnden Ketten. »Mein Gott, ich bin frei …«, flüsterte sie.

»Noch nicht, Schätzchen«, holte Jean sie in die Wirklichkeit zurück. »Erst einmal musst du mir die Ketten zerschlagen, damit wir uns so schnell wie möglich davonmachen können. Hast du schon mal ein Schwert geführt?«

»Äh … nein.« Odile schluckte. »Aber ich habe schon seit meiner Kindheit dabei zugeschaut, wenn die Templer in unserer Commanderie für den Kampf geübt haben.«

Jean nickte ihr aufmunternd zu und reichte ihr die geschärfte Waffe. »Dann enttäusch mich nicht.«

Er legte sich genauso hin, wie er es zuvor Odile befohlen hatte. »Ich wäre dir dankbar, wenn du mich nicht entmannen würdest«, fügte er mit einem gezwungenen Lachen hinzu.

Odile hielt die Luft an und war versucht, die Augen zu schließen, als sie ausholte, bevor sie die Klinge mit aller Kraft zwischen seinen ausgestreckten Beinen herabsausen ließ. Doch sie wusste, dass sie hinschauen musste, wohin der Schlag traf.

Umso erstaunter war sie, als die Ketten tatsächlich zersprangen.

»Du bist ein Naturtalent. Das habe ich bereits bei deinem Einsatz mit dem Dolch gesehen«, lobte Jean sie mit einem anerkennenden Blick. »Nun die Handfesseln. Los, beeil dich, bevor noch jemand kommt und uns den Triumph verdirbt.«

Odile war vor Glück den Tränen nah, nachdem es ihr gelungen war, Jeans Handfesseln mit dem Schwert zu zerlegen.

»Ich werde dich für eine Laufbahn als Knappe vorschlagen, sobald wir hier raus sind«, versprach er ihr mit einem zuversichtlichen Lächeln und entledigte sich in Windeseile seiner zerrissenen Kleider.

Odile starrte entgeistert auf den nackten Kerl, dessen Haut übersät war mit furchterregenden Narben und dazu den blutunterlaufenen, verkrusteten Striemen auf seinem Rücken als Beweis einer erst kürzlich überstandenen Folter. Erst als er einen der Toten zu entkleiden begann und dessen Uniform überzog, begriff sie, was er vorhatte. Dann nahm er auch dem zweiten Toten Joppe, Hose und Stiefel und befahl Odile, ihre abgetragenen Kleider zu raffen und in die Uniform des Wachsoldaten zu schlüpfen.

Natürlich waren ihr die Sachen des Mannes viel zu groß. Im Gegensatz zu Jean, dem sie vielleicht ein wenig zu kurz waren, aber ansonsten sah er nun aus wie ein Wachmann des Inquisitors. Hastig half er Odile dabei, die Hose zusammenzuschnüren und den Schwertgut anzulegen, indem er mit der Spitze des Dolchs ein neues Loch in das Leder stanzte. Danach versteckte er ihre langen Zöpfe unter dem verblichenen schwarzen Filzhut, den der Wachmann zuvor getragen hatte. Er selbst setzte sich den Hut des zweiten Mannes auf.

»Was ist, wenn trotzdem jemandem auffällt, dass ich kein Kerl bin?«, fragte sie zweifelnd.

»Es ist nur für den ersten Eindruck«, beruhigte er sie.

Ohne ihr zu sagen, wohin er mit ihr wollte, zog Jean sie durch die schwach von Fackeln illuminierten Gänge der unterirdischen Katakomben, in denen es überall nach Moder, Urin und Verwesung stank.

»Was ist mit den anderen?«, jammerte sie leise und voller Zweifel. »Wir können sie doch nicht einfach zurücklassen.«

»Wir können es nicht nur, wir müssen es sogar«, klärte Jean sie erbarmungslos auf, als er kurz mit ihr anhielt und um die nächste Ecke spähte. »Wenn diese Höllenhunde uns erwischen, wirst du alles ausplaudern, was du bisher über den Orden und seine Vertreter erfahren hast. Und ich bin mir sicher, das ist nicht wenig.«

»Aber ich bin keine Verräterin«, schimpfte sie erbost. »Ich werde dem Herrn Inquisitor gar nichts beichten, ganz gleich, was er mit mir anstellt.«

»Deine Naivität ist grenzenlos«, murmelte Jean, als er zum zweiten Mal stehen blieb, um sich zu orientieren. »Denkst du wirklich, du widerstehst der Folter eines Bernardus Guidonis? Falls ja, bist du tapferer als hunderte Templer, die den Methoden der Inquisition nicht widerstanden haben und an den Qualen gestorben sind, weil sie im Gegensatz zu dir nichts zu gestehen hatten, was von Bedeutung gewesen wäre.«

Odile war nicht sicher, ob sie ihm noch einmal widersprechen sollte. Ob er als Templer um das Geheimnis des sprechenden Kopfes wusste? Und was, wenn er selbst ein Verräter war? Im Grunde durfte sie niemandem trauen. Außer ihrem Vater, aber den würde sie Jean gegenüber keinesfalls erwähnen. Sie beschloss, fortan den Mund zu halten, als Jean ihr bedeutete, leise zu sein und in einer Mauernische auf ihn zu warten. Mit Schwert und Dolch des getöteten Wächters bewaffnet, schlich er sich von hinten an einen unvermittelt aufgetauchten Wachposten heran und schnitt dem Mann ohne zu zögern die Kehle durch.

»Komm«, rief er Odile leise zu und dirigierte sie in den nächsten Gang hinein. »Falls uns jemand entgegenkommt, versteck die losen Enden deiner Handfesseln unter den Ärmeln deiner Joppe. Schau zu Boden, halt dich gerade und geh mit strammen Schritten, anstatt stehen zu bleiben oder zu schlurfen.«

Odile wagte kaum zu atmen, als sie eine weitere Wache passierten, die ihnen in den engen Gängen entgegenkam, was dazu führte, dass einer von ihnen ausweichen musste.

Jean, der voranging, dachte nicht daran, den Männern Platz zu machen, sondern stapfte mit ausladenden Schritten voran. Er grüßte knapp, als sie auf gleicher Höhe waren, und zu Odiles Verwunderung ließen die beiden Wächter sie ohne Nachfrage passieren.

Während Odiles Herz zu zerspringen drohte, zog Jean sie eine Treppe hinauf, die zu einem geschlossenen Ausgang führte. Draußen erwartete sie der helllichte Tag. Der Himmel war so blau wie der Mantel der Heiligen Mutter Gottes. Und zu dieser betete Odile nun lautlos, als sie sich dem vergitterten Tor näherten, das den Weg nach draußen versperrte und sie sich die Frage stellte, wie sie das Schloss aufbekommen sollten.

Doch Jean hatte anscheinend an alles gedacht, als er einen Schlüssel aus seiner Joppe zückte und die Tür einfach aufschloss.

»Sind wir im Innenhof?«, fragte Odile verwirrt, als sie ungehindert nach draußen traten. Irritiert deutete sie auf die riesige Kirche, die sich rechts von ihnen erhob.

»Ja«, antwortete Jean und deutete auf die hölzernen Kräne und Bauhütten voller Menschen, die ihrer schweren Arbeit nachgingen. »Das ist die Kathedrale *›Saint-Nazaire et Saint-Celse‹*, dort sind die Bauarbeiten am neuen Ostflügel in vollem Gange. Wir müssen nach links zum Tor der Aude.«

Während Odile noch rätselte, wie sie von der Festung fliehen sollten, weil alles von hohen Mauern umgeben war, suchte Jean anscheinend nach einem Ausweg.

Nicht weit von der Kathedrale standen Ochsenkarren mit Steinen und Säcke mit Sand, aber auch mit Kalk, die man zum Teil mit Planen aus gegerbtem Leder abgedeckt hatte. Jean steuerte auf zwei schneeweiße Hengste zu, die nicht weit davon entfernt vollaufgezäumt an einem Gatter angebunden in der Mittagssonne dösten. Deren kunstvoll gearbeitete Satteldecken trugen das Wappen von Carcassonne.

»Ich dachte, wir wollen weg von hier«, drängelte Odile, die Angst hatte, dass sie bei Tageslicht jemand erkannte und zurück in den Kerker sperren ließ. »Hast du keinen Plan, wie wir die Festung unbemerkt verlassen können?« Odile war nicht sicher, ob der Templer genau wusste, was er tat.

»Mach dir keine Gedanken, ich kenne mich hier aus und weiß, wo es langgeht. Kannst du reiten, Kleine?«, fügte er unvermittelt hinzu und band die beiden Pferde los, ohne auf Odiles Antwort zu warten.

»Ja«, antwortete sie mit kaum verständlicher Stimme, weil sie sich aus Angst, entdeckt zu werden, beinahe in die Hose machte. Doch im allgemeinen Tumult rund um den Kirchenanbau fielen sie gar nicht auf.

Jean bedeutete Odile, dass er ihr in den Sattel helfen wollte. »Ich kann das auch ohne deine Hilfe«, erklärte sie trotzig und schwang sich mühelos auf den plötzlich unruhig tänzelnden Hengst. Sie tätschelte dem temperamentvollen Tier den Hals und beruhigte es mit leisen Worten.

»Nun mach schon«, herrschte Jean sie verhalten an, nachdem er selbst auf den anderen Hengst aufgesessen war und sah, wie Odile es sich in dem breiten Rittersattel gemütlich machte. »Wir haben nicht ewig Zeit.«

Dass er recht behalten sollte, offenbarte sich Odile, kaum dass sie ihr Pferd in die von Jean vorgegebene Richtung lenkte und der unvermittelte Klang mehrerer Fanfaren nicht nur sie selbst heftig zusammenfahren ließ, sondern auch das Pferd. Ihr Hengst stieg auf die Hinterhand und Odile war froh, dass sie die seitlichen Bügel des Sattels heruntergeklappt hatte, ansonsten wäre sie gestürzt.

»*Merde!*«, zischte Jean, der sein Pferd im Gegensatz zu ihr vollends im Griff hatte. »Das war zu erwarten.« Mit einer Hand ergriff er die Zügel von Odiles Hengst und zog den scheuenden Gaul mitsamt seiner Reiterin in gemäßigtem Trab hinter sich her.

Plötzlich war es, als hätten sie in ein Wespennest gestochen, von überallher eilten Soldaten herbei. Im Vorbeireiten schnappte Jean sich mit der freien Hand einen der Säcke, der auf einem Leiterwagen mit anderen gestapelt lag, und dirigierte seinen Hengst nur noch mit den Schenkeln auf das Tor der Aude zu, während er Odiles Pferd weiter mit sich zog.

Das Tor war ein häufig genutzter Ein- und Ausgang zur Festung und hinunter zur Stadt, hauptsächlich für die Einheimischen und deshalb tagsüber nicht mit einem Gitter versperrt. Wollte man hinunter zur Vorstadt, die von der Aude in zwei Teile geteilt wurde, so musste man beim Verlassen der Festung zunächst ein offenes Spitzbogentor passieren und danach einen hohen, gemauerten Korridor auf einer Strecke von hundert Fuß, der von den Wächtern der Festung zu intensiven Kontrollen genutzt wurde. Jean war sich über die Gefahr dieser Kontrolle bewusst, zumal die Fanfaren erneut über die unzähligen Türme der Festungsmauern hinweg schmetterten, als das erste Tor in Sichtweite kam.

Odile sah, wie die Wachen, offenbar nervös geworden, nun doch am Ausfallgitter hantierten, um es an langen Ketten herabzulassen.

»Gib deinem Gaul die Sporen. Jetzt!«, rief Jean heiser und preschte mit Odile und samt ihrem Hengst nach vorn, mitten durch die Wachen hindurch, die empört zur Seite sprangen. »Halt die Luft an und mach die Augen zu!«, brüllte er ihr zu, als sie die Männer passiert hatten, und warf den Sack, den er zuvor hatte mitgehen lassen, einfach hinter sich in Richtung der Torwächter.

Während Odile und Jean das Tempo weiter beschleunigten, wurden die Wachmannschaften von einer plötzlich aufwirbelnden Wolke aus hellem, beißendem Staub umhüllt, die durch den Wind im Korridor hoch in die Luft gewirbelt wurde und sich gnadenlos über den Männern verteilte. Die Schreie, die hinter ihnen zu hören waren, ließen die verheerende Wirkung des Kalks vermuten.

»Die sind erst mal eine Weile mit sich selbst beschäftigt«, rief Jean ihr zu, »weil der Ätzkalk ihnen nicht nur den Atem, sondern auch das Augenlicht nimmt.«

Odile hielt sich mit beiden Händen am Vorderzwiesel ihres Sattels fest und vertraute darauf, dass Jean wusste, wohin er mit ihr wollte. In halsbrecherischem Galopp ging es im Zickzackkurs den Berg hinunter über das glatt polierte Pflaster.

Doch bevor sie erleichtert aufatmen konnte, folgte ein scharfes Zischen, das sie nur knapp verfehlte.

»Runter!«, brüllte Jean, während ein gefährlicher Pfeilhagel auf sie herniederging. Nur Odiles hastigen Gebeten zur Heiligen Jungfrau hatten sie es offenbar zu verdanken, dass sie am Ende unbehelligt das Flussufer erreichten. Zu Jeans Entsetzen hatte man die alte Brücke über die Aude abgerissen und den Fluss umgeleitet; eine neue Brücke aus Stein befand sich weiter unten mitten im Bau.

Zum Glück gab es eine andere Lösung. »Steig ab«, rief er Odile zu, kaum dass sie eine Schiffsbrücke erreicht hatten, die für den Übergang errichtet worden war und über die Aude direkt in die Stadt führte.

»Wo willst du hin?«, erkundigte sie sich atemlos und glitt aus dem Sattel.

»Das wirst du noch sehen«, raunte er und zog sie am Handgelenk zu einer Truppe von Gauklern, die soeben die Brücke passieren wollten und den Zollleuten bereits das Geld dafür gezahlt hatten. Jean ließ die Pferde zurück und schloss sich mit Odile einfach dem lärmenden Pulk an, als ob sie dazugehörten. Und schon waren sie auf der anderen Seite.

Auf dem Weg durch die engen Gassen sah Odile, wie Jean an den Ständen überall unbemerkt Essbares mitgehen ließ und es hastig in seiner Joppe verstaute. Hier und da stieß er mit Passanten zusammen und entschuldigte sich beiläufig. Als sie schließlich an einem Stand mit hübschen Kleidern aus zweiter Hand vorbeikamen, blieb er abrupt stehen und zückte eine Geldkatze voller Silbermünzen, die unmöglich einem der Wachmänner gehört haben konnten, die er getötet hatte.

»Such dir was Anständiges zum Anziehen aus«, forderte er Odile auf, der plötzlich ein Licht aufging, wie der angeblich ehrbare Templer an den Geldbeutel gekommen war. Er hatte ihn bei einem Passanten gestohlen, den er im Vorbeigehen angerempelt hatte. »Aber beeil dich«, fügte er ungeduldig hinzu, »wir haben nicht ewig Zeit.«

Odile brauchte nicht lange, um etwas Passendes zu finden, das ihr gefiel. Sie war nicht verwöhnt und entschied sich für ein einfaches blaues Samtkleid mit enganliegenden Ärmeln und einem weiten ausgestellten Rock. Dazu wählte sie einen blaugrünen Kapuzenumhang aus dicht gewebter Wolle, der ihr ein wenig zu groß war, was sie aber nicht weiter störte. Außerdem ergatterte sie ein Paar kaum getragene Stiefel, die ihr vortrefflich passten und fast wie neu aussahen.

Jean erwarb gleich am Stand nebenan ein neues Wams und eine gebrauchte Hirschlederhose, die schon bessere Tage gesehen hatte.

In einem Hinterhof befreite Jean sie mit einem Stein von den Hand- und Fußringen, indem er die Bolzen aufschlug. Sie entledigten sich ihrer gestohlenen Uniformen und schlüpften im Schutz einer Mauer in die neuen Kleider. Hastig band sich Odile ihr Haar zu Zöpfen und verbarg es unter einem grünblauen Gebende, das die Händlerin ihr noch dazugegeben hatte und das nicht nur zur Farbe des Kleides passte, sondern auch zu ihren Augen, wie Jean ihr mit einem Lächeln versicherte. Beim Blick in einen kleinen Spiegel, der an einem der Stände hing, sah sie trotz ihrer jungen Jahre aus wie ein Weib, das bereits verheiratet war.

Jean hatte sich mit einem Stück Seife, das er von einem Stand einfach hatte mitgehen lassen, an einem Brunnen Gesicht und Hände gewaschen. Auch ohne Spiegel hatte er sich dabei mit dem Dolch des Wachmanns erstaunlich geschickt seinen struppigen Bart entfernt.

»Mit dem glatt rasierten Kinn und den neuen Kleidern siehst du richtig jung aus«, befand Odile mit ehrlicher Bewunderung.

»Danke«, sagte er und schien ein bisschen verlegen. Doch dann kam ihm plötzlich eine Idee.

»Falls dich jemand fragt, du bist mein junges Weib«, beschied er knapp und warf ihr einen ernsten Blick zu. »Und falls jemand eine Geschichte dazu haben möchte: Meine vorherigen Frauen und Kinder sind alle am Fieber verstorben. Ich war Händler in Paris und habe dich als Leibeigene einem meiner Konkurrenten abgekauft. Das würde deinen und meinen Dialekt erklären, die erkennen lassen, dass wir nicht aus dieser Gegend stammen. Vor Kurzem habe wir geheiratet und nun bist du guter Hoffnung. Alles klar?«

»Solange du nicht das Lager mit mir teilen willst, soll es mir recht sein«, erwiderte Odile, die wie üblich nicht auf den Mund gefallen war. »Und warum reicht es nicht zu sagen, dass wir verheiratet sind? Wieso müssen wir uns eine solch komplizierte Geschichte ausdenken?«

»Damit wir im Zweifel, wenn wir angehalten und befragt werden, die gleichen Antworten geben«, gab er tonlos zurück und machte sich daran, aus dem Wams des Wachmanns, das sie abgelegt hatte, eine Rolle zu formen, die man an den herausschauenden Armen zusammenbinden konnte.

»Hier«, sagte er und reichte ihr das merkwürdige Bündel. »Binde das unter deinem Rock um die Taille, damit du aussiehst, als wärst du im siebten Monat. So wird niemand auf die Idee kommen, dass wir etwas mit den Geflüchteten zu tun haben.«

Odile tat, was er von ihr verlangte, immer noch nicht sicher, ob sie ihm trauen konnte. Nachdem er sie aus der Stadt herausgeführt hatte und sie in den abgelegenen Auen der Aude haltmachten, wo die Wäscherinnen ihre Laken bleichten, teilte er mit ihr das Brot und die Wurst, die er gestohlen hatte. Beides brach er in zwei Hälften und gab ihr den gleich großen Anteil ab, obwohl sie viel kleiner war als er und zudem eine Frau.

»Danke«, sagte Odile. »Ich sterbe vor Hunger.« Während sie gierig von dem frischen Brotfladen und der geräucherten Wurst abbiss und beides regelrecht verschlang, aß Jean mit Bedacht und beobachtete sie aufmerksam. Erst nachdem sie den letzten Bissen geschluckt hatte, sprach er sie von Neuem an. »So, und nun erzähl mir, was du mit den Templern zu tun hast und was dich so wertvoll für Kreaturen wie Bernardus Guidonis und die Geheimpolizei des Königs macht.«

»Ich habe keine Ahnung, wovon du sprichst«, erwiderte sie stur, wohl bedacht, ihren Vater und seine Zugehörigkeit zum Orden weiterhin nicht zu erwähnen. »Ich war zufällig am falschen Ort, als man Justine entführt hat. Die ›Leute des Königs‹ dachten wohl, ich gehöre zu ihr. Aber so ist es nicht. Und mehr wirst du von mir nicht erfahren, bevor du mir nicht sagst, was du mit den Templern zu tun hast und warum man dich zusammen mit dem alten Mann den ganzen weiten Weg von Paris aus nach Carcassonne verschleppt hat.«

Jean schüttelte amüsiert den Kopf. »Man könnte meinen, du gehörst selbst zu den Schergen der Gens du Roi, so misstrauisch wie du bist.«

»Ich habe wohl allen Grund dazu, wenn ich bedenke, was mir in den letzten Tagen alles widerfahren ist.«

»Was ist dir denn widerfahren?«

»Dafür gibt es keine Worte. Weder in Franzisch, noch in irgendeiner anderen uns bekannten Sprache.«

»Jetzt machst du mich aber neugierig.« Jean verengte seine Lider und schaute sie scharf an.

Odile zuckte wenig beeindruckt mit ihren schmalen Schultern und wandte sich wieder Brot und Wurst zu. »Gib dir keine Mühe. Ich sagte doch, ich kann es nicht in Worte fassen. Selbst wenn ich wollte.«

»Na gut. Ich bedränge dich nicht weiter«, versicherte er ihr. »Dann sag mir wenigstens, wo du herkommst, dann bringe ich dich nach Hause.«

»Ich habe kein Zuhause«, antwortete sie wahrheitsgemäß. »Lass mich einfach ziehen, ich komme schon allein zurecht.«

»Du bist ein mutiges Mädchen, Odile«, sagte er. »Aber das kann ich nicht zulassen. Ich habe dich aus dem Kerker befreit, also bin ich auch weiterhin für dich verantwortlich.«

»Und wo, wenn ich fragen darf, willst du mit mir hin? Und erzähl mir jetzt nicht, dass du vorhast, mir tatsächlich die Ehe anzutragen. Erstens bist du viel zu alt für mich, und zweitens möchte ich im rechten Alter um Aufnahme bei den Zisterzienserinnen bitten.«

»Keine Sorge, ich werde dich nicht anrühren«, versprach er ihr vollmundig. »Aber ich kann dir nicht ersparen, dass du auf die Zisterzienserinnen noch ein wenig warten musst. Ich werde uns zwei Pferde beschaffen und dann mit dir nach Süden reiten. Dort habe ich noch etwas zu erledigen. Aber danach versichere ich dir, dass ich dich zu den Zisterzienserinnen bringen werde.«

»Gut, dann …« Odile ließ sich nicht anmerken, dass sie so rasch wie möglich ihren eigenen Plänen folgen würde. Nicht nur, weil sie ihn für einen wenig vertrauenswürdigen Abenteurer hielt. Sie musste sich unbedingt auf die Suche nach ihrem Vater und den übrigen Templern machen. Sie waren gewiss ganz in der Nähe, wenn sie trotz all der Gefahren den alten Bratac befreien wollten, wie Justine ihr so vollmundig versichert hatte. Wenn de la Motte dazu noch einen Weg gefunden hatte, die Templer wissen zu lassen, dass er Justine und sie in seiner Gewalt hatte, war es umso wichtiger, ihren Vater zu finden, um ihm und seinen Brüdern mitzuteilen, wer tatsächlich noch im Kerker saß. Auch Arnaud de Mirepaux musste wissen, dass sein brutal gefolterter Bruder in diesem scheußlichen Kerker darbte und ihm der Scheiterhaufen drohte. Doch davon würde sie Jean de Paris nichts erzählen. Während sie ihren Retter dabei beobachtete, wie er zwei abgehalfterte Pferde kaufte und ihnen noch einmal ins Maul schaute, bevor er dem Viehhändler die Silbermünzen in die Hand zählte, betete sie zur Heiligen Jungfrau, dass ein Wunder geschehen möge und sie so bald wie möglich die Gelegenheit bekam, diesem undurchsichtigen Kerl zu entkommen.

•

»Zur Hölle!«, brüllte de la Motte und stampfte mit dem Fuß auf den Boden, nachdem der Offizier der Festungsgarde ihn und Bernardus Guidonis von der Flucht des Mädchens und des Templers unterrichtet hatte. Seine Wut über dieses Missgeschick drohte überzukochen, erst recht, weil Jean de Paris offenbar soeben das Lager gewechselt hatte. »Wie, um Himmels willen, können zwei Gefangene aus einem der bestbewachten Gemäuer Franziens verschwinden?«

Bernardus Guidonis, der sich unvermittelt zwei seiner Folterkandidaten beraubt sah, setzte eine sauertöpfische Miene auf, die ihn aussehen ließ wie ein trotziges Kind. »Diejenigen Wachen, die dafür verantwortlich sind, sollen sich unverzüglich melden. Sie werden ihre Unfähigkeit mit dem Leben bezahlen.«

»Das wird nicht mehr möglich sein, Eure hochwürdigste Eminenz«, belehrte ihn der Offizier in einem unterwürfigen Tonfall. »Das hat bereits der flüchtige Templer erledigt. Er hat zwei Kameraden die Hälse umgedreht und einem dritten die Kehle aufgeschlitzt.«

»Da kann nur der Leibhaftige seine Hände im Spiel haben«, knurrte Guidonis und warf einen warnenden Blick in Richtung de la Motte. »Habt Ihr mir nicht erzählt, dass dieser Jean de Paris Euer Spitzel ist, der uns helfen sollte, die Gefangenen zum Reden zu bringen?«

»Er hat es sich wohl inzwischen anders überlegt«, versuchte sich de la Motte an einer recht lahmen Erklärung.

»Und was bezweckte er damit, mit einem Mädchen zu fliehen, das seine Tochter sein könnte? Er hätte genauso gut auf eigene Faust verschwinden können. Oder habt Ihr das etwa angeordnet?«

»Angeordnet? Ich? Wie kommt Ihr nur auf eine solch absurde Idee?«, empörte sich de la Motte. »Ich habe diesem Kerl die Freiheit versprochen, wenn er mit List und Tücke etwas aus den Gefangenen herausbringt, das sie uns nicht einmal unter der Folter preisgeben. Kein Wort davon, dass er Eure Leute meucheln soll und sich am Ende mit dieser kleinen Hure aus dem Staub macht.«

»Er ist ein Templer«, knurrte Guidonis aufgebracht und streifte de la Motte mit einem düsteren Blick. »Das hätte Euch Warnung genug sein müssen. Diese Leute sprechen grundsätzlich mit heuchlerischer Zunge. Man kann ihnen noch weniger vertrauen als einem Katharer.«

»Ich werde meine Männer ausschwärmen lassen. Sie sollen nach den Geflüchteten suchen«, zischte de la Motte außer sich vor Zorn. Inzwischen sah er endgültig seine Felle davonschwimmen. Gott sei Dank gehörten weder das Mädchen noch Jean de Paris zu ihren wertvollsten Gefangenen. Aber wenn es ihnen nicht bald gelingen sollte, die gejagten Templer zu finden und festzusetzen, konnte er seine Karriere als Marschall und oberster Befehlshaber der Gens du Roi endgültig an den Nagel hängen. Davon, dass er das unzweifelhaft existierende Mysterium der Templer niemals ergründen würde, gar nicht zu reden.

»Ich habe eine andere Idee«, murmelte Guidonis und verzerrte sein blondes Engelsgesicht vor lauter Begeisterung über sich selbst zu einer diabolischen Fratze. »Ich werde die Frau, die sich noch in unserer Obhut befindet, höchstpersönlich verhören. Und ganz gleich, was dabei herauskommt, werde ich sie und die beiden anderen, die noch übriggeblieben sind, am Freitag auf dem Vorplatz der Kathedrale St. Nazaire auf dem Scheiterhaufen verbrennen.«

De la Motte warf ihm einen wenig überzeugten Blick zu. »Und was ist, wenn auch dabei nichts herauskommt? Dann haben wir unsere letzten Trümpfe verspielt.«

»Ich werde Anschläge aushängen lassen und die Hinrichtung der drei Ketzer im gesamten Umland ankündigen. Mal sehen, ob da draußen wirklich niemand existiert, der etwas dagegen hat, und falls doch, ob dieser Jemand kühn genug ist, endlich den Weg zu uns zu finden.«

KAPITEL 50

MAI 1316
HERZOGTUM LOTHRINGEN / BURG LICHTENBERG

Mit dem Herzen einer Löwin

Hannahs einziger Gedanke galt Sophia, während sie auf einem riesigen Kaltblüter durch die eiskalte Nacht jagten, fest umklammert vom Arm eines Fremden, der hinter ihnen im Sattel saß. Der Kerl stank nach Schweiß und saurem Bier, so dass Hannah nahe daran war, sich zu übergeben. Nicht nur vor Ekel, sondern auch aus Verzweiflung. Wie hatten sie und die anderen nur so unvorsichtig sein können? Zu glauben, dass Hanemann und sein Verbündeter, diese Bestie der Gens du Roi, von ihnen ablassen würden, war einfach naiv gewesen. Vielleicht hätten sie doch lieber mit Christian de Vrey und seinen Leuten zurückreiten sollen, anstatt Dominique de Charrons ungesichertes Schiff zu nehmen. Was Gero wohl dazu sagen würde, wenn er erfuhr, dass sie mit ihrem kleinen Mädchen auf diese gefahrvolle Reise gegangen war? Selbst der rettende Handel mit de Charron und seinen Leuten konnte diesen Leichtsinn nicht wettmachen.

Die Sorge um ihre kleine Tochter, deren Körbchen sie mit einem Arm fest umklammert hielt, während sie mit der anderen Hand Halt am Vorderzwiesel des Sattels suchte, brachte Hannah schier um den Verstand. Der Gedanke, was Hanemann wohl mit ihnen vorhatte, ohne etwas dagegen tun zu können, war nicht weniger unerträglich als er selbst. Während sie und Sophia mit einer Meute von vierzig Söldnern durch eine von Fackeln geisterhaft beleuchtete Nacht ritten, war ihr nächster Gedanke bei Tom. Was er wohl über ihren Leichtsinn denken würde? Wahrscheinlich würde er ihr eine üble Standpauke halten, warum sie ihn nicht um Hilfe gebeten hatte. Ja, warum sie überhaupt in dieser barbarischen Epoche geblieben war. Noch dazu mit einem unschuldigen Kind. Er hatte sie immer wieder davor gewarnt, mit Gero in dieser Zeit zu bleiben. Und er hatte ihr mehrmals angeboten, sie und Sophia zurück in die Zukunft zu transferieren. Gero gegenüber hatte er nichts davon erwähnt. Tom wusste nur zu gut, dass er nicht vorhatte, nochmal die Zeiten zu wechseln und die Menschen, die ihm über seine Familie hinaus anvertraut waren, im 14. Jahrhundert sich selbst zu überlassen. Aber vielleicht dachte Gero anders, wenn er erfuhr, welchen Gefahren seine Frau und seine Tochter ausgesetzt waren und zu welchen unsäglichen Taten sein verderbter Cousin fähig war.

Doch solche Überlegungen halfen ihr im Augenblick nicht weiter. Hannah musste die Zeit nutzen, um für sich und Sophia eine Möglichkeit zu finden, Hanemann und seiner Truppe irgendwie zu entkommen. Wenn sie allein gewesen wäre, hätte sie sich einfach bei einer günstigen Gelegenheit aus dem Sattel fallen lassen und wäre in der Dunkelheit davongerannt. Aber mit Sophia war das zu gefährlich.

Immerhin hatte sie sich zweimal zur Wehr gesetzt. Erstens, als sie den Kerl von der Gens du Roi erledigt hatte, und danach in einem wenn auch eher lächerlichen Kampf mit Hanemanns Söldnern.

Dass Hanemann ihr am Ende gedroht hatte, Sophia im Fluss zu ertränken, wenn sie sich nicht willig zeigte, hatte ihren Widerstand gebrochen, zeigte aber auch, wie skrupellos er war.

Darüber hinaus sorgte sie sich ernsthaft um Johan und die anderen drei. Warum waren sie einfach verschwunden? Was war mit Lyn? Hatte man sie tatsächlich festgenommen? Warum hatten sie von dem Überfall auf das Schiff nichts bemerkt? Hatte Hanemann sie am Ende dem Festungskommandanten von Dydenhowen als Gefangene übergeben, oder, noch schlimmer, sie getötet? Obwohl sie sich das kaum vorstellen konnte, wollte sie über beides am liebsten gar nicht nachdenken.

Eins stand jedoch fest: Hanemann hatte nicht nur deren Abwesenheit gnadenlos ausgenutzt, sondern auch Hannahs Angst, Sophia zu verlieren, falls sie auch nur einen Mucks von sich gab.

»Wenn du brav bist und tust, was ich von dir verlange, wird dir und deinem Balg nichts Böses geschehen«, hatte er ihr in einem widerlich süßen Tonfall versprochen, der ihr Beweis genug war, wie wenig ihm dieses Versprechen bedeutete.

Hannah hatte sich einen Kommentar erspart. Was hätte sie auch sagen sollen? Dass Hanemann ein egozentrischer durchtriebener Psychopath war, wusste sie längst. Dumm nur, dass sie gerade kein Rezept hatte, wie man ihn am schnellsten in die Hölle schickte, wo er zweifellos hingehörte. Er musste sie beobachtet haben – oder er hatte Spione, die ihm von ihrem Aufenthalt in Metz berichtet hatten. Wie sonst hätte er von Dominique de Charron und ihren gemeinsamen Geschäften wissen sollen? Ob er auch etwas über die Kanone wusste? Das würde sich spätestens zeigen, wenn er von ihr etwas Vergleichbares verlangte.

Anscheinend hatte Hanemann es eilig, irgendwohin zu kommen. In der Nacht hatten sie nur wenige Pausen eingelegt. Erst am nächsten Morgen, als sie ein Wirtshaus erreichten, machten sie eine längere Rast. Während der bleiche Hanemann und seine wenig vertrauenerweckenden Söldner sie keines Blickes würdigten, schien es Hanemanns Adjutanten, dem schleimigen Helfrich von Schöneck, ein wenig peinlich zu sein, wie rücksichtslos man Hannah und Sophia behandelte. Immerhin sorgte der beleibte Mittvierziger als Einziger dafür, dass man Hannah einen Napf mit warmem Gerstenbrei und einen dampfenden Becher mit gewürztem Rotwein servierte und nicht nur Wasser und ein Stück trockenes Brot.

Aber das Schlimmste war, dass sie vor den Augen all dieser Männer in einer heruntergekommenen Schankstube ihre vom Schreien erschöpfte Tochter stillen musste. Wobei sie selbst nicht weniger abgekämpft war als das Kind. Wenigstens hatte die Wirtin sie mit Windeln und Leinentüchern versorgt, damit sie danach die völlig durchnässte Kleine wickeln konnte. Doch die Umstände erschienen ihr mehr als nur katastrophal.

Die Wirtin, die sich denken konnte, dass es beim rüden Auftritt der Lichtenberger nicht mit rechten Dingen zuging, spendierte Hannah zudem ein sauberes Schaffell, damit das Kind es warm und trocken hatte. Danach brach der Trupp wieder auf und es ging in der gewohnten Geschwindigkeit weiter.

Umso größer war Hannahs Erleichterung, als sich vor ihr im Abendlicht die Silhouette einer beeindruckenden Höhenburg aus dem Nebel erhob und das Gegröle der Soldaten vermuten ließ, dass sie ihr Ziel erreicht hatten. Hannah musste nicht lange raten, um welches hochherrschaftliche Anwesen es sich handelte. Sie konnte es am triumphierenden Blick ihres Kidnappers erkennen.

»Wir sind zu Hause!«, verkündete Hanemann hoch zu Ross und deutete mit stolzgeschwellter Brust auf die riesige Festung, die mit ihren massiven Türmen, dem sechsstöckigen Palas und den starken Mauern noch um einiges imposanter wirkte als Waldenstein.

Voller Sorge hielt Hannah das Körbchen mit Sophia im Blick, als ihr Reiter mit seinem Hengst die Pferdetreppe hinaufpreschte und das Tier bedenklich ins Stolpern geriet.

Nachdem das Pferd sich wieder gefangen hatte, gab Hanemann dem Söldner einen Wink, seine menschliche Fracht so schnell wie möglich zum Palas zu bringen.

Kaum dass sie gemeinsam den weitläufigen Burghof erreichten, lief das Gesinde zusammen. Mindestens fünfzig Personen, die unzweifelhaft zu Hanemanns Bediensteten zählten. In dem aufbrandenden Stimmengewirr eilten zahlreiche Knappen herbei und nahmen den Reitern die Pferde ab. Hannahs Bewacher bedeutete ihr, dass sie absteigen sollte. Erleichtert darüber, endlich aus dem harten Sattel zu kommen, ließ sie sich nicht zweimal bitten und entschlüpfte dem Söldner, indem sie mitsamt ihrer Tochter unter seinem Arm abtauchte und sogleich auf Abstand ging. Mit der Entschlossenheit einer Löwin, die ihr Junges verteidigt, verhinderte sie, dass eine der Frauen, der Hanemann einen entsprechenden Befehl zugerufen hatte, ihr das Kind abnahm.

Die Kleine hatte aufgrund der ganzen Aufregung wieder zu weinen begonnen, und Hannah drückte sie mitsamt dem Körbchen fest an sich, obwohl ihr beinahe die Arme abfielen von der stundenlangen Anstrengung, sowohl den Korb als auch sich selbst im Sattel zu halten. Ganz zu schweigen von der Kälte, die in der Nacht und auch in den Morgenstunden auf dem Ritt hierher in die Kleider gekrochen war. Erst am Mittag war es wärmer und damit erträglicher geworden.

Trotzdem war das Kind mindestens so durchgefroren wie sie selbst und wiederum durch den fehlenden Windelwechsel völlig durchnässt. Während Hannah versuchte, den Trubel um sie herum zu ignorieren, tauchte Hanemann neben ihr auf.

»Her mit dem Kind. Ich werde es einer Amme übergeben«, forderte er.

Hannah blickte ihm feindselig in die Augen. »Kommt nicht infrage«, erwiderte sie scharf. »Die Kleine braucht ihre Mutter und ein warmes Lager, sonst wird sie krank.«

Hanemann kniff die Lippen zusammen. »Wenn du glaubst, du hast hier irgendwas zu bestimmen, bist du im Irrtum«, drohte er ihr.

»Wenn dem Kind oder mir irgendetwas zustößt, wird Gero dich töten!«, drohte sie ihm in der gleichen Intensität und mit blitzenden Augen.

»Dafür müsste dein Herr Gemahl erst mal hier sein«, höhnte Hanemann, der offenbar noch weniger Skrupel hatte als andere, wenn es um die Durchsetzung seiner Interessen ging. »Und damit er möglichst bald hierherfindet, werde ich noch heute eine Depesche an seine hinterhältige Tante entsenden, mitsamt den Bedingungen, die ich an deine Freilassung knüpfe. Sollte dein Gemahl in den nächsten acht Tagen nicht hier erscheinen, um dich auszulösen, werde ich dich und dein Balg in einen Hungerturm sperren und mit Freuden dabei zuschauen, wie ihr vergeht.«

Hannah sah ihn entgeistert an. »Welche Bedingungen?«

»Das erfährst du, wenn wir uns nachher in meinen Gemächern treffen«, antwortete er ihr mit einem bösartigen Grinsen. »Bringt die Gräfin und ihr Balg in die gute Stube«, befahl er den Burgwachen, die stumm auf seine Anweisungen warteten.

Ohnmächtig vor Wut und Verzweiflung musste Hannah mitsamt ihrer Tochter auf dem Arm zwei Wachhabenden folgen, die den Befehl hatten, sie in Hanemanns private Gemächer zu bringen. Mit weichen Knien und völlig durchgefroren folgte sie den Männern über einen gepflasterten Vorplatz in den imposanten Palas, dessen luxuriöses Innenleben Margaretha ihr vor noch nicht allzu langer Zeit versucht hatte schmackhaft zu machen. Nun erschien ihr das mehrstöckige Bauwerk wie das Hauptquartier eines finsteren Despoten, der nicht davor zurückschreckte, für die Durchsetzung seiner Interessen selbst kleine Kinder zu töten.

Ein paar Bedienstete, Männer wie Frauen, begafften sie neugierig, als einer der Soldaten Hannah anwies, in der Empfangshalle auf weitere Anweisungen zu warten.

Verstohlen schaute sie sich um und entdeckte unzählige Wappenschilder, orientalische Teppiche und Malereien an den Wänden, die so bunt und prunkvoll waren, dass sie keine Worte finden würde, um sie irgendwem in der Zukunft beschreiben zu können.

Kaum zu glauben, dass der Mann, der dies alles erst vor Kurzem übernommen hatte, einen so finsteren Charakter besaß, dass er bereit war, dafür über ihre und Sophias Leichen zu gehen. Aber gut, wenn sie an zukünftige Machthaber dachte, schien eine solche Einstellung notwendig zu sein, um überhaupt einen solchen Prunk anhäufen zu können.

Die Böden waren ausschließlich mit hellem Marmor ausgelegt. Der blank polierte Stein glänzte golden im Schein eines mächtigen Feuers, das in einem mannshohen offenen Kamin prasselte. Es wärmte nicht nur die Halle, sondern illuminierte auch den breiten Treppenaufgang, der hinauf in die oberen Stockwerke führte. Das kunstvoll gearbeitete Geländer aus hellem Kalkstein war mit allerlei geradezu furchteinflößenden Fratzen verziert, die wohl Dämonen vom Betreten des Hauses abhalten sollten. Bei näherer Betrachtung überlegte sie, welche davon ihrem Entführer am ähnlichsten sah.

Hanemann, dem sie nichts mehr wünschte, als dass er augenblicklich zu Stein erstarrte und sich zu seinen Fratzen gesellte, eilte herbei und gab ein paar Mägden Anweisungen, Mutter und Kind zunächst in eine Kammer im Erdgeschoss zu bringen. Dort sollten sie mit dem Notwendigsten versorgt werden, was sie für ihren Aufenthalt auf der Burg benötigten.

»Danach bringt ihr sie zu mir in die Bibliothek«, bestimmte er und hielt sich nicht damit auf, auf sie zu warten.

Während Hannah den beiden Mägden folgte, schwer bewacht von zwei weiteren Söldnern, überlegte sie fieberhaft, wie ihr unter diesen Umständen die Flucht gelingen könnte. Dass dies nicht so einfach sein würde wie erhofft, offenbarte sich ihr in der Kleiderkammer, in die man sie führte. Deren Mauern waren mindestens zwei Meter dick, wie sie am einzigen Fenster der Kammer erkennen konnte, in dessen Rahmen man eine Scheibe aus Buntglas eingesetzt hatte. Bei einem Blick hindurch wurde ihr klar, wie hoch die Burg lag und es drum herum kaum Ortschaften gab, an denen sie sich bei einer möglichen Flucht orientieren konnte.

Wenigstens wurde die Kleiderkammer durch eine entsprechende Feuerstelle ausreichend beheizt und zusätzlich von einem mehrarmigen Kerzenleuchter erhellt. Zu ihrer Überraschung fand sie dort alles vor, was sie benötigte, um sich und das Kind frisch zu machen. Die zugewiesenen Mägde halfen ihr wortlos dabei, Sophia in einem kleinen Bottich mit warmem Wasser zu baden, und auch sie selbst konnte sich in einer Schüssel Gesicht und Hände waschen und frische Kleider überziehen, die man ihr über eine Kommode gelegt hatte. Wobei sie sich die Frage stellte, wem das hellblaue Unterkleid und der dunkelblaue Surcot wohl einmal gehört hatten. Wusste sie doch, dass Hanemann nicht verheiratet war, und auch von weiteren weiblichen Verwandten auf dieser Burg hatte Margaretha nichts erzählt. Obwohl niemand Maß genommen hatte, passten ihr die Sachen wie angegossen. Nachdem sie sich halbwegs wiederhergestellt fühlte, nutzte sie einen ruhigen Moment, um sich mit der frisch gewickelten Sophia auf eine Bank zu setzen und die Kleine zu stillen, was bei den anwesenden Mägden zu verwunderten Blicken führte.

Sophia beruhigte sich an ihrer Brust und schlief schließlich, nachdem sie ausreichend getrunken hatte, beim leisen Knistern des Kaminholzes in ihren Armen ein. Hannah wiegte sie ein bisschen hin und her und summte leise *Yesterday* von den Beatles, was bei den Frauen neuerliches Erstaunen hervorrief.

Eine der Mägde hatte für ein neues Körbchen gesorgt, in dem ebenfalls ein Schaffell lag sowie ein Daunenkissen. Sie bedeutete Hannah wortlos, dass sie das Kind dort hineinlegen und mit dem Kissen zudecken sollte.

Obwohl sie sich immer noch sorgte, was Hanemann wohl mit ihnen vorhatte, war sie froh, die Kleine beruhigt und in den Schlaf gewiegt zu haben.

Umso mehr zuckte sie zusammen, als die Tür aufgerissen wurde und einer ihrer Bewacher, die draußen im Flur gewartet hatten, sie aufforderte, ihm zu folgen. Als sie den Korb mit Sophia an sich nehmen wollte, um die Kleine mitzunehmen, bedeutete ihr der Mann, dass sie das Kind bei den Mägden lassen solle.

»Niemals! Ich nehme meine Tochter mit«, insistierte Hannah und warf dem Mann einen entschlossenen Blick zu.

»Ihr könnt sie anschließend wieder hier abholen«, versicherte ihr der Mann mit einem teilnahmslosen Blick. »Die Mägde werden solange auf das schlafende Kind aufpassen.«

Tatsächlich schlief Sophia, und es war unbestreitbar, dass es besser war, ihr einen lautstarken Streit mit Hanemann zu ersparen. Also gab Hannah nach und folgte dem Wachhabenden drei Stockwerke höher in Hanemanns Bibliothek.

Geros angeheirateter Cousin empfing sie in straffer Haltung und einer sauberen Uniform der Lichtenberger vor dem prasselnden Kaminfeuer. Mit einem unechten Lächeln, das schauspielerisches Talent unter Beweis stellte, kam er ihr entgegen und blieb dicht vor ihr stehen. Während er mit überlegener Arroganz auf sie herabschaute, ging er einmal um sie herum und ließ seine Finger durch ihr kastanienbraunes Haar streifen, das ihr inzwischen bis auf den Rücken reichte.

»Die Frau meines wenig geschätzten Cousins würde im Gegensatz zu ihm selbst wunderbar auf diese Burg passen«, schwärmte er. »Hast du schon einmal darüber nachgedacht, in der Hierarchie aufzusteigen und einen Mann zu ehelichen, der um ein Vielfaches vermögender und einflussreicher ist als dein bisheriger Gemahl?«, fragte er hinterhältig.

Hannah konnte sich denken, dass er auf sich selbst anspielte. »Ich bin bereits verheiratet«, erinnerte sie ihn spöttisch. »Und ich wiederhole mich ungern: Ich würde dich überdies nicht wollen, und wenn du der einzige Kerl auf der Erde wärest.«

»Deine Ehe mit Gero ist ohnehin keinen Pfifferling wert«, gab er ihr ungerührt zu verstehen, während der hasserfüllte Blick seiner hellen Augen durch sie hindurchzugehen schien. »Dein Mann ist ein ehemaliger Templer, der sich nicht nur an Gott dem Allmächtigen versündigt hat, sondern obendrein exkommuniziert wurde. Damit sind eure Nachkommen nicht ehelich geboren und haben keinen Erbanspruch. So wenig wie du, weil du gemäß den Regeln der Heiligen Mutter Kirche nicht seine Ehefrau bist. Das bedeutet: Wenn er stirbt, wirst du nichts erben, und die Burg fällt an mich zurück. Weil er noch immer von der Inquisition gesucht wird und der Ketzerei angeklagt ist, wird man ihn auf den Scheiterhaufen bringen, sobald man seiner habhaft wird. In diesem Fall wäre es von Vorteil, wenn du mein großzügiges Angebot annimmst und in eine Ehe mit mir einwilligst. Ich könnte dir und deiner Tochter den Wohlstand bieten, der einer schönen und klugen Frau wie dir gebührt.«

Es dauerte einen Moment, bis Hannah begriff, welcher perfide Plan hinter ihrer Entführung steckte. Hanemann spekulierte darauf, sich Waldenstein unter legalen Umständen anzueignen, falls es ihm gelingen sollte, Gero mit Gewalt aus dem Weg zu räumen. Indem er Hannahs Ehe offiziell anzweifelte, würde sie im Falle einer neuen Erbschaftsregelung leer ausgehen. Dachte er zumindest.

»Der Vertrag, der in Metz aufgesetzt wurde«, belehrte sie ihn, »besagt, dass ich zu gleichen Teilen Eigentümerin der Burg bin. Und das nicht, weil ich mit Gero verheiratet bin, sondern weil man mir die Burg zu gleichen Teilen überschrieben hat. Und sollte er sterben, erbe ich den anderen Teil, ganz gleich, ob ich mit ihm verheiratet bin oder nicht.«

»Das wirst du mir und der offiziellen Gerichtsbarkeit erst beweisen müssen«, giftete er. »Bisher schuldest du mir einen entsprechenden Vertrag, der deinen Besitzanteil an Burg Waldenstein beweist.«

»Ich schulde dir gar nichts«, erwiderte sie trocken. »Der Vertrag existiert und befindet sich gut geschützt unter Verwahrung. Also spar dir die Mühe, auf mein Eheversprechen zu warten. Eher gefriert die Hölle, als dass ich deine Frau werde. Deshalb lass mich mit meinem Kind endlich ziehen. Das erspart dir vielleicht Geros Rache oder einen Angriff der Waldensteiner, mit dem wohl zu rechnen ist, sobald meine Verbündeten meine Abwesenheit bemerken.«

Hanemann grinste abfällig. Anscheinend dachte er gar nicht daran, sich geschlagen zu geben. Er nickte einem der Wachhabenden zu, der die ganze Zeit über neben der Tür gestanden hatten.

»Bringt sie in den Hungerturm«, befahl er hart. »Und besorgt eine Amme für das Kind, bis seine Mutter sich eines Besseren besinnt.«

Hannah war übel vor Angst, als sie über eine steile Treppe in den Keller der Burg geführt wurde. Es war kalt und feucht und dunkel. Nur die brennende Fackel, die einer der Soldaten vor ihr hertrug, beleuchtete das unverputzte Mauerwerk. An Flucht war hier unten schon gar nicht mehr zu denken. Das wurde ihr spätestens klar, als sie über die steile Wendeltreppe immer tiefer hinunter bis zum Grund eines massiven Turms stiegen.

Unten angekommen übergab der Soldat sie einem weiteren Kerkerwächter, der so bleich war wie ein Schlossgespenst. Wahrscheinlich bekam der Unglückliche das Tageslicht genauso selten zu sehen wie die Insassen dieses gruseligen Gemäuers.

Hannah hätte sich verfluchen können, als man sie wortlos in eine kahle Einzelzelle sperrte, die nicht mal ein Bett oder einen Stuhl für sie bereithielt, sondern lediglich verrottetes Stroh und ein paar völlig verdreckte Lumpen. Anstatt so schlau zu sein und Hanemann nach dem Mund zu reden und ihm zu schmeicheln, hatte sie ihn mit ihrem Widerstand erst recht verärgert. Nun saß sie in diesem eiskalten Turm ohne Verpflegung, und Sophia war oben in der Burg Hanemanns Willkür ausgeliefert. Beim Anblick der trostlosen Umgebung und ohne Aussicht auf Rettung, dachte sie ernsthaft darüber nach, ob es Sinn machte, zu beten. Blieb nur zu hoffen, dass Johan van Elk und Lyn, falls sie noch lebten und eine Gelegenheit dazu hatten, so klug waren und mit Rona Verbindung aufnahmen, damit sie Tom kontaktierte, der sie vielleicht – ähnlich wie es Paul in Vianden gelungen war – aus diesem widerlichen Loch heraustransferierte.

Mutlos und vollkommen erschöpft ließ Hannah sich auf dem kalten Boden nieder. Zu allem Übel begannen ihre Brüste zu schmerzen, völlig unbeeindruckt von ihrem düsteren Schicksal. Einziger Trost: Falls sie länger in diesem Turm hockte, konnte sie sich notfalls selbst versorgen. Obwohl sie nicht sicher war, ob so etwas überhaupt und auf Dauer funktionierte. Dabei waren ihre Gedanken erneut bei Sophia. Hoffentlich war Hanemann so gnädig und bemühte sich wenigstens um eine gesunde Amme.

Unvermittelt spürte sie einen Kloß im Hals. Der Gedanke, alles falsch gemacht zu haben, indem sie in diese Zeit zurückgekehrt waren, peinigte sie von Neuem – eine Qual, die von Minute zu Minute unerträglicher wurde angesichts der Angst um ihr Kind. Ohne es zu wollen, begann sie zu weinen. Tränen der Wut und Verzweiflung. Der Söldner, der hier unten für ihre Bewachung zuständig war, hatte ihr mitleidlos eröffnet, dass sie allenfalls einen Krug Brackwasser pro Tag erwarten durfte. Falls sie dazu einen Kanten trockenes Brot wünschte, gäbe es für sie Mittel und Wege, sich diesen Bonus zu verschaffen, indem sie ihm zu Willen sei.

»Eher trinke ich mein eigenes Blut«, hatte sie ihm todesmutig entgegengeschleudert und es auch so gemeint. Ob sie dieses launige Versprechen, das sie irgendwann mal in einem Historienfilm aufgeschnappt hatte, auf Dauer würde halten können, stand in den Sternen.

•

»Bei Gott, ich hänge diesen Kerl an seinen Eiern auf und reiße ihm eigenhändig sein hartes Herz aus dem Leib!«, brüllte Roland von Briey quer über den Burghof, nachdem Johan van Elk mit seiner Truppe am frühen Morgen nach Waldenstein zurückgekehrt war und ihm Rede und Antwort zu den vorangegangenen Ereignissen gestanden hatte.

»Wir wissen noch nicht genau, ob Hanemann für das Verschwinden von Hannah und dem Kind verantwortlich ist«, fügte Johan zerknirscht hinzu. »Aber es bleibt zu vermuten. Denn er wurde gesehen, als er mit seinen Männern zum Festungstor von Dydenhowen hinausgeritten ist.«

»Wie konnte so etwas passieren?«, herrschte Roland die Templerbrüder an und schüttelte den Kopf. »Mann, Mann, Mann. Ihr seid erfahrene Krieger und mit allen Wassern gewaschen. Ich dachte, Hannah ist bei euch sicher.«

»Das war sie auch, bis wir alle auf einmal vom Festungskommandanten ins Verhör genommen wurden«, verteidigte sich Johan mit unglücklicher Miene. »Verdammt nochmal, Roland, wir wurden reingelegt, kapierst du das nicht?« Johan schnaubte verdrossen. Seine Laune hob sich auch nicht, als Freya im Eingang des Palas erschien und ihm erwartungsfroh entgegengelaufen kam.

Irritiert blieb sie stehen, als er sie nicht wie erwartet mit offenen Armen empfing. »Wo sind Hannah und die Kleine?«, fragte sie mit unsicherem Blick.

»Hanemann hat Mutter und Kind in seiner Gewalt«, erklärte Johan ihr düster.

»Was?« Freyas Blick wurde panisch. »Wie kann das sein? Seid ihr sicher?«

»Jedenfalls vermuten wir es«, fügte Johan seufzend hinzu.

»Ihr wisst es nicht mal, und dann seid ihr hier?«, empörte sie sich. »Ihr müsst sie suchen, sofort!«

»Das weiß ich auch«, erwiderte Johan gereizt. »Aber zuerst will ich ein Heer zusammenstellen, das für Hanemann und seine Söldner eine ernsthafte Bedrohung darstellt. Denn ich vermute, dass er Hannah und Sophia auf die Feste Lichtenberg verschleppt hat.«

»Was ist mit der Gens du Roi?«, warf Freya ein, die von seinen Vermutungen nicht allzu überzeugt zu sein schien. »Könnten die es nicht gewesen sein?«

»Vermutlich hat Hannah deren Anführer ins Jenseits geschickt«, antwortete Johan mit einem lakonischen Blick. »Jedenfalls hat man ihn mit gespaltenem Schädel in ihrer Kajüte gefunden. Von ihr selbst und dem Kind fehlt jede Spur.«

»Und woher weißt du, dass Hannah ihn getötet hat und nicht der junge Lichtenberger?« Freya blickte ihn zweifelnd an.

»Erstens, weil Hanemann offenbar gemeinsame Sache mit dem Agenten der Gens du Roi gemacht hat, und zweitens, weil von ihm keinerlei genetische Spuren am Griff der Waffe zu finden waren«, klärte Lyn sie auf. »Er hat das Schwert nicht berührt. Hannah schon.«

Freya hob eine Braue. »Ganz gleich, wie mutig Hannah auch war, das alles hört sich trotzdem nicht gut an«, bemerkte sie trocken.

Im gleichen Moment erklang eine Fanfare vom Hauptturm und weckte damit auch die letzten Bewohner der Burg, die bis jetzt noch nicht auf den Beinen waren.

Roland nahm die Depesche eines Boten entgegen, den man zunächst auf Waffen durchsucht hatte, bevor er das Burgtor passieren durfte.

»Wo kommt Ihr her?«, wollte Roland wissen und fixierte den Reiter mit einem misstrauischen Blick.

»Ich gehöre zur Herrschaft von Valcourt«, antwortete der Mann. »Das liegt südwestlich von Metz.«

»Valcourt?«, murmelte Roland erstaunt. »Was will dein Herr von uns?«

»Ich weiß es nicht«, antwortete der Bote, der nach eigener Auskunft die ganze Nacht durchgeritten war. »Ich weiß nur, dass der Herr von Lichtenberg einen seiner Soldaten mit einem entsprechenden Auftrag zu uns geschickt hat.«

»Hatten sie eine Frau und ein Kind dabei?«

»Tut mir leid«, sagte der Mann, »ich selbst habe die Leute nicht gesehen. Ich sollte nur diese Botschaft überbringen, mit dem Hinweis, dass es eilt. Wollt Ihr mir ein Siegel geben zum Beweis, dass ich das Schreiben überbracht habe?«

»Ihr bekommt es bei den Wachen.« Roland entlohnte den Mann mit einer Münze und bedeutete ihm, sich in der Küche ein warmes Bier und etwas zum Frühessen zu beschaffen, bevor er den Rückweg antrat. Während der Bote ohne weitere Nachfragen dem großzügigen Angebot folgte, erbrach Roland mit gerunzelter Stirn das Siegel der Depesche. »Du hattest recht«, gestand er Johan wenig später, noch während er die hastig dahingeschmierten Zeilen überflog. »Das Schreiben stammt von Hanemann. Er berichtet darin, dass er Hannah und die Kleine in seiner Gewalt hat. Er fordert Geros unverzügliches Erscheinen auf der Festung Lichtenberg und dass er ihm die gewünschten Urkunden übergibt. Anderenfalls wird Hannah im Hungerturm sterben und das Kind in die Leibeigenschaft verkauft. Dieser Pisser«, zischte er wütend und ließ das Pergament sinken, bevor er verdutzt zu Johan aufblickte. »Von welchen Urkunden faselt er?«.

Lyn erklärte ihm geduldig, welchen unglaublichen Handel sie und Hannah mit den Patriziern von Metz eingegangen waren – oder den Paraiges, wie sie auf Lothringisch genannt wurden. »Damit konnten wir Waldenstein vor dem Zugriff des Herzogs von Lothringen schützen«, erläuterte sie ihm. »Und vor allem konnten wir Hanemanns Habgier einen Riegel vorschieben. Die Burg und sämtliche Ländereien gehören nun Gero und Hannah. Und im Erbfall – von dem wir nicht ausgehen möchten – entweder Sophia oder Margaretha und ihrer Schwester. Dafür sind Dominique de Charron und seine Leute nun im Besitz einer einzigartigen Waffe.«

»Donnerwetter!« Roland warf Lyn einen anerkennenden Blick zu. »Ihr Frauen seid meine persönlichen Heldinnen. Etwas Besseres hätte uns nicht passieren können. Wobei ich mich frage, warum haben wir eine solche Kanone, wie ihr sie nennt, nicht längst schon in unserem eigenen Besitz?«

»Weil es nicht so einfach ist, eine zu konstruieren. Es bedarf einer umfassenden Vorbereitung«, erklärte ihm Lyn. »Aber jetzt, wo du es erwähnst, sollten wir die Herstellung eigener Abwehrwaffen ins Auge fassen. Bis dahin allerdings, fürchte ich, müssen wir zu altbewährten Mitteln greifen.«

Roland nickte ergeben und wandte sich wieder Johan zu. »Dann mal los, worauf warten wir noch. Ich werde unsere Mannschaften mobilisieren und zugleich eine Depesche nach Metz schicken, zu Dominique de Charron. Er soll uns die versprochene Verstärkung gewähren. Wäre doch gelacht, wenn wir diesen Grünschnabel von Lichtenberg nicht in die Knie zwingen könnten.«

•

Hannah hatte die ganze Nacht fieberhaft überlegt, wie sie ihrem Schicksal entrinnen konnte. Anscheinend hatte niemand Tom informiert, um sie aus diesem feuchtkalten Verlies zu befreien, ansonsten wäre sie längst draußen. Entweder hatten ihre Freunde ihren Appell beherzigt, nur im äußersten Notfall zu einer solchen Maßnahme zu greifen, oder sie waren nicht in der Lage, ihr zu helfen. Deshalb musste sie sich etwas anderes einfallen lassen. Nur was? Ihr ratloser Blick traf den Wächter, der für ihre Bewachung zuständig war und der ebenfalls die ganze Nacht kein Auge zugetan hatte, sondern sie unentwegt mit geifernden Blicken angestarrt hatte. Bisher hatte sie versucht, seinen schmierigen Annäherungsversuchen auszuweichen, weil sie fürchtete, dass er sich ansonsten ermutigt fühlte, sie körperlich zu belästigen.

Aber wenn sie Sophias und ihr eigenes Leben retten wollte, musste sie alles auf eine Karte setzen.

Als er ihr beim nächsten Rundgang das versprochene Brackwasser in einem Krug vor die Nase setzte, hielt sie seinem unverschämten Blick stand und weitete unmerklich den Ausschnitt ihres ansonsten züchtig anmutenden Unterkleides. Zugleich zwinkerte sie ihm mit einem lasziven Augenaufschlag zu.

Auf dem bleichen Gesicht des Mannes zeichnete sich ein erwartungsfrohes Grinsen ab, dass ihn noch unsympathischer aussehen ließ als ohnehin schon.

»Ich wusste, dass du eine kleine Hure bist, die mir für ein Stück Brot den Einlass ins Paradies gewähren wird«, nuschelte er hämisch und schaute sich hastig um, ob auch niemand sonst da war, der ihn bei seinem ganz persönlichen Deal beobachten konnte. »Wenn du brav deine Röcke hebst, sorge ich dafür, dass du trotz des Verbotes etwas zu essen bekommst.« Ohne auf ihre Antwort zu warten, kramte er nach dem passenden Schlüssel, um die vergitterte Tür aufzuschließen.

Hannahs Herz raste beim Anblick des Dolches, den der Mann an seinem Gürtel trug. Ein solches Messer war in diesen Zeiten nicht nur eine Waffe. Es diente in erster Linie dazu, Brot, Fleisch oder Obst in mundgerechte Stücke zu schneiden. Deshalb dachte sich auch niemand etwas dabei, eine solche im Grunde tödliche Klinge mit sich zu führen. Lediglich Gefangene bekamen aus naheliegenden Gründen sämtliche Messer und Schwerter abgenommen, bevor man sie in den Kerker warf.

Während Hannah sich zögernd auf dem Stroh niederließ und so langsam wie nur möglich den Stoff ihres Unterkleides über Waden und Knie zog, legte der Kerl ohne Argwohn seinen Schwertgürtel und seinen Umhang in der Nähe der Tür ab und ließ seine Hosen runter, die er aber nicht komplett auszog, weil er dann auch seine Stiefel hätte ausziehen müssen, was ihm anscheinend zu umständlich war. Darüber trug er ein Hemd, das ihm bis über die Oberschenkel reichte und wenigstens seine Genitalien bedeckte.

Hannahs Aufmerksamkeit galt einzig dem Dolch, den er in einem Einschub befestigt am Hosenbund trug, der ihm nun bis auf die Knie gerutscht war. Ihr einziger Gedanke war, wie weit der Widerling sich zu ihr hinunterbeugen musste, bis sie an den Dolch herankam, und wie schnell sie die Waffe aus dem Schaft ziehen und den Mann überwältigen konnte.

Roland hatte ihr wieder und wieder gezeigt, wie man sich in Notwehr gegen einen Angreifer zur Wehr setzte, der einer Frau die Ehre nehmen will, wie er es so nett formulierte. Nur, dass es bei ihrer Sache nicht um die Ehre ging, sondern schlicht um »*Sein oder Nichtsein*«. *Was sie ganz klar dazu berechtige, zu tun, was getan werden musste*, redete sie sich hartnäckig ein. Ihre Hände zitterten, als der Kerl ihr bedeutete, sie solle endlich die Beine breitmachen, damit er sich vor ihr niederknien und zum Zug kommen konnte.

Hannah war nahe daran, sich zu übergeben, als er zwischen einem Busch krauser schwarzer Haare sein aufrechtstehendes Geschlecht zum Vorschein brachte und die Vorderseite seines Hemds so verknotete, dass es ihn während seines kleinen Vergnügens nicht störte.

Als er bemerkte, wie sie ihn anstarrte, grinste er selbstverliebt. »Na, das gefällt dir wohl? So ein Prachtexemplar hast du bestimmt noch nicht gesehen. Habe ich recht?« Mit einem raschen Griff schob er Hannahs Röcke zur Seite. Wie zu diesen Zeiten üblich, trug sie keine Unterwäsche, sondern lediglich einen zusätzlichen Leinenrock, der sie unter den Kleidern wärmte.

»So ist es brav«, grunzte der Kerl und stieß sie zurück, damit er es sich zwischen ihren Schenkeln gemütlich machen konnte. Während er ihre Knie unerbittlich auseinanderdrückte, zog er sie näher zu sich heran und leckte sich erwartungsfroh über die Lippen.

Gut so, du hässlicher Idiot, hätte sie ihm am liebsten gesagt – in dem Bewusstsein, dass sein Dolch fast zum Greifen nahe war.

Der Kerl hatte jedoch nur eines im Sinn und forderte mit geschürzten Lippen zunächst einen Kuss ein. Der Gedanke, ihn zu küssen, löste in Hannah einen Brechreiz aus. Doch sie durfte nicht würgen, weil er dies als Abweisung empfunden hätte und misstrauisch geworden wäre. Stattdessen versuchte sie sich an einem süßlichen Lächeln, das zwar gequält ausfiel, ihn aber zu ermuntern schien, ihr noch näher zu kommen.

Mit äußerster Beherrschung ließ sie es zu, dass er sein hartes Glied in ihr Inneres stieß. Während er damit beschäftigt war, sich weiter in ihr voranzuarbeiten, fiel es ihr nicht schwer, ein Keuchen auszustoßen, das nicht ihrer Lust, sondern ihrem Entsetzen geschuldet war. Was ihr Peiniger offensichtlich als

Begeisterung fehldeutete und einen holprigen Rhythmus aufnahm. Hannah tastete ungeachtet ihres Ekels, den allein schon seine bloße Nähe in ihr hervorrief, mit zitternden Händen nach seinem Dolch. Sein stinkender Atem und die widerlichen Ausdünstungen seiner Kleidung, die nach scharfem Schweiß und ungewaschenem Kerl rochen, ließen sie beinahe ohnmächtig werden. Um den glatten Griff seines Dolchs mit der nötigen Kraft packen zu können, musste sie ihm noch weiter entgegenkommen. Was seine sich anbahnende Ekstase nur noch mehr zu befeuern schien. *Hoffentlich kommt er nicht, bevor ich meinen Feldzug beendet habe*, dachte sie noch.

Dann ging alles blitzschnell. Sie zog den Dolch und stieß ihn mit aller Kraft seitlich in den Hals des Mannes, dort, wo sie Schlagader und Kehle vermutete.

Ein gurgelnder Aufschrei, dann spritzte das Blut über ihre Hand, als sie den Dolch herauszog und wie im Reflex ein zweites Mal zustach. Der Kerl bäumte sich auf und fasste sich an die Wunde, aus der das Blut hervorschoss. Hannah nutzte die Gelegenheit, sich mitsamt dem Dolch blitzschnell unter ihm wegzurollen. Kaum dass sie auf den Knien war, stach sie auf den am Boden liegenden Mann nochmals ein wie in Trance. Wieder und wieder in den Rücken. So lange, bis sie er völlig erschlafft vor ihr lag und garantiert nicht mehr atmete.

Zutiefst entsetzt über sich selbst und das, was soeben passiert war, erbrach sie sich in einem Schwall auf den nackten Steinboden, bis nur noch Galle kam. Schwer atmend, mit rasendem Herzen und dröhnendem Kopf, hockte sie anschließend am Boden und starrte völlig außer sich vor Panik auf den blutüberströmten Leichnam.

»Du musst hier weg«, stammelte sie mehr zu sich selbst, »sofort«, und sah sich hastig um. Wenn sie jemand mit dem Toten entdeckte, war alles aus. Der lehmige Boden war voller Blut. Anscheinend hatte sie schon beim ersten Stich seine Halsschlagader getroffen. Nie im Leben hätte sie gedacht, so skrupellos sein zu können. Aber was tat man nicht alles für sein eigenes Kind und die Aussicht darauf, seine Familie retten zu können.

Mit der plötzlichen Entschlossenheit einer Löwin packte sie den Toten bei den Schultern und zog ihn in eine finstere Ecke des Kerkerlochs, damit die Wachen nicht gleich auf ihn aufmerksam wurden, falls einer seiner Kumpane an der Zelle vorbeipatrouillierte. Mit Bedacht nahm sie den Schlüsselbund an sich, den er am Gürtel trug, und zog dem Kerl, nachdem sie einen Moment innegehalten hatte, um nachzudenken, Stiefel und Hose aus. Angewidert schlüpfte sie in die Hose, während sie ihre eigenen Stiefel anbehielt. Danach verstaute sie ihre Röcke im Bund, bevor sie das Ganze mit dem Messergürtel des Mannes auf Taille fixierte. Schließlich legte sie das schwere Schwertgehenk des Toten an und warf sich mit Schwung den Kapuzenumhang über, den er vor seinem

Entschluss, sie zu vergewaltigen, abgelegt hatte. Die blaugraue Farbe und das rot-weiße, aufgestickte Wappen mit dem schwarzen Löwen der Lichtenberger, das den Umhang auf der linken Schulter schmückte, wies sie nun als Angehörigen der Burgwachen aus. Zu ihrer eigenen Sicherheit sammelte sie zügig das schmutzige Stroh auf und verteilte es wie eine Decke über den leblosen Körper und die unübersehbare Blutlache. So dachten nachrückende Wachen vielleicht, dass Hannah selbst in der Zelle lag, statt dort die Leiche ihres Kameraden zu vermuten.

Bevor sie nach draußen schlich, setzte sie die Kapuze des Umhangs auf, unter der sie ihr Haar verbarg. Draußen auf dem Gang angekommen, verschloss sie die Zellentür und wandte sich zum Ausgang des Kerkers.

Das Herz schlug ihr bis zum Hals, als sie in den engen Gang eintauchte, der zur Treppe führte. Mit einem kurzen Rundumblick versicherte sie sich, dass in ihrer unmittelbaren Nähe keine weiteren Söldner lauerten. Die Kapuze tief ins Gesicht gezogen, marschierte sie mit unsicheren Schritten entlang der brennenden Fackeln, die in den Wandhalterungen steckten, und hastete die schmalen Stufen hinauf an die frische Luft.

Oben auf dem Festungshof angekommen, sickerte ihr langsam ins Bewusstsein, was sie getan hatte und was ihr blühen würde, wenn Hanemann von Lichtenbergs Männer sie erwischten.

In den letzten achtundvierzig Stunden hatte sie sich unmerklich in eine andere Person verwandelt. Obwohl sie mit Gero schon einiges erlebt hatte, war sie noch nie so brutal und entschlossen vorgegangen. Doch für Sophias Unversehrtheit überwand sie alle moralischen Bedenken. Plötzlich konnte sie sich in Gero hineinversetzen, der keine Sekunde zögerte, einen Menschen zu töten, wenn er es für notwendig hielt, um das Leben seiner eigenen Kameraden oder seiner Familie zu garantieren.

Sie musste Sophia finden und mit ihr einen Weg hinunter von dieser Festung. Allein das ungewisse Schicksal ihrer Tochter und die Sorge um Gero gaben ihr die Kraft, jeden noch so gefährlichen Plan in die Tat umzusetzen.

Der Burghof lag ganz im Dunkeln und wurde nur von einzelnen Feuerkörben schummrig beleuchtet. Nach einem Moment des Zögerns setzte Hannah ihren Weg ungehindert über das regennasse Pflaster bis zum Palas fort. Hier und da waren Männerstimmen zu hören, die sie den Soldaten der Wachmannschaften auf den Zinnen zuordnete. Dazu erklangen einige Frauenstimmern. Ein helles Lachen, ein Schäkern, ein quiekender Aufschrei, der auf ein zweifelhaftes Vergnügen schließen ließ.

In der Dunkelheit achtete niemand auf sie, während sie im Schatten einer Mauer zwei Wachen passierte, die nur kurz aufschauten, als sie mit klirrendem

Schwertgehenk an ihnen vorbeimarschierte und unbehelligt den oberen Burghof erreichte.

Überall im Hof und auf den Festungsmauern loderten Flammen in den Feuerkörben und spendeten den Wachen ein beständiges Licht.

Im Schatten des mehrstöckigen Palas versuchte sie sich zu orientieren. Die Küche sowie die Zimmer des Gesindes befanden sich im Untergeschoss. Hanemann bewohnte den gesamten dritten Stock und lag aller Wahrscheinlichkeit nach um diese Zeit längst in seinem luxuriösen Himmelbett. Jedenfalls hoffte Hannah darauf und betrat zu allem entschlossen die Empfangshalle. Vor Anspannung war ihr ganzer Körper verkrampft, und sie fuhr heftig zusammen, als eine junge Magd um die Ecke bog, einen Krug und einen Becher in der Hand. Auch die Frau hatte sich erschreckt, sich zum Glück aber gleich wieder gefasst. »Beim Allmächtigen, ich hätte Euch fast übersehen«, rechtfertigte sie sich hastig.

Hannah blieb stehen und senkte den Kopf, damit die junge Frau nicht sah, wer da in Wahrheit vor ihr stand. »Ich suche eine Amme, die das Kind einer Gefangenen stillt. Weißt du, wo ich sie finden kann?«, raunte sie in bemüht tiefem Tonfall, darauf bedacht, dass sie laut genug sprach und ihre Stimme nicht zitterte.

»Oh ja. Ich weiß, wen Ihr meint.« Die Magd runzelte die Stirn, als ob sie nachdenken müsse, und deutete dann zum Ende des Gangs. »Die Frau ist von außerhalb. Sie haust dort drüben, in der Kammer der Kräuterkundigen, die solange im Spital schläft.« Sie deutete auf eine Tür, die ganz am Ende des Gangs lag. Hannah nickte, ohne aufzusehen. Die Frau erwiderte das Nicken und eilte sogleich weiter in Richtung Treppenaufgang, so hastig wie zuvor. Möglicherweise war sie mit Hanemanns Schlaftrunk unterwegs und wollte ihn nicht warten lassen.

Hannah raffte sich auf, marschierte in straffer Haltung zu der bezeichneten Kammer und öffnete die Tür, ohne anzuklopfen.

Die dunkelhaarige, abgemagerte Frau, die im Zimmer dahinter bei Kerzenlicht in einem Lehnstuhl saß, fuhr heftig zusammen, als sie Hannah erblickte. »Wer seid Ihr, und was wollt Ihr von mir?«, stammelte sie und nahm das Kind von der Brust, in dem Hannah auf den ersten Blick Sophia erkannte.

Bevor die Frau auch nur reagieren konnte, schloss Hannah die Tür hinter sich und verriegelte sie. Dann machte sie drei Schritte nach vorn, riss der Fremden das Kind aus den Armen und drückte ihre Tochter mit einem leisen Seufzer der Erleichterung an sich.

»Was soll das?«, rief die Frau.

»Sie ist meine Tochter.«

»Eure Tochter? Ich … ich habe nur getan, was mir aufgetragen wurde«, rechtfertigte sich die Frau.

Sophia begann zu greinen, beruhigte sich jedoch gleich wieder, als Hannah sie wiegte und leise auf sie einredete.

»Ich will nur mein Kind, sonst nichts«, klärte Hannah die Frau atemlos auf und schlug die Kapuze zurück.

Die Frau wirkte verunsichert. »Aber … ich habe gehört, man hat Euch wegen Zauberei in den Kerker gesteckt, wo Ihr auf die Vollstreckung Eures Todesurteils wartet.«

»Todesurteil?« Hannah stockte der Atem. »Wer sagt das?«

»Hanemann von Lichtenberg. Er hat seinen Verwandten, den Bischof von Straßburg, damit beauftragt, Euch in einem Inquisitionsverfahren der Ketzerei zu überführen und auf den Scheiterhaufen zu bringen. Es heißt, Ihr seid mit dem Teufel im Bunde.« Die Frau bekreuzigte sich.

»Dieses kleine Arschloch«, flüsterte Hannah mehr zu sich selbst und war zugleich schockiert, zu welchen Methoden diese Bestie fähig war, wenn es darum ging, sich unrechtmäßig zu bereichern.

»Ich *bin* eine Zauberin«, stimmte sie der Fremden geistesgegenwärtig zu. »Wenn Ihr schreit oder mich verratet, werde ich Euch und all jene, die Euch wichtig sind, in hässliche Kröten verwandeln. Und dann hetze ich Euch einen Schwarm Störche auf den Hals.«

Die Augen der Frau weiteten sich vor Entsetzen, doch sie fasste sich rasch wieder. »Der junge Landgraf hatte also recht, als er die Kleine als Teufelsbrut bezeichnete«, giftete sie und warf einen hasserfüllten Blick auf Sophia. »Sie hat mir doppelt so viel Milch aus den Brüsten gesaugt wie mein eigener Sohn.«

»Ihr habt selbst Kinder?«

»Würde ich sonst hier sitzen?«, entgegnete die Frau schnippisch. »Man hat mich hierher verschleppt, damit ich Eure Teufelsbrut säuge!«

Der Gedanke, dass dieses schreckliche Weib sich nicht aus freien Stücken um Sophia gekümmert hatte und die Kleine obendrein als »Teufelsbrut« bezeichnete, ließ Hannah einmal mehr erkennen, wie bedrohlich die Lage war.

»Seid Ihr eine Leibeigene?«, fragte Hannah gefasst. Sie hatte kein Interesse daran, die Situation weiter zu verschärfen, indem sie der Frau Angst einflößte. Im Gegenteil: Sie musste sie zu ihrer Komplizin machen, anders ging es nicht. Nur wie ihr das gelingen sollte, war ihr noch nicht klar.

»Was sonst?«, gab ihr Gegenüber gereizt zurück. »Ich bin Witwe. Erst kürzlich habe ich meinen Mann verloren und danach ganz allein unseren Otto zur Welt gebracht, der nun von Ziegenmilch leben muss, weil ich diesen Teufelsbalg säugen muss. Der junge Landgraf von Lichtenberg hat mich bei Nacht und Nebel hierherholen lassen, ohne Rücksicht auf meine anderen Bälger, die nun ohne Mutter und Vater hungernd zu Hause sitzen. Und nun kommt Ihr und wollt mich zu allem Übel in eine Kröte verwandeln!« Aufgebracht betrachtete sie Hannah von oben bis unten. »Ich würde gerne vom Allmächtigen wissen, womit ich das verdient habe.«

»Dann sind wir schon zwei, die gegen ihren Willen hierher verschleppt wurden«, entgegnete Hannah voller Bitterkeit. »Wenn Ihr mir helft, von hier zu verschwinden, soll es Euer Schaden nicht sein. Ich kann Euch reich entlohnen, wenn es uns gelingt, gemeinsam und unerkannt die Burg zu verlassen.«

Die Frau beäugte sie voller Unverständnis. »Und warum zaubert Ihr Euch und das Kind nicht einfach woanders hin?«

»Ich habe zufällig meinen Besen vergessen«, murmelte Hannah entnervt und senkte ihren Blick auf Sophia, die sich in ihren Armen vollkommen entspannt hatte. »Ich bin weder mit dem Teufel im Bund noch eine Zauberin. Mein Name ist Gräfin Hannah von Lichtenberg zu Waldenstein. Der Landgraf ist der Cousin meines Gemahls. Er hat mich mitsamt meiner Tochter hierher entführt, weil er meinem Ehemann den Besitz abpressen will. Das mit der Ketzerei ist nur ein Vorwand, um meine Familie zur Herausgabe unserer Burg und der dazugehörigen Ländereien zu bewegen. Ich sagte doch, ich bin reich und kann Euch und Eurer Familie ein sorgloses Leben ermöglichen.«

»Wie reich?« Die Frau hatte offenbar ihre Angst beiseitegeschoben und schien von dem Angebot überrascht. Interessiert betrachtete sie Hannahs goldenen Ring, den sie am rechten Ringfinger trug und der mit einem kunstvoll eingefassten, himmelblauen Saphir besetzt war. Gero hatte ihn ihr anlässlich der Geburt von Sophia geschenkt.

Hannah bemerkte die Gier in den Augen der Fremden. *Nein, den Ring bekommst du nicht*, ging es ihr durch den Kopf. »Ich besitze genug Gold und Silber, um mein Versprechen halten zu können«, sagte sie, um die Frau abzulenken. »Wenn Ihr mein Angebot annehmt, könntet Ihr Euch eine eigene Kate leisten und müsstet nicht mehr arbeiten.«

»Ich will den Ring«, beschied die Frau, ohne lange nachzudenken. »Als Anzahlung sozusagen. Ihr bekommt ihn wieder, wenn Ihr Euer Versprechen einlöst.« Ihr entschlossener Blick ließ keine Zweifel darüber aufkommen, dass sie es ernst meinte. »Schließlich trage ich ein ziemliches Risiko. Wenn sie mich mit Euch erwischen, werde ich gehängt. Also überlegt Euch gut, wie Ihr Euch entscheidet. Kommt Ihr meinem Wunsch nicht nach, schreie ich die ganze Burg zusammen, und dann seid Ihr schneller wieder dort, wo Ihr herkommen seid, als Ihr gucken könnt.«

Hannah gab sich geschlagen. »Also gut«, sagte sie und streifte frustriert den Ring vom Finger. Er ging ganz leicht ab, weil sie schon seit Tagen nichts Vernünftiges mehr gegessen hatte. Nicht wegen ihrer Inhaftierung im Hungerturm, sondern weil ihr vor Angst und Aufregung der Appetit vergangen war.

Nachdem sie den Ring schweren Herzens der Frau überlassen hatte, stellte sich die wichtigste Frage. »Und habt Ihr auch eine Idee, wie man am unauffälligsten von hier verschwinden kann? Wisst Ihr vielleicht, ob es einen Seitenausgang gibt? Oder einen geheimen Fluchtweg?«

»Ich?« Die Frau schaute sie ungläubig an. »Wieso ich? *Ihr* wollt doch fliehen. Außerdem seid Ihr eine Verwandte des Burgbesitzers und müsstet doch wissen, wo es langgeht. Und überhaupt, falls ich Euch weitere Ratschläge geben soll, müsst Ihr mich erst entlohnen.«

So ein gerissenes Weib! Hannah lag ein Fluch auf der Zunge, aber sie schluckte ihn runter. Stattdessen drehte sie sich zur Tür und versuchte sich zu erinnern, wie sie auf die Burg gekommen war und wie der Grundriss der Festung Lichtenberg auf diversen Online-Plattformen in der Zukunft ausgesehen hatte. Sie hatte sich die Bilder zusammen mit Gero angesehen, als er ihr in der Zukunft von der Familie seines Onkels erzählt hatte. Nun wünschte sie sich sehnlichst, genauer hingeschaut zu haben. Gab es einen geheimen Ausgang? Wurde die Burg rund um die Uhr bewacht? Letzteres war anzunehmen, der geheime Ausgang jedoch war reine Spekulation.

Die Burg war in jedem Fall viel größer und wehrhafter als auf den allseits bekannten Kupferstichen. Sie beherbergte unzählige Gebäude und zahlreiche Pfade und Wege. Ihre Architektur erinnerte Hannah an ein kleines italienisches Bergdorf mit jeder Menge Winkeln und Ecken. Was durchaus ein Vorteil sein konnte, wenn sie sich verstecken musste, aber ein Nachteil, falls sie verfolgt wurde und die Orientierung verlor. Überdies lag das gesamte Anwesen auf einer vierhundert Meter hohen Erhebung. Der Weg hinauf war steil gewesen, aber zu Pferd leicht zu bewältigen. Doch der Weg hinunter war zu lang, als dass man nicht Gefahr lief, entdeckt und von den Burgwachen mit Armbrüsten oder Langbögen beschossen zu werden. Sie benötigte also ein Reittier und musste noch vor Sonnenaufgang am Festungstor stehen, um es sogleich passieren zu können, sobald es hochgezogen wurde.

»Zieht Euch den Umhang der Kräuterfrau über«, riet ihre, die neue Komplizin und deutete auf einen blassblauen Wollumhang, der an einem Wandhaken hing. »Dann wird man euch nicht fragen, wohin Ihr wollt, wenn Ihr am frühen Morgen die Burg verlasst. Die Kräuterfrau ist oft schon in der Morgendämmerung unterwegs, um draußen in den Wäldern und Auen ihre Pflanzen zu sammeln.«

»Danke für den Hinweis.« Hannah überlegte, ob sie den Mantel noch über den gestohlenen Mantel des Wächters anziehen sollte, damit sie im Zweifel mehrere Karten ausspielen konnte.

»Ich habe noch mal nachgedacht«, fuhr die Frau fort. »Wäre es nicht unauffälliger, wenn Ihr alleine von dannen zieht? Ich könnte sagen, ich sei eingeschlafen und hätte nicht bemerkt, wer das Kind gestohlen hat. Das wäre sicherer, für Euch und für mich. Und wenn das Kind fort ist, werden meine Dienste hier ohnehin nicht mehr gebraucht.«

Hannah starrte der Frau einen Moment lang in die dunklen Augen, bis sie zu dem Schluss gelangte, dass die Fremde recht hatte.

»Also gut«, sagte sie nur und band sich Sophia unter dem Umhang des Gefängniswächters mit einem Tuch vor die Brust, bevor sie den Mantel der Kräuterfrau darüberzog. Dann nahm sie sich ein Körbchen, das an der Wand stand, und legte ein paar Tücher und eine kleine silberne Sichel hinein, die offenbar für das Ernten bestimmter Kräuter benötigt wurde und die sie zur Not als Waffe benutzen konnte. »Mein Wort gilt nach wie vor«, wandte sie sich dann noch einmal an die Fremde. »Wenn Ihr Euer Versprechen haltet und mich nicht verratet, entlohne ich Euch gut. Ich werde Euch finden und meine Schuld bezahlen. Bis dahin habt Ihr den Ring als Pfand.«

»Ich werde gut auf ihn achtgeben«, versprach die Frau. »Aber nun solltet Ihr besser gehen, bevor Euch jemand entdeckt.«

Sophia eng an sich gedrückt, trat Hannah nach draußen, in der bangen Hoffnung, dass niemand sie bemerkte, bis der Morgen zu dämmern begann. Doch erst einmal musste sie Sophia besänftigen, die bereits wieder ungeduldig wurde, kaum dass sie sich dem Burgtor näherten. Hannah kauerte sich in eine dunkle Ecke und gab ihrer Tochter die Brust – ein Angebot, das die Kleine dankbar annahm. Trotzdem erschien es ihr wie eine Ewigkeit, bis die Kleine fertig getrunken hatte und wieder schlief.

Immerhin rötete sich bereits der Horizont im Osten, als sie, mit dem Kind in einer Nische kauernd, das knarzende Geräusch vom Haupttor her hörte, das beim Hochziehen des eisernen Gitters entstand. Während die ersten Händler ihre Ochsenkarren auf den Vorhof der Festung lenkten, nutzte Hannah die Gelegenheit und huschte an ihnen vorbei. Direkt außerhalb des Tores befand sich ein Unterstand, der für die Wachmannschaften erbaut worden war, in dem einige bereits aufgezäumte Pferde standen. Es handelte sich gewissermaßen um die Bereitschaftspferde für das diensthabende Wachpersonal. Hannah näherte sich vorsichtig den schnaubenden Gäulen und band einen los, während sein Besitzer mit der Kontrolle einfahrender Bauern und Händler beschäftigt war. Bevor sie aufsaß, überprüfte sie noch einmal die Knoten der Tücher, mit denen sie sich Sophia umgebunden hatte. Alles fest. Rasch streifte sie den Mantel der Kräuterfrau ab und verstaute ihn in einer der Satteltaschen. Dann ordnete sie den Umhang des Kerkerwächters, den sie darunter trug, und setzte die Kapuze auf. Mit Schwung stieg sie in den Sattel und dirigierte das Pferd zum gotischen Spitzbogentor, vor dem sich eine lange Schlange von Menschen und Tieren gebildet hatte, die alle hinauf zur Burg wollten.

»He!«, rief jemand, kaum dass Hannah den Weg nach draußen passiert hatte. »Wo willst du hin, Kamerad?«

Sie drehte sich nicht um, sondern gab dem Pferd die Sporen und galoppierte in halsbrecherischem Tempo den breiten Weg hinunter zum Fuß des Felsens, auf dem die Burg erbaut worden war. Als sie die Fanfaren hörte, die einen Alarmfall signalisierten, befand sie sich längst weit genug weg, damit die Pfeile der Bogenschützen sie nicht mehr erreichen konnten. Offenbar hatte man den Toten gefunden, dem Hannah die Hose, den Umhang und das Schwert abgenommen hatte.

Aber nun gab es ohnehin nur noch einen Weg: Nach Norden, wo irgendwo unweit der Mosel Burg Waldenstein lag.

Hannah orientierte sich an der aufgehenden Sonne, die sich rechts von ihr am Horizont zeigte, während sie bereits nach kurzer Zeit in einen dichten Buchenwald hineingaloppierte, um mögliche Verfolger abzuschütteln. Wie sie bei Wind und Wetter die zehn Stunden Ritt nach Waldenstein unbehelligt und in einer völlig fremden Umgebung ohne jegliche Orientierungspunkte und passendes Kartenmaterial schaffen sollte, war ihr ein Rätsel. Aber es half nichts. Wenn sie dem unberechenbaren Hanemann entkommen wollte, musste sie notfalls Tag und Nacht reiten.

Erst als die Sonne längst aufgegangen war, zügelte sie das Pferd in einem dichten Waldstück und stieg am Rande einer Lichtung ab.

Sophia, die nun lauthals schrie, weil ihre Windel voll war und sie Hunger hatte, war nicht zu beruhigen. Hannah setzte sich mit der Kleinen an den Fuß einer mächtigen Eiche und gab ihr die Brust. Sophia schnappte mit ihrem geschürzten Mündchen zielstrebig nach der Warze und sog anschließend die Milch mit kräftigen Zügen in sich hinein. Ihr unverkennbarer Überlebenswille stärkte auch in Hannah das Vertrauen, dass sie beide es schaffen konnten, unversehrt nach Hause zurückzukehren.

Nach der Mahlzeit ging sie mit dem Kind zu einem ganz in der Nähe sprudelnden Bach, um zunächst selbst zu trinken. Danach säuberte sie Sophias kleinen Po mit dem eiskalten Wasser. Während die Kleine vor Schreck erneut zu lamentieren begann, wusch Hannah ihre Windeln im kristallklaren Wasser aus. Kaum fertig damit, wickelte sie das Kind in eine saubere, trockene Windel, die sie auf der Burg hastig eingepackt hatte. Die gewaschenen Tücher wollte sie an den Sattel binden, damit sie unterwegs schneller trockneten.

Als Hannah sich hochstemmte, das Kind auf dem Arm, hörte sie unvermittelt ein brummendes Geräusch. Vor Schreck fuhr sie herum.

Es war ein Bär. Und er war riesengroß. Keine fünf Meter entfernt stand er aufrecht vor ihr und beäugte sie neugierig. Einen Moment lang dachte sie darüber nach, das Schwert des Wachmanns zu ziehen, das sie noch immer bei sich trug. Aber was, wenn der Bär sich dadurch nur noch mehr herausgefordert fühlte und schneller war?

Mit rasendem Herzen trat Hannah die Flucht zurück an, indem sie langsam, Schritt für Schritt, rückwärtsging, ganz vorsichtig, Sophia auf dem Arm. »Lieber Gott, mach, dass dieses Ungeheuer nicht auf uns losgeht«, betete sie leise. Obwohl sie wusste, dass Bären gute Kletterer waren und es wahrscheinlich nichts bringen würde, sah sie sich beiläufig nach einem Baum um, auf dem sie sich und das Kind in Sicherheit bringen konnte, um der Gefahr, gefressen zu werden, zu entgehen.

Während der Bär sie noch immer beäugte, wieherte ihr Pferd, das sie ganz in der Nähe an einen Strauch angebunden hatte. Es hatte wohl die Witterung des Raubtiers aufgenommen und war unruhig geworden. Sofort schnellte der Kopf des Bären herum und sein Blick konzentrierte sich auf den scheuenden Hengst. Schwerfällig setzte er sich in Bewegung, um das aufgezäumte Pferd anzugreifen, das nervös auf der Hinterhand hochstieg und sich schließlich losriss, um mit wehender Mähne davonzugaloppieren.

Während der Bär zunächst die Verfolgung aufnahm, nutzte Hannah die Gelegenheit und ergriff mit Sophia die Flucht. Ungeachtet der Tatsache, dass sie das Pferd zu verlieren drohte, rannte sie tiefer in den Schutz des Waldes hinein. Erst nach einer ganzen Weile blieb sie keuchend stehen und musste feststellen, dass sie die Orientierung verloren hatte.

Um sie herum ragten dicke uralte Bäume empor, die dicht an dicht standen und die Umgebung verfinsterten, obwohl es inzwischen helllichter Tag war und über den Wipfeln sogar die Sonne schien. Aber die Begegnung mit dem Bären ließ vermuten, dass sie hier alles andere als sicher waren. Von Gero wusste sie, dass es in den Wäldern außer Bären auch Wölfe und Luchse gab. Noch gefährlicher waren Auerochsen, auch wenn eine Begegnung mit ihnen eher selten war. Deren wütende Angriffshaltung beim Anblick eines Menschen war angeblich nicht zu unterschätzen. Hannahs Angst übertrug sich auf das Kind, das jämmerlich zu weinen begann.

»Verdammt«, stieß sie verzweifelt hervor. »Warum kann denn nicht wenigstens einmal etwas klappen?« Wenigstens hatte sie noch das Schwert des Wachmanns. Wobei sie ohnehin nicht gewusst hätte, wie man damit einen Bären bekämpfte. Hinzu kam, dass sie nicht die leiseste Ahnung hatte, wo sie war und wie sie aus diesem Dickicht herausfinden sollte.

Während sie noch grübelte, spürte sie unversehens etwas Spitzes im Rücken. Ihr Atem stockte, und ihr Herz setzte ein paar Schläge aus. Es war unzweifelhaft eine Stichwaffe, die auf sie gerichtet war.

»Wer bist du und was hast du hier zu suchen?«, erkundigte sich eine tiefe Männerstimme in einem fordernden Ton.

»Ich … Ich habe mich verlaufen«, gestand sie dem Unbekannten mit bebenden Lippen und vermied es, sich umzudrehen.

»Verlaufen«, antwortete der Angreifer tonlos und entwaffnete sie mit nur einer Hand. Dann stieß er die Klinge fester in ihren Mantel. »Los, geh voran.«

»Wohin gehen wir?«, fragte Hannah kläglich und hielt ihre Arme schützend um Sophia gelegt, die plötzlich ganz still geworden war, als ob sie die Gefahr spürte, in der sie und ihre Mutter schwebten.

»Keine unnützen Fragen«, grollte der Kerl, dessen Gesicht Hannah noch immer nicht gesehen hatte. Im kargen Sonnenlicht erkannte sie lediglich, dass er einen riesigen Schatten warf, der um einiges größer war als ihr eigener.

Als sie nach einem kurzen Marsch eine Hütte erreichten, die gut getarnt von dichtem Gebüsch unter einem felsigen Unterstand erbaut worden war, verlor sie alle Hoffnung, jemals wieder heil nach Hause zu kommen. Am moosbedeckten Dach des Häuschens hingen überall Wildschweinfelle und Tiergeweihe. Und außer dem furchteinflößenden Hünen war weit und breit keine andere Menschenseele zu sehen. Selbst wenn sie wie am Spieß zu schreien begann, würde niemand sie hören. Beinahe ohnmächtig vor Angst, gehorchte sie dem Befehl des Fremden, ins Innere der Hütte zu gehen.

Das war's dann wohl, dachte sie, und verabschiedete sich in einem jähen Anflug von Resignation von ihrem irdischen Dasein.

KAPITEL 51

MAI 1316
KÖNIGREICH FRANZIEN / DOMAINE ROYAL / CARCASSONNE

Alte Rechnungen

Am Tag zuvor waren die Templerbrüder zusammen mit Rona und Aubry von Francescos geheimer Rebellenburg aus in einem vierstündigen Ritt zur Baronie der Herren von Blanque aufgebrochen.

Beatrix, eine geborene Baronin Blanque und Francescos liebreizende Gemahlin, hatte sie freundlich empfangen, nachdem ihr Mann ihr nicht nur seine Templerbrüder und Rona vorgestellt, sondern sie auch über ihre gemeinsamen Pläne unterrichtet hatte.

»Meine Frau ist in sämtliche Unternehmungen, die wir im Auftrag des Königs von Aragón erledigen, eingeweiht«, hatte Francesco seinen alten Kameraden zuvor versichert. »Ich kann ihr vertrauen wie mir selbst.«

Während Beatrix dafür sorgte, dass der junge Aubry eine eigene Kammer erhielt, die seine Flucht unmöglich machte, erteilte Francesco seinen unwissenden Templerbrüdern eine Lektion in Sachen Viehtrieb. Was nicht so einfach war, wie es aussah, und dafür sorgte, dass am Abend alle zu erschöpft waren, um sich einem letzten Besäufnis hinzugeben, bevor es ernst wurde.

Gemäß ihrem Plan, die Gefangenen im Kerker von Carcassonne in einem genialen Handstreich zu befreien, saßen sie am nächsten Tag bereits vor Sonnenaufgang beim Frühessen und gingen letzte Einzelheiten ihrer Mission durch.

»Donna Beatrix war so freundlich, uns von ihren Mägden noch in der Nacht einige Hirtenjoppen in Uniformjacken der Kerkerwächter von Carcassonne umarbeiten zu lassen, damit wir möglichst unbemerkt in die Verliese der Inquisition eindringen und uns dort unbehelligt bewegen können«, kommentierte Pierre die laufenden Vorbereitungen zu ihrer Befreiungsaktion und nahm einen Schluck gewärmten Wein. »Zumindest hoffen wir, dass diese Idee funktioniert«, fügte er anschließend mit einem Blick in die Runde hinzu.

Unvermittelt tauchte ein Diener am Tisch auf und übergab Francesco ein Pergament, dessen Siegel er sogleich erbrach.

»Das hat uns gerade ein Späher übersandt«, rief er in die Runde seiner Templerbrüder, nachdem er die Zeilen überflogen hatte. »Diese verdammten Hunde!«, kommentierte er den Text, ohne zunächst näher darauf einzugehen, was dort zu lesen war.

Er breitete die abgegriffene Ankündigung vor Gero und Pierre aus, die rechts und links neben ihm saßen. Auf dem Pergament waren drei mit Tinte dahingekritzelte Scheiterhaufen zu erkennen, auf denen man jeweils ein Strichmännchen an einer langen Stange angebunden hatte. Ein paar stilisierte Flammen komplettierten die fragwürdige Zeichnung.

Gero hob eine Braue. »Wer auch immer dieses vermeintliche Kunstwerk geschaffen hat, war entweder nicht auf besondere Sorgfalt bedacht oder verfügt über ausgesprochen wenig Talent«, spöttelte er. »Wenn die ganze Geschichte nicht so ernst wäre, könnte man darüber lachen.«

Den dazugehörigen Text las Francesco laut vor. »Am kommenden Freitag findet zur neunten Stunde auf dem Gerichtsplatz von Carcassonne die Vollstreckung des Urteils an Justine Rosmand, Alphonse Bratac und Macaire de Mirepaux wegen Ketzerei und Teufelsanbetung statt. Die drei werden über langsamem Feuer verbrannt. Die Bevölkerung von Carcassonne und Umgebung wird aufgefordert, dem Schauspiel beizuwohnen. Jeder, der ohne guten Grund fernbleibt, machte sich verdächtig, ebenfalls ein Ketzer oder Katharer zu sein.«

»Das ist ja schon morgen«, kommentierte Gero trocken. »Nur gut, dass wir heute in die Festung hineingehen, um sie da rauszuholen.«

»Macaire de Mirepaux ist mein Bruder«, rief Arnaud entsetzt, dem unvermittelt klar wurde, dass der dritte Verurteilte ein naher Verwandter war. Außer sich vor Sorge fügte er hinzu: »Ich hatte keine Ahnung, dass er im Kerker von Carcassonne festgehalten wird!« Er warf Rona einen panischen Blick zu. »Du kennst ihn auch. Wir haben ihn besucht, als wir auf der Burg meiner Eltern waren.«

Ronas Miene war ungewohnt sorgenvoll. »Ich frage mich, warum die Inquisition ausgerechnet ihn eingekerkert hat. Er ist ein Troubadour, kein Kämpfer. Und er war auch kein Templer. Überdies hat er keinen besonders rebellischen Eindruck auf mich gemacht. Ich habe ihn vielmehr als ängstlich und angepasst empfunden. Ganz das Gegenteil von dir.«

»Aber die Sache liegt doch klar auf der Hand«, belehrte Pierre sie und die anderen, die diese Nachricht mit dem gleichen Entsetzen zur Kenntnis genommen hatten. »Er ist ein Bruder von Arnaud. Das bedeutet, de la Motte und seine Inquisition sind genauestens im Bilde, auf wen sie es abgesehen haben. In erster

Linie auf Templer, die einst in Bar-sur-Aube ihren Dienst geleistet haben und der Verfolgung durch die Inquisition entkommen sind. Und sie wissen auch, dass ihr eine eingeschworene Gemeinschaft seid, die füreinander einsteht und sich für alle, die dazugehören verantwortlich fühlt.«

»Ein Grund mehr, dass wir keine unnötige Zeit verstreichen lassen«, presste Gero hervor, der sich erneut die Frage stellte, wie sehr Hannah und seine Kameraden auf Waldenstein angesichts dieser unverhohlenen Bedrohung der Gens du Roi gefährdet waren.

»Und was ist mit Justine?«, stieß Malcolm keuchend hervor. »Wir müssen auch sie retten, bevor der Scheiterhaufen brennt!«

»Und ich sorge mich um Odile«, warf Guy de Lus ein, dem die Angst um seine einzige Tochter ins Gesicht geschrieben stand. »Warum wurde sie nicht verurteilt? Ist sie vielleicht längst tot?« Tränen schossen in seine hellen Augen, obwohl er ansonsten ein hartgesottener Kämpfer war.

»Vielleicht wurde sie nicht verurteilt, weil sie noch zu jung ist«, versuchte Gero ihn zu beruhigen.

»Das glaubst du doch selbst nicht«, stieß Guy mit einem verächtlichen Schnauben hervor. »Genauso gut könnten diese Hunde sie in die Sklaverei oder an ein Hurenhaus verkauft haben.«

»Das wäre immerhin besser als der Tod«, ließ einer von Pierres Männern verlauten.

»Halt dein blödes Maul, Oudard, verdammt!« Guy de Lus sprang auf. Ihn hielt nichts mehr an diesem Tisch. »Ich gehe sie suchen«, verkündete er entschlossen.

Pierre de Bologne hielt den rothaarigen Riesen sanft zurück. »Solange du nicht weißt, was dahintersteckt, macht das alles keinen Sinn. Wir haben bisher noch jeden gefunden, der von uns abhandengekommen ist, durch wen oder was auch immer.«

»Ich will aber nicht warten, bis die Herren ihr Frühessen beendet haben«, schimpfte Guy und griff nach seinem Schwertgurt, der samt Waffe neben der Bank gelegen hatte.

»Guy hat recht«, befand Francesco. »Wir müssen ohnehin aufbrechen, wenn wir gegen Mittag auf der Festung sein wollen.« Sein Blick lag auf den übrigen Brüdern, von denen insgesamt fünfzehn eine Hirtenjoppe trugen, unter der sich ein Kettenhemd und entsprechende Waffen befanden.

»Es wird euch nicht freuen, Brüder«, fügte Francesco mit einem beunruhigten Blick seiner klaren braunen Augen hinzu, »aber der Spitzel berichtet zudem, dass heute früh eine dreihundert Mann starke Söldnertruppe auf Carcassonne eingetroffen ist, die von Prinz Philipp V. von Franzien entsandt wurde, um die dort stationierten Truppen des Königs zu unterstützen. Das bedeutet, die Gens du Roi hat unverhofften Beistand erhalten.«

»Warum mischt sich der kleine Bruder des Königs ein?«, empörte sich Arnaud. »Ich dachte immer, der verträgt sich nicht mit Louis X.«

»Ich könnte mir gut vorstellen, dass de la Motte ihm die Geschichte schmackhaft gemacht hat, ohne den König zu unterrichten«, gab Pierre zu bedenken. »Er und seine Gens du Roi können sich bei Hofe keine weitere Niederlage leisten. Je mehr Söldner seine Jagd auf uns unterstützen, umso besser. Da kommt ihm Phillip V., der für seinen herrischen Bruder nichts weiter als Missgunst empfindet, gerade recht. Und wenn ihr mich fragt, wird der Jüngere alles tun, um seinen ungeliebten großen Bruder so rasch wie möglich zu übertrumpfen. Ihn hat schon immer interessiert, was Louis X. jenseits seiner Tagesgeschäfte treibt«, beantwortete Francesco die Frage. »Da kommt ihm das Geheimnis der Templer natürlich wie gerufen.«

»Falls wir den Lauf der Geschichte durch unseren Einsatz nicht nachhaltig verändern, wird Phillipp V. ohnehin demnächst das Zepter übernehmen«, schaltete sich Anselm ein. »Louis X. wird den fünften Juni dieses Jahres nicht überleben. Angeblich bereitet ein Hitzschlag beim Tennisspielen seinem Leben ein Ende. Allerdings könnte ich mir gut vorstellen, dass sein machtgeiler Bruder dahintersteckt. Wenn tatsächlich alles vorherbestimmt ist und wir es nicht vermasseln, wird der aktuelle König von Franzien die Weltbühne also in spätestens drei Wochen verlassen. Wobei ich gerne wüsste, ob der gute Phillipp am Ende nicht selbst hinter dem Tod seines Bruders steckt. Zuzutrauen wäre es ihm. Ich habe das im Übrigen schon immer für möglich gehalten.«

»Woher weißt du das?« Guy de Lus blickte Anselm entsetzt an.

»Schon vergessen? Rona und ich kommen aus der Zukunft«, antwortete ihm Anselm mit einem Augenzwinkern.

»Kennst du etwa auch mein Todesdatum?« Guy schien alarmiert. »Wenn ja, dann sag es mir bloß nicht, ich will es nicht wissen«, fügte er abwehrend hinzu.

»Es ist jammerschade«, antwortete Anselm mit einem schrägen Lächeln. »Aber du bist leider nicht bedeutend genug, als dass dein Todestag später mal in irgendwelchen Geschichtsbüchern auftauchen wird.«

»Wie viele Soldaten sind nun mit den festungseigenen Söldnern und Prinz Philipps Truppen in Carcassonne stationiert?«, warf Stephano dazwischen, dem die Anzahl ihrer Feinde wichtiger erschien als Anselms Spekulationen über Leben und Tod eines cholerischen Königs.

»Vierhundertfünfzig Reiter, voll aufgerüstet mit den besten Waffen«, erklärte Francesco mit dem gebotenen Respekt in der Stimme. »Dazu hundert Söldner des Königs unter dem Kommando der Gens du Roi und fünfzig Festungswachen. Was im Grunde gut für mein Geschäft ist, aber schlecht für unser Vorhaben.«

»Wir sind maximal fünfundzwanzig Kämpfer, wenn wir Anselm und Rona dazurechnen«, entgegnete Pierre und schaute ernüchtert in die Runde. »Deine vermeintlichen Hirten, die in Wahrheit Söldner des Königs von Aragón sind, können wir nicht dazuzählen, weil sie uns offiziell gar nicht kennen dürfen«, fügte er an Francesco gerichtet hinzu.

»Sollen wir deshalb etwa kapitulieren?«, erwiderte Struan mit einem unwirschen Blick.

»Nein, natürlich nicht«, antwortete Pierre. »Aber wir müssen dieses Missverhältnis auf jeden Fall berücksichtigen. Nach Francescos Plan können ohnehin nur fünfzehn getarnte Kämpfer mit ihm in die Festung hineingehen. Es würde auffallen, wenn er plötzlich mit fünfzig Rindern und dreißig Hirten dort auftaucht. Wir sollten uns nicht scheuen, eine Vorauswahl zu treffen, wer bei der Befreiung der Geiseln dabei ist. Und wer stattdessen nach La Bastida geht, oder als stille Reserve draußen vor der Stadt auf unsere Rückkehr wartet und unsere Flucht unterstützt.«

»Rona und Khaled müssen auf jeden Fall mit auf die Festung«, bestimmte Gero in einem Ton, der keinen Widerspruch duldete. »Beide besitzen Fähigkeiten, auf die wir nicht verzichten können. Sei es beim Klettern oder bei der Abwehr innerhalb der Kerkermauern. Struan und Arnaud müssen ebenfalls dabei sein, weil ihre Angehörigen zu den Gefangenen zählen. Dazu noch Ralph of Bulford, da er keinen Kampf scheut und zur Not auch schon mal mit dem Kopf durch die Wand geht. Anselm, Stephano und Malcolm sollen sich stattdessen um den Jungen und unseren Server kümmern und wie geplant nach La Bastida reiten und dort auf uns warten. Das ist eine wichtige und verantwortungsvolle Aufgabe, die es nicht zu vernachlässigen gilt. Bei den übrigen Brüdern überlasse ich dir die Entscheidung, Pierre, wen du mitnehmen willst und wer stattdessen draußen vor der Festung unsere Flucht organisiert. Wobei ich der Meinung bin, Richard de Moncler, Adam de Brasnee oder Guy de Lus sollten unbedingt bei den Hirten dabei sein, auch wenn nicht sicher ist, ob sich Guys Tochter noch unter den Gefangenen befindet.«

»Und warum hast du mich nicht ausgewählt?«, beschwerte sich Malcolm bei Gero. »Es ist meine Aufgabe, Justine dort rauszuholen. Was soll sie von mir denken, wenn ich nicht dabei bin? Dass ich mich drücke?«

»Deine Verletzungen sind noch nicht vollkommen verheilt«, argumentierte Gero stur, der in Wahrheit befürchtete, dass Malcolms Hitzköpfigkeit das ganze Unternehmen gefährden konnte. »Außerdem kennen dich zu viele von de la Mottes Leuten. Das ist zu gefährlich.«

»Sei brav, Malcolm, und befolge Geros Anweisungen«, mischte sich Struan ein. »Zudem ist es wichtig, dass ein oder zwei Leute dabei sind, die wissen, wie der alte Bratac aussieht«, fügte er als Argument für Geros Entscheidung hinzu. »Das kann nur jemand leisten, der in Bar-sur-Aube gedient hat. Schließlich ist Amelies Vater nicht weniger wert als die anderen. Wegen ihm sind wir hauptsächlich hier.«

Wenig später stand fest, wer beim Treck der Hirten mitmachen sollte und wer mit den übrigen Angehörigen der Truppe zum geheimen Versteck der Katharer aufbrechen würde.

Pierre hatte ebenfalls drei seiner Leute aussortiert, die definitiv nicht mit auf die Festung gingen. Nicolas de Fis, weil er noch immer verletzt war, dazu Noel de Gilles und Oudard de Champs, weil sie aus der Gegend rund um La Bastida stammten und sich auskannten. Die fünfzehnköpfige Truppe, die Francesco beim Trieb der Viehherde nach Carcassonne begleiten würde, bestand knapp zur Hälfte aus Geros Begleitern, der Rest bestand aus Pierres Männern.

Während sich die Truppe um Anselm und Stephano mit dem Jungen und dem Server im Gepäck zusammen mit dem verbliebenen Rest der Truppe nach La Bastida aufmachten, bekamen Gero und die übrigen Brüder eine letzte Einweisung, was beim Viehtrieb in die Festung hinein berücksichtigt werden musste. Was nicht so einfach war wie gedacht, zumal es sich um Camargue-Rinder handelte, eine temperamentvolle Rasse, die mit ihrem schwarzen Fell und den dicken, aufrechtstehenden Hörnern nicht nur aussahen wie ein Abbild des Teufels, sondern wütend schnaubten, mit den Hufen stampften und sich ganz allgemein so wild aufführten, wie man es vom Leibhaftigen erwarten würde.

»Mich wundert es nicht, dass Bernardus Guidonis und seine Inquisitoren diese Rasse bevorzugen«, wandte Guy de Lus ein, der den Tieren schon jetzt Respekt zollte, weil sie Francesco zufolge den Treck nach Carcassonne in fast der gleichen Geschwindigkeit schafften wie ein Pferd. »Für diese Fanatiker fühlt es sich wahrscheinlich so an, als würden sie jeden Tag den Satan persönlich verspeisen, wenn sie einen saftigen Rinderbraten essen.«

»Im Gegensatz zu Bernardus Guidonis und seinen Schergen besitzen diese Tiere wenigstens ein ehrliches Gemüt«, spottete Francesco. »Sie lassen dich keinen Moment darüber im Unklaren, wie du bei ihnen dran bist. Was man von unserem hinterhältigen Inquisitor nicht behaupten kann.«

Die Neuhirten verfolgten angespannt, wie Francescos Leute die Rinder in eine Reihe trieben und drei Leitkühe an langen Ketten zusammenbanden. Der Rest der Tiere folgte ihnen instinktiv, nur von den Hirten und ihren unerschrockenen Pferden in Reih und Glied gehalten. Francesco gab den Neulingen ein Zeichen, dass sie sich ihre Halstücher um Mund und Nase binden sollten. Es war noch früh am Morgen, aber die aufgehende Sonne versprach einen heißen Tag. Unter den Hufen von dreißig Rindviechern verwandelte sich der sandige Boden auf den ausgetrampelten Wegen im Nu in eine dichte Staubwolke.

Baronin Beatrix hob zum Abschied die Hand, als sich der Tross aus Rindern, Hirten und Templern, die als Hirten gewandet waren, endlich in Bewegung setzte. Man sah ihr die Sorgen an, die sie sich angesichts des riskanten Vorhabens machte, was selbst ihr aufmunterndes Lächeln nicht verbergen konnte.

Bleibt nur noch zu hoffen, dachte Gero, *dass unser kühner Plan aufgeht,* und schickte vorsichtshalber noch ein weiteres Gebet zur Heiligen Jungfrau.

•

»Mitkommen!«, herrschte der Kerkerwächter Justine an und packte sie grob am Arm.

»Nehmt mich an ihrer Stelle«, bettelte Alphonse Bratac und stemmte sich unter Stöhnen in die Höhe, um sich den Folterknechten im Austausch anzubieten.

»Nein!«, widersprach Justine leidenschaftlich und deutet auf Macaire de Mirepaux. »Er war jünger und stärker als Ihr, und nun rührt er sich kaum noch, seit man ihn schwerverletzt in diese Ecke der Zelle geworfen hat. Ihr habt schon genug durchgemacht, eine weitere Tortur wird Euch umbringen.«

»Den Wettstreit kannst du dir sparen«, herrschte der Wachmann Justine an. »Ich nehme euch ohnehin beide mit zum Verhör. Unsere Eminenz kann es kaum erwarten, euch abwechselnd einer peinlichen Befragung zu unterziehen.«

Justine zitterte am ganzen Leib, als man sie zusammen mit dem alten Bratac gar nicht erst in Guidonis Schreibzimmer brachte, sondern direkt in die unterirdische Folterkammer, die sie beide bereits zu sehen und zu spüren bekommen hatten.

Es verhieß nicht Gutes, dass Bernardus Guidonis dort bereits auf sie wartete. Er war in Gesellschaft eines riesenhaften Folterknechts und seiner Schergen, die Justine und Alphonse sogleich an eine Staubsäule ketteten.

Kurz darauf traf Rufus de la Motte in Begleitung seines Adjutanten Baptiste de Neuville ein. Was Justine trotz der aussichtslosen Lage ein wenig Hoffnung gab, weil sie die beiden Männer zwar als brutal, aber als berechenbar erlebt hatte. Im Gegensatz zu Bernardus Guidonis, der für seine Verschlagenheit und Grausamkeit über alle Grenzen hinaus bekannt war, handelte es sich bei den beiden anderen um eitle Kerle, denen sie im Zweifel mit weiblicher List beikommen konnte.

Justine nahm ihren ganzen Mut zusammen, um de la Motte eine Frage zu stellen. »Wohin habt Ihr das Mädchen und den anderen Mann gebracht?«

»Wir haben euren Mithäftling in die Freiheit entlassen«, antwortete de la Motte und grinste dumpf. »Er war ein Spitzel und hat uns alles berichtet, was ihr im Kerker geredet habt. Dafür haben wir ihm die Kleine zum Geschenk gemacht. Sie ist nun seine Leibeigene. Er kann mit ihr machen, was er will.«

»Ihr lügt!«, giftete Justine, die nicht glauben wollte, dass Jean ein Spion sein sollte, obwohl er ihr in mancherlei Hinsicht rätselhaft vorgekommen war. Auch konnte sie sich kaum vorstellen, dass Odile einfach als Leibeigene mit ihm mitgegangen war. Dafür war die Kleine zu clever. Sie würde alles versuchen, um ihren Vater und die Templer wiederzufinden.

»Denk, was du willst, Justine«, blaffte de la Motte zurück. »Er hat uns berichtet, dass du sehr wohl weißt, was hinter dem Geheimnis der Templer steckt und es uns frei heraus sagen kannst, wenn du nur willst. Da du bisher geschwiegen hast, gebe ich dir nun die letzte Möglichkeit zu gestehen, bevor wir dich und deine Mitgefangenen morgen Nachmittag auf dem Scheiterhaufen hinrichten.«

»Nein«, rief Justine gehetzt und wechselte einen raschen Blick mit dem alten Bratac. »Jean kann gar nichts erzählt haben, weil wir nie darüber gesprochen haben, nicht wahr, Alphonse? So sagt doch auch mal was!«

»Ich weiß es nicht«, erwiderte Amelies Vater resigniert. »Ich weiß gar nichts mehr. Jean hat schon in Paris behauptet, ein Spitzel zu sein, und wenn ich ihm was zu sagen hätte, sollte ich es tun. Aber ich wusste nicht, was er von mir hören wollte.«

Justine verdrehte die Augen und hätte den Alten am liebsten geschüttelt, doch es hätte ohnehin nichts genützt.

Guidonis reagierte mit einem falschen Lächeln. »Worauf warten wir?«

»Justine«, appellierte de la Motte noch einmal an seine ehemalige Leibdienerin. »Was nun kommt, müsste nicht sein, wenn du uns sagst, was wir hören wollen. Also denk noch mal nach.«

»Ich sagte doch, ich habe nichts zu beichten, weil ich nichts weiß«, vermeldete sie stur. »Und vergesst nicht – wir wären gar nicht hier, wenn ich Euch nicht angeboten hätte, Euch bei Eurer Mission zu unterstützen«, erinnerte sie ihn mit einer gehörigen Portion Verzweiflung in der Stimme.

»Ihr könnt anfangen«, bestimmte de la Motte gnadenlos und ließ Justines Einwand unkommentiert. Dann nickte er Guidonis und den anderen Anwesenden wenn auch zögernd zu.

Die Folterknechte ließen sich nicht lange bitten und rissen der schreienden Justine erbarmungslos die Kleider vom Leib. Verbunden mit der allerletzten Chance, ob sie es sich nicht doch noch einmal überlegen wolle.

»Zum hunderttausendsten Mal: Ich weiß nicht, was Ihr hören wollt!«, schrie sie gellend und schüttelte wild den Kopf.

Die Männer packten sie und zwangen sie in einen Eisenkäfig, dessen Inneres mit langen spitzen Nägeln gespickt war. Solange Justine stand, waren die Schmerzen erträglich. Erst als die Folterknechte sie mitsamt dem Käfig auf den Boden legten und ihr die Spitzen erbarmungslos in Gesäß und Rücken stachen, wurde der Schmerz so schrecklich, dass es kaum zu ertragen war. Die Qualen wurden umso furchtbarer, als der gesamte Mechanismus mittels einer Kurbel zusammengedrückt werden konnte, so dass die Nadeln immer tiefer in Justines Fleisch eindrangen.

»So, Madame. Liegt Ihr bequem? Dann können wir ja anfangen«, begann Guidonis mit einem hinterhältigen Grinsen. »Berichtet uns über die Geheimnisse der Templer, die Euch während Eurer Reise mit denselben zu Ohren gekommen sind. Besonders interessiert mich der geheimnisvolle Kopf, von dem in den Verhören zuvor so viel geredet wurde, und was diese Teufelsanbeter damit anstellen.«

»Ich weiß doch nichts«, wimmerte Justine unter Tränen. »Ich habe noch nie etwas von diesem Kopf gehört, geschweige denn gesehen.«

Die Schmerzen waren schon zu Beginn unerträglich. Hinzu kam die Angst, von dieser menschlichen Bestie getötet zu werden. Beides drohte Justines wild pochendes Herz zu zerreißen, als Guidonis bekümmert den Kopf wiegte und seinen Knechten das Zeichen gab, den Käfig mittels der Kurbel noch enger zu drehen.

»So sag ihnen doch etwas, Justine«, flehte Bratac, »ganz egal, was du weißt, und wenn es nur irgendwas ist!«

Doch Justine gab lediglich ein beständiges Wimmern von sich, während ihr vor Schmerz und Todesfurcht Tränen über die Wangen liefen. Doch der Inquisitor kannte kein Mitleid.

Sie schrie wie von Sinnen, als die Spitzen tiefer in ihr weiches Fleisch drangen. Blut lief aus ihren Wunden, das auf den gestampften Boden tropfte.

»Ihr bringt sie um!«, brüllte Bratac heiser und fasste sich schwer atmend an die Brust. Doch Guidonis erhörte ihn nicht.

»Rede, du Hure!«, fuhr er Justine an und betrachtete sie dabei eindringlich aus schmalen Lidern, wie ein besonders verabscheuungswürdiges Insekt. »Ich weiß, dass du es mit einem dieser Teufel getrieben hast. Versuch mir ja nicht zu erzählen, du wüsstest nichts über deren wahre Geheimnisse!«

»Ich habe diese Männer an Marschall de la Motte verraten. Er ist mein Zeuge«, versuchte sie Guidonis mit tränenerstickter, atemloser Stimme zu überzeugen. »Glaubt Ihr ernsthaft, diese Männer würden ausgerechnet mit mir über ihre Geheimnisse plaudern? Ich war deren Gefangene, nichts weiter!«

Guidonis nickte noch einmal, und die Maschine wurde ein weiteres Mal enger gestellt. Justine war nur noch ein Wimmern, ihr Körper ein einziger Schmerz. Selbst wenn sie etwas hätte sagen wollen, kam ihr vor lauter Qualen kein vernünftiges Wort mehr über die Lippen.

»Ich gestehe«, rief Bratac in seiner Verzweiflung.

Guidonis hob überrascht die Hand, um die Folter zu unterbrechen.

»Ich höre«, sagte er nur und starrte Alphonse Bratac wie gebannt in die Augen.

»Äh …«, stotterte Alphonse, um Zeit zu gewinnen. »Die Templer beten einen Götzen an.« Jean hatte ihm während der langen Reise erzählt, was genau man den Ordensbrüdern und auch ihm selbst während des Prozesses von Paris vorgeworfen hatte. Unter anderem die Anbetung eines geheimnisvollen Hauptes mit drei Gesichtern.

»Und weiter?«, bohrte Guidonis erbarmungslos nach.

»Er hat die Templer reich und berühmt gemacht«, plapperte Alphonse in seiner grenzenlosen Naivität. »Ich meine, sie müssen über eine Menge Geld verfügt haben, sonst hätten sie sich meine Waren und den guten Wein gar nicht leisten können.«

Aber das war nicht, was Guidonis hören wollte.

Er nickte dem Kerkerwächter zu und verlangte die nächste Drehung an der Kurbel.

»Wenn Ihr sie tötet, wird niemand kommen, um sie zu retten«, krächzte Alphonse verzweifelt. »Und das ist es doch, was Ihr wollt, oder nicht?«

»Woher weißt du das?«, fragte de la Motte, der bisher zum Fortgang der Dinge geschwiegen hatte.

»Die Kleine, die ihr verschenkt habt, hat es gesagt«, redete Alphonse sich heraus, um Justine nicht noch mehr zu belasten. »Sie hat behauptet, unter den Männern, die in ihrer Begleitung waren, wäre auch mein Schwiegersohn gewesen. Er ist es doch, den ihr sucht. Und auch der Bruder des anderen Gefangenen, der ein Katharer sein soll, ist bei dieser Truppe. Und die Kleine vermutete, dass diese Männer bereits auf dem Weg hierher sind, um sie zu befreien.«

Während Justine voller Panik die Augen aufriss, behauptete de la Motte kühl: »Das ist nichts Neues. Das hat mir Jean de Paris schon berichtet.«

»Aber mehr gibt es dazu nicht zu sagen«, erwiderte Alphonse trotzig. »Wenn diese Männer nun tatsächlich existieren und ein Interesse an dieser Frau oder an mir haben, würden sie uns doch lebendig befreien wollen und werden sich nicht mit zwei Leichen zufriedengeben?«

De la Motte machte ein unzufriedenes Gesicht und wandte sich an Guidonis, um mit ihm hinter vorgehaltener Hand etwas zu besprechen.

Der Inquisitor nickte, wenn auch missmutig. Mit einem weiteren Wink befahl er seinen Männern, die Räder der Foltermaschine zu lösen, die Justine eisern im Griff hatte. Blutüberströmt brach sie zusammen, als zwei der Schergen vergeblich versuchten, sie auf die Beine zu stellen. Alphonse wollte zu ihr, doch man ließ es nicht zu. Stattdessen warf de la Motte ihr eine verfilzte Decke über, um ihren Anblick nicht länger ertragen zu müssen.

Doch Guidonis schien mit ihr noch nicht fertig zu sein. Von einem seiner Leute ließ er sich ein Pergament reichen, ehe er verkündete: »Aufgrund der besonderen Umstände verzichten wir auf eine zusätzliche, ordnungsgemäße Anhörung vor dem Inquisitionsgericht. Bei den bisher stattgefundenen Verhören und der Befragung von Zeugen sind wir zu dem Schluss gekommen, dass die Angeklagten Unterstützer einer ketzerischen und besonders bösartigen Verschwörung gegen König Louis X. von Franzien und die Heilige Römische Kirche sind und obendrein geflüchtete Templer unterstützen. Da eine Läuterung mangels Einsicht und Geständigkeit nicht zu erwarten ist, spreche ich nun das Urteil.«

Ein Schreiber, der die ganze Zeit unbeteiligt dabeigestanden hatte, entrollte ein Pergament, dessen Inhalt Bernard Guidonis mit getragener Stimme verkündete:

»Im Namen unseres Herrn Jesus Christus, der gepriesen sei in Ewigkeit, verkünde ich im Jahre 1316 seiner Fleischwerdung zur sechsten Stunde an diesem Donnerstag, dem Tag des Heiligen Bonifatius, dass die Hinrichtung von Justine Rosmand, Alphonse Bratac und Macaire de Mirepaux über langsamem Feuer am Freitag, dem Tag des heiligen Abrunculus, zur neunten Stunde, der Sterbestunde unseres Herrn Jesu Christi, auf dem Scheiterhaufen von Carcassonne stattfinden soll.«

Demnach war das Urteil schon zuvor beschlossene Sache gewesen, dachte Alphonse. Ganz gleich, was auch nur einer von ihnen bei diesem Verhör zum Besten gegeben hätte. Während er wie versteinert dastand, brach Justine erneut in Tränen aus.

»Was sollen wir nun mit ihnen machen?« Der Kerkermeister wirkte enttäuscht.

»Die Frau könnt ihr für eure eigenen schmutzigen Zwecke benutzen«, entschied Guidonis kalt und über de la Mottes Kopf hinweg, der mit dieser Entscheidung nicht einverstanden schien, aber nicht protestierte. »Einzige Bedingung ist, sie muss bei der Hinrichtung noch am Leben sein. Den Alten könnt ihr zurück in den Kerker bringen. Er und sein Zellengenosse sind sowieso schon totes Fleisch.«

»Ihr seid größere Teufel, als die Templer es je sein könnten«, fluchte Alphonse Bratac leise, als sie ihn abführten und er Justine ihrem ungewissen Schicksal überlassen musste. »Gott, der Herr, wird Euch alle dafür in der Hölle schmoren lassen.«

•

Nach der Flucht aus dem Kerker war Odile mehr unfreiwillig der Aufforderung ihres Retters gefolgt, die Nacht mit ihm in einem Schafstall unweit von Carcassonne zu verbringen, wie Maria und Joseph auf der Flucht vor Herodes. Mit dem Unterschied, dass sie kein Kind unter ihrem Herzen trug, sondern die zusammengerollte Joppe eines getöteten Kerkerwächters.

»Dort, wohin ich mit dir will, ist es nicht angeraten, mitten in der Nacht zu reisen, zumal, wenn man nur zu zweit ist«, hatte Jean ihr erklärt. »Das Gelände ist felsig und die Gegend voller Wölfe«, hatte er hinzugefügt und Odile somit davon abgehalten, ein zweites Mal die Flucht zu ergreifen, wie von ihr geplant, diesmal jedoch allein. Obwohl die Gelegenheit günstig gewesen wäre, weil Jean am Lagerfeuer eingeschlafen war, während sie mit seinem Schwert in der Hand Wache hielt, hatte sie nicht nur wegen der Wölfe davon Abstand genommen.

Je mehr sie darüber nachdachte, umso weniger erschien es ihr richtig, einfach zu verschwinden. Sie stand bei diesem Mann in der Schuld. Er hätte sie nicht retten müssen. Es wäre einfacher für ihn gewesen, allein zu fliehen. Aber er hatte sie mitgenommen und sie vor weiterer Folter und vielleicht sogar vor dem Scheiterhaufen bewahrt.

Dass er schlief, bot Odile eine gute Gelegenheit, ihn näher zu betrachten, wobei sie feststellte, dass er ähnlich aristokratische Züge besaß wie ihr Vater. Eine energische Stirn, eine lange, gerade Nase und einen kantigen Unterkiefer, der vermuten ließ, dass er sich unter normalen Umständen rücksichtslos behaupten konnte. Dazu besaß er einen freundlichen, weichen Mund, dessen Winkel selbst im entspannten Zustand aufwärtsgerichtet waren. Vielleicht war das der Grund, warum sie ihm vertraute, auch wenn sonst alles dagegensprach. Auf der anderen Seite war er angeblich ein Templer wie die anderen, denen sie die Wiedervereinigung mit ihrem Vater zu verdanken hatte. Dennoch, Jean de Paris war im Grunde ein Fremder, und ihre Mutter hatte sie als Kind bei Leuten, die man nur flüchtig kannte, immer zur Vorsicht gemahnt.

Am nächsten Morgen ging es weiter in ein zerklüftetes Waldgebiet, das nur von wenigen Menschen besiedelt war.

Jean ritt schweigend voraus. Seit Odile ihm klargemacht hatte, dass es von ihrer Seite aus nichts zu erzählen gab, war er umso schweigsamer. Ein Umstand, der sie nervös machte. Sie redete gerne und viel. Am liebsten über Gott und die Welt. Aber sie wollte kein Risiko eingehen und sich verplappern, wenn Jean ihr eine Frage stellte.

Am meisten beschäftigte sie, wo genau sie sich befanden und ob es in dieser Gegend eine Chance gab, ihren Vater und die anderen zu finden. Am liebsten hätte sie Jean in die Sache eingeweiht, damit er ihr half, nach ihm Ausschau zu halten. Aber eine innere Stimme riet ihr davon ab. Obwohl er ihr selbstlos geholfen hatte, war ein Rest von Misstrauen geblieben. Was, wenn er doch mit de la Motte gemeinsame Sache gemacht hatte, und das alles nur geschah, um sich ihr Vertrauen zu erschleichen.

Als sie durch ein zerklüftetes Tal ritten, das wegen seiner zahlreichen Bachläufe und Wasserfälle einen wildromantischen Anblick bot, brach Odile ihr selbst auferlegtes Schweigegebot.

»Wo sind wir hier eigentlich?«, wollte sie von Jean wissen.

»Nicht weit von einer Templerburg, in der ich früher meinen Dienst verrichtet habe«, erklärte er beiläufig und steuerte auf eine Felsformation zu, an der es offenbar kein Weiterkommen gab.

»Und was machen wir hier?«, fragte Odile, die langsam ungeduldig wurde. »Ich finde es seltsam, dass wir uns in diese Einöde begeben, während unsere Mitgefangenen in Carcassonne sitzen und vermutlich hingerichtet werden.«

»Daran können wir ohnehin nichts ändern.« Jean zügelte sein Pferd und ließ sich aus dem Sattel gleiten, bevor er die Zügel an einem Ast festband.

»Und was wird das jetzt?« Odile warf ihm einen verständnislosen Blick zu.

»Ich sagte doch, ich habe noch was zu erledigen, und dafür möchte ich gerne vorher ein Bad nehmen. Du kannst während dieser Zeit auf unsere Pferde aufpassen. Oder mitkommen. Ganz wie du willst.«

Odile verdrehte die Augen und glitt aus dem Sattel. Dann band sie ihr Pferd an einen Strauch und starrte ihm verständnislos hinterher, als er hinter einem Felsvorsprung verschwand, hinter dem ein stetiges Rauschen zu hören war.

Sie stemmte die Hände in ihre schmale Taille und folgte ihm schließlich balancierend wie eine Tänzerin über umherliegende, handtellergroße Kieselsteine, immer bedacht darauf nicht zu stolpern. Als sie Jean erreichte, hatte der sich bereits sämtlicher Kleider entledigt und schwamm in einem glasklaren, tiefblauen Teich, der von einem sprudelnden Wasserfall gespeist wurde.

»Komm doch rein«, forderte er sie ungeniert auf. »Das Wasser ist herrlich.«

»Ganz bestimmt nicht«, rief sie ihm zu, um das Rauschen zu übertönen. Obwohl es sie gereizt hätte, in dem hüfthohen Teich ein Bad zu nehmen. Aber sie wusste schließlich, was sich gehörte. Und sich vor diesem Kerl nackt auszuziehen kam überhaupt nicht infrage.

Umso interessierter beobachtete sie seine kraftvollen Schwimmzüge. Ihr Vater hatte schon früh in ihrer Kindheit darauf bestanden, dass sie schwimmen lernte, weil sie mit ihrer Mutter in der Mühle von Villemoison gleich neben den Teichen gewohnt hatte. Damals hatte sie noch nicht gewusst, dass der ranghöchste Templer der dazugehörigen Commanderie ihr Vater war. Aber sie hatte es genossen, wenn er sie als kleines Mädchen dafür gelobt hatte, welche Fortschritte sie beim Schwimmen machte.

»Träumst du?«

Odile schaute erschrocken zu Jean auf, der sich nur dürftig mit seinem Hemd abgetrocknet hatte und schon wieder in Hose und Stiefel gestiegen war.

An seinem dunklen kurz geschorenen Haar perlte das Wasser ab und lief ihm über die Augen, wo es in seinen schwarzen Wimpern hängen blieb, bevor er es mit seinen großen Händen aus Gesicht und nachwachsendem Stoppelbart strich, den er seltsamerweise nicht abrasierte, obwohl er es gekonnt hätte. Seine hellen Augen leuchteten aus seinem schmalen Gesicht, obwohl er nach wie vor von den Strapazen im Kerker gezeichnet war.

»Was meinst du?«, wollte er spontan von ihr wissen, als er bemerkte, wie sie ihn mit Blicken fixierte. »Sehe ich gut aus?«

Odile bekam einen Lachanfall. »Nur weil ich deine Narben anstarre, heißt das noch lang nicht, dass du mein Traumprinz bist«, antwortete sie kichernd.

Jean stutzte. »Wie kommst du auf die Idee, dass es mir um *deine* Bewunderung geht?«, spöttelte er. »Ich bin fast vierzig und du vielleicht fünfzehn. Ein solcher Gedanke ist lächerlich.«

»Oh, tut mir leid«, sagte Odile, um Ernsthaftigkeit bemüht. »Um wen geht's sonst, wenn nicht um mich?«

»Vor mehr als zehn Jahren gab es hier in der Gegend eine Frau, die ich sehr geliebt habe«, verriet er ihr, als sie zu den Pferden zurückgingen. »Ihr Name war Aelys. Sie war die Tochter eines Schankwirts, bei dem wir als Ordensritter häufiger unseren Wein getrunken haben. Kurz bevor ich verhaftet und nach Paris verschleppt wurde, erzählte sie mir, dass sie von mir schwanger sei. Natürlich hätten wir auch ohne mein Schicksal keine Zukunft gehabt«, sagte er und berichtete Odile damit nichts Neues. »Aber ich habe mich noch nicht einmal von ihr verabschieden können. Dafür habe ich all die Jahre im Kerker immerzu an sie gedacht. Und als ich von de la Motte erfuhr, dass man Alphonse Bratac nach Carcassonne bringen würde, habe ich mich ihm als Spitzel angedient, weil ich dachte, vielleicht lässt die Gens du Roi mich ziehen, wenn ich meinen Auftrag erfüllt und den Alten ausgehorcht habe. Aber dann musste ich schnell einsehen, dass es falsch war, diesen reißenden Bestien zu dienen, nur um meinen eigenen Vorteil zu erlangen. Am schlimmsten war es, als *du* in den Kerker gekommen bist und ich fürchtete, dass ich einem Mädchen wie dir beim Sterben zuschauen muss. Ich habe die ganze Zeit darüber nachgedacht, wie ich dich dort rausholen und gleichzeitig in Freiheit gelangen kann. Und nun stehen wir hier.«

Als Odile nicht sofort antwortete, schien er plötzlich verunsichert. »Ich möchte nur wissen, ob Aelys noch lebt, und ich würde zu gern mein Kind sehen«, sagte er leise. »Ich weiß noch nicht mal, ob es ein Mädchen oder ein Junge war. Kannst du das verstehen?«

Odile schluckte. Tränen schossen ihr in die Augen. »Und ob ich das verstehen kann«, sagte sie leise. »Worauf warten wir noch? Lass uns sofort weiterreiten.«

Auf dem Weg zu Jeans ehemaliger Geliebter brachte Odile den Mut auf, ihm ihre ganz eigene Geschichte zu erzählen.

»Nun bin ich noch mehr überzeugt davon, das Richtige getan zu haben«, bekannte er mit fester Stimme, nachdem er sich alles schweigend angehört hatte. »Dein Vater hat recht, wenn er meint, dass du die Folter nicht aushalten kannst. Wenn man dich einer peinlichen Befragung unterzogen hätte, wären unsägliche Dinge mit dir geschehen. Wir werden deinen Vater und die anderen finden«, schwor er ihr feierlich. »Sobald ich das hier erledigt habe. Es wird nicht lange dauern.« Er bedachte sie mit einem tiefgründigen Blick und lächelte. »Bei der Heiligen Jungfrau, ich gebe ich dir mein Wort als Templer darauf.«

Odile blieb ein Stück zurück, als sie das kleine Gasthaus erreichten, das Jeans Geliebte vor vielen Jahren mit ihren Eltern geführt hatte.

Jean drehte sich im Sattel um. »Ich möchte, dass du mitkommst«, bat er sie. »Ein Fremder, allein in so einem kleinen Dorf, erweckt stets Misstrauen. Wenn eine Frau dabei ist, sind die Leute gleich viel freundlicher.«

»Gern«, sagte Odile und band die Pferde an eine Stange im Hof, nachdem sie abgesessen waren. Direkt am Haus führte ein Bach vorbei. Ein paar Kinder spielten Fangen. Aber sie waren jünger als Jeans vermeintlicher Sohn oder eine mögliche Tochter. Odile folgte ihm in die Schankstube. Obwohl es um sein Schicksal ging und nicht um ihres, schlug ihr das Herz bis zum Hals, als sie eine dralle brünette Frau am Ausschank stehen sah, die immer noch außerordentlich hübsch war und mit konzentrierter Miene schmutzige Steinkrüge spülte. In der Stube saßen noch ein paar andere Gäste. Unter anderem zwei Hospitaliter, die Jean geflissentlich zu ignorieren versuchte. Sie trugen Wappenröcke und Umhänge, die sehr denen der Templer ähnelten, nur in schwarzer und weißer Farbe.

Der Geräuschkulisse wegen hatte die Frau sie nicht hereinkommen hören. Jean stand da wie erstarrt.

»Ist sie das?«, flüsterte Odile.

Er nickte kaum merklich, sichtlich um Fassung bemüht.

Unvermittelt kam ein knapp zehnjähriger Junge aus einer Kammer hinter dem Ausschank gelaufen und schleppte ein neues Fass mit Wein herbei.

Er war eindeutig die jüngere Ausgabe von Jean. Für sein Alter war er ausgesprochen groß. Hinzu kamen helle Haut und dunkle Locken. Außerdem besaß er die graublauen Augen seines Vaters, während seine Mutter braunäugig war. »He, du kleiner Bastard«, rief einer der Hospitaliter. »Bring uns noch zwei Bier.«

Der Junge nickte eifrig. Ihn schien die Beleidigung nicht zu stören. In Jean aber kochte heiße Wut hoch. Seine Hand zuckte zu seinem Schwert, doch Odile war schneller und hatte ihre Finger fest auf seine Schwerthand gelegt.

Durch die Bewegung war die Frau auf sie aufmerksam geworden und hob den Blick. Kaum hatte sie erkannt, wer da vor ihr stand, ließ sie den Krug fallen, den sie in der Hand gehalten hatte. Es schepperte und klirrte. Trotzdem rührte sie sich nicht, starrte Jean nur an wie einen Geist.

»Stimmt was nicht, Schätzchen?«, rief einer der Hospitaliter und folgte ihrem Blick.

»Nein, alles in Ordnung«, rief die Frau, die sich hastig gefasst hatte, weil sie die Gefahr erkannte, die von Jeans Begegnung mit den Ordensrittern ausging. Als wäre nichts geschehen, nahm sie zwei neue Krüge, füllte sie mit Bier und drückte sie ihrem Sohn in die Hand, der gerade die Scherben aufwischen wollte. Mit einem Nicken deutete sie ihm an, das Bier zu den Ordensrittern zu bringen.

Dann kam sie ganz langsam auf Jean und Odile zu und ging schweigend an ihnen vorbei. Jean folgte ihr. Odile war nicht sicher, ob sie ebenfalls nach draußen gehen sollte, doch mit den übrigen Gästen allein im Schankraum zu bleiben, war ihr auch nicht geheuer, also folgte sie Jean.

Draußen angekommen, sah sie, wie Jean und die Frau sich stumm in den Armen lagen und lautlos weinten.

Plötzlich stand auch der Junge neben ihnen und starrte auf seine Mutter und den fremden Mann, der sie mit geschlossenen Augen selbstvergessen küsste.

»*Maman…*«, setzte er an.

Odile fasste ihn beim Arm und gab ihm mit einem Nicken zu verstehen, dass er mit ihr zum Bach gehen sollte, was er nur widerstrebend tat.

»Wie heißt du?«, fragte sie ihn.

»Jean«, antwortete er, womit eigentlich alles gesagt war.

»Ich bin Odile«, entgegnete sie, um ein Lächeln bemüht, obwohl ihr vor Rührung die Tränen in den Augen standen. »Hast du einen Vater, Jean?«, wollte sie vorsichtig wissen.

»Nein.« Der Junge schüttelte traurig den Kopf.

»Ist deine Mutter mit einem anderen Mann verheiratet?«

»Nein. Warum fragst du mich so komische Sachen?«

»Weil du allen Grund zur Freude hast«, verkündete Odile ihm ohne jedes Pathos. »Denn ab heute hast du einen Vater. Und ich verspreche dir, das wird eine tolle Sache.«

•

Eine dichte Staubwolke zog gegen Mittag von Süden kommend in Richtung Carcassonne, während Francesco und seine vermeintlichen Hirten sowie eine Horde missgelaunter Rindviecher auf die Festung zuhielten. Fast sieben Stunden waren sie nun unterwegs und hatten nur einmal kurz eine Rast eingelegt. Wenigstens die Tiere waren nicht aus der Reihe getanzt, und nun blieb zu hoffen, dass auch der restliche Tag ähnlich erfolgreich verlief.

Die Spannung unter den echten Hirten wie auch unter den Templern stieg, als sie sich über eine lange Rampe dem Hauptzugang der Festung näherten.

Francesco ritt an der Spitze und sorgte mit seinen erfahrenen Treibern dafür, dass der Zoll die Papiere über die Lieferung von dreißig Rindviechern ohne Beanstandungen abwickelte und auch das dafür notwendige Personal ohne lästige Fragen passieren ließ. Anselm hatte dafür ganze Arbeit geleistet und entsprechende Dokumente vorbereitet, die den bereits Vorhandenen zum Verwechseln ähnlich sahen.

Gero spürte, wie seine Aufregung stieg, als sie das Festungsplateau erreichten und der dortige Kastellan von ihnen erwartete, dass sie die Tiere am Neubau der Kathedrale entlang in die dafür vorgesehenen Stallungen trieben. Der Platz war voller Soldaten, die sich auf einem bunten Markt mit Essen und Trinken eindeckten. Der Duft von frisch Gebackenem und Gebratenem waberte über die Stände hinweg. Zugleich war das Hämmern und Sägen der Handwerker nicht zu überhören, die den Bau des Ostflügels der Kathedrale St-Nazaire und St-Celse vorantrieben.

Die Stiere waren wegen der strapaziösen Reise und der fremden Umgebung ohnehin unruhig. Als plötzlich ein Seil riss und ein Jutesack mit Kalk von einem der Holzkräne auf das Pflaster klatschte und lautlos zerplatzte, war es um die Geduld der Tiere geschehen. Der aufwirbelnde Kalk ätzte in ihren Augen, und anstatt eines künstlich hervorgerufenen Ausbruchs der Rinder hatten sie nun einen echten, der viel verheerender ausfiel, als man sich ihn hätte ausdenken können. Gero und seine Mitstreiter, die alle Halstücher trugen, mit denen sie nun wenigstens Mund und Nase schützten, rissen instinktiv ihre Pferde zur Seite, um dem Kalkgestöber auszuweichen, und überließen die vor Schmerz brüllenden Stiere sich selbst.

Das darauffolgende Chaos war unbeschreiblich. Überall waren die Schreie der Menschen zu hören, die von den wütenden Tieren niedergetrampelt wurden.

Gero und Pierre gaben ihren Mitstreitern ein Zeichen, dass man dieses Chaos trotz seines unerwarteten Ausuferns nutzen musste, um zum eigentlichen Ziel zu gelangen.

Pierre, der sich halbwegs auskannte, führte die Gefährten über verschlungene Wege zu einem abgelegenen Gartengrundstück, wo er und Guy de Lus zusammen mit Gero, Rona, Arnaud, Khaled und Struan rasch die Kleidung wechselten und ihre Pferde an einem Strauch anbanden. Während Francesco und seine angestammten Hirten zumindest nach außen hin versuchten, die Tiere wieder einzufangen und in den dafür vorgesehenen Stall zu treiben, übernahmen Adam de Brasnee, Ralph of Bulford und Richard de Moncler die Bewachung der Pferde und hielten sich für einen reibungslosen Rückzug über das Tor zur Aude bereit. Pierres restliche Truppe hatte sich dort positioniert, um im Notfall die Flucht mit Waffengewalt zu sichern. Der Ausgang lag in der Nähe zwischen dem Turm der Justiz und dem der Inquisition und garantierte ihnen einen kurzen Weg nach draußen. Francesco hatte ihnen berichtet, dass er und seine Hirten nach dem Viehtrieb zumeist die Stadt über dieses Tor verließen, um jenseits der Aude auf einen gelungenen Geschäftsabschluss zu trinken, bevor sie wieder nach Hause ritten. Ob man auch an diesem Tag von einem gelungenen Abschluss reden konnte, wagte Gero beim Anblick der verrückt gewordenen Stiere allerdings zu bezweifeln. Zudem wimmelte es auf der Festung nur so von königlichen Söldnern, was das Ganze umso schwieriger machte. Wenigstens die auf dem Innenhof postierten Wachen waren nun vollends damit beschäftigt, Händler und deren Kunden vor den völlig außer Kontrolle geratenen Tieren zu schützen, anstatt sich um den Schutz der inneren Festung kümmern zu können. Die Tiere hatten inzwischen die gesamten Aufbauten der Marktleute niedergerissen und alles zertrampelt, was ihnen dabei in den Weg geriet.

Gero und seine Kameraden nutzten die allgemeine Verwirrung und machten sich schwer bewaffnet im Schatten einer riesigen Platane zu einem verschlossenen Seiteneingang des Kerkers auf, weil es einem Selbstmord gleichgekommen wäre, durch den Haupteingang zu spazieren. Dass man dort doppelte Posten aufgestellt hatte, zeugte von einer erhöhten Wachsamkeit der Festungssoldaten. Bei der Tür aus schwerem Eisengitter, die den Abgang zum Kerker verschloss, hieß es zunächst abwarten, weil Struan, der für seine Geschicklichkeit in solchen Dingen bekannt war, das Schloss mit seinem Himmelsschlüssel öffnen musste. Was ihm jedoch ohne Schwierigkeiten gelang. Unentdeckt enterten sie zu acht die langen, schummrigen Gänge, während die anderen Kameraden draußen auf ihre Rückkehr warteten.

Gemeinsam stiegen sie die Treppen im Turm der Inquisition hinunter zu den Zellen der Gefangenen, was einiges Geschick erforderte, weil die Stufen der Holztreppe so laut knarzten, dass sie mühelos einen Wächter ersetzten.

Pierre, dem der Lageplan der Kerkerzellen von anderen Templern bekannt war, die bereits hier eingesessen hatten, aber lebend entkommen waren, ging voraus und führte seine Truppe in einen Seitengang. In den Zellen dieses Gebäudeteils hockten Dutzende ausgezehrte Gestalten, die man hinter dicken Gittern gefangen hielt und die Pierre und die anderen mit leeren Blicken anstarrten. Da alle Mitstreiter vom Befreiungskommando Umhänge mit dem Wappen der Festungswachen trugen, kam niemand von den Insassen auf die Idee, ihre Anwesenheit zu hinterfragen.

»Wo könnten unsere Gefangenen sein?«, zischte Arnaud ungeduldig und schaute sich im nächsten Gang nach allen Seiten um.

Unvermittelt tauchte ein Wachmann auf, dem Khaled, noch bevor der Kerl sich bemerkbar machen konnte, mit einem sauberen Schmitt die Kehle durchtrennte. Während er den Toten lautlos zu Boden gleiten ließ, drückte Pierre aufs Tempo. Fast wären sie an einem weiteren Treppenabgang vorbeigelaufen, der zum Grund des Turms führte. Struan ging voran, dicht gefolgt von Arnaud. »Hier unten«, zischte er Gero und Pierre zu, die ihm eine schmale Stiege hinunter folgten, während die anderen oben Wache standen.

»O Gott«, entwich es Arnaud, der in der gesuchten Zelle nicht nur die jämmerlich aussehende Gestalt von Alphonse Bratac entdeckte, sondern auch die seines Bruders, Macaire de Mirepaux, der offenbar bewusstlos am Boden lag.

»Ich brauche Ronas Hilfe«, verkündete Arnaud hastig und bedeutete Gero, dass er sie alarmieren solle.

Kurz darauf stand Rona zusammen mit Gero in der Tür.

»Wer seid ihr?«, wollte Bratac mit brüchiger Stimme wissen, als Struan mit einigem Geschick das unkomplizierte Eisenschloss öffnete.

»Das ist dein Schwiegersohn«, stellte Arnaud ihm den Riesen mit den schwarzen Augen vor. »Erkennst du uns noch?«, hakte er vorsichtshalber nach, als er Bratacs fassungslosen Blick gewahrte. »Wir sind Templer aus Bar-sur-Aube und kommen im Auftrag deiner Tochter, um dich hier rauszuholen.«

»Es gibt einen Herrn Jesus, und er liebt mich«, flüsterte Bratac geistesabwesend, während Struan ihm in die Höhe zu helfen versuchte.

»Ich kann nicht laufen«, entschuldigte sich der Alte mit schmerzerfülltem Blick. »Diese Hunde haben mir heute Morgen die Füße gebrochen.«

Arnaud zwängte sich an den beiden vorbei und versuchte, seinem stöhnenden Bruder in eine halbwegs aufrechte Position zu verhelfen. Doch es erwies sich als unmöglich, weil Macaire durch die vielen brutalen Folterungen viel Blut verloren hatte und stark fieberte.

»Beide benötigen eine Kapsel«, beschied Rona und warf Gero einen fragenden Blick zu. »Ich habe nur noch drei.«

»Egal. Gib sie ihnen«, beschied Gero, ohne lange nachzudenken. »Andernfalls sind sie zum Sterben verurteilt. Arnauds Bruder ist schon halb tot, und einen Mann mit gebrochenen Füßen hier herauszubekommen, ist so gut wie unmöglich. Der Rest der Truppe muss dann eben besser auf sich aufpassen.«

Rona beugte sich zu den Verletzten hinunter und schob Arnauds Bruder, den sie noch von ihrem Besuch auf der Heimatburg der Herren von Mirepaux kannte, eine Nanokapsel zwischen die Zähne.

»Du musst das Ding zerbeißen«, befahl Arnaud seinem Bruder. Als Macaire nicht reagierte, half er kurzerhand nach und presste seinen Kiefer zusammen.

Während Arnaud darauf wartete, dass das Medikament aus der Zukunft bei seinem Bruder die gewünschte Wirkung zeigte, erklärte Rona Alphonse Bratac, was zu tun war.

»Und was ist mit Justine?«, fragte er, nachdem er die Kapsel gehorsam zerbissen hatte.

Gero horchte auf. »Justine?«, fragte er den Alten. »Wo ist sie? Und wo ist Odile, ein Mädchen von vierzehn Jahren? Sie müsste auch hier sein. Wisst Ihr das vielleicht?«

»Justine wurde heute Morgen schwer gefoltert«, erklärte Alphonse mit gequältem Blick. »Ich war dabei und habe mich angeboten, an ihrer Stelle die Folter über mich ergehen zu lassen, aber der Inquisitor und seine Schergen wollten mich nicht. Auf dem Weg zurück in meine Zelle habe ich mich ihnen widersetzt. Zur Strafe hat man mir mit einem Hammer die Zehenknöchel gebrochen, damit ich nicht weglaufen kann. Ich weiß nicht, wo Justine ist. Vielleicht in den Unterkünften der Folterknechte, weil dieser Hund von Guidonis sie diesen Bestien überlassen hat.«

»Und Odile?«, bohrte Guy de Lus nach, der es nicht ausgehalten hatte, noch länger zu warten, und ihnen in die untersten Gefangenenzellen nachgestiegen war. »Sie ist meine Tochter«, fügte er verzweifelt hinzu.

»Odile ist nicht mehr hier«, antwortete Bratac, dessen Stimme sich bereits fester anhörte. »Sie wurde gestern als Leibeigene an einen Spitzel verschenkt. Soweit ich weiß, ist er mit ihr auf und davon. Jedenfalls hat dieser Offizier der Gens du Roi das erzählt. De la Motte heißt er.«

»De la Motte!«, zischte Struan. »Also ist dieser Teufel auch hier.«

»Ihr müsst euch in Acht nehmen«, warnte Bratac sie, während er verblüfft mit seinen Zehen wackelte, als der Heilungsprozess abrupt einsetzte. »Er ist hinter euch her und wartet zusammen mit dem Inquisitor darauf, dass ihr herkommt und uns befreit.«

»Das haben wir einkalkuliert«, beruhigte ihn Pierre, der die ganze Geschichte bisher nur beobachtet hatte.

»Ich kann meine Zehen wieder bewegen«, wunderte sich Bratac, »und sie tun überhaupt nicht mehr weh. Eigentlich habe ich überhaupt keine Schmerzen mehr! Ich kann laufen! O Heilige Jungfrau, wie ist so etwas möglich?«

Sein verwunderter Blick lag auf Rona. »Was ist sie für eine? Ist sie die Heilige Jungfrau höchstselbst?«

»Nicht dass ich wüsste«, antwortete nun Macaire de Mirepaux, anstelle von Rona. Dessen sämtliche Wunden, innen wie außen, waren binnen Minuten verheilt. »Sie ist meine Schwägerin.« Er war mit Arnauds Hilfe aufgestanden und schaute bewundernd zu Rona auf, die um einiges größer war als er selbst.

»Arnaud, warum hast du mir nie gesagt, dass deine Frau eine Wunderheilerin ist?«, fragte er mit schwerer Zunge, noch immer ganz benebelt von seiner unerwarteten Genesung.

»Kommt«, bestimmte Pierre, »über Wunder könnt ihr später spekulieren, wenn wir hier heil herausgekommen sind. Wir können uns nicht ewig Zeit lassen, wieder zu verschwinden.«

»Wo könnte Justine sein?«, erkundigte sich Gero noch einmal beim alten Bratac.

»Bei den Kerkerwachen«, antwortete der Alte.

»Wo stecken die, weiß das jemand?«, wollte nun Arnaud wissen.

»Im Turm der Justiz, nehme ich an«, meinte Pierre. »Also gleich nebenan.«

Ohne Zögern bugsierten sie die Gefangenen nach oben. Auf dem Gang angekommen, bemerkten sie zwei tote Wachmänner. Khaled zuckte mit den Schultern. »Was sollte ich tun …«, sagte er, als er sah, dass Pierre eine Braue hob.

»Du hast alles richtig gemacht«, bestätigte ihm Rona. »Ich bin dafür, dass Struan, Arnaud und Khaled die beiden Geretteten zu unseren Pferden bringen. Gero, Guy, Pierre und ich suchen nach Justine«, schlug sie vor.

Die anderen waren einverstanden und nahmen den Weg zum Nebeneingang, während Gero und der Rest der Truppe sich durch einen Quergang zum Turm der Justiz aufmachten.

Die beiden Wachen am Eingang zum Turm, wo die Zellen des Gerichts und die Kammern für die Verhöre untergebracht waren, glotzten verdutzt, als ihnen plötzlich eine Frau gegenüberstand. Doch Rona brachte sie mit einem gezielten Griff so schnell zum Schweigen, dass sie keinen Laut von sich geben konnten, bevor sie bewusstlos zusammensackten.

Pierre nahm ihnen die Schlüssel ab, während Gero mit gezücktem Schwert in den Nachbartrakt stürmte. Aus einer der Wachstuben war grölendes Gelächter zu hören – und das stetige Wimmern einer Frau.

Als Gero ohne Vorwarnung die Stube betrat, war er im ersten Moment vom Anblick des blutüberströmten Opfers schockiert. Justine lag schwer verletzt und geschändet auf einem Tisch, während sich zwei von sechs Wachmännern wie hungrige Dämonen über sie hermachten und ihre finsteren Triebe befriedigten. Das war anscheinend auch der Grund, warum ihnen im Kerker so wenige Söldner begegnet waren.

Gero fackelte nicht lange und hieb die ersten beiden Kerle nieder, die sich ihm in den Weg stellten.

Guy de Lus, der noch immer um seine Tochter bangte, war vor Wut rot im Gesicht, als er sich einen schnellen Kampf mit einem weiteren Söldner lieferte, wobei der andere den Kürzeren zog.

Pierre kämpfte mit einem vierten Vergewaltiger, der es nicht geschafft hatte, seine Hose hochzuziehen, und entmannte ihn, bevor er sein Schwert erreichen konnte. Dann schickte er den vor Schmerz kreischenden Kerl mit einem weiteren Streich ins Jenseits.

Rona stellte einem fünften Mann, der fliehen wollte, ein Bein und erledigte ihn mit einem einzigen Schwerthieb.

Gero ging auf einen bulligen Kerl los, der als Nächster bei Justine dran gewesen wäre, und stellte sich ihm mit erhobener Klinge entgegen. Gero blockte dessen herabsausendes Schwert und verpasste ihm anschließend einen seitlichen Hieb, bevor er die Klinge seines Anderthalbhänders durch die Achselhöhle des Mannes in dessen gewaltigen Brustkorb trieb.

Rona eilte zu Justine, die blutüberströmt war und deren Puls nur noch ganz schwach ging. Anscheinend hatte sie nicht nur äußere, sondern auch innere Blutungen. Rona konnten nur ahnen, was diese Bestien Justine alles angetan hatten.

»Rette sie«, bat Gero sie inständig, denn er ahnte, dass Beten allein nicht reichen würde, um Malcolms neue Freundin und Aubrys Mutter vor dem sicheren Tod zu bewahren.

»Ich habe nichts über euer Geheimnis verraten«, wisperte Justine, während Tränen und Blut sich vermischten und beides über ihr Gesicht lief, als hätte sie eine Dornenkrone getragen.

»Psst …«, machte Rona und steckte ihr die letzte Nanokapsel in den Mund, die sie bei sich hatte. »Zubeißen«, befahl sie Justine, die sie mit aufgerissenen Augen anstarrte.

Rona hielt ihre Hand, während sich die winzigen Reparatureinheiten in ihrem geschundenen Körper ausbreiteten wie ein heilendes Licht.

Gero, der hinzugetreten war, legte Justine seinen Umgang über ihre blutüberströmte Blöße. Beruhigt beobachtete er, wie sich die Wunden an ihren Beinen und Armen schlossen und ihr blutleeres Gesicht zusehends rosiger wurde.

In diesem Augenblick steckte ein Wachmann den Kopf zur Tür hinein und fuhr beim Anblick der Leichen heftig zusammen.

»Alarm!«, schrie er kreischend und rannte in östliche Richtung davon.

Gero zögerte keinen Moment und nahm die Verfolgung auf.

Der Mann bog in einen Seitengang ab, so dass Gero unvermutet ins Verhörzimmer des Inquisitors platzte, wo er den Kerkerwächter von hinten mit einem gezielten Schwertstoß niederstreckte, dass dessen Blut bis an die Wand spritzte.

»So kenn ich euch«, bemerkte eine verächtliche Stimme aus dem Hintergrund. »Zu jeder Zeit mit dem Teufel im Bunde und immer bereit, sein gefälliger Gehilfe zu sein. Wir haben bereits auf Euch gewartet.« Es war Rufus de la Motte, der sein Schwert gezogen hatte und mit hasserfülltem Gesicht sofort in Kampfstellung ging. Augenscheinlich, um sich selbst und Bernardus Guidonis zu schützen, der mit einem Schreiber am Pult saß. Auch Bapstiste de Neuville, der beiden zu Hilfe eilte, zog sein Schwert. Gero war zum ersten Mal im Kerker von Vianden auf ihn getroffen und hatte später auf Waldenstein gegen ihn und de la Motte gekämpft. Nun gingen beide auf ihn los und verwickelten ihn sogleich in ein brutales Gefecht.

Gero hatte Mühe, den Schwerthieben und -stößen der beiden Agenten der Gens du Roi auszuweichen, die für ihre Brutalität im Kampf bekannt waren. Außerdem verliehen Wut und Hass seinen Widersachern zusätzliche Kräfte. Doch Gero parierte die Hiebe, wie er es auf Rolands Schule und später bei den Templern gelernt hatte. Immer im Wechsel, instinktiv und ohne die Nerven zu verlieren, und mit all seiner Kraft. Die Kammer war erfüllt vom Klirren der Klingen, dem Scharren der Füße und dem Keuchen der Gegner. De la Motte war ein exzellenter Kämpfer, aber durch seine noch nicht vollständig ausgeheilte Beinverletzung schien er in seiner Wendigkeit eingeschränkt – im Gegensatz zu Baptiste de Neuville, der Gero heftig zusetzte und ihn ein paar Mal nur um Haaresbreite verfehlte.

Der Inquisitor und sein Gehilfe flüchteten sich hinter einen speziellen »Beichtstuhl«, dessen Sitzfläche aus einem Nagelbrett bestand.

Es dauerte eine gefühlte Ewigkeit, bis Guy de Lus endlich neben Gero auftauchte und den Kampf gegen Baptiste de Neuville aufnahm, während Gero weiterhin mit dem wütenden Rufus de la Motte beschäftigt war. Aus den Augenwinkeln sah er, wie sich Bernardus Guidonis und sein Schreiber sich heimlich davonmachen wollten.

Doch dem kam Pierre zuvor, der unvermittelt in der Tür stand und den beiden seine Klinge vor die Nase hielt. »Wohin denn so eilig?«, knurrte er und drängte die beiden zurück in die geräumige Kammer.

Gero parierte noch immer die Schwerthiebe de la Mottes, dessen Arm zunehmend erlahmte. »Gebt auf!«, beschwor Gero ihn, doch sein Gegner dachte gar nicht daran, sich zu ergeben. Stattdessen nahm er all seine Kraft zusammen und schnappte sich mit der freien Hand einen leichten Scherenstuhl, mit dem er Gero nun zusätzlich attackierte.

Er wich geschickt aus und erwischte de la Motte mit einer schwungvollen Drehung am Oberschenkel. Ausgerechnet dort, wo er ihm schon einmal das Bein aufgeschlitzt hatte.

Mit einem Aufstöhnen stürzte de la Motte zu Boden. Gero entwaffnete ihn, indem er ihm mit einem kräftigen Hieb das Schwert aus der Hand schlug.

Auf dem Rücken liegend, zog de la Motte blitzschnell seinen Dolch vom Gürtel und warf ihn mit letzter Kraft in Geros Richtung. Der wich aus, und die Klinge verfehlte nur knapp seinen Kopf.

Langsam ging Gero auf seinen Widersacher zu und biss die Zähne zusammen, nur einen Hauch davon entfernt, um de la Motte mit einem letzten Schwerthieb den Rest zu geben.

»Nein!«, rief Guy, der Baptiste de Neuville bereits so sehr in die Defensive gedrängt hatte, dass dieser kopfüber und mit ausgestreckten Armen und Beinen am Boden lag und alles unter sich gehen ließ.

Ohne sich weiter um Neuville zu kümmern, eilte Guy de Lus zu Gero und hielt de la Motte seine Schwertspitze an den Hals. »Rede, du Hund«, zischte er, »wohin habt ihr meine Tochter verschleppt?«

»Woher soll ich wissen, wer deine Tochter ist, wo du doch mit deinen Teufelshuren sicher eine ganze Horde Bastarde gezeugt hast«, spie ihm de la Motte hasserfüllt ins Gesicht.

»Sie heißt Odile, du Stück Scheiße!«, presste Guy hervor, außer sich vor Zorn, und schlug ihm mit seinem Plattenhandschuh derb ins Gesicht. Blut spritzte aus de la Mottes Nase, doch er war offenbar nicht bereit, ihm freiwillig Auskunft zu geben.

Guy kniete sich mit einem Bein auf de la Mottes Brust und verstärkte den Druck, bis sein Gegner kaum noch zu atmen vermochte. Als der Marschall der Gens du Roi sich weiter in Schweigen hüllte, zückte Guy seinen Dolch und hielt ihn dem besiegten Gegner anstatt des Schwertes an die Kehle. »Rede, du Schwein, oder ich steche dich ab wie auf einer Schlachtbank.«

»Na los, versuch es! Aber es wird euch allen den Kopf kosten, denn ihr kommt ohne mich nicht lebend aus dieser Festung heraus«, keuchte de la Motte und grinste mit blutüberströmtem Gesicht. »Außerdem wirst du dann nie erfahren, wo deine Tochter ist.«

Guy verstärkte den Griff und bohrte die Spitze des Dolches in de la Mottes Haut, bis Blut floss. »Wo … ist … meine … Tochter?«

»Nachdem die Kleine unserem Spitzel alles brühwarm über eure Geheimnisse berichtet hat«, krächzte de la Motte, »habe ich sie ihm für seine guten Dienste als Hure überlassen.«

»Wer ist der Kerl, und wo finde ich ihn?« Guy verstärkte den Druck seines Knies.

»Sein Name ist Jean de Paris«, hauchte de la Motte kaum hörbar. »Ein Templer wie Ihr. Aber Ihr könnt nichts mehr für sie tun. Ihre Jungfräulichkeit ist dahin. Er hat sie längst gefickt und wird sie bei nächster Gelegenheit meistbietend an ein Hurenhaus verkaufen, wenn Ihr sie nicht schnellstens findet.«

De la Motte setzte zu einem heiseren Lachen an, das ihm im wahrsten Sinne des Wortes im Hals stecken blieb, als Guy ihm ohne Skrupel den Dolch in die Kehle rammte. Eine Reaktion, die für Geros Verständnis zu erwarten gewesen war. De la Motte jedoch hatte anscheinend geglaubt, sein Rang und sein Wissen um Odiles Verbleib könnte ihn retten.

Sein letztes Aufbäumen war gepaart mit einem dahingeröchelten Fluch. Dann war er tot.

Gero, der Guy die ganze Zeit den Rücken freigehalten hatte, drehte sich um und sah, dass Pierre den Inquisitor und seinen Gehilfen inzwischen gefesselt und geknebelt hatte.

Den Gehilfen kettete er zudem auf dem Nagelstuhl an und setzte ihm zusätzlich eine Schandmaske auf, die mit einem eisernen Knebel versehen war und ihrem Opfer weder Schreien noch Reden ermöglichte.

»Na, wie gefällt dir das?«, verspottete Pierre ihn.

Guidonis verschwand anschließend mit Geros Hilfe in einer aufklappbaren Nagelpuppe. Ein mannshohes Gebilde aus zwei aufeinanderstehenden Fässern, die in der Mitte verbunden waren und deren Inneres mit Nägeln gespickt war. Ähnlich dem Folterinstrument, mit dem man Justine beinahe getötet hatte. Der Kopf des Delinquenten verschwand bei diesem Modell, das eher für Männer gedacht war, beim Zuklappen in einer eisernen Maske, die man oben aufgesetzt hatte. Beides, Maske und Fässer, hatte Pierre trotz der *kreischenden Proteste* und der gellenden Schmerzensschreie des Inquisitors mit dem dazugehörigen

Riegel verschlossen. Während die Nägel, wenn auch nur oberflächlich, in das Fleisch des Opfers drangen, hatte Guidonis keinerlei Möglichkeiten, sich selbst zu befreien.

»Wenn du mich fragst, sollten wir die Fässer mitsamt ihrem Inhalt anzünden«, beschied Guy de Lus grimmig. »Den Kerl am Leben zu lassen, wäre eine Todsünde.«

»Das würde Rona nicht gutheißen, weil wir damit in jedem Fall die Zukunft verändern würden«, gab Gero zu bedenken. »Wo ist Neuville?«, fragte er unvermittelt und starrte auf den leeren Platz, wo eben noch de la Mottes vermeintlich toter Adjutant gelegen hatte. Nicht nur der schwerverletzte Kerl war wie vom Erdboden verschluckt, auch die Blutspur, die er hinter sich hergezogen hatte, ließ erahnen, dass er in einem unbeobachteten Moment zu Fuß ausgerückt war.

»*Merde*«, entfuhr es Pierre tonlos. »Was für ein zäher Hurensohn. Wir müssen ihm hinterher. Wenn er die königlichen Truppen alarmiert, sind wir geliefert.«

»Wo sind Rona und Justine?« Gero schaute ihn fragend an.

»Ich habe Justine zusammen mit Rona nach oben zu den anderen gebracht«, erklärte Pierre. »Deshalb bin ich erst später zu euch gestoßen.«

»Und wo suchen wir nun Odile?«, rief Guy verzweifelt. »Ich wette, de la Motte hat gelogen, und sie ist noch hier.«

»Bevor wir abziehen, werden wir uns davon überzeugen, dass sie nicht irgendwo hier unten ausharrt«, versicherte Pierre ihm.

Im gleichen Augenblick bog ein weiterer Wachmann um die Ecke, der anscheinend die Stimmen und Schreie gehört hatte. Als er die Eindringlinge sah, wollte er fliehen, doch Gero stellte ihn.

Der Mann ließ vor Angst seine Waffe fallen, als er das viele Blut auf den Kleidern seiner Gegner sah. »Tut mir nichts«, bettelte er.

»Hast du hier unten in den letzten Tagen ein junges Mädchen gesehen?«, fragte Gero und bedrohte ihn weiter mit dem Schwert. »Los, wird's bald! Raus mit der Sprache!«

»Welches Mädchen?«, fragte der Kerl atemlos.

»Sehr hübsch, rötliches Haar bis zu den Hüften, schlank, ungefähr deine Größe«, beschrieb Guy de Lus seine Tochter mit bebender Stimme.

»Es hieß, sie sei abgehauen«, sagte der Wachmann und schluckte nervös. Todesangst spiegelte sich in seinen Augen. »Mit einem Kerl, der mit ihr im Kerker gesessen hat und ihr Vater hätte sein können.«

»Bist du sicher?«, hakte Guy noch einmal nach.

»Ich kann nur das sagen, was man mir erzählt hat. Und ja, an den Kerl erinnere ich mich. Ziemlich groß, so wie Ihr. Drahtige Figur, dunkles kurzgeschorenes Haar und helle Augen. Angeblich war er ein Templer, der für den König spioniert hat.«

»Na siehst du, es geht doch«, sagte Gero und sperrte den Mann in die nächstbeste Zelle.

»De la Motte hat also nicht gelogen«, resümierte Guy. »Was ist, wenn er recht hat, und dieser angebliche Templer hat Odile verführt?«

»Hauptsache, sie lebt«, versuchte Gero ihn zu beruhigen, auch wenn es nicht sehr überzeugend klang. »Ich verspreche dir, wir werden nicht eher ruhen, bis wir sie gefunden haben.« Er klopfte Guy zuversichtlich auf die Schulter. »Komm, wir müssen verschwinden, bevor de Neuville die gesamte Festung alarmiert.« Rasch versicherte er sich seiner anderen Begleiter und gab das Zeichen zum Aufbruch.

Gemeinsam kämpften sich Gero, Pierre und Guy auf einer letzten Suche nach Odile durch die unzähligen Gänge nach oben und landeten schließlich ergebnislos, aber unbehelligt auf dem Innenhof, direkt am Tor zur Aude. Dort trafen sie auf Adam de Brasnee, Ralph of Bulford, Richard de Moncler und die andern, die sich um Macaire de Mirepaux, Alphonse Bratac und Justine gekümmert und bereits die Pferde abmarschbereit gemacht hatten. Struan hatte Bratac hinter sich im Sattel sitzen, der sich an dem viel größeren Schotten festklammerte wie ein Kind. Rona hatte Justine fest gepackt vor sich im Sattel und lenkte ihr Pferd Richtung Ausgang. Auf der Festung herrschte immer noch ein höllisches Chaos wegen der entkommenen Rindviecher. Gero hoffte inständig, dass Francesco die Rechnung nicht am Ende bezahlen musste, als er sich in den Sattel seines grau gescheckten Brabanters schwang. Guy de Lus sah sich ein letztes Mal um, während er mit seinen Zweifeln kämpfte, ob Odile nicht doch hier irgendwo festsaß.

Die Festungswachen traten ihnen entschlossen entgegen, als sie durch das Tor reiten wollten. Arnaud, der seinen Bruder hinter sich sitzen hatte, sprach sie auf Okzitanisch an. »Wir sind auf dem Weg in die Unterstadt«, rief er mit hörbarer Anspannung in der Stimme, die er gar nicht erst vortäuschen musste. »Wir haben hier drei Verletzte, die von den Stieren fast totgetrampelt worden sind. Sie benötigen so rasch wie möglich heilkundige Hilfe.«

Die Wachmänner sahen das Blut, das sich weder die drei Gefangenen noch ihre Retter in der Eile hatten abwaschen können. Und auch das Blut auf den Gewändern wirkte mit einem Mal absolut überzeugend.

»Ihr könnt passieren«, sagte der Hauptmann und winkte sie durch. Keine Sekunde zu früh. Kaum waren sie auf den gepflasterten Weg hinunter in die Stadt, ertönte die Fanfare, die einen Angriff auf die Sicherheit der Festung verkündete.

Gero und seine Freunde preschten in einem halsbrecherischen Galopp talwärts. Die übrigen Templer von Pierres Truppe, die am Fuß der Festung auf sie gewartet hatten, schlossen sich ihnen an. Gemeinsam verschwanden sie hinter den frisch gemauerten Pfeilern der zukünftigen Brücke über die Aude. Entlang des breiten Flusses, auf dem einige Boote zu sehen waren, ritten sie im Schatten mächtiger Erlen nach Süden, wo sie sich bei den Einsiedlern von La Bastida mit den restlichen Brüdern treffen wollten.

Nach einer Weile gab Pierre das Zeichen zum Halt und warf einen Blick zurück auf die Festung. Neben dem unaufhörlichen Geplärre der Fanfaren stiegen Rauchwolken auf, ein Zeichen dafür, dass die königlichen Truppen in Kürze die Festung verlassen würden und sämtliche Söldner aus der Umgebung zum Dienst anzutreten hatten.

»Wir sollten zusehen, dass wir schnellstens die Berge erreichen«, orakelte Pierre mit einem unheilvollen Blick auf die Bergketten der Corbières. »Auch wenn de la Motte tot ist, werden die Truppen von Prinz Philipp V. nicht eher ruhen, bis sie uns erwischt haben. Zumal wenn Baptiste de Neuville sie alarmieren konnte und sie Bernardus Guidonis in seinem hübschen neuen Kleid gefunden haben.«

»Neuen Kleid?« Rona, die nur über den Tod de la Mottes unterrichtet war, hob eine Braue.

»Pierre und ich haben seine Exzellenz in eine Kombination aus zwei mit Nägeln gespickten Fässern gesteckt, damit er das neuste Modell seiner Folterinstrumente einmal am eigenen Leib ausprobieren kann«, berichtete Gero ihr mit einem verhaltenen Lachen. »Mehr war leider nicht drin, sonst hätten wir am Ende die Zukunft verändert«, fügte er mit resignierter Miene hinzu.

»Immerhin habt ihr ihn spüren lassen, wie es sich für seine Opfer anfühlt, wenn er sie einer derart brutalen Folter aussetzt.« Rona schüttelte angewidert den Kopf. »Schade, dass ich nicht dabei war. Solche Typen gab es in unserer Zeit auch, oder soll ich besser sagen, wird es noch geben. Und eins haben sie alle gemeinsam: Man darf sie nicht am Leben lassen, wenn man die Chance dazu erhält, sie zu vernichten. Zudem wäre es ein interessanter Versuch gewesen, ob ausgerechnet ein Inquisitor unter dem Schutz des Universums steht und nicht sterben kann, weil die Zukunft bereits geschrieben ist.«

KAPITEL 52

MAI 1316
HERZOGTUM LOTHRINGEN /
BURG LICHTENBERG

Kriegserklärung

»Sag diesen Narren, sie sollen uns die Besitzurkunden für Waldenstein übergeben, vorher bekommen sie die Schlampe und ihren Balg nicht zurück!«, polterte Hanemann, während er – geblendet von der tiefstehenden Abendsonne – vom Fenster seines Palas auf die mehr als einhundert Mann starke Armee der Waldensteiner blickte, die am Fuß seiner Festung Aufstellung genommen hatte. Sie forderten die Herausgabe von Hannah und ihrer Tochter Sophia und demonstrierten mit den Bannern der Gräfin von Lichtenberg zu Waldenstein und allerlei Kriegsgerät unzweifelhaft ihre Bereitschaft zum Kampf.

»Erstaunlich, wie rasch sie es fertiggebracht haben, auf meine Depesche zu reagieren«, sagte Hanemann mehr zu sich selbst. »Wir sollten sie nicht warten lassen und sie erneut mit unseren Forderungen konfrontieren.«

»Sie wollen uns den Krieg erklären, wenn wir die junge Gräfin und deren Tochter nicht unverzüglich in die Freiheit entlassen. Aber wir haben die Frau und das Kind doch gar nicht mehr, Herr«, erinnerte ihn sein Adjutant Helfrich von Schöneck mit unterwürfigem Blick.

Hanemanns Augenmerk lag derweil auf dem Hauptmann seiner Wachmannschaften, der ebenfalls anwesend war und zugleich die Führung seiner Burgsoldaten übernommen hatte. »Ich dachte, Ihr hättet Suchmannschaften ausgesandt, um die Frau und das Kind wieder einzufangen«, erinnerte er den Offizier ungeduldig.

»Ich habe noch nichts von den Männern gehört. Sie haben unsere besten Fährtenhunde dabei und hätten eigentlich längst zurück sein müssen.«

Hanemann verengte die Lider und starrte seine beiden Offiziere missbilligend an. »Und wer ist an alldem schuld?«

»Die Amme«, sprang Helfrich von Schöneck dem Hauptmann zur Seite und zupfte dabei nervös an seinem rotblonden Bart.

»Oho, die Amme!«, äffte Hanemann seinen einzigen Vertrauten wütend nach. »Wollt Ihr etwa behaupten, ein Bauernweib mit hängenden Brüsten bis zu den Knien und dem Verstand eines Huhns hat über das Erbe der Lichtenberger bestimmt? Ich hoffe doch sehr, dass Ihr die alte Vettel längst aufgeknüpft habt für ihren Verrat.«

»Der Priester hat sie laufen lassen, weil sie fünf unmündige Burschen zu ernähren hat, die uns schon bald als kräftige Bauern und gute Soldaten dienen werden.«

»So gut, wie Ihr meinen Interessen dient, oder was?« Hanemann stieß einen unwilligen Laut aus. »Macht hier denn jeder nur noch, was er will?«

»Gewiss nicht, Herr.« Helfrich von Schöneck blickte beschämt zu Boden. »Soll ich den Priester holen lassen?«

»Sehe ich aus, als bräuchte ich göttlichen Beistand?«, giftete Hanemann. »Ihr geht sofort hinunter zu den Angreifern und richtet Roland von Briey aus, sie bekommen die Geiseln nur lebendig zurück, wenn sie mir unverzüglich die Besitzurkunden von Waldenstein aushändigen, und zwar im Original. Tun sie es nicht, werde ich Mutter und Kind im Hungerturm verrecken lassen. Und lasst euch ja nicht anmerken, dass die beiden entkommen konnten. Anscheinend wissen die Waldensteiner noch nichts von der Flucht, sonst wären sie nicht hier und würden keinen solchen Aufstand veranstalten. Mutter und Kind sind das einzige Druckmittel und unsere letzte Möglichkeit, die Übertragung der Burg und der Ländereien rückgängig zu machen.«

•

»Hat der verderbte Hanemann nicht mal den Mumm, selbst hier aufzutauchen?«, schalt Roland von Briey den Unterhändler, der es vor lauter Furcht vermied, ihm in die Augen zu blicken. »Sag ihm, wir lassen uns nicht mit haltlosen Forderungen abspeisen. Wir wollen zuerst die junge Gräfin und ihre Tochter sehen. Sollte er den beiden auch nur ein Härchen gekrümmt haben, zerlegen wir seine Festung und alles, was dazugehört, in winzige Einzelteile, bevor er auch nur einen von euch aufrüsten kann. Wir sind nämlich nicht allein, sondern haben die Ratsherren von Metz als Verbündete im Rücken. Sie verfügen nicht nur über einen Haufen Geld und eigene Söldner, sondern auch über exzellente Beziehungen zum Herzog von Lothringen!« Das mit dem Herzog stimmte zwar nicht ganz, aber das musste Hanemann ja nicht wissen. »Und nun geh und sag deinem Herrn, unsere Geduld ist begrenzt.«

»Denkst du nicht, es wäre besser, wenn wir selbst nachschauen, wie es um die beiden steht?«, schlug Lyn vor, nachdem der Unterhändler ohne Ergebnis abgerückt war. Zusammen mit Johan van Elk, Totty und Brian hatte sie Rolands Verhandlungen mit dem Mann geduldig verfolgt, während der Burgvogt von Waldenstein ungehemmt seiner Wut Luft gemacht hatte.

»Selbst nachschauen?« Roland hob eine seiner buschigen Brauen. »Glaubst du ernsthaft, Hanemann lässt dich oder irgendjemand anders so einfach in seine Festung spazieren? Falls ja, tut er es nur, um sich auf diese Weise neue Geiseln zu verschaffen.«

»Nicht spazieren, Roland«, klärte Lyn ihn ungerührt auf. »Klettern«, fügte sie selbstbewusst hinzu. »Es dauert nicht mehr lange, bis die Dunkelheit hereinbricht. Dann werde ich mit Johan, Totty und Brian von der Ostseite her die Burgmauern erklimmen. Sobald wir oben sind, werden wir Hanemann in seinen Gemächern stellen und ihn dazu bringen, dass er uns Hannah und das Kind freiwillig herausgibt.«

Roland lachte verdrossen. »Also ob das so einfach wäre. Wie kannst du sicher sein, dass dieser Idiot sich von eurer Forderung beeindrucken lässt?«

»Lass das nur meine Sorge sein«, antwortete Lyn mit einem Augenzwinkern.

Roland, der wusste, über welche besonderen Fähigkeiten die Frau aus der Zukunft verfügte, warf den drei Templern einen fragenden Blick zu. »Seid ihr damit einverstanden?«

»Lyn weiß, was sie tut«, bekräftigte Johan van Elk ihre Pläne.

»Wir sind dabei«, erklärten Totty und Brian wie im Chor.

»Dann tut, was ihr nicht lassen könnt«, erwiderte Roland wenig überzeugt. »Aber schwört mir, dass ihr Hannah und das Kind nicht in Gefahr bringt oder euch am Ende selbst noch gefangen nehmen lasst. Hört ihr?«

»Worauf du dich verlassen kannst«, versicherte ihm Lyn.

»Am besten schickst du Hanemann eine zweite Botschaft, dass du ihm bis morgen früh Zeit gibst, Hannah und das Kind vorzuführen, weil es nun dunkel wird und du Mutter und Kind nicht über Gebühr anstrengen willst«, schlug Johan vor. »Das wird ihm gefallen, weil er sich so mehr Zeit nehmen kann, seine Leute zu mobilisieren. Und das bedeutet, er ist abgelenkt.«

»Mach ich«, antwortete Roland, nicht sicher, ob er das Richtige tat. »Passt auf euch auf, wenn ihr da hochgeht«, fügte er mit einem zweifelnden Blick auf den steil aufragenden Felssockel hinzu, auf dem in schwindelerregender Höhe Hanemanns Festung thronte.

Als Lyn, Johan, Totty und Brian nur eine Stunde später den Kamm der oberen Festungsmauer erreichten, waren die Wachen tatsächlich mit ihrer Mobilisierung beschäftigt. Die meisten von ihnen befanden sich in der unteren Waffenkammer, um sich mit Langbögen und Armbrüsten einzudecken. Unter diesen

Umständen konnte eine direkte Konfrontation auch für die Waldensteiner ziemlich ungemütlich werden.

Die wenigen Männer zu überwältigen, die noch an der Mauerkrone patrouillierten, war für Lyn und ihre drei Templerfreunde ein Kinderspiel. Mit einem speziellen Griff schickte Lyn die Kerle zunächst in die Bewusstlosigkeit, bevor sie und ihre Gefährten deren Unformen an sich nahmen und die Männer, nur noch mit Unterwäsche bekleidet, fesselten und knebelten, um sich anschließend selbst als Hanemanns Wachleute auszustaffieren.

Ungehindert spazierten sie, wie Roland es nannte, anschließend in den Palas und von dort in die oberen Gemächer, wo Hanemann zu dieser Zeit zu Abend speiste. Und das bevorzugt allein, wie Lyn und die anderen von einer geschwätzigen Magd hatten in Erfahrung bringen können.

Die Wachen vor Hanemanns Tür setzten sie anschließend auf die gleiche Art außer Gefecht, wie zuvor die Männer auf dem Wehrgang.

Folglich überrascht schaute Hanemann auf, als plötzlich vier uniformierte Gestalten unangemeldet vor seinem reich gedeckten Tisch erschienen. Brian hatte gleich danach die Tür hinter sich verriegelt, damit Hanemann erst gar nicht auf die Idee kam, die Flucht ergreifen zu wollen. Lyn marschierte mit dem entschlossenen Blick eines Terminators auf ihn zu und gab sich als die zu erkennen, die sie war, was bei Hanemann eine instinktive Panik auslöste. Doch bevor er um Hilfe schreien konnte, war Johan bei ihm und drückte ihm seinen Dolch an die Kehle. »Ein Wort«, zischte er, »und die Erbschaftsverhältnisse der Lichtenberger werden komplett neu verhandelt.«

»Was wollt ihr von mir?«, krächzte der schockierte Hanemann, dem schlagartig klar geworden war, mit wem er es zu tun hatte.

»Wo sind Hannah und das Kind?«, wollte Johan wissen. »Wenn du uns nicht sofort verrätst, wo du sie gefangen hältst, und die beiden hierherbringen lässt, wirst du es bitter bereuen.«

»Haltet ihr euch für so mächtig?«, krächzte Hanemann höhnisch. »Selbst wenn ich euch die beiden überlassen würde, kommt ihr mit ihnen nicht von der Burg herunter. Meine Männer werden euch überwältigen, bevor ihr auch nur einen Fuß vom Hof gesetzt habt. Wir sind in der Übermacht.«

»Und wir sind mit dem Teufel im Bunde, schon vergessen?«, raunte ihm Lyn ins Ohr, der es langsam zu bunt wurde.

Gleichzeitig entblößte sie ihr Handgelenk, so dass Hanemann das Armband sehen konnte, das sie unentwegt trug, und präsentierte dem Ahnungslosen eine kleine Kostprobe futuristischer Quantentechnik. Wie aus dem Nichts ließ sie auf der glatten Oberfläche des winzigen Bildschirms die holographische Darstellung einer Zaubershow aus den 1990er Jahren entstehen, in der ein bekannter Künstler in einem Hotel in Las Vegas eine Frau auf der Bühne vor dem staunenden Publikum in eine Kiste steckte und sie danach mit einer Säge zerteilte. Kopf, Hände und Füße der Frau bewegten sich noch, während sie – offensichtlich in mehreren Stücken – auf die magische Wiedervereinigung ihrer einzelnen Körperteile wartete.

Hanemann schluckte nervös, wobei das Gesehene nur langsam in sein Bewusstsein einsickerte.

»Genau das mache ich mit dir, wenn du nicht tust, was wir von dir verlangen«, drohte sie tonlos.

»Sie könnte dich auch in ein Schwein verwandeln oder in einen Mistkäfer«, schob Totty schadenfroh hinterher. »Beides hättest du mehr als verdient.«

Es dauerte einen Moment, bis Hanemann seine Sprache wiedergefunden hatte, wenn auch mehr krächzend als klar und verständlich. Wobei er weiterhin in schierer Panik auf das leuchtende Hologramm starrte.

»Hannah und das Kind sind nicht mehr hier«, stieß er mit schwacher Stimme hervor, zumal er immer noch Johans Dolch an der Kehle spürte. »Sie ist gestern früh mit ihrer Tochter entkommen. Ich schwöre, das ist die Wahrheit. Zuvor hat sie einen meiner Wachmänner getötet und ein Pferd gestohlen. Wenn ihr es nicht glauben wollt, fragt meinen Priester. Er hat sich für die Amme verwendet, die ihr zur Flucht verholfen hat.«

»Das bedeutet, du hast uns belogen«, stellte Johan trocken fest.

»Ja«, gab Hanemann kaum hörbar zu. »Ich habe gelogen, aber diesmal ist es die Wahrheit. Ich schwöre es beim …«

»… Leben deines Oheims, den du mit Eisenhut vergiftet hast?«, ergänzte Lyn den Satz mit einem leichten Anflug von Ironie in der Stimme.

»Woher weiß sie …«, stotterte Hanemann sichtlich aufgebracht und warf Johan, dem er offenbar mehr vertraute, einen schreckerfüllten Blick zu.

»Das Armband hat es mir verraten«, antwortete Lyn und deutete auf die erneute holographische Anzeige, die nun eine rasch schwingende rote Wellenlinie zeigte. »Es weiß alles, wenn man es befragt. Siehst du?«, fügte sie hinzu und deutete auf den holographischen Pulsmesser, der einen Wert von 180 Schlägen in der Minute anzeigte. »Das ist dein Herzschlag. Du bist ganz schön aufgeregt, wenn ich mir das so anschaue. Am besten kommst du mal ein bisschen runter, bevor dich noch der Schlag trifft, und verrätst uns, wo Hannah und das Kind zu finden sind. Ansonsten wäre es durchaus möglich, dass ich dich bei lebendigem Leib in Stücke zerteile und vielleicht hinterher nicht weiß, wie ich dich wieder zusammensetzen soll.«

»Ich habe schon alles gesagt«, erklärte Hanemann mit dünner Stimme und offenbar außer sich vor Angst. »Wenn sie in Richtung Waldenstein geritten ist, hätte sie euch unterwegs begegnen müssen.«

»Ist sie aber nicht«, knurrte Totty und baute sich bedrohlich vor ihm auf. Sein nächster Griff ging zu einer brennenden Kerze, die auf dem Tisch stand. Er hielt die Flamme direkt vor Hanemanns lange Nase, nur einen Funken davon entfernt, sein Haar in Brand zu setzen.

»Ich habe ihr sogar eine Suchmannschaft mit Hunden hinterhergeschickt«, verteidigte sich Hanemann mit zunehmender Verzweiflung. »Aber weder diese Männer noch Hannah von Waldenstein sind bisher wieder aufgetaucht. Ich habe wirklich keine Ahnung, wo sie ist. So glaubt mir doch!«

»Du verlogenes Schwein«, fluchte Johan und versetzte Hanemann einen derben Stoß in die Rippen, der ihn mitsamt dem Stuhl zu Boden kippen ließ. Während der Lichtenberger sich jammernd aufrappelte, bedrohte Johan van Elk ihn erneut mit dem Schwert, dessen Spitze er schmerzhaft in Hanemanns Nacken bohrte. »Wir werden nun gemeinsam nach draußen gehen und einen kleinen Ausflug machen. Und du wirst uns brav bis vor die Festung begleiten und dafür sorgen, dass uns keiner von deinen Schergen verfolgt. Andernfalls wird meine bezaubernde Gefährtin dich und die gesamte Burg mit allen Bewohnern in einen hundertjährigen Schlaf versetzen! Das hat sie schon mal gemacht. Also denk ja nicht, dass sie dazu nicht fähig wäre.« Mit einem unmissverständlichen Blick deutete er auf Lyns Armband, auf dem Hanemanns Pulsanzeige wie von Zauberhand erloschen war.

Johan van Elk hatte sich an Hannahs Erzählung in der Bibliothek von Waldenstein erinnert, bei der sie auf das Märchen von Dornröschen eingegangen war. Eine Geschichte, die ihm durchaus nützlich erschien, um Hanemann zu beeindrucken.

Lyn, die ahnte, aus welchem Fundus sich Johan bediente, hob eine Braue und grinste verhalten. Hanemanns Sorge um ihre direkte Verbindung zur Hölle war allem Anschein nach groß genug, um seinen Widerstand zu brechen.

Mit weichen Knien stolperte er zum Ausgang, bemüht, Lyn im Blick zu behalten, damit sie nicht auf die Idee kam, ihre Drohungen in die Tat umzusetzen.

Weil Lyn und ihre Gefährten die Uniformen der Wachsoldaten trugen und sich deren Hutkrempen tiefer ins Gesicht gezogen hatten, kam niemand von Hanemanns Söldnern auf die Idee, sie zu fragen, wohin es gehen sollte, oder gar anzuhalten.

Hanemann selbst führte seine ungebetenen Gäste mit versteinerter Miene zum Burgtor hinaus und verlangte von seinen verdutzten Soldaten fünf gesattelte Pferde, die in einem benachbarten Unterstand in Bereitschaft standen.

Gemeinsam ritt er mit Lyn und ihren drei Gefährten zum Lager der Waldensteiner, das Roland von Briey inzwischen komplett hatte aufbauen lassen.

»Was will der Schwachkopf hier?«, ereiferte sich Roland, als er sah, dass die Mission offenbar, wie von Lyn vorhergesagt, verlaufen war, aber weder Hannah noch das Kind mit von der Partie waren, sondern stattdessen der unverschämte Lichtenberger. »Wo sind die Gräfin und ihre Tochter?«, herrschte er Hanemann an.

»Ihnen ist heute Morgen die Flucht gelungen«, klärte Brian ihn stellvertretend auf. »Behauptet dieser Trottel jedenfalls«, fügte er hinzu und deutete auf den jungen Landgrafen, dem die Angst vor der Hölle noch immer ins Gesicht geschrieben stand.

»Deshalb wird er uns nun auf der Suche nach Hannah begleiten«, entschied Johan trocken.

»Was redet Ihr da?«, empörte sich Hanemann. »So war das nicht abgemacht!«

»Denkst du ernsthaft, wir lassen dich in aller Seelenruhe ein Heer zusammenstellen, damit du weiter nach Hannah suchen oder uns folgen kannst? Für wie blöd hältst du uns?«, fuhr Johan ihn an.

»Nachdem eure Zauberin mir ihre Künste vorgeführt hat, würde ich es niemals wagen, euch zu widersprechen oder euch irgendein Leid zuzufügen«, versicherte Hanemann mit einer beschwörenden Geste.

»Zauberin?« Roland schaute verstört in die Runde.

»Er weiß nun, dass Lyn besondere Kräfte besitzt, die ihm und seinen Leuten mehr als nur schaden könnten«, klärte Totty den Burgvogt von Waldenstein mit einem triumphierenden Grinsen auf.

»Ah, das ist gut.« Roland, der sich denken konnte, wie Lyn den Lichtenberger ›überzeugt‹ hatte, sie zu begleiten, lachte grimmig. »Dann bauen die übrigen Soldaten unsere Zelte ab und bringen alles nach Hause Und wir reiten mit einem kleineren Trupp schon mal voraus, um Hannah und das Kind zu suchen.«

»Aber es wird doch schon dunkel«, argumentierte Hanemann in der Hoffnung, dass er bei Tageslicht bessere Möglichkeiten haben würde, seine Leute auf seine missliche Lage aufmerksam zu machen und seinen Peinigern zu entkommen, auf welche Weise auch immer.

»Gerade deshalb sollten wir keine Zeit mehr vergeuden, um die beiden so schnell wie möglich zu finden«, sagte Lyn und bekräftigte damit Rolands Vorschlag, sofort aufzubrechen. »Im Übrigen kann ich auch bei Nacht sehen«, klärte sie Hanemann gnadenlos auf. »Ich habe nämlich die Augen einer Katze.«

Lyn hielt sich eine brennende Fackel vors Gesicht, so dass Hanemann tatsächlich das seltsame Leuchten in ihren Augen erkennen konnte.

»Heilige Mutter Gottes, gebenedeit seist du unter den Frauen«, sprudelte es aus dem jungen Lichtenberger entsetzt hervor und er bekreuzigte sich hastig.

»Das ist der Ehre wohl ein bisschen zu viel«, bemerkte Lyn trocken und wechselte zu ihrem eigenen Pferd, das sie bisher geritten hatte.

Roland befahl den Hundeknechten und zwanzig weiteren Soldaten, sich ihrem Suchtrupp anzuschließen. Dabei beschloss er, die Pferde von Hanemanns Wachen erst einmal mitzuführen, da er und die anderen ja nicht wissen konnten in welchem Zustand sie Hannah und Sophia auffinden würden, wenn überhaupt. Den Lichtenberger ließ er im Schutz der Dämmerung fesseln und setzte ihn aufrecht auf dessen Pferd, damit von seinen Wachen hoch oben auf der Festung niemand Verdacht schöpfte. Seine Offiziere würden noch früh genug bemerken, dass man ihren Herrn entführt hatte.

»Wir reiten nach Norden, Richtung Waldeck«, beschloss Roland knapp. »Das ist der Weg, den ich nehmen würde, wenn ich so rasch wie möglich nach Hause wollte.«

Dann befahl er einem seiner Soldaten, die Spürhunde, die sie mitführten, auf Hannah und das Kind anzusetzen, indem sie ihnen Kleidung der beiden unter die Nase hielten.

»Hannah kennt sich hier aber nicht aus, im Gegensatz zu dir«, gab Lyn Roland zu bedenken, als sich der Suchtrupp endlich in Bewegung setzte.

»Wo Norden ist, wird sie wohl wissen«, erwiderte Roland mit einem Seufzer.

»Wir folgen den Spürhunden«, bekräftigte Johan noch einmal ihre geplante Vorgehensweise. »Gott sei Dank hat es seit ihrer Flucht nicht mehr geregnet. Also macht euch keine allzu großen Sorgen, wir werden sie und das Kind finden.«

Im Grunde machten sich alle Sorgen, die zu dieser dreißig Reiter starken Suchtruppe gehörten. Außer Hanemann, der sich wie üblich nur um sich selbst sorgte. »Ich kann nichts dafür, wenn die beiden irgendwelchen Räuberbanden in die Hände gefallen sind«, verkündete er klagend, nachdem sie eine Weile mit brennenden Pechfackeln in der Hand geritten waren und auf ein Waldgebiet zuhielten, in das normalerweise nicht mal am hellen Tag jemand freiwillig hineinreiten würde.

»Ganz gleich, was geschieht, du allein bist für diese Misere verantwortlich«, zischte ihm Johan van Elk wütend zu. Er hatte extra einen Reiter abgestellt, der Hanemanns Pferd am Zügel lenkte und dafür sorgte, dass der junge Landgraf ihnen nicht versehentlich abhandenkam. »Deshalb bete zu Gott, dass wir die beiden gesund und munter finden, sonst sorge ich eigenhändig dafür, dass Lyn dich in die Hölle schickt!«

•

Beim Anblick ihres fragwürdigen Gastgebers war Hannah sofort klar gewesen, dass sie gegen diesen Mann keine Chance hatte, falls sie versuchen sollte, ihm zu entkommen. Er war mindestens so groß wie Gero und nicht weniger muskulös. Sein dunkelblondes Haar war lang und wild und in Teilen zu Zöpfen geflochten, und sein gleichfarbiger Bart reichte ihm bis auf die Brust. Lediglich die hellen Augen, die aus seinem wettergegerbten Gesicht herausstachen wie zwei funkelnde Smaragde, bewiesen ihr, dass ein stärkeres Feuer der Leidenschaft in ihm brannte, als sie es bei einem Einsiedler vermutet hätte.

Mit wenigen Handgriffen räumte er in der kleinen Hütte den Platz vor dem prasselnden Kaminfeuer frei und legte ein paar Bärenfelle auf den gestampften Boden. »So setzt Euch doch«, empfahl er ihr mit verhaltener Stimme und vermied es, ihr ins Gesicht zu schauen, fast so, als ob er ihren anklagenden Blick fürchtete.

Hannah war unentschlossen, ob sie dieser Aufforderung folgen sollte. Sie hatte keine Zeit, sich groß hinzusetzen, sie wollte nach Hause. Andererseits dachte sie an den Bären, der dort draußen herumschlich, und war erst einmal froh, außer Reichweite des Tieres zu sein.

»Habt Ihr Hunger?«, wollte ihre neue Bekanntschaft wissen, von der sie noch immer nicht wusste, ob sie so gefährlich war, wie sie zunächst vermutet hatte.

Noch bevor sie verneinen konnte, nahm er eine Holzschüssel und einen Schöpflöffel zur Hand und rührte in einem Suppenkessel, der an einer Eisenstange über dem Feuer hing. Es duftete nach frischem Gerstenbrei und gebratenem Speck. Beides hatte Hannah in letzter Zeit zu oft gegessen, um es noch richtig genießen zu können. Aber Sophia benötigte ihre Milch, und ihr Magen knurrte. Also nahm sie das Angebot dankend an.

Mehr aus Anstand und Erleichterung, offenbar nicht in die Fänge eines Mörders und Vergewaltigers geraten zu sein, legte sie Sophia auf den weichen Fellen ab und nahm die dargebotene Schüssel entgegen, bevor sie sich näher ans Feuer setzte. »Das ist sehr freundlich von Euch«, sagte sie noch einmal leise und ließ ihren unvermuteten Gönner nicht aus den Augen, während er sich ebenfalls eine Schüssel Suppe einschenkte und die gehaltvolle Brühe im Stehen trank und nicht wie Hannah vorsichtig löffelte.

Der vermeintliche Einsiedler beobachtete sie nun seinerseits schweigend beim Essen. Mit einem beiläufigen Rundumblick versuchte Hannah seinem wachsenden Interesse auszuweichen und hoffte zugleich herauszufinden, welcher Berufung er tatsächlich nachging. Dabei fiel ihr auf, dass überall Waffen herumlagen. Schwerter, Dolche, einige Morgensterne sowie Äxte, die in grob gezimmerten Kisten verpackt waren.

Vielleicht war er gar kein Einsiedler, sondern einer dieser berüchtigten Unholde, die angeblich sämtliche Wälder unsicher machten. In seiner abgetragenen Lederkleidung und seinem ungelenken Bemühen, ihr den Aufenthalt in dieser heruntergekommenen Hütte so angenehm wie möglich zu gestalten, wirkte er eher wie Rübezahl auf der Suche nach einer Gefährtin. Wobei sie inbrünstig hoffte, dass seine Großzügigkeit am Ende nicht nach einer Gegenleistung verlangte, die sie nicht zu erbringen bereit war. Zu ihrer Beruhigung befand sich kein Bett in dieser unaufgeräumten Kate. Stattdessen hingen überall Geweihe, Bärentatzen und Unmengen von Fellen, die der Fremde möglicherweise verkaufte, aber bestimmt nicht auf legalen Märkten. Sämtliche Wälder standen unter der Herrschaft ihrer adligen Besitzer, die Wilderer gewöhnlich hart und nicht selten mit dem Tode bestraften. Waldenstein war so ziemlich die einzige Herrschaft, die ihren Untertanen erlaubte, Wildschweine, Hirsche und Hasen für den Eigenbedarf zu jagen. Zumal in diesen schlechten Zeiten. Wegen des miesen Wetters waren die Ernten um mehr als die Hälfte zurückgegangen. Dieser Wald jedoch gehörte Hanemann von Lichtenberg. Hannah hatte sich schon im ersten Moment ihrer Begegnung gefragt, ob ihr attraktiver Waldkauz ein loyaler Untertan Hanemanns war oder eher ein Freigeist, der sich nicht um die Obrigkeit scherte. In beiden Fällen war es nicht ratsam, ihm ihre Herkunft zu verraten.

»Wer seid Ihr?«, fragte er so plötzlich in die Stille hinein, als hätte er ihre Gedanken erraten. »Und woher kommt Ihr?«

»Ich war auf dem Weg nach Hause, als mir das Pferd durchgegangen ist. Ich musste zu Fuß weiter und habe mich verlaufen. Deshalb habe ich keine Ahnung, wo genau wir sind.« Das war die Wahrheit, beantwortete jedoch nicht seine Frage.

Sie sah, wie er die Stirn runzelte. »Und warum tragt Ihr dann den Umhang eines Wachsoldaten der Feste Lichtenberg?«

»Äh …« Verdammt, daran hatte sie in der Aufregung nun wirklich nicht gedacht. »Ich …«, setzte sie an und stand auf, wobei sie sich hastig umschaute. Ein ziemlich durchsichtiges Verhalten gegenüber einem Mann, der sich aufs Fährtenlesen verstand.

»Ihr seid auf der Flucht«, half er tonlos nach. »Keine Frau von Eurem Format würde sich freiwillig in einem solchen Aufzug und mit einem Säugling im Arm in einen so finsteren Wald wagen, wenn es nicht sein müsste. Wart Ihr allein unterwegs, oder hattet Ihr Begleiter, denen Ihr entkommen seid?«

»Hört zu«, versuchte Hannah ihr Glück, indem sie das Thema wechselte. »Ich danke für Eure großzügige Gastfreundschaft, würde mich nun aber gerne wieder auf den Weg machen, wenn Ihr erlaubt. Zu Hause wartet man auf mich. Sagt mir doch bitte, wie ich schnellstens zur Reichsstraße komme, und ich werde Euch nicht länger belästigen. Von dort aus finde ich den Weg von allein.«

Er lachte kehlig und zeigte dabei seine erstaunlich makellosen Zähne. »Das wage ich zu bezweifeln. Zumal ich das kleinste Übel bin, das in diesem Wald auf Euch lauert. Außerdem befürchte ich, dass Ihr bereits verfolgt werdet, falls Ihr auf der Flucht vor einem brutalen Ehemann seid oder aus der Gefangenschaft eines garstigen Peinigers entkommen konntet. Wer lässt eine so schöne Frau schon einfach ziehen?«

Hannah schluckte. Der Kerl würde sie nicht gehen lassen, solange sie nicht bereit war, ihm die Wahrheit zu sagen. »Ich wurde entführt. Mitsamt meiner Tochter«, gestand sie ihm mit leiser Stimme.

»Darf ich fragen von wem?«

»Hanemann von Lichtenberg«, antwortete sie. »Er ist ein Widersacher meines Gemahls.«

»Na, dann haben wir wenigstens den gleichen Feind«, bemerkte er trocken, »Und wer ist Euer Gemahl?«

»Graf Gerard von Lichtenberg zu Waldenstein. Ich bin Hannah, seine Frau.«

Ihr Gegenüber pfiff leise durch die Zähne. »Warum wundert mich das nicht«, sagte er und kräuselte die Stirn. »Geht es dabei um Geld?«

»Nein, um Land. Genau genommen passt es Hanemann nicht, dass der Herzog von Lothringen die Rechte an unserer Burg an die Stadt Metz verkauft und die dortigen Paraiges sie an uns zurückübertragen haben. Was bedeutet, dass wir nicht länger Lehensnehmer des Herzogs sind und Hanemann diese Lehensrechte somit auch nicht mehr erben kann.«

»Den Lichtenbergern geht's immer ums Land und natürlich auch ums Geld«, belehrte der andere sie. »Meine Heimatburg wurde von den Lichtenbergern und ihren Verbündeten belagert, während ich auf der Flucht war. Mein Vater und meine Brüder wurden als Raubritter gebrandmarkt. Meine Mutter ist darüber vor Gram gestorben. Seitdem bin ich nicht gut auf Hanemann und seine Sippschaft zu sprechen und versuche sie auf meine Weise zu schädigen, wo immer ich kann.«

»Indem Ihr sein Wild jagt und die Pelze auf eigene Rechnung verkauft«, vermutete Hannah.

»Auch das«, gab er unumwunden zu.

Hannah war hellhörig geworden. »Ihr wart auf der Flucht? Vor wem?«

Der Mann sah sie von unten herauf prüfend an und überlegte kurz, ob er ihr einen noch tieferen Einblick in sein Schicksal gewähren sollte.

»Ich war ein Templer«, beantwortete er ihre Frage schlicht. »Oder vielleicht sollte ich sagen, ich *bin* Templer, denn die Verbindung zum Orden und seinen Brüdern verliert man nicht, ganz gleich, was einem widerfährt. Jedenfalls so lange nicht, bis der Großmeister persönlich über einen Rauswurf entscheidet.«

»Wo wart Ihr stationiert? In Franzien?« Hannahs verblüffte Frage schien ihn zu irritieren.

»Nein, in Zypern«, antwortete er zögernd. »Ich stand dort bis zum Jahre des Herren 1309 in Diensten des Ordens. Als im Mai auch dort die Verhaftungswellen der Inquisition begannen, bin ich einfach abgehauen und über etliche Umwege in die deutschen Lande zurückgekehrt. Ich hoffte, auf der Burg meiner Eltern in Sicherheit zu sein. Aber daraus wurde nichts. Dank Johann I. von Lichtenberg und seiner raffgierigen Verwandtschaft.«

»Wart Ihr auf Antarados?«, fragte Hannah atemlos. Der Gedanke, dass dieser Mann möglicherweise Gero kannte und ihr helfen würde, endlich nach Hause zu kommen, ließ ihr Herz höherschlagen.

»Nein, die Eroberung der Insel durch die Mameluken geschah vor meiner Zeit.« Argwöhnisch kniff er die Lider zusammen und schaute sie durchdringend an. »Wieso wisst Ihr davon?«

»Mein Gemahl war dort und gehörte zu den wenigen Ordensbrüdern, die den Überfall der Mameluken überlebt und es zurück nach Zypern geschafft haben.«

»Heilige Jungfrau!«, stieß er überrascht aus. »Was für eine Ehre, dass ich seine Gemahlin vor mir sitzen habe. Er und seine Männer waren unter uns Brüdern auf Zypern eine Legende, zumal man nur hinter vorgehaltener Hand über ihre geglückte Flucht von der Insel sprechen durfte. Was ist mit ihm? Ist er tot?«

»Ich hoffe nicht«, erwiderte Hannah mit ängstlichem Blick.

»Und warum beschützt er Euch nicht vor Euren brutalen Verwandten und lässt Euch stattdessen ganz allein mit Eurem Kind durch einen solchen Wald irren?«

»Er ist auf einer wichtigen Mission im Ausland unterwegs und weiß nichts von meinem Schicksal«, verteidigte Hannah ihn.

»Verstehe«, murmelte der andere. »Hanemann hat seine Abwesenheit ausgenutzt, um Euch zu entführen.«

»So könnte man es nennen«, bestätigte Hannah seine Vermutung. »Und Ihr, was macht Ihr hier mitten im Wald? Seid Ihr einer von diesen Kerlen, die sich in die Einsamkeit zurückgezogen haben, um neben der Wilderei den ganzen Tag zu beten?«

Er lachte kurz und hart. »Ganz sicher nicht. Ich bin das, was Hanemann und seine Leute von mir behaupten. Ein Raubritter, der nicht nur den habgierigen Landgrafen das Leben schwer macht, sondern jedem, der es verdient hat und so töricht ist, mein Revier zu passieren. Das hier«, erklärte er und deutete auf die enge Behausung, »ist nur eine Jagdhütte, in der meine Männer und ich einen Teil unserer Beute lagern, bis wir die passenden Käufer gefunden haben.«

Hannah schluckte nervös. »Ein ... Raubritter ...«, wiederholte sie schwach. »Das erklärte die vielen Waffen, die hier überall liegen. Und Ihr seid nicht allein?«

»Nein«, beantwortete er ihre Frage. »Genau genommen warte ich derzeit auf einige meiner Kameraden. Wir müssen einen Waffentransport vorbereiten.«

»Das heißt, Ihr gehört zu einer Bande?«

»Wenn Ihr es so nennen wollt.« Wieder grinste er.

Für einen Moment gingen Hannah Dutzende Szenarien durch den Kopf, was dies für sie und Sophia bedeuten konnte. Von einem horrend hohen Lösegeld, das er womöglich für ihre Freilassung forderte, bis hin zu einer lebenslangen Gefangenschaft im Kerker einer eiskalten Burg.

»Jetzt schaut mich nicht so an, als ob ich der Teufel persönlich wäre«, rief er und lachte unbeschwert. Dabei zeigte sich ein Kranz kleiner Lachfältchen um seine grünen Augen, die ihn sympathisch machten. »Ich tue Euch und Eurem Kind ganz bestimmt nichts an. Im Gegenteil, ich schlage vor, ich bringe Euch in meine Burg. Sobald die Luft rein ist, begleite ich Euch nach Waldenstein. Ich kenne die Festung dem Namen nach und habe über die dortige Herrschaft bisher nur Gutes gehört. Nun, da ich weiß, dass Euer Gemahl ein Bruder des Tempels ist, wäre es mir eine Ehre, Euch helfen zu dürfen.«

»Das würdet Ihr für mich tun?«

»Sagte ich es nicht?«

»Aber ich kenne noch nicht mal Euren Namen.«

»Oh, habe ich mich noch gar nicht vorgestellt?« Er zuckte bedauernd mit den Schultern und verbeugte sich kurz und schneidig. »Adrian von Windstein.«

Während Hannah weiter darüber nachdachte, ob sie Raubritter Adrian tatsächlich trauen durfte, fing Sophia zu quengeln an.

»Ich fürchte, die Kleine hat Hunger«, bemerkte Adrian mit einem sanften Lächeln.

Hannah sah ihn entgeistert an. »Wie könnt Ihr das wissen?«

»Ich habe selbst eine Tochter und einen Sohn«, erklärte er ihr, als wäre es die selbstverständlichste Sache der Welt, dass ein Raubritter eine Familie besaß.

»Sie sind schon aus dem Alter raus, dass sie gestillt werden müssten, aber ich kann mich noch gut daran erinnern, dass ihre Mutter alle Hände voll zu tun hatte, sie satt zu bekommen.«

»Heißt das, Ihr seid nicht verheiratet?«, erkundigte sich Hannah, die zwischen den Zeilen gelesen hatte, weil er nicht von seiner Gemahlin sprach. Während sie auf seine Antwort wartete, legte sie sich den Umhang über, damit sie Sophia unbeobachtet stillen konnte.

Adrian war so höflich, den Blick abzuwenden. »Ich bin exkommuniziert«, erklärte er lapidar. »Da war es mit einer Hochzeit schwierig. Aber meine Frau hatte mit der Kirche glücklicherweise nichts zu schaffen und hat mich auch ohne den Segen eines Priesters zum Mann genommen.«

Und sie hat offenbar auch nichts dagegen, dass du euren Lebensunterhalt als Raubritter bestreitest, nehme ich an, lag es Hannah auf der Zunge, doch sie hielt sich zurück. Erstens ging sie das Leben dieses Mannes nichts an, und zweitens war sie selbst mit einem verfolgten Templer verheiratet. Eine Bürde, die sich nicht sehr von einer Ehe mit einem Raubritter unterschied.

Unvermittelt hob er den Kopf und drehte sich zur Tür. Draußen war das Schnauben eines Pferdes zu hören gewesen. »Warte hier und rühr dich nicht vom Fleck«, riet er ihr und verschwand nach draußen.

Hannah spürte, wie ihr bei dem Gedanken, es könne sich um Hanemann und seine Häscher handeln, der Puls in die Höhe stieg.

Doch es waren nur die von Adrian erwähnten Kameraden, die soeben eingetroffen waren. Sie sahen exakt aus, wie Hannah sich seine Komplizen vorgestellt hatte. Ihre langen Haare und ihre dichten Bärte waren genauso wild und verwegen wie die aus weichem Leder geschneiderte Kleidung, die ihre breiten Schultern und muskulösen Arme und Beine erst recht betonte. Dazu trugen sie derbe, mit Nieten beschlagene Stiefel, die schon mit einem einzigen Tritt den Knochen eines Menschen zerschmettern konnten. An den breiten, mit Silber verzierten Gürteln baumelten nicht weniger brutale Waffen. Sie wirkten nicht elegant wie bei einem ehrbaren Ritter, sondern hatten nur ein einziges Ziel: Möglichst rasch und gründlich jeden Gegner zu töten, der sich ihnen in den Weg stellte.

So also sehen zeitgenössische Raubritter aus, dachte Hannah, die sich für ihr Verständnis kaum von modernen Bandenkriegern unterschieden. Mit einem Mal hatte sie eine lebhafte Ahnung davon, wie deren gemeinschaftlicher Auftritt arglose Reisende, aber auch so manchen Würdenträger das Fürchten lehrte.

»Wer zur Hölle ist das?«, fragte ein struppiger blonder Kerl, der Hannah mit seinen eisblauen Augen argwöhnisch fixierte, als wäre sie eine enttarnte Undercoveragentin des Herzogs von Lothringen.

»Das ist die Gemahlin eines Templerkameraden, den ich sehr schätze«, stellte Adrian sie mit einem gewissen Stolz in der Stimme vor. »Hanemann von Lichtenberg hat sie und ihre Tochter entführt. Ihr ist mit dem Kind die Flucht von der Festung gelungen. Was an sich schon eine beeindruckende Leistung ist. Ich vermute, dass Hanemanns Häscher den beiden bereits auf den Fersen sind. Wir können sie unmöglich seinen erbarmungslosen Bluthunden überlassen. Schließlich sind wir immer noch ehrbare Ritter, auch wenn es Leute gibt, die das Gegenteil behaupten.«

»Denkst du nicht, dass wir uns mit einer solchen Geschichte eine Unmenge Ärger einhandeln könnten?«, gab ein anderer Mann zu bedenken, der dem Blonden gefolgt war und sich nun ebenfalls zu Adrian und seinen Kumpeln gesellte. Er war schon älter und hatte eine Glatze, doch seine Statur war nicht weniger furchteinflößend, als die der beiden anderen Männer. Anscheinend betrachtete er die ganze Geschichte aus einem anderen Blickwinkel als Adrian. »Hanemann von Lichtenberg ist nicht irgendwer. Er hat eine eigene Armee hinter sich stehen und ist Lehnsnehmer des Herzogs von Lothringen«, wandte er mit unwirscher Miene ein.

»Glaubst du wirklich, das Maß an Ärger ließe sich noch steigern, wenn wir der armen Frau und dem Kind helfen und dieser Bastard uns auf die Schliche kommt?« Adrian lächelte spöttisch, bevor er schlagartig ernst wurde. »Wir haben einen gemeinsamen Feind. Das reicht mir vollkommen, der Frau und dem Kind beizustehen.«

»Bringt sie wenigstens ein hübsches Lösegeld ein?«, wollte ein Dritter wissen, der seine schwarze Lockenmähne unvermittelt zur Tür hereinsteckte. Er war der Diskussion von draußen gefolgt und wollte nun mit eigenen Augen sehen, was in der Hütte vor sich ging. Er reckte sich hinter Adrian in die Höhe und beäugte Hannah mit dem Sachverstand eines Pferdehändlers, der den Wert einer Zuchtstute einschätzen will.

»Kommt gar nicht infrage«, wehrte Adrian seine Überlegung mit einer energischen Geste ab.

Hannah atmete kaum merklich auf. Allem Anschein nach war Adrian der Anführer dieser Truppe von Gesetzlosen, was ihre aussichtslose Lage in jedem Fall verbesserte.

»Ich sagte doch, sie ist die Frau eines Bruders, der wie ich in Zypern gekämpft hat. Allein schon deshalb fühle ich mich ihr und auch ihrem Gemahl verpflichtet.«

»Und ich dachte immer, ihr Templer habt ein Keuschheitsgelübde abgelegt«, frotzelte der Blonde und warf Hannah einen abschätzenden Blick zu, wie um zu prüfen, ob sie es wert war, ein solches Risiko einzugehen.

Kaum dass sie Sophia fertig gefüttert und gewickelt hatte, mahnte Adrian von Windstein auch schon zum Aufbruch. Seine Kameraden hatten draußen vor der Hütte gegessen und in der Zwischenzeit neue Ware aufgeladen: Waffen, die sie in Ledersäcken getarnt an ihren Sätteln befestigt hatten. Außerdem hatte jeder von ihnen eine Armbrust und einen schnellen Reflexbogen dabei.

Adrian half Hannah auf seinen Rappen und schwang sich dann vor ihr in den Sattel, so dass Sophia, die sie in einem Brusttuch vor sich trug, warm und geschützt zwischen ihnen aufgehoben war.

Der Wind fegte unangenehm frisch durch den Wald. Zudem dämmerte es bereits, obwohl man noch genug sehen konnte, um auf Fackeln zu verzichten. Hannah war froh, dass sie noch immer den Kapuzenumhang des Wachmanns trug, während sie durch dicht bewaldete, feuchtkalte Bachtäler ritten. Als sie schließlich auf eine Anhöhe zuhielten, stieß irgendjemand in ein Horn. Es waren fremde Reiter, die auf der anderen Seite des Tals unterwegs waren und sie offensichtlich bemerkt hatten.

»*Merde*«, fluchte Adrian. »Das sind Lichtenberger. Und sie sehen nicht nur so aus wie Hanemanns Häscher, sie haben auch eine ganze Rotte ihrer stinkenden Köter dabei.«

»Wie viele sind es?«, rief sein blonder Nachbar leise und zügelte seinen weißen Kaltblüter.

»Zehn«, informierte Adrian seine Kameraden, der allem Anschein nach durchgezählt hatte.

»Warum wusste ich, dass wir uns mit dieser Sache nur Ärger einhandeln«, protestierte der Glatzkopf.

»Was tun wir denn jetzt?«, wisperte Hannah kläglich.

»Wir halten es wie ein Reh mit seinem Kitz«, erklärte Adrian ihr flüsternd. »Wir setzen Euch und das Kind irgendwo ab, wo Euch niemand findet, und führen Hanemanns Schergen auf eine falsche Fährte, wie bei einem Wolf, den das Reh mit einem solchen Verhalten von seiner leichten Beute ablenken will.«

»Aber das ist doch gefährlich«, gab Hannah zu bedenken.

»Habt Ihr eine bessere Lösung?«, neckte Adrian sie. »Dann raus damit, aber schnell.«

»Nein«, gab sie kleinlaut zurück und widersprach nicht, als er sie mit Sophia in einem dichten Gebüsch absetzte.

»Ihr müsst nur dafür sorgen, dass die Kleine nicht schreit. Selbst wenn Ihr Eurer Tochter im Zweifel mit den Fingern den Mund verschließt, Hauptsache, sie gibt keinen Ton von sich.«

»Ich hab's verstanden«, wisperte Hannah mit rasendem Herzen.

Nachdem er weg war, konnte sie von ihrem Versteck aus beobachten, wie sich die beiden unterschiedlichen Parteien in etwa dreihundert Metern Entfernung unaufhaltsam näherten. Die Lichtenberger waren fast doppelt so stark mit Reitern vertreten wie Adrian und seine Männer. Doch die Raubritter schienen einen Plan zu hegen. Sie zogen sich in einen Hinterhalt zurück und spannten ihre langen Reflexbögen. Damit erschossen sie zunächst die Hunde, die fast schon bei ihnen waren. Das Aufjaulen der Tiere gellte Hannah schmerzlich in den Ohren. Auch Sophia war von den Lauten wach geworden und begann kläglich zu schluchzen, als ob das Leid der Tiere sie bewegte.

»Pssst! Sei leise«, versuchte Hannah sie zu beruhigen und wiegte sie hastig hin und her. Währenddessen vernahm sie das Klirren von Schwertern und das Keuchen der Männer, die sich auf der anderen Seite der Anhöhe einen gnadenlosen Kampf lieferten. Der Gedanke, dass Adrian und seinen Leuten etwas zustoßen könne, nur weil er sich verpflichtet fühlte, sie zu beschützen, ließ ihr vor Angst das Herz in den Magen sinken. *Lieber Gott*, betete sie inbrünstig, was sie selten tat, *mach, dass Adrian und seine Truppe unverletzt aus diesem Kampf hervorgehen.* Das Keuchen und das Waffengeklirr jedoch hielten noch eine ganze Weile an. Vorsichtshalber zog Hannah den Kopf ein und sang Sophia ein leises Schlaflied, damit sie endlich zu jammern aufhörte. Umso mehr erschrak sie, als sich plötzlich ein dunkler Schatten über ihr erhob.

»Habe ich dich, mein Täubchen«, knurrte der Fremde böse und bedrohte sie und das Kind mit seinem Schwert. »Du wirst jetzt schön brav mit mir kommen. Aber vorher gibst du mir das Balg«, forderte er mit einem Fingerzeig seines Plattenhandschuhs. »Wenn du nicht tust, was ich sage, durchbohre ich den Wurm als Erstes.«

Hannah sah erschrocken zu ihm auf. Ihr Peiniger trug die Uniform der Lichtenberger, daran bestand nicht der geringste Zweifel. Ganz kurz fragte sie sich, ob sie ihrerseits ihr Schwert ziehen und es auf einen Kampf ankommen lassen sollte, aber es war ebenso absurd wie der Kampf gegen einen Bären. Zitternd übergab sie ihre greinende Tochter dem Söldner, dessen triumphierendes Gesicht ihr bekannt erschien. Es war der gleiche Mann, der sie mit Sophia auf seinem Pferd von Dydenhowen zur Festung Lichtenberg transportiert hatte. Ergo nützte es auch nichts, ihm weiszumachen, er habe die falsche Frau erwischt, weil er es besser wusste.

Mit dem weinenden Kind im Arm stapfte er zu seinem Pferd, das er ganz in der Nähe an einen Strauch gebunden hatte. Hannah blieb nichts anderes übrig, als ihm zu folgen, wenn sie Sophias Leben nicht gefährden wollte.

»Los, steig auf den Gaul«, befahl er ihr. Nachdem Hannah aufgesessen war, hielt er ihr das Kind entgegen, das sie daraufhin fest in ihr Brusttuch wickelte. Kaum hatte sie Sophia sicher verpackt, trat sie dem Pferd so heftig in die Seite, dass es einen Sprung nach vorn machte. Ihr Peiniger, der gerade zu ihr in den Sattel hatte steigen wollen, stieß einen wütenden Fluch aus, als der Hengst mit ihr und dem Kind davonpreschte. Er rannte noch ein Stück hinter ihnen her, doch Hannah riss die Zügel des Hengstes an sich und spornte das ohnehin nervöse Tier noch einmal mit Tritten an. Der riesige Kaltblüter stob mit ihr und Sophia davon und raste schließlich in einem rasanten Galopp talwärts.

Während sie mit einer Hand Sophia umklammerte, versuchte sie das Pferd zu zügeln, damit es sein Tempo verlangsamte. Doch es reagierte nicht. Voller Panik, mitsamt ihrer Tochter zu stürzen, falls das Tier auf ein größeres Hindernis stieß und scheute oder mit einem wilden Satz darübersprang, betete sie noch einmal zu Gott und wurde allem Anschein nach erhört. Plötzlich war Adrian auf seinem Rappen an ihrer Seite und schnappte sich die Zügel ihres Hengstes, um ihn zu stoppen.

Hannah war einer Ohnmacht nahe, als er beruhigend auf das Pferd einredete und sich beinahe im gleichen Atemzug erkundigte, ob es ihr und Sophia gut ging. Die Kleine schrie wie am Spieß. Hannah versuchte sie zu beruhigen, aber auch das gelang ihr nicht.

»Lasst sie getrost brüllen. Wir haben sämtliche Lichtenberger erledigt«, vermeldete Adrian knapp.

Hannah brach vor Erleichterung in Tränen aus. »Geht es Euch gut? Was ist mit Euren Kameraden?«

»Alle gesund und munter«, beruhigte Adrian sie. »Tut mir leid, dass uns einer von Hanemanns Schergen entwischt ist und Euch und das Kind trotz aller Vorsicht bedrohen konnte. Aber nun ist er tot wie die anderen auch. Macht Euch also keine Sorgen, sie könnten Euch verraten. Wir bringen Euch nun an einen sicheren Ort, habt keine Angst«, versprach er ihr mit treuem Blick.

Eine gefühlte Stunde später erreichten sie bei hereinbrechender Dunkelheit ein dicht bewaldetes Tal. Die darin versteckte Burg war mehr eine Festung und erschien Hannah alles andere als behaglich, aber bestens geschützt. Die Mauern vermittelten einen wehrhaften Eindruck und waren bestimmt zwölf Meter hoch, und auch der künstlich angelegte Wassergraben rund um die Burg machte eine schnelle Eroberung so gut wie unmöglich.

Der Zugang zum Burghof erfolgte über mehrere Holzbrücken, die trotz späterer Stunde alle nacheinander heruntergelassen wurden, als der Wachposten ihre Ankunft verkündete. Was er nicht mit den üblichen lauten Fanfarenstößen tat, sondern mithilfe eines rot-schwarzen Banners, das er im Schein der frisch entzündeten Feuerkörbe an einem hohen Mast über dem Palas hisste.

Adrian führte Hannah, die mit Sophia auf einem erbeuteten Pferd saß, zu Fuß in den Burghof. Unerwartet kamen ihnen zwei rotwangige Kinder entgegengelaufen. Ein dunkelhaariger Junge von vielleicht acht Jahren mit einem fein säuberlichen Pagenschnitt und ein Mädchen, das ein paar Jahre jünger war und mit den blonden, schulterlangen Locken wie ein lebendiges Püppchen aussah. Während der Junge an Adrian hochsprang wie ein Hund, der sich über die Rückkehr seines Herrchens freut, blickte das Mädchen verträumt zu ihm auf und lächelte selig. »Was macht ihr beiden denn noch hier? Ihr solltet längst im Bett liegen!«, rief Adrian ihnen entgegen und begrüßte zuerst den Jungen, indem er ihm das schwarze halblange Haar zerzauste. Dann nahm er das Mädchen auf den Arm und küsste es sanft auf die Wange. Er stellte den Kindern zunächst Hannah und dann Sophia vor, die schlafend im Brustbeutel kauerte und sich nun mit dem Mädchen auf Augenhöhe befand. Die Kleine reckte neugierig ihren blonden Lockenkopf, um das Baby besser sehen zu können.

»Wer bist *du* denn?«, fragte Hannah die Kleine freundlich.

»Sag der Dame deinen Namen«, half Adrian ein wenig nach, weil seine Tochter offensichtlich zu schüchtern war.

»Liese von Windstein«, lispelte die Kleine kaum hörbar und senkte verschämt den Blick.

»Liese, was für ein schöner Name.« Hannah lächelte das Mädchen aufmunternd an.

»Ich heiße Jörn von Windstein«, plapperte der Junge von unten herauf munter dazwischen. »Und ich werde mal ein stolzer Ritter wie mein Vater.«

Adrian verdrehte unmerklich die Augen und klopfte seinem Sohn beschwichtigend auf die Schulter.

»Und wie heißt das Kind, das du da in dem Tuch trägst? Hat es auch einen Namen?«, wollte der Junge wissen.

Hannah lächelte milde. »Ihr Name ist Sophia.«

»Er ist ziemlich vorlaut«, entschuldigte sich Adrian für seinen Sohn.

»Das hat er aber nicht von seinem Vater«, stellte sie amüsiert fest.

»Papa, wer ist diese Frau?«, quatschte Jörn schon wieder dazwischen, während seine Schwester nur Augen für Sophia hatte. »Wird sie unsere neue Mutter?«

Hannahs irritierter Blick verfing sich in Adrians grünen Augen, deren Pupillen sich kurzfristig verengten.

»Kannst du nicht endlich mal deinen vorlauten Mund halten, Jörn?« Adrian schnaubte verdrossen. »Meine Frau ist im vorletzten Winter im Kindbett gestorben«, erklärte er Hannah mit einem ernsten Blick. »Seitdem denkt er andauernd, ich präsentiere ihm bei nächster Gelegenheit eine neue Mutter. Aber so einfach ist das in unserem Gewerbe nicht«, fügte er mit einem resignierten Lächeln hinzu.

»Das tut mir aufrichtig leid.« Hannah spürte, wie sich beim Anblick der halb verwaisten Kinder ihr Herz verkrampfte. »Jemanden, den man so sehr geliebt hat, auf diese Weise zu verlieren, ist furchtbar«, sagte sie leise und hätte am liebsten hinzugefügt, wie sehr sie Gero vermisste und welch schreckliche Angst sie um ihn hatte. Aber sie beließ es dabei, weil sie das Thema nicht vertiefen wollte. »Ich fühle den Schmerz mit Euch.«

»Das müsst Ihr nicht«, sagte er und hielt ihrem mitfühlenden Blick stand. »Ihr könnt ja nichts dafür. Ich möchte Euch bitten, mein Gast zu sein und die Nacht hier zu verbringen. Es ist fast dunkel, und da ist es wirklich besser, wenn wir erst morgen in aller Frühe aufbrechen. Abgesehen davon, dass man nachts selbst mit brennenden Fackeln kaum etwas sieht, ist es gefährlich, weil sich da draußen alles Mögliche herumtreiben kann. Meine Bediensteten werden für Euch und das Kind eine Kammer herrichten. Ihr solltet Euch erst einmal ausruhen, zumal Ihr ziemliche Strapazen erdulden musstet. Meine Kinderfrau wird Euch zeigen, wo Ihr Euch frisch machen könnt. Ich werde ihr sagen, dass sie Euch mit einem neuen Kleid versorgen soll, das Eurem Stand angemessen ist. Ihr solltet nicht länger in dem blutbesudelten Gewand Eurer Feinde herumlaufen.«

»Ich danke Euch und Euren Männern von ganzem Herzen für Eure Gastfreundschaft«, antwortete Hannah artig, als er sie, zusammen mit seinen Kindern und ein paar herbeieilenden Mägden, in den schlicht eingerichteten Palas führte. Zu ihrer Beruhigung war sie nicht die einzige Frau auf dieser Burg. Neben den Dienerinnen gab es noch eine ältere Kinderfrau, die ihm die scheue Liese und den frechen Jörn abnahm und Hannah gleichzeitig ihre Hilfe bei der Versorgung von Sophia anbot. Der hintergründige Blick der Frau war allerdings nicht weniger neugierig als der des Jungen, nur dass sie sich dankenswerterweise jedweder Spekulationen enthielt.

Nachdem Hannah ihr Zimmer bezogen und sich gewaschen und Sophia gestillt hatte, schlüpfte sie in ein Kleid aus lindgrünem Brokat, das ihr die Kinderfrau übers Bett gelegt hatte. Es sah tatsächlich aus, als wäre es nie getragen worden, und saß wie angegossen. Der dazu passende Umhang hatte eine changierende Messingfarbe und war mit türkisfarbenen Halbedelsteinen besetzt. Zum Kleid gehörten zudem neue, fein genähte Stümpfe und ein dichter, dunkelgrüner Kapuzenumhang aus einem edlen Wollstoff, der mit einem roten Fuchspelz gefüttert war. Außerdem hatte ihr Gastgeber ihr ein paar knöchelhohe dunkelblaue Lederschuhe spendiert, die ihrer Größe entsprachen. Alles in allem ein luxuriöses Outfit, das einer Königin würdig war.

Hannah hatte sich zuvor ausgiebig das Haar gebürstet und zu Zöpfen geflochten, die sie mithilfe von Haarnadeln, die sie bei der Bürste und dem Spiegel gefunden hatte, zu einem straffen Knoten hochsteckte.

Adrian von Windstein hatte sie in seine Privatgemächer eingeladen, um mit ihm zu Abend zu speisen. Sophia sollte sie solange der Kinderfrau überlassen, die sich zugleich um Liese und Jörn kümmerte.

Als sie das gemütliche Kaminzimmer betrat, kam ihr Gastgeber ihr mit einem gewinnenden Lächeln entgegen und bedankte sich, dass sie sowohl das Kleid als auch seine Einladung angenommen hatte. Auch er selbst sah mit einem Mal wie verwandelt aus. Seine Haare waren ordentlich gekämmt und im Nacken zu einem offenen Zopf gebunden. Den dichten dunklen Bart hatte er auf Fingerbreite getrimmt. Außerdem trug er eine feine braune Hirschlederhose mit sauber polierten Stiefeln und ein frisches Wams, dazu einen dunkelgrünen Wappenrock. Eine schmucke Aufmachung, die bei Hannah keinen Zweifel darüber aufkommen ließ, dass er ihr gerne den adligen Burgherrn dieses Anwesens anstelle des verwegenen Raubritters präsentieren wollte.

»Ihr seht phantastisch aus«, rutschte es Hannah heraus. »Gar nicht mehr wie ein wilder Räuber.«

»Das Kompliment kann ich ohne Einschränkung zurückgeben. Dieses Kleid ist wie für Euch gemacht«, befand er mit einem begeisterten Lächeln, während er sie ausgiebig betrachtete.

Hannah sah sich ihrerseits möglichst unauffällig in der kleinen Halle um, die ihm anscheinend sowohl als Speisezimmer wie auch als Bibliothek und Verhandlungsraum diente.

»Ich frage lieber nicht, wie das Kleid und der Umhang in Euren Besitz gelangt sind, oder?«, bemerkte Hannah mit einem gepressten Lächeln.

»Ich will erst gar kein Geheimnis daraus machen«, gestand er ihr mit einem treuen Blick. »Ich habe es von einem Händler aus Brügge, der auf seiner Reise nach Süden unbedingt eine ganze Kiste solcher Gewänder loswerden wollte, als er uns mit seinem Wagen im Wald begegnet ist.«

»Warum überrascht mich das nicht?«, erwiderte sie und lächelte fein. »Wie auch immer, ich danke Euch für diese großzügige Geste.«

Adrian rückte ihr den Stuhl zurecht, um sie am Ende eines langen, glatt geschliffenen Eichenholztisches Platz nehmen zu lassen. Während er sich am gegenüberliegenden Ende des Tisches niederließ, wanderte Hannahs Blick zu dem hohen, gemauerten Kamin, dessen Feuer eine beträchtliche Wärme spendete. In den gemauerten Abzug war eine Kalksteinplatte eingelassen, in die man ein Relief eingemeißelt hatte, dessen Motiv ihr mehr als bekannt erschien.

Ein Totenschädel, unter dem zwei gekreuzte Knochen zu sehen waren. Ein Zeichen, das im achtzehnten und neunzehnten Jahrhundert auch auf Gräbern schottischer Freimaurer aufgetaucht war. Und auch auf den Fahnen der Freibeuter, die zu dieser Zeit die Meere unsicher gemacht hatten, war es zu zweifelhafter Berühmtheit gelangt. Deren Umtriebe hatte es auch schon im Hochmittelalter gegeben. Aber Hannah war nicht sicher, ob sie sich eines solchen Symbols bedient hatten.

»Ist das ein Piratenzeichen?«, erkundigte sie sich vorsichtig.

»Ein Piratenzeichen?« Er schaute sie überrascht an und füllte zwei Krüge mit dunklem Rotwein. Dann stand er auf und stellte einen Krug an Hannahs Platz. Er selbst blieb hinter ihr stehen, den zweiten Krug in der Hand, und betrachtete das Relief, als sähe er es zum ersten Mal. »Wie kommt Ihr darauf?«

»Ich meine, es schon mal auf einer Fahne gesehen zu haben, die von Piraten benutzt wurde«, antwortete sie diplomatisch, ohne darauf einzugehen, was sie tatsächlich dachte. Piraten und Raubritter lagen für ihr Verständnis nicht so weit auseinander.

Er schüttelte lächelnd den Kopf. »Ihr erstaunt mich schon wieder. Abgesehen davon, dass ich mich frage, was eine so schöne und vornehme Frau mit Seeräubern zu tun hat, kann ich Euch beruhigen. Das Zeichen steht weder für Piraten noch für Raubritter, falls Ihr da irgendeine Verbindung zieht.« Er schaute auf sie herab und blickte ihr bedeutungsvoll in die Augen. »Es ist ein Zeichen der Templer«, klärte er sie mit unbewegter Miene auf. »Ein uraltes Symbol unseres Ordens. Es steht für die Verbundenheit der Brüder untereinander über den Tod hinaus und dass wir nach unserem Ableben wieder eins werden. Wie zu Zeiten unserer Bruderschaft. Einer für alle, alle für einen. Denn der Tod ist nicht der Tod, sondern nur eine Illusion, wie das Leben auf Erden selbst. In Wahrheit ist alles mit allem verbunden. Auch, dass wir beide nun hier sitzen, ist kein Zufall, sondern Bestimmung. Wir sind nicht auf Erden, um Reichtum und Macht hinterherzujagen. Wir sind hier, um unser Selbst zu erkennen und es in all jenen Menschen zu finden, denen wir vermeintlich zufällig begegnen, in denen, die wir hassen, wie auch in jenen, die wir lieben und die uns wichtig sind.«

»Das ist sehr poetisch.« Hannah blickte verwundert zu ihm auf. »Verzeiht, bei einem Raubritter hätte ich nicht mit einer solchen Tiefgründigkeit gerechnet, bei einem Templer verwundert es mich nicht«, bekannte sie leise. Unwillkürlich dachte sie an Gero und seine Brüder, die auf ewig miteinander verbunden sein würden. Ganz gleich, was noch geschehen sollte. Dabei blinzelte sie eine Träne weg, die sich spontan aus ihrem Augenwinkel gestohlen hatte.

»Hat Euer Gemahl Euch noch nie etwas von diesem Schädel und den überkreuzten Gebeinen erzählt?«, fragte er verwundert.

»Nein«, bekannte Hannah ehrlich. »Obwohl ich das Symbol aus einem anderen Zusammenhang kenne, habe ich nie darüber nachgedacht, woher es stammt und was es tatsächlich bedeutet, und meinen Gemahl folglich auch nicht darauf angesprochen.«

»Es steht für eine Legende im Orden über einen sprechenden Kopf«, bekannte Adrian leise. »Vor langer Zeit soll ein Templer im Grab seiner Geliebten einen sprechenden Schädel gefunden haben, der ihn in die Lage versetzte, sich all seine Wünsche zu erfüllen. Aber das sind nur wilde Geschichten, die den Orden und viele seiner Brüder am Ende den eigenen Kopf gekostet haben.«

Hannah atmete tief durch und nahm einen kräftigen Schluck Wein, weil sie sich nicht anmerken lassen wollte, wie sehr sie Adrians kleiner Vortrag schockierte. Prompt begann sie zu husten.

Adrian nahm ihr den Krug ab, stellte ihn auf den Tisch und klopfte ihr sanft auf den Rücken. »Es tut mir leid, wenn ich Euch mit meinen Geschichten durcheinandergebracht habe«, bekannte er reumütig und ging auf Abstand, indem er sich wieder an das gegenüberliegende Ende des Tisches setzte.

»Mich schreckt man nicht mit wilden Legenden«, bekannte sie tapfer. »Ich halte mich lieber an die Realität.« *Die mitunter wilder sein kann als jede Legende,* führte sie den Satz in Gedanken weiter.

»Und wie bringt Ihr es fertig, dass Euch die Fürsten der Umgebung in Ruhe lassen?«, erkundigte sie sich und wechselte das Thema. »Raubritter zu sein ist nicht unbedingt ein anerkannter Beruf, der sich in der höheren Gesellschaft besonderer Beliebtheit erfreut, könnte ich mir vorstellen.«

»Wir sind nicht allein«, erklärte er ihr beiläufig, während eine Magd einen köstlichen duftenden Hirschbraten und weißes Brot servierte. »Wir haben etliche hochgestellte Verbündete, die wir mit Waffen beliefern und für die wir Aufträge erledigen, wenn es darum geht, Geiseln zu befreien und Geldtransporte zu schützen. Sie bezahlen uns gut und haben kein Interesse daran, dass wir am Galgen landen. Wir übernehmen Aufgaben, die früher nicht selten die Templer erledigt haben. Euer Gemahl hat Euch bestimmt davon erzählt. Manche bezahlen uns auch dafür, dass wir ihre Gebiete in Ruhe lassen und Reisende unversehrt an ihrem Ziel ankommen«, erklärte er kryptisch.

»Da, wo ich herkomme, nennt man so etwas Schutzgelderpressung«, rutschte es ihr unüberlegt heraus.

»Wie auch immer Ihr es nennen wollt«, erwiderte Adrian mit einem hintergründigen Lächeln. »Es ist ein einträgliches Geschäft und ernährt nicht nur mich und meine Familie, sondern auch die Bewohner dieser Burg, die alle aus niederen Verhältnissen stammen und bei uns Zuflucht vor der Leibeigenschaft gefunden haben.«

»Dann seid Ihr also eine Art Robin Hood«, stellte Hannah zu ihrer eigenen Beruhigung fest und nippte an ihrem Wein, um ihre Aufregung zu dämpfen.

»Wer ist Robin Hood?« Er hob interessiert eine Braue.

»Er lebte zu Zeiten von König Richard Löwenherz in einem englischen Wald, der sich Sherwood Forest nannte. Robin Hood war ein Kreuzritter, der in die Heimat zurückkehrte und von seinem neuen Lehnsherrn enteignet wurde. Danach hat er eine Bande gegründet, mit der er die Reichen bestohlen hat, um es den Armen zu geben.«

»Der Mann gefällt mir«, sagte Adrian und hob seinen Krug. »Auf Robin Hood und auf Euch. Ihr seid nicht nur eine schöne, sondern auch eine kluge und mutige Frau. Mein Templerbruder ist zu beneiden.«

Aus reiner Höflichkeit erhob auch Hannah ihren Krug und hoffte, dass der Wein die gute Stimmung ihres Gastgebers nicht in Sphären hob, aus denen es kein Zurück gab.

»Es war leider zu erwarten, dass eine Frau wie Ihr schon vergeben ist«, fügte er mit leichtem Bedauern hinzu, als hätte er schon wieder ihre Gedanken erraten. Dass er ein Faible für sie hatte, war nicht zu übersehen. Allein, wie er sie mit seinen bemerkenswerten Augen anstrahlte, ließ vermuten, dass er einem kleinen Flirt nicht abgeneigt war.

Nicht nur deshalb verabschiedete sich Hannah nach dem Essen mit der Entschuldigung in ihre Kammer, sie sei hundemüde. Spätestens seit Adrians Vortrag über den Totenschädel dachte sie ununterbrochen an Gero und seine Kameraden, verbunden mit der Frage, ob sie ihre Mission endlich unbeschadet erfüllen und die Gefangenen aus den Klauen der Gens du Roi befreien konnten.

Adrian von Windstein, der nichts davon ahnte, bedauerte ihren Entschluss, sich zurückzuziehen, erhob aber keinen Protest. Er vertrat sogar die Meinung, sie solle am nächsten Morgen möglichst ausgeruht sein, damit er mit ihr noch vor Einbruch der Dunkelheit Waldenstein erreichen könne.

•

Hannah hatte in ihrer eiskalten Kemenate die ganze Nacht kein Auge zugetan, obwohl die Kinderfrau für eine Wiege und ausreichend Decken gesorgt hatte und die ganze Zeit über ein Feuer im Kamin brannte, dessen Holz auch nachts von Bediensteten regelmäßig nachgelegt wurde. Vielleicht war sie deshalb andauernd wach geworden. Vielleicht aber auch wegen Sophia, die den ersten Zahn bekam und ständig nach ihrer Brust verlangte.

Daher konnte ihr der Tumult am frühen Morgen nicht entgehen, der in dem ansonsten so stillen Tal offenbar für helle Aufregung sorgte.

Ein Tross martialisch aufgerüsteter Ritter war vor der Burg erschienen und verlangte lauthals, den Burgherrn zu sprechen.

Hannah reckte den Hals, um von dem kleinen Fenster aus zu erspähen, was dort unten vor sich ging. Die Hunde der fremden Truppe spielten verrückt und steckten die Artgenossen in der Burg ihres Gastgebers mit ihrem heiseren Gebell an, worauf sich ein wildes Kläffen erhob, dem offenbar niemand mehr Einhalt gebieten konnte. Schließlich sah Hannah in der Dämmerung, wie Adrian, gefolgt von seinen engsten Vertrauten, voll aufgerüstet in den Burghof trat und allem Anschein nach zwei Abgesandte der Störenfriede empfing, die seine Burgbewohner sämtlich aus dem Schlaf gerissen hatten.

Hannah glaubte ihren Augen nicht zu trauen, als sie in den beiden Männern Roland von Briey und Johan van Elk erkannte.

Hastig nahm sie Sophia aus der Wiege und stürmte mit ihr aus dem Zimmer. Vorbei an lodernden Fackeln rannte sie die Treppe hinunter und von dort zum Ausgang des Palas.

Niemand hielt sie auf, als sie an Adrian und seinen Leuten vorbeistürmte und Roland mitsamt dem Kind um den Hals fiel.

»Wie habt ihr uns nur gefunden?«, rief sie außer sich vor Freude.

»Auf unsere Hunde ist nun mal Verlass«, antwortete Roland nicht ohne Stolz auf die Rotte von Bluthunden, die sich Waldenstein neben einem gleichgroßen Rudel Wolfshunde hielt.

»Ist das Euer Gemahl?«, fragte Adrian irritiert.

»Nein.« Hannah lachte. »Das ist sozusagen mein Schwiegervater«, erklärte sie ihm aus vollster Überzeugung und in der Hoffnung, die Aufschlüsselung ihrer Verwandtschaftsverhältnisse damit weniger kompliziert zu gestalten.

Roland, der im ersten Moment nicht verstand, was sie meinte, nahm es so hin und warf sich von Neuem fordernd in die Brust.

»Gebt uns diese Frau und das Kind heraus«, verlangte er schroff und schob Hannah mitsamt ihrer Tochter hinter seinen breiten Rücken.

»Und was habt Ihr als Gegenleistung zu bieten?«, erkundigte sich einer von Adrians Vertrauten, der es offenbar nicht gewohnt war, dass sein Anführer auf Geschäfte einging, die keinen Gewinn versprachen.

»Wir nehmen bei dieser Frau kein Lösegeld«, widersprach ihm Adrian mit einer gewissen Würde in der Stimme. »Sie ist die Gemahlin eines Templerbruders. Ihr gebührt eine entsprechende Behandlung.«

»Adrian von Windstein ist Templer und hat mir das Leben gerettet, indem er mich vor dem Zugriff von Hanemanns Schergen bewahrt hat«, bestätigte Hannah seine Aussage vor Roland im Brustton der Überzeugung.

»Ist das wahr? Du bist ein Ordensbruder?«, erkundigte sich Johan van Elk, der hinter Roland gestanden hatte, und wandte sich ihrem Retter zu, der bisher zu seiner Enttarnung als Templer geschwiegen hatte.

»Ich war bis zum Jahre des Herrn 1309 auf Zypern stationiert«, gestand Adrian schließlich. »Ich diente unter Aymo d'Oiselay. Kurz bevor er und andere Brüder dort von der Inquisition verhaftet wurden. Danach bin ich über Umwege in die deutschen Lande entkommen, nur um dort festzustellen, dass Johann I. von Lichtenberg die Burg meiner Eltern enteignet und meine Brüder zu Raubrittern degradiert hatte. Seitdem leben meine Gefährten und ich als freie Ritter auf dieser Burg und sind niemandem tributpflichtig.«

»Dann hätte ich vielleicht doch eine wertvolle Beute im Austausch anzubieten«, schlug Roland mit einem hinterhältigen Grinsen vor. »Wir haben nämlich eine Geisel dabei, die wir Euch gern zur freien Verfügung überlassen.«

»Und wer sollte das sein?«, wollte einer von Adrians Mitstreitern wissen. »Bringt dieser Austausch wenigstens Geld in die Kassen?«

»Ganz bestimmt.« Roland lachte amüsiert. »Was würdet Ihr zu Hanemann von Lichtenberg sagen? Sein Austausch bringt Euch gewiss ein schönes Sümmchen ein.«

»Falls ihn überhaupt einer haben will«, spöttelte Adrian und schlug lachend in Rolands ausgestreckte Hand ein.

Und so wechselte der gute Hanemann wenig später, verschnürt wie ein Weihnachtspaket und unter seinem lautstarken Protest, den Besitzer und wurde danach ohne Umschweife in den hauseigenen Kerker der Burg gesperrt.

Nachdem Hannah sich mit einer Umarmung und einem Kuss auf die Wange bei Adrian von Windstein verabschiedet und ihn und seine Kinder für einen Gegenbesuch auf Waldenstein eingeladen hatte, kehrte sie mit Sophia dankbar zu Roland und den anderen zurück.

»Sie werden Hanemann doch nicht umbringen?«, erkundigte sie sich vorsichtshalber, nachdem sie reisefertig war. »Das könnte die gesamte Zukunft verändern.«

»Verdient hätte der Kerl es«, antwortete Roland. »Aber dafür ist er viel zu wertvoll. Seine Familie wird einen Haufen Lösegeld für ihn zahlen.«

»Er hätte vielmehr verdient, geteert, gefedert und gevierteilt zu werden, bei allem, was er uns angetan hat«, murrte Johan gehässig. »Aber Roland hat recht. Adrian von Windstein hat sicher genug interessierte Abnehmer, die Hanemann gut und gerne ein paar Jahre in irgendeinem Hungerturm schmoren lassen, bevor sie ihn für viel Geld den Lichtenbergern vor die Füße werfen. Bis dahin haben eine Menge Leute, die ihn nicht leiden können, endlich Ruhe vor dem hinterhältigen Kerl«, fügte er gnadenlos hinzu.

Lyn umarmte Hannah und Sophia mit inniger Herzlichkeit, als sie zu den übrigen Waldensteinern zurückkehrten, die in der Zwischenzeit auf die Pferde aufgepasst und ihnen bei der Verhandlung mit Adrian und seinen Leuten den Rücken freigehalten hatten.

Erst jetzt erkannte Hannah die Sorge in Lyns Blick. »Was ist los?«, wollte sie von ihr wissen. »Habt ihr inzwischen irgendwas von Rona gehört? Wie geht es Gero und den anderen? Läuft alles nach Plan?«

»Ich habe mir lange überlegt, ob ich es dir sagen soll«, begann Lyn zurückhaltend. »Und nun ist wahrscheinlich der denkbar schlechteste Augenblick, aber trotzdem: Wir haben seit zwei Tagen keinen Kontakt mehr zu Rona. Sie antwortet nicht auf meine Anfragen. Als ich das letzte Mal mit ihr gesprochen habe, waren sie und die anderen kurz vor Carcassonne. Doch nun ist es, als wären sie wie vom Erdboden verschluckt. Auch Tom kann ich nicht erreichen, weil ich keinen Server besitze. Das muss alles nichts heißen, aber ideal ist es auf keinen Fall. Ich hätte es dir am liebsten verschwiegen. Aber ich will dich nicht belügen, wenn du schon danach fragst.«

»Solange du mir nicht sagst, dass Gero tot ist«, erwiderte Hannah fest. Dabei dachte sie an Adrian und sein grausames Schicksal.

Ein weiteres Mal betete sie stumm zu Gott, dass er Gero und die anderen beschützte – in der Hoffnung, dass es bei dieser Methode kein Limit gab.

KAPITEL 53

MAI 1316
KÖNIGREICH FRANZIEN / DOMAINE ROYAL / CARCASSONNE

»Die Prophezeiung der Templer«

»Es muss hier irgendwo sein«, spekulierte Pierre mit seiner Truppe und drei geretteten Zivilisten, als sie nach gut zwei Stunden Ritt über Stock und Stein in der Gegend um La Bastida en Val angelangt waren.

Es war ein gebirgiges Gelände mit grünen Tälern, Bächen, Wasserfällen und hellblau schimmernden Teichen, die sie nicht nur mit klarem Trinkwasser versorgten, sondern auch zum Baden einluden.

»Schade eigentlich«, bemerkte Ralph of Bulford, »dass wir keine längere Rast einlegen können. So habe ich mir immer das Paradies vorgestellt.«

»Mit den Häschern Philipps V. im Nacken könntest du schneller dorthingelangen als vermutet«, unkte Adam de Brasnee.

»Wir müssen ohnehin vorsichtig sein und können uns nirgends länger aufhalten«, warnte Pierre die anderen, während er sie einen schmalen Pfad hinunter in ein verstecktes Tal führte.

Gero ritt an die Seite von Guy de Lus, der die ganze Zeit kein Wort mehr gesagt hatte. »Alles in Ordnung?«

»Gar nichts ist in Ordnung.« Guy schnaubte verdrossen. »Ich frage mich, wie wir Odile finden sollen, wenn wir nicht mal nach ihr suchen können.«

»Weißt du«, begann Gero nachdenklich, »ich denke die ganze Zeit über diesen Jean de Paris nach, von dem de la Motte behauptet hat, er habe ihm Odile als Leibeigene überlassen. Sagt dir dieser Name vielleicht irgendwas?«

Guy schüttelte mutlos den Kopf. »Ich habe schon Justine und Alphonse Bratac nach dem Kerl ausgefragt. Sie waren beide nicht sicher, ob er tatsächlich als Spitzel gearbeitet hat. Bratac meinte, Jean de Paris wäre zu ihm stets freundlich und ehrlich gewesen. Selbst nachdem man den Mann an seiner Stelle gefoltert hat. Aber er hätte den angeblichen Templer nie richtig einschätzen können. Und auch Macaire de Mirepaux hatte keine hilfreiche Meinung zu dem Kerl. Alle drei konnten lediglich sein Aussehen beschreiben. Aber da war nichts, was ihn besonders machte. Und im Orden haben sich viele ›de Paris‹ genannt und den Namen ›Jean‹ gibt's ohnehin wie Sand am Meer.«

»Vielleicht sollten wir Pierre fragen, der kennt doch halb Franzien.«

»Dann hätte er längst was dazu gesagt«, antwortete Guy ohne viel Hoffnung. »Er war schließlich dabei, als ich die anderen nach dem Kerl gefragt habe.«

»Vielleicht hat er nicht richtig zugehört?«

Gero trat Zeus leicht in die Seite und ritt zur Spitze, wo Pierre zusammen mit Adam de Brasnee die Truppe anführte.

»Was denkst du über diesen Jean de Paris, von dem de la Motte behauptet, er habe Odile mitgenommen?«, fragte Gero den Lombarden ohne Umschweife.

»Warum willst du das wissen?« Pierre musterte ihn überrascht.

»Ich habe gerade nochmal mit Guy gesprochen. Justine und der alte Bratac haben den Mann beschrieben, wissen aber leider auch nicht, ob de la Motte die Wahrheit gesagt hat. Ich frage mich, ob es möglich ist, diesen Kerl irgendwo zu finden.«

»Ich bin nicht sicher, ob ich etwas über ihn weiß, und ich wollte Guy nicht mit Vermutungen verrückt machen, die sich im Nachhinein als nicht haltbar erweisen. Ich habe tatsächlich einen Bruder gekannt, der sich so nannte. Aber wenn es sich um den gleichen Mann handeln würde, wäre das wirklich ein seltsamer Zufall. Außerdem hieß es, er sei später in der Gefangenschaft gestorben.« Pierre zuckte die Schultern. »Kannst du dich an diesen Mitgefangenen erinnern, von dem ich euch erzählt habe, als wir bei Francesco saßen? Der Kerl, mit dem ich nach dem großen Prozess in Paris eine Weile im Kerker gesessen habe? Er hatte tatsächlich den gleichen Namen und sah auch so ähnlich aus, wie von Justine beschrieben. Er war stellvertretender Kommandeur-Leutnant auf der Templerfestung von Le Cours, die sich übrigens hier ganz in der Nähe befindet. Aber mal ganz abgesehen davon, ob es sich um den gleichen Mann handelt, glaube ich nicht, dass er dorthin zurückkehren würde. Die Anlage wurde schon vor Jahren von den Hospitalitern übernommen. Es sei denn, er hätte den Orden gewechselt, was wohl für die wenigsten von uns infrage kam. Aber selbst wenn, so einer würde wohl kaum bei de la Motte im Kerker sitzen.

»Gesetzt den Fall, es wäre tatsächlich der gleiche Mann wie derjenige, den du im Kerker kennengelernt hast: Weißt du mehr über ihn? Traust du ihm zu, dass er das Mädchen schändet?«

»Keine Ahnung. Ich weiß nur drei Dinge über ›meinen‹ Jean de Paris: Erstens, dass er ein harter Hund war. Er hat einige schwere Folterungen überstanden und sich niemals schuldig bekannt. Was durchaus dazu führen kann, dass du lebenslänglich hinter den Gittern der Inquisition verschwindest und sie dich irgendwann vergessen. Wir haben schließlich genug Brüder befreit, denen es so ergangen ist. Zweitens weiß ich von ihm, dass er aus gutem Hause stammte. Seine Mutter war Gräfin Isabelle d'Orleans, eine entfernte Cousine Philipps IV., die mit ihrem erstgeborenen Sohn einen unehelichen Bastard zur Welt brachte, den ihr irgendein unbedeutender Kerl aus Niederadel gezeugt hatte, dem die Regeln der Minne ziemlich gleichgültig waren.« Er hob eine Braue. »Daraufhin wuchs Jean zwar im Haushalt seiner Mutter auf, wurde aber weder von seinem Vater noch von seinem späteren Stiefvater jemals anerkannt. Als er acht war, hat man ihn zur Knappenausbildung zu einem Onkel nach Burgund gegeben, um wenigstens einen brauchbaren Kämpfer aus ihm zu machen. Mit vierundzwanzig wurde er dann als Ritter in den Orden aufgenommen, obwohl er nicht ehelich geboren war. Aber seine nachgewiesene Verbindung zum Hochadel war ausreichend, um dieses Hemmnis zu überwinden. Und drittens hat er sich mit dreißig angeblich zum ersten Mal in eine Frau verliebt, hat sie geschwängert und wurde kurz darauf durch Guillaume de Nogaret verhaftet und von dessen Häschern festgesetzt. Er saß knapp ein Jahr mit mir in der gleichen Zelle in Vincennes und hat mir die Ohren vollgequatscht, wen er alles für sein Unrecht büßen lässt, falls er je wieder rauskommt. Danach wurden wir getrennt. Seitdem habe ich nichts mehr von ihm gehört. Geschweige denn, dass ich wüsste, wo er sich aufhält und zu welchen Taten er fähig ist. Wenn es der ist, von dem de la Motte geredet hat, müsste er inzwischen um die vierzig Jahre alt sein.«

»Das sind schon eine ganze Menge Informationen. Vielleicht sollten wir einfach die Augen aufhalten und wenn möglich nach ihm und Odile suchen«, murmelte Gero und ließ den Blick beiläufig in die Umgebung schweifen. »Guy macht sich große Sorgen um seine Tochter. Wir können sie unmöglich einfach ihrem Schicksal überlassen.«

»Ich fürchte, im Augenblick bleibt uns nichts weiter übrig, als für Guy und seine Tochter zu beten«, gab Pierre zu bedenken. »Wir haben weiß Gott drängendere Probleme. Erstmal müssen wir unsere Leute finden. Ich frage mich, wo diese verdammte Einsiedelei versteckt sein soll.«

Die Sonne stand bereits tief, als sie endlich auf ein uraltes Gemäuer mit einem Strohdach stießen, auf das die Beschreibung der Einsiedelei passte, die Francesco ihnen mit auf den Weg gegeben hatte. Daran angrenzend befand sich ein heruntergekommener offener Stall, in dem sie zu ihrer Überraschung ein gutes Dutzend Ritterpferde vorfanden, die mit frischem Hafer versorgt worden waren.

»Die gehören unseren Leuten«, stellte Arnaud erfreut fest und glitt aus dem Sattel. Auch die restliche Truppe zügelten ihre Pferde und warteten, bis Arnaud mit Gero und Pierre das Haus betreten hatten, um zu schauen, ob ihre übrigen Brüder dort tatsächlich auf sie warteten.

Spätestens als Malcolm ins Freie gelaufen kam und mit einem Aufschrei der Erleichterung Justine in seine Arme riss, war klar, dass sie das Versteck der Einsiedler gefunden hatten.

»Gott der Herr sei gepriesen«, rief Malcolm und brach selbst in Tränen aus, als Justine an seine Brust gedrückt schluchzend von ihrer Rettung berichtete.

»Habt ihr Aubry?«, war Justines erste Frage, nachdem Malcolm sie vor Freude und Dankbarkeit innig geküsst hatte.

»Ja, er ist drinnen bei den Einsiedlern«, antwortete er und stieß einen merkwürdigen Seufzer aus. »Sei nicht enttäuscht, wenn er dir nicht gleich um den Hals fällt«, warnte er sie. »Er hat dich noch nie gesehen. Für ihn bist du eine Fremde.«

Inzwischen waren auch Anselm und Stephano aus dem Haus gekommen und hatten die Neuankömmlinge begrüßt, gefolgt von zwei bärtigen Männern mittleren Alters in zerschlissenen Kapuzenmänteln, die sie als Bruder Baudo und Bruder Pedro vorstellten. Sie waren die von Francesco erwähnten Einsiedlermönche, deren spartanische Gastfreundschaft sie für eine Weile genießen durften, bis sie voraussichtlich am nächsten Tag bei Sonnenaufgang ihren Weg in Richtung Süden antraten.

Pedro und Baudo schienen mit ihrem unerwarteten Besuch leicht überfordert zu sein, denn sie sprachen kein Wort.

Nur Arnauds Bruder Macaire begrüßte sie auf eine vertraute Art und Weise, die ihn als Katharer entlarvte. Als er mit den beiden zu reden begann, schien das Eis zu brechen, und sie lächelten sogar.

Alphonse Bratac stand völlig verwirrt inmitten all dieser gestandenen Kerle. Struan kümmerte sich rührend um seinen Schwiegervater und führte ihn in die gute Stube der Einsiedler, damit er sich nach all den Strapazen erst einmal ausgiebig erholen konnte.

Rona folgte Justine, die nichts Eiligeres zu tun hatte, als ihren Sohn endlich in die Arme zu schließen.

Sie brach in Tränen aus, als sie den Jungen angebunden wie einen Hund an einen Balken im Haus der Einsiedler sitzen sah. Zudem hatte Rona ihm Hände und Füße zusammengeschnürt.

»Warum hat man ihn gefesselt?«, wollte Justine wissen und blickte verwirrt zu Rona auf.

»Weil er uns sonst davonlaufen würde«, erklärte Rona ihr so schonend wie möglich. Er steht leider nicht auf unserer Seite, sondern auf der seines Vormunds und das wird sicher auch noch eine ganze Weile so bleiben.

»Aubry!« Weinend kniete Justine vor ihrem einzigen Kind nieder und war versucht, ihren Sohn in die Arme zu schließen. Aubry, der stumm auf dem Boden kauerte, blickte sie ohne Regung an. »Ich bin's, deine Mutter«, erklärte Justine ihm unter Tränen.

»Ich habe keine Mutter«, erwiderte der Junge schroff.

»Aber *ich* bin doch deine Mutter«, insistierte sie ungeachtet seiner Ablehnung. »Hat dir das noch niemand gesagt?«

»Du bist nichts weiter als eine Hure des Teufels«, spie ihr der Kleine ins Gesicht. »Mein Vormund ist Bernardus Guidonis. Er wird euch alle in die Hölle schicken, wenn er dieses Nest der Ketzer erst entdeckt und ausheben lässt und euch alle auf den Scheiterhaufen bringt!«, ließ er sie mit hasserfüllter Stimme wissen.

Justine schrak zurück und hielt sich fassungslos die Hand vor den Mund.

Malcolm war versucht, dem frechen Bürschchen eine Schelle zu verpassen, doch die Einsicht, dass der Junge es nicht besser wusste, behielt schließlich die Oberhand.

»Du musst zur Vernunft kommen, Aubry«, flehte Justine den Jungen unter Tränen an. »Dein Ziehvater, der Inquisitor, ist der Teufel in Menschengestalt, nicht wir.«

»Lass ihm Zeit«, riet Rona ihr leise. »Das alles ist zu viel für den Kleinen. Er versteht nicht, was hier gerade passiert.«

»An dem Kind lässt sich gut erkennen, wie die Inquisition das Böse in die Herzen der Menschen pflanzt«, raunte Bruder Pedro voller Abscheu und segnete den Jungen, was Aubry nur noch verstockter machte.

Malcolm führte Justine nach draußen, wo sie in einen Weinkrampf verfiel. Er setzte sich mit ihr auf eine Bank vor dem Haus. Im wärmenden Licht der Abendsonne hielt er sie fest im Arm, um ihr den notwendigen Halt zu geben nach allem, was sie an Schrecklichem erlebt hatte.

Während die anderen ihre Pferde versorgten und in der Nähe des Hauses ein Lager aufschlugen, redete Pierre mit einem der Mönche. Danach nahm er Gero und Guy de Lus beiseite. »Wir haben hier ein kleines Problem, wie Bruder Baudo gerade berichtet hat. Die Mönche sind zwar durch Francescos Familie gut versorgt, was geräucherten Schinken und gepökeltes Fleisch betrifft, haben aber nicht genug Wein vorrätig, damit wir uns heute Abend ein wenig entspannen können, bevor wir morgen früh unsere Reise fortsetzen werden. Außerdem benötigen wir für unseren Ritt zum Pech de Bugarach noch Proviant, den wir auf keinen Fall den Mönchen streitig machen können. Unser Vorrat an Nüssen, Rosinen und Trockenfleisch ist so gut wie aufgebraucht. Auch Brot, Hartwurst und Käse haben wir kaum noch. Um das alles zu beschaffen, müssen wir ins nächste Dorf reiten. Dort gibt es eine Mühle mit einem Backhaus und eine Wechselstation für Pferde, wo es diese Dinge erfahrungsgemäß zu kaufen gibt. Aber damit wir bei den Leuten nicht mit zwanzig Reitern auf einmal erscheinen, was zu Gerede führen würde, möchte ich euch beide bitten, mit Noel und Oudard die Beschaffung der Vorräte zu übernehmen. Außerdem könnt ihr euch bei den Einwohnern ein bisschen umhören, wer hier in letzter Zeit durchgekommen ist.« Er zwinkerte Gero zu, der wusste, dass er den Templer meinte, über den sie gesprochen hatten. Aber er sprach es nicht klar aus, weil er Guy keine falschen Hoffnungen machen wollte.

»Geht in Ordnung«, versprach ihm Gero und nickte zustimmend.

•

Als sie wenig später zu viert eine steinerne Brücke erreichten, die über einen schmalen, aber reißenden Fluss führte, deutete Noel auf das zweistöckige, mit einem Strohdach versehene Steingebäude, das ganz in der Nähe stand und offenbar auf Kundschaft wartete.

»Sieh an, hier gibt es sogar eine Gastwirtschaft«, frohlockte er.

In den dazugehörigen Stallungen standen mehrere Pferde, und auch das benachbarte Backhaus schien in Betrieb zu sein, denn aus dem Kamin stieg weißer Rauch empor.

»Erstaunlich, dass es sich an einem so abgelegenen Ort überhaupt lohnt, ein Wirtshaus zu betreiben«, bemerkte Guy verwundert.

»Du hast doch gehört, was Pierre gesagt hat«, erinnerte Gero ihn. »Ganz in der Nähe ist eine ehemalige Templerburg, die nun von Hospitalitern besetzt ist. Es heißt zwar immer, sie saufen nicht so viel wie die Templer, aber das halte ich für ein Gerücht.«

Mehr zufällig beobachtete er ein paar Kinder, fünf oder sechs Jahre alt, die seiner Meinung nach viel zu nah am Ufer des schnell dahinfließenden Flüsschens spielten. Als sie in den Hof des Gasthauses ritten, schaute eines der beiden Mädchen auf, das auf einem Stein inmitten der Strömung balancierte, und verlor prompt das Gleichgewicht. Bevor es sich fangen konnte, plumpste es rückwärts ins Wasser. Das schreiende Kind wurde sofort flussabwärts getrieben. Ein vielleicht zehnjähriger Junge, der vom Ufer aus geangelt hatte, zögerte nicht und sprang der Kleinen hinterher.

»Verdammt«, entfuhr es Gero, als er sah, dass zumindest das Mädchen nicht schwimmen konnte. Beide Kinder kämpften mit der starken Strömung und wurden in Windeseile abgetrieben. Er zauderte nicht und spornte seinen Brabanter Hengst an, um zurück auf die andere Seite der Brücke zu gelangen und gegenüber den Kindern, die im schäumenden Wasser dahintrieben, einen Vorsprung zu gewinnen. Direkt hinter der Brücke zügelte er sein Pferd und entledigte sich blitzschnell seines Kettenhemdes und der Waffen. Dann schnappte er sich ein Seil, das er stets am Sattel bei sich trug, verknotete es hastig an seinem Gürtel und band das andere Ende ans Brustgeschirr seines Hengstes. Eilig führte er Zeus ein Stück näher an das steile Ufer und schaffte es gerade noch rechtzeitig, in die reißenden Fluten zu springen, bevor die Kinder die Stelle passierten.

Auch Guy war inzwischen vor Ort und versuchte die gleiche Rettungsaktion wie Gero, nur von der anderen Uferseite aus und ein bisschen weiter flussabwärts. Beinahe synchron kämpften sie sich durch die schäumende Gischt den beiden Kindern entgegen. Während Gero das Mädchen zu fassen bekam und sie rasch an sich zog, erwischte Guy wenig später den Jungen, trieb aber weiter mit ihm ab, weil sein Gaul ihm folgte, anstatt stehen zu bleiben, so dass er zunächst keinen Halt fand, um möglichst rasch ans rettende Ufer zu gelangen.

Gero brüllte seinem Zeus eindeutige Befehle zu, zurückzugehen, die das treue Tier ohne Zögern ausführte und ihn mitsamt dem bewusstlosen Kind Stück für Stück näher ans Ufer zog. Das Mädchen lag völlig erschlafft in Geros Armen, als er endlich wieder festen Boden unter den Füßen fand. Die Kleine war bleich wie der Mond, hatte blaue Lippen und atmete nicht mehr. Offenbar hatte sie zu viel Wasser geschluckt.

Gero legte sie behutsam ins trockene Gras und begann mit der Wiederbelebung, so wie er es im Orden, aber auch von Anselm und Lyn gelernt hatte. Nur wenig später, nachdem er das empfindliche Herz des Mädchens vorsichtig massiert und die Kleine in einem passenden Rhythmus beatmet hatte, begann sie zu husten und zu spucken und rang gierig nach Luft. Dann sah sie ihn mit aufgerissenen Augen an und schrie wie am Spieß.

»Dem Herrn im Himmel sei Dank«, murmelte Gero und bekreuzigte sich vor Erleichterung, während das Kind haltlos zu weinen begann.

Erst danach blickte er auf und sah, wie Oudard und Noel auf Geros Seite herbeigeeilt kamen und Guy de Lus ganz in der Nähe aus dem Wasser halfen.

Guy trug den Jungen anschließend auf seinen starken Armen an Land, weil der Kleine zwar bei Bewusstsein war, aber viel zu erschöpft, um laufen zu können.

Kaum dass er den Jungen neben Gero im Gras abgesetzt hatte, kam von der Brücke her ein riesiger Kerl herbeigerannt, mit einem Schwert bewaffnet, und brüllte etwas, das nicht gerade freundlich klang. Ihm folgten eine dunkel gelockte Frau mittleren Alters und zwei greise Männer, die sich mit Mistgabeln bewaffnet hatten.

»Was habt ihr mit den Kindern gemacht?«, herrschte der Riese Gero und die anderen Brüder an und baute sich mit seinem Schwert bedrohlich vor ihnen auf.

Unvermittelt tauchte hinter der Frau und den Alten ein rothaariges Mädchen auf, das nicht nur Gero sofort erkannte. Es bestand nicht der geringste Zweifel, dass es sich um Odile handelte.

Guy reagierte sofort und nahm Geros Schwert, das am Boden lag, weil sein eigenes zusammen mit seinem Pferd am gegenüberliegenden Flussufer geblieben war. Nass wie eine ersäufte Katze und mit wutentbranntem Blick, marschierte er auf den Angreifer zu.

»Das Gleiche könnte ich Euch fragen«, brüllte er und deutete auf seine Tochter, die nun nahe genug gekommen war, um in ihm ihren Vater zu erkennen.

Sofort waren auch Noel und Oudard zur Stelle und zogen ihre Schwerter, mit denen sie die beiden alten Männer im Hintergrund in Schach hielten, die dem Angreifer mit ihren Mistgabeln Deckung gaben.

Gero hielt unterdessen die weinende Kleine fest in den Armen, um sie zu wärmen und zu beruhigen. Der Junge hockte apathisch neben ihm im Gras und beobachtete die sich anbahnende Auseinandersetzung seltsam ungerührt.

Als Guy den Fremden frontal angriff, entwickelte sich von jetzt auf gleich ein erstaunlich professioneller Schwertkampf, bei dem Gero am Ende Tote oder zumindest Verletzte befürchtete. Noch unentschlossen überlegte er, ob er in den Kampf eingreifen sollte.

»Was hast du mit meiner Tochter angestellt, du verdammter Bastard?«, brüllte Guy, der sich vollkommen zu vergessen schien. Dabei drosch er mit Geros Anderthalbhänder auf den etwa gleich großen, hageren Fremden ein, als ob er ihn mit aller Gewalt töten wollte.

»Papa, halt ein!«, schrie Odile und sprang so unerschrocken zwischen die beiden Kämpfenden, dass Guy sie um Haaresbreite mit seinem Schwert erwischt hätte.

»Zur Seite, Odile!«, brüllte er sie an. »Bist du von Sinnen?«

»Nein! Du hörst mir jetzt zu, Papa!«, schrie das Mädchen in einem hysterischen Tonfall, der keinen Zweifel daran ließ, dass sie nicht eher weichen würde, bis er ihren Protest ernst nahm. Wie um ihrer Forderung weiteren Nachdruck zu verleihen, ballte sie die Fäuste und verharrte stur, dort, wo sie stand. Dabei deutete sie entschlossen auf sein kämpferisches Gegenüber. »Dieser Mann hat mich unter Einsatz seines Lebens aus dem Kerker in Carcassonne befreit!«

»Sag nur, dieser Dreckskerl hat dir dieses Märchen erzählt«, ereiferte sich Guy, der sein Schwert weiterhin fest in der Hand führte und zu einer erneuten Drohgebärde erhob. »Er hat dich als Lohn für seinen Verrat von de la Motte geschenkt bekommen und will dich in Wahrheit an ein Hurenhaus verkaufen!«

»Wer sagt so etwas?«, rief Odile mit hochrotem Kopf.

»Rufus de La Motte!«, keuchte Guy, der seinen kampfbereiten Gegner zugleich wachsam im Auge behielt.

»Ist es zu fassen?« Völlig außer sich hob Odile die Hände, raufte sich die lockigen Haare, dann drehte sie sich wie ein Kreisel einmal um sich selbst. Schließlich stemmte sie die Hände in die Hüften und funkelte ihren Vater mit ihren blaugrünen Augen böse an. »Seit wann glaubst du einem solchen Menschenschänder? Er wollte doch nur, dass du Jean erledigst, falls er dir zufällig über den Weg läuft. Jean ist ein Templer wie du. Diese Teufel haben ihn zehn Jahre lang eingesperrt, wegen nichts und wieder nichts, und ihn fast zu Tode gefoltert. Das müsste dir doch bekannt vorkommen! Denkst du wirklich, er hatte nichts Besseres zu tun, als mich bei seiner Flucht mitzunehmen und zu verkaufen? Er hat sein Leben für mich aufs Spiel gesetzt, um mich zu retten, obwohl er einfach hätte verschwinden können. Denn er wollte eigentlich nur eins: Endlich sein eigenes Kind in den Armen halten, den Jungen, den du gerade aus dem Wasser gezogen hast! Das kann kein Zufall sein. Jean hat mich vor dem Scheiterhaufen bewahrt, und du hast seinen Sohn aus den reißenden Fluten gerettet! Das war Gottes Fügung! Also: Hört auf, euch zu bekämpfen. Gott der Allmächtige will bestimmt nicht, dass ihr euch gegenseitig erschlagt und der kleine Jean und die große Odile fortan ohne ihre Väter zurechtkommen müssen, obwohl wir euch eben erst wiedergefunden haben! Schließt Frieden! Sofort! Ihr seid Brüder des Tempels, denen man übel mitgespielt hat. Das bedeutet, ihr seid Brüder im Geiste und im Herzen und müsst zusammenhalten!«

Ob dieser überraschenden Offenbarung hielt Guy verdutzt inne und machte einen wankenden Schritt zurück. Wie auch Jean de Paris, der sich erschöpft auf seine Knie stützte und Guy von unten herauf schwer atmend anstarrte. Beiden Männern hatte Odiles leidenschaftliche Ansprache die Tränen in die Augen getrieben.

»Sie hat recht«, sagte Gero schlicht und übergab das kleine Mädchen seinem Großvater, während die Frau zu dem Jungen lief und ihn weinend umarmte.

Guy und Jean reichten sich, wenn auch zögernd, die Hand. Aber dann umarmten sie sich stumm, wie es bei den Brüdern seit eh und je Sitte gewesen war.

Gero atmete auf und ging zu Odile, die ihm erleichtert um den Hals fiel, bevor sie es bei ihrem Vater tun konnte. »Bin ich froh, dass ihr mich gefunden habt«, wisperte sie. »Meine Gebete wurden erhört. Was ist mit den anderen?«

»Wir haben Alphonse Bratac, Macaire de Mirepaux und Justine aus dem Kerker gerettet und de la Motte zur Hölle geschickt«, erklärte er ihr rasch. »Einzig Baptiste de Neuville ist uns entwischt.«

»Und was ist mit Bernardus Guidonis?« Odile hob eine ihrer fein geschnittenen Brauen und rümpfte missbilligend ihr Puppennäschen.

»Der wurde von Pierre in seine eigene Folterkiste gesteckt«, fügte Guy grinsend hinzu, der nähergekommen war, um seine Tochter mit einer Umarmung und einem innigen Kuss auf die Stirn gebührend zu begrüßen. »Ich fürchte nur, dieser Teufel wird es leider überleben.«

Ungeachtet seiner nassen Kleider umarmte Odile ihren Vater so fest, als ob sie ihn erdrücken wollte. Er seufzte tief, als wollte er sich auf diese Weise von all seiner Angst und Not befreien, und küsste sie noch einmal, erst auf den Scheitel, dann auf die Wange.

Nachdem er sich von ihr gelöst hatte, stellte sie sich auf die Zehenspitzen, nahm sein bärtiges Gesicht in beide Hände und gab ihm einen Kuss auf den Mund. »Ich bin unendlich froh, dich gesund und munter zu sehen! Du kannst nicht ermessen, was es mir bedeutet, wieder bei dir zu sein«, erklärte Odile beinahe feierlich und schmiegte sich mit einem herzzerreißenden Schluchzer an ihren Vater, während er sie erneut fest umarmte.

Gemeinsam gingen sie zurück zum Gasthaus von Aelys Virac, die zugleich die Wirtin und Besitzerin eines Wechselstalls und Mutter des kleinen Jean war. Sein Vater, der große Jean, erzählte den Neuankömmlingen kurz und knapp, wie sein Schicksal bei den Templern verlaufen war und was es mit seiner Verbindung zu Aelys auf sich hatte. Sie brachte den beiden Rettern als Erstes wärmende Decken, kaum dass sie in die gute Stube getreten waren, und bot ihnen an, ihre nassen Sachen am Feuer zu trocknen, bevor sie mit Odile und ihren beiden anderen Kameraden den Weg zurück zu ihrem Lager antraten.

Ihren tapferen Sohn steckte sie ins Bett, nachdem sie ihm heiße Ziegenmilch und eine Kräutermedizin verabreicht hatte. Danach servierte sie den fünf Templern und auch Odile gewärmtes Bier und gebratene Eier mit Speck und frisch gebackenem Brot. Zusätzlich reichte sie einen schmackhaften Ziegenkäse, den sie selbst herstellte und an Reisende verkaufte.

Gero, Guy und die beiden anderen Brüder tauschten sich mit Jean beim Essen über ihre Erlebnisse rund um den Orden aus. Später redeten sie über Rufus de la Motte und seine Schergen und über ihre Erfahrung mit der Verfolgung durch die Gens du Roi. Dabei zeigte sich, dass Gero den um fünf Jahre älteren Jean bereits vor Jahren getroffen hatte. Als älterer, bereits initiierter Templer hatte Jean den Tross der Novizen, denen Gero angehört hatte, auf deren Reise nach Marseille begleitet. Zudem bestätigte sich die Vermutung, dass Jean zusammen mit Pierre de Bologne längere Zeit in einer Zelle gesessen hatte.

»Ich möchte an diesem Ort unter anderem Namen mit Aelys und unserem Sohn ein neues Leben beginnen«, sagte Jean kurz und knapp, als Gero ihn nach seinen zukünftigen Plänen befragte. »Meine Herkunft und was bei den Templern vorgefallen ist, spielt für mich keine Rolle mehr. Meine Familie hat sich nach meiner Verhaftung nicht weiter für mein Schicksal interessiert, und ich will auch nicht, dass sie es in Zukunft tut. Für mich sind sie alle gestorben.«

»Ich verstehe dich gut«, sagte Gero. »Wer will schon ständig an Undank und Lieblosigkeit erinnert werden.«

»Und wohin zieht es euch, wenn ich fragen darf?«, erkundigte sich Jean.

»Wir reiten zum Pech de Bugarach«, klärte Gero ihn auf. »Pierre kennt dort ein Versteck, wo wir eine Weile verschwinden können, bis die Truppen des französischen Königs es aufgeben, nach uns zu suchen.«

»Pech de Bugarach?« Jean schaute Gero durchdringend an. »Bist du sicher, dass es klug ist, dorthinzureiten? Schon zu meinen Zeiten kursierten die merkwürdigsten Gerüchte um diesen Ort.«

»Gero und seine Kameraden besitzen den Gral«, entschlüpfte es Odile, die es nicht richtig fand, dass sie Jean weiterhin im Unklaren ließ.

»Odile!« Guy de Lus funkelte seine Tochter warnend an.

»Lass nur, Guy«, beschwichtigte Jean den unbedachten Vorstoß des Mädchens. »Ich habe mir so etwas schon gedacht. Ihr habt den CAPUT LVIII in eurer Obhut, habe ich recht? Oder ihr wisst zumindest, wo er sich befindet. Sonst wäre de la Motte nicht so sehr hinter euch her gewesen, und auch der König und sein Bruder hätten kein so unstillbares Interesse an euch und euren Geheimnissen. Schon zu meinen Zeiten gab es kein Verhör, in dem dieses mysteriöse Artefakt nicht beim Namen genannt wurde. Mit dem Unterschied, dass ich nichts darüber wusste, weil ich nie zum inneren Kreis des Ordens gehört habe, was man von euch gewiss nicht behaupten kann. Aber ihr habt recht. Wenn es so ist, solltet ihr euch ein sicheres Versteck suchen, so rasch wie möglich.« Er hob die Hand und wandte sich an seine Geliebte. »Aelys, kommst du mal?«

Sie folgte seinem Aufruf mit einem liebevollen Lächeln. Als sie sich zu ihm hinunterbeugte, flüsterte er ihr etwas ins Ohr. Kurz darauf kam sie mit einem Pergament, auf dem ein neuer Fahndungsaufruf des Königs zu sehen war.

Jean zog Aelys vertraulich auf seinen Schoß und legte seinen Arm um ihre Taille. »Erzähl uns, woher du das hast«, bat er sie.

»Das hat ein Bote heute am frühen Nachmittag zu uns gebracht. Kurz bevor ihr auf unserem Hof erschienen seid. Er wollte es draußen anschlagen, aber ich habe ihm gesagt, ich erledige das. Was ich natürlich nicht gemacht habe. Der Kerl gehörte zu den Hospitalitern auf der Festung, nicht weit von hier, und hatte wohl den Auftrag, noch mehr Anschläge zu verteilen. Ich habe zu Jean gesagt, wenn sie es so eilig haben, ist es ihnen todernst. Ich fürchte, es wird nicht lange dauern, bis die ersten königlichen Truppen in dieser Gegend auftauchen und nach euch suchen.«

»Ich verstehe«, erwiderte Gero. »Wir haben vor, morgen früh noch vor Sonnenaufgang aufzubrechen.« Dann wandte er sich noch einmal an Jean. »Wenn du willst, kannst du uns begleiten, bis die Luft wieder rein ist.«

»Danke für das Angebot«, gab Jean mit einem Achselzucken zurück und kniff die Lippen zusammen. Dann warf er Aelys einen verliebten Blick zu. »Ich habe zehn Jahre voller Sehnsucht darauf gewartet, die Liebe meines Lebens wieder in meinen Armen halten zu dürfen und mein Kind aufwachsen zu sehen. Ich werde hierbleiben und versuchen, an falsche Papiere zu kommen, damit ich mit meiner Frau eine Familie gründen kann, die den Namen verdient.«

»Sag uns, was du an Dokumenten benötigst«, bot Gero ihm an. »Ich habe einen exzellenten Fälscher in meiner Mannschaft. Komm nachher einfach in unser Lager und sag, was du brauchst. Er kann dir helfen, da bin ich sicher.«

Jean nahm das Angebot dankend an. Nachdem ihre Kleidung halbwegs getrocknet war, half er ihnen im Gegenzug mit allem, was sie für ihre weitere Flucht benötigten. Bepackt mit Wein, Bier, Käse, Wurst, Brot und getrockneten Früchten kehrten sie zusammen mit Jean zur Einsiedelei zurück, wo es in Anbetracht von Odiles unvermuteter Rettung und die der anderen Gefangenen ordentlich was zu feiern gab. Anselm fertigte Jean unterdessen die erforderlichen Dokumente an, bevor er zu Frau und Sohn zurückkehrte.

•

Ihnen allen schwirrte der Kopf, als sie sich am nächsten Morgen zur Abreise fertig machten.

»Der gestrige Abend hat mich an die Zeit erinnert, als wir noch junge Ordensbrüder waren«, schwärmte Arnaud, während er Rona half, ihren Hengst zu bepacken. »Alle sitzen am Lagerfeuer, trinken und lachen, reißen haltlose Possen und erzählen sich von ihren Abenteuern. Gott, wie habe ich das vermisst!«

»Vor allem diese endlosen Veteranengeschichten, angefangen von eurer Ausbildung in Zypern oder wo auch immer, über Räuberjagden und Kämpfe gegen die Mameluken, bis hin zu all den hübschen Frauen, die euer Keuschheitsgelübde bedroht haben und wahrscheinlich eine größere Herausforderung darstellten als sämtliche Heiden«, spöttelte Rona amüsiert. »Dass ihr all diese Erzählungen nicht längst in- und auswendig aufsagen könnt, wundert mich.«

»Gewiss, nach jedem Satz weiß ich schon, was als Nächstes kommt«, gestand ihr Piere im Vorbeigehen und lachte. »Aber gerade diese gemeinsamen Erlebnisse sind es, die unsere Verbundenheit als Bruderschaft zu etwas Besonderen machen.«

Gero blinzelte schmerzerfüllt in die Morgensonne und warf Rona einen waidwunden Blick zu. »Hast du vielleicht noch eine Kopfschmerztablette für mich? Ich habe zu viel von dem gesüßten Wein getrunken. Mir brummt der Schädel wie ein Bienenstock, was gar nicht gut ist, wenn man einen solchen Ritt vor sich hat.«

»Du hast Glück, dass Tom uns bei seiner umfangreichen Lieferung welche mitgeschickt hat«, sagte sie und kramte in ihrer Satteltasche. »Aber nur mit Wasser schlucken, nicht mit Alkohol«, riet sie ihm, als sie ihm eine weiße Tablette in die Hand drückte.

Wenig später verabschiedeten sie sich von den Einsiedlern und Francescos Hirten, die nach Castle Blanque zurückritten.

Pierres und Geros Truppe war mit über zwanzig Reitern nicht gerade unauffällig. Zumal jeder ein eigenes Pferd ritt – bis auf den aufsässigen Aubry, den Rona mit Medikamenten ruhiggestellt hatte und der weiterhin unter Aufsicht stand. Der Kleine wurde von verschiedenen Brüdern abwechselnd im Sattel transportiert, indem er vor dem jeweiligen Reiter saß, die ihn auf diese Weise besser unter Kontrolle halten konnten.

Struan kümmerte sich um Alphonse Bratac, dessen Pferd er neben seinem eigenen mit sich führte. Und Malcolm ritt dicht bei Justine, die sich nicht nur um ihren Sohn, sondern auch um ihre gemeinsame Zukunft sorgte.

Odile wich ihrem Vater nicht von der Seite. Seine zufriedene Miene spiegelte sein stilles Glück wider. Mit dem Auffinden seiner Tochter war sein Leben wieder im Lot.

Die Stunden vergingen, während sie auf den geheimen Straßen der Katharer in flottem Tempo und nur von wenigen Pausen unterbrochen nach Süden ritten.

Erst als der Gipfel des Pech de Bugarach in Sichtweite kam, mussten sie streckenweise auf freies Gelände wechseln.

»Hier fühlt man sich ja wie auf einem Präsentierteller«, monierte Anselm, dem dieser Zustand angesichts möglicher Bedrohungen nicht geheuer war.

Als er sich unvermittelt umwandte und hinter sich eine riesige Staubwolke entdeckte, fühlte er sich in seinen Befürchtungen bestätigt.

»Das ist bestimmt nur eine große Schafherde«, versuchte Macaire de Mirepaux, die anderen zu beruhigen. »Die kommen in dieser Gegend gar nicht so selten vor.«

Anselm bemühte sein modernes Fernglas, das er gewöhnlich nur im Notfall einsetzte.

»Es sind keine Schafe, es sind königliche Soldaten«, sagte er tonlos, als er Hunderte von Reitern ausmachen konnte, die das Banner Philipps V. mit sich führten.

»Wie viele?«, fragte Pierre nur.

»Ein paar Hundert. Zu viele, um es mit ihnen aufnehmen zu können«, murmelte Anselm und starrte konzentriert in die Ferne. »Außerdem sind sie überwiegend mit Distanzwaffen ausgerüstet. Jeder Zweite trägt eine Armbrust oder einen Bogen.«

Er gab das Fernglas an Pierre weiter, der es danach wiederum an Gero weiterreichte, der inzwischen Aubry im Sattel vor sich sitzen hatte. Der Junge beobachtete misstrauisch, wie Gero durch das seltsame Glas schaute und es an Anselm zurückgab.

»Wir müssen das Tempo verdoppeln«, schlug Pierre nüchtern vor und setzte seine Feststellung sofort in einen unmissverständlichen Befehl um.

»Holt aus euren Tieren raus, was ihr könnt!«, rief er der gesamten Truppe zu. »Wir müssen vor unseren Verfolgern am Berg sein!«

Gero packte Aubry fester, der wie eine willenlose Puppe auf ihn wirkte, was wahrscheinlich an der Medizin lag, die Rona ihm unbemerkt eingeflößt hatte. Dann gab er seinem treuen Hengst zu verstehen, dass er trotz aller Strapazen seinen Galopp noch einmal beschleunigen musste. Wobei Gero trotz des zunehmenden Tempos und ohne entsprechenden Befehl den Nachtrab übernahm, um notfalls helfen zu können, falls jemand stürzte.

Während es in rasendem Galopp abwärts ging, hatten alle den Eindruck, dass sich auch das Tempo ihrer Verfolger erhöhte.

Sie kamen immer näher, obwohl Pierre und die anderen alles aus ihren Gäulen herausholten. Glücklicherweise rückte auch der sagenumwobene Pech de Bugarach immer näher heran, und das Gelände wurde in seinen Ausläufern wieder waldreicher und bot mehr Deckung. Trotzdem waren einige ihrer Feinde bereits so nahe, dass plötzlich ein Pfeil dicht an Gero vorbeizischte.

»Beschuss!«, brüllte er nach vorn, damit die anderen in Deckung gingen.

»Haltet durch! Wir sind fast da!«, rief Pierre ihnen zu.

Nachdem der zweite Zain an Gero vorbeigezischt war, überlegte er, ob er nicht doch seinen Schild vom Sattel abschnallen sollte, um sich selbst und den Jungen zu schützen. Doch dafür hätte er anhalten müssen, was er sich angesichts der herannahenden Feinde nicht leisten konnte. Außerdem hatte er keine Hand frei, weil er den Jungen halten musste.

Kurz bevor sie ein Plateau erreichten, von dem Pierre behauptet hatte, dass es zum Eingang des Berges führte, griff Gero doch nach hinten, um den Schild vom Sattel zu lösen, und führte Zeus nur noch mit den Schenkeln.

Er lockerte den Griff um Aubrys Taille und verlangsamte das Tempo seines Hengstes.

Im selben Augenblick spürte er, wie der Junge seine Position änderte und aus dem Sattel rutschte.

In Panik stoppte Gero seinen Hengst und sah, dass der Junge offenbar absichtlich aus dem Sattel gesprungen war und sich abrollte. Kaum war er wieder auf den Füßen, rannte er in die entgegengesetzte Richtung auf ihre Verfolger zu, die nur noch etwa achthundert Fuß entfernt waren.

Gero konnte Aubry nicht zurücklassen. Nicht nur, weil der Junge zu viel wusste. Er war Justines Sohn und wäre für immer verloren, wenn er noch einmal in die Hände ihrer Feinde geriet. Abgesehen davon, dass der Kleine im dichten Pfeilhagel sterben konnte. Also ließ Gero die anderen ziehen, die sich bereits im Aufstieg zur Höhle befanden und nicht bemerkt hatten, dass er ihnen nicht mehr folgte.

Er spornte seinen Hengst an und schnappte sich das Kind im Vorbeireiten am Hosenbund. Ohne Mühe zog er das strampelnde Kerlchen zurück in den Sattel und wendete sein Pferd.

Dann ging es in atemberaubendem Galopp wieder in die entgegengesetzte Richtung.

Sein Hengst nahm mühelos den Aufstieg zur Höhle. Doch der Pfeilhagel wurde immer dichter. Gero fluchte, weil er beim Hochreißen des Jungen seinen Schild verloren hatte, dessen Riemen bereits gelöst waren. In der Hast des Augenblicks hatte er ganz vergessen, ihn wieder zu sichern.

Er verdrängte den Gedanken, dass die Verfolger ihn treffen könnten. Außerdem war er viel zu sehr damit beschäftigt, Aubry, der nun quer über dem Sattel lag und weiterhin zappelte, unten zu halten.

Geros Truppe war bis auf Struan bereits hinter einem dichten Gebüsch verschwunden, als er endlich zu dem Schotten, der auf ihn gewartet hatte, aufschloss.

Den ersten Zain einer Armbrust, der Geros Kettenhemd von hinten durchschlug und in seine Brust eindrang, spürte er so gut wie nicht. Es war lediglich ein dumpfer Aufprall gewesen, der seinen Körper auf seltsame Weise erschüttert hatte. Gero hingegen hatte nur Augen für den Jungen, der sich wie wild gebärdete und verzweifelt um sich schlug. Doch dann kam der zweite Treffer. Diesmal sah er, wie die metallische Spitze vorne aus seinem Kettenhemd herausragte, nachdem sie seinen Körper durchdrungen hatte. Im selben Moment war es, als hätte man ihm die Luft zum Atmen abgeschnitten. Der Schmerz war noch immer nicht so stark wie vermutet, doch ihm schwanden die Sinne.

Er schaffte es gerade noch, seinen Brabanter hinter Struan und den anderen in einen Hohlweg zu lenken, wo sich angeblich der Eingang zur Höhle befand. Zu allem Übel war das Gelände rund um den Fuß des Berges felsig, und das letzte Stück Weg war steiniger als erwartet. Zeus bäumte sich auf, als Gero vor lauter Schwäche die Zügel fahren ließ. Beinahe wäre er zusammen mit dem Jungen aus dem Sattel gestürzt, wäre nicht unvermittelt Struan an seiner Seite gewesen und hätte ihm das lamentierende Kind im Galopp aus dem Sattel gepflückt. Kaum hatte Struan den Kleinen vor sich sitzen, schnappte er sich den Zügel von Zeus und beruhigte das Tier.

»Halt durch, Bruder«, rief er Gero zu und warf einen hektischen Blick zurück, um zu sehen, wie weit die Verfolger noch entfernt waren. Mit heiserer Stimme brüllte er den anderen Brüdern, die bereits vorausgeritten waren, Anweisungen zu, dass sie warten und sich um Gero und seine Verletzungen kümmern sollten.

Schon waren Anselm und Stephano zur Stelle und nahmen Gero und seinen Hengst in die Mitte, um ihn durch den Hohlweg zu geleiten, der direkt zu einer geschlossenen Felswand führte. Dort warteten Pierre und die anderen auf sie.

»Du schaffst es!«, beschwor ihn Anselm.

Doch die Verzweiflung, die sich in den braunen Augen seines Freundes aus der Zukunft spiegelte, war Gero Beweis genug, dass es nicht gut um ihn stand. Er selbst krallte seine taub werdenden Finger in den Vorderzwiesel seines Sattels, während schwarze Punkte vor seinen Augen tanzten. Mehr und mehr spürte er, wie die Kraft ihn verließ und wie er das Gefühl in Armen und Beinen verlor. Ihm war speiübel, und er musste sich erbrechen. Das Würgen zerriss ihm regelrecht die Brust. Der Schmerz, der damit einherging, war nicht zu ertragen. Zugleich schmeckte er Blut.

Benommen dachte er an Hannah und Sophia, die er nicht mehr lebend wiedersehen würde, davon war er nun überzeugt. Er würde sterben, jetzt und hier. Stephano, der neben ihm ritt, versuchte ihn weiterhin im Sattel zu halten, indem er ihn bei der Schulter packte und stützte.

Nur noch mit halbem Ohr und einem fast undurchdringlichen Nebel vor Augen vernahm Gero die Stimme eines Fremden, der nach einem Losungswort verlangte.

»*Tue jetzt, was du wünschen wirst, getan zu haben, wenn du stirbst*«, antwortete Pierre dem Torwächter mit fester Stimme auf Okzitanisch.

Wie passend, dachte Gero, der den Widerspruch des Satzes trotz seines kritischen Zustands verstand. Gegenwart, Vergangenheit und Zukunft waren untrennbar miteinander verbunden. Verpasste Chancen, geschlossene Türen und das Wissen, durch weise Voraussicht dem selbst gewählten Schicksal entgehen zu können, indem man rechtzeitig die richtigen Weichen für ein besseres Leben stellte. Während seine Brüder vor ihm mitsamt den Pferden in eine schmale Felsspalte eintauchten, die sich unvermittelt geöffnet hatte, änderte sich für Gero plötzlich das Licht. Über seiner rechten Schulter erstrahlte ein heller Schein. Er war heller als die Sonne, obwohl die anderen mit ihm und den Pferden in eine dunkle Höhle eintauchten. Das Licht blieb an seiner Seite, verdrängte den Schmerz und spendete ihm eine angenehme Wärme, die ihn einhüllte wie ein flaumweiches Federkissen.

Bevor er sich weitere Gedanken machen konnte, verschwammen die Worte seiner Begleiter zu einem zähen Brei unverständlicher Laute. Zugleich spürte er eine eisige Kälte in sich hochsteigen, die dafür sorgte, dass sein Körper unbarmherzig erstarrte, und die ihm keine andere Wahl ließ, als der Wärme und dem Licht zu folgen. Es war, als zöge ihn eine unsichtbare Kraft aus seiner sterblichen Hülle wie einen Schmetterling, der seiner Larve entschlüpft. Es war ein himmlisches Gefühl, plötzlich engelsgleich und ohne jeden Schmerz, ohne jede Angst über seinen Brüdern und Schwestern zu schweben. Er sah, wie sich das Felsportal hinter ihnen schloss und wie die anderen erleichtert von ihren Pferden glitten. Von oben, als ob er unter der Höhlendecke schweben würde, beobachtete er, wie Struan seinen schwerverletzten Leib aus dem Sattel hob und ihn zusammen mit Pierre in einer seitlichen Position auf den Boden legte. Rona war da, kniete nieder und untersuchte ihn. Zwei fingerdicke Erlenholzpfeile ragten aus seinem Oberkörper, der nun – weshalb auch immer – nicht mehr der seine war.

Stephano und Anselm wirkten völlig verzweifelt. Und obwohl Gero das Ganze seltsam unbeteiligt betrachtete, empfand er die Not und Trauer seiner Kameraden so intensiv, als wäre es seine eigene.

Sie waren nicht sicher, ob sie die Pfeile einfach herausziehen durften, und warfen Rona einen hilflosen Blick zu.

»Er stirbt! Rona, so tu doch etwas!«, rief Anselm ihr zu. »Kannst du nicht den Server aktivieren und Tom sagen, er soll ihn in die Zukunft transferieren?«

»Das würde ich gern, aber der Berg isoliert anscheinend alle ausgehenden Signale«, antwortete sie und schüttelte ratlos ihre kinnlange Mähne.

»Verdammt, hast du wirklich keine Nanokapsel mehr?«, fuhr Anselm sie beinahe flehend an.

»Leider nicht. Die letzte habe ich auf Geros Befehl hin Justine gegeben.«

»Das nenne ich Ironie des Schicksals«, rief Anselm mit Tränen in den Augen. »Gero hat die ganze Zeit über Nanokapseln an jeden verteilt, der sie benötigte, und nun ist für ihn selbst keine mehr übrig.«

Wie ein Unbeteiligter beobachtete Gero, wie Rona ihm mit einem kraftvollen Ruck die Pfeile aus der Brust entfernte und sofort mit einer Art Wiederbelebung begann, indem sie ihn auf den Rücken legte und mit rhythmischen Stößen ihrer

Hände sein Herz und seine Lunge massierte. Abwechselnd versuchte sie, ihn zu beatmen, doch es schwappte so viel Blut aus seinem Mund, dass es keinen Sinn machte, ihre Bemühungen fortzusetzen.

Seltsam unbeteiligt, als ob ihn das alles gar nicht betraf, beobachtete Gero die Geschehnisse aus nächster Nähe und bewunderte Ronas Durchhaltevermögen, während sie vergeblich bemüht war, seinen Körper und damit ihn selbst ins Leben zurückzuholen. Am liebsten hätte er ihr zugerufen, sie solle es bleiben lassen. Er wollte nicht zurück in den Schmerz und die Kälte des Todes, sondern weiter im Licht und in der Wärme verweilen. Er wollte, dass es blieb, wie es war, für immer und alle Zeiten.

»Verfluchte Scheiße!«, rief Anselm verzweifelt. »Wieso tut sich denn nichts?«

»Warum musste er auch dem kleinen Bastard hinterherjagen«, schimpfte Ralph of Bulford. »Dieser undankbare Bengel hatte es ohnehin nicht verdient, gerettet zu werden.«

»Er ist Justines Sohn«, übernahm Malcolm die Verteidigung des Jungen, während Justine bleich wie ein Leichentuch mit Aubry neben ihm stand. »Wir konnten den Jungen nicht diesem Monster und seiner Inquisition überlassen, nur weil der Kleine es nicht besser gelernt hat! Außerdem wusste er zu viel. Das war auch Gero klar. Deshalb ist er nicht nur aus reiner Menschlichkeit zurückgeritten, sondern auch, um dieses Geheimnis zu schützen.«

»Gero hat alles richtig gemacht, als er zurückgeritten ist, um Aubry zu holen. Ich hätte es auch getan, aber er war mal wieder schneller«, rechtfertigte Pierre sein Verhalten.

»Und dafür muss er nun sterben!«, rief Nicolas de Fis und schüttelte verzweifelt seine braunen Locken. »Wo bleibt da die Gerechtigkeit?«

»Gero darf nicht sterben! Nicht Gero! Lieber Gott, lass das nicht zu!«, schrie Odile und fiel auf die Knie. In stummer Verzweiflung streckte sie ihre gefalteten Hände in die Höhe und begann mit geschlossenen Augen das Ave-Maria zu beten.

»Bringt ihn tiefer in die Höhle«, empfahl Richard de Moncler, der wie alle Anwesenden auf ein Wunder hoffte. »Vielleicht ist dort jemand, der ihn ins Leben zurückholen kann.«

»Wer sollte das sein?«, rief Adam de Brasnee in die verzweifelte, hilflose Runde hinein.

»Vielleicht der Torwächter«, bemerkte Arnaud. »Immerhin hat er es wie von Zauberhand geschafft, das Felsenportal in der Höhle zu öffnen und hinter uns wieder zu schließen. Was uns am Ende vor einem vernichtenden Angriff der franzischen Soldaten gerettet hat. Deshalb nehme ich an, er steht auf unserer Seite und verfügt über Kräfte, von denen wir nichts ahnen.«

»Pierre, frag den Alten, ob er Gero helfen kann!«, rief Stephano und deutete auf den vermeintlichen Schafhirten, der sich anscheinend nebenbei als geheimnisvoller Torwächter verdingte. »Arnaud hat recht. Der Mann muss besondere Kräfte besitzen.«

»Ich glaube nicht, dass er uns in dieser Sache behilflich sein kann oder will«, klärte Pierre seine Brüder unmissverständlich auf, als der geheimnisvolle Alte, der sie in die Höhle hineingelassen hatte, seltsam unbeteiligt blieb und auf die Fragen der Brüder nicht einmal reagierte. »Er ist nur für den Einlass zuständig. Fragt mich nicht, wer ihn dorthingestellt hat. Bisher er hat mich und jene Brüder, für die wir ein zuverlässiges Versteck suchten, lediglich empfangen. Jene, die eine dauerhafte Zuflucht gesucht haben, hat er tiefer in die Höhle geschickt, mit dem Auftrag, sich vorzustellen, wo sie am liebsten wären. Doch mir und meinen Leuten blieb dieser Weg stets versperrt, weil wir seine Dienste nicht in Anspruch nehmen wollten.«

»Das bedeutet, du weißt gar nicht, was mit den Brüdern geschieht, die in der Höhle zurückbleiben?« Arnaud schaute ihn ungläubig an.

»Ich habe noch mit keinem gesprochen, der möglicherweise zurückgekehrt ist«, ließ Pierre ihn wissen. »Es hieß immer, die Betroffenen fangen irgendwo ein neues Leben an. Wo das sein soll, davon war nie die Rede.«

»Das nenne ich Gottvertrauen«, kommentierte Arnaud Pierres Antwort mit unverhohlenem Sarkasmus in der Stimme.

»Dort hinten am Ende des Tunnels schimmert ein blaugrünes Licht. Ist es das, von dem du uns andauernd erzählt hast, Pierre?«, wollte nun Richard de Moncler wissen.

»Ja, das ist es. Angeblich stammt es von den blaugrün glühenden Steinen. Aber ich selbst war noch nie dort.«

»Heilige Mutter Gottes, warum denn nicht?« Arnaud schaute ihn verständnislos an.

»Ich will wissen, was da los ist«, erklärte Rona entschlossen und ging in die Knie. Ohne die Hilfe der Männer schulterte sie Geros erschlafften Körper. Khaled, der die ganze Zeit zu Allah gebetet hatte, hielt inne und stimmte ihr zu. »Du hast recht. Schließlich sind wir deshalb hergekommen. Wir wollten ergründen, was es mit dieser rätselhaften Höhle auf sich hat.«

Rona machte sich mit Geros leblosem Körper auf den Weg zu der unbekannten Lichtquelle. Gefolgt von Khaled, der sich seiner Schwägerin, aber auch Gero verpflichtet fühlte. Rona nickte dem Assassinen dankbar zu. Schon beim Betreten des Berges hatte sie auf ihrem Armband gesehen, dass der vermeintliche Hirte oder Torwächter, der sie vor der Höhle empfangen hatte, kein gewöhnlicher Mensch sein konnte wie jeder andere hier. Seine Energiedichte war eine andere. Schwächer ausgeprägt und mit einer anderen Ladung versehen als alles, was sie bisher mit dem Server transferiert hatte. Genau genommen war er ein Hologramm, obwohl es keine sichtbare Energiequelle gab, die es erzeugte. Schlagartig kam Rona in den Sinn, dass die Existenz des vermeintlichen Hirten womöglich von den Energien der Höhle erschaffen und durch die starke Gammawellenstrahlung, die hier unten herrschte, lediglich im Bewusstsein aller Anwesenden als tatsächlich vorhandene Person gespiegelt wurde. Für Rona war es ein weiterer Beweis, dass das Universum und alles, was darin existierte, lediglich eine simulierte holographische Welt sein musste, die aus reiner Energie geschaffen war. Je nachdem wie stark der Einfluss des einzelnen Bewusstseins war, verdichteten sich die Hologramme zu sichtbarer und greifbarer Materie. Ein Vorgang, den der einzelne Mensch, der auch nichts anderes als ein Hologramm aus verdichteter Bewusstseinsenergie war, selbst gar nicht bemerkte.

Unvermittelt fühlte sich Rona in ein altmodisches PC-Spiel versetzt, in das man Orte wie diese eingebaut hatte, um im Notfall die Spielregeln zu umgehen oder zu ändern, indem man an diesen Stellen in die Programmierung eingreifen konnte. »Cheaten« nannte man es in der virtuellen Welt der Computerspiele – oder schlichtweg tricksen und betrügen. Wobei sie sich hütete, den anderen von ihren kaum verständlichen Theorien zu erzählen. Es würde ihre Freunde und Begleiter nur noch mehr verunsichern. Aber vielleicht gab es gerade deshalb eine Möglichkeit, Geros Leben in der Tiefe dieses energetisch hoch aufgeladenen Ortes zu retten.

»Willst du nicht erst analysieren, was dort geschieht?«, rief Anselm ihr hinterher.

»Wir brauchen keine Analysen, wir brauchen ein Wunder«, rief sie laut genug zurück, damit es alle verstanden. »Und wenn es eine Möglichkeit gibt, eines zu finden, dann hier.«

•

Mit seltsamer Gelassenheit beobachtete Gero, wie er immer höher stieg und sich weiter und weiter von seinen Freunden entfernte. Zugleich spürte er, wie deren Verzweiflung zunahm und einem Gefühl tiefer Trauer wich.

Am liebsten hätte er ihnen zugerufen, sie sollten nicht trauern, sondern sich mit ihm und für ihn freuen, weil er sich so viel leichter und schmerzfreier fühlte als noch kurz zuvor. Und dass er wie Jesus selbst unter ihnen war, ihre Gedanken lesen und ihre Gefühle erfassen konnte.

Unvermittelt tat sich vor seinem geistigen Auge ein Fenster auf, und sein gesamtes Leben rauschte wie ein reißender Strom in unfassbar klaren und schnellen Bildern an ihm vorbei. Jeder einzelne Tag und jede einzelne Nacht. Einfach alles, was ihm je im Leben widerfahren war, Gutes und Schlechtes, Freude und Leid, Hass und Liebe. Und alles wurde von einer ihm unbekannten Instanz einer neutralen Bewertung unterzogen, wobei es nicht nach Gut oder Böse ging, sondern danach, ob er seine jeweiligen Aufgaben auf Erden erfüllt oder nicht erfüllt hatte. Alles wurde auf den Prüfstand gestellt. Sein Verhalten als Kind gegenüber seinen Eltern, seine Liebe zu Lissy. Ihre Hochzeit und die Geburt ihrer gemeinsamen Tochter, bei der Lissy und das Kind gestorben waren. Ein Ereignis, dass alles in seinem Leben verändert hatte. Geros Berufung zu den Templern, seine Flucht nach deren Niedergang und seine Reise in eine unbegreifliche Zukunft.

Und schließlich Hannah und alles, was danach geschehen war, bis zum jetzigen Zeitpunkt. Alles erschien wie ein Mosaik aus unendlich vielen verschiedenen Steinen, und dennoch passte jeder Stein perfekt auf den anderen. Gero erkannte mit glasklarer Deutlichkeit, dass nichts ohne Grund geschehen war und dass alles, was ihm je widerfahren war, nicht nur Auswirkungen auf sein eigenes Leben, sondern auch auf das Leben anderer und das Schicksal der Welt gehabt hatte.

Was ihm anfangs wie eine Qual erschienen war, wurde nun zu einer unendlichen Erleichterung. Er wusste nun, ihn traf keine Schuld oder Verantwortung, ganz gleich, was geschehen war. Entscheidend war allein, wie er auf diese Vorgaben einer höheren Macht reagiert hatte.

Danach schwebte er weiter in das gleißende Licht, das ihn seltsamerweise nicht blendete, sondern eine grenzenlose Liebe ausstrahlte, die ihn einhüllte wie ein warmes flauschiges Federbett.

Am Ende dieser eigenartigen Reise, die durch einen langgezogenen Hohlraum führte, wurde das Licht immer heller, und es tauchten schemenhafte Gestalten auf, deren Erscheinung bald schon deutlicher wurde. Es waren Gesichter, die Gero kannte. Da war Henri d'Our, sein ehemaliger Kommandeur und Vorgesetzter bei den Templern von Bar-sur-Aube, der ihn voller Herzlichkeit begrüßte. Er sah aus wie damals, vielleicht ein bisschen größer und noch hagerer als vor seinem jähen Tod. Das störrische weiße Haar auf seinem schmalen Schädel war noch genauso kurz geschnitten wie sein Bart, den er zu Lebzeiten getragen hatte. In seinem weißen Habit mit dem leuchtend roten Croix pattée auf seiner Chlamys sah er aus, als wollte er gerade zur Andacht in die Kapelle aufbrechen. Henris Blick war trotz aller Freude ernst und verbindlich, so wie immer, wenn er Gero etwas Wichtiges mitzuteilen gedachte.

Und er war nicht der Einzige, der sich an diesem seltsam nebelumwölkten Ort einfand, um Gero zu begrüßen. Neben Henri tauchte hell beleuchtet das bärtige Gesicht von André de Montbard auf, dem fünften Großmeister der Templer, den Gero im Jahre des Herrn 1153 persönlich getroffen hatte. Seit mehr als hundertfünfzig Jahren musste er bereits in den Himmel aufgefahren sein. Neben André gesellte sich Jacques de Molay dazu, der letzte Großmeister des Ordens, der Gero im Jahre des Herren 1302 auf der Insel Zypern persönlich zum Templer geweiht hatte. Er war erst zwei Jahre zuvor 1314 zusammen mit Geoffroy de Charney in Paris auf dem Scheiterhaufen verbrannt worden, konnte also noch nicht allzu lange zu dieser erlauchten Gemeinschaft gehören.

Sie alle begrüßten Gero voller Wärme, aber unaufgeregt mit dem überkreuzten Handschlag der Templer, mit dem sich die Kameraden im Orden stets ihrer Brüderlichkeit versichert hatten. So wie es aussah, waren alle jene, die Gero bisher so schmerzlich vermisst hatte, ins Paradies aufgefahren – falls diese Bezeichnung diesen wunderlichen Ort tatsächlich beschrieb. Denn bisher war er nicht sicher, wo genau er gelandet war.

Bis plötzlich Fabius von Schorenfels vor ihm auftauchte. Der quirlige Luxemburger, den Gero von allen verstorbenen Brüdern am meisten vermisste, seit er ihn durch den Schwerthieb eines Mameluken an der Küste von Syrien verloren hatte, klopfte ihm fröhlich wie eh und je auf die Schulter.

»Gero, mein Freund und Bruder, was hast du hier zu suchen?« Fabius zwinkerte ihm gönnerhaft zu. »Soweit ich weiß, ist deine Zeit noch nicht gekommen.«

»Heilige Jungfrau, steh mir bei«, stammelte Gero, überwältigt von seinen Gefühlen. »Gott, wie habe ich dich vermisst.« Er fiel seinem alten Freund so ungestüm um den Hals, dass die gesamte Umgebung ins Wanken geriet, ähnlich wie die Oberfläche eines Sees, in die man einen Stein hineingeworfen hatte. »Kannst du mir sagen, wo ich bin?«

»Du bist in einer anderen Dimension jenseits der irdischen Existenz«, erklärte ihm der quirlige Luxemburger, trotz der ungeheuren Bedeutung seiner Worte ohne jede erkennbare Ehrfurcht. »Und wenn du mich fragst, bist du hier falsch.«

»Falsch? Aber warum?«

»Weil ich zufällig weiß, dass deine Zeit noch nicht gekommen ist«, plapperte der Luxemburger ungeniert weiter.

»Woher willst du das wissen? Hast du hier irgendwas zu sagen?«

»Ich dürfte es dir eigentlich nicht verraten, aber ich bereite mich gerade auf meine Wiedergeburt vor, und ich habe beschlossen, als dein Sohn zur Erde zurückzukehren. Und das geht nun mal nur, wenn du dort auch weilst und deiner Frau ein weiteres Kind zeugst – nämlich mich!«

»Du … mein *Sohn?*« Gero riss erschüttert die Augen auf. »Das ist nicht dein Ernst!«.

»Oh doch. So wahr, wie ich hier stehe«, versicherte ihm Fabius mit einem schalkhaften Lächeln. »Was kann schöner sein, als dich zum Vater zu haben. Außerdem wurde meine Wiedergeburt bereits genehmigt.«

»Und was ist mit mir? Habe ich da nicht auch noch ein Wörtchen mitzureden?«, hakte Gero fassungslos nach.

»Nein, wozu? Du wirst ja gar nicht wissen, dass ich es bin, wenn du den Kleinen Fabius in deinen Armen hältst.«

»Ich weiß es spätestens dann, wenn der Bursche mich totquatscht, noch bevor er Zähne hat«, gab Gero scherzhaft zurück. »Außerdem müsstest du zuvor dafür sorgen, dass ich wieder nach Hause komme«, fügte er mit einem säuerlichen Lächeln hinzu. »Sonst wird nichts aus deinen Plänen.«

»Ich vermute, da ist irgendwas schiefgelaufen. Vielleicht liegt es daran, dass du und deine Freunde Teile des ›Lapis ex celis‹ besitzen, jenes Steins, der imstande ist, das vorher festgelegte irdische Schicksal eines jeden Menschen zu ändern, zum Guten wie zum Schlechten. Es ist ungefähr so, als ob man mit gezinkten Würfeln spielt«, erklärte er Gero mit einem verschwörerischen Augenzwinkern. »So etwas kann die Ordnung aller Dinge ganz schön durcheinanderbringen. Deshalb haben es die Kräfte des Universums nicht gerne, wenn man sich in einer untergeordneten Dimension solcher Kräfte bedient.«

Bevor Gero darauf etwas erwidern konnte, trat ein weiterer Mann in den Ring der Erlauchten, den er nur allzu gut kannte. *»Vater!«* Gero war wie vom Donner gerührt. Richard von Breydenbach hatte vor etwas mehr als einem halben Jahr der Schlag getroffen, und noch immer empfand Gero eine gewisse Mitverantwortung für seinen Tod, gepaart mit einer tiefen Trauer, die ihn nicht loslassen wollte. Naturgemäß hatte er seinem alten Herrn diese quälenden Gedanken nicht mehr mitteilen können, doch es war, als ob Richard darum wusste, noch bevor Gero es aussprechen konnte.

»Dich trifft keine Schuld, mein Junge«, teilte sein Vater ihm lautlos mit und umarmte ihn fest.

Während Gero erneut seine Gefühle im Zaum zu halten versuchte, blickte sein alter Herr ihm mit jener Strenge in die Augen, die Gero noch gut aus seiner Jugend kannte. »Warum bist du hier? Du hast Frau und Kind, die zu Hause auf dich warten. Von deiner Mutter erst gar nicht zu reden. Wieso in Gottes Namen hast du nicht besser auf dich aufgepasst?«

»Wir … wir waren auf dem Weg zum Pech de Bugarach«, erklärte Gero stockend. »Du weißt davon. Es ist der Berg, an dem Bertrand de Blanchefort seine Grabungen nach dem ›Lapis ex celis‹ hat vornehmen lassen. Die gleiche Höhle, die unter dem Berg Horeb existiert und durch die wir kurz vor deinem Tod aus dem Jahr 1153 wieder zurück ins Jahr 1315 zu euch auf die Breidenburg gelangen konnten …«

»O Gott, mein Junge, warum habt ihr nicht die Finger von diesem Mysterium gelassen«, unterbrach ihn Richard von Breydenbach grob. »Die Prophezeiung besagte schon immer, dass die Macht der Steine nicht für den Menschen gemacht ist. Nur jene, die damit umzugehen wissen, bleiben von jeglichem Ungemach verschont. Alle, die sich seiner Macht bedient haben, ohne die erforderlichen Fähigkeiten zu besitzen, mussten bitter dafür bezahlen. Allen voran der Orden der Templer.«

»Und was wird jetzt?«, fragte Gero ratlos. »Wo sind wir hier überhaupt? Im Paradies?«

»So etwas Ähnliches«, antwortete sein Vater und stieß einen Seufzer aus.

»Wo ist dann Lissy? Oder haben Frauen hier keinen Zutritt?«

»Es gibt hier keinen Unterschied zwischen Männern und Frauen«, klärte ihn Richard gnadenlos auf. »Das ist ohne Bedeutung. Auch die Zeit spielt an diesem Ort keine Rolle. Tausend Jahre sind ein Tag – du erinnerst dich? Aber wenn du schon nach Lissy fragst: Ihre Seele ist befindet sich an einem dir wohlvertrauten Ort. Siebenhundert Erdenjahre nach ihrem irdischen Tod wurde sie wiedergeboren. Sie hat es so bestimmt, weil sie um jeden Preis wieder mit dir vereint sein wollte. Was ich angesichts deiner Sorglosigkeit um dein eigenes Leben zwar nicht verstehen konnte, aber gut. Lissy hat sich gegenüber allen universellen Instanzen durchgesetzt.«

Gero starrte ihn skeptisch an. »Und wo ist Lissy jetzt?« Auch ohne Körper verspürte er einen plötzlichen Schmerz dort, wo gewöhnlich das Herz saß. »Ich kann mich nicht erinnern, ihr nach ihrem Tod jemals wieder begegnet zu sein.«

»Kannst du nicht?« Sein Vater schaute ihn vorwurfsvoll an. Dann lächelte er weise, was er im irdischen Leben nur sehr selten getan hatte. »Auch wenn du es vielleicht nicht glauben willst, Lissy ist in Hannah wiedergeboren. Sie ist nun das, was sie vorher schon war. Deine Frau. Und eure gemeinsame Tochter Sophia ist das Kind, das ihr damals verloren habt. Somit schließt sich der Kreis, und ihr seid als Familie wieder vereint.«

»Das … das kann nicht sein«, stammelte Gero fassungslos.

»Mein lieber Junge, du hast keine Ahnung, was alles in diesen Sphären möglich ist«, sagte sein Vater mit einem gütigen Lächeln.

»Aber ich bin doch jetzt hier, und meine Frau und meine Tochter sind in einer anderen Welt, wenn ich das richtig verstanden habe«, argumentierte Gero verzweifelt und riskierte einen misstrauischen Blick in die Umgebung. »Das macht doch alles keinen Sinn! Gibt es hier denn niemanden, der Macht und Einfluss hat und sich für die Rückkehr zu meiner Familie einsetzen kann?«

Geros angespannter Blick streifte Fabius und dann noch einmal seinen Vater, der ihm in dieser Sache irgendwie weiser und berufener erschien.

»Doch, es gibt jemand«, erwiderte Richard von Breydenbach. »Jemand, der an der ganzen Geschichte eine gewisse Mitverantwortung trägt. Ich rufe ihn her. Mal sehen, ob er etwas für dich tun kann.«

Kurz darauf erschien eine weitere schemenhafte Lichtgestalt, die um einiges heller leuchtete als sein Vater und Fabius.

»Bertrand de Blanchefort«, stellte sich der ehemals sechste Großmeister der Templer mit beträchtlicher Würde vor. »Wir kennen uns noch nicht.«

Natürlich kannte Gero den Mann, aber nur vom Hörensagen. Blanchefort hatte den Pech de Bugarach im Jahre 1156 zum ersten Mal von deutschen Bergleuten erkunden lassen und war dabei ohne Zweifel auf ein unergründliches Geheimnis gestoßen. So unergründlich, dass sich selbst im 21. Jahrhundert noch Legenden um ihn und die Geschehnisse von damals rankten.

»Ich fühle mich mitverantwortlich, Bruder Gero, dass Ihr nun hier gestrandet seid«, gestand Blanchefort ihm mit aufrechter Haltung. »Bruder Fabius hat recht, es ist noch zu früh. Ihr solltet nicht hier sein.«

Während Gero diese Nachricht mit Erleichterung aufnahm, brannte ihm eine weitere Frage auf den Nägeln. »Warum das alles? Und was war der tiefere Sinn Eurer Mission, Bruder Bertrand? Was hat es mit dem Pech de Bugarach und dem Berg Horeb tatsächlich auf sich?«

Gero stellte seine Fragen, ohne um Erlaubnis zu bitten, wie es im Orden seinerzeit üblich gewesen wäre. Doch hier galten andere Regeln.

»Die Welten des Universums bestehen aus sieben Dimensionen«, klärte Blanchefort ihn nüchtern auf. »Jede Dimension führt die einzelnen Individuen, die in ihr leben, nennen wir sie Seelen, am Ende ihrer jeweiligen Mission auf eine nächsthöhere Bewusstseinsstufe, die jedes Mal feinstofflicher und leuchtender wird – so lange, bis die jeweilige Seele am Ende ihrer langen Reise in das große All zurückkehrt, das wortwörtlich alles umfasst. Doch bevor wir für diesen Schritt reif sind, müssen wir viele verschiedene Stufen durchlaufen. Das irdische Dasein ist eine der unteren Stufen auf dieser Leiter. Während dort alle Bewohner in einer stofflichen Hülle gefangen und den auf der Erde herrschenden Naturgesetzen unterworfen sind, erhalten wir ab der dritten Ebene gewisse Freiheiten, die einem wenigstens die Plagen eines alternden Körpers ersparen. Was uns nicht davor bewahrt, weiter aufsteigen zu müssen. Die dazugehörigen Aufgaben stellt man sich vor jeder neuen Wiederkehr selbst. Je komplexer die Mission ist, die bewältigt werden muss, umso größer fällt die Bewährung aus und umso sicherer der Aufstieg in eine höhere, bessere Ebene. Dabei greift alles ineinander über. Es gibt keine Zufälle, auch wenn die als Mensch geborenen Seelen das glauben. Jede Sekunde hat ihren Sinn und beeinflusst nicht nur die Entwicklung der eigenen Seele, sondern auch die der anderen, die in der gleichen Dimension existieren. Zudem beeinflusst man nicht nur Gegenwärtiges, sondern auch das Schicksal zukünftiger Generationen. Am Ende laufen sämtliche Ereignisse des Lebens am geistigen Auge der einzelnen Seele vorbei und werden zugleich im universellen Bewusstsein gespeichert, wo sie jederzeit abgerufen werden können. Danach wird entschieden, inwieweit die gemachten Erfahrungen den Weg zum nächsten Aufstieg verkürzen.«

Blanchefort hob eine Braue, als ob er sich vergewissern wollte, ob Gero seinen Ausführungen folgen konnte.

»Und wer entscheidet das? Gott?«

»Das große Ganze«, antwortete Blanchefort kryptisch. »Es hat keinen festgelegten Namen. Wie man es nennt, ist jedem selbst überlassen. Fakt ist nur, dass jede Seele Teil davon ist und sich, ob gewollt oder nicht, in die im Universum herrschenden mathematischen Gesetzmäßigkeiten einfügen muss.«

»Und lässt sich auch berechnen, warum ich nun hier bin?«, fragte Gero irritiert.

»Im gewissen Sinne ja. Fest steht, ohne unsere Entdeckung am Pech de Bugarach und unserem Besuch aus der Zukunft wäre dein Schicksal und auch das deines Vaters völlig anders verlaufen«, erwiderte Blanchefort mit einem schuldbewussten Blick. »Es gibt da nämlich eine Sache, die diesen beschwerlichen Aufstieg im irdischen Dasein beeinflussen kann, und das ist das Wissen um den ›Lapis ex celis‹, jenes Gestein, das tief im Inneren des Pech de Bugarach und des Berges Horeb verborgen ist und mithilfe von zwei jungen Frauen, die aus einer noch weiter entfernten Zukunft stammten, von unseren Brüdern entdeckt wurde. Es existieren noch weitere solcher Orte auf Erden, aber sie befinden sich an Stellen, die für die Menschen nicht zugänglich sind. Mithilfe dieses Gesteins kann man sein vorbestimmtes Schicksal und damit die vorausberechneten universellen Abläufe in einem gewissen Rahmen verändern und sich Vorteile verschaffen, für die man allerdings keine Freigabe besitzt. Ein gefährliches Unterfangen, weil die universelle Energie, die von diesen Steinen ausgeht, für menschliche Seelen dem Grunde nach nicht beherrschbar ist. Einmal falsch angewandt, kann diese Kraft nicht nur deren materielle Hülle vernichten, sondern auch Gegenwart und Zukunft anderer Seelen empfindlich beeinflussen. Deshalb ging mit der Entdeckung dieses Mysteriums auf der Erde die Prophezeiung einher, dass jeder, der sich dieser unsichtbaren Macht bedient, vom Untergang bedroht sein wird. Die Ersten, die darum wussten und daran glauben mussten, waren die Ägypter. Danach kamen noch einige andere mächtige Herrscher, die dachten, sie könnten das Mysterium der Steine beherrschen, die danach in der Bedeutungslosigkeit verschwunden sind. Auch wir haben versucht, unsere Erkenntnisse über die Steine und auch das Wissen aus der Zukunft zu unserem Vorteil zu nutzen, um den Orden groß und mächtig zu machen. Dabei hatten wir nur die besten Absichten. Wir wollten kommende Kriege verhindern, die uns prophezeit worden waren, und die Welt stattdessen besser organisiert und friedlicher gestalten. Nichts davon ist uns gelungen, im Gegenteil. Wir haben einen hohen Preis für unsere Kühnheit bezahlt, weil wir die Prophezeiung missachtet haben. Indem wir mit unserer eigenen Machtgier die Machtgier unserer Feinde gesteigert haben, wurden wir am Ende von beidem verschlungen.«

Er räusperte sich verlegen und sah Gero fest in die Augen, bevor er fortfuhr. »Unsere Aufgabe ist es nun, aus einem solchen Schicksal zu lernen. Alles, was zu groß wird, muss eines Tages fallen. Das Universum verlangt immer nach einem Ausgleich der Kräfte, der mit dem menschlichen Verstand nicht zu berechnen ist. Denn vergiss nie: Alles ist mit allem verbunden, Myriaden und Abermyriaden von Leben und Ereignissen über den endlosen Strom der Zeit hinweg. Wer versucht, als einzelne Seele in unzulässiger Weise darauf Einfluss zu nehmen, und damit die Harmonie des Universums stört, wird früher oder später dafür bezahlen. Das galt für die Templer und es wird auch für zukünftige Generationen gelten.«

»Ich glaube, ich habe die Botschaft verstanden«, bekannte Gero beeindruckt. »Und ich erkenne nun die unfassbare Verantwortung, die Ihr und die anderen mit dem Wissen um den ›Lapis ex celis‹ übernehmen musstet. Was ich nicht verstehe, ist die Sache mit dem selbst gewählten Schicksal. Ich habe mir ganz gewiss nicht gewünscht, todgeweiht in dieser mysteriösen Höhle zu enden und meine Tochter für den Rest ihres Lebens auf Erden ohne Vater zurückzulassen«, stellte er mit bebender Stimme klar. »Deshalb bitte ich Euch von ganzem Herzen, mir einen Weg aufzuzeigen, wie ich zu den beiden liebsten Menschen, die ich habe, zurückgelangen kann.«

Fabius, der sich bisher brav im Hintergrund gehalten hatte, trat unvermittelt aus den Nebeln hervor. »Er kann *hier* nicht bleiben.«, flüsterte er Blanchefort mit Nachdruck zu. »Weil das wiederum das Gleichgewicht des Alls durcheinanderbringen würde. Schließlich wurde meine Wiedergeburt als sein Sohn bereits genehmigt.«

»Ich kann es euch beiden nicht versprechen, dass er zurückkehren kann, denn auch ich habe keinen Einfluss auf die Gesetze des Universums«, erklärte ihm Blanchefort mit ernstem Blick. »Um euer Schicksal trotzdem in eurem

Sinne zu regeln, müsste es eine Person auf der Erde geben, die sich genauso wenig an die universellen Regeln hält, wie wir es im Orden getan haben, und deren Vorstellungskraft stark genug ist, Euch zurückzuholen, Bruder Gero.«

•

»Was tun sie da?«, rief Adam de Brasnee in die Runde und starrte Rona und Khaled verständnislos hinterher, als sie mit Gero immer weiter dem blaugrünen Licht entgegenmarschierten.

»Was fragst du?«, erwiderte Anselm aufgebracht. »Rona hat recht. Wenn niemand etwas unternimmt, stirbt Gero uns unter den Händen weg.«

»Ich fürchte, er ist schon tot«, murmelte Arnaud, der noch unentschlossen war, ob er seiner offenbar wahnsinnig gewordenen Frau in die unbekannten Tiefen der Höhle folgen sollte.

»Wir hätten uns von Tom stichsichere Schutzwesten transferieren lassen sollen, anstatt Burger und Bier«, ereiferte sich Anselm. »Warum hat niemand daran gedacht?«

»Das haben wir alles schon besprochen«, erinnerte ihn Stephano. »Gegen einen Armbrustzain mit einer geschliffenen Jagdspitze aus gehärtetem Stahl hast du auch mit einer Kevlar-Weste aus der Zukunft keine Chance.« Er hatte lange genug mit Anselm im beginnenden 21. Jahrhundert gelebt, um zu wissen, wovon er redete.

»Spart euch die Worte und kommt lieber mit«, rief Struan und überprüfte den Sitz seiner Waffen. Dann folgte er zu allem entschlossen Rona und Khaled in die Höhle hinein, zumal der vermeintliche Torwächter weiterhin keine Anstalten machte, ihnen zu helfen.

»Wir können hier nicht untätig rumstehen und warten, ob die vier zu uns zurückkehren«, erklärte nun auch Arnaud und überwand Gero zuliebe seine Furcht, Rona, Struan und Khaled zu folgen, selbst wenn ihm Geros Rettung noch so unmöglich erschien. Doch er hatte an der Seite seines deutschen Bruders schon genug unfassbare Dinge erlebt, um die Hoffnung auf ein weiteres Wunder vorschnell zu begraben.

»He, was macht ihr da?«, rief Pierre ihnen hinterher. »Wir sind noch nie bis zum Ende des Lichts gegangen. Habt ihr wenigstens eine Ahnung, was genau dort passiert?«

»Wenn Rona so mutig ist, Bruder Gero auf diese Weise zu retten, will ich dabei sein«, verkündete Odile entschlossen. Noch bevor Guy de Lus seine Tochter aufhalten konnte, rannte sie hinter Rona und den anderen her, die mit Gero beinahe schon in dem blauen Nebel verschwunden waren.

»Ich kann nicht verantworten, dass meine Tochter ohne mich dorthingeht«, verkündete Guy und trat nun ebenfalls den Weg in den blaugrünen Nebel an.

»Wir folgen ihr und Odile«, bestimmte Justine atemlos und gab Malcolm ein Zeichen, dass er den Jungen schultern sollte, der wie erstarrt dastand. »Entweder das Licht rettet unser aller Leben, oder wir sind gemeinsam verloren. Dort draußen warten hunderte franzische Söldner, die mit ihren Pfeilen jeden von uns in einen Igel verwandeln, sobald wir auch nur einen Fuß vor diesen Berg setzen.«

Wie auf ein unsichtbares Kommando marschierten nun alle entschlossen in den leuchtend blaugrünen Nebel hinein, der immer dichter wurde, je tiefer sie in die Höhle eindrangen. Hinzu kam ein leises, pulsierendes Hämmern wie in einem Bergwerk, das anhielt und immer lauter wurde, bis es fast unerträglich war, als sie gemeinsam eine unterirdische Halle erreichten, die von dem blaugrünen Licht, das die Steine an den Wänden abstrahlten, gespenstisch beleuchtet wurde. In der Mitte der Halle befand sich ein großer rechteckiger Tisch aus massivem Alabastergestein, der wie ein Heiligenschein von einer leuchtenden blaugrünen Aura illuminiert wurde. Das Ganze wirkte wie ein mächtiger Altar inmitten des Chors einer Kathedrale.

Instinktiv legte Rona Geros leblosen Körper der Länge nach auf die massive Steinplatte und trat ein wenig zurück. Inzwischen hatten sich alle, die zu ihrer Truppe gehörten, in dem weitläufigen achteckigen Raum versammelt, und waren vor Ehrfurcht wie erstarrt.

Ohne es zu wollen, hatte Rona die Regie übernommen und sich über den in ihrem Hirn eingepflanzten Chip mit der Gamma-Frequenz des Gesteins verbunden, die an diesem Ort ihre höchste Konzentration erreicht hatte. Von den meisten unbemerkt, hatte Rona sich mit der geistigen Energie aller Anwesenden verbunden und sorgte nun dafür, dass die initiierten Templer sich mit ihr rund um den Altar versammelten, während die anderen zurückblieben und das Geschehen aus sicherem Abstand beobachteten.

Gemeinsam konzentrierten sie sich auf die Liebe in ihren Herzen zu Gero und ihre brüderliche Verbindung, die schon zu Lebzeiten durch den Initiationsritus des Ordens in besonderer Weise gefestigt worden war. Während sie ihre Stimmen nach Ronas Anweisung gemeinsam zu einem beständig wechselnden Ton erhoben wie in einem gregorianischen Choral, konzentrierten sie sich auf den Leichnam ihres Bruders.

Rona konnte spüren, wie unter diesem Zusammenschluss das Energielevel ihres eigenen energetischen Potenzials in ungekannte Höhen stieg, mit denen sie in der Lage war, universelle Energien zu beeinflussen. Es war ein berauschendes Erlebnis, dem sie sich vollkommen hingab.

Bilder stiegen vor ihrem geistigen Auge auf, von jedem Einzelnen der Brüder, wie er Gero wahrgenommen und welche Rolle er in dessen Leben gespielt hatte. Zugleich erhoben sich seltsame Harfenklänge, die sämtliche Gefühle, die alle anwesenden Brüder für Gero empfanden, in leise sphärische Musik verwandelten. In Ronas Vorstellung und damit im Bewusstsein aller anwesenden Templer wurde jeder von ihnen zu Gero, wie er lebte, wie er lachte, wie er litt. Jeder von ihnen empfand eine unendliche Liebe zu ihm und zu allen Brüdern, die in der Runde standen und die nun in einem sonoren Choral zu beten begonnen hatten. *Ave Maria, Gratia plena Dominus tecum Benedicta tui in mulieribus et benedictus fructus ventris tui, Iesus. Santa Maria Mater Dei, ora pro nobis pecatoribus nunc et in hora mortis nostrae. Amen!*

Rona schloss die Augen, und die anderen taten es ihr gleich. *Er wird leben und unversehrt in den Schoß seiner Familie zurückkehren*, dachte sie und beschwor sein physisches Dasein vor ihrem geistigen Auge.

Alle, die in diesem Kreis standen, folgten ihren Gedanken.

Während Rona sich die Freude in Geros und Hannahs Gesichtern vorstellte, wenn sie sich nach seiner Rückkehr in die Arme fallen würden, entstand vor ihnen auf dem Altar unvermittelt ein Wirbel aus blaugrünen Energieteilchen, die Geros Körper vollkommen einhüllten. Was Rona und die anderen instinktiv zurückweichen ließ, als sich mit diesem Phänomen eine Druckwelle aufbaute, die eine spürbare Kraft entwickelte. Die winzigen, leuchtenden Funken hoben Geros leblosen Körper wie von Zauberhand in die Höhe und ließen ihn eine Weile über dem Altar schweben.

Zutiefst erschrocken und zugleich ohnmächtig mussten Rona und die anderen mit ansehen, wie sich die Gestalt ihres Freundes und Bruders noch in der Luft schwebend in reine tanzende Energiefunken auflöste, deren Feuer unvermittelt erlosch.

•

Schlagartig kam Rona zu sich, wie aus einer Trance erwacht, und mit ihr die umstehenden Brüder, die genau wie sie selbst fassungslos auf den leeren Altarstein starrten.

»Ist er zum Himmel aufgefahren?«, murmelte Odile andächtig und starrte mit weit aufgerissenen Augen auf die Stelle, wo kurz zuvor noch Geros Leiche gelegen hatte. Auch das pulsierende Hämmern hatte mit einem Mal nachgelassen, war aber immer noch schwach zu hören.

»Ich weiß es nicht«, flüsterte Rona, die mit einer solchen Entwicklung nicht gerechnet hatte.

»Das darf nicht sein, und das kann nicht sein«, stieß Arnaud mit erstickter Stimme hervor. »Kein Ort auf Erden ist so sehr mit Kraft und Magie aufgeladen wie dieser! Hier sind unvorstellbare Dinge möglich! Die Macht der Steine hätte ihm helfen müssen, ins Leben zurückzukehren, und nun das!« Sein verzweifelter Blick lag auf Rona, die keinen Rat wusste.

»Es tut mir leid, ich habe keine wissenschaftliche und schon gar keine spirituelle Erklärung für das, was hier passiert ist. Es war ein Versuch …«, sagte sie leise und gestand zum ersten Mal ihre Hilflosigkeit.

Arnaud hielt es nicht mehr an seinem Platz. »Dann frag Tom, verdammt nochmal!«, herrschte er sie wütend an – zum ersten Mal, seit sie ein Paar waren.

»Der Server funktioniert hier drin nicht«, erklärte sie matt. »Das sagte ich bereits.«

»Dann rede mit diesem unfähigen Gralshüter!« Arnaud deutete auf den Torwächter, der unvermittelt am Ausgang der Höhle aufgetaucht war und schweigend das Geschehen beobachtete, wie schon zuvor. »Sag ihm, er soll nicht dumm glotzen, sondern was tun! Er soll die Magie dieses Berges beschwören und unseren Bruder zu uns zurückholen!«

Struan, der sich wieder gefasst hatte, nahm Pierre mit einem verbindlichen Blick in die Pflicht. »Und was meinst du dazu, Bruder? Hast du uns am Ende belogen, und der Berg ist gar nicht so mächtig wie gedacht?«

»Ich weiß es nicht«, wehrte Pierre jegliche Verantwortung ab. »Ich habe unzählige Male erlebt, wie Menschen in der Hoffnung, ein neues, besseres Leben beginnen zu können, in diesem Licht verschwunden und nicht wieder aufgetaucht sind. Aber sie waren nicht tot, als sie ins Licht gingen, sie lebten. Ich weiß nicht, ob ihre Körper sich aufgelöst haben. Es hieß immer, dass sie sich an den Ort ihrer Träume wünschen könnten und auch dorthingelangen würden, wenn sie nur fest genug daran glaubten. Fakt ist, dass sie nie zurückgekehrt sind. Auch mussten wir den Wächter des Berges nie um etwas bitten. Das alles geschah jedes Mal ohne unser Zutun.«

»Als wir am Berg Horeb in dieses Licht gegangen sind, ist auch alles gut verlaufen«, versuchte Rona ihn und die anderen zu beruhigen. »Wahrscheinlich sind eure geretteten Brüder genau wie wir dorthingekommen, wo sie ihre Vorstellung hingelenkt haben. Wahrscheinlich funktioniert die Höhle ähnlich wie ein Server, mit dem Unterschied, dass an einem solchen Ort ein natürlicher Prozess dahintersteckt und keine komplexe Quantentechnik, die das Phänomen unterstützt.«

»Aber du vergisst, dass Gero tot war und sich nirgendwohin wünschen konnte«, erinnerte Arnaud sie. »Also frage ich dich, wo ist er hin?«

»Und ich sage dir nochmal, ich weiß es nicht«, antwortete Rona genervt.

»Was ist das für ein fauler Zauber«, ereiferte sich Struan und wurde rot vor Zorn. »Jetzt sind wir von so weit hierhergekommen, weil wir uns die Hilfe dieses Mysteriums erhofft haben, und nun soll ausgerechnet Gero mit seinem Leben dafür bezahlen? Was ist denn das für ein Gott, der so etwas zulässt?«

»Ich frage mich eher, wie wir Hannah beibringen sollen, dass sie Gero nie wiedersehen wird«, meldete sich Anselm mit schwacher Stimme zu Wort. Das Sprechen fiel ihm schwer, weil ihm ein gewaltiger Kloß im Hals steckte.

»Hast du davon gewusst?« Khaled warf Rona einen misstrauischen Blick zu. »Du hattest ständig Kontakt zu Tom und hättest eigentlich wissen müssen, was uns hier erwartet.«

»Ich habe schon seit Carcassonne nichts mehr von Tom gehört«, antwortete sie ausweichend. »Aber er hatte Andeutungen gemacht, dass wir nach unserem Eintreffen in dieser Gegend von seiner Zeitskala verschwunden waren.«

»Warum hast du uns nichts davon gesagt?« Arnaud schaute sie verständnislos an.

»Weil ich euch nicht beunruhigen wollte. »Ich hielt es für ein physikalisches Phänomen, dem man keine Bedeutung beimessen sollte. Ich hatte befürchtet, dass die hohe Gammastrahlung, die hier im Innern der Höhle unzweifelhaft herrscht, wie ein Störsignal wirkt. Am Berg Horeb war es ähnlich. Wobei die Hauptquelle der Strahlung und damit des Gesteins sich nicht hier vor Ort befindet, sondern tiefer im Berg in etwa neunhundert Fuß Entfernung. Wie man sieht, wurde der Stollen an dieser Stelle zugeschüttet. Ansonsten hätten uns die Steine wahrscheinlich genauso verbrannt wie den armen Kerl, der in dieser schottischen Burg die Bundeslade geöffnet hat. Die Strahlung beeinflusst nicht nur den Server, sondern auch unsere eigene Wahrnehmung. Sie ist so intensiv, dass sie vermutlich auf Dauer das Erbgut bei Menschen und Tieren verändert. Und da es zusätzliche Faktoren gibt, die wir nicht kennen, die aber milliardenfach von den Kristalleinschlüssen hier im Gestein verstärkt werden, potenziert sich die Wirkung der Strahlung an dieser Stelle um ein Vielfaches und ist unvergleichlich stärker als zum Beispiel in unserem Server.« Rona zuckte hilflos mit den Schultern. »Ich könnte euch noch einiges über die Wirkungsweise der Steine erzählen, aber leider habe ich nicht die geringste Ahnung, wohin Gero verschwunden ist, geschweige denn wie ich ihn wieder zurückholen könnte.«

»Bedeutet dein unverständlicher Kommentar, dass der Aufenthalt in dieser Höhle im Grunde gefährlicher ist als vermutet?«, erkundigte sich Guy de Lus. Sein alarmierter Blick wechselte zwischen Rona und dem seltsamen Wächter, der ihren Wortwechsel stumm verfolgt hatte.

»Ich fürchte, ja,«, antwortete Rona. »Die Strahlung kann einen tatsächlich umbringen, falls sie zu intensiv ist und man ihr zu nahe kommt.«

»Ich habe Angst, Papa«, wisperte Odile in die plötzliche Stille hinein und fasste Guy fester bei der Hand als noch zuvor.

»Ihr habt keinen Grund, Euch zu fürchten«, verkündete der Torwächter, der unerwartet zu neuem Leben erwacht war und mit einem bizarr wirkenden, gütigen Lächeln in die Runde blickte, als würden ihn die vorangegangenen Ereignisse nichts angehen. »Wenn ich Euch helfen soll, in Eure Heimat zurückzukehren, oder an einen anderen Ort, wo Ihr gerne sein wollt, ließe sich das einrichten. Ihr müsst Euch nur den Kräften dieser Höhle anvertrauen.«

»Ist der Kerl noch ganz klar im Kopf?«, ereiferte sich Malcolm und ging auf den Alten los. »Auf gar keinen Fall werde ich mein Leben den Kräften dieser Höhle anvertrauen! Am Ende lasst Ihr uns auch einfach verschwinden wie unseren bedauernswerten Bruder!« Voller Zorn deutete er auf den leeren Altar. »Wir werden uns auf ewig schuldig fühlen. Und was sollen wir seiner Frau und seiner kleinen Tochter erzählen? Dass wir ihn nicht beschützen konnten? Dass wir versagt haben wie erbärmliche Stümper, die ihr Handwerk nicht verstehen?«

»Es tut mir leid, dass Euer Bruder ohne Euch an einen anderen Ort gegangen ist und ich Euch nicht sagen kann, wohin es ihn verschlagen hat. Es war seine Entscheidung«, wiederholte der vermeintliche Schäfer stoisch.

»Was redet der Kerl für einen gequirlten Mist!«, schimpfte Ralph of Bulford und richtete den Blick auf Rona. »Gero wäre nie freiwillig von uns gegangen. Schon gar nicht, ohne uns zu sagen wohin. Niemand hat uns je nähergestanden, als er. Er hat mein Leben gerettet und das vieler anderer. Wir haben Hunderte Jahre überwunden, die größten Mysterien überlebt, und nun stehen wir hier und können nichts tun? Ich dachte immer, wir besitzen den Heiligen Gral? Wozu sind wir überhaupt hierhergekommen? Nur um zu sehen, dass hinter alldem nichts weiter steckt als ein lumpiger Schäfer, der dummes Zeug faselt, und ein Geheimnis ohne jeden Wert?«

»Ihr *besitzt* den Heiligen Gral. Was wollt ihr denn noch?«, klärte ihn der Alte versöhnlich auf und deutete auf den Server. »Wenn auch nur einen winzigen Teil davon.«

»Das ist doch Unsinn«, widersprach Ralph mit fester Stimme. »Sir Walter hat mal eine Frau nach deren Hinrichtung wieder zum Leben erweckt. Mit einem Kreuz, das aus dem gleichen Gestein bestand wie der Kristall im Server, nur dass es viel kompakter und größer war. Und hier haben wir einen ganzen *Berg* aus dem vermutlich gleichen Material, also erzählt mir nicht, man könne Gero nicht zurückholen! Hier ist so viel geballte Macht vereint, dass man die Welt aus den Angeln heben könnte. In Wahrheit wollt Ihr es nicht, habe ich recht?«

»Es steht nicht in meiner Macht«, erwiderte der Alte mit fester Stimme. »Und wenn ich weiter nichts für Euch tun kann, müsst Ihr nun gehen.«

Justine stieß einen erstickten Laut aus.

Auch Anselm war kurz davor, vollends die Fassung zu verlieren.

»Bei Gott!«, rief Odile mit schriller Stimme und drängte sich an die breite Brust ihres Vaters, bevor sie herzzerreißend zu weinen begann. »Und ich dachte, der Heilige Gral ist etwas Großes, Erhabenes und Wundervolles, das alle Träume und Wünsche wahr werden lässt.«

Justine stimmte in ihr Schluchzen mit ein. Malcolm, der neben ihr stand und sich ihres vor Angst erstarrten Sohnes angenommen hatte, nahm beide schützend in die Arme.

Pierre wandte sich ab. Tränen liefen dem ansonsten so harten Mann über die Wangen. Die Vorwürfe in den Augen der Brüder, die Geros enge Freunde gewesen waren und die ihm nun für diese Entwicklung eine Mitschuld gaben, machten ihm über Geros Verschwinden hinaus zusätzlich zu schaffen.

»Und wie geht's nun weiter?« Ralph of Bulford fand als Erster seine Stimme wieder und blickte ratlos in die Runde.

»Geht«, sagte der Alte leise. »Hier gibt es nichts mehr für Euch zu tun.«

»Und was ist mit den Hunderten von Soldaten da draußen?« Struan blickte den Alten aufgebracht an. »Die warten doch nur darauf, dass wir aus unserem Versteck kommen, damit sie uns abschlachten können.«

»Ich werde Euch einen Weg aus dieser Höhle zeigen, von dem Eure Feinde nichts wissen. Wenn Ihr die Höhle verlasst, werden dort draußen ein paar Tage vergangen sein, denn die Zeit hier drinnen verstreicht langsamer als in der äußeren Welt. Das wird Euch helfen, unerkannt Eure Heimreise antreten zu können und unversehrt nach Hause zu kommen.«

EPILOG

Selig ist, wer war, ehe er wurde.
(THOMASEVANGELIUM, VERS 19)

JUNI 1316
HERZOGTUM LOTHRINGEN / BURG WALDENSTEIN

»Tue jetzt, was du wünschen wirst, getan zu haben …«

Gero schlug die Augen auf und blickte verwirrt in die aufziehende Dämmerung. Er lag auf dem Bauch, die Arme ausgebreitet wie Jesus am Kreuz, die Nase dicht über dem Boden. Es roch nach Erde, Holz und Pferdedung. Seine steifen Finger krallten sich wie von selbst in ein Gemisch aus feuchtem Sand und fein geraspelten Sägespänen. Erst als er den Kopf anhob, drang mit jedem Atemzug frische, kühle Luft in seine Lungen. Irritiert schaute er sich um und sah den Turnierplatz von Waldenstein, dessen menschenleere Tribünen und wie sich die Bannerstangen schwarz vor dem Hintergrund eines glutroten Himmels absetzten.

Krampfhaft versuchte er sich zu erinnern. Wie war das möglich? Eben noch war er am Pech de Bugarach gewesen und nun war er hier. Eine Strecke, für die man normalerweise zwei Wochen zu Pferd benötigte, wenn nicht mehr.

Je länger er darüber nachdachte, desto mehr Erinnerungen stiegen in ihm auf. Wenn er sich recht besann, war er gestorben und besaß keinen Körper mehr. *Aber was war tatsächlich geschehen, oder hatte er nur geträumt*, dachte er und verspürte eine plötzlich aufkommende Furcht, die sich in seinem Innern breitmachte wie ein hinterhältiger Feind. *Aber nein, er konnte nicht gestorben sein. Er lebte, er atmete und er spürte Kälte und Wind auf seiner Haut. Hatte der Allmächtige noch einmal Gnade vor Recht ergehen lassen und seine tödliche Verletzung wider Erwarten geheilt? Aber war so ein Wunder tatsächlich möglich und warum wurde es ausgerechnet ihm zuteil?*

Trotz seiner zunehmenden Verwirrung richtete Gero sich auf und versuchte das, was vor seinem geistigen Auge als eine Ansammlung unglaublicher Bilder erschien, mit nüchternem Verstand in eine logische Abfolge zu bringen.

Auch wenn es ihm im Nachhinein unfassbar erschien – bei näherer Betrachtung war er sicher: Er war nach seinem Tod in der Höhle des Pech de Bugarach in einer Art Jenseits gelandet. Bei der Klarheit seiner Erinnerungen konnte es sich unmöglich um einen Traum handeln. Er hatte sogar mit seinem verstorbenen Vater gesprochen. Der hatte ziemlich überzeugend behauptet, Lissys Seele sei wiedergeboren worden und wohne nun in Hannahs Körper. Großer Gott, was wäre, wenn es stimmte und Lissy und sogar ihr verstorbenes Kind nun wieder bei ihm waren? Eine unglaubliche Geschichte, von der Gero nicht sicher war, was er davon halten sollte. Und doch wärmte diese Botschaft sein Herz. Wie auch die unerwartete Begegnung mit Fabius von Schorenfels, seinem guten Freund und Bruder, der ihn vor vielen Jahren durch seine Redseligkeit und seine unerschütterliche gute Laune von Lissys Tod abgelenkt hatte. Das Fabius nun beabsichtigte, als sein Sohn erneut das Licht der Welt wieder zu erblicken, klang zwar ziemlich absurd, erschien ihm aber typisch für den aufdringlichen Bruder. Die Vorstellung gefiel Gero und belustigte ihn im Nachhinein. Fabius war immer zu einem Scherz bereit gewesen. Sogar auf Antarados hatte er Gero und seine Kameraden beim Übersetzen nach Syrien mit seinen flotten Sprüchen zum Lachen gebracht und ihnen damit die Angst vor dem Feind genommen. Zu sehen, dass Fabius nach seinem viel zu frühen Tod sogar im Himmel seinen Humor nicht verloren hatte, erleichterte Geros Herz, das ihm damals beinahe gebrochen war, als er seinen Freund nicht vor dem tödlichen Schwerthieb eines Feindes hatte bewahren können.

Und dann war da noch Bertrand de Blanchefort, der ihm die Gesetze und Regeln der jenseitigen Welt und des Universums erklärt hatte, alles Dinge, die nicht in der Bibel zu finden waren. Kein Wunder eigentlich, dass manche die Brüder des Tempels als Ketzer und Teufelsanbeter bezeichneten. Und doch hatten Blancheforts Ausführungen nachvollziehbar und vernünftig geklungen.

Obwohl Gero ein gottesfürchtiger Mensch war und mitunter sogar an Wunder glaubte, empfand er diese Erinnerungen im Nachhinein als ziemlich verrückt.

Trotz allem meldete sich sein Verstand zu Wort, mit der hartnäckigen Frage beschäftigt: *Wo war ich? Wo bin ich? Und wie bin ich hierherkommen?*

Mühsam stemmte er sich hoch und setzte sich auf, wobei es ihn schwindelte. Nachdenklich überblickte er das gesamte Terrain.

Auf der Suche nach der Wahrheit blickte er zutiefst verunsichert über den Turnierplatz hinweg und erkannte im rötlich schimmernden Abendlicht die vier Wehrtürme und den hochaufragenden Palas der Festung Waldenstein, die wie eh und je auf ihrem Felsen thronte, wie ein Greif mit seinen Jungen im Nest. Kein Zweifel, er war zu Hause.

Doch dann tauchte ohne Vorwarnung ein absolut realistisches Bild vor ihm auf, das zeigte, wie der fingerdicke Zain einer Armbrust sein Kettenhemd durchschlug und die blutige Spitze aus seinem Brustkorb herausragte.

In dem plötzlichen Bedürfnis, seine Lunge zu füllen, sog er wie ein Ertrinkender abermals die klare, kalte Luft ein. Seltsam, es tat nicht mehr weh. Ganz im Gegenteil verlieh ihm der Atem eine neue, verloren geglaubte Lebenskraft. Von dem Gedanken beflügelt, dass der Allmächtige ihm womöglich ein zweites Leben geschenkt hatte, sprang Gero auf die Füße und schaute an sich hinab. Kein Zweifel, er war unversehrt, trug aber noch immer die gleiche Kleidung, die er bei der Flucht von Carcassonne getragen hatte, wie er sich nun eingestehen musste. Aber im Unterschied zu vorher war das Kettenhemd weder zerstört noch mit Blut besudelt. Sogar den kostbaren Anderthalbhänder samt dem mit Silber beschlagenen Schwertgürtel hatte man ihm gelassen.

Halt, halt, mahnte ihn eine innere Stimme, mit der leisen Furcht verbunden, dass er das alles vielleicht ein wenig zu optimistisch sah. Schließlich hatte Blanchefort von verschiedenen Dimensionen geredet und davon, dass die irdische Welt nur eine scheinbare war und es Welten gab, in denen die Seelen auch ohne greifbaren Körper lebten. Gero hatte sich jedoch in diesem seltsamen Paradies als Wesen mit einem sichtbaren Leib wahrgenommen und auch die verstorbenen Templer hatte er nicht als körperlos empfunden. *Was wäre, wenn das, was er nun vor Augen hatte, auch nur Trugbilder waren?*, kam er von Neuem ins Grübeln. *Was, wenn er doch keinen richtigen Leib mehr besaß und es nur den Anschein hatte, dass er in sein irdisches Dasein zurückgelangt war und in Wahrheit – wie Fabius – erst auf eine neue Wiedergeburt hoffen musste, um jene, die er einst geliebt hatte, wieder in die Arme schließen zu dürfen?*

In Panik zwickte Gero sich in den rechten Arm und spürte deutlich den Schmerz. Erleichtert, aber nicht beruhigt, machte er sich auf den Weg. Wenn er herausfinden wollte, ob dieses Waldenstein das gleiche war, das er vor mindestens zwei Wochen verlassen hatte, musste er seine Angst überwinden, die mit der Frage verbunden war, ob Hannah und Sophia in der Burg auf ihn warteten.

Mit klopfendem Herzen und dem wachen Blick eines Spähers marschierte er in Richtung der Festung und erkundete misstrauisch seine Umgebung. Alles um ihn herum schien bunter, frischer und wundersamer zu sein als zuvor. Die blühenden Kirschbäume, die dichten Haselnussbüsche voller Blätter, der duftende Fliederstrauch, dessen betörender Duft im schmeichelnden Wind den Gestank nach Kuhmist überdeckte, den die Bauern auf die umliegenden Felder ausgebracht hatten.

Wie ein Kind, das erst noch laufen lernen muss, taumelte Gero die mit Basaltsteinen gepflasterte Anfahrt zum Wassergraben hinunter, das massive Burgtor der Festung fest im Visier. Warum war es dort so still? Normalerweise läutete es um diese Zeit zur Vesper, und alle Burgbewohner waren auf dem Weg zur Kapelle.

Unsicher setzte er einen Fuß vor den anderen. Immer noch quälte ihn die Angst, dass dies alles nur eine Erscheinung sein konnte, die sich als genauso unberechenbar herausstellte wie das Jenseits höchstselbst.

Seltsam, normalerweise war das Tor bewacht. Nun war niemand zu sehen. Unruhig schaute er zu den Zinnen empor und suchte die obere Wehrmauer nach Spähern und Bewaffneten ab, die dort gewöhnlich patrouillierten, aber auch dort war keine Bewegung. Geros nächster Blick galt dem schwarzen Wasser, das mehr als mannshoch den breiten Graben rund um die massiven Burgmauern füllte. Wenigstens die Zugbrücke war unten. Im Lichtschein der flackernden Feuerkörbe, die vor dem Tor standen, warf Gero einen Blick in den Graben und erkannte sein eigenes Spiegelbild auf der Wasseroberfläche. Eigentlich sah er aus wie immer. Sein sandblondes Haar war leicht gewellt und schulterlang, wie zur Zeit des Turniers. Sein hellblonder Bart war dicht und kurz geschoren wie immer.

Halt! Hitze stieg in ihm auf und zugleich verschärfte sich die unbestimmte Furcht, dass hier etwas ganz und gar nicht mit rechten Dingen zuging. Aufgebracht fuhr er sich mit den Fingern durch die Haare. Wieso waren sie schulterlang? Als er in Carcassonne gegen Rufus de la Motte und seine Schergen gekämpft hatte, war sein Schädel fast kahl rasiert gewesen. Verdammt, wie weit würden diese Ungereimtheiten noch gehen?

Mit einem flauen Gefühl im Magen hielt er auf das Burgtor zu. Das schwere Hauptgitter war heruntergefahren und machte einen verwaisten Eindruck. Deshalb klopfte er an einem kleinen Holztor gleich daneben und verlangte lautstark, eingelassen zu werden. Es dauerte quälende Minuten, bis jemand das Fenster in der Tür öffnete, das eigentlich für Bittsteller gedacht war.

»Wer da?«, rief eine unbekannte Stimme. Es war ein fremder Söldner, den Gero noch nie zuvor gesehen hatte.

»Ich bin's, Gero Graf Lichtenberg zu Waldenstein«, antwortete er tapfer, denn die ganze Sache war ihm nun erst recht nicht mehr geheuer. Was, wenn auch dieser Mann nur ein Trugbild war wie alles andere zuvor und mir nichts, dir nichts mitsamt der Festung verschwand?

Gero war entschlossen, alles auf eine Karte zu setzen, um die Wahrheit ans Licht zu bringen.

Die Tür wurde aufgerissen, und der Mann trat heraus. »Seid Ihr es wirklich, Herr?«, fragte er und runzelte die Stirn.

»Wer sonst?«, antwortete Gero tapfer. »Und wer seid Ihr?«

»Ullrich Gänsschnabel, der neue Torwächter«, antwortete der Mann zögernd.

»Wann wurdet Ihr eingestellt?«, wollte Gero von ihm wissen.

»Vor zwei Wochen«, antwortete der Mann mit gehorsamer Unterwürfigkeit.

»Wisst Ihr vielleicht, wie lange ich schon fort bin?«, forschte Gero vorsichtig nach.

»Vier Wochen, soweit ich weiß«, antwortete der andere verblüfft und betrachtete ihn mit einem zweifelnden Blick.

»Wo sind die anderen Burgbewohner, und was ist hier passiert?«

»Ihr … Ihr wurdet als vermisst gemeldet? Ja wenn nicht sogar gestorben, denn das munkelt man hier mittlerweile, auch wenn es keiner laut aussprechen darf«, antwortete der fremde Söldner leise und senkte verstört den Blick.

»Gestorben?« Gero räusperte sich, weil ihm vor lauter Aufregung die Stimme versagte. »Wann und wo?«

»Es heißt, Ihr wurdet nach einem Kampf mit einem Raubritter vermutlich getötet«, erwiderte der Mann unsicher. »Aber man hat Eure Leiche nie gefunden, und deshalb hat man Euch bisher nicht für tot erklärt. Und nun steht Ihr hier, putzmunter, und verlangt um Einlass? Seid mir nicht gram, aber ich bin noch neu hier und kenne Euch nicht. Ich muss erst jemanden holen, der mir bestätigt, dass Ihr der richtige Graf von Waldenstein seid.«

Für einen winzigen Moment dachte Gero darüber nach, was geschehen würde, wenn man ihm nicht glaubte und ihn für einen Betrüger hielt. Was eigentlich so gut wie ausgeschlossen war. Aber wer wusste schon, was das Schicksal noch an skurrilen Erfahrungen für ihn bereithielt? Und außerdem rätselte er, was die Geschichte mit dem Raubritter zu bedeuten hatte.

Geros Sorge um seine fragliche Existenz nahm ein jähes Ende, als das Gesicht eines langgedienten Wachsoldaten am Fenster erschien und er ihn zunächst genauso ungläubig beäugte wie der neue Söldner zuvor. Louis, der ursprünglich aus Metz stammte und seinen Dienst als Wachmann auf Waldenstein schon seit mehr als fünfzehn Jahren versah, hatte Gero schon als jungen Knappen gekannt.

»Er ist es«, bestätigte Louis die Echtheit des Grafen gegenüber seinem neuen Kameraden mit freudiger Stimme und riss im gleichen Moment das kleine seitliche Tor auf, um Gero ungeachtet jeder Rangordnung um den Hals zu fallen.

»Mensch, Gero, du bist es wirklich?«, stieß er erleichtert hervor. »Es hieß, du wirst vermisst und seist höchstwahrscheinlich im Kampf gefallen! Damit, dass du nun hier auftauchst, als ob nichts passiert wäre, hätte bestimmt niemand gerechnet!«

»Wäre es dir lieber, wenn ich wieder ginge, und wir beließen es dabei?« Gero grinste heilfroh, dass es jemanden gab, der nicht nur seine Existenz als Wesen aus Fleisch und Blut bestätigte, sondern auch, der echte Gero von Lichtenberg zu Waldenstein zu sein.

»Um Himmels willen, natürlich nicht«, versicherte Louis ihm und trat zurück in den Hof, um ihn einzulassen. »Allein schon wegen Hannah.«

Hannah. Gero hatte für einen Moment das Gefühl, sein Herz bliebe stehen. »Was ist mit ihr? Geht es ihr und dem Kind gut?«

»Sophia ist gesund und munter. Aber deine Frau ist schier von Sinnen vor Angst und Trauer. Sie isst nichts mehr und weint nur noch. Sie macht den Eindruck, als würde sie jeden Augenblick vor Kummer vergehen.«

»Bei Gott, ich muss sofort zu ihr«, stieß Gero hervor. »Und was ist mit den anderen? Mit Struan, Anselm und allen, die mit mir fortgeritten sind? Hast du irgendwas von ihnen gehört?«

»Sie sind vor zwei Tagen ohne weitere Verluste zur Burg zurückgekehrt. Sie haben sogar noch ein paar Leute mitgebracht. Eine ziemlich große Truppe mit mehr als zwanzig Reitern und der traurigen Nachricht im Gepäck, dass du möglicherweise im Kampf gegen eine Räuberbande getötet wurdest.«

Gero runzelte die Stirn. Anscheinend hatten seine Kameraden bei ihrer Rückkehr nach Waldenstein die Fakten verdreht, aus welchen Gründen auch immer. Was vermutlich daran lag, dass er für die Burgbewohner bei seiner Abreise auf der Suche nach Malcolm gewesen war, der vermeintlich von Räubern entführt worden war. Niemand sonst außer Familie und Freunde durfte etwas über weitere Auseinandersetzungen wissen, die er und seine Kameraden mit dem König von Franzien hatten.

»Gräfin Margaretha hat für die nächsten vier Wochen einen allabendlichen Bittgottesdienst befohlen, bei dem alle Burgbewohner beim Allmächtigen für deine gesunde Rückkehr beten.«

»Bedeutet das, zurzeit sind alle in der Kapelle?«, erkundigte sich Gero, froh, dass seine Freunde offenbar gesund und vollständig aus Franzien zurückgekehrt waren.

»Ja«, antwortete Louis. »Es sind alle gekommen, auch die Pächter aus der Umgebung. Die meisten Burgbewohner stehen mit Fackeln draußen auf dem Hof und lauschen durch die offene Tür den Gebeten des Priesters. Vielleicht solltest du lieber durch den Seiteneingang in die Kapelle gehen als quer über den Hof«, schlug der Wachsoldat zögernd vor. »Sie werden sich erschrecken, genau wie ich, wenn du so plötzlich vor ihnen stehst.«

»Sie erfahren es sowieso«, widersprach ihm Gero, der nichts eiliger wollte, als Hannah und Sophia in seine Arme zu schließen. »Vielleicht denken sie dann, Bruder Hilarius habe dieses Wunder bewirkt, und huldigen ihm. Wenn sich das herumspricht, wird unsere Kapelle womöglich zum Wallfahrtsort, und wir können Kapital daraus schlagen«, scherzte er halbherzig und machte sich mit ungebändigter Vorfreude auf den Weg in den Burghof.

Allein vor der Kapelle standen mehr als fünfzig Leute. Es handelte sich ausschließlich um Gesinde und Pächter von Waldenstein. Die meisten schauten erwartungsvoll auf die Kapellentür, die offen stand und einen Blick in den von Kerzen illuminierten Altarraum gewährte.

Wie Gero trotz der Dämmerung erkennen konnte, saßen alle, die in Franzien in der Höhle des Pech de Bugarach dabei gewesen waren, zusammen mit seiner Familie auf den kunstvoll geschnitzten Eichenholzbänken im Innenraum der Kapelle und beteten. Ganz vorn, dicht vor dem Altar, waren seine Mutter, seine Tante und Roland zu sehen. Hannah, die vollkommen in Schwarz gekleidet war und das Körbchen mit Sophia neben sich stehen hatte, saß bei seiner Mutter und hielt ein Schnupftuch in der Hand. Sie alle blickten andächtig und mit von tiefer Trauer gezeichneten Gesichtern auf Bruder Hilarius, der von einer kleinen Kanzel aus lautstark seine lateinischen Bittgebete verkündete.

Der Wunsch, zum Altar zu stürmen und allen Anwesenden zu versichern, dass er heil und am Leben war, wurde in Gero plötzlich übermächtig. Doch kaum hatte er die ersten Schritte in Richtung Kapelle getan, wurde er von Parzival entdeckt, der draußen auf dem Hof herumgeschnüffelt hatte. Der weißgelockte kleine Pudel sauste mit einem schrillen Gebell, das kaum vom Geschrei eines Kindes zu unterscheiden war, zu ihm hin und sprang in wilder Freude wieder und wieder an ihm hoch. Im Nu war Gero sich der Aufmerksamkeit aller Anwesenden sicher, während er sich zu Parzival hinunterbeugte und ihn zu beruhigen versuchte, was gar nicht so einfach war.

Immerhin hat mich auch der Hund als den erkannt, der ich war, als ich die Burg verlassen habe, dachte er bei sich und wertete es als gutes Zeichen.

Eine Magd stieß nun den zweiten Schrei aus, der dem von Parzival gar nicht so unähnlich war. »Unser Herr ist zurück!«, rief sie und schlug bestürzt die Hände vors Gesicht. »Seht ihr ihn auch, oder ist er eine Erscheinung?«

Dank Parzivals überschäumender Freude mit neuer Gewissheit gestärkt, doch kein Geist zu sein, marschierte Gero mutig auf die Kapelle zu. Im Nu drehten sich alle zu ihm um. Teils erschrocken, teils weinend vor Glück, fielen sie vor ihm auf die Knie. Auch ein paar misstrauische Blicke waren darunter. Trotz des ersten Schocks brandeten Beifall und Jubel auf, der nun auch seine Freunde und die Familie in der Kapelle erreichte.

Struan und Johan kamen als Erste zu ihm hinausgelaufen und umarmten ihn fest, ohne ihre Tränen zurückhalten zu können.

»Du lebst, dem Himmel sei Dank!«, stieß Struan mit seiner rauen Stimme hervor und schluckte hart.

»Hannah und dem Kind geht es gut«, beeilte sich Johan van Elk zu sagen. »Wenn sie dich sehen, wird es für die beiden kein Halten mehr geben.«

»Danke«, wisperte Gero mit erstickter Stimme und klopfte seinen Brüdern gerührt die mächtigen Schultern. »Danke für alles.«

Freya, die Johan gefolgt war, fiel ihm als Nächste um den Hals und tat einen glücklichen Schluchzer. Danach umarmten ihn Anselm und Stephano und schließlich Pierre, der immer wieder den Kopf schüttelte, weil er es nicht fassen konnte, Gero leibhaftig vor sich zu sehen.

Ralph of Bulford, Brian und Totty weinten vor Freude, als Gero sie um Verständnis bat, als er auf dem Weg zu Hannah an ihnen vorbeimarschierte. Er hatte keine Zeit, sie zu begrüßen, sondern nur Augen für Hannah und Sophia.

Auf seinem Weg zu Frau und Kind nahm Rona ihn kurz zur Seite und schenkte ihm ein wissendes Lächeln. »Ich weiß nicht, wie du es geschafft hast, aus der Höhle des Pech de Bugarach hierherzukommen, aber eines solltest du wissen. Hannah weiß nichts von deiner Verletzung und erst recht nichts von deinem vermeintlichen Tod«, raunte sie ihm zu. »Wir haben ihr gesagt, dass du vermisst wirst. Wir wollten ihr die Hoffnung nicht nehmen, dich irgendwann wiederzusehen. Wie es scheint, war das eine kluge Entscheidung.«

Gero, der nur eine leise Ahnung hatte, was sie damit meinte, fragte nicht nach, sondern beließ es dabei. Im Augenblick gab es für ihn nichts Wichtigeres als seine kleine Familie.

Als er endlich vor ihnen stand, schaute Hannah zu ihm auf, als wäre er tatsächlich ein Geist.

»Bist du es wirklich?«, flüsterte sie mit erstickter Stimme und so leise, dass er sie fast nicht verstand.

»Ja, ich bin es«, beteuerte er, obwohl er selbst nicht sicher war, ob es stimmte. Behutsam nahm er ihre Hände in die seinen und zog sie zu sich empor. Kaum stand sie vor ihm, umarmte er sie so fest, als wollte er sie erdrücken, nicht fähig, seine Tränen zurückzuhalten.

»Du lebst«, flüsterte sie mit tränennassem Gesicht, als könne sie es immer noch nicht fassen.

Er küsste sie und schmeckte das Salz auf ihren Lippen. Wange an Wange verharrten sie eine Weile, bis seine Mutter plötzlich neben ihnen stand und ihrer Freude über seine unvermutete Rückkehr mit einem tränenerstickten »Heilige Jungfrau, hab Dank, meine Gebete wurden erhört« zum Ausdruck brachte.

Sie hielt Sophia im Arm und übergab ihm mit einem zittrigen Seufzer seine kleine Tochter, die in eine rosafarbene Wolldecke gewickelt war und ihn mit ihren großen blauen Augen anstarrte, als hätte sie einen Fremden vor sich stehen.

Als Gero jedoch sein Töchterchen sanft an sich drückte und unter Tränen anlächelte, hoben sich ihr kleinen Mundwinkel, und sie schenkte ihm ein süßes zahnloses Lächeln, das ihn dahinschmelzen ließ. Er beugte sich zu ihr hinunter und küsste sie auf die pausbäckige Wange, worauf sie wie üblich protestierte, indem sie strampelte und ihr kleines Näschen verzog, weil der Bart sie kitzelte.

Doch kaum ließ Gero von ihr ab, strahlte sie ihn aus vollem Herzen an. Für einen Moment war ihm, als ginge die Sonne auf und die flaumweiche Wärme war wieder da, die er in seinem Todeskampf gespürt hatte. Schlagartig wurde ihm klar, dass es reine Liebe gewesen war, die ihn auf seiner Reise ins Licht umschmeichelt, getröstet und ihm allen Schmerz und alle Angst genommen hatte.

»Ich habe keine Worte dafür, wie überglücklich wir sind, dass du wieder bei uns bist«, flüsterte Hannah und zog seinen Kopf zu sich herab, um ihn noch einmal zu küssen.

Auch die Gräfin und Roland kamen hinzu und umarmten Hannah und Gero mitsamt seinem Töchterchen voller Herzlichkeit.

Schließlich nahm Hannah ihm Sophia ab und machte Platz für Amelie und ihren Vater.

Amelie fiel ihm wortlos um den Hals. Sie hatte noch immer Probleme mit dem Sprechen. »Ich bin so froh, dich zu sehen«, krächzte sie heiser. »Ein Leben ohne dich wäre für uns alle die Hölle gewesen. Es war ein Schock, als du nicht mit den anderen zu uns zurückgekehrt bist. Dich gesund und stark vor mir zu sehen, ist ein Geschenk des Himmels. Und ich danke dir aus tiefstem Herzen, dass du meinen Vater vor einem schrecklichen Schicksal bewahrt hast, und ich danke Gott dem Herrn, dass er uns alle gerettet hat. Es ist wie ein Traum, dass wir alle nun hier auf Waldenstein sind, sicher und geborgen.«

»Ihr habt nicht nur mein Leben gerettet, Graf Waldenstein«, flüsterte Alphonse Bratac und schaute andächtig zu Gero auf, »Ihr habt mir meine Tochter und einen Schwiegersohn geschenkt … und so Gott will einen Enkel.« Der alte Bratac beugte artig, aber umständlich sein Knie, um ihm zu huldigen. Ein Verhalten, dem Gero sogleich einen Riegel vorschob.

»Erhebt Euch, mein Freund, und nennt mich bei meinem Vornamen. Schließlich kennen wir uns lange genug. Ihr könntet mein Vater sein.«

»Ich will Euch von Herzen danken, Bruder Gero, für alles«, sagte Bratac ein wenig steif, »und mich dafür entschuldigen, dass ich Euch und Eure Kameraden für Gefolgsleute des Leibhaftigen hielt. Auch wenn ich die Wunder, die ich mit Euch allen erlebt habe, niemals begreifen werde.«

Da haben wir etwas gemeinsam, hätte Gero am liebsten erwidert. Stattdessen drückte er Alphonse Bratac mit stummer Anerkennung an seine breite Brust. »Ohne Eure Tapferkeit wäre uns das alles nicht gelungen.«

Doch bevor er sich seinen Brüdern widmete, stand Mattes haltlos schluchzend vor ihm.

»Ich kann gar nicht sagen, wie dankbar ich dem Allmächtigen bin, dich lebend und vor allem gesund vor mir zu sehen, nicht nur für mich, besonders auch wegen Hannah und der Kleinen. Du warst mir immer wie ein Vater. Dich zu verlieren, wäre an Grausamkeit nicht zu überbieten gewesen«, bekannte er mit brüchiger Stimme.

Gero nahm den Jungen fest in seine Arme und stieß einen befreiten Seufzer aus, als er ihn mit geschlossenen Augen an sich drückte.

»Ich hätte euch alle genauso sehr vermisst, wäre mir die Heimkehr nicht gelungen«, gab er unumwunden zu und schluckte.

»Lasst uns in die Halle gehen und Geros Rückkehr gebührend begießen«, schlug die Gräfin unterdessen vor, die nicht einmal ahnte, welches Mysterium hinter seinem Wiederauftauchen steckte. Sie forderte Bruder Hilarius auf, den Schlusssegen zu erteilen, da an seinem kirchlichen Beistand nun offenbar kein weiterer Bedarf bestand.

Draußen auf dem Burghof standen noch etliche andere, die Gero begrüßen wollten, als er mit Hannah und Sophia die Kapelle verließ.

»Gelobt sei Gott der Herr«, murmelte Malcolm, der kurz davor schien, in Tränen auszubrechen. »Ich habe Justine immer wieder gesagt, der Allmächtige wird uns nicht im Stich lassen.«

»Es ist ein Wunder des Himmels, dass du zu uns zurückgekehrt bist«, wisperte Justine, die ihren sichtlich verschüchterten Sohn an sich drückte. Sie begrüßte Gero herzlich mit einer kurzen Umarmung. »Aubry und ich haben dir unser neues Leben zu verdanken«, flüsterte sie, Tränen in den Augen.

»Und ich bin dankbar, dass ihr nun alle hier seid und Teil unserer großen Familie werdet«, versicherte Gero ihnen, bevor er mit Hannah und Sophia seinen Weg zum Palas fortsetzte.

Während Parzival sie hechelnd bei jedem ihrer Schritte verfolgte, reichte Gero seiner Frau den Arm und nahm ihr das Körbchen ab, in das sie Sophia gebettet hatte.

»Ich dachte, für mich und Sophia bricht die Welt zusammen, als die anderen plötzlich ohne dich auf dem Burghof standen«, wisperte Hannah und drückte sich fest an ihn, als ob sie fürchtete, dass er sich jeden Moment wieder in Luft auflösen könnte. »Es ist wie ein Wunder. Was genau ist mit dir passiert? Wie hast du es geschafft, zu uns heimzukehren? Bist du zu Pferd zurückgekommen? Konntest du dich selbst befreien und deinen Feinden entkommen?«

»Das ist eine komplizierte Geschichte«, sagte er nur, weil er selbst nicht sicher war, wie er ihr seine plötzliche Rückkehr erklären sollte. Zumal Hannah nicht die ganze Wahrheit kannte. Deshalb war es besser, wenn er in seinen Ausführungen möglichst vage blieb. »Aber in einem hast du recht: Es *ist* ein Wunder, das nur mit Gottes Hilfe gelingen konnte.«

Kaum dass sie den Eingang zum Palas erreichten, stand plötzlich Guy de Lus vor ihm, der vor Freude ganz ergriffen wirkte. Er reichte Gero stumm die Hand zum Templergruß, den er ebenso fest erwiderte.

Odile, die sich bei ihrem Vater untergehakt hatte, himmelte Gero im Schein einer Fackel, die am Eingang zum Palas hing, überglücklich an. Dann wandte sie sich unvermittelt an Hannah.

»Darf ich Euren Gemahl küssen?«, fragte sie geradeheraus.

Hannah hob eine Braue und lächelte amüsiert. »Wenn er nichts dagegen hat«, antwortete sie dem Mädchen und nahm Gero, der genauso verblüfft zu sein schien, den Korb mit Sophia ab.

Ohne Zögern stellte sich Odile auf die Zehenspitzen, fiel Gero mit einem hingebungsvollen Seufzer um den Hals und küsste ihn schmatzend auf die bärtige Wange. »Ihr seid mein persönlicher König Artus«, wisperte sie und verharrte einen Moment mit einem seligen Leuchten in den Augen Wange an Wange mit ihm, bis sie von ihm abließ und schwärmerisch zu ihm aufblickte. »Als Ihr leblos auf dem Altar gelegen und Euch in Myriaden von blau und grün glitzernden Sternen aufgelöst habt, dachte ich, Ihr hättet uns auf ewig verlassen. Ihr könnt Euch nicht vorstellen, wie verzweifelt ich war, weil ich dachte, Ihr seid gestorben und in den Himmel aufgefahren. Aber nun seid Ihr wieder da – und mit Euch mein Glaube an den Heiligen Gral und an die Liebe des Allmächtigen, der ein solches Wunder bewirkt hat. Ihr habt mich heute sehr glücklich gemacht und meinen Glauben an Gott und an das Gute in der Welt auf ewig besiegelt.«

»Danke«, erwiderte Gero ein wenig steif und ratlos, da er die Ereignisse in der Höhle des Pech de Bugarach selbst nicht vollständig kannte und dieses Thema hier draußen auf dem Hof auch nicht vertiefen wollte.

Odile senkte ergeben den Blick, und Gero küsste ihr aus reiner Verlegenheit den Scheitel, nicht sicher, was sie von ihm als Gegenleistung für ihr eindeutiges Sympathiebekenntnis erwartete.

»Ich freue mich, deinen Vater und dich gesund und munter auf unserer Burg begrüßen zu dürfen«, erwiderte er ein wenig unbeholfen und mit einem raschen Blickwechsel mit Guy de Lus, der den Auftritt seiner Tochter kritisch beobachtet hatte und garantiert wusste, was dahintersteckte. »Ihr seid herzlich eingeladen, bei uns zu bleiben und mit uns allen hier zu leben«, fügte Gero wie selbstverständlich hinzu.

»Danke«, erwiderte Guy de Lus schlicht. »Wir bleiben gern, zumindest, bis wir ohne Sorge um unseren Schutz in die Gascogne zurückkehren können, damit ich Odile unsere Familie vorstellen kann.«

»Gewiss«, antwortete Gero mit einem Lächeln. »Wir treffen uns später noch in den Katakomben unter der Kapelle und besprechen alles«, fügte er kryptisch hinzu.

»*Blau glitzernde Sterne? Der Heilige Gral?*«, wiederholte Hannah mit einem leicht irritierten Blick, als Gero und sie zusammen mit Sophia am Ende allein auf dem zugigen Burghof zurückgeblieben waren, weil alle anderen sich bereits in die Ritterhalle aufgemacht hatten. Nur noch von flackernden Feuerkörben umgeben, war sie froh, Gero einen Moment für sich allein haben zu können, um ihm ein paar wichtige Fragen zu stellen, die nicht für fremde Ohren bestimmt waren. »Was meint Odile mit ›als du auf dem Altar verschwunden bist‹?«

»Äh … ich fürchte, die Frage kann ich nicht beantworten«, antwortete er ausweichend. »Weil ich nicht dabei war.«

»Was soll das bedeuten? Du warst nicht dabei? Rona hat mir berichtet, du wurdest nach einem Kampf mit den Söldnern des franzischen Königs vermisst.« Hannah runzelte die Stirn und blickte ihn zweifelnd an. »Odile hielt dich anscheinend für tot. Ich will endlich wissen, was ist wirklich passiert?«

Gero suchte nach den richtigen Worten. Er nahm ihr das Körbchen mit seiner Tochter ab, um wenigstens etwas in der Hand zu halten, und schaukelte Sophia leise hin und her, als wollte er sich vor einer Antwort drücken.

Hannah blieb demonstrativ stehen und schaute ihn fragend an, während die letzten Burgbewohner an ihnen vorüberzogen, um in der Halle einen guten Platz zu erhaschen. »Bitte, Gero, sei nicht so stur, sondern sag mir endlich die Wahrheit! Ich werde es sowieso herausbekommen.«

Gero tat einen tiefen Seufzer und blickte ihr schuldbewusst in die Augen.

»Aber du musst mir versprechen, dass du nicht denkst, ich hätte meinen Verstand verloren.«

»Wie sollte ich«, erwiderte sie ungeduldig. »Wir haben schon so viel gemeinsam erlebt, bei dem ich meinen Verstand hätte verlieren können«, erinnerte sie ihn. »Warum sollte ich dich diesmal für verrückt erklären?«

»Also gut«, sagte er schließlich und begann zu erzählen: »Kurz bevor wir den Eingang zum Pech de Bugarach erreichten, haben mich zwei Armbrustpfeile der franzischen Truppen von hinten erwischt und meinen Brustkorb zerfetzt. Irgendwie habe ich es auf Zeus noch bis in die Höhle geschafft, aber dann habe ich auf merkwürdige Weise meinen Körper verlassen und die gesamte Szenerie nur noch von oben betrachtet. Dabei wurde ich in ein wundervolles, wärmendes Licht gehüllt, dass mich in ungeahnte Sphären trug. Und dann, mit einem Mal, stand ich Henri d'Our und meinem Vater gegenüber und noch anderen

Würdenträgern, die ich aus meiner Zeit im Orden kannte, die aber längst verstorben sind. Sie haben mir alles erklärt. Welche Gesetze im Jenseits herrschen, das wir wiedergeboren werden und vieles mehr. Ich habe darum gebettelt, zu dir und Sophia zurückkehren zu dürfen. Zunächst sah es so aus, als ob das nicht möglich wäre. Doch dann bin ich oben auf unserem Turnierplatz erwacht, ohne einen einzigen Kratzer am Leib. Sämtliche Wunden, sämtlicher Schmerz waren verschwunden.«

Hannah hatte ihm schweigend zugehört und starrte ihn mit ihren großen grünen Augen fassungslos an.

»Das war die kurze Version«, fügte er beinahe schuldbewusst hinzu.

Als Hannah noch immer nichts sagte, blickte er unsicher auf sie herab. »Denkst du, ich habe mir das am Ende alles nur eingebildet?«

»Auf keinen Fall! Wie sonst sollst du denn auf den Turnierplatz gekommen sein?«, stammelte Hannah sichtlich schockiert und den Tränen nah. »Ich denke, alles, was du erlebt hast, ist tatsächlich so passiert. Zumal Rona und deine Brüder mir nicht einmal deine Leiche präsentieren konnten. Ich habe mir gleich gedacht, dass die Aussage, du seist vermisst, nur dazu gedient hat, mir eine Todesnachricht zu ersparen und mir zugleich ein wenig Hoffnung auf deine Wiederkehr zu geben. Ich kann mir gut vorstellen, dass du in Wahrheit im Innern dieses Berges verschwunden bist, wie wir damals im Berg Horeb, und die anderen nicht wussten, was sie mir erzählen sollten. Du warst so gut wie tot, Gero, und deine Seele befand sich bereits auf dem besten Weg in eine jenseitige Welt. Was du gesehen hast, war eine Nahtoderfahrung! Es gibt unzählige Menschen, die ähnliche Erlebnisse hatten. In allen Epochen. Allerdings bin ich wem auch immer fürchterlich dankbar dafür, dass du nicht im Jenseits geblieben bist, sondern zu mir und Sophia zurückkehren durftest.« Wieder schossen Tränen in ihre Augen.

»Ich kann dir nicht sagen, wie so etwas möglich ist«, bekannte er ehrlich. »Aber ich bin genauso sicher, es waren überirdische Mächte am Werk, die mir wohlgesinnt waren und wollten, dass ich mein altes Leben wieder aufnehmen und zu dir und unserem Kind zurückkehre. Ich hoffe, du kannst mir verzeihen, dass ich dich so sehr geängstigt habe. Wobei ich verstehen könnte, wenn du wütend auf mich bist, weil ich nicht gut genug auf mich aufgepasst habe.«

»Das habe ich längst«, flüsterte sie mit erstickter Stimme und stellte sich auf die Zehenspitzen, um ihn trotz ihres Unmuts zu küssen.

»Obwohl ein kleiner Teil in mir dich am liebsten umbringen würde«, fügte sie halb weinend, halb lachend hinzu, nachdem sie sich halbwegs wieder gefangen hatte. »Ich habe dir immer gesagt, du sollst vorsichtiger mit deinem Leben umgehen«, schimpfte sie und schluckte ihre Tränen hinunter. »Ich frage mich ernsthaft, wem wir es tatsächlich zu verdanken haben, dass du unversehrt vor mir stehst. Und jetzt sag bloß nicht, dem Heiligen Gral, sonst sind wir geschiedene Leute.«

Gero nahm sie fest in den Arm und drückte sie an sich. »Was kann ich dafür, dass du mit einem Gralshüter verheiratet bist«, meinte er schmunzelnd. »Wie hat Tom immer so nett gesagt? *Hütet euch vor den Küssen der Templer*?«

»Ich wollte nie jemand anderen als dich«, gestand sie ihm leise und streckte ihm fordernd ihre Lippen entgegen für einen Kuss, den er voller Liebe erwiderte.

»Die anderen und ich haben während deiner Abwesenheit auch ohne Gral für ein Wunder gesorgt«, berichtete sie ihm übergangslos, als sie wieder zu Atem gekommen war. »Waldenstein untersteht nicht länger dem Lehen der Lichtenberger und auch nicht dem des Herzogs von Lothringen, sondern ist nun unser Eigentum. Alles urkundlich verbürgt und gesichert. Außerdem haben Margaretha und ich beschlossen, den Namen Lichtenberg abzulegen und uns zukünftig nur noch von Waldenstein zu nennen.«

»Wie hast du das denn alles geschafft?«, fragte er ungläubig.

»Das ist eine lange Geschichte, die ich dir später erzähle, wenn wir im Warmen sitzen. Aber vorher möchte ich, dass du mir und Sophia etwas versprichst.«

»Was immer du willst«, gab er erleichtert zurück.

Hannah befreite Sophias kleines Gesicht von den wärmenden Wolltüchern, die sie hier draußen vor Wind und Kälte schützten.

Der Kleinen schien es zu gefallen. Beim Anblick ihres Vaters lächelte sie verzückt und gab ein paar gurrende Laute von sich. Dann strampelte sie, so gut es in ihrem engen Körbchen möglich war, mit Ärmchen und Beinchen.

»Ihre Freude müsste dir Beweis genug sein, wie dringend du hier gebraucht wirst«, erklärte Hannah ihm mit fester Stimme. »Es wäre entsetzlich, wenn Sophia ohne dich aufwachsen müsste. Ganz gleich, ob hier oder in der Zukunft. Sieh nur, wie verliebt sie dich anlächelt. Wir beide sind die wichtigsten Menschen in ihrem Leben, und als ihr Vater wirst du auf ewig einen ganz besonderen Platz in ihrem Herzen einnehmen. Denk immer daran – bei allem, was du zukünftig entscheidest.«

»Das werde ich«, versprach er und schaute ihr tief in die Augen. Dabei dachte er an die Worte seines eigenen Vaters: *Siebenhundert Erdenjahre nach ihrem Tod ist Lissy als Hannah wiedergeboren, weil sie dich so sehr vermisst hat, und Sophia ist eure verstorbene Tochter.*

Sollte er Hannah von dieser seltsamen Fügung erzählen? *Nicht jetzt*, riet ihm eine innere Stimme. *Vielleicht irgendwann einmal, wenn die Zeit dafür reif ist.*

»Wir waren von Beginn an füreinander bestimmt und werden es immer sein«, erinnerte er sie mit einem liebevollen Lächeln. »Ich wäre ein Narr, würde ich das alles noch einmal aufs Spiel setzen.«

Unwillkürlich dachte er an die Losung des Wächters am Pech de Bugarach: *»Tue jetzt, was du wünschen wirst, getan zu haben, wenn du stirbst.«* Von tiefer Liebe ergriffen, küsste er die beiden wichtigsten Menschen in seinem Herzen sanft auf die Stirn und dankte der Heiligen Jungfrau für sein Glück, gemeinsam mit ihnen ein neues Leben beginnen zu dürfen.

»Und da gibt es noch etwas, dass du wissen solltest«, gestand Hannah ihm mit leuchtenden Augen. »Ich bin wieder schwanger, obwohl ich Sophia die ganze Zeit über voll gestillt habe. Lyn hat es mir vor ein paar Tagen mit ihrem Armband bestätigt. Es ist zwar noch ganz früh, am Beginn des dritten Monats, aber sie ist sicher, dass es ein Junge wird.«

Sprachlos vor Glück, küsste Gero sie auf den Mund und löste sich erst von ihr, als Sophia lauthals zu protestieren begann.

Fabius, du alter Halunke, wie hast du das bloß hingekriegt?, fragte er sich im Stillen.

Parzival, der die ganze Zeit über brav neben ihnen ausgeharrt hatte, gab ein kurzes Bellen von sich. Der kleine weiße Hund erinnerte Gero nicht nur daran, dass es Zeit wurde, allmählich ins Warme zu gehen, um mit den anderen zu feiern, sondern auch, was den Heiligen Gral tatsächlich ausmachte: Liebe, Treue, Loyalität und die Erkenntnis, dass nichts rein zufällig geschah, weil in diesem unendlichen Universum auf geheimnisvolle Weise alles mit allem verbunden war.

✠

ENDE

NAMENSLISTE

Templer (historisch verbürgt):**

André de Montbard** – 5. Großmeister der Templer (um 1155)

Bertrand de Blanchefort** – 6. Großmeister der Templer (um 1156)

Godefroy Bisol – Gründungsmitglied der Templer (um 1118)

Guyllaume ›Guy‹ de Lus** – Kommandeur der Templer von Villemoison / Franzien

Hugues de Payens – Gründungsmitglied der Templer (um 1118)

Jean de Paris** – Templer aus Franzien

Wilhelm von Fliesteden** – deutscher Kommandeur-Leutnant der Templer und Vertrauter von Bertrand de Blanchefort

Pierre de Bologne** – Lombardischer Templer – Priester und Justiziar des Ordens, Freund und verbündeter von Gero von Breydenbach / Graf von Lichtenberg zu Waldenstein

Ralph of Bulford** – Englischer Templer, Geros Freund

Richard de Moncler** – Deutscher Templer aus Pierres Truppe

Thomas ›Totty‹ of Thoraldby ** – walisischer Kommandeur der Templer, Geros Freund

Historisch verbürgte Würdenträger**

Bernardus Guidonis** – 1316 Inquisitor von Toulouse und Carcassonne

Friedrich IV. von Lothringen ** – 1316 Herzog von Lothringen

Landgraf Johann I. von Lichtenberg** – Vertreter der jüngeren Linie derer von Lichtenberg, Geros angeheirateter Oheim (Cousin des verstorbenen Gemahls von Gräfin Margaretha von Lichtenberg zu Waldenstein)

Landgraf Johann II. ›Hanemann‹ von Lichtenberg** – Neffe von Johann I. von Lichtenberg und junges Oberhaupt der älteren Linie derer von Lichtenberg, angeheirateter Neffe von Gräfin Margaretha von Lichtenberg

Louis X. von Franzien** – 1316 König von Franzien (Frankreich)

Philipp IV. von Franzien** – bis 1314 König von Franzien und Louis' Vater

Philipp V. von Franzien – 1316 Bruder und Nachfolger von König Louis X.

Thiébault de Heu** – 1316 Master Alderman (Stadtrat) der Stadt Metz.

Templer* historisch nicht verbürgt:

Adrian von Windstein* – Templer und Raubritter

Anselm Stein* – Hannahs und Geros Freund, Mittelalterexperte aus dem Jahr 2004, nachträglich initiierter Templer, grandioser Urkundenfälscher und inoffizieller Lebenspartner von Stephano de Sapin

Armand* – Franzischer Templer und Einsiedler
Aymon* – Junger franzischer Templer und Bote
Brian of Locton* – Irischer Templer, Geros Freund und Unterstützer
Christian de Vrey* – Deutscher Templer (Cousin von Jeanne de Carmac)
Fabius von Schorenfels* – Gero von Breydenbachs / Graf von Lichtenberg zu Waldensteins verstorbener ehemaliger bester Freund in Zypern und Antrados
Francesco de Salazar (Baron de Blanque)* – Templer, Geros guter Freund und Unterstützer, Ehemann von Baronin Beatrix de Blanque
Gaspard de Simon* – Franzischer Templer aus Pierres Truppe
Gero von Breydenbach / Graf von Lichtenberg zu Waldenstein* – Templer, Ehemann von Hannah, Vater von Sophia von Lichtenberg zu Waldenstein
Henri d'Our* – Gero von Breydenbachs / Graf von Lichtenberg zu Waldenstein ehemaliger Komtur / Kommandeur von Bar-sur-Aube
Hugues de Faye – Templer und Geschäftspartner von Pierre de Bologne
Jacob von Sassenberg* – Templer, Freund von Gero, lebt mit Mabel Mason in der Zukunft (2020)
Johan van Elk, Graf* – Flandrischer Templer, Geros Freund und Ordensbruder – Ehemann von Freya von Bogenhausen
Khaled al-Mazdaghani Ibn Mahmud* – Assassine, Lyns Ehemann und Geros Freund
Lambert* – Templer aus Pierres Truppe
Malcolm MacDhughaill*– nachträglich initiierter schottischer Templer, Bruder von Struan MacDhughaill, Freund von Matthias »Mattes« von Bruch
Noel de Gilles* – Templer aus Pierres Truppe
Otho* – Deutscher Templer aus Pierres Truppe und Neffe von Dominique de Charron
Oudard de Champs* – Franzischer Templer aus Pierres Truppe
Pons de Joilly* – Franzischer Templer aus Pierres Truppe
René* – Templer aus Pierres Truppe
Simon* – Deutscher Templer, Heiler, Mönch im Zisterzienserkloster von Bettnach-Weiler
Stephano de Sapin* – Franzischer Templer, Geros Freund, inoffizieller Lebenspartner von Anselm
Struan MacDhughaill – Schottischer Templer, Amelies Ehemann, bester Freund und Ordensbruder von Gero von Breydenbach

Geros Familie und Freunde

Alphonse Bratac – Amelies Vater, Struans Schwiegervater
Amelie Bratac – Alphonse Bratacs Tochter, Ehefrau von Struan und ehemalige Freundin von Justine Rosmand
Baronin Beatrix de Blanque – Francesco de Salazars Ehefrau
Eberhard von Breydenbach – Gero von Breydenbachs / Graf von Lichtenberg zu Waldensteins verstorbener Bruder
Freya von Bogenhausen – Begine, Ehefrau von Templer Graf Johan van Elk
Gerhard von Lichtenberg zu Waldenstein – Geros verstorbener Onkel, Margarethas verstorbener Ehemann
Gesa – junge Magd, Freundin von Matthias »Mattes« von Bruch und Babysitter von Sophia

Hannah von Breydenbach / Gräfin von Lichtenberg zu Waldenstein, geb. Schreyber – Geros Ehefrau und Mutter von Sophia von Lichtenberg zu Waldenstein
Jeanne de Carmac – Ehefrau von Pierre de Bologne, Mutter von Martin und Freundin von Hannah
Justine Rosmand – Freundin von Amelie aus Bar-sur-Aube (1307) und Leibeigene des Königs, Mutter von Aubry
Jutta von Breydenbach – Witwe von Richard von Breydenbach, Geros Mutter, Hannahs Schiegermutter, Großmutter von Sophia, Schwester von Gräfin Margaretha von Lichtenberg
Lyn – Rebellin aus dem Jahr 2156, Schwester von Rona, Ehefrau von Khaled
Mabel Mason – Quantenphysikerin in der Zukunft, Kollegin von Tom Stevendahl und Gefährtin von Jacob von Sassenberg
Macaire de Mirepaux – Bruder von Arnaud de Mirepaux
Margareta, Gräfin von Lichtenberg zu Waldenstein – Geros Tante, Juttas Schwester, Geliebte von Roland von Briey
Matthias ›Mattes‹ von Bruch – nachträglich initiierter Templer, Geros junger Knappe / Adjutant, Adoptivsohn und Familienmitglied, fester Freund von Gesa
Odile Melot / de Lus – Tochter von Guy de Lus
Richard von Breydenbach – Geros verstorbener Vater
Roland von Briey, Burgvogt von Waldenstein – Geros Waffenmeister und Vertrauter
Rona – Rebellin aus dem Jahr 2156, Ehefrau von Arnaud de Mirepaux und Schwester von Lyn
Sophia von Lichtenberg zu Waldenstein – Hannahs und Geros kleine Tochter
Tom Stevendahl – Wissenschaftler / Quantenphysiker im Jahr 2020, Ex-Verlobter von Hannah

Gens du Roi
Baptiste de Neuville – Hauptmann der Gens du Roi
Capitaine Daniel Sejus – Offizier der franzischen Armee
Godeffroy de Colard – Kommandant der franzischen Soldaten unter Rufus de la Motte
Helias Baillie – Hauptmann der Gens du Roi
Maurice Pecuree – Agent der Gens du Roi
Raimond Nangis – Agent der Gens du Roi
Rufus de la Motte – Marshall der Gens du Roi

Sonstige Mitwirkende
Abt Étienne – Abt der Zisterzienserabtei von Pontigny
Aubry – Sohn von Justine Rosmand und Bischof Guillaume de Baufet
Baronin Alice de Blessac – Vertraute von Pierre de Bologne
Bischof Guillaume de Baufet – Medikus des franzischen Königs, Vater von Aubry
Bruder Baudo – Einsiedler in La Bastida de Val
Bruder Pedro – Einsiedler in La Bastida de Val
Bruno – junger königlicher Diener
Calix – Junge Mitbewohnerin von Justine im Gesindehaus des Königspalasts
Clemens de Moncler – Onkel von Richard de Moncler

Die Herren von Sierck – Turnierteilnehmer
Dominique de Charron – Oberhaupt der Patrizier oder auch Paraiges von Metz
Eugène Melot – Herr von Odile Melot / de Lus
Frédol Goudier – Burgvogt von Vincennes
Gautzelin de Moncler – Tante von Richard de Moncler
Gunther von Geroldseck – Turnierteilnehmer
Guy de Chaume – Burgvogt von Donzy
Henry Blanchard – Patrizier von Metz
Helfrich von Schöneck – Hanemanns Adjutant
Herr von Albedun – Festungsinhaber am Pech de Bugarach
Baron Rainier de Faye – Vater von Hugues de Faye
Jocelyn de Blessac – Tochter von Baronin Alice de Blessac
Louis – Söldner auf Waldenstein
Ludger von Schwarzenburg – Turnierteilnehmer
Madame / Schwester Humbertine – Äbtissin der Zisterzienser
Mann an der Theke im Wirtshaus in Lothringen
Ottmar – Schweinehirte auf Waldenstein
Margaux – eine von Jeannes Mägden
Ottokar von Hattstein – Turnierteilnehmer
Rudger von Sonneberg – Turnierteilnehmer
Rudo von Köln – deutscher Bergarbeiter am Pech de Bugarach
Rudolph von Breitscheid – Turnierteilnehmer
Sandrine – Junge Mitbewohnerin von Justine im Gesindehaus des Königspalasts
Stephan von Sponheim – Turnierteilnehmer
Templerkommandant von Bezu – Bruder des Herrn von Albedun
Theobald – Schweinehirte auf Waldenstein
Ullrich Gänsschnabel – Wachsoldat auf Waldenstein
Veronique – Mutter Oberin der Beginen, Freundin von Pierre de Bologne
Walther von Heinzenburg – Turnierteilnehmer und Minnesänger
Wahrsagerin »Die schöne Venus«
Wintrich von Achenbach – Zisterziensermönch im Kloster Hemmenrode, Verbündeter der Templer
Wirtin im Gasthaus in Lothringen

Namentlich genannte Tiere

Atlas – Geros silberweißer Percheron Hengst
Parzival – weißer Pudel auf Waldenstein
Zeus – Rolands grauweißer Brabanter Hengst
Vilain – Alphonse Bratacs Dachshund

Begriffe

›Belted Plaid‹ – traditionelle Bekleidung schottischer Männer. Besteht aus einer ca. eineinhalb Meter breiten und vier bis sechs Meter langen Stoffbahn, die beim Anlegen gefaltet und um den Körper »gelegt« wird. In Rock und Schärpe geteilt, wird das Plaid mittels Gürtel in der Taille fixiert und geteilt und die Schärpe mit einer verschließbaren Nadel über Schultern und Oberkörper befestigt.

Bruche – mittelalterliche Unterhose

Caput LVIII – Originalbezeichnung im Mittelalter für den geheimnisvollen sprechenden Kopf der Templer (später futuristischer Timeserver) auch C. A. P. U. T 58 (Bezeichnung des Zukunftsprojekts Center of Accelerated Particles in Universe and Time) oder Caput 58 (allgemeine Abkürzung des Timeservers in der Moderne)

Cotte – Unterkleid aus Seide im Mittelalter

Croix pattée – Templerkreuz

Gens du Roi – ›Leute des Königs‹ / Geheimpolizei des franzischen Königs

›Lapis ex celis‹ – ›Stein der vom Himmel gefallen ist‹ – besonderes Gestein, dem in Legenden mystische Fähigkeiten zugeschrieben werden

Paraiges – Im Mittelalter führende Patrizierfamilien mit entsprechendem politischem Einfluss in Metz

Surcot – Überkleid für Damen im Mittelalter

Theriak-Tonikum – eine Mischung aus orientalischem Schlafmohn und Bilsenkraut, gelöst in Wein

NACHWORT UND DANKSAGUNG

Neben Verlag und Agentur, denen ich wie immer zu Dank verpflichtet bin, möchte ich dieses Mal zwei Menschen besonders danken.

Zum einen Nicole Klein, die meine erste Probeleserin war und deren Begeisterung mir Mut gemacht hat, die Serie mit diesem neuen, spannenden Templerroman zu komplettieren. Mit jedem Kapitel gab sie mir die Gewissheit, auf dem richtigen Weg zu sein, indem sie an passenden Stellen gelacht und geweint oder die »Schurken« verflucht hat. Ein solcher Beistand ist unersetzlich, besonders, wenn man sich in der Rolle einer Autorin zunächst einsam und allein in ein so gigantisches Abenteuer begibt.

Zum anderen gilt mein besonderer Dank Wolfgang Neuhaus, langjähriger Lektor aus Leidenschaft, der etliche deutsche Ausgaben von Ken Follett, Dan Brown und anderen internationalen Erfolgsautoren lektoriert hat. Mit der nötigen Weitsicht für »dicke Schinken« war er genau der Richtige, um meinen neuen Templerroman in die passende Form zu bringen. Und auch Constanze Bichlmaier möchte ich herzlich danken, die als verantwortliche Lektorin letzte Korrekturschritte überwacht hat.

Darüber hinaus geht ein herzliches Dankeschön an meine Familie, die mir nicht nur emotionale, sondern auch technische Unterstützung in allem garantiert, was zum Schreiben dazugehört.

Last but not least danke ich den vielen Lesern und Hörern, deren Begeisterung mir die schönste Bestätigung für meine Arbeit ist.

RECHERCHEHINWEISE

Wie immer habe ich unzählige Sachbücher und seriöse Internetseiten bemüht, um diesen Roman so realistisch und historisch korrekt wie möglich gestalten zu können.

Natürlich ist die Geschichte als solche erfunden und auch die historisch belegten Figuren agieren abseits der wissenschaftlich belegbaren Historie. Aber dabei kann es nicht schaden, wenn Plätze, Orte und Zeiten realistisch wiedergegeben werden, ebenso wie das Umfeld, in dem sich Protagonisten bewegen.

Dass es zu den Templern zahlreiche Legenden gibt, steht außer Zweifel, und so haben mich zum Thema nicht nur rein historische Sachbücher fasziniert, sondern auch jene, die sich mit den rätselhaften Mysterien des Ordens beschäftigen.

Wie im Eingangszitat bereits erwähnt, hat mich das Buch von Gérard de Sède: »Die Templer sind unter uns – oder ›Das Rätsel von Gisors‹« von allen Sachbüchern am meisten zu diesem Band inspiriert.

Darüber hinaus war mir das neue Buch von Alain Demurger »Die Verfolgung der Templer – Chronik einer Vernichtung« erschienen bei C. H. Beck eine wertvolle Hilfe. Nicht nur die dort aufgeführten Namen der in die »Deutschen Lande« geflüchteten Templer« habe ich mir zum Teil entliehen – auch in der weiteren historischen Recherche zu deren Schicksal in anderen Medien war dieses wissenschaftlich korrekte Sachbuch ein phantastischer Ansatz, etwas mehr über meine Protagonisten herauszufinden.

Bei der Recherche zu den Herren von Lichtenberg haben mich die historischen Fakten aus dem Sachbuch von Fritz Eyer »Das Territorium der Herren von Lichtenberg 1202–1480« nicht nur zu den Romanfiguren inspiriert, sondern auch unterstützt, ein realistisches Bild der damaligen Hauptburg und der familiären Verhältnisse der Landgrafen von Lichtenberg zu erschaffen.

Eine genaue Auflistung der Recherchebücher und andere Informationen über den Schreibprozess zu »Die Prophezeiung der Templer«, werde ich auf meiner Website https://www.martinaandre.com/veröffentlichen.